吕长春诗词盛典系列丛书

诗词盛典Ⅱ

吕长春读写全唐诗五万首（全四册）

第十函～第十二函

吕长春 著

中国书籍出版社
China Book Press

图书在版编目（CIP）数据

诗词盛典：吕长春格律诗词六万八千首续集：全唐
诗五万首. II / 吕长春著. -- 北京：中国书籍出版社，
2019.9

ISBN 978-7-5068-7243-0

Ⅰ.①诗… Ⅱ.①吕… Ⅲ.①诗词—作品集—中国—
当代 Ⅳ.①I227

中国版本图书馆CIP数据核字(2019)第120994号

诗词盛典：吕长春格律诗词六万八千首续集：全唐诗五万首. II

吕长春 著

责任编辑	初 仁 刘 娜	
责任印制	孙马飞 马 芝	
封面设计	东方美迪	
出版发行	中国书籍出版社	
地 址	北京市丰台区三路居路 97 号（邮编：100073）	
电 话	（010）52257143（总编室）	（010）52257140（发行部）
电子邮箱	eo@chinabp.com.cn	
经 销	全国新华书店	
印 厂	三河市顺兴印务有限公司	
开 本	787毫米×1092毫米 1/16	
字 数	4500千字	
印 张	144	
版 次	2020 年 7 月第 1 版 2020 年 7 月第 1 次印刷	
书 号	ISBN 978-7-5068-7243-0	
定 价	1286.00 元（全四册）	

目　录

第十函 第七册

19

第十一函　第七册

51

81

唐·周昉

簪花仕女图

读写全唐诗五万首

第十函

第十函　第四册

1. 寄罗隐

罗横罗隐第，少敏少聪明。
节度官盐铁，全忠谏议倾。
钱塘钱镠累，副使副郎营。
佐得司勋授，平生自著名。

2. 曲江春感

渭邑曲江春，舟明及第人。
年年闹草木，处处隐横秦。

3. 皇陂

余杭一故乡，十载半炎凉。
二月龙门水，三生绿柳杨。

4. 寄郑补阙

弟弟兄兄作豫章，夫夫子子向天光。
年年二月龙门望，度度槐花马上黄。

5. 歌一带一路

一路兴成一带盟，丝绸已向海洋行。
诗词格律中华史，国学文明各纵横。
家国事，国家荣。人间远近是和平。
中华世界中华府，世界中华世界英。

6. 牡丹花

五月秾华客，东风别有因。
芙蓉邻夏水，芍药共争春。
武后何封许，芳尘已满秦。

7. 黄河

九曲黄河十八弯，山山水水一潼关。
中原万里母亲乳，一路千年故道还。

8. 汴河

山阳一渎向南流，引渡楼船色渚头。
只问秦皇传二世，声声水渍到扬州。

9. 西京崇德里故居

西京崇里望，北贵富长安。
户对门档见，公卿节度官。
强随求始末，桂子挂秋冠。
锦尾清溪远，侯门一半宽。

10. 投所思

三生才子楚，四韵八行吴。
庾信平水渡，陶公五柳殊。

11. 经张舍人旧居

河中已故一翰林，巷外风尘半古今。
引凤文余凰未至，朱门旧色已知音。

12. 杂城作

市郭由金铸，城墙可泡尘。
山川人不同，枭枭范蠡亲。

13. 姑苏城南湖陪曹使君游

一载五硝舟，三咕半楚流。
花红荇藻翠，柳绿水蓼羞。
碧玉桥边望，盘门锁胥侯。
西施娃馆色，管笛竹丝楼。

14. 人生

序：

　　人生两路，一路是天，以他而机，一路是地，以己而行。

诗：

诗词格律自身成，日月耕耘久立盟。
去去来来官场路，辛辛苦苦作平生。
科科技技精英果，国国家家久不平。
上上难行难下下，知心插柳运河荣。

15. 秋日有寄姑苏曹使君

姑苏一虎丘，已见五湖舟。
子胥须知问，阊闾十袴讴。

千年如旧巷，利税似王侯。
谢奕依前醉，夫差六渎修。

16. 送章碣赴举

别酒歌中尽，离情路上催。
人生人不已，一第一徘徊。
世上舟桥见，书中弟子媒。
雕工雕未了，大璞大人灰。

17. 寄杨秘书

春来三月鲤，跳去一龙门，
水色天光在，风云日月痕。
阴晴何物象，落叶不归根。

18. 叙示

序：

　　往年进士赵能卿尝话金庭胜事见示叙（鹧鸪天词）

诗：

已到兰亭赵能卿，山朝佐命石头城。
相逢进士良人宰，水接飞流处处清。
君子路，客中行，三吴辩渎独兴平。
黄天荡里何人在，两火刀边一半情。

19. 得宣州窦尚书因投寄（二首）

古今诗

之一：

世界中华世，中华世界中。
人人人所向，事事事精工。
取自群雄见，还从百子功。
重新重组合，自力自兴隆。

之二：

海海洋洋水，家家国国情。
分分重合合，朽朽又荣荣。
一力难成器，三江六渎明。
人情人所易，国策国英明。

20. 雪

细粉飘摇半作潮，倾倾覆覆锁江桥。
千山玉碎成鳞甲，一片飞来脸上消。

21. 句 一路一带

世界是中国的世界，中国是世界的中国。

22. 暇日有寄姑苏曹使君兼呈张郎中郡中宾僚

阴阴一剑池，镜镜半西施。
子胥昭关夜，陈王几首诗。

23. 寄右省王谏议

欲静难为静，求闲不得闲。
无心杨柳抽，有绿暮朝颜。

24. 焚书坑

焚书坑已冷，孔壁未曾空。
指鹿何知识，秦皇二世终。

25. 始皇陵

十里始皇陵，方圆草木兴。
深宫徐福在，万年水银灯。

26. 送沈先辈归送上嘉礼

及第东归去，声名北陆来。
沈郎沈白苎，上国上嘉回。

27. 春日叶秀才曲江

江花江草暖，秀叶秀才鸣。
只与春莺伴，天机似此声。

28. 西京道德里

秦川中北陆，道德里西京。
八水皇城绕，千年一路行。

29. 忆夏口

琴台音已少，夏口酒楼多。
逝水龟蛇守，东流日月梭。

30. 武牢关

三军无四皓，十里虎牢关。
汉武封疆吏，秦皇二世还。

31. 途中献晋州孟中丞

庚亮楼移月，袁宏一扇风。
河中河谷岸，水下水生冲。
一势星郎取，三光日所功。
天机天子策，入晋入神通。

32. 长安秋夜

遥闻如帝喾，近是似羲皇。
八水长安色，千书渭邑乡。
寒更由漏转，桂子可经霜。
自古和平里，如今纳米粮。

33. 天晚寄钟尚书 古今诗

半在江南半在秦，三湘渡口九江春。
千年竹泪苍梧水，一炷寒香慰志身。

34. 秋晚寄友人

水水西东向，舟舟有去留。
风帆风不定，客意客难求。
逝逝流流去，封封奖奖忧。
云浮吴楚地，叶落洞庭秋。

35. 秋日有酬

老少无私纵，平生有锦袍。
三思三百虑，一念一千毛。
列土分疆治，吟诗待岁高。

36. 所思

造化无穷世界居，台星落叶以霜余。
梁王兔苑隋炀柳，谢传文翁只读书。

37. 送魏校书兼呈曹使君

三秋凋竹叶，八月泊芦花。
足迹风云里，官衙野店家。
心心从日月，步步近天涯。

38. 浮云

无心无事去，有卷有舒来，自古人心寄，
如今世界开。

39. 四皓庙

半尺文心十尺云，三光日下百光分。

千军万马兴天下，十里青山不属君。

40. 早发

水水山山去，南南北北来。
辰钟辰早发，暮鼓暮迟回。
苦苦辛辛路，成成败败催。

41. 香

千年成一本，百岁作三生。
积步长程就，沉香永世明。

42. 邺城

赤壁东风半世差，文姬十八拍中游。
英雄不在漳河在，百女无须一椠留。

43. 七夕

牛郎寻织女，七夕问婵娟。
不在寒宫里，应知十六圆。
私心私所望，隐约隐时妍。
欲尽铜壶漏，佳期又来年。

44. 送城臧下第谒窦鄘州

绛服轻才子，青云近远天。
长杨非柱史，浩气是当然。
不悔龙门客，重来作少年。

45. 清明日曲江怀友

乞火温寒食，清明曲水头。
年年知如此，岁岁问沧洲。

46. 送郑州严员外

封疆楚汉武牢关，庾信楼前望河湾。
仆射春秋寒影树，皇州日月一千山。

47. 孙员外赴阙后重到三衢

一路江山问，三衢日月台。
当知长隐火，不忘未燃灰。

48. 衡阳泊木居士庙下作

朽木似人形，流溪作渭泾。
庭深幽处处，野草碧青青。
庾信曾无赋，渊明寄汉灵。

49. 钟陵见杨秀才

阁在滕王去，钟陵秀士来。
杨浔杨柳问，一路一天台。

50. 自湘川东下立春泊夏口阻风登孙权城

行春青帝在，夏口远吴门，水路风师阻，
峰云有古村。孙权三国志，蜀魏两英魂。

51. 春日忆湖南旧游寄卢校书

云中知处士，水上数峰青。
赐笔频窥见，修书过洞庭。

52. 贺淮南节度卢员外赐绯

绯绯皇品位，紫紫顶臣冠。
一步朝天阙，禽禽兽兽坛。

53. 春日独游禅智寺

花开花谢去，叶碧叶繁来。
岁继年华象，人从草木催。

54. 和淮南李司空同转运员外

此地经年富，应征第一流。
黄金应有价，已见范蠡舟。

55. 后土庙

一庙一民心，后土后家音。
以此夫人见，兵戈四海深。

56. 金陵夜泊

秦淮二水一江东，夜泊三山唱大风。
六代精灵应俱在，思量只向月明中。

57. 上江州陈员外

九派寒江转，三湘半洞庭。
江州江水阔，晋日晋风流。
健令清班客，钟陵第一州。

58. 广陵开元寺阁上作

人间一是非，世上半回归。
汴水长城见，鸿鹄两地飞。

59. 朝天暮谢，木槿枝枝。有新花。

枝枝一新芽，树树半蕊花。
直直朝天举，红红照粉霞。

60. 上鄂州韦尚书

典书文穷致，雍熙尽密谋。
天津兰省寄，未负作春秋。

61. 早春巴陵道中

步步巴陵道，幽幽杜宇啼。
初春初绿水，淑气淑云低。

62. 广陵秋日酬进士臧濆见寄

人先人后至，雁去雁来还。
水镜流年色，风云日月颜。

63. 淮南送李司空朝觐

西露浓宣父，南阳叹武侯。
司空朝觐去，书命向深谋。

64. 秋日禅智寺见裴郎中题名寄韦瞻

疏钟禅智寺，万木蕙郎中。
地胜题名处，人灵有始终。

65. 广陵春日忆池阳有寄

广陵日日半池阳，水雨蒙蒙一汝乡。
狮豸思量知己见，禽衣兽服正朝堂。

66. 春中湘中题岳麓寺僧舍

雁去无回顾，莺来有早啼。
潇洒明岳麓，沅水一潮低。

67. 书试后投所知

雨雨云云济，云云雨雨情。
三年如一梦，十载似重生。

68. 湘南春日怀古

贾谊长沙赋，三闾一九歌。
湘南春日色，五日问汨罗。

69. 江州望庐山

庐山四百旋，一望五千年。

已见东林寺，还闻虎涧泉。
高峰高不得，秀岭秀未妍。
纵纵横横见，云云雾雾天。

70. 金陵寄窦尚书

年年无止镜，路路有西东。
夏口琴台水，金陵建邺风。
孙权孙子去，谢守谢云中。

71. 清溪江令公宅

谢子应三问，陈宫第一诗。
风流人自在，木槿已枝枝。

72. 郑州献卢舍人

伐伐征征虞，图图表表名。
安流安自下，舜命舜无兵。
诏令光儒梦，平章帝业荣。

73. 别池阳所居

黄尘未起已留连，往返池阳六七年。
木槿红花朝暮献，芙蓉玉立隐舟船。

74. 送内使周大夫自杭州朝贡

杭州朝贡去，内使大夫行。
战表片功见，平戎礼觐平。

75. 酬黄从事怀旧见寄

水馆青楼月，琴音瑟曲筝。
香街依旧是，辨口以诗明。

76. 绣

蜀锦巴山色，吴绫六渎情。
严准垂不钓，白下凤凰鸣。

77. 西施

国国家家见，兴兴废废临。
西施何罪有，不见范蠡音。

78. 自遣　古今诗

日日流年去，生生风貌休。
耘耘耕耕不止，读学读学无头。

79. 白角箆

短短长长发，梳梳箆箆情。

何须临镜问，老少是生平。

80. 铜雀台

台空铜雀尽，草野逐香凝。
伎女原声女，西陵不是陵。

81. 鹦鹉

陇北雕笼美，江南翠羽残。
声声谁所教，处处已无宽。

82. 金钱花

人间多石玉，世上缺金钱。
石玉径商贾，金钱易物偏。

83. 梅

品示常留去又回，闻梅色变以心催。
何言口里无酸意，只向曹军止去来。

84. 钱尚父生日

一半平生四十州，三千弟子运河舟。
杭州已是天堂岸，山外青山楼外楼。

85. 寄前户部陆郎中

户部郎中陆，朝簪雉尾官，
当年诗赋桂，未与龙门观。

86. 登瓦棺寺阁

上步不回头，临峰四面忧。
惊心天下望，只恐向空流。

87. 九华山费征君所居

征君费解九华山，半是溪台半是湾。
积水千年穿石径，徘徊月色草堂关。

88. 途中寄怀

前行前所望，有曲有无平。
自以心经力，何言路道清。

89. 京口见李侍郎

铁瓮城边见，秦淮水中闻。
金陵金紫禁，建业建郎君。

90. 秋日酬张特玄

已约扬州汴水秋，南徐立步作玄浮。

平生意气消磨见，不似江流似日流。

91. 登高咏菊尽

一路登高觅菊根，黄花去尽雪无垠。
陶公去后谁知己，偶在篱边一两尊。

92. 登夏州城楼

九鼎千里帐，三边一晋雄。
儒冠从橡尉，力尽六钧弓。

93. 水边偶题

易水荆轲去，秦王六国裁。
江山江不止，逝去逝还来。

94. 事往人非聊抒所怀

人非人是往，已故已新来。
风貌经伤感，流年老少催。

95. 杜陵秋思

秋思上杜陵，洛水问游僧，
北魏南朝问，流年逐废兴。

96. 感事悲身

隐在江陵遇白公，孤身独事作雕虫。
军中一箭三边外，月下重遇守渚宫。

97. 夜泊昆陵无锡县有寄

昆陵水色惠山寒，独月孤舟泊锡峦。
不远江湖谁寄语，书书剑剑是无端。

98. 桃花

暖气扬扬色，衣襟漠漠香。
梅花含雪覆，结子作家娘。

99. 筹笔驿

意作英雄不自由，方圆尺寸已千秋。
南阳驿外多药草，风貌经年尽不留。

100. 重过随州故兵部李侍郎恩知因抒长句

又过恩知李侍郎，军中一箭射书香。
龙门不第余杭水，再上琴台望故乡。

101. 商於驿楼东望有感

一望到余杭，三生问草堂。
书香书不止，汉口汉天光。
善政隋侯布，春歌白雪扬。
朦胧非是客，女曲绕音梁。

102. 寄南城韦逸人

如当无懒色，韦曲有娇花。
露水沾折袖，丹青不二家。

103. 梅花

腊月清香傲，初春唤百花。
形形非色色，异异是家家。

104. 淮南高骈作造迎仙楼

高楼一上半仙台，至此无须向客来。
费尽思量应所见，秦皇岛外水云开。

105. 和禅月大师见赠

法界莲千叶，人间水万重。
平生平步去，守一守心封。

106. 谒文宣王庙

晚谒宣王庙，先师独自观。
丛丛狐狸在，日日有云端。
所见应思去，无须寄百官。

107. 代文宣王答

三人三教化，一代一师传。
武勇文功极，儒谋佛道天。

108. 重送郎州张员外

汲善心长在，行吟是迹深。
郎州员外去，百草雨中音。
碧玉从天地，朱轮见古今。

109. 广陵秋夜读进士常修三篇因题

进士常修赋，三篇格律诗。
先生叶韵觉，后慧古今辞。
蜀道相见知，隋炀水调知。
平水平不得，佩典佩文司。

110. 逼试投所知

梦里仙翁在，桃源敞口香。
频频偷眼望，扑扑汉秦堂。
二月春风断，烟云不可量。
天公天不问，一处一城隍。

111. 汉江上作

汉口江中绿，水上水峰苔。
无名无迹见，半雨半云开。

112. 秋夜寄进士顾荣

耿耿秋江夜，沉沉月色明。
无声无所以，有友有阴晴。

113. 寄渭北徐从事

不可相期遇，无言别意消。
隋断杨柳岸，自在自垂条。

114. 徐寇南逼感事献江南知己

魏晋六朝空，淮扬半忆公。
吴江吴不尽，浙水浙人工。
霍卫嫖姚将，秦川渭水翁。
如今如了意，月色月当弓。

115. 寄三衢孙员外

三衢员外望，九鼎客中栖。
典书何非典，相思几月低。
文公文伯籍，使奉使君笄。

116. 淮南送卢端公归台

王城王俭府，杜宇杜林宫。
上国端公道，长安一路宽。

117. 炀帝陵

汴水余杭一路川，楼船水调柳杨莲。
君王忍把平陈策，只博雷塘半亩田。

118. 马嵬坡

绝色知难得，中原问完人。
先皇抓子弟，贵得贵妃春。

119. 柳

叶叶隋河问，条条自下垂。
楼船应已去，玉帛故人施。

120. 隋堤柳

夹路运河桥，垂条汴水遥。
长城如可比，白骨久难消。

121. 孟浩然墓

襄阳漠漠鹿门低，撼岳声声自不啼。
岘尾羊公垂泪处，明皇一语客东西。

122. 秦纪

磊石长城始，扶桑岛外迷。
山东山不语，二世二秦批。

123. 仙掌

仙中仙后问，掌下掌前行。
日日曾招指，思思不可明。

124. 咏月

只向嫦娥问，寒宫桂影临。
婵娟知己见，后羿射前寻。
独望中秋月，应承十六心。

125. 宿荆州江陵驿 鹧鸪天

弟弟兄兄半汉心，吴吴蜀蜀两鸣琴。
惊赤壁，识知音，东风不语火攻金。
曹公未得连营计，踏遍三吴举粟荫。

126. 抚州别阮兵曹

临川一抚州，内史九江楼。
不别行轮去，晴山雪顶猷。
归心千里外，去意半飞舟。

127. 新安投所知

新安不远一余杭，下第三光半自伤。
独见孤知天地上，隋炀汴水造天堂。

128. 江边有寄

华年争及第，圣代有贫儒。
别业江边故，余杭已异图。
梅香梅独傲，野店野人殊。
少小樵渔废，童翁以故驱。

129. 送友人归夷门

二载落梁城，男儿送别情。
诗人诗两句，待继待逢迎。

130. 湘中见进士乔诩

吴公台下别，破虏月中城。
一笑知情节，三声向远鸣。

131. 上雩川裴郎中

雩川金印一郎中，半在咸秦九鼎东。
两省皇恩崇早日，吴均自是好诗风。

132. 钱塘江潮

钱塘八月一江潮，蔽日层流瀑布桥。
玉水三千波浪涌，天空一半作云霄。

133. 送人赴职任褒中

男儿物态一夫君，楚蜀时情半豫文。
不是芙蓉初出水，珍珠翡翠褒人群。

134. 临川投穆中丞

临川临九脉，一鼎一侯门。
细水长流远，青苗蓄丈根。
辛辛应日月，苦苦对晨昏。

135. 早春送张坤归大梁

不问汴州问大梁，离情似水情经伤。
何言绿蚁三光窖，未了知音一杜康。

136. 东归途中作

松松橘橘一苍黄，别别离离半故乡。
雁落衡阳青海岸，年年岁岁两扬长。

137. 送进士臧渍下第后归池州

下第池州又一程，中庸万卷已三生。
布衣五亩耕耘子，紫绶千辛万苦情。

138. 湘中赠范郎

丹丹桂桂半无心，事事人人一古今。
老觉人情方自重，湘灵鼓瑟二妃音。

139. 渚宫秋思

水色高台上，山光峡口中。
襄王神女梦，楚雨蜀云风。
宋玉知何处，枯荷独向空。

140. 闲居早秋

树顶鸣蝉早，清风扫叶迟。

相如曾一赋，舞扇日三思。

141. 建康 一作台城

潮平两岸沙，庚舅半王家。
帝业秦淮水，台城魏晋花。

142. 送舒州宿松县傅少府

江篱江漠漠，水逝水重重。
少府舒州客，归声向宿松。
三生三界论，一路一从容。

143. 经故洛阳城

北陆潼关水，东都太子城。
黄河从此去，老子道经明。

144. 夏州胡常侍

百尺高台望，生机勃勃州。
飞鸿知汉将，国计已深谋。
陇蜀由多事，元戎未白头。

145. 寄进士卢修

泗汴梅霖雨，江东小麦收。
庐修进士路，子曰帝王侯。

146. 赠先辈令孤补阙

足迹早熏然，均衡字句天。
苍醒云水好，紫禁晋秦田。
济物归人晚，英雄过酒泉。

147. 送秦州从事

枝枝叶叶一根留，去去还还半远侯。
来使边庭时令易，红尘紫陌话梁州。

148. 湖州裴郎中赴阙后投简寄友生

锦帐郎官诏，汀洲木简船。
芝兰桥柳色，十五月明圆。

149. 秋日泊平望驿寄太常裴郎中

一曲虞姬唱，三吴北海诗。
邮亭邮绿蚁，杜宇杜康时。
谢守宣州雪，姑苏泊驿思。

150. 西塞山 在武昌界 孙吴以之为西塞

孙吴西塞界，蜀备借荆州。
共以曹蛮论，瓜分四十州。

151. 秋日汴河客舍酬友人 古今诗

诗人一念十三州，半曲千音五百侯。
字句难明言内外，心思老子道玄头。

152. 东归

落第无名及第名，东归有路是归情。
成成败败成今古，去去来来去因行。

153. 广陵李仆射借示近诗因投献

早论文谋暮论兵，形成国计已成行。
商声凤藻河山集，六合书生日月明。

154. 三衢哭孙员外

三衢员外去，九派一流开。
逝水邻波在，相寻以念来。

155. 箧中

叮咛只恐滞吴乡，落叶随风有柳杨。
半取隋音平水调，苏杭日上已天堂。

156. 泪

鲁国潜然一魏秦，齐桓小白着秋春。
何须老子无儿子，不是奸人即妇人。

157. 上人何在

暮暮朝朝渡，生生死死循。
轮回轮不尽，上国上人真。

158. 子规

年年一子规，处处半春维。
苦苦声声叫，朝朝暮暮悲。

159. 姑苏台

日日延陵社，江湖泰伯人。
姑苏台上女，不尽馆娃春。

160. 王浚墓

东来紫气有殊功，一场军兵一场空。

小子吴门王气见，男儿未必尽英雄。

161. 京中晚望

往事如烟梦，心思似鹿行。
惊头惊尾望，布履布衣盟。

162. 寄窦泽处士（二首）

之一：
已是兰亭客，无须太白人。
金陵钱太尉，处士可栖身。
之二：
六合钱塘岸，余杭二月春。
崂山知道士，酒舍有仙人。

163. 省试秋风生桂枝

秋香秋桂子，一岁一重阳。
七十知天地，三生问故乡。
书生书子弟，以试以天光。
水调隋炀水，楼船尚柳杨。

164. 思故人

流萤藏草际，喜鹊作天桥。
七夕良缘会，三秋忆故遥。

165. 寄陆龟蒙

拙政陆龟蒙，淮南李相公。
姑苏同里寺，海月退思翁。

166. 题方千诗

三山千草木，四海一渔舟。
夏涝同寻去，中庸共九流。

167. 秋江

秋江秋水色，战事战云消。
逝水东流去，推波助雨潮。

168. 寄制书李舍人

握豹梁王管，枚皋雪白潮。
长扬应一赋，索贵过三朝。

169. 秋日怀孟夷庚

孤舟黄鹤舞，独忆孟夷庚。
汉口知音水，秦川渭水明。

170. 送李右丞分司

在省曾批敕，中堂肯避权。
分司东洛水，说议几何钱。

171. 郴江迁客

东江沤水岸，不可望潇湘。
虎尾鸹行步，无因锁桂阳。

172. 感旧

剑佩孙弘阁，戈铤太尉营。
平生成所就，不负是柴荆。

173. 鹰

急下一飞鹰，翻田半羽绫。
天下天下去，一鼎一昭陵。

174. 秋日寄狄补阙

搅搅红尘世，明明白日悬。
南山欢雪化，北阙玉门田。

175. 寄易定公乘忆侍郎

一世兴兴废废中，三生玉叠作深宫。
明皇再见阿蛮舞，制胜梨园易定公。

176. 寄大理徐郎中

三台文上客，大理寺中风。
好礼潘郎在，徐师制合功。

177. 寄苏拾遗

少小长杨赋，昭阳扫叶居。
情疏慷慨见，意上问相如。

178. 寄许融

秋蝉鸣晓色，促织向深丛。
采尽兰芝少，潇洒读学翁。

179. 寄礼部郑员外

夜直炉香细，虫声促织幽。
穿梭穿上下，织女织春秋。

180. 菊

青去青女色，九月九重阳。
隔岁黄花发，秋风扫叶忙。

181. 台城

台城梁武帝，水国寺家乡。
不以皇朝事，金陵问柳杨。

182. 旧游

宋玉高唐丰，长卿舞扇诗。
无须经老见，有道问君时。

183. 寄虔州薛大夫

一别祝融峰，三年故步封。
南康南梦首，北陆北秦容。

184. 苏小小墓

小小姑苏色，吴王处处情。
藏娇藏不得，一女一娇行。

185. 寒食日早出城东

欲晓青门外，墙花带露中。
流年流不定，美景美人风。

186. 秋日怀赏随进士

日寇骚边界，长缨贾谊知。
韩非韩匣晓，示忘示机时。

187. 乱后逢人

乱后贫人久，离前故友珍。
重寻明月处，草木又逢春。

188. 残花

残花依旧色，日暮向黄昏。
博得平生去，芳心对古根。

189. 鹧鸪天　二〇一七丁酉年端午

十万诗词半故乡，耕耘日月四方长。
三春九夏三秋序，一雪冬梅一月香。
耄耋岁，久炎凉，人间正道是沧桑。
书生自以前行路，水水山山草木光。

190. 秋日富春江行

石壁青山里，清涵水象中。
澄江澄似练，百岛百云风。

191. 寄侯博士

一谏杨雄赋，三湘贾谊吟。
侯年侯博士，历镜历知音。

192. 送沈光侍御赴职闽中

两岸台湾子，千波一日光。
同声听闽语，共海渡方长。
野渡高山女，天朝马祖郎。

193. 寄袁皓侍郎

失路东台望，牛衣蔽雨裳。
知君知豸角，侍暮侍荣方。

194. 寄金吾李孙常侍

三更三自立，一戟一分明。
禁卫西班掌，威严北省城。
功功成业业，帝帝故荣荣。

195. 商於驿与于蕴玉话别

南朝徐庚客，北国渭泾流。
别话商于酒，三杯已醉楼。

196. 封禅寺居

盛礼封禅寺，周南太史书。
长卿催剑器，庾信带诗居。

197. 钱

世上何须不谈钱，人间必有一桑田。
辛辛苦苦经劳力，阮肇无心未了仙。

198. 投寄韦右丞

赤壁征文秀，郎官定典规。
中台参令仆，纳垢亦司垂。
是是非非有，成成败败迟。
应知应辨对，可实可源基。

199. 红叶

风霜红叶见，日暮有黄昏。
历岁经年后，由干始存根。
生生当似此，朽朽可如恩。
本是同株树，颜颜色色痕。

200. 期徐道者不至

一道何期至，三清几可闻。

潼关应不远，老子作天君。

201. 岁除夜

儿童应不顾，隔岁老人心。
灯竹惊天响，余音作古今。

202. 雪

春云成雨水，瑞雪兆丰年。
润泽桑麻土，耕耘子粒田。

203. 旅梦

行人多驿舍，旅梦有相思。
去去来来路，孤孤独独期。

204. 秋寄张坤

酒后新乡阔，人前旧论遥。
穷途穷有步，渡口渡船桥。

205. 伤华发

知天知地历，白首白书翁。
上国天机在，秦川易十同。

206. 九江早秋

匡庐下九江，旧事两三桩。
且向东林问，禅房是石窗。

207. 初秋寄友人

足迹九华山，行踪蚌埠还。
十王峰上寺，大别佛家颜。

208. 秋居有寄

不谢金台客，何言一笑空。
心灵从彼此，道抽任寒宫。

209. 雪斋

财山晴雪色，北苑玉天颜。
五鼎何须是，三清下列班。

210. 堠子

日路分歧客，青云不可量。
君知谁识字，第一有形章。

211. 初夏寄顾绍宗

四载已成翁，白首两袖空，

日暮分杯酒，前程入月宫。

212. 寄第五尊者

苕溪逝水月因循，已是天机未是秦。
不定人间官场路，难言世上不由身。

213. 寄西华黄练师

一袂老莱衣，三清独不依，
烟霞曾可得，鹤影去还飞。

214. 所思

余杭日上有青云，二月梅中独溢芬。
收得香风香自己，梨花不尽百花曛。

215. 送支使箫中丞赴阙

京华刀笔吏，八载一无成。
端望红莲府，疑班以第名。

216. 送人归湘中兼寄旧知

稀稀双鲤信，寞寞独思情。
沅水潇湘入，长沙岳麓卿。

217. 自贻

只向辽东望，三清鹤影余。
秦皇秦二世，汉武汉三书。

218. 暇日感怀因寄同院吴蜕拾遗

同怀同院友，拾遗拾书香。
灵台清秩序，省札待批张。
天津天苑草，汴水汴钱塘。

219. 偶兴（二首）

之一：
随行二十春，逐队万千臣。
老得人间故，无言及第秦。
之二：
三清院落两清魂，一步天机半步根。
及第人中谁是第，龙门水上是龙门。

220. 题凿石山僧院

滴水凿峰山，禅机是旧颜。
千年曾一瞬，百岁可千般。
是是非非问，无无有有还。

221. 围城偶作

一望陈留日半曛，三生小吏五湖分。
常闻暮色牛羊括，只见斯人不见文。

222. 乌程

三瓶旧酒一乌程，五十流年半暮生。
九郡青云平步望，何名上下作身名。

223. 送杨炼师却归贞洁

不付经营去，东归任意行。
前途前所在，一步一相倾。

224. 暇日投钱尚父

有望星牛斗，常情女宿边。
淮王山大小，汉阙阁相天。
未以东西报，当然自涌泉。

225. 览晋史

自是好男儿，父母膝下司。
齐王僚比比，妾女独相仪。

226. 感别元帅尚父

疲牛舐犊老人情，玉检瑶函半壁生。
日历台司心自切，窥贞限已已垂行。

227. 十二万首古今诗

古今诗非古今，古今诗是古今。
无前无定止，有后有先贤。
格律平音韵，诗词典籍诠。
千年千继序，万里万源泉。
社稷如今是，江山远近田。

228. 尚父偶建小楼摛丽藻绝句不敢称扬（三首）

之一：
小巧文情雅，精心丽藻明。
欣欣承一意，静静待三生。
之二：
款款三杯酒，寥寥一玉空。
寒宫留淑影，水月两相丰。
之三：
风流何广阔，草木见心怀。
水月由深远，天津十里街。

229. 题玄同先生草堂（三首）

之一：
深深一草堂，百步半书香。
杳杳知音客，苍苍道易光。

之二：
旧事承相府，新闻秉豫章。
子集和经史，相如汉赋梁。

之三：
历历山川路，舒舒日月光。
成功成所就，问水问余杭。

230. 城两作

从军无不事，励志有交游。
且向城西去，鸣禽向九州。

231. 冬暮城西晚眺

夕照莲华幕，虚去柏署宫。
何非及第路，抱志作书虫。

232. 秋霁后

洗净山光冷，凭风落叶行。
行踪应不定，日月是根生。

233. 茅斋

从心从事去，养命养人生。
不酒何言辞，无书不可行。

234. 途中逢刘知远

楚楚吴吴里，巢由季孟间。
隋炀留水调，汴水运河湾。

235. 遁迹

遁迹求安去，书生不自宽。
农夫农土地，弟子弟皇冠。

236. 陇头水

一水陇头流，三秦九鼎州。
征人征役泪，一妾一夫求。

237. 秦中富人

去去来来客，贫贫富富人。
三生三世界，百岁百年春。

238. 思归行

有道思归客故乡，无须及第向余杭。
张翰八月莼鲈脍，胜似人间有杜康。

239. 即事中元甲子

军中元甲子，世上好田园。
浴血三秦土，平征九脉泉。
商山居不得，渭水向青年。
举剑朝天语，书人礼自先。

240. 魏城逢故人

东风锦水故城游，落叶经霜问蜀州。
一雁衡阳青海岸，春秋两度自回头。

241. 游江夏口

余杭一路半尘埃，费祎仙人负楚才。
此日江边无赖去，身名及第自难回。

242. 春思

江东建业一空城，蜀北浮溪半水惊。
赵女秦儿黄祖问，吴姬不负卫娘声。

243. 黄鹤驿寓题

鹤驿黄公酒，人心寓涌泉。
同行同路近，共笑共天边。

244. 安陆赠徐砺

柳下折枝赠，桥边话别情。
农家农子女，绕膝绕人生。

245. 寄钟常侍

离离别别是书生，柳柳杨杨十地荣。
去去来来三界域，天天地地一身名。

246. 中秋夜不见月

有有无无望，圆圆缺缺行。
弦弦分上下，夜夜寄思情。

247. 寄处默师

窗前留雨脚，竹下有新踪。
虎涧溪流水，东林四面松。

248. 魏博罗令公附卷有回

刀刀笔笔一称雄，武武文文半大风。
吏吏官官儒可就，成成败败事尽工。

249. 病中上钱尚父

自得君心四十州，钱塘小吏半无求。
龙门十度龙门外，上下余杭上下忧。

250. 送梅处士归宁国

一别人间十五年，三生世上万千天。
纷纭世界经离乱，始得同吟月缺圆。

251. 经故友所居

江溪处处自源泉，故友如归自度年。
自古人人何处去，如今事事自求仙。

252. 大梁从事居汜水

帝里望行尘，仙家第四人。
梁园曾一梦，汜水已三春。

253. 杜生士新居

处士相如赋，新居宋玉茅。
高唐高已就，扫叶扫云涛。

254. 绝境

绝境千波水，风云万里斜。
轻舟帆有桨，不必问渔家。

255. 雪中怀友人

重新正合一江山，素裹银妆半玉颜。
铺展明明天下气，梁王处处望河湾。

256. 秋晚

无平无不水，有木有青山。
小令钱塘治，中庸六渎湾。

257. 升仙桥

升仙桥上望，道士路中遥。
岁岁寻天际，年年见柳条。

258. 姑苏真娘墓

虎虎丘丘一水潮，江湖一半女儿娇。
姑苏月下真娘墓，已往云中玉不消。

259. 灵山寺

三生三界事，一见一心猿。

11

自上灵山寺，如今静不言。

260. 倚棹

任意随流水，经心不靠山。
邻家邻月色，独望独娟颜。

261. 秋夕对月

秋深明月冷，水浅溢清寒。
落叶青黄见，阴阳两半观。

262. 寄征士魏员外

粉署清贫吏，龙门上下生。
春闱春不止，省试省枯荣。
未了心思尽，何成利禄名。
钱塘钱小令，越帝越王城。

263. 马来西亚榕树，独木成林（鹧鸪天）

水水山山自子孙，母母父父有余恩。
榕树结片千森列，独木成林百岁根。
无草色，有晨昏。浮去已定作乾坤。
原原本本流年尽，处处人生有五蕴。

264. 宿彭蠡馆

无人孤馆月，有色只寒光。
仰面婵娟问，应当玉影藏。

265. 萤

草岸一汉光，空庭半蓄扬。
池边池水浅，月色月边凉。

266. 早秋宿堕所居

落叶归根后，池荷碧叶园。
无风无所去，逝日逝家天。

267. 蜨

孟子离墙蜨，庄周梦不成。
书声书未尽，一落一飞轻。

268. 春居

露水桃花阔，红颜结子消。
心中心已净，一色一天娇。

269. 轻飚

赵将一廉颇，惊名百战多。
轻飚征所去，屈子堕汨罗。

270. 燕

乳燕庭梁上，云山觅食中。
传宗应接肛，碧玉小瓢虫。

271. 陕西晚思

知意行难尽，长途步易穷。
东西东又至，北极北南同。

272. 除夜寄张达

梅花香岁月，白雪素天津。
隔夜逢春雨，深思两地人。

273. 寄呈邺王罗令公（五首）

之一：
东回营室废，巧拙少年游。
七子风云客，三王帝邺修。

之二：
寒门半寂寥，玉帐百兵潮。
少念貔貅战，功成志未消。

之三：
帐下问杨雄，江东唱大风。
东西南北见，往来暮朝中。

之四：
去去来来路，勋勋业业名。
高亭高所望，一步一人生。

之五：
不着诗词未饮泉，余杭只在浙江边。
无须日月三千计，不废工夫八十年。

274. 春日投钱塘元帅尚父（二首）

之一：
钱塘水自富春江，及第难成尚父幢。
敢向金台成顾问，旌旗鼎足镠王邦。

之二：
征东幕府十三州，虎豹熊罴一半侯。
九曲黄河千岁月，钱塘一令作风流。

275. 钱塘府亭

尚父天台路，钱塘幕府亭。
吴王娃馆素，六合越丹青。

276. 野狐泉

百丈山前说法泉，南昌府外晦师禅。
心经落下成狐体，世上人间改地天。

277. 宿纪南驿

南游南纪驿，北施北关桥。
楚水吴江去，何山野葛苗。

278. 赠无相禅师

步上焉当山，无相守一颜。
禅师禅已定，不二不折弯。

279. 遣兴

短短长长路，名名利利城。
官官谁吏吏，第第复荣荣。

280. 江夏酬高崇节

白雪阳春近，江流逝水遥。
潮头潮不尽，汐尾汐无消。

281. 莺声

莺声莺不老，杜宇杜鹃红。
井上梧桐晚，云中玉宇空。

282. 仿玉台体

青楼青草色，红妆红曲奴。
隔女莺声小，邻姬不姓胡。

283. 听琵琶

琵琶三曲尽，四面半歌声。
尚父张良问，鸿门项羽情。

284. 夜泊义戏呈邑宰

维舟云载客，夜泊义兴城。
邑宰图三害，南山虎九鸣。

285. 经耒阳杜工部墓

巴陵吴楚寂，宋玉屈原寥。
贾谊长沙赋，襄阳撼岳潮。

286. 题袁溪张逸人所居

独步樵渔去，袁溪逸人居。
男儿应已尽，不必读诗书。

287. 升平公主归第

凤舆仙人去不迟，文词水碣故人知。
三生自洁香坛净，百尺鲛绡换好诗。

288. 寄黔中王从事

军书刀笔吏，转战到黔中。
别后乡关问，吟诗先大风。

289. 关亭春望

岸柳长条绿，关亭芍药红。
功名何所济，帝业远天空。

290. 寄徐济进士

书生知日月，进士问江湖。
渭水三秦色，姑苏一玉奴。

291. 寄韦赡

相逢相别路，一见一途殊。
土地农夫主，天街九品儒。

292. 霅溪晚泊寄裴庶子

晚泊霅溪渡，寒宫玉影来。
梅花三弄曲，子曰久徘徊。

293. 送姚安之赴任秋浦

上路须年少，潼关老子来。
玄虚玄实在，佛祖佛天开。

294. 寄乔逸人

不要到扬州，风流向白头。
琼花琼世界，一月一中秋。

295. 塞外

塞外辽东水，关中渭邑情。
胡杨胡漠立，一帜一尘荣。

296. 裴庶子除太仆卿因贺

宫明皇甫谧，寺鼎夏侯婴。
及第登科路，无言对一生。

297. 咏史

今人今古问，故道故途殊。
博士知天地，丞相帝业奴。
农夫田一亩，一诺主江都。
只以王侯计，循循步步儒。

298. 中元夜泊淮口

扬州望月明，夜喧问秋荣。
处处黄花色，年年见玉英。

299. 寄池州郑员外

郡酒池州醉，桃花岭上稀。
袁宏应羽扇，老子布莱衣。

300. 归梦

一梦求无得，三更自有心。
家中家所念，路上路其荫。

301. 送溪州使君

远远溪州近近流，兵兵寇寇已九州。
良医傍期难足绩，凤诏江心一渡舟。

302. 送霅川郑员外

朱轮铜虎节，绶带锦银鱼。
独步平尘策，孤身帝业居。
三台三部省，一路一天书。

303. 酬寄石司李员外

旧忆桂枝春，新程步魏秦。
清途临三省，贻笑右曹津。
笑笑天街阔，疏疏九府人。

304. 莲塘驿

日落莲塘馆，荷香沁腹情。
无须寻往事，一梦到天明。

305. 甘露寺火后

梁陈齐魏晋，胜事六朝空。
护道求神鬼，成儒赤壁东。
连营攻以火，娶嫁在吴宫。
但借荆州表，尚香一寺空。

306. 春日登上元石头故城

紫禁石头城，秦淮二水明。
江流江不止，二世二倾嬴。
野鸟寻人迹，山花向草荣。
王家王气在，太上太公卿。

307. 送宣武徐巡官

塞外关山远，壶中别有天。
巡官巡所在，一任一田园。

308. 冬暮寄裴郎中

傲视公卿二十年，仙郎归约已三天。
玉府庭中言得事，黄金塔下不悠然。

309. 中元甲子以辛丑驾幸蜀（四首）

之一：
长安环八水，蜀国一瞿唐。
曾以胡儿褒，何须忆上皇。
之二：
蜀驿霖铃雨，骊山纪马嵬。
梨园留羯鼓，不见太真回。
之三：
蜀道霓裳忆，长生殿上云。
杨家三女子，泡邑散芳芬。
之四：
开元天宝世，独得太真田。
自古谁儿女，如今不弄权。

310. 题润州妙善前石羊

孙权刘备蜀，已会石羊吴。
妙善同心见，诗书不胜儒。

311. 登宛陵条风楼寄窦常侍

条风楼上望，满目乱中云。
战后应常治，人中自做君。

312. 台城

六代台城帝，三山二水情。
南朝三百寺，玉井一龙名。

313. 甘露寺看雪上周相公

重新布局一江山，造化清光半玉颜。

垒垒层层天地色，纷纷洒洒暮朝闲。

314. 寄京阙陆郎中昆仲

柏署周旋笔，兰台典籍文。

金瓯金一片，玉阙玉纷纭。

五月红莲水，三春水月云。

郎中昆仲赋，四品麦城君。

315. 故都

江南江北雨，一战一封侯。

不及隋炀帝，江都汴水流。

316. 偶题　嘲钟陵伎云英

一别钟陵过十春，三生宿愿不如人。

云英未嫁知罗隐，未第平生独汉秦。

317. 董仲舒

儒门董仲舒，易象帝王居。

卜得阴阳术，南门北路书。

318. 献尚父大王

尚父十三州，钱塘一令酬。

东瓯东渡口，虎节虎龙舟。

319. 蜂

枣枣槐槐半芯尖，山山水水百花歼。

为谁辛辛为谁苦，一世峰鸣一世甜。

320. 帘（二首）

之一：

镜镜奁奁作画堂，帘垂叠影女儿妆。

偏重翡翠万千色，结集珍珠十二行。

之二：

影影身姿已散香，声声细语未称狂。

东风带雨云欲落，小女垂帘巧觅郎。

321. 送顾云下第

下第重行及第行，千章万卷像章明。

秦相殿上曾知鹿，汉祖宫中四皓名。

322. 村桥

两岸村桥渡，三光以日明。

渔舟庄叟恶，海鸟鲁人横。

323. 送刘校书之新安寄吴常侍

太伯三吴一祖根，江南一帜半乾坤。

王朝自此南北，兄兄弟弟父母恩。

324. 官池秋夕

梅村十里一鹅湖，水渎三吴半锡无。

月从寒宫立玉树，朱轮只照满江湖。

325. 奉使宛陵别二三从事

半在天台半在吴，姬昌太伯武王孤。

修渠治渎鸿山水，肯让江山小弟苏。

326. 泰伯勾吴　鹧鸪天

至德高风太伯扬，勾吴世代以梅香。

三让一第家天下，半杯江南共晋乡。

亶父子，仲雍梁，文王季历帝位王。

创建勾吴成祖宰，壳节鸿山子爵昌。

327. 勾吴之祖太伯

寄位姬昌成太伯，河渠渎水祖吴昌。

夫差以此鸿山望，志异征诛设一疆。

天子路，作四方，鹅湖十里一梅乡。

兄兄弟弟南北，世上人间自此皇。

328. 金陵思古

梁王夜问一金陵，紫禁秦皇二水凝。

一片征帆风不定，风扬处处向前恒。

329. 送王使君赴苏台

东望一半到苏台，弟问三千有楚才。

伍子夫差吴越问，王戈未了去还来。

330. 忆九华

风霜雨露半侵城，草木阴晴一自生。

已别干戈三载后，心经日月九华明。

331. 送裴饶归会稽

长亭长去处，短会短情来。

一酒三杯少，山阴故友回。

332. 送程尊师之晋陵　太伯分于晋，立吴

乍作张翰侣，龟蒙太伯祠。

江南江水岸，晋北晋中垂。

333. 吴门晚泊寄勾曲道友

晚泊吴门岸，朝闻太伯情。

梅花梅里色，五渎五湖明。

334. 贵池晓望

桑麻分稂莠，草木籍阴阳。

鸟水山川鸟，桃花桃李明。

335. 寄崔庆孙

月冷江湖岸，风高镜水边。

三年分袂别，一醉合当然。

336. 寄杨秘书

细雨潇潇夜，浮云处处情。

明知明不得，故问故阴晴。

337. 酬张处士见寄

共觅三门浪，问寻七里滩。

逢君逢所愿，一步一波澜。

338. 送丁明府赴紫溪任

紫绶三生步，良途半月余。

溪流深浅水，只读暮朝书。

339. 寄前宣州窦常侍

但谒谢云晖，宣州不自归。

春莺应未老，已醉鸟无飞。

340. 秦望山僧院

秦皇传二世，锡钵沿千秋。

共向同游此，秀岫驻沧洲。

341. 送光禄崔卿赴阙

西辕西极目，上国上留虞。

中朝应听范，府暮寄归途。

342. 寄程尊师

尚父十三州，功迟雪满头。

花生红槿色，信到五湖舟。

343. 定远楼

玉帛挥平策，干戈定远楼。

功勋良吏见，不可误回头。

344. 送程尊师东游有寄

一种举头东，三生误大风。
扬帆扬日月，卜易卜耕中。
右弼应朝紫，东卿劝莫穷。
鸿门鸿已去，一霸一垓同。

345. 江亭别裴饶

别别离离半不空，朝朝暮暮两天红。
江山不是三分国，社稷摧残一世终。

346. 江南寄所知周仆射

岘首碑前望，西园日后书。
何嗟王粲老，完璧一相如。

347. 钱塘见吕逢

半在云中一雨烟，三吴水色五湖船。
逢君已是成良牧，戴酒只可对月弦。

348. 江都

江都已见一楼船，水调犹兴半雨烟。
只以淮王高宴会，秦云已到运河边。

349. 湖上岁暮感怀有寄友人

一半同仁九鼎人，三千弟子五湖春。
书生自得天津路，雨雨风风净泡尘。

350. 送张馆游钟陵

岈上龙沙水草荣，书生有姓不留名。
西山十二真人在，以此三千弟子鸣。

351. 送　光大师

久别街西寺，还离海上波。
龙钟回首笑，不必问泪罗。

352. 息夫人庙

男儿小丈夫，红颜作玉奴。
朝廷应易主，战将不须儒。

353. 漂母冢

淮边故地半江春，救死扶伤不向秦。
济世漂母仁心女，韩侯自是作恩人。

354. 感怀

石径松庭色，浮生逐世由。
青云何远近，白首不回头。

355. 扇上画牡丹

扇上无根一牡丹，风中有叶半芝兰。
红芳满砌参差色，碧玉成因作凤冠。

356. 书怀

书怀书生气，一路一春秋。
异土勋功志，同行共自由。

357. 七夕

有意寻河汉，当心乞巧街。
罗巾应半解，隐月可开怀。

358. 柳

玉帛隋炀柳，春风绿色油。
条条折不断，处处自垂头。

359. 罗敷水

雉绕罗敷水，莺鸣渭水滨。
年年翻日月，处处着青春。

360. 京中正月七日立春

梅花向立春，雨水待秦人。
是日东风晚，群芳已自新。

361. 贵游

细雨馆陶圆，香云带玉莲。
谁知高祖意，万岁未可传。

362. 严陵滩

严陵滩上草，九鼎殿前花。
十里皇陵路，千年钓水洼。

363. 虚白堂前牡丹相传云太傅植在钱塘

堂前虚白月，太傅牡丹传。
以此钱塘色，经心六全田。

364. 第五将军于余杭天柱宫入道因题寄

回头是岸半玄虚，直夜禅房一卷书。

只可分心分世界，无言有路有生余。

365. 寄无相禅师

无僧无寺院，有佛有心经。
色色空空悟，山山水水青。

366. 一带一路　鹧鸪天

世界中华世界园，中华世界中华田。
唐人盛治诗词赋，远近和平习习泉。
经史集，楚辞篇，耕耘国学有方圆。
千年自古传文化，一带相承一路宣。

367. 秋日有寄

难行难止路，不去不回头。
落叶随风去，求根未了由。

368. 送前南昌崔令替任映摄新城县

苛政虫蟓蠢，归君尺寸英。
单留单父酒，亚畔亚夫营。

369. 下第

知书求一路，下第入三班。
不了龙门跃，平生不等闲。

370. 丁亥岁作

尚父钱塘令，梅花故地开。
年年依此色，处处得香才。

371. 北邙山

千年陵处处，十地九灰灰。
莫以英雄问，荒丘草木摧。

372. 重过三衢哭孙员外

忍重烂柯山，黄河十八弯。
人情如此见，类似动心颜。

373. 送蕲州裴员外

杜宇最先春，蕲州雨浥尘。
螭头臣见近，豹尾管窥秦。

374. 重九日广陵道中作

前时书曲醉，已到广陵门。
九日荣驱子，重阳落地根。

375. 东归别所知

东归知所别，北去向其离。
莫以钱塘令，乡音意不窥。

376. 旅舍书寄所知（二首）

之一：
思量思尺度，举步举前程。
驿站重修正，平生只一行。
之二：
隋炀杨柳岸，楚国息夫人。
鼓瑟湘灵在，秦皇二世尘。

377. 西京道中

半夜秋风起，三更驿路行。
穷通循陇水，一笑掉头情。

378. 粉

一粉女儿知，三更不可施。
红颜娇可鉴，玉粉作琼姿。
莫以凌晨早，无须子夜迟。
三分三处假，五色五真痴。

379. 赠渔翁

暑暑寒寒日，钩钩网网时。
渔家渔所计，水岸水相知。
苇草浮萍见，沧洲石渚施。
何人凭直钓，只以任君辞。

380. 下第寄张坤

精神半五侯，上下十三州。
玉垒张公子，铜梁不自由。

381. 东归别长修

辛勤百岁五湖中，太伯三吴一庙雄。
鲍叔深知他日继，男儿不可尽成功。

382. 言

成名成姓氏，珪玷珪由来。
上国皇城守，天涯日月回。
言家言国事，曲解曲难开。
所见窥知孔，应闻示局台。

383. 简令生日

霭霭楼台雾，玄玄四序猜。
三台三不见，九鹤九云来。
已向青阳望，祥烟庆积回。
龟衔龟玉柄，简令简人才。

384. 晚眺

举树枝枝叶叶明，山峰处处暮回情。
天如面镜何遥远，地似人心总不平。

385. 野花

点点红芳作野花，幽幽弱弱向天涯。
侯门品性何名姓，紫陌风光着晓霞。

386. 病骢马

前行不止总知荣，伯乐龙媒驻身情。
一夜行程千里马，三生伏枥半声鸣。

387. 秋浦

晴川晴雨后，浦口浦天机。
野色昏来浅，人家暮后稀。

388. 南康道中

鹿逐南康道，云平玉桂明。
前程由所步，弱态着文荣。

389. 北固亭东望寄默师

北固亭东半望空，金山寺北九州同。
应知逝水高低见，不问何由一远公。

390. 华清宫

羯鼓千声九陌尘，温汤一水半真人。
霓裳舞尽梨园在，不过骊山蜀道秦。

391. 韩信庙

三军垓下酒，四面楚歌声。
莫以英雄问，萧何半不成。

392. 韦公子

不得封侯云，狂歌作百年。
深功应不负，系柱望苍天。

393. 望思台

思台高祖在，草木自相陪。

是是非非少，乔乔灌灌来。

394. 帝幸蜀

开元天宝云，幸蜀复难回。
上上长生殿，皇皇玉女来。

395. 王夷甫

坐取闲章品，行为俗道醇。
妖言知惑众，竟是读书人。

396. 鹭鸶

举首凭空望，观流对水吟。
清高清素白，一世一鱼心。

397. 书淮阴侯传

谋秦谋二世，指鹿指千臣。
项羽刘邦界，谁闻问此人。

398. 小松

小小色如青，鳞鳞节云形。
朝天朝玉宇，自在自苍灵。

399. 长相思

楚楚吴，楚楚吴。
一水东流九派殊，姑苏大丈夫。
越越吴，越越吴。
五霸春秋半五湖，应非故国图。

400. 竹

碧玉千竿竹，门前半亩书。
观天观地色，志节志人居。

401. 谩天岭

叔叔前行步步难，山山岭岭自峦峦。
黄河逆水朝西上，日月径天旦夕残。

402. 秋虫赋（二首）

之一：
退避秋虫赋，风吹落叶移。
流萤流渐少，冷月冷相思。
之二：
秋虫逝之秋，结网捕先愁。
且以人生问，危危处处忧。

403. 蟋蟀诗

促织轻声促织啼，东西蟋蟀各东西。
生生自得生生态，物物难言有隐栖。

404. 居

凌霄半守门，玉宇一乾坤。
自得汪魏巷，邻家好子孙。

405. 西川与蔡十九别子超

一别西川各自行，三秦日月共枯荣。
平生路上知知己，蜀客相邻楚客鸣。

406. 龙泉东下却寄孙员外

东低总势大江流，百尺风帆以向求。
水水山山游子远，行行泊泊任孤舟。

407. 牡丹

岁岁东风问牡丹，红红艳艳在云端。
成烟始觉珍珠贵，带雨方知国色寒。

408. 巫山高

巫山峡口弄瞿塘，窄窄江流缩地光。
水势连天高处望，巴东已是信陵扬。

409. 江南行

小小姑苏女，西施水国情。
湖烟湖雨湿，碧玉碧姿生。
夕照三桥影，晨明六溪荣。
吴王吴梦久，越主越倾城。

410. 空城雀

一只空城雀，官仓万只空。
群劳群力众，独偶独生穷。

411. 芳树

一树春芳暖，三年结子成。
丰收桃李果，岁岁有枯荣。

412. 听琴

琴琴应有声，处处可无鸣。
一盏临邛酒，相如不自情。

413. 大梁见乔诩

战伐封崇孝景朝，和平逐势利难消。

秦冠日月皇城近，晋羽鸿鹄一字遥。

414. 隋运河

楼船一种到江都，水调歌头半越吴。
泗沚山阳杨柳岸，余杭汴宋已通途。
金陵日色秦淮月，六浃纵横逐五湖。
市井升平人的幸，商人往返运河趋。

415. 寄洪正师

经年成迹路，载岁作桑田。
一粒春秋子，三光向陌阡。
明师明尺寸，自得自方圆。

416. 圣真观刘真师院

古寺松林经，新观正殿封。
真师真院迹，少室少林钟。
野鸟仙书寄，深潭锁毒龙。
尘埃金谷路，楼台上阳峰。

417. 寄聂尊师

青磨青镜石，寄坐寄明心。
日勉中天后，人勤历古今。

418. 金山僧院

错结盘根木，纵横草木荫。
风云风风不定，寺院寺僧深。

419. 酬高崇节

一别千般绪，重逢闰酒情。
离亭分不得，举步不回程。

420. 送汝州李中丞

一战凋零久，三生朽木横。
黄巾黄自盗，掠郡掠人荣。
汝水疮姜阔，牛羊已不生。
山河衣食老，草木济青平。

421. 梁园节度

序：

淮南送节度卢端公将命之汴州，端公常为汴州相公从事。

诗：

旧履萧相国，梁园节度公。

知宣知故谊，晋佐晋司空。

422. 送卢端公归台卢校书之夏县

端公一路夏县春，不笑三张事业辛。
御史征轮龙虎俱，仙家楚水是归人。

423. 送郎州张员外

凤藻无期岘首明，生民始入帝王情。
湘江杜魄秦原路，开遍群芳向此行。

424. 淮南送工部卢员外赴阙

豸角长裾曳，金鸡奏玉除。
绯衣兰署笔，紫禁露香疏。

425. 淮南送司勋李郎中赴阙

品秩中朝重，文章上帝王。
梁王南水郡，北陆雁分行。

426. 送陆郎中赴阙

幕中留恋月，垆边侍吏香。
建礼星霄映，西垣使凤凰。

427. 途中送人东游有寄

你向池阳我入秦，台城渭水共天伦。
南南北北同行路，去去来来又是春。

428. 过废江宁县（王昌龄曾尉此县）

水色青青细似鳞，江明处处锦如春。
莺留旧韵还成曲，古往今来吊故人。

429. 边夜

月月弦弦似，行行止止同。
边风边雪色，一路一斯空。

430. 哭张博士太常

生涯如水逝，日月不留明。
草木春秋伴，文章博士城。

431. 淮口军葬

一字孤军阵，千戈立将门。
荒堆应不悔，赤子可人魂。

432. 燕昭王墓

石墓草深深，昭王纪古今。
山花红胜火，几处有黄金。
不必思量去，郭隗未负心。

433. 江南

玉树年年碧，烟花岁岁红。
陈亡陈自去，逝水逝无穷。

434. 江北

江南江北岸，草木草关山。
古往朝歌废，今来渭水湾。

435. 早登新安县楼

新新旧旧一县楼，古古今今半九流。
壮士曾经应身许，鸾皇未及玉人舟。

436. 千越亭

楚水吴流去，秦人越女来。
江亭江岸阔，一望一天开。

437. 南园题

早薤齐烟露，黄昏木槿红。
南园南夕照，玉树玉影穷。

438. 人日新安道中见梅花

一路长途酒，三冬腊月除。
梅香梅影得，玉色玉人书。

439. 许由庙

不可人生问，何言事俗成。
由人由彼此，可事可枯荣。

440. 题段太尉庙

近甸南梁尉，流年楚异图。
英雄英不谓，古庙古人殊。

441. 湘妃庙

只见苍梧不见人，湘灵鼓瑟自秋春。
翠风处处惊妃泪，竹木萧萧断水滨。

442. 八骏图

八骏生风作精英，骅骝穆满故年情。
三山五岳凌霄去，四足当空自在行。

443. 庭花

庭花庭更美，弱秀弱经风。
互语相情悦，同心共夜空。

444. 病中题主人庭鹤

一羽辽东半渭君，华亭旧迹病居闻。
常情互慰庭前藉，不上青云与白云。

445. 蝉

秋清叶静柳条轻，物象相邻各向荣。
进退攀登留半翅，风餐露宿向高鸣。

446. 薛阳陶觱篥歌

德裕听闻觱篥声，乐天元稹叙其情。
曲高和寡平泉赋，大漠胡杨独木盟。
仆射龙楼成政问，姑苏太守越州鸣。
瓜州百里西天去，角羽穿空系艺缨。

447. 酬丘光庭

三生来去路，半载鲤鱼书。
咫尺天涯远，千年岁月居。
光庭光日色，次策次名誉。
坐读三千客，行吟七字余。

448. 投宣武郑尚书

梁园多雉雀，浙水少西东。
彩凤惊高步，飞鸿历大风。
袁郎知所扇，谢守赋天公。
节杖文翁碧，簪缨顶佩红。

449. 投浙东王大夫

万水千峰秀，风流独峙昌。
兰亭留笔迹，八月望钱塘。
一线潮头上，三江日不扬。
雍客天地阔，啸傲胜人庄。
印绶封勾践，辞民风诏疆。
从宣居易守，以镜贺知章。
溦浦盐官望，头蓬沥海皇。
杭州湾海去，御史帝王乡。

450. 寄剡县主簿

天连沧海阔，地接赤城宽。
主簿天台去，人君似炼丹。

451. 中秋不见月

淅淅漏灯痕，云云落叶根。
珠流珠已止，月隐月生魂。

452. 答宗人衮

难求缘木去，待兔守株留。
有望三丹炼，无归五诸侯。

453. 早行

江声江不断，石岸石难行。
步步青苔湿，云云带雨生。

454. 咏白菊

白菊风霜里，黄花九月中。
重阳重素羽，有色有香空。

455. 晚泊宿松

解缆顺江流，由风逐水舟。
秦淮分二水，晚泊宿松头。

456. 钱塘遇默然师忆润州旧游

别忆钱塘岸，重归北固山。
瓜州南北望，谏壁去来间。
逝水长江见，浮云汴水还。

457. 江南别

男儿无了事，小女有情心。
处处江南水，幽幽鼓瑟音。

458. 四顶山

八面千云海，峰连四顶山。
精神沉雨雾，寺院列僧般。

459. 姥山

临塘三弟子，绣幌半神仙。
暮雨朝云见，秦秦汉汉天。

460. 岐王宅

文无文第一，武见武深工。
一步岐公宅，三生自得通。

461. 般若

如来如去在，慧觉慧心经。
色色空空见，般般若若形。

18

462. 长明灯

独照千年夜，长明一盏灯。
秦皇秦已在，汉武汉时承。
鸿沟三国界，乌江半五陵。
如莲如久立，似史似香凝。

463. 坍口逢人

逢人坍口路，别意客情深。
有遣新年步，无余旧日心。

464. 移住别友

别友西川路，离情蜀道云。
巴山三峡水，白帝半知君。

465. 宫词

娥眉独出群，秀口已知君。
十载知三夜，乾坤日月分。

466. 泾溪

泾溪泾水色，石土石中幽。

浅浅深深积，弯弯曲曲流。

467. 题杜甫集

民心民自在，锦水锦江流。
逝者应相继，来人不问候。

468. 感弄猴人赐朱绶

书生文武致，一笑猴人司。
买取猢狲绶，君王哑笑迟。

469. 题磻溪垂钓图

吕望当年钓，文王鼓案知。
江山由此见，社稷可相思。

470. 春风

春风不似一青云，细雨如油半露分。
万物菌菌成四象，千花艳艳作芬氲。

471. 竹下残雪

竹下残霜雪，云中着素裙。

烟华成玉品，顶戴碧三分。

472. 杏花

梅花已谢杏花开，绿满人意色满催。
粉粉红红墙外见，心心子子结中来。

473. 镇海军所贡

镇海军威贡，行营将令成。
前尘曾不与，后世已英明。

474. 席上歌水调

江南一运河，水调半吴歌。
泗汴山阳渎，通通济济波。

475. 题新榜

长城长万里，水调水千英。
老将无功业，新军小卒生。

476. 句

千棵豆俎连根火，一个弥衡不可容。

第十函　第五册

1. 寄罗虬

罗虬丽藻一台州，不第文名过九州。
百首红儿诗比目，三罗隐业共齐流。

2. 比红儿诗（一百首）

序：

红儿不比杜红儿，手刃姝情手刃痴。

伎女何非音韵客，声容并茂作天姿。

之一：
明皇幸蜀天，玉女马嵬前。
五尺黄梁刃，三生杜宇泉。

之二：
花明金谷色，曲正绿珠妍。

不必齐奴问，红儿以帛悬。

之三：
平阳曾一战，陷落数千颜。
不忍红儿弃，山川一寸湾。

之四：
一曲半丽华，三宫玉树斜。
红儿相比拟，胜作后庭花。

之五：
五津柳如茵，三秦女色春。
红儿红似玉，一曲一经纶。

之六：
半着石榴裙，千姿态度分。
闻君知己处，世俗不天云。

之七：
若愚东昏主，金连是此人。
照君曾不顾，大漠有新春。

之八：
隔世刘郎问，红儿一半仙。
留心留所见，有女有天边。

之九：
越水越山多，西施西子歌。
夫差应改意，世上有红娥。

之十：
世上红儿见，人间一绝花。
声中声不尽，曲里曲如纱。

之十一：
深宫颜色重，柳巷玉人红。
不忍君前见，言情隐约中。

之十二：
赤壁乔家女，东吴一二郎。
琴弦应不误，只改小儿妆。

之十三：
甲帐香风远，红儿汉武藏。
夫人应姓李，不可窃娘乡。

之十四：
魏武陈王客，留情问洛神。
红儿初出水，玉净玉莲新。

之十五：
云浮云不定，雨落雨成珠。
玉立红儿色，花倾色有无。

之十六：
青楼听曲始，女色已芳香。
水调随杨柳，红儿舞上堂。

之十七：
一抹红儿面，千丝碧玉香。
何须先自语，已有玉人光。

之十八：
一屋阿娇色，三宫舞扇香。
长门长赋弃，女以女红扬。

之十九：
月下红儿香，人前杜若堂。
知君知所意，取好取天光。

之二十：
洞口桃花水，云中锦绣妆。
何须回首见，执意薄纱扬。

之二十一：
虢国夫人问，昭君大漠寻。
西施西子色，太上太真心。

之二十二：
已在瑶池醉，红儿不顾春。
人间人所意，女色女儿身。

之二十三：
一梦梅花落，三宫学女妆。
南朝留此样，百草让天王。

之二十四：
但向红儿去，何须事业愁。

时时情意付，久久不回头。

之二十五：
碧玉三春色，红儿一朵花。
阳春阳水暖，白雪白莲斜。

之二十六：
如今公子客，只意向青楼。
不得人情见，红儿以楚留。

之二十七：
露重花低萎，云轻玉结珠。
红儿妆已弃，自作净天奴。

之二十八：
舞罢罗衫重，琴终玉指轻。
弦音弦外去，意马意红缨。

之二十九：
上有杜红儿，中堂玉兔知。
婵娟天下见，一见恐相迟。

之三十：
十斛明珠弃，三宫虢国新。
红儿红一笑，杜曲杜际春。

之三十一：
楚女腰纤细，红儿掌上轻。
无非飞燕舞，有是汉皇情。

之三十二：
不作南朝女，何言玉井红。
江山原是女，社稷始称雄。

之三十三：
安禅心若定，野渚玉枝莲。
以此红儿教，风云日月篇。

之三十四：
野草归春雨，红花春日香。
军中戎马客，月下几扬长。

之三十五：
雕阴官伎女，旧俗艺婵娟。
一见红儿笑，今朝赛洛川。

之三十六：
无因问莫愁，有雨西陵舟。
渡口红儿立，人生立石头。

之三十七：
不向深山去，身边一女仙。
红儿红衣袅，玉态玉姿妍。

之三十八：
倾城倾国色，驻马驻天颜。
俯仰三军去，勋功一女还。

之三十九：
三生应不叹，一见杜红儿。
不是娇妖色，阳明素玉姿。

之四十：
共铸一人身，同生半夏春。
天津桥上望，渭水绕中秦。

之四十一：
不谢齐皇后，还闻燕赵身。
轻人轻舞尽，掌上掌中亲。

之四十二：
鸳鸯鸳不去，凤鸟凤自来。
曲尽摇身变，情终静夜台。

之四十三：
不以梅妆样，孤从自薄裳。
翻身成草木，立定做文章。

之四十四：
月照纤腰瘦，灯明白雪华。
梅花三弄曲，玉树后庭花。

之四十五：
已掷千金去，还来半曲闻。
惊飞旋短袖，未静石榴裙。

之四十六：
一面梁家妇，千声水调音。
江南江不尽，十八女儿心。

之四十七：
红儿抛醉眼，不向汉王来。
巧巧慵慵便，形形色色开。

之四十八：
赤壁周郎将，红儿问小乔。
英雄谁不问，一水半如潮。

之四十九：
东西寻九日，进退作千低。
独有婵娟照，终身羿问妻。

之五十：
已见婵娟影，还闻后羿情。
寒宫寒不得，杜玉杜儿红。

之五十一：
漳台铜雀留，水调运河舟。

自以身名在，红儿作莫愁。

之五十二：

雕梁燕语频，夜月红儿亲。

独步随云落，繁花已是春。

之五十三：

群蜂争艳芯，组蝶采香苔。

只见娇娇去，时时向日开。

之五十四：

曲径羊车路，红儿向画廊。

舞舞由情致，心心自不张。

之五十五：

小小吴门玉，西施浣女溪。

红儿无粉面，素玉有东西。

之五十六：

一首长歌尽，千姿玉影来。

相如相也许，宋玉宋高台。

之五十七：

真珠一窈娘，素玉半衣裳。

欲解红儿愿，平生曲舞狂。

之五十八：

破镜重圆约，杨公素意明。

人生人所主，女秀女儿情。

之五十九：

一约红儿去，三生志不成。

人知人所愿，士得士难平。

之六十：

步步摇春影，欣欣落玉尘。

军前孙武见，不忍刃宫人。

之六十一：

谢守红儿误，东山一半春。

文章留日月，草木碧天津。

之六十二：

碧玉吴门早，红花泽国斜。

江东儿女色，北陆帝王家。

之六十三：

见得红儿面，相思月影低。

流波应不定，定目寄魂西。

之六十四：

已是藏弓客，叹寻守舍姿。

红儿红曲舞，谢世谢人师。

之六十五：

夫妻未到头，道路自春秋。

只与红儿约，英雄向九州。

之六十六：

风来风不定，雨去雨还重。

柳絮知春里，芙蓉水色封。

之六十七：

秦淮桃夜渡，一夜月王家。

万首唐诗句，千篇一律华。

之六十八：

巫山云雨峡，洛水女神家。

只以雕阴子，梅枝满雪花。

之六十九：

深宫皇后色，浅巷越姬颜。

百女无新态，千金有两弯。

之七十：

红儿红胜火，碧玉碧云田。

小小桥边问，昭君蜀国泉。

之七十一：

晓望妆台色，娇藏镜架红。

双眉描细细，一意已空空。

之七十二：

秦楼一穆公，弄玉半春风。

小女红儿似，箫声远近空。

之七十三：

韩明门第外，织女雀桥中。

七夕人间乞，千情一曲穷。

之七十四：

仙人一玉衣，事客半相稀。

莫以红儿许，当言戍愿归。

之七十五：

一见红儿豸，三生见谪仙。

灵魂藏不住，体魄守无田。

之七十六：

守道长陵远，寻情日夜长。

红儿歌一曲，美玉绕三梁。

之七十七：

莺莺元横问，月月隔墙明。

但与红儿见，人情七窍平。

之七十八：

且以红儿貌，图中选入宫。

王母先不问，汉帝已成风。

之七十九：

莫教昭君去，红儿信步来。

单于和议早，大漠将军回。

之八十：

冯媛当战将，玉貌有红儿。

草木山川里，红颜日月司。

之八十一：

不入武陵溪，当闻洞口低。

红儿桃李色，此去汉秦齐。

之八十二：

汉有昭君像，陈无洛水图。

红儿从事问，利刃作情孤。

之八十三：

自古问真娘，三吴碧玉香。

红儿红貌在，小小小姑堂。

之八十四：

绝色一佳人，冠缨半女身。

君恩君未致，楚泽楚江春。

之八十五：

麻姑尘世恼，织女绵成难。

喜鹊成桥渡，红儿作玉观。

之八十六：

红儿一细腰，百态半苗条。

已醉随君曲，无心任酒潮。

之八十七：

已中少年狂，何言是阮郎。

红儿眉不动，一望诺萧娘。

之八十八：

五月桃花色，红儿半着妆。

心中应结子，小杏已逾墙。

之八十九：

小小樱桃口，幽幽吐纳香。

眉眉分世界，乍乍画天梁。

之九十：

宿雨沉沉润，晨云处处藏。

红儿应已醒，百草带花香。

之九十一：

红儿舞罢眉，桂影向私窥。

可以人间去，婵娟以色垂。

之九十二：

一笑无人语，三声有客随。
同歌同舞尽，共事共慈悲。

之九十三：

伊州余韵短，洛水曲流长。
但与红儿步，书文子夜香。

之九十四：

谢女阿蛮曲，新丰惹上皇。
红儿天宝世，曲尽念奴章。

之九十五：

红儿武媚娘，玉色薄姿妆。
已是玲珑见，何言面首郎。

之九十六：

一步三回首，千姿百态身。
摇摇情已醉，酒酒杜康春。

之九十七：

自以比红诗，难言向别时。
从人从事问，不择不戎知。

之九十八：

不尽人生路，难终曲舞情。
经心经日月，彼此各枯荣。

之九十九：

水水波纹似，山山草木同。
人人相异步，处处互成空。

之一百：

草草花花岁，莺莺鹭鹭啼啼。
佳人佳十载，作事作三低。

3. 句

红儿红已尽，小小小三吴。

4. 星精亭

星沉精石见，落地已无邻。
以此玄观着，何言二世秦。

5. 钓阁

钓阁空临水，因鱼不望鸿。
谁知知沼内，不及五湖中。

6. 玉声亭

无流无定止，有玉有声亭。
只以人留迹，求全彼此听。

7. 芝堂

不可男儿误，何知大丈夫。
金机金揖让，典礼典鸿儒。

8. 星精石

独向人间落，英风玉宇来。
天高天不尽，一物一相猜。
空空何所隐，利利久可摧。
机藏机存赐，待世待奇才。

9. 泛香亭

水色泛香亭，云光覆竹青。
人知人不问，熟砚熟无灵。

10. 巴州寒食晚眺

北望半周秦，南行一入春。
巴州寒食节，幸蜀作愁人。

11. 题击瓯楼

一帅击瓯楼，三军势不休。
倾声倾动地，不负不闻流。

12. 卢携

翰林学士一平章，进士身名增范阳。
仰药黄巢郎自去，人生一步九州光。

13. 题司空图壁

司空图壁上，御史贵班中。
且在如夫问，屯奇似饮风。

14. 秋诗

来时不易去难留，万事千人自不休。
潘岳婕好何故结，相思两处月如钩。

15. 题昌蒲废观

真如问远公，烧药废观同。
本是安期在，昌蒲已夜空。

16. 致孙状元许酿罚钱

同年第一状元郎，饮伎分钱女色香。
笔砚文章孙偓见，春秋不尽两闱庄。

17. 牛峤

牛峤进士字松卿，陇上延峰镇蜀名。

自以曾孺王建辟，空浮伪位尚书行。

18. 红蔷薇

含珠当泪水，成云作花城。
蔷薇红似火，换代改朝荣。

19. 杨柳枝（五首）

之一：

春风处处柳青青，玉竹丛丛节节灵。
已是空空郎不见，相思夜夜似弓宁。

之二：

碧玉条条自古今，由风荡荡寄人心。
男儿不解嫦娥色，只以空明不以荫。

之三：

不似流波只似腰，夭夭娜娜作苗条。
吴门小小钱塘女，帛似楼船色似潮。

之四：

阳春白雪一花潮，细柳纤纤半玉条。
一曲梅花三弄去，三吴雨露总无消。

之五：

罗衫欲解两眉深，一树梨花半女心。
且以男儿寻玉女，鸳鸯戏水是知音。

20. 及第后居平康里诗

春闱处处自开花，细柳垂垂御水斜。
日月先生应乞火，文章已向帝王家。

21. 贺裴延裕蜀中登第诗

一第龙门一第开，九天紫府九天才。
铜梁羽翼成仙箓，寸尺红尘寸尺埃。

22. 复谑廷裕

风风水水凡鳞津，第第门门字句人。
蜀蜀吴吴头尾见，刀刀笔笔杏园春。

23. 吊贾岛

贾岛玄微客，韩愈市巷行。
推敲推不定，月下月中明。

24. 君山

君山一色洞庭湖，水浸三光似有无。
只以昆仑山顶见，天云石落问麻姑。

25. 东归诗

不锁文闱罢，常闻谏猎行。
金门朝武举，玉帐鼓声鸣。

26. 题玉芝双奉院

门前松竹木，院里玉芝香。
鸟去寻人至，僧来解客堂。

27. 宿麻平驿

月宿麻平驿，云沉水榭西。
寒宫寒玉影，夜鸟夜清啼。

28. 题光福上方塔

偻中彭泽岸，寺塔上方空。
苍苍天地界，郁郁洞庭风。
落落钟声晓，幽幽暮钓翁。

29. 枯木诗辞诏命作

岁月由来少，枯荣以自根。
烟霞烟水色，一夕一黄昏。
不尽人人事，无须事事良。
书生书子继，帝子帝儿孙。

30. 赠进士王维

海宴河清水，峰云岭木山。
离骚离不尽，九派九歌闲。
诸葛分三国，徐庶赤壁还。

31. 渔者

渔翁有是非，北雁向南归。
岁岁春秋见，年年草木依。

32. 上子男寿昌宰

陶公无政绩，谢过有诗文。
五柳桃源色，三光日色曛。
文章成此理，草木作烟云。

33. 赠方千先生

天台十步自天真，只爱三山二水夫。
别去金陵分挂谢，箕踞浙水钓鳌人。

34. 赠进士李德新接海棠梨

自接海棠梨，当年见果低。

原生原本意，两树两心齐。

35. 春日题航头桥

水陆绝尘埃，航桥有草开。
繁花繁似锦，碧玉碧人来。

36. 和方千李频庄

一日高情度，三春细雨频。
闲心凭律吕，胜打五侯秦。

37. 苇蕖

倒影垂沙鸟，荒丘露结根。
无军无本木，有翼有黄昏。

38. 春

细雨幽幽涧，芳花处处红。
龙宫龙不在，凤阙凤行空。

39. 夏

三春双季节，一水半芙蓉。
玉影荷塘月，婵娟桂子容。

40. 秋

宋玉高唐赋，相如酒市工。
知音弦外寄，一叶一金风。

41. 冬

腊月梨花雪，新春玉影梅，
香疏香不禁，傲立傲春媒。

42. 过洞庭

姑山色里岳阳浮，阮水星宸橘子洲。
象外曾闻惊赤壁，吴江六渎楚才头。

43. 严塘经乱书事（二首）

之一：
三军三阵势，一将一功成。
四海同盟久，中原武备惊。
经身经历练，立世立雄英。
之二：
山前收牧帐，幸后振朝衣。
蜀令潜鳞起，王名帝业归。

44. 邓表山

邓表山中闻，三清白日曛。
观开听鹤语，社守闭坛云。
谷改陵空路，孙非回向分。

45. 记知闻近过关试

春闱春试了，一目一当然。
进士今年取，翰林过后悬。

46. 郊居

村前村后路，树下树梢风。
雨雨云云近，朝朝夕夕红。
闻声闻草木，见色见兴隆。
麦麦田田里，丰丰硕硕中。

47. 杏花

小杏红花色，逾墙过客情。
群芳应结子，麦刈作香菁。

48. 春鸠

声鸣声不尽，啄叶啄难停。
细雨微尘净，天空玉宇宁。

49. 题崇尘寺壁

一壁崇尘寺，三更见主持。
禅房禅自定，一月一星知。

50. 报颜标

俗物关情少，山河醒醉多。
颜公颜似玉，蓼草蓼牛歌。

51. 途中除夜

腊尽灯残夜，途中岁未身。
明晨行所去，白雪已成春。

52. 长门怨

句句长门怨，劳劳扫叶行。
人颜人自老，著史著平生。
笔笔春秋续，营营有主城。
婕好班固去，女子已留名。

53. 秋日寄华阳山人

溪流作画屏，树木着丹青。

叶落山人扫，华阳玉宇星。
人间人不见，羽落羽飞萤。

54. 感事

潼关谁北立，洛水向东流。
百岁无须问，千年有白头。

55. 楚思

楚水蜀吴流，荆门汉口洲。
洪湖云梦泽，曲曲九江游。
万里行程远，千年过往舟。
云随天地尽，雨逐客人楼。

56. 雪中

白羽雪中衣，轻云路上稀。
三冬辛苦尽，九夏两相依。
雨雪应非本，同源各向归。

57. 道中有感

人生三万日，一道百思迁。
问里行无止，书中两目田。

58. 宋汴道中

宋汴隋炀水，山阳泗汕连。
江都留不住，柳帛易桑田。

59. 秋思

三春三种子，一岁一丰收。
事事人人见，今今古古流。

60. 即事

江流江逝水，顺势顺行舟。
曲曲折折见，潮潮汐汐浮。

61. 渔家

岸岸潭潭水，弦弦月月舟。
钩钩连网网，钓钓逐游游。

62. 关中

关中关外路，步下步前头。
农鹿中原战，行书四十州。

63. 归思

一路归思问，三生驿路行。

书中书不尽，步下步无平。

64. 下第出春明门

下第无心下第门，行中有路止中痕。
春明一试秋风肃，半是风尘半是孙。

65. 华清宫

十丈梨园界，千年弟子家。
王侯公列士，玉树后庭花。

66. 秋日北固晚望（二首）

之一：
长江北固一云浮，水气金山半日秋。
曲曲千折低向就，年年一语向东流。
之二：
谁知白发不须医，北固瓜洲已两支。
砧杵声来寒已注，隋炀水调自相思。

67. 送张道士

道士三清路，儒生一部书。
人间如此见，草木似多余。

68. 吴门春雨

吴门春雨润，碧玉小桥情。
柳柳丝丝滴，纤纤望望行。

69. 旅夕

孤灯落一花，宿雁驿三洼。
只要无人处，深知是客家。

70. 瓜洲夜泊

夜泊瓜洲岸，江流已在南。
余杭应一半，汴水可千潭。
越女知天意，吴姬好养蚕。

71. 金陵晚望

三山二水一金陵，白下秦淮半石冰。
月色灯光渔火照，梅花落里有香凝。

72. 晚思

日夕影斜长，高山独得光。
黄昏应渐尽，逝水已苍茫。

73. 长信宫（二首）

之一：
宫深魂杳杳，月暗影沉沉。
玉树黄金洲，君恩一代荫。
之二：
玉玉人人色，长长信信宫。
藏娇藏不久，一女一人情。

74. 长安旅怀

九陌年年路，千门日日新。
长安长不在，渭水渭泾津。

75. 春

一叶抽尖出，千枝待易新。
根根心已定，顶顶见春因。

76. 夏

细雨萌萌响，抽芽节节声。
枝枝同起力，叶叶已先生。

77. 秋

晚夏荷塘雨，秋风落叶频。
吴门方未冷，北陆已寒秦。

78. 灞陵亭

灞陵亭上柳，断后断中生。
别路先折取，隋炀水调情。

79. 偶作（二首）

之一：
风流春水色，草木向阴晴。
小女心中间，群芳百媚荣。
之二：
隔壁男儿语，桃花小女红。
相邻相见约，一月一春风。

80. 永夕

残灯无一事，旧影有三重。
认认真真望，儿儿女女容。

81. 落花

梅花落里曲，玉树后庭花。
剑器浑脱舞，春杨柳色斜。

82. 下第后上永崇高侍郎

云霄玉宇一瑶台，只向人间半壁开。
小杏红颜红未了，芙蓉玉立向天来。

83. 句

藏娇藏所望，有愿有情怀。

84. 城南偶题

城南题偶步，巷北望亭台。
野水分红树，书生作楚才。

85. 赠边将

部落归天纪，封疆作帝功。
河源辽海路，只在一边东。

86. 桃源

山前空洞口，水上汉秦风。
绝壁封天地，桃源五柳中。

87. 曲江

书生半曲江，问第一无双。
步步天台近，趑趄望故窗。

88. 送韦岵郎中典泗州

泗沚山阳水，隋炀汴柳河。
郎中应玉诏，绶带已朝。

89. 赠婺州苏员外

雁向衡阳寄，江都继续行。
郎官员外客，帝念桂琼英。

90. 寄友人

白雪梅香一色华，清溪竹影五湖花。
登楼夜坐三更月，绝句吟成半谢家。

91. 雨

细雨丝丝结网成，轻云淡淡欲相倾。
珠珠点点垂垂出，恋恋连连滴滴英。

92. 观锡宴

飞花落酒杯，舞蝶互相陪。
已醉骅骝步，黄昏误不催。

93. 城东即事

紫陌红尘秀，朱门远路风。
三秦泾渭水，十里未央宫。

94. 夏日湖上即事寄晋陵萧明府

羲和亭午睡，九日共火曛。
老子先无醒，儿身带席纹。

95. 对月

玉宇一轮冰，寒宫半盏灯。
婵娟留影望，桂子已相应。

96. 浙西送杜晦侍郎入关

出出潼关久久还，黄河九曲自弯弯。
留成润泽中原富，此去东瀛不等闲。

97. 寄江东道友

三清清自在，九陌陌阡尘。
道友江东客，人间气势新。

98. 下第有怀

书生有路有离乡，不误知音别养娘。
只是身名由利禄，家家国国作栋梁。

99. 春日经湖上友人别业

花花红绽绽，草草绿油油。
岁月三春水，江湖一叶舟。

100. 长安春日

长安春日少，白雪夏冬多。
一日秋风至，千冰作玉河。

101. 陪浙西王侍郎夜宴

夜宴镜湖郎，蔷薇月独香。
童钯吟绝句，少小问知章。

102. 春别

三边五月寒，九陌半云端。
大漠千层碧，阴山刺救丹。

103. 送谢进士还闽

百越风烟度，三边草木寻。
人生人自主，世界世知音。

104. 焚书坑

鲁壁秦皇误，扶桑岁月虚。
朝堂谁指鹿，不读李斯书。

105. 东都望幸

东都望幸美人米，辇下连江策楚才。
纪事高湘安石子，君王已赐侍郎杯。

106. 旅舍早起

门前行子早，路后未生尘。
鸡鸣鸡不断，一步一西秦。

107. 癸卯岁昆陵登高会中贻同志

平生平醒醉，历事历阴晴。
进退升迁止，沉浮岁月行。
人前人后见，自得自枯荣。

108. 上元夜建元寺观灯呈智通上人

世上千年路，心中一盏灯。
人人喧闹夜，处处隐禅僧。

109. 变体诗（长短句　采桑子）

东南陆天江岸，岁岁风云。
岁岁风云。一半波涛一半纹。
春秋已云春秋在，不是时分。
不是时分。白日升平白日曛。

110. 长安书怀

半有归心半读书，三光日月一光余。
千年不误身名利，万里方知帝业居。

111. 桧树

翠树苍苍桧树门，盘盘郁郁老慈根。
龙钱虎节惊尘俗，高扬俯就待子孙。

112. 读五侯传

秦秦汉汉一乾坤，项项刘刘半子孙。
莫以鸿沟垓下误，三分九陌五侯门。

113. 春雪

白雪阳春素，群芳玉树高。
梅花藏不住，傲影作波涛。

114. 贫女

世上贫寒女，人间有弱娇。
双眉双自顾，独影独春潮。
岁月无偏倚，年华有小桥。
夫妻夫妇客，共度共良宵。

115. 题竹

玉影婆娑似雨声，摇摇曳曳有阴晴。
枝枝向上朝天去，节节空心独自荣。

116. 鹦鹉

困困囚囚半禁宫，光光彩彩一牢笼。
居剪自傲庭前语，未学人间有始终。

117. 寄李处士

吕望知天久，甘罗问道长。
祢衡鹦鹉赋，宋玉雨高唐。
处士三清客，封侯不向疆。
人间留一迹，世上着千章。

118. 对花

半作横钗带小枝，红红绿绿两珍奇。
人间自有天然色，蝶蝶蜂蜂见已迟。

119. 寄怀

书书剑剑一儒风，去去来来半始终。
业业功功成不定，行行止止叹途穷。

120. 题刑部李郎中山亭

山亭山已色，水逝水云空。
竹影遮天意，荷塘带西风。
渔公垂钓处，锦鲤自游红。

121. 八月十五日夜同卫谏议看月

岁岁中秋月，年年各不同。
方圆方丈问，谏议谏知隆。
色带邻沧海，宫寒玉树空。
人间求桂子，后羿以情终。

122. 亭台

台台磊石着亭亭，四四方方八角形。
望望难平难不尽，思思见想见丹青。

123. 边将

三边一日功，九陌半家雄。
十载长城战，千年汴水红。

124. 塞下

塞下风光塞上兵，云中草场牧中情。
和平自是经和战，百姓何言有远征。

125. 织锦妇

丝丝线线一梭成，纵纵横横半织情。
细手纤纤知结朕，银河泛泛女儿生。

126. 钓翁

蓑衣荷叶剪，野草自编篷。
坐定观云起，游鳞锦鲤红。
成全成美色，一意一思空。

127. 曲江

一第书生半曲江，文无第一武无双。
春闱二月招皇榜，立世应知始定邦。

128. 隋堤

江都日上一龙舟，伎曲云中半酒楼。
士子经商经利禄，繁华不语运河流。

129. 天街

一岁天街一步新，三年旧路五年尘。
明中似是非相似，暗里偷便彼此人。

130. 紫骝马

天街已主觅封侯，日上云中志不休。
学士翰林书凤阙，经天自去过神州。

131. 问古

一路风云半步生，三秦日月九衢荣。
长安渭水咸阳问，古往今来久不平。

132. 豪家

春光花不买，夏雨水多洼。
石馆临溪路，芙蓉自彩霞。

133. 陈宫

井上梧桐叶，云中细雨头。
张丽华有色，铁瓮困潜愁。

莫以陈宫问，南朝六代休。

134. 送友人罢举授南陵令

弦歌才未了，酌酒已离杯。
驿路江亭水，新诗谢守台。

135. 投知己

知人知自己，作事作阴晴。
楚楚吴吴接，方方寸寸生。

136. 牡丹

花园含笑色，碧玉纳丹青。
欲断三春后，香留一帝灵。

137. 春游

梅花落里香，小杏过邻墙。
女色秋鞑起，男儿窃语狂。

138. 仙掌

捧日经皇道，回程示故人。
穿流穿石洞，垒世垒三秦。

139. 燕子

大厦衔沁筑，巢栖宿日频。
佳人应此望，乳燕可情邻。

140. 奉和春日玩雪

堆成人一个，雪满素三秦。
隔日东风至，泥泥水水春。

141. 独坐吟

春愁似草生，细雨总难晴。
只在情田里，秋收子粒明。

142. 采茶歌

芽芽未露头，雾雾已风流。
采女胸前袋，珍珠不必羞。
尖尖三两叶，碧碧玉螺球。
只有春心里，无须露水流。

143. 贵公子行

孟母从邻苦读书，春秋剑阁寄情余。
由来孔子知齐鲁，学得颜回陋巷居。

144. 吹笙歌

吹笙吹不断，吸气吸回声。
指指音音易，情情面面生。
巫山神女至，宋玉襄王盟。
暮雨朝云是，阳春白雪情。

145. 咏手

十指分天地，三生有去来。
千章千字句，一世一文才。
作作经中手，为为日月开。
男儿男自力，女子女怀媒。

146. 句

百尺罗裙一女娲，三江玉练五湖花。

147. 寄唐彦谦

彦谦多博学，乐芝画才精。
不第成君子，文词壮丽生。

148. 逢韩喜

花娇文化富，不以茂陵贫。
索句梅花落，阳春白雪邻。

149. 夜坐示友

夜坐寒宫色，闻风示友声。
婵娟邻彼此，不语到天明。

150. 梅亭

梅亭梅已落，结子结人生。
隔岁经春雨，疏香傲影萌。

151. 岁除

一夜分双岁，三更隔两年。
春风疑早到，竹影已含烟。

152. 咏月

缺缺圆圆见，朝朝暮暮悬。
寒宫寒自己，后羿后生天。

153. 闻应德茂先离棠溪

落叶鼓琴响，鱼游带墨痕。
离棠溪水浅，岸草似无根。

154. 松

枚乘七发半松涛，错结盘根九陌袍。
白虎青龙天地上，庄王十载不旌旄。

155. 梅

香风香阵阵，玉气玉幽幽。
自是无端起，当知有意羞。

156. 兰（二首）

之一：

一谷幽兰色，三秦玉影芬。
香含香不见，有意有心闻。

之二：

露露珠珠纳，圆圆玉玉陈。
含光含紫气，纳雾纳秦春。

157. 葡萄

露冷惊金谷，风催向绿珠。
葡萄胡汉易，霸道石崇无。

158. 春草

天涯春遍绿，玉苑万千珠。
石意藏金谷，崇知待丈夫。

159. 渔

水水鱼鱼合，钩钩网网分。
无心垂钓者，有意伺王君。

160. 留别（四首）

之一：

前程前不止，别路别无穷。
独望婵娟远，孤身桂玉宫。

之二：

天天荒草绿，处处野花红。
独守行身实，随心所欲空。

之三：

曲曲离筵酒，声声学子情。
书香书那事，子女子名声。

之四：

老骥知千里，风流已万钟。
当闻先伏枥，化作翼天龙。

161. 秋葵

秋葵朝日望，结子带丰收。
岁岁重阳后，盘盘九月头。

162. 春草

春风春雨草，一岁一如年。
有土何无子，沧桑几陌阡。

163. 春日偶成

红颜美女面如花，重粉深眉画唇遮。
似假还真真不见，丰姿瘦体未知家。

164. 秋是感怀

醉态芙蓉落，莲蓬采女摇。
秋阳秋似火，一浴一春潮。

165. 七夕

不乞天孙巧，银针玉指长。
无心无织女，有意有牛郎。

166. 怀友

孔教三千子，云重十二楼。
秋风寒月色，落叶作归舟。

167. 翡翠

翡翠汀洲碧绿潮，经心蓄色久难消。
青楼粉颈呈珠玉，一步姿身一步摇。

168. 咏马（二首）

之一：

龙媒争速度，骏骨带云风。
跷首朝天阙，经空万里鸿。

之二：

只食荒原水，当然伯乐名。
行行千百里，枥枥路途明。

169. 留别

举步无回首，经心自在筹。
天云应变幻，陆水有桥舟。

170. 咏竹

一节朝天一节量，千枝细叶半枝长。
生生力力天天上，实实虚虚处处扬。

171. 忆孟浩然

撼抽明皇一句穷，襄阳岘尾半羊公。
形形影影山河外，不入东风柳絮中。

172. 寄友（三首）

之一：
凌霄花下望，彩色玉壶边。
喇叭开红绽，风蕾一寸圆。

之二：
醉里呼明月，行中望夕天。
途长何所得，跬步作方圆。

之三：
已见梅花落，当然百草萱。
群芒相继续，四象自三元。

173. 无题（十首）

之一：
壹月梅花落，东风第一枝。
无迟杨柳曲，有色玉兰时。

之二：
细腰无力久，纤手素琴边。
绿蚁应先醉，犀梳落地眠。

之三：
芙蓉湖水色，采女已离船。
莫以牛郎远，黄昏不可莲。

之四：
曲曲歌歌唱，云云雨雨眠。
青楼青不止，一女一娇妍。

之五：
别去难容易，相逢叹短长。
先生先不问，后路后离乡。

之六：
蜡烛明明短，灯花夜夜心。
铜壶铜滴漏，一女一鸣琴。

之七：
前朝明月色，玉树后庭花。
小扇轻罗羽，巫山你我他。

之八：
一过巫山不见兵，三巴夜雨未倾城。
高唐有女襄王梦，大漠沙尘细柳营。

之九：
杨杨柳柳一枝头，绿绿黄黄半不愁。
已是春风三二月，云云雨雨已无休。

之十：
一半鲛绡一半裙，三更旧梦五更云。
桃花满露梨花雨，小杏红时色散芬。

174. 寄同上人

高高山顶寺，处处水中云。
但上如来路，言中向大君。

175. 夜坐

夜坐观星象，心明问自身。
银河南北见，父子别离人。

176. 吊方干处士（二首）

之一：
处士方千去，儒生敬仰来。
何从何所以，一世一徘徊。

之二：
去去来来见，生生死死身。
魂魂还魄魄，俗俗亦尘尘。

177. 题证道寺

千寻清净寺，半入野僧家。
石径通南北，心经到国华。

178. 宿赵别业

一代徐元直，三军一阵营。
东风先觉悟，赤壁是曹名。

179. 原上

渡口危桥断，荒原草木荣。
当然当跃跃，不以不平平。

180. 寄台省知己

太傅长沙客，相如沽酒垆。
琴声琴内外，九鼎九歌无。

181. 自咏

十万诗词着，平生七十年。
山河逐日月，草木共桑田。
仕路无知己，途程有向前。

耕耘曾不止，历练凿新泉。

182. 游阳明洞呈王理得诸君

禹穴阳明洞，人间五谷田。
应知天下水，顺导作源泉。
已制东西向，重修旱西川。
三清三世界，九派九神仙。

183. 新丰

北斗斋坛寂，新丰里巷宽。
烟云齐渭水，草木洛神坛。

184. 拜越公墓因游定水寺有怀源老

墓里成仙在，云中化羽迁。
轮回轮世事，一道一桑田。

185. 任潜谋隐之作

隐隐难成约约行，名名问问利自营。
青衣足迹风云里，白首樵渔苦力横。

186. 晚秋游中溪

中溪分石水，独色合云流。
一字飞天雁，三边白雪楼。

187. 寄陈少府兼简叔高

路绝云归海，门深草问丘。
消闲消客梦，一日一春秋。

188. 过清凉寺王导墓下

风流已在帝王家，世上轮回俗子赊。
墓下神神成鬼鬼，难容井下后庭花。

189. 第三溪

石岸第三溪，云边草半齐。
无须深浅水，有道是高低。

190. 蒲津河亭

宿雨清秋冷，河亭水色寒。
蒲津蒲苇渚，雁羽雁云端。

191. 昆陵道中

昆陵百里一姑苏，锡惠鼋头半五湖。
岁岁清明烟雨路，年年乞火问江都。

192. 越城待旦

暮暮曹溪水，朝朝白石边。
村村鸡早语，路路靠离船。
莫以何来去，成行别故川。

193. 过浩然先生墓

一墓自朝天，三生已浩然。
潇湘波撼岳，日下洞庭船。
二世秦皇岛，瑶台汉武仙。
蓬莱蓬不在，海外海方圆。
道士清虚语，僧人苦度缘。
今天今已俱，昨日昨轻边。
后日何知晓，轮回几未全。
心经心所在，一步一思迁。

194. 赠孟德茂

自古书生是是非，功名利禄别离归。
平生万卷应夫子，格律诗词已翠微。

195. 秋霁丰德寺与玄真师咏月

月下玄真月上寒，人中苦度世中安。
神仙不在灵魂在，未了心思已了观。

196. 长陵

长陵长地下，一了一人间。
未尽留思在，灵魂几魄闲。
人身人所在，去路去何还。
只可玄虚问，何言二十般。

197. 留别

三千年外问，五百岁中闻。
吕尚文王史，卿侯帝子君。
何归何所去，万代万纷纭。
不见灵魂处，传言别世分。

198. 宿独留

孤身孤可云，独宿独难留。
只以书生路，何言道士求。

199. 客中感怀

有去三千里，无回四十州。
书生书不尽，一子一王假。

200. 过三山寺

三山江上寺，二水月中潮。
北斗秦淮岸，南朝草木凋。
金陵金不在，石鼓石钟遥。

201. 望夫石

一石江中立，千年大丈夫。
苏秦行六国，五霸向三吴。
小女倾心处，情肠是念奴。

202. 过湖口

湖州锡惠一姑苏，四围三分半在吴。
马迹东西山上望，灵岩木渎运河湖。

203. 夜泊东溪有怀

三吴云水静，一梦洞庭山。
夜泊东溪月，婵娟半露颜。

204. 登庐山

庐山五老峰，牯岭九江容。
海会鄱阳水，南昌俯仰松。

205. 金陵九日

三秋黄菊色，九日雨花台。
虎阜龙盘早，三山二水来。

206. 游清凉寺

步步清凉寺，心心竹院情。
秦淮桃叶渡，谢导石头城。

207. 高平九日

一步登天望九州，三台问道见千流。
东西引导川山路，四海成章禹业留。

208. 金陵怀古

自古幽幽一石头，金陵处处秣陵舟。
秦淮禁禁黄金少，草木青青水自流。

209. 道中逢故人

交河日暮一相逢，野店孤身半不容。
渡口停舟心处睡，青山路过几重重。

210. 早行遇雪

苍茫大雪已倾城，霭霭云烟结玉英。

厚厚层层分草木，端端再再作丰情。

211. 樊登见寄四首

之一：
曲尽梅花落，阳春白雪时。
高山流水去，蜀女竹枝词。
之二：
下里巴人曲，杨杨柳柳枝。
巴山巴雨夜，蜀女蜀儿时。
之三：
望望夫夫石，情情意意知。
男儿男自立，女意女心痴。
之四：
江流江不止，石立石无移。
只有情儿女，相思唱竹枝。

212. 春风（四首）

之一：
初来柳叶黄，来去落梅香。
带雨群芳色，行云百草扬。
之二：
山山红艳艳，冷冷色团团。
一日行云雨，三吴寄杜鹃。
之三：
巴山巴女色，杜宇杜鹃红。
只带江南雨，秦川草木丰。
之四：
前行前付与，不止不回头。
直至红芳满，无声入九州。

213. 感物（二首）

之一：
败败成成路，兴兴废废城。
千年千所易，一岁一枯荣。
之二：
鲍叔曾齐鲁，苏秦六国臣。
秋风秋落叶，一岁一秋春。

214. 和陶渊明贫士诗（七首）

之一：
少小知邻里，丰年向路中。
天机天有命，老气老书翁。

之二：
辛勤衣食住，苦力种耕田。
半亩三千籽，年年一夜眠。
之三：
古已七弦琴，如今五柳音。
人情人所在，借此借其心。
之四：
读学不知贫，程途满归尘。
行人行不止，历路历秋春。
之五：
一志书生寄，千年历史还。
因求安禄饱，不必出紫关。
之六：
村前多父老，雨后绿禾苗。
不见彭城令，朝朝暮暮聊。
之七：
且向桃源问，无闻彼此身。
楼中楼有阁，水外水生津。

215. 舟中望紫岩

远近山如画，枯荣草似裳。
衣衫颜色好，日月换黄粱。

216. 九日游中溪

石在溪流两不情，重阳九日见分明。
蓼花水上婀娜态，淑女楼中一半声。

217. 六月十三日上陈微博士（三首）

之一：
雨散云飞尽，花明草碧生。
农家衣食此，博士着精英。
之二：
巢由天下薄，舜禹苦中人。
不以枯荣见，何须献世身。
之三：
蚊蝇如俗子，草木似人心。
经本求源见，闻声善恶寻。

218. 宿田家

田家自古一桑麻，早夏深春两豆瓜。
腊月梅花千雪瑞，青黄不接半生涯。

219. 夏日访友

书生及第一官家，百草春闱二月花。
九品青衣徘紫路，衙门不胜曲江华。

220. 游南明山

读尽人生半不情，官衙日月一枯荣。
南明山上南明寺，草木丛中草木生。
官场路，阡陌程。长亭十里别乡行。
相思复是相思故，父母灯前父母名。

221. 索虾

青青曲曲爪须长，白白红红玉体香。
蒜友瓜棚同沽酒，阳湖石底以隅藏。

222. 采桑女

官家二月收新丝，采叶三更日已迟。
税税东吴千载赋，春蚕作茧女儿知。

223. 送许户曹

乳燕沙头落，垂丝细柳条。
军船军不尽，士战士声遥。
碧玉冷家晚，童公望小桥。

224. 咏葡萄

本在胡天万里遥，咸阳汉土一云霄。
双肩玉耸碧瑶瑶，波波浪浪已成潮。
醇成绿蚁长城醉，天马行空日月骄。

225. 蟹

八月秋风入水乡，阳澄蟹脚痒还长。
张翰已是纯鲈脍，鲁望湖天拙政忙。

226. 叙别

儒生别道一书香，离家父母半枸杞。
夜合花香开小院，凉风解醉不还乡。

227. 绯桃

书生四海作秦人，结子绯桃是晚春。
落后红颜成碧玉，东风已尽入秋津。

228. 小院

小院鱼池浅，中庭日月明。
游鳞游影静，玉宇玉深萌。

229. 春雪初霁杏花正芳月上夜吟

夜与杏花邻，香来半作春。
墙边声影住，却道是窥人。

230. 文惠宫人

已是旧宫人，无知二月秦。
音知良佐命，自得尚书春。

231. 赠窦尊师

以道玄虚论，从心弃吏家。
抛官三界外，只爱一丹砂。

232. 穆天子传

清歌王母叹，玉管穆天归。
不得重想见，瑶台独鸟飞。

233. 楚天

宋玉高台赋，襄王已作尘。
朝云成暮雨，一峡半流春。

234. 寄徐山人

四壁山人面，三光古道新。
来因何果去，魄敢聚魂身。

235. 题宗人故帖

记取兰亭序，山阴古庙余。
三朝应纸贵，一笔茂陵书。

236. 垂柳

一世风流半是情，三朝素面两朝明。
丰丰腴腴姿身好，饿损纤腰学不成。

237. 登兴元城观烽火

幽王烽火点，一笑诸侯行。
不望长天外，单于久待鸣。

238. 邓艾庙

周郎从赤壁，邓艾向军谋。
蜀水留吴士，巴山伴武侯。

239. 曲江春望

杏杏桃桃色，花花草草江。
三生三客主，一世一无双。

240. 汉殿

江山一大风，日月半长空。
项羽刘邦去，乌江一诺终。

241. 贺李昌时禁苑新命

柳色灵和殿，花光禁苞墙。
邻家邻树影，互问互倾肠。

242. 牡丹

武后鲜花令，寒宫醉牡丹。
王城天子在，渭水不波澜。

243. 罗江驿

野柳三春碧，山榴半落花。
罗江罗水岸，一女一船家。

244. 奏捷西蜀题沱江驿

临邛临酒驿，锦水锦江楼。
但问相如客，文君作莫愁。

245. 春早落英

落落飞飞色，因因果果成。
观心观以后，见子见枯荣。

246. 仲山　高祖兄仲隐居之所

人官误隐居，仕宦不多余。
舜禹巢由见，平生一部书。

247. 汉嗣

鸿沟分未定，汉福合时秦。
一庙留千古，张良作半人。

248. 四老庙

借请闲人问，萧何月下行。
张良韩信去，四皓帝王城。

249. 南梁戏题汉高庙

羽武一南梁，从文半帝王。
何时何不定，一语一圆方。

250. 洛神

陈王陈魏晋，洛水洛神殊。
宓女凌波步，同根不有无。

251. 重经冯家旧里

冯家旧里长，市井有书香。
自以留英处，当然见柳杨。

252. 初秋到慈州，冬首换绛牧

应年玉树枝，隔岁换春晖。
绛牧慈州路，春秋各自飞。

253. 克复后登安国寺阁

寺阁荒垣草，楼台柱杖蒿。
僧人僧已弃，月色月宫高。

254. 题虔僧室

万事空门外，千年月色中。
禅房禅自在，普度普人终。

255. 见炀帝宝帐

帝业兴亡见，明珠以斗量。
头颅炀帝好，水调运河长。

256. 楼上偶题

一步春秋半步秦，三年旧路十年尘。
因因果果何假设，只有怀才抱器人。

257. 亲仁里闻猿

夜静亲仁里，闻猿一两声。
更深更自语，梦呓梦难明。

258. 闻李浚司勋下世

四海千川早晚潮，魂飞魄散入云霄。
春秋战国周秦汉，一帐三军半代骄。
云渺渺，雨潇潇。生生死死望遥遥。
人间自得人间念，不是平生不是桥。

259. 试夜题省廊桂

步履尘尘见，东堂处处闻。
三元三自始，一省一仁君。

260. 竹风

竹竹风风影，枝枝叶叶斜。
青青天上望，笋笋石中花。

261. 长溪秋望

长溪秋望远，短日逐流明。

逝水波涛去，人心付此行。

262. 严子陵

草茂子陵滩，鱼游影不残。
三公王不傲，一世只青丹。

263. 北齐

肯战知虚实，军师秉胜行。
招提强据虎，忍取北齐城。

264. 楚世家

自古人间半是非，邪邪正正十城微。
张仪又入怀王手，驷马安车自傲归。

265. 骊山道中

幸蜀骊山道，霖铃雨上皇。
开元天宝去，战事在渔阳。

266. 韦曲

二二三三月，韦韦曲曲梅。
群芳群色赵，一别一徘徊。

267. 黄子陂荷花

彼此荷花自不遮，阴晴绿叶碧中华。
珍珠不定芙蓉正，塞北江南是一家。

268. 野行

行身如蝶舞，驻步似蜂飞。
白首回归问，何当有是非。

269. 兴元沈氏庄

清清浅浅一池塘，宇宇重重半日光。
足见深深天地界，无须处处暮朝墙。

270. 乱后经表兄琼华观旧居

一作仙居地，三清故道空。
心随心所欲，志作志书穷。
信信迷迷处，茫茫渺渺风。

271. 秋霁夜吟寄友人

北陆秦楼月，东床水惠休。
金商频伏火，岁晚鲤鱼舟。

272. 贺李昌时禁苑新命

已定辽东一鹤名，无声阙北半角倾。
黄扉议政参元化，玉简金文直上清。

273. 寄元二十四

非烟非雾水，是雨是浮云。
面壁禅房闭，临窗日月分。

274. 寄怀

朱弦肠已改，烛泪落时明。
细柳因微雨，垂枝向水平。

275. 送樊管司业归朝

夫君夫太学，近业近文章。
汲郡陵初发，汾阴日晋昌。
期题期舌辩，拾芥拾天荒。
已见泥函谷，潼关渭水黄。
春秋春魏主，左传左公羊。
汉柏朝天叶，青袍过寿阳。
鸿都鸿赋客，妇幼妇人梁。
诸术云飞去，先王散禹汤。

276. 奉使岐下闻唐弘春行车为贼所擒伤而有作

报国唐弘一丈夫，捐躯画像半书儒。
功成楚晋咸秦去，独折星辰作史无。

277. 追叙风概

册府荫余泽，皇纲赐笏朝。
沧洲原鹿竟，咫尺谏言雕。
帝印黄龙绶，长城白骨销。
流年随水逝，柱石立云霄。
楚客囚徒近，汨罗太一遥。
长沙最贾谊，九派九歌谣。
圣泽丹流在，公侯穆卜寥。
王家王土地，水国水天潮。

278. 岐王宅

一世岐王两世臣，三生正国五湖秦。
相承旧物唯君去，隔代新皇忆故人。

279. 东韦曲野思

东西韦曲望，彼此野思观。

淡雾轻云近，青莲玉渚宽。
无人无所问，有水有波澜。
若以孤心见，沧洲独步难。

280. 上巳

上巳连寒食，清明乞火情。
梅香梅独傲，白雪白阳澄。
处处春莺早，啼啼一两声。
含情含碧玉，小女小桥行。

281. 移莎

只此霜栽好，移莎赠伯翁。
吟诗吟老子，著作着雕虫。

282. 西明寺成公盆池新稻

不笑江南稻，盆池一镜平。
霏霏云雨落，处处有新生。
一亩千斤赋，三秋五味情。
农家农子女，一户一枯荣。

283. 红叶

秋霜红叶色，日浅略呈黄。
素女高楼问，青娥淑淡妆。
澄湖清倒影，月色入荷塘。
谢朓留霞句，甘宁弃锦张。
枫丹三色合，鄙杜一蝉扬。
着物经天地，功成待柳杨。

284. 鹈鹕

一夜南塘雨，三声北岸啼，
春风春已到，鸟落鸟飞低。

285. 萤

一闪光明半灭行，三秋朽草两秋横。
隋家旧院同观晋，夜里流萤总不平。

286. 夜蝉

夜夜蝉修翼，高高退下声。
西风杨柳树，叶落力争鸣。

287. 七夕

白露清风夜，情人乞巧妍。
牛郎河岸鹊，织女带香怜。

若以人间问，心潮别意悬。
通宵相望尽，父母不催眠。

288. 中秋夜玩月

自以人生自不移，当空月色向空时。
云浮远近星河淡，望得嫦娥仔细思。

289. 八月十六夜月

十五中秋十六圆，三千弟子五千年。
诗书自在寒宫里，桂影当空一半弦。

290. 送韦向之睦州谒使君

南游南水色，北陆北秦才。
太守新安谒，天台意志催。

291. 春残

春残何以见，别意落花声。
夏口琴台曲，阳春白雪情。

292. 玫瑰

带刺玫瑰色，深深浅浅红。
春烟春雨露，暮日暮无风。

293. 牡丹

一夜云烟有野禽，三更露水已知音。
嫦娥娑女曾相伴，只取黄心作古今。

294. 秋晚高楼

幽琴宿愿不轻弹，紫禁春秋两省观。
漏断中书驾鹭步，长安八水久波澜。

295. 离鸾

莫道离鸾别故乡，知情愿嫁向王昌。
尘埃不尽杨朱路，但结同心作谢娘。

296. 柳

蜀蜀吴吴水，杨杨柳柳枝。
隋炀知水调，泗沚运河时。

297. 春荫

春荫春草细，夏雨夏莲红。
落叶秋风扫，冬梅傲骨风。

298. 春深独行马上有作

一路风情野草香，三春日暖小姑娘。
三千小辫初经手，巧结相思九陌长。

299. 春雨

春云春雨水，润泽润人生。
草碧花红遍，阳光日暖萌。
啼莺啼不住，等鹭等鱼行。
世上千般物，村前独木荣。

300. 汉代

鸿沟两岸半刘邦，项羽垓分一误双。
舞剑张良惊未定，秦王不得忘乌江。

301. 牡丹

君分表帝色，势得彩云心。
雨露浮浓艳，笙歌带野音。

302. 湘妃庙

一路南巡八族亲，三湘竹泪九嶷春。
悲风不断妃心在，已是苍梧不见人。

303. 句

一世神仙问，三生佛祖声。

304. 题甘露寺

金山甘露寺，北固润州城。
不锁金陵水，通行石马鸣。
东吴东逝水，谏壁谏流情。
只以瓜洲岸，丹徒汴雨声。

305. 题玄公院

一院玄公是，三年草木非。
春秋鸿此落，日月客回归。

306. 福州东禅寺

一作书生半自端，天干狭地道支宽。
吴兴太朴东禅寺，不事黄巢不顶冠。

307. 赠大沩和尚

空门和尚近，独职已知音。
我问师心处，师言问我心。

308. 秋夜不寐寄崔温进士

羁旅三秋早，寒宫一夜长。
空门空树影，落叶落浮扬。

309. 春中途中寄南巴崔使君

人士途中路，归程驿上人。
南巴南水色，使客使君春。

310. 寄处士方干

重重两壁山，日日一柴关。
隐约桐庐水，栖栖玉树弯。

311. 寄塞北张符

白雪辽城满，寒风寒北重。
霜凝霜树挂，玉叶玉枝封。

312. 次梧州却寄永州使君

一夜零陵客，三湘独永州。
苍梧斑竹色，泪尽二妃愁。

313. 赠念经僧

一佛经僧念，三更皎月终。
如来如自在，五色五蕴空。

314. 董岭水

河流西去水，禹力未成渠。
董岭湖州外，衢山月色余。

315. 早春

良宵良细雨，竹叶竹烟云。
不在灯光色，婆娑玉影群。

316. 秋深

落叶秋深静，经霜草木荒。
长城长万里，汴水汴流芳。

317. 赠双峰山和尚

双峰和尚寺，独峙对长天。
瀑布连天水，禅门不锁泉。

318. 赠无了禅师

问问寻寻自始终，回回答答已困穷。
无无了了无无了，空空色色空空。

319. 王霸坛

一霸白龟泉，山南炼药传。
西禅今所寺，皂荚树神边。
日继红尘岁，风流隔俗年。
王君升帐去，碧玉已成仙。

320. 送梁道士

汉汉秦秦洞，桃桃李李蹊。
渊明五柳树，贾谊长沙低。

321. 边思

年高乡路远，白首古人稀。
老马知途晚，新诗误独依。

322. 哭陈庚

立足陈庚路，行身宋玉情。
巫山云雨夜，白帝蜀相倾。

323. 宿玉泉寺

野寺临流水，禅僧善待情。
空房空不尽，月照月徒明。

324. 题赤城中岩寺

寺寺浮尘外，禅禅日月中。
修身修自己，一度一无穷。

325. 塞上行

不锁雁门关，衡阳岳麓山。
春来青海岸，一字自秋还。

326. 玉泉寺

短日经天寺，高僧自坐禅。
香炉香普度，玉石玉流泉。

327. 春宫怨

早被婵娟误，迟来羯鼓封。
相知珠十斛，不忆采芙蓉。

328. 宿刘温书斋

凉风移促织，落叶静离骚。
格调高天远，霜沉覆五毫。

329. 登福州南涧寺

南横南涧寺，一道一溪流。

鸟向东西尽，人行寄福州。

重山重早晚，独目独春秋。

自作他乡客，何须向白头。

330. 望中怀古

万里三更路，千年一姓名。

耕耘应不断，著作百年生。

纵纵横横论，仿仿古古城。

331. 升山寺

自古升山寺，飞来立闽媒。

天台南北望，禹穴暮朝催。

气势神功在，浮云日照开。

332. 哭李端

知音三载少，共事一心多。

此去黄泉隔，阴阳唱九歌。

333. 福州神光寺塔

闽塔神光寺，高名旧日僧。

风云曾际会，日月已东升。

海水扶桑近，天方倭国呈。

凌霄凭色寄，木槿以香凝。

334. 春日秦国怀古

八水长安半水津，泽泽渭渭两分臣。

何言彼此何知退，不可前行不问秦。

335. 春日游北园寄韩侍郎

十里红桃一色分，三春杏李半烟云。

流莺不语瑶台酒，借取余芳寄使君。

336. 喜贺拔先轰衡阳除正字

正字晴空落，衡阳草木津。

三湘人字雁，一列各秋春。

客作要膺阁，臣谋诸葛身。

官阶谋谢守，典籍传岩邻。

337. 客州赁居寄萧郎中

茅轩松店月，水舍枫云亭。

已守秋江静，无言草木青。

郎中郎未问，晓角晓空庭。

一笑愁赊酒，三生带意听。

338. 赠李裕先辈

一发弯弓射，三穿百步杨。

龙门成进士，九品校书郎。

百谏中书省，千章上帝王。

339. 桐栢观

桧桧松松树，桐桐柏柏观。

清心如一镜，望月入三坛。

水落知深浅，云浮见豸冠。

无争天下事，自得忘机安。

340. 塞上

南鸿南九陌，北海北三边。

一字衡阳去，人声塞上宣。

341. 塞上曲

三春白雪花，九陌半人家。

塞上风云会，云中你我他。

342. 塞下曲

秋风万里沙，枯草半山洼。

水月成寒树，冰霜自结花。

343. 咏猿

已在巫山峡，还啼楚客家。

声声忧上国，处处向天涯。

344. 桃花

桃花应落下，结子始成中。

扬象相承继，春秋各自隆。

345. 薛老峰

峰头三个字，脚尾一宗云。

石磊千寻壁，花丛万色纷。

346. 吊李群玉

投诗换得校书郎，自以幽兰隔岸香。

莫以黄泉分远近，苍梧半入二妃乡。

347. 无等岩

往往天台路，僧僧锡杖回。

无岩无等待，有意有心开。

348. 句

之一：

风中桃李尽，雨后杏花稀。

之二：

宋王高唐赋，庄周梦不成。

第十函　第六册

1. 寄郑谷

袁州一守愚，郑谷半书儒。
外集云台作，宜阳九卷珠。

2. 感兴（二首）

之一：
半亩群芳色，三春碧玉频。
经心观草木，不做卖花人。
之二：
一半新红色，千芳碧玉邻。
从丛知会意，只作卖花人。

3. 望湘亭

湘亭湘水色，渭邑渭天云。
别道离情间，相逢作故分。

4. 采桑

采叶桑枝老，蚕丝茧壳城。
层层分不定，侧侧入巢声。

5. 闷题

一第春闱困，三重故卷穷。
荆山归不问，笔墨作郎中。

6. 中台五题

中台一五题，故阁半三竿。
典籍隋唐案，文章豫晋齐。

7. 右乳毛松

右乳毛松立，贤人骨已销。
荒丘魂所附，草木自寥寥。

8. 右里子墓

魄魄魂魂尽，今今古古成。
贤人留不住，历史有其名。
莫以玄虚处，轮回不实生。

9. 右牡丹

金间霞紫玉，大叶白王妃。
雨后风光好，珊瑚豆绿归。

10. 右玉芯

红云飞片色，玉芯落成层。
墨紫藏娇屋，天衣着羽绫。

11. 右石柱

外祖南宫转，山东北陆行。
黄河流不尽，创业事方成。
石柱经天立，天涯海角生。
桑田沧海见，老少去来情。

12. 别同志

同行同志别，共路共无逢。
四海天涯阔，三山五岳踪。
长亭长万里，汴水汴千重。
暮以山河色，朝来日月封。

13. 送进士卢棨东归

流年成老大，历路各东西。
莫以书生误，高杨不向低。

14. 琴韵之趣

成成败败一书生，武武文文半姓名。
吏吏官官应职守，扬扬隐隐各枯荣。
英雄一世知飞将，烈士三军向垒平。
不策重围铁马去，天空苦节李陵营。

15. 送徐涣端公南归

白社雕朱绶，青衿换素衣。
端公归越水，暮日挂帆依。

16. 送祠部曹郎中邺出守洋州

郎中一诺守洋州，帐令三军久运筹。
武略文韬经百战，先生后死自封侯。

17. 送进士许彬

泗沮未休兵，山阳汴水行。
农家农土地，进士进人生。
远道何求近，为官勿忘名。
流年催客老，历步已枯荣。

18. 次韵和王驾校书结变见寄之什

轻移山上月，慢扣野僧门。
石里梅花色，云中小子孙。

19. 秘阁伴直

秘阁中书伴直堂，山林草木寄芳塘。
东来紫气天云近，玉漏趋鸾八百廊。

20. 送太学颜明经及第东归

太学明经第，干戈楚汉倾。
田耕田旧亩，税赋税难成。
学馆文章客，东归日月明。

21. 送进士赵能卿下第南归

南归无驿吏，北陆有潼关。
月色曾依旧，河风净故颜。

22. 送人游边

一士自游边，胡杨不向田。
单于今古牧，汉马敕勒川。
石碛交河岸，楼兰受降迁。
云中云尽去，一将一军团。

23. 送人之九江谒侯苗员外绅

溢城分楚塞，岳麓对江州。
月白南昌柳，风轻九派楼。

24. 送徐棠先辈之官泾县（二首）

之一：
渭渭泾泾水，官官吏吏流。

芜湖春草岸，佐陆宰深谋。

之二：

送司封从叔，员外缴赴程。

敷溪秋雪岸，树谷夕阳明。

25. 送京参翁先辈归闽中

京参翁一辈，越鸟宿三柯。

解印东归去，明窗旧赋多。

26. 赠别

北陆南人去，诗书久去留。

三湘垂泪处，一醉岳阳楼。

27. 南游

南游南不尽，北问北秦川。

八水长安绕，三湘岳麓田。

28. 丁酉一九八七年

人生七十六年多，小卒纵横已过河。

日月相信天意见，东流逝水海连波。

29. 巴实旅寓寄朝中从叔

旅富巴山雨，初闻暮日蝉。

朝中从叔寄，峡口楚江船。

30. 寄司勋张员外学士

赖酒帆船系，司勋学士光。

江楼依不得，落日满苍黄。

31. 寄边上从事

男儿多血性，壮节志当豪。

少小从边事，嫖姚束战袍。

32. 寄左省书起居序

室外书香溢，庭中玉树花。

银台宣籍绪，角羽向天涯。

33. 寄赠蓝田韦少府先辈

京畿第一县，少府数三春。

自以文章客，诗诗日月人。

34. 寄怀元秀上人

古寺阴晴浅，空门日月深。

幽幽蝉暮聒，杳杳上人音。

35. 赠圆昉公

西蜀僖宗朝，天街一断桥，

僧心从古道，自弃紫衣消。

36. 寄题方干处士

处士方干寄，渔家入翠微。

舟平明月里，籁静不掩扉。

37. 寄献湖州从叔员外

顾渚湖州水，姑苏富土隆。

官衙明镜色，政迹在渔翁。

38. 访姨兄王斌渭口别墅

桑干河岸草，渭口水云分。

少小曾来此，如今不见君。

人生无隔世，旧访有新坟。

百岁谁依旧，三年老小闻。

39. 放朝偶作

漏断趋鸾散，朝声两省篇。

平章平所事，一秦一天贤。

40. 顺动后蓝田偶作

小谏三年后，飞灰玉补成。

蓝田蓝石璞，大器大人明。

41. 府中寓止寄赵大谏

大谏三生志，思忧一生泉。

民生民自主，仕道仕桑田。

42. 峡中寓止

寓避编茅茨，荆州温战灰。

欺人野鹤喉，二载不见催。

43. 怆然有寄

一云黔巫半断肠，舟中夜遇忆家乡。

44. 感遇

俗易无常性，江青有草荣。

儿童天所见，最是读书生。

三生未了飘流客，九陌风云落叶黄。

官场路，官炎凉。儒书只向帝侯王。

人间冷暖天涯去，五品回思九品良。

45. 访题进士孙秦延福南街居

进士书生第，绯衣多班。

千寻知旧路，一坐不如闲。

46. 访题进士张乔延兴门外所居

苦节书生路，勤辐历志行。

星霜封旧步，进士古人风。

47. 寄南浦谪官

多才多得罪，少问少思忧。

逝水随波去，折弯亦自流。

48. 李夷遇侍御久滞水乡因抒怀寄

豸沉冠久，悬帆竿泊长。

江流吴越水，格律品齐梁。

竹寺钟声尽，兰洲读豫章。

49. 寄膳部李郎中昌府

野步昌符迹，新诗忘旧踪。

灯微寒砚墨，剪烬复殊容。

50. 寄前水部贾员外嵩

谢病文昌客，寻舟越水乡。

曾为金马贵，已是水曹郎。

白鹭多孤傲，蓝鸥逐岸忙。

人生诗赋生，世上自青黄。

51. 寄某客

一世常谋考，三生久思凝。

何时无羁束，所望有期陵。

52. 闻进士许彬罢举归睦州怅然怀寄

罢举群情致，书生十载难。

清明寒食火，正道在云端。

53. 长安夜坐寄怀湖外嵇处士

万里江河逝，千年史迹来。

文当文化教，处士处心裁。

54. 赋文士王雄

知己知所问，尚苦尚辛图。

正道夫相继，贞姿地理趋。

55. 赠富平李宰

清贫大丈夫，水月鹤琴奴。
简肃连宵醉，吟诗太白孤。

56. 赠上颜上人

水水山山客，诗诗酒酒人。
敲钟惊自己，牧鹤作相邻。
绿蚁三杯月，千缸石冻春。

57. 赠尚颜上人

寺寺僧僧问，台台树树闻。
如来如自在，佛道佛经文，
锡杖禅房挂，登山涉水君。

58. 梁烛处士辞金陵相国杜公归旧山因以寄赠

相庭相国在，故野故流回。
两浙巡山水，三台着署来。
书生书不尽，着事者难裁。
处士金陵去，梅花腊月开。

59. 赠泗口苗居士

泗沚山阳渎，三清五岳心。
樵渔应所食，日月垒知音。
汴水齐梁问，维摩契道深。

60. 哭建州李员外频

终归终故里，始政始徘徊。
进退升迁路，黄泉独自来。

61. 哭进士李洞（二首）

之一：
长江东蜀水，进士浪仙冢。
贾岛翡君赋，李端簿宦终。
之二：
东流东不止，逝水逝难平。
蜀境长江色，吴蝉楚客声。

62.

序：
南康郡牧陆胲郎中辟许棠先辄为郡

从事，因有寄赠。
诗：
友友朋朋事，宾宾主主交。
书生贫作路，博士困成巢。

63. 久不得张乔消息

天云天未满，望越望吴空。
共举春秋笔，当年唱大风。

64. 题嵩高隐者居

隐者求仙迹，行身向故踪。
三清三自得，五味五行逢。
阮肇还乡去，人间故步封。

65. 赵璘郎中席上赋蝴蝶

人间蝴蝶梦，世上草花红。
艳艳香春采，翩翩落落丛。

66. 贺进士骆用锡登第

进士书生第，身名父母乡。
儿儿女女在，胜似尚书郎。

67. 兴州东池

东池十里半兴州，碧水千莲一采舟。
小女轻声荷叶下，牛郎渐近莫回头。

68. 渠江旅思

谋身不是误谋身，读学书香读学人。
父母唯亲唯左右，桑田子叶子枝频。

69. 登杭州城

杭州一望半钱塘，六合千流九派光。
太伯姑苏无锡夕，湘妃禹穴着齐梁。
江天漠漠连潮汐，水月茫茫逐海洋。
溆浦舟山舟五洞，宁波富玉富春长。

70. 曲江

书生一曲江，博士半寒窗。
步步咸秦路，声声正国邦。

71. 沙苑

沙莎沙苑草，一岁一枯荣。
隔岸江流曲，隋川日色明。

72. 通川客舍

奔走无前计，滞留有本心。
难消吴越句，渐解小儿香。

73. 潼关道中

渭水到潼关，黄河捞一湾。
三门三峡水，老子老天山。

74. 终南白鹤观

北岳嵩山寺，终南白鹤观。
黄河东逝水，渭水助波澜。

75. 题兴善寺寂上人院

炉香兴善寺，寂静不荒凉。
鹤立听禅语，云沉纳日光。
真门经十世，上国可千章。
泽地隋炀柳，扶桑是紫阳。

76. 题水部李羽员外招国里居

江东吴越老，白酿女儿红。
十八心难嫁，三千草木风。

77. 信美寺岑上人

湘南一上人，乞食半江春。
清明南北见，十日到咸秦。

78. 池上

池明日色深，水底月云沉。
不可天机问，无言问古今。

79. 游贵侯城南林墅

草草花花百木林，山山水水半银金。
官官吏吏多贫语，墅墅亭亭有独琴。

80. 江行

只以情在，无言场景同。
江行江不止，有泪有心虫。

81. 舟次通泉精舍

通泉精舍次，渭洛到香山。
暮鼓江舟泊，禅房夜不关。

82. 水轩

一水自无形，三冬已有灵。

梅花经白雪，草木作丹青。

83. 当阳姚宰厅作

县衙公事少，役吏致勤微。
只向东林近，乡人不闭扉。

84. 梓潼岁暮

岁暮梅花傲，初春白雪飞，
梨花应满树，一醉向秦归。

85. 咸阳

止止行行问，谋事作客人。
咸阳城下月，养马自周秦。

86. 长安感兴

年年经战乱，岁岁少繁华。
委委求生客，声声正道家。

87. 闻所知游樊川有寄

石石泉泉水，川川谷谷流。
江青江白鹭，两岸两红鸥。

88. 张谷田舍

千林千日色，一谷一人家。
尚俭县官在，求荣木槿花。

89. 深居

三春三日月，一水一方圆。
只有深居客，书琴误七弦。

90. 端居

不可商居坐，何言事业虚。
书生书所见，学步学犁锄。

91. 郊园

相寻相近见，一误一倾求。
十里郊园外，三生自我修。

92. 郊野

风前无落叶，雨后有鸣蝉。
一醉留连晚，三秋自弃弦。

93. 旅寓洛南春舍

青帝一酒家，白道半桃花。

柳叶垂条色，书生向洛华。

94. 杏花

临野梨桃色，人知小杏花。
多情多自主，一路一天涯。

95. 水木槿花

暮暮朝朝一槿花，开开闭闭半天华。
红红白白娇娇色，短短长长芯芯斜。

96. 蓼花

简简葭葭玉，蓼蓼苇苇花。
晶晶成翠翠，豆豆绕瓜瓜。
渚渚丛丛草，栖栖落落莎。
秋来由雁宿，隔岁作新家。

97. 江梅

但见黄金缕，还折白雪枝。
群芳侬此色，一夜自当垂。

98. 荔枝

红霞藏白乳，绿玉纳无岑。
且向南洋问，何须一品临。
应承妃子笑，已得贵人心。

99. 久违前契

西溪西石水，北渚北沙洲。
契约成诗句，同年共逝流。
沙欧沙岸宿，白鹭白鱼求。
委以风云里，无言度去舟。

100. 投时相

自保孤危世，操修日月心。
何知常杜口，寡众已知音。
苦苦流萤聚，辛辛促织吟。
残灯残夜色，七度七弦琴。
省署随清口，渔舟逐近浔。

101. 蜀净侣

秋灯秋叶尽，一雨一风琴。
影照重相见，禅音复互临。
孤云孤所去，独木独成林。
半炷清香落，三生作古今。

102. 喜秀上人相访

禅房通一径，老衲蔽双扉。
静定师承月，开关守一微。

103. 夕阳

人低人影近，夕远夕阳高。
半落群山顶，千光独不毛。

104. 摇落

故国无消息，乡村有乱离。
摇落归不去，结子意难司。

105. 西蜀净众寺松溪兼寄小笔崔处士

松溪松石在，蜀寺蜀僧回。
白鸟惊钟早，青流碧湿苔。
春云春雨后，客寄客心开。

106. 迁客

进退升迁客，江湖社稷忧。
书成书所见，子粒子春秋。

107. 蔡处士

无求无所欲，有得有其忧。
世上皆因果，人间品去留。

108. 雪景

序：

　　予尝有雪景一绝，为人所讽吟，段赞善小笔精微为图以诗谢之。

诗：

收藏书画久，善雪善苍茫。
远近皆天地，高低尽豫章。

109. 京兆府试残月如新月

月色当亏缺，何差上下弦。
光明凭日照，玉影任经天。
实树由时长，空心向满圆。
人间知十五，十六始成全。

110. 咸通十四年府试木向荣

庾岭梅花色，东风木向荣。
隋堤杨柳岸，水调运河情。

日向天堂照，云回泗汕萌。
人间成一路，世上富千城。

111. 丞相孟夏祗荐南郊纪献

节令清和序，南郊上帝侯。
圆丘春已至，社稷祭阳猷。
紫阁春秋笔，平章子粒收。
风轻成细雨，润泽满皇州。

112. 叙事感因上狄右丞

岁赟关河路，年华大庾公。
从容应首荐，寓近白楼风。
顾念梁间燕，深怜涧底空。
高峰当独峙，近日已先衰。

113. 咏怀（古今诗）

七十人间老，诗词十万稀。
知章知故里，太白太无归。
一路长亭外，三生日月机。
乾隆臣四万，已入我心扉。

114. 乾符丙申岁奉试春涨曲江池

雨涨曲江池，春归上苑枝。
南山南润泽，北阙北梅司。
宛似三吴岸，无疑半晋知。
黄河黄土地，正得正天时。

115. 华山

赤水莲花寺，罗敷渭洛颜。
华山华绝顶，老子老潼关。
十里风陵渡，黄河以此弯。
云台云不落，鹤语鹤无还。

116. 入阁

日色和銮殿，临轩秘阁班。
金炉红旭照，玉几御皇颜。
雨露清辉至，甘霖四海潜。
平章天子道，谏事正人寰。

117. 故少师从翁隐岩别墅，乱后榛芜感旧怆怀逐有追寄

风骚人作主，凡俗仰春尘。
社稷江山客，禅房锡杖邻。

眠云眠所纪，染色染丝纶。
著述非从属，年华是未臻。

118. 送吏部曹郎中免官南归（古今诗）

贤人知止足，岁晚岁无休。
自是耕耘客，年年上下楼。
清名清已就，律韵律诗酬。
里巷修书着，桃源节序头。
江山依旧制，水月上心舟。
未省桑麻步，郎中忆旧愁。
何须思少小，读学别乡求。
不惜爹娘膝，求师过九州。
回身无旧路，四顾有群谋。
一入书生第，三生逝水流。
平章平日月，宿直对公侯。
简易所吾望，最难是自由。

119. 回銮

上将公勋立，明君法驾还。
人间人复主，世上世朝班。
紫气东来就，青龙雨露蛮。
阴晴同草木，日月共天颜。

120. 峡中

夔州明月峡，白帝杜鹃花。
剑阁巴山路，瞿塘楚客家。

121. 蜀中寓止夏日自贻

战战和和岁，官官吏吏年。
归云归不定，寓止寓难全。
草草花花路，流流落落天。
离家成所去，入水作行船。

122. 试笔偶书

书生书有价，试笔试无期。
附鹤三清志，随云一寺司。
爹娘空父母，岁月历成师。
子弟何门第，慈恩几度迟。

123. 奔避

奔避书人远，飘移客草新。
和平和所感，历碌历人辛。

以此人生志，何言苦事秦。

124. 吊水部贾员外嵩

自与知章客，居心李白邻。
长城长八句，五字五秋春。

125. 贫女吟

嫁女鸳鸯绣，河边白鹭闲。
贫姑贫自得，白雪白云间。

126. 席上贻歌者

水月楼台色，姑娘舞曲身。
鹧鸪鸣四序，日月启三春。

127. 菊

一菊半荆蒿，三秋二尺高。
山山相序列，色色照松涛。

128. 下峡

春风滟滪堆，下峡两山开。
暮雨朝云去，瞿塘小女来。

129. 文昌寓直

寓直文昌客，空阶夜雨来。
梅花落里见，紫玉共英回。

130. 舜

一楚三吴水，千云半蜀城。
潇湘斑竹泪，禹穴九嶷荣。

131. 街西晚归

名园临紫陌，御水绕宫墙。
一阵东风雨，梅花落里香。

132. 十日菊

秋香十月衰，落叶一半萎。
二尺黄花立，千钟独菊颐。

133. 鹭鸶

独立池塘外，孤眠碧水中。
知鱼知自己，静欲静思穷。

134. 柳

烟烟雨雨运河桥，柳柳杨杨水调潮。

碧碧丝丝牵挂叶，摇摇曳曳好身条。

135. 下第退居（二首）

之一：

下第误莺噆，三更月落西。

书生书不止，自学自高低。

之二：

春闱一试，下第半如溪。

未熟尝青杏，功成作范蠡。

136. 江宿闻芦管

夜宿闻芦管，江村满楚歌。

鸿沟垓下曲，已是未央多。

137. 闲题

媛母临明镜，嫌妍素粉娥。

须营红韫定，举世自情歌。

138. 曲江春草

三春三酒醉，一曲一江潮。

泛泛波波沲，花花草草摇。

139. 雪中偶题

已满一蓑衣，鹅毛半不稀。

身轻寒未入，寺古老僧衣。

140. 题慈恩寺默公院

不远曲江居，慈恩古刹书。

禅房春已老，草木默公余。

141. 江上阻风

渔家初熟酒，泊汜已深湾。

一醉三杯后，千吟半赤颜。

142. 淮上与友人别

淮杨南北岸，只见渡江人。

潇湘君此去，笛曲我先秦。

143. 忍公小轩（二首）

之一：

闻禅不断望双峰，水色江青不独松。

自以心溪石路，公弓暮鼓已鸣钟。

之二：

千尘千静定，一念一炉香。

去去来来问，因因果果量。

144. 淮上渔者

莼鲈微火脍，绿蚁玉壶醺。

白首渔翁醉，儿孙待客情。

145. 兴州江馆

兴州江馆夜，蜀水绕床鸣。

坐待嘉陵月，秦川有梦情。

146. 题无本上人小斋

无源无本客，有忍有师人。

落照穿林过，天光净不尘。

147. 七祖院小山

七祖禅心一谷关，三经已读未知还。

何须不见回头岸，只向僧窗问假山。

148. 定水寺行香

经经画画满诗廊，寺寺僧僧各柳杨。

自自观音观在在，如如来来一炉香。

149. 浯溪

已醉渔翁自等闲，黄河已远雁门关。

溪流不尽山青色，白鹭闲情水月湾。

150. 闷题

土土田田里，尘尘世世间。

儒书僧道客，利禄事人班。

151. 重访黄神谷策禅者

又访黄神谷策禅，支郎转念记心田。

炉香未尽经师在，已净红尘过陌阡。

152. 别修觉寺无本上人

空门修觉寺，石竹带云台。

无心无本念，有忍有天媒。

153. 赠日本铿禅师

中条方丈客，日本铿禅师。

夜雨山门闭，钟声自不迟。

154. 传经院壁画松

独立传经院，青松志节枝。

龙鳞龙瑞雪，着雪着云时。

155. 高蟾先辈以诗笔相示抒成寄酬

别路三千里，长亭百岁年。

诗词多十万，笔墨自天天。

156. 为人题

为人题往日，替己作今天。

自得明辰计，当然因岁年。

157. 越鸟

涧底栖巢壁，高峰宿构隅。

飞时飞展翼，见水见山鸟。

向背天机在，江河俯仰区。

158. 黄莺

黄莺一曲半春依，隔岸千声九陌机。

序含应当心所就，麻姑寄与女真衣。

159. 失鹭鸶

四望曾无见，三秋木落低。

风霜何处宿，叶密苇枝栖。

160. 苔钱

薄薄圆圆满，云云雨雨全。

疏心成密密，济世作田田。

161. 莲叶

采女移舟叶下藏，谁窥岸上有牛郎。

芙蓉已露情难绪，碧玉连天作水乡。

162. 蜀中赏海棠

子美浣花溪，云烟素白齐。

花深应结子，蜀味海棠梨。

163. 投所知

一寸江边草，三春碧玉堤。

云烟云水岸，月泊月东西。

164. 早入谏院（二首）

之一：

谏院皇朝正，平章直木天。

催班催自己，上奉上方圆。

之二：

紫气东来问，皇城日照悬。

官途官场省，正道正云天。

165. 忝官谏垣明日转对

三台三谏道，一语一闻天。

转对精英见，天街自奉贤。

166. 再经南阳

云云雾雾满楼台，雨雨烟烟草木催。

古古今今龙不卧，先先后后紫阳来。

167. 赠下第举公

下第同行路，诗书共不猜。

春闱春夏继，举步举人来。

168. 春阴

坐定学僧心，春阴自抚琴。

开花当入夏，逝水是知音。

169. 送张逸人

世上寻无赖，人间作逸人。

三呼千岛岸，一醉五湖春。

170. 中华九仙草

中华石斛草成仙，数二天山是雪莲。

野老人参三四两，首乌子女百经年。

茯苓花甲灵芝在，海底珍珠五脏全。

本草冬虫易夏草，苁蓉自此九生宣。

171. 初还京师寓止府署偶题屋壁

乱里开黄菊，墙中墨迹残。

新题新字句，似水似山峦。

172. 擢第后入蜀经罗村路见海棠成型偶有题咏

擢第身轻许，登程跬步勤。

罗村罗汉树，海寥海棠裙。

173. 次韵和礼部卢侍郎江上秋夕寓怀

蜀郡卢郎步，相情乱后君。

袁宏归去梦，庾信起翡氛。

只望芝兰省，星寒宿载文。

莎洲莎草碧，一叶一含云。

174. 宜春再访芳公言公幽斋写怀叙事因赋长言

法印纱灯一寺然，禅音静净半西天。

香坛讲座心经在，色色空空自在缘。

弟子星郎同礼拜，空门古刹共沧田。

生公点石生公去，虎涧溪流虎涧泉。

175. 读李白集

以醉三千首，当然一半诗。

文昌文著述，太白太人知。

176. 郑末偶题（三首） 古今诗

之一：

卷末诗题十万篇，今诗格律佩文传。

优优劣劣平唐铿，韵韵音音九陌泉。

之二：

七岁听私塾，唐诗五十篇。

三年开讲解，十载过村前。

之三：

岁月耕耘苦，年华著作辛。

三千翻译字，日日续文臻。

十万诗词赋，秋冬夏继春。

平生如此度，五女自经纶。

177. 读前集二首

之一：

一坊英灵集，三吟玉箧春。

唐人唐所在，一曲一诗新。

之二：

一首风骚曲，三生楚客吟。

风云风不定，度日度人心。

178. 渚宫乱后作

秋江秋水碧，渚草渚宫荒。

落叶随风水，黄花不上墙。

179. 鹧鸪

莫向姑姑问，轻声独独啼。

山山皆杜宇，处处树高低。

180. 燕

乳燕双双绕栋梁，归巢处处女儿乡。

佳人一曲眉低翠，竹叶三春自短长。

181. 侯家鹧鸪

侯家一竹半鹧鸪，湿雨九夏满五湖。

处处何言何女女，听听是尽是姑姑。

182. 雁

八月秋风九月霜，千声一字半衡阳。

明年雨水回青海，却把波澜近故乡。

183. 水雨蜀净众寺

松廊分数派，竹院结孤枝。

木槿红朝暮，净众寺恩慈。

184. 海棠

因因果果海棠情，白白红红碧玉生。

叶叶枝枝繁互济，花花子子串连萌。

185. 竹

烟烟雨雨一丛丛，叶叶枝枝两简工。

绰绰身身影影现，摇摇曳曳半无风。

186. 荔枝树

红红绿绿玉垂空，叶叶枝枝密树中。

白马无心妃子笑，芙蓉有意味冰宫。

187. 锦二首

之一：

江南锦绣半丝绸，织女心机一九州。

杨柳隋炀收彩帛，头颜好在运河舟。

之二：

农家素布半春秋，纨绮家华一九流。

紫夺星郎星彩饰，文君着意望红楼。

188. 蜡烛

五寸清光许，三生点滴长。

空心空泪减，一夜一无光。

189. 灯

细细灯心底底油，幽幽暗暗影自无休。

明明自近何穷远，岁岁年年已白头。

190. 题壁

序：

　　宗人作尉唐昌官署幽胜而又博学，精富得以言谈，将欲他之，留书屋壁。

诗：

春秋一语半公堂，左传三宗两地光。
绝顶归云归草木，林泉行影竹边塘。

191. 为户部李郎中与令季端公寓止渠州江寺偶作寄献

高高挂起一朝簪，步步禅关半自暗。
进退何知天地表，风云已是问湘黔。

192. 重阳日访元秀上人

重阳九日上人边，共赏黄花半寺田。
远近连天坪草木，春秋泽地自方圆。

193. 阙下春日

阙下建章官，山中紫禁风。
春莺春所语，不以不贫穷。

194. 赠刘神童

习读是神童，成思已色空。
人间人早晚，老小老趋翁。

195. 远游

无师无所问，远见远游知。
异异同同论，风风俗俗时。

196. 光华成午年举公见示省试春草碧色诗偶赋是题

春天春雨碧，四象四时明。
岁岁枯荣见，年年日月萌。
茵茵成世界，处处带阴晴。
只在微微色，无争客客名。

197. 江际

沪水漫无边，渔舟泊有烟。
茫茫连远际，杳杳逐波天。
白鹭飞还落，残叶云复宣。
兵车兵不尽，六月六耕田。

198. 将之沪郡旅次遂州遇裴晤员外谪居二首

之一：

常闻天地客，不解落荒岚。
雨水连三月，青梅早纳甘。

之二：

松溪在锦城，旧影已相倾。
只以师门客，何言落木行。

199. 交韵和秀上人长安寺居言怀寄渚宫禅者

云舒云卷去，寺俭寺松颜。
色色空空问，来来去去还。

200. 蜀中春日

日在蜀中春，心经月下秦。
应当花果见，已近海棠身。

201. 进蜀

一蜀千川水，三湘半楚流。
知源知本末，向道向春秋。

202. 峡中尝茶

小女新英带露香，沉云玉手远泉藏。
江中井上皆当用，器宇轩昂漫火泱。

203. 辇下冬暮咏怀

雪满长安酒价高，云沉渭水作波涛。
风骚紫禁花斯近，素女遮身短玉袍。

204. 石城

石在莫愁乡，江流岸柳杨。
花开花落去，六合六朝梁。

205. 蜀中（三首）

之一：

文君沽酒市，李白读书山。
已得知音曲，靡针作字颜。

之二：

夜雨红尘净，春风草木荣。
杨雄何不问，杜甫浣花行。

之三：

木直金门路，河弯玉垒去。

巴山巴水峡，子夜子规勤。

206. 少华甘露寺

一寺临流水，三光作存烟。
孤僧孤所望，独木独苍天。
渭邑天街路，南山草木田。
猿鸣猿不止，鹤舞鹤青莲。

207. 慈恩寺偶题

苦力辛辛路，劳生搅搅情。
慈恩慈塔寺，古迹古僧名。
万里西天远，千年今古城。
何言泾渭水，不顾曲江行。

208. 石门山泉

一脉石门山，千泠玉水湾。
僧池僧不语，寺老寺人关。
野客由天路，禅房可列班。
云浮云落去，已度已归还。

209. 渭阳楼闲望

望尽渭阳楼，秦川百里流。
今天明昨人，一代半皇州。
向佛求来世，当前作马牛。
辰知三世界，隔问作春秋。

210. 送田光

一笑苏司业，三寻郑广文。
千分三百首，万味半天云。

211. 送进士吴延保及第后南游

旧迹循新路，翰林进士程。
江南江水阔，北陆北人情。
自以诗书步，淹留草木荣。
归来归所见，一觉一平生。

212. 送进士王驾下第归蒲中

人心人所向，失意失无沦。
且以江湖望，黄昏草木春。
巴江巴水峡，子日子规秦。

213. 作尉吏郊送进士潘为下第南归

潘为下第近龙心，结绶南归远旧林。
水月湘阴斑竹泪，苍梧不尽二妃音。

214. 送进士韦序赴举

日上三清路，书裁五色毫。
銮凤随世态，锦乡逐仙桃。
雪竹梅花落，跃鲤百丈高。

215. 寄献狄右丞

中丞中左右，一世一纵横。
紫绶绯衣后，郎中侍御名。
吟诗吟日月，已事已枯荣。

216. 转正郎后寄献集贤相公

旧日郎中路，新途侍御公。
文昌文曲殿，秩序秩书翁。
自以孤情际，居清涕泗空。
趋鸳趋鹭步，旧句旧诗风。

217. 所知从事近潘偶有怀寄

举头观残漏，移花问子明。
从心从事近，水性水扬声。
伏首思旧切，无非望所程。
书生书不得，作子作来生。

218. 献大京兆薛常侍能　古今诗

自受诗词古不如，龙媒信息已无书。
中中外外同音读，意意情情共切初。

219. 寄赠孙路处士

自去心乡一若何，平生旧路半蹉跎。
前程坎坷应有铿，不必怀王唱九歌。

220. 献制书杨舍人

东吴不问一昆陵，紫阁何闻半寺僧。
远水朱衣明绶带，天光风语降书征。

221. 次韵酬张补阙因寒食见寄之什

草叶晴多懒展长，花心愿被蝶分张。
前行不止书生路，忆取爷娘在故乡。

222. 赠宗人前公安宰石

别路三知别路迟，喧卑一宦出喧卑。
宗人历世宗人勉，正步扬眉始自门。

223. 寄赠杨夔处士

茅边已约钓鱼台，水岸鸬鹚去又回。
不是同心同日月，无疑共事共徘徊。

224. 寄同年礼部赵郎中

同年礼部赵郎中，一首新诗颂雅风。
省署高仪仙仗步，香风北苑彩鹭工。

225. 春暮咏怀寄集贤韦起居褒

右省三年老拾遗，群芳百翠集贤司。
长安一夜残春雨，八水梅花落里词。

226. 多情

多情未必以年华，狡兔十尺望故家。
岷首天涯流落路，风扬岭外满梅花。

227. 感怀投时相

直木文昌殿，年深白首霜。
知音知学苦，陌里陌阡梁。
立教三班铿，行身一柳杨。
非才非不可，有志有炎凉。

228. 自贻

自贻朝天笑，从容不自卑。
农民农土地，一子一秋葵。

229. 自遣

野性真天性，诗书自读书。
人生人所进，一路一思余。

230. 中年

朝朝暮暮午成天，少少无知老老传。
历历经经成败见，前前后后是中年。

231. 自适

迎迎送送两官行，去去来来半舍英。
壁上留诗三载尽，秦中月色五湖明。

232. 结绶鄂郊縻摄府署偶有自咏　二句

之一：
莺噪寒谷外，释谒寺门中。
之二：
无为梅少府，有度钱参军

233. 漂泊

秦川消息已休兵，八月长安满浣英。
水调莼鲈杨柳岸，张翰脍向李衡名。

234. 吊故礼部韦员外序

行人读尽五陵碑，逝木方知独立垂。
已是秋霜风雪日，重思旧话暮朝规。

235. 渼陂

一水东流去不回，折折曲曲自相催。
三春未尽繁花色，四序当然互易媒。

236. 代秋扇词

一扇因风半向炎，三秋落叶一草谦。
山溪处处无人蠹，汗水成珠作海潜。

237. 宣义里社冬暮自贻

幽居自适半长安，八水东西绕渭川。
日月三台成昼夜，江山四序自青丹。

238. 省中偶作

直夜清闲半学禅，农家子粒一桑田。
居心捧制题名尾，九转郎曹向世贤。

239. 同志故云下第出京偶有寄勉

凤策联华一国家，三台两省九卿衙。
平生进步偕犀路，隔岁春闱二月花。

240. 敷溪高士

且挂朝衣不爱名，何言世宰事农耕。
诗书就范高士语，只喜儿郎有读声。

241. 九日偶怀寄左省张起居

九日金英菊，三秋落叶黄。
枫林枫未染，亦步亦趋张。

242. 春夕伴同年礼部赵员外省直

中书门下一平章，锦帐名郎半御香。
月色多明春苑北，繁枝缛节客文昌。

243. 倦客

只慕游鱼不慕风，无钓鼓案一同工。
文王陆北周公致，老在江南作钓翁。

244. 温处士能画鹭鸶以四韵换之

画笔丹青色，鱼竿伴鹭鸶。
文王才子见，吕尚钓无丝。
鼓案非刀斧，垂成是有知。
江山江未水，社稷社贤辞。

245. 旧事庖

序：

　　驾部郑郎中三十八丈尹贰东周荣加金紫谷以未派之外恩旧事，深因贺送诗：

玉阶浮香一旧天，中书省署半施贤。
周荣紫侣深恩久，白雪阳春九品泉。

246. 敧枕

一梦未央宫，三生志不穷。
江山江水逝，社稷社人功。

247. 野步

野步朝天走，精心四顾衷。
花明花不尽，草色草无穷。

248. 偶书

年年岁岁一秋春，雨雨云云半晋秦。
苦事常酬经役吏，饥贫自是力耕人。

249. 静吟

相门相客笑，胜句胜诗寻。
荒天风雅颂，六义与琴吟。

250. 和知己秋日伤怀

物物无行止，年年有始终。
人人人所向，处处处天工。
子粒春秋见，枯荣水月丰。

251. 自贻古今诗

父母家乡老丈人，文章日月苦书绅。
堆文百岁成孤积，磊石三生致独辛。

252. 郊墅

当无寺院也无村，自有书香自有恩。
满野红尘谁别路，朝霞住下作黄昏。

253. 舟行

舟行一水挂三帆，磊石千山落一嵩。
夏口红园红柿叶，知音汉水汉绯衫。

254. 奔问三峰寓止近墅

牛羊送日已归村，奔走前程有子孙。
短驿三千年月路，长裎一半黄黄昏。

255. 朝直

驾趋玉漏附朝班，自见玄门进退山。
水月深宫成俯仰，何求宠辱作机关。

256. 巴江

嘉陵江去水，白帝蜀人山。
不锁瞿塘峡，谁知滟滪关。

257. 访题表兄王藻渭上别业

桑林叶落渭川低，八水长安洛瀛堤。
两岸渔娘渔唱远，千声一笛一高低。

258. 进退

　　（故许昌薛尚书能尝为都官郎中后数载故建州，李员外频自宪府，内弹拜都官员外八座，外郎皆一时骚雅宗师，则都官之曹振胜于此，予早年请益实受，深知今忝此官复是正秩，岂唯俯孤宦，何以仰继前贤，荣惕在衷，遂复自贺古今诗。一九九〇年任沈阳副市长，由全国地铁办主任兼）

都官未必作名郎，践历曾闻薛许昌。
一作为官修百姓，三生读学治沈阳。
桓仁五女山前客，独雅诗词日月光。
制书平章天下事，长安水调到余杭。

259. 题汝州从事厅　古今诗

诗人家吉里，枣树叶枝中。
浅水沉天日，庭花接彩虹。
知音知所在，未问未央宫。
楚汉何分界，纵横几世雄。

260. 代述荣感

谏策千思策，公心一苦心。
恩从君殿路，阁下羿成金。
旧句高吟后，新诗格律深。
青萍青水色，白鸟白云沉。

261. 后部卢郎中光济借示诗集以四韵谢之

七子风骚在，三千弟子闻。
听声听水调，运命运河君。
一首头颅好，隋炀日月分。
文章文取士，状举状元曛。

262. 贺左省新除韦拾遗

谏署初升迹，真仙不露踪。
高闻高就处，俯首俯天封。
士列趋驾步，官随左省容。
绯衣员外客，紫阁玉堂恭。

263. 新春赋咏

白云梅花落，朱门杜宇开。
阳关三叠唱，下里巴人来。
夜雨潇湘竹，风云渭洛催。
春莺啼不住，柳色碧徘徊。

264. 谏垣

何何宋宋一清名，粉粉闹闹半竞情。
下里巴人应四序，阳春白雪已春生。

265. 东蜀晚

春先春后晚，逝水逝流长。
有继应难断，无求见柳杨。

266. 寄职方李员外

篇章一袖谒长卿，附凤三书事久荣。
接佩龙墀天下步，共见东朝士中情。

267. 寄题诗僧秀公

守一心灵静，思三已自宁。
文章文已秀，日月日当铭。
古句成禅语，新吟作渭泾。
留经僧不老，逝水色丹青。

268. 永日有怀

永日无非永，长程有是长。
春秋春夏继，隔岁隔沧桑。

269. 槐花

槐花十里香，一树半炎凉。
一叶争先落，三秋半蜜乡。

270. 小桃

含烟含露水，纳色纳阳光。
结子由心见，扬花不带香。

271. 长江县经贾岛墓

一水荒坟外，三光草木中。
长江留旧句，贾岛墓朝空。

272. 嘉陵

嘉陵明月峡，栈道杜鹃花。
鼓子风吹落，何须蜀客家。

273. 中秋

中秋莲子实，水国碧荷虚。
滴滴珍珠露，流流日月余。
阴阳分已定，正返可中居。
处处三更易，天天一部书。

274. 朝谒

官心呈日月，殿宇接宸深。
缓步趋鸳鹭，春风化紫荫。
朝簪朝谒早，独木独成林。

275. 锦浦

花甘随水逝，雪化自成泥。
以此应非彼，从东尽是西。
人生何处去，世上不知栖。

276. 峨嵋山　一作雪

峨嵋山上雪，万仞玉中澜。

夏作嘉陵水，冬成蜀楚寒。
乾坤分四象，日月两仪宽。
已作人间客，无须静世观。

277. 津事　见令孜传

为官为正道，自在自由求。
孟子多才述，嘉州令孜留。
沉湘何足见，曲槛几拆忧。
上国当朝谒，江山日月舟。

278. 书村叟壁

黄昏黄远近，暮影暮羊牛。
少小听吹笛，妪翁问去舟。
江村江社酒，客醉客心留。

279. 题进士王驾郊居

去中微有雨，路上半无尘。
进士常言阔，书生不道贫。

280. 题庄严寺休公院

磊石成塘日月明，源泉作镜慧根生。
庄严寺里休公院，细水流中有觉声。

281. 题兴善寺

皇城兴善寺，四序鼓钟音。
鹤静诗僧赋，云停似二林。
清虚清净处，上国上人心。

282. 宿澄泉兰若

澄泉兰若宿，静水与心齐。
夜雨禅音寺，钟声久不低。

283. 送举子下第东归

白鸟飞难落，青云上必迟。
天台天水阔，碧玉碧人师。
自是春闱客，诗书已可知。

284. 寄察院李侍御文炬

古柏松篁院，风仪绶印堂。
三千从日月，一半谏书囊。

285. 偶怀寄台院孙端公棨

拙才成孤道，金炉雨露苏。
香梅香已落，色盛五湖蒲。

286. 次韵和秀上人游南五台

振锡惊深谷，中峰静五台。
翻经同草木，向月共徘徊。
只有诗文独，梅花一语开。

287. 南宫寓直

寓直南宫漏，听更北阙声。
孤臣孤所望，紫禁紫垣情。
锁印诗词纪，阶墀日月明。
郎中徘左右，侍御北京城。

288. 乖慵

已见芰荷雨，还听玉叶声。
芙蓉先出水，带露有阴晴。

289. 恩门小谏雨中乞菊栽

书门一路半花香，二月三春九陌芳。
白雪红梅心意在，春秋不尽夏冬藏。

290. 荆渚八月十五夜直雨寄同年李屿

才去袁宏渚，还登庾信楼。
同心同所往，共事共春秋。

291. 寄左省张起居

朝天朝远近，问地向阴晴。
点笔纵横见，行文日月明。
源泉源有水，木本木枯荣。

292. 旧韵重答

减瘦经难久，增肥可食全。
孤飞孤傲翼，众鸟众盘旋。
太白江油客，知章浙水边。
当涂明月落，老少镜湖天。

293. 读故许昌薛尚书诗集

先生一意半行诗，下笔千章十地知。
字字珠玑珍宝见，篇篇寓哲启人辞。

294. 送水部张郎中彦回宰洛阳

郎中宰洛阳，水部旧僚乡。
紫阁应书备，丹墀可正梁。
陶潜何逊问，五柳一垂杨。

295. 赠咸阳王主簿　古今诗

日月耕耘惜寸阴，诗词著述比黄金。
春秋读学经文史，斗粟青黄淡古今。

296. 松

一寸千鳞半古心，三年十仞两山林。
青青自以丹丹色，上上风涛下下荫。

297. 梅

寒梅寒水国，色艳色香丰。
白雪阳克见，群芳玉叶红。
宫妆折一朵，楚女过千衷。

298. 鹤

自以王乔得自由，人间未了又春秋。
无言未了三清愿，不可飞翔忘白头。

299. 重阳夜旅怀

黄花山野外，落叶雨云中。
酒醉重阳夜，茱萸问故宫。

300. 壬戌西幸后

武德门前客，龙墀草木荫。
天津天水落，渭邑渭泾深。

301. 多虞

只见人稀少，何闻战罢臣。
多虞多旧念，少虑少思秦。

302. 短褐

僧袍僧寺主，短褐短斯人。
已罢胡人战，须终羯羌臣。

303. 曲江红杏

北陆多红杏，南墙少故人。
江头江水色，及第及花新。

304. 折得梅

折梅折莫止，一树一新花。
待到三春尽，应寻五北家。

305. 牡丹

丛丛作牡丹，碧碧叶波澜。
睡睡心心色，层层玉露残。

306. 寂寞

无心无意度，有念有情悬。
醒醉非君子，阴晴草木天。
三思今古事，百步去来年。

307. 乱后灞上

灞水杏房红，秦川陇麦风。
遥遥刘项问，了了未央宫。

308. 长门怨二首

之一：

不教霓裳舞，罗衫泣凤凰。
庭花先后见，水苑故鸳鸯。

之二：

昨日分明去，今天已又来。
明晨明再启，隔岁隔花开。

309. 郊野戏题

竹影桥溪色，莲蓬稻米香。
蓑衣藏野叟，沽酒足波塘。

310. 宗人惠四药

两味西山药，三清四品尝。
心神骑鹤去，一梦度炎凉。

311. 题张衡庙

由知成尺寸，以此度量衡。
大小方圆铿，宏微宇宙成。

312. 山鸟

以势高低翼，从山草木林。
穿云穿日月，作鸟作鸣禽。

313. 黯然

只可由心去，何须逐水乡。
波澜波不尽，逝日逝青黄。

314. 借薛尚书集

上国音尘锁，邻君日月开。
诗词薛能赋，子集尚书台。

315. 小北厅闲题

厅中花草色，月下水云低。

木影东斜旱，寒宫未过西。

316. 菊

九月一黄英，重阳半弟兄。
分明分不时，一二一辨成。

317. 赠杨蘷二首

之一：

严于格律严于词，四海声音八海司。
十万诗词三万日，平生不懈一天时。

之二：

东西南北客，俗语国方言。
进士皇家主，音从学子源。
同规同矩是，共认共轩辕。
削足新知履，收篇始见元。

318. 中秋夜有怀　古今诗

沧波归去远，故舍在辽东。
五女浑江岸，千流早晚红。

319. 寻白石山人涧

白石山人涧，青峰古木崖。
仙家仙洞顶，法木法天家。

320. 游头陀寺上方

步上头陀寺，心留静宇台。
余风天际树，暮色上崔嵬。

321. 归山夜发湖中

广泽归山夜，湖明向镜平。
无边无际处，有树有猿声。
雁落人难静，心舒一两鸣。

322. 同友人会裴明府县楼

阁外陶家柳，云中庾信琴。
县楼县府问，不醉不知音。

323. 荆山夜泊与亲友遇

海海山山界，舟舟水水邻。
神疑非永坐，夜泊是行因。

324. 北游夜怀

经营无是否，苦度有前程。
学读礼群树，驰赢可独行。

325. 重经汉南

别散多如此，重经未见由。
年年相似少，岁岁有春秋。

326. 湘江

水外九巅山，云中二女颜。
苍梧留禹穴，自古导疏间。

327. 黔中书事

巴山巴水国，蜀道蜀人间。
十里黔中道，三生九道弯。
江流江滟滪，杜宇杜鹃蛮。
望楚邻官渡，知秦剑阁关。

328. 经李翰林庐山屏风垒所居

进退江湖路，驱驰日月天。
行程行者步，济会济云田。
不醉平常去，何归草木阡。
人生人所向，两目两先贤。

329. 酬简寂熊尊师以赵员外庐山草堂见寄

一步庐山路，三生不见峰。
东林东所寺，草木草堂松。
岂易居僧止，无须水月容。
仙人仙洞口，一石一素龙。

330. 寄怀孙处士

上国一君心，中原半古今。
沧波沧洲渚，树木树森林。

331. 汉南怀友人

东来东复位，北去北成南。
雪化作江水，春丝束白蚕。
层层分不尽，处处可重函。
故友相思去，清清映石潭。

332. 送人下第归江州

春邻阡陌绿，人士暮朝红。
序令分先后，天机有始终。
江州江水阔，故道故人工。
旧隐知音处，新诗已入宫。

333. 送苏处士归西山

深溪深谷里，绝顶绝云中。
处士西山处，空心四壁空。

334. 送李处士归山

处士归山路，流溪逝水潭。
天机天有道，石室石峰岚。

335. 送新罗客归

一别何因见，三生故客邻。
新罗新旧约，远问远方人。

336. 府试莱城晴日望三山

莱城日色满三山，半入蓬瀛十二关。
不易神仙修炼客，清心可得一人间。

337. 题故李宾客庐山草堂

庐山一草堂，木业半行当。
十里东林路，三清半光道。
封勋明谏述，报国豫文章。
古迹忧民去，何门待世香。

338. 秋夕送友人归吴

日暮秋光已入吴，江湖水满运河苏。
黄天荡里莼鲈脍，碧玉桥边问小姑。

339. 长安逢江南僧

共是江南半北人，同行渭邑几秋春。
禅声不断书声断，寺外慈恩巷外邻。

340. 晚次修路僧

处处难平处，工工亦未工。
功夫功不尽，路始路无穷。

341. 湖外送友人游边

衡阳北望塞边云，未了潇湘不问君。
处处人形青海雁，迢迢一字不离群。

342. 读段太尉碑

一诺临危去，三生自请缨。
谁知青史上，不必记身名。

343. 夕次洛阳道中

流年泾渭度，往事月空明。

独树常栖鸟，前尘路不平。
秋风秋叶扫，洛水洛阳城。

344. 读方千诗，因怀别业

君诗一字吟，苦雁半人荫。
古寺听钟鼓，禅房有鹤禽。
沧洲沧跬步，旧隐旧水深。
独抱方圆句，孤身日月心。

345. 题嵩阳隐者

嵩阳灵不隐，石没五陵侯。
草杂芝兰见，丘荒日月留。

346. 友人问十见招

易卜两仪分，乾坤四象云。
人间成八卦，爻上见千君。

347. 江行晚望

晚望江行水，争流逝去平。
常闻三界岸，已觉三毛情。

348. 巫山庙

巫山神女庙，宋玉赋襄王。
楚楚巴巴水，云云雨雨长。
高唐应一梦，峡口束千肠。

349. 秋夕与友人话别

别路长亭外，离情醒醉中。
相逢期不定，跬步只前隆。

350. 与友人同怀江南别业

陆北龙门客，江南别业情。
浮名浮旧隐，俱世俱人生。
一代冠官治，三生隐逸声。
听风听雨雪，步履步身名。

351. 苦吟

暮暮朝朝步，辛辛苦苦行。
人生人不定，世事世难平。
落日归禽见，原来是客情。

352. 春日郊居酬友人见寄

郊居春柳色，草碧水边茵。
白鸟穿林出，青山过五津。

风云何不定，水月总相邻。

353. 问卜

自幼非无志，何年是有成。
龙门龙一跃，虎子虎三鸣。
以卜求先见，求签向世情。
签签求所欲，事事自求赢。

354. 蜀城春

三思三举步，一路一秋春。
蜀国蚕丛忆，秦川养马人。
平生先自主，立足是经纶。

355. 送道士于千龄游南岳

一望洞庭舟，三湘竹泪流。
衡阳人字落，大雁向南秋。

356. 入蜀赴举秋夜与先生话别

残听池上雨，冷卧枕前灯。
失计方思隐，修行未入僧。
书生书背爿，步跬步趋登。

357. 言怀

苦节经时去，天机及觉来。
青云如不至，白首不须催。

358. 秋夜与上人别

北国方辞雁，南洲已入云。
衡阳衡所见，二女二妃君。
只以苍梧志，湘灵鼓瑟勤。

359. 感花

只是少年心，红颜不作音。
东风常带雨，隔岁已无荫。

360. 秋宿天彭僧舍

落足天彭舍，行身远路僧。
前程前未了，举步举相承。

361. 秋夜僧舍闻猿

已得同僧静，辛辛共足眠。
猿声惊月落，桂子自离天。

362. 过君故宅

昭君画得半阴山，蜀米青冢一玉颜。
旧宅还留儿女气，单于不远雁门关。

363. 过洛阳故城

荒衢断柳忆玉奴，遗迹江流弃霸图。
自以皇都三十代，英雄旧业有如无。

364. 秋夕与友人同会

三生寻旧路，一露滴青松。
月上僧归晚，云来古寺钟。

365. 春日登吴门

碧玉吴门水，姑苏月半弦。
春潮杨柳岸，锦鲤上渔船。

366. 湘中秋怀迁客

汨罗河水岸，竹泪九嶷多。
不忍长沙问，潇湘阮水波。

367. 南山旅舍与故人别

长安烽火断，爱降塞边寒。
又别南山舍，重逢落叶残。
相约相去望，一路一云端。

368. 东林愿禅师院

东林尝一愿，已过虎溪边。
磬语群僧继，身心独了然。

369. 孤雁二首

之一：
独向衡阳岸，何求一苇无。
同声青海水，共忆洞庭湖。
之二：
云中飞一字，月上列人形。
结约同期宿，无孤共渭泾。

370. 寄青城山颢禅师

青城山上木，蜀寺月中天。
石塔常年锁，禅门久自然。
无尘无净土，有约有期田。

371. 秋夕与王处士话别

失意常期隐，有程自望遥。

人心人不足，一事一去桥。
未了长城戍，何闻一柳条。

372. 秋日 为道中

何言垓下路，不见未央宫。
道上鸿沟外，乌江一始终。

373. 送僧归江东

东林一语虎溪边，越水千波古寺泉。
社侣三清天海路，天台万木只缘禅。

374. 喜友人及第

步步曲江边，明明八水前。
龙门龙客见，及第及君天。
只见书生路，无须四顾全。
行程行止去，一步一当然。

375. 上巳日永崇里言怀

春秋一半自分明，日月星光独一生。
隐隐何须约约见，源泉是本作枯荣。

376. 送僧旭归天竺

别去秦川路，还来海国秋。
禅门停水月，汉社启经楼。
佛意如来至，君心近沃洲。

377. 牛渚夜泊

事事年年老，人人岁岁行。
袁郎牛渚泛，弄玉凤凰情。
但以春潮寄，何须处处平。

378. 送友人归江南

独往沧洲暮，江南草木新。
天台天雨色，浙水浙人邻。
浣水纱轻薄，西施少女春。
春差春六渎，一古一千津。

379. 过陶征君隐成

何求隐逸达无平，尽弃琴弦取木声。
五柳村前儿女学，桃源洞里汉秦城。

380. 江上旅泊

江流千万里，百汇暮朝行。
海口波涛骤，汪洋日月明。

人生人似此，积累积心成。

381. 灞上

云轻秦灞短，草漠汉陵深。
白鸟飞还落，青衣自古今。
长安名利客，渭水不鸣禽。

382. 寄舅

青云青起落，白社白阴晴。
草木连根长，山河沿岸生。
家亲家所望，女子妇心荣。
十里长亭外，三生驿道行。

383. 赠休粮僧

钟鸣钟不止，有路有行僧。
化舍求粮米，缘禅可继承。

384. 题绝岛山寺

登临难到此，绝岛易凭栏。
古寺钟声继，禅房暮色残。
何须惊十步，万丈涧云端。

385. 读侯道华真人传

真人方士问，汉室炼三丹。
不学修心术，无言玉石端。
天街天子路，下梵下神坛。

386. 残花

花开花落去，日暮早朝来。
四象应相继，三光可序催。
年年依旧是，岁岁有新媒。

387. 题兴善寺隋松院与人期不至

隋松兴善寺，莲宫古色青。
禅栖人已去，石涧玉浮萍。
独步如期至，行身一影丁。
何须期直木，不可问流萤。

388. 樵者

行山行草径，拾蕙拾木林。
举斧成樵者，闻声作古音。

389. 南涧耕叟

年年苦苦自耕耘，陌陌阡阡尽日曛。

稻稻桑桑田自给，岁岁春春役役分。

390. 春日闲居忆江南旧业

日暮江南忆，春初草木茵。
泉流泉石岸，一子一书身。
杜宇杜门客，书生业旧颦。
谋形谋士达，不足不天津。

391. 屈原庙

楚国怀王去，张仪五马来。
汨罗河水岸，只唱九歌回。

392. 宿庐山绝顶山舍

绝顶山舍望，群峰有木观。
东西林寺路，上下古云澜。
九叠千泉落，三重万雨峦。
僧人僧未见，一夜一长安。

393. 王逸人隐居

乱世何求隐，私心向循宪。
家无家国志，士有士长城。
隐逸千峰里，胡尘万里横。
无书无寸土，太白太平清。

394. 申州道中

水曲申州道，山高木影低。
行辕岁月老，古树穆陵西。

395. 江上怀翠微寺空上人

暮雨生潮岸，惊涛独见鸥。
相逢诗未了，别呼客春秋。
旅泛无情意，相思有白头。

396. 秋宿鹤林寺

山山林不尽，步步寺无穷。
鹤鹤知天意，僧僧念上空。
兰芝兰湿雨，蕙草蕙珠丰。
以此秋江夜，寻香宇宙风。

397. 远望

分明一去禽，远望半留音。
羽翼当丰满，前程已独寻。

398. 秋晚书怀

看看天色晚，去去出门人。
夜路知先达，前程可望秦。

399. 途中秋晚送友人归江南

江南一去半吴风，落叶千舟万里穷。
里巷成空兵厌过，中州战场少英雄。

400. 己亥岁感事

白首还兵刃，黄中犯汉营。
中原中逐鹿，自古自红缨。

401. 金陵晚眺

金陵古渡头，岸月半渔舟。
记取秦淮岸，谁言水去留。

402. 过长江贾岛主簿旧厅

主簿厅堂在，长江贾岛诗。
寒吟寒自得，一古一清词。

403. 途中怀感寄青城李明府

步步前行已九州，幽幽涧涧水纳千流。
如何不是三年别，苦事乡书半白头。

404. 夏日书怀寄道友

道向希夷得，无心宠辱惊。
民声民载巷，土地土长耕。
莫以黄中乱，当知四序萌。
人间人是本，世上世非兵。

405. 和进士张曙闻雁见寄

当空一字半排云，自是人形两翼分。
越过关山榆塞去，衡阳苇渚又成群。

406. 鹦鹉洲即事

鹦鹉洲头草木休，琴台夏口大江流。
知音已去高山在，黄祖曹操蜀客谋。

407. 读留侯传

一掷圯桥书，三生汉室余。
千年韩已去，万古共微居。

408. 赤壁怀古

周郎赤壁孔明多，一火三军借箭柯。

不是千舟连不得，东风两岸半渔歌。

409. 东晋（二首）

之一：

战将无须二，儒臣有一名。
文当文所读，武勇武其英。
草木风声唳，皆兵谢晋平。

之二：

五百年中见，三生一世名。
金陵王气禁，二水自阴晴。

410. 春夕

二月子规声，三更月色明。
东风应带雨，百草纳红英。

411. 涧松

树树凌霜涧，枝枝向上伸。
平生如此色，寸寸自秋春。

412. 湘中弦（二首）

之一：

蒲中多竹泪，月下二妃心。
鼓瑟苍梧晚，湘灵自古今。

之二：

月上洞庭湖，云中大小姑。
舟前弦已落，鼓瑟二妃苏。

413. 续纪汉武　一作汉武内传

萧疏一茂陵，储胥半思征。
已是分三鸟，无言六合凝。

414. 陇上逢江南故人

江南一故人，陇上半逢秦。
渭水长安绕，南山北阙轮。
云中曾约定，塞下再寻春。

415. 夷陵夜泊

楚塞依家路，夷陵夜泊舟。
孤行千万里，一曲暮朝楼。

416. 橹声

舟边一橹声，水上半思情。
去去三吴月，来来九陌萌。

417. 海棠图

一见海棠图，三湘问小姑。
家花家不见，远去远江苏。

418. 云

两岸巴山一峡飞，千流不断半心扉。
何言宋玉高唐赋，已送襄王暮雨归。

419. 过二妃庙

娥皇流竹泪，鼓瑟女英心。
但向苍梧问，湘灵舜禹音。

420. 送友人

送送迎迎路，来来去去人。
相逢相别见，一语一言邻。

421. 声

曲曲歌歌有盛情，花花草草不争鸣。
韩娥绝唱唐衢问，尽是人间第一声。

422. 放鹧鸪

开笼叶落放鹧鸪，已是秋风过五湖。
但以姑姑声处处，春情处处客江都。

423. 泉

清清冽冽到江都，细细长长满玉壶。
只是寒声留不住，深潭日暖积江湖。

424. 巫山旅别

十二峰前一望天，三千日后半江姑。
巫山草木高唐雨，滟滪惊涛立石奴。

425. 幽兰

幽兰幽气远，玉秀玉生香。
白露珠珠挂，开心日月张。

426. 读庾信集

长安建业半风流，关在江南半九州。
庾信三章杨柳曲，四朝十帝一春秋。

427. 过绣岭宫

又过绣岭宫，金銮已落空。
荒垣残草色，故道有鸣虫。

428. 一带一路　鹧鸪天（七首）

之一：

世界中华是一家，原原本本共天涯。
今今古古同连结，带带相承路路加。
经远近，浪淘沙。千年万里见梅花。
群芳自得东风雨，唤起人间你我他。

之二：

一路丝绸一带华，江都六渎运河花。
隋炀已作招颜客，汴水东流共建划。
千古去，万人家。长安买卖共天涯。
东西世界头颅好，远近联盟祖国花。

注：隋炀帝一颗好头颅，长安始有骡马大会，汴水始建苏杭天堂。

之三：

大理茶花二月开，云南古道马帮来。
红茶易货精盐换，傣塞苗家各自裁。
红宝石，绿玫瑰。南洋十国郑和媒。
马来半岛东南路，自古相邻各去回。

之四：

自着清冠叶亚来，东盟下国一天台。
风云日月波涛海，八闽潮汕木槿媒。
天地雨，半惊雷。三春九夏两时催。
南洋已见郑和路，共建同商现代飞。

注：木槿，马来西亚国花，大红花。

之五：

北国明都始建宣，南洋一带郑和船。
商人五百年前路，十顷舟田自足眠。
云淡淡，雨涓涓。留停马六甲边弦。
风云半岛知娘惹，八闽潮汕共海天。

之六：

部落原原始始富，资源处处有圆方。
森林矿产丰家国，诸岛东西两大洋。
黑土地，海天疆。金枪鱼产独名扬。
融通贸易银行岸，共享民心世界堂。

之七：

古古今今半陌阡，沧沧海海一桑田。
条条路路通罗马，带带连连世界天。
千种族，一方圆。联合国里共同宣。
巴新部落经原始，矿产森林自领先。

429. 巴山道中除夜书怀

栈道三巴路，东流一峡云。
高唐神女在，暮雨带芳芬。
夜半除年岁，明晨作客君。
家乡思寄去，仍是役劳勤。

430. 题净众寺古松

百尺森森色，千鳞节节开。
僧裁僧已去，寺老寺钟催。
秩序循常宁，方圆古往裁。
心经心所在，所向所如来。

431. 折杨柳

一路折杨柳，三生客九州。

知书知日月，达路达春秋。
古道帝观色，梅花落白头。

432. 题授阳镇路

越鸟巢边路，吴人沿太湖。
秦川秦渭水，庾信庾诗儒。

433. 七夕

年年七夕问牛郎，处处三更纺织娘。
乞巧人间人未在，心中独寄独心肠。

434. 泛楚江

阳关望去玉门关，楚水东流去不还。
日月三千曾绶印，乌纱一半是清闲。

435. 初过汉江

百尺竿头汉水澜，千帆远落望长安。
三秦日月冬梅色，一夜风云大雪寒。

436. 初识梅花

腊月风霜一傲扬，群芳未暖待炎凉。
眉心已见宫妆样，只作寒梅四面香。

437. 江雨望花

江花江似雨，水气水如烟。
一度潮头落，千波载起船。

第十函　第七册

1. 寄韩偓

及第河中幕，翰林学士儒。
全忠应不附，拾遗侍郎殊。

2. 雨后月中玉堂闲坐

雨后堂中湿气新，宫前月下玉相邻。
清光半许婵娟色，静坐三更独一人。

3. 六月干戈日

帘开散异香，署守作龙章。
咫尺恩深遇，东方朔汉皇。
沧桑依旧是，日月俱天光。

4. 与吴子华侍郎同年玉堂同直怀恩叙恳，兼呈诸同年

同年二纪共经春，一味书香十地人。
足迹应同天子路，身名已在曲江滨。

5. 和吴子华侍郎令狐昭化舍人叹白菊衰谢之绝，次用本韵

惜玉怜香酒面红，阳春白雪杏花风。
晨霞万朵桃花树，处处妖姬舞不穷。

6. 中秋禁直

贝阙星光寒，中秋禁直残。
楼台沉落叶，玉漏向云端。
不以长门赋，相如酒市观。
班书班固册，女子女青丹。

7. 侍宴

无心杨柳树，有意李桃根。
结子三年后，冠官十载恩。
春临春日色，一酒一黄昏。

8. 锡宴日作

皇恩赐锦百缕丝，待币黄金半院时。
学士翰林天子许，清商叶韵辇官司。

9. 宫柳

一柳微风半不扬，宫娃不似仿梅妆。
黄黄绿绿春风月，雨雨云云四际香。

10. 苑中

上苑离宫近，金墀滴漏香。
南山南北木，渭水渭泾乡。
玉树雕龙狒，中官拜上皇。
卅元大宝忆，贯子贯妃杨。

11. 从猎三首

之一：
不见羽林儿，藏身树后窥。
飞鹰垂下去，狡兔有三维。
之二：
制弩驾双雕，弯弓上独桥。
无惊常有险，逐意竟先朝。
之三：
一箭双雕客，三弓两射兵。

无非擒猎物，有是作群英。

12. 辛酉岁冬十一月随驾幸岐下作

长安渭水已清流，夜启宫嫔诏列侯。

凤盖移时行紫气，金銮起驾玉皇州。

13. 冬至夜作

南山一早梅，北阙半枝开。

镜里分颜色，香中玉影来。

14. 秋霖夜忆家

九陌行难尽，三更忆弟兄。

同家同少小，老大老枯荣。

15. 恩赐樱桃分寄朝士

小口樱桃小口红，胡姬玉树越姬风。

深宫赏赐千官色，品味常思品味穷。

16. 出官经硖县

身名利禄是浮生，进退升迁有实情。

读学诗文书笔砚，农夫籽粒只耕耘。

三年二月东畿过，谪宦千程硖石营。

老少同行多苦役，长安步履自精英。

17. 访同年虞部李郎中

一月空明阮水西，三湘独木直无低。

孤闻竹泪苍梧志，倍觉襟怀在鲁齐。

18. 赠渔者

冠官利禄望君颜，日月空余见等闲。

靠水应知思吃水，依山自是取林山。

19. 春荫独酌寄同年虞部李郎中（二首）

之一：

湖南漠漠向人荫，草木微微问落禽。

独酌醺醺何不醉，郎中处处寄知音。

之二：

征途不敢半延迁，出入重围一故天。

苦李甘泉甘水落，扬帆渡日流余年。

20. 奉和峡州孙舍人肇荆南重回中寄诸朝士

荆南战役解围音，渭北朝堂问客岑。

薄酒三杯千里志，浓霜一涧老松心。

21. 雪中过重湖信笔偶题

谪宦当心守薜萝，怀王不问楚人歌。

重湖足见沉舟少，水国春寒向晚多。

22. 寄湖南从事

应须一酒醉长亭，逝水三年见渭泾。

也客风云谁自力，人无足迹有丹青。

23. 玩水禽

踏水飞时浪作梯，排空展翼任东西。

阳春白雪渔翁劝，莫入雕梁草上栖。

24. 早玩雪梅有怀亲属

南枝花已谢，北陆雪方融。

把酒年华逝，梅香有始终。

25. 欲明

又明应不久，地暗满灵台。

举目观天地，纵横一隙开。

26. 梅花

傲雪梅花作汉妆，千花换取半芬芳。

无言九夏生枝叶，自在三冬储艳阳。

27. 小隐

错取荆州岳麓西，三分合一晋人鬶。

庄生已笑糊涂梦，小隐当然避世低。

28. 曛黑

日落重重暗，江流淡淡明。

天边留一线，水际有千英。

29. 晓日

霞光入水中，晓日满江红。

且以三更论，天从五味空。

30. 醉着

新杯旧酒苦还甘，万里流青万里岚。

不敬神仙神不在，江船醉醒到湖南。

31. 柳

长安路上渭泾桥，灞水无声楚细腰。

别去何须折不尽，春来又付碧长条。

32. 病中初闻复官（二首）

之一：

执着三年弃，身名一世扬。

潇湘多逝水，日月有长光。

之二：

又挂朝衣帽，青云近柳杨。

湖南司马客，北陆是秦乡。

33. 早起五言三韵

一树千枝叶，三光万日身。

晨风轻不举，旭日作东邻。

早早成风气，行行作故人。

34. 家书后批二十八字

春秋四序自相邻，久在湖南未到秦。

足迹留成司马客，平生不忘万年人。

35. 湖南梅花一冬再发偶题于花援 古今诗

湖南两度见梅开，谪宦三年学楚才。

足智多谋商海阔，诗词十万帝王台。

36. 即日（二首）

之一：

不避红尘不入塘，无言即日逝无光。

芙蓉出水珍珠色，隔岸闻香草木章。

之二：

湖南弃掷已三年，人生已似渡一船。

昨日今天明日问，将来过去即时宣。

37. 净兴寺杜鹃一枝繁艳无比

禅房日照已红红，艳艳繁繁碧玉中。

蜀魄无归长滴血，芳香有色自丛丛。

38. 花时与钱尊师同醉因成二十字

隔岁花时色，经年寺日斜。

尊师同避世，一醉共长沙。

39. 避地

避地湖南远，兴兵北陆城。
江山光复后，日月合时明。

40. 息兵

人心望息兵，世态见和平。
且以王朝念，生机子弟萌。

41. 翠碧鸟

无须向远飞，近处可相依。
远近何相似，飞依几度归。

42. 赠孙仁本尊师

黄袍依旧色，白首发如丝。
百岁人间忘，千年石塔期。

43. 萧滩镇

驻泊萧滩镇，秋风一半潮。
时危常储志，历士自无消。
朽质常凝力，经身已过桥。
还家同子女，事国不渔樵。

44. 丙寅三月二十二日抚州如归馆雨中有怀诸朝客

九派江流水，三湘日月舟。
鄱阳明牯岭，渭邑上归楼。

45. 三月二十七日自抚州往南城县舟行见指水蔷薇因有是作

蔷薇新雨后，翠色带花前。
已过浔阳岸，长安隔日船。

46. 荔枝（三首）

之一：
八闽人声一福州，千流入海半东流。
荔枝红白妃应笑，不到长安味不休。
之二：
红袍妃子笑，八闽贡皇州。
福建无贫富，长安有去留。
之三：
天然有异香，入口品炎凉。
碧壳红颜色，仙浆在宝囊。

47. 寄上兄长

两地支离路，三生各短长。
兄兄还弟弟，客客忆乡乡。

48. 宝剑

一剑嘉陵水，三巴杜宇乡。
书生因立诺，壮士可飞扬。
以此同文武，凭知作主张。

49. 登南神光寺塔院

日立扶桑一海开，云封百岛半天台。
神光寺院神兄注，紫气东方自主来。

50. 两贤

三台英卜易，一院集贤才。
卖饼临街市，偷名品第开。

51. 再思

玉石常滋润，诗词久日媒。
耕耘勤笔墨，字句自念才。

52. 有瞩

有瞩江亭望，扬帆远际行。
风潮风向正，一水一心情。

53. 秋深闲兴

闲兴不了自扬长，阁上文昌作豫章。
夏末难平新雨水，秋深已换旧衣裳。

54. 故乡

记忆家乡旧路旁，兄兄弟弟伴爷娘。
农夫土地耕耘苦，豆豆瓜瓜饭菜香。

55. 梦仙

汇梁曾一梦，足迹已三眠。
小米蒸醺煮，相邻是八仙。

56. 赠吴颠尊师

道若千钧重，身如一羽轻。
何时知饮酒，自浣作颠名。
醒醉人间去，匡扶正义倾。
清平思救世，狗窦问祢衡。

57. 送人弃官入道

壮志何酬自不安，耕耘土地暮朝难。
方圆不可无规矩，进退谁成有弃官。
泾渭水，久波澜。三清断绁望峰峦。
雄豪讵守良图见，只向樵渔问杏坛。

58. 感事二十四韵

紫殿经纶事，皇城日月悬。
人归三岛路，士取五湖边。
直直斜斜缺，鸳鸳鹭鹭全。
书成寻散拙，世欲作神仙。
羽翼凭山满，雄心以陌阡。
民心民所望，玉石玉当先。
实录焦劳致，虚传始启篇。
中枢中讵省，仄席仄平泉。
舜历苍梧见，尧弦二女天。
巢由何自主，诸葛卧龙田。
虎涧东林水，东皇太一虔。
汨罗才子去，贾谊故人贤。
吏史观星象，天台作玉研。
奸纤闪比辅，养虎欲求铨。
鲁瘠终诶解，齐尘纪霸年。
思谋成古迹，剑戟误前川。
北坏氛霾重，南江急骤偩。
微微千矩守，郁郁四夷延。
岭外梅花色，河清近积渊。
中原烽火息，雁棠渡关船。
圣岳无非木，皋夔亦慕膻。
花坛芳自溢，百草碧春宣。
世界沧桑易，天空日月连。
丹梯何不过，士命敢虚捐。

59. 向隅

循规知道晚，守矩得途迟。
狡兔巢三窟，红莲独一枝。

60. 社后

禅房一睡僧，百草半香凝。
叶落秋风起，重阳社后兴。

61. 息虑

群鸥飞上下，行藏合自由。

人间人不昨，一事一春秋。

62. 早起探春

一夜枝头已见春，千香玉影入咸秦。
樱桃小口红梅绽，欲破芳心早起人。

63. 味道

唐初苏味道，武后沈佺期。
一日皇袍则，千官尽赋诗。

64. 秋郊闲望有感

微红枫叶脉，楚汉半分秦。
广武山前望，秋霜白雪春。

65. 李太舍池上玩红薇醉题

花低水岸一红英，已醉酩酊半玉明。
片片精光成白雪，差差答答已含情。

66. 冀其感悟也

三春三殿试，一荐一文才。
已见闱中笔，江湖水月来。

67. 又一绝（请为申达京洛亲友交知病废）

一岁秋霜中，三生谷雨迟。
农夫知土地，学者故诗词。

68. 梦中作

龙墀初起列，紫殿入鸳鸯。
九耀新环驾，三清祝日坛。
南山南扇合，北极北云端。
緌緌缨缨色，谈谈笑笑安。

69. 县郊外泊船

访载大江边，群芳各陌阡。
潮流潮不止，水落水扬天。

70. 此翁

三清何遗，一宦半严光。
五柳弦琴弃，千章宋玉扬。

71. 建溪滩

英雄不到建溪滩，见底漩波怯恐澜。
溺境平生观已止，渔樵不养半闲官。

72. 村落皆空，因有一绝

蝗虫扫遍一桑田，战事横征半米粮。
犬犬鸡鸡村野外，鸦鸦雀雀逐官仓。

73. 失鹤

展翼经风得意飞，华亭日暮未回归。
轻行远路应惊首，不事渔樵不可依。

74. 十隐

是是非非着两仪，平平淡淡寓千奇。
分分合合谁三国，柳柳杨杨可百思。

75. 晨兴

一日去消半日晨，三春不见两春枝。
年年岁岁相来往，去去来来互异时。

76. 暴雨

暴雨连天似断肠，深云阔海满南洋。
雷声不止倾江水，最是溢城见故乡。

77. 山院避暑

乘凉山寺里，避暑院池中。
静寂生泉水，清流映日空。
清荫林木叶，竹影异轻风。

78. 闲兴

俗俗情情致，花花草草明。
忙人常搅搅，自在已平平。

79. 漫作（二首）

之一：
风和吹远近，雨细润桑麻。
白雪阳春曲，香梅腊月花。
之二：
木槿纯阳色，凌霄瑞彩形。
湘灵湘水竹，鼓瑟鼓零丁。

80. 腾腾

年年流落醉，处处病身行。
一药常凄恻，三生始得盟。

81. 寄隐者

隐逸樵渔路不遥，深山草木碧云霄。

书生读学知天下，莫似愚夫过暮朝。

82. 闲居

冠官自得一闲居，拙理循谋半读书。
土地农夫锄所据，常思进退作樵渔。

83. 僧影

一度人间半柳杨，三生白塔十三乡。
钟声古刹留僧影，智慧灯光响四方。

84. 洞庭玩月

月上洞庭湖，云归大小姑。
潭沉霜未灭，玉碗细波无。
更忆瑶台水，江潮上下殊。
天机藏不住，撼岳是清图。

85. 赠隐逸

谁求隐逸度秋春，本是农夫作世人。
自食樵渔由自力，山阴不问会稽尘。

86. 南浦

云如南浦雨，月似北船弦。
水雾蒙蒙阔，烟波漫漫涎。
咿呀桨橹断，望尽半婵娟。

87. 桃林场客舍，木槿栉比阔水遮山

木模藩篱色，朝开暮谢红。
何为藏远目，不隔醉邻翁。
小子偷花芯，栖禽敛羽丰。
人间多弊事，世上缺医风。

88. 中秋寄杨学士

岁岁思思切，年年困乱离。
中秋依旧月，学士已相期。

89. 寄禅师

妙用常言一理通，修身养性半行中。
层层白塔留身迹，古往今来各不同。

90. 清兴

观夫观土地，见雨见阴晴。
草木江山色，乾坤社稷情。

91. 深院

凤子轻腰细，鹅儿唉睫肥。
深庭深院色，一见一心扉。

92. 凄凄

升迁进退有凄凄，宠辱朝堂意不低。
晦晦晴晴天日月，南南北北各东西。

93. 火蛾

飞蛾投火去，弃暗向明来。
不得知盲目，何情一举灰。

94. 信笔

柳密藏云细，松长见日萌。
春风春所雨，信笔信君心。

95. 雷公

闲人多自负，不可问雷公。
咤叱天庭路，惊龙镇远空。

96. 船头

船头曾左右，摆尾自沉浮。
所向无平水，其身有去留。

97. 喜凉

赤壁曹营一火惊，周郎诸葛半风情。
空城一计知司马，故让三军向北行。

98. 天鉴

何劳谗诏学，务实正修身。
猛虎平原立，蛟龙水岸津。
心肠天鉴道，事历待秋春。
楚汉鸿沟界，不得未央秦。

99. 江岸闲步

一手携书一丈筇，三生向路半生通。
淮阴市里人相见，尽道途穷未必穷。

100. 野塘

一半轻风入野塘，三千茗叶楚留香。
游鱼欲跃浮萍见，采女应来不必藏。

101. 异乡赋

序：

余卧疾深村闻一二郎官今称继使闻
越笑余迁古潜于异乡，闻之因成此篇

诗：

八闽三吴两道扬，千流九脉十三乡。
羞言拙幕黄金印，石室绯衣挂月香。

102. 安贫

冠官自得半安贫，印绶难承一束秦。
九扃阁中难　划，千行足迹是秋春。
文章自古书生事，土地农夫得力茵。
业业途途分已定，同心报国作斯人。

103. 残春旅舍

一路无头尽，三生有渭秦。
咸京知所夏，旅舍复经春。

104. 鹊

黑黑明明白白分，来来去去有无闻。
银河七夕成桥渡，但得千声一世君。

105. 露

鲜花含所润，羽鹤纳其泉。
只见春莺饮，铜盘玉女怜。
珠珠成点点，闪闪亦圆圆。
最宜丛丛里，无须独直妍。

106. 赠僧

不是归山避战尘，谁言世界有咸秦。
如来自在心经在，只读金刚着素身。

107. 感旧

从鸳从鹭序，亦步亦趋行。
进士冠官学，郎中制药名。

108. 八月六日作（四首）

之一：
已启经生路，重开造化门。
为官为主仆，列序列儿孙。

之二：
无从先后顾，有惜老臣心。
伏枥思千里，行程是古今。

之三：
锋芒相对立，尽中汉公卿。
同车同轨道，共事共精英。

之四：
指鹿知非马，秦皇二世沦。
丞相承五裂，日继日千新。

109. 驿步

一息征事两目开，千乡旧业半亭台。
三年土地丰收后，日月重新带富来。

110. 访隐者遇沈醉书其门而归

江村访钓翁，醉月酒缸空。
只见闲花落，开扉小径中。

111. 疏西

非无济世才，拯溺臻良媒。
一挂戎衣去，三生策宰来。

112. 南安寓止

一地三年过，千言二月花。
群芳呼不得，四序见桑麻。

113. 十月七日早起作时气疾初愈

一夜身轻许，三更早见行。
前途前所望，一力一精诚。

114. 有感

千村不尽万人家，自古如今你我他。
故老何曾无炎背，芹根左右有桑麻。

115. 观斗鸡偶作

不报春秋黍，何言日月分。
冠雄争斗独，芥羽害同群。

116. 蜻蜓

点水蜻蜓客，沉浮四翼分。
晶晶呈双眼，处处怯孤君。

117. 即日

昨天即日明晨开，过去当今自未来。
不舍耕耘行日月，天堂地狱几何裁。

118. 寄邻庄道侣

白雪村前竹，霜层叶上明。
邻庄邻不见，一迹一人倾。

119. 初赴期集

一路多儿女，三春有雨泥。
村前村后见，九陌九东西。

120. 惜花

春春夏夏已知音，暮暮朝朝见野禽。
雨雨云云三月半，泥泥水水半伤心。

121. 半醉

半醉应知一醒心，三生已见两知音。
知书达理经纶腹，步步行行作古今。

122. 春尽

逝水浮花去，闻风带雨来。
群芳群已闭，碧叶碧先开。

123. 睡起

白芷柴胡水，红花夏草香。
壶中应漫煮，睡起已倾囊。

124. 寄友人

三生三不怨，一病一炎凉。
步步前行路，途途举止长。

125. 见别离者因赠之

闻君草草见行囊，不忍萧萧弃旧裳。
世路孤孤寻不得，人生处处有离肠。

126. 伤乱

伤心离故土，战乱别交加。
岸上深根露，江中逝吕花。

127. 南亭

每日南亭坐，常闻驿路行。
回头知十里，俯首半乡情。
寺院僧钟鼓，官衙役杖鸣。
何须朝暮问，日月是人生。

128. 太平谷中玩水上花

逝水争流水上花，山中碧玉日中斜。

红颜片片香无语，可惜幽幽客别家。

129. 雨

半见黄昏一见云，千山暮雨两思君。
应怜共路同天下，未了人生久别分。

130. 幽独

别别孤孤宿，幽幽独独行。
婵娟明月里，后羿望空城。

131. 江行

半路江行去，三秋落叶来。
惊风惊逝水，逐日逐天台。

132. 汉江行次

寺寺村村见，僧僧道道来。
渔歌朝暮曲，牧笛去还回。
白鸟依依落，琴台处处催。

133. 偶题

黄花肥未尽，蕙草瘦先行。
莫以芝兰色，分明两半英。

134. 感事伤怀

节令含桃少，潇湘草木殊。
莺偷应有剩，女采向君奴。
玉凤偏情致，金銮贡帝珠。
隋炀曾以此，汴水到江都。

135. 隰州新驿

殊荣常遗忘，治乱不无名。
建驿新州舍，行官故道行。

136. 乱后春日途经野塘

战乱阴晴后，途经草木前。
塘中藏日月，水上寄山川。
彼此应无变，农家二亩田。

137. 赠易卜崔江处士

白首穷经卜，青山秘易闻。
元龟分九坼，老子道玄君。
　妙三清解，壶中日月分。
闲人窥一试，借此胜千曛。

138. 过临淮故里

临淮先故里，岁月已凋零。
旧巷新花色，青年老子丁。
今来重举步，古往作丹青。

139. 赠湖南李思齐处士

湖南三日雨，处士七弦琴。
不作黄梅客，倾听岳麓音。

140. 乱后却至近甸有感

草木年年自在春，江山处处向咸秦。
关中仍有屯边卒，乱后金门又一村。

141. 紫石研

龙墀一步李郎中，谏斧三台直未穷。
只以丹青成陛下，珠玑上下石研东。

142. 寄知心（二首）

之一：
长沙到醴陵，绿口入南征。
紫紫微微色，花花草草兴。
西堂藏玉色，凤辇以香凝。
之二：
阙下厅前植，宫中苑外墙。
长沙今又见，已是紫薇香。
共是寻芳者，同求似柳杨。

143. 和王舍人抚州饮席赠韦司空

步步鸳鸯路，趋趋札梓花。
楼台应此会，日月可官衙。
草木民心本，天光子女家。

144. 避地寒食

避地淹留客，逢春独自非。
花飞寒食节，日暮鸟无归。
草草空园碧，年年不息机。

145. 山驿

宋玉高唐客，阴山李将军。
衡阳青海岸，落春不离群。
组字人人见，排空片片云。
秋风空寂寂，木叶自纷纷。

146. 早发蓝关

上路蓝关早，行人太白迟。
驱驰循古道，守一始终知。
去往咸秦问，阴晴日月诗。
辛勤辛苦事，亦步亦趋时。

147. 深村

一路深村过，三秋落叶来。
清宵清月色，暮日暮徘徊。
远岭藏明晚，牛羊下括回。
何须听牧笛，老子已相催。

148. 重游曲江　古今诗

重游过曲江，进士忆家邦。
国学文昌继，儒生世界双。

149. 三月

渐近辛黄谢，还寻小杏红。
邻家窥酒色，尽是李桃风。

150. 秋村

秦皇岛上一船行，指鹿朝中二世倾。
一寿千年齐鲁幸，心知有欲不长生。

151. 残花

四序循回日月明，心中结子作精英。
三春细雨残红落，一曲高歌水不平。

152. 夜船

苍苍寂寂夜如烟，露露衣衣望月眠。
渚岸村遥无火烛，船娘小曲有婵娟。

153. 伤春

不忍五陵春，伤心一渭臣。
长途三月远，意志半咸秦。
寂寞南溪夜，阴晴北陆邻。
贫穷贫有得，一岁一更新。

154. 归紫阁下

紫阁归心故步封，江湖旧意自雕龙。
何闻去路多回顾，已见莓苔又几重。

155. 夜坐

玉宇天空点点星，如波闪闪半零丁。
渔歌远远船船静，水龟繁明处处灵。

156. 午寝梦江外兄弟

居闲门不闭，午寝梦方开。
曲曲江江忆，兄兄弟弟来。

157. 曲江夜思

进士曲江边，翰林院集贤。
朝廷才子见，拾遗国臣前。

158. 过汉口

诗人汉口半风流，进士知音一九州。
十载郎中鸳鹭列，三生四品已青楼。

159. 惜春

梅花影影一香留，木槿欣欣十四州。
夜雨声声三月尽，残红处处半风流。

160. 及第过堂日作

侣集蓬瀛日，闾阖及第生。
楼台迎晓日，俗籍系仙缨。
百避先知觉，相庭已列名。
鳌头宫殿入，尚见故时英。

161. 夏课曾感怀

无媒多困踬，有路少辛劳。
夏课先田溇，秋风逐日高。
生涯生起落，四序四旌旄。

162. 离家第二日即寄诸兄弟

父父母母别，兄兄弟弟辞。
为官为自己，一去一相思。
夜路多星月，晨程少客知。
乡音乡土忆，客寄客家时。

163. 游江南水陆院

水陆江南院，风云日月流。
关河关不锁，一曲一红楼。
越女吴儿问，胡姬魏粲秋。
铜壶铜省见，洛水洛神游。

164. 江南送别

有别江南去，无逢北陆鸿。
多情应易老，少见可成空。

165. 格卑

不学无情不学僧，升迁有道已迁升。
官员自得官员路，已读书香已读凝。

166. 冬日

日见冬阳暖，风吹白雪寒。
梅花香已储，玉影滞云端。

167. 再止唐居

日日风风去，云云雨雨来。
年年年不止，岁岁岁催催。
古古今今见，朝朝暮暮回。
相非相是处，似异似同猜。

168. 老将

断戟折枪一箭才，千兵百将半无回。
胡营尚惜男儿好，汉帝无须一世摧。

169. 边上看猎赠元戎

元戎铁甲一层霜，折角弓鸣十里扬。
武勇何须如第二，儒谋朔漠见梁王。

170. 升迁

千章未武一途穷，万里沧洲半宇空。
不事郎中员外秩，无须正叩客从戎。

171. 北齐（二首）

之一：
胡姬酒醉易红妆，任道娇狂可败亡。
四十年间争战地，三生一战立圆方。
之二：
告色军书日不通，风云蔽日李陵雄。
单于有义群英会，汉帝常怀霍卫功。

172. 寄京城亲友（二首）

之一：
壮志空为客，书生自问家。
村姑情子女，野菊向阳花。

之二：

相思凡几日，苦度隔心音。
搔首从轻落，吟诗向故林。

173. 野寺

野寺无僧问，乡村有古今。
如来如所在，有日有知音。

174. 吴郡怀古

六渎夫差半古今，隋炀帛柳运河浔。
人亡建业空城在，水逝东吴入海深。

175. 守愚

只守愚公问，无言古院香。
知春知草色，问世问炎凉。
落地梅花色，凭空傲影狂。
群芳呼不得，四序自开张。

176. 村居

三冬三雪色，二月二春余。
且夕梨花落，阴晴客舍居。
从游从世界，读学读读书。

177. 离家

离家行止切，上路却无声。
自以书生志，何言不别情。

178. 秋雨内宴

一路风霜一带红，三光日色万家丰。
无须社月无须酒，有米粮仓有老公。

179. 寒食日沙县雨中看蔷薇

雨露蔷薇绽欲红，珍珠纳玉已留丛。
沙县莫忘清明后，处处春云处处风。

180. 地炉

白雪半姑苏，寒冬半地炉。
梅花先自暖，二月上江湖。

181. 州新驿赠刺史

旧路通新驿，长亭故步行。
心机藏所顾，到此忘离情。
逐客贤相待，人生有易明。

182. 草书屏风

分明怀素迹，水石虎狼行。
墨涧留松柏，枫林作玉英。
颠狂张旭笔，草木凤龙缨。
一气江流去，云天日月明。

183. 永明禅师房

待晚鹤来巢，禅师寺远郊。
辰钟和暮鼓，白塔对荒茅。

184. 登楼有题

暑气已全消，江流逐海潮。
波涛分不得，日月已知遥。

185. 朝退书怀

进退应须一草堂，升迁不废半天光。
山禽养久知人唤，白马行程作像章。

186. 元夜即席

岁尽应伊始，元初旧序终。
东方升日月，北陆起春风。
八水长安绕，千波永巷红。
皇城后帝业，世瞩世人隆。

187. 大庆堂赐宴元玙而有诗呈吴越王

晋晋秦秦主，吴吴越越王。
樱桃红粉净，绿蚁口边香。
谷鸟初啼切，甘霖复属尝。
元玙元所赐，故国故封疆。

188. 又和

樱桃花下会，曲舞月中王。
已是亲贤见，铜鸟玉漏光。
日月行天地，甘霖向远方。
但向群彦醉，皇城作柳杨。

189. 再和

冬霖三界水，白雪一梅香。
乍暖还寒日，红颜已改妆。
笙歌由自在，曲舞可霓裳。
但在天堂里，吴吴越越王。

190. 重和

玉鸟殷勤见，铜壶尽散香。
千杯三觉会，八尺一虚郎。
有酒朝君子，平生作像章。

191. 余作探使以缭绫手帛子寄贺因而有诗

解寄花筵上，缭绫玉影中。
微微常见拙，薄薄露胸红。
手帛和衣色，人情见始终。

192. 别锦儿

三杯莫醉五杯迟，半尺红绡一首诗。
不可交情曾意久，良人但梦不折枝。

193. 闲步

牛着知下括，牧笛对黄昏。
独鸟先飞去，樵人后见村。

194. 乾宁三年内宸在奉天重闻作

仗剑巡城月，披霜历柳营。
长林如断壁，积雪似荒英。
不免衣襟冷，无言且不鸣。

195. 雨中

云沉去淡淡，雨细雨声声。
鸟湿巢边望，林烟落叶倾。

196. 与僧

一叶轻舟客，千云古寺僧。
相逢相别去，半夜半孤灯。

197. 晚岸

晚岸船先喤，苍空月未明。
渔歌无起落，远火有阴晴。

198. 仙山

仙山仙客老，一色一春红。
养鹤三清界，丹炉半始终。

199. 过茂陵

无寻景帝春，不见李夫人。
孝理因何盛，龙颜不息秦。

200. 曲江秋日

一日曲江秋，三生半白头。
长安长路在，渭水渭泾流。

201. 流年

伤心逢晦日，有病见阴人。
逝水东流去，日月始新年。

202. 商山道中

商山一道中，四皓半无终。
粉本功夫在，深宫有阵风。

203. 招隐

隐隐书生客，明明利禄生。
严陵严不钓，沽酒沽身名。

204. 雨村

英雄不过十三州，俗世难明半九流。
雨后群芳径湿润，黄昏独自可回头。

205. 使风

山光日照有无中，水路江行见始终。
万里无云消涨岸，千舟自得一帆风。

206. 阻风

向背人心一始终，阴晴草木半无穷。
荣枯世界三清志，日月千年九阻隆。

207. 并州

太谷三分晋，汾流一并州。
南泉南不老，雁问雁丘头。

208. 夏夜

夏夜风休定，鸣虫草露情。
闲心闲不住，一步一思萌。

209. 阑干

月挂一阑干，云沉半渭阔。
波摇波不止，逝去逝无残。

210. 以庭前海棠梨花一枝寄李十九员外

庭前一树海棠梨，日上千枝各不齐。
此寄春光含员外，留君自赏有高低。

211. 驿楼

溶溶水水半悠悠，故故乡乡一白头。
雨雨云云千里在，朝朝暮暮驿边楼。

212. 频访卢秀才

一度经思两度开，三心二意半相猜。
频频不入风流坐，处处笙歌问秀才。

213. 答友人见寄酒

一酒应无醉，三生可有明。
文才文不尽，有路有诗情。

214. 野钓

野钓不求鱼，桃花细雨书。
蓑衣藏世界，俯仰向天居。

215. 曲江晚思

黄昏满曲江，落雁自成双。
进士翰林院，思谋祖国邦。

216. 赠友人

因少经行远，闲多病亦多。
心中无杂念，月下有嫦娥。

217. 半睡

半睡眉山暗，三更月色明。
相思相不见，一梦一情生。

218. 已凉

却见天凉早，蝉声向晚迟。
三秋何不到，一曲上高枝。

219. 寄禅师

谁言三界里，自得六轮回。
不可天机问，栖身白塔灰。

220. 访明公大德

步历半山川，心明一指禅。
生公生点火，石子石三泉。

221. 大酺乐

日暮听弦管，黄昏见野禽。
绮罗应未解，大酺作知音。

222. 御制春游长句

百鸟声声祝凤凰，池波暖暖浴鸳鸯。
黄莺柳隙关关语，白鹭云端一一行。
此意分明春已许，红花独绽占群芳。
吴音软软姑苏女，越语轻轻日月光。

223. 幽窗

刺绣幽窗下，私情素手中。
针前针后计，两面两丝空。

224. 江楼（二首）

之一：
杳杳茫茫见，波波浪浪行。
东流东海去，一水一相倾。

之二：
江楼江水问，日落日升空。
岁岁何相似，年年各不同。

225. 春尽日

细柳千枝绿，榆钱一院黄。
池亭池水色，碧玉碧芳香。

226. 咏灯

古寺通幽路，禅房一盏灯。
心机心所许，慧觉慧香凝。

227. 别绪

别绪千端外，心思一半中。
天机天散抽，独宿独行空。

228. 见花

此去衡阳隔岁归，排空一字作云飞。
因书得病居闲是，跬步成程不白非。

229. 马上见

马上风云见，途中日月闻。
随心应所向，举首可知君。

230. 绕廊

曲曲折折半绕廊，闻闻见见一公堂。
遥遥近近邻邻路，直直弯弯望望香。

231. 屐子

柳岸江南不似秦，风流半在惜残春。
南朝曲舞藏娇处，一寸金莲一女人。

232. 青春

秦楼秦月尽，弄玉弄箫声。
凤去凰应去，暮至穆公情。

233. 闻雨

风声风未止，雨细雨无停。
似雾如烟色，潇湘竹影青。

234. 懒起

懒起多无赖，沉眠少有声。
风云惊雨梦，草木化日鸣。

235. 已凉

八尺龙须草，三更白露寒。
屏风藏冷水，被褥已呈干。

236. 欲去

无来无约见，欲去欲回时。
隔岸纷纷雨，开门处处迟。

237. 横塘

川眉不可照横塘，蜀栈重来作楚光。
白帝瞿塘三峡去，嘉陵此向五湖扬。
巫山且住高唐雨，十二峰中宋玉乡。
越国云中流汴水，吴门月下运河艭。

238. 五更

睡眼五更床，惺松半月光。
晨云封路口，露水湿花香。
昨夜停红烛，新婚恋洞房。
前程求所欲，别望绣家娘。

239. 联缀体

白露寒霜降，红枫雪柳乡。
三边辽水岸，万里梦咸阳。

240. 半睡

半睡更衣懒，三更独烛光。
倾宵分竹影，以梦寄牛郎。

241. 寒食夜

乞火一书香，清明半柳杨。
风流寒食节，采碧小姑娘。

242. 哭花

草草花花色，风风雨雨情。
春残春水满，夏木夏池平。

243. 遥见

白玉堂中见，长生殿里闻。
开元天宝去，幸蜀贵妃云。

244. 重游曲江

曲曲逝逝水，折折注注池。
湾湾留日月，步步意相思。
及第应知此，皇城可不迟。
芙蓉园里见，八月桂花枝。

245. 新秋

蝉声暮里唱高枝，木叶风中独立时。
再过三旬归雁尽，衡阳十渚宿湘期。

246. 宫词

独立黄昏雨，孤身玉展云。
藏娇藏烛影，隐约隐时君。

247. 踏青

十八女儿红，三千日月风。
心中藏不住，二月踏青宫。

248. 夜深

桃花寒食夜，杏眼两眉间。
不可迟迟望，心中处处颜。

249. 夏日

夏日鹅毛定，池塘蕙芷荣。
鸳鸯鸳不见，白鹭白鸥行。

250. 新上头

一惑新消息，三湘白露啼。
无须斑竹泪，有瑟九嶷西。

251. 中庭

一树繁荣五万枝，云云雨雨两相知。

中庭自采青梅子，不忆曹公止喝迟。

252. 咏浴

芙蓉未满一池塘，碧玉千姿半水光。
自嬉无须惊柳岸，偷衣必是放牛郎。

253. 席上有赠

两眼横波送，三春绿蚁开。
朝云无宋玉，暮雨有高台。
意解由标格，心嫌不可猜。

254. 早归

去是黄昏后，归当子夜前。
风流歌舞尽，醒醉玉人怜。

255. 玉合

罗囊两凤各求凰，妒意三春独散香。
帐望氤氲红豆紫，兰膏滞雨带云藏。

256. 金陵

秦淮一夜小船忙，不到三更笔墨香。
二水金陵分两岸，王家父子有书房。

257. 懒卸头　生查子

风风雨雨天，暮暮朝朝树。
醒醒又眠眠，去去来来数。
长长短短弦，曲曲歌歌舞。
懒懒卸妍妍，意意情情主。

258. 倚醉

一醉无端旧约寻，三更有意已知心。
长廊抱柱君子大，此曲由衷任抚琴。

259. 咏手

腕白肤红玉笋芽，禅功一指半人家。
停鱼落雁耶溪浣，木槿先折后采花。

260. 荷花

荷花蓬结子，出水作芙蓉。
碧玉珍珠色，方圆故自封。

261. 松鬓

松松鬓鬓玉钗垂，起起环环百凤司。
有女盘头盘结发，眉间圾样学梅奇。

262. 寄远

指似初尖笋，眉如半月云。
孤灯相忆尽，独步向氤氲。

263. 迹

横横迹，先先后后踪。
沧桑沧海见，日日月云龙。
自古文章客，如今学读封。

264. 病

一病三分志，千章万子情。
经时经历练，此尽此重生。

265. 妒媒

侧顾无须两目来，停身有路一情开。
藏娇驾马行婚配，独目孤肱作洞媒。

266. 不见

洋洋千万里，脉脉一深机。
不见何无问，归时未与归。

267. 昼寝

冰壶绿蚁醉无穷，昼寝衣衫半缺空。
宋玉高唐云雨北，王昌已在隔墙东。

268. 意绪

绝代佳人色，梅花落里声。
红颜红不止，意绪意思情。

269. 惆怅

三更惆怅起，晓月向东明。
已到辰明色，无言不可行。

270. 忍笑

一种风情半可知，男儿小女两相思。
弯腰俯首藏心事，举袂佯羞忍笑时。

271. 咏柳

柳岸方成汴水情，隋炀玉帛运河荣。
楼船不在江都在，一路丝绸一路盟。

272. 密意

隋炀引入国家营，水调胡姬各自荣。
已寄长安开放路，丝绸一路半商城。

273. 偶见

方休舞罢解罗裙，未掌香门半向君。
忆解藏娇金屋外，红颜玉指心难分。

274. 寒食夜有寄

清明寒食夜，细雨带花香。
乞火书窗暖，灯光见帝王。

275. 效崔国辅体四首

之一：
月淡中庭暗，书声玉影明。
寒宫寒四溢，桂子桂成英。
之二：
雨后苔藓院，去中玉树萌。
花开花落去，草碧草枯荣。
之三：
以酒成知己，行程作弟兄。
文章文读学，武勇武功营。
一醉由天子，三生寄所明。
何须何醒醉，自在自身名。
之四：
四野生春草，三光以日明。
千年曾一瞬，万里可枯荣。
醒醉无功力，耕耘有玉英。
文章文所在，武勇武其精。

276. 后魏时相州人作李波小妹歌，疑其未备而补之

小妹字雍容，蛮衣不自封。
吴宫产学舞，越女已春慵。
细柳腰身请，丰田已立峰。
秋千扬不落，出水作芙蓉。

277. 春昼　长相思

已三春，又三春，不尽年年岁岁人。
朝朝暮暮秦。一五津，半五津。
自古沧桑泯旧尘。来来去去邻。

278. 三忆　点绛唇

去去行行，眠眠忆忆朝朝暮。
一辛二苦，处处由云雨。
禄禄名名，向背阴晴度。
无停步，互相相互，步步归时路。

279. 六言三首

之一：
金陵岸石头城，雨雨云云水水。
烟烟露露相倾，秦淮玉树枯荣。
曲舞笙歌处处，人人事事阴晴。
之二：
云云落雨行行，草色青青白下。
花光满满台城，朝朝代代精英。
六合三山二水，千年百刹钟声。
之三：
鸳鸯嬉凤凰鸣，百鸟朝阳日日。
年年草木繁荣，东南鼓乐升平。
柳柳杨杨帛帛，楼船一半人情。

280. 寒食日重游李氏园亭有怀

共步鸳桥上，同行未比肩。
如今千里外，水面满苔钱。
石径群芳色，荒园系小船。
知君怀此刻，抱暗亦思然。

281. 代小玉家为蕃骑所虏后寄故集贤裴公相国

昭君曾出塞，小玉复阴山。
未学青冢客，无心作凤颜。
胡杨胡大漠，汉女汉家还。

282. 思录旧诗于卷上凄然有感因成一章　古今诗

古古今今五七言，音音韵韵各简繁。
佩文格律康熙鉴，已是方圆可比喧。

注：李白床前明月光，平平平仄平，系古诗。可比床前一月光，平平仄仄平，成今诗。文由古至今传承进化。

283. 春闺（二首）

之一：
愿结交加梦，常逢别散时。
知君知所以，一去一相思。
之二：
一夜氤氲帐，三更玉帛妆。

长吁罗带解，短叹枕空床。

284. 荐福寺讲筵偶见又别

逢时短短别时长，一日离离百日伤。
不是同程应是异，文章未了做文章。

285. 复偶见三绝

之一：

一夜三更晚，千章十地遥。
无心无日月，有意有心潮。

之二：

桃花颜色好，柳叶细苗条。
一夜床边坐，三更月下娇。

之三：

举首含羞望，低头弄玉箫。
声声弦不定，处处雨芭蕉。

286. 厌花落

花开花落去，草去草还来。
岁岁年年续，儿儿女女催。
情郎情不尽，弄玉弄箫媒。
只在秦楼上，无从穆子回。

287. 春闷偶成

小小成儿女，幽幽两自期。
相思相不信，独步独生疑。
见异生迁见，远行早复迟。
根根还本本，叶叶又枝枝。
柳柳杨杨色，心心印知知。

288. 想得

金钟前寺鼓，玉树后庭花。
六合秦淮水，三春草木斜。
台城台已旧，白石白人家。

289. 偶见背面是夕兼梦

碧玉桥边立，红绡覆白莲。
芙蓉初出水，露滴色方圆。

290. 五更

月挂五更头，宫寒半桂秋。
无人无所望，一女一其忧。

291. 有忆

三更风静静，半月玉迟迟。
一影婆娑下，千家有桂枝。

292. 半夜

分明来入梦，独在凤凰城。
隐隐当相见，幽幽是独情。

293. 信笔

千年千信息，一字一方圆。
步步乾坤路，时时日月田。

294. 寄恨

莲花浮夏水，落叶寄秋风。
白雪严冬日，阳春处处红。

295. 两处

怜山怜水色，有雨有云情。
一蜀巴山见，三湘竹泪生。

296. 拥鼻

四序不回头，三生向九州。
吟诗吟际会，六义六思谋。

297. 闺怨

已向秋千去，人心上下沉。
春杨春雨里，对俯对云吟。

298. 袅娜

袅娜细柳腰，曲舞展歌条。
豆蔻香云覆，红纱碧水桥。

299. 多情

多情多自负，一持一藏娇。
俯首楼堂望，男儿本不遥。

300. 偶见

偶见千金影，邻家半隔墙。
衣衫竿上挂，手足小牛郎。

301. 个侬

独望明情少，相邻暗喜多。
三更人静时，一梦鹊桥河。

302. 针题

字句天音里，诗词御道中。
文章和四序，草木共三公。
十载曾先后，千辛已一空。
卿相何所在，再忆雅人风。

303. 玉女

嫦娥偷药去，越女效颦来。
弄玉秦楼曲，昭君蜀画开。
三台风雅颂，六义比兴恢。
可以文章客，无言日月回。

304. 三南（二首）

之一：

移灯咫尺望东邻，竹影迷蒙滞隙春。
紫阁吴郎员外继，相公瞩意倾咸秦。
天真序语空房守，乐府成章着锦纶。
古古今今隋已始，汉汉唐唐水调津。

之二：

拭镜红尘淡，寻春蚁酒浓。
无言留足迹，不尽踏青踪。
莫是春莺早，轻嚓绿柳重。
茵茵红碧色，酒酒醉临邛。

305. 倒押前韵

粉淡夫人色，衫轻虢国春。
人羞心未净，女秀隐香尘。
白玉同归客，红颜共作邻。
陈王临溶水，太一宓妃沦。

306. 闺情

云深花色隐，月淡女儿明。
夜半闺楼许，天盟以梦倾。

307. 自负

风流人自负，一度到瑶台。
未忍偷桃去，无情再不来。

308. 天凉

天凉一阵风，雨尽半深宫。
馆闭眉间展，心开任自衷。

309. 日高

三千成世界，一半管弦声。
日下吴姬舞，楼中越女情。
高庭高满座，曲寡曲人鸣。

310. 旧馆

旧馆风云隔，箫声凤羽邻。
秦楼秦弄玉，穆子穆公亲。

311. 夕阳

花前寒食节，雨后落芬芳。
远影留天色，黄昏满夕阳。

312. 中春忆赠

处处红尘草木奇，年年有路误佳期。
千姿百态由伎舞，万种风情只自知。

313. 春恨

一梦依依半不知，三更雨雨五湖时。
姑苏远远黄天荡，木渎迟迟越女期。

314. 秋千

夜次清明雨，花明立夏田。
秋千飞上下，俯仰作神仙。

315. 长信宫（二首）

之一：
杳杳深宫路，沉沉浅日明。
多情多自守，少语少思情。
之二：
人间鹦鹉教，世上凤凰闻。
一路经长信，三宫待玉芬。

316. 句

三生六合路，九鼎五湖春。

317. 寄吴融

山阴一子华，侍御半吴家。
进士中书舍，"唐英"四卷华。

318. 奉和御制

五岳清秋近，三光草木迎。
千川流不尽，万物始分明。

丽藻芝兰蕙，关山日月清。
人间天子近，世上已枯荣。

319. 和集贤相公西侍宴观竞渡

相公自集贤，竞渡十舟弦。
不醉西溪宴，汨罗北楚宣。
风微风已定，桨浇桨齐天。
喊喊呼呼叫，力力领领先。

320. 山居即事四首

之一：
日落山居木，光停竹叶枝。
黄昏黄色晚，桂影桂宫时。
之二：
净净山中水，幽幽厂上潮。
松鳞松结子，日落日云消。
之三：
石上松根老，云中草木荣。
知茶知陆羽，碧玉碧螺名。
之四：
无邻无里见，有鹿有禽闻。
只待山居月，相思远近君。

321. 红白牡丹

红红白白牡丹田，素素殷殷玉色宣。
繁繁简简层层见，亭亭立立问神仙。

322. 中秋陪熙用学士禁中玩月

缺缺圆圆月，弦弦半半全。
云浮云不定，桂影桂宫天。
禁苑无须禁，鲜花有去鲜。
庄明庄叟梦，鲁倩鲁阳川。

323. 题豪家故池

春来春带雨，夏水夏眠鸥。
太液池边草，昆明落佩舟。
重闻重旧路，不见不春秋。

324. 偶题

倒履登门路，红尘贱子春。
精灵精所客，碧玉碧人邻。
白下金陵市，乌衣巷口人。
王家王谢在，李氏李斯秦。

325. 渚宫立春书怀

云沉轻渭北，雨过灞陵西。
十日春风尽，三秦草木萋。
先黄先有色，石碧石无低。
翠鸟惊飞落，红莺暗自啼。

326. 闻李翰林游池上有寄

玉署词臣奉诏游，皇恩浩荡载池舟。
群鸥不舍随君去，自是翰林御笔留。

327. 谷口寓居偶题

谷口朝天阔，清溪对地开。
云烟云不尽，映色映芝苔。

328. 无题

无题无所意，有道有其鸣。
象序千商变，江山万态荣。

329. 赋雪

一路无行迹，千口有素豪。
楼台三尺厚，草木玉旌旄。
莫以鱼池暗，应惊曲榭高。
梨花藏杏李，大地作波涛。

330. 寄僧

闲敲云碎起，漫步水波生。
一句风声里，三秋落叶平。
禅房先不扫，未可向根行。

331. 酬僧

听僧今古论，识象去来明。
牯岭东林见，匡庐百木荣。
金兰何许诺，日月自在行。
渺小人生尽，苍然是太平。

332. 题延寿坊东南角古池

荒园金谷见，不问绿珠来。
水岸连山色，红芳逐渚苔。
群英相妒美，落羽久徘徊。

333. 登鹳雀楼

清清浊浊一黄河，曲曲弯弯半九歌。
鹳雀楼中沙未落，中原逐鹿史尘多。

334. 和峡州汉使君题所居

避地半心虚，黄巾一世余。

书生书所问，峡口峡风居。

335. 秋日感事

人人由向背，事事自经心。

落叶寻根意，飞天问古今。

336. 鹭

闭目听流自有心，闻声任意作鸣禽。

天空水远何须问，傲首亲邻共古今。

337. 次韵和王员外杂游四韵

绝句三行始，珠玑一字难。

溪头溪浣女，水静水无澜。

照镜惊天目，黄昏入白坛。

知君知故阁，紫禁紫金冠。

338. 秋事

芦花落处有秋声，羽雁飞空一字行。

但以人形应所悟，南南北北一年程。

339. 和陆拾遗题谏院松

繁繁茂茂作青林，叶叶枝枝有祖荫。

不以朝天孤直立，千秋万代自忠心。

340. 题杨子津亭

津亭杨子水，四面柳青青。

一驿临流建，千官逝水铭。

苍梧斑竹泪，鼓瑟见湘灵。

341. 闲望

鸳鸯和白鹭，醒睡各当家。

共得江津草，同行日月斜。

何言三两里，不必问天涯。

342. 雪后过昭应

上苑城头禁，章台气象宽。

南山云雪顶，洛渭水波澜。

陌陌阡阡望，朝朝暮暮观。

昭应昭日月，灞柳作金兰。

343. 雨后闻思归乐（二首）

之一：

思归思所在，夜梦夜乡游。

醒得天空望，青灯白月幽。

之二：

关关一夜鸟无栖，越越乡人梦有啼。

雨后思归归未得，灯前望月月东西。

344. 商人

一尺竿头八两斜，经商四海半人家。

隋炀百里长安市，十路丝绸到远涯。

345. 岐山闻杜鹃

已近五云西，啼声半向低。

蛮乡蛮语响，北国北花萎。

只以春光到，群芳共彩霓。

346. 中夜闻啼禽

子夜啼禽一两声，栖巢冷暖万千情。

同居半壁残灯色，共问三星醒未明。

347. 灵池县见早梅

一寸寒冰半寸梅，三冬白雪五冬来。

灵池处处觅香路，玉影微微带色开。

348. 野庙

野庙荒原旷，经心日月台。

钟声由叶落，鼓语任风催。

古刹应依旧，榆钱已自来。

349. 闲书

不以鸿门宴，江东唱大风。

三军垓下指，一火未央宫。

350. 寄贯休上人

如云如梦里，似想似思中。

八字微言讲，三生易象空。

山房山夜静，世界世人功。

351. 书怀

衢尘九陌一劳生，日月三光半隐明。

雨雨云云分不尽，天天地地各枯荣。

352. 重阳日荆州作

万里投荒不自哀，千年问道上天台。

行程处处风云在，暮暮朝朝去复来。

353. 寄贯休

已老冯唐问，当今一贯休。

知君知我意，向去向来猷。

354. 秋日渚宫即事

一叶洞庭船，三湘岳麓天。

应闻吴越国，已见楚人贤。

355. 荆州寓居书怀

四顾无邻室，千寻有草苔。

幽闲古津水，俗迹灭往来。

露重芝兰色，云轻蕙芷恢。

秦川如此望，渭邑见良媒。

356. 和严谏议萧山庙

泽国萧山庙，钱塘六合秋。

泉流天水色，岁结顶峰头。

老狄寻危栋，青蛇落地游。

神仙神已去，逝水逝归舟。

357. 淞江晚泊

淞江自五湖，碧玉在姑苏。

孤帆孤所见，一望一江都。

358. 湖州溪楼书献郑员外

青林侵雨色，白鸟落云塘。

早晚长杨望，溪楼晚草堂。

359. 秋兴

细雨微微过，秋凉阵阵来。

飞扬飞雁去，叶落叶徘徊。

只以寻根客，风云向背催。

360. 端居

雨住端居湿，风停草木闲。

蝉鸣初自响，树顶已成弯。

361. 途中

草木知春色，山川向背明。

风云风雨过，驿站驿官迎。

日晚江行早，明晨复一程。

362. 西陵夜居

漏永沉沉静，西陵夜夜晴。

寒潮寒不落，宿鸟宿难鸣。

闪闪流萤去，椰椰入五更。

363. 燕雏

掠水身嫌重，经风力尚微。

衔沁衔不住，住穴住回归。

十日三春尽，平生自在飞。

364. 新秋

年年经日月，处处过春秋。

落叶飞扬去，寻根四十州。

365. 题越州法华寺

僧连千鸟穴，寺在五峰荫。

一径通云里，三清自古今。

方圆应不二，草木作鸣禽。

366. 寒食洛阳道

秦川寒食道，洛水向阳花。

伏土芝兰色，飞莺不入家。

367. 忆事

年年离去路，岁岁别来花。

一度分三载，千官坐半衙。

368. 金陵遇悟空上人

逝水石头城，融金紫禁明。

三山秦指鹿，二水向吴荣。

369. 途中

年年无止路，处处有高楼。

曲舞笙歌序，文章日月休。

千程经历练，万里见王侯。

370. 秋园

硕果秋园里，来霜木叶中。

枫林枫自得，一叶一深红。

371. 富春

浙水富春江，钱塘六合泽。

群山千岛见，万木一船窗。

372. 山居即事

白石山居色，青去即事情。

风光风水止，日照日方明。

373. 寓言

非明非暗寓，是灭是生机。

两两分难半，行行始见旗。

374. 华清宫（二首）

之一：

太白一华清，诗人半圣名。

翰林多供奉，及第少殊荣。

之二：

日落长生殿，情浮幸蜀肠。

霓裳和羯鼓，只在上皇王。

375. 过九成宫

凤辇九成宫，东归一殿红。

曹碑文帝问，野水玉泉空。

旧事升平见，荒芜隔岁丰。

炉烟香火续，复得太宗隆。

376. 出潼关

黄河九曲过潼头，鹳雀千声去不还。

一路华山华汉水，三生陛下陛才颂。

377. 过丹阳

一带梁朝路，千山万水情。

无非生死劫，有足去来荣。

莫以隋炀问，头颅好坏成。

云阳风雨过，泗沘运河名。

378. 和人题武城寺

已觉三清色，无劳万象情。

流年流不住，一寺一生盟。

379. 长安里中闻猿

闻猿不必向长安，夹巷重门日月坛。

渭水南山分朝野，红尘紫陌已心宽。

380. 岐下闻子规

杜宇声声自蜀来，秦川处处子规催。

耕耘早早辛劳始，治国常常事事开。

381. 敷水有丐者云是马侍中诸孙，悯而有赠

百战功名在，三生旧迹闻。

儿孙曾隔代，不作武侯君。

以子何成丐，从军亦可群。

留声留所事，莫误莫芦花。

382. 还俗尼

一却袈裟得旧身，三清自得复新尘。

苗条百态千姿客，不忘空门是去人。

383. 彭门用兵后经汴路（三首）

之一：

千关千百战，一望一徘徊。

不尽山河路，无言细柳催。

黄去重日月，绿野有冢苔。

九月凋霜满，三军鼓角来。

之二：

水调隋堤见柳杨，江都汴运河长。

风风峨物曾依约，古古今今问帝王。

之三：

铁马冰河落，云旗白草扬。

空城空月色，受降受胡疆。

故塞隋唐阵，新营白草方。

三军鸣鼓角，一箭到辽阳。

384. 寄殿院高侍御

黄梅季节雨长洲，水色姑苏木渎楼。

隔望东西山外路，随君侍御五湖舟。

385. 新安道中玩流水

新安道上水横流，六浃吴中色不休。

碧玉姑苏烟雨细，君心莫上小桥舟。

386. 送僧归日本国

归僧归日本，一去一东方。

汉土扶桑久，唐文已柳杨。

387. 忆钓舟

只见游鱼咬钓钩，无须白鹭点清流。
原原本本维其镜，水色天光是所求。

388. 灵宝县西侧津

马上应眠不忘乡，津中蛱蝶采花黄。
无端细柳多无赖，少妇成心问少郎。

389. 即席

丛台已是旧名声，曲舞无言客不鸣。
杏李桃梨分序令，梅花落里有芳情。

390. 出边

一马过三边，千军问百年。
王侯王世界，子继子家田。
李广阴山客，单于敕勒川。
兵家兵所困，一世一天年。

391. 送僧归破山寺

一寺僧归去，三禅已自留。
吴山吴锡杖，破衲破山求。
有意居心此，山高水阔秋。
心经心所系，一世一春秋。

392. 夏夜有寄

夏夜轻轻雨，池塘处处蛙。
人惊听寂岸，月照满莲花。

393. 春词

春莺啼不住，细雨下无停。
蓟草茵茵色，长洲小小萍。
央央成小角，碧碧已玉青。

394. 汴山晚泊

汴水桥边阔，隋炀细柳斜。
端人经日月，已作运河家。

395. 送僧南游

不得从师去，殷勤作草堂。
潇汀闻早雁，鄂杜尾蝉荒。
木橹吱呀去，无惊故客乡。

396. 戏

丁香从小结，杜宇向春扬。

不可同填海，遥遥共蜀乡。

397. 雪中寄卢廷让秀才

苦苦贫贫学，霜霜雪雪时，
寒中寒食后，及第和新诗。

398. 花村广韵

成娘半嫁婚，老少一花村。
户户群芳住，家家护独根。
春莺啼不止，杜宇唤黄昏。
有路重重色，无云处处痕。
依稀知洞口，已是武陵源。
汉汉秦秦问，香香色色魂。

399. 赋雪十韵

白雪阳春曲，梅花落里春。
阳关三叠唱，下里一巴人。
细雨轻轻结，霜去处处麟。
高天高不止，湿气湿经纶。
积积成龙角，分分作典钧。
飘飘随态变，洒洒任形皴。
富富三层厚，贫贫一半尘。
先生先伏底，后继后邻秦。
似被天涯统，如花海角臻。
无须山寺色，可向建章陈。

400. 溪边

溪边花满色，水上草天钩。
白鹭应长等，青鸥可短频。
含全含石子，胜负胜咸秦。

401. 长安逢故人

三生同跬步，一路共风尘。
岁暮重逢处，梅花落里春。

402. 雨夜

夜雨梅天久，烟云六月深。
眠衣眠湿气，半梦半思心。

403. 旅中送迁客

日落青山路，云飞古道秦。
同行同旅迹，共语共秋春。
所去前程步，无闻远近尘。

东方行一日，北陆半生人。

404. 寄尚颜师

诗僧诗有卷，寺路寺禅知。
北陆因居信，东林已所思。

405. 微雨

微云微雨细，点滴点成珠。
碧叶荷莲叶，相倾似有无。

406. 送广利大师东归

北上香山寺，东归广利师。
龙门龙四海，少室少年时。
五祖何须谒，禅音西壁知。

407. 关东献兵部刘员外

星辰昨夜望仙郎，汉阙今朝点陆光。
白雪关东成浩渺，临邛不问赋诗乡。

408. 途次淮口

水向隋宫近，云沉水调边。
苏杭商贾客，六渎运河船。

409. 咏柳

白与春莺伴，无须谷雨催。
隋炀杨柳岸，水调水花媒。

410. 武牢关遇雨

雨打虎牢关，云封魏蜀颜。
三分三不止，九鼎九无还。
鹳雀楼边见，黄河已拐弯。
源头清百里，浊浪水云山。

411. 春寒

桃花红未始，小杏自藏娇。
但见南塘水，黄鸭已弄潮。
春寒春已暖，柳色柳杨条。

412. 早发潼关

黄河直下过潼关，一拐东流去不还。
鹳雀楼中千里目，观观望望半嵩山。

413. 送策上人

昨云非无意，今来是有心。

明朝儒道佛，所欲所求今。

414. 和诸学士秋夕禁直偶雪

红芳颜色好，紫禁木荫深。
学士灯前直，文章作古今。

415. 御沟

上取终南水，中华紫禁沟。
连宫连瑞气，绕岸绕春秋。
鼓瑟湘灵曲，阳春白雪洲。
文姬文所化，武玉弄秦楼。
作镜梅妆色，成颜玉带羞。
应因花草本，有叶逐心流。

416. 中国丝路集团

丰收取得好田间，种子耕耘不等闲。
管理农家求自力，英雄直立未思弯。

417. 阙次留献荆南成相公十韵

赴阙荆南路，相公唱大风。
星垂三界寺，月挂六钧弓。
一鹗孤峰立，三江逐浪东。
云生千里雾，雨落万舟空。
李广阴山箭，冯唐魏晋雄。
飞蛾应扑火，子子作雕虫。
贵绝凌霄色，甘棠贱熙同。
梅花妆御殿，楚女细腰宫。
促织从墙隅，鸿鹄话别翁。
无须从霍卫，自觉阮途穷。

418. 三峰府内矮栢四韵

目转无长影，同思有细寻。
盈盈朝直上，秀秀擢雄心。
主府经天易，当庭不庇荫。
何须三两丈，叶叶万千音。

419. 雪四韵

细细粗粗左右开，霏霏靡靡久徘徊。
飞飞落落扬扬去，甲甲鳞鳞处处来。
密密疏疏天下色，层层叠叠满楼台。
寒寒暖暖原成本，片片均均素玉梅。

420. 和睦州卢中丞题茅堂四韵

中丞茅屋下，士语草堂前。
自古清机见，如今卜易篇。
琼瑶三百字，世上一千年。
蕙带芳邻履，溪泉水月川。

421. 奉和御制六韵

六合无闲土，三湘有楚才。
芙蓉初出水，蕙芷共兰台。
万岁江山阔，千家日月媒。
芰荷拢榭殿，柳岸散芳开。
八水长安绕，南山御色催。
终南终白雪，紫气自东来。

422. 败帘

不见三重阁，无成六合杯。
何言知沽酒，不事和龙媒。
水月分流去，风云已不回。

423. 玉堂种竹

逶迤丘陵土，婆娑竹叶枝。
青青连目尽，节节向空迟。
一尺三年笋，千竿十仞垂。
留心当自立，独木作林时。

424. 和韩致光侍郎无题（三首）

之一：

玉佩元消暑，犀簪自弃尘。
臣生临镜鉴，吏客奉咸秦。
弄女箫声落，文姬笛曲春。
曹公三国去，一雀玉妆娇。

之二：

舞女阳春雪，歌姬楚柳腰。
金莲金履步，玉着玉妆娇。
北国胡旋盛，南朝弄玉箫。
西施东媚效，百鸟一凰遥。

之三：

鹪鹩铜台晓，鸳鸯玉漏乌。
香从折来散，药可玉人尻。
举目寒宫问，纵横后羿夫。
相邻天地远，互望各呻吁。

425. 倒次元韵

南阡来作伴，北陌去寻邻。
卜易分仪对，经营四象钧。
麒麟行茂苑，琥珀著名臣。
子路呈先见，颜回待后尘。

426. 个人

逢人相道姓，别客互称名。
不以虚荣见，当知苦道行。
箸寒潜水母，佩冷玉晶盈。
故事玄金谷，今音井下情。
皇朝皇不可，帝业帝王倾。
赵女怜妖赋，丁娘点烛明。
寂寂羊车晚，幽幽子夜荣。
邂逅珠英采，联章豆蔻缨。
苗条细柳色，丰腴水月平。
锦字罗成笺，鱼书莫拊楹。
不慕深宫夜，常寻故巷英。
独有如来岸，和人久太平。

427. 即席

一哝多情酒，三官少玉奴。
堂前堂后问，绿玉绿珠无。
旦以人间色，何闻水调孤。
天堂杨柳岸，六渎泛江都。

428.

序：

年储苹果，先吃好者，所剩为坏，先吃坏者，所剩为佳。何取其谋。

诗：

筐筐苹果仔，储储过冬时。
好好成先食，佳佳终了知。
当前挑坏吃，所剩皆优良，
选罢无尝美，人生有自思。

429. 追咏棠梨花

蜀地棠梨第一花，深藏雨雾洒千家。
阳春白雪连年色，不软含柔自岁华。

430. 绵竹山

蜀国东西隅，蚕丛彼此云。

峻嶒峰岭，汉漫涣汾汶。

璞璞珊瑚树，蓁蓁草草群。

巴山巴水秀，剑阁剑门君。

绝顶凝霜雪，临流谷涧闻。

嘉陵从楚阔，侠口自氛氲。

若以峨眉问，三清雨水勤。

丹青朝暮色，白日去来曛。

431. 祝风

秦伯周天客，长洲草木人。

江苏鱼米食，世纪半秋春。

三亩桑田种，三光百日均。

淞澜东去海，自力五湖津。

造化行天下，丹青作古邻。

农功经税赋，贾市运河滨。

六渎夫差役，黄天荡里申。

姑姑姑碧玉，小小小桥筠。

老子茅山木，陶公五柳巾。

风流风向背，隐逸隐时纶。

有佳无为志，多余少贵臣。

逍遥逍所遁，历致历天民。

432. 金陵怀古

一日六朝休，三山半石头。

千年如此去，二水向东流。

紫禁王家气，秦扬草木洲。

433. 凉思

露重玉床倾，思沉夜不明。

栖禽惊月落，木影梦无成。

434. 鲛绡

海上一扶桑，云中半玉娘。

鲛绡成白雪，薄透女儿妆。

435. 潮

一浪推波十浪高，千云怒号万云涛。

汹汹荡荡何来去，涌涌瀚瀚自滔滔。

436. 忘忧花

繁长一片忘忧花，叶碧三荣只作家。

叠叠重重相似色，阳春白雪半自华。

437. 忆街西所居

一别衡门外，三春小杏低。

桃花同结果，色滞共街西。

438. 云

东西南北客，远远自高低。

厚薄沉浮在，阴晴草木萋。

439. 华清宫四首

之一：

华清宫里路，北海水云波。

所幸霓裳舞，胡旋羯鼓歌。

之二：

渔阳烽火色，蜀国雨霖铃。

玉辇骊山下，梨园有玉玲。

之三：

芙蓉初出水，太液作温泉。

月满长生殿，仙来一梦圆。

之四：

楚楚芙蓉像，微微一太真。

神仙神有意，太上太皇邻。

440. 陈琳墓

不过陈琳墓，风云冀赵空。

英雄英所见，逐鹿逐袁公。

441. 湖州朝阳楼

湖州十二亭，月色万千星。

小小姑苏客，邻邻一曲听。

442. 卖花翁

和云和露种，带雨带肥栽。

碧叶红花色，含香纳秀来。

443. 自讽

途穷途自始，意远意无终。

步步前行去，心心不可空。

444. 送杜鹃花

息国亡来入梦宫，春归八月杜鹃穷。

红颜杜宇曾啼血，不是王城是子翁。

445. 西京道中闻蛙

已有蛙声伴，西京夏雨邻。

山阴闻不得，道路过三秦。

446. 情

依依云不舍，脉脉雨难停。

渺渺寻无得，幽幽未了宁。

447. 送荆南从事之岳州

草色三光满，湖天一镜开。

舟横舟不定，月色月明来。

448. 渡淮作

桃花红胜火，小杏过墙悬。

一日秦淮雨，东风七十年。

449. 王母庙

一半武皇心，三光日色深。

鸾龙鹦鹉赋，古庙凤凰吟。

450. 薛舍人见征恩则香并二十八字同寄

一往从君一上皇，三生作气两生堂。

天墀鹭步趋前后，紫气东来奉帝香。

451. 涂中阻风

秦川寒食苦，渭水杜鹃青。

长安三五日，上苑万千灵。

452. 楚事

子胥何非屈宋臣，嘉陵水色五湖邻。

三吴不解潇湘意，六渎夫差楚事均。

453. 和僧咏牡丹

凡夫俗子牡丹花，本草芝兰苦药芽。

守一僧人同问色，思三古寺是谁家。

454. 豫让

豫让何韩魏，秦川晋赵梁。

黄河由此去，万里寄干将。

455. 和寄座主尚书

戎装应作战，读学可秋春。

无须三国客，已见卧龙身。

456. 江行

一线一江红，千波千里风。
朝朝暮暮异，去去来来同。

457. 旅馆梅花

只在雪中开，清香月上来。
婵娟留傲影，一芯上眉催。

458. 水鸟

飞鸿南北渚，水鸟草为家。
两两三三问，津津岸岸沙。

459. 杨花

柳絮同为语，杨花独爱风。
群芳相惜落，只云自西东。

460. 水调

水调歌头起，隋炀帛柳明。
头颅应是好，至此运河荣。

461. 秋夕楼居

半壁星河岸，三层曲舞楼。
居心居不定，几夕几人忧。

462. 经苻坚墓

鹤泪风声紧，苻坚谁守兵。
东山谁再起，一帜已三州。

463. 松江晚泊

夜月姑苏近，松江晚泊闻。
何言伍子胥，不似谢将军。

464. 送薛学士赴任陕州（二首）

之一：
渭水泾流渭，长安不敢安。
秦淮秦未子，六合六云端。
之二：
鸳墀鸳鹭步，永漏永龙泉。
雨落云沉处，花红叶碧鲜。

465. 送许校书

笔下千秋笔，书中许校书。
依依行所去，默默以君余。

466. 蛱蝶

两两依依落，三三跃跃飞。
花开花芯在，蝶探蝶飞归。

467. 闽乡寓居（十三首）

之一：阿对泉
十载挥毫待禁闱，三湘一字作鸿飞。
龙门水岸凭空跃，阿对泉头去不归。
之二：蛙声
欲止还鸣一片声，湖平水静半群情。
疑闻脚步人应至，只吞惊心不太平。
之三：茆堂
高高一茆堂，俯俯半溪光。
早早先知晓，迟迟纳夕阳。
之四：清溪
清溪流不止，石底影沉栖。
直木依其直，逝水静萋萋。
之五：钓竿
钓渚一秦关，渔竿半笔弯。
无疑鱼不定，有待定人间。
之六：山僧
山头有一僧，旧寺半无灯。
不向凡门客，孤心月水凝。
之七：小径
小径何其远，弯弯曲曲幽。
循规循矩步，隐约隐山头。
之八：闻提壶鸟
别馆提壶鸟，轻啼故土声。
春莺比鹈问，早早作春情。
之九：木塔偶题
古刹入芳林，黄花半厂岑。
重阳重落叶，木塔木观音。
之十：山禽
知情半不啼，向野一山栖。
不是争鸣鸟，身形胜过鸡。
之十一：闻歌
闻歌今日胜，国谏过时低。
已故儒章落，当知旧统霓。
之十二：即席
竹竹丝丝曲，歌歌舞舞声。
人间何已始，世上几升平。

之十三：便殿候对
半入芯珠宫，三湘草木隆。
飞鸿青海岸，一诺大江东。

468. 登棋盘岭（二首）

之一：
一月棋盘岭，三秦一贬官，
前行前贾谊，驻首驻长安。
之二：
七七盘山岭，千千曲径程。
人生人所路，向底向高行。

469. 渡汉江初尝鳊鱼有作

一味鳊鱼半味鲈。三秋落叶五江湖。
姑苏不远江头尾，汉水东流楚向吴。

470. 溪翁

粗茶淡饭一溪翁，子子孙孙半竹丛。
暮暮朝朝重复见，年年岁岁自田中。

471. 寄友人

一步前行路，三生后顾遥。
隋炀杨柳间，汴水运河桥。

472. 涂中偶怀

途中途不尽，路上路心余。
国士长亭望，儒生自读书。

473. 访贯休上人

兰香已在上人房，洗沐难成学洗肠。
贯贯休休常静定，沧沧浪浪客家乡。

474. 鸳鸯

鸳鸯双习水，白鹤独孤飞。
物物相依去，时时互自归。

475. 野步

山阿隔酒家，水岸满芦花。
步步随杨柳，心心只问他。

476. 酬僧

百里问僧房，三生半故乡。
心经心所与，自在自衷肠。

477. 买带花樱桃

十里长亭一路人，三春树上半初春。
樱桃已熟花开色，岁岁分成两度轮。

478. 海棠（二首）

之一：

荆山荆雨色，海口海棠新。
太尉园林树，长安满战尘。

之二：

一色风流起，三光化素游。
群芳群各异，独自独春秋。

479. 送僧上峡归东蜀

白帝千流水，瞿塘一峡关。
高台神女在，宋玉赋巴山。

480. 杏花

入出杏花村，阴晴是酒魂。
乾坤由子女，醒醉作王孙。

481. 草

草草无行路，花花有客人。
茵茵相顾惜，艳艳独自新。

482. 和杨侍郎

一去家山远，三生禁苑深。
平章同书制，八水共驱尘。

483. 山居喜友人相访

月挂山居树，禽来野水苔。
天光存似处，草木互相开。

484. 远山

无颜无色界，远望远山峰。
隐隐藏龙虎，深深纳柏松。

485. 江树

江流江树下，日落日云中。
逝水应相继，春秋各不同。

486. 蔷薇

带色蔷薇叶，含红紫气成，
层层分卷卷，独独复英英。

487. 梅雨

一月青梅雨，三春小女情。
阴阴晴未定，处处对山盟。
弄玉秦楼去，求凤学凤声。
秋千摇不定，玉树向风行。

488. 登途怀友人

清时难绝句，路上易随从。
日落荒原远，云行作足踪。

489. 闻蝉

夏欠先登顶，秋赊后退枝。
声声高远去，句句自成诗。

490. 秋色

建业东吴势未消，金陵白下石头潮。
龙盘虎踞今还在，蔓草荒烟锁六朝。

491. 自讽

本是沧洲客，儒书读学人。
长亭长驿路，短念短思秦。

492. 宿青云驿

青云驿上一青云，古月迁中半月裙。
只以微躬求日月，君行处处是行君。

493. 秋闻子规

秋风不断子规声，唤取人间念旧情。
杜宇啼鸣殷血尽，农夫以蜀作春耕。

494. 荆南席上闻歌

已见歌词俗，无闻俗句新。
传承传古迹，作曲作今人。

495. 武关

秦时阙月汉时关，指鹿无须作马还。
后羿嫦娥分不见，幽州李广射阴山。

496. 月夕追事

豪池碧玉波，缺月玉颜多。
桂影婵娟望，羞弦小女娥。
云沉和雨落，织女过天河。

497. 上阳宫辞

苑路上阳宫，花明玉漏空。
排云飞去雁，落叶带秋风。
太液荒杨柳，长门月色同。
如今人不在，未了忆争红。

498. 送于员外归隐蓝田

无休工部同，有止落天云。
向背蓝田路，阴晴玉石分。
樵渔非所事，隐逸是其君。
独奕围棋局，青天白日曛。

499. 废宅

夏柏殷松倒，秦砖汉瓦堆。
咸阳曾一火，渭水已千媒。
胜败同生死，枯荣共去来。
相思观废宅，独步五陵摧。

500. 湖州晚望

长洲半望五湖乡，鼓角三秋一叶荒。
欲云还来相惜水，东西草木洞庭梁。

501. 宋玉宅

宋玉高唐赋，巫山白帝寻。
瞿塘三峡始，楚客一辞林。

502. 春晚书怀

只与春莺约，清啼一两声。
群芳红白色，夏雨去来更。

503. 寄杨侍郎

白帝三千水，巫山十二峰。
瞿塘官渡去，楚峡白云封。

504. 杏花

粉薄红轻艳，羞颜玉色幽。
风流风不定，独占独墙头。
纳意书生气，含情上酒楼。

505. 宪丞裴公上洛退居有寄（二首）

之一：

绶客东都去，归鸿已自由。

诗词成卷数，日月作春秋。
一首朝天子，千章向去留。
同行寒食雨，乞火共王侯。
之二：
读学当朝似柳杨，天涯海角作爷娘。
风云落落三生着，水月重重一故乡。

506. 丛祠

雨散云飞去，秦川渭水来。
生平生所事，历治历无回。
故故时时问，唯唯处处催。
人心人似此，后者后如恢。

507. 分水岭

横横纵纵玉门关，渭渭泾泾曲曲弯。
北北南南分水岭，朝朝暮暮合云山。

508. 赴职西川过便桥书怀寄同年

万里从戎望，三生报效迟。
平门平故里，读学读书知。
赴职西川去，同年再别时。
人生人所向，一道一天时。

509. 玉女庙

玉女仙霓庙，红鹃杜宇啼。
长春长日月，草碧草萋萋。

510. 太保中书令军前新楼

太保中书令，军前细柳营，
平津人语落，雪日领风情。
捧诏兼疆使，江流过锦城。

511. 坤维军前寄江南兄弟

淞江白浪头，水月五湖舟。
以此坤维寄，兄兄弟弟愁。
相逢想见远，向北向南楼。

512. 在水席上献座主侍郎

略避红尘宴，无经世俗流。
无须从醒醉，有酒误春秋。

513. 送知古上人

知今知古道，问去问来秦。
向背皆非论，乾坤一上人。

514. 和座主尚书登布善寺楼

一笔功夫胜七襄，千年草木靠三光。
秋风渡口寻羊祜，砚尾碑前各柳杨。

515. 金桥盛事

十载伊川叹，三年渭水风。
金桥金朔漠，一马一长空。
不绝长亭路，平生理念二。

516. 萧县道中

四海长亭路，三江水月风。
平生平所迹，一吏一官中。

517. 题衮州泗河中石床　李白杜甫皆此饮咏　古今诗

李白当名杜甫名，今今古古作诗城。
临流逝水分泾渭，格律无成是未成。

518. 禁直偶书

牡牡丹丹色，翻看芍药红。
春光春自许，禁直禁人风。

519. 送弟东归

兄兄弟弟已东西，力力趋趋向日霓。
浙水吴音成韵律，高山不顶在猿啼。

520. 和座主尚书春日郊居

海燕初归朔，高僧已自回。
天台天所见，座主座前来。
白鹭带云去，轻鸥逐浪开。
春疏春日浅，碧玉碧茵催。

521. 僧舍白牡丹二首

之一：
红中白牡丹，绿上玉颜端。
叠叠重重芯，扬扬意意欢。
群芳群不语，一露一藏寒。
国色天香处，芙蓉带玉冠。
之二：
百卉争鲜艳，三春对月明。
娇人娇女色，洁白洁衣瑛。
腻粉侯家少，云烟玉树情。
梅妆梅已去，牡社牡丹萌。

522. 八月十五夜禁直寄同僚

太液风情早，昆池水月明。
同僚同直禁，共事共人生。
永漏趋驾鹭，天墀举笏声。
明天明地见，九陌九门荣。

523. 上巳日花下闲看

上巳花冠绣，深宫采女妍。
莲峰藏不住，碧玉小桥边。

524. 禅院弈棋偶题

世界都如梦，红尘似俗凡。
棋盘分两色，黑白各规严。
进退千山磊，心胸四海涵。

525. 和张舍人

山人字子乔，玉女姓名娇。
独秀阳春洞，环峰白雪腰。

526. 送友赴阙

已见周禾熟，还闻蜀杏甜。
翔鸾飞又落，驿舍宿冷炎。
只以前行念，从公一事谦。

527. 过邓城作

不用登临望，当城禹桀知。
彭觞长短见，楚垒湘波时。
所见皆身外，关心自莫迟。

528. 文德初闻车驾东游

中原瑞气汉家知，剑阁巴山楚客司。
晋客当知周礼在，秦人已是蜀人辞。

529. 子规

杜宇声我问子规，他山处处血成丝。
谁闻蜀主蚕丛志，不到巴山不自思。

530. 简州归降贺京兆公

伐伐谋谋计，兵兵将将行。
文思文所胜，武战武其鲸。
自古无平策，当先有盟赢。

531. 登汉州城楼

万象归途一雨行，千流逝水半孤城。

从军固有荆山鼓，硎首应闻自古情。

532. 岐下寓居见槐花落因寄从事

春秋一半自青黄，日月三千六百尝。
树树槐花香远近，人人夜梦有炎凉。

533. 和人有感

已到莫愁家，金陵二月花。
东流谁不见，逝水到天涯。
草木萋萋色，公堂处处衙。
台城梁武帝，日影石头斜。

534. 春归次金陵

在荫漠漠次金陵，建业匆匆六代兴。
白雪波涛成逝水，台城古刹有香凝。

535. 途中见杏花

途中一杏花，日上半官衙。
艳艳红红色，鲜鲜处处斜。
应颜应结子，可入可人家。

536. 秋日经别墅

草草花花色，兰兰蕙蕙分。
黄花苋菊望，桂子桂香曛。
别墅经秋见，年年硕果勤。

537. 红叶

一叶经霜薄又轻，三秋待露细珠明。
西风已远寻根梦，达理知书别路情。

538. 离霅溪感事献郑员外

何尝不自由，有道各春秋。
日月经思定，乾坤待九州。
霅溪员外见，感事已明流。

539. 岐州安溪门

安西城外望，十载玉门关。
胡姬胡服舞，响漠响沙山。
不见行人问，风流月芽湾。

540. 关西驿亭即事

暮暮霞霞色，零零落落云。
关西关不住，玉石玉门分。
大漠胡杨立，楼兰海市裙。

还闻三界城，莫问五陵君。

541. 望嵩山

少室嵩山里，龙盘虎阜中。
台城梁武帝，百寺六朝空。
面壁心经念，金刚五祖风。
禅音方顿悟，俗世有雕虫。

542. 题湖城县西道中槐树

半见槐花老树空，香云落下向西东。
三朝两代曾无语，万叶千枝胜囊虫。

543. 东归次瀛上

东归一步近山阴，越语无闻远古今。
自以离乡沧浪水，青门夜梦是知音。

544. 偶书

偶以青牛路，潼关老子言。
无须秦汉水，不问武陵源。

545. 得京中亲友书，讶久无音耗以诗代谢

溪云有限不掩扉，塞雁经寒过帝畿。
故国衡阳栖穴在，乡新未了是心机。

546. 即事

八月莼鲈脍，三生越国遥。
山阴山草木，浙水浙鲛绡。
若以朝衣挂，钱塘一线潮。

547. 病中宜茯苓寄李谏议

百岁灵芝一玉珍，千年茯苓半龙鳞。
南宫已有吟诗客，北署何当不宜春。

548. 槎

风貌风涛碧浪痕，龙吟怪水带蛟魂。
其声自可惊天地，共与芳菲自古根。

549. 汴上观

河冰河不尽，水泛水重来。
只以春风唤，催冲两岸开。
身形应所异，势力日风雷。
共曲东归海，同行一路推。

550. 闲居有作

漫漫闲居步，幽幽客意行。
青青春草岸，翠翠杜鹃明。
白悉尼花问，梅香玉影惊。
群芳皆似此，物象自如荣。

551. 离岐下题西湖

西湖有止一西湖，有水东归半玉壶。
纵有南南折北北，江都汴柳只江都。

552. 岐阳蒙相国借宅因书怀投献

无风有月隙亭台，一水千岩半碧开。
此梦难休同宋王，平津阁上自徘徊。

553. 晚泊松江

松江古渡边，已见五湖前。
十里平沙岸，千年霸主田。
山阴曾字字，洛水已知仙。
不笑夫差问，黄天荡里船。

554. 过渑池书事

增境三门峡，千年一赵英。
相如曾完璧，不忘渑池情。

555. 富春

严光滩草渚，不钓富春鳞。
远渡云低树，钱塘六合津。
清风留不住，回顾是三秦。

556. 白莲

序：

　　高侍御话及皮博士池中白莲因成一章寄博士兼奉呈。

诗：

白玉作荷花，芙蓉自不斜。
莲莲莲结子，博士博天涯。
莫取清湖色，偷来送习家。
珍珠应不弃，藕断结丝纱。

557. 忆猿

猿啼一两声，忆作万千鸣。
栈道随江险，陈含暗渡荣。
风流空所至，夜半问精英。

558. 红树

霜飞神女见，落叶半殷红。

不见孤根近，何言未悟空。

559. 新雁

衡阳非故里，渚水是三冬。

不必分乡土，年年故道封。

重回青海岸，养子待春容。

北北南南客，来来去去踪。

560. 海上秋怀

潮生潮浇见，浪涌浪升闻。

万里波涛雨，千光日月云。

观天观晓旭，问海问仁君。

博大精深处，殊容珏组勤。

561. 忆山泉

石里一山泉，云中半水田，

深潭由此积，映山籍观天。

岁岁应无尽，潺潺可方圆。

562. 东归望华山

华山一路独孤程，落叶分明是晚情。

处处神仙曾远近，年年不见是空行。

563. 游华州飞泉寺

半亩莲花一玉生，三光日色万禅声。

华州十里飞泉寺，暮鼓辰钟远近鸣。

564. 池上双凫二首

之一：

漠漠双凫水，萋萋渚草扬。

终生归浦苇，不要羽毛长。

之二：

草下多鱼米，花中有菽香。

春秋冬夏水，日月雨去乡。

565. 叶落

云舒云卷曲，叶落叶飞扬。

岁岁年年见，人人事事忙。

566. 和皮博士赴上京观中修灵斋威仪尊师兼见寄

上拜七星坛，从容半比干。

元君臣博士，鹤驭着青丹。

结羽经天翼，流年日月宽。

567. 春雨

漠漠霏霏润，禾禾草草肥。

田中田自主，水岸水如烟。

但望农家乐，何须役吏年。

568. 秋池

一水澄明见底空，三潭印月一深宫。

重阳已到分明到，落叶飘然在镜中。

569. 首阳山

黄河已过首阳山，孤竹莲峰镇玉关。

一见天光群岭暗，伯夷只与叔齐还。

570. 太湖石歌

东西两岸洞庭山，上下江湖半石颜。

实实空空孔见，幽幽怪怪形蛮。

如风似火多磨炼，沥雨经云汉柏班。

有隙蛟螭成禹穴，沉潜万载日华关。

571. 赠方干处士歌

何人夫子问，处士一诗歌。

曲里人生见，词中日月多。

三篇曾七步，九脉已千河。

不酒逍遥去，当吟草木柯。

572. 李周弹筝歌

（古人云，丝不如竹，竹不如肉。十三弦筝）

七岁无成八岁成，三生有筝两生名。

丝丝竹竹何如肉，一字排空作雁行。

切切幽幽蝉饮露，泠泠沥沥石泉清。

鸿沟两岸分刘项，织女牛郎喜鹊声。

杜宇蚕丛啼蜀道，夫差六渎连吴城。

南山顶雪崇文里，太液重阳向背惊。

绿绿黄黄春半许，春春夏夏百花荣。

秦川白雪阳关色，不向凉州不太平。

573. 赠光上人草书歌

举笔难沙四十州，藏龙卧虎势无休。

张颠一首行钓发，二水三山半石头。

日月江河形影易，风流草木满沧洲。

雨雨云云苍天色，今今古古玉龙游。

574. 赠李长史歌二首

之一：

溪亭饯别半无声，二十年中一有情。

长史袖中管出，梨园胜自一偷声。

罗家进士金陵隐，泊泊黄巢罢此鸣。

只待公卿重忆旧，吴姬越秀作新荣。

之二：

偷声半学武皇州，长史吹笋自不求。

一曲梁州如泪雨，三关洛水自风流。

黄巾未去梨园云，二十年来岁已秋。

玉碎珊瑚微角羽，知音不改是鸿沟。

575. 赠广利大师歌

化觉人心一化难，元须自得半元宽。

虚虚实实行天地，草草书书自杏坛。

玉碎珠崩山水断，风流石立雨去端。

钟钟鼓鼓禅房月，寺寺僧僧古刹丹。

576. 古别离

别别离离见，官官吏吏知。

书生书所路，一子一夫时。

自以农家力，何言土地辞。

577. 风雨吟

吏吏官官见，荣荣辱辱闻。

成成由败败，雨雨自云云。

造化知书达，知音向日曛。

人无人彼此，世有世芳芬。

578. 江行

三朝路，一水程，橹橹帆帆半自行。

泊岸停舟舟不定，风云雨雾雾无晴。

579. 壁画折竹杂言

随流去，隔岸时，蜀女声声唱竹枝。

朝云早，暮雨迟，高唐宋玉未相知。

580. 古锦裾六韵

濯水春蚕剥，精丝古锦裾。
纯纱经女浣，薄纺忆当初。
未嫁知心望，应闻弟子书。
堂前听已得，帐后问相如。
已约风流水，何言月色疎。
无情非所欲，有影是多余。

581. 赋得俗晓看妆面

欲晓残妆面，花红雾里藏。
云边含雨色，未隐玉心芳。
懒懒双波递，幽幽独秀房。
如何知一夜，已是待倾肠。

582. 府试雨夜帝里闻猿声

秦川关已静，雨夜近猿声。
楚国怀王问，张仪让六城。
汨罗江上水，岳麓暮中情。
记取长沙赋，如今未断鸣。

583. 题画柏

秦川秦养马，汉武汉修城。
万里绵延云，千年不用兵，
胡杨尘已静，塞北柏自荣。
叶叶枝枝碧，朝朝暮暮情。
青青邻古寺，漠漠待日明。

584. 平望蚊子

两岸姑苏水，三吴震泽云。
阴晴阴大半，有日有虫蚊。
暗者为徒尔，阳媒落伍分。
膏腴舟客蜑，翼毒自成群。
羽翼红斑烈，无声入肉勤。
楼堂常寂寂，芷草亦纷纷。
莫以江湖见，文章寺月闻。
由来由自剿，不得不功勋。

585. 桃花

世上桃花色，人意造化工。
瑶台三百载，会宴八仙翁。

586. 木笔花

欣欣木笔花，粉粉竹心芽。
腻腻同纸色，诗诗共客家。

587. 渊宋涎上有寄

襄王神女问，宋玉赋高唐。
白帝巫山水，朝云暮雨乡。

588. 富水驿东楹有人题诗

海角天涯半故乡，书官驿道一杨长。
巴山楚水经官渡，暮雨朝云客帝王。

589. 上巳日

上巳多情女，春情少采花。
留心留日月，有意有人家。

590. 隋堤

隋堤一路到江都，玉树陈家后主奴。
不惜南朝成往事，天堂只以运河苏。

第十函　第八册

1. 寄孙偓

干宁一宰相，姓氏一龙光。
乐乐安安纪，无非武邑乡。

2. 寄杜先生诗

蜀国蚕丛迫，吴宫木渎门。
鱼书常不达，草木久江村。

3. 赠南岳僧全批

造物禅房月，如来法印真。
祝融峰下见，昨日沃洲人。

4. 答门生王涣李德邻赵光 胤 王拯长句

只学文殊问普贤，清华粉署宰相迁。
今诸健笔皆名策，器业推宁俱让先。
向背凌霄天子路，分明日月本源泉。
同年共事皇家殿，以此酬和作世专。

5. 句

好是虚明月，何闻夜半天。

6. 陆扆

陆扆字祥文，嘉兴一陕君。
昭宗相府主，白马驿中坟。

7. 禁林闻晓莺

阴晴同日月，彼此共天心。
玉漏鸳趋步，金銮有鹤禽。
分层分曙色，上苑上云林。
不可闻莺久，瑶池有玉音。

8. 句

今秋未约长安月，隔岁重阳白马乡。

9. 华州榜寄诸门生

粉署委平衡，华灯对晓明。
难窥知浩汗，执法向君荣。

10. 谢银工

当初学冶银，器物自秋春。
只以闻君制，文间太苦辛。

11. 闲居即事

柳绿隋堤岸，梅红白雪花。
衡门萱草色，白日入人家。

12. 赵氏北楼

朗月生东海，婵娟上北楼。
殷勤公子客，一梦入春秋。

13. 题马嵬驿

杨杨柳柳两依依，蜀蜀秦秦一半归。
羯鼓霓裳妃子笑，长生殿上敞心扉。

14. 蜀中登第答李博六韵

及第知君问，成才自帝宫。
烟笼杨柳树，雨润杜鹃红。
濯锦江流去，薛涛向日空。
梅香梅白雪，一树一春风。
八水长安绕，皇城器业隆。
书生书子气，立志立天功。

15. 偶题

微风微雨色，木槿木兰花。
叶叶枝以露，先先后后华。
寒云寒食节，半合半开家。
乞火公卿路，书augat玉草芽。

16. 闲宵望月

一月当窗户，三更作梦来。
良宵明色里，桂子落书台。

17. 醮词

八极鳌头柱，三山月色空。
清华宫外路，紫阁苑中红。
莫以长生殿，江东唱大风。

18. 巫山高

巫山巫水峡，楚客楚辞风。
宋玉襄王赋，汨罗屈子终。
张义秦所事，十里六城中。

19. 梦仙谣

仙谣曾入梦，未学已云霄。
不得天池水，何言见鹊桥。
求财求子望，一欲一竿条。
莫以黄粱见，天台也寂寥。

20. 秋霖歌

驿外秋霖雨，云中落叶时。
依依情不舍，木木未全枝。
一夜冰霜至，三更懒已迟。
风霜风已肃，作岁作新司。

21. 方响歌

敲金声自远，扣石曲凌空。
五柳琴弦弃，三光日不穷。
灵云催草木，玉树六朝风。
未可渊明子，还思庾信公。

22. 裴贽

不作黄巾一败虫，当言及第传郎公。
中书门下平章事，仆射司空尽所忠。

23. 答王涣

粉署清华次第迁，同年策谏共云天。
成时器业宁推让，不向全忠自向贤。

24. 薄命妾

君恩未断已成空，克用还来节度风。
扇带秋云观落叶，黄金买赋问余红。

25. 秋夕寓居精舍书事

叶满书窗半玉英，天空暗宇一倾城。
三更促织床前问，半夜秋风净月明。

26. 闻雁

秋风北起半霜明，寒雁南飞一字行。
岁岁三湘青海岸，年年两度两乡鸣。

27. 鸳鸯

双浮双戏水，一世一生情。
但向人间示，夫妻学此盟。

28. 和李秀才边庭四时怨

一时

春初一字雁门关，漠北三边役吏颜。
少妇当知归不得，何须独上望夫山。

二时

夏草卢龙已半肥，落雁无乡已不飞。
北北南南分两度，和和战战自天归。

三时

秋飞一度向衡阳，岁岁三湘半故乡。
已是沉霜红叶落，思心处处作爷娘。

四时

冬封白雪朔边寒，铁马冰河草木残。
最是长城烽火起，男儿一诺战云端。

29. 寄陆希声

吴人博学陆希声，拾遗昭宗制隐名。
仆射无轻无重治，师成太子尚书城。

30. 山居即事二首

之一：

君山一月满洞庭，鼓瑟三湘竹叶青。
仆射中书门下客，丹径白云少微星。

之二：

六合云山四壁灵，清香一炷半心经。
应知卷简删繁缛，不是幽栖借画屏。

31. 阳羡杂咏十九首

之一：苦竹径

山前无数竹，雨后有琅玕。
苦节留其志，子猷杖所丹。

之二：梅花坞

梅花坞里色，不只水中香。
有意凌寒见，知君唤诸芳。

之三：石兕台

一水过潼关，千流石兕山。
黄河东去见，羽盖楚王还。

之四：讲易堂

水水山山半，男男女女全。
分仪分四象，八卦八源泉。

之五：观鱼亭

观鱼亭上见，自古史中闻。
但以龙门客，周寻渭水君。

之六：绿云亭

羲皇曾不问，一水共秋春。

绿树青云落，高天厚地秦。

之七：清辉堂

水上有清辉，云中见玉衣。

分明分所治，有一有天机。

之八：观妙庵

无心无欲是，妙理妙人非。

自在观音岸，如来作紫微。

之九：西阳亭

日晚一孤星，西阳半榭亭。

先生先宴醉，故月数流萤。

之十：弄云亭

西阳垂远影，暮色弄云亭。

隔水霞光映，移心待月星。

之十一：伏龟堂

鬼谷先生隐，元龟济世行。

河图初八封，洛卜两仪成。

之十二：桃花谷

十里桃花谷，三春尽落繁。

原来应结子，不向五陵源。

之十三：含桃圃

时光苒苒似桃花，色满羞羞若彩霞。

结果丰丰人自得，来年子子又发芽。

之十四：茗坡

一冒新芽早，三更已采茗

春来白日长，雨去牡丹香。

岁岁茗坡碧，年年见柳杨。

之十五：松岭

手植青松岭，经寒本性天。

君家如此事，古刹石边泉。

之十六：桃溪

脉脉一桃溪，花花半水低。

多言多百舌，一意一孤啼。

之十七：李经

过客花低首，行人不整冠。

风吹风打去，雨落雨云端。

之十八：鸿盘

飞鸿渐始盘，起落已云端。

一路多赠缴，三秋少不难。

之十九：偃月岭

偃月依依岭，山形处处松。

寒光寒岁木，日照日云封。

32. 寄光上人

笔下龙蛇舞，心中日月行。

江河流不住，直木直繁荣。

33. 李昭象

池州刺史一方玄，以子严相半比肩。

十七年中年少小，文章会友化当研。

34. 喜杜荀鹤及第

及第声名到，山川顿觉明。

贫生贫不病，一志一相倾。

35. 赴举出山留寄山居郑参军

赴举冠卿寄，高名俯仰行。

山居山所在，鹤飞鹤云轻。

36. 题顾正字溪居

正字溪居社，临流竹石天。

观天观地者，共渡共源泉。

37. 寄献山中顾公员外

不却朝簪挂，山中紫气多。

江河应日下，草木可繁柯。

38. 山中寄崔谏议

翠鸟山居止，当飞万里余。

山中山水净，谏议谏诗书。

39. 学仙词寄顾云

九转虚皇步，千摇玉石炉，

丹砂丹独炼，白日白云孤。

40. 寄尉迟侍御

日色九华山，云光半雁关。

澄潭澄水浅，谢字谢诗还。

41. 招西洞道者

危峰三抹黛，谷涧一晴川，

洞川云烟锁，行僧不觅仙。

42. 句

投文得仕前程早，缓印还乡日月行。

43. 寄王驾

大用河中驾，春闱及第史。

郎中郎礼部，守素守先生。

44. 夏雨

春霖春润土，夏雨夏满塘。

白日经天照，田夫麦场香。

45. 古意

君身衣未暖，古寒已先秋。

妾冷夫寒梦，天高地远忧。

46. 社日

社日鹅湖酒，田夫醒醉扶。

开扉明月色，闭目向屠苏。

47. 雨晴

云烟云已落，雨雾雨方停。

隔壁幽幽绿，邻家处处青。

48. 乱后曲江

朝中泾渭论，乱后曲江流，

风貌经年去，春秋云不留。

49. 过故友居

故友移居去，僧房一页书。

天机天所见，妙理妙人余。

50. 上裴侍郎

七十青衿榜，三千姿第迁。

含竽含玉佩，独秀独章田。

玉器缝磨琢，精英待久研。

方圆由桂子，月色是婵娟。

51. 悼亡

一病春来去，三生日月斜。

黄泉黄土地，故水故人家。

十日坟前草，双旬野菊花。

秦王秦不在，汉武汉胡笳。

52. 惆怅诗十二首

之一：

一枕同明月，三更共梦泉。

黄粱曾记取，不忘忆婵娟。

之二：

汉武李夫人，成成败败沦，

王城王亦楚，养马养非秦。

之三：

不在别离中，何言一事穷。

分心分所道，事一合时空。

之四：

战伐王陈国，隋炀问井人。

分心分所道，合一合时空。

之五：

七夕流萤少，三烽促织多。

床前明月色，乞巧玉人河。

之六：

记取夜兰香，何闻读草堂。

书生多月色，少女有彷徨。

之七：

不说平生事，儿儿女女忧。

回乡无目见，妾已被君休。

之八：

一绺青丝寄，三生对月盟。

人间人第一，世事世无平。

之九：

已去陈宫井，重脂抹粉城。

金陵金已尽，丽女丽华情。

之十：

只望武陵溪，桃花洞口低。

如今秦汉见，不得古今齐。

之十一：

不到茂陵边，何书二世田。

秦皇秦楚汉，汉武汉神仙。

之十二：

莫以单于问，君恩一画工。

昭君昭日月，蜀女蜀人衷。

53. 江上雨

书生一合作春秋，驿站三江向九流。

梦梦乡乡千里路，朝朝暮暮一蘋洲。

54. 塞上

三边北去雁门关，塞上南来过燕山。

不到渔阳谁问路，平生蓟冀可无还。

55. 句

重来知草木，不取恋元侯。

56. 吴仁璧

大顺吴仁璧，吴人进士荣。

沉之钱镠误，不就是清名。

57. 投谢钱武肃

东门累辟一知音，历尽部隗半古今。

玞珺簪缨应不就，溪光水月负归心。

58. 客路

十载归耕纪，三年待月沉。

文章文自笔，一路一人心。

59. 南徐题友人郊居

岸下连江寺，波中逐石花。

郊居郊水月，醉隐醉侯家。

60. 读度人经寄郑仁表

一旦尘中去，三清世上回。

千人千度口，一步一龙媒。

61. 秋日听僧弹琴

宫商徵角羽，鼓磬地天弦。

寺守云中月，僧流指下泉。

62. 贾谊

三生三鬼论，一步一湘川，

若以汨甸见，长沙误少年。

63. 春雪

素素凝光远，明明刺目寒。

梅花梅傲立，白雪白云端。

64. 衰柳

水柳运河边，隋炀五尺田。

头颅终是好，六渎始香莲。

65. 凤仙花

寸寸凤仙花，香香故色华。

红红黄不止，绿绿玉人斜。

66. 金钱花

金钱花下色，浅绛香中邻。

浙水溪纱浣，山阴父老贫。

67. 钱塘鹤

六合钱塘鹤，三边素顶华。

辽东南下客，已在叔伦家。

68. 句

满地榆钱落，朝阳木槿红。

69. 奉试麦垄多秀色

三千年社稷，八百里秦川。

碧浪黄龙滚，金波玉粒田。

农家农事乐，上苑上榆钱。

日取玲珑影，风扬子粒圆。

70. 下第戏状元崔昭纬

骥尾江山路，车前草木丛。

云中去起落，月下月朦胧。

71. 赠天台王处士

步步天台路，行和处士秋。

居心居落叶，一扫一风流。

72. 寄杜荀鹤

池州鹤字一彦之，第一龙门及第时。

厚遇全忠朱制书，翰林学士缙绅司。

73. 春宫怨

早以婵娟色，临妆日月楼。

承恩承女色，待已待风流。

白鹭惊波碎，红云照九州。

芙蓉出水浴，浣女自无羞。

74. 访道者不遇

寂寂云门锁，花花草草魂。

留诗留姓氏，别日别登门。

75. 送人游吴

水色姑苏半，人家尽枕河。
春光双面绣，碧玉小桥多。

76. 送陈旷归麻川

麻川清见底，水色武陵溪。
洞口谁秦汉，君心日月齐。

77. 出山

熟读春秋史，精研六艺才。
平生三部曲，逐第一名回。

78. 浙中逢诗友

处处同人在，情情共语何。
诗诗由友兴，赋赋楚当歌。

79. 送友人游吴越

友发人人别，吴吴越越行。
莲花莲碧水，女色女仙明。
有圃皆生橘，无香不见情。
家家开户问，处处暮朝荣。

80. 出常山界使回有寄　古今诗

男儿御使一巴黎，地铁邦交七国齐。
白郎长春同努力，和平普照半江西。

注：地铁外交，我为特使赴巴黎，法国特使白朗，翻译赵坚翔，诸曼凯特。

81. 经废宅

去去来来在，生生死死无。
秦皇秦已没，汉武汉扶苏。
不必留名誉，当知有念奴。

82. 登天台寺

已到天台寺，当闻海浪声。
听门闲话外，问世几枯荣。

83. 途中春

途中春色早，驿上玉花迟。
日日行观止，生生问学知。

84. 入关历阳道中却寄舍弟　古今诗

未解求名去，当知第一来。
书当书所止，弟可弟兄回。
一梦家乡入，三更不要催。
耕耘知日月，十万律诗开。

85. 赠欧阳名府

宰制欧阳府，和平役吏闲。
孤舟风浪起，不宿钓鱼湾。

86. 赠临上人

已戒禅坛律，无空住寺门。
当心临水月，未见客王孙。

87. 题战岛僧居　在江之心

只爱无尘地，江心有日天。
阴晴多水色，草木去来烟。

88. 别衡州牧

一别衡州牧，重行驿舍门。
临流临水逝，有梦有儿孙。
不计前程路，何言进退村。
风云如日月，雨雪似无痕。

89. 送人游江南

江南游可去，塞北自应归，
远岫无云蔽，孤帆有鹭飞。

90. 谏友人诗卷

三思三世界，一意一行诗。
卷卷舒舒见，因因果果知。

91. 游茅山

孤峰求所静，次第礼茅君。
步步山门路，幽幽麋鹿群。
三清三界外，五土五氛氲。

92. 寄从叔

性性情情直，儒儒道道明。
天机天所定，一族一家荣。

93. 寄李溥

如君如我者，不器不迟成。
未了男儿志，朝朝暮暮行。

94. 郊居即事投李给事

闲居闲窄路，有禄有辰昏。
处处寻思定，孤孤入古村。

95. 寄诗友

春来春云久，草碧草茵茵。
夏雨池塘满，莲花水色频。

96. 题田翁家

田公真快活，老少不离村。
小女无愁嫁，男儿已早婚。
官家孙子事，米稻妇夫根。
只结邻居社，丰收带醉痕。

97. 长安冬日

长安冬日冷，白云结冰凌。
八水无流冻，三秦有紫凝。
猿啼猿绝顶，近日近天丞。
不见书生步，寒窗读学征。

98. 斋后登唐兴寺水阁

一雨三秋色，千云半宇空。
唐兴修古寺，水阁映天宫。
老衲藏经处，新禅又不同。

99. 山中寄友人

山中多旷野，草上少耕人。
垦木耕荒神，丰收土地亲。
东邻三五里，北舍暮朝濒。
社日曾呼酒，当堂一醉新。

100. 自述

欲止还行去，无知遇客来。
同行同异志，共事共孤裁。
莫以书香计，应当问楚才。

101. 题江山寺

一步江山寺，千声日月田。
僧肩常半壁，宿鸟向三边。

此去禅音在，重来是几年。

102. 与独娜晏子共游，北京什刹海荷花二首

之一：

粉粉红红色，珠珠碧碧沈。

园园藏白子，苦苦纳辛心。

之二：

十八男儿寄碧莲，三千弟子玉湖中。

芙蓉出水无尘染，后海心怀纳暑风。

103. 秋日施舍卧病曾所知

枕上闻风雨，窗中落叶时。

江南多所念，卧病少相思。

104. 秋宿山馆

男儿门外去，独步月中来。

落叶秋风扫，春花水色开。

105. 赠老僧

僧人应不老，几度已轮回。

莫以神仙问，如来再世恢。

106. 别舍弟

当知偷拭泪，不忍再回头。

舍弟行身别，江帆一逝舟。

107. 雪中别诗友

大漠吹烟雪，寒风领袖开。

辽阳东北望，受降朔诗来。

108. 题岳麓寺

三湘三渡水，一步一头回。

自得知心去，何言问道来。

109. 怀卢岳书斋

茗茶泉下水，采药岳前苔。

蕙芷芝兰色，人参百合枚。

110. 题唐兴寺小松

虽小青青色，居山处处风。

唐兴唐寺外，一刹一山中。

鹤隐其声里，龙吟桧对红。

权涛波浪涌，草木共长空。

111. 与友人话别

路路行多少，人人有易难。

风花和雪月，海日与枫丹。

读学应无止，行程可有端。

官官同吏史，子子共珊珊。

112. 赠庐岳隐者

纵纵横横岭，山山水水村。

仙人知洞口，道士别黄昏。

隐岳庐山谷，东林老树根。

无须当世界，不似在乾坤。

113. 怀紫阁隐者

紫阁君心隐，青衣客意寒。

瑶台蓬岛路，虎涧石溪澜。

洞口无人迹，花香玉露干。

仙家仙已去，客舍客云端。

114. 题会上人院

闹市师居静，钟声弟子闲。

空门空所在，上寺上人间。

鼓角风中去，江河日月还。

终须终了了，始复始关关。

115. 送黄补阙南迁

进退知天意，开廷作学年。

人生书不尽，世界事难全。

独木成株见，云根气叶玄。

经冬经夏易，历古历今田。

116. 送宾贡登第后归海东

龙门第一名，日立数三声。

及第乡心早，冠官别路程。

前途由此始，苦役自经生。

老少中青路，朝朝暮暮情。

117. 近试投所知

日日江山阔，年年积累成。

书生书所事，子弟子求英。

历历经经事，思思忖忖行。

微行微不止，见地见枯荣。

118. 送友人牧江州

日色兵戈止，江州牧友行。

离官离上任，使绶使人情。

此去应知我，无言可请缨。

天街天子策，远道远分明。

119. 别从叔

立马回头望，离家去向难。

居官居未已，处事处炎寒。

120. 辞座主侍郎

一路兵巧阻，千程日月长。

辞行今自去，拜达主仙郎。

酒宴高门坐，良因几许祥。

知恩知所报，继此继圆方。

121. 送人南游

南游水止到天涯，北岭冬梅一月花。

未解蛮歌蛮曲舞，无言海水海渔家。

122. 经贾岛墓

贾岛麻衣七尺长，潮流桂水半家乡。

留诗日日寒人后，暮落猿鸣向远扬。

123. 秋夜晚泊

萧条一望半苍然，落叶三秋五处宣。

别月幽幽行不尽，残星处处晓云天。

124. 送舍弟

行成别路一心知，独念居家半已迟。

弟弟兄兄常作伴，来来去去久相思。

125. 将归山逢友人

一世男儿大丈夫，三生弟子半江都。

隋炀柳色楼船去，水调苏杭有未无。

126. 经九华费微君墓

九华一墓费微君，荆棘千丛直木分。

子子孙孙曾见此，还巢两凤已成群。

127. 溪居叟

是是非非半不知，成成败败一生迟。

居居易易溪流去，叟叟翁翁处事时。

128. 与友人对酒吟

侯门深似海，别路若长亭。

四面分明见，三生草木青。

129. 送僧

了了无成了了成，明明有路有明明。

僧僧自得僧僧愿，鼓鼓钟钟处处行。

130. 送九华道士游茅山

道士茅山半九华，仙人洞口一春茶。

乾坤日月分明见，草木枯荣举是家。

131. 寄舍弟

弟弟兄兄共道行，心心向善是人生。

爷娘父母由身教，少少翁翁继此名。

132. 下第投所知

成成败败一龙门，友友师师半感恩。

吏吏官官应不尽，朝朝暮暮有农村。

133. 寄顾公

前年省得别沧洲，驿道离骚过九流。

望尽征鸿征日月，侯门未闭守书楼。

134. 赠宣城廉明府

宣城一首故人诗，足见三官半卷辞。

不可为官无见树，文章日月寄新词。

135. 望远

门前通大道，望远上高楼。

落日人行尽，江流自不休。

136. 冬末投长沙裴侍郎

岁末长沙见侍郎，梅花已着故家乡。

池州不远三湘近，水调歌头有柳杨。

137. 赠秋浦金明府长

吏吏官官八句诗，门门第第一书知。

耕耘日月殷勤笔，问遍春秋问楚辞。

138. 各高秘书早春对雪登楼见寄之什

一半红尘一半春，两三岁月两三秦。

江都白雪连琼素，水调重来逐客邻。

139. 乱后山中作

开扇敞户雨纷纷，自绕家园子女群。

自以兵戈天下乱，兄兄弟弟不离分。

140. 施寓书事

难言见面一公卿，百日行程十日成。

自立无须无自立，穷途不可不终生。

141. 舟行晚泊江上寺

舟栖江上寺，最静有禅声。

相依相互问，夜磬夜钟鸣。

142. 长林山中闻贼退寄孟明府

贼退今如此，民残已不多。

知贤知宰治，一府一县和。

143. 泗上客思

泗汴隋炀水渎通，苏杭自此运河隆。

头颅好似天堂好，水调方兴自古功。

144. 寄同人

志以贫为共，名当苦事同。

荒年应可度，战乱可辛丰。

145. 下第出关投郑拾遗

同年同异路，下第下折枝。

独木成林后，群莲百合迟。

146. 塞上

战士风霜早，将军雨露新。

单于听鼓角，李广箭弓频。

塞上笼中鸟，云中客雁邻。

经年经战事，历汉历秦尘。

147. 别敬侍郎

一别无想见，三江四海分。

同流同向去，各路各天云。

148. 送青阳李明府

吟归吟处度，善政善良民。

九杂莲花寺，三生一上人。

无非无是久，等待等闲臣。

六幅文心老，千诗家句珍。

149. 将游湘有作

湘流一水洞庭湖，九脉千波大小姑。

橘子洲头孤岛问，楼船在此过江都。

150. 送姚庭珪

却去衣衫对玉壶，吟诗舞剑问江湖。

相逢一别知千里，到到秦时弟到吴。

151. 投李大夫　古今诗

自小诗词僻，如今日月知。

终生终所事，十万九千师。

152. 贻里中同志

诗书常共读，雨雪已同寻。

且得知情事，相倾晚达心。

153. 江上送韦先生

江帆一种见飞鸿，日暮三湘两岸风。

苇地萍天留不住，先生已是杜成功。

154. 维扬逢诗友张乔　古今诗

中华国学五千年，炼石诗词一万田。

字句方圆成日月，经纶格律纵横悬。

155. 和晨有感

经情无久事，未忍不归乡。

夏日青莲色，秋风木叶扬。

156. 秋日山中寄李处士

儿童书懒读，处士误山中。

果粟藏无见，寒窗一笑空。

157. 晚泊金陵水亭

晚泊金陵一水亭，南朝旧事半渭泾。

台城百寺僧梁武，废国萧骚落井图。

158. 钱塘别罗隐

钱塘罗隐别，一令半人情。

俱是文章客，无言日月明。

秋风临古渡，木叶渡江鸣。

面壁曾三友，禅音女一英。

159. 山中贻同志

到老如今日，无须问古人。

知贪知富贵，不得不求邻。
傲者多孤立，红尘有俗身。
平生平所事，冶宰冶秋春。

160. 秋日怀九华旧居

仗势欺人易缙绅，书生第一怒群人。
九华山上因名取，五字经纶七字珍。

161. 江岸秋思

随心驱古道，信手怯蝉声。
岸水难分界，江流映日明。

162. 哭刘行仁

贾岛曾如此，诗词一令君。
吟吟还咏咏，雨雨亦云云。
日月应相舍，经纶不可分。

163. 经青山吊李翰林

一见先生去，三呼八句来。
诗人诗自在，字句字难猜。

164. 下第东归别友人

下第东归别友人，年年北去试新春。
同君共往同君别，隔岁龙门隔岁尘。

165. 秋宿诗僧云英房因赠

贾岛怜诗句，推敲过市行。
韩愈韩自慰，月夜月云英。

166. 送人宰吴县

草履随船卖，绫梭隔水鸣。
吴江吴柳岸，海涨海边晴。
水渎连天日，书窗下船行。
同桥同里渡，一月一阴明。

167. 读友人诗

闻风知颂雅，读友暮朝诗。
格律由音韵，辞章已自司。

168. 登山寺

山空山木直，野寺野人登。
莫以儒门客，孑孑一孤僧。

169. 辞九江李郎中入关

别去郎中自入关，黄河已去向东弯。
长安故友多年忘，九脉江流一片山。

170. 江南逢李先辈

相逢相别路，一酒一徘徊。
醉醒知先辈，阴晴不再来。

171. 秋日寄吟友

唯吟唯不止，细作细思量。
八句行行字，三心处处藏。

172. 江上与众弟话别

孤舟从此去，独弟已成才。
只以耕田亩，丰收粒粒来。

173. 送友人游南

南游南海岸，一路一椰林。
举者寻荫处，听风是雨音。

174. 赠聂尊师

求仙求不得，问路问所成。
暮暮朝朝见，吟吟咏咏行。

175. 施感

川前千叶柳，野外一株桑。
不信怜空老，吟诗过短长。

176. 寄益阳武灌名府

不可诗人问，花香鸟语长。
桑田谁税赋，日月不思量。

177. 湘中秋日呈所知

苦苦辛辛致，因因果果成。
诗人诗自在，吏治吏难平。

178. 苦吟

耕耘耕五土，苦意苦吟成。
但以知予处，其归绝句荣。
知诗无辍日，下笔有精明。

179. 闽中别所知

八闽江山路，三秦日月程。
应生应举步，向海向流明。

触目思归处，行身问道荣。
千音千语调，一里一人情。

180. 塞上作战士

野火荒原尽，春风隔岁生。
长城长战士，久去久和平。

181. 春日访独孤处士

地僻春来静，花香雨去明。
湘江湘水岸，雁别雁先鸣。
守一天空列，逢人作此行。

182. 哭友人

始始终终尽，来来去去分。
秦皇留不住，汉武已离群。
只以诗风寄，黄泉可伴君。

183. 新栽竹

竹竹斑斑泪，修修矸矸声。
杯中留玉影，月下有诗情。

184. 送吴蜕下第入蜀

蜀道应难过，龙门试水情。
春闱春缺雨，隔岁隔阴晴。
下第回乡里，书生已自明。

185. 乱后归山

升平当傲吏，乱世隐山林。
不可书生志，何言作古今。

186. 题著禅师

常情常自得，一道一如何。
贾谊长沙赋，汨罗付楚歌。
禅师禅所教，不色不空多。

187. 春日闲居即事

乞火乘寒食，龙门及第行。
书声吾事业，驿路已断耕。

188. 秋宿栖贤寺怀友人

一宿栖贤寺，三秋忆故人。
书生多寄此，以此共咸秦。

189. 乱后再逢汪处士

未可青云志，农夫不守田。
兵戈兵乱世，道得道相连。
处士逍遥客，人生若雾烟。

190. 山中喜与故交宿话

一介书生子，贫家乱事中。
求温求饱食，补巷补衣穷。
沽酒溪鱼逮，言天济世雄。

191. 出碁

面对应想见，居心不得同。
知兵知自己，作阵作孤雄。
打劫当君子，围城作巷空。
无因无止境，不可不输赢。

192. 送人宰德清

乱世农夫少，征兵赋役多。
如君如自己，养济养粮禾。

193. 寄窦处士

平生当酒废，立志作书生。
处士今清籍，漳流泛日明。

194. 题历山舜祠

何时先后母，自舜后娘香。
不以山耕误，身为教化尝。

195. 赠李蒙叟　古今诗

三曹当以赋，七子序成词。
水调成先后，诗名有古今。
应知当格律，演易作新音。
历历隋唐句，扬扬教化荫。

196. 和吴太守罢郡山村偶题（二首）

之一：
官情随日薄，太守已诗多。
政事农民少，山村镜水波。

之二：
快活田翁轰，丰收子女多。
岁月和平少，干戈莫过河。

197. 维扬冬末寄幕中二从事

莫道长溪尉，相留驿馆开。
怀人怀夜雨，一叶一窗台。

198. 乱后送友人归湘中

湘中玉竹泪还流，月上渔歌一叶舟。
水调歌头吴楚去，天机已上岳阳楼。

199. 送紫阳僧归庐岳旧寺

一送紫阳僧，三师未半丞。
新生成改革，古寺以香凝。

200. 和刘评事送海禅和归山

禅知禅不尽，一室一门深。
衲外元无象，心中独有寻。

201. 御沟柳

烟笼浮禁水，向色向朝人。
自以莺蝉问，春秋日月秦。

202. 冬末同友人泛潇湘（古今诗）

庾信文成一柳杨，衡阳雁落半潇湘。
音行格律隋唐句，赋取新诗到帝乡。

203. 赠李镡

君行君自去，世乱世无时。
子子孙了问，成成败败迟。

204. 旅中卧病

采药非因病，求医是困时。
一卧三天尽，千年半古诗。

205. 旅泊遇郡中叛乱示同志

握手相看过百川，兵徒刼宝剑刀悬。
无规市井隋杀戮，乱砍平民不怕天。

206. 赠秋浦张明府

农夫背上号军兵，浦府心中不忍明。
一宰三年张子意，诗风起自杜家情。

207. 雪

暂隐楼台满玉英，无时不可半倾城。
江湖处处飞寒雪，日月空空四面兵。

208. 题庐岳刘处士草堂

闲寻采药翁，石径草堂空。
已是灵芝草，还闻白芷丛。

209. 山中寄诗友

山中寄友一诗文，月下弹琴半问群。
不得猿啼猿窃果，平生一日一青云。

210. 秋宿临江驿

谁人肯向死前闲，自作书生列事班。
世路关前千万里，临江驿外老青山。

211. 题瓦棺寺真上人院矮桧

弯流经日远，直木与凡齐，
矮桧含云早，无巢鸟不栖。

212. 江上初秋寓泊

浮萍无土附，旷日不依根。
有本何源至，青莲有藕恩。

213. 投从叔补阙　古文诗

一半朝天一半空，双仪四象两仪工。
三千子弟无诗继，七十年来已作翁。

214. 赠张员外儿

男儿三岁早，自主赋诗来，
久久闻声咏，明明一楚才。

215. 重阳日有作

无闻世乱菊花开，有日重阳照旧来。
已采茱萸兄弟寄，孙孙子子老翁猜。

216. 入关寄九华友人

苦苦辛辛路，夫夫妇妇家。
关心关不住，锁意锁天涯。
事事行三径，时时寄九华。
阳阳泾渭水，处处杏坛花。

217. 送李镡游新安

学步邯郸去，寻芳浙水来，
新安新雨后，一路一天台。
六合钱塘逐，三边战事回。
天公天所向，举首举人恢。

218. 冬末自长沙游桂岭留献所知

卷土重来已过河，微尘不染静干戈。
前行一山多处，脚力三生唱九歌。

219. 送福昌周繇少府归宁兼谋隐

前人多远虑，后者少虚谋。
社稷应当进，江山可九州。

220. 贺顾云侍御府主与子弟奏官

侍御经纶一代英，平章制书半公明。
女织男耘辛苦子，弟侄鞭牛傍陇耕。

221. 舟行即事

九月茱萸紫，三秋水色明。
舟行帆五丈，万里十千程。
野菊重阳色，西风一路清。

222. 乱后山居

乱后山居晚，官前不计钱。
山山多水水，陌陌有阡阡。
买得应知种，耕来始是田。

223. 山居寄同事

山居求隐逸，布食自当勤。
陌陌阡阡里，田田土土耘。

224. 将入关安陆遇兵寇

家贫无计去，四处有兵戈。
乱后还延乱，和安亦未和。
枯荣谁所以，向背自如何。

225. 夏日登友人书斋林亭

夏日池塘水，秋风叶落山。
书生书所见，雁过雁门关。

226. 寄临海姚中丞

自夏经秋日，重阳野菊英。
恩心恩所寄，一客一衷肠。

227. 秋日闲居寄先达

秋日闲居向天台，寂静山泉径自开。
风驱早雁三湘去，雨问残蝉半不回。

228. 题觉禅和

少见修行达，多闻苦道行。
茅堂茅佛像，敬意敬心情。
所觉如来是，观音似去情。
经纶经日月，雨雪雨耘耕。

229. 感秋

朝堂门上客，远水月中人。
苦苦辛辛致，成成负负身。
行行无止止，晋晋有秦秦。

230. 题德玄上人院

方方寸寸阔于天，意意情情限所年。
觉觉天涯悟悟近，心心咫尺处处田。

231. 春日山居寄友人

山居不久友人知，细雨无声润丰时。
夜尽方停清净泽，春花未放好吟诗。

232. 怀庐岳旧隐

怀庐怀岳路，旧隐旧时心。
饱饱温温后，东东北北林。
三年曾一别，九派已千浔。
岭岭泉泉叠，僧僧寺寺音。

233. 投长沙裴侍郎

不谒朱门谒孔门，无求弟子等闲恩。
千流九派成风雨，一世三湘半子孙。

234. 和友人见题山居

圆圆缺缺有无晴，半半轮轮自在生。
不以阴晴相继续，无私月色满山明。

235. 献长沙王侍郎

文名一见一书生，俯注甘霖俯注明。
饮自龙泉流圣水，清流一世已流清。

236. 春日登楼遇雨

半壁晴天半雨天，三江不断五湖船。
风情未尽一千顾，却被诗情误九泉。

237. 春日行次钱塘却寄台州姚中丞

儒家万卷道家休，释者如来九州头。

不是无心求上第，书生有意作春秋。

238. 投江上崔尚书

平生一种出尘埃，百草三春自在开。
十载关门贤达学，龙门第一向天台。

239. 书事投所知

已是书生不是名，短路长亭别路程。
常思不尽常无解，未遇知人未所行。

240. 秋日湖外书事

日日诗诗大半生，湖湖水水驾帆行。
朱门处处应相似，一路吟吟可寄情。

241. 题宗上人旧院

旧院重重一线开，禅房处处半尘埃。
先生已去平生路，后者相承故友媒。

242. 乱后出山逢高员外

儒书乱后万千天，已入烟梦十五年。
柳结官愁蝉已断，人情收拾向门前。

243. 赠友人罢举赴交趾辟命

罢举收名不入秦，南洋木槿作流人。
朝朝暮暮红颜在，去去来来见逐臣。

244. 山中寡妇

山中寡妇守蓬茅，不怨长城不自咨。
只与胡人生死战，官家税赋收无交。

245. 访秦融因题

秦融一月过荒郊，肯向君心作淡交。
社稷溪寒流不断，书生万里着乡巢。

246. 闲居书事

一亩桑田半有余，三池水畔两池鱼。
辛辛苦苦耕耘致，自力更生自舞锄。

247. 友人赠舍弟依韵戏和

竹马童心已过时，男儿立志自书迟。
君开道业成公理，一句知音一背诗。

248. 乱后逢村叟

一着乡兵断子孙，三疆乱后已无门。

还闻十里硝烟味，不似农家不似村。

249. 赠元上人

直木山中寺，藏经阁上诗。
依时听磬语，月静上人知。
石径通来往，禅房问竹枝。
蝉皮成壳落，塔影作无时。

250. 下第东归道中作

平生此去见风尘，自是无成自省亲。
北上龙门争第一，东归不笑读书人。

251. 夏日留题张山人林亭

窗含竹影一溪流，户纳山光半色秋。
暑气全消全水色，林亭四面四清幽。

252. 伤病马

病马无嘶伏枥时，曾知万里十天迟。
相交伯乐成挚友，一步当先百战师。

253. 馆舍秋夕

举步迟迟举步行，回头欲止向头行。
离家已作还家计，直至如今至未成。

254. 送僧赴黄山沐汤泉兼参禅宗长老

独有汤泉自有寻，迷蒙水雾半云深。
且以禅宗禅觉悟，洗净皮肤洗净心。

255. 哭山友

不误儒学不误君，深山草木半山云。
平生不识公卿面，至死无离麋鹿群。

256. 献池州牧

半向池州半故乡，三生旧步九华阳。
如今只似龙城姥，不可匆年问小康。

257. 送韦书记归京

一日相逢增眼明，三生帝里两牵情。
无由战乱师门话，有是今朝作姓名。

258. 献郑给事

朱门醒醉日秋春，夜宴江楼月满身。
善政渔歌应处处，琴声自得草茵茵。

259. 赠休禅和

为僧不得不为僧，一点分明半点灯。
觉悟经心经日月，燃香自度自香凝。

260. 送李先辈从知塞上

已着戎装不望乡，征人未必恃刀枪。
从和也是男儿事，不战当然帝业长。

261. 和友人送弟

读学分头日月谁，兄兄弟弟总相期。
行行止止回身见，暮暮朝朝自独时。

262. 酬张员外见寄

一句人生半句诗，三春日月二春迟。
兵戈已尽和平始，以此相逢以彼师。

263. 献新安于尚书

九陌精英已此何，良人宰治静干戈。
行人耳满知君事，尽是无忧父老歌。

264. 乱后书事寄同志

九土书平已半生，千波未了水针平。
侯门已改公卿字，不向渔樵刻姓名。

265. 中山临上人院观牡丹寄诸从事

和和战战牡丹红，岁岁年年唱大风。
草木丛丛花自落，僧家以此作言空。

266. 投宣谕张侍郎乱后过昆陵

昆陵过去百陵空，历史重来唱大风。
楚界鸿沟分汉界，英雄一度未央宫。

267. 下第投所知

下第方成上第行，池州有路九州名。
无须俯首低头见，不忍重来读圣情。

268. 哭方干

不去黄泉水已倾，禅音教化志吟成。
诗名共磊坟三尺，自是方干第一名。

269. 秋日泊浦江

漠漠芦花雁不飞，重重茋草蟹虾肥。
家乡处处纯鲈脍，八月钱塘一线归。

270. 白发吟

未老先衰白发吟，途经乱世木无荫。
家山自以诗人去，不是苍山草木深。

271. 下第寄池州郑员外

不向江湖学钓鱼，知书鼓案自多余。
鱼钩已直文王见，帝里公庐第一居。

272. 塞上

塞上英雄一把刀，去中日月作旌旄。
胡杨大漠经天问，马靴半插两袖袍。

273. 赠题兜率寺闲上人院

人间儿率寺天宫，百岁修行一世空。
苦役浮生常自力，无求不死作秋虫。

274. 别四明钟尚书

登高步步九华山，教化重重待等闲。
但以啼猿啼不止，修诗自得上人班。

275. 题护国大师塔

护国韦驮已古今，经门觉路作诗吟。
东林未了西林在，寺塔当然故塔深。

276. 春日山中对雪有作

竹树芜萌自有声，春荣雨雪作天情。
枝枝节节芽芽破，已得深根处处生。

277. 戏题王处士画斋

山猿水鸟一云霄，碧玉花光增小桥。
柏柏松松圆自得，诗诗酒酒画渔樵。

278. 早发

东窗欲晓已分明，驿客先行路不平。
半见青云浮未定，征途一望是人情。

279. 题仇处士郊居

锦绣江南集一亭，红红绿绿簇千灵。
莺莺鹭鹭鸳鸯水，赋赋诗诗水月青。

280. 依韵次同年张曙先辈见寄之什

一日瑶台问八仙，三清洞口列千篇。
诗章不尽平生尽，共到蓬莱不偶然。

281. 乱后逢李昭象叙别

干戈不问食相依，半得渔樵半布衣。
自觉男儿非此事，贫贫贱贱是天机。

282. 晚春寄同年张曙先辈

秦皇岛上拜红尘，只在书中有古人。
莫忘诗章成录纪，难留一世百年春。

283. 长安春感

离京一路别京难，驿客三生半客官。
只以诗文留故土，家门窄处政门宽。

284. 登灵山水阁贻钓者

灵山水阁半洧公，补衲修禅一色空。
纵有风波凭自睡，无须借酒任秋风。

285. 赠溧水崔少府

少府萧条鸟雀渲，高天玉树枕书言。
无须沽酒茅山问，世上人中各简繁。

286. 读张仆射诗

历证三官万象中，诗章一句六钧弓。
廉颇已是相如见，赵璧秦公半国风。

287. 题所居村舍

渐尽干戈始见君，蚕无作茧半缲云。
应知减税人心赋，未可屠民邀战勋。

288. 献钱塘县罗著作判官

宰治民心不自由，知君著作早回头。
猩袍懒着辞公宴，鹤氅闲披问道流。

289. 遣怀

无须垂钓者，已见放生池。
每念相如志，当思季子辞。
人间名与利，世上智生知。
已见前程路，耕耘始自司。

290. 长安道中有作

回头不忍望长安，八水围城落叶残。
仔细寻思前后路，秦川渭瀍满波澜。

291. 题开元寺门阁

牧笛声中见马牛，开元寺上问清秋。

云山已老应长在，岁月如流上白头。

292. 出关投孙侍御

青衣照旧已东归，不见书窗是与非。
此岁春闱应过去，经年苦读不开扉。

293. 送项山人归天台

一字峰峦半有名，三光不断九荣生。
天台草木山泉水，自与烟萝结性情。

294. 题衡阳隐士山居

闲居只问世如何，不必汨罗唱九歌。
隐士衡阳飞雁落，经年半载过黄河。

295. 题江寺禅和

自教无禅是一言，禅僧闲目过千轩。
禅宗已是宗禅事，眼不浮禅耳不喧。

296. 题弟侄书堂

一世居宁志不穷，三清静处半临风。
雕龙点晴勤书案，莫向光阴惰过工。

297. 和友人寄长林孟明府

为人为政见，待事待时分。
月入无多俸，秋来有果芹。
长林长赋语，短计短诗文。
沽酒倾杯了，青天白日曛。

298. 戏赠渔家

养竹千竿作钓家，葫芦一半酒泉衔。
求衣自足求粮力，善待乡邻善待花。

299. 登城有作

垒垒荒冢汲汲人，弓弓个射各秋春。
干戈未静王侯静，不是周公不是秦。

300. 秋日山中寄池州李常侍

叶满寒山有几何，离根不弃守江湖。
风凋古木秋荫少，向背分明日月多。

301. 辞杨侍郎

人生一路两行诗，四海三江五岳知。
自得郎中员外见，池州不远太湖师。

302. 题汪氏茅亭

茅亭一上半题诗，远近牛羊不所期。
已是安闲先已老，如今酷爱世人时。

303. 喜从弟雪中远至有作

封门大雪满窗扉，远至君从客回归。
沽酒围炉温暖坐，纷纷不尽又飞飞。

304. 送僧归国清寺（二首）

之一：

隋时一寺汉时松，古柏三清魏晋踪。
日落天台梁石暗，僧归故国越归峰。

之二：

前门已是放生池，后寺藏经阁上诗。
汉柏千年梁剪刹，南朝十国国清时。

305. 题汪明府山居

不似冠官不似民，当春百草一春新。
山居不食人间粟，牧身千声远近秦。

306. 下第东归将及故园有作

春闱一去半回头，立志三生五湖舟。
已入儒门乡土远，谁思父母作公侯。

307. 宿东林寺题愿公院

不系青云四十年，僧房客诗两三禅。
沉沉古寺风无语，寺寺相邻共一天。

308. 山居自遣

樵翁不解一山居，水岸停舟半近鱼。
苦苦辛辛多自力，温温饱饱不知书。

309. 赠友人罢举赴赴命

无非罢举掉头东，自是平生有始终。
岸柳滩鱼深浅见，缘因少好从戎。

310. 乱后旅中遇友人

不学先贤隐姓名，依依故友请红缨。
飞帆一幅江湖上，已俱三诗日月情。

311. 赠休粮僧

一懒休粮半闲关，三官纳税两官闲。
农夫自力更生晚，只食人间四壁山。

312. 维扬春再遇孙侍御

维扬御史一年春，两地无归半主人。
雨细江南江柳岸，云微塞北塞边秦。

313. 乱后宿南陵废寺寄沈明府

一度风云半鼓声，吟诗废寺有余明。
男儿仗剑酬思在，未肯徒然度此生。

314. 投郑先辈

诗篇一半咏乾坤，弟子三千学孔门。
仗剑关山明月色，归心父母未酬恩。

315. 途中有作

名名利利一西东，项项刘刘半大风。
不是鸿沟分界处，英雄已度未央宫。

316. 和舍弟题书堂

兄兄弟弟读书堂，去去来来自别乡。
已是书生书进退，何言衫下膝爷娘。

317. 送蜀客游维扬

见客风光共草堂，西川已下问维扬。
花花柳柳隋炀水，蜀蜀吴吴雪月光。

318. 旅寓

不束诗书四处游，冠官日月一春秋。
秦秦汉汉乡程远，角角楼楼雨结愁。

319. 途中春

家乡故国楚关东，项羽刘邦唱大风。
不忍途中春易变，微黄未绿已香红。

320. 维扬冬末寄幕中二从事

精诗炼就一头霜，十首流传十地香。
白雪阳春应已始，梅花傲影问维扬。

321. 辞郑员外入关

男儿十八不磅礴，弟子青云一柱科。
不是居家从往过，天机自己如何。

322. 书斋即事

几上窗台满是书，农夫不计是耕锄。
耕耘日月同年客，只见贫时未立居。

323. 隽阳道中

路上蝉鸣踔上秋，云中落叶雨中休。
黄花未尽槐花尽，不是池州是九州。

324. 入关因别舍弟

农家读学自高天，不误儒门十数年。
但愿春官看卷后，改朝一榜向君前。

325. 赠彭蠡钓者

一叶渔舟一叶心，三江钓者九江浔。
书生借此河山问，日月耕耘是古今。

326. 送友人入关

出入关中已半天，黄河北下已千川。
东都不远长安近，幸蜀无从渭水迁。

327. 送友人宰浔阳

宰治浔阳半雨窗，池州已梦一家邦。
陶潜旧隐依稀在，庚主诗楼过九江。

328. 秋日卧病

卧病方知采药忙，浮名不锁玉壶香。
心中已纳千肠液，月下当思一老娘。

329. 叙吟

浮名浮世客，有感有诗情。
事事人生历，时时处处明。
官家官未了，一第一家英。
渡水凝船岸，行程望远平。

330. 行次荥阳却寄诸弟

未以家兄共苦耕，还疑诸弟独争荣。
朝朝暮暮儒门案，博得辛苦取一名。

331. 登石壁禅师水阁有作

无风无雨见，有水有山闻。
石壁禅师语，诗人八句文。
窗前窗后木，画里画中云。
远近茫茫雾，阴晴处处分。

332. 赠袒肩和尚

才问锡杖挂东林，牯岭匡庐待古今。
虎涧横流肩半袒，猿声尽处有鸣禽。

333. 闲居即事

不可闲居未可忙，无耕土地未耕桑。
儒门有食非吾取，仆役何嫌是柳杨。

334. 自叙 古今诗

自力更生自向秦，当求完善待诗春。
平生肺腑当言处，不作乾坤窃世人。

335. 空闲二公递以禅律相鄙因而解之

律律禅禅格格殊，云云辟辟慧奴奴。
空空色色分其有，念念珠珠袖袖无。

336. 寄温州朱尚书并呈军倅崔太博

一郡永嘉名，三军慰不平。
温州温水岸，望海望潮生。
五柳陶潜籍，千章谢守荣。
荀家荀弟子，庚信庾楼情。

337. 恩门致书远及山居因献之

觉悟时难保养难，童翁互济补余安。
家门父母应先纪，必以酬恩作比干。

338. 寄温州崔博士

怀君合我写诗篇，格律方成尚未全。
水调歌头听庚信，平平仄仄隋炀田。

339. 李昭象云与两三同人见访有寄

一世同人两世邻，三生共事一生亲。
贫贫洒水诗诗咏，步步途程处处新。

340. 自江西归九华

平生自是九华人，一步池州半路秦。
此去江西归我土，如今梦里复相邻。

341. 和友人见题山居水阁八韵

水阁初成阔，云天已入深。
微才微所见，点滴点潭浔。
木槿红红艳，凌霄处处簪。
芙蓉偷出色，蕙芷带莲衾。
紫陌连山谷，苍苔逐落禽。

86

南昌修竹碧，楚国杜鹃琛。
策仗随流去，应情了去琴。
何人何彼此，一度一人心。

342. 感遇

无知君子过，足见小人心。
木直林深见，诗家日月吟。

343. 春闺怨

花明花自许，翠碧草连茵，
草草药药色，林林总总春。

344. 马上行

十里长亭去，离家马上行。
何为何所欲，不解不停程。

345. 钓叟

钓叟求鱼切，居心总不成。
无钩无欲者，有水有思盟。

346. 再经胡城县

民县民有口，吏役吏无心，
血染乌纱帽，何时鉴镜阴。

347. 读诸家诗

诗家诸不解，读者读无明。
纳世经人见，闻天对地情。

348. 春来燕

土屋居巢暖，凋梁着穴寒。
常年常似此，一岁一心安。

349. 清溪东明府出二子请诗，因遗一绝

寒门寒玉润，海水海珠明。
历道经心语，乾坤阔宇情。

350. 哭陈陶

耒阳寻逝水，采石问诗人，
一路翰林忆，三生半故尘。

351. 哭贝韬

荒坟三尺土，野草半人身。
昨日音声在，明晨隔晋秦。

352. 蚕妇

春来早采桑，养茧一箩筐，
且以缫丝见，生生是死亡。

353. 山寺老僧

有路空门里，无尘古寺中。
香山香所积，月满月明宫。

354. 闽中秋思

八闽秋思远，千潮有汐成。
波涛波浪起，日落日升明。

355. 八骏图

已养三秦马，唐王八骏图。
中原知当血，塞外问姑苏。

356. 赠僧

利利名名路，贫贫富富生。
人生人了了，一寺一僧僧。

357. 秋夕

秋初秋夕静，夏末夏池明。
四象分明切，三秦扫叶声。

358. 溪兴

睡去无人唤，衣中有水流。
苇枝柔弱挂，赤足不知羞。

359. 过巢湖

贪心人是客，不可过巢湖。
浪打风吹去，三湘大小姑。

360. 伤硖石县病叟

无孙无继子，独老独耕田。
不管农夫病，官衙赋税宣。

361. 赠老僧

七十年中老，三生月下僧，
钟声钟鼓语，寺路寺明灯。

362. 钓叟

严滩严已去，钓叟钓鱼群。
养得儿孙老，鲈莼脍待君

363. 溪岸秋思

岸渚芦花荡，溪滩蕙芷长。
知流知水养，钓者钓鱼乡。

364. 春日旅寓

日暖鸭游水，春来自踏青。
无须儿女问，草木已繁筵。

365. 田翁

官苗官税涨，子女子相依。
战乱无颗粒，丰年也受饥。

366. 秋江雨夜逢诗友

秋江雨夜逢，百首作诗宗。
且向船娘借，舱灯似女容。

367. 感春

不况青云落，居心白日曛。
春风春水色，小女小衣裙。

368. 题花木障

木槿成篱杖，朝开暮谢丛。
红红还碧碧，密密亦封封。

369. 顾去侍郎出二子诗因遣一绝

小小吟诗客，童童格律成。
高天连厚土，子子逐精英。

370. 秋夕病中

一病半人情，三生九脉平。
观音观色辩，一事一经明。

371. 宿栾城驿却寄常山张书记

常山赵子龙，五虎自相逢。
夜宿栾城驿，吟诗意不从。

372. 湘江秋夕

一练三湘水，千波百浪流。
苍梧秋夕去，舜女二妃留。

373. 旅怀

不惧船风雨，江流有独帆。
去扬天意远，浪打净衣衫。

374. 赠崔道士

已入九华山，三清一故颜。

重逢催道士，四海静云关。

375. 题道林寺

不及僧无事，禅房有主持。

藏经方丈问，道场颂无迟。

376. 赠质上人

不说人间事，人间已了亲。

去游人世外，饼钵已随人。

377. 泾溪

石险泾溪慎，中流乱激云。

沉沦倾复见，却是在平雯。

378. 夏日题悟空上人院

人间不悟空，寺庙觉无穷。

清风三伏许，百会一仁中。

379. 经严陵钓台

十里一严滩，千波半静澜。

无凭风浪见，四序自然观。

380. 关试后筵上别同人

共是长安客，同非各故乡。

行人行所路，不可不倾肠。

381. 鸬鹚

鸬鹚不食鱼，岸上忍饥居。

但与渔翁共，何闻鹭鸷狙。

382. 宿村舍

不是诗书社，何言种豆瓜。

春耕春一粒，夏收夏千家。

383. 日

夕阳无限好，只是近黄昏。

黎明前黑暗，夕照后黄昏。

向背同无限，阴晴共日根。

两向同无限，三明共日根。

解读：

1. 朝与暮，及其易转过程

2. 明与暗，及其易转过程

3. 浮与沉，及其易转过程

4. 向与背，及其易转过程

5. 阴与晴，及其易转过程

6. 是与非，及其易转过程

7. 东与西，及其易转过程

8. 正与逆，及其易转过程

9. 有与无，及其易转过程

384. 题新春

暮色闻新雁，何知上国秦。

家乡家两地，一岁一秋春。

385. 离家

十里长亭外，三秦驿路中。

长安长所望，一步一无衷。

386. 旅舍遇雨

一路长亭见，三生碧水舟。

同云同日月，共雨共春秋。

387. 送人归泚上

巢湖一水亭，故土半山青。

莫道闻泚水，池州寄别宁。

388. 自遣

高低贫富见，老少去来闻。

不以人无此，何言道法君。

389. 闻子规

杜宇声声唤，春山处处新。

啼时啼血泪，子女子规身。

390. 秋夜苦吟

巴猿不解啼，蜀客已吟低。

已尽三更雨，风云六合西。

391. 秋夜闻砧

秋闻一砧声，妇寄半夫情。

叶落归何处，人心向不明。

392. 将过湖南经马当山庙因书三绝

之一：

还闻湘水岸，已过马当山。

旧日风涛没，今神护佑关。

之二：

平流波浪涌，一半是因人。

作恶非如此，为民是善身。

之三：

也上三分过，人间一九流。

心诚心所至，一水一平舟。

393. 梁王坐上赋无云雨

无云行雨见，有道泣长天。

造化梁王见，全忠日月悬。

394. 小松

自小繁林里，居中灌木丛。

高地群众见，始可任人崇。

395. 醉书僧壁

我自九华山，高僧一玉颜。

吟诗吟酒月，共道共天关。

396. 寄李隐居

如云如鹤舞，似去似来寻。

不必溪山故，当知日月今。

397. 句

旧布新衣改，前街后巷更。

398. 咏雨

春风春不止，带雨带云来。

润土成禾稼，耕田子粒媒。

399. 上蜀王

拾遗封章一谏言，西巡凤府半轩辕。

东嵋子美郎中武，直木林中独不喧。

400. 杨岐山

新村从竹影，旧路入云门。

不闭楼台曲，无闻小子孙。

401. 吹笙引

及第尚书郎，娲皇寄玉章。

音笙由此出，纪曲引传扬。

夏雨经天下，秋云扫叶乡。

巫山朝暮望，楚水下三湘。

402. 鸿门宴

人心一火未央宫，众志千成济世穷。
项羽刘邦天下事，陈吴涉广是民雄。

403. 玉树曲

玉树临风半曲终，陈宫晋剑丽华风。
胭脂色浅芙蓉井，江山美女向王宫。

404. 苦热行

苦热祝融峰，洪炉一火龙。
阳侯征海底，一伏经三重。

405. 暑日题道边树

一树半浓荫，三光九陌沉。
骄阳骄惟火，一步一诗吟。

406. 红蔷薇歌

红红自一丛，碧碧已三年。
不与群芳比，蔷薇独色工。

407. 刺桐花

簇簇刺桐花，香香误人家。
侬英侬碧叶，独心独桑麻。

408. 赠苍溪王明府有文在手曰长生

长生长不老，半道增神仙。
汉武秦皇问，当耕命运田。

409. 逢道者神和子

秦皇岛外来，汉武上瑶台。
不是人间有，何言世上催。

410. 送友人归闽

八闽扶桑近，三秦日本遥。
相邻相不得，一汐一洋潮。

411. 春草碧色

池塘明夕照，造化碧芳尘。
嫩叶含烟色，香风吐纳新。

412. 梦仙谣三首

之一：
只在少年人，期仙作客邻。

黄梁曾一梦，世上只三春。
之二：
处处中年苦，年年少小新。
知仙知不是，故事故人真。
之三：
老叟已无邻，田家半去人。
来来往往见，阮肇是非神。

413. 后魏行

后魏先皇帝，先秦弟子身。
文章文不得，武力武难钧。

414. 秋

人生六十秋，世上半千楼。
日日红尘老，流流逝水舟。

415. 燕

一燕堂中穴，三生垒上泥。
明年夜此屋，主仆已无稽。

416. 牡丹

春花一牡丹，夏叶半繁宽。
碧碧谁人记，红红似着冠。

417. 古意二首

之一：
屈子汨罗水，长沙贾谊天。
三湘三世界，二女二妃贤。
之二：
魏礼应陈木，秦风不止戈。
张仪巡六国，合纵一江河。

418. 哭方玄英先生

玄英玄步去，斗落斗牛星。
寸禄无生计，官营有苦丁。
先生先自得，后继后天灵。

419. 句

年年知上下，日日向东西。

420. 投节度邢公

驿雨西风夜，邮亭上国心。
流年流未报，节度节知音。

421. 贺赵观文重试及第

三春桃树晚，一子果三年。
及第千人口，龙门半苦蝉。

422. 赠道士

人人窥太乙，鹤鹤探丹炉，
白白东皋甲，蓬蓬是玉壶。

423. 晓发

贪人贪路晚，代步代身勤。
日上多云合，流中日月分。

424. 晓感

晓晓昏昏见，朝朝暮暮闻。
无限无不止，有界有天云。

425. 南徐晚望

春秋吴越国，泰伯运河明。
北渎夫差治，南徐水灌缨。

426. 移石

一片溪中石，千音月下琴。
萧郎萧已去，弄玉弄知音。

427. 瀑布

白练流星落，含云纳雾倾。
惊雷惊远近，有雨有阴晴。

428. 定鼎门

郏鄏一高门，乾坤半子孙。
人心关锁在，夕照有黄昏。

429. 陈仓驿

入蜀陈仓驿，知秦栈道台。
嘉陵明月峡，楚水一流开。

430. 长城

长城分内外，远近合阴晴。
万里知秦汉，千年运河行。

431. 吊秦叟

秦川秦叟老，战事战皆穷。
米尽儿孙瘦，宫贫女色红。

432. 鹤

一鹤三清殿，千鹰半翼寒。
同旋临涧谷，各自向云端。

433. 句

不是逍遥客，何言日月舟。

434. 代寄边人

一月三边外，千秋半砧声。
凉风为我去，念念寄私情。

435. 江南清明

清明寒食节，乞火客公卿，
不计书窗苦，何言第一名。

436. 题宛陵北楼

雨色天光晚，芜荒草碧苔。
黄梅黄古道，去向去天台。

437. 寄进士崔鲁范

别后干戈起，逢前进士声。
三年风月晚，一度寺钟鸣。

438. 云

片片飞来去，飘飘向远行。
山前疑不定，水后自殊荣。

439. 句

护犊横身立，耕田伏首行。

440. 游九里湖

春游九里湖，雨落一江都。
窟宅分三岛，衣轻入玉壶。

第十函　第九册

1. 寄韦庄

宁元进士校书郎，改换门庭蜀主堂。
不拘宣谕川使节，人才济授事平章。

2. 章台夜思

孤灯闻楚角，半月下章台。
夜夜听钟鼓，时时蜀主催。

3. 延兴门外作

忡忡川蜀道，草草杜陵闻。
延兴门外望，楚水作吴云。

4. 刘得仁墓

一墓留名姓，三秋落叶深。
诗家心不挂，滴露有知音。

5. 下第题青龙寺僧房

下第青龙五，僧房一炷香。
吴王吴越问，蜀主蜀潇湘。

6. 虢州涧东村居作

云沉山水岸，涧涨鹭鸳台。
滴漏知天意，冠官自楚才。

7. 送日本国僧敬龙归

日立扶桑国，中原汉故乡。
明船明月满，一渡一禅房。

8. 对酒

自有长生木，当身醒醉中。
无寻无问处，有酒有形空。

9. 尹喜宅

尹宅留荒草，秦川问姓名。
中原中泰伯，蜀主蜀王城。

10. 途中望雨怀归

漠漠霏霏雨，浮浮落落云，
中原中帝业，蜀主蜀王勖。

11. 古离别

别别离离去，朝朝暮暮来。
书生书所路，有志有徘徊。

12. 柳谷道中作却寄

月色循流去，河声公禹门。
天光随柳合，道路向王孙。

13. 灞陵道中作

自古行人道，如今上灞桥。
无折杨柳曲，有断去来潮。

14. 秋日早行

芙蓉红隐隐，碧叶玉丛丛。
莫数莲蓬子，三秋一故宫。

15. 叹落花

木渎西施见，昭君汉画闻。
貂蝉曾夜乞，羯鼓贵妃云。

16. 宫怨

才人思蜀赋，美女问桃姜。
莫以昭阳问，藏娇在草堂。

17. 关河道中

陌陌阡阡草木生，春春夏夏自繁荣。
朝朝暮暮曾相似，岁岁年年各不同。

18. 题盘豆驿水馆后轩

一展晴川目，三从水岸风。
滩头滩鹭直，苇叶苇枝弓。

19. 梁氏水斋

水阻移虫蚁，云横采蜜峰。
梁园梁所欲，一步一行踪。

20. 曲池作

青池新草色，细雨故乡云。
寂寂幽幽见，莺莺鹭鹭闻。

21. 嘉会里闲居

农夫二亩时时耕，吏役三衙逢逢行。
嘉会闲居闲自得，书生不似一书生。

22. 夏夜

夏夜荷香郁，蛙鸣脚步停。
方知方寂寂，一得一虫灵。

23. 早发

树色藏遥店，村边露草亭。
尖高尖不暗，背岭背山青。

24. 寓言

有路行难尽，无心止不明。
年年经此见，日日垒长城。

25. 对雪献薛常侍

白雪封天地，寒光利剑冰。
江流如不止，暖气自相凝。

26. 题裴端公郊居

已别旌旗故，效居着草堂。
山光应织色，不识绣衣郎。

27. 登咸阳县楼望雨

望雨咸阳市，归云渭水楼。
蒙蒙空漠漠，远远意悠悠。

28. 贵公子

大道青楼外，朱门玉树中。
红楼红女子，白马白云空。
已贵称公子，无名叫老公。
秦王应二世，指望未央宫。

29. 听赵秀才弹琴

渭水波澜指下生，泾流日月玉中明。

泉泉石石清溪浅，抑抑叮叮不结盟。
柱柱弦弦天地见，商商羽羽角相平。
宫宫平玉征征凤，已到黄河草木情。

30. 观猎

将军已换战时衣，士卒复闻玉兔肥。
不远田中夫子见，姜姜野草雄稀稀。

31. 三堂东湖作

岳倒莲塘一浪生，原来叶落半惊平。
何须十里重阳色，只在三堂待落英。

32. 发榜日作

青云变换六铢衣，发榜金声一翠微。
姓姓名名分辨是，辛辛学学莫无非。

33. 寄薛先辈

姓氏成千列，高标第一名。
先生先已得，不达不终成。

34. 访含经山僧不遇留题精舍

开门由鹤宋，闭径任花闲。
不遇题精舍，山僧去未还。

35. 寄从兄遵

秋乡已钓鲈，俗脍有莼蔬。
蟹脚先知痒，江村一半鱼。

36. 渔塘十六韵

渭水分余派，泾流合独清。
巢由刘阮见，待月不留名。
羽客惊喧鸟，祥僧坐未平。
岩梧三岛客，石砚一纵横。
苦树鸣蝉久，池泓白鹭情。
渔塘澄碧叶，夏雨夜荷声。
子子孤身立，鸲鹆自傲荣。
饥猿窥已久，直木自相衡。
有积成潭洞，无形作液明。
川山川石洞，过岭过峰萦。
静见芙蓉出，应闻带玉倾。
莲莲莲结子，苦核苦心成。
夏末秋风早，重阳九月英。
茱萸兄弟寄，野菊野田荆。

白雪经冬质，梅花带素萌。
春风重问柳，二月请红缨。

37. 冬日长安感志寄献虢州崔郎中

帝里方名半滞淹，家中两度半观蟾。
刘祯已药如原宪，阮籍青襟似泪沾。
水榭沉潜曾久叹，纶闱已解有官廉。
公堂不论知天意，百口如萍向宋纤。
问俗应知清太守，观星始觉det郎黔。
无须普度封源迹，自有龙门第一谦。

38. 惊秋

不向烟波落，何须问本根。
朝阳非晓色，夕照是黄昏。

39. 和薛先辈见寄初秋寓怀即事之作

远见楼高日晚沉，黄昏暮色阔苍浔。
年年积积源泉水，缓缓流流渐渐深。
百岁张华庚信律，三生独木已成林。
晨钟自点生公石，鼓角相如一片心。

40. 同旧韵

张翰自得五湖音，葛亮诗词半不吟。
静笑刘琨思阮籍，班姬不却蔡琰琴。
瑶台汉武蟠桃众，八骏雄风已古今。
晋魏期君天下路，凌烟阁上寄人心。

41. 三用韵

不见鳞游见鹭沉，无须远望近邻侵。
双仪四象阴阳易，一半乾坤一半箴。
钓侣潇湘期水月，虞卿鄐社别知音。
蒿簪季布青袍挂，鼓瑟苍梧二女心。

42. 登汉高庙闲眺

一庙藏今古，三清向俗仙。
人人相似处，去去自经年。

43. 末阳县浮山神庙

尽在心中信守灵，无须月下忘丹青。
生生死死非来去，昨昨今今是寸丁。

44. 愁

书生愁不尽，进士忘爷娘。

去路非穷路，何乡是故乡。

45. 村居书事

已见杏儿红，无知麦陇风。

农家农土地，日盼日年丰。

46. 三堂早春

三堂半早春，一路两行人。

向背长安去，阴晴上下秦。

47. 雨斋晚眺

幸蜀无知蜀，云天不是天。

空空如也望，道道似陌阡。

48. 立春日作

严冬应已尽，白雪自常来。

欲暖还寒立，冰河已裂开。

49. 赠云阳裴明府

三年南北路，一解雨云天。

陈胜投诚汉，田横国号悬。

桃园三结义，五虎卧龙边。

莫以鸿沟界，刘邦自沛县。

50. 贼中与萧韦二秀才同卧重疾二君愈余独加恍惚之中因有题

病乱常欺我，兵戈尚未休。

先生先自勉，共济共秦流。

51. 重围中逢萧校书

重重围困守，介介待高堂。

斧底征西将，年中守洛阳。

52. 咸通

官堂刁下吏，只买洞中花。

管管弦弦事，田田役役家。

53. 白樱桃

不见人间有，瑶池一两株。

盘盘留汉武，粒粒作珍珠。

54. 夜景

星辰繁宋玉，玉树后庭花。

不以干戈见，年年入我家。

55. 宿山家

雨落虫蛇隐，风摇草木惊。

和平和事老，一战一穷兵。

56. 长年　古今诗

去客闻来客，新诗胜旧诗。

知音知格律，向韵向兴辞。

57. 辛丑年

白刃龙城乱，黄云塞上闲，

商山奇士少，战马雁门关。

58. 思归

三边三努力，一夜一梦乡。

及第龙门水，书生作柳杨。

59. 忆昔

池州红杏酒，忆者五陵游，

已向西园问，封疆北陆侯。

60. 合欢莲花

娥皇合作女英莲，一茎双蒂半水仙。

竹泪潇湘情不尽，苍梧鼓瑟二妃贤。

61. 览萧必先苍　古今诗

景让才难尽，吟穷字句英。

新诗新格律，古韵古工精。

62. 和人岁宴施舍见寄

白雪梅花少，和人岁宴余。

相交相知者，两地两诗书。

63. 宿泊孟津寄三堂友人

解缆西征去，从心北陆来。

咸秦凭自觉，浙影满天台。

64. 对酒赋友人

多情多感受，有病有心怀。

一酒三生醉，千诗万里排。

65. 天井关

鸟去太行山，云来石井关。

金汤垣处处，守将誓般般。

66. 赠边将

榆关金马去，受降故兵来。

但系单于将，军机李广开。

67. 春日

山梅野杏已芳菲，碧草红花自不归。

带雨东风东北向，含云杜宇杜鹃飞。

68. 早秋夜作

砧杵寒声月，婵娟桂子余。

辞家辞日月，促织促诗书。

69. 寄江南逐客

云中知塞北，枕上话江南。

逐客湘潭问，书生自束蚕。

70. 冬夜

书生书立志，不得不离乡。

得以磨心剑，三更自断肠。

71. 又闻湖南荆渚相次陷没

一战黄巾半赤眉，三湘楚阜两仪师。

流离失所屯兵马，未了山河岁月知。

72. 家奴南游却归因献贺

江南一岁归，施色半戎衣。

凤诏征兵急，龙韬献捷飞。

73. 楚行吟

巫山神女在，宋玉赋高唐。

暮暮朝朝见，雨雨云云乡。

74. 洛阳吟

旧忆开元洛水天，朝阳夕照满云烟。

如今只见兵戈倒，不见承平四十年。

75. 过旧宅

雨破鸳鸯瓦，苔封蝶蝀桥。

门人惊卜肆，女春望芭蕉。

隔日应相问，山深任斧樵。

华轩年岁尽，夕照彩云消。

76. 喻东军

旧念武侯祠，东军八阵司。
江流江水转，蜀国蜀人知。

77. 清河县楼作

此地扬帆去，相思雪满头。
清河清水见，浊岸浊沙流。

78. 北原闲眺

京城四顾水重重，渭洛三朝有鼓钟。
夕照潼关关不住，黄河此去此留踪。

79. 赠戍兵

守土民民战，封疆处处分。
征兵求一战，不必久屯军。

80. 睹军回戈

群情应自方，众盗已心离。
但以刘琨解，淮阴拜将迟。

81. 中渡晚眺

草色魏王堤，云烟古渡低。
山川春意少，上苑杜陵西。

82. 河内别村业闲题

谷路渔樵草木深，清风竹巷有鸣禽。
江山日月兵戈远，一曲高歌夕照音。

83. 闻官军继至未睹凯旋

日见嫖姚阵，还听霍卫军。
更闻王导策，不必孔明分。

84. 和集贤院学士分司丁侍御秋日雨斋之作

落日黄昏远，秋晴夕照长。
云流金谷树，雨落绿珠乡。

85. 题安定张使君

渭邑中兴事，龙池作近臣。
开元开器度，政声政天津。

86. 颍阳县

少室琴堂少，嵩山草木嵩。
钟声惊古寺，面壁作诗翁。

87. 寄园林主人

草木应繁过，园林主人迁。
余芳留不住，过客寄诗怜。

88. 洛北村居

十亩松篁五亩田，三朝石室一朝天。
中兴自是江山色，一寺钟声百寺禅。

89. 对梨花赠皇甫秀才

一树梨花半女家，三春粉色五湖纱。
分分合合开新果，玉叶琼枝不可斜。

90. 立春

白雪初开玉水流，阳春已暖梦人羞。
红颜带露从霄汉，碧色含云四十州。

91. 村笛

暮色闻村笛，箫韶曲度扬。
牛羊知下括，夕照有离肠。

92. 题李斯传

上蔡东门路，秦王逐客闻。
临刑临五马，一蜀相千分。

93. 赠蔡秀才

相辞相见问，一路一兵戈。
士别经三处，无须唱九歌。

94. 和元秀才别业书事

春居春事早，避世避干戈。
浪过河移岸，人成别业多。

95. 纪村事

纪事村中社，经田月下歌。
干戈应避世，醉酒小儿科。

96. 题许仙师院

院里多乔木，云中直立形。
琴声由鹤舞，石砚已丹青。

97. 离筵许酒

三心三渡口，一酒一黄昏。
暮暮朝朝问，今今古古村。

98. 不寐

未了知蟾意，难承桂子来。
无须多不寐，已是禁门开。

99. 赠武处士

扫地留孤影，行身以寺家。
松萝临水合，只作杜鹃花。

100. 题吉涧卢拾遗庄

青山留雨色，白鹭向天飞。
已得泉溪曲，当然带石归。

101. 题颍源庙

巢由曾隐此，舜禹不樵渔。
但向苍梧去，湘灵鼓瑟居。

102. 东游远归

无寻渔父醉，有得水清诗。
柳絮三年半，临岐半已知。

103. 新正日商南道中作寄李明府

已见杨朱拭泪中，无闻戴逵早知春。
行秦未得嵩山雨，避世应怜举步贫。

104. 春暮

楼高观日落，水浅色方明。
莫以江流逝，源头草木情。

105. 哭麻处士

三生流水逝，万事落花空。
月挂诗留寺，梅花隔岁红。

106. 春早

一枕空明月，三更见晓莺。
无飞无止翼，有宿有啼声。

107. 和友人

开门同隐士，闭户共吟诗。
七子枚乘赋，三吴玉树枝。

108. 春愁

苍梧斑竹泪，楚郢越梅妆。
二女何须问，三湘鼓瑟肠。

109. 晚春

花开疑乍富，落尽始知贫。
隔岁重颜色，今年独步秦。

110. 题许浑诗卷

字字人人句句心，诗诗赋赋见知音。
吟吟咏咏神情在，化化文文作古今。

111. 赠礼佛名者

如来如所在，一世一丹青。
六祖传心印，三光读正经。

112. 残花

和烟和露水，作色作香泥。
隔岁同时见，千枝共不低。

113. 上元县

南朝三百寺，五代一台城。
武帝梁家国，皇枢立仆荣。
兴亡天下事，角逐世中情。
若以心经见，空空色色行。

114. 江上逢史馆李学士

前年分袂路，渭水夕阳低。
浪去邻波至，东流直问西。

115. 金陵图

六幅南朝画，千年一古城。
金陵金紫禁，建邺建精英。

116. 谒蒋帝庙

晋祚危残雪，秦军建业城。
江声匡国弱，水势助英明。

117. 闻再幸梁洋

大狩陈仓栈道西，龙寒庆军玉石猿啼。
巴西阙下梁洋落，太白山前月已低。

118. 王道者

征程万里半英雄，九鼎中原一鹿穷。

建业金陵秦淮水，归途白首作诗翁。

119. 陪金陵府相中堂夜宴

一宴满金花，千姿百态娃。
笙歌笙管乐，不似不人家。

120. 我家木槿三蕾一枝开

木槿今年独一红，三蕾未展已千躬。
朝朝暮暮曾依旧，叶叶枝枝碧玉丰。

121. 和侯秀才同友生泛舟溪中相招之作

稽康行酒令，阮籍独当弦。
浪打船难稳，回程满水烟。

122. 赠野童

无知无觕性，有子有真情。
战后田桑事，军前不用兵。

123. 代书寄马

鬃毛似雪过天涯，举首青骢腊月花。
一夜谁知千里马，飞行未半到乡家。

124. 题淮阴侯庙

成成败败是同人，死死生生作异身。
汉汉刘刘侯未尽，王王帝帝语先秦。

125. 送崔郎中往使西川行在

西川行在去，北蜀拜书郎。
剑阁何关守，中原是别乡。

126. 润州显济阁晓望

不满孙权志，无休庾信楼。
文华文苑胜，海岛海瀛洲。

127. 观浙西府相畋游

十里旌旗十万兵，三军列阵五军营。
狐驱雉落飞鹰去，载舞行歌细女声。

128. 官庄

园林一族烟，野草半居边。
桑田芜几载，没入属官员。

129. 解维

征帆才落定，已过秣陵东。
二载烟波里，三生战事终。

130. 雨霁池上作呈侯学士

隔岸人如鹭，芦丛鸟似鸥。
如今江上好，胜似水中秋。

131. 寓言

为儒书不尽，学道志难全。
向佛修空色，耕夫对地天。

132. 口头同舍崔员外

一到同行地，三年共异藏。
黄泉先去问，暮日吊松篁。

133. 题姑苏凌处士庄

远岸黄莺曲，塘边白鹭闲。
姑苏藏处士，一寺问寒山。

134. 近当涂县

无须谢守问，太白酒泉流。
采石当涂月，寒光仍满楼。

135. 江亭酒醒却维扬饯客

香罗云已散，客去酒难停。
醒醉知今日，明辰着丹青。

136. 台城

台城梁武帝，百寺六朝低。
不作江山梦，烟笼十里堤。

137. 赠鱼翁

鱼翁一水乡，茨实半莼汤。
斗笠荷衣坐，钩丝自不扬。
姑苏风雪月，木渎范蠡堂。
目忘云舒卷，心随日月长。

138. 过扬州

三空三色在，二十四桥明。
记得隋炀帝，楼船汴水行。

139. 寄右省李起居

听群皇上语，莫问紫微郎。

鹤服承书笏，青襟御诏香。

140. 镊白

支中白发生，秋霜镜里明。
阳春多白雪，子粒向秋成。

141. 漳亭驿小樱桃

当年花正开，此日不知来。
小小樱桃口，吟吟字句回。

142. 酬吴秀才雪川相送

病眼无堪送落晖，高山有木鸟空飞。
冠官逐客何言路，学子思乡不得归。

143. 对酒独酌

爱酒原非命世才，榴花存酿是天台。
幽幽默默何真达，醒醉无从久思催。

144. 旧故

（夏初与侯补阙江南有约，同泛维汴，
西赴行朝庄，自九驿路先至甬桥，补阙
由淮楚续至泗上，寝昼旬日，遽闻捐馆
四首悲恸，因成长句四韵吊之）
寂寞同行吊旅魂，原来守约共黄昏。
诗名伯仲分无得，古木成林试独根。
逝水随川何处去，江河自是海洋村。

145. 汴堤行

汴水连流逐渎行，隋炀帛柳运河成。
楼船不灭头颅好，只以天堂向此情。

146. 少小

江南少小学和泥，塞北童翁问鲁齐。
战战和和留后代，长城汴水草萋萋。

147. 自孟津舟西上雨中作

烟中云漠漠，雨色孟津津。
楚岸杨花落，隋堤柳絮沦。
孤身听响马，独步绿林尘。
百口安沧海，三生总望秦。

148. 含山店梦觉作

曾为离别惯，举袂客天涯。
一觉江南梦，三边近我家。

149. 题貂黄岑官军

官军官所战，帝业帝中兴。
栈道陈仓见，农夫土地丞。

150. 过内黄县　华阳

颛顼河北岸，学誉内黄县。
刺客无容地，相州鼓角天。

151. 杂感

鱼龙和爵马，雪月与风花。
水水山山角，沧沧海海涯。

152. 送人游并汾

阴关第一州，敕勒数三秋。
虏骑方南牧，京师向北游。

153. 垣县山中寻李书记山居不遇留题河次店

山居不遇雨蒙蒙，鸟去人来四壁空。
莫以猿呼成故友，逍遥只见洞仙中。

154. 李氏小池亭

微门低首阔，李氏小池亭，
鸟啄花心芯，鱼衔落叶萍。
百步茵茵草，三心处处宁。
寂寂泉闻石，幽幽染竹青。

155. 遣兴

多人多道路，一步一枯荣。
隔岁经年历，随行见识明。

156. 婺州和陆谏议将赴阙怀阳羡山居

胜地思王微，东阳去已归。
山居山草木，婺落娄还飞。

157. 江上题所居

一别朝天去，三亭一酒来。
江流千里逝，五日自然回。

158. 婺州屏居因成寄谢

三年流落客，一日婺州心。
自识江边鹭，何闻岸上禽。

159. 将卜兰芷村居留别郡中在仕

只入芦花一钓翁，无私白芷半鸣虫。
芝兰碧玉莲蓬子，茭食菸鲈富是穷。

160. 和郑拾遗秋日感事一百加四韵　古今诗

六十应四首，三千弟子肠。
桓仁浑水岸，五女故人乡。
自以多娘子，山东祖父堂。
关东关北去，一药一扶伤。
创业胶州客，辽宁上国良。
开荒成菜畦，养教事农桑。
弟弟兄兄妹，田家六小扬。
先生私塾唱，日本办书堂。
少小知天地，青年右派湍。
京都成学士，毕业杏坛芳。
学院名钢铁，摇篮读正匡。
中南知北海，政府已封疆。
八卦江流绕，千波日月长。
由心量尺寸，感事易圆方。
父母民家治，中游土地香。
夫知夫苦力，妇道妇庭梁。
毕业成翻译，英俄日德尝。
中央曾迭杰，以此着皇装。
国务中华院，文从制书章。
珠江三角始，近向港台墙。
任仲夷子厚，潘琪老柳杨。
招商蛇口路，改革致沧桑。
隔代中兴制，国运正昂扬。
英雄多出处，十载见天光。
再造京津市，重修燕魏坊。
高楼临玉宇，海市欠书房。
鹊印题新篆，龙泉化晓霜。
无须知困束，已见学垂缅。
凤引金根落，琼瑶玉宇浆。
经秦刘项抑，历步圮桥昂。
不可袁庚忘，园区第一枪。
功高知列秀，位下有龙骧。
借以私人力，家家国国彰。
江河由细水，草木见云茫。
视履知何向，闻风见鸟翔。

时闻时代济，日觐日桃姜。
我以运筹学，长江局外昌。
交通交一部，自此有招商。
改革开放后，唐人自力强。
寻门慈禧词，不见李鸿章。
锁海清朝末，草原不见洋。
宽门经济道，狭路政人狂。
自以隋炀始，长安百国商。
丝绸骤马会，域外有奇芳。
莫以长城或，应知汴水湟。
如今千百载，世上一天堂。
记取黄大荡，江湖广渎防。
夫差曾所济，不可问津菖。
未论三丁过，还生九土章。
东吴连越浙，足以运河塘。
组绶头颅比，临流夕仓。
苍梧尧舜禹，竹泪逐流湘。
业业勋勋在，和和战战伤。
天涯天海合，水角水连洋。
总究人间计，生生命命粮。
龙宫龙食品，近类近思尝。
玉宇遥遥望，天空处处荒。
农工商信息，未来取骄阳。
浪浪潮潮落，秦秦汉汉昌。
中华中世界，世界世华疆。
美美俄俄对，中中印印骧。
三分三合组，一带一路翔。
大大强强主，原原始始藏。
人成人自力，富国富民当。
近在东南亚，巴新已远沧。
当家当顾问，部长部中庄。
一国三年易，终生两银行。
金融金所主，政治政民倡。
古古今今见，朝朝暮暮荒。
酋王联合国，自古不穿装。
苦苦辛辛事，人人类类忙。
同行同宇宙，共度去牛羊。
孔府春秋记，诗经继大唐。
三千儒弟子，八百状元郎。
四万乾隆首，唐诗五万吭。
多歌多古乐，少律少今航。

辟地开天始，母河万里芳。
龙山龙但此，造子女娲娘。
四氏农神主，三皇五帝纲。
轩辕尧舜禹，夏启已称王。
失国失州康，无民后罗亡。
商汤应灭夏，盛世武丁觞。
妇好军天卜，双仪占国砀。
当朝当政府，立治立丞相。
首辅周公道，春秋岣国芒。
三家分晋土，七国乱无妨。
武运昌隆得，秦瀛汉室傍。
同文同轨道，二世李斯丧。
逐鹿中原去，臣心党锢防。
黄巾黄起义，举世举农裳。
投笔从戎使，班超立志祥。
三分三国尽，击揖击流洋。
赤壁东风战，连营陆战场。
文姬旭汉室，水没七军襄。
石勒勤研汉，桓温北伐偿。
王朝刘宋止，石窟着云岗。
智者由余客，精英管鲍当。
鸿门鸿已去，大泽大彷徨。
北伐元嘉望，南朝六代狂。
萧梁同泰寺，百姓向天扬。
不必隋唐问，当须向柘桑。
诗人留见历，汴水过钱塘。
白鹭朱鸥落，鸳鸯共凤凰。
千民千所愿，六合一苏杭。

注：二〇一七年联合国大会，巴新国代表裸体着原始土族装，曰，原始，曰现代，曰共当之。一国乃世界之一国，世界乃一国之世界。

161.和陆谏议避地寄东阳进退未决见寄

进退人生路，枯荣草木津。
东阳东日立，洛水洛川秦。

162.山墅闲题

山中山下竹，岭后岭前松。
寂静听泉细，安然问独峰。

163.江上逢故人

故步曲江西，桃花半玉泥。
今君同越水，四面杜鹃啼。

164.旅中感遇寄呈李秘书昆仲

李祯诗已少，阮籍客当稀。
羁旅思诗切，秋风不可依。

165.送范评事入关

瑟瑟琴琴弄，书书剑剑诗。
频频来去问，处处有相思。

166.东阳酒家赠别二绝句

之一：
酒市东阳外，长亭沿水留。
千程皆可醉，一路莫回头。
之二：
已向天涯别，天涯是异乡。
隋炀修汴水，汴水问隋炀。

167.江上村居

避乱村居一水乡，颠颠倒倒半离肠。
男男女女秦时汉，二世无须筑未央。

168.江外思乡

岁岁思乡处处乡，年年避乱自炎凉。
黄莺杜曲分南北，渭水潇湘各柳杨。

169.舟

诗人寻所见，逝水带浮舟。
岸草难留住，江河日月流。
东方东海阔，一汇一无休。

170.水

一水无形半滴圆，千帆不尽五湖船。
隋炀水调苏杭柳，六淡连江九鼎川。

171.梦入关

北下黄河水，潼关已向东。
长安长一梦，一路一千衷。
豫晋三门峡，中原五岳风。

172.送人归上国

上国龙门近，中华去水遥。

归人归所去，故忆故思潮。

173. 闻春鸟

鸟鸣江村树，潮惊白鹭群。

云从波浪起，水向岸沙分。

174. 樱桃树

叶绿花开晚，初生雪满枝，

层层红已定，粒粒尽相思。

175. 独鹤

独鹤闻钟立，孤僧见寺行。

栖花栖草地，一步一心清。

176. 新栽竹

是竹幽幽叶叶青，朝天节节势莛莛。

丛丛已是扬扬志，小小无言处处灵。

177. 稻田

旱稻无知水稻田，形形象象自朝天。

粮粮米米同云雨，味味餐餐共岁年。

178. 庭前菊

莫问庭前菊，重阳自在开。

秋风秋叶扫，一色一香来。

179. 燕来

三冬梅影傲，八九燕当来。

去岁辞巢去，今春自可回。

180. 倚柴关

如痴如醉过，杖策杖无闲。

未约先辞出，依头且不还。

181. 题七步廊

七步吟诗客，三生洛水乡。

同根同子叶，一路一天堂。

182. 语松竹

竹竹松松色，枝枝节节扬。

凌云天地界，踏石暮朝光。

183. 不出院楚公

足有禅中路，衣无寺外尘。

心猿心守一，闭谷闭周秦。

184. 江边吟

陶潜三五柳，张翰一两舟。

江波离乱世，无休不止流。

185. 江南送李明府入关

江南明府客，豫北入关人。

渭水长安邑，东都一晋秦。

186. 送福州王先辈南归

三台千日月，八韵六铢衣。

闽水先成海，秦川落鸿归。

187. 夜雪泛舟游南溪

轻轻衣白雪，漠漠不行舟。

两岸分明水，千波带暗流。

188. 江行西望

长安十日遥，夜雨半小桥。

已见张翰脍，秋风寄鲍昭。

189. 铜仪

谷雨蒿莱早，清明处处梅。

邻家儿女见，折花踏青回。

190. 含春

表白微红色，心藏嫩绿身。

含香含欲露，碧玉碧人春。

191. 春云

春云春雨下，柳绿柳黄生。

处处梅花落，群芳窃窃荣。

192. 云散

云浮云散去，日落日边催。

莫以黄昏色，扬扬去不回。

193. 袁州作

苦计三年客，清风一鲁儒。

书琴书画手，鸟唤鸟鸣都。

194. 谒巫山庙

宋玉赋里半峡光，高唐同夜一襄王。

巫山白帝知神女，雨雨云云楚已亡。

195. 鹧鸪

白鹭时时等，鹧鸪处处啼。

辛辛成苦苦，待待首低低。

196. 宿篷船

一宿篷船夜，三更不入眠。

波摇波不定，浪打浪花悬。

197. 送李秀才归荆溪

格调中秋月，寒宫桂子悬。

荆溪才子路，漫漫木兰船。

198. 洪州送西明寺省上人游福建

怯别西明寺，洪州福建遥。

稽山游楚泽，八闽近江潮。

远处汪洋色，河湖日月消。

龙宫龙海底，故忆故乡桥。

199. 建昌渡暝吟

一水临官渡，三湘贾谊宣。

乡情谁所寄，故事作云烟。

月色彭蠡树，天光沽酒仙。

渔翁渔火近，缘蚁建昌船。

200. 岁除对王秀才作

京城是异乡，读学作衷肠。

集聚多才子，辞离远老娘。

书生书所见，一路一炎凉。

201. 酒渴爱江清

醉里江清草木青，寒中白露竹精灵。

婵娟落照含光浴，白练轻流纳影形。

202. 泛鄱阳湖

叶碧鄱阳水，山青九派洲。

匡庐应四顾，叠水作泉流。

一脉浔阳酒，千波笪叶舟。

滕王已建阁，有赋王勃留。

203. 和李秀才郊野早春吟兴十韵

草叶微含翠，梅蒂未溢香。

无消三日后，比色半群芳。

水月分无界，波摇纳有凉。
东君东渐近，北斗北星光。
暖律应时节，和风已柳杨。
江南江木秀，塞北塞鸿翔。
白雪阳春曲，冰声自柳扬。
先知先自得，后觉后天堂。
万里黄河序，千年草木乡。
中原中柱国，一世一无疆。

204. 黄藤山下闻猿

猿啼不住已三声，入耳心肠已百情。
有志当然天下去，无须畅叹作书生。

205. 章江作

三春吹玉笛，一雨杜陵归。
柳絮招人目，章江锦鲤飞。

206. 南游富春江中作

南游南又去，富水富春江。
只向钱塘岸，杭州浙友窗。

207. 琵琶洲

川流政绩一精英，日落还余半故情。
斗斗牛牛星不尽，空人不说旧簪缨。

208. 九江逢卢员外

已到东林一炷香，匡庐木色半都阳。
陶潜不是铜符吏，田凤终为锦帐郎。

209. 南昌晚眺

南昌晚望九江烟，牯岭昏凝半夕天。
庾信楼中诗已赋，浔阳沽酒问青莲。

210. 衢州江上别李秀才

一曲离歌两曲情，三生不断半生鸣。
同程共路孤身去，处处先行处处荣。

211. 湘中作

长沙应已赋，不必问汨罗。
未可惊三楚，无须唱九歌。

212. 桐庐县作

不到桐庐志不消，盐官八月水天桥。
潭心倒影时开合，六合钱塘一线潮。

213. 东阳赠别

东阳一绣袍，故月半天皋。
别去题桥上，重来念二毛。

214. 寄湖州舍弟

湖州舍弟自书琴，隔岸姑苏有古心。
已见新诗诗转意，何愁一路少知音。

215. 过信州

（月岩山，其状秀拔，中有山门有满月
之状，余因行役过其下聊赋是诗）

闽越驱车过，仙山翠羽低。
群峰从侍御，众阜似婴提。
岭岫相携趣，岩峦互吐霓。
瑶池瑶玉叶，玉珏玉人溪。

216. 婺州水馆重阳日作

水馆重阳日，山泉婺水深。
红兰连蕙芷，紫菊纳禽音。

217. 避地越中作

风流萤不远，夜晚闪方明。
避地求安happ，移家向故情。

218. 抚州江口雨中作

江边细雨行，碧玉绿荷声。
自是无风起，庐陵半日程。

219. 信州西岸夜吟作

夜半临溪杏，三更对暗灯。
钟声惊寺谷，雾气满香凝。

220. 访浔阳友人不遇

九派浔阳水，三光日月流。
东林东不在，北陆北回头。
雨急芦花落，云平未见舟。
匡庐匡直木，自顾自春秋。

221. 东林寺再遇僧益大德

未入山门一讲潮，禅房闭谷半逍遥。
君心已许如来愿，事愿皇家上早朝。

222. 齐安郡

有路齐安郡，无门百战兵。

清江清水影，一水一山明。

223. 西塞山下作

山前山后水，一雾一云烟。
醒醉秋收社，丰年一亩田。
桑麻皆守粒，结子数蓬莲。

224. 夏口行寄婺州诸弟

夏口江流水，吴门日月舟。
官贫官有路，博王博九州。

225. 南省伴直

伴直终南省，驾行阙北名。
红檐桃露重，碧坟豫章生。

226. 鄂杜旧居二首

之一：

贫生贫得志，向秀向归名。
近以人间步，遥成日月英。

之二：

紫菊重阳见，茱萸九月闻。
分明分两界，一半一日曛。

227. 寄江南诸弟

家贫一半慵，苦事两三重。
诸弟江南在，无须故步封。

228. 投寄旧知

三秦三种地，百日百耕春。
独得今年米，空余旧岁贫。

229. 癸丑年下第献新先辈

三翻下第半重年，只向头名一姓先。
读学难平沧海见，诗书一句胜南天。

230. 题汧阳县马跑泉李学士别业

别业飞禽水，汧阳马跑泉。
篱边留树影，稻米满村田。
社日垂灯晚，年年共月眠。

231. 绛州过夏留献郑尚书

朝朝先举步，处处自耕田。
每每因循度，时时创世怜。

232. 绥州作

二世中原指鹿休，扶苏塞上月如钩。
单于已向明妃诺，汉夏当朝草木秋。

233. 寄韦庄

与东吴生相遇，及第后出关作。
及第无成第一名，相逢有道各三倾。
同行陌巷书生晚，只觉贫关内外情。

234. 庭前桃

已见桃源洞，何必不问求。
秦时秦已尽，汉地汉无休。
代代朝朝世，今今古古流。
渔翁渔父问，九鼎九州头。

235. 丙辰年鄜州遇寒食城外醉吟五首

之一：
清明寒良节，女色落秋鞓，
乞火书生路，春风满柳烟。
之二：
白白红红女，花花草草田。
青青原上踏，步步自心怜。
之三：
落落早生莲，尖尖带水天。
池塘云雨色，小女独花妍。
之四：
夕照黄昏色，池明近处烟。
山青山雨至，不待不归船。
之五：
细雨丝丝下，轻云淡淡平。
巫山云雨岸，一峡楚工情。

236. 宜君县比卜居不遂留题王秀才别墅二首

之一：
步步同前路，宜宜比卜居。
林丘林草木，一树一天余。
之二：
火满红炉酒，香沉翡翠杯。
开门遥路见，闭雪莫相催。

237. 鄜州留别张员外

已别君山下，重逢朔漠中。
书琴书剑问，立世立西东。

238. 病中闻相府夜宴戏赠集贤卢学士　古今诗

尊前莫笑万诗篇，一路生平半集贤。
进士风流从大学，歌钟不酒礼文天。

239. 出关

中原关内外，孔府见春秋。
朔漠蛮夷广，黄河万里流。

240. 过樊川旧居

别去青衣旧，归来雪满头。
樊川寻旧宅，物象见春秋。

241. 长安旧里

长安长向背，旧里旧阴晴。
少少翁翁路，朝朝暮暮行。

242. 过渼陂怀旧

空余紫税路，辛苦寄玉峰。
云溪三别去，五十半无踪。

243. 汧阳间

汧水幽幽去，游人落落还。
归吴多野渡，牧笛入云山。

244. 焦崖阁

蜀道蚕丛问，陈仓百日天。
焦崖临阁见，始信过星边。

245. 鸡公帻

石状鸡公帻，山形类物名。
闻啼闻远道，一羽一飞鸣。

246. 平陵老将

白羽弯弓射，阴山一箭呼。
平陵归老将，塞上草天芜。

247. 即事

乱世时难度，行程日短情。
无言无顿止，白首白孤行。

248. 姬人养蚕

只笑三吴妇，如今半不眠。
姬人蚕自养，束缚作丝田。

249. 长干塘别徐茂才

乱乱离离世，辞辞别别行。
相逢相不问，拱手拱心情。

250. 勉儿子　古今诗　吕嬴

三生行不尽，一世向儿倾。
十万诗词后，千年日月情。

251. 乞彩笺歌　古今诗　吕嬴

我有诗词十万多，康熙格律一天河。
曾闻五帝三皇史，已向汨罗唱九歌。
自古书生成画画，如今曲曲望嫦娥。
宫中彩女知新样，一剪殷勤两目波。

252. 白牡丹

莫以阡中妒，天华白牡丹。
层层分素玉，处处似波澜。
世外王母问，闺中独自观。
三春三色立，一望一云端。

253. 悯耕者

代代王王有战争，耕耕土土望和平。
长城自古连烽火，汴水如今始国荣。

254. 壶关道中作

干戈兵战道，驿站驿人空。
已到壶关寨，无言草木中。

255. 题酒家

醉醉醒醒问，来来去去寻。
江流江不浅，日落日云深。

256. 寄舍弟

打虎亲兄弟，成家各北南。
人生人不已，作事作丝蚕。

257. 仆者杨金

半载辛辛苦苦耕，三生处处待枯荣。
他年我以舍砖付，不及心中一半情。

258. 春陌二首

之一：

白雪梅花一树香，东风半暖傲影长。

黄昏夕照高楼上，白日明辰带玉妆。

之二：

梅花心已动，白雪着春妆。

傲影含香色，东风带日光。

259. 赠姬人

美以红裙破，休嫌白屋低。

先知先自己，万户万人迷。

260. 中酒

一斛南邻酒，三天北巷昏。

长倾如此是，百岁不知根。

261. 暴雨

暴雨连天久，风云逐浪痕。

江深江几许，水涨水知根。

262. 悼亡姬

凤云鸾归不可寻，琴声似故未知音。

人无少女翁先老，月有嫦娥后种心。

263. 独吟 以下四首皆悼亡姬

一曲平明一曲歌，三生旧路五湖波。

红楼已读成知己，默默翻寻楚蜀多。

264. 悔恨

来来易易去时难，曲曲声声已绝弹。

不在人间人不在，何须世上世情单。

265. 虚席

一闭香园及第衣，三生旧读曾同依。

恩媛已是先生友，不解黄泉独自归。

266. 旧居

柳柳梅梅一树边，书书子子半求贤。

榆关北北南南易，五女桓仁是两天。

267. 晏起 继前韵，张恩媛是中文班科代表

七十人生已不偏，诗词十万意难全。

红楼咏客曾多学，举以中文代表研。

已去高中知一醉，三光不可独书篇。

当然罢酒终言诺，以此相思记少年。

268. 幽居春思

翠羽春中树，红花草上妍。

幽居幽鸟落，共语共无宣。

269. 思归引

读长安试，春来雁北飞。

宣州宣水远，已去已无归。

270. 与小女

招商香港路，立国立新区。

一见丝斑马，灰灰紫紫趋。

常穿无弃止，记忆有良诀。

我女心中喜，台湾制造纡。

271. 虎迹 吕赢

也是衣斑马，棕棕色色灰。

门前游总院，假石戏崔嵬。

女女儿儿忆，朝朝暮暮催。

孤翁倚杖望，至远独无回。

272. 买酒不得 吕赢与吕今

儿儿女女子孙家，俱是人间二月花。

唤取群芳群自方，天涯独见独天涯。

273. 不得故人书 郭雅卿

已作郎中独是非，何闻共死共生归。

夫妻只是同林鸟，各自人生各自飞。

274. 洪州送僧游福建 下海

八闽无难下海难，三生有路上诗坛。

天涯不远南洋近，只以如来作比干。

275. 闻回戈军

只载儒林作控弦，回戈一击自当天。

三见已见营盘路，战乱应平向后川。

276. 南邻公子

南邻公子夜，醒醉不知归。

仍有心中计，红颜可独依。

277. 忆小女银娘 吕今

吕吕赢赢一古今，儿儿女女半知音。

天涯海角曾想见，格律诗词作祖荫。

278. 女仆阿汪

女仆阿汪失又寻，辛苦事业有诚心。

他年念尔终生伴，直与千金复万金。

279. 河清县河亭

河亭经逝水，逐浪作波涛。

大海相承纳，汪洋不见高。

280. 钟陵夜阑作

钟陵风雨夜，坐对一孤灯。

直至三更晚，行如一野僧。

281. 悼杨氏姬琴弦

琴弦不断有余音，十八年中一古今。

此去黄泉应不远，鼓瑟湘灵有竹荫。

282. 残花

江头江尾见，两岸两金沙。

草木相陪伴，阴晴有野花。

283. 岁宴同左生作

贾谊长沙赋，湘娄鼓瑟音。

天涯何远近，海角一人心。

284. 咸阳怀古

咸阳徐福词，逐客李斯闻。

凫外蓬莱近，仙中一半云。

285. 和同年韦学士华下途中见寄

同年君学士，独我剑门西。

一路何行止，三秦渭水低。

286. 春愁

春春暮暮忆王孙，寂寂寥寥雨断痕。

草草丛丛花色艳，深深院院未开门。

287. 作灼灼 灼灼乃蜀之佳人也

玉树临风艳色华，香风不到帝王家。

多情不住神仙界，宿愿曾嫌富贵花。

288. 汉州

已此汉州城，从温旧日明。
江流江草碧，鸟落鸟飞鸣。

289. 长安清明

清明寒食日，乞火作书生。
不待皇宫则，原来久得卿。

290. 秋霁晚景

叶落千波水，秋明五彩山。
丹青丹所主，玉佩玉君颜。

291. 和人春暮书事寄崔秀才

半掩朱门对夕阳，人春彩日照梅妆。
春莺出谷啼声远，乳燕新飞路向梁。

292. 古离别

少小无知别，夫妻有路离。
居居守守约，印印心心期。

293. 边上逢薛秀才话旧

三边三不远，九鼎九成宫。
旧路通何处，新行向太空。

294. 饮散呈主人

已觉千杯少，还知万里多。
前程前日月，跬步跬山河。

295. 使院黄葵花

使院朝皇上，葵花向日黄。
天天应所望，步步已修章。

296. 摇落

叶叶枝枝树，摇摇落落风。
朝朝和暮暮，寂寂亦空空。
莫以求根望，无言向土躬。

297. 奉和观察人暮忆花言怀见寄四韵之什

醉醉醒醒（陕音平声）见，横横纵纵（燕音仄声）闻。
郎中郎所致，忆下忆辞文。
阳关三叠曲，羌笛五湖云。

暮角和风雨，渊明对柳分。

298. 奉和左司郎中春物暗度感而成章

鼓鼓钟钟以寺鸣，儒儒道道佛仪荣。
四象相分成八卦，三生互合作精英。
诗词已纳乾坤理，日月耕耘草木情。

299. 少年行

自古少年行，如今老汉终。
当须当进退，不可不由衷。

300. 令狐亭

世上神仙宅，人间将相家。
当初明水月，只取杜鹃花。

301. 闰月

知音知隔壁，望月望邻家。
小女重重愿，春风处处花。

302. 闺怨

十八女儿红，三千日色风。
江南江水阔，塞北塞边空。

303. 上春词　何满子

暮暮朝朝日月，南南北北东西。
岁岁春秋冬夏，年年草木栖栖。
树树梅花独傲，阳春白雪霓霓。
雨雨云云处处，高高就就低低。
水水山山不老，来来去去成蹊。
李李桃桃结子，人人事事辛夷。

304. 捣练篇

随丝梭织供，捣练月华明。
帛帛绫绫薄，绸绸缎缎平。
吟声吟不住，叹语叹风情。
绶带鸳鸯簇，冠巾白鹭英。
寒宫寒一女，桂子桂于城。
十五随君妇，三生乞太平。
边关产不守，客舍已重荣。
且寄夫衣去，新装夜半成。

305. 杂使联锦

一路一回头，回头半不休。

不休三介意，介意去莫愁。
莫莫秋秋去，去因去无由。
无由常不弃，不弃回头头。

306. 长安春

二月长安处处春，三秦渭水白粼粼。
江青只是山林碧，倒入清流日月新。

307. 抚盈歌

金鸾兮白鹭，凤谷矣鸳鸯。
皎月寒宫净，秋风扫叶霜。

308. 赠峨嵋山弹琴李处士

峨嵋处士夜弹琴，绿绮清声向古今。
虎啸猿啼惊杜宇，中流砥柱问知音。
幽幽一女昭君见，旷旷三边阮籍临。
莫向文君弦外寄，宋玉忆乱女儿心。

309. 江皋赠别

谢宇诗思老，陶公五柳新。
琴弦皆可度，草木作红尘。

310. 南阳小将张彦硖口镇税人场射虎歌

行人最忌税人场，猛虎常惊硖口羊。
小将张彦弓产射，南洋制暴作良乡。
峥嵘岁月和平始，白羽旋飞自勇尝。
不忍朝上横目处，当思易革胜豺狼。

311. 下邽感旧

同因逃学去，见怪窃先来。
竹马骑床损，偷随故客回。
重温情旧日，复得故心猜。
已得知音始，何言一楚才。

312. 涂次逢李氏兄弟感旧

朱门开闭间，竹影弄先生。
上树衣衫破，掏墙取邻明。
耕耘知日月，感情见枯荣。
七十词词赋，三生作玉英。

313. 江上别李秀才

同行寻别处，俱是异乡人。
一别江流逝，三生日月秦。

314. 句

雁行行止见，驿馆长长声。

315. 寄王贞白

有道灵溪集，干宁进士生。
方干罗隐唱，再与贯休鸣。

316. 拟塞外征行

塞外青青草，云中处处天。
穿庐笼四野，日月照三边。
对阵长城外，分兵月下弦。
微功常记取，寸禄已苍然。

317. 鹧鸪天

小小青松老老泉，僧僧寺寺去来年。
花花草草朝朝暮，水水山山处处田。
知水露，见云烟。丘丘壑壑一前川。
南南北北人间路，柳柳杨杨世上迁。

318. 芦苇

百里黄天荡，三吴六渎田。
芦花芦苇絮，白羽白青莲。
暮日曾连色，浮萍已接天。
春秋风不止，草木水月悬。

319. 田舍曲

古古今今路，名名利利人。
农夫田舍曲，苦力自秋春。
逐逐争争客，成成败败秦。
耕耘三两亩，只与子孙亲。

320. 妾薄命

机杼机尽力，薄命薄人成。
弄玉秦楼曲，昭君敕勒情。
当知当自立，莫以莫相倾。
妇妇夫夫主，儿儿女女名。

321. 湘妃怨

舜水九江流，苍梧一治休。
沉波沉日落，逐居逐知秋。
鼓瑟湘灵在，长沙竹泪留。
无须闻岳麓，但见洞庭舟。

322. 长门怨二首

之一：

百步长门路，心思半度量。
人人皆自忖，处处可炎凉。

之二：

落叶长门静，风扬永巷清。
相思相自见，一史一班名。

323. 有所思

重吟小谢诗，对雪有新思。
被被衣衣厚，山山水水迟。

324. 短歌

百岁休依颜，三生可柳杨。
铜壶倾日月，举步纳炎凉。

325. 御沟水

御水京城内外分，环流紫禁暮朝云。
三宫自束寂寞女，一叶沉浮向客君。

326. 少年行二首

之一：

赵赵燕燕一杜陵，齐齐鲁鲁半朝丞。
尘缨帝泽清荫厚，永巷长门角羽征。

之二：

夜渡黄河北，云飞朔漠边。
龙城龙已在，少壮少年先。

327. 塞上曲

夕照连烽火，浮云逐九州。
西征男子虏，汉将已封侯。

328. 长安道

岁岁年年一路行，官官吏吏半相倾。
贤贤不见愚愚见，进进方成退退成。

329. 洛阳道

古古今今一世情，先先后后半枯荣。
东东北北相奔走，暮暮朝朝末始明。

330. 度关山

风迷边塞夜，雪月度关山。
碛石长驱去，弯弓战胜还。

331. 出自蓟北门行

沙河流永定，老将蓟门行。
战地黄花少，三边几柳营。

332. 从军行

朔漠从军久，长城内柳营。
龙城多白草，牧场少天兵。

333. 古悔从军行

男儿应立志，不悔从军行。
箭射渔阳北，弓弯受降城。

334. 胡笳曲

一夜胡笳曲，三更白雪明。
荒原荒一色，独见独无兵。

335. 入塞

忍痛不知兵，从和事未成。
怀同怀异利，各得各益名。
入塞胡人早，长城羌笛声。
渔阳天宝尽，洛水月支营。

336. 游仙

露水蟠桃种，仙云玉果生。
蓬莱应不远，二世已无名。

337. 歌

一唱关西曲，三边塞北歌。
英雄多少路，一生弄干戈。

338. 经故洛城

夏禹商汤易，春秋战国平。
周秦何不济，出入洛阳城。

339. 金陵

金陵二水一秦淮，建业三山半帝街。
自古兴亡多少世，江山六代不重偕。

340. 金陵怀古

金陵汴水到余杭，半向江都半帝王。
帛帛绸绸同水调，杨杨柳柳共隋炀。

341. 商山

商山名利路，隐逸计宫城。

不向鸿门宴，萧何自己行。

342. 庐山

不远仙人洞，应遥玉树明。
东林东寺殿，一柏一松城。

343. 终南山

终南山上雪，北阙月中冠。
夕照峰光色，晨晖岭顶寒。

344. 寄郑谷

积雨桑春叶，冰蚕乍吐丝。
工精词句正，自得楚人辞。

345. 题严陵钓台

严陵滩七里，下视汉公卿。
不可垂钓钓，湖青一水明。

346. 晓泊汉阳渡

残灯明井市，晓色上楼台。
古渡船帆集，鹦鹉鸬鹚来。

347. 随计

辛勤随计吏，刻苦作从官。
日日由其致，书书寄易女。

348. 白牡丹

佳人一淡妆，谷雨半沉香。
粉粉红红芯，心心意意藏。

349. 述松

小小青青见，枝枝节节情。
朝天朝上长，一简一繁荣。

350. 宫池产瑞莲

宫池一瑞莲，玉影半朝天。
出水芙蓉见，荷香日月边。

351. 送友人南归

砚首羊公泪，襄阳孟浩然。
菖蒲知旧忆，且备钓鱼船。

352. 送马明府归山

罢牧入匡庐，重修靖节居。

群官谁献酒，诸子自携书。
九派千流去，三清一步虚。
朝来观瀑布，暮去夕阳余。

353. 送韩从事归本道

本道灵州路，黄河半抱秦。
昭君昭汉使，不肯不和亲。

354. 赠刘凝评事

自在方圆去，梁园不掩扉。
春深颜子巷，竹挂老莱衣。

355. 忆张处士

天台张处士，浙水自玄微。
日日诗词赋，年年不是非。

356. 云居长老

云遮半石玉，竹覆一溪冰，
守道诗风在，禅房大小乘。

357. 洗竹

道院扶疏见，鸣琴洗竹居。
长竿长七尺，一钓一筐鱼。

358. 庾楼晓望

凌晨上庾楼，独望十三州。
水色明新竹，琅玕节节修。

359. 送黄尊师

控鲤升天路，人心自不明。
常期常未至，有欲有思成。

360. 折杨柳三首

之一:
一曲折杨柳，三生不可求。
长门长所欲，一步一春秋。
之二:
一曲折杨柳，三秦四十州。
周人周养马，弄女弄箫楼。
之三:
一曲折杨柳，三光八水流。
桥头桥尾望，去路去无休。

361. 远闻本郡行春到旧山二首

之一:
行春到旧山，已望雁门关。
莫望归来地，长安有御颜。
之二:
行春到旧山，草木换新颜。
若以人生路，长安几去还。

362. 宿新安村步

寒流浸浅沙，月满落芦花。
独宿孤村夜，砧声一两家。

363. 仙岩二首

之一:
一望三清壁，千岩半是仙。
随人随所想，有道有其缘。
之二:
仙岩仙不在，一壁一云天。
石磊经年立，风流水月穿。

364. 雨后从陶郎中登庾楼

庾信半江风，郎中一云中。
登楼登所望，极目极无穷。

365. 九日长安作

九日长安邑，三秋渭水凉。
重阳重所忆，一度一花黄。

366. 晓发萧关

晓发萧关路，云回陇上田。
边城边不止，向外向方圆。

367. 钓台

古以巢由见，严滩作钓台。
如同如所异，一利一名回。

368. 寄天台叶尊师

既往天台步，如今过石桥。
尊师尊已近，念子念方遥。

369. 御试后进诗

春闱春忆始，及第及王程，
且向龙门望，平生上苑盟。

370. 春日咏梅花

自带群芳百草家，山河处处一香涯。
冬梅已尽春韵始，白悉尼花玉树华。

371. 句

夕照门前色，黄昏栋下荫。

第十函　第十册

---

1. 登单于台

孤身书剑客，独步单于台。
白日中原路，黄河晋魏来。
胡沙胡草木，汉米汉粮梅。
不必关山望，长城不楚才。

2. 寄友人

相思相会面，独去独回还。
不约人生路，常期信步闲。

3. 和崔监丞春游郑仆射东园

东园三亩地，上国一清泉。
白鸟穿林去，红云浇碧莲。
重山重直木，太以太湖川。
石石峰峰隐，方方寸寸圆。

4. 过萧关

一出萧关北，儒衣不合身。
书书成剑剑，魏魏作秦秦。
晓戍重峰火，黄昏远近沦。
残垣残草木，败草败风津。

5. 盆池

一牛盆池水，三清草木津。
云沉天远君，水色宇千邻。
已望龙城久，无须六国秦。

6. 野泉

从深一野泉，草密半云烟。
水水原原木，兰兰蕙蕙莲。

7. 送成州牧

塞郡成州牧，儒生有去留。
耳连唇齿蜀，额贯魏秦侯。

8. 蓟北书事

一脉燕山北，三关蓟水潭。
居庸从此去，嘉峪九泉南。

9. 送徐州薛尚书

上将儒书生，龙庭玉谏行。
功勋功禹后，一水一英明。

10. 贻曹郎中

南山寻旧友，北阙见云来。
曲细封章去，书楼旧锁开。

11. 送缙云尉

释谒知心理，行程道法清。
三年闭尉缙，一路半生平。

12. 送董卿赴台州　古今诗

不问台安故，曾思大石桥。
鞍山营口外，十里海城遥。

13. 送友人赴泾州幕

一水泾州过，三清渭邑消。
黄河黄土地，白雪白云霄。
草泽源头净，流长两岸潮。

14. 逢漳州崔使君北归

闽海天涯守，长安旧院开。

归来归已得，亦步亦趋来。

15. 云朔逢山友

会面生疑望，离情别地闻。
云居去朔友，一寄一书文。

16. 别后寄友生

上马如飞鸟，归家似落云。
相思相别后，一夜一思君。

17. 边游别友人　古今诗

三边三自足，一路一人心。
创业胶东客，耕耘立古今。

18. 将之京师留别亲友

平生知道理，远别自行心。
独步孤身路，不得不知音。

19. 赠别山友

岁岁惊黄叶，山山落白云。
樵声樵不尽，一斧一知君。

20. 途经绩溪先寄陈明府

新居多是客，旧隐不成仙。
此去留诗句，何言自不怜。

21. 送友人归武陵

远近桃源路，三湘半楚家。
渊明秦汉纪，上苑腊梅花。

22. 乱中寄友人

军前军后事，乱以乱中行。
不避阴晴雨，孤行亦独明。

23. 哭建州李员外

诗名何不易，日月可重明。
百岁知天地，三生向一盟。
天涯由此去，草木自无声。

24. 吊孟浩然

撼岳明皇客，王维孟浩然。
襄阳谁记取，不可误青天。

25. 送友人及第归

作贡西方客，登科北陆风。
晨阳红已遍，先明海岸东。

26. 次韵和友人冬月书斋

公卿知已少，进士已成雕。
象版蛮滕好，青苗玉宇潮

27. 过山家二首

之一：
四季多花木，经冬已不凋。
山家山水阔，一步一云桥。
之二：
四季无分别，三生有古今。
南洋南海外，有木有成林。

28. 宿山驿

驿落千峰里，霜封百木中。
人行人迹在，一去一无穷。

29. 宿开照寺光泽上人院

真身非有像，至理是无经。
寺寺僧僧慧，禅禅觉觉宁。

30. 宿山寺

半夜中峰影，三更月色明。
嫦娥应不语，远近有钟声。

31. 题紫阁院

海外上方人，云中直木邻。
山前岩白雪，紫阁院诗新。

32. 白菊

木叶秋天落，重阳白菊香。
豪家曾不解，野经两层霜。

33. 丛苇

芦花明月色，宿雁夜居寒。
不忆巴陵渡，波涛作楚澜。

34. 郑谷补阙山松

积雪山松覆，披衣玉色身。
鳞鳞节节见，素素斑斑纯。

35. 新竹

叶叶枝枝上，根根节节嵩。
朝天朝宇独，落石落成丛。

36. 和友人送赵能卿东归

江流曲曲向东归，岁月春春雁北飞。
不问书生书处在，无须及第及心扉。

37. 送人归南中

有别离家去，无闻故友来。
南中南路远，北外北人回。

38. 塞下曲

胡兵南牧草，汉将北封侯。
不是三边战，和平不久留。

39. 边将二首

之一：
战战和和史，今今古古兵。
朝中朝外问，将令将军名。
之二：
剑剑书书立，原原汉汉休。
何时何世界，共处共春秋。

40. 朔方书事

长城烽火战，汴水运河商。
北北南南异，儿儿女女肠。

41. 经荒驿

一路经荒驿，三生问古村。
荒山荒草没，故道故人魂。

42. 赠栖白太师

古寺时名度，山门水月僧。
人间人不久，太白太师成。

43. 赠闻一上人

见面谁年老，玄虚已步成。
三清三戒石，一语一精英。

44. 赠可伦上人

本是空空客，无言色色中。
东林应所觉，只与虎溪同。

45. 寄法乾寺令谭太师

临门求佛水，入寺放生池。
去去来来见，儒儒道道知。

46. 寄太白禅师

太白禅师坐，东林一盏灯。
人间人有路，寺上寺无僧。

47. 遇道者

橡栗长生果，松仁草药榛。
观天身面壁，守一闭秋春。

48. 赠道者

玄虚一道是人生，日月三清闭谷明。
莫以身轻身已去，深山石壁炼精英。

49. 雨

一雨自天来，天来四象开。
开时开雨骤，雨骤雨水回。

50. 长安春望

长安春望断，渭水已江青。
凤阙新芽始，终南白雪灵。
高峰寒自在，以此作流泠。

51. 过黄牛峡

一势黄中峡，三巴碧水流。
孤秀孤栈道，一望一回头。

52. 逢道者

千思行细致，一道一人生。
尽是无知处，何言后觉明。

53. 边情

穷荒终得净，朔野始成骄。

远地边情阔，高天日月遥。

54. 赠李司徒

陇上司徒拓，关西汉将勋。

娇娥曾一醉，白日已千曛。

55. 送卢尚书赴灵武

朔漠灵州近，蕃图道碣中。

山川山水界，大将大英雄。

56. 投翰林张侍郎

翼短那天近，家贫拾海樵。

仙宗仙迹少，共降共霖苗。

57. 投翰林萧侍郎

十里灵湫水，三光日色阳。

从来义镜客，学院侍郎堂。

58. 宴驸马宅

古物多仙意，新诗有御题。

江山听驸马，日月向高低。

59. 边将

黄沙白骨有功勋，李广阴山汉将军。

战尽男儿陵尽战，谁人不语史纷纭。

60. 赠水军都将

已有安邦术，边疆四海邻。

山来山阻挡，水至水天钧。

赤壁连营见，东风带火津。

曹操如陆战，别俱一轮巾。

61. 赠九江太守

去水九江流，来云百战舟。

江头江暨守，战罢战无休。

二邑旋添械，三营望铿楼。

渔家渔父谢，曲谢曲王侯。

62. 赠信太守

禾苗多水泽，子粒有收成。

最是贫家喜，民生太守情。

63. 赠江都郑明府

一任江都半世书，公清日日作闲居。

头颅好坏神仙画，看遍楼船水调余。

64. 赠南昌宰

南昌下笔一衙门，九派江流半子孙。

斩弊锄奸行直正，安孤救世立乾坤。

65. 赠丘衙推

假邑一丘衙，真推半世家。

君侯君不举，腊月腊梅花。

66. 献所知

一第龙门半自名，三生宿愿五湖情。

无须富富贫贫论，只愿为霖致太平。

67. 投所知

一路前行一路休，骅骝褒道作骅骝。

晴晴不雨阴阴雨，水水桥桥有渡舟。

68. 南康夜宴东溪留别郡守陆郎中

南康一别陆郎吴，已向三吴唱大风。

且以君侯相比翼，江湖总是掉头东。

69. 言怀

言怀从日月，居家望少微。

穿肠多少箭，上国暮朝机。

70. 喜友人南回

天涯海角不天涯，腊月梅香腊月花。

岭上先开岭上色，人家白雪一人家。

71. 下第书怀

上第无回下第来，当求第一自求才。

穷玄始得文章达，八句平身四句开。

72. 华阳道者

只以长生不以丁，何分贵贱有丹青。

真经密守华阳洞，白石惟餐白日灵。

73. 夏日题老将林亭

百战功成就，三台颂五侯。

林亭沉静水，细雨着春秋。

74. 观江南牡丹

江南一北花，色满半人家。

但以红红火，有颜你我他。

75. 钱塘夜宴留别郡守

八月钱塘岩，千潮六合天。

声声含水调，处处纳山川。

76. 八卦

清清白白是非明，始始终终作纵横。

暮暮朝朝由日月，来来去去已新生。

77. 送薛郎中赴江州

出刺州江道，招僧坐客闲。

真经升进退，尺寸向君颜。

78. 送南海僧游蜀

一衲南洋海，三修绝故乡。

先知先觉去，后主后暄凉。

石室垂萝蔓，西天有上房。

湘泉湘楚水，蜀寺蜀无梁。

79. 和友人许棠题宣平里古藤

老老宣平树，缠缠古古藤。

盘根盘直立，绕巷绕向绫。

只仰天空志，同情达得缯。

粗粗由地质，曲曲纪鲲鹏。

80. 十五夜与友人对月

月月圆圆缺，弦弦上下明。

婵娟何处去，不忍是虚情。

81. 青冢

昭君也有太真情，已向琵琶蜀女生。

已有霓裳裙子舞，梨园羯鼓有音声。

82. 古战场

形形影影已芜平，汉汉秦秦有塞情。

草草原原魂白骨，风风雨雨作战声。

83. 赠段逸人

采药听泉语，登山数石棱。

回途丰满暮，隐逸对香凝。

84. 上所知

姓氏应知记，身名不可留。
门前门路在，一去一春秋。

85. 别郑仁表

一别镜湖边，三声竹笛泉。
箫鸣知汉意，弄玉向秦川。

86. 言怀

杜断房谋载，姚传宋继朝。
明人明白世，业大业云霄。

87. 叙怀

凌烟阁上见，饮马塞中闻。
大雪长城窟，芦花宿雨云。

88. 抒怀　古今诗

人从外国回，法国有春梅。
特使巴黎客，欧州塞纳开。

89. 自讽

宴上不称贤，贪中可作官。
形身常直立，日月自云端。

90. 伤贾岛

一代苦吟诗，三生自己知。
长江长逐令，寺在寺寻辞。

91. 再游西山赠许尊师

得道闻师在，山头故坐修。
年光先后序，水月倒风流。

92. 宫词

日落黄昏近，长门落叶遥。
歌笙歌舞地，一扇一云霄。

93. 经范蠡旧居

百越城中姓，三吴月下情。
西施西子去，范蠡范蠡名。
隐逸非心事，从商是故盟。
何须千岛水，身向五湖生。

94. 题嘉陵驿

一水嘉陵驿，三巴白帝家。

高唐神女在，宋玉杜鹃花。

95. 龟山寺晚望

晚望龟山寺，江风暮日雨。
渔舟归未晚，杜宇一声啼。

96. 华山孤松

孤松形向客，暮色似莲花。
石壁留形影，禅房六祖裟。

97. 吊万人冢

白骨万人冢，朱门一战功。
三边三土地，九脉九华中。

98. 送友尉蜀中

川家多种橘，蜀客爱弹琴。
友问蚕丝水，昆明阔古今。

99. 长安寓怀

秋云秋雨冷，九陌九衢寒。
只待更衣去，黄花不可残。

100. 费征君旧居

水静游龟止，庭荒杜宇鸣。
征君诗再读，尽是去人声。

101. 寄翁承赞

八闽文克进士名，宏词擢第向天情。
开平诏册留相府，御史王梁闽使行。

102. 晨兴

一半逍遥路，三千弟子兴。
晨光朝暮始，远远见行僧。

103. 题莒潭安闽院

潭潭安闽院，水水映天深。
竹叶婆娑响，桃宗日月荫。

104. 华下斋后晓眺

一雨华山秀，千去草木烟。
朝阳笼罩色，四壁落悬泉。

105. 喜弟承检登科

一首佳诗句，三清自不成。

登科登所路，侍使侍郎名。

106. 蒙闽王改赐乡里

乡名文秀里，光贤别向钧。
归身蒙闽赐，去道颂三秦。
一第思家国，千程夜梦邻。
人知人造化，士向士天津。

107. 访建汤马驿僧亚齐

百诗重吟咏，三年会亚齐，
千章千日念，一句一猿啼。

108. 题景祥院

释子前朝路，青松故客栽。
门人门所寄，贝叶贝天台。

109. 寄舍弟承裕员外

长江长逝水，岸草岸沙堤。
鸟绕林天木，鸥随獭印低。
经思同少小，忆别砚山西。

110. 文明殿受册封闽王

受册龙墀殿，文明注闽王。
江山昭竹帛，雨露润家乡。

111. 御命归乡蒙赐锦衣

御命归乡去，文明赐锦衣。
天朝应独慎，帝业自相依。

112. 奉使封闽王归京洛

紫书金泥迹，归乡册闽王。
恩光应普照，梦展可维桑。

113. 奉使封王次宜春驿

奉使封王路，森泉久忆程。
衔恩衔定国，列土列家情。

114. 甲子岁衔命

榕城独木自成林，百岁山光已结荫。
已得长房应在世，天津简册主人心。

115. 汉上登舟忆闽

色色空空理念同，南南北北任西东。
书生自以书生志，不以心经唱大风。

116. 寄示儿孙　古今诗

力学书香七十年，辛勤十二万诗篇。
天天不断精工笔，日日三千字迹传。
国国家家曾所事，官官子子以先贤。
心中所念人间正，直木林中总向天。

117. 天佑元年以右拾遗使册闽王而作　古今诗

白郎长春交两国，河边塞纳向天台。
玛缔特使坚翔译，自此三年岭外梅。

注：一九九〇年地铁外资，予为特使，全国地铁办主任。白郎是法国特使，法国地铁主席。玛缔是社会党总书记。赵坚翔是法国翻译。现代首都如巴黎，莫斯科等应有200-400公里地铁，此为法国人所致。

118. 对雨述怀示弟承检

雁阵飞南北，渔家水月中。
书香沉陌巷，弟子向文翁。

119. 题壶山

云沉天际暗，日上海波红。
暮暮朝朝见，来来去去风。

120. 题槐

夏日槐花落，清香御道旁。
蝉声鸣不止，自带满秋光。

121. 题故居

一步书生路，三生只忆家。
千章文史册，万岁主人家。
驻首寻常见，香梅二月花。

122. 擢进士

自得一生门，书香半木根。
朝前朝自见，以路以乾坤。

123. 擢探花使三首

之一：
春闱始见探花郎，傍使洪崖检点芳。
已是风流才子第，长安眼望曲江长。

之二：
春风已开玉门关，得意人中见御颜。
进士先生三首见，探花榜眼状元还。

之三：
榜上先生第一名，人中已见状元荣。
春闱及第长安展，亮迹扬然探花行。

124. 书斋漫兴二首

之一：
池塘三五尺，一半百荷花。
水月分天地，文章满我家。

之二：
无须贫富论，有得读书生。
处处多辛苦，声声是学明。

125. 辞闽王归朝寄倪前辈

简册分明剑，朝封界闽王。
和时和两利，共事共天堂。

126. 晓望　古今诗

浑江五女一田桑，及第京城半柳杨。
柱使南洋应是客，桓仁照旧是家乡。

127. 万寿寺牡丹

朝衣曛紫气，万寿牡丹香。
一入一禅房，三朝见栋梁。

128. 松

龙鳞斑驳力，古色奈云端。
自得朝天意，方知有岁寒。

129. 柳（五首）

之一：
一色柳枝头，三春碧叶羞。
垂垂条摆尾，落落大方酬。

之二：
不意已成行，逢生记故乡。
无须南北问，有水有阳光。

之三：
五柳弃琴弦，三光自岁年。
陶公先已得，阮籍意经蝉。

之四：
水调多杨柳，江都少帛绸。

楼船应不见，始有运河流。

之五：
扬州十二楼，弄玉凤凰求。
箫声箫史去，穆肃穆公头。

130. 隋堤柳

竹帛云消汴水流，隋炀水调运河舟。
长城白骨沉沙没，六浃三吴四十州。

131. 句

八闽山河阔，三秦日月舟。

132. 送僧归北岩寺

一寺僧归去，千岩举步来。
禅房禅觉慧，一月一徘徊。

133. 寓言

暮暮三山晚，朝朝一少年。
千行千不止，万里万人天。

134. 长安书事

四面长安路，三春渭水波。
秦川秦所在，一事一言多。

135. 贾客

一半运河船，三千弟子边。
谁言知不韦，但忆范蠡天。

136. 寄友人

李李桃桃色，松松柏柏颜。
君今君自取，子以子方还。

137. 落花

红尘化作泥，玉色已成蹊。
暮暮朝朝易，年年岁岁黄。

138. 寄徐正字夤

八月婵娟冷，三弦未隐圆。
仲秋方出现，桂子作桑田。

139. 秋夕贫居

贫居贫吏苦，学子学无依。
陌巷思糠粃，穷途独鸟飞。

140. 书怀寄友人

一世如灯火，三生似水云。
流明流已尽，不定不形分。

141. 闺怨

五岭豪门外，三城雁塞中，
衡阳青海去，妾女意无空。

142. 喜翁文尧员外病起

文克进士一王梁，册礼干宁半闽光。
御命归家长列土，丹墀紫书展维桑。
羊车怀玠长卿赋，苦涩清瀛医假尝。
闽药丹砂青桂任，回尘未定已经霜。

143. 寄郑县侍御

侍御新烟火，县衙自咏诗。
三年官已罢，一世万民碑。

144. 上李补阙

十地常离别，千流一水形。
无休无止境，寄色寄丹青。

145. 送李山人住湘中

汉渚湘川水，瞿塘蜀楚山。
千流由两岸，一脉去无还。

146. 书崔少府居

鲁史吴门韵，书琴少府居。
家贫家自力，籽粒籽仓余。

147. 敷水卢校书

山无孤独木，月有洞庭人。
大小姑相劝，阴晴雨水春。

148. 寄汉上友人

汉水知音去，琴台落叶来。
晴川晴日远，一鹤一徘徊。

149. 贻林铎

及及春闱路，怜怜下第思。
书生书万卷，学子学词诗。

150. 书怀

春闱春学子，及第及云霄。

落叶寻根土，鸣蝉上渭桥。

151. 送陈明府归衡阳

朔北三边界，衡阳半雁乡。
年年南北翼，一一去来量。

152. 秋辞江南

江南江水碧，塞北塞山寒。
落叶秋风问，飞云日月端。

153. 入关旅次言怀

独愧商山皓，孤闻渭水钩。
文王天地问，四象两仪修。

154. 贻李山人　古今诗

乐府由唐易，今诗自古来。
前身成观世，庾信佩文台。

155. 寄边上从事

列阵孤城月，长吟作点兵。
诗书诗永济，鼓角鼓楼情。

156. 题东林寺元佑上人院

步步东林寺，僧僧月下禅。
计吏平生路，思明一字悬。

157. 送陈樵下第东归

只得长行路，终难不易眠。
无何无及第，已学已当然。

158. 寄陈磻隐居

有意无心隐，离妻别子居。
江山经足远，日月历情余。

159. 寄林宽

进退升沉路，阴晴日月船。
相知三五载，互道万千天。

160. 退居

青山寒带雨，逝水纳浮云。
退得思时进，心宽地宇君。

161. 送友人边游

一别国门前，三边朔雪天。

胡杨胡笛曲，大漠大关川。

162. 下第出京

一夜江南雨，三边塞北云。
重思重布序，一步一昭君。

163. 游东林寺

平生山水去，足迹去来寻。
古寺心经在，东林虎涧闻。
莲花开不尽，暮鼓作天君。

164. 赠怀光上人

观山闻木落，向月摘葡萄。
唤雨呼去落，听猿见海涛。

165. 忆庐山旧游

牯岭三峰峙，庐山九叠泉。
清流天上水，一落作云烟。

166. 别友人

已别东邻去，重寻北陆僧。
推公他日雨，大小济公乘。

167. 陈侍御新居

孔孔虚虚石，湖湖月月诗。
无言池水浅，只与白云期。

168. 寄李校书游简寂观

自得如何句，孤怀简寂观。
吟诗留壁胜，羽客雨云端。

169. 寄从兄璞

江山江水阔，社稷社秋春。
直木丹青色，啼猿作近邻。
兄兄从弟弟，日日自新新。

170. 寄友人山居

断石沧江岸，相思阻雨霖。
山居山落叶，一夜一层深。

171. 上刑部卢员外

白首霜层领，红颜夜宴终。
诗琴重起句，共是大江东。

172. 送友人游边

三边三界北，一望一群山。
黑水兴安岭，辽东镇海关。
丛林原始木，虎豹鹿熊鹏。
尽是无人处，无须问去还。

173. 和友人酬寄

战乱人生路，征兵日隐天。
难言三世界，不免一潸然。

174. 下第

下第兵戈见，闻戎客戍边。
英名英塞上，一志一当天。

175. 过商山

群雄争日月，隐逸住商山。
汉社江山少，鸿沟草木删。

176. 旅怀

路路程程远，人人事事谙。
乡心随去雁，一一向江南。

177. 冬暮山舍喜标上人见访

喜鹊闻声至，天河已搭桥。
三冬成一梦，十雪半梅霄。

178. 关中言怀

五岭关中外，三秦渭水前。
千年千养马，一代一思贤。

179. 题友人山居

山居山不尽，友问友难寻。
白雪深三尺，霜冰一丈深。

180. 寄敷水卢校书

忆取长江令，推敲入吏林。
遥知韩吏部，已是见知音。

181. 赠明州霍员外

惠仪明州雨，如施霍客邻。
沙离沙水近，月色月相亲。

182. 题友人山斋

山斋山月水，一夕一朝昏。

木木连连岭，禽禽逐村村。

183. 书事

耕夫耕不得，土地土田空。
一战成荒野，三军已弃功。

184. 题山居逸人

避世三军战，山居一逸人。
春风春雨种，夏末夏收频。

185. 题郑山人居

自足苔藓径，无闻世客来。
窗牖风漏洞，旧衲铺香台。

186. 秋晚山居

远岭樵声出，清泉自带风。
山深人迹断，也有夕阳红。

187. 游山

瀑布清林木，来寻采药翁。
人间人不异，世上世相同。

188. 题王侍御宅内亭

百步红尘净，三光四面空。
无声无有问，细水细流所。

189. 题道成上人院

三光三闭谷，四壁一高墙。
但以城中逸，邻家寄客尝。
茗茶茗井水，悟道悟青黄。
不必天台去，君心作柳杨。

190. 贫居冬杪

贫居贫不得，力苦力难穷。
足见农夫路，勤勤不虚空。

191. 贻张蠙

同年同异路，各步各风霜。
已是贫官路，无须顾后果。

192. 晚春关中

关中关外问，路后路前寻。
岁岁曾如此，年年似古今。

193. 河梁

一曲折杨柳，三边羌笛声。
河梁河水岸，逝水逝人情。

194. 送翁拾遗

天开中国大，地设四维低。
昨夜新夫妇，天明送阙西。

195. 逢友人

旧吏贫官守，新逢酒未穷。
晨钟知暮鼓，古寺对行宫。

196. 寄湘中郑明府

里上琴声月，县中八旬吟。
无时无鼓角，有夜有鸣禽。

197. 寄少常卢同年

狂歌离乐府，有比自然同。
古今沧洲渡，清溪一阵风。

198. 伤翁外甥

独在孤乡殁，如为父母寻。
青春成大夜，草木已联荫。
一载芝兰出，三秦忆故人。

199. 东山之游未遂渐逼行期作四十字奉寄翁文尧员外

不作南山期，离时北阙知。
长安泾渭水，闽海岁年迟。
已步东林寺，无须鼓浪词。
同思同所异，共忆共恩慈。

200. 送林宽下第东归

下第东归去，登科北陆来。
书生书不止，岁月岁常开。
上国春闱至，年年取楚才。

201. 商山赠者

不必商山问，何言隐逸人。
耕耘时日里，稻谷自秋春。

202. 送二友游湘中

二友湘中鼓瑟声，三秦叶下洞庭情。
孤舟泊处联诗句，八月中秋共水明。

203. 塞下

独忆长城外，遥遥不见边。
封疆封不定，未解未思然。
夏夏周周国，秦秦汉汉天。
和时积盛世，战乱战无贤。

204. 下第东归留辞刑部郑郎中诚

养志郎中寄，永恩进退频。
年年书案上，岁岁可逢春。

205. 寄怀南北故人

雁雁飞南北，年年自去来。
衡阳青海岸，岁岁可知回。
读学知天地，儒书月夜催。

206. 关中言怀

苦苦辛辛路，勤勤懒懒身。
持衡持久去，积久积深濑。
事事人人问，时时令令秦。
关中关外见，一岁一春秋。

207. 闺怨

暮暮朝朝待，心心印印耕。
寒宫寒暖尽，一女一相思。

208. 旅怀

云山思隐逸，草木见风流。
陆陆舟舟去，平平淡淡游。
官贫官不济，路远路难休。

209. 别友人　古今诗

平生七十不参差，事事精心有积华。
十万诗词三万日，行程海角到天涯。
南洋海上波涛浪，北国荒山创业家。
记取胶东东北去，儒书立世咏梅花。

210. 寄罗浮山道者二首

之一：
月上婵娟月，林问学道寻。
罗浮山上道，绝顶雪峰深。
之二：
不见洞中仙，蓬莱隔万年。
龙蛇朱横守，草木化云烟。

211. 喜侯舍人蜀中新命三首

之一：
巴山明月峡，锦水帝王家。
五色中兴计，三光二月花。
之二：
文文学学一兴唐，战战争争半业荒。
先先后后应相继，宗宗祖祖紫微郎。
之三：
儒门尊孔教，以传左思明。
贾谊长沙去，汨罗楚客情。

212. 经安州感故郑郎中二首

之一：
江头一故城，巷尾半人生。
古剑孤云斩，惊猿独一声。
之二：
锦帐郎中令，干戈牧下平。
荒丘埋白骨，百草始枯荣。

213. 出京别崔学士

学士半投文，春闱一第君。
常言门馆外，四象有芳芬。

214. 雁

旅馆闻飞雁，南南北北归。
年年应两次，岁岁故乡依。

215. 寄越从事林嵩侍御

吟诗同日语，以赋献君王。
侍御君谋早，林嵩谏豫章。

216. 长安书事

应耕二亩田，自种果瓜鲜。
共畦阴晴日，书窗对月眠。
贫官贫穷苦，役事役先贤。
暮暮朝朝去，人生一渡船。

217. 旅怀寄友人

故国田园乱后生，穷荒水畔半清明。
苗苗雨雨分时令，只待秋收已太平。

218. 寄蒋先辈　在苏州

夫差宫殿在，子胥海关开。

小小留音客，花花碧玉来。
重寻同里寺，再上虎丘台。
六渎吴门韵，三吴越女来。

219. 旅怀

雪貌雕冰树，林深直木津。
环山疑路狭，抱水始知春。

220. 发榜日　古今诗

书生一日榜中名，及第三生别路程。
钢铁京城当学院，（北京钢铁学院）
桓仁自此故乡倾。
长安进士千官望，渭水东流总是行。
海北天南都是客，皇朝岁岁曲江荣。

221. 二月二日宴中贻同年封先辈渭　古今诗

蓬山八月菊花开，揭榜声中四弟来。
及第三呼惊土地，兄兄弟弟问天台。
京城一云榆关过，父母心中一寸哀。
子女身名因此别，平生事事故乡催。

222. 新野道中

长卿贫已久，贾谊赋难平。
宋玉知神女，苏秦六国情。
如茵光武道，只见上天萌。

223. 酬俞钧

已纪乡书问，三朝诏书文。
龙津天下水，草泽世中君。

224. 寄同年崔学士

三生行古道，半醉杏花园。
学士同年第，青衣共易贤。

225. 御试二首　以曲直论题

之一：
曲曲方成直直名，高高立木自低荣。
行行止止行无止，始始终终始终英。
已表隋珠琼殿上，何言尸洞有仙生。
儒家这术经年久，佛道心中以日明。
之二：
省省曹曹再试成，为为着着选精英。

皇题榜速天机见，试子云中逐鹿行。
羽客心经儒学子，三清弟子有禅明。
经天待地乾坤易，首辅高天报告荣。

226. 寄陈侍御

初相妇好武丁朝，占十行兵政路家。
宰制三台皇帝业，重阳侍御诏承华。

227. 酬徐正字隽

不免蹉跎路，无言日月斜。
由来天地客，彼此帝王家。

228. 辞相府

三台一五州，自汉半唐留。
渭邑承相府，朝堂几诸侯。
秦川秦水色，八水八方流。

229. 寄罗郎中隐

十载身名一叶宽，三秋直木半云端。
风流不与经飘泊，四十州中志不残。

230. 江行遇王侍御

江流江两岸，一水一曲东。
蜀蜀吴吴问，形形色色空。
潮头潮尾问，以浪以波丰。
此去无须别，重逢意念中。

231. 客舍秋晚夜怀故山

秋风秋雨晚，一梦一山中。
故土家乡忆，三心二意空。

232. 绛州郑尚书

珍珠常自得，不必到龙宫。
日有东风雨，云重自主空。
唐家诗已在，古古今今丰。

233. 喜陈先辈及第

春风含雨水，喜得杏园花。
渭水巡巡绕，南山日照华。
陈峤先及第，只以志当家。

234. 延福里和林宽何绍余酬寄

十里长云一雪中，三秋落叶半飞空。
千山万水行无尽，三秋落叶半飞空。

235. 赠宿松杨明府

似水清无底，如云远有穷。
常伦常若敬，礼若礼诗风。

236. 送僧

七岁从师寺，三生礼佛弓。
心经心自主，一意一无穷。

237. 赠郑明府

五抑陶潜弄，三声弃不琴。
知音知自己，足迹足人心。

238. 江州夜宴献陈员外

江州江月夜，一宴一诗新。
莫忘青娥女，歌中以曲邻。

239. 湘中赠张逸人

巴山巴水色，楚峡楚江天。
逸步湘中迹，逍遥月卜船。
落羽衡阳岸，惊鸿牯岭烟。
举帽江州市，闻风九派泉。

240. 寓题

损已攀折桂，容人闭目行。
芝兰由自觉，蕙芷可阴晴。
处处天高现，时时地厚生。
芦花津水见，落雁向丛横。

241. 题陈山人居

孔石穿泉水，龙形洞底松。
山人居止处，寺鼓夜云封。

242. 宿李府园林

水色浮尘静，云光竹影平。
婵娟窥自定，隔壁夜琴声。

243. 送人明经及第东归

及第登科士，明经殿试英。
东归才子路，北阙故人名。

244. 断酒　古今诗

行吟由旧句，断酒作诗人。
李白天才醉，称春蜀节邻。
年年辞旧岁，句句问新臻。

十万三千首，平生日日频。

245. 南海暮和段先辈送韦侍御赴阙

互别难行路，相思不上楼。
南山留草木，北阙尚风流。
树色川溪石，天光日月洲。

246. 寄南海黄尚书

千年南海岸，百里五羊城。
近近遥遥望，天天地地平。
龙宫龙水见，越秀越人明。

247. 送人往苏州觐其兄

阖闾城外水，互霸五湖舟。
木渎吴宫近，西施越女留。
经商何举止，不是范蠡羞。

248. 游东林寺

人人自古向长生，帝帝王王欲不平。
佛佛仙仙还道道，秦后汉武已昭明。

249. 赠旌德吕明府

步数太阿姿，心随弄玉思。
秦楼留不住，只见穆公时。

250. 贺清源仆射新命

弟弟兄兄事，南朝两宰相。
家家成国国，栋栋亦梁梁。

251. 浙幕李端公泛建溪

越越吴吴国，邻邻里里亲。
残碑勾践立，断碣范蠡津。
浙幕端公泛，清溪月色邻。
流船经岸草，一曲向咸秦。

252. 贻宋评事

河阳篆隶草楷荣，月下秦淮已五更。
燕国金台无别客，陶家五柳弃弦声。

253. 催妆

只以催妆问，男儿举目新。
秦娥多少曲，尽在凤凰春。

254. 寓题　古今诗

人生三万日，日写四诗词。
以此平均计，排名始得知。

255. 作蒋校书德山

无人无所以，已去已回乡。
宋玉襄王赋，相知识汉皇。

256. 寄杨赞图学士

第一东堂领，三台北阙工。
皇城龙凤阁，雅颂比兴风。

257. 酬杨学士

寒宫一粒珠，月色半趋无。
莫向人间照，婵娟作念奴。

258. 寄同年李侍郎龟正

九月菊花黄，三秋独自香。
重阳重日色，一岁一山花。

259. 钟陵故人

九派滕王阁，三江一故乡。
钟陵钟照旧，水曲水浔阳。

260. 故山

井底水通泉，泉流自大河。
河源沧海阔，阔广大洋多。

261. 塞上

古古今今别议时，瑟琶曲里画工知。
昭君自以单于见，不是男儿大汉迟。

262. 乌石村　林石卿故居

日日江村旧，年年八月新。
潮潮材石上，鸟鸟自相邻。
绝俗间蝉语，红尘曲舞春。
吟诗留八句，以此敬三秦。

263. 寄同年卢员外

同年三榜阵，已是十经秋。
甲乙皆华显，如今共省州。
书生诗可寄，绝句已无求。

264. 寄同年封舍人渭

渭邑咸秦色，南山白雪巅。
同年封舍驿，共事帝王田。
已以丘门使，何潜但自然。

265. 遇罗员外衮

共事一千天，分飞十六年。
青云随豸角，白发任当然。

266. 送翁员外承赞

还乡翻是客，诏州闽王衣。
谒帝朝堂籍，天涯向独稀。

267. 奉和翁文尧十九员外外中谢日蒙恩赐金紫之什

胜事垂千古，皇恩赐百衣。
金金成紫紫，买臣故乡归。

268. 翁文尧员外捧金紫还乡之命

书生及第念还乡，诏册皇封使闽王。
已是朝堂三品秩，金金紫紫着家梁。

269. 奉和翁文尧员外经过七林书堂见寄之什

金章紫绶带天香，闽国乡音向帝业。
御使分封疆海望，七林员外久书堂。

270. 奉酬翁文尧员外驻南台见寄之什

步步南台见，书书北阙闻。
王梁王明第，闽海闽疆君。
久读机枢志，天思苦读勤。
文尧员外策，已忆抱秦云。

271. 翁文尧员外拥册礼之归先寄诗示因奉之

闽水钟君秀，文尧一路天。
江山皆入画，政事集当贤。

272. 奉和翁文尧员外文秀光贤画锦之什（三首）

之一：

一带江山一路新，三湘四海五湖春。
书书画画文秀色，古古今今作近邻。

之二：

八闽台恩重，三秦渭水深。
留天留日月，积水积皇荫。

之三：

画画诗诗蓄，文文字字藏。
家家乡国寄，路路方方长。

273. 奉酬翁文尧员外神泉之游见寄嘉什

山山常屹立，水水久清流。
闽海连天地，文尧逐书楼。

274. 辄吟七言四韵攀寄翁文尧拾遗

节度推官一闽田，滔规正字半先贤。
王梁册礼文史使，及第高科共谏研。
凤阙龙头龙尾顾，天枢秀气秀源泉。
同乡共语长安事，世事知君步陌阡。

275. 塞上

牧马黄河北，阴山东敕川。
单于南北战，汉武守三边。
旷野无程序，金微有在迁。
青冢含蜀秀，鼓角复惊天。

276. 寄献梓橦山侯侍御

王宫行庙略，侍御上天班。
直至三湘水，何闻四皓山。
相如相燕赵，蜀女蜀无还。
一曲琵琶曲，长河已九湾。

277. 壬癸岁书情

谒帝逢移国，投文值用兵，
孤松怜鹤独，半树一蝉鸣。
已立书生志，行当入柳营。
群情应骤起，众志更成城。

278. 河南府试秋夕闻新雁

夕照闻新雁，长空一字流。
人横飞远近，变化易生头。
但向衡阳去，还思漠北游。
声形留不住，岁岁两春秋。

279. 省试奉诏涨曲江池

曲曲江江水，流流逝逝波。

形形由定止，色色映先科。

涨涨同潮汐，清清共稻禾。

恩光浮日月，地脉立山河。

280. 题宣一僧正院

七级浮屠塔，三生正院师。

禅房禅永在，一觉一人知。

281. 和吴学士对春雪献韦令公次韵

四野行瑶砌，三边落不穷。

翻疑梅复覆，腊末下盈风。

渭水流方暗，南山素染宫。

田园田厚望，瑞雪瑞年丰。

282. 省试二吹竽

一一吹竽试，真真伪伪知。

优优评劣劣，态态亦姿姿。

艺艺情情比，单单独独时。

苏张驱六国，合纵连横司。

283. 明月照高楼

高楼明月照，驿客望长亭，

玉宇圆缺易，前程跬步零。

行行成历历，虚虚作丹青。

284. 广州试越台怀古

万事羊城去，千年一度来。

梅花先启色，白雪伴芳催。

孔府多儒化，天涯近起台，

同天同日月，共地共文魁。

285. 襄州试白云归帝乡

青衣朝北斗，白帝向南宫。

粉署银河岸，三台问始终。

行云知左右，问道见兴隆。

草木山河里，阴晴日月中。

286. 省试内出白鹿宣示百官 乾宁二年

高天白鹿宣，瞩地共桑田。

力察书生案，听声杜若贤。

群官群自力，诸士诸侯员。

上瑞抽毫跃，辽缘已二年。

287. 出关言怀

已步向关西，杨头自不低。

沙鸣三叠曲，海市一楼齐。

苦雨寒心尽，胡杨萎草萋。

风云风所向，日照日辛薹。

288. 壶公山 古传陈壶于此山得仙

壶公山上丹，八面木中观。

有洞成仙穴，无邻独自残。

人传人所见，故事故千端。

鸟兔中时近，蛇虫暮色团。

甘霖云母厚，四季槿花丹。

石里穿泉过，峰左右源澜。

猿鸣蝉不语，叶落作君冠。

所想收心起，秦皇岛上难。

289. 和王舍人崔补阙题天王寺

四大天王寺，三公纵迹生。

青小青水色，古木古钟鸣。

一谷连声起，知峰逐鹿行。

残碑连断碣，俱存去来城。

290. 投朝长赵侍郎

作杭大禹门，立望水云根。

引导东流去，疏通九派恩。

仙都知贾氏，季虎问儿孙。

泽国人情在，登庸一径尊。

291. 廊時李相公

自古一轩辕，如今半水源。

人间人所懒，节制节当暄。

以此乾坤易，儿孙已简繁。

嘉禾嘉品种，律象律方圆。

292. 成名后呈同年

及第吟诗句，成名作事官，

乡书乡别念，驿路驿行难。

旷野烟花色，龙门锦鲤欢。

如鸿如一纪，似水似千澜。

293. 投刑部裴郎中

三台三自主，一任一郎工。

紫绶黄金印，黄袍赐独隆。

欧州英法弃，地铁外资成。

世界华人里，华人世界中。

294. 辇下寓题

时时知北阙，日日见南山。

制书同天地，吟诗共去还。

295. 寄题崔校书郊舍

一片清塘水，千波照阔天。

云沉去不见，玉宇玉深悬。

296. 秋思

九派浔阳岸，三湘阮水前。

飞鸿寻苇渚，露满洞庭船。

297. 芳草

泽国多芳草，汩草早入春。

长沙长自碧，竹泪竹相邻。

298. 辇下书事

北阙行王事，南山望雪余。

钱塘潮八月，渭邑万千书。

299. 入关言怀

一步中南海，三生北地居。

榆关南北路，日月帝王书。

300. 过长江

不合离骚意，难修别世书。

汩罗流不住，只与九歌舒。

301. 题灵峰僧院

灵峰僧院里，古寺月明中。

且得禅房咏，心成一念穷。

302. 司马长卿

一自梁园去，千金以赋回。

陈皇皇后买，不是不非才。

303. 归思

书生自己作归思，只见飞鸿不见迟。
路路难平难止步，心心父母向谁知。

304. 东林寺贯休上人篆隶题诗

东林寺外贯休名，自越诗中一品清。
墨迹方千方丈度，山河篆篆风情。

305. 寓江州李使君

九派江州水，浔阳独一楼。
飞鸿归来晚，不作去湘州。

306. 游南寓题

江山皆被雪，草木着霜裘。
垒垒层层玉，飘飘洒洒游。

307. 和同年赵先辈觐父

玉兔轮中小，寒宫桂子成。
婵娟弦里躲，十五始园明。

308. 出京别同年

及第同年始，人生共路行。
长安连四海，八达逐千程。

309. 木芙蓉三首

之一：
三春黄鸟晚，一品木芙蓉。
采药仙丹炼，寻清故步封。
之二：
已是青楼女，无非曲艺声。
垫上盘香着，歌中不寄情。
之三：
以此镶金镜，佳人作晓妆。
谁疑檀香木，圆中亦可方。

310. 九日

阴晴原两半，大小各无同。
九日分明对，双仪四象中。

311. 夏州道中

陇雁南飞去，秦川落叶催。
衡阳青海岸，一岁一来回。

312. 经慈州感谢郎中

郎中郎自步，月下月中秋。
宣城知太守，吟诗谢慈州。

313. 寓题

隐逸非书志，渔樵是自宽。
人生人所是，以得以清官。

314. 寄宋明府

南朝南史尽，北陆北仁君。
谢守轩前雪，陶公柳下闻。

315. 灵均

已得灵均路，何言旧日游。
三湘三水色，二女二妃舟。

316. 马嵬

骊山一马嵬，锦水半春秋。
乞愿长生殿，梨园已自留。

317. 和陈先辈陪陆舍人春日游曲江

一日曲江游，三春两泛舟。
皇家多子弟，有榜杏园留。

318. 花

花开花落去，一世一荣华。
结子留生命，邻年作女娃。

319. 卷帘

半卷水精帘，三春手足纤。
嫦娥初解意，出水小荷尖。

320. 启帐

启帐芙蓉见，移香有水明。
临窗临玉色，一国一倾城。

321. 去扇

去扇由天意，来风凤穴还。
秋寒应渐至，向背两无班。

322. 别后

别后相思梦，离情步月生。

陈王陈解佩，洛水洛神情。

323. 严陵钓台

静待观山水，先生不钓鱼。
严陵滩上草，独得一竿书。

324. 马嵬二首

之一：
是是非非是，成成败败成。
生生留彼彼，止止作行行。
帝帝王王尽，歌歌曲曲情。
梨园今不断，莫以马嵬行。
之二：
开元天宝事，武曌易唐周。
马马嵬嵬问，皇皇帝帝休。
霖铃听夜雨，不免上皇忧。
只以长生殿，相思在陇头。

325. 闰八月

八月三光闰，中秋两度圆。
儿儿同女女，快快共长天。

326. 奉和翁文尧戏寄

千夫御旨册王图，一世文尧百世儒。
两度还家还帝里，三生半闽半京都。

327. 奉和文尧庭前千叶石榴

一树千英万子榴，三生八闽五湖秋。
宠词及第双丰笔，册立王城一故侯。

328. 礼待翁文尧

序：
　　翁文尧以美疹暂滞令公大王益得异礼观今日宠待之盛辄取一章。
诗：
宠宠荣荣两帝乡，唐唐闽闽一心肠。
文文已至章章至，柳柳杨杨处处长。

329. 赠友人

五柳窗前置，留琴自弃弦。
知音知度外，问道问青天。

南唐·董源
潇湘图

读写全唐诗五万首

第十一函

第十一函 第一册

1. 寄殷文圭

池州半九华，及第一诗家。
用墨当成穴，词场作短花。

2. 八月十五夜

八月中秋十六明，钱塘一线半潮平。
云扬雨落天波府，六合千涛九派生。

3. 省试夜投献座主

公公道道选时英，鉴鉴书书以镜平。
圣制中兴周礼在，三台两省向文明。

4. 观贺皇太子册命

三宫日月久祥声，一代周公保国荣。
册命江山皇太子，重新社稷继升平。

5. 行朝早春侍师门宴西溪席上作

水色西溪净，天光自在开。
金鳞金掷浪，玉爵玉香来。
七十登科始，三千弟子才。
公卿公所在，尽坐蕊宫台。

6. 贺同年第三人刘先辈咸辟命

甲第三名一探花，先科拂地半书华。
金壶藉草溪亭见，玉勒龙门阙里纱。

7. 寄广南刘仆射

战国如今已尚文，南溪粉阁待儒勋。
闲吟政史成诗句，白马经天是将军。

8. 题吴中陆龟蒙山斋

百步鸳鸯馆，龟蒙拙政园。
山斋山石假，一孔一云天。
万古凝池底，千流水滴穿。
三吴三山近，已得五湖泉。

9. 经李翰林墓

日月诗中见，阴晴墓外观。

蓬莱魂早去，令子吊秋坛。

10. 鹦鹉

翠羽红鹦鹉，如箸巧舌端。
随人呼不尽，独自已难观。

11. 边将别

一世干戈两世辛，三门泣别半离人。
兴师紫塞春秋雁，望尽南尘不是春。

12. 江南秋日

天幅绞绡一女情，由来水国半明英。
云沉雨落秋眠起，斗笠渔舟久不平。

13. 题友人庭竹 古今诗 古诗乃成今诗

百步方庭碧玉林，丛篁指瑟满清荫。
来来去去非来去，古古今今是古今。

14. 览陆龟蒙旧集

龟蒙一陆半三吴，旧集千章五百壶。
但醉其中君莫问，云云雨雨在姑苏。

15. 王仙道中

百里吴江一不村，千年古镇半黄昏。
斜阳跌落姑苏岸，不到湖州已有根。

16. 赵侍郎看红白牡丹因寄杨状头赞图

三春应未到，两色压群芳。
白白红红艳，层层叠叠妆。

17. 题湖州太学丘光庭博士幽居

湖州太学一光庭，博士幽居草木青。
水净公卿常自到，波平玉宇有心宁。

18. 初秋留别越中幕客

寒光不尽四方流，暮客吴江一越舟。

月里嫦娥同桂影，人间老少共春秋。

19. 送道者朝见后归山

竹箧书中一玉颜，玄虚道下半归山。
朝中石鼎神仙驻，降龙伏虎雁门关。

20. 赠战将

武勇无名第一成，身经百战胜千兵。
单于佩服英雄汉，不诺军门只诺英。

21. 九华贺雨吟

九朵莲花一九华，千流碧水半千涯。
云云雨雨安身省，柳柳杨杨共豆瓜。

22. 赠池州张太守

池州近九华，太守一人家。
四象簪貂笏，双仪八卦嘉。

23. 中秋自宛陵寄池阳太守

秋鸿归在路，两度月如眉。
阁上刘琨啸，衙中谢守棋。

24. 次韵九华杜先辈重阳寄投宛陵丞相

小谢重阳句，离骚治国劳。
飞声应已远，北陆见葡萄。

25. 寄贺杜荀鹤及第

及第黄门第一名，池州步号九华生。
风骚格律天豪气，甲乙由来自古情。

26. 贻李南平

临淮北陆贻南平，紫殿西头月不倾。
一笔曾飞流九派，三章已润作千声。

27. 春草碧色

闻春草草已萋萋，碧色遥遥不自低。
只以茵茵同日月，南南北北满东西。

119

江山处处皆生地，四野平平已势齐。
岁岁枯荣岁岁志，丛丛共享小虫啼。

28. 和友人送衡尚书赴池阳副车
淮王上将国分忧，玉帐参承策列侯。
满腹经纶珠海月，重阳又度九华秋。

29. 句
龙舒太守人中志，日月风骚世上乡。

30. 钓台
及第依王审，金门简略休。
侍书衣袖拂，只坐钓鱼舟。

31. 旅次寓题
何为名利路，不以少登科。
乱世寻常迹，春风钓绿波。

32. 赠严司直
有酒刘伶醉，吟诗谢守鸣。
三秦留旧序，八闽作渔英。

33. 赠东方道士
放养长生鹿，时衔瑞草还。
春秋常采药，早晚自登山。

34. 题僧壁
苍天流瀑布，独院锁青峰。
紫豹经前首，青螺向鱼龙。

35. 和人经隋唐间战处
三军三阵列，一败一成功。
苦海留天地，农夫战后穷。

36. 追和常建叹王昭君
敕勒川前水，黄河月下流。
单于知汉故，蜀女作春秋。

37. 赠董先生
白雪红颜寿，轻行步履风。
先生先自教，一路一长空。

38. 河流
河流成碧色，草木自然多。

曲曲弯弯去，涛涛浪浪波。

39. 题南寺
已别猿啼寺，长行面壁多。
前人题所遇，后者复斯磨。

40. 北山秋晚
十载书窗案，三秦及第科。
宏词宏愿述，御策御干戈。

41. 昔游
青丝随日月，白首鬓须根。
已过悬僧寺，无须问志根。

42. 酒胡子
烛烛灯灯宴，丝丝竹竹歌。
躯轻无醒醉，领袖有蹉跎。

43. 吊崔补阙
从天扬古木，直节博陵君。
共治中兴道，同鸣不见群。

44. 吊赤水李先生
过隙人生路，荒丘已不平。
金门微尚在，苦雨问文英。

45. 香鸭
百合同眠色，千金共火空。
烟光何不必，乳味始无穷。

46. 鸡
十二名相瞩，三千弟子闻。
先鸣先起舞，自作自仁君。

47. 白鸽
羽翼凌空见，依人画阁栖。
飞天飞地近，绕屋绕高低。

48. 龟
止止行行路，心心性性灵。
终终由始始，步步不停停。

49. 银结条冠子
藏娇金翼薄，结鬓瑞莲条。

举止良工匠，龙颜阅不消。

50. 蜀葵
文君不望剑门关，百草朝阳杜宇颜。
锦水常怀葵蜀色，岷山已过向阴山。

51. 华清宫
开元天宝世，六郡六铢衣。
异处求同处，情中帝莫依。

52. 再幸华清宫
一步胡旋舞，男儿各弃名。
江山安禄反，社稷帝王倾。

53. 喜雨上主人尚书
一日淋漓雨，三春润泽功。
田家由此足，帝业见其丰。

54. 回文诗二首
之一：
飞书一幅两书飞，依恨三边半不依。
只以回文回以只，微君去向去君微。
之二：
经纶纺织一纶经，青竹空心半竹青。
线线机杼因线线，灵心寄女寄心灵。

55. 不把渔竿
不把渔竿不灌园，安贫隐逸食常偏。
文章只是文章客，野老儿孙已自然。

56. 往今来
古往今来旧事空，成成败败论英雄。
粮粮米米谁人济，帝帝王王几世隆。

57. 十里烟笼
十里烟笼一雨云，三生读学半文君。
肩无担担贫志许，日月山河各自分。

58. 早行
一夜初停雨，三更月溢寒。
长安长路远，渭水渭泾澜。

59. 偶书
巧巧多为拙拙成，耕耕种种作民生。

琼琼玖玖珠玑贵，利利名名各所情。

60. 润屋

四皓山居始白头，三光列序是春秋。
朱门粉署何由致，莫以诗书独列侯。

61. 退居

进进居居退退居，书书屋屋自书书。
公卿日日公卿路，俯俯须须仰仰余。

62. 闭门

四大无根底，三生有闭门。
何人知卜易，夕照是儿孙。

63. 开窗

窗含千尺竹，径锁半山风。
独木成林处，枫桥已自红。

64. 灯花

灯花一剪半光明，尺烛三更寸烛更。
岁岁年年相似处，来来去去总难衡。

65. 东归出城留别知己

东归离去路，已是牡丹妍。
共步折杨柳，同吟弄玉来。

66. 咏怀

半世辛勤一事殊，诗词十万已作儒。
今今古古今今读，不以莼鲈作矿都。

67. 郊村独游　古今诗

一载三吴里，江村一号居。
姑苏姑百里，十步十诗书。

68. 经故翰林杨左丞池亭

身前身后事，一步一朝闻。
自以诗书客，今今古古文。

69. 经故文平员外旧宅

人来人去后，一世一身名。
不必求三代，诗书可九荣。

70. 潘委相旧宅

燕是雕梁主，花随日月新。

71. 门外闲田数亩长有泉源，因筑直堤分为两沼

一月分成两月弦，堤连半半以堤连。
泉源不断泉源色，百里禾苗万亩田。

72. 北园

叶叶枝枝树树园，兰兰蕙蕙静鸣泉。
繁繁简简分难定，老老云中少少年。

73. 扇

难求难舍弃，易得易方圆。
入夏经秋见，何其可度年。

74. 招隐

隐逸尘中过，樵渔世外闻。
人间人所合，事界事其分。

75. 忆山中友人

山中举善邻，步下共秋春。
自自然然界，清清净净人。

76. 溪隐

溪流溪自去，隐者隐其身。
读学神仙去，诗书本向秦。

77. 酒醒

酩酊非已死，酒醒是重生。
渭渭泾泾水，成成败败名。

78. 梦断

隐隐无明约约明，樵樵有斧有渔声。
辛辛一梦灵龟十，苦苦三更促织鸣。

79. 人事

求仙求佛事，问道问儒人。
古古今今易，朝朝暮暮频。

80. 休说

白首无心欲，青衣有路寻。
相如何一赋，班女有千音。

81. 嘉运

月在潭心影不流，舟横渚岸草沧洲。
渔竿只向波纹落，饵落鳞游是所收。

82. 绿鬓

举案齐眉半孟光，行踪步足半齐梁。
先生不教陶公柳，绿鬓难成作柳杨。

83. 骄侈

一日颜回巷，三生石绿珠。
骄人骄侈志，比富比人无。

84. 龙蜇二首

之一：
龙蛇一屈伸，逐客半知秦。
子胥东吴去，夫差六渎津。
之二：
不忌关东客，雄才运命邻。
枚乘应七发，草木可三春。

85. 逐臭苍蝇

臭味相投近，仁君互见遥。
蝉鸣清露饮，一树上高条。

86. 牡丹花二首

之一：
满苑牡丹花，倾城入万家。
层层由碧玉，树树筑红霞。
之二：
色惑朱门万户必，红颜御水十三州。
同开共赏唐周国，武曌星明一令休。

87. 尚书座上赋牡丹花得轻字韵，其花自越中移植

流苏只作彩云英，越秀西施步履轻。
粉面层颜红绿色，云中月色日方明。

88. 依韵和尚书再赠牡丹花

空空色色一香香，绿绿红红半溢妆。
十八年前先寄与，重闻日照女儿堂。

89. 郡亭惜牡丹

春风问牡丹，细雨对花残。

且向香囊储，邻家小女冠。

90. 追和白舍人白牡丹

白雪白云白牡丹，一香一艳一红坛。
蓓蕾欲绽还封包，树树梨花野菊冠。

91. 忆牡丹

一绽似云霞，千层百练花。
红红粉粉色，暮暮朝朝华。

92. 惜牡丹

细雨和红落，狂风卷锦颜。
残余三两朵，佩带女儿鬟。

93. 览柳浑汀洲采白蘋之什因成一章

驿舍应初入，汀洲采白蘋。
相思相去远，一叶一秋春。

94. 司直巡官无诸移到玫瑰花

芳菲南北似，色自越王台。
有刺蔷薇妹，朱颜对客来。

95. 梅花

岭上琼瑶绽，云中白雪家。
三冬孤傲立，二月自繁华。

96. 荔枝二首

之一：
金盘十粒小香囊，紫玉千波带绿妆。
自古琼浆心结子，龙绡已向越王尝。
之二：
半着紫绿一锦囊，三光共对十曛香。
浆津一绽方成就，美味回思在未央。

97. 菊花

山光一色新，百草半含辛。
辟恶消灾立，金花自不尘。

98. 画松

涧底连云百里松，风涛返复两惊客。
天台道士频来访，说是蓬莱一古龙。

99. 草木

草木无情有本心，阴晴雨雪自知音。
生生息息年年继，始始终终古古今。

100. 松

松松一色半鳞鳞，节节千章九脉茵。
虎踞龙盘岩石上，秋冬夏日自行春。

101. 竹

门前半亩竹云林，雨后千声颂古今。
四象青青成绿野，三冬白雪作音琴。

102. 尚书打球步骤最奇因有所赠

八阵临流一水军，千奇百怪半离分。
先先后后曾无见，次次巡巡似有云。

103. 尚书惠腊面茶

日暖武夷山，新芽可可管。
江中泉远水，井上可茗闲。
品品青茵味，年年碧玉颜。

104. 劝酒

不向尊前步，留心顾后名。
文章文日月，醉醒醉无生。

105. 断酒

断酒一英雄，前非半世空。
粗茶和淡饭，俭俭亦丰丰。

106. 忆旧山

云山云若谷，谷水谷如津。
如津如所积，所积所经纶。

107. 西华

自古一西华，如今半北遮。
峰云毛女祝，二陕玉人家。

108. 岚似屏风

屏风屏草木，水色水秋春。
宰令陶弘景，耕夫郑子真。

109. 忆潼关

老子青牛道，黄河直下东。
潼关分内外，古道问童翁。

110. 忆潼关早行

不远三门峡，黄河一水家，
居高临海望，一去到天涯。

111. 鸿门

水固鸿门色，农人白社春。
江东江所问，五斗五世尘。

112. 忆长安行

旧忆关中路，重行月下秦。
长安长所向，一夜一风尘。

113. 忆长安上省年

长安上省年，逐计下当前。
三秋新雁去，九脉一飞先。

114. 长安远怀

四面长安望，三秦渭水流。
知时知运命，六郡六王侯。

115. 长安即事三首

之一：
八水长安绕，三秦泡净流。
金门金锦色，五土五王侯。

116. 之二：

季子清贫客，张仪诺楚州。
黄河黄土地，鹤雀鹤声楼。
之三：
南山南峙顶，白雪白云深。
北阙芳菲路，长安已古今。

117. 东京次新安道中

新安百水一钱塘，八月潮头半日光。
渭洛秦川千雁过，人形一字向衡阳。

118. 山阴故事

鹅池肥瘦问，曲水自流觞。
已见兰亭序，风云一笔扬。

119. 温陵即事

友友诗诗教，文文字字曛。
温陵温即事，不卷不浮云。

120. 温陵残腊书怀寄崔尚书

何为三杰汉，腊月一香舒。
唤得千芳序，温陵一世居。

121. 义通里寓居即事

腊月寒梅雪，春风百草茵。
长卿长有志，五柳五蕴秦。

122. 上阳宫词

日落上阳宫，单于下玉戎。
文君文所见，汉女汉人衷。
有画无师在，何其问故冢。

123. 西寨寓居（二首）

之一：
借读南华卷，心经已自开。
严陵钓不得，陋巷向天台。
之二：
步度群峰壑，心量诸寺容。
禅房禅世界，一觉一思踪。

124. 题福州天王阁

八闽天王阁，三门独角仙。
千层千步上，一望一天边。

125. 忆荐福寺南院

落第曾来此，钟声自在音。
重寻重院石，足证足书心。

126. 塔院小屋四壁皆是卿相题名因成四韵

雁塔朝空字，禅房闭谷书。
心开心守一，志立志当初。
字字卿公注，诗诗宰辅渠。
台衡台已在，远客远相如。

127. 题名琉璃院

碧翠琉璃院，禅房胜五台。
心经传贝叶，大藏对人开。

128. 寺中偶题

一路钟声近，千松寺谷青。
僧依西照壁，贝叶玉传经。

129. 山寺寓居

水叠匡庐顶，东林最上方。
云中云处处，月下月茫茫。

130. 寄僧寓题

身前身是物，世外世非遥。
事事相关息，人人互作桥。

131. 游灵隐天竺二寺

水月莲华寺，峰泉咫尺风。
灵源灵所在，曲洞曲云空。

132. 醉题邑宰南塘屋壁

自古清难色，陶公解印还。
黄河流不尽，曲曲积湾湾。

133. 题泗州塔

去去来来路，生生死死回。
钟声钟处处，寺鼓寺恢恢。

134. 东归题屋壁

屋壁五湖东，题诗半不情。
无形无远近，有色有阴晴。

135. 寓题　古今诗

卷卷诗书尽，文文日月成。
耕耘耕自己，一首一人行。

136. 偶题

七夕应求鹊，亡羊可补牢。
长河无远近，大海有波涛。

137. 寓题述怀

百鸟晨朝凤，千流峡口穿。
终当天日见，碧水过山田。

138. 将入城灵口道中作

咫尺天涯慧，长安渭水庭。
江流山色碧，日照竹林青。

139. 新屋　古今诗

耳顺何年始，无为十岁终。
新居新屋在，可忆可家翁。

140. 新苇茆堂（二首）

之一：
有水园中影，成山月下形。
泓澄泓碧净，榭曲榭天庭。
之二：
耨水耕山畦，观天问地行。
农夫农有教，一步一心明。

141. 茆亭

亭中含日月，水上纳匡庐。
草木耕朝暮，风霜老读书。

142. 客厅

影纳松筠色，庭含竹月书。
衡门茅织碧，客坐待荫余。

143. 咏写真

写假写真态，经心待选情。
由人由己择，以意以形成。

144. 主榜日

十二街前望，三千弟子观。
儒书今数第，十载一书难。

145. 曲江宴日呈诸同年

同年同榜见，共事共经纶。
凤凤凰凰鸟，飞飞止止秦。

146. 偶吟　古今诗

天天六首诗，二万日日司。
七十三年里，乾隆已自知。

147. 渤海宾客羹斩蛇剑，御内水，人生几何以金书作屏有赠

三春当及第，八闽一雕虫。
月上闻天地，屏中树素风。

148. 赠表弟黄校书辂

晏子知儒学，严陵隐水居。
吾身吟七十，诸表尽诗书。

149. 辇下赠屯田何员外

封章频得意，报国直无邪。

乞火非寒食，重阳是菊花。

150. 赠月君

序：

徐夤小妻字月君。我妻郭雁卿，北京钢铁学院中冬遇。

诗：

学院冬梅正溢香，贤妻白雪雅卿妆。
兰衣白领羊毛脖，出水莲花带碧塘。
性性灵灵行三界，耕耕学学共千章。
牛郎织女曾相誉，北海京城已柳杨。

151. 赠垂光同年

同年攀桂树，射微共朝臣。
举笏金銮殿，行辕凤阙钧。
趋鸾思第路，共记杏园春。

152. 赠杨著

八岁吟诗句，三边李广闻。
阴山知射虎，燕蓟已将军。

153. 赠黄校书先辈璞闲居

闲居闲不得，隐逸隐多余。
进退分朝暮，阴晴彼此书。
三台三主辅，一子一椅锄。

154. 尚书荣拜恩命黂疾中辄课恶诗二首以申攀赞

之一：

拜见凤凰池，封侯四海知。
关河多敕赐，莫忘纪书诗。

之二：

红袍红印鉴，紫绶紫泥封。
借问王恭日，还平帝业踪。

155. 府主仆射王博生日

已非熊罴老，氲氲瑞气浮。
周星周柱史，汉酂汉家侯。
鼎萧生灵纪，龟龟鹤鹤瓯。

156. 献内翰杨侍郎

窗开青琐色，近圣白龙台。
欲署三缄口，官人八斗才。

琼瑶丹凤拂，庙宇待盐梅。

157. 送刘常侍

有情常寄取，莫计又留连。
杜宇春风许，东溪碧水天。
山光青色入，碧木直苍然。

158. 送卢拾遗归华山

一步华山路，三生北岳天。
常闻无咫尺，壁立有经年。
木木成林见，山山栈栈悬。
空空由色色，谷谷任川川。

159. 春来送陈先辈之清源

春来先辈去，处处杜鹃花。
一路三秦水，千源万草洼。

160. 上卢三拾遗以言见拙

莫以旁观者，当中自有人。
因思周庙律，八卦易秋春。
冷眼何须笑，秦皇二世臣。

161. 呈王校书往清源

送往清源路，迎来一念空。
梅香梅柳岸，杜宇杜鹃红。

162. 岳州端午日送人游郴连

五月巴陵路，千梅两色深。
苍梧斑竹泪，鼓瑟二妃心。

163. 贺清源太保王延郴（二首）

之一：

八载温陵万户丰，三生地洞蕊珠宫。
太行云梦三湘岸，无限黄昏夕照红。

之二：

洪湖云梦泽，晋水太行山。
鼓案垂钓直，文王只去还。
无须分辨问，社稷选朝班。

164. 病中春日即事寄主人尚书二首

之一：

秋荷已见枯，夜雨向飞凫。
北雁衡阳宿，明年过太湖。

之二：

朝程朝不止，月缺月圆行。
太守修城堡，干戈渐落平。

165. 寄华山司空侍郎二首

之一：

鸡鸡鹤鹤一群中，落落飞飞半不同。
远远无成何近近，高高有见是空空。

之二：

非云非雨象，是鹤是鸡鸣。
远近高低见，玄虚一道生。

166. 寄卢端公同年仁炯时迁都洛阳新立幼主

再是上阳宫，无非众志雄。
皇都皇所在，一帜一兴隆。

167. 寄天台陈希畋

雪冻阴山路，冰封敕勒川。
天台由此去，吕望直钧弦。
鼓案文王问，容斋随笔宣。
无须史纪问，已是纠周年。

168. 寄两浙罗书记

钱塘风水月，六合雨潮洪。
不像江南域，江南已似弓。
朝天朝地涌，绝顶绝无终。

169. 邑宰相相访翌日有寄

慈恩无弃柳，妒害有寻珍。
短济应知贵，长攀不是因。

170. 白酒两瓶送崔侍御

侍御知佳酿，冰壶玉液香。
如今诗作酒，自是谪仙狂。

171. 依韵酬常循州

早揖潘郎帐，飞旳出桂堂。
皇泥封玉律，绶印过潇湘。

172. 谢主人惠绿酒白鱼

江中一白鱼，绿酒半云舒。
醒醉当如此，人生不所余。

173. 魏

为王为帝间，举槊举连营。

若以东风识，三军二国倾。

174. 蜀

刘关张结义，魏蜀自分吴。

赤壁曾攻火，连营一计图。

东风应所识，踏破卧龙儒。

175. 吴

一稿张昭计，三吴建业城。

荆州当不借，未忘武昌情。

176. 两晋

一举空城计，三军已尽知。

擒毛非战退，对垒是君辞。

177. 宋二首

之一：

自得耕衣教子孙，恭恭俭俭是天恩。

中原逐鹿干戈起，汉祖称雄立庙门。

之二：

不起兰陵一霸图，晋夫五色半江苏。

龙章一掷谁天子，紫殿三年一丈夫。

178. 陈

不理隋文帝，崇张作贵嫔。

歌从摇玉树，世去对兵臣。

179. 读史

源头水色自澄明，曲曲折折自在行。

万里中原黄土地，黄河早晚不成清。

180. 汉宫新宠（二首）

之一：

妾女多兄弟，同时要立侯。

红颜红命薄，一夕一朝忧。

之二：

高才无立用，亚父楚营辞。

莫以鸿沟问，江东一霸时。

英雄应盖世，不可未央迟。

181. 开元即事

梨园自此已成章，羯鼓霓裳演帝王。

未必蛾眉成败国，胡旋节度反渔阳。

182. 李翰林

力作青莲问八仙，龙颜侍奉贵妃前。

华清水色温汤浴，扑月当涂作酒泉。

183. 闻长安庚子岁事

一旦干戈起，三朝子弟忧。

良田良亩废，四海四人流。

羽檄交驰触，旗旒入铁兜。

方圆方不定，国柱国家舟。

184. 公子行

十五辕门外，三年立帐中。

公成公子路，一马一惊空。

自以飞将志，阴山唱大风。

185. 依韵赠严司直

白石宣尼到玉京，吟诗二隅老身行。

居官不大才无小，不平人间始是平。

186. 伤前翰林杨左丞

已上鳌头奉御皇，云中遗战野花香。

伊皋不使三台耀，苍颉留贫待上商。

187. 日月无情

日月无情是有情，东西上下以天明。

黄昏已见朝阳旭，去去来来总不声。

188. 新月

娥眉正扫一丝弦，玉宇寒宫半挂圆。

月上三分两隐约，人间已可共婵娟。

189. 和尚书咏烟

无根无靠色，化雨化云烟。

落落浮浮隐，花花草草悬。

蒙蒙含露水，淡淡覆桑田。

最是江南岸，居心隐流船。

190. 宫莺

已领春光到帝家，人间处处有云霞。

东风带雨回阡陌，共与深宫向女娃。

191. 须发

银须同白发，本是共根生。

海海山山易，云云雨雨情。

儿儿还女女，老老复英英。

莫以人问老，当知久不平。

192. 春入鲤湖

二月白云齐，三春鲤泛溪。

龙门天下水，一跃任东西。

193. 双鹭

一鹭朝天问，千波不见鱼。

深深游不止，独独傲云居。

194. 鹧鸪

日暖声声远，鸣音处处田。

农夫因结伴，籽粒共天缘。

195. 鹰

本在荒原野，何为入铁笼。

豪门居所志，以此逐称雄。

196. 蝴蝶二首

之一：

花间飞不定，色里蕊心微。

莫信惊朝暮，庄周梦是非。

之二：

只以穿红去，居心采蕊香。

春光春所赐，岁月岁青黄。

197. 郡侯座上观琉璃瓶中游鱼

自在锦鳞游，泓澄逐日酬。

无忧天地界，饵食不须愁。

198. 剪刀

宝待三宫色，东风一剪刀。

鸳鸯初出水，受降制衣袍。

草木裁平碧，戎衣志气豪。

天公天所赐，玉树玉葡萄。

199. 纸被

柔柔细细好丝绵，薄薄轻轻以帛悬。

白白云云三五幅，明明月月似清泉。

200. 纸帐

足见方圆四面空，摇摇曳曳半地风。
婵娟桂影难分辨，似在寒宫一月中。

201. 贡余秘色茶盏

半在朦胧半透明，一身正直一身英。
玉盏形形奇怪品，杳杳香茶起落轻。

202. 笋鞭

春云春雨夜，一笋一晨开。
腹腹尖尖便，娇娇懒懒开。
知心知半剥，自白自三梅。

203. 咏帘

珠珠玉玉一垂成，线线丝丝半结英。
隙隙空空留有目，摇摇曳曳有无明。

204. 咏灯

一盏灯光自不成，三更半暗已难清。
人生一世谁知晓，远远难明近近明。

205. 咏扇

一扇半清凉，三春两故乡。
江南江水岸，塞北塞炎尝。
不向班姬问，长门有夕阳。

206. 咏笔二首

之一：
扶苏一志已留名，二世三秦自不成。
始祖应当蒙恬笔，北国羊毫侯店情。
之二：
不犯秋毫一寸名，三归白草两枯荣。
荒原自古生家远，以此方行日月情。

207. 咏钱

五月榆钱四野明，三春广泽九秋情。
人间不止王孙足，莫以贫家自力荣。

208. 尚书宴中咏红手帕

手帕佳香泪，歌声储女情。
双波留浩腕，独步问家英。

209. 尚书新造花笺

淡染红桃似雪花，方方正正一田家。

吟诗未止三毫笔，一首诗停两处华。

210. 钓车

钓掷轮车有远绳，垂钩只待大鱼征。
严滩只以江山志，渭水谁言吕望应。

211. 柳

春风先入水，柳叶后光晖。
六九河边色，三千弟子扉。

212. 愁

相思难入梦，独宿易生愁。
四皓商山晚，三台辅汉楼。
萧何萧已去，吕后吕人谋。

213. 草

春来天下色，夏去碧云茵。
自以枯荣力，还求日月秦。
深深铜雀外，处处岁年陈。

214. 萤

流星流已去，夜色夜光来。
闪闪飘飘见，丛丛处处催。

215. 水

山高山有水，向下向低流。
有止成湾渚，无形作载舟。

216. 苔

云云雨雨自留踪，地地天天有湿容。
水水源源成草地，年年岁岁已藏龙。

217. 晓

一度天红半海瀛，喷波欲出一精英。
羲和已晓扶桑色，满向人间处处明。

218. 别

范南怜心寄，梅花落两层。
东门杯酒住，啸啸望前征。

219. 夜

灯明闻子路，雪满子猷情。
待旦钟声晚，流萤一息平。

220. 雨

经云成日月，以雨待阴晴。
旱旱涝涝界，丰丰富富行。
田家田泽济，世界世枯荣。

221. 萍

无根无本色，有渚有浮沉。
咫尺方圆绿，珍珠不必荫。

222. 恨

世上无难事，何须恨不平。
官名苏武子，史记李陵名。

223. 鹤

三清飞一鹤，九鼎卧千龙。
且与神仙伴，何时故步封。

224. 鸿

行如兄弟影，一字换人飞。
岁岁依南北，年年两地归。
衡阳青海岸，不系故乡扉。

225. 鹊

织女牛郎隔，银河两岸边。
居情居意愿，鹊搭鹊桥怜。

226. 霜

霜清霜草药，贝叶贝芝兰。
白雪终冬暖，梅花着玉冠。

227. 风

风云造化功，日月因之隆。
万木波涛起，千口谷壑穷。
江流东去逐，海阔向天空。

228. 帆

一举送行舟，三帆逝水流。
东方东不止，岳麓岳阳楼。
积得浔阳酒，西来过九州。

229. 梦

千思千致过，一梦一香肠。
此去长亭外，还来日月乡。

周公臣自得，武帝上仙堂。
所向披靡去，人间各柳杨。

230. 东

东方三自主，紫气一天元。
日立扶桑早，黄昏返照源。

231. 西

日落东方照，黄昏上远楼。
草地多云水，源源聚散流。

232. 南

南方南不尽，北陆北冰洋。
东西分两半，水陆合炎凉。

233. 北

南洋南极北，北极北无南。
尽是冰川雪，融融四海涵。

234. 云

漠漠山中散，沉沉海上归。
浮浮何落落，抑抑复飞飞。

235. 燕

无期无约束，有夏有秋移。
着穴生儿女，衔泥建户基。

236. 蝉

求高求远唱，退步退思鸣。
自以秋风肃，居身已翼轻。

237. 露

三更三水气，一露一珠圆。
但以凝光见，花明草色鲜。

238. 霞

落照残阳色，晨晖带旭飞。
红光红独去，汉水汉云归。

239. 蒲

上寺蒲团坐，禅房主意修。
青莲青彼岸，一度一心猷。

240. 泉

非疏非凿石，水涌水穿酬。
细细长长远，清清淡淡流。

241. 烟

无云无雨水，有火有尘悬。
以地扬扬散，从浮处处天。

242. 闲

农夫闲不住，弟子向官难。
不耐清贫志，孤身隐逸观。

243. 忙

弟子卫天吟，农夫日日忙，
耕耘耕所似，著作著时香。

244. 泪

鼓瑟湘灵见，苍梧竹上流。
悠悠千古落，点点九嶷羞。

245. 月

今年今不是，去岁去团圆。
但向寒宫望，婵娟桂影悬。

246. 依特使温飞卿华清宫

五十年前后，三千弟子羞。
玄虚玄老子，贝叶贝经留。
水暖莲花岸，风清道士修。
三王加二弟，七贵顺封侯。
上幸霓裳舞，梨园自此由。
开元天宝继，羯鼓旧雍州。
大腹胡旋便，中丞帝业休。
唐家周武李，父母女妻仇。
北剧中犀书，南从蜀国忧。
新丰新史迹，渭水渭胡流。
御笔长生殿，皇城玉蕊头。
朝元朝尾问，一代一春秋。

247. 尚书命题瓦砚

三边蒙恬笔，万里一扶苏。
日月江山蝗，秦瓠汉互趋。
当今当古见，寄此寄洪湖。
且以文书见，英雄作帛儒。

248. 东风解冻省试

东风冰下暖，大地待心融。
物象应春动，梅花已绽红。
黄河惊两岸，水乳互排空。
一路东流去，千波已不穷。
群芳先自绿，百草已茵丰。
陌陌阡阡见，云云雨雨功。
农夫祥吉瑞，吏役向归鸿。
岁岁常如此，年年祝乃丰。

249. 和仆射二十四丈牡丹八韵

绿叶红花见，君仁志志新。
无须争世色，不做逐红尘。
玉蕊黄庭主，层芳碧玉鬶。
邻家窥女问，小女已光春。
老少皆观取，童翁亦彩珍。
文人文不止，一笔一经纶。
岁岁年年比，开开落落氛。
寻知寻道老，解惑解书人。

250. 钓丝竹

钓钓丝丝竹，弯弯细细钩。
游鳞游水下，有欲有无谋。

251. 尚书会仙亭咏蔷薇羡坐中联四韵

春兰秋菊品，百合牡丹情。
梦峡朝云色，巴山暮雨行。
高唐神女梦，汉画误宫英。
莫以蔷薇刺，丛丛秀女萌。

252. 和尚书咏泉山瀑布

惊虹挂十条，白练落云霄。
雨雨云云散，烟烟水水潮。
垂垂还叠叠，漠漠亦飘飘。
濯濯缨缨雾，潇潇荡荡桥。

253. 镜中览怀

不语龙泉剑，当言白发情。
朝朝还暮暮，逝逝复生生。

254. 楚国史

不解如簧舌，张仪楚士歌。

秦王知六国，屈子向汨罗。

255. 自咏　古今诗

七十余三已半生，儒书不尽不知名。
耕耘未止经天着，每日吟诗五首成。
百岁当然前未了，千年史记吏无盟。
春秋草木春秋律，日月阴晴日月行。

256. 张仪

怀王几十城，楚国两三荣。
合纵联横见，秦皇六国倾。

257. 蔷薇

无丛非君玉，有刺作蔷薇。
萼萼心心见，思思想想归。

258. 大夫松

一树大夫松，千山似古龙。
波涛由此起，日月向开封。

259. 杏园

及第曲江滨，高名渭邑人。
春风多得意，记取杏园春。

260. 蕉叶

雨打芭蕉叶，风摇玉树枝。
吴宫吴织女，一水一云时。

261. 路帝草

三春三日月，一岁一枯荣。
处处江山色，茵茵草木情。

262. 读汉纪

鸿沟分不定，四面楚歌声。
亚父东吴叹，张良不用兵。

263. 李夫人二首

之一：
楚甸李夫人，男儿不向秦。
君恩君已去，一笑一秋春。
之二：
吴王吴越女，楚国楚无君。
一辱三荣见，千儿半不勋。

264. 明妃

一路黄河水，阴山汉画名。
同流同日月，其曲共声鸣。

265. 马嵬

不向长生殿，当知幸蜀人。
三军三举止，马上马嵬臣。

266. 依韵赠南安方处士五首

之一：
严陵严不在，渚草渚云滩。
有水由人想，无名可客难。
之二：
三千子弟兵，五百阵列成。
古古今今战，来来去去兵。
之三：
寺寺僧僧去，霜霜雪雪来。
无乡无寄泊，有路有心催。
之四：
月色随流逝，云光水逐游。
如何知两岸，草木已成洲。
之五：
日始日终臣，贫官已不贫。
农夫礼已见，一粒一耕春。

267. 依韵答黄校书

雁塔慈恩在，青莲白石修。
书书市所以，校校校难留。

268. 伤进士谢庭皓

不可明君误，先游岱岳云。
书生青草里，白日有无曛。

269. 闻司空侍郎讣音

合取夷齐隐，孤寻汉逸人。
巢由尧不弃，已是自由身。

270. 偶题二首

之一：
须求骐骥骨，选采凤凰毛。
一路前行道，三生自谊高。
之二：
吟诗一乐天，杜牧半樊川。

村前临水照，细流自源泉。

271. 猨

宿就乔林饮古溪，梅花落下共香泥。
阳春白雪巴山栈，只向深山月下啼。

272. 追和贾浪仙古镜

古镜铜平面，研磨始发光。
曾知三两代，照样暮朝量。

273. 蝴蝶三首

之一：
乾坤相尧物，老少作虫蛾。
小蝶常无力，蜘蛛自织罗。
之二：
只与佳节伴，翩翩近小窗。
摇摇轻展翼，落落自成双。
之三
飞飞不唱歌，静静问莲荷。
点点心中采，扬扬雨露多。

274. 新刺袜

织女牛郎问，银河两岸家。
王母应允诺，赤足不回家。

275. 寄华山司空侍郎

山中第一人，月下度三春。
蓝色初临水，花光满水津。

276. 初夏戏题

荷芰初出水，夏雨夜无归。
亮亮珠珍露，尖尖欲启扉。
（纪录　一日　一百一十九绝句）

277. 寄钱珝

吏部尚书郎，文才制书乡。
微微王溥荐，以录作诗章。

278. 客舍寓怀

滩声应不远，野寺一游僧。
月色明庭影，空怀望五陵。

279. 送王郎中

远送无声去，心怀有别情。

明年当此地，隔岁再枯荣。

280. 江行无题九十八自中书舍人谪抚州司马

之一：
以酒见漪涟，乘流尺壁舟。
冯夷疑此报，不可付轻流。

之二：
莫以岘山头，羊公有泪流。
襄阳才子问，撼岳隔千秋。

之三：
自古一碑文，如今半句君。
明晨明日始，一晓一飞云。

之四：
如今谁善舞，楚国细腰奴。
汉口知音问，孙权已向吴。

之五：
向背青山路，阴晴日月舟。
枯荣同律令，水色共沉浮。

之六：
屈宋楚辞扬，荆州借故乡。
长江渔父唱，结网纵龟藏。

之七：
此去千重路，衣衫一古人。
秋来秋砧夜，隔岁隔明春。

之八：
雨浪细无花，长流远有涯。
帆舟扬所欲，别去故乡家。

之九：
日月当秋色，乾坤是故家。
新天新地界，一语一楚衙。

之十：
驿水承平载，官曹作建章。
晨风吹不尽，夜语是船郎。

之十一：
江行江不止，逝水逝山阴。
有水明波逝，无伤老大心。

之十二：
两岸多乔木，三秋落叶秦。
归根归所欲，厌世厌兵人。

之十三：
日以秋初短，阳当八月高。
耕夫因果见，小女采葡萄。

之十四：
日暗惊山雨，江明向水乡。
金鱼船上跃，夕照色中扬。

之十五：
重阳重日色，一雁一潇湘。
俱是南来客，明年不去乡。

之十六：
雨密江行暗，云沉水浪轻。
三光曾照旧，一笑作长行。

之十七：
江门三四柳，水驿去来人。
有意回头望，秋霜已五津。

之十八：
酒市音声起，旗亭曲舞闻。
寒江连夜雨，臆断夜台君。

之十九：
曲曲弯弯处，滩滩渚渚深。
江流江所积，草木草花荫。

之二十：
孤身孤自慧，独去独行明。
自得无非是，何疑有系缨。

之二十一：
吟诗非我病，写字是心桥。
自与先人语，留声故事遥。

之二十二：
雏舟循逝水，逐客逐春秋。
俱是非同类，还同造化修。

之二十三：
秋云无久雨，晚燕有家归。
独我江行去，开船敞木扉。

之二十四：
扬扬应自得，阔阔是江秋。
莫问江行路，帆风向九州。

之二十五：
日照三秦陆，江流四季青。
千波流逝水，两岸小长亭。

之二十六：
月色江行泊，滩头草木丛。

荒村荒已久，一世一英雄。

之二十七：
斗转星移落，江流渚草生。
枯荣应所见，岁月自多情。

之二十八：
暮鸟黄昏近，红霞水渚多。
男儿停泊岸，小女唱渔歌。

之二十九：
九派一浔阳，三江半故乡。
船行船尾望，两岸两波长。

之三十：
渐觉江行远，何时有寄书。
荆州垂楚路，又食武昌鱼。

之三十一：
稻谷黄粱色，村声麦场田。
秋收忙子粒，靠岸采菱船。

之三十二：
渚浅多游鹭，江清不见鱼。
吟诗吟所见，月夜月常居。

之三十三：
流萤逝水烟，月色近江船。
竹竹枝枝唱，男男女女传。

之三十四：
睡下睡难成，江中江水声。
波摇波不稳，月色月空明。

之三十五：
自以平生志，曾期一郡符。
当然同里镇，四载一姑苏。

（古今诗）

之三十六：
一半江行路，三千弟子吴，
风云藏草木，水月在江湖。

之三十七：
秦淮忆建康，楚鄂问潇湘。
汉子龟蛇锁，孙权客武昌。

之三十八：
竹影疑村路，芦花已满乡。
张翰鲈脍醉，社日牧牛郎。

之三十九：
渚渚烟烟水，滩滩雾雾乡。
江青江水岸，一岭一峰光。

之四十：
独立船帆望，江鸥点水忙。
高低无所谓，逝水有低扬。
之四十一：
高秋一半扬，向背各分张。
黑白阴阳对，乾坤日月长。
之四十二：
九月重阳日，三秋野菊黄。
分明分两半，一树一天光。
之四十三：
战火余灰烬，贫村度苦家。
江流江不尽，逝水逝寒沙。
之四十四：
茨茨菱菱食，和和战战争，
田田禾稻米，路路故人荣。
之四十五：
渭水流还绿，荆州橘已黄。
风扬云远去，水照月明光。
之四十六：
木简山贫土，江平水自深。
儒生多弃本，孝子父母心。
之四十七：
远岸水中金，湾流渚外寻。
沉沉淘积垢，落落作琛音。
之四十八：
月色留清渚，芦花白满洲。
严滩严不钓，泊宿泊江楼。
之四十九：
风清留月色，水静送天凉，
不可听卢管，船娘自问乡。
之五十：
船终非不止，月色是同凉。
一日江亭冷，三秋忆故乡。
之五十一：
江明渔火暗，月色水千光。
两岸多芦苇，三湘有雁翔。
之五十二：
雨落江中水，舟浮渚岸花。
芦丛惊雁宿，共是忆乡家。
之五十三：
江行江未尽，半路半遥量。

只以人心见，无须问短长。
之五十四：
夏口知音去，荆州借不还。
皇公皇叔问，挟地挟曹蛮。
之五十五：
又食武昌鱼，龟蛇两不虚。
晴川晴所望，一水一东余。
之五十六：
水水充青岸，星星落水寒。
阴霾何防夜，只恐有波澜。
之五十七：
已向江门行，当然带雨根。
不必寻根去，平生已误乡。
之五十八：
黄花花不尽，落叶落还扬。
不必寻根去，平生已误乡。
之五十九：
月在舟边止，船娘水上行。
何须寻岸靠，曲曲竹枝声。
之六十：
江堤江漏水，野旷野成塘。
不见荷逢采，秋香结子扬。
之六十一：
白鹭飞鸥见，江中各自长。
当心趋止处，以意作炎凉。
之六十二：
夏口知黄鹤，长江向自流。
楼空人不在，水去客诗留。
之六十三：
白帝商唐外，巴山暮雨中。
襄王神女问，宋玉楚辞空。
之六十四：
橹慢成方向，戈勤作白云。
千波三两岸，一水两边分。
之六十五：
无情无欲望，有水有沉浮。
亦载应知覆，清流自在舟。
之六十六：
扬帆风有力，逆水阻方知。
事事人人见，时时顺顺期。

之六十七：
咫尺东林寺，天涯古刹禅。
匡庐匡正义，六祖六朝田。
之六十八：
千波千渚草，两岸西滠鸥。
望尽江行路，无须万里求。
之六十九：
不是含烟草，黄昏夕照明。
清清成楚楚，朽朽复萌萌。
之七十：
潇湘三界水，楚客一离骚。
竹泪苍梧落，阳台蜀女高。
之七十一：
秋寒鹰雀逐，顾客士云消。
不是洪湖主，何言碧玉桥。
之七十二：
日上滕王阁，分时见浪花。
东流东逝水，一主一荣华。
之七十三：
夕照黄昏远，斜阳草木家。
丛丛虫不语，静静落江华。
之七十四：
应知向日葵，未见蕙兰时。
织女河边望，牵牛自独思。
之七十五：
千花东水岸，一月紫菱湾。
西塞山前社，小女醉红颜。
之七十六：
三湘三竹泪，九派九巇岛。
君上寒树影，渡过洞庭湖。
之七十七：
早雁衡阳宿，人形守苇塘。
飞时成一字，律令自千行。
之七十八：
早晚分时令，阴晴造化功。
鄱阳天下水，白日向天空。
之七十九：
处处旗亭见，行行酒水闻。
英雄谁醒醉，日月净仁君。
之八十：
一叶经霜后，三秋自在红。

枫林枫所色，夕照夕阳崇。

之八十一：

无风无浪起，一世一由衷。

达理知书道，前行见始终。

之八十二：

百步苍苔路，三烽水渚津。

风流由客赋，此得是诗人。

之八十三：

久奈江行水，登临暂换山。

松门松后寺，一步一人间。

之八十四：

前行前水道，远望远难明。

似是还非已，如来如去情。

之八十五：

一浪朝天涌，千波作水平。

浮舟浮日月，覆艇覆阴晴。

之八十六：

千年夫石望，一曲竹枝声。

尽是渔家女，认歌隔岸情。

之八十七：

平湖三日水，岁月百年情。

去后人无见，常言自古明。

之八十八：

已到章江岸，庐山牯岭边。

浔阳浔九水，一派一桑田。

之八十九：

湾湾斜照水，版版顺风帆。

一向船头去，三秋落日嵌。

之九十：

细雨霏霏下，轻烟处处迷。

津津繁苇苇，渚渚草萋萋。

之九十一：

楼名新野旧，蜀主向吴盟。

得见三分国，无须一独行。

之九十二：

已饮西江水，还吟渭邑城。

秦楼秦弄玉，风曲凤凰鸣。

之九十三：

分洪湖口水，合堰石头城。

独有时风物，浔阳太守情。

之九十四：

一到九江城，三生半水明。

滕王修一阁，故郡已千情。

之九十五：

洪都新府水，帝子带长洲。

旧馆江行晚，临川月色羞。

之九十六：

江行村事尽，木叶已经霜。

稻熟黄金浪，千家泛米香。

之九十七：

楚水江行尽，南昌九派来。

长天呈一色，岛屿作流台。

之九十八：

黄龙销雨色，白鹿向云幢。

阁锁蛮荆地，渔舟唱晚江。

281. 春恨三首　古今诗

之一：

三边一李陵，九脉半飞鹏。

战弃三军尽，何闻一玉冰。

之二：

阴山李广飞将军，射虎幽州不赐勋。

已尽长城嘉峪守，阳关帐外霍卫云。

之三：

英雄天水去，补石女娲来。

自古知精卫，荒丘故巷灰。

282. 蜀国偶题

金盘有荔枝，驿道无官时。

杜宇经天见，霓裳太白诗。

283. 同程九早入中书　古今诗

中书舍下半平章，制书文中四品郎。

似是三公三紫服，还绯十万十千篁。

纪录1日119绝句

284. 陈情献中丞　古今诗

拙拙孤孤亮，折折桂桂名。

先先曾后后，失失亦赢赢。

紫陌耕耘种，沧江濯浴缨。

雕工精琢玉，步过玄虚城。

二十榆关内，幽州李广英。

无知无目的，有路有长行。

自幼如来教，关公正一生。

农家农土地，寸尺寸枯荣。

大学乡家业，诗词已伴情。

师兄私塾继，格律韵音成。

七十童翁首，乾隆四万声。

江山由此鉴，社稷可纵横。

285. 长安雪后

山明含玉粒，树断带巢枝。

素彩分光闪，银装合方迟。

层层重复盖，漠漠又滋滋。

日近茫茫色，天遥处处基。

286. 送友人游东川

明州明月峡，一栈一山崖。

不可听猿久，蚕丛是蜀家。

287. 题樟亭驿楼

云浮樟树雾，海落浙江清。

驿舍含云路，西陵向路程。

288. 大梁送友人东游

左右东西路，阴晴上下田。

游心沧海近，意达莫成仙。

289. 送友人游蜀

巴山栈道险，一步半啼猿。

白首方知更，江流总自源。

290. 留别友人书斋

书儒早得名，旅客已忧程。

读学春秋志，琴棋日月平。

留心留药畦，种菜种人情。

共渡天涯月，同吟格律声。

291. 题耿处士林亭

不向闲中老，当为四顾情。

山山流水水，木木息莺莺。

对话同禽语，弹琴共鸟鸣。

人知人所在，草色草茵平。

292. 商于逢友人

别别离离处，行行役役人。

商于逢故人，一醉不知秦。

293. 灞上逢故人

灞上相逢灞上人，青云一去向青云。

人生路上常南北，故友思思作忆君。

294. 发浙江

八月钱塘岸，川川入浙江。

千寻楼上海，四顾富春窗。

295. 晚泊盱眙

雨湿淮南岸，云停草木洲。

盱眙明夜泊，曲曲女儿羞。

296. 归江南

青莲浮水面，碧玉展池边。

点点珍珠动，移移女儿船。

297. 代北言怀　古今诗

白马榆关北，姑苏子胥南。

金陵金不在，一叶一春蚕。

大陆台湾故，秦淮海峡涵。

长春长已事，立论立夫潭。

298. 春游曲江　古今诗　吕三郎

语入杏园春，无疑孟母邻。

书声应不尽，却是读书人。

格律诗词始，吴音陕语陈。

行三东北客，第一状元秦。

299. 和范秘书宿省中作

两省知寒夜，三台近月吟。

仙才仙不语，独鹤独云深。

300. 寄华阴姚少府

少府华阴署，官兴莫独吟。

干戈平定后，日月已知音。

301. 晚泊富春以人

钱塘已自富春江，海口潮头雨打窗。

举目遥观天上水，苏杭得益运河帮。

302. 寄崔道融

荆州微辟取，补阙集东浮。

入闽今诗卷，申唐八句流。

303. 梅花

萼萼应含雪，心心可纳寒。

香香流不住，傲傲影云端。

304. 铜雀伎二首

之一：

曹公铜雀伎，举槊杜康还。

小女红颜尽，漳河一水湾。

之二：

浓妆半短衣，淡抹一色稀。

曲尽千姿舞，生平万态依。

305. 春闺二首

之一：

春闺春不止，女色女难名。

昨夜梅花梦，眉间久不平。

之二：

新婚床上被，一梦到辽西。

三更闻夜雨，一鸟宿难栖。

306. 访僧不遇

月落寺门关，香initial古刹山。

禅房灯不语，闭谷向心还。

307. 田上

雨润青苗土，天成五色田。

人牛耕不尽，晓旭已当然。

308. 月夕

月色随人意，婵娟可共天。

寒宫寒桂子，玉兔玉生泉。

309. 槿花

北海南洋色，朝开暮谢红。

天涯天共日，海角海同穹。

310. 西旋滩

宰嚭亡吴国，西施浣越溪。

何须儿女问，一欲令高低。

311. 江上逢故人

江村求一醉，泊渚已三鸣。

故里荆州望，无须蜀国城。

312. 牧监

牵牛吹短笛，牧监向青莲。

一躺朝天望，三翻不到边。

313. 过农家

苏秦连六印，百水向三吴。

四海农家好，千年大小姑。

314. 江夕

一夕江流满，千红万紫舟。

西山西照远，牧笛牧河洲。

315. 春墅

妇女已田归，黄昏晚照飞。

耕牛辛累后，只向牧童依。

316. 江村

江村江水阔，日落日黄昏。

碧玉姑苏色，枫桥古寺恩。

317. 拟乐府子夜四时歌四首

之一：

寒梅心早动，白雪月中明。

欲唤群芳色，清香已满城。

之二：

夏水池塘碧，芙蓉带露明。

青莲青水岸，有叶有花倾。

之三：

七夕天河岸，牛郎织女情。

人间儿女巧，世上鹊无鸣。

之四：

长城长万里，已到玉门关。

大漠沙鸣久，长安太白山。

318. 寄人二首

之一：

去去来来日，朝朝暮暮程。

英雄常不战，一世有英名。

之二：

草草花花色，春春夏夏明。

风风同雨雨，八月共晴晴。

319. 江鸥

江鸥飞迅速，远近逐无归。

不见相思路，应闻独不依。

320. 春晚

清明寒食早，带露采茶归。

草席刹青晒，茗泉自敞扉。

321. 汉宫词

独诏阴山去，琵琶敕勒声。

单于边草牧，蜀女汉宫情。

322. 旅行

少壮天涯路，童翁不远行。

江楼江水问，一去一回声。

323. 班婕妤

百步长门路，千思日月城。

恩深宫忆锁，宠极辇无情。

324. 元日有题

三元应一日，九陌可千生。

万物知时令，双仪向背荣。

325. 古树

已有万年枝，何思一叶辞。

春来春雨润，白雪白霜知。

326. 春题二首

之一：

春风春雨润，草碧草田茵。

举目江山色，从心日月新。

之二：

雨雨云云路，桃桃李李花，开开还落落，

直直复斜斜。

327. 长安春

一日牡丹龚，三春杜宇风。

贫时贫不觉，落叶落方穷。

328. 病起二首

之一：

有病知天教，无声有地情。

身经身历练，使魄使生荣。

之二：

人经生死病，事过败成行。

孤行孤止处，始步始终明。

329. 峡路

巴山巴水峡，楚渡楚人家。

栈道惊猿见，啼声二月花。

330. 长门怨

买得相如赋，君心未所移。

人间皆宠辱，扫叶自相思。

331. 月夕有怀

三更半上楼，五夜一明流。

月落江湖水，清光逐逝舟。

332. 夜泊九江

夜泊九江楼，滕王一阁游。

荆湘吴楚尾，莫入洞庭秋。

333. 寒食夜

梨花飞满地，白雪已倾城。

乞火侯门外，春闱第一名。

334. 归燕

归来寻旧宿，尚存去年情。

且入求温存，巢边再续生。

335. 长安春

佳人红袖短，少女发丝长。

草草茵茵花，花花色色香。

336. 銮驾东回

明皇过马嵬，幸蜀已难回。

万岁无轻路，三宫有玉杯。

337. 钓鱼

不是钓鱼名，何求泼剌声。

观流观日月，一掷一抚平。

338. 西施

越国如花女，吴宫似月情。

功臣功已去，子胥子无名。

339. 马嵬

蜀道马嵬行，风流栈道情。

惊心惊魄处，万岁万难行。

340. 羯鼓

汉剑梨园曲，胡旋立步伶。

霓裳离羽舞，羯鼓雨霖铃。

341. 寄李左司

清风兰省月，玉佩左司情。

弟弟兄兄致，别别离离声。

342. 梅

岭上先香尽，云中后傲枝。

春风南北带，白雪去来迟。

343. 天台陈逸人

三千烦恼问，五百岁年修。

绝壁空山木，天台玉石楼。

344. 雪窦禅师

雪窦峰前壁，浮云岭后深。

禅师禅所寄，一字一人心。

345. 溪上遇雨二首

之一：

九夏回塘雨，千声向岸平。

鱼飞惊鸟落，水涨带潮声。

之二：

雨雨云云合，天天地地分。

倾盆倾已尽，日色日重曛。

346. 长门怨

长门长路短，著史著文明。

买赋钱无值，相如息薄情。

347. 秋夕

秋昏秋夕照，远去远山行。

但以分明见，阴阳各半生。

348. 过隆中

隆中一孔明，蜀主半思卿。

孟获空城计，无须火字生。

349. 关下

田文关下问，老子一牛声。

每渡山河水，惊心日月更。

350. 寒食客中有怀

江南花开遍，塞北柳依依。

已有飞莺至，无疑早燕飞。

351. 溪夜

积雪溪流阔，黄河已启冰。

开封开律令，一路一排凌。

352. 山居卧疾广得大师见访

问路三千恼，行程二十年。

无烦无想去，一度一菩贤。

353. 村墅　古今诗

退职姑苏事，江村别墅闲。

吴江同里岸，望尽洞庭山。

六十离京蓟，三千苦心潜。

吟诗吟万卷，一卷十三班。

354. 悲李拾遗二首

之一：

从来多谏玉，已是少君恩。

耳顺听无逆，言明许本根。

之二：

三千烦恼在，五百故人心。

雨细群芳老，风多响易沉。

355. 题李将军传

一箭李陵军，三边射虎群。

单于知汉子，自此做仁君。

356. 酒醒

白雪问寒窗，梨花满北邦。

三湘三竹泪，一瑟一长江。

357. 郊居友人相访

郊居一友人，以酒半知春。

小竹成丛绿，清溪已作邻。

观流观水阔，一欲一融沦。

358. 镜湖雪霁贻方干

经三经事理，守一守人心。

白雪阳春日，方干净古今。

359. 秋霁

夕照秋霁色，黄昏古木林。

云中云不系，一彩一霞荫。

360. 谢朱常侍寄贶蜀茶剡纸二首

之一：

相知蒙恬笔，造纸蔡伦宣。

自此文章客，功勋日月贤。

之二：

蜀雾新芽采，茗炉取远泉。

情同陆羽土，一品半如眠。

361. 读杜紫微集

精兵才调英，笔下受龙城。

中励三军将，多于五柳情。

362. 寓题

仙人一洞天，阮肇半千年。

不呆无成见，何时不食田。

363. 寓吟集

篇篇皆有洒，日日尽无明。

句句无杯醉，人人不学生。

364. 溪居即事

溪前已系船，竹后有桑田。

不是新来客，重寻钓石边。

365. 鸡

三更只一声，九陌已千明。

造化依然是，耕耘见此情。

366. 献浙东柳大夫

江头春雨过，柳下色黄匀。

再过三天后，茵茵一地新。

367. 杨柳枝词

别别离离路，杨杨柳柳枝。

折时折莫断，再长再方迟。

368. 楚怀王

六里城乡寄，三军进退名。

张仪容易去，屈子已难生。

369. 对早梅寄友人二首

之一：

又是早梅红，还吟忆故衷。

清香清傲消，隔岁隔无穷。

之二：

年年相似处，岁岁各香倾。

唤取群芳待，留当作玉瑛。

370. 句

莫以相如问，无知宋玉情。

第十一函 第二册

1. 寄卢延让

子善范阳人，诗书及第身。
留当从给事，以部侍郎秦。

2. 苦吟

苦苦吟诗句，行行向路程。
天天三五首，岁岁二千成。
不辍平生志，坚持一向明。

3. 雪

纷纷一互华，落落半梨花。
瑞雪丰年兆，祥和你我他。

4. 松寺

寺寺松松色，香香杳杳天。
僧游僧水止，夏夜夏无眠。
鹤影禅房主，风声鹿舍边。
流萤流一瞬，石殿石千年。

5. 赠僧

浮华浮世断，一念一心空。
尺竹分枝节，禅师合一衷。

6. 逢友人赴阙

赴阙雍熙地，行程百岁天。
青门青琐路，酒醉酒人家。

7. 哭李郢端公

北国临流水，东都已自空。
曾吟诗句在，带此向归宫。

8. 谢杨尚书惠樱桃

粒粒珍珠色，颗颗玉子香。
樱桃西域来，碧叶北秦筐。
意意情情贵，公公友友尝。
衷心衷所谢，一路一行扬。

9. 寒食日戏赠李侍御

渭水三千流，长安十二街。
红尘红不尽，碧水碧云阶。

10. 樊川寒食二首

之一：
樊川寒食节，小女踏春青。
昨夜初晴雨，花花自有灵。
之二：
花花呈雨露，处处有佳人。
莫以黄金许，心中已有春。

11. 句

人人皆不至，处处有炎凉。

12. 示门生马侍郎胤孙

进士梁唐晋，门生又再生。
文衡官本位，八十（仆射）已难成。

13. 赠杜荀鹤

第一九华山，思三半世颜。
彦之彦进士，玉带玉书还。

14. 宫怨二首

之一：
随风入上阳，独自步长廊。
不是乡关路，笙歌作柳杨。
之二：
生人生织女，问世问牛郎。
但在深宫里，无言问帝王。

15. 早春池亭独游三首

之一：
梅花初绽色，柳颊已遮楼。
两两鸳鸯水，扬扬白鹭洲。
之二：
虹桥虹已落，五色五湖舟。

雨细云轻处，斜阳四向流。
之三：
一水况天下，三光静小洲。
亭台亭影落，晓色晓烟浮。

16. 鹭鸶

白鹭朝天望，居心不俯头。
观鱼观水色，问日问风流。

17. 春夜二首

之一：
兵戈争几处，阻路亦沉舟。
十尺江流岸，三年不到头。
之二：
一夜子规应，三春别杜陵。
琼花香已就，月下始心凝。

18. 晓登迎春阁

凭栏望锦城，草绿已相倾。
但作长江色，春光唤晓莺。

19. 咏仙亭

仙亭仙不在，臆念臆心中。
此处观难尽，一水有无穷。

20. 郢中感旧

一乱三生晚，千戈半世开。
家家家业尽，处处处处赤。
隔岁和平姓，民田再问来。

21. 白髭

逢空求染药，但愿有青丝。
莫向天家问，神仙亦此迟。

22. 沈颜

五卷陵阳集，三生可铸吴。
翰林知制书，学士自江苏。

23. 题县令范传吴化洽亭

范令传真化洽亭，云烟笼罩作丹亭。
屏风自挂春秋易，水水山山各显灵。

24. 书怀寄友人

登楼知远望，对月向嫦娥。
作梦家乡晚，相思独自多。

25. 题壁

寺似禅心静，花如觉性泉。
方圆知守一，日月向天年。

26. 题张全义

周公周治国，洛水洛阳城。
子曾堆砌，重葺理事精。

27. 题怀素酒狂帖后

狂人狂草帖，醉醒醉时迟。
酒后谁疑酒，无知作有知。

28. 句

指引蝗虫去，丰年米稻来。

29. 李琪

昭宗进士事平章，学位翰林半入梁。
太子先生成太傅，琪台御史自敦煌。

30. 奉试诏用拓跋思恭为京北收复都统

一去金门远，重回玉辇遥。
骑经巴栈道，将过夏台桥。
拓跋思恭生，长安渭水消。
平关平所望，再笏洛阳朝。

31. 题广爱寺楞伽山

山高天外远，寺静殿中香。
古壁由方丈，禅房劝柳杨。
杨非杨是岸，柳异柳同光。
闭保观天地，开心见石梁。

32. 句

如今如社稷，幸蜀幸江山。

33. 寄桂师

江山重组合，社稷再新歌。
故故人人少，明明友友多。

34. 寄刘崇鲁

弟弟兄兄进士名，渭州制书帝王声。
天涯海角曾无近，节度磻溪自有行。

35. 席上吟

席上吟诗句，田中种菜苗。
三朝三代问，十世十渔樵。

36. 寄孙储

三江三水色，一路一尘襟。
店日涪戎子，长歌是古今。

37. 句

千流半玉消，二月一冰潮。

38. 江南乡

十里荷塘百里香，三春月色女儿妆。
江南水阔成龙晚，塞北天高作豫章。

39. 中秋月

不是寒宫别有情，嫦娥后羿各清明。
中秋合璧团圆问，此处无声不作声。

40. 临终诗

旧国恩深父母由，新园草色早春秋。
他州亦似吾诈路，只可前行不掉头。

41. 裴谐（观修处士画桃花图歌）

王维不画一桃花，处士鲛绡四幅霞。
悔自陶潜秦汉城，东风过玉赋三巴。

42. 寄曹松

三生师贾岛，五老榜中名。
七十余年第，舒州也自荣。

43. 长安春日

长安春日早，少妇悔行迟。
柳岸梅花色，牛郎织女知。

44. 慈恩寺贻楚霄上人

八水长安绕，慈成寺望遥。
秦山分水岭，楚国在云霄。

45. 崇义里言怀

侯门侯不在，白阁白朝梁。
养仆知官养，皇城一独皇。

46. 僧院松

青松青色寺，院静院僧禅。
一鸟飞天去，三生七寸田。

47. 贻世

富贵当仁取，贫穷作自源。
人生人所向，始祖始轩辕。

48. 南游

已远南箕外，应闻海口前。
潮来潮去水，涨落涨无边。

49. 送中洱使日东

已是江东半向西，千年日本已高低。
招商局在交通部，领袖潘琪任仲夷。

50. 哭陈陶处士

八卦空余爻，三生处士亡。
神仙神已去，一去一茅堂。

51. 言怀

三光不自私，八达自逢时。
苦苦辛辛力，耕耕种种知。

52. 月

缺缺圆圆见，明明暗暗栖。
弦弦分上下，日日各高低。

53. 答匡山产榔栗杖

栗杖匡庐顶，峨嵋遍访行。
经心寻一茎，百岁共终生。

54. 商山夜闻泉

商山泉夜色，半月带云田。
忽而遮宫影，嫦娥半晓娟。

55. 书怀　古今诗

默默无争路，幽幽有得闲。
诗诗成日月，积积列天班。

56. 道中

渭水流千里，长安路四方。
年年行所去，处处达其昌。

57. 夏云

一夏多云雨，三秋少雾乡。
分明分两半，一叶一千扬。

58. 塞上行

塞上安西路，云中上将呼。
离乡无免役，自古自征夫。

59. 晨起

江河应有尽，道路本无穷。
始始终终子，朝朝暮暮虫。

60. 感世

白发何人避，青丝几度欺。
长行长所以，一步一三思。

61. 观羊夷图

中华中属志，落笔落平生。
寸寸分分见，兢兢业业成。

62. 山中寒夜呈进士许棠

山中寒夜月，叶上一层霜。
斫竹茗茶坐，燃冰共话长。

63. 滕王阁春日晚眺

九派滕王阁，三春帝子乡。
彭蠡滨不岸，睇眄望浔阳。

64. 钟陵野步

飞天飞不尽，一态一无边。
未免孤云势，高思不可悬。

65. 哭胡处士

不作惊天地，无为进退因。
西方西之客，自主自春秋。

66. 青龙寺赠云颢法师

莫惜青莲誉，当言已四方。
生机生所在，一寺一禅乡。

67. 荐福寺赠应制白公

寺里多清净，禅中有悟知。
心经心所向，以觉以成诗。

68. 观山寺僧穿井

凿石观山寺，穿岩带水明。
三生三界断，一井一源生。

69. 送德光禅师

已见浮云去，还闻晓日来。
天天如此见，处处以心开。

70. 赠南陵李主簿

主簿南陵邑，春闱北陆门。
宁劳长短吏，不计小儿孙。

71. 慈恩寺东楼

白塔慈恩寺，高僧贝叶楼。
精参泾渭水，细品曲江流。

72. 古冢

已古五千年，王侯一万迁。
留冢荒草没，只叹占桑田。
俱是风流子，谁人已成仙。

73. 访山友

有约山茶晚，还寻桂子圆。
行程当问径，月夜不听猿。

74. 林上书怀寄建川李频员外

水石南川好，诗词草木佳。
江河随日下，鹤月照山崖。

75. 猿

栈道巴山壁，江流一峡秋。
猿啼含恐怖，滟滪几分舟。

76. 秋日送方干游上元

人离京口树，雁入石头城。
汲水方干井，群峰雨露萌。

77. 哭李频员外

东归入故乡，北陆已心长。
自此重回故，书生已断肠。

78. 山中言事

山中山有雨，水上水无声。
绝顶泉方落，天高日始荣。

79. 送左协律京西从事

京西从事久，陆北对风沙。
已见楼兰易，难成日月家。

80. 望九华寄池阳太守

池阳近九华，太守望千家。
借鉴知天地，江流一浪花。

81. 上广州支使王拾遗

步入五羊城，心回一水明。
珠江珠已落，镇海镇方荣。

82. 题僧松禅

青松青本色，寺老寺禅微。
影影形形是，身身意意非。

83. 赠华阴李明府

江山非草木，社稷是民耕。
雨露应天日，甘霖久润生。

84. 送人庭鹤

庭前应鹤立，客后可留声。
翘首高扬望，天机在上头。

85. 信州闻通寺题僧砌下泉

古寺有新泉，禅房以觉贤。
僧传僧慧悟，一世一心田。

86. 山中

步步山中碧，溪溪木下湾。
三生由智慧，百计不相关。

87. 寄崇圣寺僧

不饮长安酒，心游白塔层。
慈恩慈所在，问去问来陵。

88. 金陵道中寄

水水金陵道，山山泗渚荫。

无须天地问，不可向无心。

89. 都门送许堂东归

步上东归路，黄河漫漫冰。

都门经百里，不见五陵僧。

90. 送进士喻坦之游太原

清流汾水色，日照并州城。

一晋祠堂老，三秦以此生。

91. 九江暮春书事

江流无旧岸，暮色有春情。

日上滕王阁，浔阳九派生。

92. 再到洪州望西山

洪州一望到西山，碧绿千循近竹颜。

海市蜃楼曾是梦，沙鸣只在玉门关。

93. 赠胡处士

木木林林见，多多少少寻。

人生人不了，处士处知音。

94. 与胡汾坐月期贯休上人不至

一月挂庭园，三光半日田。

星云星已远，桂影桂宫迁。

95. 铅山写怀

战乱和平里，长甘不问甜。

铅山临草木，碧玉绿纤纤。

96. 书翠岩寺壁

寺壁天书下，峰云玉宇中。

东林僧自学，水色大江东。

97. 江西题东湖

处处洪湖水，人人日月天。

东湖东木叶，一雨一霜川。

98. 题湖南岳麓寺

岳麓山前岳麓寺，潇湘月下洞庭舟。

斑斑竹泪苍醒水，橘子洲头枯叶秋。

尧舜禹，二妃忧。平生主宰主东流。

开襟不尽江河去，万古人间已自由。

99. 赠衡山麋明府

一府潇潇水，三湘处处川。

衡山衡岳木，雁去雁来天。

100. 塞上

塞上三边塞下川，秦中一路半桑田。

耕耘放牧胡汉界，日月同明共地天。

101. 送邵安石及第归连州觐省

青云重庆少，及第向天歌。

觐省连州望，身荣尺寸多。

三生从上路，九品已登科。

102. 边上送友人归宁

年青由性去，老朽向归宁。

只以辽东望，无门落日丁。

103. 除夜　古今诗

年年除夜问，祖祖一家宗。

已自胶东路，三生故步封。

104. 题甘露寺

吴门一尚香，蜀主半侯王。

五第从旁主，为兄国老尝。

105. 贻住山僧

苦苦住山僧，悠悠问五陵。

曾忧天下事，已去自无应。

106. 题鹤鸣泉

鸣泉鸣不止，鹤影鹤徘徊。

一水云天落，三明碧色来。

107. 吊贾岛二首

之一：

先生折桂误，寺路自推敲。

已得韩愈点，吟诗在古巢。

之二：

一去分今古，再来入梦中。

应寒应已尽，共月共苍空。

108. 忆江西并悼亡友

一世三生短，千年半古今。

人来人去了，一志二诗心？

109. 九江送方干归镜湖

已赴九江流，江东一渡舟。

无惊平面水，有镜落湖秋。

110. 庐山访贾匡

牯岭庐山立，鄱阳水色倾。

东林僧不语，木本一纵横。

111. 顾少府池上

天明池水浅，地厚自相容。

玉宇云空落，深深不可踪。

112. 喜友人归上元别业

隐者寻孤去，贫人别业来。

归时归不得，一语一天台。

113. 曲江暮春雪霁

暮色曲江分，春霁雪雨云。

南山南草木，北阙北梅芬。

114. 立春日

三冬寒未尽，一雪立春梅。

已是心中暖，新茶已自催。

115. 宿溪僧院

石屋心经在，禅房面壁田。

观音观自在，一色一空泉。

116. 石头怀古

一水石头城，三吴不用兵。

金陵金已尽，六合六朝名。

117. 浙右赠陆处士

门前说口路，雨后日舒云。

处士行程远，心田白日曛。

118. 哭胡处士

处士原无去，三清永久来。

丘中丘不语，月下月徘徊。

119. 赠余干袁明府

不忘荆州水，清流到越城。
山衔公署日，雨净玉堂明。

120. 赠雷乡张明府

罢战公堂主，荒田教种耕。
雷乡雷雨寄，直木直精英。

121. 岳阳晚泊

轻帆入阔流，已作洞庭舟。
一水由天远，三湘呆楚头。

122. 览春榜喜孙鄩成名

寒窗应未达，及第始身名。
已作书生客，官衙实习生。
民间民是主，有泽有人情。

123. 己亥岁二首

之一：
江山入战图，日月旧樵苏。
莫以封侯误，功成万古枯。
之二：
三边两立疆，一战百军亡。
俱是生民子，何言父母堂。

124. 乱后入荒州西山

不得谁县令，徒闻百姓吟。
民间民苦尽，一战一人心。

125. 送僧入庐山

江州有二林，牯岭寺云深。
闭谷何无见，辞离世古今。

126. 送僧入蜀过夏

半世僧名一杰英，三清古寺两界荣。
春春夏夏秋秋继，象象冬冬季季行。
知日月，问阴晴，禅房白塔几留盟。
心经已在金刚去，世上兴亡世不平。

127. 江西逢僧省文（二首）

之一：
双峰双不老，一别一相逢，
觉悟方成道，轮回本世踪。

之二：
昨日鸟邪叫，今天喜鹊鸣。
明晨明不知，后信后难平。

128. 水晶念珠

细凿精雕品海苏，冰凌玉翠水晶珠。
精工百八珍罗汉，直至沃洲数念符。

129. 南海旅次

已过越王台，天涯海角开。
羊城四首望，万里渭城来。

130. 春草

小草先生命，春风带雨行。
荒原应早见，已上古长城。

131. 金谷园

点石黄金谷，当年一绿珠。
如今歌舞见，又忆凤凰苏。

132. 夏日东斋

开门山半人，夏日水三苏。
处处荷花岸，人人有企图。

133. 南朝

台城台不在，寺废寺多无。
建业金陵易，南朝玉树孤。

134. 言怀

为文为未了，继武继方长。
岁岁年年力，家家户户粮。

135. 寒食日题杜鹃花

寒山已满杜鹃花，日出红林作彩霞。
乞火侯门诗先递，皇城弟子作文华。

136. 钟陵寒食日郊外闲游

钟陵寒食日，小女踏青茵。
一杂春梅采，含情只望秦。

137. 中秋对月

月色无私照万家，婵娟有影寄千华。
人间共度光明夜，世上同酬望菊花。

138. 陪湖南李中丞宴隐溪

隐隐一溪明，幽幽半岸清。
飞桥莲叶度，柳叶作浮荣。

139. 别湖上主人

湖光树影不须分，太一东峰梦见闻。
水日同明重作雪，鼗波共处已成云。

140. 赠广宣大师

共步心经岸，同游紫阁云。
东西林外寺，三十二年分。

141. 郊外闲游

日向江东唱大风，春茶未采问晴空。
云间落下秋鞋女，已化心中一点红。

142. 江外除夜

最是年年急急催，无疑岁岁自成才。
春春草草花花色，柳柳荫荫处处梅。

143. 七夕

七夕相期会，三心二意羞。
牛郎疑鹊语，织女已扬头。

144. 罗浮山下书逸人壁

罗浮山下客，望尽沃洲烟。
只以修行路，耕耘七寸田。

145. 天台瀑布

天台瀑布一流悬，九叠风波半隐天。
垂虹只照黄昏色，阳光已到底无边。

146. 桂江

桂水佳人问，参差护锦囊。
仙乡仙不得，自得自知桑。

147. 南海

共地常生别，同天不觉离。
人生人所去，一路一回规。

148. 洞庭湖

无离云梦远，有觉二姑情。
羽角鱼龙舞，潇湘鼓瑟声。

149. 霍山

千千百百霍山岩，仞仞峰峰半白莲。

虎虎龙龙分斗止，如来已似作云帆。

150. 巫峡

暮女朝云情已深，襄王楚渡女神音。

年年宋玉文章好，峡水流长作古今。

151. 送陈樵校书归泉州

八闽泉州路，三秦客驿低，

英雄南北济，一举自东西。

152. 赠镜湖处士方干二首

之一：

世路无平世路多，才人有屈楚才科。

湖心岛上明如镜，不得张仪唱九歌。

之二：

渔家已入镜中云，竹笛三声老大分。

解下金龟应换酒，明皇帝语送诗君。

153. 拜访陆处士　古今诗

万卷书中半白头，千年史册十三州。

诗词十万三千首，只作人间一世游。

154. 岭南道中

梅花岭上始芳菲，故国白雪映素晖。

不与归心相违背，鸥鹄唤得向南飞。

155. 春日自吴门之阳羡道中书事

吴音软语雨云烟，碧玉桥边月水船。

柳巷无深闻鸟雀，青门有女弄琴弦。

156. 将入关行次湘阴

湘阴云梦泽，竹泪洞庭秋，

雁已栖芦荡，黄陵隔日州。

157. 题昭州山寺常寂上人水阁

月下思乡唱大风，州中问道已成空。

三千弟子相天问，一半云山二水中。

158. 广州贻匡绪法师

羊城镇海半天涯，越秀香梅一月花。

北陆长安知白雪，珠江日日故流华。

159. 赠道人

山中隐姓名，月下自知情。

羽鹤三清界，神仙半已成。

160. 送乞雨禅师临遇南游

灵峰临虎石，古寺养龙池。

乞雨天涯北，巡耕北陆师。

161. 南海陪郑司空游荔园

半亩荔枝园，千株在道边。

垂红垂碧果，一品一甜仙。

糯米精微子，汁甜乳液涎。

心中心弃子，粒里粒成泉。

162. 李郎中林亭

郎中水阁一林亭，月下云前半竹青。

草木无私成碧玉，婵娟不语寄心灵。

163. 夜饮

歌中夜饮已轻狂，月下官员忘故乡。

独立居高当自傲，青娥欲语指临房。

164. 驸马宅宴罢

一树柳杨枝，三宫妾女迟，

皇家皇子婿，晓月晓风诗。

165. 吊建立李员外

已别桐江月，终离建水天。

深山孤独隐，不问世人泉。

166. 吊李翰林

半是青莲半是诗，三生侍奉一生迟。

当涂饮酒金龟月，此去知章不可时。

167. 山中

岩峰门不锁，谷壑水流川。

已载山林色，从容世界天。

山中同日月，道上共源泉。

168. 山寺引泉

山高山有水，寺老寺源泉。

不远银河落，无遥一觉禅。

天机天云岸，一度一心田。

169. 友人池上咏芦

蝉声禅不尽，树顶素难全。

落雁知南北，人形一字传。

170. 商山

不必商山问，无须四皓书。

官家官本位，帝业帝王居。

莫以萧何去，张良济世余。

171. 荆南道中

野外荒郊路，云中雨色情。

猿鸣曾不住，复以柳蝉声。

172. 武德殿朝退望九衢春色

玉殿玉台木，天街天路春。

南山初有雨，北阙净无尘。

爽道桃千树，深宫柳万新。

和风怜百草，四象化三秦。

173. 吊北邙

黄昏满北邙，夕照半秋光。

不以贤愚冶，何言草木荒。

谁知医白发，再作少年郎。

阮稽神仙见，秦皇此作王。

174. 及第敕下宴中献坐主杜侍郎

无因无果树，及第及儒门。

十载寒窗学，三生读子孙。

175. 梢云

梢梢云树树，郁郁影林林。

叶叶枝枝玉，根根本本荫。

176. 白角簟

白角工夫簟，封题褥列单。

如秋临夏至，止青已心安。

177. 碧角簟

细织重重碧，丝纹腻腻芊。

署署曾凉至，炎炎已过偏。

140

178. 滕王阁春日晚望

千流分两岸，四面九江烟。
已望潇湘竹，东吴浙水船。

179. 句

已步三清行，行从一道修。

180. 颂鲁（二首）

之一：
不曰天之末，斯文已尽终。
匡人匡鲁孔，七十二君穷。
之二：
列国周游尽，春秋一纪成。
三千从弟子，五百帝王名。
国学留天地，儒书作世明。
知之知佛道，子曰子英明。

181. 医人

医人医所本，治病治其心。
扁鹊由经脉，轩辕百药寻。
三光生世界，六合祖宗荫。
品味千珍草，郎中一古今。

182. 西施

越有西施女，吴无子胥男。
春秋由五霸，楚汉可千截。
自以江山易，何分仅色蚕。
沉湖沉所误，莫以范蠡贪。

183. 金谷园

谷谷金金园，崇崇石石宣。
珠珠同绿绿，堕堕共迁迁。

184. 巫山

人间云雨事，世上帝王心。
宋玉高唐赋，留情作古今。

185. 贾客

帆长舟短见，以十说成千。
逐利非兄弟，求财日月钱。

186. 狡兔行

狡兔知三窟，鹰隼向野飞。

同生同异处，共去共无归。

187. 长城

秦皇蒙恬令，万里着长城。
二世无传继，三朝有断缨。
隋炀杨柳岸，以帛运河情。
水调江都去，天堂以此荣。

188. 织妇女

织妇机杼苦，饥贫缺食全。
笙歌从日月，曲后已翻钱。
世以劳心者，人者以自怜。

189. 古塞下

百战已休兵，三边不戍城。
沙平荒骨没，小卒未勋荣。

190. 水旱祷

禾苗贫雨水，胜似缺钱粮。
祈祷求天力，何须取酒浆。

191. 邹律

律律规规策，行行止止明。
形形由色色，朽朽亦荣荣。

192. 蜘蛛谕

春蚕丝自束，蛛网四方张。
扑火飞蛾灭，流莺向远翔。

193. 猎犬行

猎犬成行去，鹰隼直落空。
谁人良久计，狡兔兔头功。

194. 断火谣

人间一火生，世上半晴明。
莫断民情取，阳升万象萌。

195. 思女吟

相思相入梦，十载十年遥。
夜夜由弦度，情情久不消。

196. 雉兔者

猎猎书书史，荣荣辱辱文，
邦邦成国国，子子亦君君。

网网罗罗致，群群合合分。

197. 药草

年年济世功，处处有贫穷。
药病何相取，贤良泽济隆。

198. 凡草诫

野野凡凡草，殊殊药药荣。
由生由本治，以合以孤营。
共济国滋润，相承互克情。

199. 明禁忌

风风水水一阴阳，暮暮朝朝半睡乡。
宅宅居居多筑就，南南北北有衷肠。
乾坤互济东西佑，八卦高低进退量。
世界含元元世界，人生纳一一圆方。

200. 伤彩饰

朝阳夕照雨覆光，彩饰祥合一满堂。
表面精工求标本，今今昨昨不同章。

201. 世迷

草木枯荣日，阴晴润雨生。
民心归大仆，世俗属人情。

202. 鸱枭

为人为善事，恶果恶如踪。
所弃难明理，飞翔亦不容。

203. 山中道者

不异丹砂客，何寻日色生。
山中山石炼，玉杖玉筇行。

204. 渔人

渔人渔所向，水浊水清汀。
大鲤深潭里，小鲫浅滩青。

205. 闻猿

闻猿闻所去，独客独徘徊。
不可相思问，前行自可催。

206. 经马嵬坡

已过马嵬坡，梨园颂御河。
霓裳曾一舞，羯鼓已千歌。

但见长生殿，相思处处多。

207. 经鹤台

一鹤曾来此，三清已筑台。
民情民为本，以物以相催。

208. 寄远

成行遵渤海，了云薄情郎。
寄远相思帛，家书独不长。

209. 芭蕉

芭蕉荷雨叶，碧绿带风声。
象耳形如扇，层层玉色萌。

210. 感旧诗

一片芭蕉半雨声，三江水色现无晴。
知书达理何年月，国境难安志未成。

211. 小儿诗

小小儿童见，偷偷作主田。
书书当世界，语语已惊天。
隔壁灯光好，怜家饭食鲜。
春榆钱未满，置网欲收全。
自学谣歌唱，胶球采羽蝉。
悠悠半背上，笛笛已无眠。
乍曲闻私塾，三年背井泉。
高台应一路，不顾落谁船。

212. 句

不是高唐有暮雨，应知楚峡落朝去。

213. 及第后寄朝中知己

一步前程半步心，同心第路是同音。
官官自此青云去，处处朝天对地荫。

214. 题惠严寺

寺小神灵大，心诚意念萌。
方圆成主见，风貌自前行。

215. 经贾拾遗旧隐

重来重问道，旧隐旧寻明。
处处皆荒草，幽幽促织声。

216. 失题

春花秋月色，夏水菊花明。
莫以冬春问，白雪百草萌。

217. 蛱蝶行

东园青草色，北陆雨云生。
昨夜花心宿，含香带露荣。

218. 东西行

行行不止继行行，世界方圆世界中。
物极谁知应反处，朝阳夕照各西东。

219. 失题（二首）

之一：
一半荷塘月，三秋半玉光。
莲逢三十子，一粒一乡囊。
之二：
花心花叶在，一色半风光。
池塘波不起，岸上美人妆。

220. 晚泊汉江渡

莲花莲叶色，汉水汉阳楼。
不远琴台见，知音已去休。

221. 句

朝阳西照早，夕照向东迟。

222. 游洞庭湖

三湘一半洞庭湖，楚水东来大小姑。
岳麓山前楼上望，苍梧水调满江苏。

223. 怀素台歌

草草知怀素，行流向运河。
江川成一字，草木作干戈。
李白吟千酒，汨罗唱九歌。
狂巅张旭笔，四海满涛波。

224. 闻砧

长安月下已砧闻，落叶云中未了曛。
抱杵无知捣千次，寒衣带去着芳芬。

225. 春早寄华夏同人

东门东去路，北国北梅香。

草色江南碧，长安柳正黄。
同人同日月，共事共炎凉。

226. 赠衡山令

十载衡阳令，三秋一雁还。
人行人字落，八句八诗班。

227. 南中县令

南中县令宰，造化制春秋。
邑制清威在，民情作载舟。

228. 寄曹松

吟诗吟见历，治病治虚词。
以一成千百，经天作地期。

229. 赠宾贡

家无长夜梦，驿有客心忧。
往复由终始，常闻日月舟。
惟君夫子路，至业理无休。

230. 汉南邮亭 古今诗

翁辞翁父母，不谓不知家。
女女儿儿志，孤孤独独花。

231. 棋

十九行成列，三千黑白军。
江东多弟子，割地又分云。

232. 夏日即事

乌鸦喜鹊半分城，暮暮朝朝一己情。
树顶今晨先独立，沿庭逐得众仙生。

233. 送人寄邑

皇恩皇佩印，宰邑宰人心。
治国民商主，行身作古今。

234. 春暖送人下第

三生三志气，一第一纵横。
九品经今始，郎中过半生。

235. 湖外送何崇入阁

五字四行诗，三生半不知。
临途今别去，确是何崇迟。

236. 送进士苏瞻乱后出家

进士苏瞻已出家，梅花腊月带冰花。
千般一战人心乱，万事皆空半品茶。

237. 秋日送河北从事

河南河北事，洛水洛阳城。
永定三边水，秋风自肃清。

238. 喜友人再面

相思相友忆，一见一无言。
共事同天地，吟诗已简繁。

239. 对雪

阳春白雪一梨花，下里巴人半蜀家。
汉口高山流水曲，渔舟唱晚到天涯。

240. 冬日后作

梅花冬日后，白雪覆清枝。
傲影含香立，群芳始自知。

241. 冬日作

冬寒冬日冷，白雪白云飞。
古树凌冰冻，黄河已不归。

242. 中秋月

明中明有暗，一月一盈亏。
日日朝园逐，弦弦自画眉。

243. 塞上曲

塞上沙鸣曲，云中雁落群。
衡阳青海岸，一岁一离分。

244. 终南山

终南山上雪，北阙玉中珍。
八水长安绕，三帮日月春。

245. 访道士

道士三清容，行程五岳身。
来看人淡漠，不问几秋春。

246. 般若寺

心经般若寺，百岁木成林。
色色空空处，来来去去音。

247. 兜率宫

已是无尘地，儒知有觉缘。
如来如所在，老子老闻天。

248. 鹿门寺

晨钟方远送，石磬已传声。
暮鼓应邻寺，禅房已觉明。

249. 题岳州僧舍

寺在君山外，僧居古刹中。
禅房灯已照，色色五蕴空。

250. 过洞庭湖

不过洞庭湖，湘灵鼓瑟孤。
苍梧斑竹泪，只向九嶷夫。

251. 旅行闻寇

平原无惧虎，道路要防人。
战乱田园废，山村少四邻。

252. 旅中行

行人常闭口，驻步望波澜。
泽国云千片，湘江竹一竿。

253. 旅次衡阳

北雁到衡阳，人形半故乡。
天中飞一字，落下又三湘。

254. 不出僧院

晨钟无俗界，暮鼓是前生。
耳目禅房觉，心经日月明。

255. 湖外寄处宾上人

心中大小乘，月下去来僧。
白雪江山净，梅花玉色凝。

256. 寄贯休

身边无俗事，笔下有诗文。
日月明则合，阴晴是雨云。

257. 寄僧尚颜

同攀五老峰，共话一龙松。
月上青莲社，人行瀑布踪。

258. 哭处默上人

轮回一世中，普度半童翁。
去去来来故，生生死死同。

259. 庐山瀑布

落下无尘水，飞来瀑布烟。
疑成千里雪，直得作潭渊。

260. 华山上方

五岳峰峰水，华山上上方。
风云风不止，世界世炎凉。

261. 咏鹦鹉

富贵西山鸟，衔恩锁玉笼。
佳人言语教，似与主人翁。
有食无愁宿，难飞易望空。

262. 鹭鸶

小子称穷等，渔翁近得鱼。
窥时窥傲懒，一钓一多余。

263. 牡丹

一朵已倾城，三春自同荣。
群芳群艳色，独雪独精英。

264. 见王贞白

一贺登科子，三闻入紫宸。
明经明殿业，楚桂楚江滨。

265. 经杜工部坟

寒江逝水自无空，苦句难平向杜工。
独步花溪吟白鹭，孤坟颂作雅人风。

266. 寄僧知干

一骨知干界，三清自本田。
临坛临八戒，入世入千怜。

267. 乱中偷路入故乡

平生一路已无终，读学三明自悟空。
借路偷情回故里，持明父母再由衷。

268. 蔷薇

一朵蔷薇以刺生，千丛叶茂作繁荣。
西川秀女穿梭织，寄与心中月下盟。

269. 春日山中行

竿竿由节节，势力在心中，
且以春风雨，山坡玉笋红。

270. 柳

一步长安一步春，西行坝柳已折新。
无言有约阳关柳，不是送人是迎人。

271. 岳阳兵火后题僧舍

莫上岳阳楼，常闻战火休。
秋风吹落叶，不似洞庭舟。

272. 句

清吟僧入定，得句学成功。

273. 句

入眼常规事，经心觉悟禅。

274. 赠唐山人

俯仰青山小，攀登一路难。
无成无自力，欲达欲心宽。

275. 送云卿上人游安南

已到海南边，云游向海天。
鲸吞鲸世界，一露一喷泉。

276. 郑补阙山居

补阙山居节，农夫饮食肠。
同求同所异，饭菜饭共香。

277. 送曹郎中南归时南中用军

南归南已远，桂水桂如天。
买布蛮夷米，宣章日月悬。
刀耕刀火种，不得不思贤。

278. 锦江陪后部郑侍郎话诗着茶

百八征兵子，千围黑白军。
新茶新子叶，一意一日曛。

279. 中秋月

一日一弦增，中秋中月明。
分毫分已定，量度量成倾。

280. 送沈光赴福幕

云轻南海岸，雨熟荔枝肥。
福幕新才子，沈光不自飞。

281. 鄂郊山舍题赵处士林

只隔门前水，山中雨后清。
林亭林百里，直木直千盟。

282. 赋得送贾岛谪长江

贾岛长江令，骑驴八句吟。
人生人所事，一路一知音。

283. 河阳道中

河阳寒蹙冻，护手自频呵。
愁人应不少，雪月意无多。

284. 送知己赴濮州

邮亭南北路，驿舍去来遥。
一半长空臆，三千弟子桥。

285. 送行脚僧

两脚行行路，三生处处归。
园园成一一，寺寺作扉扉。

286. 龙州送人赴举

献策龙州客，声名达帝畿。
民情民是本，水逝水非依。

287. 送安抚从兄夷偶中丞

从兄夷战乱，子女已经船。
抚抚安安后，民民子子眼。

288. 送远上人

禅房三界定，海岳两无边。
普度人间苦，吟诗向地天。

289. 宿凤翔天柱寺穷易玄上人房

凤翔天柱寺，穷易上人玄。
水月钟声早，禅房夜度园。

290. 下第送张霞归觐江南

向背书生路，阴晴草木荣。
龙门龙子跃，举步举诗盟。

291. 送人之天台

浅井仙人镜，明珠海客灯。
天台天已近，一步一行僧。

292. 维摩畅林居

三生三世少，五夏五峰余。
以此西林老，维摩畅木居。
如来骑象去，自读普贤书。

293. 送张乔下第归宣州

诗途诗彼此，一策一乾坤。
日上西山远，无限夕照恩。
张乔曾下第，近路近王孙。

294. 送卢郎中赴金州

郎中刺郡一金州，驿栈猿窥半水流。
鹤立云明天岭雪，歌谣未尽过千舟。

295. 江干即事

卧病三更早，江干即事行。
官衙官不少，治郡治民生。

296. 寄贺郑常侍

省拜堙烟近，林居玉漏遥。
飞禽飞不落，逝水逝江潮。

297. 登楼

步步登楼望，层层远瞩来。
临流临海见，一路一天开。

298. 赠禅友

千峰自以万莲花，百草芝兰半世家。
水调隋炀杨柳帛，阳春白雪故人纱。

299. 早春友人访别南归

访别南归去，梅花北陆来。
香风君带取，送与杜鹃开。

300. 题云际寺

云林云际寺，雪顶雪封门。
腊月冰泉冻，春梅草木昆。
禅房音磬远，水月有慈恩。

301. 山寺老僧

长眉知近塔，古木弃成林。
灭灭生生继，魂魂魄魄深。
云云非此物，处处是人心。

302. 同僧宿道者院

佛道一同心，儒家半共琴。
归途归各户，一院一知音。
败火如来坐，三清问道深。
楼堂藏别殿，自是读诗吟。

303. 古柏

龙松邻叶色，古柏结根生。
落子成邻树，连枝共世萌。

304. 赠王凤二山人

山兄山弟道，五老五峰云。
鹤信浔阳晚，吟诗故友文。
滕王高阁上，独望九江分。

305. 避地冬夜与二三禅侣吟集茅斋

心由大小乘，闭目去来僧。
败火闻常道，观音大势应。

306. 赠道微禅师

道道微微势，莲莲水水情。
东林东白虎，剃度剃心缨。

307. 吊草堂禅师

世上轮回云，人间作小松。
云沉敲暮鼓，水响隔山钟。

308. 宿长安苏雍主簿厅

士正以天地，官清主簿贫。
厅明含宇宙，户纳共秋春。

309. 秋宿润州刘处士江亭

南亭秋水里，北梦断江边。
一片星空远，三吴月色田。

310. 秋日曲江书事

日作曲江书，云成雁塔余。
慈恩经卷在，自以状元居。

311. 秋宿经上人房

秋冬春夏易，老少暮朝行。
未了方成了，精明不是明。

312. 冬日题觉公牛头兰若

静坐轮珠捻，心经咫尺成。
牛头兰若处，觉慧继英明。

313. 送皇甫校书自蜀下峡归见襄阳

李白三叹止，襄阳一浩然。
应闻知撼岳，蜀道楚才船。

314. 题西明寺攻文僧林复上人房

砚墨西明寺，湘南岳麓山。
长沙长逝水，五津五湖还。
问月随流水，听钟闭谷关。

315. 寄翠微无可上人

居然三界外，远近一心中。
出入禅房间，玄机自在空。

316. 喜鸾公自蜀归

猿啼当讲坐，点石喜鸾公。
蜀道人生路，折折曲曲中。

317. 题新安国寺

寺以新安国，僧回旧竹园。
干戈成世乱，草木满桑田。
共度同修后，人心已复前。

318. 蕃寇侵逼南归道中

寇占南归道，僧行北寺风。
河水深结冻，雁落苇丛空。
汉节由苏武，三边战士雄。
人言飞将子，史记李陵穷。

319. 送东宫贾正字之蜀

南朝留晋史，贾正蜀东宫。
栈道陈仓外，巴山滟滪中。
莫以剑阁问，江油李白翁。
路路皆如此，处处忆蚕丛。

320. 吊侯主常侍

彼此知音赋，相倾四句诗。
长城长五字，绝句绝三期。

321. 颜上人房

一寺上人房，三更五炷香。
天台秦汉柏，已似国清扬。

322. 题薛少府庄

红蕖红渡口，白阁白天书。
少府田庄水，时看鹭啄鱼。

323. 寄太白隐者

太白无成隐，终南有雪峰。
春秋飞雁至，读学作行踪。
梅花辞腊月，雪水结冰封。
书生书已始，列祖列师容。

324. 秋宿青龙禅阁

青龙青寺净，半暮半僧鸣。
阁外千家月，禅中一水明。

325. 登圭峰旧隐寄荐福栖白上人

夕照东山顶，黄昏北水流。
无限红日满，只是下西游。

326. 将之晚别友人

一夜嘉陵雨，三更栈道云，瞿塘穿峡口，滟滪作千分。

327. 吊膳曹从叔郎中

郎中华省去，白阁始终归。
蜀客弹琴寄，江鸥落不飞。

328. 乱后龙州送郑郎中兼寄郑侍御

县清江入峡，乱后云龙村。
隐社经秦雨，机云受晋恩。

329. 段秀才溪居送从弟游泾陇

泾流泾自洁，陇上陇中青。
夏密层林木，秋萤闪夜灵。
溪居溪已远，秀水秀才宁。

330. 题刘相公光德里新构茅亭

茅亭千野色，白雪一楼山。
海木朝天直，龙墀向押班。
唐封唐万里，玉宇玉门关。

331. 江峡寇乱寄怀吟僧

一乱半民生，三更子女行。
和平和不久，战斗战无荣。
两岸寒流水，千般宿不平。
僧游僧所见，入寺入钟声。

332. 贺昭国从叔员外转本曹郎中

灯明三五丈，夜暗万千星。
远近曾相互，乾坤彼此灵。

333. 赠宋校书

已伴元戎猎，还书制书隆。
长言天姥买，醉蔬浙江东。

334. 越公上人洛中归寄南孟家兄弟

百草一堂明，三元一弟兄。
关西关不住，洛北洛闻名。
塞上知人力，京中试子情。
知书知所欲，达理达平生。

335. 龙州送裴秀才

玉阁临江望，龙州一叶船。
三杯吟绿蚁，八句浣花笺。

336. 题慈恩友人房

一座慈恩塔，三生一上人。
春秋曾所记，日月已秋春。

337. 寄窦禅山薛秀才

招贤招纳士，窦岭窦禅山。
秀水才班秀，吟诗以此还。

338. 西蜀与崔先生话东洛旧游

三刀三壁立，万仞万青松。
洛水长安绕，黄河作海龙。
王城王屋石，玉垒玉成峰。

339. 上昭国水部从叔郎中

水部郎中国，江河社稷明。
山青山水秀，一叔一精英。

340. 题玉芝赵尊师院

三光三日色，五岳五千莲。
玉石真经院，流星一闪天。

341. 送卢少府之任巩洛

少府之行巩洛明，恩除带土系红缨。
和泉一路千思治，体会民性是诸情。

342. 送人归觐河中

觐省河中路，青门月下逢，
关西关不住，一经一心封。

343. 锦城秋寄怀弘播上人

孤城孤水月，锦乡锦江山。
贝叶真经远，尊师雁塔还。

344. 圭峰溪居寄怀韦曲曹秀才

片片相思雪，悠悠到万家。
应心求一叶，掌上六棱花。
有淑成明贝，无凝问女娃。

345. 送舍弟之山南

贫兄无计策，舍弟有山南。
路路相思步，心心自苦甘。

346. 题南鉴公山房

峭壁山房背，旁流翠竹荫。
山灯山普照，十度十人心。

347. 送知己

一路同知己，三生共向前，
朝朝还暮暮，陌陌复阡阡。

348. 送人赴职湘潭

水净湘潭竹，云和橘子洲。
中流中草木，近楚近汨罗。

349. 过野叟居

长桥应可渡，不过老人河。
竹色山光里，清泉桂子多。

天天粗淡饭，步步是松萝。
醒醉全无忌，时近唱九歌。

350. 吊郑宾客

君塞依陇草，土厚可登科。
待漏阶墀断，吟诗向地歌。

351. 送从叔书记山阴隐居

无凭簪祖贵，不信自荷锄。
炙背朝阳汗，居心似读书。

352. 避暑庄严禅院

庄严禅院浅，草木竹竿深。
静定谁思暑，吟诗可古今。

353. 寄清演

相逢山已破，别去水潭深。
日日年年积，思思切切心。

354. 迁村居二首

之一：

隐逸峰泉水，谁知孟母心。
书生书不得，向木向知音。

之二：

天天听落叶，日日自开扉。
九月重阳后，分明向背归。

355. 出山观春榜

龙门经二纪，问榜已三朝。
野叟茅扉色，渔樵过小桥。

356. 贾岛墓

一第人先老，三生蜀士消。
归魂归万里，旅墓旅诗遥。

357. 观水障子

卧虎藏龙墨，飞禽走兽灵。
行去流水色，渚蕙笔丹青。

358. 对子

白雪湘僧问，梅花岭上寻。
春风初起处，竹寺苦诗吟。

359. 题竹溪禅院

溪边山七色，寺外竹千竿。
坐定禅三界，垂成水一滩。

360. 投献吏部张侍郎

诗书不止问公卿，日月耕耘自苦营。
雪雁肩囊南北路，朝天对地总前行。

361. 终南山

终南山上客，隐逸望京城。
八水长安绕，三台御策倾。
书生书不止，士子士难名。
直木盘根久，龙门上下行。
行寻千壁立，万丈万松荆。
百草成天地，群芳作枯荣。
平田关内色，北阙渭泾明。
但以黄河见，东流玉湾平。

362. 秋日同觉公上人眺慈恩塔六韵

九级浮图塔，三生普度僧。
轮回当世见，隔界回报应。
一步慈恩寺，千年古刹凝。
心经空色受，老衲劝昭陵。
八极由天界，双仪可地凭。
人生人自主，夜色夜明灯。

363. 感知上刑部郑侍郎

嘉莲垂白帝，蜀郡白云司。
宝剑吟诗阁，江流岁月知。
公门公所就，士列士无辞。
日上行程远，云中跬步迟。

364. 叙事寄荐福栖白

一寺经空色，千僧守一行。
前生今世外，下界古无明。
尺见轮回事，因因果果成。

365. 送龙州田使君旧诗家

江灯星月集，夜色渚滩明。
以景因兴致，珠玑字句情。
骚人骚楚汗，旧记旧诗成。

366. 和知己赴任华州

此付华州印，京都已去声。
初行初举步，已怯已行程。
灞水桥边柳，泾流久不平。
折枝折又断，一见一旁生。

367. 题咸阳楼

咸阳楼上望，洛水邑边寻。
吕尚垂钩渭，周公致祖荫。
秦时秦月在，汉界汉赋吟。
太白山前记，平生作古今。

368. 致　独娜戴学士帽

再路方长步，人生作柳杨。
耕耘经岁月，读学是书香。

369. 赠兴善微公上人

旧禅依故约，新塔未吟虫。
去去来来故，因因果果终。

370. 龙池春草

龙池清禁水，草木任枯荣。
岸路无人走，苔藓有石城。

371. 秋宿梓州牛头寺

云闲锁梓州，水落问牛头。
古寺心经颂，灵山大地呕。

372. 送韦太尉自坤维除广陵

太尉坤维下广陵，谁知不受运河冰。
功成未就隋炀志，水调成诗大小乘。

373. 赠曹郎中崇贤所居

郎中所宅已崇贤，御水分流又取天。
夜色孤灯分策卷，斯文自古渡桥船。

374. 赠昭应沈少府

东迎西送客，北去南来官。
少府昭应社，华山渭水澜。

375. 上司空员外

司空员外上，五岳数峰中。
古巷当明月，河声远去穷。

禅深无一物，意浅始千衷。

376. 叙旧游寄栖白　古今

离家六十霜，十万三千章。
格律诗词易，禅心日月乡。

377. 哭栖折供奉

有塔三千界，无言一祖师。
轮回因果证，昨日隔明时。

378. 赠入内供奉僧

禅音来宇外，惬意去心中。
是是非非色，无无有有空。

379. 感恩书事寄上集义司徒相公

一日凌烟阁，三生渭邑楼。
鸳趋鸳鹭步，玉漏玉春秋。

380. 赠永崇李将军充襄阳制置史

以此浩然声，襄阳已半城。
何言闻鸟尾，已见凤凰鸣。

381. 寄淮海惠泽上人

僧衣应忆旧，老衲已知新。
草木龙蛇易，淮淮海海濒。

382. 春日隐居官舍感怀

隐隐居衙社，明明待市民。
汀沙经岁月，白云带初春。

383. 春日即事寄一二知己

池西一细泉，陆北半长川。
白羽飞天鹤，朱衣浴马田。
春风春雨润，一柳一云烟。

384. 废寺闲居寄怀一二罢举知己

云中求带雨，地上有知泉。
废泉闲居见，荒丘野草天。

385. 题尼大德院

杨杨朝上举，柳柳自低腰。
寺寺僧僧定，禅禅悟悟条。

386. 怀张乔张霞

心中大小乘，月下去来应。
弟弟兄兄语，花花草草承。
战友因手足，读学以香凝。

387. 寄南岳僧

已入藏经阁，初吟一觉禅。
韦当书守一，日作日方圆。

388. 赠徐山人

山人自得一神仙，半在人间半在天。
阮肇谁知谁止步，无无有有过前川。

389. 华山

华山无一路，草木有三秋。
日月经纶照，阴晴上下楼。
千年千寺老，五色五蕴流。
直木盘根久，曲水已成洲。

390. 和曹监春晴见寄

功成名就着，步进路长亭。
石径兰台顾，排书渚草青。

391. 赠三惠大师

猿鸣一两声，寺彭一师行。
岁岁留天地，心心作纵横。

392. 送醉画王处士

思田思上解，画在画中优。
似醉应非醉，如生如是求。

393. 闻杜鹃

杜宇啼中带血红，三湘彩下二妃衷。
玄宗幸蜀霖铃雨，太白当涂月色穷。

394. 赋得送轩辕先生归罗浮山

罗浮山上日，桂子影中宫。
石玉丹坊炼，轩辕百草功。
先生先自得，泽语泽贫穷。

395. 送包处士

垂流瀑布作深潭，纵落横飞久自谙。
虎啸龙吟雷似鼓，匡庐牯岭海云涵。

396. 赠严炼师

三光炉里火，一曲竹枝词。
汉语听娇女，涪江问玉师。
秋霞云不落，彩石木成姿。
细指横胸伏，无情以有知。

397. 送友罢举赴职

出岫文章似白云，来来去去已无分。
三疆此去从天下，一寸边诞一尺勋。

398. 病猿

猿声不尽入孤舟，自病轻身独客留。
白帝城中啼隐约，巴山月下久难休。

399. 毙驴

黔驴之技在，旧竹已鞭长。
死后垂情久，人前有忆肠。

400. 宿叶公棋阁

雪夜栖寒店，游僧不点灯。
清光清不尽，一月一层冰。

401. 送郗先辈归觐华阴

无心停笔砚，有路作儒贤。
渭水千泾注，华阴一石泉。

402. 赠可上人（二首）

之一：

朝朝成暮暮，暮暮作朝朝。
夜色黎明逐，晨光大地遥。
先西东已近，向背望云霄。

之二：

黎明西见早，夕照晚离东。
远近知天日，双仪过渡中。

403. 东川高仆射

仆射一清风，官衙半世空。
东川高亮节，北陆颂秦功。

404. 宿成都松溪院

一注青瓶水，三溪古院流。
成都成锦色，不可不松缪。

405. 吊曹监

黄云吹不散，一字入深宫。
不再纵横见，无须跬步中。

406. 赠长安毕郎中

高门沼沼水连云，玉第明明静逸君。
爽道长长修策谏，天街步步立功勋。

407. 寄东蜀幕中友

已见精英蜀幕中，官厅玉碧石榴红。
杨花柳絮春行到，雨雨云云已不穷。

408. 曲江渔父

富富贫贫食，江江水水淹。
渔樵无日月，俗世有猜嫌。

409. 和刘驾博士赠庄严律禅师

不二心观止，经三彼此思。
巢禽居白塔，去世向谁知。

410. 智新上人话旧

自可扬帆向海流，金陵已止作沧洲。
官船已近秦淮女，玉树临风商贾楼。

411. 和淮南太尉留题凤州王氏别业

淮南多别业，违法少题名。
楚客知神女，湘僧不动情。

412. 乙酉岁自蜀随趁试不及

涪江点水厅，客晚试文玲。
腊月园前后，桃花已羽瓴。
知音知所计，一路一云青。
两日文昌路，书生向第宁。

413. 龙州韦郎中先梦六赤后因打叶子以诗上

紫绶龙州一梦生，庄周不尽庚楼情。
梅花落去梨千树，六赤重科掷印成。

414. 和寿中丞作猿

伤猿不可两三声，夕照无限一半情。
挂挂牵牵听已去，吟吟继继对人生。

415. 上灵州令狐相公

剑佩凌烟阁，房谋杜断声。
功臣功所记，一虏一精英。

416. 客亭对月

年年十二度团圆，处处三千弟子田。
远远离离同此日，悠悠岁月共移迁。

417. 宿鄠郊赠罗处士

嵩风到五湖，古月问姑苏。
共得婵娟色，同寻始有无。

418. 有寄

弹琴田处士，咏史贾先生。
有酒应无醉，留诗可不鸣。

419. 送三藏归西天国

一路西行十万程，千山万水百沙鸣。
如来自以观音度，原地重回度众生。

420. 金陵怀古

金陵已是石头终，二水秦皇一世空。
北国重兴唐祖继，南朝已尽九江风。

421. 长安县厅

南山一案中，北阙半深宫。
不可长安令，无言紫禁东。

422. 题晰上人贾岛诗卷

不可推敲寺，门前大小乘。
巴州明月峡，一令不如僧。
水逐长江逝，心随玉卷冰。
藏经藏日月，读学读无征。

423. 曾僧清演归山

三生经卷负，百里窦山行。
野水横长路，秋云起伏轻。
枫霜红胜火，竹柲踏银英。

424. 野僧

侯门自以向侯门，远野农夫待子孙。
但是游僧寻古寺，心经自在佛慈恩。

425. 日　东西南北

东到西时西是东，南到北时北亦南。
日出先照远是西，日落后明远是东。
一室云中有四方，东南西北各短长。
东东已度西西界，北北南南半不量。

426. 题学公院池莲

芙蓉出水自连根，五色兼葭一独尊。
有藕连蓬方结子，心中有苦是慈恩。

427. 山居喜友人见访

深山古木雁门关，浅水清溪去不还。
莫问诗居何别物，飞鸿一字过秋山。

428. 秋宿长安韦主簿厅

长安主簿厅，夜月似游灵。
只在寒宫宿，何须桂影丁。

429. 冬忆友人

一曲竹枝词，三更月独知。
婵娟孤影见，已觉玉人诗。

430. 怀圭峰影林泉

竹影婆娑水，清流锡杖泉。
峰垂峰净落，石木石云天。

431. 赠青龙印禅师

白塔轮回本世知，青龙白雪印禅师。
明天昨日今三界，鹤已飞天竹满池。

432. 绣岭宫词　古今诗

迟迟春草绿，早早叶秋黄。
七色山林彩，三边五女乡。

433. 戏赠侯常侍

已可相如赋，无须问葛洪。
江淹江水岸，水色水西东。
逝去千折转，重来万里风。

434. 中秋月

中秋中正月，一色一秋香。
自幼三边雪，寒风带雨霜。

千林飞落叶，万女捣炎凉。
早早冬衣寄，重阳不可藏。

435. 宿书僧院

自以金刚钻，心经亿卷书。
空空空万里，色色色千余。

436. 雪

南南北北半东西，暖暖寒寒一鼓鼙。
柳柳杨杨倾洒洒，高高素素自低低。

437. 述怀献覃怀相公

东来杨柳绿，紫气管弦声。
万国同音律，千门共轨行。
三秦不逐客，二世李斯鸣。
短羽中条路，长征渭邑城。
儒书齐鲁士，书美颂和平。
印绶干戈尽，天街瑞气清。
知音相国府，会士以贤名。
社稷江山继，怀仁待楚英。

438. 岁暮自广江至新兴往复中题峡山寺

峡峡山山寺，钟钟鼓鼓僧。
留禅留白塔，面壁面香凝。
夜访灯光照，更深大小乘。

439. 冬日送凉州刺史

凉州刺史玉门关，石碛楼兰去不还。
雪月连营冰足路，阳关不远响沙山。
昆仑野兽熊罴累，汉诏秦营自古班。
到此长城应不见，风光未尽帝王颜。

440. 过贾浪仙旧地

已是鹤家乡，林泉水月荒。
仙人仙旧地，客问客炎凉。

441. 句

千书千志取，一路一生休。

第十一函 第三册

1. 寄唐求

投瓢至性味江山，付水斯文蜀隐颜。
不就参谋王建逸，诗文一卷客门关。

2. 酬友生早秋

蝉鸣高树顶，雨落水低流。
合手难成力，分襟不自由。

3. 晓发

江平一晓红，渡口半舟空。
不等闲人客，前程唱大风。

4. 客行

千峰千石水，一路一江山。
早客南桥渡，乘舟北半弯。
东西应此去，不必再思还。

5. 题郑处士隐居

三生三隐志，一酒一颜红。
处士知音者，诗书不可空。

6. 古寺

古塔衷寒草，荒林没晓钟。
禅房藏落月，古佛镀金容，

7. 赠著上人

江淹著上人，古木尚秋春。
直立经风雨，无为乃一身。
冰融冰是水，路远路非秦。
莫以轮回问，天津有五津。

8. 马嵬感事

何闻男子汉，已是女儿身。
只以梨园事，无求帝业春。
霓裳衣羽舞，羯鼓起胡尘。
五十王年去，开元天宝陈。

9. 赠行如上人

利利名名土，行如一上人。
浮云当衲补，古木作秋春。
恋水依山客，禅音磬石臻。

10. 送友人归邛州

下去鹤鸣山，瑶琨草木潜。
分襟分不舍，剑阁剑门关。
只见格花落，无言一字还。

11. 和舒上人山居即事

落叶满潭溪，西阳上顶笄。
山居山色还，日照日高低。
木下林深暗，风中草木齐。

12. 发邛州寄友人

千行千不止，一路一深思。
暮暮朝朝去，名名利利迟。
平生何所事，与善与人慈。

13. 舟行夜泊夔州

水色白盐峰，风光赤甲封。
夔州舟夜泊，水寺五更钟。

14. 山东兰若遇静公夜归

山东兰若雨，夜半静公归。
一种安禅去，呼童不闭扉。

15. 边将

苏旌苏武是，李将李陵非。
养女生儿是，视死自如归。

16. 秋寄 江舒公

僧归松下寺，鹤扑月前门。
竹影分南北，中秋合日根。

17. 题杨山人隐居

深山深道者，浅水浅流霞。

暮暮朝朝望，烟烟雨雨花。

18. 夜上隐居寺

空空色色虎溪东，寺寺僧僧牯岭风。
纵纵横横山水里，虚虚实实有无中。

19. 友人见访不值因寄

已见成群木，谁闻独木林。
三邻同告许，一鹤独来寻。

20. 涂次偶作

遇水知途达，因山觉路遥。
崎岖常不见，远近隔云霄。
步步长长度，程程足足消。

21. 送友人江行之庐山肄业

巴山巴水下，楚客楚江中。
直取匡庐洞，仙人不老翁。

22. 山居偶作

逐利趋名客，行程宿止尘。
山居山水月，日落日秋春。
只以诗书继，何为举世贫。

23. 赠道者

三清三不足，一世一心台。
暮色玄虚步，溪边洗药来。

24. 邛州水亭夜宴送顾非熊之官

五十姑苏第，茅山道士休。
天连天路远，庚韵庚公楼。
向蜀知官道，回乡酒后愁。

25. 题青城山范贤观

晓日钟声断，红霞大半天。
青城山上望，蜀水楚才川。

26. 送僧讲罢归山

天花乱坠寺堂中，色色空空落日红。
石石泉泉流不尽，僧僧寺寺各西东。

27. 题友人寓居

寓寓居居杂念空，贫贫富富自然工。
秦关蜀道游僧少，八月钱塘浙水东。

28. 伤张玖秀才

上上铜梁路，区区剑阁书。
吴门吴水客，望子望春居。
只与孀妻语，诗文已不余。

29. 题李少府别业（二首）

之一：
白日经天在，黄昏野鹿来。
以食当生见，由仪四象开。
之二：
已得仙家不姓梅，红尘白日玉人来。
棋前阮肇归乡远，只是人间醉一回。

30. 赠楚公

一树香梅半树红，三春百草五色空。
云中落日东山色，海上浮云自信风。

31. 赠王山人

蓬莱不远海云平，岛上秦皇指鹿惊。
世上难为三界事，人间不问一长生。

32. 庭竹

经霜经雪色，纳势纳寿寒。
尺尺空心节，枝枝向高端。

33. 题常乐寺

俯首江边望，浮云入后山。
常闻常乐土，大势大众褒。

34. 题刘炼师归山

秦皇秦二世，炼石炼仙丹。
自古蓬莱岛，扶桑海日观。

35. 酬舒公见寄

一日一诗文，三生半谢君。

舒公舒寄与，卷海卷青云。

36. 巫山下作

巫山神女在，宋玉已无来。
莫以襄王问，瞿塘一峡开。

37. 句

水浅龙难取，云重日可开。

38. 途中作

途中田有路，路上是风尘。
尘土连天际，际云上下频。

39. 书怀

长安西去路，不远是阳关。
莫问东方向，蓬莱海上山。
无休寻不止，已尽读书颜。
是是非非误，生生死死还。

40. 书情

十载知书剑，三生问去程。
田荒耕未种，业废久无荣。
九品青衣短，千年白日行。
离乡离父母，一路一相倾。

41. 春过函谷关

函关应不锁，未掩待春风。
细雨无声息，黄河已向东。

42. 褒中即事

北去三边塞，南行八闽村。
无休天下路，已断故乡人。

43. 岁暮还家

岁暮还家路，黄昏未过门。
窗前敲不语，十载小儿孙。

44. 还家

还家还岁暮，皓首皓梨花。
白雪经春日，香梅不在家。

45. 题华山麻处士所居

贵贱纷纷搅，身名处处分。
书书书不尽，节节节如云。

46. 天南怀故人

人生步步一征轮，世上行行半自身。
地北秦川曾养马，天南海角有秋春。

47. 路傍草

知春早到已青青，问雨何迟以色灵。
只任芜平先见绿，长裡四围向阳荣。

48. 秋夕闻雁

一字当空见，人形自北飞。
衡阳青海岸，岁岁两回游。

49. 洛水有怀

洛水凌波色，陈王宓女歌。
恩慈应不少，七步赋诗多。

50. 白樱桃

色彩难分辨，樱桃白是黄。
非黄则是白，此是彼非量。

51. 白樱树

王母阶前种几株，黄中有白玉珍珠。
花开似雪云浮动，白里黄中色有无。

52. 下第不胜其忿题路左佛庙

雀鸟飞天去，鹰隼落木来。
时时相比目，久久向天台。

53. 感怀

不尽长安路，无平渭水波。
东风东紫气，一国一家河。

54. 游中梁山

中梁山石水，独木自成林。
百岁根枝茂，三生气器深。

55. 寻山

青潭天水下，白石已成尘。
路远由山见，天遥不是真。

56. 宿江口

三生居自己，一梦到天涯。
只似江中月，相如作客家。

57. 秋夜达萧关

年前为塞客，此夜宿萧关。
故国应千里，游梁已百般。

58. 斜谷道

峨峨知蜀栈，谷谷向山多。
上道行程路，临风唱旧歌。

59. 过百牢关贻舟中者

无因名与利，却过百牢关。
扬帆流碧水，影落一群山。

60. 客中览镜

一镜千秋木，三生万里舟。
山山乔有立，水水镜中流。

61. 长安逢隐者

长安逢隐者，闹市静居心。
陋巷知书理，深宫寄古今。

62. 与僧话旧

堂前一座山，寺后半河湾。
向背阳阴色，乾坤日月间。

63. 赠王道士

何闻辞少小，自作白头人。
日日耕耘路，年年白雪春。

64. 匣中琴

结网匣中琴，无弹月下音。
三年经过去，一度野离禽。

65. 客中月

弦弦加减见，缺缺亦圆圆。
别别离离记，日日逐天天。

66. 友人亭松

枝枝节节向天生，叶叶针针自主荣。
色色青青应幼小，鳞鳞角角老龙情。

67. 过洛阳城

春秋战国一周秦，诸子千家九鼎钧。
孔子儒成老子道，如来入世万家珍。

68. 王将军宅夜听歌

一曲梅花落，三春百合开。
佳人歌舞尽，最是竹枝来。
莫以折杨柳，阳关五叠回。

69. 长信宫

上访长春宫，还闻故女情。
知应东去水，已改旧时声。

70. 高楼

高楼寒月近，夜半曲不休。
未着罗衣女，嫦娥玉影羞。

71. 寄陆真洞

（和三乡诗　会昌时有女子题诗三乡驿和者十人）
文姬十八折中音，女子三乡月下心。
自有春情花并茂，题诗只与作鸣禽。

72. 和三乡诗

女子三乡客，男儿万里心。
题名题所去，入世入知音。

73. 和三乡诗

女几山前见，佳人字句深。
王孙云雨误，弟子路途寻。

74. 和三乡诗

回头回不得，一女一知音。
万里三乡驿，千寻半水深。

75. 和三乡诗

和三乡子夜，一梦一天音。
以道方圆见，成儒妾女寻。

76. 和三乡诗

之一：
男儿应驿去，女子浣溪临。
素手萧娘句，红颜五字笺。
之二：
无名无姓氏，越水越滨浔。
宋玉高唐赋，东邻小女今。

之三：
贾谊汨罗赋，王王谢谢寻。
梨花应白雪，九月菊成金。
之四：
江南一古今，妾女半人心。
细雨轻云色，诗文古木荫。
之五：
三乡才子赋，独木已成林。
日月方知浅，乾坤已至深。

77. 复睹和三乡题诗处留赠

一片女郎心，三乡作古今。
男儿应自立，未及是知音。

78. 秋入关

秋关多落叶，西陆少浮云。
沙鸣沙万里，白日白三分。

79. 咏手二首

之一：
十指七弦琴，三生半主音。
宫商徵角羽，五色地天寻。
皓腕凝脂粉，明眸左右寻。
倾扬声曲问，俯仰是人心。
之二：
玉笋倾身影，蛮腰细女习。
参差长短指，反挑见秋春。
一手高低曲，千声向背频。
高山流水去，弄玉凤凰身。

80. 题伎莱儿壁

促织墙中隐，莱儿壁上题。
声声琴曲后，落落自难栖。
不可相思忆，何须独自低。
寒宫人未语，处处有云霓。

81. 郑良士　一作士良

五百罗僧献上皇，三千弟子做文章。
昭宗补阙朝堂上，闽后君心梦士良。

82. 题兴化高田院桥亭

桥亭遮日雨，水陆互相连。
吏役微官路，游僧道士川。

152

居心居所务，坐待半思怜。

83. 游九鲤湖

仄径倾崖水，临川待月湖。
如今传九鲤，自古有渔姑。
不乞邯郸梦，灵芝郑国无。
深潭龙不见，瀑布落花珠。

84. 寄富阳院禅者

一水春先冷，微风似有无。
游鱼三月鲤，水调半江都。
有路青山后，飞鸥白鹭趋。
禅房风雨夜，界定寄天枢。

85. 赠翁承赞漆林书堂诗

同行册礼故乡回，闽国王封上梅。
二纪书堂金紫倍，昭宗向世锦衣恢。

86. 喜韩少府见访

少府行车造访扬，儿童已见已慌张。
官官役役非воля，隐入芦花带笑藏。

87. 观郑州崔郎中诸伎绣样

三元采样女儿娇，一伎云中半雨桥。
欲取梅花三两朵，春情未消雪先消。

88. 小儿垂钓

蓬毛小子自垂纶，水浸鱼筐草没知。
客问桥头无渡口，惊鱼未咬点头人。

89. 王昭君

汉月如钩钓蜀乡，昭君似梦问胡杨。
琵琶一曲千株绿，籽籽三春万粒粮。

90. 望夫石

望望夫君水水天，朝朝暮暮逝江船。
何时自问经营事，石石径风自立年。
征不尽，贾商迁，名名利利不桑田。
农家已有青黄接，半缺寒宫半待圆。

91. 赋百舌鸟

鸣禽百舌百鸣频，一曲无清半曲真。
细语声声知解意，青楼自有晚眠人。

92. 永州陪郑太守登舟夜宴席上各赋诗

太守谢安吟，平舟月近琴。
青衿朱绂色，分伎金紫着。
剪尽停红烛，还听弄玉音。

93. 寄远

苦苦少诗君，悠悠五色云。
朝天吞取之，雅道自芳芬。

94. 春草凝露

芬芳花草色，雨露雾池津。
润泽青春客，微和老少人。
含情风度好，蕙叶玉丛濒。
夏口知音问，清华一界纯。

95. 锦带佩吴钩

彩缕回文字，悬心日暮秋。
三边成紫塞，一剑月支头。
锦带雕龙佩，吴钩着凤游。
双龙双玉佩，独凤独凰求。

96. 山中卧病寄卢郎中　古今诗

七十年中日月濒，三千弟子孔门身。
诗词字句经纶病，合纵联横一国秦。

97. 寒食日献郡守

邻家先断火，木壁已生津。
寒江寒雨食，一日一先春。

98. 上苏使君

今朝白发未回乡，昔日韩袁数赵祥。
不使文翁常待客，桃桃李李已成行。

99. 赠伎人王福娘

学士翰林院，中书一舍人。
无为官御史，艺伎带青春。
彩翠红衣色，轻盈楚女身。
千姿歌舞醉，一殿福娘擎。

100. 题伎王福娘墙（三首）

之一：
一女玉心摇，三春玉水潮。

邻家桃李色，曲舞待人娇。
之二：
陈娇藏不住，汉武入深宫。
但见长门问，红楼一曲空。
之三：
萧郎似有无，望碧已成朱。
弄玉秦楼上，求凰凤所趋。

101. 戏李文远

弄玉穆公楼，箫声已不休。
求凰萧史曲，引风过春秋。

102. 题刘娘舍

已见刘娘一木樗，咸阳泰女两新书。
千姿百态三清界，一曲云中半有余。

103. 戏张道人不饮酒

不饮人间酒，流霞一半杯。
诗文由意境，格律比兴开。

104. 句

秦楼箫史云，弄玉穆公来。

105. 秋醉歌

以醉作秋翁，千杯邀碧空。
黄昏东岭色，落日夕西红。
有酒人皆浊，无情问玉宫。
嫦娥常独在，桂影贵由衷。
莫向吟诗者，原来尽醒同。
陈王行七步，未了豆箕终。
只是人间欲，何求在梦中。
三边三界外，一路一称雄。

106. 谢别毛仙翁

谢别仙翁去，心中得道来。
秦皇秦不在，二世二非才。
有欲方成事，无神始得猜。
应为应此际，不可不相催。

107. 渔阳将军　古今诗

十里渔阳锁，三边自主开。
辽东辽水岸，五女五烟台。
进士郎中客，文章围学裁。

皇城皇不在，我以我诗来。

108. 岑公岩

南溪深涧水，北岸岭台峰。
咫尺人间别，天云造化功。

109. 诸暨五泄山

岩云千卷落，老墨半无音。
九曲溪流水，三冰洞石岑。
招提天所欲，地秀诸峰林。
五泄山边木，诗堂处处禽。

110. 赠罗隐

十载寒窗百岁心，才华一世不知音。
天工自得诗文在，自古人间似此今。

111. 句

柳絮杨花似雪飞，深宫秀女又思归。

112. 洛阳道

道道相承路路承，书书互补作游僧。
玄虚老子三清客，自以如来大小乘。

113. 春晴

柴门多晚明，秀鸟对花鸣。
夕照黄昏色，春晴碧草荣。

114. 秋晚郊居

夕照荒郊路，黄昏直木林。
丛丛乔灌岭，溪溪静水音。

115. 秋晚途次

霜明三古木，夕照一枫林。
但以前行步，何途向古今。

116. 葛仙井

古井两人深，清凉一古今。
泉源连百里，水府自千浔。

117. 桐柏观

云中桐柏树，日上暮朝光。
自以扬扬志，高低带夏凉。

118. 冬暮寺

江东寒野寺，水月已连天。

火树灯塔照，僧房系渡船。

119. 赠济禅师

禅师钟鼓继，日月颂经承。
得道心清净，如来教老僧。

120. 经坠泪碑

无文碑石立，岘首一羊公。
汉水知音故，襄阳楚鹤空。

121. 长安冬夜书事

长安冬夜短，夜雪已霜明。
十二街前路，三千弟子肠。

122. 越江渔父

江清渔父问，哨浅水无鱼。
白浪冲滩去，青山已有余。

123. 哭友人

七十友人多，三千弟子河。
同年同不在，共事共汨罗。

124. 送李衡

共在行程里，同寻旧日中。
风流风雨客，一路一诗翁。

125. 宫怨

自幼何宫怨，人生竟白头。
青春多已好，老去不知求。

126. 惜花

花前花后色，碧玉碧中红。
落去成今日，还来隔岁逢。

127. 宿巾子山禅寺

绝顶秋生冷，山禅夜磬凉。
观书观月色，问寺问僧房。

128. 再游巾子山寺

江灵江上寺，雨细雨云长。
野鹤山林宿，游官忆故乡。

129. 三游巾子山寺感述

春秋曾不止，日月已低昂。

草木峰前茂，江山水边阳。

130. 画山水图答大愚

林林木木太行山，纵纵横横沁水颜。
自号丹青洪谷子，山山水水满人间。

131. 宿顾城二首

之一：
月色村明宿异乡，农家酒酿客家尝。
逍遥不得先生得，主帅青州主帅量。
之二：
人生彼此一高低，醒醉无分半水泥。
吏役时时知自缚，农家世世待锄犁。

132. 题桃源僧

寺寺僧僧八句诗，秦秦汉汉不知时。
桃源似在湖南界，五柳先生一记知。

133. 吟叙

历代兴亡事，经年草木荣。
周公周已古，吕尚吕如今。

134. 闲吟

闲吟闲事在，正路正人心。
读史由行解，闻禅可古今。

135. 寄唐尧

唐尧唐子女，大禹大王朝。
治水平天下，人心永不消。

136. 寄虞舜

领袖九嶷山，潇湘二女颜。
无须斑竹问，鼓瑟致灵还。

137. 寄舜妃

苍梧苍水色，二女二妃袍。
尺尺斑斑竹，贞姿节节高。

138. 再吟

竹泪苍梧落，娥皇共女英。
鼓瑟湘灵在，东流从此声。

139. 寄夏禹

夏禹家天下，生灵谟顿中。

洪波东逝去，领导自行空。

向地知天去，知天向地来。

水浅何言天水岸，天高不及叶公踪。

140. 再吟

万古龙门锁，知流大禹开。
高低疏导去，草木作天台。

151. 管蔡

念祖承宗异，伊商管蔡同。
良图非固计，社稷是民衷。

162. 平公

万里鸿鹄路，千年历史城。
平公平翼载，腹背腹心盟。

141. 太康

何人为肯保，诟苦已琢磨。
父祖方为乐，闲听五子歌。

152. 成王

承祥何以继，以瑞凤来仪。
以日奇王道，经天惠能司。

163. 文公

文公一霸服，断晋六分卿。
灭虢吞虞息，亡秦败楚兵。

142. 后稷

本本由农本，功功后稷功。
田家知汉米，百谷食无穷。

153. 幽王

幽王烽火起，悦妇不知君。
厚德谁人计，狼烟四海文。

164. 景公

入木三分晚，求医一夜迟。
先科先入主，以俭以勤同。

143. 文王

渭水垂竿直，文王鼓案闻。
贤人贤世界，立世立周君。

154. 平王

水载江山客，民亡帝子门。
平王平未定，向背是儿孙。

165. 卫灵公

源清问子鱼，伯玉德知初。
卫主灵公殿，蟠桃盛宴余。

144. 武王

七载囚羑里，千军一武王。
兴成闻泰伯，水上米鱼乡。

155. 春秋战国门

一子非宽门，千夫是狭村。
春秋春不止，日月日为根。

166. 陈灵公

贫当贫以立，祸以祸其居。
福所知方达，灵公夏伐余。

145. 太公

鼓案方成或直钩，王朝八百岁中谋。
东西讨讨文武继，立学飞熊作乃周。

156. 祭足

燕燕韩韩国，齐齐鲁鲁宗。
周周同郑郑，足足复封封。

167. 陈蔡君

楚楚吴吴客，陈陈蔡蔡君。
强邻强自力，有雨有风云。

146. 再吟

东西邻不问，上下帝王闻。
治国家天子，贤人自以君。

157. 再吟

春秋春不断，战国战争强。
历史重新写，桑田再世梁。

168. 楚惠王

一蛭芹中隐，三生叶下藏。
强吞强不得，有害有才量。

147. 又吟

破国亡家史，十七战乱闻。
和平和所愿，久变久纷纭。

158. 隐公

难堤是小人，宠辱只求身。
隐逸非君子，何求是效颦。

169. 楚怀王

张仪六里城，楚欲半相倾。
屈子汨罗去，秦王已战赢。

148. 子牙妻

柏竹子牙妻，春秋不共黄。
如今成覆水，阔别水中泥。

159. 庄公

军心三鼓罢，士气一天分。
鲁刿强齐甲，庄公自识君。

170. 再吟

明知秦是虎，亦得楚非龙。
却以张仪信，汨罗屈子踪。

149. 周公

周公不济齐，百代以王夷。
吐握延儒术，民心不可低。

160. 哀公

贤为邻国用，士作帝王荣。
莫以哀公见，娇娥自可倾。

171. 韩惠王

韩开渠水旺，只见富桑田。
以战秦兵取，丰收敦是贤。

150. 夷齐

何人助纣来，让国有贤才。

161. 再吟

杯中已见一真龙，莫以哀公故步封。

172. 倾襄王

屈子汨罗尽，襄王复亦终。

巫山神女会，宋玉楚辞风。

173. 武公

无难无必存，有术有行根。
武武文文畅，天天地地痕。

174. 华元

人人求直正，事事不偏颇。
政政由规立，官官唱九歌。

175. 臧孙

诸孟谁憎大，臧贤哭孟人。
孤孙应惧虎，却记五津澜。

176. 幺叔

无谋无起锁，陕北陕臣庄。
魏晋秦川逐，河沟徙大梁。

177. 庄辛

正谏娇词辩，亡羊未补牢。
迟迟应早早，草草亦毛毛。

178. 孙膑

同窗同学止，共术共兵书。
正正邪邪见，宠涓树树书。

179. 灵辄

枯鳞求失水，饿虎向蛟虫。
劣态优生见，天机造化功。

180. 郭开

廉颇还将尽，李牧郭开金。
赵国应如数，邯郸岁月深。

181. 乐洋

中山非巧妄，惑主是凋粱。
谤事盈筐叙，何言是乐羊。

182. 虞卿

割地求和策，阴阳向背明。
知强知弱论，战胜战亡行。

183. 豫让

门人门客论，一事一谋求。

豫让原非让，何思故见优。

184. 毛遂

未是囊中半问秦，尖锥刺骨几秋春。
平原座上三千客，自荐行中只一人。

185. 再吟

一力相成一力钩，三身有诺半身人。
荆轲易水邯郸路，不是秦王却是秦。

186. 甲文

不以常才足，何言举世珍。
宏词科第客，未及戍边人。
狗盗鸡鸣见，鸿鹄两地频。
强秦临淄问，弱赵待秋春。

187. 再吟

座上三千客，琴书五百人。
田文孤傲立，独主胜强秦。

188. 冯煖

要试君心欲，冯煖了却人。
狐巢寻兔窟，有能自非钧。

189. 章子

知君知自己，能子能臣人。
改葬无欺父，临戎有义亲。

190. 卞和

心思常自主，耳目作新闻。
熟视常无睹，群言充耳分。

191. 季札

吹毛霜刃过，许死桂林君。
宝剑称无价，行心世有文。

192. 孙武

王家王令律，理国理兵营。
不以君皇宠，随刀八阵成。

193. 夫差

夫差修六浍，五霸立三吴。
莫以西施误，英雄子胥孤。

194. 少孺

螳螂黄雀食，季札客相邻。
志气成天地，桃园结义人。

195. 苏历

百步穿杨产，三生一过人。
遥遥应拭目，近近以观臻。

196. 鬻拳

适足惟君意，刖双忍痛行。
威刑强谏惧，弱以鬻拳生。

197. 荆轲

不在秦朝只在王，无言易水见青黄。
图穷匕首可当勇，未作英雄已作亡。

198. 再吟

秦王应咫尺，咫尺不皇朝。
所刺经人治，人治又王朝。

199. 陈轸

官高官极品，制事制情多。
历久兼明处，丹青对地科。

200. 田饶

扶危真善事，救助是君人。
腐败无应济，施恩有近邻。

201. 鲍叔

危因危有果，不忘不安宁。
祝寿嘉词颂，忠臣日月灵。

202. 晏婴

淮南生是橘，枳以北方终。
只叶徒相似，无言实味同。

203. 再吟

淮南淮北见，枳北橘南生。
叶叶徒相似，心心各自萌。

204. 又吟

齐人齐努力，赵璧赵同生。
战国春秋客，千家诸子荣。

205. 师旷
老而知身秉烛行，余情似月日方明。
诗书不尽人生短，一刻千金到已成。

206. 智伯
连兵三国敌，逐鹿一凤长。
浑赵秦川远，先生下晋阳。

207. 再吟
败败成成易，权权变变愚。
攻城攻内外，斗冶斗人趋。

208. 襄子
君当君子去，子作子孙留。
胜败兴亡一，回归建树修。

209. 杨回
杨回逢上帝，白首作英华。
路路分歧辩，行行种豆瓜。

210. 颜回
陋巷箪瓢困，颜回不问年。
宣尼行教迹，瑞木值泉渊。

211. 子贡
鲁鲁吴吴易，名名利利扬。
田常谁撼口，运命久无梁。

212. 再吟
安危安定已，所臻所人身。
有志无为助，当然作善邻。

213. 郑相
清闲慎有余，直钓不钩鱼。
有欲江滩水，无为四象书。

214. 子产
子产宽仁见，安刃水德多。
山高山草木，日月日星河。

215. 管仲
管仲贤人见，贤人管仲闻。
英雄相惜借，达士自珍君。

216. 再吟
社鼠穿墙洞，鹰隼过顶峰。
高低曾各见，彼此已天踪。

217. 范蠡
夫差吴越霸，浙水会稽留。
三商千帆过，一叶五湖舟。

218. 屈原
汨罗汨水色，屈子屈原诗。
宋玉同声赋，留名一楚辞。

219. 黄歇
重义春申子，轻生大丈夫。
功成安女子，立足作王图。

220. 王后
国国联姻后，王王独立前。
朝朝成代代，子子作怜怜。

221. 樊姬
樊姬孙叔敖，侧影近天朝。
令尹由君问，志国望云霄。

222. 齐桓公
往往来来见，君君子子寻。
臣微轻主去，傲岸以船临。

223. 中山君
烹子一休慵，临危半定容。
人人从彼此，战战故心封。

224. 赵简子
简子雄心在，贤愚试诸儿。
真真藏假假，钝钝复知知。

225. 再吟
谔谔昌昌见，叭叭废废闻。
长长应短短，子子作君君。

226. 赵宣子
门人门未锁，士达士无才。
坐客田文见，还同季札来。

227. 韩昭侯
韩秦三战乱，未得半民心。
政者恩图独，农夫半亩荫。

228. 魏文侯
吏吏官官界，禽禽兽兽邻。
衣衣冠教化，物物逐秋春。

229. 郄成子
仁人不托孤，达士可知吴。
一隅臣怀智，三名一哲无。

230. 秦舞阳
徒闻一壮名，及令半无声。
已语荆卿负，燕囚自此行。

231. 田子方
太子无谦礼，安危有至心。
骄奋贫富鉴，贵贱不终荫。

232. 淳于髡
以少求多智，凭钱作事愚。
无非无是处，有败有成儒。

233. 再吟
故帝常言四，今王只道三。
尘楼谁问女，驿道不知男。

234. 田子奇
官官由吏吏，雨雨自春春。
月下青丝女，车中白发人。

235. 百里奚
般般肱肱百里溪，扬扬水水半家妻。
虞虞尽减秦秦振，尺尺刀刀正鲁齐。

236. 孙叔敖
稚稚童童互比行，愚愚智智各知英。
高高不得低低得，抑抑方成步步成。

237. 鲁仲连
火火牛牛阵，兵兵战战争。
民民应务本，子子国家荣。

238. 宋子罕

归仁归所贵，子着子贫廉。

雅雅温士，名名目目瞻。

239. 宫之奇

唇亡齿自寒，路窄步宜宽。

虢虢虞虞互，安安保保团。

240. 王孙满

九牧金融物，千辞故祚明。

兴亡由德致，楚子鼎无轻。

241. 颜叔子

房倾临夜雨，独处以邻盟。

作事须群力，行心要自明。

242. 张孟谭

一解玄机问，三军不动兵。

和谋和自贵，四合四方城。

243. 公子无忌

按剑临笼咄，甘枭大丈夫。

情怜知钝拙，悯弱独伏辜。

244. 再吟

赵解重围魏复苏，贤名德冶信陵辜。

昏懦不得愚蒙主，公子亡国亦无。

245. 侯嬴朱亥

匹马重兵解赵围，监门贱士国人微。

侯嬴自与朱君计，自古人间一是非。

246. 再吟

英英勇勇义纷纭，存存亡亡势不分。

自得侯嬴朱亥助，铭人记取信陵君。

247. 秦门

指鹿何为马，安危卜筮真。

秦皇胡亥世，五裂李斯身。

248. 再吟

是是非非尽，胡胡亥亥闻。

朝中谁指鹿，世上不由君。

249. 赵高

指鹿方兴以马惊，为非作是向何英。

秦皇岛外闻徐福，不可成仙自不名。

250. 陈涉

揭竿群起势，聚众独呼民。

王侯无自欲，燕雀竟飞频。

251. 项籍

东东九鼎一谋臣，设宴鸿门半向秦。

未以刘邦留沛泽，何从子弟八千人。

252. 范增

不记谁人唱大风，江东水火未央宫。

八千子弟乌江路，一事无成去已空。

253. 前汉门

刘邦刘沛国，一奉一吴乡，

四皓谁知国，三生半未央。

254. 再吟

北伐匈奴误，长城隔界疆。

封侯封不定，立户立民强。

255. 周苛纪信

蹈火跃汤子，周苛纪信臣。

君王君主制，帝业帝先秦。

256. 酂侯

成成败败一人侯，死死生生半九州。

已去萧何何不去，何言吕后石难留。

257. 曲逆侯

难平曲逆侯，有欲十三州。

一宰成天下，千夫一指留。

258. 薛公

薛公三计策，取弃一长沙。

上下中良选，彼此共优佳。

259. 条侯

上将十七令，矛铤赏罚明。

无闻韩信伍，只见亚夫营。

260. 平津侯

逢时儒素得，足步列公台。

赵魏三谋闭，平津一路开。

261. 博陆侯

诈伪兵常见，真纯小女闻。

商家商自得，政体政斯文。

262. 夏贺良

无辜夏贺良，有汉失中昌。

只以忠臣逆，谁言谏帝王。

263. 王莽

外戚难称汉，权归吕姓朝。

刘家刘不得，一莽一天桥。

264. 再吟

重赋严刑始，民心政治终。

朝朝连代代，富富莫穷穷。

265. 又吟

朱眉铜马客，霸道亦称王。

汉帝公卿撮，江山不四方。

266. 毛延寿

七钗赂汉臣，玉滟净胡尘。

不独丹青女，阴山敕勒春。

267. 刘圣公

不纳良谋策，无承帝业乡。

崇宣崇乱哉，譖故诸途亡。

268. 樊崇徐宣

虑及归仁在首行，庸中见锐铁铮铮。

樊崇佼佼徐宣直，百万长驱一帝京。

269. 儒号公孙述

剑阁高悬势不成，雄鹰俯仰已无争。

陈仓暗度金汤固，栈道何曾见阻兵。

270. 后汉门

成成败败是非儒，帝帝王王彼此殊。

得众萧王吴汉见，昌昌废废有如无。

271. 明帝

朝臣不谏一才奴，帝信江山半无辜。
博士非言除太傅，公忠独语信其儒。

272. 桓帝

飞扬跋扈起萧墙，惑语忠言几度昌。
向背无明非日月，荣枯所在斩梁王。

273. 灵帝

榜价悬金可鬻官，公卿百万御侯冠。
朝廷自是人间物，诸葛周郎赤壁澜。

274. 废帝

危难危社稷，废帝废王师。
汉逐萤光夜，刘邦吕后迟。

275. 献帝

朝听曲舞四方春，暮向曹侯数贵人。
不见漳河铜雀伎，黄巾改作绿巾津。

276. 再吟

十怒刑科五党萌，三番要懑问耕霖。
千军乱战经南北，一丰黄米五百金。

277. 子密

无为无道德，子密子封侯。
所作还彭氏，当空率木留。

278. 羊续

一阵清风过，三公葛布衣。
亲宾穷岁月，惭使自相依。

279. 杨震

推贤推国力，助惠助民生。
咫尺千金念，维荣万岁情。

280. 赵孝

贫饥有绿林，政治可余荫。
若以农桑导，苍梧水古今。

281. 马后

深宫知政惠，马后善皇储。
广帝嫔妃切，传承自古书。

282. 魏博妻

青松罗桂是，手足笔其非。
错结盘根处，坚心志所归。

283. 曹娥

曹娥江上水，越女哭中波。
岸底留魂在，如今共九歌。

284. 周都妻

鸳鸯鸯已尽，一水一流长。
百鸟争朝凤，孤飞只独凰。

285. 鲍宣妻

三生三善意，一俭一何难。
瑟瑟琴琴合，恩恩意意安。

286. 吕母　古今诗

吕母慈恩在，男儿向四方。
回归原始处，最已是爹娘。
祖父宗其立，农家子女肠。
桓仁桓所位，

287. 三国门蜀光主

吴门兄弟论，蜀主借荆州。
若以知徐庶，桃园结义猷。

288. 再吟

自以三分国，常为一主忧。
赤壁东风火，东吴不减刘。

289. 后主

白帝托孤城，刘禅束阁名。
慵慵昏曲舞，不向蜀思荣。

290. 吴后主

吴东吴后主，百媚百枝花。
一日风云怒，千红万紫斜。

291. 王表

未可闻声已早沦，吴中敬事甚君亲。
无须子曰儒文学，不信人臣信鬼神。

292. 鲁肃

重义轻财士，贤臣子弟亲。

周郎饥怕觅，赤壁借风邻。

293. 晋武帝

金金帛帛鬻公卿，胜似桓灵忘帝名。
不辨公私官不举，财财义义是人情。

294. 再吟

君人维德礼，治政主安民。
所问闻图达，经纶自共神。

295. 惠帝

夜半蛙鸣久，闻惊寂默声。
池塘群噪起，不解是谁情。

296. 贾后

自古无真主，如今有圣人。
中原齐马割，赵国灭王伦。

297. 怀帝

莫遗九垓戈，汨罗一九歌。
刘聪行大会，不可忘黄河。

298. 愍帝

十两黄金一斗粮，千民枭枭半饥荒。
耕牛已宰伤田本，只渡山河日月伤。

299. 郭钦

自汉三分国，由今一晋亡。
空城司马懿，诸葛受炎凉。
胜负成王寇，无须进退量。
回军三舍后，让步帝君王。

300. 王夷甫

礼义玄虚子，高谈阔论人。
三光由所向，六合自秋春。

301. 王茂弘

中原南北望，晋赵魏韩分。
问鼎三边界，兴戈一世云。

302. 吴隐之

滴水穿坚石，长年积水浔。
源泉流不断，本末是人心。

303. 再吟

贪泉不见一源泉，却是居心欲是钱。
若以灵台求姓氏，人生本未是心贤。

304. 前赵刘聪

三边三世界，一草一田园。
食肉求粮异，同行善恶泉。

305. 前凉张轨

主簿到专征，凉王破赵名。
真君拓跋俊，只似将家生。

306. 后魏武帝

北魏延和太武年，南安孝武永康天。
柔然可汗和平乞，废帝难成子业田。

307. 三废帝

朱高二悖王，太武半征昌。
节悯明庄并，荣辱祭易廊。

308. 符坚

百万南征士，三军北陆王。
风声风鹤泪，草木草兵伤。

309. 再吟

帝帝王王少，宫宫殿殿多。
秋毫明察晚，咫尺有天河。

310. 又吟

国破山河旧，兵片卒步新。
何知何所欲，不可不君臣。

311. 宋武帝

债主凭陵迫，栖楼任楚欺。
人灵王谥识，斩达独何司。

312. 三废帝

肆意荒狂戮，苍梧自武威。
湘东湘不得，一是一还非。

313. 齐废帝东昏侯

莫以潘妃色，钓鱼有是无。
人生人废帝，不可不扶苏。

314. 梁武帝

南朝梁武帝，不以一皇忧。
但舍王身去，衷心贝叶求。

315. 再吟

自古兴亡事，如今贝叶经。
王朝王不在，一寺一丹青。

316. 简文帝

开城投敌帝，不忍弃琵琶。
色色声声在，来来去去花。

317. 元帝

战战争争事，生生死死闻。
谋臣谋免戮，困降困无君。

318. 谢举

叛叛离离者，忠忠志志人。
从头朱异达，谢举有秋春。

319. 朱异

知儒不学兵，国破系红缨。
未以彦和事，当知谢柳营。

320. 传昭

人无善政始，曾有食求终，
待以天机命，民心以念躬。

321. 宣帝

自以骄奢欲，何为不所思，
妻公妻后母，尉凤尉迟司。

322. 李集

直琦忠臣谏，三沉两屈吟。
方圆由所致，世事有鸣音。

323. 隋文帝

群雄并起六朝终，世上中心一半同。
只以江山社稷，重昭日月向江东。

324. 独孤后

自有亲疏后，贤愚太子先。
王储王不得，子继子香烟。

325. 隋炀帝

水调运河潮，隋炀六合桥。
江都江泽润，北陆北云霄。
自以知年继，天堂百里遥。

326. 贺若弼

破敌将军豪，红绡辅国劳。
倾娇谁是玉，瞪目切人刀。

327. 上清辞五首

之一：
紫禁从云殿，浮生入海洲。
霓裳从此舞，一曲自春秋。
之二：
玉宇蟠桃会，瑶宫汉武来。
琼浆王母宴，曲舞满天台。
之三：
跬步千丹炼，玄虚一上清。
仙人仙是友，道术道生名。
之四：
真仙方朔是，一别过千年。
未得丹台见，天皇已自怜。
之五：
天官都紫绶，御带五灵符。
莫以群仙问，瑶池有是无。

328. 读三国志

有国贤愚志，无家子女全。
周瑜吴已在，蜀主孔明宣。

329. 山舍南溪小桃花

桃三杏四五年梨，一战千疮百孔堤。
地僻无人繁简问，高低不得向东西。

330. 春行遇雨

十里男儿少，三春小女多。
东风征战地，日暖过江河。

331. 登楼寄远

满目花如雪，衣冠带色归。
红黄红绿遍，一翠一微飞。

332. 望思台

汉武望思台，商山四皓来。

江山谁可立，日月可相催。

333. 山舍偶题

一世书生半古今，三千岁月两知音。

琴琴剑剑儒儒笔，万古兴亡已在心。

334. 荆溪夜泊

一只采莲船，荆溪夜泊边。

谁惊知织女，水浅露腰弦。

335. 旅舍卧病

已隔西秦远，登楼北陆寻。

诚言诚卧病，自曲自乡音。

336. 登昭福寺楼

谷焦陵迁去，空余寺舍名。

秋兴秋不止，一叶一寒声。

337. 代边将

不计麟台第一功，当然戍斗问千翁。

轻身踏雪幽燕北，独步三边作卫虫。

338. 夜与张舒话别

独别三更早，重逢一岁迟。

张舒张路远，一去一诗词。

339. 寒梅词

雪素寒梅色，香浮古树枝。

花蕾花已绽，百态百千姿。

340. 题灵泉寺

寺外高低路，泉中远近灵。

禅明禅日月，世界世丹青。

341. 宿张正字别业

正字千云渚，黄公一帙书。

孤吟孤不去，帝子帝心居。

342. 鹤

独立瑶池岸，飞翔水月中。

三清三自在，五土五云空。

343. 过相思谷

不过相思谷，应闻草木声。

先生先自在，一女一儿情。

344. 写庄子

圣泽庄子记，南华一部书。

闲生闲所主，散地散人居。

345. 山中寄友人

窗前竹影枕边书，屋外清溪柳外锄。

半亩田园三亩草，邻家一户胜邻余。

346. 津亭

四面风云少，三光向背余。

天时天所路，地利地其居。

347. 古别

自古长亭路，如今逝水舟。

漳河铜雀舞，易水故人留。

348. 塞上

塞上风云老，边中日月明。

天山霜雪色，渭水雨阴晴。

349. 寄昭潭王中立

孤城频所望，独目瞩其秋。

六幕天空际，三吴一逝舟。

350. 雪

风云相落落，雨雪合纷纷。

一片江河外，千山草木群。

351. 冲虚观

五粒金丹紫，三清玉步玄。

英灵仙路远，百岁石门迁。

352. 淮南发运赵刑州被诏归阙

紫绶天台诏，前途北斗城。

函关函所望，结壁结虞卿。

353. 天街晓望

日日天街步，时时御阙心。

方圆应守一，日月有余荫。

自古难分野，朝堂是古今。

354. 淮南王

莫以金钱盗，无须美女居。

淮南王已故，此地有何余。

355. 赵宗道归辇下

一臂初交解，三吴又去行。

扬州杨柳岸，韵律运河明。

356. 忆荐福寺牡丹

三千花界杳，一半叶先成。

荐宝钟声寺，红蕾各碧荣。

357. 次韵和朱况雨中之什

微和微细雨，四野四芳霏。

水阁沉云影，长亭落雁归。

358. 感旧

百里青云见，千年水月闻。

金城黄客老，竹笛曲花分。

359. 城南

夜雨轻阴结，香泥润泽分。

罗敷蚕茧间，草叶碧桑芸。

360. 早夏

丛林多雨密，月竹有凉荫。

昼日骄骄照，婵娟婵娟琴。

361. 侯家

洞户春迟漏，侯家返雒阳。

青岑青逝水，白璧白云堂。

玉树临庭碧，兰苔按曲梁。

熏衣熏竹节，护国护朝网。

362. 函谷关

老子潼关路，玄虚一道成。

天开函谷险，地合涒尘惊。

一掌当大地，三秦据此盟。

363. 残花

人回春寂寂，雨去水迢迢。

一夜残红重，三秦渭水潮。

香魂香处处，玉笛玉箫箫。

364. 次韵徐爽见寄

独木千根自成林，群根百岁气云深。
侏儒自是身三尺，本以根深作古今。

365. 华清宫

华清宫里舞，羯鼓曲中声。
但以梨园艺，胡旋弟子情。

366. 题文川村居

稻禾文川水，泉生白石根。
翁眉如白雪，树下小儿孙。

367. 燕

一燕俯雕梁，三春作乳娘。
佳人佳目望，不绣不鸳鸯。

368. 题严君观

二十年前到，如今又再来。
严君观所见，是问是仙台。

369. 山中有所思

木木成林静，零零夜雨清。
山中山有水，月下月无声。

370. 燕

旧迹一雕梁，新来半柱伤。
倾巢倾垒石，一路一风狂。

371. 贫女

自是贫贫女，年年寸寸杨。
春春如草木，岁岁似花乡。

372. 杪春寄友人

已近山僧寺，当然问上房，
禅音禅世界，一语一炎凉。

373. 回旧山

已上庚楼吟，风烟向野禽。
溪猿留不住，雨雪谢家琛。

374. 感巫州菈菜

气味应难改，阴晴有日根。
民间听曲舞，记取念奴恩。

375. 句

黔中菈菜苦，陆上有真心。

376. 山遣越宾袒之

吾皇一梦来，使至半天台。
不可游人至，坞烟日色开。

377. 和武相公中秋夜西蜀锦楼望月得清字

蜀锦楼堂月，中秋砧杵声。
相公相武勇，九派九江清。

378. 南诏骠信

序：

　　星回节游避风台与清平官赋　南诏
十二月十六为星回节，清平者独南唐宰
相。

诗：

盛极威云贻厥开，星回节日避风台。
清平者曰南唐宰，共治同心结帝恢。

379. 星回节避风台骠信命赋

梅花南诏早，命赋北秦来。
法驾星回节，叔达避风台。

380. 途中诗

王程不敢久停留，一路长亭半水舟。
幸蜀唐皇南诏使，途中未了宰相酬。

381. 听伎洞云歌

一世人两世尘，三生处处半生春。
嵇康不断琴声断，不籍刘君是伯伦。

382. 思乡作

蜀北行人少，云南鲤信无。
庭前花不扫，雨后广陵书。

383. 日本使不归

序：

　　朝衡，又名晁衡，字巨卿，日本人。
开元初，日付使仲满来唐不归易名朝衡。
衔命还国作。

诗：

日本曾衔命，蓬莱有海程。
明皇唐汉继，若木故园萌。
宝剑平生使，邦交客主盟。
人间人一事，一路一三生。

384. 长屋　日本相国

裟裟日本以衣缘，水月同天共日年。
佛子如来如佛子，寺寺钵钵钵遗传。

385. 新罗国隐士

（愤怨诗，女主与魏弘通，通死，复引
美少男要职而奸妄。）

若以情人易职官，男儿美女互相坛。
王王主主寻其所，任任鸾鸾各自残。

386. 立木海上刻诗

水水山山一大全，辽辽汉汉半三边，人
人立木东方海，国国由家向陌阡。

387. 戏语

一亩三分地，千年半古泉。
秦川秦谷水，养马养周贤。

388. 万寿寺歌词

花时月下九江澜，四面高歌六合安。
万寿何须万寿寺，相公不必追欢。

389. 迎孙刺史

刺史如今向子孙，朱元照旧守朱门。
童翁竹马分天地，一梦南柯半感恩。

390. 临刑诗

积玉堆金祸，居官走卒贪。
三年加二载，作茧未成蚕。

391. 诗

主仆应无界，贤愚各自观。
遥遥非近近，处处可珊珊。

392. 题牡丹

绿叶丛中一牡丹，红花月下半文澜。
芳菲不是芳菲子，李李桃桃各自安。

393. 将窜留诗（二首）

之一：

捧剑无言懂剑悬，寒光利刃可经天。
官官仆仆非何勇，土土源源水水泉。

之二：

南中县令宰，造化制春秋。
邑制清威在，民情作载舟。

394. 记李密

挂角黄牛一卷书，称公洛口半谋余。
杨家立盛同兵败，以素相唐不定居。

395. 淮阳感怀

杨家立感反，李密主谋深。
卷挂黄牛角，行程问古今。
公卿公自与，素心素知音。
越魏刑公国，金凤玉节襟。

396. 南隐游泉山

草木泉山隐，云光石镜流。
何须方士问，此处是瀛洲。
俯堑临天水，昂峰积地舟。
同行同日月，共度共春秋。

397. 行经太华

日满太华山，行经换旧颜，
人生人自主，玉在玉门关。

398. 夜宿荒村

独宿荒村里，秋虫月影萌。
青丝先未退，不作白头吟。

399. 王泽岭遭洪水

风声瞬息百川浮，地籁天津万石流。
倒海翻江分不得，知怀赵景倦阳侯。
冲冲荡荡泣无限，泛泛澜澜卷房牛。
毁社三光随水尽，惊民一半在沧洲。

400. 登白马山护明寺

明光白马山，一寺度天关。
步步耸灵鹫，层层大势颜。
桃源秦汉水，韦驭护朝班。
万里如来在，观音不等闲。

401. 天堂

三吴谁养马，六渎运河长。
两岸隋炀柳，千年水调炀。

402. 送舍利宿定普岩

舍利仁祠一祇园，恭栖普度半西天。
云峰宿定松林址，不是遥芳是祖年。

403. 观太常秦新乐

王家王乐器，九变九钧天。
俗迈咸英窃，无良率舞弦。
承天承已运，一统一方圆。
国界边疆小，谁知有五边。

404. 赋得涉江采芙蓉

芙蓉一半半莲莲，十籽心中十籽丰。
楚楚衣冠呈碧叶，亭亭玉立带余红。

405. 赋得华亭鹤

失侣华亭鹤，孤鸣玉宇空。
声声咽白露，处处忆辽东。

406. 送蔡君知入蜀二首

之一：

金陵来往见，向背去铜梁。
蜀道先人造，蚕丛向四方。

之二：

一水江东去，三吴六渎潮。
嘉陵江里水，蜀峡有天桥。

407. 落叶

翻飞何不落，不忍自离根。
节令应如此，年年有岁思。

408. 句

不分菱花影，无寻一发秋。

409. 临刑诗

求人求己处，幻灭幻生间。
莫过安心事，浮图御史闲。

410. 和谒孔子庙

步步榅星路，文文孔子修。

春秋留日月，战国百家流。

411. 和许给事伤牛尚书

不世名臣俱，精工已丰求。
非常非乃器，物象物春秋。
况以经纶序，乾坤日月舟。
同行同运济，共此共筹谋。
莫以呜呼叹，何为异域忧。
天空天所在，地载地封留。

412. 送刘散员同赋陈思王诗得好鸟鸣高枝

高枝鸣好鸟，向背望风时。
万里应长志，千诗可达司。
陈思王一句，七名帝卿婷。
谷静常收翼，峰巅已展姿。

413. 咏山

独峙灵山石，临流紫盖溪。
天河天瀑布，碧水碧潭低。

414. 登楼望月二首

之一：

嫦娥圆缺在，后羿去来行。
啸逸刘琨句，吟游庾亮情。
高楼高见远，独步独生明。

之二：

当空明月色，就地水流清。
远近相连续，高低互接英。
依然依上下，有影有疑情。

415. 黄巢　不第作乱破京都，灭于泰山狼虎谷　题菊花

处处西风不可栽，人间四象去还来。
青青白白何为帝，菊菊桃桃各自开。

416. 不第后赋菊

九月重阳菊，因荷带雪花。
梅桃城里色，一路到天涯。

417. 自题像

当年草上飞，记取着僧衣。
不近天街路，长安满落晖。

第十一函　第四册

1. 柳

黄绿柳叶有绿黄，欲断枝条不忍伤。
灞水东流桥上望，无折无得最时长。

2. 白菊

白菊方开白雪来，严霜未济玉冰开。
玲珑世界精凋致，素手当堆素女裁。

3. 句

山前云已落，雨后日方晴。

4. 清明登奉先城楼

年来年去过，日继日承行。
乞火清明读，龙门及第荣。
书生书所事，立志立其明。
井邑川原路，猜归以国盟。

5. 清明赤水寺居

浮生浮世事，野水野花濑。
古寺香炉小，清明乞火邻。
禅房同一处，磬语共初春。

6. 赠罗隐

何思青琐拜，以伴赤松游。
问貊闻诗过，公台命卓侯。

7. 哭赵州和尚二首

之一：
人人一念一王侯，寺寺平生寺寺修。
鼓鼓钟钟钟鼓继，来来去去去来留。
之二：
一寺行方丈，心经自主留。
西行贝叶在，祖印袈裟裘。

8. 答同年李昉见赠次韵

几度让长鞭，清朝贺九迁。
当年寒已在，品位未逢翻。

直直经台院，忻忻步八砖。
闻香花月色，对酒有潸然。

9. 除夜长安作

长安一入半书生，旧岁新年子夜情。
朔雪寒风穷巷烛，依然照旧向高明。

10. 登岭望

王朝王地小，岭北岭南分。
雁路三千国，人形五百群。

11. 莘岭四望

渺渺千川水，苍苍十万山。
家家成国国，路路已闲闲。

12. 王易简

官左拾遗归隐作

五代方成十国成，梁吴蜀楚汉南平。
辽东武肃钱王镠，四十州中一二州。

13. 悼杨氏伎琴弦

良授同姓结，战乱共经天。
刺史温州客，梁朝太祖船。
悠悠弦已断，雅雅不可全。
曲曲琵琶去，声声是旧缘。

14. 公子行

春来公子去，百草绿方明。
岁岁红花色，年年苦战争。
金杯交换举，沽酒浊还清。
隔水闻歌舞，同天共结情。

15. 读史

国意群臣瞩，民心草木春。
红尘红逐鹿，一霸一家臣。

16. 出山吟

伊皋巢许见，乍蹴有天颜。

独选人间独，山光不只山。

17. 书壁

千章岁月多，一别自锁磨。
只有门前水，春风雨后波。

18. 句

已遇南迁客，常惊北陆心。

19. 庆肃

江山楚楚，社稷明明。
簋簋豆豆，黍黍平平。
和和贵贵，懿懿清清。
惟惟厥厥，永永荣荣。

20. 庆熙

处处三网，唯唯五常，
哲后思陈，皇天永康。

21. 庆隆

恭恭上帝，祖祖永昌。
鸿基磊磊，本直原长。

22. 庆融

和和气气，彩彩纭纭。
风风秀秀，质质文文。

23. 庆休

大业仁风至，宏图启豫章。
无私旬七释，有德义千扬。

24. 庆和

万里祥烟杳，千家渡水桥。
和生和事事，日照日昭昭。

25. 庆和

阳阳位位，御御明明。
天天地地，命命荣荣。

千千户户，万万萌萌。
丘丘业业，第第卿卿。

26. 启皇基

方圆由一始，八卦自双仪。
九派东流去，三台奉御司。

27. 燎芳薪

百世常仁德，千朝共载司。
门开成左契，帝荐作灵慈。

28. 祚百世

佑德天惟祚，斯义正奉天。
皇风皇道永，告乃告承贤。

29. 庆顺

干干睿睿，穆穆仪仪，
舒舒佩佩，正正垂垂。
昭昭事事，处处司司。
协协略略，早早迟迟。

30. 庆平

天天命命，地地和和。
桑桑柘柘，黍黍科科。
民民食食，处处歌歌。
生生止止，米米禾禾。

31. 和凝

和凝成绩字，进士末唐天。
翰林知贡举，平章荐百贤。

32. 宫词百首

之一：
不可抬头视，无闻俯首听。
趋行趋止步，善举善思明。
之二：
晴分五凤楼，雨落一皇州。
北阙千年运，南山万岁畴。
之三：
百辟虔心首，三宫御水沟。
天香流不尽，隔岸共春秋。
之四：
梅花眉间弄，楚女细腰身。

一曲折杨柳，三宫尽是春。
之五：
三宫闻凤曲，百鸟朝凤鸣。
御辇封人愿，苍天已太平。
之六：
一唱鸡人早，三更慢晓星。
梳妆方毕色，百辟分班玲。
之七：
月晚繁天宇，牛郎织女灵。
同呼楼上去，共望老人星。
之八：
椒殿珠珰缀，金龙窣地长。
幽幽天地月，复复燕沉香。
之九：
大驾簇丹青，高杨纳翠屏。
无知谁今日，鼓瑟作湘灵。
之十：
藏娇金屋月，玉树已临风。
织女牛郎问，银河不向东。
之十一：
月下内人轻，宫中半不情。
同生同日女，共语共无倾。
之十二：
梅花腊雪深，七寸半人心。
不奈东风至，无言入夜吟。
之十三：
玉影似纱明，姿身已自平。
云和云细细，雨注雨轻轻。
之十四：
七夕夜光帘，三更月已尖。
相邻应八日，不再缺圆潜。
之十五：
御水小鱼游，黄河不见舟。
莲花池上尾，有食也回头。
之十六：
真珠自沲尘，碧玉小桥春。
细雨东风色，深宫水榭轮。
之十七：
晓晓一莺啼，幽幽半不齐。
心心由不得，柳柳已高低。

之十八：
小步皇家苑，从心侍御边。
忽逢连理木，又见并蒂莲。
之十九：
轻弹红蕊调，御上赐樱桃。
自是从情目，当非一夜刀。
之二十：
班簟霞可殿，已进瑞莲图。
问得银河水，看时认沥苏。
之二十一：
有意看春雪，无心问柳芽。
梨花宫一片，共卷玉帘纱。
之二十二：
远是霏霏雨，房檐玉滴斜。
珍珠催小草，晓雾没蒙霞。
之二十三：
日上西山远，云来晓气融。
红光初四射，注目望三宫。
之二十四：
上下楼台步，东西木榭行。
天天循日月，处处有升平。
之二十五：
日照红兰玉，仙人捧露盘。
窗前窗后见，一水一云端。
之二十六：
清明新火旺，柳叶已黄翻。
不必绵山问，王家有隐贤。
之二十七：
不异东方朔，还同宋玉篇。
文章宫里缪，只及晓莺宣。
之二十八：
贡品承王赐，珍稀不共天。
潇湘红橘采，半满女儿船。
之二十九：
帛帛丝丝细，长长短短轻。
红衣红粉底，玉袖玉人倾。
之三十：
烛烛灯灯路，朝朝暮暮程。
王宫王不见，百女百孤荣。
之三十一：
辇路观稼穑，金銮问土荣。

天公天五色，立地立三明。

之三十二：
曲曲宫廷路，层层殿瓦垣。
朝朝如此见，暮暮共轩辕。

之三十三：
三农三国运，五土五封侯。
水水山山色，王王帝帝州。

之三十四：
千书千节竹，一志一官贫。
水陆门前路，风云日后秦。

之三十五：
日日红光早，天天似晚霞。
东西相远照，向背互人家。

之三十六：
水殿垂云久，金台落凤音。
莺啼莺不解，侍立侍人心。

之三十七：
半卷珠帘问，三开玉色门。
芭蕉红雨落，夜雨作慈恩。

之三十八：
芭蕉半展心，碧叶一荷音。
莫以声声问，无言有语沉。

之三十九：
采女春风剪，深宫手指纤。
鸳鸯应嬉水，樗浦可知妍。

之四十：
水榭临流曲，瀛台对月明。
天街天子路，玉女玉相倾。

之四十一：
白马飞天影，青潭落日浮。
人心人不定，一女一思谋。

之四十二：
水水生虫草，山山有木林。
宫宫宫女舞，曲曲曲知音。

之四十三：
白鹭朝天立，红鹅逐水田。
波纹分两岸，寄意向三边。

之四十四：
深宫深百殿，锦绣锦毛球。
虎虎骅骝趍，星星闪闪游。

之四十五：
二月禁园春，三秦已自新。
梨花霜满地，小子结沉沦。

之四十六：
紫气氤氲满，深宫日月明。
空空来去见，处处落精英。

之四十七：
三春三水上，五色五云中。
又见长生殿，霓裳仕女荣。

之四十八：
曲罢春冰碎，琴弹玉树倾。
君王和意问，粉面自低盈。

之四十九：
琴歌齐入破，舞女势方平。
玉蕊飘香处，鸳鸯戏水平。

之五十：
和风无力女，水柳有香来。
拂拂垂垂色，条条弱弱黄。

之五十一：
重阳金菊色，九月玉阶明。
白淑黄花气，梨园子弟扬。

之五十二：
社燕莲房宿，和风草木香。
荷塘明月色，玉女不须藏。

之五十三：
凤舞龙吟日，升平祝寿声。
君王君万岁，侍女侍琼赓。

之五十四：
禁苑三春晚，深荷半采莲。
昆明池上水，舴艋小舟偏。

之五十五：
七夕宫中巧，情心水上平。
无明无月色，有隐有私盟。

之五十六：
嫦娥偷药去，自闭入寒宫。
桂影婆娑下，婵娟总不红。

之五十七：
清宫清淑女，桂子桂无生。
夜夜嫦娥色，东西不自明。

之五十八：
缺缺圆圆问，身身色色藏。

弦边弦里见，一女一私乡。

之五十九：
十五方明十六明，上弦渐易下弦行。
当然月月东西见，玉树相倾玉影清。

之六十：
御路三千步，王城五百年。
深宫来去色，四象暮朝田。

之六十一：
细仗金吾子，威仪玉树班。
皇家皇气象，御驾御王颜。

之六十二：
正旦垂旒御，蛮夷奉贡鲜。
群臣航无蹈，诸子万渊泉。

之六十三：
圣主躬耕去，公卿五土来。
丰年丰四象，一岁一天台。

之六十四：
圣日垂科委，司英成喜才。
春官春已许，月殿月香台。

之六十五：
天街香满瑞，五坊碧凝空。
独月嫦娥月，亏情总不红。

之六十六：
教坊万年欢，笙箫对玉盘。
春云春雨夜，一宴一香坛。

之六十七：
暮后长生殿，先迎日月光。
东阳西照早，禁苑夜兰香。

之六十八：
玉殿朦胧晓，金銮紫气扬。
千呼千万岁，百辟百臣堂。

之六十九：
五色含元殿，三台紫阁香。
香烟香四海，德表德千章。

之七十：
御诏紫泥香，金封奏豫章。
书人书汗涣，凤以凤衔将。

之七十一：
弱弱越溪姝，纤纤玉笔儒。
君王皆在侧，诏令已江都。

之七十二：
冬梅带雪开，禁苑依墙催。
莫以群芳见，当闻四象才。
之七十三：
一日功夫绣，三宫采女多。
心裁应独处，淑素唱轻歌。
之七十四：
琉璃深殿曲，向背近灯光。
望望君王侧，遥遥玉影藏。
之七十五：
曲步凤凰楼，轻歌独自羞。
男儿和小女，本是共春秋。
之七十六：
一路荒郊外，三春绿草中。
群芳争艳丽，诸衣竞衣红。
之七十七：
只向君王展，秋鞋已过天。
翻飞情片片，玉女态仙仙。
之七十八：
秋鞋久不平，抑荡已无倾。
窃向君王顾，疑当有凤鸣。
之七十九：
成心卷玉帘，半露指行行。
素手香颜面，凝情紫殿尖。
之八十：
窃望金吾子，挺身执戟边。
英武英气在，侍女侍情娟。
之八十一：
青丝青髻挽，玉带玉环香。
镜里偷相顾，君前窃意长。
之八十二：
深宫捧日时，有意自陈姿。
且以吟佳句，婕好有好诗。
之八十三：
云前云带雨，玉后玉生烟。
只要君王顾，阳春白雪田。
之八十四：
李白清平乐，知章少小家。
唐诗唐国学，一首一天涯。
之八十五：
晓漏光明殿，枢机造化方。

忠臣忠政治，上曜一三台。
之八十六：
不必听鹦鹉，常言学舌才。
书生书德治，御路御人催。
之八十七：
如鱼如水贯，似鹭似鸳趋。
晓漏声声断，朝臣匆匆儒。
之八十八：
书传金马路，步就玉阶城。
目视朝班客，心怀少女情。
之八十九：
花分十六行，玉女两三香。
远近皆由得，偷看任帝王。
之九十：
深殿升平舞，玉树自临风。
一日三生尽，三生一日中。
之九十一：
百草千芳色，三春五夏天。
衣裳衣渐短，玉手玉身娟。
之九十二：
繁章繁缛节，瑞简瑞鸳行。
两列由兰省，三台制豫章。
之九十三：
远望凌烟阁，长生殿里香。
经朝经代路，集治集贤堂。
之九十四：
三春三舞色，一女一倾盈。
曲罢君王笑，前来问姓名。
之九十五：
不免衣衫短，三春艳舞长。
香云香不止，玉影玉波房。
之九十六：
芙蓉冠子挂，玟珸玉珠垂。
闪闪光光照，纤纤弱弱姿。
之九十七：
草草含香守，花花带露开。
宫宫兰省路，殿殿御香才。
之九十八：
宫前宫后路，玉树玉枝香。
莫以归根问，当君向帝扬。

之九十九：
目秀眉清女，身轻玉体香。
纤纤腰细细，色色亦狂狂。
之一百：
百首一宫词，三台半玉姿。
朝堂朝德政，曲舞曲方知。

33. 渔父歌

白芷寒汀鹭，浮萍芡实塘。
渔舟渔父懒，一日一骄阳。

34. 杨柳枝（二首）

之一：
情情杨柳曲，意态作巴人。
巧入陈王帐，凌波宓洛神。
之二：
瑟瑟罗裙舞，丝丝带带扬。
飞天飞羽翼，步落步回乡。

35. 解红歌

儿童舞解红，老子柘枝穷。
自以唐家纪，百戏自由衷。

36. 题鹰猎兔画

猎兔飞鹰爪，强禽弱物身。
知时知躲避，不可不应频。

37. 醴泉院

院院泉泉石水明，松松柏柏有风声。
初闻磬语承钟鼓，久住方嫌俗性情。

38. 兴势观

观音观后语，大势至前明。
白日经天象，人生一路行。

39. 洋川

水近洋川远，云平岸草闲。
官游僧舍路，江声买钓船。

40. 句

琴琴剑剑半知儒，子子翁翁一自趋。

41. 寄王仁裕

从蜀后主幸秦川上梓潼山

三千年旧事，八百里秦川。
养马成周武，称王作霸迁。

42. 和蜀后主题剑门

后主一剑门，先王半慈恩。
巴山明月峡，栈道汉儿孙。

43. 荆南席上咏胡琴伎二首

之一：
朱弦四十条，玉曲三千桥。
渺渺作韵在，幽幽上玉箫。
之二：
楚女知腰细，吴歌似玉明。
红妆红线女，玉树玉人倾。

44. 题麦积山天堂

天堂麦积山，天花散玉颜。
群山皆自小，独日已当怜。

45. 题斗山观

三清三绝境，八景八峰遥。
守一空云锁，方圆玉律条。

46. 题孤云绝顶淮阴祠

一握寒天木，千军半将人。
淮阴侯此步，大竹通巴濑。
莫以兴亡问，丞相楚汉臣。
孤云孤绝顶，一妇一君秦。

47. 和韩昭从驾过白卫岭

白卫岭前程，龙旗路上烟。
登高知汉帝，望远是江田。

48. 贺王溥入相

一帜群臣竖，三台独表明。
天朝天所笏，一语一民声。

49. 与诸门生春日会饮繁台赋

门生春日会，淑景月繁台。
管管弦弦曲，杯杯酒酒催。
阴晴相继续，向背去来回。
儒问儒教化，以首以诗媒。

50. 示诸门生

春风春不尽，子弟子群英。
共事天街路，同年日月名。

51. 过平戎谷吊胡汉

文章为众炉，古木已悲愁。
叶落荒丘外，鹦鹉鸣草洲。

52. 奉诏赋剑州途中鸷兽

同朝同向背，共世共乾坤。
莫以生灵对，亲王泽济恩。
三丁三未口，一子一王孙。
剑阁巴州山，从情望蜀村。

53. 放猿

猿归猿所故，日见日新林。
后顾前行慢，无言处处心。

54. 遇放猿再作

汉水应无改，巴山已有啼。
君今滨岸见，不忍自高低。

55. 句

门宽门狭见，过去过来行。

56. 寄冯道

经唐晋汉周，四姓十君游。
老卒名长乐，嬴王乐卷留。

57. 天道

前行不必问前程，好事当然以善倾。
自达由穷重改致，听天任命自纵横。

58. 偶作

舟车应不止，欲望已伤神。
淡淡平平处，深深水水津。

59. 北使还京作

北使奉皇华，南朝御帝家。
朝廷朝国泣，一路一风沙。

60. 赠窦十 忆父古今诗

燕山窦十郎，教离义千方。
五子名灵在，三生以日扬。

61. 放鱼书所钥户

墙垣分内外，水水各乾坤。
界界应由主，鱼鱼自子孙。

62. 句

南来唐学士，北去汉家臣。

63. 后唐宗庙乐舞辞

乐舞行宗庙，君臣共祝荣。
三台三御史，百度百惟成。

64. 后唐宗庙乐舞辞

金门经吉庆，玉叶九成宫。
德重无疆域，皇天奉宇穹。

65. 春社从李昉乞酒

乞酒非为醉，逢春是草生。
村村连社社，朽朽已荣荣。

66. 句

扫院天留影，吟诗地不声。

67. 灵溪老松歌

灵溪一片老松歌，万节千鳞半海波。
若以风涛惊世宇，天云跌荡作江河。

68. 游灵溪观

宝殿风尘外，仙翁玉德中。
三清玄止步，一道逐元空。

69. 寄天台道友

天台天已近，道友道行踪。
怅望江山隔，相思日月容。

70. 花落

年年开复落，处处作枯荣。
若以回归见，当然四象明。

71. 钟陵铁柱

铁柱钟陵锁，千年辱没开。
人生人已去，逝水逝无回。

72. 僧房听雨

雨打钟声远，云敲鼓面轻。

僧房听仔细，彼此有心生。

73. 题牡丹

从中一牡丹，月下半清寒。
红颜红不尽，玉蕊玉心冠。

74. 熊黑

祖龙词

风流徐福去，六国古今来。
指鹿扶桑问，秦皇二世摧。

75. 谪居海上

家临泾水岸，过往隔秦川。
万里关河路，千山日月年。

76. 冬日原居酬光上人见访古今诗

门无尘事闭，卷有国风开。
格律三千载，诗词十万裁。

77. 早梅

腊月梅含雪，寒霜带傲枝。
清香天地界，玉影待春迟。

78. 怀三茅道友

处处春蚕自千毫，年年不易问三茅。
何须利禄当今古，只笑浮名未肯抛。

79. 赠胥尊师

一世儒生忆故乡，三清道长杏坛扬。
文成羽服天台近，却恐桑田作海洋。

80. 句

阡中常见月，陌上未逢人。

81. 塞上

黄尘风卷雪，落叶上云霄。
不得寻根去，轻扬作弃遥。
阴山飞将记，射虎雾弓桥。
夜宿冰河岸，晨营借草凋。

82. 棋

设计分方阵，棋围黑白军。
君心改守见，胜败有疑云。

弃取连营势，深谋四角耘。
原来天下易，已解帝王欣。

83. 句

飘飘云带雨，飒飒雪含烟。

84. 韩昭裔

与李专美

登庸作宰相，玉树后唐王。
未计君倾子，人生是短长。

85. 题龙窝洞

朝朝代代帝王侯，国国家家五百州。
龙龙凤凤公卿客，品品不尽第第流。

86. 李瀚

朝朝代代有翰林，岁岁年年自古今。
品秩无须分细碎，君臣有道合斯新。

87. 留题座主和凝旧阁

座主登庸宰，门生制诏行。
和凝旧阁客，润笔已倾城。

88. 杨昭俭

中朝中是主，小国小称王。
制诏称隔治，行身以政量。

89. 题家园

君臣朝品秩，大小有公卿。
若以家园见，孙孙子子营。

90. 刘坦

书从事斤屏上

进士周朝第一人，三千弟子十秋春。
天天下下非天下，帝帝王王是国邻。

91. 题施璘画竹图

一竹成丛一石头，千竿万节半溪洲。
林林总总婆娑影，翠翠微微过九流。

92. 寄宋齐丘

五代分云十国乡，吴梁楚蜀辽南唐。
中书仆射平章事，两国三朝一豫章。

93. 陪游凤凰台献诗

布政凤凰台，身民日月开。
平章龙虎健，仆射济人才。
日晚严城鼓，经天暮彩回。
蛟龙正鸶鸷，鸟雀向隼裁。
剪草修花养，芙蓉莲色催。
佳人如玉腻，鹤羽妄然恢。
临春阁上望，只见兴亡来。
长鲸从四海，太守以贤媒。

94. 赠仰山慧度禅师

身披半断云，挂雪两眉曛。
古佛高君子，萧然万象分。

95. 陪华林园试小伎羯鼓

一女双眉十指音，千姿百态半如禽。
开元若弃胡施舞，此日华林好用心。

96. 句

贤臣扶社稷，战将守江山。

97. 早朝

铜壶闻滴漏，玉水自流长。
万里春风起，三台制豫章。
阶前鸳鹭步，御后扇流香。
百尺江山路，千门日月梁。

98. 韩熙载

中书一侍郎，后主半朝堂。
制书文修馆，同光进士梁。
音琴北海子，去国宰知亡。
色色声声里，音音曲曲娘。

99. 感怀诗二章

之一：

江南江北客，一去一来扬。
叶叶归根计，人人忆故乡。
人生人有止，别路别心肠。
瑟瑟琴琴异，歌歌曲曲娘。

之二：

归乡归所忆，访旧访其思。
老少谁人问，乡邻故客窥。

相知相识忘，未见未如期。
最以童翁去，平生苦此时。

100. 溧水无相寺赠僧

溧水无相寺，高僧有磬音。
轮回轮所无，大小大乘深。
只以如来愿，心经自在心。

101. 书歌伎泥金带

柳柳摇摇不定枝，云云雨雨满天池。
他年木叶春秋日，莫取尊前索旧辞。

102. 送徐铉流舒州

雨满云帆泪满衣，年华瑞表路人稀。
人生尽是升平里，水上风光远帝畿。

103. 句

知君三尺剑，问我半天中。

104. 登祝融峰

一上祝融峰，三生玉霄容。
如今成岭道，自古石桥钟。

105. 七岁吟

（焉今南唐书曰，佑母方娠梦，古衣冠
人告曰，戎颜廷之也，与夫人为子度生，
七岁始语，为童怪，伤白龙为上帝怪所
罚也，三十六岁终。）

人间三十六年终，七岁方言上帝童。
内史紫阳虞部客，朝游五代暮归宫。

106. 送徐处士坚往茅山

天坛云似雪，处士水如琴。
一入华阳洞，三清遣世音。

107. 送人往宣城

桥亭遮雨日，水陆互相连。
吏役微官路，游僧道士川。
居心居所务，坐待半思怜。

108. 失题

旧宅春无主，深庭杏有雨。
花花相似处，独独过墙语。

109. 句

年年相似处，岁岁自如同。

110. 寄孟宾于

书书剑剑别湘潭，金榜题名第十三。
邑令曹郎今不改，君君处处忆江南。

111. 送孟宾于

腊月梅花雪，春风柳叶黄。
皇城皇榜首，洛下洛诗扬。
白首折丹桂，青衣向故梁。
湘潭湘水岸，楚客楚才乡。

112. 奉和圣制元日大雪登楼

飞飞落落一人家，淑淑层层半玉斜。
瑞瑞瑶瑶琼似雪，勤勤政政作梅花。

113. 李建勋

南唐烈祖李升名，事使平章主璟成。
致仕司徒召拜赐，钟山公集以诗荣。

114. 中酒寄刘行军

三军三战士，一酒一先生。
醒醉常无度，兴亡已有明。

115. 白雁

白雁落青溪，边毛似未齐。
干干还净净，皓皓独啼啼。
自好身先洁，飞空一字低。
幽幽独所所，忍忍误栖栖。

116. 早春寄怀

老觉光阴速，人闻白发月。
风和杨柳绿，世路短亭歌。

117. 春日东山正堂作

蜀马新途少，南朝古寺多。
东山堂正气，北陆洛诗和。

118. 春日小园看兼招同舍

一曲竹枝词，三春玉树迟。
花中花草色，一鸟一相思。

119. 惜花寄孙员外

朝开群艳色，暮谢独芳归。
结子留年月，重生又翠微。

120. 春日病中

阴阴已后亦晴晴，病病方知泰泰平。
败败成居明灭见，荣荣辱辱是人生。

121. 殴伎

当时心已悔，彻夜手犹香。
忍自鸳鸯枕，儒夫彼此肠。

122. 踏青樽前

五代南唐酒，三春任百花。
年年依旧是，处处见人家。

123. 正月晦日

正月梨花雪，莺啼已半州。
梅红梅落尽，不见杏花愁。

124. 悔花

白发今如此，红芳故似愁。
春风春雨后，一水一香流。

125. 金谷园落花

已是清明后，红云落地前。
金台金谷堕，绿玉绿珠妍。

126. 柳花寄宋明府

自弃琴弦去，还来倾古今。
遥知陶令宅，五柳已成荫。

127. 送人

草草清明雨，幽幽杜宇音。
谁君谁共我，一步一花深。

128. 闲游

吏碌闲游少，身轻白日长。
青春青草岸，忆水忆家乡。

129. 柏梁隔句韵诗

一路长亭柳，三春别驿君。
明朝离此去，又作陌阡云。

130. 赠赵学士

学士文夫子，公卿坐上宾。

华章才八斗，字句碧三春。

131. 春荫

酒药何分别，身名只渡津。

春荫春草色，一叶一年尘。

132. 春日金谷园

黄金掷地已留声，玉石难崇一日情。

草木知春心本位，花园自得绿珠名。

133. 夏日酬祥松二公见访

夏日空门客，荷塘月色香。

婵娟颜似玉，碧叶自圆方。

134. 怀赠操禅师

一位曹溪子，千经面壁成。

禅师禅日月，本草本心萌。

135. 闲居秋思呈祥松二公

祥松一二公，夏去两三空。

独以芙蓉水，莲花结子蓬。

136. 赠得冬日青溪草堂四十字

大雪青溪岸，浮云北阙堂。

平流明灭色，独立木林章。

莫以寒声俱，当闻白异香。

明朝明瑞丽，满地满天光。

137. 溪斋

百步溪斋路，千折九曲廊。

黄河由此见，日月已方长。

138. 留题爱敬寺

野性原针改，朝廷作首冠。

千峰青所爱，百鸟落盘桓。

雨细风轻润，花红草碧安。

丞相丞上下，宰社宰青丹。

139. 小园

园园芳寸现，水水曲折还。

竹竹梦梦色，天天地地颜。

屏风由草挂，瀑布水成湾。

坐见枢机变，当闻日月关。

140. 宿山房

石制窗灯月半明，山房独宿梦三更。

岩泉晓雾惊栖鸟，已至晨钟不及惊。

141. 金陵所居青溪草堂闲兴

江南江水岸，白下白衣萍。

夜半秦淮月，三更织女星。

金陵金已断，二世二流萤。

柳柳杨杨见，琴琴瑟瑟灵。

142. 阙下偶书寄孙员外

江山江水岸，洛邑洛春秋。

独有南宫客，无钩坐钓舟。

143. 寄魏郎中

碌碌随随去，从从任任来。

音琴音乐在，曲舞曲天开。

144. 病中书怀寄王二十六

闲眠一病句，宰事半公侯。

草药连天理，民心是载舟。

145. 采菊

采菊东山上，黄花落叶中。

春秋相似处，日月互难同。

146. 送王郎中之官吉水

此去庐陵郡，连山五岭乡。

春蚕春草瘦，石洞石疆梁。

路望郎中邑，怜君远轰郎。

147. 孤雁

欲食难从不食荒，当栖独立未栖藏。

闻风一字飞天路，赴楚人形已赴湘。

148. 赠送致仕郎中

衣冠皆古风，气貌不今同。

雪罩云山顶，郎中与世雄。

149. 宿友人山居寄司徒相公（二首）

之一：

雨雪霏霏落，冰霜渐渐稀。

僧房先自暖，宿雁北方飞。

之二：

向曙虚堂冷，晨钟宿客惊。

阳程三百里，起步五云英。

150. 感故府二首　古今诗

之一：

爹娘生子女，孟母教央名。

别别离离去，情情业业行。

难为亲膝足，未实孝慈生。

养育恩书剑，终当作忆盟。

之二：

悒悒戚戚切，情情感感生。

男儿男子汉，小女小姿情。

教育儒书卷，身名世俗荣。

翁呼终膝下，老绝常人声。

151. 田家三首

之一：

一片夜蛙鸣，三星独早明。

田家初酒熟，社日静无声。

之二：

一石池塘醉，田家社日眠。

蛙吟先静止，木叶落时宣。

之三：

木杖紫扉阔，篱窗品格宽。

开轩听野鸟，闭户琐燕闭。

152. 新竹

袅袅长竿帜，涓涓细露旗。

珠珠尖顶落，节节势天司。

粉腻涂新器，孤孤傲傲枝。

春来风雨夜，笋带破云期。

153. 归燕词

已到雁门关，谁言九曲湾。

黄河黄土地，去水去无还。

154. 题魏坛二首

之一：

不遇真传至，碑经刻石铭。

灵生灵造就，一了一丹青。

之二：

井壁青笤露水长，深源远近储津塘。

洪湖不语留根注，以此丛沧有故乡。

155. 东楼看雪

东楼看雪厚，北陆问霜冰。

旧隐匡庐忆，梅花以玉凝。

156. 落花

花开花落去，一岁一年来，

暮暮朝朝度，仪仪象象催。

秩序应如此，枯荣自在裁。

157. 春雪

春寒南国雪，朔气北风云。

冷暖相交结，梅花独傲芬。

158. 重戏和春雪寄沈员外

二月江南雪，梨花一半天。

人前如是雨，露水似珠怜。

怯怯群芳问，莺莺徇早旋。

159. 春日尊前示从事

案牍鱼鳞密，军书竹节稠。

东君从日月，碧草十三州。

160. 尊前

细雨催春草，轻风问稷苗。

尊前尊影见，白首白云霄。

莫以将相见，人生渡水桥。

161. 蔷薇二首

之一：

万蕊争开艳，千丛鏻戴香。

英浓英碧叶，刺架刺衷肠。

只向诗家问，深红带浅黄。

幽幽郎所顾，处处有萧娘。

之二：

不得西施醉，貂蝉已自扬。

昭君含玉蕊，羯鼓贵妃香。

162. 残牡丹

叶叶枝枝一牡丹，花花蕊蕊半相残。

房房子子年年见，别别逢逢处处冠。

163. 春雨二首

之一：

未免春霖湿，诗家独有情。

云烟云落叶，细露细珠成。

点点方圆色，幽幽草木荣。

无须舟岸阔，最是女儿情。

之二：

密密疏疏雨，落落浮浮云，

处处成烟雾，轻轻湿短裙。

164. 醉中惜花更书与诸同事

岁岁寻芳早，年年问花迟。

公人公务积，远色远琼枝。

晏晏昏昏暮，弦弦管管时。

应知春已去，白首始相知。

165. 和判官喜雨

喜雨农夫五亩田，禾苗润泽一丰年。

仓粮已满官民乐，社日丰登醉陌阡。

166. 离阙下日感恩

二载中台事，南归半楚才。

离程同太子，别阙御书来。

足见江山重，情深草木催。

知恩知所报，日后方开。

167. 细雨遥怀故人

江南江雨细，一柳一云烟。

渺渺蒙蒙处，明明水水田。

飞鸥常展翼，待路已足眠，

老子垂钓钓，蓑衣挂岸边。

168. 春水

十里江南六淏生，秦川养马半吴行。

舟舟大小知航道，近近遥遥是水程。

169. 蝶

粉蝶千花落，桃花一片飞。

如云如翼色，似去似回归。

170. 中春写怀寄沈彬员外 古今诗

入目三分住，来音半存深。

终生终所事，不废不荒阴。

171. 钟山寺避暑勉二三子

十里钟山寺，千僧一古荫。

同行同问道，共语共人心。

净土莲沼水，香连建业琴。

金陵金所在，白下白云深。

但见秦淮岸，风风雨雨霖。

172. 道林寺

六淏连沼水，千僧一寺田。

禅房禅觉悟，布道布人川。

普度乾坤客，轮回过往船。

173. 和致仕沈郎中

月下郎中致仕人，人前得志自秋春。

书中已有黄金屋，楚外云峰入梦频。

174. 醉中咏梅花

三杯已醉采香眠，一梦回春入彩妍。

白雪寒英重叠色，梅色自暖傲霜天。

175. 闲出书怀

闲游必定计东西，一问僧房二问溪。

五绝三诗重七绝，人生事事有高低。

176. 寺居陆处士相访感怀却寄二三友人

半载潇湘寺，三生一半禅。

阴晴由日色，向背共长天。

最是潼关子，玄虚已度年。

177. 春雪

春云春雪雨，润土润天年。

四野田情好，三台税赋全。

官民官是德，麦陇麦丰阡。

178. 惜花

东园不尽一西园，宴宴无终半宴眠。

草草花花花早去，年年岁岁岁年年。

179. 梅花寄所亲

腊月梅花白雪亲，寒心渐暖淑衣珍。
清香似雨如云落，独傲群芳半入春。

180. 登升元阁

南唐烈祖一升元，始道玄虚六代喧。
白雪阳春和者寡，江河万里有泉源。

181. 雪有作

纷纷玉宇半柳杨，奕奕霏霏一世荒。
雨雨云云相继续，天天地地野茫茫。

182. 宫词

玉色娇姿半菊香，黄昏苦守上阳房。
君王一去无回驾，独女三春有断肠。

183. 晚春送牡丹

二月三春半牡丹，风风雨雨两仪观。
春春夏夏轮回见，感极花容有残冠。

184. 岁暮晚泊望庐山不见因怀岳僧察判

贪程已计望庐峰，岁暮风云锁故容。
旧步东林僧有语，心经已在是无踪。

185. 重台莲

红尘不尽一台莲，月色丹青半陌阡。
绝比千英含露水，怜伊只得入心田。

186. 迎神

迎神塞笛乞丰年，稻稻禾禾满前川。
一望无边桑拓远，千年雨顺百风田。

187. 春词

春闺闲雅致，独步下堂阶，
采取梅花瓣，眉间贴色谐。

188. 独夜作

一去佳人梦，三更独不羞。
婵娟明月色，英忍宿寒楼。

189. 竹

节节高枝叶，青青玉影重。
丛丛成大势，处处自龙钟。

190. 清明日

不独关门户，清明养育恩。
爹娘宗祖祭，女子小儿孙。

191. 宫词

宫门常闭舞，夹道久清闲。
御水流沟外，私心到外间。

192. 送喻炼师归茅山

茅山一炼师，玉石半天知。
白首红颜晚，黄昏晓日迟。

193. 和元宗元日大雪登楼

大雪纷纷下，琼楼玉玉斜。
层层厚厚累，色色形形华。
已非丰年愿，当然作杏花。
少见闺门女，多入故人家。

194. 游栖霞寺

夜宿栖霞寺，心平白下门。
南朝梁武帝，遗迹谢王孙。

195. 答汤悦

司空未足误司徒，一半山翁一半奴。
不是如何非不是，梨园已自入屠苏。

196. 金山

水逝金山寺，临江北固楼。
回头吴蜀事，驻首望瓜州。

197. 送李冠　冠善吹中管

幽幽天水涧，谷谷壑溪流。
指指惊猿怪，摇摇玉占头。
风流风韵响，顿挫顿扬柔。
点点江山意，茫茫入九州。

198. 游宋兴寺东岩

老衲轮回去，新僧扫塔还。
人间如此是，古寺似天颜。

199. 批周宗书后

牛僧儒是客，刺史郡循州。
典籍应官运，凭君报胥由。
周宗书后字，偶罢阿衡头。
有物临川见，南昌数九流。

200. 题信果观壁

面壁年年印，行身处处明。
因因非结果，步步是长生。

201. 送八分书与友人赠以诗

致友八分书，知仙半不居。
山翁山水阔，自食自耕锄。

202. 句

无寻弄玉朝还暮，不学刘郎去又来。

203. 磻溪怀古

吕尚曾深隐，良才钓石洲。
周文周武去，古木古人修。

204. 怀连上旧居

玉镜连州水，涂阳忆旧居。
渔公明月唱，草木作乡书。
吏役何言炯，人心几所余。

205. 公子行

农夫辛苦力，日月暮朝耘。
驿路行公子，官官有送迎。

206. 湘江亭

湘江亭上梦，沅子驿中舟。
独寺连云立，清明岳麓秋。

207. 题梅仙馆

百步梅仙馆，三清玉石桥。
坛风留古刹，界路已无遥。

208. 题颜氏亭宇

五叠源泉水，三秋日色流。
颜亭今古唱，御制暮朝猷。

209. 晚眺

晚眺残秋叶，零丁独树枝。

空含空旷野，自立自然师。

210. 献主司　古今诗

前程及第上幽燕，学院书生问五年。
进士郎中官中品，爹娘祖业是源泉。
重归旧梦三千里，自着诗词篇十万。
膝下无为恩谢断，回思不及老人怜。

211. 句

之一：
冬梅香渭水，夏日曲江莲。
之二：
年前折柳处，再望断枝残。

212. 九日陪董内召登高

登高天海近，望日路程遥。
莫采茱萸草，当然落叶潮。

213. 赠泉陵上人

半见泉陵半见云，松林寺老道禅君。
三秋落叶千峰谷，一壑泉声百里闻。

214. 和人赠沈彬

利利名名客，尘尘俗俗生。
平人平有欲，一世一枯荣。

215. 松

汉晋禅堂立，梁唐作大夫。
枝柯龙节枇，寺殿两千株。
日暮风声起，波涛胜五湖。

216. 句

钟声传古道，落叶向秋风。

217. 廖凝

中秋月

寒宫寒桂影，玉兔玉无踪。
后羿成传说，嫦娥作悔容。
中秋应一半，落叶已重重，
雪雪霜霜下，山山水水封。

218. 闻蝉

云沉金谷底，雨落石头城。
树顶风声紧，闻蝉退下声。

219. 彭泽解印

五斗折腰米，三生弃古弦，
琴音原自木，鼓桑已知贤。

220. 句

道路长亭简，汀洲草木繁。

221. 赠廖凝

孤僧钟鼓老，独鹤自相怜，
雅道君朋友，吟诗共陌阡。

222. 寄庐山白上人

牯岭东林望，庐山白上人。
天峰终雪色，涧水始霜津。
滞足吟诗句，扬头问鹤邻。

223. 寄韩侍郎

幸遇吟诗客，耕耘负隅情。
谋身谋日月，处世处生平。
拙计翻新觉，深思守杜明。
甘霖分草泽，俗况搜枯荣。

224. 汉宫词

藏娇藏屋远，扫叶扫照阳。
自以来飞燕，君王已未央。

225. 送君去

拂净无尘迹，青衣有旧程。
佳人无一语，去路有三更。

226. 秋晚野望

三千年往事，八百里秦川。
养马周公望，箫声弄玉怜。

227. 郊原晓望怀李秘书

日暮无归鸟，黄昏有彩云。
天边山木合，逝水灭明分。

228. 言怀别同志

杨回逢上帝，白首作英华。
路路分歧辩，行行种豆瓜。

229. 江上晚泊

水阔云轻落，洲繁草木荣。

天津天容至，日照日方晴。

230. 寄鉴上人

步步双林寺，欣欣五叠泉。
飞云飞雨落，一色一轻烟。

231. 送人

知离知别去，送客送人归。
只忆家乡路，何时不是非。

232. 句

胡笳胡牧野，汉笛汉桑田。

233. 景阳台怀古

南朝南地运，北国北人机。
远虑天枢在，时谋见是非。

234. 石城怀古

新津三山水，古岸石头城。
二世秦皇晚，千金锁禁荣。

235. 句

三春知草木，万象度心灵。

236. 旅怀

迢迢江汉路，步步弟兄情。
半夜离鸿雁，三更一梦惊。

237. 江行

轻烟杨柳岸，细雨满蓑衣。
月露明花影，江帆逝水依。

238. 登润州城

春潮春水岸，润泽润州城。
雨细云烟重，帆扬独客明。

239. 岳阳楼

风平沅水岸，日暮岳阳楼。
橘子洲头望，东吴示入秋。

240. 送客

无言泉石去，有意草花开。
岁岁春秋继，年年日月来。
樵渔期所欲，隐逸忘贤才。

241. 临刑诗

黄泉无旅店，落日有余红。
一暗抛头首，三生弃独雄。

242. 塞下曲

塞下黄云卷，秦中白马舒。
阴山飞将在，汉史不知书。

243. 隋堤柳

两岸隋堤柳，三吴水月羞。
龙船龙不在，运命运河舟。

244. 句

处处方圆在，时时日月流。

245. 咏鹰

迎风展翼自翻飞，一泻倾云执不归。
雪爪星眸垂直取，荒原十里已权威。

246. 惜花

红花留记忆，碧玉作佳人。
岁岁春芳艳，年年有色尘。

247. 寄人（二首）

之一：
别梦依依断，幽情处处花。
朦胧明月里，仿佛谢娘家。
之二：
已至三春尾，行人半不停。
红尘红委处，逝水逝丹青。

248. 边上

万里三边月，千年一北风。
辽东辽海外，共日共云中。

249. 长安道中早行

鸡鸣函谷月，雁宿泾泾滩。
再望秦川道，云中处处峦。

250. 洞庭阻风

风扬三尺雪，浪遏洞庭舟。
但与渔人酒，潇湘竹泪流。
行身如此叹，不见岳阳楼。

251. 春日旅泊桂州

多行多路远，少见少人情。
独步溪流岸，啼莺不自然。
无情寒食雨，有酒桂州船。

252. 晚次湘源县

带雨杨梅熟，含烟碧玉珠。
殷红藏秀才，一粒一珊瑚。

253. 惆怅吟

影暗梧桐叶，云遮月半明。
无为无所事，见老见人情。

254. 秋晚过洞庭

黄昏云梦水，夕照洞庭船。
落叶飘扬落，征帆靠岸悬。
湘灵如鼓瑟，竹泪九嶷泉。
古寺钟声晚，禅音暮鼓边。

255. 题华严寺木塔

木塔华严寺，高僧白鹤乡。
轮回轮所在，面壁面圆方。
大小乘心在，乾坤日月量。
风停沉渭水，日照满咸阳。

256. 经旧游

巫山云雨客，逝水去来踪。
自谓三千子，空留十二峰。

257. 碧户

兰香兰碧玉，对镜对窗台。
楚岫分眉色，湘云挂发媒。
梅妆梅点正，素粉素衣开。
莫以相如问，琴音一半来。

258. 芍药

芍药开时问牡丹，如曾姊妹共娇冠。
红红紫紫多姿色，叶叶枝枝共地坛。

259. 春晚谣

霏霏细雨已成烟，处处浮云半水田。
暮色苍茫天地暗，花花草草露珠全。

260. 所思

依依细柳入空塘，脉脉浮云挂未央。
一树过墙红杏色，三春碧玉画微妆。

261. 春夕言怀

池塘垂柳见，玉树比纤腰。
已舞藏娇色，无言净细条。

262. 春江南

林郊多鬼火，渚岸少游魂。
处处流萤梦，人人向独村。

263. 送容州中丞赴镇

同天交趾国，共日汉华邦。
送客中丞锁，英雄自不双。

264. 赠韩道士

秋风问野花，道士不还家。
俗客何无解，三清已世华。

265. 甘露寺

东吴甘露寺，汉蜀也明谋。
赤壁东风晚，空城误计求。

266. 题金山寺

日照金山寺，江流北国春。
瓜州三十里，建邺一千津。
独以心经在，梁朝贝叶珍。

267. 杨柳枝词五首

之一：
暮暮朝朝女，杨杨柳柳枝。
秦淮云雨岸，水调运河词。
之二：
小女知羞意，佳人学画眉。
情情无主见，目目有私窥。
之三：
杨杨三月晚，柳柳一垂条。
女女知情早，儿儿弄春潮。
之四：
柳柳杨杨岸，云云雨雨斜。
当春寻谢女，只在莫愁家。

之五：

莫以行人间，春先小女知。

谁心无不见，不动柳条枝。

268. 句

结宇天云里，安禅草木中。

269. 入塞二首

之一：

入塞胡风肃，行身草木蓬。

阴山连刺敕，万里有飞鸿。

之二：

汉血云中马，边风月下城。

胡风吹不尽，碛石路难行。

270. 塞下三首

之一：

云中河永定，朔上雁门关。

一岁春秋路，千辛万苦还。

之二：

只向男儿问，佳人万里心。

封侯封自己，一世一知音。

之三：

一将榆关过，三军汉武荒。

天山天子远，李广李边疆。

射虎燕山客，行营敕勒王。

三边三草木，一主一扬长。

271. 秋日

当年无所欲，只作有行藏。

未作春秋客，如今老少狂。

272. 金陵杂题二首

之一：

二水秦淮玉女红，三山古刹未央宫。

千征万战英雄尽，一世三生日月中。

梁武帝，六朝空，人间自主是西东。

僧僧道道儒儒子，帝帝王王处处空。

之二：

半在金陵半在吴，三山二水一姑苏。

秦淮有女江南色，碧玉红楼上五湖。

杨柳岸，雨云途，台城帝子入浮屠。

人生自在皇家去，只以平生事有无。

273. 麻姑山

太古神仙客，浮生已万年。

松萝绀殿叙，谷底话桑田。

俗世何无主，人间彼此缘。

麻姑山下望，岁月大千船。

274. 题苏仙山

井里交连水，山中向背阳。

苏仙苏宅洞，义帝义无疆。

275. 洪州解至长安初举纳省卷梦仙谣

一日神仙梦，三清信仰明。

玄虚玄步辨，一器一方成。

以本心经度，由禅汉武情。

金桃年岁里，玉殿寄枯荣。

276. 忆仙谣　第一章

蟠桃王母宴，汉武受虚荣。

莫以人间客，琼瑶结玉英。

玄元玄所本，对立对相生。

自得三清果，仙心世代平。

277. 纳省卷赠为首刘表　第二章

日月桑田世有余，儒生已可向贫居。

无从世祖重携敛，却向文皇再读书。

278. 赠王定保

登科第一枝，落发寺千迟。

已失齐眉愿，潇湘斑竹诗。

279. 结客少年场行

结客少年行，轻生一剑盟。

荆轲辞易水，并不刺秦名。

280. 阳朔碧莲峰

桂水碧莲峰，苍山玉石茸。

河阳潘岳色，五柳见陶踪。

彼此成天下，人间满虎龙。

湘西湘不尽，十万大山重。

281. 再过金陵

玉树后庭花，兴亡一帝家。

金陵歌舞尽，不及运河斜。

282. 都门送别

都门去客莫回头，岸柳汀烟储旧愁。

别别离离应自主，人生处处事无休。

283. 吊边人

一日夫妻百日稀，三边戍守五湖矶。

白骨沙中枯草没，何须子女寄寒衣。

284. 句

之一：

毫分千险恶，尺素万清辉。

之二：

东西行日月，草木护乾坤。

之三：

手笔安排易，山河整顿难。

285. 僻居谢何明府见访

半在琴堂敞逸怀，同修日月共天街。

衡门一径迎明府，共享如来素食斋。

286. 冬日道中

去去天涯路，来来玉蕊宫。

道道分南北，依依问西东。

287. 僻居酬友人

朴野交林友，荒泉顿木天。

僧禅相学慧，竹月互当船。

288. 游西山龙泉禅寺

曲轻龙泉水，层峰叠翠山。

晨钟应不断，暮鼓已开关。

289. 宿山

人披明月色，寺纲贝心经。

羽客禅房望，丹青一正形。

初钟惊晓论，始觉有叮咛。

290. 游西禅

远岫当途列，高僧以衲量。

莲花莲世界，水月水炎凉。
净土应天意，心经贝叶香。

291. 寄史处士

大士居闲水，嵇康抚旧琴。
声声惊彼岸，处处有知音。

292. 僻居秋思寄友人

巷巷门门见，家家国国闻。
秋思秋叶落，僻日僻居曛。

293. 寄落星史虚白处士

共渡彭蠡水，同寻处士修。
白云峰下渡，只向杜陵流。

294. 九江旅夜寄山中故人

浔阳九派一流深，牯岭千重半古今。
日月年年无去意，关山处处有归心。

295. 闻杜牧赴阙

半步匡庐一草堂，三闻故友五湖扬。
书书剑剑从新论，意意诗诗寄钓乡。

296. 题西林寺水阁

重寻莲社址，再造水芙蓉。
玉阁西林寺，炎凉寄古龙。

297. 林居喜崔三博远至

日日区区路，行行止止程。
风尘风不尽，喜友喜相荣。
有酒三分醉，无诗半世情。
吟余吟自己，一会一精英。

298. 观华夷衅

华夷图上见，世界城中分。
日日疆疆至，毫毫末末曛。
天涯非海角，北雨是南云。
列郡行州府，王封帝业勤。

299. 庐山书堂送祝秀才还乡

归思千里水，一志百年名。
自以儒书见，无言仗剑行。
家乡终是路，有始有终赢。

300. 暮冬送何秀才溪上

男儿一志在当年，正茂风华向朔边。
夏口高山流水曲，昆陵饶景好桑田。

301. 龙潭张道者

龙潭张道者，石洞隐人心。
野乐非身本，弦琴是世音。
云浮云卷去，自在自然寻。
闭谷成仙路，原来作古今。

302. 晚秋同何秀才溪上

采药寻幽径，攀芝问壁天。
同折参杞子，共渡过林烟。

303. 送江少府授延陵后寄

五老峰中步，三清月下弦。
风尘西上谒，捧檄北秦田。
别馆延陵授，微官丽任贤。
平生书剑事，立世暮朝天。

304. 观山水障子

山山水水已长春，岸岸流流自积濑。
雨雨云云三峡石，花花草草作红尘。

305. 寄张学士洎

参侯多瞩事，学士好消忧。
职宰江山路，从心向帝州。

306. 句

细雨倾中色，携壶即上楼。

307. 塞上曲（二首）

之一：

燕山飞将绩，射虎蓟门君。
莫以坑军罪，终朝不赐勋。

之二：

已过雁门关，全师去不还。
单于营救勒，牧草满阴山。

308. 胡燕八行

三边过海士，十万羽林军。
共日同天地，千年土地分。
君君疆界战，户户牧粮勤。

若以民生计，何为降辱闻。

309. 悲哉行

一味神仙药，三生寿命方。
金丹成两粒，饿死首阳堂。
汉武寻王母，秦皇二世亡。
天涯天日色，海角海云光。

310. 涂山怀古

化化文文异，书书剑剑同。
今今由古古，草草隐虫虫。
帝命皇图表，洪炉日月风。
唐虞朝万国，四海对臣功。
落拓清秋肃，先生济世穷。
垂衣骄德子，足智乃营公。
祇供玄恩及，尧阶已信宫。
劳歌区寓远，日照自含红。

311. 游子吟

榆关三尺雪，远望一天山。
道路曾无尽，阴晴已等闲。
因书因所见，待已待河湾。
积积黄河水，流流去不还。

312. 怀仙吟二首

之一：

五府丹霞客，三茅采药人。
罗浮归昨日，赤斧得无尘。
不与华阳问，何言八海春。
长松栖白鹤，汉武帝王邻。

之二：

玉玉丹丹炼，沧沧浪浪游。
桃花桃李渡，白鹤白云修。
石下冷冷水，山前处处牛。
玄元玄守一，故道故神州。

313. 海昌望月

历历晴川外，悠悠古寺中。
团圆团有异，逐日逐弦同。
海上行明色，云前待故宫。
虚舟虚桂子，玉兔玉人空。
莫以婵娟问，私心后羿弓。

吴牛夷俗掷，晋雁误西东。
大运含珠对，雕零久喘终。
银钩银有限，太宇太无穷。

314. 蒲门戍观海作

登楼观海日，晓旭始扶桑。
草木蓬瀛茂，东君向甲方。
秦皇徐福岛，二世已炎凉。
若以兴亡问，丞相五马肠。

315. 番禺道中作

千榨根已器，百岁独成林。
象国连天海，犀牛隐水荫。
羊城羊所镇，粤秀粤其浮。
塞岛风涛紧，潮回逐浪深。

316. 赠江西周大夫

磊落含泾渭，方圆纳短长。
渊沦三古继，否定一枢良。
咫尺千秋见，东华万里乡。
平戎分辅国，泽济共田桑。
百谷群生路，黄河两岸扬。
真人真主子，一世一夫梁。

317. 旅次铜山途中先寄温州韩使君

旅次铜山望永嘉，温州玉水海江华。
经年又始三元日，腊雪梅香一月花。

318. 种兰

桃花坞里种，弱秀岸中香。
自是纤纤叶，无须处处扬。
三春平手足，九夏挂衣裳。
月下清玲主，书中夹玉王。

319. 草木言

草木山河色，春秋日月堂。
苍苍何所力，郁郁几扬长。
在渚同莲水，形身共蕙芳。
年年终不减，岁岁对炎凉。

320. 题僧院紫竹

僧房僧磬语，紫竹紫炎州。

节秀颛顼玉，坚贞孝子修。
蛟龙蛟井寺，赤学赤云头。
法雨观音目，湘灵贝叶留。

321. 早发始兴

山中云里雾，月下晓中身。
一望前程去，三生共渭秦。

322. 寄元孚道人

兰英三十载，佩玉五千言。
梵宇翰林宝，荷莲玉杖宣。
孤云孤足迹，独步独轩辕。
始得桐君左，前行是水源。

323. 和西江李助副使早登开元寺阁

早上开元寺，重登弟子楼。
探园一百丈，曲舞九州头。
董大胡笳奏，公孙一剑酬。
今来无尺寸，古往有春秋。

324. 避世翁

日月江湖客，沧洲避世翁。
无妻无子女，一世一孤虫。

325. 将归钟陵留赠南海李尚书

未云钟陵路，还留李尚书。
文昌文饰旧，事与事情余。
最是南洋水，无分四象如。
他闻他已故，自误自当初。

326. 宿鸟经夷山舍

宿鸟夷山舍，行云百里天。
山深山石峙，路远路林泉。
负剑愁襟绪，求缨举步先。
黄金台上望，易水筑边烟。

327. 冬夜吟

石氏何金谷，楼前坠绿珠。
情中情所寄，一女一心奴。

328. 西川座上听金五云唱歌

一曲阳春百草开，三宫丽色贵妃来。

明皇羯鼓霓裳舞，蜀主王侯已自裁。
欲语还聱知旧事，今风只赂五云回。
呼来力士高堂静，只向人间念奴催。

329. 飞龙引

玉宇飞龙引，神仙玉药宫。
三千年中练，十万里前熊。
沉潊楼头凤，蓬莱下国公。
扶桑金乌色，水界以蛟风。

330. 谪仙词

凤辇瑶台路，三清太古流。
兰光兰玉气，自隔自云头。
不可神仙问，人间是九州。

331. 步虚引

山人寻故道，隐逸客玄虚。
只以三清寄，何须一世余。

332. 独摇手

掌上轻飞燕，宫中玉树倾。
藏娇金屋问，秀舞赵女情。

333. 空城雀

落落空城雀，飞飞独自饥。
仓仓藏未足，处处网先机。
野性荒台去，愁心草籽稀。

334. 鸡鸣曲

子夜应沉睡，三更已始鸣。
阳明惊五遍，客路已千程。

335. 小笛弄

芙蓉水殿一春风，野渚华堂半碧中。
翡翠江南红映绿，娲皇碧玉色云空。

336. 将进酒

金樽将进酒，远路度春秋。
水石空明月，长亭问蜀牛。
黄蒿谁认志，白水逆东流。
瑟瑟湘灵曲，琴琴伯牙酬。
文康文化教，醉酒醉对忧。
兔苑兰亭纪，东皇向日猷。

贤人贤所以，寓客寓沧洲。
水调隋炀曲，苏杭六渎流。
人前头目好，醒后运河舟。

337. 钱塘对酒曲

多情苏小小，六合自羞羞。
两目清波浸，三心待意留。
钱塘钱赋税，运水运河舟。
玉女临流望，商家误白头。

338. 巫山高

巫山十二峰，峡女一芙蓉。
莫以襄王问，瑶姬未不从。
湘灵应鼓瑟，竹泪二妃踪。

339. 赠别离

白马行空一志中，雄鸡列晓半啼红。
朝霞已达西山顶，玉剑封囊水始终。
大帝开明开旭日，文鲸掉尾海洋风。
灵光草照闲花色，道路分扬只向东。

340. 关山月

望尽关山月，听从草木秋。
嫖姚无汉守，李广有坑仇。
受降城中雪，幽州射虎侯。
男儿应战死，有血自当流。

341. 殿前生桂树

宫前生桂树，子后向天鸣。
日日婵娟问，寒颜独影琼。
婆娑留世界，上下有弦荣。
莫以栖身地，何时一玉英。

342. 古镜篇

古镜有方圆，明铜自在天。
高悬君子见，以史太宗田。
太白文星照，苍龙白虎边。
人间成秀水，海上驶洋船。

343. 自归山

天门青琐客，海岳白云深。
富贵多闲事，瑶琼有酒琴。
归山归不得，一世一人心。

344. 渡浙江

千帆一浙江，六合半云窗，
且向钱塘望，天台作国邦。

345. 清源途中旅思

古木闽州城，清源一路荆，
村村渔米晒，户户远帆情。
海上升明月，云中四际平。
人生应以此，处处纳枯荣。

346. 南海送韦七使君赴象州任

郡守新封印，金符已御颁。
苍梧应问舜，荔浦可麻湾。
玉树天涯近，雄图自列班。
承恩龙节正，象府帝王颜。

347. 送沈次鲁南游

三天三自己，一望一飞鸿。
此日应君见，南游问鲁空。
儒家儒所在，颂雅颂民风。

348. 南海石戍怀古

百越汉家征，三边李广名。
公侯封领地，将士戍疆城。
十载貔貅野，千年草木平。
童翁相待见，白骨去无生。

349. 赋得池塘生春草

池塘春草绿，雨水杜鹃红。
只有长亭路，遥遥逐日空。

350. 题居上人法华新院

浮名般若去，宝塔似如来。
净土清心地，莲华日月开。

351. 送春炼师

紫府松轩静，流溪石岸吟。
桃源桃李下，锦洞锦云深。

352. 哭宝月三茂大禅师

自在轮回去，观音净土开。
禅师三藏迹，隔世一如来。

353. 浔城赠别

独见九江流，孤身一去舟，
潇湘应不远，隔岳共春秋。

354. 赠别

泽国天涯路，云中收马原。
秦川秦汉地，一梦一轩辕。

355. 赠温州韩使君

风流五百年，海日一云边。
内使温州客，天光越影连。
文骚鱼鼓动，案牍正山川。

356. 闲居寄太学卢景博士

吟诗夺锦袍，逐日近蓬蒿。
不得留侯癖，闲来读六韬。

357. 赠漳州张怡使君

旧德徐方达，当年故子君。
嘉祥生北户，貂蝉几南熏。
海角三千水，昆陵一半云。

358. 赠容南韦中丞

中丞九驿一秋春，上国风云半渭秦。
十二铜鱼尊画载，三千凯甲挂朱轮。

359. 投赠福建路罗中丞

建水窥龙剑，中丞闽福书。
丹青封舜路，玉树满庭疏。

360. 赠江南李偕副使

世禄三朝贵，文明五代诗。
侯封千户迹，典策一王知。

361. 贺容府韦中丞大府贤兄新除黔南经略

紫极差池降，蓬瀛列国春。
黔南经鞚见，陆北已新秦。
雁字山河翼，甘棠日月邻。
中洱分御使，持节以兰钧。

362. 和容南韦中丞题瑞亭白燕白鼠六眸龟嘉莲

千章豫报五湖诗，六眸神明一世辞。

白燕嘉莲龟白鼠，祥祥瑞瑞满朝知。

363. 题豫章西山香城寺

七七香城寺，双双岁月长。
云房云雨见，上院上方扬。

364. 送江西周尚书赴滑台

一路应千里，三生六十年。
鄢陵平步去，节杖赐天贤。
旧国蛟龙客，新台日月前。

365. 闽中送任畹端公还京 古今诗

燕台足步问平津，月桂婵娟怯独人。
不可弦分上下，为人次第次相邻。

366. 豫章江楼望西山有怀

已识辽东鹤，江楼暮日潮。
平生平所见，一目一云霄。

367. 经徐稚墓

朝三双目闭，睡地独身消。
宋雀湖山钓，吴钩水月遥。

368. 钟陵道中作

花花南国界，大大北人同。
步步钟陵道，殷殷两岸红。

369. 旅泊涂江

旅泊涂江一叶遥，三更月色半波潮。
涛声不尽人声尽，夜梦难消一夜消。

370. 上建溪

海上蛟龙上建溪，云中日月下高低。
派派烟烟无远近，闽闽川川婺女齐。

371. 冬日暮旅泊陵

暮泊庐阳岸，飘篷白浪舟。
番禺南楚尽，粤秀北云楼。
镇海南洋望，筐筐旅梦洲。

372. 登宝历寺阁

寺寺禅房磬，高高世界空。
蛟龙成水府，日月运西东。

宝历凭蜕色，横轩玉宇穹。
情知梁武帝，已见六朝风。

373. 寄兵部任畹郎中

自古吊灵均，如来勉故人。
清芬红荳蔻，淑女十三春。
橘柚依南土，秦淮枳北濒。
常思昆玉浦，莫弃水相邻。

374. 赠江南从事张侍郎

平南门馆凤，二十御凰毛。
自立华轩府，当然一品毫。
三明皇榜首，一路得鲸骄。
日以离骚咏，清名五代涛。

375. 剑池

一火雌雄剑，千锤百炼成。
扶摇扶正道，处世处枯荣。
不以秦皇厌，南巡未胜晴。
天池天水色，指鹿指儒名。

376. 洛城见贺自真飞升

子晋仙飞古，瑶池吕洞宾，
蟠桃王母宴，阮肇入红尘。

377. 谪仙吟赠赵道士

三元推凤座，六甲逐风云。
道士东游远，山河北陆分。

378. 夜别温商梓州

相逢先买酒，再别后吟诗。
竹隔悠扬水，天开日月晴。
相门曾问旧，莫入凤凰城。

379. 题赠高闲上人

一路花间客，千轩醉醒人。
麒麟僧国瑞，白马寺经真。
楚璞成珍玉，吴珠四壁春。
龙蛟知合浦，日月向咸秦。

380. 哭王赞府

古木新丘土，青山白水流。
成名留不得，故笔可千秋。

土地芝兰次，天空日月舟。
同行同羿去，共语共吟休。

381. 圣帝击壤歌

圣帝唐尧绪，艰难土运昌。
英皇垂将校，伟岳诞忠良。
炼石屠鳌正，褆扫太昊苍。
真风苏息道，旧迹受三光。
海岱宸寰界，严廊八表堂。
河科龟背出，凤书贡夷乡。
五土新稼穑，千川顺豫章。
陶铸今古见，化合满谣方。
茂迹嘉祥瑞，宫闱潜未央。
芝兰流祚远，禹谟久炎凉。
资识乾坤政，江河入海洋。
关山关野鹤，日月日东阳。

382. 早续古二十九首

之一：
海曲生恩泽，尧舜治水成。
谁传天子路，大禹夏方名。
之二：
一水东南去，千流六渎来。
三吴三界问，半壁半天开。
之三：
齐桓成小白，鲁国仲尼名。
春秋留子弟，草木始终荣。
之四：
大朴归真见，巢由待世闻。
无为无世界，有水有天云。
之五：
不慕麒麟阁，何言问子乔。
神仙神不在，一日一云霄。
之六：
轩辕天水岸，五帝北方生。
帝喾幽燕外，颛顼赵冀名。
之七：
悠悠三峡雨，淡淡一江云。
宋玉襄王赋，相如问玉台。
之八：
瑶台王母宴，汉武醉时情。

莫以仙人客，人间久不成。

之九：

一树珊瑚国，三吴木渎乡。

西施西越色，北陆北羲皇。

之十：

周天周穆幸，八骏八龙行。

日见登封望，开明泰岳行。

之十一：

六国归秦统，千宫淑女分。

天皇天子远，忘食忘衣裙。

之十二：

秦家无庙略，受辱有长城。

北北南南界，争争战战行。

之十三：

一百秦皇岛，三千小女行。

谁知徐福事，二世已倾城。

之十四：

一代隋炀帝，三吴六渎花。

龙舟龙不在，小女小人家。

之十五：

越越吴吴近，儿儿女女邻。

江东成五霸，范子作商人。

之十六：

不以嵇康问，琴弦弃五音。

陶潜知所以，一字女儿心。

之十七：

战地三千骨，侯王五十年。

边疆边国羿，一主一家田。

之十八：

巴山巴水客，楚国楚王君。

宋王高唐雨，瞿塘一峡云。

之十九：

一日黄金屋，三朝扫叶人。

昭阳团扇舞，月色不留春。

之二十：

南园梅未落，北苑杏花红。

色色香香过，来来去去空。

之二十一：

山鸡飞十步，野鹤望三天。

白鸟飞翔远，鹰隼逐日边。

之二十二：

一女深宫里，三亲玉影中。

升天升九族，显贵显时丰。

之二十三：

秀色三宫比，身姿一品评。

羊车今夜宿，六国女儿情。

之二十四：

婵娟天下，桂影玉中生。

后羿应无悔，巡天射日行。

之二十五：

慵人自读书，隐士向心余。

第第门门阻，山山水水居。

之二十六：

一对雌雄剑，三光隐纳明。

寒应寒刃色，举指举红缨。

之二十七：

柳柳杨杨树，春春夏夏荣。

秋风秋叶扫，白雪白冬明。

之二十八：

日月穿梭见，阴晴草木欣。

乾坤天地大，向背暮朝文。

之二十九：

古树芙蓉器，新根十里荫。

三生垂上下，一代木成林。

383. 永嘉赠别

草草草温阳，花花浙水南。

桑桑春早叶，处处养丝蚕。

384. 有所思

春池春水色，有雨有云思。

不可多名状，维维淑女知。

385. 吴苑思

谢豹空闻月，西施玉馆娃。

吴宫吴木渎，浣女浣溪纱。

386. 古意

但望麻姑井，西邻蔡女家。

东风三月晚，北陆杜鹃花。

387. 朝元引四首

之一：

朝元朝弄曲，引赋引诗泉。

蕙意三千里，熏风一万年。

之二：

正殿云开露，丹香柱授烟。

蓬莱鸾风暖，雨色合云田。

之三：

五色东华姥，三春玉帝前。

屠苏山水岸，禁苑玉壶悬。

之四：

只献登封草，无颜二月花。

香浮香不定，五岳五湖涯。

388. 宿天竺寺

何期灵境地，夜宿寺云空。

小月三更色，中峰一葛洪。

389. 赋得古莲塘

采女古莲塘，黄昏有色香。

衣衫应脱尽，沐浴水温凉。

390. 双桂咏

如来一沃洲，大势半云楼。

独职琉璃玉，双成桂子秋。

391. 夏日怀天台

天台一石梁，瀑布半潭塘。

不欲清流去，风光作豫章。

392. 临风叹

东风堪白首，北树已三秋。

谷涧临流水，高低不可留。

393. 春日行

春莺鸣渚岸，玉树后庭花。

色色形形见，朝朝暮暮华。

394. 送春归去

蛴螬应上树，白眼望中行。

九十天云早，三千弟子鸣。

395. 蜀葵咏

小女成无赖，穿梭织豫章。
天机天所赐，有水有牛郎。

396. 南昌道中

一半鲆虾少，三塘鹈獭多。
伊伊春水阔，蔓蔓绿萝荷。

397. 子规思

二月子规啼，三春杏白梨。
耕耘时日紧，子粒早和泥。

398. 吞兴秋思二首

之一：
汀洲风雨剩，草木浦云烟。
不到吴门口，先闻碧玉泉。

之二：
日夕昆山照，阳澄八月消。
巴人巴解将，一蟹一虫焦。

399. 闽川梦归

潺潺一建溪，处处半香泥。
只见琼花落，还闻白鹭啼。

400. 竹十一首

之一：
节节青青竹，空空直直心。
朝天朝地色，玉影玉成荫。

之二：
再与东溪绿，湘灵带露情。
同天同地语，九脉九巍生。

之三：
云根刻姓名，绿叶向天生。
少小同生长，童翁共碧荣。

之四：
文姬一两声，竹笛万千情。
弄玉秦楼上，求凰作凤鸣。

之五：
乞子青骢马，扬威半院家。
成年成所志，腊月腊梅花。

之六：
渔竿长七尺，钓叟沿三江。

只有无钩问，文王一国邦。

之七：
春云春雨下，一笋一芽生。
不见三更月，凭明十寸萌。

之八：
云中一竹篁，雨后半猖狂。
老得神仙愿，心经始佛堂。

之九：
栏竿问子猷，玉节作江洲。
子弟从心力，成林是孔丘。

之十：
千枝竹叶青，万节储生灵。
谷壑由天地，江流两岸汀。

之十一：
连根处处一丛丛，结叶欣欣半玉封。
只以青青朝上望，无冠有冕似条龙。

401. 钟陵秋夜

钟陵秋夜月，半暗入洪崖。
情满章江水，归鸿落故涯。

402. 江上逢故人

十载金陵道，三生白首人。
青云青已去，万卷万书秦。

403. 水调词十首

之一：
水调歌头唱，隋炀大运河。
楼船天下路，玉树妾娟多。

之二：
塞外长城北，云中水调歌。
苏杭羞碧玉，大漠净干戈。

之三：
一射幽州虎，三闻汴水河。
江南江渎渚，塞北塞云多。

之四：
北望雁门关，南寻岳麓山。
人形飞一字，岁月换千颜。

之五：
长城到运河，战战复和和。
白骨荒沙没，雕弓向素娥。

之六：
野成辽东月，香消玉树宫。
长安长古巷，一女一苍空。

之七：
交河交远色，雪水雪冰城。
不见楼兰酒，胡姬舞玉英。

之八：
千娇自郅支，万岁女思迟。
莫在深宫里，牛郎七夕知。

之九：
中峰无碛石，大漠有沙鸣。
若以人间问，嫖姚霍卫情。

之十：
天骄应不止，世独已无依。
只向轮台成，何言落雁稀。

404. 送谢山人归江夏

日暮龙沙雨，云天彩霞虹。
江流江夏水，鹤楼鹤飞空。

405. 闲居杂兴五首

之一：
清秋师旷曲，古韵自留风。
下里巴人久，阳春白雪空。

之二：
中原麟凤曲，塞外木山歌。
各自同天理，民生共日科。

之三：
真人一子乔，水月半逍遥。
独驾苍鳞去，浮云自吹霄。

之四：
明皇听一曲，力士念奴呼。
莫以霓裳舞，东南十斛珠。

之五：
书生成事尽，剑客匕图穷。
壮节羔袭成，连营一马雄。

406. 泉州刺桐花咏兼呈赵使君六首

之一：
仿佛三株植，风光半地情。
泉州泉所岸，使宰使君名。

之二：

桐香桐色落，紫禁紫君开。

海曲春深意，三生一母哀。

之三：

独树高大帜，群枝万叶繁。

花香花碧玉，石氏石园垣。

之四：

郁郁葱葱色，千千叶叶形。

高大高不止，向上向天庭。

之五：

无折无断叶，有干有新枝。

色色形形俱，风风雨雨时。

之六：

赤帝常闻海，轩辕不问秋。

颛顼繁草木，帝喾简风流。

407. 投赠福建桂常侍二首

之一：

恩威同济济，泽润共荣荣。

汉土公卿近，朝天护使名。

之二：

侯嬴无所寄，谢守有诗情。

莫向桃源望，歌钟匝地盟。

408. 陇西行四首

之一：

汉主陇西行，东封不用兵。

征来胡草木，碛土未桑生。

之二：

永定河边骨，云中戍守人。

三军三战尽，十岁十秋春。

之三：

一夜孤灯暗，三更北斗明。

征衣征白露，望月望思情。

之四：

胡风吹塞北，敕勒野梅花。

贵主和亲后，匈奴是汉家。

409. 答莲花伎

知音一半卓文君，弟子贼千两女闻。

一见莲花琼玉舞，芙蓉出水未衣裙。

410. 镜道中吹箫

五孔朝天响，千音一背分。

秦楼秦弄玉，凤曲凤凰闻。

411. 赠野老

野老芝兰种，先生后世心。

消磨莱子道，独得一知音。

澹澹随流水，闲闲共木林。

412. 酬元亨上人

老衲居云梦，新诗竹泪踪。

湘灵曾鼓瑟，远向祝融峰。

413. 题徐稺亭

洪涯成道路，玉石已精英。

渡口横洲渚，徐亭水阁明。

414. 鄱阳秋夕

百里鄱阳水，千峰一匡庐。

东林西寺望，牯岭木扶疏。

415. 飞龙引

桂树飞龙引，麒麟玉足行。

长洲朝夕照，洞户雕轩明。

416. 句

之一：

蝉声鸣日夕，草色向秋朝。

之二：

世外无徐庶，人中有孔明。

第十一函　第五册

---

1. 春日作

一度一年春，三生三故人。

知音知所以，有草有花邻。

2. 寒江暮泊寄左偃

莩荻渔家近，汀洲暮雨遥。

寒江寒白水，入梦入云霄。

3. 喜春雨有寄

春云春雨喜，一水一天情。

处处桑田色，民民日月荣。

4. 魏夫人坛

遗迹魏夫人，仙坛百世春。

希夷希所望，不却不红尘。

5. 访洞神宫邵道者不遇

步步仙观问，清清水满池。

希夷三界外，落羽一慈悲。

6. 寄赠致仕沈彬郎中

鹤氅朝衣换，逍遥玉漏乡。

鸳趋鸳鹭步，玉辇玉人香。

致仕郎中冶，行身济草堂。

芝兰芝药老，野渡野蒿梁。

7. 赠别

离人魂易断，别路步无停。
酌罢歌声起，灵汀草色青。

8. 送刘恭游庐山兼寄令上人

五老一支公，千峰半石崇。
东林三草木，北陆十成功。

9. 宿庐山白云峰重道者院

白云峰下水，牯岭木中秋。
凤舆从南陆，弯车向北州。
三清三道院，一世一无忧。

10. 海上从事秋日书怀

新蝉新曲旧，一曲一秋来。
夏日芙蓉水，亭亭玉立开。

11. 访蔡文庆处士留题

篱根一径深，野草两鸣禽。
息息幽人远，花花客可荫。

12. 寄庐岳鉴上人

衲老东林寺，禅音古道天。
如来如所见，一主一心田。

13. 书小斋壁

道在叭求已，心经只古今。
烟云遮故里，草木织乡音。

14. 怀王道者

道者白云心，闲情问古今。
知情知沽酒，一醉一诗吟。

15. 桃花

桃花金谷满，碧叶绿珠身。
小杏红泫色，东风细雨邻。
群芳应带露，独秀可无尘。
世上原当界，人中寄省春。

16. 思旧游有感

江南烟雨里，寒北雪霜中。
二月梅花界，三光草木风。
春寒春已至，水暖水鸭红。

17. 依韵和智谦上人送李相公赴昭武军 二冬韵

秋风秋雁渚，暮色暮云峰。
夕照层林染，黄昏独自封。
雄藩堂庙路，庶乐月华容。

18. 姑苏怀古（二首）

之一：
泰伯姑苏水，阊阖一虎丘。
生公头点石，六渎馆娃舟。
莫以西施镜，无言子胥仇。
夫差勾践问，五霸五湖留。

之二：
姑苏台上望，木渎水中闻。
记取西施女，无从小女芬。
耶溪纱浣晚，越色女儿裙。
舞舞歌歌尽，吴吴越越云。

19. 赠史虚白

虚空虚色殿，一路一山村。
石浅孤溪远，云深独闭门。
嘉谋嘉志许，日照日黄昏。
梦卜神仙应，成林老树根。

20. 赠蒯亮处士

着得新诗句，行身羽客游。
沧洲君子侧，紫殿对王侯。

21. 春夕偶作

半落桃花岸，三春结子留。
平生平彼此，一岁一春秋。

22. 子规

三春一子规，五土半希夷。
处处声声唤，农农种种知。
田家田结友，一岁一犁司。

23. 书生秀才辟

贫来书剑卖，友去酒杯盟。
立目江湖路，平生一诺情。

24. 春日途中作

途中春日老，路上草花明。

不忍江南去，当然塞北荣。

25. 依韵和蠡泽王去征秀才见寄 十九尤

咫尺风骚客，三生四继留。
千川飞一字，羽雁十三州。
落叶衡阳去，花开塞北游。
重居青海岸，隔岁北南谋。

26. 送孙孔二秀才游庐山

同壶同坐石，共语共春秋。
望尽庐山路，行穷七八州。
书书还剑剑，去去亦留留。

27. 春日野望怀故人

荒村日雨落，野地柘桑荣。
故土丰年兆，新诗八句成。

28. 游玄真观

玄真观里影，桂树月中仙。
见隔寒宫木，无邻是自然。

29. 剑客

必报恩酬净，无言剑诺风。
荆轲辞易水，七首见图穷。

30. 鹤

老衲鹤家乡，旧云宇际扬。
三清三白塔，一世一文章。

31. 送致仕沈彬郎中游茅山

暂挂朝衣鹤氅装，茅山野趣草花香。
郎中洞府华阳月，半在仙乡半上皇。

32. 题庐山东寺远大师影堂

东林一炷香，遗迹远公堂。
白塔依灵坐，轮回石印章。
烟霞空锁影，磬语久低扬。
十八贤人济，青莲池月光。

33. 庭苇

品格青如竹，诗家似读书。
空心空节节，自立自疏疏。
有絮重重落，无霜处处居。

汀洲汀石水，一茎一当初。

34. 寄左偓

知君知似我，一步一春秋。
有病贫吟久，无钱客九州。
婵娟应所见，共影共交流。

35. 宿山店书怀寄东林令图上人

一楚征途远，三吴旧业空。
山前书旧店，月下步吟穷。
竹影猿声断，烟云促织宫。
应怀无弟子，不笑有飘蓬。

36. 清途中闻子规

途中一子观，月下半辛夷。
杜宇声声问，田夫处处姿。
忠诚啼血见，竞业向思维。
暮暮无应限，朝朝向日葵。

37. 春日书怀

日见千峰雪，人回百岁忧。
衣尘衣不尽，籍历籍春谋。

38. 所思代人

长江三峡水，楚国九江流。
逝水由官渡，天门已断谋。
东吴东逝海，北陆北春秋。
养马秦川牧，江南只遣舟。

39. 春晚过明氏闲居

自得清虚不拒贫，无言草木已逢春。
春风细雨桑麻茂，瑞雪呈丰兆故人。

40. 赠重安寂道者

秦皇岛外捕渔情，道者心中白塔名。
炼丹蓬瀛神不在，红尘不可信长生。

41. 江边吟

日暖汀洲雨已晴，风扬草木色方明。
云烟澹澹洋洋水，醉客醺醺处处行。

42. 献张义方常侍

孤飞万里不思乡，独会琴弦羽客常。
自是衡阳青海渡，长安路上到潇湘。

43. 赠永真杜翱少府

少府县衙一草堂，闲寻野寺半禅房。
人生共渡云霄岸，竹简方平作豫章。

44. 献中书韩舍人

制许中书一舍人，行宣凤阁诏权钧。
丹墀退后天机客，静院平章半是春。

45. 献徐舍人

四海清名一豫堂，三朝典令半高昂。
中书制书平章事，已达希夷作柳杨。

46. 新秋有感

清风木叶一蝉鸣，日暖天高半枯荣。
向背阴阳分未定，乾坤四象已成明。

47. 秋雨

秋云秋雨冷，一阵一寒风。
曲涧明泉照，高山叶已空。
蝉声吟忆哑，鹭足向津红。
瑞处相邻近，丰收日已功。

48. 寄庐山白大师

月照庐山白大师，心随驯鹿忆眠迟。
诗吟夜语东林磬，已净音尘自在时。

49. 访龙光智谦上人

寻师一路半穿云，已觉三生两世分。
竹影婆娑悬不挂，茶烟渺渺静闻君。

50. 送仙客

瑶台只在半天台，未及南天梦未回。
不是人间仙客去，无疑世上有情催。

51. 祀风师迎神曲

风师未静雨神调，只向人间润色空。
白虎方明方御气，苍龙少律少鼜隆。

52. 柳二首

之一：
春来树树已青青，雨去明明寄色灵。
水调隋炀通六渎，苏杭两岸运河亭。
之二：
啼莺报晓运河春，上好头颅独一人。

不以龙船先下论，难明水调柳杨濒。

53. 送庐阜僧归山阳

不到山阳已半秋，流泉五老十三州。
东林未了西林愿，只及人生有莫愁。

54. 投所知

独挑孤弦剑自磨，书声合雨客心多。
姑苏碧玉桥头色，木渎夫差五霸歌。

55. 寄左偓

陆巷逍遥曲径深，宋留好鸟密柯荫。
秋来一隅藏鸣蜇，窃得寒天一两吟。

56. 游北山洞神宫

记得紫阳君，仙公两地分。
神人神所见，客主客先闻。
道在人何去，天台洞府云。
玄虚玄所谓，一炷一香曛。

57. 思简寂观旧游寄重道者

再忆当年物外游，天乡羽人鹤中洲。
思观简寂蟠桃宴，十载延心作莫愁。

58. 云

悠悠羽衣半天津，冉冉玄元一世因。
捧日终为舒卷客，成龙作雨化秋春。

59. 徐司徒池亭

曲曲折折一里廊，明明滟滟半池塘。
云云雨雨收残韵，咏咏吟吟向夕阳。

60. 赋得江边草

冬春未了一江边，早绿含寒半色天。
杜若如烟如杜若，绵绵缠缠亦绵绵。
云云雨雨常相助，暮暮朝朝四象传。
弱弱难承还弱弱，芊芊自得是芊芊。

61. 江行夜泊

潮平夜泊一平江，两岸沙鸥一岸双。
寂寂船娘三五曲，幽幽白浪问波窗。

62. 访山叟留题

山山水水自留题，叟叟予予各不齐。

独木丛林扬直立，蝉鸣鸟静自高低。
笛笛琴琴声已许，翁翁子子卧东西。

63. 江行晚泊寄溢城知友

孤舟独落一帆行，虎啸猿啼半野情。
暮月无明相继续，残阳夕照满溢城。

64. 秋夕书怀　古今诗

功名未解半功名，一世辛勤一世行。
父母爷娘兄弟妹，先先后后共吾情。

65. 感兴

直钓方成鼓案成，文王十易武王荣。
应知渭邑周朝立，秦伯东吴一水情。

66. 舟中望九华山

排空异翠九华峰，万木扶苏一玉容。
足见禅房禅世界，无梁殿宇殿苍龙。

67. 渔父

江滨水雾两茫茫，月色星光半柳杨。
渡口云烟应不锁，渔歌互答是船娘。

68. 赠上都紫极宫刘日新先生

含贞石玉炼丹砂，道德本心日九华。
达志阴阳多岁月，吟志乾坤是诗家。

69. 勉同志

读读书书一世情，磨磨剑剑半励精。
同同志志同天地，共共行行共日荣。

70. 寄刘钧秀才

江淹户对万波来，草岸风华一月开。
不可吟诗兴比拟，随心所欲秀才催。

71. 离亭前思有寄

缠缠绵绵恨别离，悠悠独独自无期。
歌歌曲曲应沉醉，去去来来不醒时。

72. 赠上都先业大师

一世耕耘一世稀，天机读取是天机。
勤寻日后知天地，懒向人前着紫衣。

73. 思九江旧居三首

之一：
九派一水九江来，千寻半岭五峰开。
匡庐自有东林寺，月照禅房独磬台。
之二：
鄱阳碧水九江长，牯岭匡庐一紫阳。
洞口桃源庭似玉，云云梦梦五湖舫。
之三：
船娘一唱竹枝词，玉水千波小女姿。
牯岭鄱阳曾问取，深情已付九江知。

74. 赠东林白大师

东林一径虎溪行，水石千淙紫阁声。
自此天地应悟取，心机色色是空明。

75. 春晓

天天地地半云楼，泊泊栖栖一九州。
暮暮朝朝春日客，星星火火在渔舟。

76. 听郑羽人弹琴

谁怜太古一心情，羽客弹琴半此声。
未了仙乡皆是愿，空山月落尽人明。

77. 秋夕书事寄友人

信断关河一远思，童翁未了半相期。
青云已志莲花愿，砌蛰初鸣已入时。

78. 秋日途中

历历吴江日日流，悠悠楚国洞庭舟。
天门不断荆州水，此去千帆入海头。

79. 秋夜吟寄左偓

一夜秋风半夜霜，三更白露两炎凉。
阴阳向背曾分别，世界乾坤日月光。

80. 竹

青青一片竹千竿，节节三空带半寒。
不似潇湘流泪久，朝朝暮暮二妃安。

81. 怀庐岳旧游寄刘钧因感鉴山人

一念支公忆虎溪，窗灯远近有高低。
因知物外僧心老，雨叶松声似鸟啼。

82. 依韵酬智谦上人见寄

才非性拙逸同心，故友新邻事共寻。
半世群芳花草岁，三生独木已成林。

83. 落花

行云行阔宇，落雨落花声。
岁岁三春暮，年年一子生。
红香红不断，碧玉碧方明。
四象分南北，千家共奉迎。

84. 题柳

羸柔弱质自多情，渭水东流柳岸生。
不可多折伤完整，春枝手上已无荣。

85. 赠谦明上人

一路林泉似沃洲，三光日色已方舟。
情知诺亚西天竺，竹寺钟声自不休。

86. 书蔡隐士壁

隐士衡门不逸身，穷通十见自秋春。
兰兰蕙蕙如钟鼓，佛佛儒儒共道秦。

87. 赠钟尊师游茅山

茅山一道有秋春，品味三清作壁神。
采药炉丹经火炼，丹田七尺有真人。

88. 访徐长史留题水阁

水阁澄明已纳天，波光树影自流田。
淹留静坐兼葭雨，滞路蓑衣漫步泉。

89. 夕阳

落落升升自不穷，明明暗暗各西东。
行行止止人无尽，只在黄昏驿路中。

90. 鸂鶒

流流品品似鸳鸯，鹭鹭鸥鸥共水塘。
别以荷衣多羽色，留当极浦作潇湘。

91. 所思

独望东流一水遥，惊涛折岸半云霄。
钱塘八月惊天水，六合瑶台作玉枯。

92. 春闺词二首

之一：

年年五月半春闺，处处千山九派晖。
不似辽东儿女梦，三边一战去无归。

之二：

春闺一梦到辽阳，月色三边共故乡。
已结夫妻夫妇忆，无情战事断衷肠。

93. 腊中行

高这密雪已成冰，落地无融素玉凝。
粉碎成珠寒隔夜，观天望地挂无应。

94. 海城秋日书怀寄胸山孙明府

辽精海怪半沈阳，塞外榆关一北乡。
记取隋炀征此地，青云展志可飞翔。

95. 题紫司徒亭假山

真真假假一司徒，石石山山半磊敷。
引得清泉流瀑布，归云玉树不荒芜。

96. 都下寒食夜作

书生乞火有寒情，已得男儿小女盟。
自是离人难睡得，尤其月色近清明。

97. 客中春思

人情万里关山，夜梦三更不还。
宿鸟栖栖不唤，春思处处斑斑。
朝朝暮暮红颜，月月星星巳巳。
缠缠绵绵日日，儿儿女女攀攀。

98. 所思

门开寂寂落花残，色带幽幽作叶冠。
碧玉方兴成翠羽，心中有子来年苋。

99. 江馆秋思因成自勉

驿馆秋思作叶舟，黄河北上却东流。
云云水水风光在，曲曲弯弯过九州。

100. 赠胸山杨宰

高悬一镜半衙明，皂役三呼两不声。
宰治人间应讼许，诗书剑笔是官生。

101. 庐山

九脉匡庐五老扬，滐城景势一浔阳。

东林暮鼓西林响，牯岭峰前靖节芳。
仙紫府，庾公堂，莲池润石有灵光。
琼瑶细展图经例，洞口清虚久赣乡。

102. 送孙斋书记赴寿阳辟命

辟命如君上路行，汀洲树色已无声。
帆扬水逝苍烟远，草檄陈琳策画名。
淮岸静，楚云平。元戎已待守乡城。
风云不落知王粲，旧友知音见至诚。

103. 听蝉寄胸山孙明府

不待巴猿送别情，瞿塘月色女神明。
新蝉已上高枝顶，远致孙君一两声。

104. 秋江夜泊寄刘钧正字

夜泊秋江月纳凉，维舟诸岸客船娘。
鱼龙不动澄江静，水调楼船半柳杨。

105. 赠胸山孙明府

一水难平半水裁，三生故迹两生回。
闻君病鹤精心养，品秩官衙作道台。

106. 赠海上书记张济员外

人生自得一知音，世上书邻半古今。
阮瑀难从专笔砚，嵇康叩首谢弦琴。

107. 对竹

穿幽石径小溪来，已住蛙鸣半净苔。
竹叶如风从水月，秋声似雨入心来。

108. 送胸山孙明府赴寿阳幕府辟命

陶潜洞口有东西，汉汉秦秦是古溪。
已羡元戎虚右席，陈琳幕画各高低。

109. 经废宅

已是春初小草生，梧桐树叶半枯荣。
门庭自旧身名去，不及春莺一两声。

110. 溪边吟

已笑弯腰上采舟，芙蓉自立入湖羞。
牛郎不远携衣去，一步回头问不休。

111. 得故人消息

不得相思有后期，分离未可各分移。
吴儿处处多情意，蜀女声声唱竹枝。

112. 江南春

永巷王孙一莫愁，秦淮玉女去来留。
金陵二水三山色，白下千街万巷舟。
梁武帝，六朝休，江南四百寺僧侯。
江山不与王公使，废废兴兴一石头。

113. 芳草

杜若飘香楚江边，西施木渎已下船。
东吴水调天堂柳，秀草苏杭两岸天。

114. 悼亡

死死生生断别离，留心处处久相思。
鸳鸯不可孤身宿，大雁多情誓不移。
朝事事，暮司司，从心认德以身期。
夫妻本是同林鸟，去去来来共不知。

115. 春宴寄从弟德润

千兰百木万家诗，一曲江南一竹枝。
一宴春风从弟润，三生旧事总相思。

116. 赠致仕宛彬郎中

登科致仕向郎中，已毕新婚唱大风。
事事关心从事事，书书剑剑作琴翁。

117. 忆溪居

清清越越净无尘，细细微微积有濒。
竹影三光呈翠节，溪流七色作新春。

118. 登下蔡县楼

下蔡县楼水事烟，中州吏役自耕田。
兰台近处乡关远，王粲荆州故事传。

119. 下蔡春偶作

驿路遥遥望碧空，长亭处处见桑穷。
悠悠秩序谁同语，郁郁扬鞭唱大风。

120. 再游洞神宫怀邵羽人有感

再向烟萝复旧游，因循羽度复神州。
三清一鹤浮丘近，九脉千川五谷求。

121. 秋雨二首

之一：

秋风秋雨冷，落叶落寒声。
铺铺层层序，根根土土营。
晴空飞远去，不得有归情。
若以人间事，扬扬作玉英。

之二：

三秋三木落，一叶一年成，
早绿先枯去，经霜断后生。
根深根所寄，水润水滋荣。
彼此相依共，春秋各有盟。

122. 经古观有感

原来草木已依稀，本是无人远帝畿。
鹤去坛空人不在，枯荣自是一天机。

123. 古水春暮访蔡文太处士留题

竹竹潇湘以泪清，梅梅楚蜀自香行。
蒙蒙雨过池塘暖，处处新生草木荣。

124. 烈祖孝高挽歌二首

之一：

无音无语致，有遗有容颜。
且以衣冠忆，君心入世间。

之二：

羽鹤飞何去，神仙已不还。
人人由闭户，处处锁桥山。

125. 赠海上观音院文依上人

一片烟霞一寺田，清风暮鼓半云烟。
文依上士观音院，海口郊林自在天。

126. 秋夕病中作

一病秋中半近天，千声叶下九州泉。
风流不尽风流在，未得寻根逝水边。

127. 寄黄鄂秀才

花开不遣酒壶空，叶落江东唱大风。
只以平生天下事，文章玉树向阳红。

128. 春日书怀寄胸山孙明府

一向边城戍客门，三春府外问儿孙。
农夫自古田桑事，日月沧桑共土根。

129. 柴司徒宅牡丹

司空宅里牡丹红，伎女争娇语未穷。
百态千姿相似色，三光七色始相同。

130. 赠王道君

入俗无尘二月春，花明草碧一真人。
唯知鹤语三清道，不恐洪崖是此身。

131. 春闺词二首

之一：

一面桃梨半纳红，三春已晚两心空。
朝朝暮暮临窗坐，花花草草有无中。

之二：

辽阳已失丈夫音，二月花开妾女心。
藕断丝连终不尽，长城一战误如今。

132. 暮春怀故人

春花春不尽，夏雨夏芙蓉。
白菊秋风色，冬梅逸雪封。
诗文诗支咏，四象四时踪。
莫以南洋过，年年雨旱逢。

133. 秋日登润州城楼

江楼一望不封疆，逝水三吴向海洋。
水积秦淮成六浃，清风与我共斜阳。

134. 晚春客次偶吟

书书剑剑自无空，暮暮朝朝作始终。
利利名名头易白，行行客客步成翁。

135. 对雨寄胸山林番明府

日日如丝一事情，时时似织万梭明。
琴琴剑剑常磨练，切切行公百姓荣。

136. 落花

年年春草绿，岁岁落花红。
不解人间事，神仙世上空。
金人金谷去，堕地堕成风。
莫以长门怨，藏娇故汉宫。

137. 燕

衔泥岁岁入雕梁，乳燕双双共草堂。
子子孙孙繁衍事，佳人处处怯红妆。

138. 莺

早见春风似有无，秦川未至到江都。
琼花处处莺啼尽，白雪悠悠北陆苏。

139. 宿山中寺

一寺山中大小乘，禅房月下去来僧。
人间普度如来去，腊月梅香已自凝。

140. 海上载笔依韵酬左偓见寄

草檄峰烟海极低，风飐恋计柳营齐。
边情阮瑀无余刃，别后都城戍鼓鼙。

141. 春晚招鲁从事

西园半壁落花声，北陌三春秀草明。
会少希君多与信，频频举目有余情。

142. 和易秀才春日见寄

每见风流一落花，无声日色半人家。
相邻岁月年年去，隔壁音琴处处遮。

143. 送黄秀才

柳絮飞扬一阵风，梅花落尽半村红。
阳春白雪河桥岸，酒罢离情醒醉同。

144. 庭竹

处处葱葱竹叶青，朝朝暮暮向云庭。
有泪苍梧知舜去，潇湘已寄二妃灵。

145. 送戴秀才

别客书乡一秀才，河舟不断半天开。
孤帆已展扬云宇，引云何逢隔日来。

146. 病中作

秋蝉一味上高枝，落叶三边已见迟。
读遍群书拥病懒，谁观药色待何时。

147. 离家　古今诗

少小离家不忘情，榆关内外作书生。
无从老态龙钟问，父母经天已不声。

148. 献乔侍郎

位望当年已侍郎，龙纶凤藻玉墀香。
忠贞贯世传慷慨，野旷天机举栋梁。
鉴物心如忧水准，鸳鸯佩笏直臣肠。

终身顾问年方久，拭目陶钧作柳杨。

149. 村行　古今诗

辽东一日记村行，白雪三边父母情。
学院京都从日月，兄兄弟弟别诗鸣。

150. 献中书张舍人

制书中书一舍人，天机两省半秋春。
陶钧继宪成天下，立律方圆如故秦。
品秩司言帘洁志，青云济世浥清尘。
林僧老叟禅房月，积水成流映玉真。

151. 海上和郎戬员外赴倅职

宋王襄王一峡中，班升玉漏半鸳宫。
烟霞海上频经岁，乍对人间百姓同。
委寄峤门思梦渚，逢秋木叶作飘蓬。
鲲鹏不羿天涯路，咫尺方圆自古风。

152. 又送赴阙

云烟乍晓半喷波，赤日东升一九歌。
帝路云青青不定，都城古巷古人多。
浮兰积蕙良图济，百姓千门共月娥。
直木乔林盟凤藻，天公道路御天河。

153. 书郭幽斋壁

公衙退下自清虚，静坐幽庙望月余。
水引清风明月色，清心世界忆当初。

154. 石棋局献时宰

无从岳叟半分兵，有得皋夔一战争。
不论樵柯渔隐逸，当言黑白过输赢。

155. 海城秋夕寄怀舍弟　古今诗忆兄辽阳师范

海城不远一辽阳，砧杵三边半故乡。
自幼农夫门外读，桓仁百里奉天皇。

156. 和夏侯秀才春日见寄

寒江已蚶草茵齐，两岸桃花一野溪。
白鹭无声昂首望，春莺只在耳边啼。

157. 送夏侯秀才

江春七色一流溪，执手三秦半草低。
济世英华书剑志，英雄不问是东西。

158. 江南重会友人感旧二首

之一：
江南再会十年人，老少难分旧日邻。
莫以分音居宅辨，黄花九月化香尘。
之二：
姑苏落照五湖明，木渎天平子胥情。
拾得枫桥渔火岸，寒山不断一钟声。

159. 己未岁冬捧宣头离下蔡

诏下如春熙日天，云中似路有方圆。
元容覆载寒恩与，果得因心过大千。

160. 哭舍弟二首（忆兄师长吕长禄）

之一：
兄兄弟弟一爷娘，剑剑书书半故乡。
去去来来先后见，师师长长学生梁。
之二：
黄泉一路半悲伤，十载三生各柳杨。
少小先生当样猎，词诗自此弟兄堂。

161. 书情寄诗友

雁过潇湘一字扬，人行驿道半朝阳。
茫茫野水应在尽，默默谁知向远长。

162. 读蜀志

天机草昧一兴亡，蜀主元微半表章。
借得荆州先主立，三英吕布几思量。

163. 献张拾遗

性格孤高世所稀，丹墀举笏淡渔矶。
官清百姓皇家赋，一首新诗半日晖。

164. 献中书汤舍人　古今诗

丝纶演畅紫阳微，舜禹相承几是非。
竹寺莱衣求不得，清门自古别人飞。

165. 海上太守新创东亭

君心智慧杳难同，独敬轩窗纳海风。
选胜笙歌潮水上，寒光万里有无中。

166. 宫词二首

之一：
咫尺天涯一夜花，千呼万唤半宫娃。
羊车一路黄昏过，玉屋藏娇不记家。
之二：
星垂夜半不关门，野阔农家小子孙。
最是春闺花落去，无心独立对黄昏。

167. 采莲女

半入荷塘纳晚凉，男儿不可久猖狂。
遥遥不可随心望，水水成衣作短裳。

168. 钟陵春思

冉冉香风日已苏，萋萋杜宇已荒芜。
梅花落去蔷薇色，草木钟陵一丈夫。

169. 赠夏秀才

紫陌春情一草茵，啼莺玉树半清频。
人心不在男儿在，不守三湘只望秦。

170. 夏日书依上人壁

夏日依依一上人，芙蓉立立半清身。
莲蓬兴首空空待，子子孙孙是晚春。

171. 下蔡春暮旅怀

下蔡春风塞上来，相关一月杜鹃开。
三湘已断南归雁，九脉乡芬处处催。

172. 捧宣头许归侍养

御赐泥书养二亲，梁中乳燕上白邻。
人间自己常生侍，世上当然父母身。

173. 途中作

未到乡家久结思，匆匆道路总嫌迟。
心中父母同兄弟，此日行身怯不知。

174. 都下再会友人

再会皇都一旧友，关河塞北雁门洲。
衡阳岸渚春先尽，朔漠胡杨独自留。

175. 登毗陵青山楼

青山不尽毗陵楼，豁目开襟望九州。
此去吴流吴韵语，兴亡楚蜀自王侯。

176. 晋陵罢任寓居依韵和陈锐秀才见寄

琴书一半是江山，剑戟三千大河湾。
陌巷天机天地阔，公干百姓百朝班。

177. 春苔

竹院莎齐路半通，春苔已落数千红。
烟消雨散甘霖润，草草花花共色中。

178. 夏云

云云雨雨和禾苗，草草花花半夏娇。
四壁池塘池水阔，千村共望有云潮。

179. 书夏秀才幽居壁

永巷书声半夜来，蛙声樹阁一轩开。
寒宫入水婵娟色，一望荷塘竹影猜。

180. 红花

腊月梅香叶不遮，源泉水色净天涯。
三光自惜朝朝暮，一俭千年不奢华。

181. 安福县秋吟寄陈锐秘书

飘飘落叶永村风，肃肃寒枝路道同。
契阔工期长别日，县庭事简百家隆。

182. 新喻县酬王仲华少府见贻

事简开樽一逸情，公明问俗半官名。
黎元未泰行谦旷，莫以虚荣百姓生。

183. 暮春有感寄宋维员外

杜宇声中一暮春，农夫月下半耕人。
光阴寸寸年华尽，社日秋收醒醉频。

184. 题吉水县厅前新栽小松

小小青松处处鳞，移移谷涧植庭邻。
厅前一色朝云水，月下闲心半忆春。

185. 赠念德华经绶上人

三更已念法华经，一炷陈香作渭泾。
两岸莲花由彼此，千峰百壑向心灵。

186. 秋日途中　古今诗

色色形形半是空，农农子子一由衷。
利利名名非我是，行行止止暮朝工。

187. 宿韦校书幽居

一夜泉声故梦边，三更起步过桑田。
幽居有酒何知醉，壁上留题作青莲。

188. 依韵和友人秋夕见寄　八庚韵

砧杵空闻一夜声，三边戍士半乡情。
千军已界皇城远，帝业王侯不是兵。

189. 送智雄上人

已起游方念九州，天台不远五湖舟。
秦川百里潇湘步，月色金陵问石头。

190. 吉水作尉酬高援秀才见赠

佐邑清贫已世名，风骚雅正自身英。
开窗竹色婆娑影，守户天光卷绣荣。

191. 览友人卷

新诗阅卷一精英，造化方成半像荣。
楚水三吴明六溪，湘山竹泪洞庭表。

192. 送人南游

云天不暗夜郎城，浪迹天涯水月生。
鸟落南荒回首处，归乡北陆是人情。

193. 晋陵县夏日作

云庭事简草堂中，竹叶清风暑气空。
一枕安眠民姓北，诗翁海月过墙东。

194. 邮亭早起

一舍残灯远路明，三更晓月半无声。
鸡鸣两遍邮亭别，晨星北斗口开明。

195. 客中寒食

三天不到已清明，乞火书生素食行。
十载寒窗不止，千章读尽试皇城。

196. 旅馆秋夕

旅馆无声驿路行，人间有事作平生。
书儒读尽颜如玉，一夜秋霖带梦荣。

197. 宿青溪米处士幽居

青溪处士一幽居，夜宿云光半读书。
远水池塘蛙自语，茗茶陆羽有香余。

198. 维舟秋浦逢故人张矩同泊

维舟夜泊碧江滨，半月寒光照故人。
别后同惊官场路，重逢共语客通津。

199. 代别

五字回文七字心，三生旧诺一生音。
儿儿女女相思夜，暮暮朝朝作古今。

200. 悼怀王丧妃

洛浦神归一月空，秦淮玉树半情衷。
怀王当夜寒宫问，不是人间色未穷。

201. 酒醒

聚聚方成散散行，花花草草共枯荣。
诗诗酒酒曾无尽，路路途途自可营。

202. 送虞道士

三清岛上半扶疏，聚散烟霞一玉壶。
有酒方知应醉去，诗家不要会麻姑。

203. 怀旧夜吟寄赵杞

长长竹笛洞箫声，曲曲难闻弄玉情。
不见秦楼秦穆在，鸳鸯只向凤凰鸣。

204. 寄临江驿

临江水馆月流明，苇暗汀洲宿雁情。
荡荡空空人已远，寥寥寂寂客难平。

205. 途中柳

途中柳色逐长亭，路上行踪遇渭泾。
已近秦川秦百里，云烟灞水草青青。

206. 隔墙花

东邻自寄隔墙花，月下同情作酒家。
绿蚁珍珠春已许，婵娟带色月初斜。

207. 广陵寒食夜

紫陌红尘一广陵，佳期有约半香凝。
梅花化作红泥生，乞火侯家已自应。

208. 寄庐山庄隐士

不了浮名已挂冠，庐山隐士五峰残。
三清不得琴声怨，九派浔阳一江澜。

209. 吉水寄阁侍御

处处怀君切切忧，洲洲对日水湾留。
僧僧寺寺相依约，咏咏吟吟月上舟。

210. 送张维贞少府之江阴

江阴少府早闻蝉，酒醉行舟带日眠。
已见船娘窥自笑，居心一曲竹枝怜。

211. 钟陵禁烟寄从弟

一半春情杜宇啼，三千草木已萋萋。
茵茵碧玉知青早，采得梅花拟作妻。

212. 夜泊江渚

归心夜泊一渚中，不见船娘半去空。
水阔寻明弦月色，江平沽酒作渔翁。

213. 吉水县依韵酬华松秀才见寄　十三元

一况萧条半水村，三元夕照一黄昏。
怜禽不语风声近，独望破山老树根。

214. 贻庐山清溪观王尊师

修修炼炼在灵溪，石石丹丹实不齐。
海上仙山仙不去，云中玉桂玉辛黄。

215. 王昭君

共月阴山有缺圆，同天汉宇几云烟。
昭君已是单于女，莫以和亲误岁年。

216. 送姚端先生归宁

知君觐省自归宁，解缆汀洲渚岸青。
一去三山连二水，乡音未改故人灵。

217. 江村晚秋作　古今诗

十载姑苏同里镇，三年古道建江村。
荷塘月色芙蓉水，退步思园自取恩。

218. 蛩

月冷庭寒一蛩吟，无诗有意半知音。
人情已似虫情在，不必重时不必今。

219. 感秋书事　古今诗

官途一路不知休，下海农夫半白头。
古古今今诗不尽，平生一去十三州。

220. 访庐山归章禅伯

沉沉寂寂一禅宗，故故今今半石封。
学妙求徒闻短见，长途远远可相逢。

221. 庐山栖隐洞谭先生院留题

半在云山一洞明，千川百壑九江生。
何言不得庄周梦，独觉玄门老子情。

222. 江行值暴风雨

一浪惊天拍岸悬，千波堕地作云烟。
江行暴雨狂风作，木叶帆舟不渡船。

223. 杪秋夕吟怀寄宋维先生

一岛风声木叶稀，三秋水色纳天机。
寒衣砧杵男儿记，不斩楼兰不可依。

224. 七夕

星河不断鹊云桥，织女牛郎七夕焦。
乞巧难平心事重，人心咫尺一年遥。

225. 吉水作尉时酬阁侍御见寄

谬佐趋难一线天，孤情独步半神仙。
瑶台自是人思想，五百年中已自然。

226. 清溪逢张惟贞秀才

洞隐烟霞半玉堤，开关面壁一清溪。
听猿炼句如今忆，雅道闻丹作水低。

227. 送阁侍御归阙

紫诏开封一御荣，丹墀已守半天京。
皇家雨露诗公润，北阙南山作玉英。

228. 甲子

序：

> 甲子岁黑吉水县过钟陵时暮春维舟江渚谒柴太厨度上坐。

诗：

公侯席上系舟行，阻滞云中太尉楼。
不笑田家门下客，平原坐上着中流。

229. 海上春夕旅怀寄左偓

乞火清明草未齐，田家却闻子规啼。
耕耘处处精心力，二月年年润玉溪。

230. 江次维舟登古寺

一炷檀香大小乘，如来教化暮朝承。
清荫满寺前朝树，步履维珊后殿僧。

231. 春日招宋绐先生

壶中竹叶味方清，鉴里桃花色已明。
且以红颜先自定，吟诗已毕客精英。

232. 吹笛儿

秦川八百里行踪，渭水千流两岸松。
见尔尊前吹一曲，今人不忆许云封。

233. 所思　古今诗

解佩当年一北京，从军凯利作精英。
苏联解体重兵武，塞纳河边地铁城。

234. 吉水县酬夏侯秀才见寄

吉水悠悠一路长，知音寂寂半苍茫。
霜鬓启鉴凄凉病，未了黄昏是夕阳。

235. 和友人喜雪

谢女如何一雪余，袁安几度半家居。
空空荡荡虚虚见，厚厚轻轻铺地书。

236. 感事呈所知

松松竹竹各扬长，李李桃桃自在芳。
草草花花明月夜，桑桑柘柘不商量。

237. 送汪涛

别去知音不改邻，多情问道是秋春。
重逢再叙山河老，渡口舟桥可向秦。

238. 言志寄刘钧秀才

经纶满腹布衣巾，笔墨儒书剑器钧。
彼此乾坤成志气，天机不可不亲邻。

239. 访澄上人

寻师静境一禅堂，问道无声半觉乡。
意意心心非意意，长长短短是长长。

240. 经古寺

寺寺僧僧一代传，心心意意半天缘。
轮轮已去回回在，鼓鼓钟钟处处天。

241. 送王道士游东海

巨浸常牵一梦游，天云海上半瀛洲。
波涛不尽汪洋水，未必东流海不收。

242. 贻青阳宰

四载烟梦百姓田，三生吏禄苦为先。
公闲不要青阳宰，独步池光四面莲。

243. 哭故主人陈太师

孤身十载寄侯门，独迹三生作树根。
已逝君先西去路，空留月色共金樽。

244. 秋江夜泊寄刘钧

秋江夜泊寄刘钧，落叶风扬已净尘。
结侣波中难酒会，婵娟水上独相依。

245. 和浔阳宰感旧绝句五首

之一：
古古今今一共情，儿儿女女半人生。
夫夫妇妇同林鸟，暮暮朝朝独自鸣。
之二：
牯岭匡庐五老烟，浔阳水色九江天。
东林不尽西林寺，四叠难平立叠泉。
之三：
冬梅独傲一香寒，白雪相佽眼带宽。
但向群芳抛媚眼，东风不远送春澜。
之四：
一任衙堂一代观，为民政化以人安。
官无大小从王事，吏有公心救独寒。
之五：
一曲莺啼已是春，三冬白雪顶峰陈。
仪仪象象轮回见，信信心心净湿尘。

246. 哭柴郎中

已逝川波夕照明，无吟独暮自孤行。
当留一首诗词月，共向寒宫寄桂情。

247. 访章禅老

禅房一叩半禅机，宿鸟三鸣十地飞。
剑剑书书常别路，农夫子女可相依。

248. 泊秋浦

水泊云帆宿雁鸣，衡阳不可有乡情。

年年两度寻南北，处处枯时已向荣。

249. 闲居言怀

当然随众不当然，未达知音是达天。
倦病伤途伤所事，烟云不锁不云烟。

250. 舟次彭泽

彭彭泽泽一舟横，水水天天半月清。
泊泊寒寒风不定，思思梦梦逅云生。

251. 宿钟山知觉院

龙盘紫禁一方明，虎踞秦淮半未情。
夜宿钟山知觉院，金陵百里石头城。

252. 游茅山二首

之一：
鸾鸾鹤鹤一茅山，渎渎溪溪半江湾。
自得三清应似水，平生九品度如关。
之二：
茅山老许一神仙，羿镜烟霞半种田。
闭谷何须曾米粟，开关已向可源泉。

253. 鹤

一鹤当空独自飞，三清向道不须归。
同修日月同乡里，共度乾坤共翠微。

254. 暮春吟怀寄姚端先生

五步吟诗四句成，三生寄事半生平。
庄周一梦成天地，不断千情已不明。

255. 送圆上人归庐山

月照空山一虎溪，东林古寺半去低。
支公步履莲宫路，旧隐临流草木齐。

256. 送相里秀才之匡山国子监

书生不宿五峰云，道士何从一老君。
典籍囊萤锥刺骨，匡庐草木暮朝嘘。

257. 渔父二首　古今诗

之一：
姑苏大半五湖清，木渎西施一越英。
只向芦花深处去，黄天荡里有人声。
之二：
姑苏半在五湖濒，且与王鳌一水邻。

一载江村同里镇，三年白雪自阳春。

258. 旅次闻砧

谁家砧杵月明中，捣破寒宫水不空。
白露微微寒已起，轻霜肃肃满刀弓。

259. 寄杨先生

别后仙翁杳杳，重逢日月空空。
处处浮生步步，人人羿羿九阳同。
玉石丹炉水火，烟霞已近清风。

260. 对酒招陈昭用

一酒人间冷对，三生世上希夷。
叶落归根所望，秋风不止垂司。
碌碌无为事事，朋朋友友相期。

261. 旅夜闻笛

白雪梅花结色，阳春赤日芳明。
只见桃桃李李，清闻小杏逾城。
夏日芙蓉出水，秋风菊落金英。

262. 送绍明上人之昆陵

一念昆陵举止，千情古寺平生。
月落寒宫不暖，江湖草木枯荣。
水路迢迢远近，风光处处云英。

263. 再到山阳寻故人不遇二首

之一：
舟平连野岸，渡口故君居。
乱后无人在，芦花有水余。
之二：
秋风秋不止，落叶落还扬。
访友村人误，三年几柘桑。

264. 寄庐山简寂观重道者

清宫一步湿千尘，自古沧桑不及身。
未见仙桃迟结果，瑶台梦里去来人。

265. 思溢渚旧居

九派浔阳六渎洲，千川百谷暮朝流。
今晨又忆溢城渚，昨夜分明是旧游。

266. 思朐阳春游感旧寄柴司徒五首

之一：
春风春雨处，一岁一新人，
草草花花色，来来去去邻。

之二：
草绿花红处，儿儿女女多。
人间如此是，世上有天河。

之三：
一曲竹枝词，三春小女知。
花开花落去，有岁有相思。

之四：
相思上翠楼，独宿下莲舟。
月色荷塘照，闺情不可收。

之五：
秦川秦养马，渭水渭牛羊。
蜀道蚕丛路，吴门语韵乡。

267. 泉

井底潺潺水，源头细细扬。
江河连海渡，日月暮朝量。

268. 题徐五教池亭

江南水色一姑苏，碧玉云中半雨无。
日月成明成世界，山河命笔寓成图。

269. 遥赋栽兴潜泉

见说灵源处处泉，云云雨雨渎涟涟。
甘霖润泽田桑色，水水陆陆好大千。

270. 和昆陵尉曹昭用见寄

一日昆陵尉，三生日月风。
为民为赋税，有富有无穷。

271. 梅花

梅花同白雪，小杏过墙红。
四象分时节，三春草木丰。

272. 舟次吉水逢蔡文庆秀才

别去知音断，逢来有共鸣。
新诗新日月，一岁一枯荣。

273. 新喻县偶寄彭仁正字

隔岁听吴越，经年问鲁齐。
书生书不止，正字正东西。

274. 海上和柴军使清明书事

乡魂已是自留乡，海上何言不望洋。
万里无边无草木，三生有界有无疆。

275. 壬申岁承命之任涂阳再过庐山国学感旧寄刘钧明府

四十年中一苦辛，三生路上半行人。
囊萤刺骨悬梁读，景物成锥不过秦。

276. 留题胡参卿秀才幽居

竹木成荫草木城，幽居水色独裁荣。
溪流曲曲渊潭积，日色悠悠隐逸情。

277. 放鹭鸶

鹭鹭鸶鸶独立扬，飞飞落落带鱼光。
朝天不语观泓水，对地须臾有短长。

278. 柳絮

柳絮飞如雪，扬花落似凉。
原来由塞北，只可顶山妆。

279. 早春

草色先知道，春寒伏地藏。
东风三二日，处处暮朝扬。

280. 春云

春云多带雨，卷曲少延长。
向背桑田下，枯荣逐日量。

281. 送姚端秀才游昆陵

越岫吴峰自接连，江山日月五湖天。
昆陵一夜秦淮曲，小小千声半入船。

282. 和朐阳载笔鲁裕见寄

吟情共爱夕阳山，万里黄河九曲弯。
积泽中原丰土地，沙鸣已过玉门关。

283. 叙吟二首

之一：
隋珠和氏璧，楚朴故人珍。

往哲今初解，平生作苦辛。

之二：
成么成僻融，作雅作风骚。
所以言之去，秋风逐日高。

284. 贻昆陵正勤禅院奉长老

随缘驻锡已无情，静坐观天自有成。
水月之间何水月，枯荣以外又枯荣。

285. 冬日书寄惟真大师

惟真世上一惟真，处世人中半世人。
搅搅成悲成佛语，悠悠后辄后知伦。

286. 献中书潘舍人

许国天钟制书人，云霄凤阙锦丝纶。
中书自得平章宰，立雅言成向紫宸。
文朴素，哲贤身。馨香玉漏字千爻。
从容羽翼翰林子，杞梓桑沧日月轮。

287. 寄徐铉

一书天章作古今，中书两省舍人心。
徐铉自与韩熙载，立就成文比翼荫。

288. 早春左省寓值

鸾台步步有微云，象阙重重政事君。
远籁箫声秦弄玉，秦川养马穆公闻。

289. 寒食宿陈公塘上

十岁江东属文，三生制书广陵君。
春塘水月分三色，独立花间合五云。

290. 将去广陵别史员外南斋

已别江东向广陵，鸳鸾日月共呼应。
南唐可见韩熙载，色色空空曲舞凝。

291. 将过江题白沙馆

少小维扬一故乡，江东水渎半帆航。
吴台不远金陵近，楚塞风流越女香。

292. 登甘露寺北望

北国潮来曲岸平，云烟雾去广陵城。
甘露寺外瓜洲水，只有乡思不断情。

293. 山路花

笙笙管管比天娇，处处楼台楚女腰。
暮雨萧萧无酒醉，摇摇玉影上云霄。

294. 京口江际弄水

独自临川弄水船，江帆待日挂云天。
小澄濑石寒如玉，海口潮平十步泉。

295. 早春旬假独自寄江舍人

余寒雨湿半公衣，独暖衙堂一役稀。
省署皆归北苑去，梅花白雪帝王畿。

296. 从驾东幸呈诸公

衡门已过十春长，隐隐吴台一表扬。
北汉刘钧天会去，南唐后主有文章。

297. 重游木兰亭

重游旧地木兰亭，习问钟山草色青。
不忍青衿期换紫，为民是本作心灵。

298. 赋得彩燕

乳燕双双绕彩梁，苏杭处处运河长。
长城不似音琴语，水濑隋炀作故乡。

299. 送魏舍人仲甫为蕲州判官

蕲人已识紫微郎，有得从戎守帝乡。
八月苑鲈应自脍，三吴子女好心肠。

300. 题殷舍人宅木芙蓉

胡沙漫漫木芙蓉，晓色红红淡淡宗。
宿露江南云雨里，千形万态似奇化。

301. 送史馆高员外使岭南

三秦一日帝王书，百越千川子弟余。
岭上梅花先独色，云中海口五羊居。

302. 春日紫岩山期客不至

野水无人草不低，高山有木鸟争啼。
如期未至多来去，独见风光满三溪。

303. 宿蒋帝庙明日游山南诸寺

山南诸寺一如来，越北群僧半壁开。
但向人间施雨露，天台学善楚人才。

304. 赋得有所思

一去无音一去痴，相思不可久相思。
夫妻本是同林鸟，择木何须向朽枝。

305. 赠王贞素先生

清虚已步万重山，有迹他年自闭关。
道秘方传鸿宝术，真形未隐已红颜。

306. 春夜月

春闺望尽自多情，水月常明岸色生。
不可幽人幽所意，云云雨雨草花萌。

307. 爱敬寺老

白首栖禅历历游，秦雍事事已春秋。
人间已是寻常客，世外桃源四十州。

308. 游蒋山题辛荑花寄陈奉礼

岁岁游山自不迟，年年杜若放开技。
辛荑已是红红女，杜宇声声蜀蜀期。

309. 和殷舍人萧员外春雪

初春白雪下云端，瑞气梅花上带寒。
富与香风留傲影，高低凸凹似波澜。

310. 寄蕲州高郎中

不作郎中已济雄，无私世事向江东。
知君不少思乡泪，并在山城一曲终。

311. 寄和州韩舍人

殷勤一字作人飞，岁岁三湘两度归。
乍暖还寒寒不暖，春秋早晚晚相依。

312. 从兄龙武将军殁于边戍过旧营宅作

鼓角沙尘没旧兵，烽烟未自帐门横。
铭旌不返乌衣巷，部曲皆还细柳营。

313. 景阳台怀古

后主思家不悔，江南处处东风。
景景阳阳路道，心经色色空空。
古古今今事事，情情始始终终。

314. 春分日

白雪梅花玉影，春分已近清明。

谷雨风和日暖，农夫杜宇始耕。
田田云云润润，花花草草荣荣。

315. 寄驾部郎中

弟子庸庸性性，郎中岁岁年年。
驾部皇前殿后，相门陌陌阡阡。
御旨平平展展，皇家第第园园。

316. 和王庶子寄题兄长建州帘使新亭

水水山山色色，亭亭榭榭空空。
谢守知音处处，陶公柳柳风风。
正始诗诗格律，名家字字工工。

317. 谢文靖墓下作

一路黄泉咫尺，天涯海角西东。
过去将来有日，思前想后无终。
汉武瑶台作客，秦皇海岛空空。

318. 观人读春秋

国学儒风淡，商家扩土丘。
何须知论语，不用读春秋。

319. 秋日雨中与萧赞善访殷舍人于翰林座中作

野岭荒垣步履迟，寻泉采药未先知。
银台钥入须归去，已得吟声次韵诗。

320. 送和州张员外为江都令

圣代鳞才始觉酬，清风激懦十三州。
和州此去江都令，塞诏官班列祖侯。

321. 和明道人宿山寺

问道经行一路长，寻心待意半禅房。
山中寺老多明月，水上风光有柳杨。

322. 晚归

风清短袂一衣香，暮晚黄昏半水光。
步步归来家渐近，欣欣日去有家乡。

323. 月真歌　月真广陵伎女

扬州胜地月真娥，善弄琵琶曲舞歌。
一遇殷郎情不止，三生宿愿一天河。
花前月下曾盟誓，暮雨朝云峡水多。

小女无知离别去，金陵殿上已登科。
城人自是男儿志，陋巷书生水月磨。
我本山人曾不解，男儿不可久蹉跎。

324. 走笔送义兴令赵宣辅

买得新诗院，闻君杜牧居。
荆溪荆楚隐，陇首以何余。

325. 天阙山绝句

天空天阙望，自古自行吟。
散诞知山水，拥恭待客心。

326. 除夜

春风不记旧诗容，自得其然故步封。
岁岁终终是始，年年立志立行踪。

327. 寄钟谟

林梢昨日有莺啼，百草群芳色尚低。
白雪方融成露水，梅花向雨作红泥。

328. 正初答钟郎中见招

两省郎官名籍籍，东邻伎女字英英。
春风曲舞莺声早，物态依稀见旧情。

329. 闻雁寄故人

岁岁年年两地飞，南南北北一人归。
春春不舍秋秋去，暮暮朝朝处处依。

330. 江舍人宅筵上有伎唱和州韩舍人歌辞因以赠

曲有佳人俯玉环，郎无白雪向人间。
清风朗朗常相借，佩蕙芬兰独自还。

331. 寒食自作

姑苏自有一青团，不禁东风半草冠。
水水山山寒已尽，微微泛泛五湖澜。

332. 贺殷游二舍人入翰林江给事拜中丞

待漏鸳趋两省英，青绫阁老豫章明。
宣威北阙归翰院，不忘中书紫禁城。

333. 欧阳太监雨中视决堤因堕水明日见于省中因戏之

雨问欧阳视决堤，三公伯禹有高低。
仙翁石首千金重，堕水应珍一尺泥。

334. 送吴郎中为宣州推官知泾县

应怜何水部，可事谢宣城。
已得同心载，无求世俗名。

335. 寄舒州杜员外

未得一君书，知音半不余。
舒州舒客去，若隐若茅庐。

336. 九月十一日寄陈郎中

风前落帽是何人，雨后知春已入秦。
百草茵茵明月色，群芳处处曲相邻。

337. 和司门郎中陈彦

司门寂寂少逢迎，五旬仙郎不见营。
莫问龙山龙首见，黄花却向满秋城。

338. 赋得捣衣

江流逝水捣衣声，砧杵清鸣妆女情。
已去辽阳三载半，婵娟只向北方明。

339. 九月三十夜雨寄故人

夜半空阶雨，三更入梦云。
秋风秋独冷，不得不离分。

340. 寄抚州钟郎中

封疆多事业，列土有桑田。
去载分襟处，同心共举天。

341. 送欧阳太监游庐山

书书卷卷半庐山，石石泉泉一水湾。
月月风风天子问，公公主主玉皇颜。

342. 立秋后一日与朱舍人同直

夜夜风声短，声声玉漏长。
同朝同直计，共事共炎凉。

343. 赋得霍将军辞第

霍卫承思久，幽燕李广迟。
图勋非汉将，一箭玉门师。

344. 和元帅书房萧郎中观习水师

只见三吴已问兵，秦川养马越船营。
千帆日助江陵势，不着儒衣志已平。

345. 秋日卢龙村舍

卢龙村舍酒，野老故人楼。
一醉从秋去，黄花满九州。

346. 和萧郎中小雪日作

斑斑驳驳入人家，酒酒炉炉对日斜。
煮斜茗茗茶味溢，层层落落作梨花。

347. 中书相公溪亭闲宴依韵　十灰韵

沙鸥惊岸去，细雨久徘徊。
共与溪亭坐，天台一语开。

348. 寄饶州王郎中效李白体

李白文章客，青莲玉石仙。
华清华供奉，夜南夜郎怜。

349. 寄歙州吕判官

渭邑阴晴水，长安半是非。
山川多道路，跬步少回归。

350. 宣城苗将军贬官后重经故宅　曾守敦煌

为儒为将守，戍镇苇敦煌。
旧宅重新过，前途在四方。

351. 附池州薛郎中书因寄歙州张员外

已附邻州半故乡，穷通义字旧台郎。
着着绫绫周天子，直气多才不可量。

352. 寄江都路员外

嵇康不可懒修书，只寄音琴绕旧庐。
莫以襟怀消息少，昭阳禁苑问相如。

353. 张员外好茅山风景求为句容令作此送

金门容傲吏，句曲令县城。
草木茅山色，心怀水月明。

354. 送应之道人归江西

二十名年半物华，阳春白雪一梅花。
名垂小篆吟诗句，竹马应知是故家。

355. 送元帅书记高郎中出为婺源建威军使

笑傲戎装一纪先，威严壮节半军前。
上国寒风寒守戍，中原逐鹿逐桑干。

356. 游方山宿李道士房

方山道士守方圆，月隙乔林过大千。
借与西间同宿夜，何言有木四清传。

357. 题画石山

绝壁临空一石生，溪穿谷涧半峥嵘。
樵人不语声声斧，逝水清流处处横。

358. 临石步港

石步钓鱼船，山翁不望天。
微风微雨细，倒映倒山泉。

359. 病题二首

之一：
性性灵灵懒，臣工吏吏勤。
朝参朝遗凤，病药病人闻。

之二：
人间事事有枯荣，世上依然自在行。
不解人生何怪病，无诗日月已无明。

360. 寄江州萧给事

忧民忧国尽，逐谏逐人臣。
且向天涯日，无言海角春。

361. 和江州江中丞见寄

江州江水阔，逐日逐东流。
贾傅长沙咏，汨罗屈子舟。
中洱中主达，肆业肆王侯。
达志三千界，英雄一九州。

362. 和种郎中送朱先生还京垂寄

分司小马半无人，合得殷勤一直身。
日月耕耘农社酒，皇都道路总咸秦。

363. 送郝郎中为浙西判官

已近天台浙水情，曾游六合八月明。
戎衣幕府中枢策，治乱平波百姓荣。

364. 西省上直

序：
翰林游舍人清明日入院路途见过余
明日亦入西省上直因寄游。

诗：
中书门下省，圭组共曹司。
侧侧今明日，途途共直时。

365. 陪王庶子游后湖涵虚阁

乍过涵虚阁，东宫北苑秋。
清波清水色，一鹭一飞鸥。

366. 柳权词十二首

之一：
听君唱柳枝，忆取女儿时。
蜀水东流去，三咕夜雨时。

之二：
日暮春风止，黄昏静不风。
梅花香色落，白雪脸边红。

之三：
钱塘小小家，六合合奴华。
力士明皇许，留成岁月花。

之四：
水调运河舟，钱塘六渎流。
苏杭天下客，日月共春秋。

之五：
六合幽幽水，天堂处处楼。
隋炀杨柳岸，月色越人生。

之六：
钱塘钱纳水，柳岸柳含烟。
二月东风暖，千波小女前。

之七：
佳人佳照影，水阁水垂云。
但以长条拂，身心已自分。

之八：
春莺春草色，柳岸柳芳菲。
处处蘸心处，幽幽独是非。

之九：
同心同日月，共度共云桥。
梦梦相连想，情情自不消。

之十：
已见千条柳，还经万意心。
扬州扬玉笛，断雨断桥吟。

之十一：
一水带花流，三春下小舟。
琼花琼洁净，玉树玉风流。

之十二：
人间一竹枝，世上半相思。
暮暮朝朝水，儿儿女女时。

367. 贬官泰州出城作

浮名浮利禄，以国以臣忧。
固谏成官险，行舟不自流。

368. 过江

进路方知难退难，居官不易贬官叹。
登舻彼岸非同路，别处心思度狭宽。

369. 经东都太子桥

东都太子桥，八水自难消。
绕绕长安去，幽幽日月潮。

370. 赠维扬故人

楼台楚楚故人乡，寂寂官河有柘桑。
驿路千川三叉口，春风十载一维扬。

371. 秦州道中却寄东京故人

少小东京一故人，如今泰水半咸秦。
吴州不远瓜洲近，贝叶传书六渎濒。

372. 寄田书记

坐侧刘公一纸余，秋风海上半离居。
方官几度田书记，未暇江中觅鲤鱼。

373. 赠陶使君求梨

白玉花繁一水梨，凉侵肺腑半香黄。
中山酒醉方津渴，朱敞衣襟已解笲。

374. 陈觉放还至泰州以诗见寄作此答之

今朝我已伤弓鸟，不慕君为不系舟。
汉社朱云朱气状，秦家紫气紫皇楼。

375. 王三十七自京垂访作此送之

扁鹊开门向水斜，天涯不近帝王家。
春风渐暖群芳色，腊月梅香白雪花。

376. 陶使君挽歌二首

之一：
太守陶君去，春风去不归。
今何常久雁，不解向梁飞。
之二：
一曲江山故，三生日月终。
扬长扬自得，一睡一无风。

377. 雪中作

自作多情客，经年去国心。
纷纷南北见，落落易难寻。

378. 赋昨风光草际浮

草草风光色，花花日月乡。
诗人多感物，逐客少夷肠。

379. 寒食成判官垂访因赋

梅花已满半京华，六渎青团待客衙。
玉漏鸳鸯成往事，谁人造访逐臣家。

380. 送客自城西望图山因寄浙西府中

逐客思乡处，秋风牧叟家。
同嗟同所异，共笑共黄花。

381. 送写真成处士入京

传神一势写真高，泽畔三台润紫袍。
彩绘丹清成世界，凌烟阁上让分毫。

382. 九日雨中

九日茱萸雨翠微，三秦未断雁南飞。
衡阳已见先来客，去国还乡不是归。

383. 寄外甥苗武仲

荣枯草木晚声蝉，父母同音姊妹迁。

无言官从迁客后，亲情不在风台前。

384. 寄从兄宪兼示二弟

离忧兄弟路，逐世去来程。
日月春秋尽，童翁老少情。

385. 附书与钟郎中因寄京伎越宾

朝迁泰水近东吴，只见江南问旧姑。
历岁无闻桥下柳，经年已别忆侬无。

386. 亚元

海畔朝阳照雪残，黄金帝阙白银冠。
明光殿里王言简，逐客迁臣紫绶寒。
应削迹，可青丹，离鸿别雁望长安。
牛羊满目卢龙渡，古寺山光问杏坛。
太守中陶一水澜，天涯旅馆半云端。
清风朗月应相见，水榭幽杨引颈观。
风瑟瑟，雨漫漫，相思一半向严滩。

387. 代钟答

一幅绞绡寄秦州，三吴越女自风流。
离前有泪湘妃竹，别后京都旧姑愁。

388. 送蒯思录归京

早得先生字，迟闻一国行。
临流知水浅，抵掌见君明。

389. 闻查建州陷贼寄钟郎中

问道雄图尽，萧条返故居。
还闻苏武节，不得李陵书。
皓首郎中仰，迁臣泪满裾。

390. 还过东都留守周公筵上赠坐客

三年贾谊半长沙，九友相思十地家。
渭水东流先后色，东都自坐半京华。

391. 送杨郎中唐员外奉使湖南

昨日山川一战尘，今朝草木半成新。
三湘握节行千里，二使含香过五津。

392. 表弟包颖见寄

光阴屈指频，帝里举交亲。
佩却归纶阁，重逢话日秦。

393. 寄萧给事

危言危止问，古向古行身。
十载三秦路，千川百谷春。

394. 赋石奉送钟德林少尹员外（二首）

之一：
钟君东府亚，客饯石头城。
将竭征帆望，江涛寄志声。
之二：
独见他山石，中含绝代钩。
攻心攻玉器，得志得秋春。

395. 赠泰州椽令狐克巳

才多奇命大，战乱少年时，
白菊文公赋，深藏七泽诗。

396. 送荻栽与秀才朱观

莫欠荻花幽，渔翁已白头。
莲塘莲滟色，立鹭立沧洲。

397. 使浙西先寄献燕王侍中

浙水向东流，烟波自不休。
平台门下史，海口月中舟。

398. 常州驿中喜雨

农桑知喜雨，役吏向春秋。
牧笛牛羊晚，蓑衣不露头。
江南谁养马，塞北少行舟。
一夕回潮水，三吴过泰州。

399. 驿中七夕

织女银河岸，牛郎喜鹊桥。
情人情所寄，乞巧乞人遥。

400. 赠浙西顾推官

宾僚八十余，坐宴三年居。
不知梁王苍，无言隐士庐。

401. 赠浙西伎亚仙

已是歌声雨，还闻白雪云。
知音何所示，别恨不殷勤。

402. 回至瓜洲献侍中

笙歌隐隐玉壶中，水月茫茫客色空。
奉使吴门娃馆见，登门不识鲁王宫。

403. 邵伯埭下寄高邮陈郎中

故国秦淮六渎边，扬州白鹭草花田。
河湾水浅鱼游近，柳岸风微噪远蝉。

404. 谪居舒州累得韩高二舍人书作此寄之

丹心历历信吾终，俗虑悠悠各不同。
幸得高韩君子寄，殷勤扎使慰西东。

405. 和张先生见寄二首

之一：
舍下衣长阔，云中彼此寻。
离群离去国，贬谪贬知音。
之二：
独与三吴近，无言五郡头。
风云留六合，水月不分洲。

406. 印秀才至舒州见寻别后寄诗以韵和 四支韵

白社身才屈，青衣步访辞。
舒州寻谪客，岸柳已垂丝。

407. 行园树

竹节凌霜色，丛根细不空。
心心朝天觉，影影自无穷。

408. 题雷公井

瑞霭愚公井，萧寥羽客家。
三清三止水，一井一天涯。

409. 送彭秀才

子上长沙岸，云中访戴船。
三湘三水问，九派九江边。
去国源泉在，归来日月年。

410. 移饶州别周使君

一道东邻帝业州，三台不问楚才休。
青衫泪湿都阳扇，百郡征兵作成侯。

411. 避难东归依韵和黄秀才见寄 五微韵

不是春秋独雁飞，人形宇宙并非归。
芝兰逐客依依去，故土还家事事微。

412. 酬郭先生

一子太原城，三生已古精。
诗诗成哲理，句句作情英。
自细城冠冕，如今两省名。
奇文同赏议，拙民共枯荣。

413. 和集贤钟郎中

明朝第一人，册府数三春。
印绶腰间束，龙池树色秦。
郎中郎自顾，已是帝王邻。

414. 题伏龟山北隅

寂寂伏龟山，寥寥水石湾。
千岩千寓意，一木一书班。
旦暮含佳气，阴晴有濒颜。
门当门户少，自足自封关。

415. 送刘山阳

知名知旧族，宰楚宰新城。
战鼓何时息，儒冠独可行。
朱衣嗟古道，别送寄诗情。

416. 送黄梅江明府

小邑封疆已树丁，中庸独职自丹青。
书生胆气谁人认，一诺应成作士铭。

417. 咏梅子真送郭先生

贵贱仁人本爱民，身名志士作忠臣。
君门一尉千钧斧，万里千川半禹尘。

418. 和萧郎中午日见寄

采药山深路，寻芝立壁岩。
原来原不见，百草百平凡。

419. 送黄秀才姑执命

清贫家色养，世乱士难全。
莫以骚人问，幕府夜思天。

420. 送王四十五归东都

洛水一东都，凌烟半有无。
皇城皇帝旨，制许制天奴。

421. 和太常萧少卿近郊马上偶吟

闲行九里堤，下马半清溪。
影影形形见，花花草草低。

422. 又和

野店村桥北，金衔玉勒西。
田园田雨露，水月水云齐。

423. 抛球乐辞二首

之一：
歌声歌舞尽，逝水逝东流。
一乐三情老，浮生上白头。
之二：
已得竹枝词，无须日月知。
人情人自己，一乐一相思。

424. 离歌辞五首

之一：
应知杨柳岸，莫断绿时枝。
二月由黄始，三折已不知。
之二：
应折杨柳断，不必觅罗敷。
步上长安路，心中大丈夫。
之三：
灞水桥头柳，长安送别亭。
应折应不断，一半一重青。
之四：
柳叶年年绿，垂枝岁岁长。
郎归郎不见，女日女留芳。
之五：
柳柳杨杨色，郎郎女女形。
人生人自立，一树一丹青。

425. 梦游三首

之一：
洞口春深冷，三清向道明。
神仙神女客，一雨一云情。

之二：

春浓春水滟，织女织心宽。

草碧无言许，花香只向潘。

之三：

梦里行云雨，情中问暮朝。

男儿无短意，小女有倾潮。

426. 和萧少卿见庆新居

京城赐第是前期，水阁云津弱柳垂。

望远溪楼明上下，阴晴日月总相宜。

427. 又和

鹭鹭鸥鸥半水池，邻邻树树一荫施。

风风水水明明月，鸟鸟禽禽日日词。

428. 送勋道人之建安

若为轻世利，不可误天门。

问道经比见，形身日月根。

429. 送徐郎中歙州判官兼黟县

黟县一半似桃源，汉是神仙水石垣。

遗迹留名天下望，歙州戎客向轩辕。

430. 送彭秀才南游

闻君南下路，向道雨中游。

处处云烟情，情情向石头。

431. 和明上人除夜见寄

老去兵兴见，年来日月新。

汤师无别念，砚墨共冰邻。

432. 正初和鄂州边郎中见寄

相思在老大，别貌作红尘。

已是含香客，何须纳世邻。

三生三自主，一学一垂纶。

433. 送刘司直出宰

子有雄文秀，扬标墨绶群。

贤人多静理，主宰少风云。

434. 送从兄赴临川幕

日色临口暮，天光驻抚州。

滕王滕所见，九派九江楼。

一阁连天起，三光逐日流。

从兄从所去，以信以书酬。

435. 送龚员外赴江州幕

一幕千谋智，三军八阵酬。

金台金所拜，汉楚汉王侯。

436. 送朱先生尉庐陵

已事儒章再事兵，庐陵望尽五陵英。

成名不愧江山柱，已计平生不计名。

437. 送钟德林郎中学士赴东府诗

东西两省一平章，制书三台半柳杨。

已取江山同社稷，仁明礼义共圆方。

438. 各赋一物，得酒

三杯不可不文章，一物千年一物伤。

醒醒无成醉醉误，才才酒酒不相扬。

439. 送陈先生之洪井寄萧少卿

闻君洪井去，不远到天涯。

楚泽连衣袂，书诗逐我家。

440. 送龚明府九江归宁

溢城溢水岸，酒熟酒温杯。

百草同宁茂，群芳共玉梅。

441. 和江西萧少卿见寄二首古今诗

之一：

亡羊岐路见，别纪自穷通。

笑傲梅花影，阳春白雪融。

之二：

上国三千里，朝官四十年。

经商重下海，自泽几帆船。

442. 送薛少卿赴青阳

安民应是道，宰事净一沙，

谢守胡尘静，陶公五柳遮。

443. 送高起居之泾县

渭渭泾泾水，官官吏吏明。

为民为是本，治宰治非平。

444. 宿茅山寄舍弟

茅山灵气在，舍弟故时盟。

石径神仙路，丛林草木英。

445. 晚憩白鹤庙句容张少府

朱衣朱庙下，白鹤白云中。

暑气寒泉冷，香风四面空。

446. 题紫阳观

南朝一道紫阳观，北鹤三清洞口残。

古井深源连远水，昭台不锁已心宽。

447. 赠奚道士

道士三清志，先生一洞天。

玄虚玄对论，一合一分边。

448. 题碧岩亭赠孙尊师

绝境云中万象含，高亭直木半天潭。

龙归不见留云水，未向人间事久谙。

449. 题白鹤庙

白鹤曾留此，红云旦夕成。

玄微玄妙向，一道一生成。

450. 步虚词五首

之一：

气以还元正，心由抱一成。

灵归灵彼此，道问道闻明。

之二：

真经真世界，道法道坤乾。

羽服灵虚步，皇天以日根。

之三：

三清天洞口，七字秘神童。

物母千宗象，金壶玉蕊宫。

之四：

处处应玄解，人人有洞天。

辛勤皆是道，独立尽非圆。

之五：

还圆应守一，向是可经三。

玉钥班麟纳，虚皇紫气含。

451. 题留仙境

夕照仙观晚，霞明羽客行。

丹炉丹石玉，五色五蕴明。

452. 和陈洗马山庄新泉

洗马山庄馆，细韵岩边泉。

浅濑同明色，深色共谷川。

453. 奉和七夕应令

已见罗敷嫁柳杨，牛郎不入莫愁乡。

银河喜鹊成桥列，七夕人间乞巧娘。

454. 又和八日

未必天仙不解愁，银河两岸淡星河。

牛郎织女应无返，只在人间共白头。

455. 和印先辈及第后献座主朱舍人郊居之作

树影溪光一渚明，柴扉石径半云轻。

嘉鱼荆玉频收目，积雨池塘草正荣。

456. 和致仕张尚书新创道院

有疾金丹致，维身道院行。

朝冠应可挂，细养厌声鸣。

457. 和尉迟赞善秋暮僻居

山岑疏林茂，清流日色明。

江城江水色，一木一秋声。

458. 和陈赞善致仕还京口

水上一渔舟，云中半白头。

高人高见地，故里故书楼。

459. 京使回自临川得从兄书寄诗依韵和　十一真

宠禄关身事，殷勤切日频。

声华兄弟路，并茂去来春。

460. 陪郑王相公赋筵前垂冰应教依韵　十蒸

气暖天无冻，春云雪乍凝。

清凌檐上挂，滴水不成冰。

461. 送礼部潘尚书致仕还建安

鲈莼乡味久，八月蟹秋肥。

故里功名就，金华致仕归。

462. 和尉迟赞善病中见寄

暑病仙郎弱，风轻雨细强。

青云青木岸，有草有花香。

463. 池州陈使君见示游齐山诗因寄

旧地曾游弄水亭，新池积水草云青。

齐山易势管缨束，百步高楼半壁馨。

464. 再领制书和王明府见贺

风云日月挂前川，草木阴晴纪地天。

列宿飘零依塞步，龙池细浪雨含烟。

465. 送高舍人使岭南

官曹西掖近，道路岭南遥。

渭水长安绕，南洋一线潮。

466. 和王明府见寄

善政忧民怨，良臣上国谋。

流年流自己，向日向春秋。

467. 和方泰州见寄

云收楚塞千秋雪，雨落秦淮半成冰。

逐各经身从日月，来年腊月故香凝。

468. 文献太子挽歌词五首

之一：

国有承祧殿，人无祖列身。

东藩东望苑，秉哲秉墓邻。

之二：

夏启周秦帝，王朝储位尊。

明皇明列祖，太子太王孙。

之三：

一叹三穷步，千家九派尘。

经纶经已止，月色月光邻。

之四：

光阴在五陵，太子问无应。

莫以君臣义，当然土地承。

之五：

纵小追莫及，楚客已慈悲。

所向无重见，留言有志垂。

469. 送王员外宰德安

朱门家事贵，粉署国才贤。

牯岭鄱阳岸，匡庐五老田。

470. 以端砚酬张员外水精珠兼和来篇

端溪砚色水精珠，秀以山川日月殊。

自得方圆成象物，交情尺寸作书儒。

471. 奉使九华山途遇青阳薛郎中

奏使九华山，途逢一故颜。

青阳维薛汉，渭水近潼关。

472. 奉命南使经彭泽

九子莲华路，千流一水情。

三湘彭泽色，七彩五湖明。

473. 南都遇前嘉鱼刘令言游闻岭作此与之

使节南都去，刘君北武夷。

嘉鱼辞旧令，闽岭寄相思。

474. 阁皂山

殿影高低错，云光上下齐。

松风松十里，草木草知萋。

475. 玉笥山留题

远近仙乡会，阴晴日月离。

风年残烛见，老少本相宜。

476. 庐陵别朱观先辈

桂籍知名久，公卿向九门。

庐陵先辈别，独持后黄昏。

477. 忆故

二纪南康一手书，三生旧墨一情余。

孤身奉使孤情忆，独在禅房独自居。

478. 朱处士相与有山水之愿，见送至南康作此以别之

庾岭梅花早，南康水月迟。

仙山仙不在，处士处相思。

479. 清明日清远峡作

清明清远峡，一水一船家。
岭外梅花色，云中半不遮。

480. 回至南康题紫极宫里道士房

道士身形紫极宫，南康相术羽衣穷。
玄虚不在应无已，达士微辞几度空。

481. 和歙州陈使君见寄

新安江岸水，百里作钱塘。
八月潮天雨，三秋蔽日光。

482. 和贾员外见赠玉蕊花栽

一簇琼瑶玉蕊花，千宫结子人边有。
唐昌故色今重色，已是栽根有玉华。

483. 光穆皇后挽歌三首

之一：
玉辇坤仪去，瑶台月色来。
门开引掩处，旧奉旧臣哀。

之二：
永乐宫中位，长陵启夕扉。
衣空轻付土，吉仗未花稀。

之三：
隐隐闾门路，幽幽故日宫。
君王君所望，此去此长空。

484. 严相公宅牡丹

相公宅牡丹，带露不轻寒。
绿叶红花盛，丛丛叠叠团。

485. 付宴赋得归雁

去雁衡阳急，长空雨雪微。
潇湘青海路，五日半程飞。
一字排空见，人形两地归。

486. 又赋早春书事

皇家春早到，渭水解冰迟。
万里黄河水，千年九曲诗。
潼关东不语，草色已先知。

487. 依韵和令公大王蔷薇诗四支韵

八句蔷薇赋，三春碧叶时。
扬扬多七彩，落落有三思。
醉态芳心府，仙姿玉蕊迟。
梅花曾引诱，芍药本相知。
绿树成荫后，群芳竞叶枝。
虚庭藏不住，广厦纳如芝。
玉李金桃子，灵兰杜宇司。
千丛从不止，七子尽其奇。

488. 和门下殷侍郎新茶　古今诗

雨露碧螺春，东山采女频。
洞庭山上绿，水雾太湖津。
二月初芽出，千枚一两新。
清明前十日，摘取玉形珍。
旭日杀青色，情怀湿乳巾。
胸前香自许，笑得忘无辇。
冉冉朝阳上，田田绿叶茵。
西湖龙井近，虎跑品茶人。
落落浮浮见，三升数六沦。
针针成上下，有礼纵横陈。
但与皇家饮，杯杯自得淳。
姑苏如碧玉，以此是乡邻。

489. 春雪应制

瑞雪纷纷腊是春，浮香处处女儿身。
生机素气云瑶絮，尽是观天望地人。

490. 进雪诗

白雪阳春一岁先，飘飘洒洒半桑田。
夫夫子子田家问，纵纵横横是陌阡。

491. 自题山亭三首

之一：
书生簪组志，絜世是言非。
自以离乡国，常须久不归。

之二：
仰望天空远，垂成笔墨闻。
田田思雨水，处处有风云。

之三：
天机天不在，地气地知春。

四象分南北，三生日月频。

492. 和陈表用员外求酒

频晴频雨夏，有约有云春。
醒醉千年古，长亭万里人。

493. 奉和石省仆射西亭高卧作

西亭高卧醉，仆射俯人流。
千年仿古事，一世自悠悠。

494. 忆新淦觞池寄孟宾于员外

一曲清溪作管弦，三秦日月共方圆。
行轩碧玉金船系，只见诗人俯仰天。

495. 右省仆射后湖亭闲宴铉以宿直先归赋诗留献

不宿明光殿，归人贵达情。
江湖江水阔，白鸟白云明。
仆射虚亭起，风云带雨荣。

496. 送孟宾于员外还新淦

来来去去不从客，暮暮朝朝隐玉峰。
却佩银鱼挥野鹤，何时涧水再相逢。

497. 孟君别后相续寄书作此酬之

多劳伤足短，少路怪亭长。
尺素天涯水，风云海角光。

498. 纳后夕侍宴

税赋收银两，田家缺米粮。
官衙官宴久，鼠目鼠肥仓。

499. 又三绝　古今诗

之一：
官家一宴夜通明，粒米三秋半六成。
隔岁冬春求雪雨，今宵醉入九重城。

之二：
南朝已是小家庭，四象轮回草木青。
只有官衙官自己，昏昏宴筵宴无形。

之三：
农夫养子向苍生，不似衙门税赋征。
土地天空谁所赐，风调雨顺自枯荣。

500. 北苑侍宴杂咏诗

之一：竹
叶茂枝繁盛，虚心劲节生。
天天朝上望，影影各枯荣。

之二：松
老少龙鳞节，阴晴日月青。
群林含草籽，独树不零丁。

之三：水
水水自无形，山山已有青。
云云封不住，雨雨入泠泠。

之四：风
解冻含新暖，群芳化雨情。
池塘波四起，硕果落时鸣。

之五：菊
八月一黄花，千秋半海涯。
天光天所赐，地主地人家。

501. 柳枝词十首　古今诗

之一：
梨园传弟子，咫尺唱新词。
自古王侯瑟，如今柳竹枝。

之二：
草草花花雨，成成败败文。
皇家皇土地，如今柳竹枝。

之三：
水水鱼鱼岸，洲洲渚渚光。
龙池龙一只，白鹭白千塘。

之四：
绿绿红红色，农农帝帝乡。
根同根本见，子胜子成王。

之五：
成王成败寇，作福作威扬。
独占农家税，倾谋久纳粮。

之六：
柳柳杨杨岸，年年岁岁光。
谁家谁土地，一望一思乡。

之七：
春春还夏夏，夏夏亦秋秋。
日日冬冬尽，农家雪白头。

之八：
天空天子见，地主地人闻。

只有农夫种，书生不是君。

之九：
楚汉秦皇路，隋唐帝业田。
耕耘耕所务，土地土家怜。

之十：
腊月香风自序升，三元已始又轮回。
樱桃未绽梅花落，白雪阳春独自来。

502. 奉和宫傅相公怀旧见寄　古今诗

感旧重怀七十年，书生自幼不知天。
田家种子三千粒，硕果收丰可度怜。
自得青黄曾继续，耕耘自主不思筵。
胶州创业辽东路，以力开荒可陌阡。
稷契丘明儒学史，吟诗少小记青莲。
榆关未锁前程步，已足无知未问贤。
草诏制书首辅念，精英以此立中编。
开关改革行香满，再下苏州建业园。
老得诗句逾十万，经身历史后人篇。
中中国国华夏全，海海洋洋大马宣。
又是巴新官部长，南洋宰辅树方圆。
人间一带条条路，月色荷塘处处莲。

503. 九日落星山登高

九日落星山，三秋木叶颜。
排空城一字，已别雁门关。

504. 右省仆射相公垂览

右省春归叶密深，东山再起一云林。
书陈政事留黄阁，偃息天机在瑟琴。

505. 十日和张少监　古今诗

是是非非去，名名利利来。
经商经下海，一路一人开。

506. 御筵送邓王

重阳一邓家，紫气故胡华。
两省三台旧，平章阁老衙。

507. 和张少监晚菊

晚菊一黄花，含霜半不斜。
朝天应自长，木叶见奇葩。

508. 送冯侍郎

竹马童翁戏，昆陵老少风。
蛟龙桥下水，故里月中弓。

509. 又绝句寄题昆陵驿

使节昆陵驻，长洲故里情。
神仙神不在，有客有人盟。

510. 陈侍郎宅观花烛

女女儿儿色，花花烛烛明。
原来同日月，以此共枯荣。

511. 送箫尚书致仕归庐陵

合纵三秦路，连横二十春。
张仪张楚欲，屈子屈湘濒。

512. 赋得秋江晚照

夕照平流远，黄昏独上楼。
清秋清逝水，七色七行舟。

513. 奉和子龙大监与舍弟赠答之什

分行驾鹭步，接武泽方圆。
组绶优贤比，金兰共好年。

514. 史馆庭梅

东观三十载，北苑十株梅。
朽朽荣荣木，毫毫末末恢。

515. 感庭梅

禁省观天地，梅香日月催。
人间三十载，世事几轮回。

516. 庭梅

春秋三十载，日月百年催。
傲影阳明雪，寒香已夺魁。

517. 和钟太监泛舟同游见示

川流晴日近，草色望山遥。
牧竖江津渡，君舟靠小桥。

518. 又和游光睦院

山门云影落，竹寺日泉流。
且以禅房坐，人心已不求。

519. 和张少监舟中望蒋山

舟中望蒋山，水上见天颜。
向背阴晴西，乾坤草木闲。

520. 茱萸诗

九月重阳色，三秋向背明。
茱萸兄弟问，草木寄诗情。

521. 奉和御制茱萸

茱萸左右共黄花，九月山川向帝家。
圣藻金风天下去，阳春白雪近人家。

522. 蒙恩赐酒旨令醉进诗以谢

一醉明光殿，三生御酒消。
启臣恩永岁，竭力尽王朝。

523. 秋日泛舟赋蘋花

浮浮荡荡白蘋洲，浅浅深深覆白头。
叶叶根根相接泽，园园薄薄泛舟流。

524. 题梁王旧园

一半梁园雨不休，山头瀑布带溪流。
无须落日霓虹水，只引垂藤系小舟。

525. 奉酬度支陈员外

儒字愚阔早，达士志成迟。
俯仰长沙赋，弥衡草木时。

526. 明道人归西林，求题院额作此送之

一以簪缨始，三生向背天。

经心从小篆，借此赋诗篇。

527. 送宣州丘判官

去去来来问，书书剑剑行。
宣州宣宪署，判道判官明。

528. 北使还襄邑道中作

北使还襄邑，南臣去路乡。
人间人事业，世上世低杨。

529. 禁中新月

弦弦新月满，日日向全生。
渐渐寒圆色，清清玉桂明。

530. 观吉王从谦花烛

金銮多故事，玉凤有凰城。
烛照承相府，花开玉门荣。

531. 棋财赋诗输刘起居

八阵心中布，三军士卒兵。
何如相似笑，不必赌输赢。

532. 春尽日游后湖赠刘起居

春归春不尽，夏日夏方长。
草碧花红断，池塘岸柳杨。

533. 送察院李侍御使庐陵因寄孟员外

侍御因山水，行程远近鸣。
庐陵员外步，孟叟醉吟声。

534. 后湖访古各赋一题得西邸

池塘鱼自在，草岸鹭长丁。
八友棋西邸，三军列阵停。

535. 送德迈道人之豫章

岭上真君宅，云前组绶公，禅房桥畔步，日道莫谦空。

536. 送陈秘监归泉州

泉州一海村，远水半渔根。
泽济冯唐老，知章误子孙。

537. 又听霓裳羽衣曲送陈君

秦淮桃叶渡，月色献之行。
开元天宝曲，羯鼓羽衣情。

538. 又题白鹭洲江鸥送陈君

金陵白鹭洲，二水一江鸥。
远客行身迹，平沙半石头。

539. 哭刑部侍郎乔公诗

（徐锴徐铉弟也，屯田郎中知制书）

之一：
临终一侍郎，语重二诗章。
锴铉知予赋，黄泉去路扬。

之二：
一路呜呼长，三生作豫章。
临终曾见嘱，不弃故生堂。
锴铉当然赋，诗词共去方。
黄泉留字句，共赏对阎王。

第十一函　第六册

1. 寄徐锴

铉锴学士一广陵，二诺乔公半玉凝。
制书兄兄和弟弟，诗诗句句向朝兴。

2. 送程德琳郎中学士

报政青云净，郎中学士行。
幽幽啼鸟曲，处处是离情。

3. 观庭梅西垣旧植

锴铉弟兄兄，东观以木荣。
庭梅庭立傲，物性物名声。
旧植西垣水，新移故土平。
朱弦朱笛曲，一世一香盟。

4. 同家兄哭乔侍郎

乔郎欲去索诗词，未尽平生示此知。
铉锴殷勤八句赋，黄泉路上久相思。

5. 兄梅花酬唱许缀末篇

梅花香已在，傲影作寒枝。
白雪阳春伴，春风细雨迟。
群芳曾尽望，百草已吟诗。
四象应先后，三春已久思。

6. 秋词

江河湖海水，草木石川山。
一字南飞雁，人形久列班。

7. 和徐鼎臣见寄

谢朓曾知雪，刘桢自卧滨。
深亲由父母，草木共秋春。

8. 贻耀州将

塞垣同守将，剑戟共州城。
只以江山志，无言戍柳营。

9. 献周世宗

三年征守战，一日过家盟。
百国从君客，千村润泽荣。

10. 代京伎越宾答徐铉

轻衣无限薄，细语有余恩。
别去情多少，凭君见泪痕。

11. 寄麻姑仙坛道士

麻姑山道士，玉顶鹤观门。
洞口仙人坐，溪前老树根。

12. 赠韩定辞

知君山洞水，不负见王乔。
若以神仙会，瑶台弄玉箫。

13. 答马彧

秦楼秦短主，弄玉弄长箫。
凤凤凰凰曲，天天地地遥。

14. 题杨克俭池馆

细雨庐陵宰，朱丝石径苔，
青莲池上望，草木向谁栽。

15. 献江淮郡守卢公

上战三军将，千营十万兵。
英雄勋业立，塞诏授英名。

16. 南山池

翡翠青莲叶，芙蓉带水珠。
南山池上见，北岸草中无。

17. 嘲庐山道士

庐山道士可升天，酒肉之徒已未然。
白鹤黄云无藉力，麻姑不与玉庭边。

18. 句

女女儿儿戏，花花草草生。

19. 赠织锦人

梭梭穿线锦，札札织锦人。

一曲连千夜，三生苦自贫。
花开花落去，草碧草维身。

20. 题金山

十里金山寺，三吴北国烟。
瓜州星火望，已见秣陵田。

21. 后湖

日落后湖深，红云向木林。
青龙眠不得，白鹭逐鸣禽。

22. 陈彦

和徐舍人九月十二日见寄

寂寂衡门过，悠悠似旧闻。
无闲无碌事，有志有如君。

23. 登游齐山

异术茅山庐阜间，皇城李璟不朝班。
山峰壑谷成平地，九曲黄河十八湾。

24. 游溧阳下山寺

雁塔轮回石室空，吴溪六渎越峰隆。
荒碑已有禅房慧，自在经年颂雅风。

25. 题幽栖观

玉洞仙翁坐，天光白鹤行。
无人无不在，有道有长生。

26. 上舍人徐铉

水月楼台锁，心思草木媒。
侯门开一路，陌巷守三才。

27. 题茅山观

是是非非一所悲，茅山石径半人维。
分明有个长生殿，借取玄宗作字碑。

28. 王感化

南朝帝子爱风流，北国皇家向九州。

水调歌头杨柳岸，楼船六渎运河流。

29. 建州节帅更待宴上献诗

不学知天理，无闻自在行。
如来如所事，不术以心明。

30. 奉元宗命咏苑中白野鹊

未学儒书绝句诗，男儿一世有情思。
芦花野鹊黄天荡，步步琼林上苑枝。

31. 句

射虎幽州将，惊猿栈道兵。

32. 元宗钓鱼无获进诗

一水方平半故封，逍遥自去自无踪。
何时已得游鳞止，见是君王欲钓龙。

33. 咏卧牛

田单一火牛，挂角半春秋。
一物当然异，三光满九州。

34. 题纸鸢止宋齐丘哭子

齐丘哭子待齐秋，纸鸢灰杨氏鸢谋。
烈祖惟臣惟氏子，元宗百口一尧州。

35. 咏皖公山

清流杨逝水，远望皖山公。
近得龙舟岸，苍茫草木间。

36. 汤悦

奉和圣制送邓王牧宣城
笙歌琴曲后，远岫列窗前。
一宰宣城牧，三公再管弦。

37. 早春寄华下同志

已是花时节，偏逢细雨生。
云烟分水色，远近各殊明。

38. 东馆庭梅

腊月寒心动，初春傲影萌。
三生无色色，百岁有余荣。
合抱青衣勉，繁枝紫绶英。
同香同去往，共色共阴晴。

39. 再次前韵代梅答

白雪阳春早，寒心傲影萌。
花开先不叶，草色共成荣。

40. 再伤庭梅

移梅香一树，傲影玄三庭。
以叶伤根见，从容四象青。
同迁人物是，共岁事贤铭。
坝篾琼琚发，珍心以雪灵。

41. 送钟员外

一送钟员外，三秋木叶中。
飘杨飘已定，落地落无风。

42. 送德林郎中学士赴东府　得菊

此别折杨柳，离情见去来。
楼船应不在，菊色运河开。

43. 孙岘

送钟员外
且送钟员外，还临逝水前。
君今先启步，有路客山川。

44. 谢仲宣

送钟员外
自从钟员外，如情向侍郎。
高风高举步，亮节亮君王。

45. 别诸同志

东都勤政尹，学士德林亡。
国去谁臣在，长空不望乡。

46. 送德林郎中学赴东府

东都勤政殿，举袂带清流。
弃止行程步，临风逐浪鸥。

47. 送钟员外

去送钟员外，归来不向东。
人生人所向，雁北雁南同。

48. 陈元裕

送德林郎中学士赴东府
上善应如水，中庸似渡舟。

郎中东府路，学士共春秋。

49. 宿山寺

溪流僧院入，木落鼓钟鸣。
望月寻乡梦，通宵寐不成。

50. 赠栖隐洞谭先生

先生栖隐洞，谷壑满林花。
夏木繁荫密，清泉积水洼。

51. 归雁

衡阳已望雁门关，一路飞人一字还。
展翼排空南北去，春来问过近阴山。

52. 春江送人

春江春草岸，雁去雁洲汀。
逝水潇湘竹，扬帆过洞庭。

53. 过春岭

一路经秦岭，三春过蜀州。
皇家分水线，楚汉未央楼。

54. 送吴梦阊归闽

闽水流天末，泉州问海头。
渔村渔网晒，月落月潮流。

55. 山中夏日

团上临池水，山中夏日凉。
红尘如此静，木葛带余香。

56. 宿故人江居

渔舟归旧浦，海口有新晴。
宿故江居夜，无闻醒醉声。

57. 寄伍乔

行程春路久，不可定归期。
不望山溪树，栖巢一两枝。

58. 山中访人不遇

山中人不在，只有鸟空啼。
且摆龙门阵，弹琴付玉溪。

59. 赠隐者

世路争名利，人间逐败成。

山深山不语，自力自更生。

微微明色在，远远去无头。

婵娟空白色，妾女已无盟。

60. 寄遐上人

顶上禅房磬，峰前石室泉。
云行竹林寺，步过虎溪边。

61. 江边闲步

江边闲步度，草岸水云同。
望渚惊天落，观潮玉宇空。

62. 过王逸人园林

谷口云烟满，园林日月明。
年光年隐逸，岁月岁枯荣。

63. 寄李处士

处士僧房夜，寒宫木叶明。
清风清自许，守一守阴晴。

64. 夏日寄史处士

何年别杜陵，岁月作行僧。
处士乾坤易，禅林大小乘。

65. 夏日登瀑顶寺因寄诸知己

水净临流色，山深暑气消。
烟霞由瀑顶，直下作潭潮。

66. 怀梁上人

相思相见少，别路别知多。
北国秦川去，南乡日月河。

67. 寄故园兄弟

久与乡关别，常怀旧友邻。
人生兄弟手，世活共秋春。

68. 早秋吟眺

雨后早开门，山前已水痕。
秋风还未至，湿气满前村。

69. 送江为归岭南

梅花香已早，岭木色无涸。
海口天涯近，羊城月上潮。

70. 山中答友人

已得风尘静，泉清涧阔流。

71. 山霁早秋雨中

木叶无知落，苍然有雨流。
蝉声咽且哑，不弃早时秋。

72. 送人游南越

逝水清南越，天台带雨情。
钱塘应六合，水调运河明。

73. 酬东溪史处士

咫尺方圆见，千年日月寻。
辛勤辛苦力，处士处知音。

74. 寄山中高逸人

山中高逸人，月下不知春。
采药身香滞，同僧不语邻。

75. 怀友人

木叶飘然落，溪流以石分。
黄昏应四散，夕鸟自成群。

76. 送人归别业

归人归别业，去路去天涯。
咫尺分天地，三年六合家。

77. 冬日登江楼

江楼江水阔，日色日云凝。
水渚因寒落，洲头对草升。

78. 寄张山人

竹径入芝田，云烟落涧边。
天光天普照，草色草堂眠。

79. 杜鹃花

片片杜鹃花，芳明半山崖。
寒声寒食夜，一血一红佳。

80. 江上枫

江枫红不止，水色向东流。
一叶渔家落，千情作小舟。

81. 夜夜曲

夜夜思君曲，床床独月明。

82. 村行

村行村径狭，石木石桥平。
越谷听莺语，无言已动情。

83. 煎茶

百叶碧梦春，千枚上下频。
沉浮成世界，绿绿以黄匀。

84. 松

群涛群作势，独立独成名。
屈屈盘盘傲，云云岭岭荣。

85. 新燕

新春新燕问，故宿故巢寻。
且喜雕梁在，王侯后院深。

86. 会友不至

有约负佳期，无心对雨时。
飞天飞玉马，一至一相思。

87. 惜花

百叶一花红，三春半雨风。
临流临去色，隔岁来年宫。

88. 中秋月

后羿寻王母，嫦娥独守宫。
明明今夜月，处处向人空。

89. 暮春日宴溪亭

日暮溪亭晚，农夫子夜迟。
三千因果种，半亩稻粮知。

90. 晓

佳人贪早睡，子夜曲歌迟。
列宿回元见，农夫踏露时。

91. 夕

雕笼鹦鹉曲，夕照半黄昏。
禁苑风尘净，无情学语恩。

92. 露

鲛人多少泪，碧叶暮朝珠。

点滴方圆色，倾流似有无。

93. 游紫阳宫

一径梅花鹿，三清古殿情。
行踪行迹在，有径有蓬瀛。

94. 除夜

铜雀春色近，绿蚁醉情遥。
百草群芳雨，梅花白雪消。

95. 元日

子夜三更继，除元半不分。
星明星自在，岁月岁浮云。

96. 寒夜吟

夜夜如寒暗，天天似日明。
香消香烛影，散宴散官情。

97. 柳枝词九首

之一：
小径向谁家，长条叶自斜。
花明花不语，细露细梨花。
之二：
落下一秋，飞来半女仙。
欢声欢欲动，解带解娇妍。
之三：
白帝江流水，巴山玉峡分。
瞿塘多细雨，楚甸有轻云。
之四：
木渎西施色，夫差曲舞烟。
人生人所在，五霸五湖船。
之五：
柳柳枝枝曲，儿儿女女才。
中庸中主客，小雨小云来。
之六：
远远关河路，悠悠起落云。
男儿男自去，女已女难分。
之七：
九陌千株柳，三生一丈夫。
风流才子少，日色向心娱。
之八：
宴罢王孙问，田家子粒无。

农夫农土地，税赋税皇都。
之九：
一曲柳枝辞，三春九陌知。
条条隋日月，处处作相思。

98. 句

两岸隋杨柳，三吴碧玉桥。

99. 寄禅月大师

昨日星辰昨日家，江中日色水中花。
三秋结果三秋晚，一地谭空十地沙。

100. 寄禅月大师

发草狂书在，羲之向日悬。
天涯经咫尺，笔墨自方圆。

101. 赠禅月大师

禅房书法见，日月大师闻。
左右观音问，菩提大势云。

102. 奉诏赋蜀主降唐

蜀主山川在，农家土地田。
唐王唐百姓，共世共人贤。
若以君臣议，还成主客天。
千秋千日月，一地一方圆。

103. 蜀驮引二首

之一：
大步昂藏去，蚕丛曲颈歌。
鱼凫家国路，九尺度沙河。
之二：
过得鸡翁碛，陈仓暗度湾。
明修川栈道，碍着鹿头关。

104. 句

蚕丛修蜀道，杜宇向川山。

105. 从幸秦川赋鸳兽诗

天天地地一如来，鄂鄂湘湘半楚才。
所幸秦川秦土地，长途日月日方开。

106. 杨玢

批子弟理旧居状
邻家邻不里，彼此彼难依。

莫以强行状，当然自在稀。

107. 登慈恩寺塔

已下含元殿，重登寺塔城。
慈恩慈所度，曲水曲江明。

108. 遣歌伎

不向蘼芜去，无端道侣来。
如今如遣伎，一女一情开。

109. 和题剑门

蜀道剑门关，巴州两峡山。
瞿塘官渡口，楚水鄂湘湾。

110. 从幸秦川过白卫献诗

白卫秦川道，安边幸守巡。
巫山神女问，八骏似龙人。

111. 记皂江堕水事

青城山下水，暴险皂江船。
左右皆沉没，孤身老助全。
无声无所谢，已去已茫然。
四望曾回首，三生已未然。

112. 题张道隐太山祠画龙

千年龙已在，百代变成形。
九子成天地，三生笔墨灵。

113. 咏蚕

茧茧白盈筐，蚕蚕小玉娘。
桑桑阡陌叶，夜夜织女裳。

114. 渔父歌三首

之一：
逝水千流去，衡门十里余。
渔歌渔父唱，读地读天书。
之二：
避世垂纶钓，成心不设弦。
观鱼观自在，一坐一长天。
之三：
白鹭江边等，青鸥点水飞。
渔人多俯仰，望世少回归。

115. 感乔鹜潜吟

世界无形物，乾坤有界图。

相生相克见，有是有非殊。

116. 与杜光庭

有隐山中静，无闻月下虫。

三清三不净，一去一回空。

117. 题黄居寀秋山图

挥毫奉诏写秋山，造化天工列秀班。

向背峰光无遗秀，高低草木有溪湾。

崎岖石径穿云雾，磊壁重峦仕女环。

八幅轻绡连彼此，三湘宿雁一人还。

陶潜五柳藏黄菊，谢守千吟白雪潜。

贝叶舟横渚水岸，枫林顾影带红颜。

桂影婆娑留夜半，留心日落玉门关。

118. 同刘侍郎咏笋

山深春笋进，雨后已丛生。

自以凌云志，朝天一柱成。

119. 贯休应梦罗汉画歌

跙跙趺趺担肩身，顶顶犀犀瘦鹤䐜。

八百方成罗汉阵，三千弟子作才人。

衣香衲带开口笑，白发长眉自连巾。

已见天工吴道子，神形独具贯休轮。

120. 题景焕画应天寺壁天王歌

锦水东流向北城，黄金地界世枯荣。

天王景焕应天寺，四壁威严长老名。

韦驮金鞭当护法，雄英宝殿鬼神情。

蛇珠象简山门阔，托塔擎云夜又盟。

反背琵琶朝玉宇，明皇已得画龙城。

匡山处士临师问，朴素风云已半倾。

但见僧繇吴道子，唐家此样拜禅声。

包含万态形天地，彼此西东自纵横。

121. 渔父歌二首

之一：

欲忘尘机事，来寻渚岸边。

渔钩渔父弃，一步一云烟。

之二：

大小君山水，阴晴贝叶船。

三湘三界外，一意一心田。

122. 大游仙诗

白石桥头岸，朱阳洞口溪。

蓬莱蓬列客，玉宇玉人西。

123. 杨柳枝

自是风流主，春风日暖行。

条条垂不定，处处女儿情。

124. 句

今天今所望，故道故人行。

125. 刘义度

感怀诗

紫阁无心恋，青山有意行。

溪流溪不止，草木草枯荣。

126. 同徐学士咏笋

萌萌雨后生，抽抽向天情。

无人无所助，自立自天荣。

127. 复留侯从效问南汉刘岩改名䶮字音义

音音地地雅颂风，忌忌讳讳不入宫。

易卦伏羲苍颉字，如今自古异中同。

王朝帝庙公侯氏，父母儿孙自不穷。

点划偏旁从意理，阴阳首尾见西东。

128. 柳堤诗二首

之一：

柳性无根有土生，柔丝见润自枯荣。

春予万物秋收子，自得千年一岁萌。

暗度年华年本易，农夫日日精明。

辛辛苦苦耕耘志，厚土苍天立不空。

之二：

高粱三十亩，绿柳百千株。

已伴隋炀岸，江流作玉奴。

129. 勤王氏入贡宠予以官作辞命篇

五霸图王事，千年问是非。

衡阳青海见，一字作人飞。

130. 余迁泉山城留侯招游郡圃作此

泉山殿馆故城楼，巧制茅亭水榭流。

不隐仙游清溪令，留侯郡圃此招游。

131. 留侯受南唐节度使知郡事辟予为属以诗谢之

此去清溪令，无须隐逸名。

云山云几度，晋水晋江行。

132. 遣子访刘乙

题诗题不尽，处世处维真。

扫石耕山隐，当年凤阁人。

133. 永嘉乱衣冠南渡流落南泉作忆昔吟

国势多危厄，农夫少食粮。

中原曾似此，板荡寇流猖。

134. 癸卯闽乱从弟监察御史敬凝迎仕别作

别路经年久，栖身晋水滨。

折腰嫌五斗，草色万千茵。

135. 追和秦隐君辞荐之韵上陈侯乞归凤山

悦口甘肥味，罗衣冷暖身。

栖栖巢自固，别路去来人。

136. 云

高唐神女在，白帝锁夔门。

世界曾元见，即刻满乾坤。

137. 句

细雨知先绿，和风可转身。

138. 诗

三宫天子贵，五着诸侯尊。

字字文文里，诗诗日日根。

139. 咏蜀都城上芙蓉花

一树芙蓉半树花，千丝玉蕊万丝斜。

随风自得飘扬去，不向天涯不向家。

140. 又咏

锦水芙蓉蜀国明，千丝万缕玉姿轻。
重来旧地重寻觅，但以深情向尔盟。

141. 句

千川自古东流水，一霸何曾是蜀人。

142. 括苍山

已步括苍山，攀登玉宇关。
何言多俯仰，只在白云间。

143. 忆天台山

百步天台路，三生俯仰西。
心留灵境寺，道存水云溪。

144. 冬日暮国清寺留题

隋炀修寺庙，汉柏立身名。
水调天堂去，苏杭汴水情。

145. 灵溪观

灵溪观下水，景象月中天。
瀑溅山寒路，心随故本泉。

146. 怀华山隐者

华山成隐者，一路到如今。
莲花峰下望，绝顶有鸣禽。

147. 赠惠律大师

惠律成华顶，秋山近沃洲。
心经心所寄，大小两乘修。

148. 经费冠卿归隐

只恋九华山，孤云半等闲。
修身修养性，闭谷闭天关。

149. 闻蝉

树顶年年唱，秋风处处鸣。
生生应向远，雨雨哑无无。

150. 送修公归衡

锡杖休公挂，铜壶别意悬。
衡阳山北寺，岳麓洞庭船。

151. 句

千春随腊月，万里起初程。

152. 铜柱辞

干戈征百越，铸柱慰千军。
垂英垂去者，向世向仁君。

153. 题桃源

桃源封洞口，汉地只知秦。
不以闻朝代，当然四象春。

154. 李皋试诗

家贫称志少，食缺税桑麻。
以试知诗释，书生狱里花。

155. 句

夕照天涯近，斜阳到远山。

156. 农夫谣

五代王王战，梁吴十国争。
不及农夫问，田荒社稷惊。

157. 赠齐己

有号僧齐己，丞相器未成。
图形生死悟，以觉梦身名。
织女星机锦，文昌北斗城。
嫦娥空月色，后羿带弓行。

158. 赠江处士

松荫门不开，采药去无回。
绝壁灵芝草，居高处士来。

159. 东华观偃松

化石成松古，兴亡百代今。
朝天还直立，永久是无心。

160. 咏棕树

叶似新蒲绿，身如故锦缠。
凭君千度剥，自立一心田。

161. 宫词

晨花一牡丹，九日半红栏。
早起春寒冷，床温意自观。

162. 句

平分造化三分色，独俱身名半世空。

163. 分水岭

天天地地家天下，社稷唐尧舜禹颜。
北北南南分水岭，秦秦蜀蜀古今山。

164. 句

洲滩一白鹭，草渚半青鸥。

165. 杨徽之

留宿廖融山斋

谷鸟随柯转，庭花过酒香。
山斋留宿月，以醉谢东床。

166. 句

新霜枫叶重，皎月故人乡。

167. 登祝融峰

云浮山顶洞，草叠祝融峰。
鸟去飞翔势，泉流瀑布淙。

168. 怀翁宏

思君思不见，望月望长空。
别馆翁宏影，前程唱大风。

169. 听琴

听琴闻子期，汉水伯牙时。
若以知音见，高山不可知。

170. 哭李韶

贫栖贫不达，逐世逐人稀。
白鹤无飞去，青衣不可归。

171. 题邓真人遗址

遗址真人去，轮回道士来。
仙升仙不在，塔上塔中台。

172. 句

山深闻瘦鹤，路近有归鸥。

173. 谢翁宏以诗百篇见示

奇诗一百篇，示隐五湖田。
工清工字句，律正律方圆。

174. 赠天台逸人

天台一逸人，六合半吴邻。
八月钱塘岸，潮头十万钧。

175. 古桧

古桧山门木，新林古道云。
何人知老树，一岁半关津。

176. 题伍彬屋壁

静得蛙鸣月，闻声鸟不飞。
村遥村野远，屋壁屋君稀。

177. 梦仙谣

瑞木麻姑树，瑶台汉武城。
蟠桃王母意，玉宇八仙荣。

178. 退官伎

锦帐云消一烛幽，官家更宴半梁州。
骚人雅颂风流债，月在寒宫水在头。

179. 句

古寺寻僧问，清溪向逝流。

180. 赠廖融

采药分僧饭，清修合道弦。
玄元玄隐逸，一主一云天。

181. 句

玄虚成步履，捣药对寒宫。

182. 送廖融处士南游

三吴木浃湾，两岸洞庭山。
处士今方去，姑苏碧玉颜。

183. 春残

白雪梅花尽，春残色五湖。
龙船今不在，柳色满江苏。

184. 秋残

岘首飞黄叶，羊公落泪休。
襄阳襄水逝，一去一行舟。

185. 句

木叶洲云水，孤舟泊渚烟。

186. 过衡山赠廖处士

衡山衡处士，傲吏傲田翁。
自古准天地，无非帝业中。

187. 竹枝词二首

之一：

门前春水色，岸上白萍花。
不可闻商女，依依竹自斜。

之二：

曲曲竹枝词，心心已行知。
儿儿闻女女，早早已迟迟。

188. 杨柳枝词四首

之一：

草草花花季，杨杨柳柳枝。
春风春不止，雨细雨成丝。

之二：

榭榭池池水，亭亭岸岸风。
形形成影影，色色变空空。

之三：

曲曲莺莺唱，歌歌女女情。
男儿应止步，细细问倾声。

之四：

柳柳杨杨岸，儿儿女女风。
秦淮明月里，水调玉人中。

189. 采莲

夕照采莲船，黄昏彩色田。
云红羞独立，水近小姑边。

190. 八拍蛮

孔雀开屏叫，朝阳照尾长。
多姿多彩顾，有女有儿郎。

191. 句

晓色西山木，东方未见阳。

192. 咏蒲鞋二首

之一：

鞋足何分辨，应疑大小闻。
人先人适履，物后物如君。

之二：

越女白蒲春，吴儿碧玉邻。

香尘留鞋上，窃望待来人。

193. 夜坐

邻从吟后静，月待坐时明。
露水衣衫湿，秋虫已不声。

194. 荆台道院

荆台隐士一桑田，万古清风半大千。
爵禄原来夫子过，农家自立子女怜。

195. 宁州道中

望里萧关路，行中战乱兵。
人心人不定，野草野难荣。

196. 寻九华王山人

荆扉荆水岸，九子九华山。
渡口山人问，原来钓渚湾。

197. 金陵逢张乔

有志年空过，无媒客逐行。
天天辛苦路，日日去来程。

198. 送邹尊师归洞庭

一叶洞庭舟，三湘旧隐楼。
云舒云卷去，旧忆旧情留。

199. 送日东僧游天台

挂锡天台路，攀萝石径峰。
松风松不止，日色日芙蓉。

200. 题甘露寺

东吴甘露寺，北固尚金山。
不远瓜州岸，姑苏水浒关。
南窥低井邑，望尽逐波颜。

201. 送张相公出征

一汉推周勃，三晋让赵宣。
得意当年秉，登坛对国权。
貔貅拥帐下，朔漠勒燕延。
班固推成器，嫖姚何御贤。

202. 题郑山人郊居

谷口山人路，流泉遇石弯。
云中分不断，岸上两峰山。

采药灵芝近，灵心自闭关。
扬长应已去，俯仰已如还。

203. 题宣州延庆寺益公院

宣州延庆寺，谢守院益公。
住见元戎帐，朝听殿辇宫。
英雄从此去，不望大江东。

204. 寄当阳袁皓明府

一宰当县令，千村向府荣。
萧何知善任，不弃鲁恭名。

205. 送杜郎中入茶山修贡

郎中修贡去，踏露采茶山，
职述春青碧，同吟谢守还。

206. 送郑谷

郑谷清江水，吟诗去不回。
狂歌狂酒饮，一曲一相催。

207. 自叙

单衣入阵自披靡，有胆无愧可战奇。
耳耳听弓由国立，身经射胛已无期。

208. 游西湖

湖州一故乡，水上半苍茫。
逝日如西子，芡实似思量。

209. 赠和龙妙空禅师

山南灵庆院，浙北五湖禅。
烟梦烟水月，住伏住持无。

210. 题建造寺

凤阁半禅邻，图穷一舍人，
支公应建造，古寺纳秋春。

211. 句

扫石云随步，耕山鸟伴人。

212. 和赠和龙妙空禅师

白面南院，禅师向北宣。
龙城龙不在，遗迹遗方圆。

213. 题青草湖神祠

之一：

父梦天王庙，荒无半废情。
惊风惊雨浪，自定自诗平。

之二：

神明有感应，古往废今兴。
世上乾坤易，人间大小乘。

214. 汉宗庙乐舞辞

明灵再启图，玉辂佑神都。
入昂飞星献，熏弦乐押殊。
苍梧天水阔，竹泪九嶷孤。
鹤馆筎箫奏，氤氲耀璇枢。

215. 农家

夜半呼儿趁晓耕，三星未落共牛行。
儒书挂角知天理，不力田中谷不生。

216. 山居

柏柏松松一竹斋，溪溪石石半天阶。
峰峰谷谷啼猿近，木木林林宿鸟怀。

217. 春日寓感

维诗维政迹，谢守谢宣城。
若以中原问，干戈久不平。
北陆连年战，闽国闽王情。
建造招贤馆，人才始是明。

218. 哭徐夤

溪头叹逝波，世事已销磨。
正字今何在，汨罗唱九歌。

219. 塞上

之一：

火牛田单战，兴师八阵前。
胡尘胡不净，碛石碛沙川。

之二：

烟云烟雨暗，隔日隔寒明。
再过三天后，封冰封水城。

220. 赠索处士

山中宰相陶弘景，洞里真人葛稚川。
桂子寒宫收不得，荷塘月色有香莲。

221. 别巂下一二知己

府下光辉满，阳中渭水遥。
波涛波不止，境境境无桥。
蜀塞峨眉险，陈仓栈道雕。
蚕丛难所立，杜宇客声招。

222. 约张处士游梁

五代无名十国终，梁唐晋汉蜀吴空。
辽周李煜辛酉末，北宋庚申又造宫。

223. 送友人归青社

送友归青社，途程向碧天。
江东江不止，水色水山前。
十二山河故，袁生一半泉。
鲲鹏鲲岛翼，彩绵彩衣宣。

224. 送丁道士归南中

孤云无定鹤，独鸟有辞巢。
道士南中去，丹符带下茅。

225. 月夜怀寄友人

徒劳望斗牛，仙丹玉石修。
清风清自许，漫道漫沧洲。

226. 闲居寄陈山人

闲居闲已静，性得性灵成。
暮鼓晨钟继，浮名太古平。

227. 忆南中

竹有湘妃泪，禽鸣杜宇啼。
云门云已落，古寺古清溪。

228. 寄友人

有病居庸问，无书待月寻。
才思才短就，旧岁旧生荫。

229. 别江上一二友生

无山堪种玉，有教且乘槎。
禁苑苏门月，东山谢女家。

230. 寄岐山林逢吉明府

此去林逢吉，还闻旧俗齐。
长安流八水，渭水过山西。

但以潼关望，黄河一半低。

黄花黄叶远，一叶一春秋。

峡口琵琶响，衣珠作玉禅。

231. 感怀呈所知
坐赋归鸿问，南来北去声。
衡阳青海岸，一岁两飞行。

232. 江上闻笛
曲尽梅花落，阳春白雪生。
江村江笛远，野渡野人情。

233. 寄孟进士
水上残阳暮，池边草色芳。
余杭由汴水，六渎运河长。

234. 寄阎记室
织锦径纬线，天枢彼此机。
纵横周易始，水月木林依。

235. 幽居寄李秘书
夕照垂杨柳，斜阳挂木科。
幽居幽自得，水月水芰荷。

236. 贻钓鱼李处士
芊芊鹦鹉草，处处凤凰台。
处士垂钩见，芰荷久不开。

237. 河桥楼赋得群公夜谯
河桥楼夜谯，水月曲群公。
绿蚁谁先醉，江枫已尽红。

238. 寄左先辈
白鹿狂歌去，青天逐钓来。
神仙神不在，太白太诗回。

239. 贻费道人
青莲青道士，太白太阳花。
有酒神仙在，三清一客家。

240. 寄许下前管记王侍御
三清留自己，一月属何人。
蜀笺吟诗句，吴音越女春。

241. 秋日圃田送人随计
已醉茱萸酒，重阳八月头。

242. 途次宿友人别墅
梦里嵯函路，行中月色云。
寒光寒桂子，竹影竹衣裙。

243. 春日期巢湖旧事
旧事巢湖水，千波两岸风。
东山淝水战，白雪谢诗翁。

244. 再游韦曲山寺
远是烟云寺，闻来作鼓钟。
禅生风水月，慧觉耳心客。

245. 寄徐拾遗
岛屿风云涌，星辰海月潮。
泉林玄豹管，拾遗日天昭。

246. 秋宿湘江遇雨
阴云江上锁，暴雨岸头催。
橘柚秋烟重，潇湘沅水来。

247. 贻南康陈处士陶
三千三弟子，二十四滩声。
帝舜南康道，溢城久太平。

248. 渭城春晚
长安长路日，渭水渭城春。
月色东山上，初闻杜宇邻。

249. 山中春晚寄贾员外
烟楼黄鹤去，竹月沿江来。
已过三春草，还闻木槿开。

250. 贻净居寺新及第
七夕银河鹊，重阳野菊黄。
空门空寺竹，一水一莲香。

251. 江边秋夕
三清从世界，一鹤上玄虚。
落叶离根落，秋声向日书。

252. 送僧中孚南归
南归南去路，北陆北来川。

253. 江馆秋夕
只唱阳关曲，谁人白雪知。
梅花三弄尽，蜀女竹枝词。

254. 秋夜同友人话旧
红霞一近邻，早晚半秋春。
暮色朝阳似，初生老去轮。

255. 古剑
古剑英豪气，天工碧刃消。
鸿沟垓下劈，楚汉界分析。

256. 寄王侍御
喘月吴牛夜，秋声畦菊开。
良弓藏鸟尽，莫钓子陵台。

257. 别何处士陵俊老
五帝三皇已去平，临朝隐逸是无明。
农夫土地桑田种，莫傍巢由计一名。

258. 句
日落三江水，人生一页书。

259. 泊姑熟口
百里姑苏台，千年夕照痕。
金陵金紫去，叶泊叶无根。

260. 湖口县
水草黄天荡，江湖四岸分。
柴桑分邑宰，古渡逐船群。

261. 岳州众湖限风二首
之一：
兰船风伯早，一怒半云烟。
且阳行君去，江湖买路钱。
之二：
深深芦苇荡，处处系商船。
远远风波起，茫茫望暮天。

262. 问春
春来春去问，几地几花开。
细雨依依在，轻云淡淡回。

人情由渐暖，草木任凭催，
不见归何处，谁闻复作媒。

263. 春答

无非无是在，有色有空间。
地主三千界，天工四象颜。
花开花落去，草碧草茵潜。
任自玄虚道，轮回是列班。

264. 西塞山二首

之一：

名山西塞外，铁索半江青。
石壁朝天磊，玄元一道灵。

之二：

匹妇望夫天，千年去未然。
居心成石化，屺屺以诗传。

265. 金口步

金沙一口半咽喉，石轰尖牙不可求。
吞下长江流断水，行人不得自行舟。

266. 使风

江东一大风，陆北未央宫。
谷口长川去，江湖四面空。

267. 采桑女二首

之一：

朝采桑，暮采桑，朝朝暮暮风萝筐。
肃肃蚕声起，惊惊扫叶光。
丝丝成茧束，织织女儿乡。

之二：

春采桑，纺织娘。
机梭不住素衣裳。
只见寒宫里，嫦娥独影长。
人间相望尽，处处溢清光。

268. 渡溪

芦花芦苇岸，渡水渡滩平。
一叶轻舟去，千波两面横。

269. 落叶

红枫青女炉，素律白婵娟。
只向寒宫问，霜层月上船。

270. 宿疏陂驿

古驿三更月，棠梨半叶红。
荆州东岸水，独宦楚行宫。

271. 再经二首

之一：

枕底滩声旧，窗前月半新。
弦中弦影挂，稀水稀归人。

之二：

九曲归水，生公不渡河。
儿行千里路，女唱竹枝歌。

272. 霞

旭日红红照，浮浮处处飞。
层层分彩色，片片作人衣。

273. 巫山公署壁有无名氏戏言二韵

巴山巴水问，蜀道蜀人行。
直上南陵去，从中碧玉情。

274. 道院

道院三清路，寒林一经深。
玄元玄所见，有木有栖禽。

275. 会唫岑山人

渝州江上色，隐逸故中人。
久望西峰雪，玄微北陆邻。

276. 巴江

巴州明月峡，栈道杜鹃花。
血尽红方止，蚕丛着蜀家。

277. 小园桃李始花偶以成咏

白白红红色，桃桃李李匀。
成蹊成雨水，结子结秋春。

278. 公居

江边江水阔，万里万州空。
吏隐公居馆，诗吟八句穷。

279. 富池口

轻舟闲不住，逐浪两分边。

自得人纹字，汉漫草木田。

280. 夔州病中

孤灯孤驿病，独坐独观天。
莫以夔门锁，瞿塘一峡烟。

281. 题厅壁

玄此应回忆，年前已归程。
三巡三不止，隔岁隔风情。

282. 过武宁县　九月十九日

十日重阳过，三秋落叶风。
寻根寻不得，上下上西东。

283. 路次覆盆驿

蜀道八十盘，盆城九派宽。
云端云不止，水色水风澜。

284. 藕池阻风寄同行抚牧裴驾

一望荆江水，千波作浪风。
烟云关已锁，远近已成空。

285. 无题二首

之一：

不易秋下，初裾挂锁中。
狂斯相问止，独怯已心红。

之二：

梨花如雪色，玉树似初晴。
再过三春暖，谁闻一子情。

286. 泊巴东

月泊巴东水，云浮宿夜船。
乡思乡入梦，客忆客家天。

287. 道中未开木杏花

香英木杏花，过路作邻家。
小小姑苏月，情情自己斜。

288. 西山晚景

一半惊弓月，三千弟子行。
无思无虑静，几度几成明。

289. 自和

落照江河水，残阳一片红。

归对归去异，吏隐吏相同。

290. 齿落词

暮暮朝朝日，来来去去程。
唇唇依齿齿，老老似婴婴。
阻阻空空落，呼呼吸吸惊。
微微从舌舌，口口亦倾倾。

291. 淘金碛

路过淘金碛，淘金归石寻。
淘金淘细矿，不去不淘金。

292. 施南路隅书

南陵初落雪，大石岭香梅。
一阵春风过，群芳已自催。

293. 大石岭驿梅花

瑶姬飞白雪，大石岭梅花。
片片清香落，英英玉影斜。

294. 赠恩师

千音千慧觉，一物一禅根。
若以慈恩见，人间问子孙。

295. 游仙都观

一叶蕊珠宫，三秋草木空。
来年重见会，已去是时风。

296. 寄独娜

一堑方成一智成，三生未卜半生平。
前行万里前行路，跬步途程跬步明。

297. 志峡船具诗

水月行程岸，风云过峡船。
溃沲漩脑渚，狄齿磊牙川。
轨道流波里，梢帆日理偏。
形如形万象，状似状机天。

298. 梢

船艄居首尾，掌舵主前程。
秉律应官命，师宣可止行。

299. 橹

棳橹分微臣，边边侧侧分。

形成形羽翼，作势作衣裙。

300. 戟

劈峡通船路，涛惊滟滪声。
依天应夺水，主宰辅途明。

301. 百丈

千年一玉壶，百丈十纤夫。
峡口柔刚济，人生水陆途。

302. 早春西园

瀑布如天水，清潭似雨风。
如何应此景，恰似画图中。

303. 金盘草诗

解暑金盘草，南陵巨叶仁。
民安民所乐，作吏作恩人。

304. 和程刑部三首

之一：公会亭
公言公事地，道性道名扬。
治宰由公会，群英以律堂。
之二：碧鲜亭
尽节高思尽，公亭纳积成。
云浮云起落，日日日光荣。
之三：清涟阁
水水清清阁，涟涟浅浅波。
容天容木色，一曲竹枝歌。

305. 自喻　古今诗

予以天生子，关东创业荣。
农家农土地，百亩百辛成。
七岁闻私塾，来年小学名。
春官春所寄，进士进京城。
祖籍胶州吕，桓仁父母行。
荒山荒创业，一代一精英。
吏以中南海，师承水陆情。
巴渝成妇誉，锡惠女儿情。
毕业工人制，鞍山不作更。
文人文革命，武斗武人惊。
友好街中住，依依译着盟。
三年千日夜，苦力作精英。
制书同天下，行当共字耕。

科科重学学，子子系缨缨。
矿冶交通部，专家产品精。
招商香港局，国国家家争。
老吴姑苏治，园区再弟兄。
南洋南不止，诸岛诸芳卿。
且向兰山望，巴新帝业倾。
金枪鱼立世，小小画年赓。

306. 巫山庙

襄王神女梦，一夜雨云生。
宋玉高唐赋，巫山庙宇成。

307. 下瞿塘寄时同年

春寒天水下，一峡阻瞿塘。
栈道悬山挂，猿啼逐谷扬。

308. 和杜运使巴峡地暖节物与中土异然有感诗四首

之一：
参差三峡柳，彼此一船时。
蜀道瞿塘道，归期未有期。
之二：
菊蕊重阳后，梅花白雪开。
年年如此是，处处暖风来。
之三：
巴山巴水岸，楚雨楚天云。
船扬官渡客，峡落一帆悬。
之四：
施南太守以猨儿为寄作诗答之　得之黔中生即白首
白首黔中两臂长，虞人树上目光量。
伊知彼此交朋友，不入林丛厚意张。

309. 巫庙

瞿塘三峡始，奉节一巴东。
楚蜀巫山界，西陵峡已终。
川流官渡水，谷带江归风。
且饮长江水，无须日月空。

310. 贵游

淑景融融暖，芳菲日日扬。
春风狂得意，带雨暗流香。

311. 梦归故园

之一：

叶叶霜层层重，林林木落轻。

山山飞白雪，梦梦月无明。

之二：

夕照到东山，黄昏满故颜。

溪前由白鹭，过去误乡关。

312. 蜀都春晚感怀

蚕丛蚕茧束，锦札锦江开。

蜀阙川流峡，云烟雨雾来。

313. 对雨

对雨一江烟，闻声半杜鹃。

春花春水岸，落色落红天。

314. 春霁

买得花枝俏，藏娇作玉奴。

无须风雨顾，有意自扶苏。

315. 秋夕书怀

之一：

谁登三宝殿，不见一宫深。

夕照秋阳晚，东山是故林。

之二：

阮籍斯文断，陶潜五柳闻。

弦弦皆可弃，木木本知君。

316. 春宵

满院梨花雪，春宵月色明。

银英银处处，闪烁闪晶晶。

317. 秋夕书怀呈戎州郎中

之一：

素律初回枕，秋风又向扬。

梦蝶庄生问，青枫已自霜。

之二：

秋荷莲满子，碧叶隐红莲。

一基芙蓉色，玉色仍鲜鲜。

318. 晚楼寓怀

莫近晚楼风，嫦娥玉宇空。

婵娟空自守，少女望寒宫。

319. 征妇怨

一夜辽东白雪情，三秋月色女儿盟。

今年岁尽梅花日，共度元辰作梦行。

320. 对镜

重磨青镜面，照旧白眉生。

七十年华里，三千弟子城。

诗词留足迹，日月苦耘耕。

万万骚人首，今今古古行。

321. 春燕

呢喃春燕语，故第已雕梁。

不可重居住，栖巢带草香。

新泥衔芷蕙，磊木作中房。

隔岁归来见，书生望远方。

322. 春晚寓怀

兑泽方州步，春光入郡楼。

山花山草碧，吏碌吏官忧。

323. 中春宴游

二月风光暖，千芳日色妍。

红英红一片，百草百三烟。

324. 春晚闲望

三春应已晚，一树落梨花。

雨雨云云后，枝枝叶叶杈。

325. 秋夕书事

木叶萧萧落，黄花色色行。

霜层霜隔树，玉度玉无声。

326. 莲塘霁望

采女莲塘沐，芙蓉出水明。

红英红不尽，一夕一蓬营。

327. 送从弟舍人入蜀

巴州明月峡，栈道杜鹃花。

蜀楚巫山界，官人四海家。

328. 新回车院筵上作

锦水问鲈鱼，诗词向日书。

天天如此路，字字似情余。

329. 寄长安郑员外

月下三秦客，途中一客官。

长安员外寄，渭水日中澜。

330. 咸阳怀古

七国咸阳合，鸿沟两岸分。

纵横纵守一，咫尺咫耕耘。

331. 春怨

故去新来一自然，春花夏雨半荷莲。

千红万紫逢三月，女怨孤身弃七弦。

332. 登楼寓望

逝水源流已去颜，沙鸣未了玉门关。

登楼寓望天边日，夕照东山自是还。

333. 江岸独步

北陆文章客，南柯昼梦情。

随江由独步，逝水信源平。

334. 江楼望乡寄内（寄郭雅卿赴法国）

一世夫妻半世霜，东洋日本法西洋。

终生未弃前生志，不忆梁鸿忆孟光。

335. 命伎不至

猿猿马马世人催，曲曲声声不至开。

宦宦官官三百界，清清静静一如来。

336. 宣赐锦袍设上赠诸郡客

十月寒衣赐，三光满在身。

常闻常见道，一日一秋春。

337. 晨鸡

报晓晨鸡事，逢时自主啼。

阴晴应不误，日月向高低。

贡楚清声曲，由秦信独齐。

朱冠朝上举，白首对阳栖。

338. 芳春

微云微雨色，一叶一花珠。

柳絮桃花岸，红红白白芜。

339. 春游

之一：

白雪梅花岸，桃桃李李频。

红明当一世，不可误三春。

之二：

黄莺求好友，绿柳拂烟云。

开花开叶放，有土有耕耘。

340. 宴游池馆

芳菲池馆水，玉宇树闻天。

去岁南岐郡，今春刺史船。

341. 寄高书记

文章一代自风骚，麟角无双凤九毛。

辟命陶家听郡力，春风二月剪裁刀。

342. 再见从弟舍人

依稀十五年，密阁五湖天。

北阙丞相位，南临蜀四川。

江楼重一见，屈指数千缘。

滞迹分来去，思亲共绌然。

343. 春昼醉眠

千芳红处处，百草绿纤纤。

一醉花丛里，三春只可眠。

344. 中夏昼卧

三春三芍药，九夏九池莲。

寂鞍清风水，蓬蓬结子天。

345. 春夜

梅花香雪海，水月淡浮云。

寂寂菲芳色，幽幽不可分。

346. 春夕偶兴

忧民忧国事，处事处方圆。

白雪阳春问，群芳已自然。

桃源秦汉见，百姓可耕田。

347. 访饮伎不遇，招酒徒不至

一醉行天下，三生不着家。

云浮云已去，雨落雨成花。

348. 春宴河亭

河亭春宴毕，酒水一池塘。

已忘民夫苦，无言吏役裳。

349. 蜀都道中

剑阁堆云一险平，龟城失守半阴晴。

延年故主儒兵少，纳降侯王尽弟兄。

350. 万葛树

万葛千枝羽盖裙，三英六郡故人君。

双寒善木风霜叶，百步清荫销绿云。

351. 春夕遣怀

穷通分不定，卜易化难成。

越范吴蠡客，冯唐子胥名。

352. 西斋

斋云一半雨，雨竹万千声。

玉碎含烟破，诗书纳咏情。

353. 新蝉

树大招风响，新蝉顶叶鸣。

声声扬抑去，处处去来行。

354. 寄华州文秀大师

屈指十三年，分飞一半天。

金沙瑶简寄，左蜀别湘莲。

355. 中春登楼

之一：

柳岸半江都，金杯一玉壶。

牛衣潘岳鹤，谢守雪东吴。

之二：

春楼谁不见，雪浪逐平沙。

休心蛇足纪，咨嗟向岁华。

356. 自遣

一路程衢一路寻，琴台自古半知音。

家人莫望张仪志，国士须知豫让心。

357. 偶有下殇偶有自遣

百岁诗书一世童，千年是是半非同。

南柯太守知人意，北陆秦川塞外翁。

358. 倦学

雪雪萤萤独不依，梁梁骨骨向天机。

贤贤不是愚愚是，进进无非退退非。

359. 去年今日

五马到荣州，三光入郡楼。

年华年不弃，不是不儒流。

360. 昼寝

枕上飞庄蝶，云中昼寝周。

昏蒙诗句在，竹叶碧风流。

361. 郡斋寓兴

依依约约一樊川，物物风风半自然。

晓晓霞霞红暮暮，歌歌曲曲自天天。

362. 郡楼闲望书怀

郡守闲楼一望邻，寒烟已锁半江滨。

风狂逝水东流去，莫以新衣染旧尘。

363. 玉烛花

玉烛花开一尺眉，高低远近半相维。

邻家小女常瞋问，且把余光借与谁。

364. 从弟舍人惠茶

守亲相寄问，惠水亭山迟。

谷雨新茶早，清明碧玉枝。

阳泉千丈远，陆羽有相思。

纹轻龟背竹，茗倾自在诗。

365. 再看光福寺牡丹

年年一牡丹，岁岁半云端。

去日方红醉，明晨玉露残。

羞颜无结子，自立有层盘。

武曌曾定誓，唐花不怯寒。

366. 海棠花

虢国夫人色已倾，长门落叶夏秋盟。

黄黄未尽红红染，果果方成子子成。

367. 新竹

静静幽幽别有工，丛丛落落半云空。

形形影影分难定，叶叶枝枝纳始终。

368. 木芙蓉

芳菲只见木芙蓉，火色龙形客独钟。
贝叶金身灵素律，红莲七色帝王封。

369. 送二郎君归长安

长安自待二郎君，父母难承日月曛。
蜀郡秦川分十地，满洲壑谷宿千云。

370. 送文英大师

来来去去一如来，社社莲莲半自开。
寺寺禅禅玄学易，僧僧道道共天台。

371. 酬勾评事

雁户渔舟近，汀莲结子羞。
蓬头蓬尾见，自立自经秋。

372. 初至郡界

疆疆界界国家边，北北南南共一天。
合合分分民不定，民民俗俗人田。

373. 到郡后有寄

嘉陵江去水，一带接荣川。
两岸莲塘色，三光大自然。

思乡思返袂，到郡到官田。

374. 长春节

孟昶长春节，皇家日月空。
和风从此去，雨色共天丰。

375. 登郡楼书事

望帝蚕丛一杜鹃，登楼郡守半官然。
风平浪静嘉陵岸，月满渔舟水浸天。

376. 旭川祁宰思家卒因述意呈秦川知己

岁稔民康政，成公顺自然。
双姬春似暖，独妇宰思田。

377. 登郡楼书怀

之一：

嘉陵水色锦城明，雨雨云云草木荣。
吏吏官官千使命，云端隐约一僧行。

之二：

剑气冲星一信生，移文夜半斗牛平。
书声向背终如是，郡守阴晴日月明。

之三：

途穷阮氏帝王封，草芷弥衡去不踪。
道德同玄宣弟子，弓刀不事却屠龙。

378. 偶闻官吏举请辄有一篇寄从弟舍人

举请陈潜寇，书情结党风。
张翰鲈脍月，孟光问梁鸿。

379. 诚是非

先知和氏璧，楚玉独孤明。
莫以三朝见，须闻一代英。

380. 简易儒

大禹通流水，高低自主行。
儒家何简易，下里是人声。

381. 贻诸学童

五柳窗前学，三光草木中。
书生书国学，弟子弟西东。
不可琴弦弃，陶潜以击空。
玄机玄老子，只读只童翁。

第十一函　第七册

---

1. 黄金车

山河分合见，日月暮朝行。
固许黄金策，何须玉液明。

2. 赤壁

一火或吴蜀，千船箭矢空。
东风曹未识，举椠杜康雄。

3. 鲁肃指困

破产移家事，从吴佐楚郎。

功勋功独步，未得未天狼。

4. 甘宁斫营

夜入魏军营，甘宁满寒惊。
兵心先自乱，以火误伤明。

5. 徐盛

江山一大风，世事半群雄。
不可甘心问，当然对色空。

6. 鲁肃

三分天下事，一主半天机。
魏蜀吴争汉，终归一晋旗。

7. 武昌

一楚武昌军，三吴建业勤。
高截西塞水，六渎水烟云。

8. 顾雍

丞相封已定，未可告家人。

父母和兄弟，世事自经纶。

9. 吕蒙

幼小贫家志，从军策画来。

奇思加妙想，密令将兵才。

10. 介象

好道三清志，通灵两岸边。

神仙常有术，钓得地和天。

11. 濡须坞

几度曹公失此坞，洪涛隐现作风都。

雷声滚动濡须水，不望天边有是无。

12. 周泰

半向周秦将，千寻战士功。

兵亡兵不在，帅故帅师名。

13. 张昭

韬略陈琳误，经谋尚夫孤。

全吴全与处，众将众军殊。

14. 太史慈

经德招贤达，曹公计却成。

陈朝疑所楚，太史岂当名。

15. 孙坚后

委付张公主，贤人胜楚才。

江山无教序，日月作天台。

16. 陆统

陆统有儿孤，诗书作读途。

英雄生虎子，不作故宫奴。

17. 青盖

言当青盖误，历数帝王书。

势落方从启，元知以晋初。

18. 七宝鞭

须知天命在，莫以乱臣宣。

圣谟三宫院，浑消七宝鞭。

19. 庾悦鹅炙

水暖江南岸，新鹅炙美珍。

刘公家厨盛，困憾已宜春。

20. 谢玄

兵来逼合肥，胜败一军机。

东山应再起，始见已鸿飞。

21. 谢混

当初成少主，已足近关情。

直得风华在，翻传禁苑名。

22. 陆玩

让让由衷气，谦谦自以恭。

忠良人欲尽，始得作三公。

23. 王坦之

晋祚何天下，忧心几度中。

争言争谢将，一事一先风。

24. 蒲葵扇

岁月东山里，蒲葵向日中。

神机经略在，不必扇前风。

25. 王郎

门庭空自许，礼数独当桥。

别去倾妻志，逢君半直腰。

26. 刘毅

二十七人行，三三五五生。

声声同举义，苦苦几人名。

27. 王恭

春风杨柳拂，草木自枯荣。

举世推行止，旎戎鹤氅惊。

28. 谢公赌墅

草木东山举，江山日月行。

棋中棋外见，一战一军营。

29. 蔡坚投棰

投棰半作桥，渡水一江潮。

未及东山略，无须谢将消。

30. 卫玠

叔宝羊车去，稀山小女来。

江东人似玉，腊月有梅开。

31. 郭璞脱襦

因思穷达路，每语误通袖。

易命应难事，脱襦以别人。

32. 庾楼

江州楼上月，逝水色中流。

玉树临风展，诗翁去不留。

33. 新亭

月色乘虚入，新亭带水来。

江流江不止，岸芷岸汀开。

34. 大岘

武帝南朝始，同行北魏终。

公孙成计策，大岘可指空。

35. 放宫人

南朝过百年，后主二千天。

侍女方成宠，宫闱已易然。

36. 借南苑

天天地地本无全，主主奴奴草木园。

借与张公三百载，南朝六十帝家年。

37. 谢澹云霞友

仗气凌人去，庄周范泰来。

云霞云已散，贵友贵人裁。

38. 乌衣巷

不得江山战事哗，秦淮日月女人华。

王王谢谢乌衣巷，状状元元孔子家。

39. 袁粲

高才知自己，尚气满朝时。

举首闲吟去，袁袁尹尹迟。

40. 刘伯龙

何如高位重，教子自修身。

固以知坐计，儒书也厌贫。

41. 王方平

水水一方平，山山半亩耕。

貂裘曾采药，不与世人行。

42. 黄罗襦

戚属群臣列，罗襦独色空。
颜回虚委付，不尽作疑宫。

43. 谢朏

诸子谢家梁，兰香作草堂。
东山曾作赋，鹤唳久低昂。

44. 羊玄保

运命羊玄保，君王已可知。
官途官位就，步履步云期。

45. 谢朏

南朝南不尽，宋国宋齐封。
达子何期易，君王特地客。

46. 小儿执烛

执烛无明弃烛明，余光以近见光荣。
忠忠节节何所见，谢朏当知汉武兵。

47. 王僧佑

不与公卿论，何言草木兵。
风声风不止，策略策谁行。

48. 王僧虔

高门高第舆，一代一朝臣。
草木经纶易，山河日月新。

49. 明帝裹蒸

裹裹蒸蒸食，明明帝帝先。
江山何不见，草木误桑田。

50. 郁林王

不解空欢喜，何客自不知。
无思无虑去，莫帝莫王时。

51. 何氏小山

显达何曾系，贤才几度人。
留侯当自去，谢朏入山濑。

52. 王伦之

王伦之太守，教武教儒林。

以子陈蕃事，知音尚父心。

53. 潘妃

旦以金莲步，黄昏已绝伦。
尘埃应落地，不肯嫁微臣。

54. 王亮

一见陈梁逐，三思彼此行。
明公明不计，势力势倾城。

55. 分宫女

梁朝二十年，宫女遣三千。
如花如玉去，世事可团圆。

56. 马仙碑

世已齐梁见，人何举止闻。
城中男儿少，陌上不思君。

57. 勍敌

剑剑书书路，文文武武才。
江南多水色，陆北有山开。

58. 蔡樽

莼鲈虾蟹独，白苎紫筇珍。
只饮三吴水，江湖一味新。

59. 楚祠

不断西川路，何寻北陆尘。
三吴三月水，一楚一祠人。

60. 谢朏舆

解印由齐始，从梁已未终。
身名身得计，不可不名空。

61. 八关斋

梁家功德在，武帝寄台城。
社稷江山外，如来日月行。

62. 庚信

庚信诗词律，周朝志气甘。
江南音韵至，府第一儿男。

63. 寄王僧辩

石土苍山化，苍山土石成。

谁人谁不问，了却了人名。

64. 武帝蚌盘

一日君王坐，三宫武帝闻。
千呼千舆路，万岁万仁君。

65. 虞居士

东山居士尽，苦谏莫知君。
不得忠贞见，无言合亦分。

66. 姚察

已佐除陵北，无陈作选宁。
清名何所许，草木本心灵。

67. 宣帝伤将卒

战战争争故，成成败败新。
兵师兵卒去，帅将帅勋陈。

68. 临春阁

君王沉醉处，水阁报隋军。
数里香风尽，临君彼此分。

69. 绮阁

恩多一丽华，阁少半人家。
曲尽三宫晚，情深二月花。

70. 望仙阁

只望神仙阁，无闻玉帝声。
天王天后教，汉口汉家英。

71. 三阁

断送君王醉，绮开玉翠来。
风平三阁影，水去一云回。

72. 狎客

赋尽八宫妃，诗成一宓机。
君王君已尽，狎客狎自依。

73. 淮水

衣冠半入秦，草木一秋春。
龙盘金陵水，虎踞石头濑。

74. 江令宅

旧宅分明田，南朝已不断。

王家王不得，立谏立斯人。

75. 后庭舞

江山曾不问，玉树后庭花。
有曲君臣尽，无为向丽华。

76. 班婕妤

小妾如桃李，君王若蝶蜂。
千年垂史记，十载自客封。

77. 何象

赋得御制句朔野阵云飞

舆舆銮銮野，边边朔朔扉。
人形排一字，守阵两回归。

78. 宿金河戍

三更麟驿铁，一宿半金河。
月戍边城塞，风清岁月多。

79. 补新宫（四首）

之一：

新宫小雅一文王，孔子回儒半鲁章。
丰之（文王诗）子夏成宗庙，楚子笙歌
女采桑。
械朴召南风雅颂，周公采之久传芳。

之二：

奂奂新宫礼乐融，笙笙故曲鹿鸣工。
终终采奏非天子，始始文王雅颂风。

之三：

奂奂新宫自鹿鸣，臣臣燕尔已忠诚。
周公自得文王赋，不向风云日月英。

之四：

奂奂新宫已考源，章章落落久丹青。
安康驻跸同周室，以德知贤向礼灵。

80. 新宫三章五首

之一：补茅鸱

刺食多无礼，先儒已志明。
山中茅鸱谷，穆子左傅荆。
奔鲁工讽就，蜀齐孔子行。
时年方八岁，不得庆封名。
国体新宫赋，周公以收成。
文章风雅颂，已记叔孙英。

之二：

茅茅鸱鸱一飞翔，刺刺芜芜半旧章。
食食胡为无礼秩，臣臣禄禄此猖狂。

之三：

茅茅鸱鸱半无乡，落落飞飞一旧翔。
食食随随何记取，饥饥饱饱不求良。

之四：

茅茅鸱鸱落山冈，去去来来觅食忙。
已蔽鹰隼和弹丸，无知草木有米粮。

之五：

茅茅鸱鸱何野翔，暮暮朝朝几朽肠。
不得春秋多食物，声移影易有悲凉。

81. 武翊黄　府选为解头，及第为状头，宏词为敕头

武氏三头巨，文昌一世遥。
平生平所学，立志立平章。

82. 瑕瑜不相掩

抱璞良工问，瑕瑜不掩明。
贞姿贞世界，达器达精英。

83. 袁江口怀王司勋王吏部

京华不啻一袁江，吏部司勋半国邦。
客忆青枫黄竹色，波涛水影过船窗。

84. 赠进士李守微

进士童颜李守微，贫寒守历岁华晖。
元神养道蓬阁去，几度蟠桃不是非。

85. 马上有见

溪前一小桥，岭后半云霄。
眼界无端望，心头不肯消。

86. 自叹

落日西山近，余光远木遥。
平生平步去，一路一云霄。

87. 赠吴圆

理郡经年事，干戈历练行。
临行临所念，自取自家英。

88. 答李曜

待事年华竟，闻天跬步行。
书生书以志，自得自纵横。

89. 和訾家洲宴游

蜉蝣龟鹤寿，日月马羊牛。
一岁三春见，千家万户求。
花开丛碧叶，蕊绽訾家洲。

90. 题贾岛墓

贾岛留空墓，推敲一寺门。
韩愈韩吏部，一志一诗根。

91. 赠别营伎卿卿

不是人间总不平，相怜世上有怜情。
无那粉落无那落，枕上卿卿不是卿。

92. 巢燕

衔泥巢始建，不向栋梁居。
与善童翁护，和平共处余。

93. 庐山桑落洲

落叶已成洲，沧桑近水流。
平沙荒始见，百岁不春秋。

94. 石楠树

其根石上生，复见移中情。
处处清荫见，时时致眼明。

95. 句

轮中无一物，世上有千情。月

96. 酒胡子

斗酒刘伶自命安，千篇李白作青莲。
华清未饮三章尽，不是皇家不上船。

97. 西施

只在耶溪自浣罗，江山美女范蠡何。
三吴六渎天差水，一个西施已不多。

98. 题西施浣纱石

西施纱石浣，木渎馆娃尘。
至此溪花在，无知二月春。

99. 归四明

海色四明山，天台一浙颜。
钱塘潮八月，六合水天湾。

100. 送人游邵州

春云春渺渺，别雨别依依。
岛树残晖落，湖湘落叶稀。

101. 题柳

天南天北柳，寺外寺中松。
色色曾相似，佳佳不自对。

102. 咏南岳径松

松松一色青，处处半龙形。
莫似隋河柳，风流去不踪。

103. 句

无闻枫叶落，只有影相随。

104. 浔阳观水

一见九江流，三湘半客舟。
浔阳浔水色，只近牯庐州。

105. 水

千川千曲止，一滴一方圆。
四海成洋域，三光共地天。

106. 松

人间以此作龙形，世上如来作鼓钟。
翠色相宜霜后见，留心自得作丹青。

107. 柳

柳在隋河岸，谁折仍自生。
长安离别处，岁岁总难荣。

108. 竹

总是虚心向日来，山成志节对天台。
千竿一片丛林结，久作盘根翠色开。

109. 灯

灭灭明明始，边边角角终。
心中应自取，远处是无穷。

110. 鹊

早起声声不是催，人间处处喜音回。
情人七夕成桥渡，只与清平献瑞来。

111. 句

窗含残月色，木挂一弦尖。

112. 春怨

三春离怨重，一梦到辽西。
打起黄鹂鸟，不可近窗啼。

113. 放猿

久锁孤猿老，开笼独放行。
清溪联臂饮，栈道向空鸣。

114. 观兄弟同夜成婚

二女同妆嫁弟兄，石共玉枕作人英。
棠梨两萼双花色，白雪阳春独占荣。

115. 夏弹琴

高山流水在，汉口有琴台。
只是知音去，重弹待子回。

116. 伤死奴

黄泉行独步，世上作家奴。
只以忠贞鉴，平生以语无。

117. 咏琴

齐娥初拨弄，赵女复调音。
质以龙门木，声从古越林。

118. 过函谷关

崤崤函函谷，川川壑壑关。
途经分陕晋，日树合流湾。
古塞黄河道，东方万里潜。

119. 侍宴赋得起坐弹鸣琴

不入清归引，从心古月弹。
宫商徵角羽，辅助地天安。

120. 咏笙

短短长长管，吹吹吸吸声。
音音多少孔，合合共同鸣。

121. 咏舞

如同观白雪，似共度阳春。
草草花花见，遥遥近近邻。

122. 咏伎

二八妖姬饰，三春草木香。
兰房留玉影，不可作牛郎。

123. 益州城西张超亭观伎

千姿从所欲，两目扫人心。
粉泪同时落，行云不雨寻。

124. 幸司马宅观伎

云中三峡口，雨上半无人。
逝水轻流去，潇湘不久邻。

125. 秋池一枝莲

秋池水冷一枝莲，独立亭亭半向天。
已是人间霜客色，天娇玉液直情妍。

126. 婕妤怨

一女千金半国香，三台五阁像文章。
婕妤怨尽闻班固，制史天书向帝王。

127. 长门怨

金屋藏娇一洞房，秋风落叶半青黄。
长门不怨知团扇，赵女身轻待帝王。

128. 王昭君

制取琵琶待后人，图中女子汉家春。
单于已见关山月，以此昭君作蜀邻。

129. 芳树

南洋芳树重，北目紫檀香。
叶异常林木，浓荫细密凉。

130. 观伎

轮回大小乘，彼此暮朝兴。
一席神仙误，三生不问应。

131. 邯郸侠少年

邯郸侠少年，晋鄙刺秦天。
执事非无胆，河梁是赵田。

132. 玉阶怨

昔日同飞燕，今朝似伯劳。

长门春叶落，别殿夏云高。

133. 婕妤怨

褒姒曾无妒，婕妤已有容。

人间人不得，赵女赵相逢。

134. 入塞曲

黄云随入塞，白首不还家。

李广同都尉，黄尘共石砂。

135. 赏残花

残花残色去，作影作芳泥。

别处三枝在，惊人一半低。

136. 古仙词

梅花自在紫阳宫，汉武常思玉女衷。

绛节当雾王母酒，人间记忆作仙翁。

137. 感春词

未得鸣柯节，何应渡口风。

江流江不止，一曲一湾中。

138. 灞上

灞上紫城东，长安渭水风。

皇家皇苑碧，五色五津丰。

139. 凌云寺

叶落凌云寺，风扬四壁枫。

禅房禅所示，有寂有天空。

140. 凤栖怨

渭水三春色，佳人一莫愁。

金吾千百子，少女半春秋。

141. 春女怨

小女春中织，黄莺唱竹枝。

仃针仃不语，一呆一痴时。

142. 失题

两燕今朝至，双飞已问泥。

新巢新女主，独坐嫁妆齐。

143. 催妆

不作催妆客，经心嫁女媒。

男儿男马立，窃窈窃私推。

144. 隔壁闻奏伎

无闻弦管曲，有道读书声。

枕上留明月，云中奏伎名。

145. 咏剪花

陌上阡阡柳，朝朝暮暮花。

东风裁不断，七彩入人家。

146. 叹美元照镜

花枝一镜中，少女半心同。

色色空空里，思思想想穷。

147. 开缄怨

边庭夫婿久，玉女自闺幽。

懒向云中望，轻声叹后留。

148. 朵言

风云相继续，水火不相容。

祸福由人近，穷贤自古宗。

149. 书事

剑阁三千里，巫山十二峰。

瞿塘官渡水，宋玉楚辞宗。

150. 雁塔

雁塔十三层，慈恩五百僧。

西天玄奘去，北陆指明灯。

俗世方知薄，真经法要凭。

心心应守一，事事见鲲鹏。

151. 昭君怨

蜀女黄河岸，阴山敕勒川。

呼和呼汉地，故土故人天。

152. 南山

异录残经卷，神思磊石田。

茅山茅草岸，一水一青莲。

153. 赋得游人久不归　古今诗

乡关乡不锁，一梦一人归。

祖父山东汉，桓仁树木扉。

荒田三百亩，密种八千稀。

玉米高粱籽，青黄自不饥。

行医千里地，铺路架桥巍。

世事为人善，生平似着衣。

诗师私塾教，父母教心微。

五子兄和妹，留芳一故晖。

154. 还渭南感旧二首

之一：

春来桃李节，独感草花香。

碧玉丛中笑，红颜水上方。

之二：

时时求静净，处处写诗词。

格律知音韵，平平仄仄句。

155. 白纻辞

细语轻声白韵歌，牵裙缆带玉香罗。

红莲半雪双颜色，艳态芳姿照碧荷。

二月春桑尖叶嫩，蚕房秀指不足多。

缫丝欲织天河岸，七夕桥边度彩娥。

156. 赠王妻张氏　古今诗

妻离桐半死，子别鹤千鸣。

百岁空难付，三生已自惊。

157. 题司空山观

司空山上路，紫殿月中观。

一世三清道，千年半狭宽。

158. 戏题盱眙壁

弦弦管管作蛙声，竹竹径径不必行。

鹤鹤琴琴今俱废，江江水水望空明。

159. 题杨少卿书后

王屋松烟紫免毫，端溪石砚少卿刀。

人间不止兰亭序，一水东流万里涛。

160. 自紫阳观至华阳洞宿侯尊师草堂简从游

石径紫阳观，华阳洞口宽。

阳光阳五殿，曲水曲阳泉。

已见东溪白，还闻步虚漫。

桃源秦汉路，入境草堂田。

161. 题钟雅青纱枕

梦里应成半世家，山中石径白云斜。
余香渺渺青纱枕，只作黄粱一月花。

162. 题搔口

天门天尚在，大禹大江来。
只可东流去，幽情自可回。

163. 山寺见杨少卿书壁因题其尾

石迹少卿书，山光寺壁余。
钟王如不是，但与远公初。

164. 经杜甫旧宅

百步浣花溪，千金一字齐。
江鸥飞上下，草木见高低。

165. 行县至浮查寺　古今诗

五十年前一布衣，如今白首半翁稀。
古寺行径真谛在，自以源泉作素机。

166. 敕和元相公家园寄事寄王相公

性列云山志，中台物外心。
家园家事济，世润世人音。

167. 仲秋太常寺观公辂车拜陵

南宫已律太常卿，祭拜郊陵始祖名。
庶礼公侯佳气引，威仪盛典见秋成。

168. 易尊师不遇

落尽松花去未归，天光草木自依依。
华阳洞里何人在，白石山中有素机。

169. 早过梨岭喜雪书情呈崔判官

玉雪平平足迹深，层层覆盖满霜林。
千山一色银妆裹，百步兴成白首吟。

170. 春情

春情应落雨，水色已沉云。
昨日东风去，今辰草木群。

171. 赠窦蔡二记室入蜀

昆山沙石累，海水蠄鲸游。
六辅推名秩，三台玉凿谋。
英华英所致，豫夕像章留。
入蜀风流信，瞿塘不系舟。

172. 采菊

簇簇黄花九月扬，风风雨雨半炎凉。
秋来独我空山恨，记取重阳格外香。

173. 水精环

素质水精环，冰清长庆颜。
无瑕无色彩，玉洁玉门关。

174. 看牡丹

年年有牡丹，岁岁在云端。
不忍花丛问，无言白首寒。

175. 赋得垣衣

漠漠垣衣旧，霏霏细雨微。
苍茫成白露，隐约故人归。

176. 冬晚对雪忆胡处士

寒山多白雪，古木少云湾。
处士华阳问，袁安已闭关。

177. 池上

圆荷碧叶一芙蓉，玉立亭亭半色封。
不比佳人风不定，朝天对地水无踪。

178. 对赵颖歌　古今诗，十年沧桑

海阔天空未及肩，擎天一柱易桑田。
三千日月从头数，一十年间过首悬。

179. 赋百舌鸟

不误春莺曲不真，同伦百舌自相频。
人间自有神仙问，莫上高楼望远邻。

180. 孤雁

一雁人形误入湘，三生独翼问鸳鸯。
千声万唤孤身宿，两地飞寻儿故乡。

181. 水殿抛球曲二首

之一：
水殿抛球晚，明宫侍宴深。
承恩承日月，晓色晓王荫。

之二：
抛球抛玉色，绣女绣鸳鸯。
不是金炉旧，辰来溢水香。

182. 铜雀伎

女色西陵满，曹公举檠行。
华容华小道，赤壁赤精兵。
诸葛东风识，徐元直结营。
漳流铜雀伎，不断建安情。

183. 戏示诸伎

步步相思去，心心独柳杨。
何须从故意，不敢恼儿郎。

184. 末秋到家

三生一驿路，十载半回家。
父母黄泉宿，儿孙你我他。

185. 送人往宣城

一扇敬亭云，千山谢守君。
江行江畔在，日落日难分。

186. 洛阳河亭奉酬留守郡公追送

河亭留守送，洛水洛阳归。
只似汀洲雁，经年向背飞。

187. 郑道士曾昭莹

东西南北望，日月风云归。
道士三清志，玄虚一世微。

188. 赠别徐侃　古今诗

一自离乡六十年，三生两万二千天。
诗词十万加三万，学得贤人作客船。

189. 顾城

历战荒城废，芜耕里社残。
风云风不止，水逝水波澜。

190. 金钱花

金钱花四瓣，贾得故千书。

若以佳人见，无须富贵余。

191. 故白岩禅师院

禅师院里已空闲，故白心中不一般。

日月经天应数尽，风云不定寺门关。

192. 题九天使者庙

使者巡千界，玄宫在九天。

秦淮沙水岸，日月虎溪边。

不可人心见，何言道术田。

东林庐阜近，牯岭汉阳泉。

193. 房公旧竹亭闻琴

石室塞蝉洌，房公挂月弦。

弹琴香已至，竹影自成烟。

194. 清溪馆作

竹影清溪馆，云光白石宫。

幽音幽趣在，一水一天空。

195. 晚春宴

日宴轻烟水，云平酒味余。

三春三月色，八句八行书。

196. 长沙六快诗

已老甘棠树，田伤猛虎欺。

衡阳飞雁尽，沅水入湘池。

日暮长沙望，黄昏汉寿迟。

知音官渡口，不忘洞庭师。

197. 广州王园寺伏日即事寄北中亲友

镇海半江楼，羊城一广州。

王圆南越寺，水浒北人舟。

翠羽连天碧，珠江逐水流。

书生书所事，见路见春秋。

198. 春日

昨夜东风带晓寒，今晨彩旭入云端。

天红一片分南北，碧玉千山万水丹。

199. 失题

芡实浮池上，残阳碧沼中。

余红余浴女，采叶采莲蓬。

200. 古意

石垒长城界，风扬大漠疆。

沙鸣沙万里，一剑一千强。

北斗常开口，文昌久治光。

功名功业在，故客故家乡。

201. 勖曹生

一作书生半忆乡，千山万水五湖章。

当然举足行天下，只恐多言议短长。

202. 琴歌

文王制作七条弦，角羽宫商徵地天。

五柳先生曾弃掷，焦桐烂尾有余年。

何人有误知音在，记取钟期自作贤。

莫以琴台风雅颂，人人事事曲歌田。

203. 废长行

长行长不尽，短见短思明。

治本当民意，行身近处荣。

知官知自己，向善向和平。

体恤成汤始，三皇五帝荆。

204. 玉女词

为云为雨见，玉女玉真闻。

不学阳台客，无情自入群。

205. 苦别

离情自此已生根，处处关山古寺门。

一朵芙渠残露带，三春别路是花痕。

206. 石城

一月徘徊色，三更草木开。

秦淮应是岸，不见莫愁来。

207. 汉东道中

地冻天寒雪，江南塞北桥。

官行官不止，驿路驿人消。

208. 高溪有怀

驻步高溪岸，行身雁谷桥。

行程行不近，一目一天遥。

209. 寄进士贾希

空襄知瘦马，羁绁意应深。

苦渡天涯近，方圆是古今。

210. 旅泊

蜀道难行有叶舟，江流不断望江楼。

瞿塘一水三湘去，直到吴山是下游。

211. 出塞 古今诗

榆关已入是幽燕，出塞重征朔北田。

敕勒川前寻蜀女，辽东自古过三边。

琵琶不尽阴山曲，汉画单于牧马泉。

白雪连天飞不断，阳春逐水作方圆。

212. 次青云驿

步在青云路，心平古驿楼。

商溪流不住，向背各春秋。

213. 大庚驿有怀

书囊自古百余斤，驿路如今一半云。

去计应成天子望，行程不断总耕耘。

214. 题商山修路僧院

修行只向一生灵，铺路连桥济独丁。

世上常闻僧寺善，人间寄取作丹青。

215. 题长安僧院

累世难行罢，浮生了不身。

时时争故事，处处有闲人。

216. 次商于感旧寄卢中丞

簪祖隘丘门，中丞一院根。

儒生儒所事，记取记朝恩。

217. 樵翁

壁上三泉水，山中一斧声。

樵翁修古木，草木向枯荣。

218. 四老庙

舍钓无端去，溪山有旧情。

先生先自省，一世一多名。

219. 昭君冢

昭君冢上草，汉帝画中人。
单于应所命，敕勒一川春。

220. 闻歌竹枝

一夜竹枝词，三更入梦时。
相思相忆久，望月望无知。

221. 重门曲

金笼肥食剩，野鸟耐饥贫。
却慕庭中树，年年自在春。

222. 山下水

清清山下水，郁郁木中山。
两两相依存，双双共渡颜。

223. 逢邻女

短袖三春雪，罗衫半露胸。
闻来香碧玉，见得水芙蓉。

224. 废宅

空堂空不锁，旧宅旧无人。
月色狐仙守，荒亭水独新。

225. 奉和登会昌山应制

睿想希夷入，雍熙四海来。
龙行龙带雨，布泽布云开。

226. 冬日与群公泛舟焦山

之一：
两岸焦山水，中流日色空。
群公舟不止，共此大江东。
之二：
前行知远近，问日向阴晴。
一道三清路，如来大势生。

227. 度揭鸿岭　漳州

闽国曾飞将，漳州海日营。
如今空感慨，岭外早梅明。

228. 湘江

竹泪湘江水，黄陵庙寺烟。

苍梧苍茫色，九鼎九巍天。

229. 题龙阳县青草湖

龙阳青草岸，不老洞庭波。
一夜湘君泪，三更唱九歌。

230. 訾家洲　斥百色担保公司　古今诗

分明桂水头，野性已蒙羞。
莫以湘西望，无须有倒流。

231. 题吉州龙溪

龙溪清见底，石影共天空。
不可知深处，春波日月中。

232. 过睦州青溪渡

远近连江南，阴晴共岸云。
青溪青草渡，石谷石林群。

233. 阖闾城怀古

国破君亡去，西施木渎来。
夫差勾践水，不向五湖开。

234. 苇谷

雕阴川漾水，白翟谷苇丛。
北雁栖栖宿，南鸥起落逢。

235. 登岳阳楼

暮色岳阳楼，天光物色秋。
何须云雨济，只见洞庭舟。

236. 经望湖驿

大漠屯云少，孤峰纳木多。
恒山恒水见，古墓古人歌。
寂寞金阳晚，王城代玉戈。
夫人笄所妇，社稷守功何。

237. 杪秋洞庭怀王道士

道士三清客，僧人一九州。
分明分塔院，渡口渡横流。

238. 君山祠

君山一水洞庭湖，杜宇三声楚客孤。
远岫山河荆石首，云浮武汉雨江都。

239. 新乐府

乐府朝朝代，笙歌岁岁由。
诗词诗所志，道路道人留。

240. 部落曲

老将垂金甲，新兵带剑戈。
狼头成豹尾，汉使李陵休。

241. 从军

汉马功劳在，单于鼓角闻。
边疆边不定，一世一仁君。

242. 宫词二首

之一：
立戟金吾子，红妆顾秀莲。
佳人曾一目，抱玉已三年。
之二：
一曲梅花落，三春弄玉箫。
秦楼秦穆去，凤女凤凰遥。

243. 长门失宠

谁知金屋里，昨日是何人。
不问长门路，秋冬换夏春。

244. 下山逢故夫

不可夫妻问，何言草木知。
相情相悦尽，独去独来迟。

245. 虏患

受降城前卒，云中月下兵。
长城长战事，运命运河营。

246. 夏日闺怨

不脱别时衣，寒宫月色稀。
空床留有忆，净净自相依。

247. 咏破扇

扇扇风风见，新新旧旧闻。
无由无易换，一岁一年分。

248. 述怀

夏夏春春继，翁翁少少承。
人生人似占，物态物年兴。

249. 咏烛寄人

烛短人高见，知明易暗行。
成言方远去，有泪也无声。

250. 薛王花烛行

桃桃李李自成蹊，雪悉尼梨两已齐。
二八芳龄神女色，羞羞答答目眉低。
龙媒玉勤金炉漏，翡翠珠缨婉娩笄。
百草香熏苏合滞，三生会见紫云黈。

251. 三月歌

天津桥侧望，渭水洛阳闻。
只见东都路，屠苏太上君。

252. 妾薄命

离离别别几经年，夜夜思思岁不眠。
日日闻君辽海外，时时妇婿过三边。
渔阳已远关东去，北斗星空一口悬。
独坐缝衣灯已灭，罗衫已解自相怜。

253. 古别离

辽东边外戍，塞北月明休。
胆小空房怯，邻儿唱莫愁。

254. 妾薄命

只恨长城筑，分离塞外秋。
同天同日月，共地共神州。
国国家家在，兵兵战战忧。
王侯王帝界，妇命妇人求。

255. 虞姬怨

楚汉相争半不秦，鸿沟有界一天钓。
江南有女莲花采，自比芙蓉洁玉身。
一半笙歌军帐曲，三千子弟误天津。
乌江不别虞姬剑，战火连天已净尘。

256. 越溪怨

三春吴碧玉，一女越王宫。
水去花来色，江南处处红。

257. 吴宫怨

吴王宫外路，木渎水中花。
曲曲歌歌直，姿姿态态斜。

夫差勾践问，五霸两人家。

258. 春游吟

春游春渐晚，夏日夏多云。
十里吴江曲，三秦渭水芬。

259. 婕妤怨

梨花长信落，朴地短时闻。
化作香泥见，何言有别分。

260. 夜夜曲

北斗常开口，南天有七星。
空床空可落，共处共零丁。

261. 昭君词

一半黄河水，东流过汉家。
琵琶应有曲，蜀女画非花。

262. 拟古东飞伯劳歌

东飞一伯劳，夜宿半衣袍。
灭烛清身冷，清光净玉涛。
秦王龙剑匣，汉武取葡萄。
共坐琼窗下，含羞问二毛。

263. 怨诗三首

之一：
罗敷初采女，二月草花情。
处处生机在，幽幽问此情。
之二：
杜宇应啼尽，谁人问莫愁。
春风春雨里，不语不情休。
之三：
草草花花色，春春夏夏明。
秋风秋叶扫，白雪白霜生。

264. 碧玉歌

碧玉小桥头，姑苏一叶舟。
江湖南北望，十八女儿羞。

265. 见美人闻琴不听

洛浦风流女，长安一片云。
知音知彼此，一曲一文君。

266. 赋诗

一见河边草，三津半似云。
江流江不止，一叶一秋春。

267. 自君自出矣

之一：
君之君已去，妾矣妾修身。
百日应回首，三生可问秦。
之二：
君之君已去，妾矣妾关门。
但愿初婚日，怀中有子孙。

268. 题春梦秋归故里

秋归春梦里，女问误回家。
月色天涯共，相思海角花。

269. 看蜀女转昭君变

妖姬已系石榴裙，锦水东流两岸分。
蜀女如今思蜀女，昭君不似卓文君。

270. 放猿

竹泪无穷已古今，苍梧不尽九嶷荫。
啼时莫近潇湘岸，鼓琵常留二女心。

271. 鸳鸯

自古如今不独稀，形形影影两相依。
人间以此夫妻誉，但上文君旧织机。

272. 巫峡听猿

听猿巫峡谷，断梦雨云空。
不向高唐问，三吴起大风。

273. 长安春赠友人

二月长安独雨云，三春草木自芳芬。
人人子弟求书剑，处处王孙酒自醺。

274. 塞上即事

阳关见柳玉门杨，步上楼兰望故乡。
万里寒沙平铺月，三边晓角落明霜。

275. 宿山驿

一夜山中驿，三更月上孤。
乡关乡再远，水调水江都。

276. 北邙山

草满北邙山，花丛野色颜。
谁人谁天子，玉过玉门关。

277. 秋塘晓望

一水秋塘晓，三边落叶寒。
江南江北阔，藕断藕丝单。

278. 水楼感事

南乡一水楼，北里半山秋。
异异同界，形形色色洲。

279. 泊舟

一叶范蠡舟，三帆自去留。
夫差勾践在，五霸作春秋。

280. 湘云

湘云湘雨色，竹泪竹云青。
鼓瑟苍梧慰，知情九脉灵。

281. 秋闰

白雪三秋客，青娥十载姑。
男儿如此是，婵娟似玉壶。

282. 捣衣

裁缝由泪湿，砧捣未衣干。
夜色寒宫冷，空床露水弹。

283. 题慈恩塔

心经色色亦空空，普度舟舟似纵横。
汉国山河秦陵墓，慈恩白塔一世中。

284. 三湘有怀

鼓瑟湘灵晚，苍梧九脉流。

娥皇英女见，竹泪二妃流。

285. 九日对酒

九日重阳酒，三秋叶满山。
黄花黄靖节，是地是天颜。

286. 中秋夜不见月

八月中秋夜，婵娟故隐身。
云边留女色，梦里许相邻。

287. 雷塘

自笑花开放，群情草碧荒。
黄昏多七彩，日暮落雷塘。

288. 古意

半见皇家一见门，千山万水几黄昏。
常惊四皓曾隐无，不见巢由有子孙。

289. 寄人

一梦不分明，三思向客情。
应知人在远，寄此向云英。

290. 武昌阻风

春风留客在，再食武昌鱼。
不远琴台望，龟蛇已洞居。

291. 秋夜宿淮口

舟停淮口岸，客落月宫明。
树静虫无响，秋蛙已不鸣。

292. 赠乔尊师

无家知有志，问道向师明。
性远何贫见，诗琴自在情。

293. 村行古今诗

江村行十步，水色向三吴。
百里姑苏路，千年碧玉奴。
夫差勾践霸，木渎范蠡孤。
古古今今律，东西一太湖。

294. 颍川客舍

思乡一日半眉头，过路三生一马舟。
止止行行寻不尽，书书剑剑过江州。

295. 独不见

吴姬有楚腰，小小一苗条。
七色凌霄蔓，三光半玉霄。

296. 归去来引

去去来来路，行行止止身。
归其归不得，别得别秋春。

297. 结客少年场行

少少年年志，幽幽并并州。
怀燕轻风阙，向楚遍九江头。
宝剑曾挥袂，儒书已断侯。
驱平西域界，踏遍玉门丘。

298. 塞上 古今诗

枫叶九月已全红，白雪三边大北风。
玉粒成烟寒项浸，山村一日满乡衷。

299. 洛阳道

依依约约一东西，别别离离半宿栖。
国国家家先后去，兄兄弟弟暮朝稽。

第十一函　第八册

1. 宜春郡城闻猿

峡口三鸣止，巫山一谷啼。

行人由此见，不可自东西。

2. 谪宜阳到荆渚

风吹荆渚草，谪客向宜阳。

汉水波涛涌，何人不望乡。

3. 九巆山　山在萍乡，上有九巆仙观

神仙只在九巆山，晋汉真人半列班。

羽化同形同日月，蓬壶水畔水云湾。

4. 郡城放猿献卫使君

岩岩壑壑一云连，谷谷峰峰半向天。

木木林林应可辨，时时忆忆到君前。

5. 题袁州龙兴寺

易辨阴阳一指禅，仪知日月五蕴天。

袁州百尺龙兴寺，十载千僧两岸宣。

6. 山中送弟方质

山山水水共平生，木木林林互助荣。

弟弟兄兄相送返，来来去去到天明。

7. 寻易尊师不遇

白石苔衣已见红，青云起落不由衷。

华阳洞里人何在，采药山中自悟空。

8. 秋日寄弟

秋风催落叶，夕照不归根。

黄昏无限色，日去有慈恩。

9. 杨岐山

古寺千峰下，岐山一水中。

丰碑丰语再绿，异树异人风。

10. 南源山

白雨鸣山麓，青灯照寺房。

钟声惊古刹，磬语序炎凉。

若以观音纳，如来自在乡。

11. 下第夜吟

下第夜吟诗，中庸学已迟。

儒书藏壁存，不在一坑知。

12. 句

日在千门外，人行万户中。

13. 咏月

月月弦弦月，娟娟隐隐娟。

寒宫寒女色，一缺一明圆。

14. 谢人惠琴材

焦桐三尺器，浊浪七弦鸣。

万里黄河水，千年羽化情。

玄元玄所鉴，古道古人声。

木木由心本，琴琴带月明。

15. 谢僧寄拄杖

壁五临风叶，猿啼入桂枝。

僧君留拄杖，觉慧寺中时。

16. 失题二首

之一：

山川多草木，日月少无明。

莫以人心问，当思不可倾。

之二：

暮暮朝朝见，风风雨雨闻，

真真何假假，别别几分分。

17. 道集

一木难言直，千林自立姿。

多枝多叶见，以雨以云司。

18. 失题

之一：

一醉方明醒，三生望故荣。

诗书知礼教，日月莫空行。

之二：

天涯应已远，海角可闻风。

南洋南不尽，北极北冰终。

之三：

红妆应已倒，酒醉玉壶倾。

凤凤凰凰曲，姿姿态态明。

之四：

咫尺天涯路，千年日月真。

低头知远近，举步向秋春。

之五：

巴山巴水色，杜宇杜鹃花。

蜀道陈仓外，嘉陵逐峡斜。

19. 投卢尚书

耕桑耕土地，读学读儒明。

跬步行千界，雕虫误一生。

20. 吴江别王长史

多年经幪被，白雪玉山岑。

野鹿应相伴，啼猿跃近林。

21. 题天台石桥

径达天云路，桥横白石峰。

如闻方广寺，见木草衣对。

22. 寄朗陵兄

细雨知春意，民谣政已成。

书生天下志，读学济枯荣。

23. 咏　溪在历阳西一里

一水向历阳，三清自积塘。

平湖源不止，入楚复潇湘。

24. 耒阳杜工部祠堂

已近汨罗岸，因闻杜工祠。
骚人如此见，去客楚才知。

25. 登单于台

单于台上望，汉帝晚中愁。
不画蛾眉秀，深宫误女流。

26. 登阁

破落侯家路，伤心战事空。
青莲藏归馆，照旧向阳红。

27. 山中作

路上浮云里，山中草木前。
清溪流石曲，鸟度壁岩梁。

28. 短歌二首

之一：

已是穷通运，荣荣辱辱身。
知途明所向，问道自求真。

之二：

意气风云里，前程跬步中。
门闲车马静，竹节向天空。

29. 塞下曲

孤身行塞下，独立并州头。
夕照黄榆叶，牛羊汉马秋。

30. 明妃怨

汉国深宫画，阴山敕勒川。
琵琶留蜀曲，日月满三边。

31. 送邹尊师归洞庭

一岛波心水，三清隐旧林。
归舟琴未尽，桂影作知音。

32. 送张兵曹赴营田

塞下今无战，营中自务农。
功勋由足食，汉马可疆封。

33. 晚霁登汝南大云阁

已歇禅宫雨，还闻尾去风。
登临心不止，极目望长空。

34. 宿香山阁

月宿香山阁，云归枕席香。
窗前潮已起，海上正苍茫。

35. 苏著作山池

影榭山池色，云光入水明。
峰瀛峰不定，一叶一舟行。

36. 王龙骧墓

黄昏一串钱，独挂半孤田。
草色龙骧墓，当年以剑悬。

37. 折杨柳

一曲折杨柳，三声唱竹枝。
年华枝上见，物象不知迟。

38. 江南曲

江南十八女儿红，日月三千草木中。
暮雨朝云曾不住，牛郎织女各西东。

39. 芳树

玉树芳香色，邻庭水月花。
春深春女问，一妾一人家。

40. 送杨谏议赴河西节度判官兼呈韩王二侍御

至得征西将，谋成幕府人。
经纶先策议，白日净沙尘。
虏寇文翰墨，黄云汉国新。
王师应论定，节度向咸秦。

41. 登巴陵开元寺西阁赠衡岳僧方外

岳岳经经半九州，方方外外一僧修。
巴陵已见开元寺，处处江流处处楼。

42. 登亘官寺阁

晨登寺阁望金陵，北户钟山大小乘。
色入南荣淮水岸，寒山拾得作吴僧。

43. 金陵怀古

三山自古石头城，二水如今已自清。
白下方圆王气去，金陵不见六朝倾。

44. 咏浮沤为幸明府作

清规清自己，戒律戒行头。
若以禅房问，心经一叶舟。

45. 莺

欲语先飞去，东风过五州。
三边三雪色，一日一春流。

46. 鹦鹉

笼中鹦鹉语，月下女红知。
饮食无须虑，深宫有所思。

47. 马

伯乐曾悬骨，龙媒已自飞。
千金无价买，一路有天机。
敢比骅骝步，当然记所归。
知途知老马，自去自来依。

48. 凤

好是山家鸟，群禽草野鸣。
云霄空不饱，律吕未栖荣。

49. 送韦员外赴朔方

白露寒霜下，红枫北朔中。
皇华戎事净，列策勒铭功。

50. 险竿行

三生千万里，百尺一竿头。
遇险知关键，承平水载舟。

51. 琵琶行

嘈嘈杂杂一弦英，合合分分百鸟鸣。
汉汉胡胡应不定，秦秦蜀蜀女儿声。
猿啼虎啸惊三峡，竹泪娥皇二女英。
玉树南朝陈后主，王侯不与石崇情。

52. 方响歌

夜半听方响，三更世俗惊。
钟声由击雨，闪电可峥嵘。
入破珊瑚倒，银壶玉碎声。
无须金谷问，但得石崇鸣。

53. 经太华

千莲贝叶太华山，九曲黄河十八湾。

一峙朝天朝玉宇，三清日月玉门关。

54. 季夏入北山

六月一南图，三春半有无。
初秋初木叶，季夏季扶苏。

55. 适思

一世英名半草生，三光旧迹断碑成。
墓后山高流水见，朵石空余蟋蟀鸣。

56. 古意

已上人间路，当然日月明。
何名何姓氏，有去有来行。
水水山山见，花花草草情。
高临高所仰，俯就俯其荣。

57. 采莲曲

莲蓬自立自朝天，十子清宫一子圆。
采女船中应取笑，牛郎岸上已经边。

58. 采莲

越艳荆姝惯采莲，轻声细语自倾船。
秋波玉露胸前色，碧叶红英水上田。

59. 同崔员外温泉宫即事

辇辂崔员外，温泉即事宫。
讴谣诗赋献，日月紫荆中。

60. 题沈黎城

北海童翁颜，南州日月头。
边城边塞将，久战久封侯。
楚甲经烽火，吴钩寄雪秋。
榆关山海见，黑水白山眸。

61. 登乐游原怀古

曾知汉帝宣，自幼盅巫挛。
出入陵门问，风云际会天。
中兴成一主，独谢乐游原。
旧址今尤在，新思有觉先。

62. 静女歌

花开花落叶，静女静其心。
一曲知音近，三春向木林。

63. 古兴二首

之一：
蔓草微微细，青藤处处高。
缠缠还绕绕，志志异蒿蒿。

之二：
处处闻鸡犬，天天一把刀。
升开升几得，一叶一葡萄。

64. 晚望

孤亭凭远望，细水有流音。
有道常回首，无兹契宿心。

65. 阳春歌

白雪阳春曲，梅花落里歌。
巴人生下里，蜀水楚流波。

66. 少年行

如今边界守，自古少年行。
一掷千金去，三生半小平。

67. 晚至乡亭

乡亭乡水晚，暮色暮云端。
日夕荆台暗，风霜郢路寒。
盘桓盘驿道，逝水逝波澜。

68. 舟行旦发

四更帆扬尽，三翻五次催。
江分扬子岸，水合越王台。
此去潮头上，东方旭日升。

69. 奉和夏日游山应制

夏日林泉静，烟霞草木荣。
齐竽吹不尽，只是作忠声。

70. 旅泊江津言怀

年年岁岁问东风，暮暮朝朝驿馆同。
碌碌为为一世纪，辛辛苦苦百年中。

71. 大梁行

客自成都问，弹琴送我音。
三操闻别鹤，五弄大梁吟。
忆魏知公子，罗英百木林。
金锤夺晋鄙，白刃断侯襟。

救赵邯郸北，围秦草色深。
雄图成已克，故垒乱王阴。
汴水沾缨色，夷门石磊嶔。
精忠簪祖列，自至运河临。

72. 秋日送别

钱塘不断运河舟，汴水隋炀六渎流。
不忘谁家隋史记，杨杨柳柳是春秋。

73. 送人归山

路上分歧客，舟中别故人。
知贫山里去，直木树前春。

74. 早行遇雪

已上三更路，鸡鸣第一声。
霏霏初下雪，日日有阴晴。

75. 送安养阁主簿还竹寺

河梁分手问，主簿合南征。
竹寺藏天意，青云远近行。

76. 晚投南村

秋风秋已静，一月一树稀。
处处无鸡犬，声声有捣衣。

77. 题季子庙

季子知贤社稷移，听风雅颂让王师。
千年以后谁依旧，百岁空名作断碑。

78. 听琴

听琴听自己，一曲一心弦。
古调阳春水，今声下里天。

79. 失鸱鹉

不在塘边等，何须去不知。
当归天地上，自在已无迟。

80. 铜雀伎

曹公铜雀伎，魏主已无声。
只向西陵望，孤身舞不成。

81. 宫词

梦里君王近，宫中一步遥。
藏娇金屋里，碧玉守河桥。

82. 惆怅诗九首

之一：

不见蕊珠宫，长生殿月空。
明皇明不见，玉女玉真衷。

之二：

月色芭蕉影，婆娑不定风。
鸳鸯分不得，渚岸作深宫。

之三：

夜盼偷桃子，宫深月不明。
形形多影影，窃窃是情情。

之四：

月满空床上，情私一夜中。
宫深宫女见，一叹一余衷。

之五：

抬头明月问，俯首向空床。
后羿应知悔，清宫已略荒。

之六：

已满衣襟泪，梨园自失鸣。
开元天宝去，羯鼓已无声。

之七：

长门多落叶，羽扇有阴晴。
自古深宫里，河边满子声。

之八：

宫深分两地，草浅合春花。
隔岸心经在，天皇独一家。

之九：

夜夜有天明，人可再生。
何求来世望，独守去人情。

83. 登清居台

清居台上望，白雪魏峦开。
万里天机在，千云自去来。

84. 游昌化精舍

一契卢敖舍，三清玉石精。
天台天所近，紫气紫阳英。

85. 善卷先生坛

一到坛边望，三生已尽知。
唐尧谁舜禹，古往今来迟。

86. 句

云云成雨雨，水水上山山。

87. 题郴州相思铺

以此相思铺，征人泪水河。
空川空逝水，一路一余波。

88. 凤归云二首

之一：

梧桐枝上宿，百鸟唱中鸣。
羽翼归云去，金銮玉辇荣。

之二：

弄玉秦楼上，吹箫月明中。
求凰求自得，穆父穆天公。

89. 圊

三清三自得，一苑一人间。
救死扶伤客，玄元道术还。

90. 读孝经

卧鲤融冰见，曹娥越水行。
人间如此是，世上似精英。

91. 赠葛氏小娘子

姬虞娘子见，葛氏在天台。
不可同刘阮，回头莫再来。

92. 送孙舍人归湘州

湘州湘水岸，岳麓岳阳楼。
紫绶为驾路，黄封策略酬。

93. 再登河阳城怀古

驾陟崇埔旅，河阳凯迹行。
青山峰水色，直木自然英。

94. 题莹上人院

弃岸求香院，山林野鹿临。
为傅同学志，杜宇可惊心。

95. 燕衔泥

去岁栋梁巢，今年不弃交。
双双飞出入，独独共言哨。
岁岁人应老，年年子女茅。

同行同宿止，共伴共辞爻。

96. 日暖万年枝　古今诗

天高三界气，日暖万年枝。
二万三千日，平生十万诗。

97. 日暖万年枝

天生千直木，日暖万年枝。
水水东风雨，山山润土时。

98. 日暖万年枝

日暖万年枝，江流九曲迟。
人情知世理，处事帝五司。

99. 日华川上动

清风随石谷，旭日满晴川。
曙色深潭落，沉渊上下天。

100. 闻击北

皇家野老舜年明，土地桑麻二尺耕。
赋税应因由此量，民生自是帝王城。

101. 初照华清宫

日向华清落，楼深复道通。
温泉温水暖，玉女玉贞红。
出水芙蓉赋，翰林太白工。
诗词应似此，幸幸可人同。

102. 瑜不掩瑕

玉洁含瑕疵，分明纳异惊。
坚贞宁作璞，善恶自殊荣。
若以良弓凿，精雕始作英。
人间人所事，以练以磨成。

103. 秋日悬清光

秋风三肃穆，日色半分明。
若以重阳见，黄花不自倾。

104. 三让月成

书生三让礼，铸剑五湖风。
以退方知进，心经始色空。

105. 海上生明月

海上生明月，云中落叶声。

寒轮寒玉影，桂子桂人惊。
日日观萋萋，幽幽上下平。
嫦娥向处躲，不受此弦营。

106. 月夜梧桐叶上见寒露

月夜梧桐叶，寒光白露圆。
知观由小大，远近作云烟。

107. 清露被皋兰

清清白露九皋兰，八月华阳一晓端。
野鹤知荣葵藿惠，玄元向道彩云安。

108. 宿烟含白露

白露含烟宿，清光带玉流。
空林空叶净，玉影玉霜头。
月色分明浸，云屋入半羞。
徘徊阡陌上，物象中中秋。

109. 风光草际浮

日色天边落，风光草碧浮。
春花春草盛，一塞一羊牛。

110. 送薛大夫和蕃

知蕃御使亚相贤，圣德戌人力戍边。
汉日胡天同进趋，阴山敕勒赤壃前。

111. 风光草际浮

风光草际浮，旭日十三州。
木以春萌直，臣当万事谋。

112. 风光草际浮

草际风光色，花间日色留。
春云春雨里，九脉九州头。

113. 风光草际浮

风光浮草际，日月九州头。
简简繁繁界，人人事事修。

114. 风光草际浮

风光千万里，草际暮朝长。
四象由天地，诗书孔孟乡。

115. 巴新

我是天堂鸟，曾当极乐人。

从新居里甲，世界雨林濑。

116. 冬至日祥风应候

大雪方冬至，经天日已长。
春风先及物，万井已呈祥。

117. 清风戒寒

水净观天理，风清眼界宽。
山明方有异，度月有云端。

118. 风草不留霜

风风草草水成霜，叶叶枝枝久不扬。
落落沉沉从四象，冰冰雪雪二仪量。

119. 春云

春云含雨气，万水纳千山。
燕雀飞鸿问，南南北北还。

120. 登云梯

步步云梯见，遥遥不及闻。
天空天所望，地厚地耕耘。

121. 登云梯

自古攻城策，云梯士卒登。
先锋先战斗，振臂振挥弘。

122. 秋山极天净

秋山秋雨净，落叶落根前。
莫以风云起，飘扬入陌阡。

123. 春台晴望

春台晴望远，草色已重新。
岁岁枯荣见，年年忆故人。

124. 天骥呈材

汉血经天一路轻，青云直上半嘶鸣。
王良顾盼追风去，紫陌通衢步骤行。

125. 律中应钟

商声辞玉笛，羽调入金钟。
角动春梅影，宫音白雪踪。

126. 闰月定四时

双仪双对辨，四象四时分。

北北南南异，朝朝暮暮闻。

127. 闰月定四时

四序如期至，余时闰正分。
应承尧历制，始辅帝一君。

128. 闰月定四时

水积成江海，时余改序循。
春秋应已定，闰正可修沦。
四序中原象，三光各不匀。
候潜分未了，玉律不私频。

129. 新阳改故阴

朝朝暮暮似相同，岁岁年年命不空。
落落升升何不改，新新旧旧易无穷。

130. 春水绿波

一片芰荷水，三春泛绿波。
相依相辅色，与之与羲和。

131. 春秋轮回

柳绿桃红小杏妍，梨花白雪舞翩翩。
年年岁岁轮回见，果果因因不来年。

132. 海水不扬波

风平龙已静，海水不扬波。
日正千轮渡，天人永太和。
渔公当注意，圣代止干戈。
莫以惊涛涌，人间善米禾。

133. 四水合流

四水东流去，千山禹凿来。
开通关隘阻，顺势筑天台。
凤阙萦回过，皇州会合才。
舟行舟所覆，载物载云催。

134. 登圣善寺阁望龙门

龙门晴日合，善寺阁楼分。
禹凿留云雾，孤园有界君。
清流清岸水，浊水浊芳芬。
一路中原见，三生望日云。

135. 秋霁望庐山瀑布

一带连青嶂，千寻落碧流。

232

庐云烟水合，牯岭九江秋。
误鹤初虹色，惊鸥木叶舟。
山前山似雾，雨里雨无休。

136.济川用舟楫

遥遥归去路，渺渺水连天。
逝水波涛雪，浮云彼此团。
孤舟辞曲岸，木楫济长川。
把握春秋渡，人生日月田。

137.洛出书

图书河洛见，四气顺千川。
禹凿东流水，乾坤易十天。
微和功不宰，治世力难宣。
一睹皇家誉，三光大自然。

138.洛出书

人间三序序，世界一源泉。
八卦分图制，双仪对立宣。
阴阳相互补，十易解爻田。
夏禹唐尧继，如来如去年。

139.洛出书

玄龟清洛出，瑞象紫辰居。
物着群灵首，文成列班初。

140.玉壶冰

清寒成逝水，素结玉壶冰。
以镜观天下，凭心有道应。
相承相辅见，以草以花兴。

141.美玉

抱玉良工问，精雕去疵成。
经磨经日色，琢璞琢光英。
始得虹澄显，终为赵璧名。
相如相一国，此物此臣荣。

142.琢玉

卞玉和氏璧，荆工琢器成。
他山攻似愿，已及作精英。

143.白珪无玷

片玉坚贞洁，无瑕白珪明。

冰清冰抱璞，凿皎凿磨成。

144.鲛人潜织

鲛人潜织纲，碧海馆冯夷。
织女穿梭教，冰凝作水师。

145.日照尼亚加拉瀑布

熔炉化日千泓落，一线又光百丈归。
半似黄云红似雾。三分世界两纷飞。

146.瑕瑜不相掩

瑕瑜相不掩，去疵独晰磨。
缜密开光泽，良工秀质多。

147.戛玉有余声

戛玉音难尽，清声涧水流。
余情余不尽，入耳入心鸣。

148.珠还合浦

日落廉州部，珠还合浦川。
南康山口岸，北海自闻天。

149.浊水求珠

先余深海暗，晦结夜明珠。
比浊游鱼逐，波涛琢凿殊。

150.暗投明珠

天光非易鉴，地力是无量。
合浦精灵在，明投暗弃尝。

151.暗投明珠

北海天高阔，明珠合浦生。
知书知远近，治道治枯荣。

152.暗投明珠

明珠明一串，暗属暗三光。
浊晦方成器，投怀始吐扬。

153.泗滨得石磬

石磬精灵在，禅房日月成。
心经心所向，一物一长生。

154.赵铎 玄元皇帝应见贺圣祚无疆

圣祚无疆贺，真容咫尺天。
巍峨大象近，上祝英武年。

155.太常寺观舞圣寿乐

圣寿云门曲，明皇乐未央。
和风和气祝，日冕日方扬。

156.太清宫闻滴漏

玉漏移墀步，朝衣正佩缨，
金銮金晓色，紫陌紫云英。

157.仲秋太常寺观公卿辂车拜陵

卤簿辞丹阙，威仪列太常。
初开南吕律，侍望拜陵堂。

158.贡举人谒先师闻雅乐

雅乐先师颂，群彦礼圣明。
闻歌音四野，九变易三英。

159.望凌烟阁

一望凌烟阁，三生向九天。
丹楹崇四野，紫禁立千年。

160.观北番谒庙

祖庙巍巍立，层城肃肃清。
戎夷名姓改，帐盖列行行。
瑞气千重色，箫韶九脉萌。
丰年盈俎豆，百拜望簪缨。

161.舞千羽两阶

远望山中寨，风尘鼓乐新。
谁知天下舞，已见有苗人。

162.御制段太尉碑

圣节忠贞见，天支石篆文。
三军重阵列，一路九泉闻。

163.恩赐魏文贞公诸孙旧第以导直臣

刑第成旧锡，邸第赐初荣。
直木丛林立，忠臣诸节名。

164. 恩赐 老布帛

烛物明尧赐，垂衣父老情。
民民还士士，子子亦孙孙。

165. 东都父老望幸

涣汗中天发，明君早勒功。
金銮秦地幸，白日鉴维崇。

166. 言行相顾

立志言为本，修身意果行。
相兼相顾与，独得独冠英。

167. 言行相顾

先行先立本，硅步直如修。
彼此言则顾，春耕以果秋。

168. 人不易和

人心曾所见，事务已纷纭。
易变相宜取，思谋七寸文。
齐竽齐所温，汴玉汴非闻。
接楚三移岁，投秦十上云。

169. 早春送郎官出宰

出宰仙郎去，忧民圣主闻。
丹墀云雨露，粉署首章文。
化展鸣禽路，都门别汉臣。
功名功紫陌，立主立芳芬。

170. 饯王将军赴云中

庙略雄师将，元戎凯甲身。
宠辱推金印，关河济汉秦。
河东河北战，细柳细兵亲。
速立云中阵，阴山刺敕钩。

171. 西戎即叙

戎收低陇月，甲偃度湟风。
指令三边定，军中一世雄。

172. 禁中春松

郁郁青松树，阴阴立紫宸。
轻烟云雨色，令节主秋春。
赋预凌云志，荷陶致植钧。

173. 玉烛

玉烛云烟杳，香风远近呈。
天街天路永，律吕律墀应。

174. 文宣王庙古松

列植成钧里，分阴古庙前。
钟声连磬语，以此作贞坚。

175. 华林园早梅

华林园白雪，晓日旭光红。
只是梅花色，无疑百草崇。

176. 龙池春草

草暖龙池绿，云晴御苑新。
离离荇慈渚，苒苒砌阶濒。

177. 龙池春草

凤阙春梅影，龙池草色新。
阳春和白雪，翠叶带轻沦。

178. 贡院楼北新栽小松

得地贞心占，依人劲节新。
凌云枝尚竞，自顾叶无尘。

179. 玉壶冰

三冬梅雪影，一水玉壶冰。
共济香贞质，同心大小乘。

180. 潘安仁戴星看河阳花发

戴月河阳露，披星二月花。
梅花三弄秀，白雪一春家。

181. 龟兹闻莺

龟兹歌舞地，羯鼓目胡姬。
右右双肩顾，摇身独玉姿。

182. 好鸟鸣高枝

高枝鸣好鸟，远远送清音。
浅水游鱼水，扬扬日月心。

183. 金谷园花发怀古

芳芬桃有色，寂寞李无言。
石氏园林木，今今古古繁。
花从朝日月，草向绿珠萱。

184. 织鸟

三春高阁柳，一径小庭梅。
束缚蚕成茧，天梭织女来。

185. 出笼鹘

笼中笼外见，一地一天闻。
自主前程去，从心日月分。

186. 试越裳贡白雉

金冠如赤首，玉羽似寒霜。
惠化无疆贡，朝天有越裳。

187. 敕赐三相马

鸣珂龙阙下，踏玉凤池前。
上苑骅骝步，中宫顾九天。

188. 河中献捷

判将从征虏，王师已战功。
中条山下胜，自此乐尧风。

189. 天骥呈材

质异追风速，龙媒逐圣明。
关山知去往，日月可长鸣。

190. 天骥呈材

得地行千里，经天莫半催。
知途曾伏枥，向圣是龙媒。

191. 雪夜听猿吟

猿吟惊雪夜，宿梦客知心。
绝壁应悬臂，寒岩木已深。
扶桑明月晚，远近故人音。

192. 寒蝉树

高枝借一鸣，下退寄千情。
世上同攀比，人间共品清。

193. 临川羡鱼

临川可羡鱼，泽水自安居。
向日知儒道，经纶向地书。

194. 临川羡鱼

临川鱼自在，面壁客人疏。
群来群去往，小大小中余。

195. 寄辛学士

答王无功入长安咏秋蓬见示

秋蓬秋见示，叶落叶经霜。
果果因因季，年年岁岁量。

196. 哭李道

闻君下九泉，浙水逝临川。
经行舟不泊，北洛谢诗田。

197. 湘中怨讽

湘中芦叶雨，水上苇丛云。
隔岸栖鸿夜，群英不可分。

198. 登汾上阁

风临汾上阁，叶落并中秋。
不忍江湖梦，吴门误白头。

199. 为御史衔命出关谳狱道中看华山有诗

野鹿华山逐，中原日色依。
秦川由此望，草木隐天机。

200. 寄织锦篇与薛郎中

织锦穿梭女，功夫一线牵。
郎中三百日，主宰一方圆。

201. 和人忆鹤

问道玄元路，和人忆鹤年。
丁零虚所论，群英守一泉。

202. 句

情深已似家乡岸，父母如来夜枕边。

203. 赠米都知

三朝四十年，五代二万天。
乐府歌明代，诗词颂雅贤。

204. 题安国观

青松安国月，古殿净红尘。
白首观经者，深宫曲舞人。

205. 自商山宿隐居

一道桃源洞，三秦汉月明。
陶公曾五柳，四皓已千名。

206. 夜归华川因寄幕府

竹里衡门静，华川幕府明。
亭皋春已老，不懒范蠡名。

207. 春日过田明府遇焦山人

桃源秦汉界，不问武陵溪。
五柳渊明客，三光草木低。

208. 题升山

十里升山寺，千攀古木天。
经年登不达，待日向机禅。

209. 投曹文姬诗

掌殿玉皇前，尘心下九天。
香曛三界水，领带一香烟。

210. 绝句

吴塘山上木，逸隐弃官名。
岁岁秋明月，幽幽逝水清。

211. 献卢常侍

朱门夜月长，女伎曲听郎。
莫以冠缨客，云中有梦乡。

212. 赋新月

如弓未上弦，且挂树中天。
日日应增长，明明一夜圆。

213. 悼伎诗

行云知伎秀，道术羽衣裙。
独弃黄泉客，相逢李少君。

214. 长宁公主宅流杯

俯瞰临天下，高楼储古今。
余雪成玉树，远岫作云林。

215. 神龙从臣

序：

侍宴桃花园应制，纪事云张仁亶自朔方归朝中宗赐宴桃花园命群臣赋诗，时李峤、赵彦昭等各有诗。

诗：

一水源流逐逝川，秦秦汉汉海桑田。

从今结子三千岁，再领将来五百年。

216. 寄兄

南南北北一朝歌，弟弟兄兄别亦多。
异地何修离旧路，同舟共渡锦江波。

217. 天宝时人

序：

王龙子诗 太平广记云，玉龙子本太宗晋阳宫物，文德皇后赐大帝，广不数寸而温润精巧，非人间所有，后则大赐玄宗，开元中三辅早祈无应，乃密投于南山龙池风雨随作，玄宗幸蜀复归于渭水濯足复见因有诗。

诗：

圣运明皇幸蜀逢，南山欲隐舆登镜。
何如渭水沙中得，已是龙宗子作龙。

218. 题屈原

楚楚秦秦一代臣，张仪屈子半臣钧。
汨罗逝水湘江去，不是原来独醒人。

219. 题端正树

长安端正树，一舍马嵬坡。
幸蜀霖铃驿，杨妃本素娥。

220. 寄内诗

一去三军战，千兵半成戎。
成成谁败败，内内是终终。

221. 代妻答诗

记忆嫁时衣，相思日月稀。
征兵征战去，守夜守床归。

222. 丙申岁诗

中书一舍人，逢吉丙申春。
三十三书子，元和似锦鳞。

223. 刺安南事诗

荒村一卒归，古道半残扉。
刺救安南事，无鸿燕雀飞。

224. 歌

狂歌取一钱，不必问三边。

处处皆为战，依依是旧天。

225. 睹野花思京师旧游

街西一牡丹，陌北半芝兰。
色色应相似，香香可玉珊。

226. 哥舒歌

哥舒翰北斗，立马正临洮。
战士弯弓角，英雄不用刀。

227. 答人　古今诗话云太上隐者

无名无姓隐，有志有欲用。
食食居居问，人人事事情。

228. 向竹吟

古古今今有七贤，来来去去已千年。
中原逐鹿英雄尽，鹤子梅妻不种田。

229. 婆山人

俗世连仙界，红尘满逸人。
谁知谁已去，不见不思神。

230. 同谷子

序：

　　五子之歌，纪事云昭宗播岐何后用
事有同谷子者。

诗：

之一：

家邦惟固本，土地雨云风。
谷子右千穗，春秋不秕空。

之二：

古古今今见，来来去去空。
君臣君不尽，老少老童翁。

之三：

少小思量短，君臣玉漏长。
陶唐方有冀，纪网自圆方。

之四：

子子孙孙继，天天地地张。
名门名一世，列祖列三光。

之五：

五子歌初毕，三朝殿已终。
王家成庶民，贼寇已称雄。

231. 崔公佐诗

雅雅文文正，衣衣帽帽偏。
君君谁子字，地地共天天。

232. 赠伎茂英

少小知羞色，三年不记愁。
重温前事近，自得是风流。

233. 又赠

只向中书见，何须再点头。
千姿加百态，粉面坐青楼。

234. 织锦人

吟

纵横方织锦，上下可穿梭。
左右缭绫布，方方正正柯。

235. 寄故姬

五载曾相约，三生已寄姬。
江陵江水去，六岁未当辞。
刺史音琴纳，千金遣弖司。
高丽坡下见，已是断言时。

236. 句

昨日文章客，今天草木津。

237. 送南中尉

北斗应开口，南中慰藉城。
知彼知吏禄，试已试人名。

238. 题紫微观

行身三界世，入道紫微观。
小杏墙边色，桃花问牡丹。

239. 题邓仙客墓

白日升仙去，人间有墓宫。
瑶池王母问，隔岸始终同。

240. 题故翠微宫

一寺翠微宫，三军不战戎。
杨妃留不得，末了上皇衷。

241. 衡州舟子

吟　语林曰衡州人多文辞樵斧以诗

雁字排空一乃成，飞人落地半湘衡。
明年北去寻青海，水草繁荣两地萌。

242. 月夜

涧水深山逝，青云落日归。
华山明月色，独步老人稀。

243. 终南

万朵莲花峰，千川白雪容。
云龙常隐现，北阙满青松。

244. 吴越失姓名人

大庆堂宴元玚有诗呈吴越王

谷鸟初啼尽，樱桃已遍红。
甘霖曾未止，赐宴越吴丰。

245. 又和

樱桃花已落，结子自当然。
若以心中问，春秋作岁年。

246. 再和

若以樱桃问，胡姬两目肩。
楼兰香色味，不可忘天边。

247. 重和

樱花开满树，百媚落无桃。
莫以扶桑问，华人汉本袍。

248. 御制春游长句

柳带如眉小杏红，分明水色暖晴空。
春莺历历啼无止，紫燕关口叙旧衷。
广陌重重方绿尽，阶墀处处管弦隆。
升平碧玉多姿色，莫锁婵娟守玉宫。

249. 明月湖醉后蔷薇花歌

十地方兴绿蚁楼，千红万紫自难休。
西施醉后情无尽，一酒金陵有莫愁。

250. 春二首

之一：

山乡村草木，水国泛春波。
北岫明光照，南池白羽多。

之二：

春风青帝许，碧水禹门行。

两岸争先绿，三吴久不晴。

251. 夏

赤帝炎炎半火云，吴中夜夜水难分。
长门汉若班姬泪，羽扇团团着短裙。

252. 秋

白露成霜木见轻，黄花独绽色光明。
高枝欲断蝉声老，落叶飞扬总不声。

253. 冬

苍苍世界不先凝，处处梅花自作头。
泽国龙蛇经水冻，阴山雨雪已成冰。

254. 鸡头

鸡头先自醒，领导唤三更。
共以人间事，同声世界明。

255. 红蔷薇

蔷薇红带紫，暗色透新明。
玉碎分光争，晴光造化生。

256. 斑竹簟

竹泪斑斑半泣成，湘灵郁郁一霞晴。
珊珊点点枕边色，晓露轻轻总是情。

257. 听琴

凤尾七条弦，龙头一地天。
宫商征角羽，曲尽有余泉。

258. 石榴

百子石榴红，三秋向世工。
酸甜甘乳液，意味玉心中。

259. 秦家行

孔壁藏文牒，书坑纳李斯。
成功成六国，过往过秦规。

260. 小苏家

小小一苏家，幽幽半玉花。
钱塘钱是岸，碧玉碧桥斜。

261. 斑竹

鼓瑟湘灵问，斑斑泪二妃。

娥皇先不止，续以女英扉。
但向苍梧寄，衡阳不是归。

262. 天竺国胡僧水晶念珠

胡僧地域近三天，百八珍珠以念全。
眼界莲花千佛指，如来幻影万家缘。

263. 白雪歌

瑶宫珠玉碎，屑末满天飞。
只作琼花色，人间不可归。
芦花芦苇岍，柳絮柳杨晖。
汉帝寻王母，萧娘问二妃。

264. 琵琶

阴山一曲汉宫幽，耕敛千川蜀女秋。
十二峰中云雨弄，三湘月下洞庭舟。

265. 伤哉行

二世王家一把刀，三湘水色万波涛。
秦皇白费驱天力，六国纵横国学高。

266. 留赠偃师主人

洛北秦川路，淮南建邺船。
清灯清夜短，一夏一秋蝉。

267. 长门

风如催落叶，月似剪肠刀。
一里长门路，三宫短夜袍。

268. 宴李家宅

吉瑞云光舍，罗绮白玉堂。
金杯倾紫液，绿蚁入壶香。
赤首红颜醉，清衣皓腕狂。

269. 长信宫

细草一宫门，青娥半子孙。
人间人不见，世上世儿恩。

270. 骊山感怀

武帝寻仙去，秦皇万岁游。
明皇天宝尽，幸蜀太真留。

271. 绝句

挥巾三止步，举首半衷肠。

别意黄昏色，离情作夕阳。

272. 听唱鹧鸪

鹧鸪金谷曲，石苑绿珠情。
不尽东风语，难闻一女声。

273. 杂诗（十九首）

之一：
珍珍金缕服，惜惜少年时。
莫可折花叶，春秋是一枝。
之二：
一曲鹧鸪唱，三春日月苏。
闺房闺女望，碧玉碧心奴。
之三：
三春自得意，一月一销魂。
舞袖空然落，胸衣有泪痕。
之四：
同心明月色，共伴绣鸳鸯。
不忍征人问，三年未上床。
之五：
双飞双宿止，一水一鸳鸯。
此际何人解，牛郎在异乡。
之六：
一去辽阳梦，三边有女郎。
长城长万里，月色月空床。
之七：
春莺鸣里曲，翠羽帐中人。
只望江流水，千红万紫尘。
之八：
长愁长乐见，戍国戍征闻。
护色藏娇女，方成世守人。
之九：
月月寒宫玉，香香夜合花。
同床同枕梦，不醒不天涯。
之十：
十二峰中雨，高唐月下云。
襄王神女问，宋玉赋殷勤。
之十一：
夕照扬扬远，黄昏片片红。
征夫征不止，一战一贫穷。
之十二：
年年夫不在，夜夜剪刀声。

叶落秋风起，霜飞寄暖情。

之十三：

萋萋寒食雨，处处有清明。

祖祖宗宗忆，夫夫妇妇情。

之十四：

逝水东流去，征夫北戍行。

三年三载梦，一夜一空城。

之十五：

郎心如妾想，小女似丝情。

共手东西路，同行彼此盟。

之十六：

妾女秦淮水，征夫永定河。

函关归路望，一夜梦连波。

之十七：

不可分飞望，无言合纵行。

连衡连日久，逐鹿逐夫荣。

之十八：

知音知不得，一曲一传情。

若见临邛酒，相如莫未成。

之十九：

渺渺江湖水，悠悠望海楼。

钱塘钱六合，逝水逝江流。

274. 初过汉江

汉水襄阳岸，琴台夏口傍。

知音知所望，问道问家乡。

275. 读庾信集

十帝四朝风，三吴一水红。

金陵金正日，庾信庾诗工。

276. 题长乐驿壁

驿壁三更去，骅骝一路尘。

来时杨柳曲，别见竹枝人。

277. 绝句

唱遍竹枝词，骚人只赋诗。

江流江水去，女意女儿知。

278. 题取经诗

晋宋齐梁五代唐，高僧西去取经忙。

千人九百长途死，八十三人不忘乡。

279. 题水心寺水轩

条条垂向下，柳柳拂风中。

不是心无定，凭根向日东。

280. 王昭君

之一：

敕勒川中日，阴山月下胡。

黄河东逝水，蜀女汉宫芜。

之二：

一去单于帐，三生汉画师。

琵琶声不止，蜀女不相思。

281. 粉　题诗

江南杨柳色，塞北雪霜飞。

一字飞鸿见，三边已早归。

282. 咏美人骑马

虢国夫人马，平明过市行。

偷窥杨柳色，已得女儿情。

283. 六言诗

去去留去去，朝朝暮朝朝。

别别离别别，娇娇欲娇娇。

284. 胡笳曲

六孔一胡笳，千音半旭华。

牛羊同牧马，草木共天涯。

285. 桃源行送友人

一入武陵溪，三秦两汉堤。

桃花杨柳岸，织女采桑黄。

爽水芳菲单，阳春白悉尼。

荒桥荒渚渡，鸟落鸟飞低。

286. 唐衢墓

黄泉有道一人生，永巷无尘十地情。

洛水先生三尺墓，唐衢立此半生名。

287. 宫词

榆钱应落尽，柳絮已无形。

只在深宫里，零零独一丁。

288. 抛球诗

抛球抛所意，举足聚其情。

不耐清宫路，无言笑倩横。

289. 艳歌

蜀女琵琶曲，嫦娥不画眉。

空床空恨泪，弃枕弃衣垂。

290. 杨柳枝

岸岸流流水，杨杨柳柳枝。

何人杨柳唱，望妇待夫知。

291. 河中石刻

河中铭石刻，月下宿帆垂。

望妇知夫远，江流逝水姿。

292. 古砚

壮士亲成剑，书生古物亲。

江河流一线，日月墨千鳞。

293. 绝句

江湖渔父隐，日月水云蒙。

七十年中路，三生对色空。

294. 题童氏画

丹青成一角，日月挂三边。

草木居中落，乾坤着上天。

295. 失题

春潮微雨歇，夕照复重来。

已向无限去，原来以此回。

296. 姜宣弹小胡笳引歌

其形如竹管，六孔似弦声。

草叶成篁片，天然少女情。

胡天胡地曲，塞雁塞边鸣。

牧马阴山域，单于敕勒生。

297. 罗浮山

罗浮山日月，智慧觉如来。

大势观音在，人生自在媒。

298. 汤周山

汤周山上路，已得二仙人。

只向天台问，高风亮节邻。

299. 永州舜庙诗

三皇五帝一中华，夏夏商商半世家。
舜以公私分自立，谁知禹启永州余。

300. 绝句

云光吴越水，雨色会稽山。
日月天台近，天堂六合湾。

301. 三学山盘陀石上刻诗

自上盘陀路，成径石上花。
三三非自免，一一是仙家。

302. 合水县玉泉石崖刻

拔地三千尺，排空一半天。
澄波澄万象，抱玉抱千泉。

303. 纪游东观山

东观山外势，北问岳华光。
贝阙南宫液，天台逝水梁。
芝田成万象，曲诘作千章。
不以玲珑客，相邻日月堂。

304. 题焚经台

真真假假译经人，佛佛僧僧以本钧。
印度中华同是异，由心面世释音珍。

305. 日暮山河清

日暮山河静，黄昏远近观。
河流明一带，月色上千澜。
大势如来佛，秋风肃穆宽。
遥传钟鼓继，古寺老僧坛。

306. 秋日悬清光

宋玉巫山赋，张衡度刻求。
清光秋水净，百日上冬楼。

307. 落日山照曜

落日山林隐，高峰独峙明。
残阳残色远，一缕一丝情。
不似清晨上，相如以沫生。

308. 月映清淮流

黑白分明半，寒温律象全。

弦弦圆缺易，水水去来悬。
但以秦淮色，春秋各岁年。

309. 寿星见

吉得三清静，祥为一寿人。
今何今象继，步得步虚轮。

310. 华山庆云见

华山观庆云，四象竞氛氲。
圣圭千呈祖，苍生万户君。

311. 清风戒寒

清风翻玉叶，扫路对长亭。
夜色多明月，天空宇宙宁。

312. 空水共澄解

渺渺曾天地，悠悠日月中。
深深流不尽，浅浅映云空。
莫以无形见，当然有界穷。
方圆由自己，去去亦生风。

313. 寒流聚细纹

静水深深有细纹，贤人处处自成名。
波涛涌动风流去，俯仰乾坤见天闻。

314. 长安早春

折杨初觉短，问柳未均黄。
八水皇城绕，三冬日已长。

315. 嘉禾合颖

挥河尘尽净，子粒自成芽。
雨顺风调日，嘉禾合颖家。

316. 玉壶冰

一水玉壶冰，三冬始自凝。
黄河春欲语，解冻始方兴。

317. 膏泽多丰年

岁岁年年世纪龙，膏膏泽泽御液踪。
风调雨顺勤稼穑，灵背朝天是苦农。

318. 望禁苑祥光

紫气东来苑，天机玉辇旁。
祥光行八面，瑞气正圆方。

319. 晨光对翠华

北阙东方曙，南山贝叶香。
晨光华翠对，日色玉兰堂。

320. 观南郊回仗

南郊回辇仗，北阙待銮香。
记取观台祭，天朝主四方。

321. 谒见日将至双阙

步步临双阙，趋趋奉独心。
千年千日月，万国万音琴。

322. 尚书郎上直闻春漏

春风鸳鹭步，玉漏尚书郎。
举笏仙署策，冷香以建章。

323. 华清宫望幸

紫气华清水，芙蓉半出塘。
温汤曾浴日，玉馆已凝香。

324. 御题国子监

龙飞三十字，凤舞一千章。
国子儒文化，天门着草堂。

325. 郊坛听雅乐

郊坛听雅乐，祭奠地天堂。
祖制轩辕土，成皇日月光。

326. 册上公太常奏雅乐

雅乐呈金石，烟云奉上公。
天光三册内，曲尽一苍穹。

327. 听霜钟（二首）

之一：
处处沉霜叶，遥遥石岫钟。
疑云疑白雪，独见独青松。
之二：
叶鼓应相继，霜钟可世惊。
人心人所见，一世一英明。

328. 笙磬同音

历历鸣笙磬，泠泠曲自同。
声声相似结，处处鼓钟逢。

329. 玉卮无当

玉卮无当处，连城惜宝人。
精英精不尽，玉碎玉成尘。

330. 府试古镜

古镜蒙尘照，铜光自不清。
如何多拂拭，若以见天明。
可对前朝史，当临玉树英。
凭心知彼此，固若暮朝盟。

331. 焚裘

一火东风里，三吴半蜀前。
裘燃裘已尽，见魏见先贤。

332. 送薛大夫和蕃

汉命戎王使，和蕃塞外行。
风沙原上列，胜败语中盟。

333. 观剑南献捷

一剑呈天子，三军已捷桓。
丹墀驾鸳庆，紫陌暮朝欢。
卫霍方成德，唐虞已立盘。
边疆烽火息，世纪国家安。

334. 云母屏风隔尘

彼此无间位，屏风隔坐尘。
当思当静谧，以地以天轮。

舆舆銮銮日，风风水水春。

335. 白受采

晶晶全方色，晶晶独净身。
无暇无疵秕，有秀有秋春。
石碛经沙易，清流染素钧。
玄形玄自得，古以古今轮。

336. 人不易知

一念三千里，三思五百年。
人心藏半寸，历史数千川。

337. 晦日同志昆明池泛舟

汉武昆明水，唐宗铁杵名。
封疆封武力，治国治文明。
晦日池舟泛，龙津净觉荣。

338. 礼闱阶前春草生

一草应呈绿，三春与众荣。
天时心已见，地利势承萌。

339. 秋风生桂枝

桂子应先落，秋风又一枝。
原由当夏起，落叶也无迟。

340. 幽人折芳桂

幽人折桂色，独鸟早闻香。

各以心中事，何闻月下光。

341. 霜菊

霜天霜菊色，各本各源生。
五柳陶公赋，三边白雪明。

342. 金谷园花发怀古

一谷绿珠沉，三春草木林。
园花园似旧，石径石崇心。

343. 骊龙

人间人子女，水下水蛟龙。
弱弱强强在，去去来来踪。

344. 鹤鸣九皋

一鹤随仙质，千鸣向九皋。
飞天飞不见，遗地遗身毛。

345. 霜隼下晴皋

肃肃九皋霜，隼隼一脉梁。
秋毫秋不犯，逐雀逐天扬。

346. 河鲤登龙门

春风河鲤跃，十载过龙门。
草木三光纳，乾坤一子孙。

第十一函　第九册

---

1. 改九子山为九华山联句

青阳九子九华山，视得如莲大势颜。
太史公游书事绝，名贤复阙此名颁。

2. 地藏王

妙有分二气，灵山开九华。
层标遏迟日，半壁明朝霞。

莲花莲子结，一佛一天涯。

3. 夏夜李尚书筵送宇文石首赴县联句

酒香倾坐侧，帆影驻江边。
沉帆惊坐侧，一去大江边。

4. 登岘山观李左相石尊联句

人事岁年改，岘山今古存。
岘首谁垂泪，羊公好子孙。

5. 水堂送诸文士戏赠潘丞联句　入十药韵

诗教刻烛赋，酒任连盘酌。

从他白眼看，终恋青山郭。

长安泾渭水，太白崤河洛。

有眼无珠望，无心有玉阁。

6. 与耿湋水亭咏风联句

清风何处起，拂鉴复萦洲。

四顾莲花岸，三秋结子留。

7. 真卿

高树多凉叶，疏蝉足断声。

清风明月夜，直木馆溪情。

8. 真卿

楚国千山道，秦城万里人。

镜中看出发，河上有烟尘。

青榆明紫禁，上液泡京津。

跬步吴兴守，民耕政治钧。

9. 五言月夜啜茶联句

流华净肌骨，疏沦涤心原。

流华肌骨净，涤沐发心原。

10. 五言夜宴咏灯联句

破暗光初白，浮云色转清。

黑暗云初破，光明色已晴。

11. 三言喜皇甫曾侍御见过南楼元月

喜嘉客，关前轩。天月净，水云昏。

嘉楼喜，桂玉门。寒宫净，问子孙。

12. 七言重联句

顷持宪简推高步，独占诗流横素波。

不是中情深惠好，谁能千里远经过。

青墀紫禁朝鸳鹭，玉漏天光楚九歌。

鲁国书生儒子见，忠臣直守汉山河。

13. 五言送李侍御联句

吾友驻行轮，迟迟惜上春。

直直经纶步，行行止止秦。

14. 五言绝初月重游联句

孤光远近满，练色往来轻。

孤光应远近，桂子自枯荣。

15. 五言重送横飞联句

出钱风初暖，攀光日渐西。

一字横飞见，三春顺日黄。

16. 五言夜集联句

兹夕无尘虑，高云共片心。

直木高林见，黄昏远古今。

17. 三言拟五杂组联句

五杂组，绣与锦。往复还，兴又寝。

不得已，病伏枕。五杂组，千诗饮。

一路长，三边凛。木应直，心亦品。

（二十六寝韵。）

18. 三言重拟五杂组联句

五杂组，甘咸醋。往复还，鸟与兔。

不得已，韶光度。五杂组，江山度。

社稷雨，直木树。立自在，经心步。

19. 七言大言联句

燀鹏燐鲲餐未休，（颜真卿）

六郡三边九鼎筹。

20. 七言小言联句

长路迢递吞吐丝，（颜真卿）

一隔人心久不知。

21. 七言乐语联句

新知满座竹相视。清禅一觉慧源水。

（上声四纸韵）

22. 七言噱语联句

欲炙待立涎交流，峰林直立是春秋。

23. 七言滑语联句

雨里下山踏榆皮，雨里和泥过山皮。

24. 七言醉语联句

覆车坠马皆不醒，醒醉无常近九泉。

25. 酒语联句各分一字

口称童殺腹鸥夷，无分老少已相知。

26. 建元寺昼公与崔秀才见过联句与郑奉礼说同作

人闲宜岁晚，道者访幽期。

独々寒山别，行当暮雪时。

梅花妆直树，唤取群花色。

27. 建元寺西院寄李员外纵联句

诚知阡陌客，无奈别离频。（皇甫曾）

长亭行止路，驿舍去来秦。

28. 中元日鲍端公宅遇吴天师联句

道流为柱史，敢戒下真仙。（王维）

玄机玄柱史，一道一人天。

29. 一字至九字诗联句

水，东西。千万里，（步月寻溪：王维）

远近高低。湿地源泉引。

山山海海宽宽，曲曲折折流不尽，

波波浪浪涛涛渐渐。

瀚瀚浩浩遥遥与天齐。

30. 宣上人病中相寻联句

草木分千品，方书问六陈。

还知一室内，我尔即天亲。（李益）

病里相知近，人中草木身。

当如三界路，不若一心邻。

31. 承露

含凉阁回通仙液，承露盘高出上宫。

谁问独愁门外客，清谈不与此宵同。

闻天已得心经地，国寺禅房已色空。

鼓磬钟笙相继续，神仙不远下凡同。

32. 重阳夜集兰陵居与广宣上人联句

蟋蟀催寒服，茱萸滴露房。

酒巡明刻烛，篱菊暗寻芳。

杵捣寒衣展，阴阳九日凉。

黄花黄世界，白雪白芳香。

33. 与宣供奉携瘿尊归杏溪园联句

千畦抱瓮园，一酌瘿尊酒。
唯有沃洲僧，时过杏溪叟。
千杯抱瓮酒，万酌一尊叟。
已是沃洲客，清溪小杏友。
二十五月酌

34. 天津桥南山中各题一句

野坐分台席，对坐分南北。

35. 兰陵僻居联句

生幸逢唐运，昌时奉帝尧。
进思谐启沃，退混即渔樵。
进退人生路，阴晴日月桥。
朝明鸳鹭步，帝业不渔樵。

36. 红楼下联句

榭栋烟虹入，轩窗日月平。
参差五陵晚，分背入川明。
夕照应无限，黄昏向远平。
参差随俯仰，向背各分明。

37. 赋应门照绿苔

宫阙何年月，应门何岁苔。
清光一以照，白露共徘徊。
故阙何宫废，当年旧事哀。
宫深年岁久，露重久芜苔。

38. 寄司空曙李瑞联句

天涯白发多，海上青山暮。
海角天涯见，沧桑日月河。

39. 联句多暇赠陆三山人，陆羽

一生为墨客，几世作茶仙。
临鱼观自在，处世作茶仙。

40. 道州春日感兴

始见花满枝，又看花满地。
叶叶枝枝花，繁繁简简地。

41. 中秋夜听歌联句

诗裁明月扇，歌索想夫怜。

居心圆缺问，不意见婵娟。

42. 春池泛舟联句

取酒愁春尽，留宾喜日长。
禹锡崔群酒，经诗籍泛扬。

43. 西池落泉联句

散时犹带沫，淙处即跳波。
禹锡源居易，度籍逐清波。

44. 首夏原清和联句

余花数种在，密叶几重垂。
芰荷藏玉茎，碧叶纳珠移。

45.

六出祁山去，三生百姓躬。
江山江逝水，日月日王风。

46. 蔷薇花联句

波红分影入，风好带香来。
波折分色度，日和近春梅。

47. 满地愁英落，绿堤惜棹回

万紫千红处，三杯半不催。

48. 刘二十八偶书两韵联句

不归丹掖去，铜竹漫云云。
唯喜因过我，须知未贺君。
飞鸿归不得，燕雀去纷纭。
且喜长途路，唯行是我君。
频年多谴浪，此夕任宣纷。
故态犹应在，行期未要闻。
频年征战路，早夕叙人闻。
若以平生论，桃桃草草分。

49. 西池送白二十二东归兼寄令狐相公联句

促坐宴回塘，送君归洛阳。
彼都留上宰，为我说中肠。
一坐千杯酒，三生半洛阳。
东都居易见，籍式共刘郎。

50. 杏园联句

老态忽忘丝管里，衰颜宜解酒杯中。

绛上白二十二
步步东都居易宰，花花草草自无穷。

51. 见证

五月长斋月，文心苦菊心。
香已不入户，苍木自成林。
一月长斋守，三生短守阴。
千根垂玉宇，独木已成林。
阴魄袖华毕，阳光正在参。
待公修一食，纵饮共狂吟。
秀魄神华坐，心经日月箴。
公修公自得，一语一知音。

52. 花下醉中联句

共醉风光地，花飞落酒杯。
岁岁桃花见，年年草木开。
且当金韵掷，莫遣玉山颓。
当应金玉赋，不遗水流回。

53. 秋霖即事联句

萧索穷秋月，苍茫苦雨天。
泄云生栋上，行潦入庭前。
夏夏秋秋月，萧萧索索天。
云浮云落去，水逝水源泉。
好客无来者，贫家但悄然。
湿泥印鹤迹，漏壁络香涎。
反客无来去，贫穷有自然。
黄云黄鹤远，白日白天边。

54. 喜晴联句

洛水澄清镇，嵩烟展翠微。
梁成虹乍见，市散蜃初垂。
北阙昆明水，南山上苑晖。
东都东洛赋，浥世浥尘扉。
道路行非阻，轩车望可归。
无辞访圭窦，且愿见衣绯。
四望长亭路，三生去路飞。
无辞无所怨，有道有相依。

55. 会昌春连宴即事

元年寒食日，上巳巳春天。
鸡黍三家会，莺花二节连。

居易居二节，禹锡禹三秦。
上巳经寒食，文章日月春。
松筠寒不变，胶漆冷弥坚。
兴伴王寻戴，荣同隈在燕。
松青松白雪，竹节竹心然。
索索萧萧见，年年岁岁田。

56. 联句

序：

仆射来示有三春向晚四者难并之说，诚哉是言，辄引题重为联句，废兵再战勒敌难降下笔之时，鞭言自哂走呈仆射兼简尚书。

诗：

二春今向晚，四者皆难并。
借问低眉客，何如携手行。
三春今未晚，二月四生明。
世界繁华始，乾坤简易荣。
方知醉兀兀，应是走营营。
凤阁鸾台路，从他年少争。
应知他兀兀，不是自营营。
长亭行者路，馆驿止人情。

57. 城南联句

之一：

竹影金锁碎，郊泉石玉净。
琉璃剪木叶，愈翡翠园英。
竹影婆娑色，金泉闪烁明。
流波催木叶，风华落园英。
流华随仄步，郊搜寻得行。
出寸遥岑碧，行量远目明。

之二：

平平平仄仄，韵韵韵声声。
世界原诗句，如今见古情。
天鲸天万象，虎豹遽三鸣。
海异鲲鹏翼，人同草木萌。
行扬对跬步，隐伏缀兰瑛，
辅弼金阶钝，芳芬碧女盈。

之三：

朝冠飘彩舜，战服染勋琼。
守践忠贞士，开封列土生。
南荆流楚水，北满远沙鸣。

举剑楼兰斩，从书六郡盟。

之四：

如来如自在，老子老师成。
诸客儒书路，人生日月荣。
玄学玄所步，普度普民卿。
诸客儒书路，人生日月荣。

之五：

高山流水见，下里竹枝闻。
莫以秦楼凤，当知渭邑君。
东都东洛水，上苑上池芬。
不尽梅花落，杨杨柳柳分。

58. 会合联句

离别言无期，会合意弥重。
籍病添儿女，老丧丈夫勇。
别别离离去，分分合合催。
人生人不止，一路一天台。
海角应无远，天涯可有回。
长亭长短客，道学道如来。

59. 斗鸡联句

大大昂然小小英，雄雄斗斗举冠缨。
进进攻攻退退守，成成败败有输赢。

60. 纳凉联句

子叩商音带角声，炎光水色溢翻明。
珍珠欲滴惊荷叶，竹影含风自不成。

61. 秋雨联句

秋风秋雨暮，扫叶扫天台。
束带经寒气，轻身对古媒。
幽云幽自去，白练白溪来。
莫以斜阳露，黄昏已不回。

62. 征蜀联句

三军一路向蜀行，八阵千军作柳营。
算定东风惊赤壁，剑阁巴山白帝城。

63. 同宿联句

竹影重重暗，清灯闪闪明。
窗前寒月色，枕上暖躯情。
睹象毛奇着，鸭戎羽翼轻。
殷勤天意向，桂子已成瑛。

64. 莎栅联句

冰溪时咽绝，风枋方轩举。
此处不断肠，定知无断处。
清溪细细语，落叶絮絮女。
不向闺中去，衷肠未驾驭。

65. 雨中寄孟刑部几道联句

秋潦淹辙迹，高居限参拜。

韩愈：

耿耿蒿良思，遥遥仰嘉话。

效：

高居高有限，落叶落飞天。
处处寻根意，幽幽对地悬。

66. 远游联句

之一：

别肠车轮转，一日一万周。
郊离思春水，烂漫不可收。

愈

之二：

别别朝前路，离离意后愁。
云云飞不尽，雨雨落难收。

之三：

别别千情在，幽幽一意休。
离离三界路，阔阔九州游。

之四：

驰光忽已迫，飞辔谁能留。

郊

取之讵灼灼，此去信悠悠。

翱

前程前不止，后继后无休。
跬步年年度，心思处处求。

67. 晚秋郾城夜会联句

从军古乐心，谈笑青油幕。
灯明夜观棋，月暗秋城柝。
羁客方寂历，惊鸟时落泊。
语阑壮气衰，酒醉寒砧作。
从军行塞外，谈笑净胡沙。
已蓄东山志，何言日月斜。
楼兰应未斩，射虎不还家。
但上长城路，无须止战车。

68. 石鼎联句

衡山道士半诗章，意尽词穷一夜长。
石鼎炉中经火炼，音琴月下久低昂。
无求台醉成千古，有得天机二子常。
自得何经天地外，翰林已向校书郎。

69. 刘师服，进士；侯喜，校书郎；轩辕弥明，道士

巧匠雕山骨，夸中事煎烹。
师服师直柄，塞上塞吞声。
龙头缩菌蠢，豕腹涨彭亨。
人中人巧匠，事上事精英。
直柄中机易，弯弓仰俯明。
三清三世界，九陌九阡荣。

70. 孟郊

有所思联句，郊，韩愈

相思绕我心，日夕千万重。
年光坐婉娩，春泪锁颜容。
郊
台镜晦旧晖，庭草滋深茸。
望天山上石，别剑水中龙。
愈
石镜经磨砺，长亭可不封。
云中三界雨，水上一芙蓉。

71. 遣兴联句，郊，韩愈

我心随月光，写君庭中央。
郊
月光有时晦，我心安所忘。
愈
缺缺圆圆月，明明晦晦光。
弦弦留玉树，隐隐玄中央。

72. 赠剑客李园联句

天地有灵木，得之者惟君。
剑客书生志，荆轲孔孟闻。
英雄英所在，立步立仁君。

73. 过海联句

白鸟飞天外，红云玉宇中。
瑶池蓬勃路，一望四海空。

74. 联句

优优劣劣韵无成，对对联联散散声。
句句方精求字字，工工仗仗始知荣。

75. 诗

如来如弟子，道学道书生。
十地阴晴济，三光草木荣。
衡门衡持久，旷野旷疏平。
跬步前行止，乾坤日月明。

76. 人情，事情

情人情事世，赋曲赋诗词。
若比兴情处，如来自在知。
关关雎鸠鸟，一一字人时。
塞上新杨柳，江南唱竹枝。

77. 伎席与杜牧之同咏

三心二意玉纤纤，一半人间一半仙。
露露藏藏何欲目，千姿百态自圆圆。

78. 同赵二十二访张明府郊居联句

陶潜官罢酒瓶空，门掩杨花一夜风。
五柳垂青篱菊色，琴弦已弃曲无穷。

79. 游长安诸寺联句

兴兴度度寺僧同，岁岁年年草木中。
古古今今观白塔，人人事事久成空。

80. 诚恭坊大兴善寺

塔塔松松一寺僧，莲莲鹤鹤半清承。
隋炀后主台城间，大小乘中有大兴。

81. 老松青铜联二十字绝句，成式，张希复，郑符

青铜松不老，锡杖客东林。
息影明精舍，天机自古今。

82. 蛤像联二十字绝句

亏盈天上月，鸟雀落中寻。
鹬蚌相争后，渔翁独占擒。

83. 圣柱联句

轮回因果问，白塔鹤家乡。

不得灵魂见，何言死是亡。

84. 长乐坊安国寺

红楼联句

红楼安国寺，木塔典刑僧。
白日休公度，黄云大小乘。

85. 穗柏联句

柏柏松松寺，林林木木荫。
三思三咫尺，一静一禅心。

86. 题璘公院

静静璘公院，虚虚石点头。
东林东客在，北涧北云流。

87. 吴画联句

禅音禅不止，滴水滴成河。
敛印参差少，天机奕妙多。

88. 题约公院，成式，张希复，郑符，升上人

印火荧荧灯，炉香处处烟。
禅房钟鼓院，磬语约公莲。

89. 大同坊云华寺

大历云华寺，随光逐落成。
高僧西廊下，百姓信心明。

90. 偶联句

夜月啼猿问，灯明蟋蟀窥。
三蟠三语处，一性一音惟。

91. 僧房联句，成式，张希复

僧房僧自静，柏影柏松青。
夜半兰香蕙，三更白塔灵。

92. 小小写真联句

小小如生色，真真似旧邻。
情情非所以，草草是秋春。

93. 平康坊菩萨寺

图成吴道子，画毕佛心灵。
智度平康坊，开元汉柏青。

94. 书事联句，成式，郑符，张希复，升上人

心经心月月，一惠一乾坤。
锡杖僧衣衲，晨钟暮鼓恩。

95. 光宅坊光宅寺

葡萄园中寺，后引至京师。
杖锡同禅坐，西天别寓知。

96. 中禅师影堂联句，成式，张希复，郑符，升上人

须弥山上望，万计沃中洲。
不二法门寺，三千弟子留。

97. 翊善坊保寿寺

原居高力上，舍作寺堂闻，
二塔张萱画，玄宗赐寿君。

98. 光天祯赞联句，成式，张希复，郑符

观音观教化，舍梦舍人身。
历众鸿飞列，经心度寸津。

99. 宣阳坊静域寺

静域隋恭帝，唐家太穆宫。
宣阳成寺舍，道子作英风。

100. 三阶院联句，成式，张希复，郑符

孙雀三阶院，隋人半绝亡。
弦弦观月易，度度观炎凉。

101. 崇义坊招福院

赠诸上人联句，成式，张希复

正觉贤兄弟，西天偈烧余。
重修重建赐，故字故人书。

102. 招国坊荣济寺

奇松联二十字绝句，成式，张希复，郑符，升上人

松杉应独立，锡杖已司禅。
直立高僧树，无折自向天。

103. 永安坊　永寿寺

三门吴道子，一画遂连堂。
证智禅师院，金山宿月香。
尽日闲中好，修身晨性良。
风尘风已静，日月日生光。

104. 崇仁坊资圣寺

净土吴生烛，三门画觉尝。
中书普萨度，一寺满莲香。

105. 诸画联句，成式，张希复，郑符

吴生一画万千端，月夜三更半暖寒。
普度心径心所用，金刚复接大悲安。

106. 北禅院避暑联句，日休，陆龟蒙

俯仰云无信，阴晴鹤鹿期。
春秋相似处，草木暮朝时。
树顶秋蝉响，池中润石仪。
姑苏姑碧玉，小径小桥姿。

107. 寂上人院联句，日休

兴情唯墨客，不语是禅家。
玉虎成池影，金蛇卧水涯。
千寻红宝石，四望白莲花。
北陆心经正，南华净日斜。

108. 开元寺联句

序：
　　独在开元寺避暑颇怀鲁望因飞笔联句，日休，陆龟蒙。
诗：
烦暑蒸笼酷，无风有水注。
纱巾肤汉湿，顶戴误香花。
一扇姑苏继，三吴水渎华。
无言凭水热，有曲隔人家。

109. 寒夜文宴联句，日休，张贲，陆龟蒙

北斗开口宴，南宸驻竹明。
文星文夜聚，四句四联生。

节奏应繁曲，清弦草诏英。
玄关玄韵比，玉石玉分莹。

110. 药名联句，日休，张贲，陆龟蒙

虎骨山参意，冬虫夏草情。
青莲心子水，白芷贮寒生。
蕙苡垣衣补，蜗中召耳明。
屠龙屠世界，玉液玉泉瀛。

111. 陆龟蒙

寒夜连句，龟蒙，皮日休

静境心经在，禅房已色空。
寒山寒拾得，玉节玉苍穹。

112. 开元寺楼看两联句，龟蒙，皮日休

海上风云骤，吴中急雨来。
雷鸣雷电闪，组练组泉开。
白羽成天扇，青林造化媒。
挥毫挥大地，壮举状元魁。

113. 报恩寺南池联句，龟蒙，嵩起，皮日休

千恩回报晚，一水镜无磨。
四围涵兰芷，三光日色多。
虚轩明素蕙，古寺映天波。
倚石长空望，临流印火莎。

114. 安守范

天台禅院联句，守范，杨鼎夫，周述，李仁肇

浙水同机组，天台大小燕。
中庭明月色，物外木如僧。

115. 联句

清昼讲德联名，清昼，潘述，汤衡

王侯设位国封官，置守庸贤正直冠。
四岳皇唐常自立，三南俭让已恭宽。
金章陆履凭忠孝，紫绶分章赋税妥。
谷稷神明嘉佑载，和平久驻已青丹。

116. 讲古文联句，清昼，潘述，裴济，汤衡

帝震文明始，龟图典读书。

秦亡玩已冷，刘尚立儒居。

百氏经流续，三光世界余。

青云青前照，白璧白云初。

造化离深浅，田园五柳锄。

汨罗留屈子，谢朓几知书。

古古今今问，来来去去如。

鸿沟分楚汉，历史忆班好。

117. 项王古祠联句，清昼，潘述，汤衡

岁月风尘积，英灵楚霸余。

鸿沟分不定，汉帝不知书。

118. 还丹可成诗联句，昼，述，衡

羽化成仙骨，还丹作玉符，

金经灵密启，玉石可成无。

养寿秦皇岛，长生汉帝奴。

隋炀杨柳岸，一水一江都。

119. 建安寺西院喜王郎中遘恩命初至联句

居官从昼省，退迹就空门。

玉宸金绳束，栖鸳鹭野村。

120. 建安寺夜会对雨怀皇甫侍御曾联句

日色三光主，文章一切磋。

相思非远近，独忆是风波。

121. 泛长城东

草木之间一字人，源泉远去半香津。

流中自是平章水，井上知根有饮珍。

122. 天居寺联句

序：

　　与崔子向泛舟自招橘经箬里宿天居寺忆李侍御嵋渚山春游后期不及联以寄之，清昼崔子向。

诗：

碑残栖野雉，岭野草花莺。

鹿首朝天望，慈恩白塔明。

123. 渚山春暮会顾丞茗舍联句效小庾体

一入芝兰室，三春静谧香。

无须长久问，有世半炎凉。

124. 与李司直令从荻塘联句，清昼，李令从

飞萤月下一流光，促织丛中半柳杨。

若以声声知已问，秋风叶叶已寒凉。

125. 远忆联句

不顾炎州向朔方，家庭四顾有潇湘。

南南北北扶桑路，辽东渭水共太阳。

126. 暗思联句

秋风飘细雨，落叶带天寒。

莫待明天露，如枫树树丹。

127. 乐意联句一首

益友良朋聚，长亭短榭分。

飞鸿飞不尽，两地两乡云。

128. 恨意联句

同心同不见，共日共天闻。

莫以昭君误，单于刺敕君。

129. 秋日卢郎中使君幼平泛舟联句一首

吴城茶陆羽，虎跑远茗泉。

共饮春秋水，同行日月天。

130. 重联

序：

　　重联句一首，昼，卢幼平，陆羽，潘述，卢藻，悍（失姓）。

诗：

南徐处处已秋知，北陆寒寒扫叶时。

未到新丰人已醉，天朝可忘习水家池。

131. 与潘述集汤衡宅己李司直纵联句

昼述文章客，汤衡玉宅司。

独忆梅花落，相思一竹枝。

132. 安吉崔明府山院联句一首

战战和和事，兴兴废废多。

无言无自己，不可不如何。

133. 重联句一首

问政从今事，行居对日明。

谁知还古往，向道任朝歌。

134. 重联句一首

素以清高志，浑然自在求。

轻身轻墨绶，一道一沧洲。

135. 重联句一首

法侣从山寺，官衙自古今。

群山峰石立，独木不成林。

136. 道观中和潘丞观青溪图联句

青溪图不尽，一幅道观中。

石阻风云静，波光日月空。

137. 春日对雨联句一首

雨净天光落，云飞暮色低。

神仙神已去，草叶暮枝黄。

138. 春日会韩武康章后亭联句

东林闻惠远，蜀客抱杨雄。

不隐紫桑郡，何劳问浙东。

139. 康录事宅送僧联句

锡杖随云挂，莲衣带雨行。

天光天自得，地主地方明。

140. 与利端公李台题庭石联句

一石千峰立，三生百岁从。

江流源滴水，日月始终容。

141. 冬日建安寺西院喜昼公自吴兴至联句一首

累积书生笔，精修学远公。

功夫功自在，一寺一天空。

142. 二公联句

序：

秋日潘述自长城至雪上与昼公汤评事游集累日对司直李公瑕往苏州有阻良会，因与二公联句以寄之，述，昼，汤。

诗：

长城万里一苏州，洛水红尘半九流。

战战和和谁不问，隋炀已作运河流。

143. 喜昼公寻山回相遇联句一首，潘述、清昼

多年无此会，少遇有山归。

幸喜惊相见，天高一字飞。

144. 送昼公联句，韩章，清昼，顾况

相逢相别去，一路一无归。

字字人形去，年年两度飞。

145. 与罗隐之联句，遨，罗隐之

一壶天上月名物，两个世间无事人。

醉却隐之云叟外，不知何处是天真。

壶壶玉液一秋春，物物人间半事秦。

莫问江湖之隐遁，谁知几处有天真。

146. 句

李日知，荣阳人，历相中宗睿宗

君知君所乐，主者主人居。

147. 赵仁奖

一跃龙门上，三生绶带来。

148. 郭廷谓

事逐东流水，人随日用光。

149. 韦青

一代闻千子，三生唱九歌。

150. 尉迟匡

无言桃李下，有道易玄中。

151. 何涓

雁影成一字，人形度两秋。

152. 杜伟

柱史宣城步，天涯咫尺邻。

153. 申堂构

霜明天下木，月落水中宫。

154. 周愿

茶公成陆羽，太守竟陵君。

155. 第五琦

风飘知落叶，月夜不归人。

156. 颜充南

弟弟兄兄客，春春夏夏轮。

157. 季广琛

刺史瓜州去，河西刻剑来。

158. 寄陈蜕

华清无草木，梦里有春秋。

159. 寄卫准

有道闲言非往事，无家已是出家人。

160. 寄杜鸿渐

世上知禅理，人间有秋春。

161. 寄李挚

同年同甲子，共岁共登科。

（李行敏与挚）

162. 寄韦绶

日月文章笔，翰林学士书。

163. 寄冯勘

桃花源外汉，谷水客中秦。

164. 寄韩泰

虔州司马客，刺史隐州臣。

165. 寄卢并

人明无俗见，水净有天云。

166. 寄缪岛云

瀑布庐山挂，浔阳九脉寻。

167. 寄刘敬之

雁近衡阳渚，天遥楚水滨。

168. 寄李涛

扫地云留影，飞天白马群。

169. 寄高元裕

三台为国辅，两省作邦人。

170. 寄韦澳

景境非韦澳，翰林学士真。

171. 寄王龟

玉液西湖水，金樽北渭城。

172. 寄李郁

固让修刘稽，无因陆泞书。

173. 寄詹雄

花明尘落净，草碧古宫平。

174. 寄任涛

露重沙鸥卧，云轻白鹭停。

175. 寄剧燕

三公乡井外，五子故人中。

176. 寄王璘

三江双万里，十吏七千言。

177. 寄李蔚

百鸟鸣朝凤，千家诸子声。

178. 寄王枳

常州旧守初芽采，已进新茶是贡心。

179. 寄郑宾

身形千态直，楷正一书家。

180. 寄张茔

一箭应中地，三心二意斜。

181. 寄吴霭

烟随红烛断，上作白云飞。

182. 寄陈咏

隔岸牛浮水，临流鹭白飞。

183. 寄蒋密

春桑春作茧，夏雨夏缫蚕。

184. 寄符蒙

三光钟鼓水，一寺钵为舟。

185. 寄李景遂

丹阳分虎节，凤阙向龙颜。

186. 寄李弘茂

煮药由微火，灯闲不读书。

187. 寄李平

豹尾应无足，鸡头可有鸣。

188. 寄胡元龟

元龟分白浪，水色合珍珠。

189. 寄蒋钧

芭蕉叶上无愁雨，自是云中有断情。

190. 寄史虚白

共作韩熙载，南唐独作人。

191. 寄夏宝松

近水渔舟月，遥峰数点青。

192. 寄赵庆

迈古金章豫，经今玉液齐。

193. 寄潘天锡

黄昏水暗山峰远，夕照天明草木烟。

194. 寄朱飑

当非新雨后，好是夜来香。

195. 寄齐镐

莲花红似粉，玉露碧珠珍。

196. 寄黄可

南唐南北忘，一帝一王思。

197. 寄高元矩

砚贮寒泉白，锋挥玉液明。

198. 寄陈觊

南唐南处士，北国北翰林。

199. 寄赵休

南唐南日短，玉宇玉风清。

200. 寄庸杰

觉悟多求佛，庸人少问津。

201. 寄邵拙

但见浮云去，何言落雨来。

202. 寄毛炳

先生谁北陆，处士客南唐。

203. 寄陈德诚

建水传刘夜，螺川向夏江。

204. 寄陈甫

方吟千万首，算得半文章。

205. 寄徐融

夜宿金山寺，南唐水月星。

206. 寄高若拙

拙拙南唐士，英英北国邻。

207. 寄皮光业，皮日休子

潮平知涨落，子继日休行。

208. 寄屠环智

轻身非是义，持节始终邦。

209. 寄元德昭

孝受儿孙理，贤仁子弟名。

210. 寄林无隐

江流林无隐，日月水有明。

211. 寄杨义方

人行人向背，日照日阴晴。

212. 寄王廷珪

一字水中分，两岸载波纹。

213. 寄欧阳彬

榆钱春已落，柳叶绿当成。

214. 寄李尧天

向内疑无力，其中别有天。

215. 寄石文德

有泪潇湘竹，无声大小姑。

216. 寄戴偃

勤俭当世界，奢侈作危亡。

217. 寄张回

三更长屋影，子夜久思乡。

218. 寄钟元章

砧声砧不止，守戍守边疆。

219. 寄杨兊

向背阴晴路，乾坤日月光。

220. 寄王俊

弟子三千志，山川一半梁。

221. 寄薛沆

叶叶如今日，枝枝似去年。

222. 寄张颢

金銮鸳鹭步，不尽玉堂诗。

223. 寄张休

碧叶浮珠玉，芰荷没采舟。

224. 寄卢休

春寒春草色，一叶一枝微。

225. 寄陈峤

姑苏风月下，碧玉小桥中。

226. 寄李范

灰猿啼直木，白鸟落严滩。

227. 寄卜震

两壁诗谨画，三生日月书。

228. 寄林楚才

林林一疋才，句句半诗来。

229. 寄孟不疑

水水山山是，思思念念非。

230. 寄庞季子

云浮云易去，草木草难开。

231. 寄郭思

陨石几千年，江流逐百川。

232. 寄卢载

三千门生皆是客，七十二座祝融峰。

233. 寄郑翔

下第知天地，行程问步生。

234. 寄郑说

架上紫衣闲，批中案几殷。

235. 寄史瑜

青泥山下水，白鸟树中天。

236. 寄贺公

心中方寸地，日上子孙耕。

237. 寄米都知

微风千玉碎，细雨一塘花。

238. 寄陈秀才

黄昏无限意，日暮已山深。

239. 寄崔子二生

传花不饮赌逢春，问酒无非醉醒身。
艳色香魂疑未了，应羞不见坠楼人。

240. 寄范氏子

闲云无是雨，病叶落非秋。

241. 寄临川小吏

小吏临川问，中流逝水行。

242. 寄韩熙载客

婢妾韩熙载，南唐少女多。

243. 寄殷义宗

三生秋有夜，万里共乡关。

244. 句

之一：
雨过花争色，云空月自明。
之二：
巷巷街街鼓，山山寺寺钟。
之三：
风惊从木叶，月落扫松门。
之四：
须知三尺剑，只作一心磨。
之五：
白雪梅花色，钟声野寺多。

之六：
蚕丛川蜀道，杜宇子规啼。
之七：
寄宿山中寺，寻禅月下僧。
之八：
星星皆拱北，水水尽朝东。
之九：
妾妾如无异，君君似有心。
之十：
四顾云门寺，千川一万峰。
之十一：
山深行客少，木直晚蝉多。
之十二：
一字惊云梦，三湘去雁行。
之十三：
人形天玉宇，一字过衡阳。
之十四：
乡园从少别，故事任心情。
之十五：
华阳观里石，老子道中玄。
之十六：
心经心所在，大势大悲同。
之十七：
长沙长逝水，九脉九歌声。
之十八：
鸟向无香花里宿，人行有道佛中留。
之十九：
日日江连多别客，帆帆水上有风催。
之二十：
三间木屋人难到，十步禅房有客来。

第十一函　第十册

1. 离别观

离时不易别时难，雪落花重玉落残。
一步三回头首顾，千程万里久汗漫。

2. 袍中诗

厚絮征袍一首诗，边兵将帅半王知。
明皇万岁奴家手，赐向阿谁有意时。

3. 题洛苑梧叶上

之一：
洛苑春情一叶流，诗心顾况半皇州。
无题有意重书达，上女天庭下女羞。

之二：
一叶题诗出禁城，三生顾况半含情。
春心不止男儿见，自是明皇别是明。

4. 题花叶诗

贞元进士贾全虚，一叶沟流御水余。
藉物徘徊街吏致，金吾已赐凤儿居。

5. 题红叶

御水沟中一叶舟，题诗世上半春秋。
卢君又得韩宫氏，共赌吁嗟已得羞。

6. 金锁诗

寒外风寒一战身，云中吏士上皇臣。
征袍自内藏金锁，玉烛三边一马真。

7. 随驾游青城

西天王母宴，北洛汉家天。
物象红尘静，青城逝水边。

8. 蜀宫应制

昭仪王蜀衍，酒宴女儿情。
草湿微云雨，花藏玉水明。

9. 钓鱼不得

池边钓锦鳞，岸上草花邻。

吕尚金钩直，文王鼓案频。

10. 宫词

一片鸳鸯瓦，三宫碧玉砖。
嫦娥寒不语，夜夜独修妍。

11. 太平诗

宰辅天朝一统王，和平济世半沧桑。
新罗遣主金真德，止戈修文共大唐。

12. 句

芙蓉飞燕女，宫词自幼长。
夫人花蕊赐，蜀主自留香。

13. 花蕊夫人徐氏

孟昶青城女，宫词自幼长。
夫人花蕊赐，蜀主自留香。

14. 宫词（一百五十八首）

之一：
凤阁五云楼，金銮一九州。
三宫三百女，五色半春秋。

之二：
广殿群芳色，宫墙碧玉香。
红楼红阁玉，淑气淑龙床。

之三：
水水波波草，滩滩渚渚花。
宫宫千女色，阁阁半窗纱。

之四：
紫禁龙池水，昆明凤苑楼。
梅花头上戴，碧玉爽城头。

之五：
又忆长生殿，梨园羯鼓休。
霓裳曾不止，公孙羽衣愁。

之六：
步步爽城门，幽幽御苑坤。
宫中儿女见，日上近春恩。

之七：
八月高天近，三宫御味新。
苑鲈秋脍食，不唤打渔人。

之八：
千姿千百态，一女一宫娃。
暮暮朝朝水，来来去去花。

之九：
天光明处处，御水白茫茫。
夹道宫墙外，心怀野草香。

之十：
离宫离所欲，别院别含情。
不似长亭路，何同日月生。

之十一：
新翻曲子成，旧唱未知名。
筚篥重音谱，君王玉笛声。

之十二：
一片红枫叶，三宫绿草根。
皇家皇地址，有水朋王孙。

之十三：
暮色羊车过，宫灯夜半明。
凌虚凌阁月，面枕面空城。

之十四：
修仪修庞色，向面向云瑛。
只以梅妆画，居心日月倾。

之十五：
才人才落地，笔砚笔书成。
且以诗词赋，无言日月明。

之十六：
二十四分司，三宫六院诗。
安排图画赋，曲舞竹枝词。

之十七：
半水清波绿，双舟向背行。
三春知碧草，一曲问黄莺。

之十八：
一镜晓妆成，三春草色萌。

心中多不得，日上自生情。
之十九：
有宴笙歌起，无人草木横。
君王君子赋，一曲一心萌。
之二十：
声声一小球，处处半中秋。
不解空明月，谁言照白头。
之二十一：
功臣功已树，赐宴赐殊荣。
独唱千年曲，齐呼万岁声。
之二十二：
情姿情不止，小女小纤腰。
怯怯知君意，从从上云桥。
之二十三：
月甲宫娥见，云中玉树寻。
婵娟应上下，一曲一音琴。
之二十四：
三宫三尺寸，一水一鸳鸯。
夕照翔鸾阁，晨光照凤凰。
之二十五：
内上采莲衫，天中一布帆。
芙蓉先出水，粉色玉人挼。
之二十六：
且向荷花伴，无须一色留。
衣红衣已落，沐水沐人羞。
之二十七：
牛郎牛不语，织女织无衣。
且向牛郎去，当羞织女依。
之二十八：
凤辇金銮殿，南山北阙家。
昆明池水色，玉树后庭花。
之二十九：
玉腕南熏殿，黄罗紫禁宫。
阳明端午日，雅颂国家风。
之三十：
仙韶第一人，岁月数三春。
但见桃花雨，梅花落里尘。
之三十一：
金弓惊鸟散，玉树复临风。
夕照多颜色，残花满地红。

之三十二：
七宝阑干碧，三宫日色红。
琼钩连玉佩，挂角逐弯弓。
之三十三：
彩凤朝阳曲，人心向凤凰。
天宫多日月，不可问君王。
之三十四：
长河翻玉浪，玉女弄菊香。
月色寒宫里，春秋一半凉。
之三十五：
一月挂金枢，三宫作玉奴。
声声依旧细，曲曲似扶苏。
之三十六：
月暗三宫殿，灯明一紫微。
藏娇金屋里，一字雁南飞。
之三十七：
地厚农夫米，天香御史衣。
朝臣凭玉漏，碧玉向花依。
之三十八：
秋啼络纬声，玉漏报三更。
水殿寒凉溢，西风扫叶横。
之三十九：
玉树临风碧，荷花水殿红。
蓬蓬蓬结子，采女采芝宫。
之四十：
嫦娥初露影，玉树已弯弓。
彩烛分三殿，婵娟满六宫。
之四十一：
半隐长春殿，三明翠玉宫。
纱窗帘卷后，细雨色朦胧。
之四十二：
杳杳玉炉香，幽幽月影长。
楼边楼石角，一折一层霜。
之四十三：
荷塘荷碧玉，草渚草逢春。
水色云中碧，芙蓉雨后新。
之四十四：
珠倾花上露，旭落水中云。
玉树深宫色，兰芝御日熏。
之四十五：
玉凤雕钗镜，梅花着面妆。

花前花后色，日下日中香。
之四十六：
春风呼万岁，别殿散三班。
十二间房里，三千弟子颜。
之四十七：
报晓鸡人唱，星明帝国都。
更惊三柝鼓，漏刻一铜壶。
之四十八：
乐府三千曲，僧罗五百名。
人间人不问，一女一宫情。
之四十九：
不是黄金屋，羊车自在行。
熏香熏别殿，侍御待皇荣。
之五十：
纷纷杨柳絮，处处落衣襟。
一片深宫殿，三春水月音。
之五十一：
秋几内人，上下半红尘。
本是衣衫小，原来不可邻。
之五十二：
月上楼台影，人行殿院层。
重重还迭迭，寺寺见僧僧。
之五十三：
宴毕九门关，阳呈半列班。
人前人不主，殿后殿香山。
之五十四：
禁里养桑蚕，春中采叶耽。
丝丝成束缚，茧茧向江南。
之五十五：
丰草深宫里，欢声独乐中。
春榆钱处处，少女客空空。
之五十六：
波清波太液，水净水鸳鸯。
宿草长生殿，飞花入建章。
之五十七：
紫禁无尘路，金銮有玉香。
垂帘曾不绣，玉手对朝阳。
之五十八：
明川明峡，蜀道蜀人封。
楚国三千水，巴山十二峰。

251

之五十九：
夜寺沉香火，钟声带水寒。
秋风秋叶落，曲尽曲余观。
之六十：
殿上千官宴，宫中百女妍。
梅花眉宇色，学士以诗联。
之六十一：
昆明池下水，太液苑中舟。
赤线连钩饵，红鳞跃不休。
之六十二：
蕙炷香消影，红衫落案头。
归来多困顿，四象少春秋。
之六十三：
卿贫三日宴，士阔半年书。
妾女宫花问，王孙日月余。
之六十四：
常闻千绿蚁，已熟五云浆。
月下三杯酒，花间一阵香。
之六十五：
宫中知了问，树上日方炎。
待到蝉声止，南山白雪尖。
之六十六：
上巳打球回，中丞举宴开。
今朝今所在，隔日隔云台。
之六十七：
已是梅花落，阳春白雪媒。
知书为录事，达理记巡杯。
之六十八：
后内阿监问，宫中苑囿频。
罗巾罗布帕，内羽内夫人。
之六十九：
管管弦弦继，琴琴瑟瑟宫。
高山流水去，十八女儿红。
之七十：
暮见羊车慢，黄昏一片云。
今宵池尾宿，只可莫愁闻。
之七十一：
楼窗楠木板，阁树玉雕梁。
蟠桃王母客，汉武不称王。
之七十二：
三清台上望，九鼎世中闻。

一阁凌烟客，千般白日曛。
之七十三：
月在深宫落，人行小榭旁。
三春红芍药，一夜郁金香。
之七十四：
小鹿惊心望，红鳞向水寻。
何须分彼此，尽是不同音。
之七十五：
十五初圆月，三千弟子寒。
深宫深隔壁，隔日隔云端。
之七十六：
逝水西东渡，观音大小乘。
宫深宫殿路，安色女香凝。
之七十七：
一例鸡冠子，三图白玉花。
宫中新样采，手上女儿家。
之七十八：
隔水巴人唱，轻声学竹枝。
宫中宫女见，不教八哥知。
之七十九：
小小宫娥女，花花乱入船。
云鬟眉目秀，面子似如莲。
之八十：
烟凝一锦城，折水半流英。
蜀国刘郎去，谁思赤壁名。
之八十一：
水上宫城寝，云中玉枕凉。
婵娟偏不见，但作尚香房。
之八十二：
云中多雨露，水上少船房。
只见波波色，无言处处光。
之八十三：
渚岸飞鸥岛，昆明落小舟。
随波随水去，不远不回头。
之八十四：
玉带罗衫束，风流白佩修。
红颜红素色，小步小红楼。
之八十五：
沉香亭北榭，配玉阁南楼。
记取风流客，闲问后主忧。

之八十六：
不在帝王家，桃源杏李花。
秦人秦汉问，日正日偏斜。
之八十七：
不问内人书，红泥密室余。
香炉香不尽，一烛一明虚。
之八十八：
有内无中语，知音误解天。
应多胭粉色，不少买花钱。
之八十九：
不语含羞走，红梅着发行。
宫中新样式，月下闪银瑛。
之九十：
小小浮萍绿，荇荇自不平。
游移游未定，一寸一生情。
之九十一：
春云春雨早，懒睡懒时迟。
莫以衣衫乱，君王已见知。
之九十二：
只以罗衣短，含羞目未低。
三宫行莫遍，一曲到龙墀。
之九十三：
入内知花色，寻香问暮时。
羊车羊止步，玉影玉摇时。
之九十四：
圣宴宫中乐，婵娟月下花。
折枝头上戴，玉色御前华。
之九十五：
池塘一纸船，顺水半无边。
只以因风起，身轻入苇田。
之九十六：
羯鼓明皇奏，霓裳羽翼筹。
梨园留子弟，道场有春秋。
之九十七：
昨已藏娇去，羊车路已穷。
千恩三日去，百步一新宫。
之九十八：
御苑沟边柳，深宫内院花。
黄衫连束带，玉立影窗纱。
之九十九：
围棋围不住，黑白黑军家。

不赌金钱玉，开心草木沙。
之一百：
蜀女无知汉，腰身约画图。
琵琶留一曲，敕勒作三吴。
之一百零一：
一线牵鱼饵，三宫未白头。
舟轻波不大，只见小鱼游。
之一百零二：
粉壁题诗句，红墙树帜文。
相如相似问，七色七弦分。
之一百零三：
曲沼门含水，明沙纳苇丛。
鸳鸯藏不住，未得凤凰宫。
之一百零四：
九水滕王阁，三江日月楼。
匡庐应可望，牯岭作风流。
之一百零五：
驾幸皇城晚，东西百子楼。
回头回不尽，一望一州头。
之一百零六：
识璞三雕玉，藩邦一牡丹。
葡萄胡女目，不解问严滩。
之一百零七：
丞相韩熙载，后主事非秦。
无亏中正士，不误小腰身。
之一百零八：
不问南唐主，还闻玉树留。
隋炀随所欲，一水一龙舟。
之一百零九：
五代朝廷六十年，南唐十国李煜天。
诗词不济江山治，短短长长以句联。
之一百一十：
荷花丛里去，采女月中游。
不以牛郎计，香风在下头。
之一百一十一：
圣上羊车去，宫中骨掷兴。
高扬高坠落，玉手玉香凝。
之一百一十二：
关门传圣旨，闭月不临朝。
莫以开明见，江流浪已消。

之一百一十三：
一梦天涯远，三宫不是花。
飘流随水去，隔岸唤船家。
之一百一十四：
暮暮朝朝色，花花草草香。
宫娥宫玉手，一燕一雕梁。
之一百一十五：
已上钓鱼船，云浮水映天。
嘉陵江上问，月色禁难圆。
之一百一十六：
一夜寒宫里，三生玉液花。
无知明月色，不可忘邻家。
之一百一十七：
已夜藏身去，难明玉烛斜。
图屏身影在，独作玉兰花。
之一百一十八：
小内寻花去，昭仪向镜来。
羊车今夜早，玉兔已先回。
之一百一十九：
床中鹦鹉向，枕上牡丹红。
旭日朝阳色，金銮万寿宫。
之一百二十：
千宫千粒子，石玉石榴红。
但向君王见，颗颗自不空。
之一百二十一：
谷雨梅花雪，春分芍药红。
池边花满树，白鸟入深丛。
之一百二十二：
暮暮朝朝继，圆圆缺缺田。
争来都是女，只恐玉人前。
之一百二十三：
隔岸池深水，荷花玉立英。
船摇情不定，欲唤莫高声。
之一百二十四：
君王行酒令，小内已羞红。
花开花正艳，不可不由衷。
之一百二十五：
清明寒食节，斗赌晓鸡旁。
御赐三床被，输盈敬上皇。
之一百二十六：
寝殿门前晓，蔷薇院里香。

春莺啼不住，懒懒未离床。
之一百二十七：
三春垂柳树，一片海棠花。
洁白繁繁盛，枝枝叶叶华。
之一百二十八：
宫人回未久，射手尚徘徊。
百步穿杨箭，山鸡不可催。
之一百二十九：
山花开不败，野水积苍苔。
莫以宫人比，君王赐玉才。
之一百三十：
内玉会仙观，经心百草坛。
长安流八水，锦蜀屹千峦。
之一百三十一：
宫人初学道，老大已三清。
不忍君王问，留心旧日情。
之一百三十二：
寺里中元节，宫前采绘功。
官家辰诞日，锡杖祝人风。
之一百三十三：
紫绶金章见，贤臣勇将闻。
宫中多少月，塞外几浮云。
之一百三十四：
宫中一炷香，月下半寒光。
独自徘徊问，空床独枕凉。
之一百三十五：
不可寻鹦鹉，偷偷学一语。
君王时有问，楚楚是非女。
之一百三十六：
晴空映水门，鸟树落黄昏。
木影修长远，啼声抑顿痕。
之一百三十七：
步入读书堂，男儿学晓光。
梅花争小杏，不及内人香。
之一百三十八：
一树石榴花，三春不在家。
殷红殷欲紫，一朵一家华。
之一百三十九：
月下群芳伙，宫中姊妹夫。
荷花初出水，玉洁一天仙。

之一百四十：
不误报花开，何成问不来。
东风常带雨，有刺是玫瑰。

之一百四十一：
梨花园里见，老树月前开。
白雪阳春早，无须结子回。

之一百四十二：
二月梅花落，千声芍药花。
旁边书敕字，书送内人家。

之一百四十三：
宫人知早起，露水满鲜花。
且以珍珠采，纯情一半家。

之一百四十四：
自幼学吹笙，如今作孔鸣。
君王常赐与，旧忆是今荣。

之一百四十五：
宫中无烛火，殿里有香烟。
不得书生气，清明只隔天。

之一百四十六：
芍药三春玉，樱桃半未红。
宫人应可比，十六应先丰。

之一百四十七：
三宫千步水，一经两边楼。
宫人寒食冷，乞火学春秋。

之一百四十八：
敕赐仪房暖，莺啼谢恩回。
梅花折两段，影色上三台。

之一百四十九：
御赐紫罗裙，金阶两步分。
宫中由大内，院外尚书文。

之一百五十：
宫人鹦鹉教，万岁一言新。
不可知其意，当然彼此邻。

之一百五十一：
分宾分格律，合仄合平诗。
对散联填句，音音韵韵时。

之一百五十二：
城楼群苑内，引驾夹城东。
玉腕扶鞍马，纤身挎弹弓。

之一百五十三：
舞汗罗衣湿，香衫已贴身。

芳华初露色，不妒已三春。

之一百五十四：
已立昭阳路，无言赵女明。
应知双姊妹，独舞掌中轻。

之一百五十五：
一得君王笑，三宫玉扇摇。
金箱开笔砚，墨宝锁天骄。

之一百五十六：
已见春云落，当然细雨斜。
风吹千柳色，剪得一新芽。

之一百五十七：
秦楼箫弄玉，日月穆公流。
一凤求凰去，何须问理由。

之一百五十八：
户户窗窗明，珠珠玉玉生。
如今成往事，过去未来萌。

15. 述国亡诗
玉女三宫立，男儿半白旗。
千军同解甲，万卒共分离。

16. 新妆诗
夜鸟惊巢冷，新婚向日长。
鸳鸯池上戏，百鸟凤求凰。

17. 赠外
玉女青云望，男儿跬步行。
翰林无独学，供奉有诗声。
管管弦弦合，琴琴瑟瑟鸣。
千林多直木，一诺丈夫情。

18. 咏破帘
风声风不止，漏洞漏帘开。
不禁由然是，真应自在来。

19. 七岁女子，送兄
塞北江南路，离心别意闻。
衡阳青海岸，不作一人归。

20. 送男左贬诗
四子泉城一母名，当朝进士半朝英。
天涯海角应不远，寡妇甘泉报御情。

21. 古兴
之一：
夏雨春风老，芳菲碧草新。
良人良择侣，有路有乡邻。
之二：
已过梅花落，谁闻别鹤操。
芳菲芳草地，一世一辛劳。
之三：
下里巴人在，阳春白雪声。
吴儿依旧好，蜀女竹枝情。

22. 寄夫
五湖年轮忆任宗，荆州燕泊巨商容。
妻书自是男儿志，启路登程故步封。

23. 同夫游秦
同夫同日月，共载共思元。
一路游秦去，三生草木萱。

24. 夫人相寄姨妹
从三知进步，第一右丞诗。
旧恨随云寄，新声逐已知。

25. 喻夫阻客
巴山巴峡水，楚国楚人乡。
跬步应无断，浮荣不久长。

26. 古意
火烧高低木，刀截锦绣衣。
江湖江水阔，自主自相依。

27. 拜新月
年年新月拜，岁岁旧时闻。
老老应多忆，翁翁独望云。

28. 柳絮
白雪无寒色，阳春有绿黄。
飘飘飞四野，籽籽落千乡。

29. 拾得韦氏花钿以诗寄赠
失利花钿匠，千金贻笑莲。
曾经纤手戴，不忍弃指边。

30. 诮喜鹊

七夕鸳鸯侣，千年喜鹊桥。
人间人所愿，一曲一云霄。

31. 句

楚客歌湘水，巴人唱竹枝。

32. 书石壁

石刻精心壁，流连往返题。
潘郎诗所泊，晋女太原妻。

33. 答微之

相相互互续微之，木木林林百岁时。
一入侯门高举步，三生对仗举今诗。

34. 夫下第

诗书诗自得，楚国楚人才。
上第从夫去，君当夜里回。

35. 杂言寄杜羔

的的良人学，年年四海游。
春輨成果见，日月杜羔留。

36. 闻夫杜羔登第

龙门高几许，渭水向东流。
及第长亭路，明宵不可留。

37. 杂言

上苑园中木，南山月下松。
乔林乔直直，四象四青青。

38. 寄夫

之一：
平生一丈夫，立世半皇都。
已得东堂桂，还家信却无。
之二：
龙门龙一诺，易水易三吴。
莫说龙泉剑，相思斩断无。

39. 赠郑女郎

笭篌纤指弄，玉笛孔音悬。
只向门前子，何言雨后烟。

40. 古意

昨日巫山雨，前天白帝云。
明晨官渡水，楚客杜鹃闻。

41. 赠故人

不别颜如玉，离时面效颦。
圆圆还缺缺，雪雪泿尘尘。

42. 句

只有相思酒，何须醒醉人。

43. 回

缺得弦弦月，婵娟隐隐形。

44. 题奉慈寺

日月轮回见，阴晴象序闻。
夫贤知妇顺，子志女文君。

45. 述怀

不怨卢郎老，官衔职位低。
生身应恨晚，未及草香荑。

46. 寄夫，王驾

夫边我在吴，月里妾忧夫。
上下弦中问，白雪戍衣无？

47. 写真寄夫

自以丹青笔，图真寄楚材。
婵娟天下女，共首玉壶来。

48. 闻琴

玉指五弹琴，朱弦七弄心。
相如相彼此，一品一知音。

49. 白蜡烛诗

白白明明短，光光夜夜长。
无须求自己，有别散余香。

50. 谢人送酒

酒是媒人物，情非象事身。
千年如此见，万里似相邻。

51. 张立本女

草场官张立本，女无学知，忽吟成句，

立本记之司

广袖寒宫里，闲庭夜凉中。
如霜如洁玉，似影似西东。

52. 绣龟形诗

十载戎边去不勋，龟形绣制作回文。
武宗见此边功赋，赐以回乡作落云。

53. 感夫诗

心思曾托付，雨散寄云关。
何言留旧忆，不上望天山。

54. 谣

已念六年春，芳真半寺人。
青春应自在，古寺以心邻。

55. 题唐安寺阁壁

之一：
步上唐安寺，心留作妾家。
韩嵩夫已去，岁月不开花。
之二：
春来春又去，水逝水还流。
独步形如月，双眉自似钩。

56. 答郑殷

进士殷勤作客邻，烟霞已散不知春。
都城自有三瑶展，向背途中一妇人。

57. 喜卢郎及第

龙门龙水湾，榜尾榜头间。
及第卢郎见，君名对圣颜。

58. 雨中看牡丹

云中一牡丹，雨里半珠冠。
碧叶红花老，三天一夜看。

59. 书桐叶

任氏书桐叶，当年日日风。
飘飘君子见，字字以心工。

60. 下狱贡诗

之一：
幽幽隐隐狱临邛，止止行行自立松。
政政清清如水镜，江湖野鹤锁牢封。

之二：

下狱真才女，行空羽翼新。

吟诗吟政道，济世济人身。

61. 辞蜀相妻女诗

一翠辞婚不二身，三茅守舍过千人。

青松卓尔然知桂，敬重男儿自是邻。

62. 答诸姊妹戒饮

平生偏好酒，醒醉自无难。

姊妹何须劝，青青已过丹。

63. 书壁

妾子谁无欲，官僚弃有容。

孤行千里路，不望太华峰。

64. 溪口云

溶溶溪口雨，淡淡水中云。

本自非分物，孤孤独独勤。

65. 池上行

低低池上行，近近雨中烟。

纳雾含云色，藏龙卧虎田。

66. 沙上鹭

昂昂沙上鹭，等等望云天。

锦色游鳞至，原来不是仙。

67. 双槿树

马来西亚以木槿红花为国花

大马大红花，由朝由暮斜。

初阳应胜火，落照卷西霞。

68. 狱中书情上使君

妾住鄱阳曲，贞心楚竹孤。

客仪花似玉，寂寞守成都。

暴子相欺弱，强刀以势屠。

县僚曾未见，小女已思夫。

白圭无瑕疵，红颜有玉奴。

疏鬓云已散，洗雪自扶苏。

69. 铜雀台怨

举槊千军赤壁戈，东风若得二乔多。

君王去后行人绝，野草西陵唱九歌。

70. 春闺怨

十载相思短，三年一夜长。

良人良所见，一子一阳光。

71. 柳氏

韩翃居顾馆，柳氏李生姬。

愿以终生许，相从两目垂。

青候希逸辞，乱命寺尼维。

屈获沙叱利，虞君复所宜。

72. 答韩翃

三春丝，一柳枝。

别别离离意见迟。

菲芳节，总相思。

折折寄寄正当时。

73. 归李江州俊寄别王氏

李牧江州上庾楼，胡琴鼓侍待王舟。

曾为落雁思青海，此去重归向白头。

74. 忆崔生

勋臣家伎女，送别约崔生。

俱是相思约，言私是隐性。

75. 寄文茂

邻家文茂女，大历试莺名。

采寄莲花种，盆中并蒂生。

佳人才子对，早得买花情。

的的知鱼妾，郎郎待我荣。

76. 秋日再寄

一叶飞天不得居，三更独月色空余。

相思不得空城病，结子无须不信书。

77. 春日送夫之长安

黄河一曲始东流，一子千夫问九州。

别别离离相见晚，来来去去以心求。

78. 雨中忆夫（二首）

之一：

采女寻家鹤，权宜素素名。

青鸾王母信，细雨寄夫情。

引颈曾飞达，红冠顶顶行。

邻生文茂忆，伉俪试莺鸣。

之二：

近水应天近，遥思只问君。

春身今似雨，化妾作随云。

79. 子夜歌十八首

之一：

引引牵牵挂，丝丝带带连。

床床空不得，枕枕渡情船。

之二：

夜夜不须眠，星星已满天。

开窗知北斗，织女在河边。

之三：

叶叶珠珠见，花花草草前。

三更三夏夜，一水一荷莲。

之四：

结子莲蓬满，芙蓉玉立偏。

朝阳朝水色，有叶有苍天。

之五：

青丝藏信底，玉指印图形。

共与君同在，松松远近青。

之六：

一梦应无醒，三春可有萌。

阴晴相寄取，对散句联名。

之七：

春蚕丝万缕，结茧可重生。

采女新桑叶，缫郎旧守荣。

之八：

千金不自倾，万里送君行。

隔壁邻家近，无闻苦乐情。

之九：

晴云晴雨少，有道有人多。

只以邻家女，心中隔念何。

之十：

有约黄昏早，无言子夜迟。

邻家邻母愿，闭目闭心知。

之十一：

相思相见处，旧约旧时分。

水月风花草，清莲白日熏。

之十二：

如来如所愿，许诺许千金。

但向重来世，同身共体音。
之十三：
花开花落地，水逝水还流。
物物经源本，心心自己留。
之十四：
一字知郎意，三诗许女情。
邻居邻隔壁，夜静夜无声。
之十五：
寒风寒枕冷，隔壁隔难温。
凿孔常明照，通心向母恩。
之十六：
知郎知道路，问日问咸秦。
信去诗诗志，书来字字春。
之十七：
轻巾由我做，足履女儿心。
顶上皇天在，根踪厚土深。
之十八：
女寄千丝缕，郎回一玉钩。
侬心侬彼此，共结共春秋。

80. 答张生

半落西厢月，逾墙北树黄。
形形无影影，草草有萋萋。

81. 寄诗

月下婵娟月上昂，人中古寺母中肠。
自减荣光心减意，无羞小女怯羞郎。

82. 告绝诗

一寺男儿远，三生小女迟。
儒书儒所见，弟子弟其规。

83. 答赵象

步步是非烟，幽幽彼此船。
公曹公业妾，自作自心田。

84. 又答赵象独坐

香囊香不止，女意女无休。
不解情何物，谁知逝水流。

85. 寄怀

同飞同宿燕，共语共情休。
妾妾夫夫隔，男男女女由。

86. 答赵象

小妾多情大女忧，诗中画里欲心求。
风流一夜三生尽，露水夫妻不白头。

87. 尚书伎临杜牧别李愿尚书

女色东都管瑟诗，分司御史紫云知。
临行一别斐然去，李愿三思杜牧辞。

88. 怨诗效徐淑体

之一：
月随妆台觉，才思大悟成。
舟临杨达士，逐以久诗鸣。
之二：
妾女经寒暑，男儿待去来。
车轮行止迹，日月暮朝回。
凤夜眉鼙促，天明步履开。
人情身所许，事来以其裁。

89. 制履赠杨达

纪取妆台月，才华月坠生。
临舟杨达赋，立缀艳诗情。
制履长亭路，相思跬步盟。

90. 有期为至

相期相不至，互约互无行。
出入门中道，阴晴路上程。

91. 怨诗寄杨达（二首）

之一：
秦楼秦弄玉，穆女穆公情。
一曲谁箫史，三声凤不声。
之二：
暮暮朝朝异，形形影影分。
空床空玉枕，独坐独听闻。

92. 楚妃怨

十尺黄金井，干源一辘轳。
绳绳牵上下，水水自屠苏。

93. 独游家园

家园家所在，嫁女嫁其夫。
去去回少，官官上万途。

94. 答少年

你可逾垣见，吾心向尔开。
诗情诗已寄，一去一无回。

95. 寄情

绣带男儿锁，罗裙小女缰。
蚕丝蚕所缚，茧壳茧心房。

96. 书红绡帕（二首）

之一：
绝句红绡帕，留诗路约成。
张生张胆目，以女以情生。
之二：
红绡媒月老，独女守难成。
佳期佳所望，玉约玉人生。

97. 会张生述怀

画戟门前设，寒楼月色参。
疑人情结处，取次上犀簪。

98. 崔素娥

已妾韦洵美，绍威逼献从。
长呈和知叹，士及取同踪。

99. 别韦洵美诗

崔家一素娥，逝水万清波。
已将君心束，无言有断戈。

100. 鲍家四弦

鲍生妾四弦，蓄伎过三篇。
送酒呈韦弟，酬云叱暗然。

101. 送韦生酒

朝云朝白露，暮雨暮春分。
此去留离子，无言夏日君。

102. 送鲍生酒

荷珠暂已圆，流落并非泉。
此去留离后，无言对地天。

103. 韩续姬

南唐仆射序碑铭，润笔文成伎艺灵。
乞改泥金浑所赠，韩熙载断自不宁。

104. 赠别

尊前旧舞衣，未弃不相依。
乞改文章出，无风柳叶稀。

105. 采桑

春来南雁北，一字落居飞。
天天青海路，岁岁有四归。

106. 宛转歌二首

之一：

宛转一声余，长音半若虚。
情因情不断，一世一诗书。

之二：

思君恩不尽，望道望时空。
宛转折遮处，长亭短步弓。

107. 长相思

长相思欲绝，短念暮云生。
隔夜当应梦，离离别别情。

108. 朝云引

朝云来白帝，暮雨到巴山。
楚客高唐谷，神妃采女颜。

109. 梁琼

宿巫山寄远人

水水山山峡，云云雨雨流。
天高天日月，地厚地春秋。

110. 昭君怨

不是昭君怨，深宫寸尺天。
无非留画女，敕勒逐长川。

111. 铜雀台

挥军行赤壁，掩袂上铜台。
算定华容道，西陵草木开。

112. 远意

黄昏黄远意，落照落长阳。
向背应无限，高低有度量。

113. 句

玉枕曾留泪，罗衣已尽香。

114. 句

脉脉相思望，斑斑竹泪流。

115. 刘云

有所思

春风有所思，小草以心知。
谷雨行天地，清明问去时。

116. 婕妤怨

君恩何所见，已路可当闻。
以貌分年岁，从才著作文。

117. 望月

缺缺圆圆月，弦弦暗暗宫。
偏时偏不见，玉树玉寒穷。

118. 古意

一月东风起，三春草木荒。
梅花先自觉，芍药散余香。
汉武寻王母，藏娇玳瑁床。
千波千浪逐，有水有鸳鸯。

119. 斜别

三生非主意，一别是行心。
子子君君问，朝朝暮暮临。

120. 豪家子

莫以豪家子，朝朝暮暮人。
牛郎牛不语，土地土秋春。

121. 句

蜗居蜗大小，眼界眼高低。

122. 赠所思

相邻相不见，共月共婵娟。
此夜团圆见，居心待落仙。

123. 戏赠

古刹钟声晚，僧尼各不归。
莲房莲子结，有雁北南飞。

124. 赠歌姬

歌姬歌舞态，美女美人声。
只向阳关唱，楼兰落日情。

125. 句

影影形形逐，君君子子随。

126. 独夜词

秋风霜叶落，白雪结冰生。
独夜罗帏月，临窗广地明。

127. 句

望月知方向，行程万里长。

128. 春词二首

之一：

处处黄鹂鸟，关关求友声。
春心春草色，一日一新荣。

之二：

昨日桃花色，今天李蕊萌。
明晨桃李见，结子古今荣。

129. 铜雀台

雀落铜台半，人随楽影全。
西陵西北望，三吴三蜀迁。

130. 句

岁月人人易，江流处处迁。

131. 哭夫二首

之一：

无归一李陵，有勇半王膺。
学者凭空议，英雄一盏灯。

之二：

三生三岁月，一女一良人。
戍尽长城北，阴山白雪沧。

132. 长门怨（二首）

之一：

雨洗昭阳路，长门不断肠。
班姬留史记，莫以学梅妆。

之二：

三光从日色，七彩逐黄昏。
莫学蛾眉画，昭阳是窄门。

133. 送远

送远瞿塘峡，阳台滟滪堆。

朝云成暮雨，栈道作猿催。

134. 句

春风春雨下，柳叶柳枝垂。

135. 忆良人

良人良已远，入梦入心扉。
去道长城去，归时不见归。

136. 会仙诗（二首）

之一：

求求难自得，念念会仙诗。
白塔临风见，神灵野鹤知。

之二：

处处蓬莱殿，时时万寿宫。
人生人一念，对世对长空。

137. 暗别离

榆花自似钱，结子过前川。
十里应成树，三生立陌阡。

138. 古意曲

月落梧桐叶，霜重影水明。
寒宫寒意远，一曲一方情。

139. 阖闾城怀古

三吴千载史，一水五湖烟。
记取西施馆，耶溪浣女迁。

140. 峡中即事

清秋三峡水，白帝五帆舟，
滟滪堆阻水，天公四岸流。

141. 怀远

怀人怀远戍，战士战良人。
嫁女时衣老，不问对秋春。

142. 寄征人

征人征目的，战士战边疆。
铁杵云南界，阴山李广杨。
君王君所意，主宰至家乡。

143. 寄远

昨日无知故事成，今天有幸作精英。

明晨未得谁何晓，别别离离是平生。

144. 携手曲

枕枕床床伴，衣衣袂袂连。
滩滩成渚渚，苇苇接田田。
女女儿儿事，夫夫妇妇天。
同生同不死，共进共源泉。

145. 长信宫

藏娇金屋里，小子小儿言。
昨日今天见，明晨故事源。

146. 句

春来春已见（花），夏去夏无田（草）。

147. 中秋夜泊武昌

何年黄鹤见，玉树武昌留。
素女寒宫里，星光夜泊洲。
谁人鹦鹉赋，草木已中秋。

148. 赋荆门

白鸟飞琼树，青牛卧紫台。
荆门天水道，石首向东来。

149. 戏赠

雨后花繁色，人前玉女羞。
人间知渡口，已得赵虚舟。

150. 铜雀台

西陵歌舞在，举椠建安闻。
只以文章客，曹操日月分。

151. 望月

楚楚一镜明，吴吴半水生。
澄澄秋夜月，啸啸独猿惊。

152. 长孙佐转妻

长孙妻女答，佐转戍边诗。
夜夜同心结，时时共望知。

153. 早梅

南枝半暖北枝寒，一处春风两处单。
独自心中先自得，疏香傲影寄香丹。

154. 明月堂二首

之一：

堂前明月色，枕上泪生痕。
小子逾三岁，枫霜不是根。

之二：

堂中明月色，烛下影重生。
不是双双见，何当独独行。

155. 和潘雍

三山山上月，二水水中明。
莫以秦皇见，金陵是石城。

156. 寄诗

妻姬盟已久，子女始方成。
若以傅宗见，无名已是名。

157. 题兴元明珠亭

一洛落花红，三春一夜风。
明珠亭外望，夏水已成功。

158. 题玉泉溪

弦弦连水色，叶叶玉泉溪。
有意无情落，非高是向低。

159. 题三乡诗二首

之一：

一女若耶溪，三生水月齐。
良人良已去，独滞独高低。
莫以函关崤，当思虢略西。
秦川秦邑老，绝笔绝夫妻。

之二：

昔逐良人去，函关独自还。
耶溪同若水，雨落共云闲。

160. 题沙鹿门

昔逐良人步，今从独女分。
同来同不去，共雨共浮云。

161. 光，威，裒，三女失其姓

联句

朱楼影直日当天，光
玉树荫低月上弦，威
一叶风流寻不得，裒

三秋百果共原国。姓

162. 越溪杨女

越溪杨氏女，只得二诗联。
父嘱题其序，词成作嫁贤。
尺生夫所句，后妇序桑田。
自此从天殁，人间可饮泉。

163. 联句

珠帘垂月色，竹影间清风。
共渡今宵夜，同行隔代空。

164. 春日

春风春日暖，落叶落风寒。
草碧花红见，容华岁月观。
弦弦分上下，步步过邯郸。
缺缺圆圆久，承承继继欢。

165. 曹文姬

处处长生地，人人共戴天。

166. 关盼盼

三军自得半春秋，独守清名燕子楼。
独独徐州关盼盼，居居易易白休休。

167. 燕子楼三首

之一：
独守香塘岛，孤身燕子楼。
三诗居易寄，一世自难修。
之二：
三生闻剑语，十载作春秋。
不复彭城将，香消燕子楼。
之三：
一字飞鸿雁，三秋向岳州。
千山千水尽，十载十空楼。

168. 和白公诗

三光三世满，一竹一心空。
四面彭城水，千情守始终。

169. 句

白白居居易，关关盼盼楼

170. 啰唝曲六首

之一：
处处山山水，来来往往船。
知夫知子女，待岁待天年。
之二：
树树根根结，枝枝叶叶连。
夫夫相妇妇，陌陌共阡阡。
之三：
已是商人妇，何言不共天。
常常归嫁愿，不可只唯钱。
之四：
三边三塞北，九派九江南。
海角天涯苦，家乡水月甘。
之五：
昨日如今日，经年隔岁天。
明晨从起步，嫁娶共源泉。
之六：
女女儿儿见，夫夫妇妇寻。
人间人所以，世上世家心。

171. 寄欧阳詹

身非伎女夜非心，半是思郎一是襟。
旧水新生原不梦，为奴不取殁知音。

172. 续书蟾句

别别离离续，成成败败书。
莺莺春自语，雪雪启梅扉。

173. 舞柘枝女

应物生姬女，长沙舞柘枝。
潭州观察嫁，隔代李翔知。

174. 献李观察

蔡邕琴酒客，十八拍中穷。
不却蛮衣舞，文姬尚魏公。

175. 赠卢夫人

佳人颜色惜，日月共芳菲。
四象双仪对，飞鸿一字归。

176. 寄远

西阳东寄远，落日向天遥。

伎女君无记，男儿子浪潮。

177. 送武补阙

砚首碑垂泪，中郎武阙名。
王孙成伎女，水月玉壶情。

178. 题孙　诗后

红楼听曲管，月下有知音。
不值相如值，千金是一金。

179. 问

覆水应无水，和泥不尽泥。
曾相曾互浸，自去自东西。

180. 谢

心恩欲托身，雨散见云分。
不是终情属，无言始幸人。

181. 寄晏丹与独娜共月

圆圆缺缺一中秋，岁岁年年半去留。
上上弦弦明下下，升升落落满州州。

182. 答小子弟诗

莱儿敏妙字逢仙，莫向街头七寸田。
口敏三名进士晚，龙门小子望婵娟。

183. 和赵光远题壁

长卿已过门，不慕卓王孙。
羽翼难随凤，波涛误水根。

184. 贻郑昌图

人生人自得，曲赋曲江船。
一夜三更短，千波万里迁。

185. 和李标

阿里阿女小，一色一情娇。
摆摆摇摇步，苗苗玉玉桥。

186. 临终召客

临终召客语，捷选挽联诗。
举仕风流子，长安两世期。

187. 寄故人

空吟团扇句，不买万金诗。

莫以相如赋，班姬着史时。

188. 上成都再事

时时吟旧句，日日卖衣裳。

不见时妆嫁，成都过路杨。

189. 春思二首

之一：

门前梅柳色，雨后各重新。

四象群芳寄，三春各自邻。

之二：

井上梧桐叶，堂中日月荫。

窗前对女问，夜后约何音。

190. 西江行

一叶洞庭舟，三湘沅水流。

江东吴越女，碧玉小桥头。

191. 赠所思

咫尺相思路，天涯跬步程。

由南由北客，向背向云瑛。

192. 句

花飞人满院，伎上玉孤羞。

193. 赠裴思谦

及第龙门路，文才伐女休。

偷声投细语，不愧状元楼。

194. 迷香洞

已入迷香洞，桃花逐水溪。

红颜流不住，日月有东西。

195. 神鸡枕

枕上鸳鸯绣，床中羽鹤栖。

神鸡神不在，夜梦夜孤啼。

196. 锁莲灯

入夜锁莲灯，心经大小乘。

芙蓉凭水立，碧玉以香凝。

197. 鲛红披

鲛红披半霞，两岸玉三半。

步步双摇止，情情各不同。

198. 传香枕

玉律传香枕，君闻曲舞津。

声声还色色，层层复春春。

199. 八分羊

男儿一路八分羊，女子三生半袂裳。

曲尽声余长短句，知书达理风求凰。

200. 闭关羹

独慕相如侣，孤身月色光。

笙歌琴瑟舞，不得嫁衣裳。

201. 突厥三台

突厥三台曲，歌声一越闻。

殷勤从李讷，白日可功勋。

202. 云环

云环云雨岸，一发一青丝。

凤尾龙潜水，求凰不可迟。

203. 柳眉

柳叶柳眉边，双肩双目悬。

胡姬如此顾，羯鼓两皇天。

204. 檀口

小口樱桃闲，唇中皓齿关。

三杯三玉转，一酒一红颜。

205. 纤指

十指纤纤细，双肩楚楚妍。

千声留瑟语，百媚玉丝弦。

206. 酥乳

一半双峰色，三千弟子羞。

阳春从白雪，玉乳似垂流。

207. 莲花伎献陈陶处士

莲花玉步尚书催，处士陈陶莫切来。

已是巫山神女下，高唐不可雨云猜。

208. 叙怀

彼处用人沦，本心自独珍。

金钱身外物，自取不经邻。

209. 送人

同来同去见，一步一云门。

有约鸳鸯枕，无成小子孙。

210. 句

江淮江水阔，一女一情深。

211. 句

枝前连理结，夜后柝更分。

212. 薛涛

江楼不止问江流，一笺成都锦水舟。

乐籍从家留蜀地，诗书未了校书优。

213. 酬人雨后玩竹

一竹千竿色，三秋半叶长。

清明经直节，细雨自茫茫。

214. 春望词四首

之一：

花开同不赏，叶落共经霜。

竹竹空心节，枝枝向宇扬。

之二：

水色浣花溪，清清两岸堤。

诗心诗不止，字句字难齐。

之三：

锦水薛涛字，松花小篓稀。

同心同白雪，共意共柴扉。

之四：

相思相咫尺，互望互天涯。

莫以私情致，男儿问女娃。

215. 宣上人见示与诸公唱和

人间一玉壶，世上半江都。

莫以龙舟问，长城只有无。

216. 风

无风三尺浪，有色五湖舟。

已见千波逐，何须万里由。

217. 月

月月难圆上下弦，钩钩影影暮朝天。

婵娟不在嫦娥在，九日难为一日悬。

218. 蝉

蝉鸣蝉退下，一步一朝低。

再上高枝顶，清音向远啼。

219. 池上双鸟

双栖双宿鸟，一夏一秋虫。

四象分南北，三光向背中。

220. 鸳鸯草

草似一鸳鸯，云如半凤凰。

人心何所以，事物久炎凉。

221. 罚赴边有怀上书令公二首

之一：

一道边关远，三诗寄蜀公。

无知门下曲，方圆坐上翁。

之二：

受降龙城寄，云中塞北流。

成都何日至，不可忘松州。

222. 咏八十一颗

九九如冰见，三冬一暖流。

梅花心早动，白雨色先留。

223. 谒巫山庙

拜谒巫山庙，江流草木香。

高唐神女色，宋玉楚襄王。

暮雨朝云见，猿啼栈道长。

千川千峡口，一国一兴亡。

224. 牡丹

年年有牡丹，岁岁自经寒。

报国红颜富，知情豆绿冠。

225. 贼平后上高相公

和平终所望，战事始无安。

日月何如此，江山几处残。

226. 送友人

月色兼葭夜，寒芦白雪霜。

三更今别去，六郡昔离肠。

227. 听僧吹芦管

一夜吹芦管，三更古寺僧，心经心自主，

大小去来乘。

228. 酬郭简州寄柑子

足见黄金色，霜沉百法香。

临川临太守，御史御家郎。

229. 上川主武元衡相国二首

之一：

日暮山城早，江流问诸侯。

山河应上主，再锁御芳洲。

之二：

移尊知日月，坐阁可思忧。

画角三声歌，垂帘一白头。

230. 忆荔枝

粒粒殷红色，颗颗玉水浆。

丰丰含小子，糯糯纳心藏。

231. 解石山晓望吕侍御

晓望轮回日，中峰万仞林。

山高随水润，野阔见荒深。

232. 寄词

久已芝兰问，时闻杜宇鸣。

呼来三月晚，草木半多荣。

233. 解石山书事

瞿塘巫峡约，五柳武陵期。

解石山书事，千峰不可知。

234. 送姚员外

步送姚员外，花红玉露中。

君心如似我，逝水也朝东。

235. 酬祝十三秀才

文才祝十三，秀目尚儿男。

利器尝思剑，春潭一曲谙。

236. 别李郎中

长亭凤别凰，驿舍水鸳鸯。

处处相思客，年年见柳杨。

237. 送扶炼师

鹅肥池瘦水，月色浣花溪。

不是分明见，何言玉石齐。

238. 摩诃池赠萧中丞

摩诃池上月，玉树影中舟。

但向婵娟问，人间四十州。

239. 乡思

峨眉山上水，大相岭中天。

大渡河前问，青衣作四川。

240. 和李书记席上见赠

射策东堂秀，相逢席上吟。

风光多少日，草木作知音。

241. 棠梨花和李太尉

蕙圃移嘉木，东溪细雨霖。

棠梨花下果，太尉向知音。

242. 酬文使君

一顾沧江水，三思九陌尘。

今天飞白雪，隔日是阳春。

243. 酬吴随君

户纳前山水，支公满院花。

禅房知日月，咫尺是天涯。

244. 酬李校书

象外文才校，仪中世界真。

周公周所事，宋玉宋辞邻。

245. 赋凌云寺二首

之一：

日照凌云寺，鱼游一海池。

求来求所去，放命放生知。

之二：

月照凌云寺，寒宫挂玉枝。

青铜香炷上，老衲步吟清。

246. 九日遇雨二首

之一：

锦水云连宇，江城雨气深。

黄花东北见，九日寄乡心。

之二：

诸葛空城计，知芜不战身。

兵家兵所对，得晋退时邻。

247. 酬雍秀才贻巴峡图

巴山巴峡水，楚国楚农王。
宋玉高唐赋，薛涛枕意长。

248. 上王尚书

十万人家治，三千弟子扬。
民安民所得，世事世扶桑。

249. 和刘宾客玉蕣

露露琼枝上，珠珠玉蕣中。
朱房朱乳液，一月一寒宫。

250. 江边

江边江已去，岸草岸滩洲。
逝水应无尽，东流一路谋。

251. 送卢员外

风云员外路，雪夜锦官城。
别向夷门忆，阴晴感旧荣。

252. 题竹郎庙

一笛江村外，千声问竹郎。
何时宣古木，日照共呈祥。

253. 赠苏十三中丞

长安长日色，洛水洛阳桥。
陌上扶桑治，阡中玉石雕。

254. 和郭员外题万里桥

字里千年水，诗中万里桥。
人前人所见，一路一逍遥。

255. 送郑眉州

雨暗眉山阔，云沉半岷江。
孤舟往不住，去处细侯邦。

256. 江亭饯别

饯别江亭酒，红泥物象幽。
公车公已去，独忆独当留。

257. 海棠溪

碧叶风流起，鱼身水面低。

花灵花带露，海色海棠溪。

258. 采莲舟

一叶采莲舟，千波逐远游。
荷衣荷不住，净女净时羞。

259. 菱荇沼

绿藻菱荇沼，红荷碧水塘。
芙蓉应出水，夕照已呈祥。

260. 金灯花

三更三自暖，一夜一灯花。
但向黄金向，如何是女娃。

261. 春郊游眺寄孙处士二首

之一：
只似零陵燕，东西处士飞。
低头应不语，已向故乡归。
之二：
日月三春色，芳菲一旧裙。
已得群芳助，方言化教文。

262. 酬杨供奉法师见招

长流水自清，小沼色光明。
商山名姓在，隐士不须行。

263. 试新服裁制初成三首

之一：
制报紫阳宫，新衣已色空。
身形身自得，一绿一般红。
之二：
千灵千百气，九色九分仙。
本本源源见，山山水水田。
之三：
长裙长玉立，本是本清仪。
宫中仙子色，月下步虚词。

264. 寄张元夫

高山流水曲，已绝伯牙弦。
子子期问，音音韵韵田。

265. 酬辛员外折花见遣

东飞青鸟落，口上已衔梅。

不必折花寄，瑶池已自开。

266. 赠远二首

之一：
成都应木槿，锦水浣花溪。
无间戎马事，有月共高低。
之二：
共度三边月，同修一日舟，
当知天水岸，不上望夫楼。

267. 秋泉

日色千云叶，秋泉一带烟。
寒霜寒雪雨，一路一桑田。

268. 柳絮

柳絮一层棉，春晖半法天。
洋洋飞不断，子子落三边。

269. 续嘉陵驿诗向武相国

为公歌不止，卓氏蜀门前。
锦水东流去，相如玉垒泉。

270. 段相国游武担寺病不能从题寄

一病青春少，千歌日月多。
无那明日寄，有镜度公河。

271. 联和薛涛

江流不住问江楼，薛涛
江楼已在见江流。吕长春

272. 赠段校书

翩翩公子度，处处校书居。
墨彩当天色，风流总不如。

273. 犬离主

一犬狂天啸，三光自在身。
人前人后语，不独不孤沦。

274. 笔离手

十字成文字，三生作日诗。
宣毫和越管，草木对羲之。

275. 马离厩 古今诗

朝天扬白马，印度向唐归。

历历西天征，鸣鸣北国晖。

276. 鹦鹉离笼

无言无语继，有道有情行。

未食人间食，离笼离不成。

277. 燕离巢

出入朱门里，栖栖玉殿中。

居巢居穴暖，一去一秋风。

278. 珠离掌

千年沉海底，一夜掌中明。

且以明珠去，居流未可英。

279. 鹰离鞲

利爪锋钩在，飞天逐地回。

青云青玉宇，一鞲一君来。

280. 竹离亭

扶苏成翠碧，抑郁玉林丛。

积积堆堆色，春春笋笋充。

281. 镜离台

镜镜台台合合，台台镜镜分。

支支承所照，座座以基君。

282. 酬杜舍人

底事双鱼问，新诗二月花。

芙蓉应未老，曲舞到人家。

283. 筹边楼

三边千里目，西川四十州。

平临辽海望，白雪满胡秋。

284. 赠韦校书

误见荆山玉，重闻甲乙科。

芸香花色淡，一蕊一娇娥。

285. 江月楼

无楼无人迹，有月有江流。

逝水曾无尽，风云见日休。

286. 西岩

不忆寻鲸客，无闻扑雉人。

鸣蜩鸣不止，古木自经秋。

287. 罚赴边上武相公二首

之一：

月在芜荒天，人行曲舞边。

孤身思父母，罚赴是何传。

之二：

一曲琵琶怨，三边白雪寒。

单于应不见，敕勒玉人川。

288. 寄旧诗与元微之

一曲梅花落，三边白雪平。

薛儿薛笺寄，碧玉碧心情。

289. 句

歌迎南北子，曲送去来情。

290. 鱼玄机

玄机玄所止，读学读才思。

李亿官观女，温璋答戮司。

291. 赋得江边柳

系得江边柳，知无拂岸舟。

根深鱼窟底，渚浅日中楼。

292. 赠邻女

易得千金宝，难收一意郎。

王昌王李亿，宋玉宋高唐。

293. 寄国香

相思相月冷，国色国香菲。

暮暮潇湘去，朝朝洛水归。

294. 寄题炼师

高堂沉静静，细雨落霏霏。

玉石同非本，成丹共炼机。

295. 寄刘尚书

临汾三月雨，太谷百花云。

渭水长安绕，玄机一道闻。

296. 浣纱庙

十万精兵少，三吴女子多。

西施娃馆女，伍胥范蠡戈。

297. 卖残牡丹

拾得三红粉，千金一牡丹。

残枝残叶卖，以谢以开观。

298. 酬李学士寄簟

玉枕还从夏，银床入早秋。

当同当四象，学士学千猷。

299. 情书寄李子安

秦川壶口水，晋境龙门山。

直下风陵渡，东流自不还。

300. 闺怨

南鸿南一路，北雁北三秦。

岁岁春秋易，年年向背邻。

闺中思不尽，月下促眉颦。

301. 春情寄子安

独念玄机梦，春情寄子安。

红英红不久，一纸一心丹。

302. 打球作

三英三吕布，一戟一风流。

了却心中念，方圆以杖收。

303. 暮春有感寄友人

竹影曾无定，人心已有萌。

春云春雨下，一笋一争荣。

304. 冬夏寄温飞卿

浮云飞玉宇，木叶绕风林。

暮崔啾啾问，啼猿远远吟。

题诗成绝句，四句满人心。

305. 酬李郢夏日钓鱼回见示

道性欺鱼水，禅心约地天。

相依相就见，一钓一神仙。

若以玄机问，相思已满船。

306. 次韵西邻新居兼乞酒

一首新诗百度吟，西邻旧酿莫孤斟。
新居乞酒添佳色，次韵平平仄仄音。

307. 和友人次韵

已有登垣意，谁无化石头。
千峰千谷水，万里万波流。

308. 和新及第悼亡诗二首

之一：
人间仙籍隔，世上死生流。
不必求成败，权当一日舟。
行行无止止，果果有秋秋。
之二：
如今来去异，自古死生同。
一诺荆轲记，三生日月中。

309. 游崇真观南楼睹新及第题名处

自见罗衣短，无言及第长。
云峰书剑事，羡慕女儿芳。

310. 秋意

落叶纷纷积，朱弦处处声。
愁思愁不得，有序有春荣。

311. 秋怨

秋来秋怨久，白雪白人情。
自是多心愿，当然少山盟。

312. 江行

鹦鸣鹦鹉草，汉口汉阳舟。
不见飞黄鹤，琴台半枕流。

313. 闻李端公垂钓回寄赠

一钓千竿水，三更二饵肥。
舟平听曲尽，日暮却衣归。

314. 题任处士创资福寺

粉壁空留字，幽人处士情。
行程行不止，三寺一禅生。

315. 题隐雾亭

白日昏昏暗，春芳处处烟。
千峰皆隐约，一雾满山岷。

316. 重阳阻雨

重阳重阻雨，石径石徘徊。
古寺三杯酒，黄花半地开。

317. 晚秋

半见黄昏早，三重日色开。
茱萸颜色绿，采撷挂檐台。

318. 期友人阻雨不至

雨雨云云隔，朝朝暮暮期。
黄昏知已晚，日落应无迟。

319. 访赵炼师不遇

处处同仙境，岩岩共石花。
青衣台上放，请客自茗茶。
日暮黄昏早，殷勤不顾家。

320. 遣怀

庚亮楼中赋，渊明柳下修。
三杯三自顾，半醉半梳头。

321. 寄飞卿

飞卿飞所志，李亿李玄机。
寄恨知君问，吟诗以幼微。
珍簟凉气早，朗月独寒归。
不悔偷仙药，深情可自非。

322. 过鄂州

白雪阳春半旧名，巴人下里九新声。
折牌岭上三闾墓，不见汨罗一水平。

323. 夏日山居

夏日山居静，深林水月明。
花丛花自语，一夜一香情。

324. 暮春即事

穷门深巷侣，旷野故人朋。
读学无知己，心经道德兴。
玄元玄所智，佛语佛禅僧。
若以儒学智，人间大小乘。

325. 代人悼亡

俱以轮回念，当然白塔情。
无非无自己，有是有人生。
且以玄机见，何须日月争。

326. 知人

文君琴所欲，宋玉赋襄王。
莫以知音在，何求一诺郎。

327. 隔汉江寄子安

江南江北望，汉口汉阳寻。
别别离离苦，思思念念心。

328. 寓言

处处红桃色，家家玉女情。
相思相忆远，子曰子安名。

329. 江陵望尽寄子安

江陵望尽子安思，叶落西江去已迟。
日夜东流东入海，桥头月色月相思。

330. 寄子女

醉别千杯酒，相思万里忧。
行舟杨柳系，寸步去来愁。

331. 送别

不料仙郎去，无言玉步来。
折杨折柳问，几日几时回。

332. 迎李近仁员外

灯花灯下拜，喜鹊喜中来。
织女牵牛客，红芳碧草开。

333. 左名场自泽州至京使人传语

白露秋分月，王程自泽州。
云封天水岸，日在曲江头。
小巷朱弦拨，高墙意隔楼。
相如当一赋，王屋已三游。

334. 和人次韵，十五删韵

僻巷深居学，荒山独木颜。
诗书由子集，史册宇河湾。
但以经纶事，乾坤自在关。

玄机玄读止，一女一人还。

335. 工精

序：

光威裒姊妹三人少孤而始妍，乃有是作精粹，难俦虽谢家联雪何以加之，有客自京师来者示予因次其韵，十三章韵。

诗：

东邻姊妹三，俗世不为男。

作女文姬比，西施浣泽潭。

经纶经史集，子日子春茧。

白玉萧郎晚，红颜过杏坛。

336. 折杨柳

日日折杨柳，人人送别行。

今天全断木，此路不余情。

337. 句

玄机玄不解，幼学幼微才。

338. 湖上卧病喜陆鸿渐至

已病寒霜降，梅花雨水升。

陶家应五柳，谢守可三台。

李冶知君至，相逢待友来。

339. 寄校书七兄

步步鸟程路，轻轻鸟雀鸣。

人间人不一，八句八仙荣。

340. 寄朱放

望水行舟去，登山跬步前。

知君知所忆，一事一经年。

341. 送韩揆之江西

黄花开已否，白雪未相催。

只有衡阳雁，年年一去来。

342. 道意寄崔侍郎

莫道浮名误，朝天以志行。

前程前所引，跬步跬方成。

343. 从萧叔子听弹琴赋得三峡流泉歌

巫山云雨岸，峡水川风雷。

石阻流泉骤，船折滟滪堆。

弦弦相似响，指指独惊摧。

滴沥平沙静，猿鸣栈道隈。

呜咽流不止，曲濑势澜恢。

楚国听凭蜀，陈仓暗度开。

嘉陵明月色，白帝落潮来。

阮籍谁人问，嵇康任自哀。

344. 相思怨

相思相怨尽，一意一情开。

只以痴痴见，何当处处猜。

345. 感兴

半见秦楼月，千声弄玉箫。

求凰知凤近，但向穆公遥。

346. 恩命追入留别广陵故人

龙钟分病觉，达命故人宗。

北阙随芳草，南山望旧峰。

347. 八至

一，远近，二，东西至，

三，高低，四，并浅深。

五，亲疏，六，同日月，

七，跬步，八，共晴阴。

始以夫妻附，平生咫尺心。

348. 送阎二十六赴剡县

孤舟孤水岸，独望独题诗。

不远鹅池曲，阊门玉女迟。

349. 得阎伯钧书

自得伯钧书，无言寄忆余。

千垂一玉箸，半枕两相如。

350. 结素鱼贻友人

情情结鲤鱼，处处半心虚。

只以相知系，怀中有素书。

351. 偶居

山深不可居，水浅亦无鱼。

莫以天高望，当知误步虚。

352. 明月夜留别

离无明月色，别有女儿声。

且以相思带，圆圆缺缺行。

353. 春闺怨

不尽春闺怨，无言戎枕空。

辽东辽海战，一世一英雄。

354. 句

已见云鬟散，谁闻木叶声。

355. 寄洛中诸姊

道士远淳女，经年别国人。

求知求世界，向静向清纯。

也有归心梦，还无四象春。

人生人独守，自在自当真。

356. 秦中春望

三千年旧事，八百里秦川。

养马周王赐，胡风汉血天。

357. 句

弟弟兄兄知所以，松松柏柏寄何人。

358. 舟夜一章

水色连天色，风声逐浪声。

波涛无限去，日月有知情。

南唐·顾闳

韩熙载夜宴图

读写全唐诗五万首

第十二函

第十二函 第一册

1. 寒山

拾得寒山寺，丰千共国清。
文殊文彼此，普度普贤行。

2. 诗三百零一首

之一：
静静清清寺，人人事事真。
修身修彼此，正律正红尘。

之二：
鸟道无人迹，重岩有木林。
虚名虚已实，度世度山阴。

之三：
一草三生短，千林半世长。
寒山寒白石，拾得拾天光。

之四：
南洋榕树老，北海客长阴。
路见婆娑影，何年独木林。

之五：
琴书应自带，利禄不随心。
小麦从人食，棉花可织阴。

之六：
剑剑书生令，兄兄弟弟身。
僧僧知道道，佛佛亦钧钧。

之七：
寒山寒自暖，善德善人酬。
似鸟飞山岭，如鱼共水流。

之八：
轮回轮所语，学武学文津。
此世应余赏，来生不足云。

之九：
白鹤首阳山，朱门处士关。
归时庄子乐，不顾帝王离。

之十：
天生一直木，百尺半垂条。
咫尺天涯路，人心近是遥。

之十一：
世上高低树，人间大小乘。
坟茔何大小，寸尺几零丁。

之十二：
教化听鹦鹉，囚笼学旧声。
无繁应简语，不可帝闻鸣。

之十三：
处日应三万，人生一百年。
行程由跬步，抱一守方圆。

之十四：
月下蛾眉女，云中玉树寒。
晨钟连暮鼓，万户共婵娟。

之十五：
日月随心在，阴阳两半全。
东西分向背，上下合离偏。

之十六：
白鹭经天立，鱼鹰吐纳行。
红尘红所见，一子一怀英。

之十七：
四象双仪十，三生一寺机。
香浮香火久，一约一心归。

之十八：
岁去年来换，风吹雨下烟。
鲸鱼知水浅，螃蟹靠秋边。

之十九：
白塔轮回见，朱门过往多。
生当今日事，不过上天河。

之二十：
自古春秋度，如今日月歌。
汨罗寻屈子，石径天台多。

之二十一：
一路百年归，三湘两度飞。
天空人一字，地上事千非。

之二十二：
一步成千古，三生作百年。

寒山寒不尽，拾得拾云天。

之二十三：
天台天下道，国寺国清名。
汉柏常空望，隋松已守英。

之二十四：
妄学邯郸步，君知易水天。
枫桥枫赤色，拾得拾江边。

之二十五：
昨日风尘去，今天日月来。
轮回当此见，明晨不可催。

之二十六：
世上何行止，人间七尺居。
禅房何所有，只见一床书。

之二十七：
同行天下路，共坐白云空。
已见寒山石，天台一始终。

之二十八：
上可经天问，中寻玉宇空。
前朝经纬首，下已不由衷。

之二十九：
此处闻渔父，汨罗唱九歌。
鲛人生海底，楚士有先科。

之三十：
只可闻渔父，谁知月色明。
寒山钟复响，拾得寺精英。

之三十一：
暮暮朝朝度，僧僧寺寺闻。
禅心传惠觉，石磬静风云。

之三十二：
问道情难遣，寻真未见邻。
他心成我意，自作不愁人。

之三十三：
知恩知所报，积善积人身。
滴水思源本，高山以石钧。

之三十四：
小儿罗裙好，春花半绽芽。
东风催日月，寺院是僧家。
之三十五：
东家一老婆，碎语半家多。
莫以求缘过，村前有小河。
之三十六：
贫儿多志气，富少有豪情。
共与风云路，同行异域倾。
之三十七：
一首五言诗，三生半滞疑。
嘉名宣宇宙，古寺寄无知。
之三十八：
白鹤衔桃子，青云带雨来。
蓬莱山上客，古刹月中台。
之三十九：
乍向丰干道，初闻拾得钟。
天台天一字，国守国清封。
之四十：
群生群普度，守一守方圆。
古刹钟声远，禅房日色前。
之四十一：
隐隐卢家女，幽幽客莫愁。
声声天下子，岁岁百年忧。
之四十二：
昨日今时晚，明晨结善缘。
人生人所见，待世待闻天。
之四十三：
历历山林径，幽幽石小桥。
丹兵原彼岸，咫尺隔心遥。
之四十四：
捕鼠知利器，寻狐问隐形。
禅心皆万物，普度十千丁。
之四十五：
谁家长不死，白塔凤高僧。
自以轮回念，当然大小乘。
之四十六：
但见北邙山，当如白塔颜。
高僧王帝在，记取雁门关。
之四十七：
竟日常流水，经年草木荣。

心经心所在，对散对联成。
之四十八：
已见鹤家乡，轮回白塔旁。
天灵天不得，地守地藏王。
之四十九：
轮回轮不见，白塔白云生。
彼此今天见，明晨日又明。
之五十：
吾心秋月水，皎洁似深潭。
且以经纶见，生生苦作甘。
之五十一：
妇住思夫巷，夫居别妇州。
天涯应咫尺，寄语月明楼。
之五十二：
金钗非久饰，玉带是身华。
郑叟张婆去，天涯作一家。
之五十三：
权怜好丈夫，百艺作家奴。
玉馔良朋会，音灯有是无。
之五十四：
桃花桃结子，夏雨夏芙蓉。
九月黄花现，三冬白雪封。
之五十五：
已见东家女，男儿独自怜。
夫妻应结好，近举共承天。
之五十六：
止止行行易，因因果果难。
轮回轮不见，白塔白云观。
之五十七：
最是黄泉路，谁人不免行。
轮回轮不得，鬼怪鬼当横。
之五十八：
天高谁不问，地厚自然乡。
莫以人间误，黄泉有柳杨。
之五十九：
渭水多儿女，寻青踏碧原。
私窥私所目，一岁一花萱。
之六十：
小女容仪好，男儿力气骄。
春情应许诺，一寺故人桥。

之六十一：
小女黄昏戏，微风满路香。
男儿男子汉，一步一方扬。
之六十二：
一子行长路，三更梦故乡。
心思心所苦，自得自衷肠。
之六十三：
九曲黄河水，千湾草木荣。
清时清已短，浊便浊天明。
之六十四：
一苦由生去，三光共日来。
求根求所立，以力以农催。
之六十五：
无农无土地，得稻得田萌。
寺道应辛苦，耕耘自可成。
之六十六：
草自先芒种，秋分落叶中。
山门山近色，一寺一觉空。
之六十七：
何须何努力，不可不成仙。
世俗皆贪欲，人间独种田。
之六十八：
人人分玉璞，事事分纵横。
漫漫兮知远，心心兮系缨。
之六十九：
狗不嫌人臭，人知狗肉香。
生生还死死，短短亦长长。
之七十：
朝朝衣食路，暮暮寺僧闻。
处处千愁序，幽幽万里云。
之七十一：
贫穷贫可易，富贵富常移。
木木由根本，林林以木维。
之七十二：
妇女勤织组，男夫苦种田。
人间人所食，世上世粮天。
之七十三：
真身修自得，假势枉时多。
道法三千木，人生一奈何。
之七十四：
坚贞成实语，谎险作玄虚。

教令牛羊括，无从嫉妒居。
之七十五：
傲慢名贪姓，怜情石玉分。
禅房修正果，古寺有黄云。
之七十六：
尔以居犀角，吾当白虎堂。
茱萸秋色正，枸杞取红阳。
之七十五：
天台天已近，十择卜幽居。
步履从溪落，行心以涧书。
之七十八：
为名为不得，益者益难明。
易易移移处，形形籍籍成。
之七十九：
徒劳三史说，独泊五经纶。
不及河边柳，年年一度春。
之八十：
涧涧溪溪水，红红紫紫花。
春春连夏夏，色色入家家。
之八十一：
白拂栴檀柄，馨香竟日闻。
时时方丈室，卷卷似行云。
之八十二：
荣华应得道，禄福自明人。
快活求时误，浮沤染红尘。
之八十三：
百计求名利，三生问俗尘。
经营无所以，互解有独珍。
之八十四：
爱子多从色，贪人好聚才。
人间非自重，世上是崔嵬。
之八十五：
一向匈奴战，三军各有无
生谁死死客，主主亦奴奴。
之八十六：
敬敬恭恭事，功功德德林。
尊尊菩萨座，忍忍护真心。
之八十七：
劝你早修行，寒山已自明。
方圆罗刹窟，尺寸度身名。

之八十八：
人间人上帝，法外法中王。
五百年前后，三千载米粮。
之八十九：
杀鸡入地狱，吃肉上天堂。
出力行心者，贤人恶果尝。
之九十：
造化天高望，耕耘地厚行。
因因春籽种，硕硕果秋成。
之九十一：
隔壁邻家女，临墙夜有声。
朝阳东早入，暮色晚声鸣。
之九十二：
贤人贪娄少，恶子丑人多。
切以形身间，精公不度河。
之九十三：
六语破维始，三先向背终。
东西东所尽，共事共其风。
之九十四：
千根榕树气，万里去程低。
独木成林见，群枝上下齐。
之九十五：
总有真如性，无言假似人。
临心临镜见，待物待秋春。
之九十六：
人间人善恶，好事好商量。
爱讨便宜子，当然小肚肠。
之九十七：
天河天水岸，地主地诗僧。
世上春秋序，人间大小乘。
之九十八：
死死生生恋，因因果果求。
归时归白塔，隔世隔春秋。
之九十九：
平陵行白马，渭邑落苍鹰。
不忍山中寂，无知古刹僧。
之一〇〇：
世事农为本，江流自在源。
寒山寒父母，以祖以轩辕。
之一〇一：
不用攻其恶，何须伐善缘。

无语无谣去，有直有云天。
之一〇二：
富可高堂集，贪则读学量。
儿童无尽力，老子惜余光。
之一〇三：
世有聪明子，吟诗七步成。
三端呈自立，六艺洛神名。
之一〇四：
层山成水秀，翠木着林新。
岁月春秋继，云云雨雨频。
之一〇五：
李白千杯酒，寒山一路吟。
茅檐明月挂，近处有人心。
之一〇六：
不问谁施主，当知造寺人。
砖砖加瓦瓦，石石覆仁仁。
之一〇七：
水水鸳鸯鸟，行行不独迟。
雌雄分不得，未近凤凰池。
之一〇八：
路路行人去，亭亭坐客来。
何从何自主，一字一徘徊。
之一〇九：
事事经纶历，人人日月明。
同同则异异，朽朽亦荣荣。
之一一〇：
富富贫贫易，成成败败非。
来来还去去，别别复归归。
之一一一：
死死生生见，僧僧寺寺观。
禅林留白塔，坐化入云端。
之一一二：
松门松足下，白塔白云端。
莫以轮回说，高僧去不坛。
之一一三：
自是同林鸟，夫妻共穴巢。
三生求共食，一奶育同胞。
之一一四：
世有饥寒客，人无岁月舟。
轮回轮不见，善恶善心留。

之一一五：
狗狗人人共，官官吏吏同。
农夫农土地，税役税则穷。

之一一六：
五百天罗汉，三千弟子牛。
人间人所是，佛古佛今留。

之一一七：
斗酒田家月，千诗社稷天。
春秋当社会，草木自经年。

之一一八：
事有经纶解，人无大小人。
如来如所去，一字一源泉。

之一一九：
不以荒丘计，轮回岁月分。
当生当不见，可隐可朝云。

之一二〇：
读学封侯路，耕耘子女收。
农夫农立本，有食有衣求。

之一二一：
磊磊村前路，啾啾鸟白头。
千儒山屹立，一士水东流。

之一二二：
行身多少路，处事去来明。
白虎高堂见，青龙岁月城。

之一二三：
前人前已去，后者后先来。
十载轮回遂，三生去不回。

之一二四：
女女儿儿志，夫夫妇妇情。
情深情在近，志大志行程。

之一二五：
张公华药富，孟子辚贫轲。
可笑人间事，巴歌唱者多。

之一二六：
高翁情小女，老妇少儿妻。
究竟难相遇，人人哭笑啼。

之一二七：
先生经史集，学士未生官。
破布烂衫盖，秋冬望叶丹。

之一二八：
鸟语谁人解，南山草木荣。

人无人在否，一物一生明。

之一二九：
相逢相别见，一面一春秋。
陌路无人识，阡头有莫愁。

之一三〇：
有犊生牛继，无钱子女多。
陶公陶五柳，谢守谢三秋。

之一三一：
天涯当烈日，朔同已风霜。
四象分南北，三湘半炎凉。

之一三二：
相逢相不识，别去别平生。
五十年前忆，红颜白发倾。

之一三三：
人生谁百岁，且以问千年。
自以忧心始，何言待世田。

之一三四：
忧人忧不尽，治世治无头。
向佛求禅智，如来教化由。

之一三五：
谁家谁世子，白马白衫迟。
莫以西天问，真经是佛知。

之一三六：
无知无不责，有智有天时。
日上须时日，如来自教辞。

之一三七：
心经心是本，自在自如来。
色色空空见，异异同同台。

之一三八：
红尘酒肉徒，知音一念奴。
明皇明羯鼓，世上世人虞。

之一三九：
莫以寒山笑，吟诗向世知。
观音观自己，向佛向心时。

之一四〇：
自是衣单客，前行岁月身。
寒山僧百历，拾得已千钧。

之一四一：
黄泉生死隔，咫尺可相邻。
一梦同天下，三思共济亲。

之一四二：
西阳西照晚，水色水红明。
欲去还来见，黄昏聚别情。

之一四三：
始始终终问，人人事事行。
僧僧修觉慧，夜夜对灯明。

之一四四：
人生三万日，历史五千年。
岁岁行长短，时时不辍田。

之一四五：
孤山云缦缦，独峙石修修。
谷口川风响，悬泉瀑布流。

之一四六：
天流聚瀑布，不息作飞蓬。
且以贫穷路，终生自得隆。

之一四七：
自是商人贾，如今济世荣。
欺中欺所助，意下意输名。

之一四八：
俗薄经天久，长年积垒成。
何言三万日，岁月逐天行。

之一四九：
三生三日历，百首十天诗。
苦苦相持久，辛辛造化知。

之一五〇：
鱼池鱼所放，养鹤养其留。
野鹿由山野，游僧向寺游。

之一五一：
源泉何处见，石隙孔朝天。
滤波经长积，幽幽聚水田。

之一五二：
寒山奇怪石，直直木形形。
处处成林色，层层作岭青。

之一五三：
三生三万日，十岁木成成。
若以轮回种，年年互济荣。

之一五四：
寒山寒有尽，拾得拾无终。
石径通来去，下仰上时弓。

之一五五：
一病三生智，千音万岁声。

求仙求自己，百岁百年行。

之一五六：

暮暮朝朝度，来来去去行。

人生人以苦，世事世枯荣。

之一五七：

堂堂仪表好，处处世间人。

不敬慈恩主，无知父母亲。

之一五八：

可贵天然物，苍公造化殊。

方圆方寸色，咫尺咫相趋。

之一五九：

千根千种子，一物一心思。

造化经天力，功成自欠司。

之一六〇：

朝天朝地路，向短向长趋。

小女经心子，男儿大丈夫。

之一六一：

天涯何见改，海角未知移。

日日经临目，沧桑不得知。

之一六二：

一步东林路，三思故客颜。

猿啼临栈道，虎啸在山间。

之一六三：

自以山门客，寒山是我僧。

云成三段色，月作一轮灯。

之一六四：

世上人多少，云中不得知。

原原非本本，早早是迟迟。

之一六五：

三人三行止，一事一思量。

轨轨则定定，情情性性常。

之一六六：

不以轮回解，何言犬兔分。

同生同死去，共日共天云。

之一六七：

平生山果食，处世自随缘。

不问人间事，轮回方可宣。

之一六八：

无贫无富贵，有寺有僧禅。

色色空空度，心心意意天。

之一六九：

如来如教化，佛理佛伽兰。

欲达经先狭，功成待后宽。

之一七〇：

吁嗟贫复病，宿泊滞人身。

绝境生奇智，临情自作邻。

之一七一：

观音观父母，养女养儿情。

授志离家去，乡心对月明。

之一七二：

隔壁观灯火，邻家见木林。

花前和月下，有约问知音。

之一七三：

山云山自定，涧水涧观流。

岁岁知云水，年年去不休。

之一七四：

送客琵琶峡，知音汉口舟。

高山流水在，不见伯乐求。

之一七五：

报道虚心者，听闻实意人。

劳神劳力尽，待世待心珍。

之一七六：

年年兄弟问，处处别离情。

绿水东流去，黄云北国盟。

之一七七：

处处天台人，幽幽越水亲。

寒山寒拾得，不见不知邻。

之一七八：

万事寒山休，千川涧水流。

三生三自得，一字一人头。

之一七九：

人生一百年，见识五千莲。

片片红成界，澄澄玉宇田。

之一八〇：

如来大小乘，世界去来僧。

已达方圆守，观音尺寸浮。

之一八一：

三修三世界，一塔一浮图。

坐化留今古，轮回此不浮。

之一八二：

君身君自己，事物事离人。

不作回头客，当然向背频。

之一八三：

客问寒山子，诗诗拾得知。

无沦无道理，教化教人思。

之一八四：

一树根枝叶，千山万水天。

无仁无义者，有去有逝年。

之一八五：

修行今日始，起步早经天。

积累成财富，疏流引导川。

之一八六：

草草荒荒野，花花苑苑精。

经人经教化，大象大乘英。

之一八七：

山中樵斧响，树倒木倾鸣。

去势惊天地，生音是死情。

之一八八：

以笔丹青绘，行心世界荣。

挥毫挥草木，染墨染阴晴。

之一八九：

红尘红不尽，白雪白霜明。

世上清光色，心中道子声。

之一九〇：

久在寒山宿，常闻玉石流。

泉成溪水本，室穴作书楼。

之一九一：

木叶丹丘路，霜林雁塔边。

禅房禅磬语，守一守圆田。

之一九二：

万死千生世，三湘一朔边。

衡阳青海岸，一雁一飞天。

之一九三：

寒山居世外，拾得向人中。

不以玄虚问，何言一色空。

之一九四：

清风明月去，晓色旭日来。

不以寒山意，当然四序来。

之一九五：

明珠深里海，采纳是鲛人。

若以人间问，春秋不再频。

之一九六：
星明星早晚，一寺一知音。
白鹭飞还落，青天是我心。
之一九七：
岩前一盏灯，寺外半游僧。
共在乾坤道，同行大小乘。
之一九八：
大大宏宏里，微微小小中。
寒山明月挂，拾得色空同。
之一九九：
向背分前后，东西划暮朝。
黄昏黄色近，夕照夕阳遥。
之二〇〇：
万象无痕迹，三光有易迁。
天机天远见，地理地桑田。
之二〇一：
世世人人劫，生生死死成。
三途流六道，百岁逐千荣。
之二〇二：
步步天台上，孤孤绝客中。
崇岩千仞立，细水万流洋。
之二〇三：
月下三清近，山中五味全。
逍遥身外路，苦作自耕田。
之二〇四：
读学官贫路，耕耘子女心。
源源何本本，觅觅复寻寻。
之二〇五：
苦苦辛辛作，先先后后劳。
经年经自力，一世一冠袍。
之二〇六：
菩提烦恼过，舍利佛宗留。
眼界无明尽，空中有法求。
之二〇七：
行深般若路，涅槃五蕴由。
诸法空相势，波罗密得求。
之二〇八：
已入天台境，心田不所求。
春山春水净，向背向清流。
之二〇九：
有食常无饱，行衣忍自寒。

登山凭短杖，跬步入云端。
之二一〇：
六道轮回去，三途造化米。
当生当自受，隔世隔天台。
之二一一：
六道轮三界，菩提印五蕴。
波罗僧偈谤，等等是乾坤。
之二一二：
一树临危顶，千枝立壁岩。
摇摇垂欲坠，落落已临凡。
之二一三：
自信叮咛告，深根性本纯。
真求则利钝，法印佛家门。
之二一四：
我在天台寺，君成御学君。
溪流清自许，隔世隔浮云。
之二一五：
养子经师远，成龙必入京。
身边无尽美，远望有皇城。
之二一六：
只守山门坐，游鱼已放生。
求神求十卦，算命着师生。
之二一七：
时人时不见，一道一玄微。
莫以寒山问，言言语语非。
之二一八：
策杖登高径，藤攀上石前。
风头风不止，独峙独人贤。
之二一九：
正正方方寺，香香火火传。
人心人所见，卜卦卜何缘。
之二二〇：
三香三杳杳，一炷一烟烟。
富贵由其见，轮回可以传。
之二二一：
国以人为本，禅由慧觉源。
桑田民食取，土地祖轩辕。
之二二二：
生生无可灭，物物有心灵。
莫以颠邪恶，终归不耻丁。

之二二三：
有路则通世，无心必自宽。
拘束皇城禁，放荡野云端。
之二二四：
大海水无边，鱼龙蟹有缘。
桑田人类少，食品向洋迁。
之二二五：
俗子牛羊吃，红尘不得仙。
山中山果物，素食素青莲。
之二二六：
站在天台望，云前大海涛。
龙王宫殿设，万物陆中皋。
之二二七：
心高山已矮，势力逐云霄。
不得三思顾，何言一海潮。
之二二八：
如闻多宝塔，未见少云霓。
坏戟行涛里，随波逐浪低。
之二二九：
愚人愚所见，积业积余锦。
自着高台罪，留当二世烟。
之二三〇：
寺寺僧僧地，清清净净心。
三光三世界，一字一千金。
之二三一：
一字从头始，成全万未终。
人须知善恶，寺觉可童翁。
之二三二：
神仙求不得，可臆未成真。
二世秦皇在，瑶池汉武人。
之二三三：
莫以颠颠语，直直寒山言。
面对无心忌，临风有过轩。
之二三四：
正直人心见，邪毒恶妇闻。
姿身斜不得，笔墨字仁君。
之二三五：
天真元具足，自性已如来。
寄与仁人者，承君达道台。
之二三六：
守旧因循事，从新改革人。

山河潜在易，日月暮朝频。

之二三七：

燃灯学释迦，记语佛门僧。

五百年中学，人间大小乘。

之二三八：

官官无米种，吏吏有司粮。

莫弃农夫税，应知土地匡。

之二三九：

贼贼人人面，禽禽兽兽心。

男儿应不此，直正可留荫。

之二四〇：

性性情情异，兄兄弟弟同。

皆因事事本，正直人人隆。

且以如来教，观音化色空。

心经心自主，立世立天宫。

之二四一：

一日三光易，千山万水更。

人生人不固，学世学枯荣。

之二四二：

汝有千金库，余持一卷经。

凭心今古见，立主作丹青。

之二四三：

我是出家人，山门近五津。

无为无事业，有道有秋春。

之二四四：

不问神仙木，无知秘诀丹。

元宗元自己，万象万云端。

之二四五：

余家池滴水，有宅草丛生。

只任春秋继，无为日月荣。

之二四六：

只做非为事，还称续祖荫。

伸头临白刃，不解是绿林。

之二四七：

知人何处去，问道复何来。

有语轮回至，无言不见猜。

之二四八：

关前蓝缕业，墓后共同人。

死已无贫富，皆称帝主身。

之二四九：

已见黄河水，清清浊浊流。

潼关东直去，大海大洋洲。

之二五〇：

处事两仪分，阴阳一半闻。

乾坤男女制，日夜暗明勤。

之二五一：

一念三生去，千年万事空。

当天当所立，一步一心通。

之二五二：

朝朝三恶道，暮暮一云消。

不觉平生老，衣衣食食公。

之二五三：

雨雨云云过，朝朝暮暮来。

人人心不定，事事久徘徊。

之二五四：

隐隐寒山客，昭昭拾得身。

幽幽溪谷去，处处望秋春。

之二五五：

五岳称天下，三江向海中。

东流东不止，一水一云半。

之二五六：

无衣知纺织，缺食可耕耘。

觅得狐皮弃，寻来果子分。

之二五七：

仰古心经读，知今大势尊。

如来如所念，逐日逐慈恩。

之二五八：

七宝庄严坐，三天十善丁。

轮回麻稻似，觉悟自心经。

之二五九：

高低应有势，水阔是平坦。

四面流难定，三光照自明。

之二六〇：

不必求温饱，无心利碌营。

朝天观自在，对地问枯荣。

之二六一：

已见去来人，生生死死频。

轮回轮不到，隔世隔天津。

之二六二：

一经天台路，三光日月城。

清泉天水下，白石自然明。

之二六三：

淤泥淤水滞，玉立玉莲花。

四野天光色，三吴一寺家。

之二六四：

金刚经日读，一咒大悲天。

意守如来化，心纵似白莲。

之二六五：

饱饱温温度，名名利利营。

王孙王子弟，野客野人生。

之二六六：

慈善知五界，觉悟向千村。

释子心三度，莲花净六根。

之二六七：

世事经纶度，贪生早晚休。

人心应自在，跬步向春秋。

之二六八：

四顾轻轻笑，三毒处处驱。

千珠争千善，六个五荫苏。

之二六九：

记得秦皇帝，还知汉武王。

轮回轮那里，隔代隔世凉。

之二七〇：

天台一国清，汉柏半枯荣。

但以寒山见，当僧隐世明。

之二七一：

菩提菩荫子，一树一如来。

道场持经客，天台净土开。

之二七二：

寒山高万仞，净土厚千层。

若以天台见，天涯咫尺僧。

之二七三：

独坐岩前石，孤行寺里灯。

心中心处处，一寺一游僧。

之二七四：

昨昨明明日，男男女女邻。

当知今去事，不识未来人。

之二七五：

自号山林主，元非隐逸身。

相居相古寺，出路出家人。

之二七六：

生前贤作主，死后变为尘。

莫以轮回问，当知各自人。

之二七七：

一世忧天下，三生问地中。

神仙应不见，土地可行通。

之二七八：

白日青山路，寒山拾得闻。

青莲青水色，古寺古仁君。

之二七九：

一道清溪冷，三途古路长。

千灯明古寺，十善助人梁。

之二八〇：

诗僧多痛苦，食宿少衣温。

月下三途道，松林一窄门。

之二八一：

独坐无人语，孤行有足川。

三途三道路，一曲一心禅。

之二八二：

不失蜂腰约，无同鹤膝规。

寒山诗所意，日月可知垂。

之二八三：

无名无姓氏，有号有寒山。

父母多娘养，黄河逝水湾。

之二八三：

通情多喜悦，递意怨横声。

傀儡谁为主，寒山独坐萌。

之二八四：

口口心心事，真真假假为。

多多多少见，暮暮暮朝司。

之二八五：

自慕幽居乐，长为象外情。

樵渔农土地，自力自更生。

之二八六：

共处梅花鹿，同生白鹤居。

他飞天地外，我在读天书。

之二八七：

鼓鼓钟钟继，香香火火承。

僧僧游寺寺，寺寺济僧僧。

之二八八：

莫以寒山问，当思日月辞，

无知今世界，只读古人诗。

之二八九：

蚊蚊人间日，量量跬步程。

田田多少子，亩亩几株萌。

之二九〇：

人人数字中，事事度量衡。

解解分分致，多多少少明。

之二九一：

观音观所在，普度普人生。

若以如来教，自得自枯荣。

之二九二：

色色空空世，离离别别情。

君君知子子，弟弟问兄兄。

之二九三：

不可折杨柳，当知草木情。

年年枝叶茂，岁岁自由生。

之二九四：

普度舟浮水，桥梁彼岸程。

如来如所在，立善立根萌。

之二九五：

炼药求仙误，修身实善根。

瑶中何所在，汉武王母恩。

之二九六：

寂寂山岩静，幽幽虎涧波。

舒宜三石径，快活一长歌。

之二九七：

历历沙门戒，严严寺殿行。

松青松不语，波涛波晚情。

之二九八：

郑氏余诗笺，毛公绝句明。

知音知我作，一寺一心瑛。

3. 三字诗六首

之一：

寒山道，自无人。

行行止，静尘尘。序秋春

之二：

寒山道，白云深。

修身石，是知音。步东林

之三：

寒山道，上天台。

秦皇去，国清来。百花开

之四：

寒山道，半凝冰。

华阳洞，客游僧。夜明灯

之五：

寒山道，五更钟。

江青山，百岩峰。十人松

之六：

寒山道，老人弓。

心经在，大悲同。色空空

4. 拾遗二首，新添

之一：

人间争意气，世上有行为。

不解如来指，何言一墓碑。

之二：

死死生生客，人人世世情。

寒山寒自在，百首百诗明。

5. 拾得

之一：

拾得直观迹，丰千竹米成。

寒山先取去，一梦后王盟。

之二：

寺寺僧僧见，诗诗赋赋闻。

同生同死客，共雨共行云。

之三：

六畜人间食，三牲世上梁。

轮回轮不见，一去一回藏。

之四：

利利名名在，庸庸碌碌行。

形形多影影，色色有荣荣。

之五：

养女求媒娉，生儿待娶婚。

夫夫和妇妇，户户与门门。

之六：

质质形形迹，身身影影随。

分分由合合，别别自离离。

之七：

如来三界外，处士半心遥。

俱证菩提道，从新过渡桥。

之八：
舍利修行子，精灵铸玉瑛。
无生无死欲，有道有玄情。
之九：
三生三过客，一刼一迷津。
入寺寻修戒，离僧悟觉邻。
之十：
无衣无食寺，有道有耕耘。
若以轮回见，修行可笑闻。
之十一：
禅诗禅觉悟，偈语偈心关。
天台三界水，面对一千山。
之十二：
是是非非客，千千万万人。
同行同佛殿，共度共天津。
之十三：
女女男男婚，夫夫妇妇恩。
生生成子子，育育作根根。
之十四：
无知无志语，有酒有狂言。
醒醉皆因果，修行自一元。
之十五：
我劝出家人，辛勤力自身。
黄金城可爱，不及寺僧邻。
之十六：
拾得寒山问，寒山拾得寻。
丰千丰古寺，一鼓一钟音。
之十七：
拾得寒山弟，寒山拾得兄。
相交多少载，几度渭泾清。
之十八：
一有心经在，三途咒大悲。
金刚由大势，普度任龟碑。
之十九：
能会来人意，常闻去者乘。
人间三富贵，未设一庸僧。
之二十：
慧觉成菩荫，如来指点人。
前车知鉴路，后者自秋春。
之二十一：
自达天台寺，春秋数代人。

江山曾不老，后者已回轮。
之二十二：
三生三界事，不了不无终。
守一心应定，方圆自所空。
之二十三：
人登天姥峡，海涌入怀襟。
岛岛空孤立，云云似古今。
之二十四：
自爱天台径，通云自在幽。
松岩松日暮，波涛波不流。
之二十五：
炼就黄精许，观溪不计春。
清泉石玉煮，延龄误食人。
之二十六：
一物三生就，千年半古今。
僧房僧古寺，拾得拾人心。
之二十七：
向背分前后，阳阳合一成。
乾坤男女客，日月暮朝行。
之二十八：
善恶如来界，观音进退扬。
无人无所欲，自作自身当。
之二十九：
不得红尘尽，人间有世情。
笙歌琴瑟曲，远近自阴晴。
之三十：
何来何去问，一死一生成。
莫以求长寿，当心自在行。
之三十一：
莫以轮回念，当然自善思。
乡云鹿鹤近，白塔去人知。
之三十二：
转轮三界外，普度一心中。
诸诸成天意，悠悠是色空。
之三十三：
人人地狱去，处处天堂开。
拾得寒山见，事千自在来。
之三十四：
步入天台寺，灵芝石壁开。
无为古佛见，有道法师媒。

之三十五：
各有天真佛，珠光苦学休。
玄元玄所论，觉慧觉思留。
之三十六：
寻天寻地净，出入出家僧。
救苦曾修路，同舟共济承。
之三十七：
昏昏成毒酒，饮饮近黄泉。
清清无患害，浊浊有求仙。
之三十八：
壁壁岩岩屹，幽幽谷谷深。
无人无鸟处，有木有浓荫。
之三十九：
已作天台子，还当古寺人。
寒山寒道路，拾得拾经纶。
之四十：
或向林间坐，常寻草木新。
多钱多沽酒，是隐是闲人。
之四十一：
我见出家人，总寻酒肉亲。
如来如不问，面佛面难钧。
之四十二：
早晚天台寺，阴晴浙水滨。
悬溪流不尽，挂石落潭津。
之四十三：
一月盈亏挂，千流上下来。
悬泉垂不住，古寺坐天台。
之四十四：
只入香林寺，无心锁毒龙。
人心人所善，共处共天客。
之四十五：
一步三途路，千难万险生。
坚人坚刃去，退者退无成。
之四十六：
冷冷般若酒，独独涅槃僧。
白塔轮回示，何言险恶增。
之四十七：
诸法空相色，行深照见蕴。
无尘三界域，已净六心根。
之四十八：
嗟嗟多见悟，日日枉同音。

净土朝天色，空怀自古今。
之四十九：
迢迢山径细，远远玉溪烟。
守一悬泉练，从三静坐天。
之五十：
空相空所意，色界色其明。
苦厄心经渡，南无吉帝荣。
之五十一：
五逆灵台照，三途十恶闻。
生生经地狱，处处作仁君。
之五十二：
人生浮世界，七十落天尊。
独木成林见，形身作玉根。
之五十三：
长生长不死，短见短人为。
白塔天天在，何言口口碑。
之五十四：
幽幽清涧水，细细石流浮。
有阻声声响，无东处处西。
之五十五：
处处林泉水，迢迢玉紫烟。
云浮云日近，瀑布瀑光天。
偃仰峰林顶，盘陀望止宣。
之五十六：
原来无一物，了达有尘埃。
净土心经在，轮回不是回。

6. 丰干

天台一国清，虎迹半声鸣。
春米吟诗句，闾丘太守行。

7. 壁上诗

一寺天台上，寒山拾得来。
机轮三界转，自去自然回。

8. 奉和窦使君同恭法师咏高僧二首

之一：

竺佛图澄

大势悲涂炭，乘机悯死生。
莲华莲叶下，佛世佛图澄。

之二：

释僧肇

唯唯般若鉴，处处涅槃僧。
自是无名姓，希声大小乘。

9. 秋日游东山寺寻殊昙二法师

木落潇潇雨，溪流寂寂岩。
幽幽悲世界，独独见松杉。

10. 句

咫尺千随意，堪称一福田。

11. 爱妾换马

爱妾桃花艳，红妆楚细腰。
骄骄飞天马，白白过云霄。

12. 和赵王观伎

柳叶梅妆细，红桃束素腰。
周郎今未至，玉指七弦调。

13. 听独杵捣衣

独捣君衣月，还闻玉兔音。
寒宫寒玉影，妾意妾专心。

14. 闻侯方儿来寇

赎士羊皮少，称雄马革多。
方儿来寇志，立世作刀戈。

15. 和琳法师初春法集之作

鹫岭贞观誉，莲花叶作客。
疏钟风度引，法集会青松。

16. 与英才言聚赋得升天行

行云升玉宇，驾鹤下瀛洲。
欲采三芝秀，先从万仞游。

17. 和卢赞府游纪国道场

落照虚牖浸，长虹贯壁生。
高才知日月，道场共殊荣。

18. 冬日普光寺卧疾值雪简诸旧游

素素飘飘去，扬扬落落飞。
观天观自己，白塔白云归。

19. 杂言

观化观祇顶，古度古王城。
万载池含碧，千年草纳清。
龙宫藏秘典，石室着真名。
大劫无修止，周巡五海盟。

20. 三不为篇

之一：
偃武修文路，齐家冶国钧。
荆轲曾一诺，易水未三秦。
之二：
苦读诗书道，前行历练身。
悬梁锥刺骨，胼胝着经纶。
之三：
人生人有欲，鸟落鸟还飞。
唯有秋霜叶，求归未得归。

21. 出赐玄奘衲袈裟衣应制

真经泾渭申，佛祖界心灵。
独有离离叶，田中处处青。

22. 吕长春

手足先生胼胝生，诗词十万律诗明。
文翁百岁应争取，绝句重兴载万成。

23. 设缸面酒款萧翼探得求字

当心凭所定，有欲意无求。
缸面良才酒，孤琴智永留。
新知萧篆饮，不失右军谋。
步月兰亭望，古寺问越州。

24. 书遣文后

智者愚夫鉴，行身止步分。
心经心所在，佛祖佛家天。

25. 讥韦玎吟以韦字为韵

波罗门利涉，佛法字无违。
一路经西域，玄奘志不韦。

26. 别三辅诸僧

俱是人间客，同为世上名。
谁闻知子死，不必问其生。

27. 赠王仙柯

仙兄仙弟去，隐世隐人行。
异日归华表，同闻付死生。

28. 义净

咸享西域去，义净字文明。
四百经归驿，三生百国行。

29. 在西国怀王舍城

远去神州外，之经振锡中。
龙河流激水，鹫岭正西东。

30. 怀望

序：

与无行禅师同游鹫岭瞻奉既托退眺
乡关无任殷忧聊述所怀为杂言诗。

诗：

无行同鹫岭，远望古王城。
七宝仙台旧，三先系彩英。
天机天雨沐，契戒契心明。
只向乡关寄，禅师忆旧情。

31. 玄逵律师言离广府还望桂林去留怆然自述赠怀

之一：

标心之梵宇，意想入仙洲。
落叶春秋继，离情是去留。

之二：

莱州弘诸法，鹫岭越春秋。
觉树神县故，新知印故求。

之三：

西行三十国，四百释经书。
二十年加五，平生印度余。

之四：

一路西行去，三生四百经。
行程三万里，日月半丹青。

32. 西域寺

佛祖知生死，高低白塔明。
轮回轮自己，西方西域城。

33. 天竺

序：

道西法师求法西域终于庵摩罗跋国
后因巡礼希公住房伤其不幸聊题一绝。

诗：

未尽传灯志，慈恩四海通。
当然生死异，遇此已途穷。

34. 行路难

步步心心印，行行路路难。
经经由日日，字字译邯郸。

35. 老僧

日照西山雪，僧临古寺门。
冰瓶冰水冻，宿火宿慈恩。

36. 溪叟

草草一蓑衣，轻舟半水稀。
鱼竿明月挂，水鸟独相依。

37. 画松

千鳞千节立，一纸一青松。
色色空空在，天天地地封。

38. 送戴三征君还谷口旧居

周王尊渭叟，颍客傲唐尧。
出处天波洽，关河帝势遥。
玄虚玄所道，谷口谷征霄。
万壑清溪水，千峰直木萧。

39. 送童子下山

新罗王子寺，送别九华山。
不忍空门寂，思亲忆旧颜。
童心童所俱，鹫岭鹫师还。

40. 题张僧繇醉僧图

玄奘师弟子，以醉草书流。
且见僧徒字，春春似似秋。

41. 寄衡岳僧

万仞祝融峰，千寻直壁客。
寒冰寒雪顶，老衲老龙钟。

42. 灵一

酬皇甫冉西陵见寄

西陵潮未满，北屿浪推舟。
以此扬波去，同惊海上鸥。

43. 溪行即事

溪行何即事，夜泊月初生。
野岸荒烟重，平湖草木轻。
孤舟南北荡，失道自纵横。

44. 栖霞山夜坐

山头一戒坛，映雪半云端。
月影苍林晚，峰光自带寒。

45. 宿天柱观

石室仙翁岸，花源洞府边。
云生天柱水，客宿玉观泉。

46. 酬皇甫冉将赴无锡于云门寺赠别

一别云门寺，三春若耶溪。
诗吟无锡路，跬步有高低。

47. 宜丰新泉

新泉新水岸，故土故人津。
洞沏纤云出，天机素月亲。

48. 静林精舍

武帝罗浮磬，于阗寺舍钟。
灯传三世火，树继十林松。

49. 江行寄张舍人

江行寄舍人，苦渡问秋津。
叶落寒帆远，云浮静月邻。

50. 送王颖悟归左绵

客意天南路，仙官塞北天。
金华金水岸，入夜入江田。

51. 安公

象法安公哲，匡时进退间。
秦王轻以举，义选四方颜。

52. 林公

隐逸支公问，山林水月知。

无言从汉赋，不尽竹林辞。

53. 远色

远远公公道，荣荣碌碌辞。

东林东虎涧，隐士隐天时。

54. 雨后欲寻天目山问元骆二公山路二首

之一：

昨夜云生月，今晨草木风。

溪流溪上叶，水路水舟通。

之二：

55. 题僧

院虎风云渡，东林日月行。

匡庐匡正义，世界世枯荣。

56. 宿静林寺

一寺静林泉，三湾九曲涟。

门前溪岸草，雨后鼓钟喧。

57. 再还宜丰寺

秋云秋雨冷，雪夜雪冰寒。

半入山门寺，三秋再宿坛。

58. 春日同斋

山斋春日早，野径带余寒。

红花先起色，碧草已斑斓。

59. 送别

送远凭高望，孤帆半入云。

山阴山水岸，不胜不知君。

60. 送冽寺主之京迎禅和尚

禅门禅净土，水国水虚空。

月上沙门寺，天机玉道风。

61. 送王法师之西川

僧游僧远近，别路别阴晴。

法道西川路，天机日月生。

62. 送范律师往果州

南山南极近，北苑北春秋。

独尔卿名近，婆罗虎涧洲。

63. 送明素上人归楚觐省

孤身人不厌，独步寺门深。

觐省归乡省，风尘古道林。

64. 项王庙

三军谁夺帅，四面楚歌哀。

力尽乌江岸，鸿沟汉祖来。

65. 酬陈明府舟中见赠

舟中明府别，月下静长溪。

稻影莲花叶，风流色不齐。

66. 题东兰若

卷卷舒舒望，芝芝蕙蕙闻。

东方兰若地，石径诵径文。

67. 送朱放

不得人问故，还思世上缘。

轮回何不见，白塔对桑田。

68. 归岑山过惟审上人别业

不与浮云共，常行石径同。

禅房禅觉寺，世上世人风。

69. 于禅道中呈元八处士

落叶常飘泊，秋山日易阴。

云林云已尽，处士处天音。

70. 送殷判官归上都

向背前程远，逢迎客路深。

云舒云卷处，独木独成林。

71. 赠别皇甫曾

幽人幽不定，落叶落层深。

石井沉天水，禅房静客心。

72. 送陈充初十居麻园

斗笠遮云雨，荷衣不用缝。

麻源溪水细，月净亦淙淙。

73. 秋题刘逸人林泉

林泉林岸影，直木直乔云。

玉宇重茅卜，清萝独径分。

74. 自大林与韩明府归郭中精舍

禅门通隐逸，慧觉作慈根。

远岫临天径，春晖入野村。

75. 同使君宿大梁驿

一月东林路，匡庐忆远公。

云溪云虎涧，石阻石溪通。

76. 题黄公陶翰别业

桃源避汉秦，四象贯秋春。

洞里烟霞色，门前五柳人。

77. 哭魏尚书

北斗孤魂望，南荆独步终。

莲花莲幕下，细柳细营空。

78. 赠灵澈禅师

共坐天台木，同行刿水船。

菩提菩萨渡，彼岸彼人田。

79. 将出宜丰寺留题山房

三光应普度，一路放生池。

未是回时间，莲花未落迟。

80. 妙乐观

妙乐王乔峰，吹笙白犬闻。

松间明月隙，直下作浮云。

81. 与元居士青山潭饮茶

饮品元居士，新荷入目鲜。

青山潭水煮，不忍远思泉。

82. 送人得荡子归娼妇

世路非贫富，回头是岸行。

娼娼何荡荡，是是非非名。

83. 句

观音听石语，扫径见虫行。

84. 听莺歌

已晓孤音远，春晖独影遥。
无飞知四象，有唱入云霄。
鹭汀洲芷宿，红雕雪岭枭。
春莺春所在，野水野青苗。

85. 归湖南作

已在云门寺，还求辇下名。
源澄汤氏姓，待月水边行。

86. 初到汀州

南风吹不尽，北雨到汀州。
辇下云门忆，云中月色幽。

87. 九日知于使君思于上京亲故

从容鸳鹭步，寺鼓暮云光。
菊意重阳色，华池九月乡。

88. 送道虔上人游方

净室莲花坐，空山若谷悬。
玄关玄律象，道贯道家田。

89. 送鉴供奉归蜀宁亲

供奉宁亲蜀，君恩自渭都。
云门金锡冷，彩服紫烟苏。

90. 天姥岑望天台山

天台天姥近，一海一云遥。
浙水东流去，钱塘八月潮。

91. 远公墓

古墓留僧步，寒云忆远公。
东林知佛祖，三鼓虎溪空。

92. 宿东林寺

月宿东林寺，光明独步僧。
云门云不定，独秀独香凝。

93. 简寂观

孤猿孤鹤影，古柏古松林。
五月寒霜叶，三春草木荫。

94. 元旦观郭将军早朝

千条香烛照，百步玉墀朝。

始见金吾列，星河玉辇桥。

95. 东林寺酬韦丹刺史

心闲无外事，草坐有中心。
何曾人不见，刺史问鸣禽。

96. 东林寺寄包侍御

侍御东林寺，源澄北陆心。
庐峰三叠水，古刹一观音。

97. 西林寄杨公

日日山归尽，迟迟暮色深。
林成林不老，石作石观音。

98. 答徐光叔四问

徐光徐日月，普度普人名。
不解禅房故，惟知甲子生。

99. 闻李处士亡

老老多闻死，童童少问生。
轮回轮转处，此去此重明。

100. 句

不记重阳日，茱萸忆旧年。

101. 湘夫人祠

治水苍梧雨，湘灵鼓瑟云。
夫人夫已去，二女二妃君。

102. 赠司空拾遗

细雨成冰霰，微云作雪花。
陈琳才草奏，谢守故人家。

103. 寄钱郎中

闭户三思客，开门一经深。
郎中钱玉树，五马踏榆林。

104. 送清江上人

清江清水岸，上国上人霄。
早晚沙门寺，阴晴普度桥。

105. 送无着禅师归新罗

百衲新罗海，千杯万里遥。
三思三界处，一路一身桥。

106. 游元象泊

逝水经流远，波涛落日深。
潮平潮暗色，象泊象津浔。

107. 杂诗七首

之一：
未入龙宫里，无言定海珠。
沙门僧不语，大小二乘儒。

之二：
万法从心起，从心万法生。
同人同世了，共界共分明。

之三：
寻心寻自在，守一守方圆。
不二沙门语，径三读学天。

之四：
罢碍心经解，虚空已大悲。
超然超世界，戒律戒人为。

之五：
青山青草木，日色日阴晴。
古寺禅房老，心经六祖明。

之六：
书生书不尽，寺谒寺生晖。
顿悟成修佛，心经及第归。

之七：
谷隐禅林静，光明草木荣，
僧行天水岸，寺鼓远人惊。

108. 归山作

静谷随心欲，峰峦任木高。
相承相互本，一寺一松涛。

109. 题醴陵玉仙观歌

已去王乔路，神仙烂斧柯。
黄精应未断，白犬邀笙歌。

110. 访云母山僧

瀑布云边落，莲花贝叶明。
僧灯僧国界，世上世传盟。

111. 题王班水亭

王班一不亭，待月半云灵。
入底成天宇，中空自色青。

112. 山中寄王员外

处处芝兰桂，空空谷壑泉。
芳芬随水去，雨露附红莲。

113. 许州郑使君孩子

骨质天生贵，门风伯乐来。
秦楼当引凤，楚国是人才。

114. 怆故人旧居

苔阶青色厚，断壁磌残垣。
不得何人问，轮回未了言。

115. 逢灵道士

浮丘山上见，卖卜市中冠。
石径桃源外，山花玉烧丹。

116. 别盛安

取次情人路，淹留故客州。
砧声同旧岁，此夜共王侯。

117. 伤蔡处士

只借山门晓，还求日色残。
流萤相照去，有日读书难。

118. 临川道中

出入临川路，高低各口滩。
秋风吹不尽，石径狭藏宽。

119. 赠张驸马斑竹拄杖

劲节云溪路，空心玉帐关。
无从斑竹泪，拄杖过湘流。

120. 禅

无求无欲正，有直有方圆。
向背高低见，东西上下弦。

121. 病愈寄友

起步一身轻，禅思半日鸣。
西山清士水，北陆采云英。
涧谷通开扩，山峰对日荣。
惊闻钟鼓响，自是寺思成。

122. 程评事西园之作

已见春莺落，因园不去飞。

群芳群自立，七色七回归。

123. 陈九溪中草堂

水草九溪堂，天机一寸光。
书中藏隐逸，月下待龟梁。

124. 题天长阮少府湖上客归

蓑衣遮细雨，缩足待珍珠。
世上多才子，人间有玉奴。

125. 题万山许炼师

空山空水响，玉石玉丹炉。
采药情无尽，仙人意有余。

126. 河源破贼后赠袁将军

汉磊关河路，蕃营草木兵。
中原惊白羽，破贼侈红缨。

127. 越中赠程先生

溪边蓬越女，月下见闲人。
莫以天台问，年年百寺邻。

128. 送常大夫赴朔方

嫖姚过朔方，部曲问天狼，
大汉乌孙路，关山鼓角乡。

129. 送人游闽越

如今关塞尽，远近一遥空。
海岛阴晴日，云帆顺逆风。

130. 送褚先生海上寻封炼师

海上潮流望，云中白日曛。
先生寻炼玉，桂女着花裙。

131. 送韩侍御自使幕巡海北

细雨空山夜，朝衣净路尘。
元戎元破敌，一曲一关情。

132. 张舍人南溪别业

别业半春耕，南溪十亩荣。
新田新烧土，一子一高鸣。

133. 别卢使君归故栅村

依依渔父水，处处去来情。

已故栅村屋，山头白马鸣。

134. 丹阳浦送客之海上

雨色连天暗，潮推接石明。
丹阳丹不见，一浪一云顷。

135. 月夜泛舟

长云雨塞外，细雨北村中。
月色朦胧在，桃源水上空。

136. 送友人之上都

玉帛求贤客，金戈铁马休。
桃花源里汉，五柳武陵舟。

137. 句

羯鼓霓裳舞，胡旋节度宫。

138. 清江早发陕州途中赠严秘书

途中途不静，日上日殊荣。
未尽交河虏，还屯细柳兵。
千山千雨雪，万里万阴晴。

139. 早春书情寄河南崔少府

春风春日北，少府少河南。
宇宙微才智，光阴草木岗。

140. 春游司直城西鸬鹚溪别业

别墅军城碧，禅机竹色清。
春深花蝶梦，水浅草津萌。

141. 夕次寰邑

处处成吾道，行行作此生。
经年经见历，读学读人明。

142. 宿严维宅简章八元

平原一主人，日色半秋春。
甲第南邻客，佳期未远秦。
东邻东不近，北舍北无鞞。
惠爱偏相及，经纶独自身。

143. 赠淮西贾兵马使

淮西兵马使，朔北一胡杨。
主仆多群近，君王不一乡。

144. 送坚上人归杭州天竺寺

杭州天竺寺，咫尺上人心。
隔岸禅音诵，南天草木荫。

145. 送赞律师归嵩山

石室嵩山寺，禅房白塔边。
先师先养鹿，律戒律师传。

146. 上都酬章十八兄

关河常问道，雨雪独随缘。
寓蝶成庄梦，空魄太白篇。

147. 登楼望月寄凤翔李少府

足踏台阶近，登楼望月遥。
凉风惊陌路，落叶柳杨湖。
北阙昆明苑，南山白雪照。
长安泾渭水，少尹凤翔桥。

148. 湘川怀古

汨罗湘沅水，复对九嶷山。
竹泪斑斑色，苍梧二妃颜。

149. 七夕

七夕应千载，相逢只一宵。
分离珍重在，独望有情寥。

150. 长长卧病

卧病长安静，心经古寺钟。
临风临渡口，入世入松龙。

151. 送婆罗门

波罗门问道，楚水向吴流。
白首乡心老，归程在梦州。

152. 喜皇甫大夫同宿大梁驿

东林东虎涧，一竹一心空。
不问庐山老，终身愧远公。

153. 酬姚补阙南仲云溪馆中戏题随书见寄

使府临溪寺，随听月上钟。
周官周秩制，汉主汉云封。

154. 喜严侍御蜀还赠严秘书

木落曾分首，花开未得人。
春江留岸迹，野草碧螺春。

155. 送章参军江陵

荆州刘表问，蜀主弟非兄。
事迹江陵在，东吴道不明。

156. 月夜有怀黄端公兼简朱孙二判官

白首头陀老，青门旅寓身。
玄晖科弟子，五马诸侯人。

157. 精舍过雨

寂寂空门雨，微微古寺云。
春深黄鸟醉，水浅积池纹。

158. 小雪

片片飞寒色，纷纷落似云。
层层香独在，本是有梅芬。

159. 句

万木无留叶，千山有玉痕。

160. 送吕郎中赴沧洲

出守沧洲主，郎中过郡从。
无声无打搅，有水有开封。

161. 书马如文石门居

别业石门居，流泉一线余。
如文如会友，野果野诗书。

162. 送章正字秩满东归

秩满东归路，寻僧过海门。
山禽相对立，此地是吾村。

163. 赋得望远山送客归

隐隐苍苍暮，山山水水村。
阡阡连陌陌，路路近昏昏。

164. 送宜春裴宰是将军旻之孙

吴关应一将，楚水过三湘。
惠化知子教，文思有柏梁。

165. 送朴山人归日本

绝岛浮天远，帆船日本遥。
山人山水客，一海一云桥。

166. 送姚宰任吉州安福县

落絮衣裳满，飞云宇际扬。
庭呼庭镜正，吏散吏民乡。

167. 送李少府之任临邛

相如相别酒，少府少临邛。
但向知音问，王孙一宅宗。

168. 游山寺

路尽游山寺，僧闲问水声。
溪流溪不止，日色日无穷。

169. 酬姚员外见过林下

林僧林未尽，水路水无通。
自古求居止，如今问不同。

170. 寄华州马戴

马戴华州去，三峰自在游。
山光山落叶，一水一林秋。

171. 秋夜寄青龙寺空贞二上人

叶落青龙寺，云沉古木乡。
林深泉水静，鸟语石径长。

172. 过杏溪寺寄姚员外

小杏溪边色，枫桥伴侣红。
流中流七彩，水上变无穷。

173. 送僧归中条

中条僧旧隐，夜月挂云桥。
石磬轻声语，禅房慧觉遥。

174. 送人罢举东游

江东江水渎，一处一龙门。
日日关关过，身身渡渡琨。

175. 金州冬月陪太守游池

金州冬月雪，腊末始香梅。
白白红红色，春风待日催。

176. 寄青龙寺原上人

敛履山门净，安禅石漏清。
灯悬明雪夜，磬语伴心声。

177. 秋寄从兄贾岛

贾岛从兄寄，西林贝叶寒。
鄱阳秋水色，夕照洞庭澜。

178. 新年

紫阁朝阳久，青门对路宽。
长年长日月，一岁一春寒。

179. 夏日送崔秀游南

三春花草迹，夏日秀才游。
莫向啼猿近，巴江一叶舟。

180. 晚秋酬姚合见寄

百里江湖水，三峰日月山。
黄河流不尽，九曲十弯湾。

181. 暮秋宿友人居

秋蝉鸣已尽，木叶落层霜。
直木方成直，光天化日光。

182. 送李骑曹之武宁

河流河幕曲，一水一云平。
帐月归宁色，胡笳向远鸣。

183. 秋日寄厉玄先辈

林深生白雪，水浅照红枫。
一脉清溪叶，三秋直木空。

184. 冬晚与诸文士会太仆田卿宅

太仆田卿宅，文人墨客天。
芝兰芝蕙菀，泗淮泗涟漪。

185. 赠诗僧

石径诗僧路，禅思故水塘。
天机沉日月，映照自圆方。

186. 寒夜过睿川师院

万寿长生路，无疆岁月行。
秦皇留二世，汉武弃三生。
寺法轮回说，阳光白塔明。

菩提知六祖，普度向枯荣。

187. 送颖法师往太原讲兼呈李司徒

腊尾辞精舍，春头谒并州。
梅花禅白雪，塞垒衲衣酋。

188. 冬日诸禅自商山礼正师真塔回见访

礼塔轮回问，师真定鹤乡。
禅音留四壁，不易共三光。

189. 题青龙寺纵公房

法印从谁得，青龙寺磬闻。
沧洲禅已定，未隐积天公。

190. 赠圭峰禅师

悬泉垂玉柱，绝壑坐禅师。
莫以飞流问，天机落下迟。

191. 陪姚合游金州南池

白鸟南池柳，金州水榭苔。
荷花荷叶碧，一路一徘徊。

192. 金州别姚合

金州姚合别，夏叶已无离。
独去溪流水，成滩共蕙芝。

193. 夏日送田中丞赴蔡州

中丞田夏日，楚庙断莺鸣。
贾岛兄无可，吟诗共不名。

194. 菊

秋冬春夏序，老少女男生。
四象三光世，双仪八卦明。
东西南北向，远近去来行。
只以中原纪，黄花九月英。

195. 松

南洋无白雪，赤道有青松。
雨旱分双季，风云不独龙。

196. 兰

叶叶含清韵，枝枝独秀英。

高低原不鉴，远近以香名。

197. 陨叶

陨叶浮游去，无心任自流。
归根归不得，不必不回头。

198. 李常待书堂

世上读书堂，人间典籍光。
殷周垂古往，汴水向隋炀。

199. 寄和蔡州田郎中

中丞一蒋亭，息架半垂青。
幽人幽所寄，汉客汉心灵。

200. 经贞女祠

自古成贞女，如今自主神。
由天由自己，自得自权申。

201. 行汉水晚次神滩阻风

汉口知音早，琴台晚次风。
高山流水问，过鸟落滩丛。

202. 送田中丞使西戎

朝冠扣赤墀，玉节共西夷。
一路河湟碛，三边立国仪。

203. 送董正字归觐昆陵

路入江波上，人归楚邑中。
昆陵亲友在，正字祖由衷。

204. 送邵锡及第归湖州

及第五湖州，姑苏半水头。
文成无锡北，未步会稽侯。

205. 送薛重中丞充太原副使

两省胡尘静，三秦日月明。
桃花汾水色，副使晋阳城。

206. 送灵武李侍御

灵州天一角，侍御主千涯。
地域江南水，分程塞北华。

207. 冬夜姚侍御宅送李廓少府

雪罢天还暖，灯明禁漏余。

当知珍别酒，不寄柏台书。

208. 送喻凫及第归阳羡　古今诗

宗中初及第，四弟远呼兄。
历代田家子，龙门小子名。

209. 送沅江宋明府即开府璟之孙

潇湘从旧日，鄂郢动芳菲。
沅岸飞鸿落，钧衡待雁归。

210. 送薛秀才游河中兼投任郎中留后

古古今今事，今今古古诗。
当然当格律，叶韵叶知辞。

211. 寄姚谏议

籍籍垣臣谏，声声带血情。
民情民所愿，吏制吏因成。

212. 大理正任二十和江淹拟古诗二十章寄事

二十江淹古，江淹二十今。
诗成平水律，曲作庚楼琴。

213. 寄殿院薛侍御

佐蜀巴山去，朝天獬豸还。
玄门玄间寺，意本意清关。

214. 禅林寺

暮故禅林寺，炉香六祖隆。
台山朝佛殿，胜地向天宫。

215. 无可

奉和裴舍人春日杜城旧事
依川鸂鶒宿，问道寺清湿。
观农无可事，治吏杜城居。

216. 酬历侍御秋中思归树石所居见寄

远近三峰影，阴晴九陌乡。
牙牙从父母，学步小儿郎。

217. 奉和段著作山居呈诸同志三首次本韵

之一：
著作鸳鸿案，抽毫水石乡。
山居山草木，步履步扬长。
之二：
秘府曾官吏，行身已柏梁。
青霄云际淡，白日暮朝光。
之三：
新诗僧不语，旧经寺书堂。
入雪知云远，眠山觉木苍。

218. 春日送丽处士归龙山

返顾龙山寺，重寻石木台。
渔舟渔水岸，柳系柳杨回。

219. 寄兴善寺崔律师

秋深兴善寺，日沐故山峰。
已见天高处，东池映宇踪。

220. 送清散游太白山

红尘红不定，白玉白云闲。
积翠山林露，堆花日月颜。

221. 冬晚姚谏议宅会送元绪上人归南山

南山南不尽，北路北疆边。
鹤鹿应同性，当心可共天。

222. 送契公自桂阳赴南海

清晨清磬罢，岭首岭云闲。
石径穿山去，南洋行卷班。

223. 冬中与诸公会宿姚端公宅怀永乐殷侍御

柱史冬中会，陶公五柳还。
折腰折不久，侍御侍人间。

224. 同刘秀才宿见寄

浮云流水岸，石树作山林。
苦节应持久，知音是积浔。

225. 官池上

玉宇官池上，天宫草木中。
楼台重隐映，日色泛无穷。

226. 中秋月

月色三更晚，中秋十六圆。
弦弦分日数，岁岁逐华年。

227. 雪

凉明厚覆盖，树挂树生寒。
世界重颜素，乾坤日晚安。

228. 宿西岳白石院

白石笼西岳，青云落顶峰。
泉流成瀑布，一泻作飞龙

229. 送僧

世上无拘束，人间有自由。
梅花香腊末，白雪素山头。

230. 送赞律师归嵩山

嵩山一少林，面壁半禅音。
石室归心远，溪流慧觉深。

231. 春晚喜悟禅师自琉璃上方见过

琉璃师付远，古刹寺香凫。
白雪冰霜色，阳春大丈夫。

232. 秋暮与诸文士集宿姚端公所居

秋光多彩色，暮照远高峰。
竹影婆娑隐，姚公集宿松。

233. 客中闻从兄岛游蒲绛因寄

贾岛蒲城宿，从兄绛郡砧。
黄河眠不静，一鸟入空林。

234. 送李长吉之任东井

栈道江盘曲，临危不断猿。
风流东井任，邑宰向轩辕。

235. 宿安国简公院

心从安国寺，静院法师居。

雨后宫墙旧，经前露井虚。

236. 京口别崔固

暮色黄昏早，阴云积雨深。

君行京口路，北固有知音。

237. 中秋夜陇州徐常侍座中咏月

若遣山僧壁，清光素色多。

嫦娥应不悔，后羿药先科。

238. 中秋江驿示韦益

月上三更驿，人中万里情。

同行天下路，共度广州城。

239. 中秋台看月

云浮天际岸，月上中秋台。

海雨苍天净，寒宫桂影来。

240. 中秋夜南楼寄友人

海月连天际，波涛入桂宫。

婵娟惊不得，白浪自悬空。

241. 吊从兄岛

从兄贾岛寒，谪宦驿舍安。

盖代诗名在，无因再见官。

242. 题崔驸马林亭

林亭林下水，野草野中花。

驸马宫中子，诗题桂上家。

243. 送韩校书赴江西

上路东门别，回身望楚津。

鄱阳湖郡府，制典九江人。

244. 送姚中丞赴陕州

二陕周分地，三秦养马川。

恩成恩左掖，夹道夹花新。

意气思高谢，依违许上陈。

何杨何柳伴，白与白云邻。

245. 送李使君赴琼州兼五州招讨使

海角双旌使，招安讨成营。

天涯天子远，隔海隔州城。

246. 送姚明府赴招义县

日暖风烟静，春洲鸟不惊。

王程王不见，一路一阴晴。

247. 送杜司马再游蜀中

剑阁啼猿在，巴山滟滪横。

高唐神女问，不惜杜陵英。

248. 赠王将军

戟剑金吾主，温恭执友贤。

勋高连帝舆，爵位世承泉。

御驾衣香久，龙城虏戍边。

双旌扬报国，独马自盘旋。

249. 寄羽林卢大夫将军

羽已宫闱禁，英豪左掖门。

江山由此见，日月可天恩。

250. 书事寄万年厉员外

令尹居东正，皇城遂拜弓。

南宫趋日色，北阙附霞红。

叶剑英灵气，封疆帝子雄。

无惊卢大吠，有见太湖风。

251. 小雪

片片玲珑雪，飘飘玉宇空。

飞扬飞不定，落下落成戎。

委积天光许，关河素西东。

三江从水润，四海见年丰。

252. 和宾客相国咏雪诗

太白千岩雪，昆仑万木云。

徘徊良久落，彼此道蕴纷。

粉署灵芒着，青门玉垒勋。

瑶台瑶色满，素使素衣裙。

253. 中秋月君山脚下看月

君山君脚下，一水一云中。

九脉东流去，千波玉宇空。

中秋中月直，有女有寒宫。

北北南南共，天天地地同。

254. 哭张籍司业

一去黄泉远，三生故事明。

吟诗吟旧路，已绝已乡情。

255. 寄题庐山二林寺

鄱阳湖上水，海会汉阳峰。

牯岭匡庐顶，双林寺鼓钟。

禅衣青柄鹤，舍利白芙蓉。

滴沥泉径语，江西九派对。

256. 御沟水

一叶随流去，三思御女羞。

因心依此寄，以此代君求。

257. 中秋月彩如昼寄上南海从翁侍御

瀛洲方丈去，四海静天珠。

只以婵娟寄，瑶台似有无。

第十二函　第二册

1. 皎然

谢昼浩然生，真卿应物名。
长城灵运继，十世以诗行。

2. 奉酬于中丞使君郡斋卧病见示一首　古今诗

如何五百年，日日一天天。
百岁经三万，留踪半陌阡。
朝朝行暮暮，后后继先先。
古古今今字，音音律律田。

3. 赠李中丞洪一首

安知七十年，跬步万千天。
介珪漳河水，王师帅印悬。
鲸波鲸未动，日色日甘泉。
物姓成真理，中丞主宰贤。

4. 杼山禅居寄赠东溪吴处士冯一首

处士东溪月，菱湖白芷津。
禅居卢桂色，牧鹤郢声邻。
润泽青云落，杼山寺月钧。
君行卢霍趣，玉石坐中人。

5. 招隐

序：

奉和薛员外谊赠汤评事衡反招隐之迹兼见寄。

诗：

不得云泉误，方知介隐心。
山中稼稿子，月下野鸣禽。
普度高儒坐，平衡处士琴。
琼瑶琼树色，淑素淑知音。

6. 答黎士曹生前适越后之楚

直木临官渡，巴山楚水流。

沧江吴越去，苦节帝王州。
镇海举城酒，兰亭辨翼求。
风云秦晋路，水月洞庭舟。

7. 答豆卢次方

玄元玄学道，世子世称书。
昔有柴桑令，今闻次豆卢。
禅音多寂历，静坐少思余。
半亩田圆色，三生旧岁除。

8. 答苏州韦应物郎中

郎中韦应物，直木颜真卿。
静坐香尘几，行诗始正名。
寒松风雅颂，政况镜悬明。
砚水华精笔，舒才不自轻。

9. 答郑方回

一诚庄生梦，三思谷口鸣。
因君情欲罄，孔圣有诗声。
乐咏宗师许，潜鳞水色惊。
珪璋由性隐，草木向阴晴。

10. 答俞校书冬夜

性性空空见，形形影影寻。
禅思禅不语，意念意知心。

11. 寄情

序：

妙喜寺远公禅斋寄李司直公孙房都曹德裕从事方舟颜武康士骈。

诗：

人生何所寄，逝者如斯夫。
道学玄虚正，儒家论有无。
莫苓弦桂子，灭诣胜机奴。
墨守方舟觉，庄生德裕趋。
琪葩多浩浩，藻棁与君孤。

再踢流芳处，西天若木苏。
初禅初世界，以念以心图。
顿觉成天地，居书以物隅。

12. 辽宁、桓仁、故乡

桓仁地杰一人灵，五女浑江半渭泾。
世界方圆成格律，今诗日月作丹青。

13. 遥酬袁使君高春暮行县过报德寺见怀

江春行不止，报德寺前知。
咫尺东山界，遥思绝句时。

14. 法华寺

序：

冬日遥知卢使君幼平奉母居士游法华寺高顶临湖亭。

诗：

水映千花界，云开七叶峰。
高天高绝境，久待久从容。

15. 涅槃

序：

秋日遥知卢使君游何山寺宿扬上人房论涅槃精义。

诗：

君游留竹寺，法性寄釜空。
夜静莲宫论，何山忆谢公。

16. 酬秦山人系题赠

六祖禅心在，三扉自已开。
山人秦世界，浙水上天台。

17. 奉酬袁使君高寺院新亭对雨

法界飘香雨，人间落彩云。
和风和四象，细润细禅闻。

18. 寺

序：

奉酬颜使君真卿见过郭中寺寺无山水之赏故予许其意。

诗：

直木山河壮，河湾草木肥。

心扉禅已定，普度众人归。

19. 酬乌程杨明府华雨后小亭对月见呈

月色陶家柳，乌程寺庙声。

寒宫寒桂子，署宰署文英。

证性禅心纪，停弦向四明。

秋风秋叶落，若木若枯荣。

20. 自苏州访医回酬卢士关判官见赠

远访医公子，还依故使君。

人生人所愿，处士处风云。

21. 题沈道士新亭

新亭新草木，旧忆旧阴晴。

镜色沉天宇，云光落水平。

22. 送卢仲舒移家海陵

世故经离散，人情寄海陵。

移家登岛国，独得二乘兴。

23. 陪卢使君登楼送方巨之还京

梅花香四溢，正月柳条寒。

万里长安路，三光渭水澜。

24. 同裴录事楼上望

三光三界照，四顾四方晴。

竹影多凉意，江流暑气轻。

25. 寓兴

如仙知自己，不可学长生。

汉武秦皇见，轮回是隐情。

26. 寄常一上人

千峰一上人，五谷半不亲。

闭谷知天地，丹光对日新。

27. 送秘上人游京

共路君方异，身行日月同。

终南分水色，上苑鸟巢空。

28. 赋得啼猿送客

巴山官渡水，栈道挂啼猿。

断壁三声尽，垂流一水源。

29. 南楼望月

夜月人人望，寒光处处游。

南楼南不尽，逝者逝江舟。

30. 寻陆鸿渐不遇

山坡初露叶，野径入泉林。

犬吠知君去，推门见挂琴。

新茶应早采，井上水茗霖。

且坐人心在，清香不可寻。

31. 怀旧山

已上西林寺，由来不下山。

匡庐匡不得，叠水叠君颜。

有愿常常许，无须了了还。

32. 宿吴匡山破寺

吴匡山破寺，百战后双峰。

蔓草荒芜乱，悲风野水容。

尘埃真界满，独见一林松。

33. 九月十日

不是柴桑隐，当非遁世名。

重阳重日色，一菊一花情。

34. 秋晚宿破山寺

贝叶空山寺，秋风扫石僧。

清灯明月近，大小可双乘。

35. 青阳上人院说金陵故事

南朝全盛日，北国半祯明。

武帝庚申宋，金陵后主情。

36. 送僧之京师

寺寺僧僧见，孤孤独独行。

心径心所在，一舍一灯明。

37. 送徐丞还洛阳

已别空门去，还寻旧径来。

徐丞还洛邑，弟子上天台。

38. 题湖上草堂

澄湖一草堂，碧玉半天光。

两岸如烟织，千波逝水长。

39. 长城

序：

酬李司直纵诸公冬日游妙喜寺题照昱二上人房寄长城潘承述。

诗：

隐逸何言迹，红尘普度人。

秋冬春夏易，日月暮朝频。

40. 赠乌程李明府伯宜沈兵曹仲昌

水国西溪涨，乌程北渡流。

东皋东岸草，自举自轻舟。

41. 奉酬颜使君真卿王员外圆宿寺兼送员外使回

月宿待真卿，泉声伴鲁公。

空林听释事，了了觉无穷。

42. 居正

序：

杼山上峰和颜使君真卿袁侍御五韵赋得印字仍期明日登开元寺楼之会。

诗：

道法三清界，华泉一绶印。

心机留玉宇，早晚奉山信。

43. 同薛员外谊喜雨诗兼上杨使君

细雨柳重珠，清波水点凫。

农家滋润色，稻谷自扶苏。

44. 泛舟

序：

南湖春泛有客自北方来，说友人岑元和见怀因叙相思之志。

诗：

楚国相思水，南湖一叶舟。

芳华芳草地，佐治佐雄州。

石室禅音早，人间月色幽。

何烦何珪组，苦节苦王侯。

45. 久旱感怀

序：

同薛员外谊久旱感怀寄兼上杨使君。

诗：

不昧苍天鉴，云舒细雨时，

民心民所望，一叶一析枝。

46. 白鹤观

序：

兵后早春登故郡南楼望昆山寺白鹤观示清道人并沈道士。

诗：

望断昆山寺，还寻白鹤观。

人心兵后静，磬语久书安。

47. 酬乌程杨明府华将赴渭北对月见怀

乌程明府月，渭北夜同清。

望尽空门色，钟声陌上鸣。

48. 济春

序：

酬刑端公济春日苏台有呈袁州李使君兼书并寄辛阳王三侍御。

诗：

佐世当贤用，尧时不退身。

丹霄丹日色，月影月云津。

49. 奉和裴使君清春夜南堂听陈山人弹白雪

奉奉和和咏，诗诗韵韵承。

山人弹白雪，一月苦行僧。

50. 答孟秀才

对赠荷君芷，行吟蕙蓣芬。

诗中诗意满，一字一千文。

51. 酬崔侍御见赠

不弃东山卟，还寻北岭枫。

江湖风月里，柏署迹云中。

奉送酬迎实，离情别路衷。

诗词多若以，一字可西东。

52. 赠柳喜得嵩山法门自号嵩山老

自号嵩山老，知君柳喜名。

同中何不异，忍自法门情。

53. 酬李补阙纾

一步东林寺，三泉虎涧声。

来僧当有语，去客自无名。

54. 湖南兰若示大乘诸公

未到无为岸，当修大小乘。

湖南兰若化，岁晚诸公灯。

55. 兵后经永安法空寺寄悟禅师

人间法自空，世上异无同。

事事多形影，时时少始终。

56. 春日杼山寄赠李员外纵

竹锡林间挂，溪流曲岸悬。

郎官何不赏，木隙一丝天。

57. 酬秦山人赠别二首

之一：

处处传悲咒，时时注佛经。

山人秦所在，隐伴主禅灵。

之二：

不弃修行苦，当知卧病禅。

人间生死路，早晚渡黄泉。

58. 山居示灵澈上人

路上清明雨，云中草木烟。

山居灵澈静，始觉了心田。

59. 遥知康录事李侍御萼小寒食夜重集康氏园林

遥知寒食夜，水暖习家池。

酒后园林句，春前草木知。

60. 释裴循春愁

一路方长一带长，中华世界半华乡。

云云雨雨成天下，蝶蝶莺莺共柳杨。

61. 西白溪期裴方舟不至

一半武陵溪，三秦渭水堤。

方舟行诺亚，几处问君栖。

62. 劳山忆栖霞寺道素上人久期不至

劳山劳所致，道素道无迟。

已入栖霞寺，行僧不可期。

63. 酬秦山人出山见呈

记语阴晴在，何言向背飞。

山人秦路去，踏月我无归。

64. 酬秦山人见寄

山人无俗物，故客有青云。

但向窗前问，天台日月曛。

65. 宿法华寺简灵澈上人

至道圆通客，无机守一人。

心径灵澈悟，渐觉小乘循。

66. 潜别离

别别离离问，来来去去闻。

人间人不止，世上世青云。

67. 奉酬袁使君高春游鹊鸰峰兰若见怀

春游春不尽，野渡野难晴。

鹊鸰峰兰若，高君目远荣。

68. 答裴济从事

江楼黄鹤去，郢曲竹枝来。

月下清塘水，荷开玉叶催。

69. 白云上人精舍杼山禅师兼示崔子向何山道上人

处处无名木，山山有草萍。

僧僧行不尽，道入入心灵。

我性禅栖静，君心镜水屏。

风尘精舍净，日月照丹青。

70. 酬薛员外谊苦热行见寄

火情蒸黎黍，炎曦苦热行。

南洋经旱雨，水气直相倾。

71. 采实心竹杖寄赠李萼侍御

竹杖当兵马，扶危济世邻。

初生孤秀实，直主独咸秦。

72. 陈子昂

前不见古人，后不见来者。

念天地之悠悠，独怆然而泣下。

长安买得七弦琴，鼓碎唐诗一古今。

改易应辞三界世，知音不是半知音。

73. 酬薛员外谊见戏一首

竹杖山门挂，新诗格律吟。

情深情古调，仄以仄平音。

74. 奉酬李中丞洪湖州西亭即事

爱水渔翁客，崇山楚客情。

湖州量长史，酒瓶待风鸣。

75. 苕溪草堂

序：

苕溪草堂自大历三年夏新营泊秋及春弥觉境胜因纪其事简潘丞述汤评事衡。

诗：

泊泽春秋境，沉浮日月明。

溪流溪影动，玉宇玉根生。

法语禅心隐，功繇积世英。

潘生无咫尺，六祖匠师名。

76. 答二贤

序：

答裴集阳伯明二贤各垂赠二十韵，今以一章用酬两作。

诗：

知音知彼此，水积水源泉。

弃珪功成璧，嘉吾鲁仲连。

无瑕身退去，有德鸥夷贤。

白日琼茵色，青云七政天。

77. 答豆卢居士春夜游东园见怀

春园春意满，一月一明空。

二斗分南北，三更望玉宫。

78. 寄崔万芳蘩

河湾河积渎，日照日开云。

直木群林立，湘莲沉水芬。

79. 访朱放山人

山人山水客，土木土行孙。

信教云阳觅，阳春草木恩。

80. 晚冬废溪东寺怀李司直纵

无人无迹旷，废水废溪明。

世路经常易，空林宿月平。

离思离别远，问道问前程。

昨日当今见，明天几所衡。

81. 兵后与故人别予西上至今在杨楚因有是寄

日月淮扬水，江河楚郢流。

东吴从此见，北越共春秋。

世业成名就，朝衣作官侯。

封疆封大吏，列土列沧洲。

82. 因游支硎寺寄邢端公

清门推问望，古寺待天章。

塞郡戎行策，朝端定国梁。

军营成父子，守阵柏台霜。

北国扬弓猎，南州已小康。

惊胡天地主，受降虏封疆。

切玉公忠赏，銮驱酒器扬。

行程千万里，止足共韶阳。

故硎成香忆，人生以柳杨。

83. 岳渎

序：

周诸公奉祭岳渎使大理卢幼平自会稽回平望将赴于朝廷期过故林不至。

诗：

寄望崇周典，寻祈问汉庭。

朝章刑礼笃，序秩正丹青。

北阙芳馨至，南亭佐赏汀。

笙歌先后颂，仰乐国人听。

84. 早秋桐庐思归示道谚上人

叶木桐庐老，思归竹磬轻。

钟声依旧响，不忍上人情。

85. 劳劳山居寄呈吴处士

山居吴处士，俗世不相邻。

直木干薪拾，寒园野果频。

86. 寄报德寺从上人

宗流宗教主，物表物枯荣。

七叶翻章句，千经释子声。

87. 山中月夜寄无锡长官

别叶萧萧下，随风处处飘。

求根求己远，欲望欲生遥。

88. 奉贺颜使君真卿二十八郎隔绝自河北远归

真卿真直木，正坐正书文。

笔下惊龙凤，宫中豫字君。

89. 题湖上兰若示清会上人

惠忍南湖寺，峰心一亩园。

兰芳兰若渚，水草水源泉。

90. 秋宵书事寄吴凭处士

秋宵方丈寂，叶落独无邻。

月挂寒光近，星沉北斗宸。

91. 题山壁示道维上人

前门含竹影，后舍纳山禽。

有米多施舍，无邻作客音。

92. 晚秋登佛川南峰怀裴例

落日南峰近，黄昏满佛川。

荆门风已定，木叶未归怜。

93. 访陆处士羽

山中沧浪子，雾下采初尖。

井上遥泉水，其清胜品甜。

94. 酬李侍御萼题看心道场赋以眉毛肠心牙等五字

眉毛天下见，故土一心肠。
道场牙语语，禅音处处扬。
轮回轮不尽，普度普沧桑。
本是如来教，今今古古堂。

95. 酬姚补阙南仲云溪馆中戏题随书见寄

领府临溪寺，周官问卷云。
秦皇应不在，汉主与瑶分。
不见轮回渡，无言对使君。

96. 春夜期裴都曹济集心上人院不至

东林期隐吏，北寺约玄虚。
隔岸山花色，诗情露水余。

97. 八卦城

序

和裴少府怀京中兄弟　古今诗　寄五兄弟一妹，老三居京

诗：

京中三两弟，故土两三兄。
一子京都事，榆关隔妹情。

98. 和阁士和望池月答人

一月当空挂，三秦共得明。
池清沉桂影，玉兔不当行。

99. 空空色色

序：

遥合尘外上人与陆澧夜集山寺问涅槃意兼赏陆生文卷。

诗：

同从珍贝叶，共以竹林贤。
去去来来见，生生死死迁。

100. 春日和卢使君幼平开元寺听妙奘上人讲

未去五台山，当坛一佛班。
心经心寄此，自在自开关。

哲匠禅音近，垂文日月还。
从今由所悟，一点已通潜。

101. 答李侍御问

入道心经学，修身贝叶田。
当然头一状，自入第三禅。

102. 奉酬李员外使君嘉佑苏台屏营居春首有怀

水巷贫依静，山村古问今。
沧桑经岁月，易父可知深。

103. 和李舍人使君纾题云明府道室

道室云明府，流霞许令君。
心期黄鹤伴，检录世人群。

104. 奉和陆中丞使君长源寒食日作

长源寒食日，细雨柳杨烟。
乞火书窗冷，儒生万卷田。

105. 奉酬袁使君送陆灞却回期道寺院

僧游行五岳，面壁第三禅。
寺院人时事，心经日月天。

106. 招韩武康章

山僧不饮酒，古寺引陶潜。
五柳成弦见，千音一弃嫌。

107. 秋居法华寺下院望高顶赠如献上人

秋深峰色老，顶峙白云深。
下院经禅静，中庭法道音。

108. 赠韦早陆羽

草木人中问，阴晴世上闻。
逢人无道姓，别路有云分。

109. 戏呈薛彝

山僧谁问野，寺径不须修。
足迹当然道，心经已白头。

110. 赠颜主簿

记取颜夫子，文名陋巷生。
中丞中主宰，一令一枯荣。

111. 赠融上人

石径西林寺，山泉桂影宫，
流中流下迭，日色月无穷。

112. 秋

中庭落枣红，后院立冬风。
贝叶成层厚，人心独始终。

113. 听寒更寄朱兵曹巨川

寒更千万响，暮鼓万千声。
数尽何年月，长城历日行。

114. 早春书怀寄李少府仲宣，二首

之一：

少小长城下，中年古寺前。
开封流汴水，故梓不闻田。

之二：

长城君所去，古寺已成家。
感物空门静，辛萁彼岸花。

115. 赠和评事判官

廷评一法家，学究半年华。
谢寺幽清白，怜君富贵花。

116. 酬秦系山人题赠

是是非非论，成成败败归。
巴山官渡岸，楚水石相依。

117. 酬秦系山人戏赠

正坐禅音寂，危行黑白分。
狂歌呼草木，贮酒醉衣裙。

118. 贻李汤

茅山茅草密，玉笋玉人疏。
日服丹砂炼，仙成误读书。
更生更所欲，自力自荷锄。

119. 述祖德赠湖上诸沈

已是五湖人，无须一客邻。
山深山不语，古寺古秋春。
我祖文章去，如今日月频。
风流梁苑赋，甲乙语言亲。
饱去黄金病，贫来易水身。
秦淮流水色，北固见经纶。

120. 舟行怀阎士和

不见归云卷，还闻水月舟。
湖南湖岸望，远渡远人忧。

121. 赠张道士

道士玄虚里，仙宫玉石丹。
金炉真子炼，太一在云端。

122. 戏呈吴冯

知心知是道，问路问非书。
世俗他方妙，禅思自己余。

123. 宿山寺寄李中丞洪

一夜中峰坐，三更下月生。
求真求所境，得彻得心明。

124. 戏赠吴冯

不读古人书，还求隐逸居。
无知无日月，一世一多余。

125. 感兴赠乌程李明府伯宜兼简诸秀才

桂桂松松树，横横纵纵山。
溪溪流不住，木木色空还。
岘首襄阳泪，羊公玉水湾。

126. 晚秋宿李军道所居

落日休戎帐，秋风始射雕。
弯弓弯自体，一策一心遥。

127. 送陆判官归杭州

潜州芳草路，浙水海边船。
余杭余古寺，富土富春天。

128. 笔正人正

序：
奉和颜使君真卿与陆处士羽登妙羽寺三癸亭。

诗：
路远风云异，东西日月同。
群英群所述，诸子诸家融。

129. 武丘寺

序：
奉陪陆使君长源裴端公枢春游东西武丘寺。

诗：
一寺荒芜草，三春茂密生。
阳光阳所赐，古刹古钟声。
且以人生短，时闻木叶荣。
心经心所在，大小大悲情。

130. 奉陆使君长源夏月游太湖

长源长积水，日久日澄清。
但似君心静，江湖不可倾。

131. 石桥寺

序：
奉和崔中丞使君论李侍御萼登烂柯山宿石桥寺小谢体。

诗：
侍御烂柯山，行踪草木间。
人间人所异，世上世风还。
小谢幽期约，相从玉树颜。
玄元玄鹤鹿，道法道河湾。

132. 重阳

九日重阳后羿忙，嫦娥独隐半弦光。
婵娟未得寒宫暖，玉影人间处处凉。
三万里，一苍茫，秋风不尽半青黄。
茱萸未换篱边菊，梦断心中是故乡。

133. 臣正王正

序：
同颜合群真卿李侍御萼游法华寺登凤翅山望太湖。

诗：
颜君不二门，守一慧人根。
彼此方圆见，心经佛祖恩。
周公周柱史，鲁会鲁儒鸳。
远望钟山向，江湖广泽蕴。

134. 支硎寺

序：
奉陪陆使君长源诸公游支硎寺。

诗：
支公曾学道，硎寺此淹留。
步界红尘近，行空日月舟。
参差形影处，上下有无求。
大小乘中记，玄虚意念修。

135. 湖水

序：
奉陪郑使君谔游太湖至洞庭山登上真观却望湖水。

诗：
两岸洞庭山，三吴一玉颜。
淞江从此出，日色太湖湾。

136. 上人

序：
奉和袁使君高郡中新亭会张炼师昼会二上人。

诗：
公心崇俭素，独意广无求。
一水扬天色，三光草木秋。
洲滩堆积绿，曲径纳人幽。
十步成天地，千波小扁舟。

137. 字体

序：
奉和陆使君长源水堂纳凉劝曹刘体。

诗：
长源一水堂，火署半天光。
草木沧洲湿，芰荷遍溢香。
清风清四围，一寸一炎凉。

138. 夏日奉陪陆使君长源公堂集

长源三界问，夏日一公堂。

水色天光济，荷风暑气凉。

139. 九日和于使君思上京亲故

三秋三问弟，九日九思兄。

不见茱萸草，无颜作玉英。

140. 秋日就汤评事衡湖上避暑

苦热汀洲水，蒸笼岸渚花。

当然颜色好，释子不还家。

广陌连云断，孤亭夕照斜。

无须拥几问，有道叙天涯。

141. 修行

序：

奉和颜使君真卿修韵海毕会诸文士东堂重校。

诗：

仄仄平平对，音音韵韵修。

今诗还古句，格律复斧求。

142. 别业

序：

喜义兴权明府自君山至集陆处士羽青塘别业。

诗：

香茗泉水远，直立碧螺春。

少女胸前隐，新芽手上亲。

青塘青别业，洞井洞庭滨。

已绿寒山寺，姑苏拾得邻。

143. 夏日集李司直纵溪斋

舒云成碧绿，积水作清荫。

直木孤林密，溪斋独弄琴。

144. 夏日题桐庐杨明府纳凉山斋

公堂行俭素，赤日射农夫。

两两相知处，重重醉玉壶。

145. 和杨明府早秋游法华寺

一寺抱园修，千径向佛求。

灵山灵释子，刹隐刹春秋。

性性空对空，心心意意忧。

金刚经日月，以小大乘舟。

146. 宿道士观

三清三界外，一道一玄中。

读学儒坛里，修行佛祖隆。

同天同日月，共地共童翁。

147. 冬日天目西峰张炼师所居

同行山野尽，共渡独人身。

佛道儒书籍，幽泉隐约邻。

148. 文殊碑

序：

奉同颜使君真卿开元寺经藏院公观树文殊碑。

诗：

已铸骊山迹，方行直正身。

开元天宝去，一寺一秋春。

149. 奉同卢使君幼平游精舍寺

神游精舍寺，影刹在西方。

万国同心仰，千年共齐梁。

150. 骆驼桥

序：

奉同颜使君真卿袁侍御骆驼桥上月。

诗：

山中常见月，府上独观明。

直影垂天意，波粼纳地情。

151. 春

序：

和邢端公登台春望句句有春字之什 古今诗 吾去也。

诗：

长春长日月，日月日长春。

岁岁长春度，长春岁岁新。

长春长远近，远近远长春。

处处长春去，长春处处人。

152. 仙人

序：

经仙人渚即沈山下古人沈义白日升仙处。

诗：

白日升仙处，沈山洗药泉。

人间人所望，误信误相传。

自己经身是，无须问别天。

153. 独游二首

之一：

野性情无限，春心性有端。

青云青所见，有雨有长天。

之二：

山僧山一半，世界世三千。

只在禅房觉，乾坤日月田。

154. 游溪待月

游溪流已止，待月始行明。

鸟向残灯望，僧寻玉树城。

155. 西溪独泛

泛泛谁为侣，明明对月吟。

西溪孤独影，北岸木知音。

156. 早秋陪韩明府泛阮元公溪

何言成败战，有道暮朝空。

一半书田里，三千日月中。

157. 九日陪颜使君真卿登水楼

重阳重九日，一望一三秋。

木叶飞扬下，无知近水楼。

归根应已远，敬业帝王州。

158. 与卢孟明别后宿南湖对月

三吴三碧玉，一月一孤舟。

淑女寒宫守，清光桂影留。

159. 自义亭驿送李长史纵夜泊临平东湖

东湖东近月，泊水泊孤舟。

驿送长亭使，心随客舍忧。

160. 出游

少小无知路，童翁有道行。

原来禅语里，处处是师生。

161. 界石守风望天竺灵隐二寺

石峙东西刹，江流旦暮潮。

归鸿归所去，界石界云消。

162. 奉和修韵

序：

奉和颜使君真卿修韵海毕州中重宴。

诗：

世学东吴语，长安北侠音。

书成平水韵，庾信诗经寻。

格律分平仄，兴观怨仗吟。

群啊成比赋，古古作今今。

163. 晦日陪颜使君白蘋洲集

晦日白蘋洲，南朝古郡头。

吴风吴韵玉，楚客楚才流。

164. 冬至日陪裴端公使君清水堂集

端公一水堂，百步半书香。

片片清云落，舒舒卷卷扬。

165. 陪卢判官水堂夜宴

清波一水堂，直木半衙光。

已似兵营近，千军作柳杨。

166. 新秋同卢侍御薛员外白蘋洲月夜

月入白蘋洲，羞闻近扁舟。

婵娟连袂出，隔暑共清秋。

167. 夏日集裴录事北亭避暑

夏雨前林歇，轻风后水行。

清凉由此带，绿野可云明。

168. 情惠上人

序：

与王录事会张微君姊妹炼师院玩雪兼怀情惠上人。

诗：

滔池三十载，姊妹半成仙。

百色三花草，珍珠七叶莲。

169. 和李侍御萼岁初夜集处士书阁

古径寒梅早，新窗见月初。

留心书阁望，白雪自藏余。

170. 汤评事衡水亭会觉禅师

山人已是仙，古寺有池莲。

鹤伴禅师觉，云随暖药眠。

171. 言志

序：

与朝阳山人张朝夜集湖亭赋得各言其志。

诗：

无边一洞庭，有月半湖青。

寂寂山人望，茫茫各志铭。

172. 饮茶

序：

晦夜李侍御萼宅集招潘述汤衡海上人饮茶赋。

诗：

晦夜无生月，明灯有玉台。

琴音琴香香，品味品诗来。

173. 寄昱上人上房居

林深林客隐，上士上房居。

鸟语空门外，云闲自当初。

174. 夏日与綦毋居士日立上人纳凉

夏日炉峰晚，清凉纳道情。

莲花莲坐玉，不必不知名。

175. 建元寺集皇甫侍御书阁

机玄观净水，境遇问疏钟。

望俗因居佛，经书万卷宗。

176. 郭北寻徐主簿别业

积雪成深径，浮云作玉林。

冬梅香已至，别业有鸣琴。

177. 题报德寺清幽上人西峰

寺以陈文帝，乔林作故乡。

西峰西报德，旧水旧山凉。

178. 题郑谷江畔桐斋

性达弦琴好，浮荣寡欲摧。

开斋开旷野，郑谷郑寒梅。

179. 和阇士和李蕙冬夜重集

双林秋见月，万壑客闻钟。

俗外红尘近，云中独步封。

180. 会韵

序：

春日陪颜使君真卿皇甫曾西亭重会韵海诸生。

诗：

不以南朝客，还闻北鲁儒。

真卿真直木，一水一山奴。

181. 报德寺

序：

寒食日同陆处士行报德寺宿解公房 宋齐梁陈。

诗：

记得陈文帝，章陵作故乡。

传灯传日月，处处处齐梁。

182. 兵马曹季良宅夜集

笔砚风流彩，琴弦素手余。

平明仙侣散，宅夜复当初。

183. 同李侍御萼李判官集陆处士羽新宅

新茶远水茗，故集近诗情。

陆羽春初采，留香作古城。

184. 题报恩寺惟照上人房

一寺报恩慈，三光对地施。

无求无所欲，万物万荣知。

185. 寻天目徐君

天台天目望，变姓变真名。

鹤道常相隐，安期隔地生。

186. 同李著作纵题尘外上人院

万法三光界，千人一字经。
莲花莲贝叶，著作着丹青。

187. 题周谏别业

青袍非所恋，柳巷是如何。
独鹤闲居近，禅心自在多。

188. 同李中丞洪水亭夜集

红荷红水色，白鹭白云多。
已醉中丞酒，还闻唱九歌。

189. 题秦系山人丽句亭

满院青山色，山人丽句空。
婵娟形影落，草木入寒宫。

190. 春夜集陆处士居玩月

一月池中落，三春水上荣。
婵娟藏不住，蕙草露身明。

191. 寄题云门寺梵月无侧房

宝月云门寺，传言古貌同。
轮回轮彼此，梵月梵清宫。

192. 冬日山行过薛征君

一寺梁朝帝，三秦半法华。
禅空禅觉悟，守一守天涯。

193. 冬日山行过薛征君

四顾无平路，三溪有水流。
源泉源那里，一石一因由。

194. 往丹阳寻陆处士不遇

处士丹阳路，姑苏有二泉。
洞庭山上绿，采得碧螺还。
数尽归船问，扬澄许浒关。
空心无锡杖，不钓五湖颜。

195. 集杨评事衡湖上望微雨

微云微雨色，绿竹绿云烟。
鼓瑟湘灵见，苍梧泪涌泉。

196. 九日陆处士羽饮茶

三冬泉远水，二月采初芽。
俗客多知酒，僧人只品茶。

197. 夜过康录事造会兄弟

月在诗家住，婵娟共酒明。
称兄称弟醉，问女问儿情。

198. 题沈少府书斋

上下行唐郡，阴晴每日田。
书斋诗万首，岁月百千年。
夜夜时时数，分分秒秒天。
儒家非自足，读学是源泉。

199. 春夜与诸公同宴呈陆郎中

老叶争先落，新枝不让春。
郎中桃李路，楚汉向咸秦。

200. 九日阻雨简高侍御

不解催巾路，当知落帽行。
前行前所见，四顾四时明。

201. 晚春寻桃源观

洞口武陵源，秦人汉楚言。
仙乡仙尽是，子女子轩辕。
五百年中事，三千草木萱。

202. 同卢使君幼平效外送阎侍御归台

日落东西水，黄昏远近山。
江分吴楚镇，石锁汉秦关。

203. 送梁拾遗肃归朝

主见归朝谏，身名拾遗城。
东山才子客，北阙上皇明。
日上芙蓉水，云平北苑英。
蒲桃宫上见，夹道御中行。

204. 南海

序：

　　奉障杨使君顼送段校书赴南海幕。

诗：

重闻秦水北，已见广州南。

一幕成千策，三军作万参。
苍生沧海阔，一世已深潭。

205. 送陆侍御士佳赴上京

渭水三千里，长安一九门。
西川西蜀望，北陆北人蕴。
已别黄尘起，慈恩白塔根。

206. 岘山

序：

　　奉陪颜使君真卿登岘山送张侍御严归台。

诗：

襄阳千流水，岘首一半公。
帝阙云归早，天衢望鹤空。

207. 酬元主簿子球别赠

前行前不止，主簿主人生。
别路陈情久，禅房夜日明。
无空无揽物，有道有心盟。
白苎丝千织，青衣上万英。

208. 答道素上人别

春云偏远道，细雨闽中行。
寂寞孤身往，徘徊独步轻。
离情离意结，一定一人生。
别别无来去，思思有梦情。

209. 雪溪馆送韩明府章辞满归

洛令雪溪馆，章辞满秩归。
东门东惠晓，北陆北鸿飞。

210. 送穆寂赴举

赴举倾山礼，经纶隐逸启。
青云青自许，一日一科文。

211. 送张彝归长沙

早有凌云志，荆云一夜求。
朝墀鸳鹭漏，束策共春秋。

212. 秋日昆陵南寺送潘述之扬州

昆陵南寺别，暮色北山离。
木叶萧条落，孤猿向远期。

213. 春日又送潘述之扬州

楚楚吴吴水，波波浪浪流。
春风杨柳色，日色满扬州。

214. 新秋送卢判官

古道从天去，新秋送判官。
离弦声切切，木叶落曼曼。

215. 奉送袁高使君诏征赴行在效刘体

皇心亭毒广，叛贼逆人寰。
幕牧王边守，君召西海关。
何征中土省，未刈蚩尤蛮。
述职龙城北，黄河敕勒湾。

216. 奉送陆中卫长源诏微入朝

日下征贤诏，军中幕策文。
期嘉藩牧治，汉典向尧君。
志达当然志，功成自立勋。

217. 奉送李中丞道昌入朝

法宪中司盛，文荣镇守功。
新衔新诏贺，旧饰旧态熊。
八使推勋论，三台助国风。

218. 冬日送颜廷之明夜抚州觐叔父

临川千里水，九派一东流。
楚汇鄱阳色，南昌白雪鸥。
浔阳浔所积，十渡十祺周。
四顾乡山路，三生茌港舟。

219. 送关小师还金陵

莫愁玄武岸，白鹭一洲灯。
一叶临江渡，齐梁大小乘。

220. 岷山送裴秀才赴举

岷首扬长去，王师寇虏征。
文才文武济，策论策时英。
剑剑书客书，时时志志名。
天平天府记，一国一家卿。

221. 酬别襄阳诗僧少微

浮云应似我，古寺是吾家。
只待诗僧字，东林二月花。

222. 送契上人游扬州

二月琼花月，无今素羽华。
西陵西白雪，一邑一人家。

223. 送德清卫明府赴选

赴选东人荐，求名八使寻。
青云多士会，白马有知音。
以德知才举，从仁问古今。
无为凭世语，记取任书云。

224. 送郑孝廉淮西觐省

春风生楚木，晓角唤隋城。
觐省淮西故，波清以水明。

225. 送沈秀才之闽中

曲木归山少，清流入海多。
云扬云渐远，鸟落鸟浮歌。
旦夕潮头问，阴晴各几何。

226. 送清惠上人游京

八水长安绕，三台玉漏行。
皇城皇帝在，御水御沟明。
一日流红叶，千波泛淑情。

227. 送沈居士还太原

一水晋祠流，三秦养马州。
周人周速度，一战一春秋。

228. 羊公碑

序：
　　同颜使君真卿岘山送李法曹阳冰西上献书会有诏征赴京。
诗：
都江分水堰，灌口岷江流。
佛祖莲花洞，天机六祖留。

229. 兵后送姚太祝赴选

无休半亩营，已偃两河兵。
处处归舟见，乡乡侍日荣。

230. 兵后送薛居士移家安吉

思安兵后重，落足念时轻。
不定闲云见，游僧野寺行。

231. 送邬修之洪州觐兄弟　古今诗

江东江佐道，楚月楚洪州。
独独知兄弟，孤孤自白头。

232. 送干封李成

羽檄飞天末，离情落九衢。
长安长日色，渭水渭流儒。

233. 送崔判官还扬子

远役依依去，归时独独还。
兵营兵已尽，判将判官颜。

234. 西楼三韵

序：
　　奉酬袁使君西楼饯秦山人与昼同赴李侍御招三韵。
诗：
遥遥一手招，处处半离桥。
野旷随人步，山人合壁消。

235. 送清凉上人

清凉寺上人，觉性意中新。
永夜知心证，禅房不忆秦。

236. 送李丞使宣州

太守宣州谢，中丞白雪忧。
纷纷天下色，絮絮不知愁。

237. 送至洪沙弥游越

天台天目别，浙水浙江离，
入海同天下，行程共自司。

238. 送皇甫侍御曾还丹阳别业

别业丹阳忆，春耕有弟兄。
菱湖多积水，汉典明年营。

239. 白蘋洲送洛阳李丞使还

处处看花醉，年年觉老营。
心心相印得，忆忆洛阳城。

240. 送履霜上人还金陵西山

拄锡西山步，禅心竹履霜。
金陵枫叶晚，不问莫愁乡。

241. 送辨聪上人还广陵

一了应知了，休公学远公。
心心非意意，色色是空空。

242. 送清励上人游福建

独木成林枇，天根作本枝。
人人榕树见，处处可思知。

243. 送顾道士游洞庭山

姑苏湖水岸，道士洞庭山。
木渎淞江水，黄天荡苇湾。
江村同里富，许浒运河关。

244. 送邢台州济

台州三界济，古树十枝分。
白鹭飞无影，天台一片云。

245. 送柳察谏议叔　古今诗　地铁外交

东城汪魏巷，地铁作公交。
世界京都史，中心百里包。
苏联香港济，法国共同胞。
一带通罗马，华人一路饶。

246. 送柳淡扶持赴洪州

少小西山好，童翁北陆知。
扶持天下士，大小两乘辞。

247. 武丘寺

序：
　　同李司直题武丘寺兼寄诸公与陆羽之无锡。
诗：
姑苏一剑池，越女半西施。
木渎通娃馆，吴泉锡惠知。

248. 夏日题郑谷江上纳凉馆

别馆琴无语，离洲水有凉。
江风随两岸，夏日送三光。

249. 太湖馆送殷秀才赴举

笔砚五湖颜，文章一豫关。
姑苏才子客，策论预科还。

250. 送重钧上人游天台

百里行山色，千重浙水流。
天台天近海，上下上人游。

251. 早春送颜主簿游越东兼谒元中丞二首

之一：
海口钱塘岸，潮头六合澜。
山阴三月会，建德见淳安。
之二：
杭州萧甬路，诸暨会稽山。
直埠兰亭序，杭州百里湾。

252. 同颜使君清明日游因送萧主簿

春行杨柳色，雨过带寒烟。
主簿清明别，颜公问渡船。

253. 送道琚上人还金陵

二水金陵岸，三山燕子矶。
无因玄武渡，有道莫愁依。

254. 送裴邕之上京

崇文须尚武，励剑亦书工。
白马飞天宇，青云映日红。

255. 送珍上人还天竺兼寄广通上人秦山人

别路还天竺，春帆向上人。
莲峰莲寺坐，一帛一书尘。

256. 送张孝廉赴举

春秋修子女，日月孝爹娘。
旦暮经心处，阴晴共尔康。
如今应赴举，彼此共书堂。
既是儒坛子，时时问故乡。

257. 送刘司法之越

天台天目远，一水一钱塘。

八月盐官镇，潮头浙北扬。
宁波萧甬道，建德富春光。
六合桥头望，西陵谢故乡。

258. 送简栖上人之建州觐使君舅

释氏推真子，家亲许贵荣。
潮回连汐水，远近共阴晴。

259. 登开元寺楼送崔少府还平望驿

开元楼寺望，少府驿江边。
北里人行路，南湖月上船。

260. 送王居士游越

寻来勾践路，记取会稽山。
元合天台望，杭州百里湾。

261. 杂言重送皇甫侍御曾

阳西斜，独步暮。孤帆孤水路，
黄昏黄树远树。苍茫苍九度。

262. 送演上人之抚州觐使君叔

临川一抚州，蒋些九江流。
上渡巴山水，崇仁叔侄舟。

263. 送大宝上人归楚山

无因无果见，有道有人闻。
世界何其大，舒舒卷卷云。
空门空老佯，楚汉楚辞曛。
月上宋林寺，僧吟石磬文。

264. 人生三天　昨天，今天，明天。

不见轮回见死生，高僧白塔草枯荣。
修身佛祖心经净，出入无须动物城。

265. 送侯秀才南游

南游南九脉，北问北三边。
铁柱唐标定，农夫五亩田。

266. 别洞庭维谅上人

三千湘竹泪，一半洞庭波。
橘子洲头色，汨罗忆九歌。

267. 康造录事宅送太祝侄辽宁虔吉访兄弟

造录金山寺，江行访弟兄。
芦州猿已远，别曲四时惊。

268. 冬日梅溪送裴方舟宣州

独马下村桥，梅香雪未消。
方舟方自去，别路别逍遥。

269. 送韦向睦州谒独孤使君氾

新安江上色，六合月中明。
太守清君侧，春山两岸行。

270. 送至严山人归山

山人山已合，昨夜昨仙分。
草木枯荣易，年年岁岁云。

271. 送僧游扬州

隋堤杨柳色，古寺满琼花。
淑女婀娜问，江都择钵嗟。

272. 对陆迅饮天目山茶因寄元居士晟

清明寒食晚，雨水过春分。
细女山中采，新芽小火文。
遥遥泉下水，炭炭慢微熏。
品品茗茗赋，香香彻彻君。

273. 渡前溪

错落前溪叠，清流后石鸣。
声声应不止，曲曲自然行。

274. 送灵澈

我欲长生梦，君无短路闻。
灵心灵澈在，有道有仁君。

275. 寄路温州

无生无死路，有欲有人求。
不必轮回念，今生日月修。

276. 浣纱女

云浮白石滩，浣女水纱丹。
只是红颜色，夫差已木銮。

277. 待山月

空门山月近，夜梦水光遥。
只以今宵度，吴音上小桥。

278. 春陵登望

北寺空流水，东垣自卷云。
梅香梅未落，白雪白衣裙。

279. 投知己

知音知己事，向道问行人。
白雪阳春日，高山水逐春。

280. 兵后余不亭重送卢孟明游江西

江西江北路，佛祖佛禅心。
螳蚰芳菲忌，鸿鹄远近钦。
春山无断章，夏水有鸣琴。
共习栖山寺，同修向古今。

281. 别山诗

风溪兰若近，一道一僧遥。
共得山翁药，同行断谷桥。
心经同道德，异域共云霄。
旦暮如来志，阴晴老子昭。

282. 同彭高使君送李判官使回

驰阳飞古堞，已上庚公楼。
别路经年月，遥思向斗牛。
塘边塘水色，草木草沧洲。
日月相思在，山河忆梦收。

283. 陪颜使君饯宣谕萧常侍

江涛江不尽，去水去还余。
外镇藩条绶，中朝顾问书。
离歌离侍御，正俗正当初。
恤本民心问，天都百姓居。

284. 修韵

序：

奉陪颜使君修韵海畔东溪泛舟饯诸文士。

诗：

外史修新韵，中郎定古文。
今诗今格律，国语国人分。
陕北江东客，吴音越不云。
山河天下广，日月各氛氲。

285. 今上初登极岁送皇甫孝廉赴选

登天登极子，会府会芳表。
赴选应才就，勋庸亦尔身。

286. 白蘋洲

序：

同杨使君白蘋洲送陆侍御士佳人朝。

诗：

朝墀鸳鹭步，玉漏晓虹缨。
直士佳人御，蘋洲玉佩英。

287. 雪夜送海上人常州觐叔父上人殷仲文后

继世经三代，传心自一灯。
风流风雪月，竹直竹林僧。

288. 送常清上人还舒州

经声含石漱，磬语纳心禅。
白雪人间净，红梅世上仙。

289. 岘山送崔子向之宣州谒裴使君

秋风西寺水，古木宛陵城。
太守诗清问，君铭岘首情。

290. 送严明府入关谒黎京兆

春秋风有异，岁月逝无同。
内史何为别，残阳远照穷。

291. 送丘秀才游越

越越吴吴水，秦秦晋晋川。
山行山草木，日度日京边。
彼此由其见，江河万里泉。
清源何浊见，水土几相迁。

292. 送杨校书还济源

嵩丘谁故里，六郡大河流。
别道从禅子，辞君买沃洲。

293. 送杨遂初赴选

离心归甲第，别袂向长安。
赴选文昌府，思君北陆单。

294. 送赟上人还京

草木春秋色，枯荣各自分。
秦原山色尽，楚寺磬声闻。

295. 送广通上人游江西

香炉千木直，牯岭九江清。
百里鄱阳水，三吴六渎明。

296. 送罗判官还寿州幕

章才君五丰，竹简帛千军。
农家农土地，一亩一心余。
五百年中历，三千弟子书。
房谋由杜断，寿幕判官居。

297. 送李秀才赴婺州招

九派千波注，三闽半楚辞。
知君文斗赋，见秀婺州知。

298. 送薛逢之宣州谒废使

宣州宣谒见，六合六丹青。
废使飞鸿叙，寒宫谢守听。

299. 送德守二叔侄上人还国清寺觐师

天台天不远，国运国清晖。
寺道应相继，人心不可违。

300. 同明府章送沈秀才还石门山读书

三光三界日，一世一生书。
肯谢申公子，闻章彼此余。

301. 送吉判官还京赴崔尹幕

江南梅雨夜，塞北雾霜边。
九陌秋风起，千山落叶悬。
还京崔尹幕，立马判官宣。
剑策良谋断，文成受降旋。

302. 送裴判官赴商幕

青衣应紧束，白马可天飞。
论策经纶序，龙城虏降归。

303. 送李喻之处士洪州谒曹王

独见贤王府，洪州着豫章。
曹王朝处士，毕喻比中堂。
若节径天志，空心竹意苍。
丛林丛秀色，玉影玉低昂。

304. 送唐赞善游越

三吴千水岸，一棹五湖间。
百越天台望，江东玉海湾。

305. 送韦秀才

万里桑干望，千年易水闻。
泾清流石谷，渭浊过原耘。

306. 送陈秀才赴举

三生三界士，一举一人才。
读学成师表，身名作步台。
民知民所事，净土净心催。
不可无为去，当然有的回。

307. 水堂

序：

乌程李明府水堂同卢使君幼平送奘上人游五台。

诗：

无须朔漠守，不入雁门关。
牧马河边望，滹沱玉水湾。
乌程明府问，五路五台山。
法存宗师在，禅音共去还。

308. 送李季良北归

木叶微风落，残荷夜雨轻。
归人归北去，白雪白霜明。

309. 送淳于秀才兰陵觐省

觐省兰陵酒，归人已见邻。
乡家乡土地，忆小忆青春。
忘别身行问，重寻旧地茵。
群童群不理，各自各经纶。

310. 送至洪弥赴上元受戒

僧名沙弥水，受戒蔡州坛。
以此思禅觉，如来对寺观。

311. 九月九日

序：

九日同卢使君幼平吴兴郊外送李司仓赴选。

诗：

重阳千里目，旷野一黄花。
赴选司仓去，吴兴作故家。
同行三界水，共渡五湖涯。

312. 送卢孟明还上都

楚水逢湘雁，吴门对越音。
平陵平归日，别馆别园林。
客问江皋苇，芦花有宿禽。
三生三寄语，六郡六弹琴。

313. 送李宾赴举

塞北征兵伍，江南举秀才。
三边奇志戍，六合故天台。

314. 留别阎士和

不断人间别，还常世上离。
逢山逢水路，入馆入相思。

315. 送李道士

三清三上下，道士道鲲鹏。
禅音同彼此，心经大小乘。

316. 送裴参军还下邳旧居

泗上春风及，云中虏战功。
骠骑烽火静，下邳旧居雄。

317. 送文会上人还富阳

建德富春江，钱塘六合邦。
苏杭山水岸，越女映纱窗。

318. 送维谅上人归洞庭

人间人爱水，世上世云山。
洞洞庭庭旷，空空月雨湾。

299

319. 九月八日送萧少府归洪州

隔日重阳酒，今天带月归。

明晨辛苦力，再造作鸿飞。

320. 同颜鲁公泛舟送皇甫侍御曾

维舟维若许，不止不纵容。

自以江流载，无由故步封。

321. 孙侍御游越

越水须持斧，天台有砍樵。

钱塘惊八月，一线弄千潮。

322. 送颜处士还长沙觐省

长沙一故乡，处士半炎凉。

不做人间客，归心世上扬。

323. 送还本土人游江西

九派一浔阳，三湘半水光。

临川临牯岭，海会海南昌。

324. 送路少府使京兼觐侍御兄

弟弟兄兄问，官官吏吏途。

今朝今国赋，凤阙凤书儒。

325. 于武原从送卢士举

近泽云舒卷，长亭雨细微。

茫茫天下路，寂寂几时归。

326. 尊丁薛祥先生

人间一渭泾，世上半叮咛。

以带先生路，苍梧竹叶青。

注：兼寄叶选宁兄丁酉年冬

327. 送乌程李明府得陟状赴京

驿吏江程满，深仁有此情。

冰清公府荐，玉振士林英。

328. 送裴秀才往会稽山读书

读学会稽山，儒生浙水湾。

深深沉底岸，默默寄诗还。

329. 送崔詹事论之上都

已是清明节，姑苏碧玉蚕。

青团青所寄，谷雨谷云烟。

330. 京口送卢子孟明还扬州

一水下扬州，三吴上九流。

隋炀杨柳岸，富士运河楼。

331. 送沙弥大智游五台

大智五台山，沙弥咫尺颜。

文殊文觉远，普度普贤还。

332. 送禀上人游越

儒流儒越女，水色水云泉。

莫以天台望，兰亭近祖田。

333. 送潘秀才之舒州

楚水荻洲露，崇园以石名。

从来金谷集，不忘绿珠情。

334. 送王山人游庐山

牯岭鄱阳水，庐山九叠泉。

长江湖口岸，茬港抚河边。

海会钟陵阔，南昌古埠船。

东西南北望，上顿渡临川。

335. 送道契上人之越觐大天叔

僧推唐本学，道契上人冰。

外国传天竺，中原大小乘。

336. 送沙弥长文游京

京都京白版，苦谒苦黄花。

学以长安路，江河万里沙。

337. 秋日送择高上人往江西谒曹王

陈王行七步，煮豆已三声。

日上江西路，无言洛水情。

338. 寄赵见军先生兼忆苏联

道路前程望，人生赵见军。

苏联知远近，带路向斯文。

339. 送如献上人游长安

三光千法寺，一路五侯门。

鄂杜空心竹，文人字子孙。

340. 日曜上人还润州

萧家陵树晚，月影挂枝高。

寺鼓寒声远，金陵静海涛。

341. 寺院听胡笳送李殷

胡笳胡曲尽，寺院寺钟停。

静静听禅磬，声声万物灵。

342. 送僧绛

雨雨云云雾，杨杨柳柳丝。

春来春不去，一草一花时。

343. 答裴评事澄荻花间送梁肃拾遗

池蘋满荻花，乱落挂袈娑。

似雪如梅色，人间你我他。

344. 送胜云小师

昨日经声记，今天继鼓钟。

明晨登道场，三生译寺容。

345. 诮士和别

去去来来世，今今事事明。

轮回轮不见，白塔白云行。

346. 送吴冯游京

吴门吴蕙草，渭水渭诗人。

李白杜甫社，王维顾况秦。

347. 送僧游宣州

宣州应访谢，白雪可深秋。

不问呜咽水，朝东曲势流。

348. 宿支硎寺上房

孤闻猿峙顶，独宿白云端。

寂寂千峰月，幽幽一水寒。

349. 答胡处士

离迎如彼此，聚散似阴晴。

隐隐长长道，禅禅觉觉明。

350. 答张乌程

乌程乌节路，莫道莫家人。

寺院僧禅友，溪流有逝濑。

300

351. 酬张明府

鹤待张明府，禅思古刹深。

黄花黄霸伴，白芷白云心。

352. 劳山居寄呈吴处士

居官居上下，隐逸隐泉林。

事事人人志，来来去去寻。

353. 从军行五首

之一：

乌程乌合众，汉马汉冠军。

三边万里远，九陌五侯勋。

之二：

尘埃应落定，日色已黄昏。

不必辽阳问，山东有子孙。

之三：

铠甲龙城帐，弓戈细柳营。

元戎元足羁，李广李陵缨。

之四：

已醉葡萄酒，重温一百杯。

谁闻胡汉骨，莫望白云堆。

之五：

黄沙黄石碛，白雪白云堆。

自古龙城将，如今受降来。

354. 陇头水二首

之一：

秦川秦水合，陇尾陇头分。

缘野军营帐，胡杨挂白云。

之二：

驻马长城北，征人去来央。

滹沱河岸望，陇水半苍黄。

355. 塞下曲

之一：

夜夜城南战，劳劳草木微。

三春三牧马，一水一天晖。

之二：

今年都护守，隔岁武威来。

节度乌孙女，男儿不必催。

356. 览史

珪组商山外，巢由古道中。

鸿沟分楚汉，四皓帝王宫。

357. 咏史

璞玉难分辨，忠贞易见明。

人情人取舍，楚璧楚王生。

358. 咏史

三台三草寇，一世一书生。

浊浊清清见，泾泾渭渭行。

359. 读张曲江集

相公天盖下，失是失惊衡。

耳目文华贯，身名正始英。

机枢曾点宇，鄂杜已从倾。

帝吉雄州命，王侯礼貌情。

360. 奉酬陆使君见过各赋院中一物得江蓠

三清三界物，一院一江蓠。

古砌禅房路，空门旭晓曦。

吟诗吟贝叶，望月望繁枝。

采掇凭生命，芸香任蕙芝。

361. 赋得谢墅送王长史

世继西山墅，人传鲁国书。

移家曾遗树，十丈已多余。

362. 夏日同崔使君论登城楼赋得远山

城楼望远山，夏日近河湾。

水色连天宇，清凉逐草还。

363. 咏数探得七

七彩云南色，枚乘七发来。

人中知七八，竹下七贤才。

364. 奉同颜使君真卿送李侍御萼赋得荻塘路

寂寂梨花絮，飘飘港苇家。

池塘池露少，作淑作林纱。

不必君前舞，孤行小水注。

365. 赋颜氏古今一事得晋仙传送严逸

青春留不住，白日作云烟。

别简囊中阔，颜家作晋仙。

366. 赋得石梁泉送崔逸

河梁非此路，屹石是流泉。

渡口风云散，幽期别去船。

367. 赋得夜雨滴空阶送陆羽归龙山

闲阶闲夜雨，陆羽陆空门。

已去龙山路，相邻忆故村。

368. 赋得灯心送得李侍御萼

近近灯心跳，焰焰四向城。

经油经所注，克暗克明生。

369. 赋得竹如意送评师赴讲

贝叶金刚咒，东林近沃洲。

三湘如意竹，五岳讲经楼。

370. 听素法师讲法华经

法子出西秦，名齐佛仆人。

应机如一雨，净土泡千尘。

371. 咏扬上人坐石画松

一坐松荫下，千寻半尺中。

龙鳞知岁月，闲谷待生公。

372. 夏日登观农楼和崔使君

麦陇菲微雨，桑田翠碧禾。

农家农土地，社稷社人和。

不可旁观子，粮粮米米歌。

373. 妙喜寺逸公院赋得夜磬送吕评事

石磬寒山语，钟声拾得多。

人间人静定，佛道佛僧歌。

374. 咏小瀑布

垂光三尺水，瀑布小泉流。

细细经心迹，幽幽积沧洲。

375. 仙女台得仙字

人间人所欲，一子一成仙。
好女成邻里，男儿作岁年。
天台天已见，善果善因缘。

376. 灵澈上人何山寺七贤石诗

七石何山寺，灵贤逐七城。
光明应磊落，玉璞各奇生。

377. 潘丞孩子

小子同天地，童翁不可欺。
真知无老少，彼此有相宜。

378. 南池杂咏五首

吴兴诗句在，左右满云山。
草草堂堂咏，汀汀石石颜。

379. 水月

水月禅身外，溪洲草木中。
心空心实在，一界一虚风。

380. 溪云

溪云相似远，近得互如同。
上下曾持接，当观日月风。

381. 虚舟

动静虚舟系，沉浮似有踪。
以载从波浪，知形问道容。

382. 寒山

寒山寒拾得，月落月无声。
石磬钟声里，僧禅道士英。

383. 寒竹

寒中竹叶青，月下影连形。
节实朝天望，空心以地灵。

384. 望远村

近近三千木，遥遥一远村，
依稀依所欲，有道有慈恩。

385. 惜暮景

天边千里目，暮景一黄昏。
远近应无限，牛羊自归村。

386. 效古

后羿嫦娥问，弯弓射日行。
寒宫偷药去，一鸟苦辛明。

387. 古别离　代人答宿士和

三山一太湖，二水半江都。
独见苏杭岸，隋炀汴水吴。

388. 拟长安春词

远远河源水，清清浊浊流。
当然常入世，土地在中州。
净浥尘埃定，黄沙万里丘。
春秋应共在，彼此可同修。

389. 效古

转战交河水，游丝是妄心。
思夫思自己，月影月弹琴。

390. 昭君怨

不见昭君怨，还惊敕勒川。
单于同牧马，蜀女共方圆。

391. 铜雀伎

曹公铜雀伎，举槊蔡文姬。
俱去何来见，英雄已过时。
漳流应未尽，不是诸侯期。

392. 长门怨

不必长门怨，羊车自在行。
男儿男不得，女子女难鸣。

393. 哭吴县房耸明府

孤闻沈约去，再着十千诗。
厚德仁人志，名吟地下知。
伊人伊地远，驾诀驾天时。
六溲新风月，三吴旧会期。
修真修所尽，吊鹤吊云司。
不系空林影，还行落叶枝。
西林西域路，净土净情迟。
白塔轮回见，重寻再约思。

394. 哭觉上人

神交如可见，白日似如期。
塔鹤常分在，轮回不见司。

395. 题余不溪废寺

溪流溪不尽，废寺废苍苔。
一界三生路，尘埃久不开。

396. 同李洗马入余不溪经辛将军故城

壁磊今犹在，行营作故城。
勋庸勋记历，一世一身名。

397. 忆天台

一水天台路，三山日月开。
禅心应顿觉，古寺国清来。

398. 万回寺

一世轮回问，三生向背行。
玄元玄所道，佛祖佛心成。
信仰精诚至，修身渐进生。
儒家儒弟子，白塔坐观明。
五祖传衣钵，南禅北觉惊。
则天袖秀讲，学院慧相倾。
顺逆无机巧，盈亏有月更。
常言常不止，有序有耘耕。

399. 禅诗

千因成一果，万法度三门。
昨日今明界，无来有去根。

400. 哀教

先师先不得，后教后相知。
万象何工致，千人普度时。

401. 闻钟

闻钟闻觉悟，古寺古慈根。
一顿三生慧，千经半佛恩。

402. 溪上月

流明溪上月，附碧水中林，
万象皆中上，三光日下临。

403. 山雪

高峰西雪色，夕照向东明。
暮日依依去，阳春岁岁生。

404. 江上风

夏口东吴水，川梁蜀谷风。
随流朝大海，逐日总无空。

405. 山雨

山云山雨落，鸟宿鸟还飞。
独有僧人步，行程不见归。

406. 问遥山禅老

遥山禅老问，近水慧先闻。
已得心经觉，当然贝叶文。

407. 禅思

尘埃应落定，世俗已无闻。
自以禅思在，千年万物曛。

408. 支公诗

支公支慧觉，养寺养慈根。
鹤鹿心经颂，山阴顿悟恩。

409. 述梦

梦里西陵雪，云中北陆风。
天台天水岸，一月一寒宫。

410. 赤松

洗药红珠粉，丹炉染赤松。
流泉流不住，寺水寺潜龙。

411. 戏题松树

松声听不足，雪色作冠缨。
绶带承天地，风涛宇宙惊。

412. 戏题二首

之一：
时人不解僧，寺远有明灯。
日上方圆问，心中大小乘。
之二：
是是非非是，非非是是非。
人间人不尽，鸟落鸟还飞。

413. 杂寓兴

嗟嗟嬴政事，易易燕昭王。
俗被鲛绡束，天欺昀革昌。
三山三界立，二水二流光。

采取牛乡药，无须胎达堂。

414. 杂兴六首

之一：
立足观天望，汨罗颂九歌。
微山微左传，孟子孟江河。
之二：
已教西陵树，还闻灞水桥。
轮回轮白塔，鹤立鹤云霄。
之三：
人人长寿欲，个个短生平。
寺寺心经在，僧僧白塔明。
之四：
三清三世界，一去一来回。
莫以长生望，应知日月催。
之五：
无求无所欲，有道有其心。
只以今天度，何听隔日音。
之六：
昨日今天见，明晨已不知。
来来还去去，早早亦迟迟。

415. 偶然五首

之一：
见历老来稀，修行早不依。
人间人所去，世上世人归。
之二：
隐隐明明志，人人事事林。
如来如所在，大势大观音。
之三：
始始终终问，来来去去行。
何时何了了，不止不明明。
之四：
禅音颠倒是，隐约正中非。
卷卷舒舒见，朝朝暮暮微。
之五：
性性情情是，空空色色非。
人人何不定，物物自归依。

416. 问天

天公自是仙，道者尽知贤。
隔世谁何觉，经沧是海田。

417. 寓言

有有无无易，成成败败行。
僧僧游寺寺，隐隐复明明。

418. 前溪作

春风春寂寂，细雨细萌萌。
且与前溪水，方兴草木荣。

419. 戏作

猖狂人世过，乞待寺僧缘。
满意行知足，伤心咒逝川。

420. 浮云三章

之一：
浮日曾蔽日，窃意小人心。
若以君臣事，当然药病侵。
之二：
浮云浮不定，卷曲卷舒张。
若以君臣事，无言子弟肠。
之三：
浮云浮已散，见日见天光。
万里重阳照，千年草木杨。

421. 寓言

人生一百年，历世万千天。
日日诗词着，时时草木田。

422. 若耶春兴

沧沧若耶溪，清清草木齐。
西施留玉影，越女比吴筝。

423. 晨登乐游原望终南积雪

终南终积雪，玉顶玉生寒。
夏日皇州水，晴明渭水澜。

424. 送商季皋

有酒离情醉，无言别路长。
诗词留不住，日月照家乡。

425. 吊灵均词

昧道天分有，灵均地皎无。
君今君所至，一举一言孤。
木列精群路，云随觅影都。

303

萧萧经竹府，望望可扶苏。

426. 步虚词

人人仙骨有，步步是虚无。

皎皎氛氲气，灵灵日月趋。

427. 三山歌

序：

奉应颜尚书真卿观玄真子置酒张乐舞破阵画洞庭三山歌。

诗：

三清三万象，道迹道流情。

造境方知老，无涯始见明。

428. 答韦山人隐起龙文灵瓢歌

好异灵瓢得，山人玉贴诗。

青囊何秘录，赤石玉炉迟。

陌上成仙经，云中作古时。

张鳞龙不背，问鹤羽无垂。

429. 桃花石枕歌赠康从事

璞玉荆山琢，桃花石枕歌。

雕工雕匠致，水秀水江河。

弃置应文化，璘玢可目柯。

坚贞坚所质，洁素洁纯磨。

430. 张伯英草书歌

瀑布垂流下，清波作玉珠。

天光天水落，亦水亦云芜。

虎耀龙盘石，飞扬束墨趋。

钟公钟草律，万物万扶苏。

431. 寒栖子歌

不在庐山隐，抛名弃姓身。

烟霞迷彩照，鹤鹿逐群珍。

一笑三生半，千年五谷尘。

人间应醉醒，世上作狂人。

432. 翔隼歌送王端公

翔隼飞直下，聚转上云中。

迷迷翻身落，冲冲作急风。

扬扬天际远，不守问苍空。

咫尺低回客，栖巢种瓜窍。

433. 白云歌寄陆中丞使君长源

仰望白云歌，低头碧玉萝。

沉浮天际去，绕首树先柯。

卷卷舒舒净，春春夏夏多。

经春经日月，谷壑谷江河。

434. 青桂歌

序：

裴端公使君清席赋得青桂歌送徐长史。

诗：

独秀空门水，群芳古寺诗。

留人留不住，送客送难离。

435. 周长史昉画毗沙门天王歌

真形真影画，一纸一天神。

但在沙门外，人心佛祖邻。

天王天所在，地主地径纶。

不假真真假，无虚实实尘。

436. 舟歌

序：

奉和颜鲁公真卿落玄真子舴艋舟歌。

诗：

玄真沧浪子，隐约许巢由。

自古经机鉴，如今客诸侯。

芙蓉浦水色，渡口去来舟。

舴艋沉浮水，倾倾载载求。

437. 郑客全成蛟形木机歌

万物天然贵，千年史迹稀。

王侯留笔记，士子着神机。

不见心灵在，神仙彼此诽。

禅音禅世界，帝业帝王畿。

438. 林屋洞

序：

奉同颜使君真卿清风楼赋得洞庭歌送吴炼师归林屋洞。

诗：

名山名洞府，炼石炼师情。

半在君山路，千寻楚水瀛。

湘灵名洞府，炼石炼师情。

半在君山路，千寻楚水瀛。

湘灵今鼓琴，竹叶古真卿。

道士神仙志，皇家已自倾。

439. 戛铜碗为龙吟歌

之一：

太尉房公宦，终南隐士名。

龙吟闻已久，峻壁溢音清。

好事僧潜戛，三金弃止声。

桐江予所得，亦此共心鸣。

之二：

戛碗龙吟世，铜金玉碎声。

房公闻此纪，太守作秦琼。

盛世天奇与，今情共异荣。

真真生假假，止止可行行。

440. 饮茶歌诮崔石使君

越水刿溪茗，吴江泗渎清。

杭州龙井雾，玉女碧螺情。

且见溪次叶，三生直立衡。

青青青一色，绿绿绿乡城。

441. 买药歌送杨山人

神仙侵百药，石玉炼丹砂。

至少应长寿，何须你我他。

华阴华少小，不已不人家，

四十中年去，轮回二月花。

442. 薛卿教长行歌

长行长路远，短驿短灯明。

举桨华容道，闻鸡诸葛耕。

功高当绝艺，字秀着精英。

白日经纶见，青云彼此盟。

443. 桃花石枕歌并安吉康丞 二首

之一：

排州安吉石，右邑近吴兴。

石枕因珍视，吟歌以士丞。

之二：

桃花桃色近，石枕石奇珍。

立性成因子，成形已得春。
君知君所望，士得士咸人。
养马周公继，秦楼弄玉亲。

444. 赋得吴王送女潮歌送李判官之河中府

吴王送女潮，楚水上云霄。
俱去无回返，湘灵鼓瑟谣。
神仙神彼此，五百五年辽。
莫以三生误，今天一世桥。

445. 观李中丞洪二美人唱歌轧筝歌

曲曲工筝女，声声蜀竹弦。
姿身腰细细，水色素莲莲。
下里巴人唱，阳春白雪妍。
高山流水舞，弄玉凤凰岭。

446. 观王右丞维沧洲图歌

水渚三湘近，沧洲一右丞。
行云流水色，大小两仪乘。
虎涧东林路，菩提便有僧。
山川随笔势，古刹一明灯。

447. 陈氏童子草书歌

狂人狂草笔，不羁不知名。
点点涂涂墨，潇潇洒洒行。
无师无法度，有志有吟声。
直下山峰立，垂成自纵横。
周郎曾一火，烧乱魏千营。
将将迎风去，兵兵顺势生。
文章由此见，岁月现阴晴。
气宇行天色，心怀七尺英。

448. 饮茶歌送郑客

茗茶茗水器，一品一氤氲。
醉踏溪中虎，高歌八白云。

449. 花石长枕歌答章居士赠

饮后清明目，花前石枕长。
荆山荆璞玉，造化造机梁。
最怕香茶醉，三年不返乡。

450. 洞庭维谅上人院阶前孤生橘树歌

两岸洞庭山，三吴六渎颜。
姑苏无锡水，大半太湖湾。
小小湖州渡，重重玉树关。
东西相对出，采得碧螺还。

451. 春夜赋得溇水囊歌送郑明府

吴缣吴女淑，楚练楚姬香。
溇水禅衣客，衣工尺寸囊。
先师先遗意，夕望夕云长。
素素莲花织，清清玉底光。

452. 淇处士枸杞架歌

碧碧茵茵架，红红果果良。
人间人所药，处士处良方。
始觉天灵草，垂丝翠羽香。
留心留子粒，再造再生扬。

453. 观裴秀才松石障歌

石石松松障，扉扉木木门。
清溪清水色，竹叶竹枝荪。
一状荆门玉，三湘岳麓昆。
龙鳞龙所寄，屹立屹黄昏。

454. 送顾处士歌

淡泊时时赋，安贫日日书。
垂竿应不钓，静待去来鱼。
世界原来似，乾坤彼此疏。
微山微子寄，陌巷陌人居。

455. 水晶数珠歌

西方行秘字，臂上纪真珠。
佛道同儒学，经心共有无。

456. 兵后西日溪行

之一：
羲仙铜砚地，五柳记桃源。
几度知灵澈，沧桑草木萱。
之二：
战后溪天净，荒田土地毛。
残阳残屋破，隐士隐非劳。

汉汉秦秦避，封封锁锁蒿。
贫人贫食草，治世治人刀。

457. 姑苏行

十里姑苏市，千年一古城。
三吴同里岸，百载运河明。
以水唯亭驿，从烟草木荣。
夫差修六渎，子胥楚人惊。

458. 短歌行

何人应不死，处处有荒丘。
白塔灵魂在，尘埃落定楼。
谁贵贱，已白头。
老少经常问，不见故王侯。
但见黄河清池色，东流万里十三洲。
附：山月行
月月山山共，天天地地同。
人间自古嫦娥问，缺缺圆圆自不穷。
海上生明月，山中万水洋。
无心水月人心老，尽在生灵望里终。

459. 顾渚行寄裴方舟

云烟顾渚山，晓露女儿颜。
采撷新芽嫩，杀青晾煮攀。
沉浮生世界，竖直自无弯。
碧玉留杯底，砂壶寄浒关。

460. 武源行赠丘卿岑

昔盗江东阻，吴山楚泽穷。
虫蛇行虿毒，鼓噪战人空。
约略张云阵，长洲子胥风。
姚嫖汴水外，汉爵太湖中。
刁斗黄天荡，姑苏壁垒城。
如今风月静，属国运河功。
再度江南岸，阳澄甲蟹终。
三千儒弟子，十八女儿红。

461. 长安少年行

纠纠三分醉，纷纷一诺声。
前行前不问，不顾不思名。

462. 风入松

援琴成曲弄，上岭问松风。

素手清微起，宫商水月空。
涛涛流起伏，荡荡未央空。
小女翻天地，男儿已始终。

463. 陪卢中丞闲游山寺

野寺尘埃至，禅林锁毒龙。
千峰明月色，万壑静闻钟。

464. 湖南草堂读书招李少府

为邻松子落，卜易道家书。
逸史僧家问，儒坛子教居。

465. 答李季兰

花仙李季兰，古寺半生寒。
若以禅音度，平生狭路寒。

466. 酬郑判官湖上见赠

如何名所属，有谓客无声。
岁岁湖南隐，鸥鸥不解情。

467. 送旻上人游天台

真心应不尽，越水自然清。
俯见枢机落，天台粗略生。

468. 送别

不说情人怨，何言别道声。
前行前不问，不顾不思名。

469. 与昂上人两字继合四句，初字日

鸟鸟雀雀，孤孤独独。
温温冷冷，羽羽凫凫。

470. 次日

昨日今天见，明晨未可闻。
当前应普度，不可误风云。

471. 广宣

交朋刘禹锡，供奉寺居安。
自得红楼院，诗词有壮澜。

472. 皇太子频赐并问并索唱和新诗因有陈谢

望苑禅扉启，清风寺鼓声。

崇儒崇佛道，有始有终衡。
郑鼠空仓问，齐竽合从名。
青云从远际，白日以心平。

473. 禁中法会应制

法会传扬觉，禅扉自闭开。
人生人道场，世望世天台。

474. 降诞日内庭献寿应制

敷仁敷万国，献寿献千龄。
道场应禅悟，人间是渭泾。
非非应是是，此此彼丁丁。

475. 寺中柿树一蒂四颗咏应制

古寺珍奇见，仁君直木风。
春秋因果象，不减太阳功。

476. 早秋降诞日献寿二首应制

之一：

秋花开六叶，圣寿诞千年。
万国祥风起，三光以日悬。

之二：

端云浮法界，启德义仁昌。
九土清天仰，千秋乐未央。

477. 驾幸天长寺应制

宜春天界赏，幸寺四门开。
百草方修毕，千僧磬寿来。

478. 九日菊花咏应制

已见东篱菊，重阳九日黄。
经霜经晓幕，共济共炎凉。

479. 驾幸圣客院应制，古今诗

人们你我他，世界一人家。
帝王王城角，禅音过海涯。

480. 圣恩顾问独游月登阁直书其事应制

禅居河岸畔，刹那佛堂音。
百亩高低竹，千门彼此家。

481. 安国寺随驾幸兴唐观应制

东林安国寺，宝界大唐观。

复道花明苑，青苹渭水澜。

482. 贺王起

青云宾贡领，凤阁掌丝纶。
文开金榜断，谷雨曲江春。

483. 驾幸普济寺应制

三生由佛主，八部任真身。
日月悬明镜，乾坤列本邻。

484. 红楼院应制

红楼支遁忆，海路漫昙摩。
不息经声路，还闻殿院荷。

485. 再入道场纪事应制

沙门归道场，内殿本同年。
异异同同里，僧僧寺寺前。

486. 寺中赏花应制

无人无事处，有水有花开。
十步芳香界，千仙问楚才。

487. 九月十五日夜宿郑尚书绸东亭望月寄杜给事

夜静霜天泹，心经寺院环。
东亭寒月锁，色过玉门关。

488. 含曦酬卢仝见访不遇题壁

卢公长寿寺，石壁以诗题。
见访寻南北，东来自向西。

489. 旅中答喻军事问客情

国国家家客，军军事事人。
何须知石玉，不肯问风尘。

490. 赠卢逸人

孤眠岩野石，仰首面朝天。
已得嵇康趣，巢由是自然。

491. 送玉禅诗

飘然无定止，律象有阴晴。
石玉禅师问，天机彼此明。

492. 寻山僧真胜山人不遇

山僧朝暮见，石径去来寻。
水月从无闭，钟声已有来。

493. 赠李溟秀才

南居深古庙，北问老山禽。
只与孤猿对，何求是故音。

494. 送石秀才

得意行天地，知音问楚侯。
江洲江水阔，积渚积长流。

495. 送赵微上人游五台及礼本师

极目多来雁，孤身少故人。
衡阳青海路，法本礼相邻。

496. 送禅师终极归玉峰

向背分南北，阴晴有暮朝。
禅师终极本，日月玉峰桥。

497. 送僧归旧山

白日云舒卷，青天客暮朝。
传灯皆化俗，处处渡人桥。

498. 送圆人三藏归本国

海路归乡土，家山落日遥。
圆人三藏去，四顾八方潮。

499. 送王炼师归嵩岳

自是山中虎，还如石炼丹。
玄元玄所在，一夜一生寒。

500. 寿昌节赋得红云表夏日

红云生夏日，彩绘漫经天。
独见苍茫处，殊光上下悬。

501. 经废宫

废辇经墙立，残阳雉堞红。
如无今日路，已了旧时宫。

502. 赠识古法师

杳杳云心寄，寥寥别鹤游。
孤舟行渭水，寺讲已惊秋。

503. 月夜怀刘秀才

月度相思夜，寒宫桂树遥。
小定禅房寂，松声已自消。

504. 寄南山景禅师

林前见无公，寺后汤松风。
世语真禅意，桃花柳絮空。

505. 哭刘德仁

独爱诗名久，孤情意不消。
坟头生一草，未解万千谣。

506. 龙潭

悬流雪满湾，瀑布玉门山。
浪打惊雷电，潜龙不顾颜。

507. 题化城寺

水水九华山，云云一玉关。
莲宫行法要，虎啸涧溪还。

508. 戴云山吟

人人天路去，处处不成仙。
正正偏偏见，僧僧道道田。

509. 又

白日戴云山，青云水月闲。
方知寄世界，虎涧九溪颜。

510. 良人答卢邺

无心明月在，有意客君闻。
只向风泉问，声声寄芷芬。

511. 山居八咏

之一：
禅身依祖寺，洁志向清慵。
对月明山水，行云响暮钟。
黄昏听白虎，夜色问青龙。
日日观天下，年年过九峰。
之二：
夕照虚庭影，黄昏落日平。
层岩岐石屹，石阻石泉鸣。
之三：
少室尘埃定，嵩山白日村。

寒侵溪水冷，木叶不归根。
之四：
参玄参祖见，贝叶贝心空。
水水流无止，山山月色同。
之五：
无机真性寂，有祖故禅声。
顿觉精神好，玄元渐进明。
之六：
古寺机庭月，残料远近明。
磬语传玄秒，钟声普度惊。
之七：
石室心清净，圆成守一行。
春风杨柳色，白雪带霜明。
之八：
经霜莎草绿，历夏叶生黄。
四象春秋律，三生日月苍。

512. 苦热行

人生苦热行，历事火衔惊。
日作蒸笼里，云浮远近横。
焰焰流所向，漫漫落枯荣。
后羿羲和问，扶桑夸父倾。

513. 赠李粲秀才

陇上真才子，西江水合泉。
蓝田金碧玉，八水映余烟。
紫气东来色，精英日月田。
天台天姥见，造化造文宣。
八斗涵京豫，千章露雨篇。
湘灵湘水岸，九派九嶷川。
古鹤成仙侣，蓬莱作客贤。
瑶台王母问，字字可方圆。

514. 和王季文题九华山

千川千壑水，九脉九华山。
洞府仙灵在，南朝造化潜。
莲花生性状，石野作仙班。
乳窦丰空见，朝昏独闭关。

515. 宿严陵钓台

严陵一钓台，草芷半云开。
七里洲前问，千年自古来。

516. 效古

苏州昭隐寺，淡泊不交人。
晋晋秦秦过，荣荣辱辱频。

517. 病后作

自古人生乐，身心草乐中。
无须无病止，有色有行空。

518. 写真

假假真真写，花花草草身。
圆方圆渐细，尺寸尺由钧。
梦梦眠眠里，形形影影沦。
应成交问道，未了未知人。

519. 端午

楚水难为净，汩罗已自言。
人间端午见，直述直臣冤。

520. 谢友人见方留诗

禅房三百步，足迹十年尘。
面壁龙蛇在，留书谢客人。

521. 送新平故人

新平送故人，旧友几秋春。
达得仓庚念，秋鸿几处濒。

522. 辞南平钟王召

寒林寒草木，水月水秋春。
已作山中客，当然鸟雀邻。

523. 短歌行

日月茫茫去，阴晴处处来。
东西南北见，草木夏冬催。

524. 饮马长城窟

饮马长城窟，凌烟大又天。
秦川秦汗血，玉帐玉匈奴。
自以千年许，公孙一女殊。
琵琶留敕勒，子曰胜文图。

525. 夜直

多闻一未央，大内半重墙。
灯明经夜直，月暗煮茗香。
井上中流水，玉器紫砂王。

温温和火火，品品始尝尝。

526. 赠行脚僧

日日行行止，千千万万僧。
天涯曾步步，咫尺可承承。
跬步心心度，前程处处兴。
风云无互阻，大小始相乘。

527. 秋日思旧山

上国繁华鹗，皇都紫禁城。
残萤残草木，冷月冷池瀛。
了了终始始，朝朝暮暮行。
思乡思故土，旧日旧情生。

528. 寄乾陵杨侍郎

朝阳朝彼此，白日白扶桑。
点点樵声响，云云待侍郎。
乾陵干草木，一字一碑梁。

529. 登楼忆友

一夜观音路，三更楚汉更。
登临无极限，立足有前程。

530. 华严寺望樊川

木叶华严寺，樊川树色红。
钟声钟鼓继，一月一秋风。

531. 与道侣同于水陆寺会宿

沙门僧道侣，水陆寺中逢。
昔昔今今宿，灯灯月月钟。

532. 城上吟

城中城外见，月下月前闻。
已别童翁界，无须老少分。

533. 襄阳曲

襄阳襄水曲，汉口汉知音。
蜀帝檀溪跃，丞相一古今。

534. 诫贪

多求多不得，少欲少无从。
有足由心诚，何知可自封。

535. 蝉二首

之一：
阴晴半噪心，进退一蝉音。
且以居高唱，当然作古今。
之二：
登高登自止，一曲一长吟。
远客应知此，徒劳是古今。

536. 太平坊寻裴郎中故宅，古今诗，二世名

不语荒阶石，何言二世名。
应留天地事，草木岁年生。

537. 登楼

万里同明月，千年共古今。
登楼登已得，四顾四知音。

538. 长安早秋

木叶槐花落，秋香满陕州。
终南山顶雪，上掖御沟流。

539. 对雪

密密无声落，霏霏有玉明。
幽幽天下舞，处处旷中情。

540. 鹦鹉

宫中鹦鹉教，月下敞心扉。
巧记人言语，偷闲惹是非。

541. 晚景

策杖池荷岸，吟诗木草堂。
风云方尽了，角羽一声长。

542. 长安伤春

草草春中碧，花花叶上红。
塘塘荷荷叶，水水意无穷。

543. 河梁晚望二首

之一：
渔舟遥已放，水势近河梁。
自自然然抑，沧沧浪浪扬。
之二：
一夜秋涛阔，三更上水潮。

波含千谷水，浪里一云霄。

544. 千叶石榴花

榴花榴叶碧，一树一丛红。
艳守风流子，佳人色态同。

545. 观棋

鸿沟分两界，楚汉逐三宫。
四面歌声起，三军尽望东。

546. 可止

明宗明可止，近体近三山。
赐紫京长寿，千字马范阳。

547. 山居

莫以山居客，当心明月更。
春融春雪水，解冻解僧行。

548. 赠樊川长老

满面垂毫雪，樊川日月明。
僧门僧不主，寺鼓寺钟鸣。

549. 寄积麦山会如长老

知山知上下，问道问枯荣。
世以相关事，人应独自行。

550. 送僧

云深云不尽，水浅水滩荣。
一物经天易，三光对地生。

551. 哭贾岛

无诗无可问，贾岛贾寒吟。
蜀地行身尽，渔阳苦范禽。

552. 雪

瑞雪凝三尺，田家已半春。
江河云济济，日月雾频频。
玉锁平原阔，天开谷壑陈。
层林迷野鸟，独木挂衣珍。
石径樵童惑，幽泉笔墨津。
凌冰凌水暗，普度普经纶。
物象丰年兆，灵光润地淳。
民情民自得，世界世无贫。

553. 精舍遇雨

空门空寂寂，雨细雨微微，
古寺红尘净，新禅自在归。

554. 小雪

临风临腊月，化水化波澜。
落去三冬暖，飞来一片寒。

555. 送波罗门僧

波罗门上月，雪岭独孤僧。
白首乡心了，归程大小乘。

556. 句

不解喃喃语，无言处处工。

557. 寒食日

寒衣寒食日，祭祖祭书文。
去去来来问，生生死死云。

558. 酬沈先辈卷，古今诗

十万三千首，平生一半诗。
难抛难自得，一世一心知。

559. 自遣，古今诗

平生三万日，夜夜五百诗。
雨打风吹去，朝来暮去迟。

560. 题贾岛吟诗台

吟诗台上望，贾岛月中寻。
不是因求古，无言可续今。

561. 悼罗隐

知音知隔世，管豹管人心。
岁月留罗隐，诗词改古今。

562. 题楚高

男儿成败事，女子帝王宫。
四皓留何迹，三生以隐穷。

563. 牡丹

东都一牡丹，艳色半城多。
白凤红云集，金阳碎玉澜。
王妃公主紫，大叶白云观。
鹤羽迎春粉，温香豆绿冠。

564. 旧国里

地暖生春早，诗萌日月长。
农家农土地，草木草花香。

565. 秋日江居闲咏

江居秋日望，白草问牛羊。
岁岁寒光早，山山远处苍。

566. 长安言怀寄沈彬侍郎

自幼生梨岭，家乡草木花。
天涯天路远，海角海疆衔。

567. 送人游塞

北去雁门关，南行海角湾。
三边三故国，九派九江颜。
受降城中月，楼兰碛石班。
交河交古岸，敕勒敕阴山。

568. 逢老人

潼关潼水岸，老子老人歌。
以此玄元问，清清浊浊河。

569. 牧童

无朝无暮路，牧草牧牛童。
一笛三曲尽，平生彼此中。

570. 蜀中送人游庐山，上汉阳峰下牯岭

已见东林寺，还闻虎涧溪。
峰明峰白顶，岭碧岭云低。
一片鄱阳水，匡庐草木齐。
千山千彼此，一见一东西。

571. 琴

十指七弦琴，三生一古今。
文王天地秀，五道五知音。

572. 浮桥

浮桥连两岸，俯见逐千波。
踏雾乘云步，声公不渡河。

573. 宿九华山成寺庄

佛寺孤庄里，烟霞石壁中。

层霄层叠涧，九岭九华风。

574. 乞荆浩画

六幅知君悟，千岩一老松。
龙鳞龙节劲，乞画乞云峰。

575. 上归州刺史代通状二首

之一：
故土闽山西，春莺处处啼。
离乡三百日，不见树高低。
之二：
读学闽山东，山门总不空。
心由钟鼓继，守直望寒宫。

576. 辞郡守李公恩命

见树遮山色，由窗纳月明。
名名称利利，衲衲老行行。

577. 题广爱寺楞伽山

广爱人间寺，灵栖世界关。
天流清洁水，净显楞伽山。

578. 闻诵法华经歌

读诵法华经，人生辨浊泾。

醍醐应贯顶，造谐始分庭。
六道轮回说，四生有影形。
精灵留白塔，拘束作天星。
尺寸方圆度，山河日月屏。
拳拳师字句，觉觉已叮咛。
色色空空悟，暝暝寂寂龄。
人中凭耳目，井上辘轳停。

579. 歌

一醉何生死，三生半酒歌。
荣荣何辱辱，石石坠河河。

580. 怀庐山旧隐

九叠悬泉落，千峰石室明。
庐山空旧隐，不就一虚名。

581. 乐仙观

乐氏骑龙去，成仙遗宅观。
东吴东大道，北陆北运端。
有欲皆人事，无为久得安。

582. 古镜

古镜经磨励，新人照玉明。

三千年月后，白发已垂生。

583. 睹木平和尚

觑木平和尚，观心向日光。
金陵宗法眼，古寺已清凉。

584. 鹭鸶

江边一鹭鸶，独立半无知。
举举朝天望，飞飞落落时。

585. 百舌鸟二首

之一：
千声声风语，百舌鸟吟诗。
岩以群禽异，清鸣独自知。
之二：
三更历未明，一处有鸡声。
若以相邻语，人行可教情。

586. 赏牡丹应教

一衲芳丛立，三生自在行。
如来如所见，一世一精英。

第十二函　第三册

1. 贯休

兰溪一贯休，七岁十三州。
得得来和尚，吴融序集优。

2. 吕长春十二万三千首今诗

改革平生半入春，爹娘祖父皆农民。
桓仁八卦山城子，至此诗中第一人。
读学京城李广邻，逾七十，过天津。
中南海里净风尘，今今古古新音律。

3. 善哉行

一寺生平半寺乡，三江未了五湖洋。
千书百画千经卷，七岁禅房七岁长。
修苦果，善炎凉，人间正道是沧桑。
如来自在观音在，普度知音佛祖光。

4. 读离骚经

一水汨罗两岸濑，九歌未断楚辞津。
湘灵鼓瑟苍梧竹，泪水斑斑总善民。
知日月，见经纶。

春秋互易是秋春。
云君不在离骚在，去去来来世界人。

5. 阳春曲

一片朱云十地客，空门不语有寒钟。
雍熙历历神音继，独立人间独立松。
为口莫，阮嗣宗，非非是是是非慵。
东林古刹西林寺，读遍匡庐十二峰。

6. 白雪曲

列鼎金章泪泪明，枯荣草木自枯荣。
阳春白雪阳春客，下里巴人下里声。
三界事，一人生。无为得得有为情。
谁分贵贱谁分德，远近昌平近远平。

7. 上留田

楚楚湘湘半九歌，清清浊浊一黄河。
千年万里东流少，父父兄兄子弟多。
惊铁马，枕干戈，寒宫玉树问嫦娥。
人间自以沧桑继，世上无言草木莎。

8. 胡无人

天可无人地可人，胡儿有牧土相邻。
金戈铁马长城战，汴水苏杭八表春。
同里岸，越吴津，三边彼此共经纶。
嫖姚李广谁维汉，二世秦王不是秦。

9. 苦寒竹

苦苦寒寒万里行，僧僧寺寺一灯明。
如来已在观音在，大势殊贤地藏平。
天普度，地枯荣，人间不过半声名。
心经卷卷金刚卷，过去今天未再生。

10. 蒿里

八骏穆王骑，参生玉名碑。
狐巢蒿里空，牧笛小儿吹。

11. 临高台

雁入衡阳苇，霜沉朔漠催。
高台由四望，独寄数声回。

12. 杞梁妻

一筑长城百战兵，千年汴水半吴明。
杞梁白骨沉荒野，妇道难为苦道行。
无父子，有阴晴。
隋炀富土（同里）运河荣。
苏杭已是天堂岸，见过楼船见太平。

13. 古别离

别别离离自古今，悲悲切切有音琴。
杨杨柳柳谁折断，止止行行木成林。
空空色色听钟鼓，且得禅房石磬音。

14. 战城南二首

之一：

万里桑干万里疆，三边故塞半边王。
长城烽火长烽火，剑门刀枪箭弓扬。
男子汉，少年郎。邯郸学步过河梁。
阳春白雪分南北，下里巴人苦雾霜。

之二：

一战城南五百天，三军塞北半霜年。
李陵面对知苏武，只道人生不道全。
南北望，去来迁。封侯汉武月方圆。
茫茫沙场茫茫碛，几处乡家几处怜。

15. 少年行

锦绣河山日月明，邯郸学步已无声。
扬鞭立马楼兰路，不斩交河不系缨。
王建善，少年行。三皇五帝一人生。
轩辕自古轩辕志，后羿重阳射箭平。

16. 李广霍卫

自以拳拳五色裘，常言处处十三州。
黄河曲曲潼关去，渭渭泾泾竞自流。
襄岘尾，曲江头。黄金一掷着春秋。
三边不见封将俊，六郡言平志未休。

17. 梦游仙四首

之一：

蓬莱应早想，梦到海中仙。
不是钟离汉，无非国老眠。

之二：

一度蟠桃会，三清已万年。
天宫天已就，八骏八仙船。

之三：

瑶台王母宴，汉武驾金銮。
俱是相如赋，当知舞扇篇。

之四：

男儿经浊水，女子早成仙。
过海沧桑见，行云不见天。

18. 轻薄篇二首

之一：

一寺桃花色，三光日本来。
无非轻薄客，有是厚情开。

之二：

鸟鸟虫虫唧，花花草草情。
僧僧依寺寺，月月水清清。

19. 长安道

望尽长安道，潼关始向东。
山山连水水，色色亦空空。

20. 洛阳尘

有路洛阳尘，无为石季伦。
当知金谷阁，可惜绿珠身。

21. 富贵曲二首

之一：

金张金族奢，足不足人心。
有欲无终止，当权耳目侵。

之二：

富贵生娇子，金银遇贼人。
若以平平度，当真处处春。

22. 野田黄雀行

野旷飞黄雀，茫茫谷物生。
无求温饱客，莫恋太仓情。

23. 古意八首

之一：

闭谷开关日，兰花白芷情。
虞卿珠玉璧，好鸟自嘤嘤。

之二：

水水春春路，桃桃李李蹊。
诗从毛氏读，势附自然低。

之三：

方圆横竖直，尺寸度量衡。
古寺空门近，新诗古韵萌。

之四：

乾坤清气在，日月暮朝行。
古古今今别，音音律律成。

之五：

是是非非见，荣荣辱辱闻。
人生人自得，古寺古钟勤。

之六：

百炼真金色，三光日月星。
尘埃尘不定，一鼓一钟灵。

之七：
清风清不止，朗月朗乾坤。
遗迹留观处，春秋四象邻。
力士翰林墨，玄宗太白堂。
清平清所乐，贺子贺知章。
之八：
记得山中路，吟来月下诗。
游僧温白石，古老化仙姿。
妙诀曾传与，无情可不知。

24. 酷吏词

寇乱龙兴寺，官成酷吏名。
民膏民被掠，土废土荒坪。
太守胡姬舞，军兵酒肉惊。
如何如所见，不辱不相倾。

25. 选举人歌兴卷

璞玉何成器，丹炉道法深。
如来贤自主，读学似流浔。
直木丛林晚，江河两岸临。
相承相辅见，独步独知音。

26. 陈宫赋

岁月陈宫废，无余旧日客。
朝阳东不起，月色故西封。
玉树临风舞，如绿不似雍。
当知春草盛，未了未时钟。

27. 拟齐梁酬所知见赠二首

之一：
佳人佳所色，玉指玉琴弦。
白雪阳春曲，梅花落里天。
之二：
三清三昧曲，一世一神仙。
美女清如水，丹炉寸尺田。

28. 经古战场

千年多少战，百岁几人生。
白日荒沙见，长城汴水惊。
山山重水水，将将复兵兵。
昔昔今今问，王王帝帝争。

29. 村行遇猎

已见轮回犬，还闻猎兽鹰。
阿弥陀佛送，路外苦行僧。

30. 渔家

渔儿渔女问，有水有鱼肥。
赤苇严滩似，黄沙鹭不归。

31. 田家作

田家田亩作，一子一秋收。
稼稼穑穑教，岁岁年年头。

32. 江边祠

水见水祠空，江流晓日红。
精灵灵已去，岸谷谷成风。

33. 苦热寄赤松道者

高吟招隐句，不逸有耘耕。
自力更生作，春秋日月平。
相如相土地，待世待枯荣。

34. 偶作二首，古今诗

之一：
新诗三五首，每日暮朝城。
七十年中数，知音日月耕。
之二：
门前车马路，日日见人行。
所去何来问，无为有作情。

35. 夜夜曲，古今诗

夜夜流萤去，天天暮日归。
何来何去问，不得不自飞。

36. 春晚书山家屋壁二首

之一：
寂寂柴门里，幽幽枣树中。
春莺初上顶，望见共东风。
之二：
东邻东月色，北舍北凌霄，
一巷南门着，西人不可招。

37. 春晚闲居寄陈嵩伯

春霜春渐润，万物万扶苏。
处处生机见，幽幽是念奴。

38. 长持经僧

持经持日久，善事善人多。
续续如流水，微微似百科。

39. 茫茫曲

满眼尘埃世，全身日月温。
芙蓉应见本，草木已知根。

40. 古镜词上刘侍郎

古镜见磨明，高悬以治清。
前朝曾所鉴，六合始殊荣。

41. 送姜道士归南岳

柏柏松松岳，峰峰谷谷盘。
僧游同道士，路路共汗漫。

42. 了仙谣

了了无终了，行行有再行。
仙仙仙不在，意意意人明。

43. 循吏曲上王使君

王侯王不曲，循官循吏余。
牧治贤良处，民安户定居。

44. 古镜词

拂拭无灰土，轩辕古镜明。
高悬邪正鉴，一照是阴晴。

45. 怀张为周朴

有道阴晴问，无知顺逆行。
何言成向背，日月有阴晴。

46. 题弘颉三藏院

宏扬三藏院，灌顶一红莲。
态淡仪清雅，醍醐玉液田。
尘埃无飀塞，拘束有微贤。
处处成疆界，方方却作圆。

47. 古意代友人投所知

轩辕投古镜，自古作清明。
后羿寒宫药，嫦娥有败名。
佳人轻燕赵，鼓瑟竹湘英。

若以知音论，相如女色倾。

48. 闻知己入翰林

无心无不可，有意有难成。
一雁飞南北，三生彼此行。
知音知自己，顿觉顿思明。

49. 上裴大夫二首

之一：

鹭鹭鸶鸶独，鸢鸢凤凤群。
官身官场误，白日白云曛。

之二：

师音师旷去，一曲一声来。
耳目由方面，琴弦可几台。
高山流水客，汉口向天台。
先生已世魁。

50. 上刘商州

商州商贾远，一货一奇居。
结义桃园少，从良耳目余。

51. 闲居拟齐梁四首

之一：

南山南白雪，北阙北红花。
渭水江南色，长安塞北家。

之二：

果熟低枝间，芳香远近行。
春秋何彼此，子粒自荣成。

之三：

白藕芙蓉水，红莲玉宇空。
浮云边际落，晓日九成宫。

之四：

牧鹤沧洲渚，归人古寺诗。
裁裁成四句，木叶已相知。

52. 塞上曲二首

之一：

三边多白雪，一路有风云。
苜蓿甜根老，单于牧马群。

之二：

十万封侯始，三生猎狩终。
和平和所逐，玉宇玉苍空。

53. 拟齐梁体寄冯使君三首

之一：

齐梁齐鸟雀，魏晋魏君臣。
晋谢煌煌令，阴山霍卫沦。

之二：

千峰敕勒川，万里黄河边。
一水常年逐，三军对月迁。

之三：

为文兴废见，列武死生闻。
百岁何如此，千年几不分。

54. 书嵩山老僧庵

豆豆瓜瓜挂，禾禾果果疏。
时时多努力，日日以诗居。

55. 读顾况歌行

居难居易见，一岁一枯荣。
草木春秋继，书生日月明。

56. 冬末病中作二首

之一：

天龙摩诘见，木叶闭关闻。
古刹孤僧病，人生独立君。

之二：

冬梅冬始末，白雪白无终。
岁岁相成侣，年年伴不空。

57. 遇叶进士

文章真宰世，耳目已生情。
竹阁仪冠净，龙钟恨晚成。

58. 寄杜使君

好鸟常来解，佳音已使君。
清高清自许，世木世无闻。

59. 寄叶肇夫兄

一带人间一路行，三光世界九阴晴。
花香不远虫鸣近。叶肇夫兄寓弟情。
千万里，两枯荣。东西地球共和平。
炎凉各异同俗易，共济同舟共济盟。

60. 深圳圣廷苑寄曹友良兄

粤海凤凰楼，曹兄四十州。
天涯重日月，海角再春秋。

61. 一带一路

序：

　　寄姜国军先生兼寄叶肇夫叶选宁
兄　中国和世界，世界和中国。俄罗斯
二○一七年之行。

诗：

一带先生一路行，三千子弟万千兵。
联盟远近联盟道，世界中华世界荣。
巴布亚，马来城。墨西哥那共和平，
宁兄肇弟初心忆，再致首辅共北京。

62. 寄高员外

清风清不止，冷月冷难停。
独立孤峰望，三生四壁宁。

63. 书陈处士壁二首

之一：

老叟书陈壁，新诗格律宗。
二冬成古韵，千年一寺钟。

之二：

前山前步步，后木后行行。
一曲人生路，千歌世间明。

64. 对月作

古古今今月，先先后后宫。
嫦娥偷药去，后羿望当空。

65. 山茶花

茶花蕾不断，艳红久相开。
小女无心采，冬经白雪梅。

66. 上孙使君

圣主贤臣济，天圆宇地方。
王侯文镜鉴，将帅武边疆。
掠影山河目，身形水柳杨。
安期安领岁，岱岳岱历苍。
锦帐开帘幕，楛松屹石乡。
冠君冠盖冕，玉匠玉为王。
饮马长城窟，房房杜杜昌。
凌烟凌阁记，一冶一隋唐。

67. 哭灵一上人

一去远公名，三生近水荣。
黄泉终自去，白塔月空明。

68. 行路难

行行一路难，止止半心宽。
不测山高远，无寻水浅寒。
何知人意愿，未得世时澜。
老子玄元论，羲和日月坛。
仁人仁所致，义士义其安。
子女生儿女，青丹复画丹。
成林由独木，化雨以云滩。
木叶经秋落，群芳逐峰峦。
羊肠半古道，九日九孤单。
莫以重阳问，黄花独不残。
行行一路难，止止半心宽。
若以平生见，步步进汗漫。

69. 泊秋江二首

之一：

一望洞庭山，三吴渎浒关。
姑苏千年在，汴水半杭湾。

之二：

碧玉碧螺春，姑苏半玉人。
同吴同里水，小女小桥邻。

70. 潮山客

古寺潮山客，三更逐五心。
谁知应守一，不二是知音。

71. 寄王涤

月月梅梅照，霜霜雪雪形。
初春冬末日，四序始丹青。

72. 上冯使君五首

之一：

碧水成滩渚，浮萍入岸塘。
无寻三鸟穴，已见一鸳鸯。

之二：

渔翁渔父子，独钓独清塘。
收竿收老练，小子小空筐。

之三：

闭目经心稳，无安乱动寻。
空空无所以，静静有渔临。

之四：

古刹钟声远，新诗水月亲。
春秋因果见，日月去来邻。

之五：

孔子儒文教，功成苦自耕。
时时知日月，处处读书声。

73. 拟君子有所思二首

之一：

考甫思贤济，相逢叙别情。
佳人沈约胜，珪璧千载明。

之二：

倾城倾国色，貌美貌佳人。
若以心灵主，侯王兔玉身。

74. 古塞下曲四首

之一：

云中云市酒，塞下塞风寒。
一醉芒沙没，三秋木叶丹。

之二：

牧马呼和账，阴山敕勒川。
胡人胡朔漠，汉子汉家田。

之三：

长城南北战，汴水豫吴船。
已见苏杭富，谁言朔漠天。

之四：

霍卫长城北，嫖姚受降南。
单于偏爱将，李广一骑骖。

75. 鼓腹曲

浊酒酰兮浊，清溪止矣清。
三皇三世去，五帝五湖生。

76. 经旷禅师

去日常言去，来时未见来。
唯当今所在，白雪上红梅。

77. 边上作三首

之一：

三边三世界，一世一春秋。

草木枯荣继，山河日月酬。

之二：

辽宁辽水色，五女五山头。
古代朝鲜在，隋唐汉代州。

之三：

狼烟狼不远，战士战苍头。
木叶逢秋落，封侯列阵求。

78. 送张拾遗赴施州司户

司人司户籍，拾遗拾施州。
二月垂绅见，三生佩玉留。
湘江湘水岸，九派九江舟。
楚客汨罗问，苍梧二女修。

79. 书倪氏屋壁三首

之一：

延英延日月，屋壁屋文章。
若以由心至，当然任玉梁。

之二：

碧碧青青柳，红红白白桑。
称兄称弟此，序日序风光。

之三：

暮暮朝朝坐，来来去去行。
耕耘耕土地，以弟以兄情。

80. 续姚梁公坐右铭二首

之一：

姚崇姚已记，座右座芳铭。
张说斯文语，李邕束勖灵。

之二：

善恶行为鉴，亨贞得失生。
心灵心咫尺，日月日天明。
子子孙孙见，儿儿女女行。
人间人独问，世上世枯荣。

81. 上卢少卿觅千丈

荆山多美玉，古木直天生。
俯仰浮云去，纵横自己明。

82. 谢卢少卿惠千丈

匡庐山有石，作镜水无形。
不垢含天宇，尘埃已净宁。

东林东古刹，北寺北藏经。
物象鱼龙舞，烟梦羽异灵。

83. 大蜀皇帝寿春节尧铭舜颂 二首尧铭

子子孙孙祖，枝枝叶叶根。
贤贤愚所致，抽抽纳才琨。
异异东阳国，昭昭典册恩。
徽徽尧帝眷，继继数天门。

84. 舜颂

为公天下事，舜尧历山耕。
质子修身见，苍梧竹叶萌。
湘灵应鼓瑟，二女九嶷鸣。
以泪留今古，从心彼此盟。

85. 大蜀高祖潜龙日献陈情偈颂

陈情陈偈颂，舜禹舜传私。
一衲千钟鼓，三僧万磬师。
潜龙潜日月，在水在渊滋。
穆穆汤符举，虚虚大道知。

86. 寄大愿和尚

达磨熊耳执，朗月太山居。
去世金师子，灵光五岳余。
人微麟德殿，鹤瘦五台庐。
白塔家乡在，如来自著书。

87. 上顾大夫，汪魏巷九号

枣树庭中碧，余生十载长。
成荫成叶密，结果结甜香。
已是龙鳞劲，还闻里巷杨。
冬天冬白雪，夏日夏云乡。

88. 寒月送玄士入天台

天台天不远，浙水浙江流。
大海云行去，灵心上沃洲。
丁宁丁旨好，月涌月云头。
竹杖当桥渡，玄元始做舟。

89. 上杜使君

铁柠唐标界，房谋杜断成。
为鱼为大海，作木作峰荣。

90. 送僧人入马头山

道叟马头山，刚疆已闭关。
无非般若近，有是众生还。

91. 上卢使君

道索神仙生，诗寻日月精。
今今由古古，句句亦英英。

92. 送显雅禅师

四海高天阔，三江总不平。
黄金如土木，日月作精英。

93. 和杨使君游赤松山

净水含云色，桃花露晓红。
赤松山上草，石谷涧中风。
未翠群峰露，溪明独峙空。
无须三界路，但问五羊公。

94. 送崔使君

玄应玄释子，印度印师文。
假假真真辨，音音字字分。
高僧高自见，觉慧觉心曛。
有道如来路，经书信仰闻。

95. 杜侯行二首

之一：
江东兵已了，杜氏弟兄深。
蔡亦多行止，吟诗对古今。
之二：
江东江左岸，大小杜兄情。
煮海三行鼓，封侯半世英。
荆花钟秀发，向已蔡家鸣。
济国贤良致，民生足太平。

96. 偶作五首

之一：
江南江水是，酷吏酷人非。
妇女桑蚕养，啼儿不顾归。
之二：
天机天下阔，寺鼓寺钟鸣。
自得何从去，无中有是生。
之三：
上下由天地，高低小大中。

空空成色色，色色亦空空。
之四：
君公君父母，小子小人名。
妙舞清歌处，非非是是生生。
之五：
金陵金谷问，绿野绿珠闻。
举槊惊铜雀，陈王洛水芬。
西施吴越女，汴水柳杨群。
再见楼船处，貂蝉极短裙。

97. 山中作

如来如自在，去路去游僧。
石壁高低仰，江流大小乘。

98. 闻前王使君在泽潞居

无为无所济，善与善人名。
自古如今问，如来似去来。

99. 将入匡山别芳昼二公二首

青松青水色，白雪白山封。
但见江流暗，唯融割据容。

100. 其二

红颜红豆树，白石白山峰。
不得依师问，行踪守一封。

101. 送杨秀才

弄玉秦楼曲，箫声引凤来。
无言凤已去，不语穆公回。

102. 别杜将军

锄禾锄草辨，理正理边征。
岁月经兵迟，功勋细柳营。
重温田野事，再铲别离坪。
举步依依老，行程处处惊。

103. 送梦上人归京

二十年别别，三生路后归。
莲峰莲上国，已是己成非。
万水龙钟步，千山直木依。
衡阳衡水雁，朔北朔门扉。

104. 问兵禅师疾

一疾三生药，千芝百草甘。

心生深谷水，步量上峰岚。
普度成玄奘，金刚玉气参。
云云和守舍，日日一成潭。

105. 上荆南府主三让德政碑

碑文碑所记，四海四方闻。
万姓荆州表，千兵冶寇分。
江淹江五色，德政德三分。
不以丰隆者，当然草木勤。

106. 施万病丸

万病葫芦丸，千人一粒丹。
心经心自立，半意半云天。
是是非非是，真真假假安。
无关无不尽，有道有神仙。

107. 甘雨应祈

春风甘雨润，土地是家农。
鼓腹青黄接，民心彼此客。
僧人多击鼓，寺院久鸣钟。
只以人间泽，家家国国丰。

108. 寄韩团练

已籍东风雨，还经土地肥。
农家农自力，一户一相依。
海内闻名久，天涯救世机。
荆花荆别后，谢守谢君微。

109. 春野作五首

之一：
闲人闲步慢，草碧草花红。
岁岁春风里，年年玉色中。
之二：
山花山谷色，细雨细云轻。
滴滴成甘露，珠珠自带明。
之三：
自力苦耕田，更生半亩园。
农夫农土地，一酒一神仙。
之四：
髑髅斜阳外，荒家野草中。
谁家争意气，白骨已成空。
之五：
牛儿牛小小，少女少耕耕。

老老无力济，童童有岁生。

110. 深山逢老僧二首

之一：
青衣青衲旧，白雪白眉新。
古寺深林老，钟声有近邻。
之二：
寻菇寻野菜，采栗采山珍。
榛实松茸果，秋冬储待春。

111. 道情偈

有道无常道，僧情是世情。
行心行自得，苦力苦知明。

112. 怀二三朝友

一见仁人面，三生道德明。
尘埃尘所路，自作自生平。

113. 偶作

如今千目目，自古一幽幽。
善恶人心炼，因缘意念修。

114. 义士行

先生先后见，义士义中闻。
一剑人间事，三光世上分。

115. 观怀素草书歌

张颠张已去，草木草书狂。
又始观怀素，天机日月光。
金尊金竹叶，数斗数余香。
暗墨锋铓指，明流入海洋。
山高山万仞，雨细雨千章。
谷谷峰峰守，雷雷电电扬。
天台天目寺，鼓磬枋钟梁。
瀑布惊天落，深潭溢四方。
秦王秦晋主，赤壁火周郎。
一马华容路，三军让义长。
江湖江雨岸，汴水汴隋炀。
瞩目黄天荡，梅花叶季良。
潜龙潜自跃，五岳五河泱。
以笔流方止，群英向凤凰。
清风明月色，古刹共炎凉。
玉立珊瑚树，禅音泊上房。

倾天倾世界，顿足顿文昌。
字字微微巨，书书壁壁匡。
依心依所欲，一见一原荒。
印印红红迹，留名作帝王。

116. 送卢舍人三首

之一：
一日羊公在，三生砚首碑。
男儿男世界，一寺一慈悲。
之二：
二日羊公在，千年日月辉。
商山应不见，隐逸是还非。
之三：
再日羊公在，双流两目垂。
人生人自立，问世问公碑。

117. 宿深村

一月宿深村，三星半入门。
丰年丰社日，以酒以儿孙。

118. 黄莺

一曲黄莺唱，三春已少闻。
人知人谷雨，百草百花芬。

119. 送越将归会稽

八尺幽州将，三生越会稽。
归乡归不得，木渎木耶溪。

120. 别仙客

千年千易客，百岁百仙身。
巨巨鳌鳌海，桃桃李李秦。

121. 寒江上望

两岸寒江望，三吴六渎深。
东流东入海，一水一河津。

122. 读唐史

一见凌烟阁，三思帝业勤。
唐标唐铁柱，晋记晋阳。

123. 樵叟

樵声樵斧谷，一木不成林。
自力更生老，儿孙自古今。

124. 春山行

涓涓流水语，暖暖草山阳。
白石青云影，黄猿绿黍乡。

125. 送谏官南迁

危行危谏册，玄论玄王朝。
近近遥遥路，天天地地寥。

126. 怀香炉峰道人

香炉峰上道，石窟土中林。
日日先明早，处处异多香。

127. 观李翰林真二首

之一：

华清池上醉，太白酒翰林。
子美知章见，明皇已古今。

之二：

已醉当涂月，何闻八斗诗。
纵情从此去，一酒一知音。

128. 晚泊湘江作

苍梧苍水色，竹泪竹斑青。
鼓瑟湘灵在，泊月近浮萍。

129. 淮上逢故人

三光分别日，十载已离君。
乱后相逢晚，中兴正用文。

130. 寄王宝成先生吕长春格律诗词六万八千首

先生一宝成，远近半联盟。
朝朝暮暮继，文文化化情。

131. 致吕赢诗词盛典

子子孙孙已姓名，文文化化自传英。
诗词格律人间制，帝帝王王历史情。
今古见，暮朝行。春秋处处有枯荣。
三光日月三光继，一统河山一统赢。

132. 读杜工部集二首

之一：

造化应无遗，成都一草堂。
山川成气概，已近作同乡。

之二：

一命相如命，三生贾谊生。
诗中含苦素，步下有余鸣。

133. 题简禅师院

立雪传经子，行身问客松。
禅师禅院净，沃土沃洲封。

134. 读刘德仁贾岛集二首

之一：

有水成山色，无形见影风。
禅思禅所解，有句有诗中。

之二：

陌巷分贫路，天街逐宿荣。
吟诗吟苦瘦，贾岛德仁声。

135. 天台老僧

天台一老僧，月下半清灯。
独坐东西面，孤身大小乘。

136. 经费隐君旧宅

千岩千谷石，一隐一深君。
旧宅当知见，新人费事闻。

137. 秋末怀旧山

秋山秋叶落，白雪白梅生。
岁尽春方近，匡庐始有声。

138. 春过鄱阳湖

鄱阳湖上色，海会汉阳峰。
牯岭匡庐木，东林不姓名。

139. 寄僧野和尚

诸鸟三鸣会，群峰一寺邻。
无尘无利禄，有鼓有钟轮。

140. 寄冯使君

芳园桃李熟，古秀散余香。
好鸟啼林密，佳音作豫章。

141. 寄紫阁隐者

明岩迎晓日，隐阁对清流。
石木苔藓盛，林泉映白头。

142. 寄天台道友

望海天台顶，观云谷壑开。
清虚清自在，守一守徘徊。
济世悬虚客，修身与世催。
松林松所色，道友道家才。

143. 鹧鸪天

五女山前八卦城，三生日上半挥缨。
阳光已在长春在，紫气东来向北平。
千百里，几枯荣。中南海里一精英。
天方所以经纶客，自在如来自在明。

144. 旅中怀孙路

巴山三峡水，楚雨一湘愁。
独旅怀孙路，相思自白头。

145. 贻世

自古神仙在，凡人意念中。
谁非谁是见，一水一山空。

146. 览李秀才卷

沐浴三衣净，开君一卷诗。
因嗟和氏泪，不是等闲知。

147. 怀方干张为

三更明月后，一夜水泉前。
道此心经在，游僧古似然。
飞萤飞不断，草色草芊芊。

148. 四皓图

一代千军阵，三朝四皓图。
无知无所以，一道一悬壶。

149. 怀阁道侣

野鹤思温饱，饥猿唤得应。
寒岩寒古寺，守一守清灯。

150. 读孟郊集

诗人诗始见，举世举清吟。
白芷成良药，芝兰作本心。

151. 怀四明亮公

孤峰孤水色，紫雨紫云烟。

阁上安禅坐，大小乘中迁。

152. 秋过钱塘江

八月钱塘水，千潮六郡风。
惊涛惊日月，化雨化西东。
一线平波起，三更骤浪空。
天公天不雨，一壁一无穷。

153. 上俞许二判官

远近高枝唱，阴晴俯仰鸣。
精工精所致，一曲一秋成。
得者由朝暮，行人不姓名。

154. 怀刘德仁

吟诗吟得静，不欲不求名。
只以平常致，无言百姓轻。

155. 归故林后寄二三知己

一二成知己，三千弟子宣。
诗公诗所寄，一水一前川。
翠岳层层绿，汀洲处处芊。
沙平沙渚岸，有泊有帆船。

156. 春寄西山陈陶

西山西堑水，北渚北汀洲。
积绿催黄鸟，堆云付玉流。

157. 秋末江行

江行秋末水，一叶似帆舟。
四顾相思处，千呼独自流。

158. 送人归新罗

一夜新罗水，三帆遂海归。
扶桑扶日立，过渡过天机。
再望鹄鸿去，人形一字飞。

159. 思匡山贾匡

一个仙人洞，三千弟子城。
书生书不尽，有化有精英。
步步匡庐问，东林处处声。
幽幽钟鼓继，处处以诗荣。

160. 偶作

十载松杉木，三生有本根。

禅声应自释，已得白头昆。

161. 赠方干

弟子多折桂，先生少挂心。
锄荷经自力，鼓磬月轻吟。

162. 渔父

三湘斑竹泪，一曲洞庭波。
白鹭随渔父，青云水下多。

163. 题友人山居

十隐邻坞寺，修身白石山。
木落天台约，风吹六合湾。

164. 寄宁使君

寺寄乌龙腹，云生碧玉凌。
炉寒冰鼎溢，古鹤夜窥灯。

165. 怀五夷红石子二首

之一：

相思红石子，独步碧林泉。
寺外猩猩语，炉中杳杳烟。

之二：

高吟声自远，俯望五台山。
互寄相思道，孤身独木颜。

送人征蛮

共想三边界，同思一沃洲。
征蛮征腐朽，七纵七擒由。

166. 怀周朴张为

二子无消息，三巴有雨流。
鱼书今日寄，晴空月明楼。

167. 寄令狐郎中

清风明月夜，木叶带微凉。
直木先从肃，繁林早满霜。

168. 鄱阳道中作

牯岭匡庐顶，鄱阳海会边。
平帆平岸立，独树独鸣蝉。

169. 归故林别知己

万里长江水，千年不印心。
相思相未见，一世一知音。

170. 送僧游天台

天台天目水，浙雨浙江云。
待到襄空处，僧心以色分。

171. 咏竹根筊子

雨落苍苍竹，春归节节根。
阳沉阳道场，寺得寺黄昏。

172. 砚互

只见研磨后，清池似墨前。
空痕空一迹，有笔有千年。

173. 水壶子

笔砚陶莹玉，文心几案云。
良工良匠制，墨宝墨仁君。

174. 笔

应从蒙管录，便觉用心劳。
二世秦皇尽，三生弟子毫。

175. 棋

一子千图念，三军半战争。
干戈由此尽，日月本难平。

176. 夜对雪作寄友生

寂寂中宵雪，悠悠夜半灯。
君心应似我，古刹寄孤僧。
磬语金刚坐，心经大小乘。

177. 题惠琮律师院

白水传黄叶，红枫落赤泉，
经流经日月，一寺一心禅。

178. 寄清泠山道人

独忆清泠子，孤身早种禾。
衣衫多老旧，足履踏青萝。

179. 秋尽途中作

止止行行问，昂昂俯俯寻。
纷纷林叶落，处处雪花深。

180. 秋居寄王相公三首

之一：

禅林蝉不响，素叶淑无明。

独以钟声寄，由君自在行。

之二：

松声如海啸，暮鼓似钟声。

古刹风云里，禅房一静明。

之三：

气与非常合，人争直曲分。

游僧天地外，一语暮朝闻。

181. 读玄宗幸蜀记

宋璟姚崇去，华清玉液凉。

开元天宝尽，子日半明皇。

幸蜀玄宗路，飘零雨驿荒。

王师郭晋主，野老客家乡。

独忆胡旋舞，谁闻羯鼓扬。

霓裳妃不取，独步马嵬傍。

乾坤应自在，岁月亦生光。

玄宗玄所见，肃立肃宗王。

182. 贯休闻征四处士

处士深山里，乾坤日月中。

三清三世界，九鼎九云风。

佐圣修身志，轮回玉宇空。

移朝移笔砚，向道向天宫。

183. 送友人下游边

失意三边去，由心一志来。

胡人胡牧马，下界下自催。

晓月同天下，风云共日开。

君行君约定，我以我徘徊。

184. 寄匡山纪公

匡山公逐句，锦绣谷中人。

入夜思君梦，临风水色濒。

书生书不尽，不惑不秋春。

旨意无先后，斯言已可邻。

185. 闻无相道人顺世五首

之一：

独木行身老，孤身向日荣。

唯餐唯橡饼，举步举君情。

普度群生去，山神古庙情。

之二：

自以寻师日，如今已白头。

同行同鹤鹿，共语共弥猴。

之三：

清谈清日月，寡欲寡乾坤。

一病三年尽，千年半寺门。

之四：

自以猩猿伴，还知鹿鹤从。

经霜经古木，历世历龙钟。

之五：

无踪无迹去，有意有人情。

一切三生药，千金半掷轻。

186. 苦热

苦热春秋外，炎乌日正中。

无云无蔽木，一静一何风。

187. 鄂渚赠祥公

祥公千里目，自在一高僧。

鄂渚天台路，深研大小乘。

188. 怀武昌栖二首

之一：

无端多竹物，有意少怜心。

木落清风在，求绿向古今。

囊空囊独在，储备储知音。

之二：

得意先呈佛，清风月照庵。

行园应守一，历世可思三。

189. 寒食郊外

寒窗由食冷，野鸟向僧啼。

隔日清明祭，重回少小栖。

190. 送道士归天台

旧步东林寺，听闻虎涧溪。

天台流瀑布，不得叠三低。

191. 经孟浩然鹿门旧居二首

之一：

玄宗玄不得，撼岳撼无波。

孟子王维府，诗情岘尾多。

之二：

青山何不见，绿水已晴明。

精灵安在此，草木共枯荣。

192. 春送禅师归闽中

三湘春色满，六闽海天晴。

彼此禅师见，如来如去平。

193. 途中逢周朴

途中周朴见，战后独相逢。

乱世无知己，中兴有士封。

194. 避寇山中作

避寇山中隐，寻荷橡子生。

何人知好恶，盖世问阴晴。

195. 避寇上唐台山

栊炷香先滴，泉随鸟道流。

烟霞烟不止，石玉石春秋。

196. 题峰桐律师院

已结林中社，清风月下台。

禅师禅律戒，一酒一心开。

197. 上冯使君渡水僧障子

应当龙治水，不是等闲僧。

渡岸巴藤柱，维心大小乘。

198. 秋夜玩月怀玉霄道士

古刹钟鸣久，新灯道士明。

深山无夜雨，石磬有余声。

199. 上杭州令狐使君

六合钱塘海，分忧浙水滨。

杭州湾守一，上下富春邻。

200. 怀诸葛珏二首

之一：

知音知未了，读子读君颜。

踏雪韩君访，寻诗与孟还。

之二：

孤僧同歇日，独子共求风。

晓店霜茅月，凌寒白雪宫。

201. 怀钱塘罗隐章鲁封

钱塘罗隐句，未了鲁封章。
别道千年路，离情万里长。
潮头潮八月，落水落三梁。
莫以诗词寄，留心草木光。

202. 送沈

无知无远近，有雨有阴晴。
闽国潮声起，长安诸草荣。

203. 题宿禅师院

心清心已止，日淡日生年。
旧偈从人寄，新僧未了然。

204. 秋晚泊石头驿有寄

素素漳江北，潇潇晚泊情。
渔家凋苇渚，吏渡石头城。

205. 别卢使君

杜宇声声唤，卢公处处闻。
危檐危鼓浪，细雨细纷纭。
俸粟三千石，官衔一半分。
终期陶铸日，不见信陵君。

206. 秋夜吟

木落秋风至，枫红直木枯。
龙钟多慢步，古寺少扶疏。

207. 桐江闲居作十二首

之一：
一水面前流，三秋过百舟。
闲居闲不住，落叶落飘游。
之一：
古刹真观寺，行云渡口僧。
经楼藏贝叶，面壁点明灯。
之三：
静室禅香印，丹炉炼铁瓶。
茶依阿魏暖，客得支遁灵。
之四：
几只飞来鹤，千炉日月香。
高僧高土地，主丈主方长。
之五：
言中言古寺，约上约前人。

石壁留身影，清溪沐衲巾。
之六：
三年关日月，一载闭山门。
已是无今古，无言有晓昏。
之七：
一处琼瑶望，千仙境界遥。
陈王思北魏，百寺满南朝。
之八：
流泉流石玉，滴露滴衡茅。
处处清秋色，僧僧筑鹤袍。
之九：
风泉一主琴，水色半余音。
此去流山外，惊人见古今。
之十：
泉香丹桂水，石白玉溪流。
闭谷开关见，山河日月舟。
之十一：
僧灯应达晓，寺鼓可天闻。
若以钟声继，人心石磬分。
之十二：
囊空山菜老，寺旧鼓钟闻。
若以如来佛，观音信达君。
之十三：
古寺一斜阳，新炉半寸香。
人心依旧是，俗世渡炎凉。

208. 寄冯使君

成仙应咫尺，得道在丝毫。
谏谏讽讽客，扬扬抑抑期。

209. 经栖白旧院二首

之一：
不见中秋月，空余玉炷香。
残花残草夜，一夜一加凉。
之二：
旧院新僧继，青松白霜匀。
冬春多不止，故步少人频。

210. 赠李佑道人

相逢先合手，道别后离人。
已净尘埃久，曾云见泣身。

211. 赠景和尚院

经藏和尚院，磬语共禅房。
万境心如一，三清纳百祥。

212. 上宋使君

文章折桂锦，使命向朝文。
感意天机客，斯人以故群。

213. 沈阳桓仁

已下仙人岛，重寻五女山。
浑江流不住，八卦一城湾。
水色辽东碧，天光御客颜。
胶州原故土，创世过榆关。

214. 镇江

水韵西津渡，云光北固楼。
瓜州南北望，谏壁大江流。
季子茅山主，丹阳日暮收。
三鲜知品味，四怪问扬州。

215. 离乱后寄九峰和尚二首

之一：
乱后知朝治，兵前不见轮。
山林山野鸟，古寺古秋春。
远隐成居士，深居作故人。
因因成果果，果果自因因。
之二：
瀑布清析断，悬空挂玉凌。
云天分不定，日月合凝冰。

216. 送黄宾于赴举

暮雪霏霏落，冬云处处凝。
行人行喜色，赴举赴清凌。

217. 题灵溪畅公墅

境界僧清净，灵溪石涧开。
岚花如雾满，碧草绿如苔。

218. 送高九经赴举

志列秋霜净，人随草木荣。
商山留虎迹，洛水钓鱼名。

219. 东西二林寺流水

矻矻区区谷，啾啾沥沥流。
声声曾不静，虎虎渡沧洲。

220. 送王贞白重试东归

苦节书生老，东归谢所迟。
乌江呼不断，一水作长诗。

221. 早秋即事寄冯使君

落叶峥嵘处，风云息肃机。
山峰霜色早，一字雁南飞。

222. 赠景和尚院

岸古眉如雪，行身简似霜。
诗封和尚院，竹紫玉天光。

223. 寄西山胡汾

积渎西山水，泉流白石门。
胡汾胡自主，一寺一慈恩。

224. 题师颖和尚院

师心师院净，白雪白知音。
地地天天喜，空空色色临。

225. 游云顶山晚望

四望峰云顶，千峦百谷川。
人生何不见，海海复桑田。

226. 刘相公见访

朱轮朱色净，旧衲旧禅门。
壁壁棚棚窄，庭庭寺寺蕴。
千声先致谢，百意一师根。
对草知天地，观花见玉昆。

227. 寄赤松舒道士

不见松林客，空闻自在身。
寒山知拾得，可止子兰邻。

228. 鄂渚逢杨赞禹

马乱兵荒苦，相思岁月深。
空斋寒雪月，只可始终吟。

229. 别性空禅师

积碧深山雨，流霞晓日红。

禅师空别性，石屹独临风。

230. 送胡处士

头巾多酒气，竹杖少苔纹。
久积文思故，方闻醒醉君。

231. 寄澜公二首

之一：

孤高应自许，直木可天云。
远近无求得，花花草草分。

之二：

战乱无深隐，兵荒有近闻。
飘零飘不定，一食一贫君。

232. 寄栖一上人

栖栖一上人，楚楚半秋津。
若以明明见，当然处处春。

233. 送僧之湖南

潇湘斑竹色，二女洞庭情。
细雨和花落，耕牛对日行。

234. 秋末寄张侍郎

独步黔城路，孤身寄侍郎。
离仁离旧日，衲旧衲新肠。
薯熟红炉闭，诗成共烤香。
知君知古朴，问地问天章。

235. 古塞曲三首

之一：

单于烽火望，牧马北边寻。
塞上多风雪，云中少古今。

之二：

别赐黄金甲，功勋过望侯。
征征成虏虏，战战复春秋。

之三：

百万精兵选，三千将帅留。
边城功已立，赐甲过皇州。

236. 古塞下曲七首

之一：

秋风扫落叶，铁甲渡河湟。
唯有南飞雁，声声断客肠。

之二：

三军争北口，一马逐黄羊。
万里秋风扫，千年草木乡。

之三：

汉月阴山照，胡云朔漠行。
同云同月见，共土共天明。

之四：

已过雁门关，衡阳去未还。
天兵留此地，水色曲折湾。

之五：

铁岭全无土，黄河府谷流。
呼呼呼浩特，托克托云流。

之六：

兵寒细柳营，帅暖帐军情。
不见单于马，无寻白雪行。

之七：

百战千征地，三军万里行。
长城长已尽，古塞古行兵。

237. 古塞上曲七首

之一：

敕勒阴山下，黄河向朔州。
单于南北望，碛石已蕃求。

之二：

偏关偏晋陕，府谷府清河。
百战无神木，三军白骨多。

之三：

已过雁门关，凉城岱海湾。
黄河河曲下，不及吕梁山。

之四：

一夜白头军，三更大雪去，
弯弯冰柱落，汉地以疆分。

之五：

一箭射平沙，三军问故家。
中原中国主，牧马牧疆花。

之六：

黄河流浊水，塞日落天涯。
败败成成问，花花草草斜。

之七：

因嗟一季陵，敕勒半无应。
白骨今何处，谁闻大小乘。

238.古出塞曲三首

之一：

出塞雁门关，收兵过雪山。
封侯应十万，有志不回还。

之二：

相逢惟死斗，一箭射天山。
百战穿金甲，三生去不还。

之三：

风沙唐古拉，白雪玉门关。
万里封侯路，千年不见伤。

239.闻赤松舒道士下世

玄关玄兔角，玉器玉折边。
道士丹炉在，蓬瀛别处田。
神仙应有数，异界可思迁。
下世难虚掷，升空易自然。

240.赠抱麻刘舍人

郡政呼良吏，门风问古人。
麻人登大宝，泰达试忠臣。
造路呈先述，投荒路石尘。
日上方天下，匠化是经纶。

241.夜寒寄卢给事二首

之一：

刻羽流商纪，沉霜贝叶迟。
知音知不得，一寄一行诗。

之二：

去路何因去，归时不是归。
秋秋知贝叶，雁雁作人飞。

242.送叶蒙赴举

龙门流水少，大雪入关迟。
赴举应时令，书生四句诗。

243.闻王慎常侍卒三首

之一：

世乱贤臣少，兵荒草寇多。
僧家僧自立，顾主顾干戈。

之二：

只可轻沈宁，无言对庾楼。
留诗千百首，此去几春秋。

之三：

故国重兴路，贤良苦日行。
齐人晏子见，舜庙二妃名。

244.秋晚野步

路断溪流石，桥横水色空。
田家开浊酒，只约老僧翁。

245.闻大原和尚顺世三首

之一：

顺世高僧去，由天继子来。
人生人自了，一念一徘徊。

之二：

此去应何去，方来自己来。
空空还色色，闭闭复开开。

之三：

寺庙松松里，芝兰李孟间。
神仙神可在，梦里梦中闲。

246.闻叶蒙及第

一路曲江滨，三春问草人。
文章呈日月，不着去年巾。

247.送僧之灵夏

旧寺银川路，青铜峡水田。
连天唯白草，逐海有红莲。

248.书无相道人庵

造化茫茫见，端居处处成。
泉泉眠白鹿，处处有莺鸣。

249.明进士北斋避暑，吕传德

此去传家宝，由来德有邻。
书生书五子，一女一秋春。

250.晚春寄吴融于竞二侍郎

谓老无非老，知闲不是闲。
花开常带露，守一自天颜。

251.喜不思上人来

一别沃州行，三生几度鸣。
惟惟诗八句，笔笔寄千情。

252.秋怀赤松道士

常怜呼鹤易，不怪赤松寒。
白雪罗浮路，阳春道士观。

253.送刘邀赴闽辟

不可折杨柳，何须闽海洲。
依刘依自力，渡水渡云舟。

254.苦雨中作

只似潇湘雨，何如赤日云。
蒸蒸留苦热，扇扇逐难分。

255.送僧归日本

僧归僧海路，日本日东方。
上寺夷王礼，罗浮是故乡。

256.赠信安郑道人

古貌如苍鹤，心清似鼎湖。
闲行无影迹，咪化有飞凫。
杳杳风云外，茫茫日月苏。
何当天子路，不可食菖蒲。

257.送吏部刘相公除东川

战乱春秋断，经营始善新。
山川无草木，岁月有良臣。
白日摧烽火，相公问梓民。
人心归社稷，帘幕向咸秦。

258.送智光禅伯

万事应归一，三生向大千。
曹溪禅伯去，示我祖师田。

259.夜对雪寄杜使君

茫茫冰水雾，密密雨云频。
片片含天意，纷纷向地均。

260.送王毂及第后归江西

有第方非第，无归始是归。
书生书不尽，北雁北南飞。

261.送卢瞻罢庐陵幕归阌乡

不尽东林路，无声虎涧溪。
卢陵卢幕府，一子一高低。

262. 避寇白沙驿作

兵荒无远近，马乱有东西。
古驿藏身处，唯愁草木低。

263. 闻李频员外卒

土地苍苍厚，黄泉寞寞门。
文章应力竭，草木没黄昏。

264. 江陵寄翰林韩偓学士

久饮荆溪水，禅关楚鄂人。
知诗知己问，一道一秋春。

265. 闲居作

闲开闲闭见，一草一花闻。
古寺香炉近，禅房远近君。

266. 和韦相公见示闲卧，古今诗

天成曹子建，木誉竹林贤。
出壁兰芽短，经流水净泉。
高群彦表现，独步陌阡田。
脱颖三千子，留诗七十年。

267. 寄山中伉禅师

世以心经始，金刚足智明。
山中禅木直，寺里鸟无鸣。
夕照黄昏远，残霞远近平。

268. 秋寄栖一

三生三界度，一别一离情。
百药经纶见，千诗半苦鸣。

269. 怀匡山长二首

之一：
白石汉阳峰，匡庐瀑布龙。
泉泉相叠水，木木直秋冬。
之二：
牯岭鄱阳岸，东林古刹封。
无从三界始，不断九江淙。

270. 怀高真动二首

之一：
不问君何处，孤高见白云。
唯诗应许我，爻易可无文。

逐月东西巷，寻僧岁月分。
乾坤曾顺逆，草木自当君。
之二：
一别无消息，三生有去人。
乔林溪水密，古木自秋春。

271. 秋末入匡山船行八首

之一：
楚国三重水，匡山九叠泉。
纷纷飞贝叶，系系岸边船。
之二：
石獭衔鱼等，汀茅落叶闲。
渔歌渔不问，曲短曲声蛮。
之三：
岛上离家近，云中竹户烟。
蓬莱丛没水，白日落帆田。
之四：
岭阜层层翠，修江处处云。
少村沙夕照，坐待坐知君。
之五：
昨日离荆楚，今天过越吴。
东西无定所，不用问前途。
之六：
寒山寒贾岛，拾得拾知玄。
归仁常达志，智亮善生泉。
之七：
幽幽吴越水，淡淡花蕊思。
木渎西施路，姑苏一剑池。
之八：
楚国千樯下，长江八月中。
钱塘潮向上，六合聚天风。

272. 送僧归华山

步步华山路，云云五寸虚。
天街天不远，一寺一僧居。

273. 送友人之岭外

五岭僧行止，三江客泊听。
空囊空万里，一寺一千灵。

274. 送卢舍人朝觐

独上无为谏，垂衣有策文。

稽松难画就，直木可端云。
罕玉藏光露，孤真独列分。
非然从谢守，是以亚夫勋。

275. 上冯使君山水障子

一帛半云烟，千层九陌田。
深山深水落，古刹古天边。

276. 送令孤焕赴阙

赴阙天街路，行身古寺堂。
听君朝上谏，济世帝王乡。

277. 送吴融员外赴阙

贾传长沙传，屈原楚国原。
汨罗今古在，九脉九歌喧。

278. 送姚洎拾遗自江陵幕赴京

独诏征输动，孤飞楚汉滨。
由来多庙器，自作伏蒲人。
莫以因循旧，当然故步新。
苍空经日月，玉宇是天邻。

279. 送僧入石霜

临流知佛祖，对石破凡夫。
百岁须臾见，三清似箭吴。
云端祥古日，海底月明珠。
白象禅音许，青莲祖坐苏。

280. 送僧归南康

僧归同学故，老叟共知沦。
少小曾相忆，童翁已独邻。

281. 送陈秀才赴举兼寄韩舍人

圣德经千世，书生路一条。
文章含日月，字句纳天潮。
韵韵音音济，词词句句谣。
今诗今格律，古调古云霄。

282. 送友人及第后归台州

得桂知名得，台州及第台。
回乡回共礼，送友送徘徊。

283. 晚春寄张侍郎

鸟见黄袍小，城临白帝中。

涪陵涪水岸，梦里梦边风。

284. 寄景判官兼思州叶使君

独忆思州叶，孤寻景判官。

新莺声已旧，短薄不知宽。

荏苒山花老，阴晴草木欢。

参差参与见，一水一波澜。

285. 送卢秀才应举

狂风吹李白，大雪冷朝阳。

几载知书路，三生达礼乡。

286. 闻新蝉寄桂雍

杜宇应相杂，新蝉已可闻。

云舒云卷去，草色草花分。

287. 寄怀楚和尚二首

之一：

石炭茗泉远，悬壶慢火迟。

观茶观上下，问道问先师。

之二：

一览群峰小，三清日月口，

凭空凭草木，拄杖拄云风。

288. 和韦相公话婺州陈职

石玉三炉济，玄虚一白牛（法化经白牛誉大乘）。

何处寻沈约，但上庾公楼。

289. 过五天僧入五台五首

之一：

万里文殊在，三光普度僧。

孤园沙碛少，五祖五台灯。

之二：

禅房闻佛祖，渐悟作修行。

忍辱空余草，南台一望明。

之三：

礼拜清凉寺，心经日月台。

滹沱清水近，牧马一河开。

之四：

三生孤面壁，一叶渡江来。

武帝梁齐寺，金陵晋五台。

之五：

世上真经在，人中假释僧。

西天三藏去，洛水有玄应。

290. 经普化禅师影院

谁云续史僧，古寺有明灯。

佛祖心经在，金刚大小乘。

291. 秋寄李频使君二首

之一：

为郎为诏意，御史御人孤。

路路当然路，驱驱向背驱。

之二：

务简民心近，从繁帝业遥。

廉贫知达远，腐败已行消。

292. 上东林和尚

东林和尚老，四海让新闻。

虎涧常知虎，文么瀑布文。

293. 江边道士

独问一江边，何须半挂帆。

三清成道士，一佛着山岩。

294. 送僧之湖外

百里洞庭波，三吴木浃荷。

红莲红碧玉，玛璃玛珠多。

295. 怀谬独一

不见兰陵子，常怀独一才。

依思依楚月，见水见湘台。

296. 送庐山衲僧

飞泉飞锡水，一落一惊天。

白练连空宇，红霞逐地泉。

297. 寄西山胡汾吴樵，古今诗

胼胝成书籍，悬梁作苦文。

襄锥囊自露，读学读耕耘。

298. 休粮僧

粮僧不自由，护寺半低头。

佛法无量佛，浮沉日月浮。

299. 送杜使君朝觐

衣冠禽兽服，玉带莽袍红。

遗爱封疆历，临朝铁柱功。

南巡南大理，北成北人宫。

偖寇平天力，旌旗晓日风。

300. 送人之岭外

岭外书生路，云中养女图。

知名知所欲，问道问沉浮。

父母知其近，君臣各向奴。

矛因矛盾误，子远子心无。

301. 题弘式和尚院兼呈杜使君

八十人情老，三生古貌姿。

当闻新句寄，已是满相思。

302. 湖头别墅三首

之一：

小杏湖头色，红桃作雨流。

谁知江海上，铁甲几时休。

之二：

望望门前路，晨晨有客来。

兵丁兵后继，一战一先回。

之三：

老叟经天地，邻童对有无。

何须知战事，不用问荣枯。

303. 三峡闻猿

闻猿三峡口，驾驭一江船。

澠浉千流水，巫山半水悬。

惊烟惊胆魄，落水落云烟。

且以啼声起，无心有恐天。

304. 闻知闻赴成都辟请

闻知闻辟请，化蜀化成都。

幕列驾鸾绪，机随议策扶。

305. 题淮南惠照寺律师院

惠照淮南寺，齐梁二百秋。

三朝三佛院，一律一经楼。

306. 秋末长兴寺作

古往长兴寺，莓苔已绝尘。

秋风飘贝叶，冷雨净无人。

307. 寄杭州灵隐寺宋震使君二首

之一：

咫尺天涯路，千年万里遥。

人生曾一悟，顿觉有三桥。

之二：

六合钱塘岸，千流向海余。

僧房闻谢朓，寺额葛洪书。

308. 送人归夏口

人经三祖寺，路过一归云。

夏口长江岸，汉水已无分。

309. 送新罗僧归本国

不忘求身至，当然本国归。

衡阳乡土地，雁去雁回飞。

310. 避寇入银山

草草穿银峡，区区过土关。

微行微小店，隐忍隐心还。

步步村烟少，声声鼓斗艰。

兵荒兵渐少，果实果难攀。

311. 闻友人驾前及第

知心知己好，一策一民安。

世乱无全土，人书有独鉴。

巴山流楚水，蜀主着儒坛。

只见潇湘积，风云挂桂冠。

312. 避地昆陵上王恺使君

昭昭心意净，淡淡木云潮。

庚亮风骚客，刘宽政事消。

昆陵昆土地，至理至人谣。

义勇经家国，文章草木凋。

313. 送崔尚书朝觐

至理名言客，行身治政臣。

勤民勤土地，苦力苦秋春。

未若知刘宠，巫娥问宗均。

朝堂朝正直，玄世玄经纶。

314. 寒夜有怀同志

怀君怀日月，永夜永明灯。

古刹寒光里，禅房大小乘。

315. 寄新定桂雍

应怜僧道路，独步住乌龙。

雨露云光雾，阳光晓暮封。

溪流经洞顶，日锁客中峰。

老衲香村里，禅房古镜容。

316. 赠灵鹫山道洞禅师院

彼此烟波隔，心思草木连。

禅师灵鹫院，紫气一清泉。

317. 千霄亭晚望怀棨侍郎

久别青云士，常思白石房。

汀洲霜草渚，暮色锁池塘。

318. 海边见罗邺

楚木有斯文，诗声见邺君。

修江修意镜，古寺古人曛。

319. 送僧之东都

独鹤江尘里，孤身古寺中。

东都东洛水，定鼎定云宫。

320. 送于竟补阙赴京

蝉惊枝顶冷，叶落木根寒。

补阙长安志，鸳鸳鸳鹭丹。

321. 郑准赴举

海静三山出，天空一鹤鸣。

书生书所志，赴举赴人荣。

322. 寄拄杖上王使君

拄杖临行路，前程跬步成。

居心量尺寸，刻意数枯荣。

323. 秋望寄王使君

无端长远望，有意短知君。

草木多音韵，峰峦少斯文。

324. 送缘有禅师与雷处士入武夷山

禅师同跬步，处士武夷山。

日照红袍叶，溪云水雾颜。

325. 送友生入越投知己

入越投知己，知才问古今。

江东江左岸，项羽项王寻。

326. 寄乌龙江山贾泰处士

庭中一果丹，日上半秋寒。

俱是丰收客，乌龙处士颜。

327. 题大安寺通禅师院

窗含藤影老，衲旧石踪痕。

古寺禅师院，阶墀满玉根。

328. 春晚寄卢使君

堂空心自满，鼎实玉当融。

有药僧房补，无诗月下风。

329. 为商之道

高低中计数，尺短寸长量。

以小求其大，光明作柳杨。

330. 武昌县与昼公兼寄邑宰

寻常如一鹤，不爱似千山。

铁钵年多赤，僧衣岁月斑。

331. 别东林僧

俯仰春秋月，身行刻日舟。

临流寻逝水，拄杖在峰头。

332. 避地寄高蟾

禅房音切切，古寺雨微微。

石磬常开语，人心不闭扉。

333. 怀武夷山禅师

不是终非是，无缘见有缘。

禅师禅所定，一世一当然。

334. 秋末闲居作

山居山色路，落叶落阶平。

足踏千声响，心行万里程。

335. 赠许微君

常年同日月，永日共氤氲。

独步寻征友，同行与鹿群。

336. 秋夜作因怀天台道者

清风明月近，贝叶寺僧邻。
石磬禅房语，天台道友亲。

337. 偈作因怀大同道友

道友同行者，山花共作邻。
时时知似客，事事莫如人。

338. 边上行

白雪封山路，青松立地龙。
英雄由此去，跬步任留踪。

339. 江西再逢周璘

再得江西见，周璘别七年。
双鬓苍白问，独客九江天。
莫以交情论，吟诗逐日癫。
诗狂人复去，晚达是因缘。

340. 登鄱阳寺阁

夕照江流暗，鄱阳寺阁明。
黄昏高远去，故国久枯荣。

341. 秋晚野居

山居山色里，石径石湖中。
处处云光异，时时日月同。
苍苍林木草，窈窈湿苔虫。
隐隐求诗句，行行待野空。

342. 酬杜使君见寄

吟诗吟所见，寄语寄心田。
一隔风云雨，重逢路陌阡。
孤山应一水，独木可千年。
鹤鹿应相问，人情可钟绵。

343. 湖上作

雪海林原静，山峰岭谷风。
湖光平镜面，草朽玉冰宫。
暮鼓晨钟继，禅房古寺空。
唯唯僧所在，处处有无中。

344. 送僧归天台寺

天台天路上，浙水浙江流。
瀑布重星雨，清溪石径修。

遥遥沧海望，了了白鬓头。
闭谷开关日，同程济世舟。

345. 寿春节进

圣道关天纪，王情有地明。
房谋由杜断，武侯魏征诚。
正直君臣殿，贤良上下行。
忧民忧国社，待士待枯荣。
亶亶呈端瑞，煌煌对殊瀛。
灵芝生绝壁，莱草逐洲平。
野逸山河在，耕耘草木倾。
唐尧唐典籍，谏契谏官名。
抚绥经纶缫，贞观玉辇英。
玄元玄武变，玄史玄宗缥。
一代凌烟阁，三朝帝业宏。
淳风淳乐府，雅颂雅人萦。
万岁由其志，千年任祖营。
边疆边主定，帝业帝王京。
楚蜀巴山雨，潇湘岳麓荆。
三吴三越国，一闽一江横。

346. 送僧之安南

安南千万里，目望两三年，
异国炎州路，牙山父母田。

347. 送僧归剡山

远避兵荒寺，难逃战乱年。
僧归僧路路，去处去然然。

348. 送僧去幽州

狼烟烽火近，道侣入幽燕。
石径朝天地，虫啼十句禅。

349. 送僧游五台

日照明千木，僧游过五台。
必到华严寺，文殊道场开。

350. 送僧入五泄

五泄江山寺，三光日月开。
狼烟烽火在，米食亦难裁。

351. 题令宣和尚院

炉香烟杳杳，寺径路长长。

曲曲折折步，经书在上方。

352. 寄四明阁丘道士二首

之一：
兵荒淮海日，世乱四明楼。
处处求仙草，僧僧贝叶舟。
之二：
三千功未了，一半道先生。
好共禅师好，名无已是名。

353. 经士马中作

偷儿成大寇，盗马作枭雄。
石柱为文偃，天涯见海空。

354. 士马后见赤松舒道士

满目疮痍见，孤行土木闻。
烟尘烟不灭，寺道寺离分。

355. 题方公院寄夏侯明府

道上方公院，云中百溢芳。
修藏西社结，不免剃头霜。

356. 与刘象正字

高居三岛上，独静半深山。
只作逍遥子，时身自往还。

357. 怀智体道人

平生无限事，一路有难期。
月夜寒枝静，猿啼四句诗。

358. 赠晦公禅人

流阳流役者，晦意晦禅人。
独鹤离群去，孤诗已作邻。

359. 寄静林别墅胡进士兄弟

避乱山居食，吟诗进士音。
书楼含翠木，月色照弹琴。

360. 怀赤松故舒道士

可惜赤松林，如今白石深。
留诗舒道士，俯仰自知音。

361. 偶作 古今诗

端端吟五字，楚楚赋千声。

格律方今古，平平仄仄平。

362. 春日许征君见访

龙钟知岁月，老态见青松。
有志凌云君，无成故步封。

363. 经先主庙作

因知曹孟德，蜀问向孙权。
暂借荆州路，托孤诸葛贤。

364. 寄中条道者

道者中条路，行僧上五台。
禅音如鸟翼，自得向天开。

365. 夏日晚望

夏日黄昏晚，红荷水色明。
芙蓉明镜里，洁净与云平。

366. 送僧归山

山门何处路，石径一条开。
已见归僧步，禅音复自回。

367. 览皎然渠南乡集

三生三百赋，一古一清风。
自以南乡集，良工似鲁公。

368. 览姚合极玄集

如诗如日月，似见似乾坤。
以志明天地，吟情待晓昏。

369. 大驾西幸秋日闻雷

日日军书奏，天天战报回。
苍苍天地色，处处震秋雷。
士士民民避，銮銮舆舆灰，
黎黎还庶庶，乱乱复哀哀。

370. 诗

一志诗方成，三生意去来。
天经和地纬，计议复徘徊。

371. 秋末江上望

莽莽江滨水，纷纷木叶云。
飞扬飞不落，有独有成群。
莫以人生见，谁知一字文。

372. 乞食僧

乞食僧非乞，闻僧普度闻。
同舟同日月，沃土沃洲君。

373. 寒望九峰作

玉朵九峰云，芙蓉一日曛。
青莲青岭木，一瀑百泉纷。

374. 蓟北寒月作

蓟北寒门雪，河南旷日冰。
衡阳来去雁，几处可乡应。

375. 新猿

一树临流见，三巴栈道催。
求名多少客，共伴少徘徊。

376. 怀南岳隐士二首

之一：
隐者千峰木，怀南一石居。
耕时知力尽，食粟可无余。
之二：
一上祝融峰，三生牯岭松。
匡庐花所望，不作九江龙。

377. 追忆冯少常

感情方知贵，知心可谓多。
如何常积善，日月似江河。

378. 寄知天下元

心灵君子阁，石玉紫砂壶。
读进三书路，金刚一五湖。

379. 闻闵廷言周琏下第

榜上年年录，名中处处闻。
书前书不止，笔后笔难分。
下第门非第，文风自是文。
江湖江海水，进退进潮勤。

380. 寄景地判官

三生千里路，一别十余年。
景地垂杨柳，诗玄落雨烟。
更名重植木，自力再耕田。
浦口江舟系，留言作陌阡。

381. 读贾区贾岛集

寒山寒水色，贾岛贾区诗。
白阁终还冷，青云始自知。

382. 送衲僧之江西

寺寺僧僧路，山山水水栖。
朝朝行暮暮，乞乞度缔缔。

383. 故林偶作

媚世非吾道，良图是彼云。
行程行跬步，一日一离分。

384. 寄栖白大师二首

之一：
江湖流浪客，岁月赋诗人。
好句重兴少，佳吟再意春。
之二：
紫阁红霞早，青门玉露勤。
三峰栖白鹭，九陌寄风云。

385. 送人之渤海

渤海松江国，乌苏里族邦。
三千三百路，一世一书窗。
读学原无止，居行未有桩。
关东曾创业，立志已无双。

386. 寄李道士

道士山中木，枯荣水上边。
承心承日月，玄法玄山川。

387. 秋送夏郢归钱塘

夏郢钱塘路，盐官八月潮。
吴风收海㶇，越雨子陵霄。

388. 送僧归翠微

僧归半翠微，守谷一心扉。
普度重生客，心中不是非。

389. 经友生坟

过此悲凉见，轮回在异方。
明天今日隔，一世半苍茫。

390. 怀洛下卢缙云

水泛天波府，山枯见墨烟。

风云舒彩卷，日月展桑田。
一幅江河下，千流载容船。
波海无尽处，渚岸有乡川。

391. 送李铡赴举

榜主留名字，云中有日曛。
文章如晋魏，格律似芳芬。
自以书生路，当应读学勤。
今年凭士取，隔岁曲江闻。

392. 宝禅师见访

兄心兄似我，弟意弟如吾。
见访茶香见，闻君论有无。
禅师禅自得，一语一天殊。
不以身名问，何应草木苏。

393. 观棋

互合相分立，肩围四脚孤。
呼应呼所去，得计得扶苏。

394. 题一上人经阁

贝叶藏经阁，人心似水形。
乾坤由大小，世界可亲灵。
以善知天地，求和自渭泾。
禅师应似我，我似你丹青。

395. 和毛学士舍人早春

丹心空拱北，古意继周南。
一夜春风雨，三更百润涵。
桑枝桑叶嫩，养苗养虫苗。
草木根知水，江河聚积潭。
高低随上下，远近共洪沺。
莫以无形见，当然自在谙。
千流无尽去，一滴映峰峦。
道法玄元易，儒家辨杏坛。

396. 心是一滴水，水是一颗心

天天地地一同根，水水心心半晓昏。
女女男男成世界，人人类类地球村。
晶晶结结由诚善，爱爱情情可互温。
去去来来曾记取，生生灭灭是凝固。

397. 千载降祥

祝圣九成宫，同昭万景红。
群仙群降贺，一语一祥公。

398. 文昌武备

文昌文自得，武备武当雄。
火莫周郎火，东风只向东。

399. 从谏如流

谏议由天地，君臣日月心。
如流如水势，采纳采知音。

400. 搜扬草泽

草泽涵流水，云深草木荫。
高堂高士策，世俗世风临。

401. 守在四夷

边疆边铁柱，牧马牧阴山。
若以相安见，三军守土还。

402. 大兴三教

世界心神岛，乾坤佛道儒。
人民人有信，以治以无图。

403. 山呼万岁

水作千年镜，山呼万岁乡。
和谐和自主，日月日之光。

404. 早秋夜坐

邻僧留树影，远月落寒宫。
贝叶无风扫，心经有色空。

405. 早起

晨修晨坐悟，早起早行身。
数尽三更漏，方知万字新。

406. 秋晚野步

平生多少步，历世数时年。
百岁天三万，诗词格律田。

407. 数字人生

高粱每亩六千棵，逐日诗词五千多。
百岁三万六千日，平生自渡古今河。

408. 晚望

望尽黄昏后，吟诗夕照前。
无微无限远，暮色暮思迁。

409. 寄翰林陆学士

已顾商参甲，谁闻楚豫才。
垂帘莺早落，句句话蓬莱。

410. 赠造微禅师院

五字雕龙凤，千行造玉宫。
丝弦风雅颂，圣泽礼门工。

411. 南海晚望

天涯南海望，一柱上擎天。
也以沧桑见，狂澜逐远船。

412. 寄庐山大愿和尚

雪洗香炉壁，霞飞瀑布红。
流泉三叠帛，水露一山空。

413. 怀薛尚书兼呈东阳王使君

格律同音韵，兴扬比颂兼。
应知花簇簇，最是草纤纤。

414. 上冯使君水晶数珠

一串十三珠，醍醐半玉壶。
观天应百八，问世可东都。

415. 送明觉大师兼寄郑山人

来来和尚院，去去楞伽僧。
大觉山人道，心容大小乘。

416. 庐山寻灵纪不遇

久别难相见，重逢易互离。
留诗应答我，以此作孤期。

417. 题曹溪祖师堂

皎皎曹溪水，洋洋祖师门。
钟声传孝节，老衲易乾坤。

418. 怀匡山道侣

共步同寒月，吟诗对句行。
西林多谷涧，石白虎溪明。

419. 怀卢延让

平明平日色，及第及龙门。
乞火知饥冻，行书作子孙。
沧洲今去也，苦苦度晨昏。
大小乘三界，观音亦五蕴。

420. 春晚访镜湖方干

江东一镜湖，玉笛半扶苏。
八拍留胡马，千声问念奴。

421. 秋过相思寺

步入相思寺，心留上帝乡。
人间人欲愿，世上世炎凉。

422. 蜀王入大慈寺听讲

金刚应主宰，世界可心经。
蜀国慈悲寺，中原作渭泾。
王朝天地客，俯仰帝皇廷。
玉节金河遁，三台八凯灵。
姚梁公可晋，日月始终宁。
九色仙花落，千流见水形。
英雄须驾驭，谏策必昌龄。
只以如来客，观音座右铭。

423. 蜀王登福感寺塔三首

之一：

阿谁言福感，已是育王身，
孝佐金轮转，封疆释子邻。

之二：

忧民忧国富，处治处平津。
古寺登僧塔，如来已化身。

之三：

步步层层念，僧僧塔塔真。
轮回由此见，日月可秋春。

424. 少监三首

之一：

琢器应磨细，佳人要读书。
文章须豫楚，日月不多余。

之二：

益友相随益，偏文复爱偏。
桃花香一巷，玉器刻千年。

之三：

细细微微见，长长短短量。
时时分刻刻，苦苦度凉凉。
只以书生步，前程跬步长。

425. 再到钟陵作

岁去心经在，年来着豫章。
钟陵留日月，释子易炎凉。
往事江西省，浔阳抚北乡。
千流三故步，一水九江长。

426. 经弟妹坟　古今诗

家贫弃尔去多时，落泪知我以泪垂。
弟弟兄兄和妹妹，爷娘父母已无窥。

427. 到蜀与郑中丞相遇

支公支一世，蜀客蜀三才。
剑阁临天立，巴山一峡开。
深知深隐浅，释子释天台。
又见鸳鸯序，中丞腊月梅。

428. 别冯使君

瓦砾文章客，金银玉石台。
门清孤寺守，有愿上香来。

429. 上新定宋使君

桐江问谢公，独坐向秋风。
扫叶由君嘱，霜林石径空。

430. 和李判官见新榜为兄下第

潇湘斑竹泪，鼓瑟二妃频。
守一知天地，方书与世人。

431. 送罗郴赴许昌辟

步步崎岖路，幽幽客舍人。
寒风飞雁落，隔岁再经春。

432. 酬韦相公见寄

千般如幼梦，万里似风云。
自以飘飘见，舒舒卷卷闻。

433. 酬张相公见寄

不问周郎顾，知音物外心。
三生骚闭户，一衲古今寻。

434. 酬王相公见寄

拙拙孤孤立，图图望望人。
青莲青寺近，老衲老禅邻。

435. 酬周相公见寄

无家三界外，有寺一禅中。
拊凤新麻幸，青莲谢朓翁。

436. 道情偈三首

之一：

独坐无无问，行身一一量。
心经心自得，一寺一高香。

之二：

非空非色是，有寺有僧房。
且以禅声约，骊珠拾得方。

之三：

如来如互得，道者道相闻。
玉钵罗花劫，香林采叶芬。

437. 马上作

柳叶黄昏暗，花堤夕照红。
云霞方落色，远岭近家风。

438. 道中逢乞食老僧

钵上青莲志，心中乞食盟。
游僧游世界，领教领新英。

439. 秋末寄武昌一公

三生僧俗衲，八句古今诗。
有癖吟难止，无为举步迟。

440. 陋巷

希音希骥问，一柳一蝉鸣。
但上高枝唱，无须慰叶惊。

441. 终南僧

白雪深三尺，青松降一寻。
山高山不足，水暗水明沉。

442. 听僧弹琴

青松沉贝叶，白雪叩门声。
处处敲琴瑟，僧僧以磬鸣。

443. 渔者

一水家无远，三帆路有程。
渔翁渔得利，有钓有围城。

444. 大蜀皇帝潜龙日述圣德诗五首

之一：

潜龙儒孔子，述圣左丘明。
自古文王客，周公不请缨。

之二：

已见凌烟阁，无闻蜀国村。
潜龙皇帝业，社稷与慈恩。

之三：

正义匡扶力，齐桓百万师。
莺鸣春已至，禁掖赋新诗。

之四：

瑞雪纷纷下，天花处处开。
梅香梅节律，一寺一天台。

之五：

世界三光继，人间一丈夫。
乾坤麟凤出，日月展龟图。

445. 陈情献蜀皇帝

步步龙童路，僧僧古寺台。
天天钟鼓继，处处去来催。
问世民心共，同生白塔回。
江南江北水，蜀净蜀尘埃。

446. 寿春节进大蜀皇帝五首

之一：

白象天时令，文经武律师。
瓶瓶呈钵钵，乞乞亦窥窥。

之二：

草木知恩水，乾坤日月轮。
成潭由积聚，象易正秋春。

之三：

一统成天业，三吴汇水行。
江东江佐岸，富甲寓人生。

之四：

玉帛来归进，天慈及物肥。
春风春雨润，万物万家晖。

之五：

为皇为帝敬，举世举人行。
积劫如来化，耕民自力营。

447. 对雪寄新定冯使君二首

之一：

瑞雪千山谷，残灯一老僧。
心经心自在，大觉大无应。

之二：

政化由来上，祥灵始御中。
灯燃灯不灭，寺主寺明宫。

448. 送刘相公朝觐二首

之一：

三思常自切，峨眉祝朝曦。
不拘曹溪水，荆州寄蜀师。

之二：

太守忧民事，丞相力主农。
和平安久治，万国共龙宗。

449. 避寇游成福山院

由饥由冷去，避寇避时危。
雉落飞难远，衣垂举步迟。

450. 别李常侍

楚水知烟渚，辽山近海城。
山东曾举锡，晋北雁门行。
鹤语应天意，心经可太平。
寻来支道杖，记取远公名。

451. 送郑阁赴闽辟

赴闽无邻问，入阁有秋春。
应知三教处，莫忘一闲人。

452. 寄信州张使君

领鹤含烟路，随行逐鹿泉。
鸳鸯明月步，太守寄桑田。

453. 春来寄周璇

暮角含风雨，衣巾纳路寒。
莺花莺不语，叶背叶无千。

454. 读吴越春秋

宰嚭三吴宰，西施一越西。
谁应思子胥，六渎范臣蠡。

455. 春游灵泉寺

古迹寻因果，轮回六道书。
山僧空白痴，石塔草青余。

456. 归东阳临岐上杜使君七首

之一：

小谢清高大，持才白雪明。
常无常事令，一女一清台。

之二：

白雪红闱帐，青英碧玉情。
澄江清澈澈，畔岸渚明明。

之三：

自以田中力，难为草下虫。
飞蝗飞不尽，棵粒棵贫穷。

之四：

忧民忧国子，步履步难停。
世上无成就，人间有渭泾。

之五：

过去非无举，当时是偶然。
人生人跬步，一路一程前。

之六：

处处荒丘息，人人有死生。
轮回轮不见，白塔白云平。

之七：

依刘曾舍鲁，问项可经纶。
北社分三界，西园第八人。

457. 春

无私无象处，有去有来新。
细草先呈色，黄鸭入水津。
啼莺初启口，柳叶已空邻。
节节含苞鼓，波波作衲濒。

458. 闻迎真身

恭闻今日礼，足目近真身。
百岁三千界，平生一度春。
罗花千载树，玉钵瑞阳轮。
海瀚惊涛静，天光入紫宸。

459. 灞陵战叟

一诺千金石，三军百万兵。
阴山飞将too，白骨李陵惊。
老叟知今古，精英受降营。
龙城龙不在，灞水灞人生。

460. 遇道者

汗漫张果老，鹤骨道支公。
若以人生见，相逢是色空。
名声名姓外，一皎一僧中。
不问商山石，枯荣老子同。

461. 赠钟陵陈处事

唯谭唯正道，否极否方生。
处事钟陵久，知贤社稷荣。

462. 怀邻叟

隔壁东邻首，书窗映日红。
商山行四皓，不及白首翁。

463. 赠轩辕先生

禅师非支遁，弟子是刘安。
甲子轩辕问，仙言百药观。

464. 偶作因怀山中道侣

是是非非问，刘刘项项闻。
鸿沟鸿已尽，未可未央分。
道友山中界，邻僧月下君。
同修同日月，共日共云曛。

465. 送新罗人及第归

新罗新及第，大海大洋边。
玉宇三孤岛，唐诗一品泉。

466. 送新罗衲僧

扶桑扶海日，老衲老新罗。
汉武瑶台客，禅音已达摩。

467. 君子阁

君心君子阁，一各一门中。
有客和天下，无诗雅颂风。

468. 春晚桐江上闲望作

水上黄昏色，江中落日红。

汀花汀草影，一望一心空。

469. 商山道渚

石屋寒栖者，商山四皓情。
如今留草木，不及过枯荣。

470. 闻许棠及第因寄桂雍

及第因成桂，为诗不仗媒。
遥行天下路，近处是尘埃。

471. 灏江秋居作

近沼清如镜，遥山不似书。
千竿留竹影，百岁作闲居。

472. 上缙云段使君

已到金台上，何须太古中。
人知人尺寸，物化物朦胧。

473. 春末兰溪道中作

山花山草色，水逝水波红。
晓暮红澄见，中流带谷风。

474. 野居偶作

无心无道得，有意有深思。
渐近成修炼，禅师顿觉知。

475. 再游东林寺五首

之一：

三思千古木，一步万余年。
再向东林去，归心虎涧边。

之二：

已见山僧睡，唯闻鹿鹤猿。
相生相伴侣，有寺有钟源。

之三：

莺啼钟鼓响，草沿石墙生。
老衲行径路，唯闻小鸟鸣。

之四：

溪前皆破界，醉后尽空鸣。
鼓鼓钟钟继，僧僧道道成。

476. 题兰江言上人院二首

之一：

三生三戒悟，一石一麻衣。
只似兰江水，何如逝水归。

之二：

雨雪霏霏落，风云处处飞。
兰江兰蕙渚，上帝上言晖。

477. 中秋十五夜月

独月明天满，人心此夜余。
王孙公子望，子女去来书。

478. 鹭鸶有怀

云观飞雄尽，水静鹭鸥无。
不觉频回首，花香满玉壶。

479. 东阳罹难后怀王慥使君五首

之一：

东阳汉诸侯，北客楚人州。
淬剑难成火，消磨不自由。

之二：

白日应图远，精兵不过河。
潼关迎老子，易父以玄多。

之三：

西风西陆起，北日北天明。
俎豆尝闻客，云根向地倾。

之四：

白玉家家宝，黄金处处留。
无休无止境，有界有临流。

之五：

寄主行贤去，亡明酷吏来。
民生民自得，一世一慈开。

480. 秋夜怀嵩少因寄洛中旧知

旃炉不谓贫，玉石已称仙。
紫气禅巾露，黄途十寸天。
红藕红彼岸，少室少林田。
洛水凌波去，东都不胜贤。

481. 避地昆陵寒日上孙山徽使君兼寄东阳王使君三首

之一：

昆山昆谷净，草木草花新。
绿水尘埃定，清风物态亲。

之二：

白凤真难及，红蕖岂偶然。

331

人间毛羽好，玉磬百三年
之三：

文章无路达，日月有公平。
雨尽拥云坐，孤高太守情。

482. 秋末寄上桐江冯使君

山东山色胜，谢守谢诗吟。
一叶桐江岸，三帆渡古今。

483. 禅师

贝叶柴关是，醍醐灌顶非。
何为师我去，戢鼓不须归。

484. 道士

相逢满袖云，别道草花分。
石径通天去，已入八仙群。

485. 风琴

竹作风琴曲，心为造化功。
弦弯弦直立，月落月寒宫。

486. 庭橘

一色同天下，三秋共木奴。
洞庭山上品，味道五湖殊。

487. 落花

好色人难得，王孙早断肠。
蜂先蜂后去，始落始余香。

488. 孤云

一片孤云静，三帆逐水行。
相连成白鹭，此去向青城。

489. 苦吟

星疏雪月孤，湿气渚岸湖。
杳杳茫茫水，吟吟望望吴。

490. 古战处

阴山飞将去，战场作前川。
照旧人来去，依然日月天。

491. 偶然作

石下虫声问，云中雁字飞。
高低谁可比，彼此向何归。

492. 招友人宿

秋风红枣落，夏雨不徘徊。
夜月当空照，寒宫桂子来。

493. 山居诗二十四首

序：

咸通四五年，避首一钟陵。
古寺何衣食，山居自慰僧。

之一：

一个闲人去，三更石磬来。
闻心闻自己，一夜一徘徊。

之二：

是是非非外，朝朝暮暮中。
言休言未止，有乱有军功。

之三：

修身修所欲，问道问心经。
色色空空处，花花草草灵。

之四：

无人无万境，有色有玄华。
莫以天机尽，乾坤你我他。

之五：

居山居不得，乞食乞难成。
草木何交易，游僧不解情。

之六：

岛外三千界，尘中五十秋。
青黄通紫术，雨雪下沧洲。

之七：

一曲嵇康去，三清玉器来。
儿童精气在，梅花白雪开。

之八：

移心移不定，采石采薇难。
莫以希夷客，松杉玉石安。

之九：

琅逐遍九垓，辅政问三台。
少室琼瑶树，阳春白雪梅。

之十：

往事抛心力，今人已志工。
禅音应未止，石磬向西东。

之十一：

尘埃尘不定，普度普人行。
玄道禅音里，径心济世明。

之十二：

茯苓生石下，直木远山中。
只以人参望，成形对谷丛。

之十三：

橡栗年粮富，山高草木深。
僧寻天地道，月色寄知音。

之十四：

商人商语假，客主客无家。
处处人如是，生生事似麻。

之十五：

千岩千石径，万壑万溪流。
有水行山上，高低不必忧。

之十六：

南泉言语好，学道大师云。
此意由成意，当君是自君。

之十七：

非凡非世俗，拾药拾芝兰。
涧底流清水，天空玉宇端。

之十八：

陆氏称龙序，胡僧远达玄。
三元三界水，九陌九云泉。

之十九：

不是桃源洞，山花已满溪。
心经心所在，一意一高低。

之二十：

孤行孤跬步，自在自安排。
草布丛林路，云开日月斋。

之二十一：

石鼎红藁嫩，香茶品碧罗。
清泉流远水，阮籍唱九歌。

之二十二：

自古浮华尽，如今世俗多。
生生何死死，塔塔复鹅鹅。

之二十三：

山中常有雪，树上近高天。
鹤鹿相追逐，高僧独自眠。

之二十四：

支公支遁鹤，范泰范交泉。
莫见无私水，成形有逐瑄。

494. 再逢虚中道士三首

之一：

天台天目北，道士道江南。
越水钱塘岸，吴门日月潭。

之二：

袋里灵龟小，心中大小乘。
虚玄成道士，石径作游僧。

之三：

露滴红兰玉，青莲白鹭身。
相扬相俯慢，独顶独云邻。

495. 上卢使君二首

之一：

岳麓金相似，匡庐白雪林。
东西应两顾，上下可三饮。
纵纵横横岭，川川谷谷浔。
鄱江湖里水，不及九江深。

之二：

唐周唐不尽，武李武秋春。
女婴宫中物，高宗梦里人。

496. 登干霄亭

林泉声不尽，白石映溪明。
朽桂棋盘在，雕虫小计生。

497. 游灵泉院

贝叶灵泉院，山光紫气房。
禅声由此出，细细有余香。

498. 过相思岭

不过相思岭，留情草木山。
年年应四象，处处可千般。

499. 锦沙墩

登山临水间，跬步踏途寻。
坐石吟诗句，行程作古今。

500. 钓渔潭

草木江青色，山川日月荣。
潭深潭水积，古寺古禅生。

501. 迎仙阁

翘首楼台望，迎仙耳目开。

天边天太远，足下足徘徊。

502. 贺雨上王使君二首

之一：

一片丹心合，三千弟子分。
云中云下雨，润物润纷纭。

之二：

日日神明见，时时草木荣。
心期心所在，一路一人生。

503. 鹧鸪天　寄张恩媛同学

读学三生各四方，潇湘一字落衡阳。
南南北北成候鸟。去去来来作易梁。
知日月，度炎凉。长春未了北平乡。
天天海海沧桑路，苦苦辛辛作柳杨。

504. 感怀寄卢给事二首

之一：

喜鹊随幽至，春莺向日鸣。
三生三界问，六合六枯荣。

之二：

孤峰三五处，一度两三年。
处处留心记，峰峰不误泉。

505. 贺郑使君

七邑恩波战，三衢蛋陷城。
张飞关羽弟，蜀帝自称兄。
甲束金戈旦，危言武略生。
精兵连谶觉，列阵逐龙惊。
仰视天文物，刘宽共煦盟。
江山尧舜继，社稷辅功名。
晋郭汾阳胜，龙韬细柳营。
深居田释子，典教寺僧平。

506. 赠杨公杜之舅

不尽君忧少，难明雨露多。
风云民所语，草木士其歌。
莫以东山谢，符监鹤泪河。
文章谁拾得，日月已先科。
本木弦击傍，清吟胜剑戈。
渔樵曾别世，泊渚可烟萝。
玉凤龟龙步，周秦汉魏何。
萧张房杜里，一诺见荆轲。

507. 游金华山禅院

胜境终难达，金华寺院遥。
山禅山草木，水语水云桥。
普度如来在，观音似柳条。
人人皆见此，处处可天昭。

508. 寄郑道士二首

之一：

两个仙人掌，三春不长枝。
常留常玉质，道士道心诗。

之二：

只带金轮髻，常穿道士衣。
耕田耕土地，一步一相依。

509. 古剑池

越国王侯客，姑苏古剑池。
西施临镜水，馆无范蠡迟。

510. 曹娥碑

未了江流水，谁闻孝女般。
曹娥碑石字，不远苎萝山。

511. 比干传

谗诡求明哲，忠良不顾身。
先生先自去，后寄后观人。

512. 送人游茆山

百草千花树，青云白石门。
前头君自好，不可向王孙。

513. 闻杜宇

山深闻杜宇，水浅待初心。
谢豹居情唤，多情是古今。

514. 听晓角

晓角鸣鸣远，钟声处处闻。
休戚僧寺主，汗马立功勋。

515. 宿赤松山观题道人水阁兼寄郡守

道里应禅觉，仙中自有僧。
新诗新悟彻，故步故乡凝。

516.春游凉泉寺

步步凉泉寺，幽幽白石流。
东林东虎涧，一水一春秋。

517.经吴宫

夫差夫六渎，治国治三吴。
记取隋炀柳，天堂作水都。

518.送薛侍郎贬峡州司马

三声猿鸣尽，一峡落飞舟。
去去来来见，江城是沃州。
迁迁贬贬路，暮暮朝朝休。
道士僧房客，儒生自在侯。

519.将入匡山宿韩判官宅

始觉清风在，无终月色明。
流泉流瀑布，一叠一倾城。

520.送郑侍郎骞赴阙

国器文章客，琅玕晋豫间。
休惊休自得，赴阙赴天关。
不宜人间笔，何当府署闲。
朝衣朝锦绣，玉漏玉闻班。

521.上卢使君

一别旌旗举，三吴落楚烟。
林泉林下水，峭壁峭云田。
独步寻杨柳，孤峰在日边。

522.寄匡山大愿和尚

诗词有性灵，日月是丹青。
鹤语玄音竹，相思上水亭。
寒宫留桂子，白雪胜囊萤。
敢信匡庐岭，纵横草木莛。

523.别卢使君归东阳二首

之一：
客对东阳读，诗逢巨匠听。
情深文字炼，语重韵音灵。
自动成天地，恩慈已自铭。
须精工格律，雨气带云汀。
之二：
俯仰严陵钓，恩高草木萍。

烟云烟雨处，一叶一江丁。

524.溪寺水阁闲眺因寄宋使君

萧条溪水阔，目尽使君田。
释子三清觉，游僧半道端。
禅思玄所在，顿悟已生迁。

525.春送赵文观送故合州座主神樟归洛

于悲锦水东，困继玉观空。
楚璞良工向，仙乡未路穷。
恩深方绛帐，道远已知嵩。
立足陪君侧，无私颂雅风。

526.光大师草书歌

佛祖如来教，僧家八句诗。
人间天下草，世上墨流迟。
泼迹留连处，行云驻日时。
江河山水绕，石磬鼓钟期。
画里禅心永，书中道士知。
经纶横纵笔，日月暮朝司。
点滴随风逐，醍醐灌顶驰。
成篇成郡守，一幅一天师。

527.题成都玉局观孙位画龙

身长十丈余，隐影九江居。
入海惊三界，行云落百书。
秦时蛇首尾，汉代角鳞初。
自以隋唐见，人心自有虚。

528.观地狱图

鬼鬼神神共，魂魂魄魄同。
谁知谁见得，一狱一亡宫。
世上匈刀逼，人间酷史穷。
当非当是论，与地与天空。

529.赠雷卿张明府

战后张明府，征前教种人。
柴桑先酿酒，谷雨早耕春。
且以雷卿见，封兴自在身。

530.献钱尚父

已醉三千客，谁闻四十州。

名垂吴越水，自主海边流。

531.绣州张相公见访

已见张良著，还闻杜宇篇。
初寻刘备蜀，莫以范蠡船。

532.题某公宅

宅坐三家水，人居四面山。
看图天下路，已去未回还。

533.海觉禅师山院

禅扉方隐绝，海觉已山师。
一派银河系，三生济物知。

534.悼张道古

清河清逝水，直谏直来亡。
不必留名誉，沧桑作栋梁。

535.月夕

月夕经寒色，梨花可自催。
云中风已静，雪上落残梅。

536.夜雨

点点丝丝雨，敲敲打打声。
梧桐先自响，屋顶后闻鸣。

537.晚望

黄昏江上色，落日已无边。
早晚曾相似，红澄照白莲。

538.早霜寄蔡大

一夜寒霜楚，三吴玉水生。
含香含子胥，有寺有钟鸣。

539.一二三

序：
　　赠写经僧楚云。数，古今诗，人生百年，亿二千万字。
诗：
日日三千字，年年一半天。
终生终胼胝，十指十经田。

540. 三二一

序：

寄题诠律师院。一钱二百枚，一两二千枚，一斤二万枚。

诗：

茶中二百帆，岭上十三岩。

自以沉浮水，初心日月函。

541. 寄天台叶道士二首

之一：

道士天台上，高风玉宇中。

楼开溪鸟去，四望目难空。

之二：

道士天台路，人心故步封。

三清三羽化，只望玉霄峰。

542. 送道友归天台

芝兰非八石，草木是千灵。

气养丹田术，神催贯顶茗。

543. 陶种柑橙今山童买之

南山南种橘，北巷北童来。

买去当相食，重寻可自栽。

544. 律师

僧言僧不语，戒律戒坛穷。

月下无惊梦，床前有小虫。

545. 春送僧

杜宇声声送，蚕丛路路分。

僧行僧所去，一意一心纭。

546. 书石壁禅居屋壁

面壁经心力，禅居易苦衷。

人知人所及，物化物方终。

547. 句

之一：

经行云漠漠，雁荡雨蒙蒙。

注：雁荡山有经行台。

之二：

立世当成工日月，平生不蓄买心田。

第十二函　第四册

1. 齐己

正海龙兴寺，益阳一得生。

潭之胡氏子，入蜀未从名。

楚鄂栖衡岳，江陵过路情。

留心齐己志，集右白莲荆。

2. 夏日草堂作

冬梅姿傲骨，夏日草香堂。

寺水明天地，钟声送夕阳。

3. 寄镜湖方干处士

知章一贺监，渚草半扬帆。

李白金龟子，文昌已下凡。

澄湖澄日月，鹤伴鹤云岩。

百载山川在，千诗玉壁嵌。

4. 送人归吴

六渎三吴水，千门十步桥。

姑苏姑碧玉，五望五湖潮。

5. 赠仰上人

避地依真境，寻禅对地天。

干戈离百里，战乱过三年。

6. 夜坐

惊闻千叶落，夜坐百虫声。

不以何然问，诗思已始终。

7. 新栽松

新栽松树小，故节志云高。

十载成林碧，三秋作海涛。

8. 期友人

白草红莲岸，青苔绿水津。

虫鸣虫自在，日色日相亲。

故友计相寄，新朋月独邻。

闲云闲不定，寺鼓寺钟频。

9. 和郑谷郎中看棋

有路如临阵，无机似待云。

樵夫应自解，郑谷作仁君。

10. 寄钱塘罗给事

伤心天佑末，搔首懿宗初。

给事钱塘困，文章似不余。

11. 戊辰岁湘中寄郑谷郎中

开关经日气，闭谷读禅心。

白发慵云色，青萍对野禽。

12. 寓言

宝玉红楼寄，珍珠御殿藏。

无因祸乱起，有果国家亡。

13. 寄王振拾遗

何来寻闹市，不去觅山居。

拾遗书香在，文章日月余。

14. 经贾岛旧居

贾岛寒居在，诗词贝叶书。
江禽飞不语，落日向天余。

15. 送人游塞

胡原胡草碧，一路一云天。
收马中霄立，群芳作八仙。

16. 桃花

十里桃花色，三春结果生。
人间红不尽，世子续精英。
小杏偷窥望，心中一注情。

17. 闻雁

万里随天暖，经年两故乡。
飞来飞去问，一字一衡阳。

18. 送人游南

流流止止问，山山水水游。
江南江泊晚，岸草岸藏舟。
子美曾无止，青莲以酒酬。
当涂当太白，一月一碑留。

19. 送益公归旧居

旧隐成新梦，初心证故扉。
溪山无宿水，直木有回归。

20. 不睡

辗转灯前影，婆娑寺竹声。
清风明月在，静陪草虫鸣。

21. 新秋雨后

蟋蟀新声近，江舟逝影遥。
诗灵诗绝句，柳叶柳枝条。
玉露漓漓滴，沉沉处处潮。
风舒风卷去，过水过江桥。

22. 送刘蜕秀才赴举

一箭关河路，三生赴举情。
文章衣自得，日月已开明。

23. 留题仰山大师塔院

塔院轮回处，香灯尽此生。

24. 乱中闻郑谷吴延宝下世

下世知何去，轮回不再来。
今生今可见，隔道隔无来。

25. 送东林寺睦公往吴国

虎涧东林水，匡庐古寺山。
支公曾北固，杖锡柱持还。

26. 除夜

夜半谁同坐，三更可共年。
清灯分两岁，古寺合千贤。

27. 送秘上人

不惜闲情老，何言送客行。
春山春草木，上下上人情。
只愿干戈净，青莲水岸生。
终须盟寺鼓，始得洞庭明。

28. 寓居岳麓谢进士沈彬再访

三湘曾沥雨，一衲入桃源。
岳麓阳光岸，汨罗楚子言。
修身经佛道，静坐对轩辕。

29. 对雪

古木披衣厚，埋山作羽明。
溪流成暗色，石径共平生。
以瑞贫民望，交寒带雨倾。
春因春信早，一岁一心荣。

30. 和岷公送李评事往宜春

江潭兴渚物，雪霁净风尘。
腊月梅花色，孤形总向春。
龙沙龙不隐，战火战天津。
二亩田园种，三春作故人。

31. 送僧

日照知方丈，炉香向锡房。
南朝三百寺，北固半江梁。
莫以金山问，游僧自柳杨。
禅师禅世界，一衲一沧桑。

32. 过荆门

步上荆门路，云中汉水长。
江陵江不止，石首石临湘。

33. 山中答人

新诗朋友客，抽朴故人邻。
只向山中去，潭深月下濑。
无心无意坐，有道有禅津。
草木思源本，阴晴过夏春。

34. 赠卢明府闲居

水国辞官久，山乡岁月长。
闲居闲雅颂，普度普书香。
野浦临流岸，晴沙日色荒。
渔竿渔未上，弃食弃虫肠。

35. 幽庭

日影垂间隙，幽庭草木深。
荒山来鹤鹿，故岭见鸣禽。
且无邻家路，阴晴共古今。
寒宫寒色寄，桂子桂知音。

36. 送休师归长沙宁觐

幽幽先水逝，处处有山青。
此去长沙觐，休师故友宁。

37. 寄武曌

李武唐周继，夫妻子女残。
乾陵三尺土，近路半长安。
社稷江山事，殷商话比干。
千般千酷吏，半世半云端。

38. 将游嵩华行次荆渚，过去，今天，未来

前身应绝迹，后世有无踪。
只以当今路，莲峰处道封。

39. 远思

人生寄远思，圣果已先知。
昨日明天事，当今不宜迟。

40. 寄勉二三子

过去今天继，明晨隔日承。

轮回轮岁月，一世一碑陵。
白塔灵魂在，青山草木兴。
无终无始点，有寺有游僧。

41. 渚宫江亭寓目

飞鸿喧夕浦，远棹聚深湾。
一片孤帆落，千云独泊还。

42. 蝴蝶

向背花中蕊，翻飞日上香。
红迷红玉柱，彩羽彩雕梁。
只以丹心取，还闻碧液黄。
传精传粉去，济子济天章。

43. 送刘秀才往东洛

东都东洛水，赋冠赋陈王。
止止行行觅，波波浪浪泱。
情长情不尽，意短意沉香。
只送君前去，多多问柳杨。

44. 移竹

移根移本色，一竹一丛青。
自以千竿寄，初心万叶灵。
婆娑天地影，直立节枝形。
不得空心见，清风带意听。

45. 雉

行天行不远，共地共方圆。
暮宿红兰暖，朝飞绿野田。
关关雎鸠界，落落雪霜年。
七彩长长尾，三光处处怜。

46. 怀轩辕先生

天华离鹤背，日色上鳌头。
不学孤云去，常闻草木洲。
轩辕黄土地，汗漫帝王侯。
只以先生在，初心十一尤。

47. 寄亚州珠宝联合会

佛祖一田黄，神音半世香。
千金方铸诺，万宝可兴亡。
玉马唐朝主，陈坛古液藏。
康熙雍政印，继世御文章。

48. 永夜感怀郑谷郎中

郑谷郎中忆，天台古寺求。
同吟同四句，一绝一王侯。
月好开门问，寒寒闭户忧。
嫦娥常半见，后羿后三秋。

49. 卖松香

谁知桃李间，独问竹松求。
郁郁青青色，枝枝叶叶修。
朝天朝土地，送暮送朝流。
纳雨含云处，经霜耐雪浮。

50. 丙寅岁寄潘归仁

九土荒墟尽，千戈枕旦兴。
归仁归德治，丙寅丙游僧。
古寺阴晴继，禅房大小乘。
知音今古赋，去国去亡兴。

51. 尝茶

石室碧螺春，东西水雾津。
姑苏姑女秀，采嫩采芽身。
露露云云玉，朝朝沐沐人。
辰光曦晓色，旭日洞庭新。

52. 杨花

杨花杨小子，一羽一王孙。
独作风流客，因风忘有根。
纷纭天上去，彼此共晨昏。
始见飞扬后，终归土地村。

53. 咏影

曲直宁相共，高低各不同。
形身形所实，影落影虚空。
向背因光寄，晨昏逐日穷。
人间人自得，一迹一童翁。

54. 南归舟中二首

之一：

南归南水道，北雁北山乡。
雨气再中满，云风柳复昂。
衡阳青海路，一字易人翔。
不以崎岖见，花花草草香。

之二：

水沫平沙岸，波珠一线牵。
江流留逝迹，日月逐前川。
不可常回首，初心始未然。
途经途所历，以泊以行船。

55. 送迁客

咫尺天涯近，沧桑海角遥。
椰林南海木，直影北观潮。
獬豸皇冠挂，朝衣日色昭。
山云山有在，水色水飘飘。

56. 题中上人院

禅房应不锁，石磨已开门。
草木连山水，人心逐本根。
同行去遁讲，共场静公恩。
佛祖如来教，观音付子孙。

57. 逢乡友

无来无去见，有友有朋闻。
自幼乡心共，如今志道分。
人生人不止，举步举辛勤。
我以观音教，夫身白日静。

58. 自勉，古今诗

七十人生短，三生日月长。
三十书夜夜，十万首诗乡。
格律新音韵，平平仄仄量。
盛典成今古，矢志作隋唐。

59. 寄诗友

三吴流汴水，一颗好头颅。
六渎天堂水，千章取士书。
隋唐今古句，日月去来初。
立约知杨柳，循规问卷舒。

60. 居道林寺书怀

花开花落见，水去水来闻。
岁岁年年日，今今古古君。
如非如是问，似假似真分。
是是非非是，真真假假分。

61. 经吴平观

白塔乡魂宿，神灵已自安。
长生何处路，世事几千端。
老鹤归болезнь烬，尊师下界坛。
终禅终逝矣，一了一汗漫。

62. 剑客

十载风云尽，三生日月平。
千金曾一诺，万事俱轻荣。
易水荆轲去，英雄击筑声。
图穷秦殿上，匕见报韩情。

63. 白发

浮身应达此，谢世近荒丘。
四季由春始，三生自有秋。
轮回留旧念，白塔作灵休。
究竟何人见，前生后世眸。

64. 秋兴寄公

风声风水起，叶落叶翻飞。
不得随根在，徒言自在归。
江边江岸草，苇渚苇萍微。

65. 野步

田园经雨水，野路尽泥泞。
步步托洼进，行行复不停。
乡间多草碛，石上站刘伶。
隔岸啼声近，风摇小鸟翎。

66. 残春

残春杨柳色，杜宇暮朝啼。
只有农夫见，禾苗出土萋。
阴晴多雨水，枝叶各高低。
岁岁由经日，年年以夏黉。

67. 酬尚颜

一半风骚客，三千弟子名。
吟诗吟比拟，作赋作兴成。
且以情思起，还当意态生。
初心初原得，岘尾岘头盟。

68. 苦热

炎光垂地火，苦热作蒸笼。

夏水金钟罩，池蛙自哭穷。
摇摇先陲扇，处处待邻风。
上苑云思静，南山雪色空。

69. 送欧阳秀才直举

江流经一寸，逝水已千波。
后浪推前进，思源逐汇河。
龙门应此跃，举子静干戈。
以此人间志，贤良直木多。

70. 放鹭

渭水经垂钓，黄河问汇湾。
渔公渔网举，逐鹭逐鸥还。
莫以清塘水，初心静昆山。
扬头扬尾见，向洛向君颜。

71. 谢王秀才示诗卷

已见少年心，平生作古今。
诗从兴比早，字以秀才寻。
谏策应朝对，宏词可意深。
三章从豫楚，一念作知音。

72. 送徐秀之吴

姑苏半五湖，六渎一三吴。
水色江都岸，天堂有念奴。
夫差勾践去，子胥范蠡趋。
莫以春秋论，残阳建业途。

73. 酬元员外见寄

东城汪魏巷，日月着诗篇。
十万诗词首，三生字句天。
流年流岁月，逐日逐前川。
格律今音韵，康熙佩语泉。

74. 寄文秀大师

天明天所见，地厚地其知。
世岂无英主，人承有大师。
先兴先后比，古道古今诗。
十万三千首，百岁一半迟。

75. 夏雨

春风经草木，夏雨满池塘。
玉立芙蓉色，青莲日月光。

红紫微白露，翠鸟羽方扬。
竹木因成润，汗漫浸八荒。

76. 谢兴公上人寄山水簇

一幅山河水，千波日月舟。
江东江左岸，楚下楚中流。
项羽乌江渡，刘邦垓下谋。
鸿沟分未定，不作未央侯。

77. 酬微上人

古古今今律，深深浅浅吟。
乡乡多韵韵，地地少同音。
经取唐三藏，玄应译释篆。
经文经此正，寺鼓寺钟心。

78. 同光岁送人及第东归

同光同岁月，及第及人名。
自以东归去，无言楚汉行。
江东江佐岸，北陆北中情。
晋陕三吴公，人间一正声。

79. 寄江居耿处士

野步曾相似，江居可共同。
川流应带雨，逝水已成风。
处士君心铸，诗文草本隆。
芦花秋素白，水泊苇西东。

80. 病起二首

之一：
一病归心见，三生百草闻。
秋初经夏尽，叶落以天分。
之二：
一劫人生路，三秋落叶黄。
春初应此色，一岁一沧桑。

81. 送中观进公归巴陵

云遮南大膳，雨注岳阳楼。
草尾君山对，汨罗白马洲。
巴陵吴楚水，汉寿洞庭舟。
胜状径烟雾，中观建业侯。

82. 寄郑谷郎中

文名文省闱，雅颂雅风唐。

叠韵昆陵望，峰峦磊石乡。
朝冠朝漏净，鹭步鹭鸯行。
紫气东来处，皇城晋豫章。

83. 归雁

三湘春已早，十路雁门关。
腊月衡阳岸，排空朔漠还。
人行人所望，一字一僧颜。
岁岁飞南北，年年野渡湾。

84. 登大林寺观白太傅题版

寺路三千界，禅林一寸田。
苍崖苍石木，太傅太师室。
怪鸟经常落，浮云久自悬。
泉流泉岸径，鹤寺鹤青莲。

85. 赠曹松先辈

春闱春已至，曲叠曲江来。
把卷龙门首，闻生豫楚才。
山中夫子寄，月下寺僧台。
且以吟诗句，禅林展意开。

86. 夏日江寺寄无上人

是是非非问，无无有有寻。
真文真古意，假事假人心。
彼此乾坤客，阴晴世界林。
禅音禅所辨，寺鼓寺钟音。

87. 夏日梅雨中寄睦公

夏日经梅雨，枇杷已自圆。
烟云衣渐湿，坐立不观泉。
古寺钟声响，禅房磬语宣。
如来如晦易，一世一青莲。

88. 伤郑谷郎中

郑谷郎中去，钟陵绝笔来。
各戈应自束，钓渚可常开。
夜雨随云落，芦花逐苇催。
诗人惆怅久，白雪一枝梅。

89. 临行题友生壁

一壁群山立，千峰独壑留。
风云平谷口，草木自春秋。

寺老游僧去，径新客自休。
禅音如此见，自已是行舟。

90. 别东林后回寄修睦

已别东林寺，还闻虎涧溪。
支公去遁问，自己自辛夷。
再见南朝路，重寻故范蠡。
吴娃吴馆舞，越语越高低。

91. 古松

久以凌霜色，分享岁月青。
风云同屹立，雨雪共心灵。
已老龙鳞节，重生独傲形。
无言峰岭上，亦得对长亭。

92. 夏日栖霞寺书怀寄张逸人

人中人不见，寺里寺难闻。
夏日栖霞逸，泉声鸟雀分。
莲花莲水色，瀑布瀑芳芬。
隐约溪明暗，天光作隙云。

93. 访自牧上人不遇

千金虚掷去，一诺几人何。
不遇知山远，还呼不过河。
芝兰芝已近，古道古情多。
只待君心至，骚人共薜萝。

94. 题东林白莲

大士生兜率，清塘长白莲。
东林东彼岸，好渡好心田。
百合生多子，千金一诺烟。
禅房禅所见，一意一当然。

95. 寄怀江西征岷二律师

已乱边寺，谁平帝业凡。
江西征岷律，石首洞庭帆。
近见鄱阳水，遥寻直木杉。
临流三九陌，面壁以横岩。

96. 东林作寄金陵知己

弟子三千界，真人十八贤。
知人知己见，寄道寄天年。
不远栖霞寺，闻遥北固泉。

金陵归建邺，百里石头船。

97. 山寺喜道者至

自有无心者，常知有道玄。
儒学儒所继，佛道佛继宣。
共度人间路，同行日月天。
山花山鸟性，古木古婵娟。

98. 再游匡山

五老峰前木，三湘水上舟。
匡庐匡积翠，九派九江流。
云岭鄱阳岸，都昌日月楼。
幽兰应莅港，石口瑞洪洲。

99. 赠浙西李推军情

日月三吴水，江山一少年。
吟诗今古继，草隶篆书缘。
北固金山寺，瓜洲石马天。
江都江岸柳，一世一楼船。

100. 题终南山隐者室

终南山上隐，日月问长安。
四皓商山汉，三朝话比干。
蓝田蓝玉璞，白石白波澜。
渭水潼关汇，黄河入海滩。

101. 禅庭芦竹呈郑谷郎中

崔静听春雨，僧闲见笋生。
禅庭芦竹色，石几伏云明。
湿露成珠滴，甘霖顺脉行。
郎中郎不负，寄此寄诗情。

102. 送孙凤秀才赴举

梅花梅白雪，赴举赴人生。
席侧梁园路，居中帝业明。
秦皇封炀帝，六渎久枯荣。
对策弘文立，汴水与长城。

103. 落花

春来春去忙，夏尾夏初闻。
落叶秋风起，冬梅白雪分。
枯荣随律易，岁月任纷纭。
简简繁繁处，文文化化耘。

104. 秋苔

秋苔秋石老，夏雨夏塘荒。
已是无人处，无须日月光。
苍山苍木色，湿晦湿香塘。
隔岁阳明郡，初心作豫章。

105. 老将

破虏平戎将，居功食傲芳。
青丝家国寄，白首客文扬。
雁过排云翼，人行一字翔。
英雄成第一，立胆作千章。

106. 城中示友人

经年书汉字，每日作诗章。
不锁华文梦，开心问未央。
刘邦夫子路，四皓误张良。
垓下分天地，鸿门忆项庄。

107. 送友人游湘中

怀才怀自己，送友送诗词。
此去如僧问，归来似月迟。
湘中多竹泪，日上有繁枝。
鼓瑟临妃意，娥皇已自知。

108. 经费征君旧居

岁须变遁友，只问费征君。
圣代无闲逸，松杉有直文。
难图难所志，力尽力耕耘。
百合红莲巷，芝兰诸蕙芬。

109. 严陵钓台

垂竿夫子钓，水净不成波。
一点连天水，千云逐碧萝。
披蓑重戴笠，仰望复低呵。
不得初心见，无言未日科。

110. 原上晚望

远近难分野，阴晴可见天。
江河知泽阔，日月已桑田。
百鸟曾朝凤，千山已陌阡。
残阳留夕照，古道去无边。

111. 送惠空上人归

利利名名热，尘尘俗俗空。
僧僧同寺寺，地地共风风。
雨雨云云落，孤孤独独翁。
吟吟诗寄寄，别别是逢逢。

112. 酬章水知己

荆门荆水渡，落日落章滨。
绝句深情简，行吟短律邻。
知人知己处，岁月岁秋春。
已得沧桑寄，吾生重故人。

113. 闲居

雨细尘销净，云舒草色明。
风骚杨柳岸，杏李桃蹊轻。
渐觉红稀少，还闻白羽莺。
声声应不止，处处是思情。

114. 次韵酬郑谷郎中　四去韵

相招相得句，互寄互成诗。
闭户听流水，开窗问鸟迟。
西斋西照晚，故友故人期。
暮色黄昏后，婆娑竹影时。

115. 思游峨眉寄林下诸友

早有峨眉寄，菩提独步前。
江薇江水岸，楚郢楚才田。

116. 送刘秀才南游

瀑布南游问，悬泉北诸侯。
亭前亭后挂，雨雾雨烟流。
百鸟群朝凤，三湘竹泪洲。
苍梧留步寄，九脉九嶷收。

117. 示诸侄　古今诗　一带丝绸一路区

七十人间老，三生世界修。
皇城难谢去，前业已成休。
印度尼西亚，巴新属澳洲。
园区成大马，共与首相筹。

118. 荆渚病中因思匡庐逐成寄梁先辈　古今诗

由天由地适，自己自时应。
老老生生病，禅禅寺寺僧。
轮回轮塔院，鹿鹤鹿昭陵。
似去乾坤易，如来大小乘。
平平忙已足，岁岁笔耕凝。
十万诗词少，三生日月征。
千峰千谷对，万壑万流兴。
未是依刘咏，初心结玉冰。
观音观彼此，问道问相承。
访戴知稽忌，支公忘旧缯。
幽香兰蕙序，细雨润田增。
古刹禅房磬，长途照夜灯。

119. 竟陵遇昼公

高僧高觉悟，竟遇竟陵公。
老已投莲老，迷津自色空。
无痕尘已净，足履石径通。
锡影随云落，啼猿已远穷。

120. 闻贯休下世

人间一贯休，世上半诗留。
太子梁争取，吟僧自白头。
文成堆白塔，遁入锦江丘。
真个轮回去，谁闻逝水流。

121. 金山寺

北固金山寺，南朝十万僧。
台城梁武帝，谏壁诸侯兴。
六渎瓜州岸，扬州石马乘。
长江长入海，汴水汴宜陵。

122. 早秋雨后晚望

春前先水暖，雨后早秋凉。
寺道江湖岸，禅房草木香。
西风惊木叶，夜月纳诗章。
渐渐虫声少，幽幽晚望乡。

123. 过西塞山

山名西塞老，野渡北江舟。
岛石空江立，残阳逝水流。

何人何不问，一叶一知秋。

楚国吴头问，三湘向石头。

124. 溪斋二首

之一：

不可言招隐，归休是自安。

清溪应照影，面壁正衣冠。

四海须行路，千山足翠峦。

空斋书已满，独坐读汗漫。

之二：

竹竹杉杉色，青青白白颜。

山光山石屹，草木草花潜。

岁月经诗句，溪流泛浅滩。

潭容潭水积，读客读天关。

125. 新秋

日宴惊三伏，西风向九天。

阳明分向背，草涩误云烟。

果果因见见，成成熟熟田。

禅房修尺寸，寺刹度方圆。

126. 寄上荆渚因梦庐岳乃图壁赋诗

梦梦惊寒月，荆荆草渚滩。

连天连水岸，逐逝逐流澜。

欲止应行去，闻蝉上戒坛。

松藏松寺语，木落木青丹。

127. 己卯岁值冻阻归有作

朔气凝冰冻，河凌带雪寒。

春风应不远，雨水暖微澜。

雁翼衡阳岸，排云易字欢。

人形人觉悟，一字一心安。

128. 送卢说乱后投知己

寇寇兵兵逐，家家户户疏。

生涯生活淡，读客读天书。

桂玉时依向，春山草木居。

新诗新日色，小叶小枝初。

129. 读岘山碑

一载羊公政，千年岘首碑。

何人知随泪，草木亦慈悲。

战火应常息，农工可望葵。

襄阳多日月，楚郢自相随。

130. 过鹿门作

襄阳孟浩然，撼岳鹿门天。

莫以王维见，明皇已可怜。

何言明主弃，一世若云烟。

且以羊公问，诗词挂月弦。

131. 寄杨安荣兄

同承同事业，共步共银行。

志以东盟去，南洋一带乡。

132. 寄马来西亚巴达维首相兼叶选宁钱凌阁兄

十国东盟士，三千子弟兵。

巴新千万岛，墨美选宁兄。

敌后农年志，生前不计名。

丝绸成一路，一带共枯荣。

133. 题玉泉寺大师影堂

教化终华顶，心灵始玉泉。

由来高尚付，日月满山川。

洞壑藏妖怪，松杉列正缘。

千秋师影壁，万古有觉禅。

134. 秋日钱塘作

秋风扬水国，八月满天澜。

海浸三吴浪，云移六合冠。

英雄英气涌，一线一潮峦。

日寄钱塘岸，江封澈浦滩。

135. 送人赴举

留下富春江，钱塘八月窗。

龙门天水色，赴举自无双。

驿影争分道，秋声度站桩。

春闱应取得，隔岁付家邦。

136. 友人寒夜所寄

通宵通独坐，闭目闭孤灯。

古寺禅房静，同君见玉冰。

寒天寒浅水，白雪白昭陵。

百岁凋零晚，三生鹿鹤僧。

137. 酬洞庭陈秀才

易易难难古，辛辛苦苦今。

音音从格律，韵韵仄平吟。

草草湖云阔，幽幽木叶音。

斑斑清竹泪，水水洞庭深。

138. 题鹤鸣泉八韵

唳唳云中鹤，清清月下泉。

山门山石水，寺磬寺声田。

汲注僧瓶满，分流俗客田。

虫鸣虫两岸，鼓语鼓钟宣。

古偈菩提净，今诗格律研。

平音平仄韵，老衲老人怜。

怪石磷岣径，危峰壑谷渊。

澄澄闻异界，处处见青莲。

139. 登金山寺

水漫金山寺，云平北固天。

瓜洲江北岸，谏壁运河边。

且以扬州水，隋炀木渎船。

苏杭如此富，论取虎丘年。

140. 寄吴都沈员外彬

鸟向天涯去，云连水国生。

归休兴乐此，问寺鼓钟鸣。

野醉招谁隐，相思待月明。

寒宫寒女色，桂子桂秋荣。

141. 寄明月山僧

山僧明月早，古寺夜登峰。

半夜无人迹，三更有水淙。

听音听石语，问木问龙松。

四望天空阔，千年独步封。

142. 寄哭西川坛长广济大师

西川长广济，异代古今人。

化火还源路，坑灰举国珍。

编金碑刻在，白塔鹤乡亲。

帝宠心经外，朝惊隔世邻。

143. 酬西川楚峦上人卷

玉垒峨眉秀，金编楚卷清。

西川山叠水，豫锦重章台。
百子春秋笔，千家日月争。
精华由此见，正后谢无成。

144. 览延栖上人卷

叠叠层层卷，今今古古文。
承前还启后，自立复成群。
凿凿雕雕字，飞飞落落云。
寒章回贾岛，瘦骨孟郊闻。

145. 寄洛下五彝先辈二首

之一：

唐音唐品韵，正始正宗闻。
李白华清赋，王维涓泪云。
三朝三代继，一咏一诗曛。
洛下东都士，文中羽翼君。

之二：

洛水凌波逝，曹植白马迁。
嵩峰秋日晚，少室壁生蝉。
六祖同神秀，三元共佛莲。
钟声传远近，鼓语对方圆。

146. 酬岳阳李主簿卷

高举思把卷，抑郁可径文，
阔浸潇湘月，风流逝水云。
凝情凝智慧，历觉历纷纭。
守一方圆界，经三自在君。

147. 寄怀江西僧达禅翁

贝叶同君读，杨花共坐观。
风骚今古领，旧忆去来难。
切齿何妨论，吟诗几度丹。
江西僧达觉，不断九江澜。

148. 送吴守明先辈游蜀

鸟宿嘉陵驿，云沉锦水湾。
峨眉山上寺，贾岛月中蛮。
古意吟方得，新诗格律删。
黄河流不尽，渭水入潼关。

149. 寄普明大师准

旧典文征论，新吟格律明。
平平平仄仄，仄仄仄平平。

古古今今韵，吴吴陕陕声。
相闻相国语，一地一人情。

150. 还黄平素秀才卷

如君风格好，自可继前贤。
不志浑然气，生成字句田。
王维诗国画，李白蜀青莲。
莫以姚监序，知章付镜川。

151. 与张先辈话别

各自离心话，方寻及策人。
巴山巴水渡，楚国楚云津。
白帝江流去，荆州日月新。
东吴东海岸，草木草濒滨。

152. 寄朱拾遗

九念空林下，多声杜宇中。
清贫清自守，独步独孤风。
拾遗文章客，经纶日月穷。
身前身后翼，李广李陵同。

153. 荆门送兴禅师

青山寻处处，木叶落纷纷。
楚郢南宗子，荆门逝水云。
禅师禅所寄，世界世情分。
足迹临流净，身形刻古君。

154. 过西山施肩吾旧居

窗前临逝水，枕上落春情。
大志终难尽，中庸草木荣。
峰光朝暮早，谷壑谷云平。
俯仰阴晴句，诗词一半鸣。

155. 喜夏雨

冬梅多白雪，夏雨满池塘。
谷物丰收望，田间草木香。
千川经日月，九陌正青黄。
及至三秋见，农夫五味尝。

156. 酬元员外见寄

访载先心切，依刘后胜情。
归禅归旧隐，有约有新声。
处世红尘净，吟得杜宇鸣。

孤行孤古寺，独步独机荣。

157. 浣口泊舟晓望天柱峰

一柱扶持力，三光草木边。
根舟根雨润，有瀑有潭莲。
顶极云天竞，峰巅石径川。
难平天下水，直下鼎湖泉。

158. 寄楚萍上人

北岭香炉寺，南山瀑布风。
潭深潭水溅，散雨散云空。
洞壑知无底，天光始有终。
禅师禅所寄，老顽老童翁。

159. 竹里作六韵

婆娑观竹影，一节一心成。
寺老身闲隐，花新草色明。
湘灵因鼓瑟，九陌九江清。
记取娥皇语，苍梧对女英。

160. 寄江西幕中孙鲂员外

佩履官兴比，鸳墀赤绂行。
芙蓉应结社，木槿可红缨。
九脉无凭此，江西有寺明。
无须禅再启，记取远公名。

161. 盆池

花边千玉色，草下百溪泉。
汇集池盆口，分流四向川。
涵虚涵锦秀，纳雨纳云烟。
古寺无形水，新吟有界天。

162. 喜干昼上人远相访

七十垂垂步，三生处处诗。
相闻相访意，动乱动人迟。
淡泊天机近，从容日月时。
离情离不断，别路别情思。

163. 过陈陶处士旧居

琴台琴尚在，雅韵雅音余。
醉打僧门久，吟诗向旧居。
如今重忆取，竹叶似当初。
处士陈陶影，重温贝叶书。

164. 寄敬亭清越

青松藏寺径，古庙敬亭山。
一柱修行远，千峰独立颜。
三生清越色，七十净莲班。
已证当涂岸，宣州李白还。

165. 湘江渔父

湘江渔父老，久见久停船。
偶尔扬竿钓，时常望宇天。
周公知吕尚，太白作青莲。
不解人生欲，金钩似月弦。

166. 书古寺僧房

古寺僧房净，晨钟暮鼓闻，
书经书卷案，释子释贫君。
以夜燃灯照，径心念咒文。
香炉香杳杳，自力自耘耘。

167. 湖西逸人

逸隐湖西岸，樵渔岸草低。
溪前流逝水，石上记僧题。
渚蕙帘馥浦，乡邻竹社齐。
春秋相继续，日月各东西。

168. 潇湘

舜禹苍梧木，湘灵鼓瑟音。
乾坤多岛屿，世界有晴阴。
日月鱼龙静，枯荣草木深。
吴头流向定，楚尾水东临。
目以汨罗问，离骚已古今。
兰荪成绝句，柚橘作黄金。
六祖经般若，波罗密岸心。
君山君子渡，洞口洞庭深。
沉映冯互witten，萧梁庾信簪。
三湘三世界，九派九江霖。
汉口琴台赋，江陵泊屿禽。
千年流逝水，万里是知音。

169. 江行早发

相呼舟子起，独泊近三更。
水上群星密，无寻远岭名。
枝巢应不暖，宿鸟可经营。

此去人间路，游僧向寺行。

170. 宜阳道中作

宜阳一道中，木叶半深红。
独雁离群远，丛芦自望风。
芒花芒白絮，水滟水西东。
再渡临江驿，重归古刹空。

171. 落日

晨钟晨旭起，暮鼓暮黄昏。
早晚高山近，迟迟入寺村。
尘埃应已定，日色别乾坤。
禅房寻觉慧，山乡见子孙。

172. 春兴

春兴春水早，人士谷梅红。
柳色莺初见，啼声已不穷。
风流风已过，日色日西东。
鹭待江流暖，嫦娥守玉宫。

173. 远山

暮暮朝朝日，先先后后山。
东西方向异，去去复还还。
莫以高低论，无须远近颜。
黄河折曲处，水渚一湾湾。

174. 和郑谷郎中幽栖之什

石上幽栖影，云中独步行。
成流成逝水，向日向方明。
草木枯荣见，乾坤自在营。
时时无止步，处处有阴晴。

175. 勉道林自勉二首

之一：
暮暮昏昏寡，晨晨午午丰。
修身修自己，立食立观穷。
柳柳杨杨路，行行止止风。
人生人所见，历世历西东。
之二：
莲塘莲自洁，水净水方圆。
点阔无形见，成流有石川。
庄周曾以梦，子胥楚人鞭。
六国张仪纵，连衡半壁天。

176. 谢滃湖茶

自是诗心苦，无言道法辛。
生平生不止，草碧草连茵。
雾雾云云岭，儿儿女女晨。
新芽新水煮，渌水远泉珍。

177. 寄归州马判官

郡带民康政，归州马判官。
山青山水色，日远日高岑。
赠客椒初熟，寻僧半醉欢。
邻家邻竹管，压境压金安。

178. 倦客

开心非不守，闭眼是关门。
事事曾其问，时时已见根。
闲云闲不了，立静立乾坤。
常知般若渡，波罗密岸蕴。

179. 送灵鉴上人游五台

见得文殊寺，从容上五台。
嵩峰残不少，洛水万波开。
日照生形影，观音自去回。
攀登金阁望，朔漠雁初来。

180. 静坐

静坐威仪立，成僧戒慧台。
观音观自在，证悟证如来。
六祖黄梅主，三身修至哉。
禅房禅所觉，一顿一心开。

181. 谢虚中上人寄示题天策阁诗

虚中天策阁，楚上赋诗台。
寺额因标胜，书人寄自来。
玄元玄所辨，一父一辞回。
易得阴晴解，何言日月才。

182. 荆门寄怀章供奉兼呈幕中知己

荆门知己客，桂府紫衣居。
老衲关中步，山门月下书。
朝天朝地路，日月日光余。
万事皆因果，三生自始初。

343

183. 江令石

田黄田石令，一阻一江风。
以此思量久，风风雨雨中。
无知无识见，有玉有人崇。
若以深宫储，空空色色终。

184. 月下作

不见文星照，无间桂子流。
寒宫寒已尽，玉色玉人楼。
列宿分河岸，群芳散九州。
幽幽听寺语，处处待沉浮。

185. 游道林寺四绝亭观宋杜诗版

绝句留今古，诗心诗暮朝。
风骚风不止，日色日逍遥。
一字天涯远，三吟海角潮。
题观题律壁，见同见家桥。

186. 勉诗僧

诗僧诗对日，道性道生禅。
静悟知天地，游求问谷川。
山情和水意，木叶对风宣。
哲理由其见，人生佛祖传。

187. 谢人墨

研磨研水色，岁月岁寒烟。
典书浮端砚，诗文落玉泉。
薛涛知蜀笺，已尽校书田。
玉变知蒙恬，扶桑二世怜。

188. 送人游玉泉寺

西峰一玉泉，北水半桑田。
古寺三清道，新诗一径莲。
空山空谷近，一鹤一云眠。
止步观天地，行身不自怜。

189. 寄郑谷郎中

得以星郎许，当闻郑谷宣。
诗成诗日日，字得字新圆。
雅颂成见寄，常年滴石川。
郎中郎十指，赤壁赤琴弦。

190. 春雨

春风春雨润，柳色柳枝头。
野阔农桑子，田禾已露水。
遥观成绿陌，近见有突丘。
子粒当芽许，三天自立侯。

191. 明月峰

云遮云不尽，月照月头峰。
学此嫦娥厌，常怀隐约客。
婵娟依此色，有影尚无踪。
直以男儿遣，还思故步封。

192. 谢人惠紫栗挂杖

相随相挂杖，自立自黄昏。
子女无休止，禅音有本根。
泉边常照影，寺上夜无痕。
只以清灯挂，山门净五蕴。

193. 送人游湘湖

一路随鸿雁，三湘鼓瑟听，
苍梧苍足迹，九鼎九嶷青。
野阔由天意，湖光任地莲。
潇江连资汇，阮水洞庭灵。

194. 小松

寺得青松色，禅房寄夜灯。
龙形因刹影，节态似云应。
小大随天日，阴晴共石兴。
何求丰沃土，结伴不游僧。

195. 金江寓居

金法一寓居，碧水半多余。
止步天云望，徐寻帝子书。
心经般若渡，彼岸客云舒。
自得青莲顾，题诗七子初。

196. 晚夏金江寓居答友生

水榭衡余热，池亭落照明。
金江金渚岸，苇草苇芰荣。
半熟红桃硬，全新碧女英。
相寻相忆取，一举一诗成。

197. 寄李洞秀才

处处应时论，年年对古吟。
文昌文独立，璞玉璞难寻。
楚客三王问，和人白璧沉。
知君知所以，向道向英钦。

198. 过商山

四皓商山过，三皇五帝闻。
何言知隐逸，不解帝王分。
以石攻他玉，经峰过岭云。
王朝王子客，一代一家芬。

199. 蝉

树树枝枝顶，咽咽切切鸣。
高低高复上，远近远长声。
若以初心比，当然木叶情。
人间秋已近，夏末水清平。

200. 鹭鸶二首

之一：
鹭鹭鸶鸶立，孤孤傲傲行。
扬手挥玉嘴，俯道对鱼倾。
半瞬争先后，三时忘宇明。
经心经所得，一昧一平生。
之二：
止止流流水，池池沼沼塘。
孤身孤傲影，独立独经霜。
岁岁应如此，年年不仅常。
鱼鹰鱼来止，不可不沧桑。

201. 送僧归南岳

僧归南岳路，衲带北方塞。
浊世孤峰色，禅音独自安。
君山君子问，石室石关丹。
雪锡连天地，潇湘逐水澜。

202. 夏日林下作

闻蝉忽远近，逐日向高低。
息息鸣鸣止，咽咽细细啼。
秋初利未止，夏末夏巢栖。
岁岁重重调，年年处处分。

203. 村居寄怀

土地田家老，村居日月新。
风云风雨过，草木草禾春。
子粒成因果，轮回白塔邻。
耕耘耕自己，著作着诗人。

204. 酬王秀才

邻君邻日近，望晓望墙头。
水色连天际，风光逐逝流。
门前清自许，雨后净尘洲。
读罢春秋论，唐诗纪事留。

205. 赠无本上人

白雪经冬久，红梅已绽新。
芳香芳远近，一叶一秋春。
月社应无本，禅房已故邻。
扬州谁出寺，岳麓岳枫人。

206. 寄华山司空图

洛水艰难岸，华山草木天。
司空图绝句，诏旨使臣贤。
瀑布莲峰逐，深潭已溢泉。
兵戈相阻止，翠羽独当然。

207. 题真州精舍

真州精舍外，海树玉洋前。
夜磬渔乡早，椰林小柱天。
江洋藏大盗，水月逐帆船。
只见无高处，何言有法度。

208. 怀道林寺因寄仁用二上人

名山名水寺，有岭有云峰。
暮鼓晨钟寄，游僧旧衲容。
登楼登远望，四顾四方农。
自力人间食，更生世上宗。

209. 浔阳道中作

浔阳连岳水，牯岭对匡庐。
野阔天低树，云平雨雾虚。
三湘斑竹泪，四顾九江余。
记取南朝句，吟诗贝叶书。

210. 东林雨后望香炉峰

香炉峰上雨，牯岭水中林。
一片鄱阳色，三湘岳麓岑。
东林东虎涧，九派九江河。
古寺游僧锡，禅声立静心。

211. 寄双泉大师师兄

清泉清眼底，白石白云平。
北魏南朝寺，门僧旧衲英。
禅音禅自在，立静立精明。
以戒心经许，从容道法生。

212. 送人润州寻兄弟

南徐南渎水，北因北金滂。
弟弟兄兄问，离离别别颜。
秦淮惊二水，建业客三山。
木叶空林晚，江声带雨还。

213. 贻张生

日日先生敬，心心佛祖容。
闲听僧语老，坐待夜闻钟。
不酒无烟净，慈恩性善封。
花坛香自许，觉慧上云峰。

214. 送人游雍京

雍京雍道阔，别意别君辞。
不见周南化，何言庚信诗。
三生三戒定，九野九州师。
以鼎中原计，凭书向故知。

215. 春草

处处萋萋碧，花花草草同。
相知相互托，以缘以群红。
色色空金谷，幽幽问石崇。
夫差夫渎水，后羿后寒宫。

216. 怀华顶道人

星边华顶屋，上士不知家。
坐卧临天井，听闻渡海涯。
禅余由自在，磬约石桥斜。
白雪寒冬色，春梅腊月花。

217. 寄自牧上人

五老峰前望，三生你我他。
公卿皇帝去，子女弟兄家。
古寺东林早，新吟虎涧哗。
清流清自许，一叠一泉花。

218. 静坐　古今诗

静坐禅修所，心经证悟明。
丹田深入腹，鼻孔自方成。
自在观呼吸，如来向气平。
思维思守一，度过度人生。

219. 送人游衡岳

北北南南雁，来来去去还。
衡阳青海岸，晋并雁门关。
楚楚荆荆水，湘湘岳岳山。
知禅知寺度，问道问师颜。

220. 答知己自阙下书

来寻江汉路，已信阙书台。
故友劳翰札，新诗待日裁。
红霞晨旭既，碧水任流开。
白昼沙明岸，青云玉宇回。

221. 新笋

雨后新观笋，云前故水来。
含苞含地力，破土破天才。
节节尖尖雨，离离剥剥开。
苔钱苔自许，一寸一时催。

222. 寄唐洙处士

行僧湘水去，北雁向衡来。
处士荆门渡，唐洙故梦回。
如文如久傲，似雨似云催。
历尽兴亡事，干戈不可开。

223. 谢人惠竹绳拂

妙手筠篁指，纤丝玉柄连。
摇风摇世界，指白指挥弦。
敢坐行径论，当初洁净绿。
红尘红拂女，李靖李云天。

224. 新燕

新春新燕至，旧着旧梁台。
岁岁曾居此，年年可住回。
衔花衔日色，垒石垒泥梅。
不解同黄雀，无心共两猜。

225. 谢王先辈寄毡　忆父

及第毛毡带，三边老少寒。
辽东多白雪，燕蓟有居难。
父子无私对，慈恩有久安。
爷娘从此别，遇暖忆心肝。

226. 寄还阙下高輦先辈卷

阙下高先辈，京中故后诗。
难闻天上作，不易月中迟。
造诣行僧力，成思古叶枝。
声鸣声不止，楚寄楚人辞。

227. 和孙去使惠示院中庭竹之作

惠示中庭竹，孙去使下和。
汨罗流水色，贾谊故乡多。
沉水潇湘注，长沙唱九歌。
苍梧今古问，鼓瑟二妃河。

228. 苦热中江上怀庐峰旧居

三炎当热照，一度汉阳峰。
牯岭匡庐水，双钟海会容。
围中蒸气苦，日上署沉龙。
只向东林去，禅房静坐对。

229. 曾僧游龙门香山寺

行行白乐天，问问易居年。
顾况原中草，离离百岁田。
香山香已久，寺老寺云天。
已是东都主，龙门在客边。

230. 江上值春雨

江皋江上雨，水岸水中波。
半是峨嵋雪，早寻玉色多。
渔舟渔不济，钓汕钓人歌。
只在茫茫里，无须日日禾。

231. 七十作　古今诗

百岁诗词少，人生七十多。
天天三十首，月月一千歌。
格律随平仄，音声逐故科。
唯成今古句，只入佩文河。

232. 谢虚中寄新诗

旧友三十里，新诗五十篇。
文章成巨匠，日月作方圆。
世界书生见，阴阳易爻玄。
情思情所寄，过路过华年。

233. 送彬座主赴龙安请讲

风云初已静，雨雪满春城。
座主龙安讲，心经着国英。
同流同彼此，佛祖佛殊明。
受请毛师子，僧闻古寺名。

234. 夏日荆渚书怀

值得干戈乱，逢时息锡瓶。
公卿依不久，自力共丹青。
鸟落栖巢浅，猿啼夜月灵。
林泉怀木叶，夏日作秋萍。

235. 春日西湖作

一路富春江，钱塘作海泽。
同流同入色，共雨共云邦。
六合西湖望，千年定国窗。
三春应有独，八月自无双。

236. 谢中上人寄茶

茶中千世界，岭下半纤芽。
雨水初头露，清明老寺家。
流泉应取远，井上可茗砂。
茗以沉浮见，经心彼此嘉。

237. 送节大德归阙

东都一洛阳，渭水半流长。
只见潼关岸，黄河作故乡。
长安长日月，入内入贤良。
紫气东来见，龙门向柳杨。

238. 览清尚卷

古古今今尚，音音韵韵求。
尤工精格律，向背着春秋。
九曲黄河水，千年万里流。
清清源可鉴，处处有湾洲。

239. 荆门送昼公归彭泽旧居

相思彭泽令，楚寺昼公居。
五柳琴弦弃，三吴岸渚余。
匡庐三叠水，六浃半玄虚。
已别东林路，心经贝叶书。

240. 登祝融峰

三湘天下水，一石祝融峰。
直木衡山顶，观云独峙松。
南天门上见，北国公仙踪。
宇宙沉浮望，神州日月容。

241. 寄贯休

同吟同寺月，共度共心经。
子美花溪蜀，王维对渭泾。
终生终复始，白塔自丹青。
莫以轻回证，平生咫尺灵。

242. 送唐禀正字归萍川

霜鬓云阁吏，独自闭柴扉。
以字符戎许，飘飘木叶归。
求根求不得，有雨有风飞。
驿社干戈夜，浑然对是非。

243. 寄怀江西栖公

不见来香社，相思问白莲。
芙蓉初出道，寺道净无边。
别日龙沙岸，重逢泊月船。
江西江渚芷，一色一吴烟。

244. 山中喜得友生书

山中孤寺月，喜得友生书。
不可柴门闭，扬言向木余。
相思知有信，抽隐向泉居。
咫尺天涯路，禅房草木庐。

245. 谢人惠扇子及茶

陆羽旗枪小，去公岁月低。
鲛绡明好扇，远水净泉泥。
谢惠心思地，分封草木萋。
三生同彼此，一路各东西。

246. 寄监利司空学士

政别诗家日，吟成沼业空。
司空司学士，吏治吏人穷。
税赋民生苦，文章考迹风。
精神何必求，事事始无终。

247. 答陈秀才

今人难得志，古士苦留心。
野磊风云落，荒丘日月深。
诗文应不尽，跬步可行临。
万事皆无了，千般自有吟。

248. 游橘洲

春兰从杜宇，芷蕙满芳洲。
橘岸丛丛碧，青枫日日稠。
红萍红水色，白浪白船舟。
若以渔家问，丰丰社社秋。

249. 寄武陵道友

道友武陵溪，桃花作紫泥。
禅门清净地，阮肇未仙迷。
寺老天涯短，僧游海角西。
心经留日月，草木寄高低。

250. 谢人惠药

千金元造化，九炼未更新。
敢问长生客，轮回白塔人。
今生今世在，隔岸隔天真。
以善经心待，从明自在身。

251. 还族弟卷

不以私相许，何言自入神。
风骚三五句，一半两林新。
净净清清卷，情情意意真。
黄河流万里，以水净千尘。

252. 送周秀游峡

已锁夔门水，还开白帝城。
巫山巫女色，楚客楚山盟。
滟滪惊不定，瞿塘落复晴。
荆门应一约，宋玉赋千声。

253. 荆门夏日寄洞山节公

汉水荆门渡，江陵普济明。
长湖长日月，后港后殊城。
郢楚钟祥石，洪湖赤壁情。
君山回顾久，岳麓洞庭荣。

254. 再经蒋山与诸长老夜话

足迹应如雁，南南北北飞。
人形排一字，不是故乡非。
只以春秋断，无言日月归。
天台留寺在，独守故僧闱。

255. 寄当阳张明府

碌碌庸庸吏，清清白白官。
诗诗吟不尽，水水涌波澜。
石磬寒山寺，铜钟拾得坛。
同闻同夜话，共月共心安。

256. 游三觉山

白石幽幽径，禅山觉觉山。
重寻重智慧，独步独心还。
世务随时变，僧怀逐日闲。
孤峰孤历劫，自主自人间。

257. 庭际晚菊上主人

九月重阳节，三秋始独香。
幽丛芳绽色，独傲守金黄。
正气清宵肃，天公向背忙。
风声扬贝叶，玉宇带炎凉。

258. 送赵长史归闽川

荆门应不远，闽海已无边。
一半天涯近，三千日月天。
扬帆扬水去，落足落湘川。
莫失台湾望，应知过渡船。

259. 拟嵇康绝交寄湘中贯微

绝引嵇康曲，侯门不可居。
湘中湘竹泪，二女二妃书。
岳寺逍遥水，汨罗贾谊初。
长沙知五岳，楚客问三闾。

260. 寄许州清古

吟僧吟不止，白日白风云。
古寺成天地，心经作塔文。
无微多未至，有道少饮闻。
莫以红尘尽，禅门草木分。

261. 谢丁秀才见示赋卷

五首新诗赋，千章旧律闻。
天机天所用，地理地人君。
谏策公卿瞩，宏词弟子文。
求贤今古士，向背有芳芬。

262. 惊秋

木叶惊秋信，西风问夕阳。
红稀红不语，水静水清凉。
日日明明短，形形影影长。
寒宫应已近，后羿远弓藏。

263. 夏日雨中寄幕中知己

夏雨池塘满，青蛙水岸鸣。
忽然清静寂，踏步有人声。
莫以春秋问，吟诗草木荣。
莲峰同石枕，夜梦共涟平。

264. 夜次湘阴

三湘无足履，一路洞庭波。
月色同舟棹，天光共水萝。
湘灵湘竹泪，二女二妃歌。
已向苍梧问，君山不渡河。

265. 寄唐禀正字

野旷曾如旧，荒丘已似新。
三年三易草，一岁一秋春。
庾信江南子，汤生旧忆邻。
波平行笔砚，所得鲍昭津。

266. 宿舒湖希上人房

寺纳三千子，窗含一半湖。
风流菡萏暮，月色夜明珠。
刹里清灯照，云中古木儒。
方圆方丈步，自得自书奴。

267. 戊辰岁江南感怀

江南江水岸，舍北舍鸥飞。
白羽和杨立，红桃对李依。
春风春雨落，有鹭有柴扉。
乱世天从旧，新生不是非。

268. 送林上人归永嘉旧居

江东江岸岸，故寺故山门。
楚水流帆影，天台细雨村。
三吴同里月，一木永嘉恩。
向背曾思念，阴晴已五蕴。

269. 答友生山居寄示

山居山水木，隐约隐更生。
鸟秀溪林浅，猿啼寺夜声。
僧吟诗了了，叶落日方明。
自力由年月，书边竹影横。

270. 新秋霁后晚眺怀先公

先公先自去，后者后人来。
已解轮回序，无须白塔哀。
红澄红水叶，白雪白冬梅。
四顾沧洲岸，波罗密可回。

271. 池上感兴

无山应列志，有水可闲看。
点点流流见，形形影影观。
红鳞沉碧底，赤日逐晴澜。
不解何深浅，无短独止桓。

272. 和昙域上人寄赠之什

百病栖迟久，三光木影长。
禅门禅石坐，苦热苦含霜。
若以平生客，炎凉日月乡。
声声知自己，寺寺鹤家乡。

273. 吊双泉大师真塔

白塔十三层，红松一半冰。
霜明僧寺界，鹤唤客家应。
独木丛林直，双泉大小乘。
云生云作衲，水色水流凌。

274. 暮冬送璘上人归华容

遥遥一沃洲，步步半江流。
逝者如斯见，华容似暮楼。
平湖平水色，雨雪雨方休。
古寺游僧在，霏微阻隔眸。

275. 秋夜听叶上人弹琴

寂寂深林木，幽幽弄曲声。
流溪流已断，月落月孤明。
宿鸟先惊穴，栖云后易更。
湘灵随鼓瑟，竹泪已寒清。

276. 谢人惠丹药

处处仙人洞，山山面壁情。
灵丹灵妙药，自己自人生。
有道红颜老，无私直木萌。
修身修所遇，独木独方明。

277. 荆门病中寄贯微上人

荆门僧病步，百药半求村。
早晚同归去，轮回共善根。
无须观日月，有路见慈恩。
静定禅师老，皆空近五蕴。

278. 答孔秀才

闲吟闲不住，直木直丛林。
早入文章界，何言老少心。
江南云雨阔，塞北渭泾深。
只见黄河水，东营不古今。

279. 秋江

秋江秋水色，濯足濯冠缨。
顶戴重明净，身形再肃清。
山青山竹木，紫蕙紫兰英。
静静澄澄见，流流止止泓。

280. 船窗

船窗船水线，浪溅浪花风。
涌涌波波逐，行行色色空。
斜阳连岛屿，树影落苍穹。
寺阁由方丈，禅鸣始不终。

281. 永夜

闲情无百虑，古寺有千灯。
远刹阴晴日，高香大小乘。
禅房留草木，永夜忆江陵。
楚国巴山水，瞿塘白帝兴。

282. 中春怆怀寄二三知己

中春中正色，草碧草花新。
有雨珍珠润，沉云点滴沧。
多烟多水露，润土润禾均。
待瘦从肥见，观枝向叶臻。

283. 自遣

了了然然梦，终终始始行。
游僧游未止，主步主人生。
积垒河湾水，晨钟暮鼓声。
云舒云卷见，寺老寺枯荣。

284. 送陈霸归闽

乡程乡百越，水渍水三吴。
闽海天云远，温州日月苏。
行兴应笑止，顾望寄书儒。
莫以排空雁，年年两度孤。

285. 寄孙子呈郑谷郎中

阴晴千里水，老少一篇章。
郑谷郎中赋，书香省府杨。
淹留才半月，酬唱过三湘。
格律诗词约，玄应释子量。

286. 荆门送人自峨眉山游南岳

峨帽敬普贤，楚水蜀山川。
若以荆门望，岷江镇定边。
寻师天竺远，静坐戒坛前。
自以新诗作，耕耘日月年。

287. 谢主人石笋

漓江阳朔水，石笋自天流。
点滴方圆现，钟房乳液丘。
千年曾一见，百岁十三州。
世界多姿色，乾坤是渡舟。

288. 经安公寺

大圣安公寺，中庸不见名。
从客从未主，久寂久无声。
塔影高丛立，江流暮照明。
感灵由此问，只在鹤乡情。

289. 秋夕寄诸侄

每每深秋夜，幽幽古寺灯。
留明留远近，望水望凌冰。
若以家乡忆，波罗密岸僧。
园林红橘柚，世代久相承。

290. 谢炭

一炭千红火，三冬半白冰。
禅房明白雪，去寺鼓钟应。
般若慈恩度，心经大小乘。
平生春夏继，立步暮朝僧。

291. 夏满日偶作寄孙支使

九夏三春尽，千经万卷僧。
耕耘应自力，隐逸可观冰。
草药凭心治，相思雨露凝。
禅门开不闭，历路作游僧。

292. 寄清溪道友

古寺禅房月，清溪道友风。
千峰千岭木，万整万流空。
解辨玄元子，工诗匠石翁。
松杉松雪色，蕙芷蕙兰红。

293. 谢重缘旧山水障子

已见心中玉，无言寺上春。
山山明日月，水水绿津津。
一幅屏三尺，千流落九濒。
重缘重注目，独立独君邻。

294. 寺居

依稀林日旧，锡杖履禅深。
古寺山门近，生池玉树荫。
青莲青自洁，贝叶贝僧音。
饮露清肠许，平生向远吟。

295. 剃发

剃度三千戒，金刀一半凉。
心经心已此，日见日禅房。
白雪阳光寺，风云日月霜。
冬初冬未尽，一岁一青黄。

296. 谢高辇先辈寄新唱和集

鹿野山川阔，龙楼洛渭新。
东都东已尽，浦化浦人真。
洛水天津色，香山古寺春。
精灵仙子见，白塔独归人。

297. 送徐秀才游吴国

江东江佐岸，项羽项京风。
舞剑鸿门宴，张良共沛公。
淮阴侯不立，霸主未央宫。
楚注三吴渎，隋炀汴水丰。

298. 忆在匡庐日

木落匡庐日，松声过虎溪。
仙人泉玉叠，洞口石千低。
寺塔东林影，轮回鹤独栖。
禅门禅自悟，各世各东西。

299. 寄三觉山从益上人

山中山下路，雨后雨前身。
寺里禅心净，云间夕照濒。
闲吟闲湿润，踱步踱猿邻。
俯首终无语，抬头始有因。

300. 残秋感怆

三湘灵鼓瑟，六渎柳杨条。
楚寺新为客，吴江旧忆潮。
飘飖飞落叶，上下去来摇。
不见寻根意，苍天一意消。

301. 寄南徐刘员外二首

之一：

兵戈半竟陵，旧岁伴吟僧。
国国应知治，家家待再兴。

之二：

释子经音译，玄应弟子明。
真宗真世界，实木实枯荣。

302. 贻一秀才

功成功未尽，道至道去生。
夕照回光远，晨曦旭日明。
朝朝临暮暮，朽朽复荣荣。
似此轮回问，如今隔世情。

303. 赠孙生

道以千途汇，心经百岁明。
吟诗今古见，历事去来成。
是适春折桂，非常夏水瀛。
蛙鸣初复止，所恐有人声。

304. 酬元员外

洛水元员外，崇山石屋根。
园林泉水远，古寺寄王孙。
一静闲朱绂，三思故土恩。
开窗开绿野，守一守山门。

305. 与杨秀才话别

庾信楼中赋，姚监月下文。
干戈平定后，草木始芳芬。
不胜江山寄，还思日月分。
如来如此见，此去此人君。

306. 寄何崇丘员外

桃源门槛水，世外汉秦人。
隔岸观音渡，随流见路春。
知仙知所界，问俗问其邻。
若以干戈弃，和平日月均。

307. 赠刘五经，古今诗，桓仁

俯仰兴安岭，盘环五女山。
关东关北创，父母祖孙颜。
学院三儿子，京城第一颁。

诗书唇齿念，百岁以诗还。

308. 送游山道者

共是游山者，同寻落叶根。

飞天飞玉宇，远近远慈恩。

乱世干戈抑，经心日月村。

人生人信仰，自立自儿孙。

309. 舟中江上望玉梁山怀李尊师

舟中江上望，石磊玉梁山。

白鹿仙人洞，黄猿渚木湾。

谁人无事局，赤壁有人颜。

只可随舟去，平生向寺还。

310. 角

征人闻晓角，远近尽思边。

切切鸣鸣响，孤孤独独咽。

胡风胡草地，汉马汉人田。

莫以长城见，干戈动乱悬。

311. 言诗

别路言诗尽，离情问曲肠。

人生人彼此，一世一炎凉。

隔岸风云客，随舟渡柳杨。

无情无意悔，不可不衷肠。

312. 训王秀才

曲曲弯弯水，离离乱乱舟。

儒生儒子远，寺化寺僧游。

不达干戈静，河桥未路求。

禾须三亩土，日得半江流。

313. 春居寄友生

旧梦连乡语，新诗寄友生。

江村雷雨夜，竹叶带云情。

色重春莺老，花荫不少鸣。

相思吟切切，四顾苦营营。

314. 寄答武陵幕中何支使二首，古今诗

之一：

百岁江山计，三千子第兵。

江东江左岸，故国故天盟。

旧部成天地，中军细柳营。

才何才谈笑，十地十精英。

之二：

风流风水逝，一帅一军兵。

独对江东左，无回故国荣。

城前临阵策，敌后武工名。

以岳枫林共，苏联解体行。

315. 浙江晚渡

钱塘一富春，六合半杭州。

八月天堂岸，三秋汴水舟。

盐官观瀑布，澉浦武原流。

久立前程滞，风涛不可留。

316. 送人下第东归再谒旧主人

东归东下第，再谒再神游。

一战千军对，三生半世侯。

乌江留项羽，垓下筑鸿沟。

记取兮秦汉，无须霸主忧。

317. 寄谢高先辈见寄二首

之一：

雅颂春秋句，风骚史册风。

无休无绝唱，一字一精工。

晚入芙蓉岛，心经寺色空。

为难同彼此，最可自由衷。

之二：

天随天际远，日上日高山。

早见西峰满，君临草木颜。

诗玄诗解易，寄意寄难关。

阔水宽流问，深潭落月潜。

318. 寄仰山光味长者

俯仰禅门静，松杉寺语深。

山光山石木，长者长人心。

草木枯荣易，轮回鹤鹿音。

行程行有路，鸟道鸟龙吟。

319. 贻庐岳陈沆秀才

为诗经岁月，索句自辰昏。

处处曾无断，天天十首门。

平生三万日，少小童翁痕。

两倍唐人过，千音格律村。

320. 边上

三边三界土，一汉一胡疆。

渭水耕田米，阴山自牧羊。

常闻常见雁，向北向南方。

大漠潇湘客，何年有故乡。

321. 蟋蟀

举目寒宫冷，翻身促织鸣。

秋风多肃气，落叶不藏荣。

草草虫虫月，啼啼断断声。

三更三梦断，一夜一无情。

322. 寄西山郑谷神

西山西郑谷，一瑟一诗踪。

索句非偏解，精工是匠封。

音平音正字，格律格中庸。

事事经心释，时时继鼓钟。

323. 读参同契

一笑修仙侣，三生帝子田。

谁同消息共，客以别诗联。

石玉炉口炼，阴晴寺上天。

人间常不得，隔世塔林前。

324. 闻落叶

无风闻落叶，有月向朝明。

别别离离故，幽幽静静声。

惊人惊旧忆，寄友寄新鸣。

彼此同归去，阴晴已共生。

325. 谢王先辈昆弟游湘中回各具示新诗

蜀楚三江水，潇湘半洞庭。

苍梧斑竹泪，鼓瑟二妃灵。

舜禹多疏导，殷汤有丹青。

南朝诗寺永，北国汉秦廷。

326. 寄酬高辇推官

道以天机辨，诗成感遇兴。

文心雕不尽，索句觅难应。

静定从朝暮，深思见水冰。

云云三世界，处处一游僧。

327. 逢诗僧，诗，禅，僧，香

别后无言寺，衣单有止行。
人曾相合作，日上一禾明。

328. 话道，寄正大北京总裁谢焕先生

天机天不定，道是道非玄。
百药常伤性，三明任岁年。
偏微偏国泰，正大正桑田。
善取谢良智，思清自焕贤。

329. 谢欧阳侍郎寄示新集

金梭千十叚，玉骨十三香。
织女殷勤织，郎君主侍郎。
欧阳欧锦致，鸾逐鸾飞塘。
巧制良裁剪，瑶台继母藏。

330. 西墅新居

心怀西墅止，足踏石阶行。
野鸟啼声住，诗僧不得鸣。
苔深新雨润，柳叶旧枝萌。
细打门无响，邻家友有情。

331. 酬孙鲂

才人才子见，战乱战时闻。
漏断鸳鸯步，谁争侣不群。
何言何处去，可问可从军。
旧论新翻解，平生任志勖。

332. 扫地

直直平平扫，横横给给挥。
书人书一字，笔迹笔承晖。
日日三千撒，天天一半扉。
红尘红不见，净土净天机。

333. 书匡山隐者壁

红霞红石壁，隐者隐匡庐。
五百真罗汉，三千弟子居。
迷仙迷自己，解药解樵渔。
自力更生得，心经道佛书。

334. 送干康禅师入山过夏

溪边船若渡，寺外满松林。
过夏听云雨，禅房问本心。
轮回轮彼岸，白塔白当今。
若以春秋继，谁言日月深。

335. 野鸭

先春先暖水，野远野鸭塘。
独自求生存，群居共故乡。
惊人惊食物，一误一天亡。
自自然然者，生生息息常。

336. 伤秋

伤秋伤是误，果熟果成因。
一粒春先种，三光陇晋秦。
寻根飞叶落，左右问经纶。
秩序由天地，枯荣岁月新。

337. 怀东湖寺

铁柱东湖寺，唐标大理泉。
三边三世界，九鼎九山川。
旧步幽幽探，如今共远天。
同思同异念，一日一经年。

338. 宿岘山原公三首

之一：
体体身身合，形形影影分。
由光由所见，以世以仁君。
晓旭西山照，黄昏向背勤。
高明无远近，正大有辛勤。
之二：
相思相远近，互忆互阴晴。
水上鸳鸯语，林中杜宇声。
关关呼不止，息息夜巢倾。
白日经纶照，扬程路道行。
之三：
老少心相近，童翁恋互依。
何言何所顾，几岁几年稀。
七十行程远，儿成望草旗。
初初复末末，步步亦希希。

339. 清夜作

清清明月夜，寂寂忆家乡。
老少同心地，童翁各杨柳。
朝来霞远近，一去自炎凉。
暮色黄昏落，人间叹夕阳。

340. 题白处士

不可服丹砂，玄元守正象。
人生人自取，食误食精华。

341. 崔秀才宿话

休心休所欲，夜话夜无家。
守一方圆见，思三你我他。

342. 怀天台华顶僧

天台华顶望，大海共云潮。
一国清凉寺，千莲满玉霄。

343. 送人赴官

少壮作初官，兵荒自苦难。
行程多远近，七十不盘桓。

344. 水鹤

三光三世界，一水一云天。
已见人间物，山洋各自全。
何求无目的，拾得有源泉。
海海阳阳在，民民岁岁年。

345. 湘中感怀

兵荒无逸迹，动乱有清缨。
若以人生计，当然日月明。
江花红烂漫，水岛傲阴晴。
羽雁飞南北，人形守一鸣。

346. 九日逢虚中虚受

虚中虚受楚，九日九重阳。
未净干戈苦，荒芜绿菊芳。
吟诗吟所遇，比目比头扬。
解读心经久，当今忆故乡。

347. 赠李明府

名字名邑宰，屈子屈锋芒。
直是难苏俗，当消易柳杨。

隋炀修汴水，六渎过苏杭。
若以天堂若，长城有短长。

348. 暮春久雨作

云堆春水路，雨积夏池塘。
最是耕耘切，民生草木乡。

349. 渚宫莫问诗一十五首

序：

莫问居君子，知行落路身。
青山青所在，白石白云津。
俗鄙龙安寺，形形影影轮。
王侯王适故，俸食俸天均。
鹤鹿云泉岸，猿禽草木尘。
行僧行卧寄，一寺一心邻。

之一：
王侯王已任，释子释名分。
莫陶山中事，无须月下君。
之二：
剃度龙安寺，行身悟觉人。
莫问嵇康懒，音琴十里春。
之三：
雨雨云云继，桃桃李李蹊。
知音知日月，莫问莫东西。
之四：
莫问樵渔隐，何须释子明。
山深山草木，水渚水阴晴。
之五：
莫问无求欲，当然释子生。
深山钟鼓继，世上有人鸣。
之六：
莫问闲居去，还来自力情。
衣衣重食食，苦苦复生生。
之七：
月色希夷共，天光草木同。
玄文玄所道，莫问莫其空。
之八：
不可休持钵，难为汲水瓶。
当知生死鉴，莫问去来灵。
之九：
日在东林寺，身行汴水流。
长城今古战，莫问度春秋。
之十：
莫问天机在，金台不可刘。
鸿沟分两岸，越瞩十三州。
之十一：
莫问人间迹，谁知世上忧。
书生书所事，释子释君忧。
之十二：
莫问关门者，从客渡口还。
山高山石屹，水逝水成湾。
之十三：
绝迹何人至，重情几度玄。
人知人莫问，自觉自桑田。
之十四：
松林风寺近，不远汲瓶泉。
忌讳王侯主，溪流莫问渊。
之十五：
莫问山高处，峰林有水源。
同生同日月，共世共轩辕。

350. 荆州新秋病起杂题一十五首

之一：病起见王化
劳形劳劲骨，白水白莲塘。
紫气观云雨，天云汇帝王。
之二：病起见图画
河图河水继，向背向天朝。
老衲华山见，天台渡水桥。
之三：病起见苔钱
步步苔钱路，心心子女缘。
人间人所用，不可不耕田。
之四：病起见庭竹
不可无消瘦，当然向宇扬。
心空心日月，节劲节青黄。
之五：病起见生涯
三衣如两翼，一衲似千华。
诸俗莲花水，生涯在寺家。
之六：病起见秋扇
千山千木叶，一扇一秋香。
若以长门间，君心不帝王。
之七：病起见衰叶
一叶凭空落，三生任劫频。
休生休养见，自得自秋春。
之八：病起见庭柏
柏柏松松色，青青郁郁身。
寒霜寒不解，一岁一年新。
之九：病起见庭莲
庭莲庭色静，水浅水深平。
枕上缠绵气，云中社会英。
之十：病起见庭菊
已待重阳节，秋山独自香。
新生新日月，百药百花尝。
之十一：病起见庭石
步步临庭石，圆圆问足间。
心心由此见，路路似轻闲。
之十二：病起见庭莎
庭莎庭色绿，一望一丹青。
四顾环窗户，三光入舍听。
之十三：病起见苔色
一色苔青净，三生日月新。
无为无所见，有水有心邻。
之十四：病起见秋月
秋明秋月色，向背向阴阳。
九月茱萸草，三吴汴水乡。
之十五：病起见闲云
闲云闲起落，作雨作沉浮。
但向田家许，无须释子谋。

351. 夜坐闻雪寄所知

纷纷扬不定，积积素层成。
有雪因枝落，无眠对夜明。

352. 怀洞庭

君山问岳阳，一水满潇湘。
若以巴陵见，苍梧竹泪凉。
灵均常自在，夕照洞庭妆。
且以渔翁唱，游人只望乡。

353. 欲游龙山鹿苑有作

龙山门不闭，鹿苑守扉开。
暮雨方兴过，清风带色来。

354. 再逢昼公

一别竟陵西，三生古寺低。

干戈曲已去，此此旧时栖。

355. 送人游武陵湘中

湘中一武陵，月下半行僧。
战士经烽火，狼狼不顾应。
江临江寺阁，一子一吟兴。
了了禅诗继，音音格格承。

356. 酬九经者

穷微穷妙水，石磊石华山。
史史经经传，成成败败还。
黄河黄土地，九鼎九州关。
莫以轩辕记，民心日月颜。

357. 寄赠集滩二公

不了难名境，因君已了名。
禽鸣禽已去，月落月寒清。

358. 夏日作

雀语池塘岸，芰荷夏日莲。
婷婷相独立，楚楚女儿妍。

359. 行路难

路路行行易，年年岁岁难，
三生三不解，一始一终观。

360. 送玉泉道者回山寺

道者回山寺，行僧问玉泉。
心经心所在，一法一其玄。

361. 谢王拾遗见访兼寄篇什

一印安禅处，三经静寺缘。
清泉流逝水，拾遗暮朝田。

362. 题张氏池亭

净净池亭水，幽幽草岸舟。
芰荷莲藕色，草木逐沧洲。

363. 送人南游

江南江水岸，塞北塞山关。
孔雀常年秀，犀牛逐草洲。
群鸿飞不尽，牧草汉河湾。
兵守边疆志，同荣一木血。

364. 题明公房

寺北观湘水，山南问昙公。
苍梧斑竹泪，木叶洞庭风。
止步东林寺，居心佛祖隆。
香炉香未散，主宰主持空。

365. 寄顾处士

离离一别难，处处半盘桓。
只以吟诗寄，关山白雪峦。

366. 贻徐生

贫居贫扫地，净洁净闻声。
卷卷径径占，今今古古城。

367. 谢虚中上人晚秋见寄

楚水同昊逝，荆门共寄诗。
虚中虚别意，月下月宫迟。

368. 寄东林言之禅子

闻君闻自己，一病一禅缘。
万劫应三界，千莲过百天。
东林相送罢，北国以河边。
只坐从心静，升华任岁年。

369. 寒节日寄乡友

年年寒食节，处处落杨花。
不以书生问，当知岁月斜。
湘江应不渡，沉水莫寻家。
寺阁心经悟，空空色色涯。

370. 闻西蟾从弟卜岩居岳西有寄

岩云垂上下，瀑布挂高低。
木叶红方落，柚木草木萋。
闻樵听斧斫，问钓作滩蒹。
隐逸谁常见，风云已自分。

371. 寄淮西禅师弟

三秋年上下，八九月中风。
了了终终象，重重叠叠穷。

372. 朴满子

只爱身中寄，何闻月下风。
临风曾一诺，主宰已三宫。

373. 寄西川惠光大师日云域

芜城兴废见，蜀国去来行。
月色成禅觉，寒宫作桂名。

374. 忆别匡山寄鼓泽干昙上人

直望三千岭，回看五老峰。
孤舟千里去，独傲一云封。

375. 又寄彭泽昙公

孤寻匡牯岭，独上汉阳峰。
足下鄱阳水，心中岳麓钟。
谁闻彭泽令，种菊弃弦宗。
五柳童翁会，三光彼此同。

376. 因览支使孙中丞看可准大师诗序有寄　古今诗

万里三河继，千篇一律生。
精英今古格，世子暮朝行。
玉尺衡量比，年华日月平。
诗词相衍续，文章互寄荣。

377. 新秋病中枕上闻蝉

今天今所世，昨日昨前生。
不见明晨序，无言了了情。

378. 寄云盖山先禅师

古翠秋浓晚，新松竹叶青。
禅师禅已定，静坐静心径。

379. 落叶

落叶飞天去，江流逝水来。
相承相继序，一岁一天台。
是雁非乡土，知根是本猜。
衡阳青海岸，两度北南回。

380. 次朱阳作

沅水潇湘沅，衡阳岳耒阳。
南荒猿旦暮，杜宇作文章。

381. 舟中晚望祝融峰

舟中临水目，晚望祝融峰。
赤壁红方止，青流夕照龙。

353

382. 吊杜工部坟

子美三千首，斯文五百年。
精工精字句，太白太诗田。

383. 岳中寄殷处士

入岳临湘岳，前题继后题。
相思江壁寺，一首雁峰西。

384. 送幽禅师

禅师三觉悟，木叶一天机。
一步行衣卷，千年独不依。

385. 观烧

猎猎寒芜响，风风逐势行。
喷来还焚去，弃烬带灰耕。

386. 咏茶

百草精灵在，三冬事雪萌。
春风春雨露，陆羽陆先生。
岭上多云雾，怀中有女情。
龙泉龙井树，碧玉碧螺倾。
手采杀青晾，燕香入瓮盟。
明杯明绿叶，一落一浮衡。
发酵砂壶水，泉遥井上泓。
江中江不得，远后远源清。

387. 寄阳岐西峰僧

西峰残照远，瀑布挂山中。
鸟道层层石，松林处处风。

388. 回雁峰

一地寻回雁，三湘落照明。
人形飞一字，草渚落千声。
木叶同时对，春秋自度行。
衡阳青海路，一世两乡情。

389. 赠询公上人

威仪威所贵，静定静生公。
石石头头点，禅禅觉觉工。

390. 秋兴

向背分难定，秋兴两半清。
乾坤阳正气，日月短长明。

391. 古寺老松

古寺老松青，行僧住释庭。
禅师禅所在，一树一心灵。

392. 题无余处士书斋

处士书斋老，松杉草禾深。
径行三万日，著作一青林。

393. 岁岁暮江寺住

山依枯槁木，水逝暮江风。
古寺径年尽，禅房历始终。
孤村钟鼓远，极浦渚滩空。
守岁三千里，松涛百里中。

394. 新燕

一十连连语，无知二五闻。
佳人先自得，巧计古梁尘。

395. 喻吟

江花芳草渚，草木色严滩。
静定修禅磬，寻行问寺田。

396. 过湘江唐弘书斋

已过湘江渡，乡邻自打门。
猿啼三句半，燕尾一王孙。
水逝荆柴岸，云留楚尾村。
唐弘书典籍，不俗是慈根。

397. 读贾岛集　古今诗

连篇三百首，十万半生诗。
八十人间老，千帝盛典知。

398. 寄山中诸友　古今诗　守一

自入城中寺，山门月下心。
千峰千岁月，一世一知音。

399. 怀终南僧

了了因子因，僧僧寺寺音。
钟钟继鼓鼓，赋赋亦吟吟。

400. 送二友生归宜阳

旧国居相近，新湘水陆遥。
红枫红岭色，白石白云潮。

401. 怀从弟

多忧多忆苦，少叹少寻行。
日日前途去，年年笔墨耕。

402. 岳阳道中作

大泽鸣寒雁，芦塘水沼深。
啼猿惊苇叶，释子带禅心。

403. 赴郑谷郎中招游龙兴观读题诗板谒七真仪像

龙兴观上望，大雅颂中风。
礼七真仪殿，周南美戒东。
思雄垂朴略，结服仰箓终。
老极希夷简，诗悬笔砚穷。
茵花琴瑟曲，把杖向秋翁。
立鹤嵩山塔，云乡已自衷。
禅音禅肃穆，石磬石心工。
不舍求般若，波罗密色空。

404. 书李秀才壁

干戈曾满地，水国已贫居。
弱病新年里，邻家贺岁除。

405. 闻尚颜下世

瀰潴休僧语，潇湘继影堂。
人生人不在，鹤塔鹤家乡。

406. 蔷薇

繁英常带刺，简束牡丹来。
一茎连蕾绽，三春逐夏开。

407. 送隆公上人

空江舟自便，细雨草花颜。
有志青云上，无须白日闲。

408. 宿简寂观

一寺心经诵，千荷简寂观。
长生应不老，紫阁纳汗漫。

409. 遇元上人

七泽名山界，三江谷壑中。
东吴临四海，杜宇逐千衷。

410. 早梅

雪覆衣裙去，禽窥素艳来。
明年时序令，早度浙天台。

411. 听泉

清泉三叠落，问道一匡庐。
不可声声静，唯唯处处虚。

412. 送孙逸人归庐山

独步仙人洞，孤身五老峰。
流泉三叠落，古寺一禅封。

413. 听李尊师弹琴

下里巴人曲，阳春白雪声。
尊师琴瑟久，古寺月空明。

414. 寄武陵微上人

卷曲台边际，舒张立壁空。
风云惊谷雨，日月始知穷。
古律应匀韵，吟诗已度翁。

415. 匡山寓居栖公

物外心思物，情心始是情。
相思相互念，独处独人声。

416. 湘西道林寺陶太尉井，古今诗，祖父挖井目失明

祖父留孤井，乡邻取水名。
如今成市里，记忆有亲情。
八卦桓仁易，山东创业行。
修桥还铺路，只取善人泓。

417. 寄淞江陆龟蒙处士

陆陆皮皮士，吴吴越越诗。
江湖江岸阔，万卷万人知。
好汉黄天荡，英雄六浃迟。
苏杭流汴水，柳绿柳杨时。

418. 闭门

道在谁开口，诗成自点头。
休关休外事，独上独书楼。

419. 看水

三吴王道法，一水范蠡舟。

自此商家盛，西施木渎愁。

420. 寄栖白上人

白石溪流净，青云卷曲闲。
无声无迹守，不得不禅关。

421. 自趣

禅中禅外寺，水后水前言。
一字飞南北，家乡两简繁。
梁朝梁太子，李白李文元。
杜甫王维问，襄阳撼岳喧。

422. 孙支使来借诗集因有谢

步步江山岛，云云水石根。
相寻相问取，一集一诗魂。

423. 夏是言怀

赤日炎炎下，青云处处前。
沉浮应不止，四序始当然。

424. 早秋寄友生

河遥连日落，野水逐阔平。
有序闲心坐，无私静定明。

425. 送王秀才往松滋夏课

杜宇春先语，渊明醉落花。
江光摇夕照，柳影带残霞。

426. 喜公自武陵至

无清沧浪水，有迹楚湘行。
旧语常明志，新诗已达名。

427. 假山

序：

假假真真石，峰峰谷谷川。
匡庐匡正义，绝顶绝人烟。

诗：

匡庐离别久，积翠暮朝思。
正地诗言重，当轩水月奇。
洪荒天欲漏，炼石女娲期。
散落人间玉，苍灵世界司。
千峰千岛屿，五老五湖池。
镇地秦嬴政，行空汉武师。

莲池明日月，佛祖佛心时。
望尽瑶台境，原来假设姿。

428. 谢西川可准上人远寄诗集

诗家诗集社，绝句绝人思。
共得西川赋，同吟竺沃词。

429. 秋空

秋空秋向背，一日一分明。
雁字飞南北，湘衡水渚情。

430. 与聂尊师话通

不可长生觅，无须闭自寻。
人间人是客，白塔白云深。

431. 送相里秀才自京至却回

楚寺潇骚闭，夷门诗客开。
京都京京路，老病老知才。

432. 谢人寄南榴卓子

品格精工比，南榴卓子明。
怜君怜所意，锦柏锦松情。

433. 寄旧居邻友

隔壁听君诵，经庭向竹吟。
爨茶香已达，煮粟觉尤深。
只以邻家短，如今对月音。

434. 送朱秀才归闽

远客归南粤，单衣背北风。
荆门才几日，闽海已知空。

435. 龙潭作

龙潭龙不在，治水治春秋。
若以深潜去，排云作雨留。

436. 依韵酬谢尊师见赠二首

之一：

去达荆门水，来经汉浦云。
新朝新策论，一世一清君。

之二：

绝顶休高卧，谷底已难行。
一水荆南别，三湘向粤明。

437. 送冰禅再往湖中

行心宁可止，再去与谁同。
片片风云尽，空空日月中。

438. 喜表公往楚王城

楚地江流水，邻家竹影风。
兴亡应有迹，存继可诗穷。

439. 春雪初晴喜友生至

日日无晴日，今今有友生。
南檐应滴水，白雪雨云平。

440. 残春连雨中偶作怀故人

漠漠山门闭，迟迟日色来。
吟诗吟所忆，晓雨晓天台。

441. 送崔判官赴归倅

白首同颜巷，青袍共左明。
饥寒交迫久，醒醉作人生。

442. 寒食日怀寄友人

雪井常蒸气，书扉久不开。
寒窗寒乞火，了悟了难裁。

443. 怀巴陵旧游

云天云梦水，洞口洞庭舟。
不可桃源入，秦皇汉武休。

444. 招干昼上人宿话

夜话禅房觉，灯明世慧遥。
天台应寺磬，只望海门潮。

445. 荆门秋日寄友

白首荆门寄，青溪已远流。
难归空想尽，补衲寺禅州。

446. 哭郑谷郎中

郑谷郎中去，朝衣典未留。
知诗知醒醉，不得不荒丘。

447. 题东林十八贤真堂

印度三千教，东林十八贤。
莲花莲世界，普度普天缘。
虎涧云溪石，陶公谢守迁。

灵心灵所在，一乱一心偏。

448. 题南岳般若寺

心经船若寺，彼岸僧灯明。
紫阁凭南岳，波罗密可卿。

449. 寄庐岳僧

拄锡区中别，西南瀑布峰，
千山莲坐椅，万壑玉芙蓉。

450. 游谷山寺

岭地松林晚，黄昏草木荣。
归僧归谷寺，问道问钟声。

451. 楚寺寒夜作

寒宫寒桂月，古寺古香凝。
弟子如来教，袈裟大小乘。

452. 送泰禅师归南岳

有寺兴题句，无声共岳禅。
寒山和拾得，品格逐人贤。

453. 山中寄凝密大师兄弟

万象安禅路，千年逐日田。
心经心所系，水国水中天。

454. 海棠花

三春桃李叶，一树海棠花。
格异殊多果，心同日月家。

455. 题赠湘西龙安寺利禅师

公无先渡水，子有后天河。
俗世随流水，红尘逐逝波。
青萝应四律，白首可朝歌。
寺足深山木，禅房智路多。

456. 寄文浩百法

六祖黄梅教，师徒五百人。
闻传闻谒客，一语一经纶。

457. 谢人寄新诗集

半在干戈半国忧，千篇绝句过沧洲。
三军列阵应同语，一字知音不易求。

458. 谢元原上人远寄檀溪集

远寄檀溪集，襄阳白首诗。
文隋三国志，马跃的卢时。
梦泽知音在，潇湘楚客知。

459. 寄道林寺诸友

树影东西寺，江声上下方。
僧中林露湿，异境水天梁。

460. 赠智满三藏

灌顶醍醐智，僧游大小乘。
如来三藏法，释子一玄应。

461. 谢王先辈湘中回惠示卷轴

湘中风雅颂，月下九歌声。
少小曾名示，童翁已见英。

462. 荆渚寄怀西蜀无染大师兄

顿悟南禅祖，行僧棒吓缘。
当知如彼此，不共去来天。

463. 谢武陵徐巡官远寄五七句诗

五子方成七字成，已以谢官情山河。
河图九鼎灵龟隐，三千弟子五湖名。
灯前寺路行朝暮，月下巡官竹木情。
格律当如天下令，诗词日月佩文程。

464. 重宿旧房与愚上人静话

栖心已十冬，彼此客三明。
草木和天地，晨钟暮鼓声。
禅房依旧是，一字一人生。
始始终终始，行行止止行。

465. 谢南平王赐山鸡

山鸡山雉羽，彩尾彩扬长。
取得金笼锁，啼时是故乡。

466. 荆门病中雨后书怀寄幕中知己

有病身贫力，无功自食生。
秋毫秋水月，板栗板餐荣。
鹿鹤相怜惜，啼猿一两声。

467. 宿江寺

岛岛江江岸，芦芦苇苇滩。
沧桑年岁易，草木水流残。
古寺依然在，行僧故步单。

468. 谢贯微上人寄示古风今体四轴

诗成已八行，画得可千章。
四令方成序，三千弟子肠。
春秋冬夏继，竹菊芷兰芳。

469. 荆州贯休大师旧房

荆州一贯休，逝水半江留。
旧约知诗客，新春见笋抽。
青城青岸渚，白塔白春秋。

470. 寄谷山长老

的的禅师意，茫茫弟子心。
文文经字字，处处可鸣吟。

471. 寄共晖处士

处士端州砚，精分玉兔毫。
中锋行行细，大小自低高。

472. 荆门勉怀寄道林寺诸友

匡庐一沃州，极目九江流。
虎涧东林石，山泉水月楼。

473. 答崔校书

白雪衫衣绝，红尘足步中。
东林应止步，北阙色无空。
堑蠹文经蚀，迷真带性穷。
兴频相似遇，社忆如今风。

474. 乞樱桃

花红花白树，一子一樱桃。
已见胡妝眼，风骚着玉袍。
流莺啼不住，巧啄似尖刀。
切莫窥心肉，双峰一样高。

475. 寄南雅上人

已得音诗慰，相思日月行。
秋来红叶落，静定自无声。

476. 寄欧阳侍郎

毕竟男儿志，棋盘四角收。
围中成智慧，国手着春秋。

477. 与崔校书静话言怀

静话君心近，甘披袒衲遥。
同年同异址，共月共江潮。
且以风骚句，人生碧玉桥。

478. 谢人惠拄杖

修篁灵境直，九节玉心空。
造化天机外，禅吟立世中。
诗翁由拄杖，一字自三工。
再步东林寺，匡庐虎涧东。

479. 谢秦府推官寄丹台集

秦王秦手笔，字句字江河。
贾谊长沙赋，丹台日九歌。
推官推集卷，历世历厮磨。
乞火韩肱帝，明皇太白多。

480. 题画鹭鸶兼寄简孙郎中

只以丹青点，沧江立足身。
精神天所望，野性独秋春。

481. 贺行军太传得白氏东林集

白氏东林集，青莲伴乐天。
行军行太傅，见此见诗缘。
仰贺斯文在，居居易易泉。

482. 韶阳微公

祖影曲江边，书生作日田。
耕耘留字句，尽是秀才怜。
子曰斯文路，师门教化贤。

483. 将之匡岳过浔阳

一入鄱阳水，匡庐汤目封。
东林心上寺，牯岭汉阳峰。
北雁南昌宿，文公五老容。
莲池莲色照，水水是芙蓉。

484. 寄湘幕王重书记

高才高已就，直气直参时。

已去还来去，如知似不知。
心怀长正大，立步远天司。
钓日江滩渚，关门读写诗。

485. 宿沈彬进士书院

一院蔷薇色，三堂进士书。
闻香听鸟语，踏影月方初。
已是千章守，还言万字余。
行间情似水，字里笔当锄。

486. 静院

静院三春草，光阴一箭催。
繁花繁简色，笔墨笔诗裁。

487. 送白处士游峨眉

处士峨眉去，风霜一叶休。
山村闻太极，犬吠问黄牛。
瀑布连潭石，峰光落渚洲。
闲身闲是病，跬步跬春秋。

488. 寄顾蟾处士

以士苍梧过，湘灵鼓瑟听。
潇潇南大膳，故故镜湖汀。

489. 怀金陵知旧

三生应寺事，半世石头城。
守一成圆觉，从千顿悟明。
瓜洲江水曲，谏壁直流清。
北固窗前念，金山月下情。

490. 生残弱偈

暮暮朝朝岳，生生死死来。
禅师由六祖，白塔不轮回。
顿悟如明镜，修行似落灰。
秋冬春夏继，白雪序红梅。

491. 喜得自牧上人书

吴都灵一集，六合逐千潮。
八月钱塘岸，三春碧玉桥。
知音知国雅，已着已云霄。

492. 惊秋

陇陇丘丘色，空空荡荡风。

田家依旧序，子粒岁年丰。
寺寺僧僧衲，惊惊落落翁。
红莲红朽叶，石磐石声终。

493. 闻沈彬赴吴都请辟

请辟赴吴都，高眠作寺奴。
江湖鸥鹤落，汉祚付姑苏。
白日随征垒，青云向丈夫。

494. 寄江夏仁公

白日无闲客，青江有去留。
黄云黄鹤舞，夏口夏横舟。
北祖三禅壁，南宗一比丘。
金山钟鼓继，古刹不封侯。

495. 中春林下偶作

闲眠冬不起，净境雪无人。
偶以啼莺见，群芳处处春。

496. 送刘秀才归桑水宁观

公飞离汉口，独步向鳌头。
不顾龙门望，回乡客九州。

497. 寄曹松

新诗新旧制，古往古今台。
过去终将去，应来自在来。

498. 酬蜀国欧阳学士

因缘刘玄客，木叶下西风。
已约荆州路，参真祖色空。

499. 寄荆幕孙郎中

钱塘自富春，六合履珠人。
剑阁东西战，荆州上下沦。
三千鸳鹭让，一半故东邻。
绝句清术妙，诗翁总向秦。

500. 谢王詹事垂访

木满山峰碧，云沉翠羽屏。
无机无触类，有寺有心经。
闭谷清溪静，开扉草色青。
修真修性独，守一守零丁。

501. 题南平后园牡丹

玉帐红香暖，丛繁碧叶天。
闺中由子色，日上艳云烟。
翠幄争芳吐，瑶台摆酒泉。
分明开处见，彼此共成仙。

502. 和李书记

吴姬真艳雪，汉后舞轻宫。
万态千姿色，三春半羽同。

503. 谢孙郎中寄示

一念禅余念，三秋落叶秋。
名公名所就，逝水逝渚留。
寂寂求来者，云云自在游。
非闲非是主，有去有回头。

504. 爱吟

窗扉从落照，木叶任枯荣。
只爱吟诗去，平生绝句行。

505. 寄怀东林寺匡白监寺

黄粱无约见，别路有前僧。
木叶题诗句，碑林大小乘。

506. 谢人惠十色花笺并棋子

陵州棋子藕，锦笺浣花流。
隐隐桃源洞，翩翩雁羽求。

507. 夏日寓居寄友人

扶风君子寄，刿水友人求。
夏日真真性，莲塘叶叶秋。

508. 中秋十四日夜对月上南平主人

十四初全十六圆，东西上下两弓弦。
寒宫隐约婵娟望，一半方明一半牵。

509. 谢人惠十才子图

妙作丹青笔，佳成玉宇邻。
三千同弟子，一半共相亲。

510. 荆门病中寄怀乡人欧阳侍郎彬

荆州半病夫，雁影一湘孤。

只望东林寺，心家有似无。

511. 送谭三藏入京

灌顶谭三藏，修身济一功。
持经长林咒，北极继真风。

512. 寄酬秦府高推官辇

天台衡岳路，水月石林天。
寂寂风骚寄，玄玄岁日缘。

513. 叙怀寄高推官

似是应非是，无声自有声。
诗名诗可继，守一守平生。

514. 送朱侍御自洛阳归阆州宁观

夏口乡程近，长安洛水矶。
无须天地界，已换老莱衣。

515. 贻惠暹上人

天机天所见，地理地其微。
楚国经纶问，吴人日月归。
三山同二水，一石共千晖。
莫以金陵岸，秦淮问是非。

516. 酬西蜀广济大师见寄

守一方圆度，风骚作弟兄。
文公无可寄，锦水有声鸣。

517. 江寺春残寄幕中知己二首

之一：
北下知泾渭，南行付岳庐。
为人为学士，有伴有虚如。
之二：
玉液参分水，金杯一酒红。
真修真境界，一色一心空。

518. 寄玉泉实仁上人

晓旭先先进，黄昏步步迟。
人生人自主，向北向南时。
拙劣难成器，修行易所期。
由来由似日，逝者逝如斯。

519. 荆渚感怀寄僧达禅弟三首，古今诗

之一：

七十年前九岁诗，牛群挂角读书迟。
门前五里沙丘路，记取三生是此时。

之二：

经师私塾子，诵唱咏唐诗。
格律由心记，音声已自知。
春天先一粒，十二万千词。
日月耕耘继，平生自度时。

之三：

已入中南海，心经改革盟。
苏州蛇口见，创业国家荣。

520. 寄孙鲂秀才

郡楼东邻寺，晨钟杂役衙。
春篁初出土，白雪伴梅花。

521. 送李评事往宜春

兰舟西去望，通郡北人寻。
仰岫贤侯问，访道是禅心。

522. 中春感兴

日日春风雨，时时造化云。
无灵无万象，有本有千芬。

523. 早莺

雪没陶潜菊，嵇康杜日琴。
春莺何不是，小杏过墙心。

524. 酬尚颜上人

紫绶衣冠带，朝堂玉苑禽。
阶墀鸳鹭步，自古尚如今。
视作平章客，行中日月深。
中书门下省，月色月鸣琴。

525. 寄倪署郎中

绿满海棠枝，春残结子时。
明年红再起，岁月不惊迟。
小叶初萌色，君听我唱诗。

526. 题郑郎中谷仰山居

巢由应不隐，乱世始知贤。
只顾身名者，何如草木泉。

第十二函　第五册

1. 湘中寓居春日感怀

江禽江逝水，野兽野疯狂。
一旦干戈起，家家国国亡。
民民何业业，子子孙孙伤。
獬豸豺狼近，朝廷楚豫章。

2. 潇湘

竹有潇湘泪，云无日月田。
汨罗今古连，贾谊去来天。
不向长沙问，苍梧舜禹贤。
君山径沅水，不尽洞庭船。

3. 寄友生

风骚何已近，趣味自兴多。
屋里墙根草，秋虫问几何。
词词无废字，句句有琢磨。
意浅含深哲，忧民唱九歌。

4. 酬答退上人

面壁三千日，眉须白七分。
青坛青已破，赤衲赤心云。
百药应无侵，午莲已有芬。
啼猿啼又去，楚客楚僧君。

5. 山中春怀

万象分仪见，千流合易寻。
高低成势力，日月作浮沉。
草木山中色，江山月下荫。
东林知寺晚，未可虎溪深。

6. 寄郑谷郎中

道士衣衫少，禅师水月多。
钟声应已度，远影已婆娑。
竹露成圆落，文公不渡河。

7. 寄萍乡唐禀正字

共坐吟诗客，同行水阁桥。

皇都书目满，正字向云霄。
仄仄平平仄，平平仄仄平。
今诗今格律，古调古工雕。

8. 秋夕书怀

五字逢人问，分行逐意消。
肩平肩比誉，格调格人桥。

9. 乱后经西山寺

刹废民心老，钟悬鼓不声。
僧堂新野草，寺石旧题名

10. 题梁贤巽公房

不远吴王庙，高房侧翼梁。
秦淮桃叶渡，古寺老僧堂。
复见干戈迹，怀公举目伤。

11. 塘上闲坐

闲行闲坐去，镜水镜湖开。

少小离家后，知章故土回。
渊明彭泽令，五柳弃官台。
不以琴弦抚，无言自再来。

12. 江上望远山寄郑谷郎中

为之摩诘画，未了过蓝田。
若见巢由石，支公不惜钱。

13. 送人自蜀回南游

锦水东流蜀，湘波北岳阳。
天台天目望，越鸟越人乡。

14. 寄无愿上人

多三加九岁，花花甲甲生。
安闲安善济，白塔白身名。

15. 怀潇湘即事寄友人

长沙长逝水，古寺古渔歌。
夜夜邻清唱，灯灯照静波。

16. 谢橘洲人寄橘

沅水红林色，湘江橘子洲。
洪崖何远遗，陆续满渔舟。

17. 自贻

古寺山门小，行僧道路长。
心中心外事，一钵一诗昂。

18. 寄益上人

庚信吟楼色，常多梦鲍昭。
邻衡邻岳麓，逐水逐云宵。

19. 行次宜春寄湘西诸友

利利名名客，衣衣钵钵僧。
相逢同世界，别路各相应。

20. 送略禅者归南岳

寺路僧无止，钟声振拂衣。
禅音南岳近，六祖志相依。

21. 咏怀寄知己　古今诗

已得浮生老，还兴比不闲。
诗词连日月，道路逐关山。

22. 寄吴拾遗

诗兴诗不尽，拾遗拾难终。
十万三千首，不入未央宫。

23. 春晴盛兴

江花红白晓，岸草短长兴。
水满方塘色，钟惊路湿僧。

24. 谢道友拄杖

瀑布南岩下，寒光北麓中。
垂流三百丈，老病一半穷。

25. 东林寄别修睦上人

行心行不尽，拄杖拄云峰。
五老东林社，三生虎涧容。

26. 夏日原西避暑寄吟友

草木知云雨，行僧不仗藜。
炎炎成谷物，暑暑是东西。

27. 怀匡阜

拄杖尘封路，行吟岁月光。
匡庐三百里，阜岳一千梁。

28. 静坐

世幻谁惊觉，天真自性来。
风骚时有静，日月可诗台。

29. 寄湘中诸友

之一：
泪竹潇湘雨，芙蓉满沃洲。
前途经紫绶，点石问春秋。
之二：
清华北大，经商作家。
院士教授，你我是他。
莫以人间论贵穷，书房治业始无终。
清华子弟清华富，北大师生北大丰。
山草木，水西东。衣衣食食自由衷。
商商贾贾商商学，化化文文化化空。

30. 答无愿上人书

郑子岘山回，安公带信来。
清修轻老骨，白石白天台。

汉水长江注，襄阳草木开。
春风桃李树，结子不徘徊。

31. 吴胤公归阙

苦道高情见，香灯寺路明。
平原听是雪，野店问风声。
白马心经问，青松屹石生。
钟鸣传远近，鼓语共枯荣。

32. 感时

窗前蝴蝶梦，枕后鸳鹭行。
昨日今天事，明朝不可成。

33. 湖上逸人

寺寺僧相近，山山石径遥。
江湖江水岸，有日有天桥。

34. 怀巴陵

巴陵巴水岸，洞碧洞庭边。
欲得君山泊，风停月色船。

35. 渚宫谢杨秀才自嵩山相访

石屋封关去，嵩峰客远来。
相逢相叙旧，一步一天台。
户对孤身老，扉开谢楚才。
吟诗吟寺月，雪白雪红梅。

36. 荆门寄沈彬

荆门荆楚水，直下直吴流。
懒对江楼望，惊心逝水舟。
松声从鹤语，草木任春秋。
岁岁应无似，年年自不休。

37. 读阴符经

阴符经日读，利欲绝时行。
不谓空劳客，无端苦济名。

38. 吴国知归

古寺朝天日，残阳背酒楼。
姑苏姑水渎，五色五湖舟。
建邺行王谢，孙吴上虎丘。
英雄谁似此，逝水向东流。

39. 移居

有水红菡萏，无风碧玉舟。
青云舒卷见，白马去来游。
一世芙蓉净，三生寺磬修。
寒钟寒不尽，暮鼓暮春秋。

40. 喜彬上人见访

已有天机见，还知地语天。
僧房多有客，鹊语上人来。

41. 荆州新秋寺居写怀寺五首上南平王

之一：
琉璃苔织碧，翡翠斑竹明。
谢朓棋无语，萧何月色行。
身先知世界，不恐有声名。

之二：
金台金不贵，玉帐玉人轻。
一盏英雄酒，三吴霸主名。
无须王帝业，只向未央行。

之三：
宝殿金汤里，春花殿院中。
居僧居静坐，有约有闻风。
若以知君问，心经已共同。

之四：
心经心所在，一路一西东。
色色空空外，空空色色中。

之五：
日晓游僧早，天知故步封。
南平王不语，锡杖入云峰。

42. 送李秀才归湘中

诗人文访出，老衲以吟从。
送别潇湘岸，苍桐七八峰。
幽幽灵竹泪，处处见青松。
岳麓鹧鸪唤，僧房俯仰容。

43. 寄吴国西供奉

供奉吴西客，鹧鸪向北啼。
殷勤留客久，已过寺前溪。

44. 谢人惠端溪砚

石鉴端溪砚，湖州紫笔毛。
风骚临日月，小大以锋高。
似水研磨里，如风草木刀。
龙门由此渡，洛水向三曹。

45. 送吴先辈赴京

已遂明径第，鸿词未了文。
诗吟天地春，一字雁飞云。

46. 和西蜀可准大师远寄之什

一路苦追攀，三生入出关。
方为方静定，以世以人间。

47. 荆门暮冬与节公话别

漳河湘岸水，话别十三州。
已去怀明主，荆门四十秋。
封疆成大吏，我朽卧林丘。
不尽黄梅梦，经霜忆旧游。

48. 贺孙文使郎中迁居

别认公卿路，黄金燕赵台。
西朝西面对，北向北边开。
有宴红尘醉，无僧白日回。

49. 庭际新移松竹

三丛青瘦竹，两棵直立松。
色色空空寺，孤孤独独容。

50. 荆门寄题禅月大师影堂

泽国闻师去，荆门日复来。
轮回留鹤影，白塔久无开。
古律千篇在，南宗十卷才。
禅音钟鼓继，锦水净灵台。

51. 贺雪

白雪梅花覆，青松向背云。
天声应静静，舞袖已纷纷。
玉女分祥瑞，梁园合吉闻。
山河形隐若，草木作仁君。

52. 荆州寄贯微上人

山前溪岸石，寺后半松林。

53. 送休师归长沙宁觐

红尘消汉口，绿水入荆门。
棹别由耕去，清吟寄子孙。

54. 江上夏日

清阴在剡溪，夏日火炎低。
水叠成凉意，山风草木齐。

55. 渚宫春日因怀有作

天连山树远，水逐日云平。
钓渚春风岸，归舟已欲行。

56. 松花为石

金华山木石，本来是松花。
已得沧桑见，何言古寺家。

57. 寄澧阳吴使君

西天一使君，北水半湘云。
合合安乡岸，桃源五柳君。

58. 湘江送客

湘江秋水色，楚客碧云明。
塞雁应来晚，人形一字行。
巴陵寒未满，岳麓落花缨。
夜泊洲鹦鹉，山门鼓寺声。

59. 暮游岳麓寺

丘陵湘水岑，竹泪二妃凝。
不睡怜长夜，无言序寺灯。

60. 林下留别道友

古寺无依暖，行僧有日闲。
山门应静坐，浣水入心间。

61. 道林寺居寄岳麓禅师二首

之一：
树影泉声近，山光夕照遥。
湘灵湘鼓瑟，二水二妃消。
岳麓长沙院，汨罗贾谊昭。
无知潇沅入，已望洞庭潮。

之二：
烟霞门寂寂，水渍石磷磷。
泽国苍梧治，潇湘九陌新。
松花成木石，路雨点衣巾。

62. 乱后江西过孙鲂归居因寄

同人同忆寺，乱后乱江西。
赣水南流去，浔阳一路低。
风云风雨过，一鸟一巢栖。
寺寺听钟鼓，寺寺由僧笄。

63. 宜春江上寄仰山长老二首

之一：
水隔孤城路，云连独壑山。
宜春江上寄，待扣故门关。
寺竹常年碧，香炉岁月还。
天机同杳杳，地理共班班。
之二：
夕照连流水，残阳上郡楼。
当然临绝句，莫以仰山头。

64. 萤

点点星星聚，原原本本游。
穿林穿竹木，闪烁闪光留。
莫以书生故，相逢不到头。
常明常夜暗，一帜一风流。

65. 湘中送翁员外归闽

雁逐西风落，阳随夕照回。
湘中员外别，闽上海中开。
未了江边寺，星郎奉昭催。
人归分付去，旧忆共天台。

66. 寄居道林寺作

云留床案句，日照昼掩关。
老去今诗在，南朝后主还。

67. 沙鸥

暖傍渔船睡，声闻玉宇空。
华亭华水岸，羽翼闪电穷。
独洁汀洲立，孤飞上下风。
高低高俯仰，左右左西东。

68. 和翁员外题马太傅宅贾相公井

晨光曛芍药，井水润蔷薇。
太傅相公府，飞鸿已自归。
还关桃李色，已启牡丹扉。
露露烟烟雾，形形状状非。

69. 看云

云沉云作雨，势降势扬天。
与地应成露，无形自守园。
山峰山石满，谷壑谷生泉。
瀑布随垂落，飞流似白烟。

70. 对雪寄荆幕知己

猛势开微步，梁王典籍乡。
巴山巴水唱，郢客郢人章。
一片关山木，三秋白雪茫。
无寒无自己，有腊有梅香。

71. 送相里秀才赴举

雨向东堂落，云随草木根。
文明重少海，化羽会慈恩。
风光催日月，荆门一路蕴。

72. 荆门疾中喜谢师自南岳来相里秀才自京至

人从衡岳至，客自洛阳来。
鹤氅因身病，肥宽自度裁。
僧游僧所志，达寺达诗才。
诸子闲堂坐，香茶共坐台。

73. 吟兴自述　古今诗

八十思消岁月中，诗词十万古今空。
添加五万三年后，跬步千年一学翁。

74. 送谢尊师自南岳出入京

旧有知音在，今从老病乡。
吟兴同彼此，绝句共炎凉。

75. 送司空学士赴京

弘文初命下，学士已京中。
绶带红蓝色，朝衫送别风。
龙山由雪净，御榜自清宫。

76. 春寄尚颜

桃花含玉露，杜宇带心啼。
小杏朝墙望，梁园燕子泥。
新巢重垒定，隔日色邻西。

77. 寄梁先辈

不忘慈恩塔，何言曲水边。
群英由此见，诸子已贤田。
笔砚陈琳许，诗词庾信篇。
姑苏驱鹿苑，用直有云烟。

78. 荆渚偶作

身依江寺老，野望渚烟深。
竹叶青青色，荆门处处涔。
天涯天自远，海角海人心。
自以诗吟去，当然世界琴。

79. 城中晚夏思山

蜘蛛丝网露，蟋蟀泣秋风。
苦热摇扇过，微凉葛衲翁。

80. 寄体休

金陵寻白下，岘首读羊碑。
久别匡庐阜，无闻岳麓炊。
南州君子去，北国病宜眉。
切切相思虑，微微不作为。

81. 过陆鸿渐旧居

西来问旧居，北去读儒书。
碧玉新茶煮，东林贝叶余。

82. 寄怀钟陵旧游因寄知己

僧来说旧游，路去又春秋。
处士西江岸，贞观老病休。

83. 遣怀

虎涧东林寺，生公点石头。
诗翁空白首，百岁已知愁。

84. 怀武陵因寄幕中韩先辈何从事

桃花秦汉色，洞口武陵舟。
每见图经记，田夫自力秋。

85. 赠樊处士

小子声名大，文思一着先，
麻衣吟白雪，处士作诗田。

86. 荆渚逢禅友

水水山山是，山山水水非。
禅诗禅友见，一语一天机。

87. 送僧归洛中

楚柳蝉鸣少，嵩山贝叶多。
知章京洛去，太白镜湖波。

88. 道林寓居

剃度风骚在，行僧向沃洲。
贝叶心经读，怜禽已自由。

89. 仙掌

一掌天毛女，千云夕照天。
莲花池水色，翠影是神仙。

90. 中秋月

夜半婵娟影，三更已满池。
王孙应已醉，后羿两无知。

91. 送禅者游南岳

俗俗尘尘世，禅禅觉觉生，
终终何了了，始始复荣荣。
北北南南祖，今今古古行。
衡阳青海岸，守一两乡盟。

92. 闻道林诸友尝茶因有寄

春分龙井叶，雨水碧螺春。
杜宇旗枪见，苏杭下上人。

93. 将归旧山留别错公

暖态无机合，丛林有石分。
更思方丈室，五载不思君。

94. 闻尚颜上人创居有寄

岳麓湘江水，长沙橘子洲。
苍梧听鼓瑟，竹泪二妃流。
未说江僧恰，常闻绝句忧。
当知千岭叶，不尽九嶷秋。

95. 庚午岁九日作　古今诗

三千三百日，九月九重阳。
梦泽黄花晚，潇湘白日长。
诗吟诗五万，集注集双尝。
向背分南北，枯荣两故乡。

96. 逢进士沈彬

相逢珍进士，不惜剃头刀。
过达千般贵，长安两倍劳。

97. 闻王员外新恩有寄

三千书子客，一半右丞才。
寺外风骚赋，云中日月开。

98. 秋夕言怀寄所知

独影禅房壁，孤灯照夜台。
风云窗叶满，贝叶自题裁。

99. 答禅者

石石山山壁，心心境境台。
南宗由北祖，顿悟渐行开。
礼佛修身静，慈恩继善哉。
尘灰多拂拭，立地有如来。

100. 寄尚颜　公受徐州薛尚书见知

北阙天机见，南山道息开。
清吟方政治，但忆故天台。

101. 梓栗杖送人

天台僧柱杖，梓栗木坚薪。
去客归青洛，东林遣上人。

102. 寄朗陵二禅友

潇湘曾夜话，沅水白云深。
竹泪苍梧水，妃灵证古今。

103. 灯

灯明三里路，夜暗一行僧。
记取禅房照，心经大小乘。

104. 寄金陵幕中李郎中

金陵一幕中，策略半无穷。

早以文功治，还兴武勇风。

105. 寄韩蜕秀才

宠辱侯门外，重阳向背中。
风骚风不止，远近远天空。

106. 湘中春兴

处处潇湘雨，林林岳麓鲜。
红芳青帝许，绿叶百花宣。
但向君山望，无须石首天。
波涛鸭子港，醒醉洞庭船。

107. 送错公栖公南游

北北南南问，天天地地殊。
风情风自异，俗气俗江湖。
若以诗词赋，琼花素白都。
扬州杨柳岸，运命运河苏。

108. 寄南岳诸道友

衡阳青海岸，一字雁飞来。
岁岁知南北，年年一度回。
家乡家所问，去向去还催。
只以春秋见，离离别别猜。

109. 送韩蜕秀才赴举

器器才才子，科科第第书。
风流风进士，曲洛曲江余。
首榜先生客，龙门一水余。

110. 淏居寓言

高粱三斤籽，一亩六千棵。
绝句天涯路，秋收粒粒歌。

111. 遣怀

病病诗诗继，音音韵韵承。
年年应老老，寺寺有僧僧。

112. 自湘中将入蜀留别诸友

湘乡丹桂简，蜀国杜鹃繁。
五月峨眉雪，三江一水源。

113. 寄匡庐诸公二首

之一：
柏柏松松顶，霜霜雪雪均。

修心修所见，静社静秋春。
之二：
五老东林寺，三清道士心。
香灯垂地影，大士自知音。

114. 送人入蜀

谁吟蜀道难，杜宇锦江澜。
碧水江陵岸，巴山楚国峦。
文君文酒市，宋玉宋云端。
已付瞿塘峡，襄王自在观。

115. 酬庐山张处士

老已沉浮问，今诗格律成。
风骚音韵在，国语势难明。
陕晋同吴越，秦齐魏赵声。
东西林寺永，道佛共儒行。

116. 寄岘山道人

羊公垂泪处，岘尾鹿门山。
锡杖东周客，丞相蜀国颜。
三湘斑竹泪，五老峰中关。
莫以修行误，江河自积湾。

117. 送王处士游蜀

旧衲回身暖，寒帆向锦川。
瞿塘三峡水，白帝一江天。
杜宇啼声序，蚕丛蜀道连。
夔门常不锁，滟滪过千船。

118. 怀金陵李推官僧自牧

释释儒儒子，风风雅雅修。
渊明秦汉问，谢朓楚琴楼。
寺寺僧僧问，官官吏吏流。
何时何似此，自牧自心州。

119. 寄寻萍公

只向溢城问，还闻锦水流。
萍公萍自得，虎涧虎溪秋。
且以东林寺，文公旧日留。
龙潭龙亢悔，五老五湖舟。

120. 得李推官近寄怀

半夜初成句，三更复点灯。

推官应此寄，十字已游僧。

121. 对菊

好把茱萸草，黄花互伴芳。
人间人远望，九月九重阳。
孔雀低飞陆，高门问凤凰。
僧园僧已志，野草野花香。

122. 忆东林因送二生归

未尽东林度，还寻五老峰。
归因归二子，落叶落千应。
瑟瑟听声远，幽幽问道容。
青当三界士，老作一居僧。

123. 渚宫西城池上作

锡杖轻移去，东西十里来。
钟声传彼岸，寺语白莲开。
翡翠兰芽短，春波碧玉梅。
溪流溪已暖，老衲老诗才。

124. 中秋夕怆怀寄荆幕孙郎中

云遮池水岸，沼散白莲香。
隐切郎中幕，天机寄夕阳。

125. 酬湘幕徐员外见寄

李贺从仙路，刘轲妙入禅。
儒宗儒子客，雅颂雅风年。

126. 寄蜀国广济大师　古今诗

广济空无迹，禅心已有踪。
霜坛清格律，寺院净杉松。
寂寂生天地，宽宽已自封。
潜龙潜水底，有色有芙蓉。

127. 答献上人卷

岛石秋凝露，枫林叶纳霜。
南宗南顿悟，北祖北修扬。
老衲同心语，新诗共胆尝。

128. 寄武陵贯彻上人二首

之一：
幽幽沧浪水，曲曲自然流。
展展高低见，遥遥远近浮。

君山君子岸，玉宇玉人楼。
足足缨缨沐，清清冽冽留。
之二：
楚尾吴头水，潇湘岳麓山。
桃源秦汉在，五柳武陵还。

129. 怀体休上人

何人分药饵，弟子合宜无，
若以功夫见，深知日月壶。

130. 招湖上兄弟

经躬兄弟待，以药论功夫。
一夜青灯等，三更访我无。

131. 江居寄关中知己

多庸多病体，少问少知儒。
绝句知精僻，风骚向独孤。

132. 中秋十五夜寄人

左右高低月，东西上下弦。
中秋中十六，守一守方圆。
尽在前宵夜，全家共渡船。
观行观桂影，独望独婵娟。

133. 谢人自钟陵寄纸笔寄刘博士惠我长春笺

惠我长春笺，施功日月刀。
时时耕手笔，刻刻苦辛劳。
十载三千日，终生十万毫。
因诗成僻眠，四海涌波涛。

134. 移居西湖作二首

之一：
远寺清风近，西湖六合桥。
钱塘江水岸，场口富春潮。
之二：
东林心已近，咫尺天涯遥。
虎跑接灵隐，天台望海潮。

135. 题玉泉寺

寺塔成层石，禅师旧影堂。
轮回轮舍利，一世一香囊。

136. 看金陵图

金陵一六朝，二水半三潮。
武帝梁成寺，台城在玉霄。

137. 寄南岳泰禅师　赴深圳飞机上

山前寻白石，默想向禅峰。
万丈云飞落，心经共六宗。

138. 片云

水底分明水，云扬格外云。
潜鳞潜伴侣，玉影玉成君。

139. 寄清溪道者

万叠千重水，三光七彩溪。
龙潭龙不在，一木一高低。

140. 病中勉送小师往清凉山礼大圣

足食丰衣处，灵踪圣迹非。
难天难地见，普度普贤归。

141. 谢人惠拄杖

慈恩三界石，拄杖一云根。
步步行天路，身身立佛村。

142. 飞机上

桃源一佛光，世外半炎凉。
可以观般若，波罗密柳杨。

143. 送楚云上人往南岳刺血写法华经

刺血法华经，灵山座石铭。
何求形式苦，立正有丹青。

144. 送胎发笔寄仁公

仁公胎发笔，管束写丹青。
提向中锋劲，秋毫道德经。

145. 谢西川昙域大师玉箸篆书

玉箸真文着，阳冰自李斯。
谁悲千载误，五马半分司。

146. 偶作寄王秘书

潇湘五字吟，岳麓七弦琴。
果见僧中客，河桥过古今。

147. 谢人惠纸

纸惠观音客，书成贝叶经。
冰消才子砚，晓雪着丹青。

148. 答文胜大师清注书

文章千圣主，泽惠一禅衣。
五祖传空衲，南宗一慧机。

149. 寄怀曾口寺文英大师

紫着袈裟贵，径云旧衲轻。
如来如去是，所见所闻名。

150. 怀道林寺道友

万木参差影，千山水印留。
峰高峰泽润，草茂草春秋。

151. 辞主人绝色四首

之一：放鹤
白塔鹤家乡，华亭鹿迹藏。
轮回轮不见，一世一炎凉。
之二：放猿
春云十二峰，滟滪一半踪。
楚水应由此，巴山故步封。
之三：放鹭鸶
朝天放鹭鸶，对水向何迟。
莫以人间误，江涯世上知。
之四：放鸳鸯
人生已了放鸳鸯，进士方新作豫章。
不作宏文堂上客，无须五祖慧师房。

152. 寄叶肇夫兄

自作苦行僧，书房取弱灯。
吟诗三十首，日日倍翻承。
此去寻深圳，肇夫逸大鹏。
马来新大陆，共建玉人冰。

153. 北京 – 宜春 – 深圳

晓日过宜春，中天到大鹏。
人生常似此，处处苦行僧。

154. 猛虎行

人间猛虎行，世上不结盟。
叵测偏心见，平生不自轻。

155. 西山叟

西山多虎豹，北岭有豺狼。
但在蛇虫地，同生共活长。

156. 君子行

进退行藏见，升迁贬复荣。
虚虚何伪伪，利利亦荣荣。

157. 善哉行

昨日叶肇夫兄接大鹏，今遇大鹏诗奇也。
弟弟兄兄一大鹏，天天翼翼万千兴。
王家已在基金在，马国河山大小乘。

158. 日日曲　古今诗

日日东西路，诗诗日日行。
平生三万日，每日五诗成。
百岁坚持写，千年一酷名。

159. 耕叟　古今诗

平生耕稼事，每亩万余苗。
取弃优良半，秋收对赋徭。
春风多雨润，夏水有云霄。
四季冬藏始，千吟度日昭。

160. 苦热行

赤帝炎炎照，青苗处处生。
农家农土地，苦热苦辛行。
晒晒方成籽，枝枝节节萌。
秋来秋百味，一粒一身名。

161. 春风曲

春风春雨客，一草一花荣。
不问梅桃李，无情水月明。

162. 苦寒行

白雪经冰冻，黄河已断流。
冬虫成夏草，九陌十寒州。
自以仓中储，当然着薄裘。
儿童应努力，老去可秋收。

163. 城中怀山友

山深山友老，一岁一经年。
草木枯荣易，人生日月前。
诗词留记录，足迹作源泉。
且见风云过，无须苦乐迁。

164. 读李贺歌集

李贺玄珠字，精华赤水流。
吴绫吴碧玉，蜀锦蜀江头。
坦荡胸怀去，珊瑚不可求。

165. 风琴引

吴丝吴女引，楚竹楚辞生。
一一宫商问，千千日月明。
湘灵湘鼓瑟，夏口夏琴鸣。
且以知音见，高山带水声。

166. 夏云曲

风无风已静，雨不雨旱生。
不以农夫愿，为难逆顺情。
龙潜龙亢悔，水涸水池平。
日日经天泽，时时对地荣。

167. 读李白集

当涂当对月，李白李青莲。
记取窗前望，华清作醉仙。
磨针磨杵蜀，数日数生年。
莫以王情许，吟诗可涌泉。

168. 祈真坛

处处求贫富，人人欲学仙。
真坛真世界，五色五玄天。

169. 黄雀行

饮啄桑田米，飞行草木乡。
殷勤罗网避，在后取螳螂。

170. 石竹花

石竹花开艳，微形月影庭。
当真当世界，一字一丹青。
世眼如来见，观音似自灵。
知根知造化，务本务丁宁。

171. 寄南岳白莲道士能于长啸

大耳仙人客，依松自啸长。
声声回远近，处处不思乡。
雁翼飞南北，年年两度忙。

172. 古剑歌

三光三作本，百炼百成钢。
古剑英雄手，甘州四望疆。
人间由此断，世上一炎凉。

173. 湘妃庙

苍梧竹泪九嶷深，水道渠成一古今。
禹舜唐尧千祖国，湘灵鼓瑟二妃音。
娥媓注目君山阔，岳麓洲头久甘霖。
念念女英留足迹，江流积渍洞庭浔。

174. 巫山高

十二峰中一玉霄，三声杜宇半江昭。
云舒不卷巫山雨，白帝夔门逐宸潮。
楚女情姿神色在，襄王宋王寄逍遥。
瞿塘峡口催官渡，栈道猿啼不可樵。

175. 赠持法华经僧

人人径耳口，处处可由心。
日日三千日，僧僧五百金。
天方罗汉界，地藏普贤荫。
六万九千字，持身一咏钦。

176. 刳肠龟

灵龟灵自刳，濮水濮其深。
以此成天意，如斯作古今。

177. 赠岩居僧

已坐骐驎石，还闻草木音。
心经心已在，一径一归禽。

178. 观李琉处士画海涛

潮推白浪高，瀑布碧洋涛。
直下云天济，钱塘八月刀。
瀛洲云已落，造化海秋毫。
已是蛟鲸跃，龙宫着玉袍。

179. 升天行

升天行一路，入阙见三宫。
白凤阿母见，蟠桃玉树丰。
仙人仙人客，彩带彩衣红。
世上应无见，云中已有穷。

180. 还人卷

鲛人秋浦织，越女向吴姬。
一册珊瑚树，千般尺寸丝。
何惊三界玉，不问五湖迟。
已上君山岸，仙人作楚辞。

181. 轻薄行

趻趻骄扬去，横眉吐气来。
英雄英已近，壮士壮徘徊。

182. 浮云行

八表黄云卷，三光白日轮。
沉浮沉不定，共见共秋春。

183. 煌煌京洛行

渭渭泾泾水，城城市市楼。
皇家皇土地，一路一王侯。
八水长安绕，南山北苑猷。
群英谋日月，诸子作春秋。

184. 吊汨罗

曲曲汨罗水，弯弯积似浮。
丛丛林密密，直直木森森。
九陌千君子，三间一古今。

185. 赠念法华经僧

僧僧从此路，念念法华经。
善恶应分辨，慈恩鉴渭泾。
人人无弥漫，世世有丹青。
法器莲花岸，如来以佛灵。

186. 短歌寄鼓山长老

雪雪冰冰石，堆堆积积成。
山峰山不老，古道古人生。
白象威仪立，红莲佛祖荣。
台城南北寺，梁武达摩名。

187. 渔父

已见巴陵月，还闻岳麓风。
云浮湘泽岸，水向洞庭空。
浦口知渔父，行舟自始终。
人间人彼此，一道一西东。

188. 采莲曲

鸳鸯眠不得，采女在船边。
沐水推波去，芙蓉助洁烟。
同形同色暮，共语共婵娟。
向岸羞容顾，回身作白莲。

189. 啄木

啄木天医鸟，驱虫直树高。
人间人有病，一世一秋毫。

190. 灵松歌

榕榕千载树，独独一成林。
若若灵松见，青青有玉荫。
僧僧求寺寺，石石作根岑。
已得寒音立，无言对古今。

191. 蠹

为人为本质，蠹木蠹心虫。
不见身形物，年成久致空。
相磨相励处，有弃有天工。

192. 行路难

蜀道蚕丛着，鱼凫杜宇娟。
知章明镜水，太白作青莲。
自古从今止，明晨又一天。
湘灵湘竹泪，二女二妃怜。

193. 谢徽上人见惠二龙障子以短歌酬之

已见一真龙，身形半叶封。
僧繇僧写照，入海入神农。
艺者从心术，诗家任祖容。
身长三十丈，两足一千踪。

194. 送人往长沙

只渡荆门水，扬帆望楚船。
鹧鸪声不断，岳麓满云烟。

195. 偶题

文章长短见，著作有声名。
只以篇篇首，无求处处荣。

196. 寄山中叟

碧树清泉暖，春云夏雨凉。
鹧鸪非布谷，老叟是山乡。

197. 赠琴台

不过双松石，弹琴五老峰。
声流声入寺，一曲一天龙。

198. 勉吟僧

忍着袈裟路，行程日月根。
劳形三界影，白昼五侯门。

199. 送人归华夏

莲花峰下水，杜若叶中云。
已不风流问，诗书作好君。

200. 夏日城中作二首

之一：
四面邻僧壁，三生对鼓钟。
芙蓉初出水，故步不由封。
之二：
芝兰云密密，竹水雨蒙蒙。
纵纵横横间，天天地地空。

201. 默坐

足见飞蛾自扑灯，东林远近有行僧。
人间狭窄争先后，世上宽容大小乘。

202. 水边行

已在水边行，无须湿润惊。
裂裟风已定，独立以心成。

203. 寄郑谷郎中

近遇风骚匠，何穷日月诗。
心心相印咏，一一守芜知。

204. 翡翠

翡翠胸前挂，珍珠月下明。
龙宫龙不在，海底赐精英。

205. 与节供奉大德游京口寺留题

方圆京口寺，守一德心开。
木叶曾先落，残阳已不来。

206. 谢荆幕孙郎中见示乐府歌集二十八字

酒在长安太白狂，玄宗羯鼓贺知章。
郎中幕题歌集，塞上军前日月光。

207. 谢阴符经勉送藏休上人二首

之一：
渭水河山钓，心机反复研。
阴符经卷勉，剑履不难迁。
之二：
人间难学事，世上可僧游。
所见非三觉，听闻是九州。

208. 幽斋偶觉

百步幽斋院，三春小树生。
邻僧邻巨木，一曲一流莺。

209. 赠念法华经师

心心僧自语，念念法华经。
任驾安牛路，芙蓉已觉灵。

210. 对菊

无妖无艳色，有志有重阳。
独以秋香付，山河白日黄。

211. 闭门

开心开寺路，闭户闭门僧。
世上阴晴觉，人间大小乘。

212. 宜春集

之一：明月山
竹海浮云栈道悬，嫦娥奔月玉汤泉。
江南水墨丹青画，古木参天伴雪莲。
飞瀑布，落云烟。山华汐仰若京田。
洪江壑谷禅修静，记取宜春佛祖缘。
之二：月亮、禅宗、汤泉
月亮禅宗一故乡，汤泉圣地半天堂。
渊明借此桃源赋，佛祖天工种柳杨。

之三：仰山禅修

院长星云鉴，汤泉沐浴名。
清凉清世界，柱石术天盟。

之四：靖安宝峰寺

禅宗马祖师，八代佛修知。
舍利留天下，弘提靖宝时。

之五：仰山栖隐禅寺

南禅一五宗，沩仰半千龙。
始建唐朝代，洪江慧寂封。

之六：宜春酌江

水洞三阳镇，袁州一白龙。
金牛回首望，马步故人踪。

213. 勉送吴国三五新戒归

新归新世界，入戒入家乡。
守护心经在，方圆付法王。

214. 夏日寄清溪道者

磊石栽松老，行僧住寺人。
无非无药饵，有病有秋春。

215. 送惠空北游

岘尾斯文去，羊公以泪垂。
多诗多圣镜，一石一人碑。

216. 寄怀归州马判官

三年归计近，一路念声长。
水色清风起，秋风木叶扬。

217. 观荷叶露珠

点点微微露，圆圆碧碧明。
珍珠珠欲滴，自主自成瑛。

218. 苦热怀玉泉寺寄仁上人

苦热满苍梧，穷烟梦泽枯。
湘灵谁鼓瑟，竹泪已如无。

219. 观溢池白莲

素玉含天露，红英映水开。
芙蓉情自立，激滟色云开。

220. 折杨柳词四首

之一：

雨雨云云重，杨杨柳柳新。

离人折又止，不作去来人。

之二：

汴水扬都岸，隋炀养翠烟。
天堂多玉泉，足见运河船。

之三：

五柳渊明客，千年一半贤。
琴弦应已弃，鼓板可听天。

之四：

一望遮江寺，三生野板桥。
高僧高意境，一念一生遥。

221. 答长沙丁秀才书

贡士荆台过，长沙贾谊来。
槐花应已落，不向秀才催。

222. 戒小师

何当吟此句，不可不听经。
百岁由朝暮，三生寄寺灵。

223. 题旧柱杖

柱杖登山路，行僧瀑布西。
匡庐匡八句，直木直高低。

224. 酬欧阳秀才卷

三篇十九章，六郡一千乡。
只以书论说，王家作柏梁。

225. 闻雁

一字排空雁，三湘岁度来。
春风青海去，不得故乡猜。

226. 送高丽二僧南游

客以高丽座，南游六祖寻。
禅宗禅觉悟，认取佛师心。

227. 谢猿皮

猎物猿皮坐，吟禅买卖成。
吟来啼不尽，已是暮朝鸣。

228. 酬光上人

禅宗禅意境，顿悟顿生辉。
但以玄元见，人心向背归。

229. 送僧归日本

东来西去路，一钵一归僧。
海外香山寺，心中大小乘。

230. 庚午岁十五夜对月

月色长生殿，玄宗夜漏寒。
皇城多木叶，渭水尽波澜。

231. 红蔷薇花

锦带相盘结，红心互错云。
香扬香四射，以色以千芬。

232. 贻九华人

一法传闻久，千华九伴莲。
秋钟秋落叶，夜灯夜连天。

233. 寄图兄弟，古今诗

七十风骚八十行，五千格律九千声。
音音韵韵成古古，十万还加四万情。

234. 句

千音千世界，一寺一门僧。

235. 言兴

事事吟其见，人人问所天。
僧言僧有木，彼岸彼无边。

236. 江上秋思

秋江秋木叶，不落不知音。
泊渚男儿望，邻船小女吟。

237. 匡山居

无才无拙性，有意有人心。
已入东林寺，匡居共野禽。

238. 夷陵即事

不免夷陵事，思家乞梦河。
还须钟鼓度，未了故僧多。

239. 紫阁隐者

紫阁云高隐，青云卷复舒。
禅房禅进退，向背向天书。

240. 与陈陶处士

道直钟陵记，陈陶处士栖。
贫嫌贫所寄，草若草高低。

241. 与王嵩隐

建业精微至，诗吟僻病深。
思乡南北问，问道暮朝音。

242. 怀陆龟蒙处士

处士龟蒙问，姑苏拙政园。
钱塘王听止，四十一州前。

243. 寄华阴司空侍郎

司空郎佩剑，士态鹤仪形。
未得诗兴发，无须问渭泾。
三僧修共度，一史述丹青。
魏阙华阴望，潇湘竹泪灵。

244. 送陆肱入阙

路路舟舟去，朝朝暮暮行。
何人何六义，几度几千英。
不解京都宦，当然有枯荣。

245. 送刘必先，古今诗，思母

力尽凭官渡，心焦请母安。
书生无老小，立本有汗漫。

246. 寄方干处士

方干方处士，格律格今诗。
独得知行止，山僧寺刹期。

247. 寄刘逸士

无忧无虑级，有止有行留。
已道知方寸，何须四十州。

248. 送独孤处士

玄鹤观潮浪，飞鸥问故乡。
山家消暮酒，寺客半倾肠。

249. 早春送人归岳阳

三湘云梦泽，百丈岳阳楼。
胜状巴陵岸，桃源汉寿舟。
君山常德市，沅水洞庭流。

草尾呼春羽，衡阳过雁洲。

250. 冬暮送人

衣寒秦岭雪，古月汉江船。
只以知音寄，冬梅已改天。

251. 送徐道人东游，古今诗

巴新巴布亚，大马大知音。
易姓更名去，无须有后寻。
留诗留日月，去路去人心。
一步千年尽，三生半古今。

252. 自纪，古今诗

月下空怀望，诗中欲所依。
巴新巴已去，路尽路天归。

253. 怀智栖上人

思君人已老，问智自吟诗。
鸟隔云舒卷，虫啼草木知。
枯荣由日月，彼此对何时。

254. 峡中酬荆南郑准

猿声啼两岸，雪色满千要。
一峡荆南水，三湘竹泪深。

255. 将欲再游荆诸留辞岐下司徒

竹锡殷公院，铜瓶老衲衣。
无桑无柘润，有雨有云归。
本记吟诗去，天空一字飞。

256. 赠春公

红尘红色假，一寺一禅真。
觉悟生灵慧，民田是帝钧。

257. 秋夜吟

夜静梧桐雨，猿啼草木侵。
应知巢穴浅，枉道客情深。

258. 读齐巳上人集

诗为儒者释，格作律时弦。
雅颂和风雨，文星照楚天。

259. 除夜

岁岁年年始，寒寒暖暖分。

冬梅科独影，立日立春曛。

260. 送人归乡，古今诗

山乡飞独鸟，野路落余晖。
莫以长程望，晴川跬步违。

261. 述怀，古今诗

之一：
兄兄弟弟别，南南北北分。
衡阳青海岸，不是故乡飞。
之二：
麻衣寒岳寺，竹锡轻天文。
只有吟诗处，心余草木君。

262. 宿寿安甘棠馆

衡阳青海岸，一度一炎凉。
若以春秋雁，何人有故乡。

263. 又

驿馆一甘棠，心经半故乡。
人生人不已，一路一方长。

264. 送朴山人归新罗

小路行无尽，山人自有乡。
新罗新古刹，此去此经扬。

265. 宿清远峡山寺

寺近朝天路，云接夕照阳。
星河星不尽，直木直经霜。

266. 松山岭

闲生闲寺磬，野鹤野人乡。
汉主恩情少，秦皇筑未央。

267. 句

寒寒三界素，渺渺九江烟。
（浮雪）

268. 虚中

宜春客马朋，住寺栗城僧。
一卷寻诗友，虚中夜照陵。

269. 泊洞庭

依依泊洞庭，近近念湘灵。

竹泪应无尽，游僧自有铭。

270. 善卷坛

逊国希夷夏，耕荒舜岭齐。
先生空敛目，所寄所非题。

271. 石城金谷

晋祚黄金谷，绮罗玉碧珠。
轻身空堕地，不及问姑苏。

272. 庾楼

庾亮诗魂在，清风月满楼。
晴轩分楚汉，不是独言流。

273. 经贺监旧居

记取金龟子，明皇宠帝堂。
知章知镜水，少小少离乡。

274. 献郑都官

独步辞班列，孤身旧隐容。
常栖山水寺，不念帝王封。

275. 寄华山司空图二首

之一：
司空司旧步，御札御新诗。
直木朝衣挂，华山一路知。
之二：
逍遥逍自在，一剑一挥时。
短褐精灵闪，民田日日期。

276. 赠屏风岩栖蟾上人

岩栖岩石屹，上静上人心。
鹿鹤安禅处，云根作古今。

277. 赠秀才

凤鸟云端见，冬梅岁末香。
伊人伊胜致，一树一根梁。

278. 送迁客

升迁升退退，一鹭一鸳行。
象恋藏牙浦，人贫卖子乡。

279. 哭悼朝贤

日隔回私第，门关守正终。

无须空北望，不理楚南风。

280. 听轩辕先生琴

先生先自得，一抚一琴声。
白雪阳春继，巴人下里情。
高山流水曲，塞外鸟空鸣。
古意分明在，今诗动石城。

281. 悼方干处士

处士镜湖居，知章日月余。
方干方此去，一吊一诗书。

282. 芳草

绵绵芳草绿，处处杜鹃红。
漠漠思金谷，幽幽堕路终。

283. 栖蟾

短歌行

千年无寿药，一镜有秋霜。
向背尘埃净，阴阳日月长。
无须无直曲，不可不思量。

284. 句

日月东林寺，丛篁竹笋僧。

285. 除夜

年终三十夜，岁始五更香。
不见分年岁，应知逐天光。

286. 寄张健利兄

一带方圆一路行，千年日月万年盟。
人间世界齐心愿，百国中华俱安平。
吕长春丁酉冬

287. 宿巴江

一水泻如弦，千帆逐似泉。
争流争潋滟，一峡一云烟。

288. 游边

三边云雨界，一曲西北风。
汗马阴山牧，幽州李广雄。
榆关分内外，共纬有西东。

289. 居南岳怀沈彬

南阳南岳路，北楚北潇湘。
沅水回流注，君山直上扬。

290. 南中怀友生

一望荔枝江，三思北故邦。
书书成剑剑，独独误双双。

291. 赠南岳玄泰布衲，古今诗

无粮由鹿鹤，有果野猿分。
七十诗词集，山河日月勤。

292. 寄问政山聂威仪

独道三清净，孤身十寸金。
诗吟诗问政，水月水山寻。

293. 送迁客

暮暮朝朝问，流流落落闻。
人情人卷取，一夜一离分。

294. 读齐巳上人集

诗成儒者志，释子寺中天。
白雪阳春日，源流注水泉。

295. 牧童

牛群牛自在，一笛一蓑衣。
日在山歌里，云行草木扉。
当阳常饮水，牧曲可相依。

296. 再宿京口禅院

楚树润零叶，金山水纵横。
金陵金不足，石屹石头霜。

297. 可朋

玉垒丹陵集，诗吟好酒风。
无知多少醉，已醒忘西东。

298. 耕田鼓诗

已见耕田鼓，无言种地情。
春秋春一子，岁月岁三生。
烈日农夫炙，清风草木荣。
王孙同盼雨，子弟共阴晴。

299. 赋洞庭

君山问洞庭，澧水向丹青。
汉寿汨罗对，长沙贾谊灵。
湘阴湘竹泪，二女二妃馨。
自至苍梧问，东流大禹铭。

300. 赠方干

皇州一盛名，古寺半枯荣。
诗成童窃走，自爱钓春秋。

301. 桐花鸟

五色毛衣着，三生凤鸟移。

302. 宿郑谏议山居

山居星斗闭，谏议采薇还。
石隐林中径，池生月下泉。
幽幽流不尽，寂寂过清关。

303. 怀齐己

夜幕苍苍雨，禅房寂寂诗。
相声相互得，一鼓一钟时。

304. 赠岛云禅师

远寺三吴水，禅师一岛云。
潜来知不在，此去着僧文。

305. 垓下怀古

楚汉分垓下，鸿沟合土中。
乌江骓不去，子弟大江东。

306. 武昌怀古

战国城池在，春秋诸子闻。
山川山水色，一雁一纷纭。
项羽鸿门宴，刘邦日月分。
三秦三渭水，四皓四时分。

307. 圣果寺

一路中峰上，三盘直木前。
丛丛泉石语，寺寺鼓钟宣。

308. 送僧游西域

游僧游域外，一钵一衣行。
寺是禅居地，音成石磬鸣。
流沙流日月，诸国诸人情。

印度青莲教，中华佛祖英。

309. 远烟

霭霭茫茫见，迷迷寂寂形，
烟烟晴复重，雾雾似生灵。
纳纳含含处，花花草草莛。
人生人所觉，一路一长亭。

310. 萤

熠熠流流速，明明暗暗飞。
池池连木木，点点向依依。
聚聚成烽火，拥拥作夜辉。
书生常向此，秉夜向春闱。

311. 忆庐山旧居

十载东林寺，三生五叠泉。
清溪清虎涧，一石一僧家。

312. 题栖霞寺僧房

不取买山钱，名峰化木缘。
花宫花色艳，老桧老松泉。
已锁风云雨，还耕日月田。
栖霞栖鸟穴，绝嶂绝岩烟。

313. 山中作

山中山露水，寺上寺香烟。
把史生闲梦，松林九道泉。

314. 织妇

牛郎牛不在，织女织机闲。
不免青楼问，婵娟一曲颜。

315. 句

满厘尘封见，无人利刃寻。

316. 秋日闲居

人非人独断，事是事相关。
白塔闲居日，青莲旧约湾。

317. 宿岳阳开元寺

迷津迷自觉，一寺一开元。
古月清风许，潇湘草木萱。
人来人去老，有女有恩媛。
旧忆常回顾，新程可简繁。

318. 送边将

阴山飞将在，朔漠雁门关。
一箭幽州虎，三边十八湾。
胡姬胡马收，一曲一河颜。

319. 雪中送人北游

南云南再雨，北雪北重霜。
旷野通秦路，孤心作柳杨。

320. 落叶

落叶归根叶，随风向宇寻。
求儿求女进，不见不知音。

321. 落花

七叶落花生，三春子未成。
香泥香自去，隔岁来年荣。

322. 题田道者院

寂寂空门院，钟钟鼓鼓声。
僧房僧磬语，寺路寺禅明。

323. 东林寺

牯岭东林寺，匡庐海会梁。
鄱阳湖水色，处处白莲香。

324. 寄贯休上人

语语关诗句，行行格律城。
僧僧钟鼓继，处处贯休名。

325. 喜僧友到

同行同止友，一寺一烟萝。
共作东林路，吟诗楚九歌。

326. 怀虚中上人

虚中一上人，未了半湘川。
不远思君远，江船一日船。
怀中怀所问，月下月其弦。

327. 简寂观

堆云成石露，滞雨湿苍苔。
落照行烟雾，黄昏久不摧。

328. 睡起作

长空长雨，一觉一眠空。

利利名名弃，天天地地衷。

329. 卖松者

取利因松木，为名作火尘。
知君心所异，向寺有僧邻。

330. 思齐己上人

经声秋不晚，夕照晚来明。
绝句禅声在，吟诗日月城。

331. 送玄泰禅师

三元三界色，一钵一瓶空。
去去来来问，玄玄泰泰逢。

332. 三生石

一迹三生石，千年半壁开。
清宵清露水，玉叶玉徘徊。

333. 题僧梦微房

微房僧坐久，海日始无终。
雨过闲花落，云堆夕照红。

334. 秋台作

独上高楼坐，孤吟夕照明。
关河关不住，落日落方荣。

335. 怀故园

新乡新豫府，故国故园情。
独见江流岸，晴沙向日明。

336. 无作

自号逍遥子，诗歌不用名。
山僧山寺字，四海四明情。

337. 谢武肃王

鹤鹤云云望，名名利利关。
知恩何入国，驾命自归山。

338. 哭僧

道力超然去，身亡白塔天。
江流原向海，月落不归船。

339. 投谒齐己

红尘忙似火，白塔冷如冰。

只以心经问，人间大小乘。

340. 赋残雪

六瓣冰凌秀，千章玉佩花。
纷纷留不住，客客向人家。

341. 句

知章一镜湖，少小半乡姑。

342. 招隐

黄河流不尽，有水沃中原。
隐隐山林远，招招草木萱。
皇天皇土地，祖制祖轩辕。
此去神仙近，由来自在言。

343. 石桥棋树

山峰离天近，水色距江遥。
石凳桥棋树，人间竹木雕。

344. 律僧

北阙应无梦，南山似有名。
音音和律律，格格与声声。
典籍由坛戒，禅房顿悟情。
僧僧同寺寺，约约共荣荣。

345. 暮春送人

不可折杨柳，当思灞水桥。
云烟云不定，一日一天潮。

346. 寒林石屏

秋冬春夏画，竹菊共梅兰。
石镜屏风色，人间隔岸宽。

347. 江上秋志

江流秋志远，落叶付清林。
若以邻家砧，三边有士心。

348. 路，玄宝

东西南北向，远近背乡邻。
莫以书生气，当思父母人。

349. 怀浦赠智舟三藏，古今诗

老已心难伏，源泉万卷书。
儒生知佛道，七十未多余。

读学分明晚，前行不自居。

350. 初冬旅舍早怀

云沉千角羽，月上五更衣。
雁在衡阳岸，春来隔岁飞。
冬梅冬晓晚，上路上霜晖。
岁岁何如此，年年半是非。

351. 对御书后一绝

笔法一玄门，长安九至尊。
精工多意气，玉佩有王孙。

352. 题英禅师

三生三戒律，一水一瓶香。
每见持经卷，精心日月长。

353. 别友人

不可思乡问，无须故土闻。
飞鸿南北去，一字去来分。

354. 赋得闻晓莺啼

春莺春有雨，一草一花荣。
小路珍珠露，明峰寺刹明。

355. 春日旅怀呈知己

鲍叔知音见，长沙贾谊闻。
汨罗今古水，再问九歌君。

356. 剑客

去往如何处，乾坤几度行。
公平公所在，一剑一人生。

357. 酬和友人见寄

自以劳歌好，无须日月宽。
齐桓齐五字，鲁肃鲁儒坛。

358. 冬日淮上别文上人

国国家家问，途途路路行。
秦淮秦不在，易水易人名。

359. 柳

五柳渊明木，千音一此声。
弦弦皆可弃，曲曲尽心情。

360. 三峡闻猿

闻猿三峡水，滟滪一舟横。
栈道悬空谷，江涛总不平。
襄王神女问，宋玉楚辞情。
十二峰云色，三千弟子鸣。

361. 灯

一夜灯光远，三生道路长。
知行知止见，有界有方刚。

362. 宝琴

水水山山在，风风月月吟。
钟期谁可遇，不复伯牙音。

363. 观大驾出叙事寄怀

三秦书轨迹，一统度量衡，
紫气金陵寺，红尘渭邑明。
青门先曙鼓，白羽已轻英。
漏衣冠正，驾御御步行。

364. 中秋旅怀

子夜婵娟望，中秋北斗空。
一口开门见，三生守一终。

365. 句

霜林枫有色，驿馆竹生寒。

366. 题伍相庙

古庙苍苍木，夫差处处林。
吴人吴六渎，楚士楚千音。

367. 怀旧山

一入西林寺，从来不下山。
因寻僧寺原，步步锁封关。

368. 题慧山泉

若水慧山泉，寒流石脉川。
中央中积泽，一月一婵娟。

369. 题马迹山

江湖马迹山，小半太湖颜。
一日行千里，三吴共五湾。
英雄多少望，不去玉门关。

370. 和御制游慈恩寺

皇家皇祇树，祖德祖禅林。
御制慈恩寺，人心正古今。
千年留泽润，万岁降甘霖。
自是如来步，观音济世荫。

371. 赠贾松先辈

嵯峨山上石，逶迤岭中松。
不以何知己，霜寒自正容。

372. 古梅

风霜寒雪度，腊月岁年更。
独傲凌冰立，幽香少女情。

373. 月

清光何处见，桂影几家无。
望断嫦娥路，人间后羿奴。

374. 石桥设斋会，进一诗共六首

之一：
步步天台路，重重曲涧溪。
含灵含秀气，一界一天梯。
之二：
已证沧桑路，无须去复来。
非凡非所界，有海有天台。
之三：
百里始丰溪，灵江入海齐。
天台天目望，浙水向东低。
之四：
柱杖天台木，登山跬步行。
人间人奉化，白鹤白华城。
之五：
天台天水望，石屹石梁桥。
若以仙人祝，沧海一片潮。
之六：
次第天台原，随心好景生。
祥瑞祥所见，涉岭涉烟程。

375. 题户诗

门无门所见，户有户其闻。
枕上思乡梦，行中作散文。

376. 逸句

花香应不久，草秀可天长。

377. 逸句

三思成后力，一失废前功。

378. 逸句

朝霞一海红，暮色半高峰。

379. 逸句

寺隔潮头涨，泉流海水消。

380. 逸句

池池流玉露，点点落痕圆。

381. 逸句

三千弟子五湖水，十二时中一度潮。

382. 逸句

处处常闻井，时时饮别泉。

383. 逸句

吟中三百首，笑里一生诗。

384. 逸句

柳岸桥接路，杨花絮隔风。

385. 逸句

木末挂明星

386. 逸句

剃度禅三界，平生守一门。

387. 逸句

之一：
昨日今天明晨继，过去如时隔未来。
之二：
木叶岘山高，清波汉水涛。
之三：
老犬护邻房

第十二函　第六册

1. 司马承祯

天台好学紫霄峰，篆隶则天一眷宗。
问道明皇河内府，承祯道术帝王封。

2. 答宋之问

灵兮灵隐寺，节令节心春。
寂寂天台路，幽幽读学人。
之诗之问语，绝句绝轻尘。
处处知音客，遥遥作近邻。

3. 张氲

寄寓李峤家，栖栖十载霞。
明皇天后诏，只作野山花。
自号洪崖子，藏真你我他。
神清神秀异，不娶不婚纱。

4. 醉吟三首

之一：
无田无种子，有酒有诗吟。
只以春秋日，何言彼此心。
之二：
为人为自己，教化教诗词。
道理藏真见，高心下调知。
之三：
入市非求利，经朝不可名。
生生还息息，苦苦且营营。

5. 洗心

世要千般作，人须万岁营。
贫贫应富富，利利可名名。
洗洗心心净，淘淘水水明。
英雄英所得，俗子俗其荣。

6. 裴翛然

开元开刺史，好酒好诗词。
以子裴思训，丹青坐楚辞。

7. 夜醉卧街

一醉当街卧，三山玉水倾。
金吾如借问，刺史楚州名。

8. 谒尧帝庙

祖列唐尧正此邦，表曦晓色着仙幢。
威灵圣迹松陵庙，白日深深锁帝窗。

9. 山居

之一：
夕照冰如鉴，天明玉雪尘。
山居山草木，日月日秋春。
之二：
道士茅堂卧，三清草木临。
开关开自得，闭目闭凡心。

10. 临化示子弟

无形无本界，有世有人终。
莫以轮回念，三清上下空。

11. 元白席上作

道道玄玄日，元元白白诗。
缨缨垂带路，学学炼丹时。
紫气东来早，黄昏暮去迟。
炉中炉火色，上界上清知。

12. 书（一至七字诗）

书，雁字，以天居。鱼凫杜宇，
别后问相如。蚕丛蜀道当初。
自古瞿塘一水余。书，雁字，
一匡庐。东林虎涧，古寺自耕锄。
鄱阳牯岭樵渔。世上人间望卷舒。

13. 徐灵府

天台灵府虎头岩，要略玄元挂海帆。
养性修身丹药石，钱塘自号默希衫。

14. 言志献浙东廉访辞如

皇恩招野性，命运白云峰。
一纸青龙画，三清故步封。

15. 自咏四首

之一：
凝神太极初，有物有空虚。
野性非求得，真人是独居。
之二：
学道全真性，求生玉石炉。
无途无路去，有是有非奴。
之三：
天台天已近，望海望蓬莱。
武帝西王母，秦皇二世催。
之四：
潇湘不止沅江流，水泊君山两岸舟。
石首阴晴分晓暮，巴陵远近岳阳楼。

16. 留观中诗二首

之一：
成都百里一双流，草木三秋半叶舟。
落落残残非自主，童颜酒后不知愁。
之二：
腊月梅香岁末花，春风得意到天涯。
谁知醒醉方圆误，白日青松不是家。

17. 吴筠

不第吴筠子，通经善属文。
嵩山为道士，未及祖玄君。
若以明皇诏，先生侍诏云。
闻名天宝去，大历苦耕耘。

18. 游仙二十五首

之一：
启册观今古，摇怀问去来。
神仙神所守，海日海蓬莱。

之二：

凤凤凰凰止，雕雕鹗鹗行。

如何知饮啄，各自有身名。

之三：

寻仙寻自己，问道问苍生。

去去来来去，生生死死生。

之四：

三官无遗谴，七祖有云平。

定箓西龟子，玄化北玉清。

之五：

应须知孔子，不可越朱陵。

已见三清路，无当一道凝。

之六：

天高天外远，入地入深层。

两者玄虚论，三生一世绫。

之七：

山云山石屹，水色水林峰。

只有天难问，寻其不见踪。

之八：

太帝扶桑记，三清上下行。

羲和羲止照，八景八云平。

之九：

炎官朱鸟控，赤帝驾云龙。

火烧成天地，汪洋化雨淙。

之十：

羽盖西天翼，霓旌北陆空。

云云雨雨处，道道神神隆。

之十一：

上度星辰纪，中行日月光。

天居多寂寂，地载又煌煌。

之十二：

群仙群自练，上帝上清名。

有界人中里，无疆世外情。

之十三：

客会三光共，仙期六合同。

澄微真鉴树，立鹤羽灵凤。

之十四：

玄虚成万有，玉景作千山。

峻朗门闾去，只取自童颜。

之十五：

千般天下水，六合玉清台。

有影无形着，非神是道才。

之十六：

玉藻奇香散，琼柯雅木开。

灵风生太漠，宇宙化春梅。

之十七：

村乡分里巷，日月有阴晴。

宇宙洪荒在，天衢草木萌。

之十八：

天空天所在，地厚地其容。

界外神仙问，无非隔世封。

之十九：

百岁童颜见，千年羽服仙。

天宫称玉帝，地府不经天。

之二十：

舜禹留天下，颛顼作子民。

龙行龙治水，凤落凤凰人。

之二十一：

天人何济济，世子几微微。

欲解神仙路，当思一雁飞。

之二十二：

且望蓬壶近，无言羽饰遥。

昆阆悠俯仰，只赴九天朝。

之二十三：

已得三清友，神招九鼎霄。

高观高世界，一度一仙桥。

之二十四：

五老祥风起，千年吉庆来。

神仙神似处，俗界俗人回。

之二十五：

不自虚中实，玄元地上才。

初初今古见，久久必徘徊。

19. 览古十四首

之一：

上下三千载，纵横一半文。

皇皇传帝帝，合合亦分分。

大禹留天下，殷商有国君。

周秦儒道佛，不可误民群。

之二：

一道兴亡运，千儒草木田。

三皇三世界，五帝五玄然。

之三：

瑶台应灭夏，禹室复倾汤。

覆辙倾车轨，秦皇筑未央。

鸿沟成楚汉，不悟世阿房。

小篆扶苏弃，玩灰误建章。

之四：

鲁问谁微子，齐闻辅政时。

忠良残所弃，直谏贬无期。

之五：

奸邪终所弃，正直始辛黄。

已见玩灰冷，无须问范蠡。

之六：

子胥文种断，秦皇汉武期。

瑶池瑶泽露，道日道神持。

远物灵根存，昆仑异木司。

蓬莱蓬海望，鉴谅鉴其知。

之七：

汉主思英才，长沙贾谊篇。

相如相武帝，九楚九歌贤。

鲁政侯祈殿，齐桓不弃楫。

无成无旧迹，不以不当年。

之八：

一代君臣契，三朝世俗宽。

方知应贵论，近处已更寒。

楚曲张良奏，萧何夜月残。

淮阴韩信去，四皓始宫栏。

之九：

远策晁君错，为君纳诸规。

奸臣乘旧隙，世主祖夷垂。

汉景钦文治，相危以政迟。

龙逢云雨至，马跃暮朝嘶。

之十：

苏生苏六印，霍孟霍三侯。

二辟朱轮吏，三官永存留。

张仪张子弟，玉璧玉人楼。

纵纵横横论，朝朝暮暮舟。

之十一：

吾观太史公，百岁一生空。

帝帝王王业，成成败败风。

强人强自己，忍让忍雕虫。

李李陵陵见，飞飞将将终。

之十二：

玄元玄所道，直路直其终。

不悟祸归处，何言以觉通。

谁闻谁进退，子曰子文穷。

渭水垂竿处，无非吕尚公。

之十三：

大训垂人圣，斯文奥义多。

唐虞唐日月，盗路盗江河。

鲁隐颜生过，田常祚国何。

神明知所在，克让如星罗。

之十四：

孜孜从忠节，雪雪任九歌。

俄俄由努力，寂寂可婆娑。

20. 步虚词十首

之一：

俯仰群仙众，乾坤日月星。

三清三石玉，一火一炉灵。

十绝阳床跻，千行肃驾廷。

神宗神祖列，上帝上天庭。

之二：

步步虚虚路，元元太太清。

琼林琼郁郁，玉树玉荣荣。

隔隔三天界，森森一道生。

淹留千载见，已见百花明。

之三：

三宫三杳杳，一道一成成。

易对乾坤半，玄明向背成。

玄虚玄实论，太上太清行。

淡泊心平处，真负觉悟生。

之四：

正气真仙在，符元返本宗。

丹玄虚紫府，玉阙向神龙。

之五：

景诞扶桑日，晨霞羽盖宫。

煌煌西域界，烁烁太清空。

之六：

万仞瑶台远，千年玉液泉。

神仙神自在，雅颂雅风天。

之七：

三光应四象，六郡逐千山。

日日琼柯照，灵灵玉树颜。

之八：

同民同所愿，共主共和乡。

羽景玄天色，高情日月光。

之九：

造化方国界，乾坤日月天。

玄虚玄万物，一觉一灵泉。

之十：

二气播千象，三光种万田。

玄虚玄所易，实步实其川。

21. 登北固山望海

日出扶桑云，云归泊海风。

江流江不锁，入海入龙宫。

望尽何须望，空天玉宇空。

瓜洲由此见，北固寻英雄。

22. 听尹炼师弹琴

太一幽幽中，三间处处声。

高山流水去，弄玉穆公情。

夏口琴台聚，知音汉水行。

甘州重叠罢，上苑月方鸣。

23. 题龚山人草堂

独抱匡扶济，玄元守一功。

天机天不语，不二不行空。

24. 游庐山五老峰

隐隐彭蠡水，嵩嵩五老峰。

松杉风雪月，草木玉兰宗。

净净芙蓉照，珠珠滴露冲。

匡庐千百里，古寺一声钟。

25. 登庐山东峰观九江合彭蠡湖

牯岭容千路，彭蠡纳百川。

匡庐匡正义，九派九江船。

纵目横心望，昌行忘止宣。

东林三界外，沧海一桑田。

26. 建业怀古

宋魏齐梁载，南朝北代消。

金陵金不在，石柳石头潮。

武帝七萧衍，钟声古寺寥。

陈公陈叔宝，一世一词遥。

27. 经羊角哀墓作

羊经羊角墓，有迹有哀云。

阵道难相继，兵营可易分。

三生知古语，一世不闻君。

28. 过天门山怀友

澄江沧峡谷，一水一天门。

逸势如飞落，奔流入海村。

相思相望处，有欲有乾坤。

29. 舟中遇柳伯存归潜山因有此赠

之一：

潜山潜草木，一岁一春秋。

隐逸舟口客，求真日月留。

之二：

知君知世视，浩荡浩然心。

一曲潜山尽，三生已古今。

30. 舟中夜行

月下三明水，舟中一夜行。

婵娟天共伴，白首鸟栖惊。

31. 晚年湖口见庐山作呈诸友人

沙河黄老岸，经会汉阳峰。

武穴双钟（湖口）水，长江牯岭容。

南康星子坐，临口九江淙。

蒋巷滁槎浪，池溪茬港封。

32. 苦春霖作寄友

春霖春润泽，湿雨温阴晴。

万物滋生满，千虫衍造行。

江南江北岸，一路一枯荣。

33. 庐山言怀

序：

酬叶县刘明府避地庐山言怀诒郑录事昆季荀尊师兼见赠之。

诗：

避地庐山隐，干戈未净栖。

虹霓南土令，彩服自然夷。

渭水潼关近，黄河未著堤。
阴阳分日月，草木各高低。

34. 高士咏

论道称儒学，言行问器生。
陶潜应或致，谢守太清情。
白雪寒光落，春风草木荣。

35. 混元皇帝

玄元玄九脉，太上太三清。
造物观天地，归居佐世平。

36. 广成子

月下千流水，云中一广成。
轩辕轩守道，太守太清明。

37. 许先生

弃止箕山下，行为尚物中。
方圆应守一，尺寸抱图穷。

38. 樊先生

有世巢由问，平生隐逸行。
樵渔水自立，日月向天明。

39. 柏成子高

不爱朝堂事，无求利禄名。
樵渔温饱可，孔府弃书成。

40. 臧丈人

不二无为求，思三有本源。
功成功易简，遁迹遁知繁。

41. 伯夷叔齐

互让夷齐行，相承弃国饮。
宗周宗已废，首顾首阳岑。

42. 南华真人

放旷无生死，逍遥有暮朝。
春秋冬夏道，日月暮昏消。

43. 冲虚真人

暗暗明明止，虚虚实实行。
玄元玄半壁，两向两分明。

44. 洞灵真人

实有虚无极，空含色易中。
人谋人所事，物得物宜终。

45. 通玄真人

通玄通所就，利物利益生。
四象阴阳卜，两仪列半平。

46. 文史真人

始道文真隐，终来紫气生。
足垒三清境，心登九界仙。

47. 荣启期

知行知止见，一欲一心生。
物外情中许，耕耘跬步行。

48. 长沮桀溺

沮溺常思岸，长亭向背分。
耕耘知土地，治政主贤君。

49. 颜阖

颜阖颜子节，不利不求名。
挂杖行身苦，樊登向太清。

50. 老莱夫妻

三清三得志，一世一夫妻。
独木成林鸟，孤身夜雨栖。

51. 楚狂接舆夫妻

乾坤干不主，共苦共夷荣。
一道阴阳济，三清草木生。

52. 郑商人弦主

一隐弦高子，三清命书成。
虚心虚步去，道德道方荣。

53. 柳下惠

处处生行果，时时见古今。
田中田外问，半亩半知音。

54. 荷莜晨门

迹迹踪踪路，非非是是门。
前行前不止，后退后无根。

55. 汉阴丈人

高天高不就，小子小人心。
古道玄元始，今途复祖荫。

56. 於陵夫妻

自力更生处，夫妻子女荣。
人间人所事，以事以心平。

57. 项橐

佛道知儒事，玄元向理生。
人心人所志，日见日枯荣。

58. 太伯延陵，古今诗

太伯延陵在，东吴至让全。
高风崇亮节，去国立新篇。
立世从头起，经虚以实干。
巴新巴布亚，大马大华天。

59. 壶丘子

以道壶丘子，玄元知季咸。
无难应御寇，有感着山岩。

60. 段干木

拥衣纯守一，守道杜衡门。
若以方圆见，如来不二根。

61. 鲁仲连

一退秦军去，三清鲁仲连。
聊城聊将在，立世立青莲。

62. 颜歜

意气齐宣道，王风谢故川。
玄元玄所立，自得自源泉。

63. 周丰

向隐无名去，三清有净宫。
无须人努力，只劝鲁侯空。

64. 师金

素朴师金达，玄虚志道同。
颜生颜似玉，饰物饰方穷。

65. 南郭子綦

千思千不解，一半一人心。

向背分明见，非非是是寻。
方圆统对立，彼此互相侵。

66. 黔娄先生

一隐千情了，三更万里终。
行行复止止，实实亦空空。
俗世观音教，玄天道法隆。
方圆方在下，不二不言中。

67. 原宪

淡漠原生宪，弦歌自古行。
功成名就见，佛道以儒名。

68. 商山四皓

不作商山木，真观汉帝宫。
无为无是欲，四皓四时终。

69. 河上公

河舟河岸水，一去一来回。
不以公无渡，灵关四象催。

70. 东方曼倩

数数何言尽，行身百岁终。
东方东不止，一道一无穷。

71. 严君平

汉帝多奇士，君平卜易名。
仪仪分象象，卦卦合枯荣。

72. 司马季主

季主常伦外，阴阳卜易中。
当然当宋贾，造化造斯隆。

73. 郑子真张仲蔚

皇城皇帝约，野旷野人居。
四季耕耘力，三生不说书。

74. 严子陵

严生三聘迫，共寝半皇宫。
易象玄虚论，弓耕汉帝终。

75. 向子平

求玄求易老，一隐一终生。
不以夫妻事，当然逐独名。

76. 韩康

三光三草本，一子一人心。
远近韩康问，山中隐古今。

77. 台佟管宁

采药应身济，观书耐苦贫。
风尘皆已静，隐迹不秋春。

78. 高凤

不问时人趣，还闻独鸟鸣。
清音清自许，自力自心情。

79. 庞德公

襄阳庞德公，自作鹿门虫。
子子妻妻力，耕耕种种丰。

80. 玄晏先生，古今诗

落魄先生晚，天人著作穷。
诗词当立步，事想已成功。
十万三千句，年年日日中。

81. 孙公和

公和公好古，独穴独岩居。
读易玄虚辨，弹琴自不如。

82. 董威辇

白社工京近，红莲白玉宫。
风尘风不止，一净一心穷。

83. 郭文举

自幼知方外，元和感易中。
长林长所隐，异类异心同。

84. 陶征君

渊明彭泽令，五柳弃弦琴。
不可折腰问，知生是古今。

85. 元日言怀因以自励诒诸同志

十易知元宪，山居问木泉。
清流清净去，见石见山天。

86. 同刘主簿承介建昌泛舟作

已入逍遥境，玄虚草木天。
形形成影影，水水注泉泉。

主簿由官隐，江青暮日悬。
舟舟沧浪曲，子子过秦川。

87. 缑山庙

步步嵩云路，心心洛汭流。
缑山王子谢，自以惠民求。
宅位苍生念，丹宵俯仰休。
森森歌一曲，肃肃十三州。

88. 胡无人行

八月胡姬舞，三秋草木香。
男儿男不惧，破胆破身扬。

89. 别章叟

同行同邑里，共度共天中。
此别何时见，离情已自穷。

90. 题缙云岭永望馆

人惊人不险，鸟落鸟思泉。
饮水飞云落，山深石破天。

91. 题华山人所居

山人山不远，有酒有云居。
一醉非如此，三清是自余。

92. 杜光庭

道士杜光庭，工辞不第形。
天台天尚远，蜀主蜀诗星。
自以东瀛子，无文正渭泾。
三篇壶玉集，百卷广成灵。

93. 初月

夜夜弦弦照，寒寒侧侧行。
婵娟常闭目，桂影不含明。

94. 题仙居观

如来如自己，道士道仙人。
设想瑶台酒，琼浆待玉珍。

95. 题洪都观

越越吴吴在，人人事事空。
洪都观里问，五色五湖中。

96. 题都庆观

三仙三代驾，四海四真阳。
九鼎红鸾翼，千年白石乡。

97. 赠将军

北极鸿图卷，南天玉帝乡。
仙人仙客寄，八表八方扬。
举剑功劳纪，青史著未央。

98. 题鹤鸣山

五气云龙下，三天泰岳中。
功成真辙迹，白羽鹤鸣空。

99. 题空明洞

石洞五云深，松林一水浔。
森森艺术易，渺渺古人心。

100. 题北平沼

真人桐柏沼，道士北平云。
水水山山合，天天柱柱分。

101. 题平盖沼

江流空八阵，日照静三山。
势压枯荣木，云封草木湾。
仙都仙客瞩，白鹿白天关。

102. 题本竹观

扫帚人人写，纵横一一篇。
成成天下笔，岁岁已升仙。

103. 题福唐观二首

之一：
躐翠盘空坐，山巅竹殿云。
龙蛇游曳觅，太上一真君。
之二：
千宫千道士，一路一神州。
远近秋香木，烟霞造化修。

104. 题莫公台

公台奇绝处，自号小瀛洲。
水月鱼龙舞，希夷万古留。

105. 读书台

风清华月色，叶扫读书台。
冰壶依旧在，青莲几时来。

106. 赠人

凝思凝入境，静坐静应心。
海上鲲鹏翼，人神是古今。

107. 赠蜀州刺史

日月归行问，山川屹石寻。
神仙神道士，百岁百人心。

108. 题剑门

一剑当川立，三生问水流。
巴山巴楚峡，蜀客蜀门秋。

109. 题龙鹄山

扫叶收松子，呼云放鹤舟。
鱼龙从道士，一柱任天留。

110. 富贵曲

三生三富贵，半世半贫穷。
不以当言论，书生自不空。

111. 咏西施

越国西施女，吴王木渎妃。
春秋谁五霸，日月太湖归。

112. 伤时，古今诗

古古今今律，先先后后诗。
浮名浮利过，一世一人知。

113. 题霍山秦尊师

老鹤玄元伴，长吟短叹行。
人知人不问，世道世虚名。

114. 偶题

忧家忧国子，不隐不知天。
正道经纶在，人心日月圆。

115. 思山咏

已买丹砂玉，还耕岭土田。
更生由自力，有药不需钱。

116. 景福中作

不得生灵求，冰壶自在倾。
和平天下士，醒醉世中营。

117. 招友人游春

已把长绳系，轻身束带行。
花枝招展处，醉醒不须明。

118. 山寄三首

之一：
山居山不老，水注水云深。
白首随沧浪，青莲太白吟。
之二：
太室流泉细，仙人面壁长。
深思深远近，闭目闭关乡。
之三：
世上人间事，仙中御上王。
蓬莱蓬岛色，界外界炎凉。

119. 纪道德

千年道德经，一部著丹青。
上帝玄元始，无为自惑宁。
温良恭俭让，理国理家丁。
涟学知无尽，行行见渭泾。

120. 怀古今

古古今今问，横横纵纵知。
张生苏子策，六国一秦时。
太傅长沙赋，三闾著楚辞。
汨罗留不住，宋玉序虚迟。

121. 句

铜壶滴漏声声继，六院三宫女女香。

122. 郑遨

滑州白马人，不第入华阴。
少室山中道，逍遥毕古今。

123. 山居

之一：
自给山居老，无为古道君。
花开花落去，一水一流芬。

之二：
北陆三千子，东都一点烟。
流泉明太室，绝顶远离天。
之三：
中原中战略，太室太云烟。
和时知宇净，采药问山泉。

124. 茶诗
草木人中隔，山川岭上烟。
云光成露水，碧玉采芽尖。
一万三千叶，称斤足两全。
泉流泉下水，谷雨谷先鲜。

125. 哭张道士
谏策终屈辱，忠臣自作梁。
三生多卖卜，一世已炎凉。

126. 富贵曲
富贵佳人面，珊瑚翡翠乡。
珠光藏宝器，玉坠隐花黄。
一夜夫君梦，三更作寡娘。

127. 伤农
农家农子女，一粒一亲疏。
费尽千牛力，秋收一税余。

128. 咏西施
一入馆娃宫，三吴尽日红。
夫差勾践问，小女五湖中。

129. 思山咏
只卖丹砂客，神仙益寿身。
长生长不见，一意一心真。

130. 招友人游春
游春游草木，访绿访香奴。
碧玉芳新有，花枝不老无。

131. 宿洞庭
君山向洞庭，竹泪自湘灵。
夜泊猿啼久，谁知道德经。

132. 题病僧寮
雨打芭蕉叶，风吹古寺钟。

老布经霜老，从容一病从。

133. 题霍山秦尊师
青猿青力臂，白鹤白尊师。
采药悬壶济，灵芝受惠时。

134. 偶题
之一：
忧贫忧富道，过往过来人。
枕上观明月，云中问远邻。
之二：
浮名浮利禄，海浪海洋深。
道德沧桑易，经纶日月篇。

135. 景福中作
策救生灵晚，如何饮酒深。
糊涂糊所往，冷淡冷人心。

136. 题中条静观
绝顶三松柏，中条一静观。
群仙相聚首，异迹逐云端。

137. 虞有贤
道士唐朝末，玄虚未列班。
逍遥逍自在，一世一开颜。

138. 送卧云道士
紫阁东风暖，花枝已满蕾。
招摇云雨下，最早是香梅。

139. 程子霄
示守庚申众，道人三彭记身失。
三彭三不是，一记一当非。
只以身行处，心灵见历归。

140. 兰溪灵瑞观
静境澄山坐，清风郎月明。
兰溪兰水色，玉液玉人行。

141. 题赤松宫
道亦经朝暮，心皆有弟兄。
松林松柏桧，一刹一钟声。

142. 参同契明镜图诀诗二首
之一：
以镜参同诀指蒙，三篇万象有无中。
阴晴八卦乾坤半，不得长生一道通。
之二：
玉石丹炉造化工，希夷至道爻词空。
阳奇铁水分红白，汞气当仙气势终。

143. 题柳公权书度人经后
经纶经客字，直笔直人书。
紫阁纵天子，公权度子余。
相辞道士去，鹤鹿神仙居。
只以山河见，无为是步虚。

144. 吕岩
吕岩字洞宾，不第中举人。
进士无名秩，钟离以道神。

145. 呈钟离云房
小作儒字子，中年道士房。
悬缨名利弃，只事上清皇。

146. 献郑思远施真人二仙
紫府仙扉姓，真金石玉名。
三清三界炼，一日一天精。

147. 得火龙真人剑法
一剑相伴伴，三清得火龙。
钟离呈一语，洞口已千冬。

148. 七言（五言）五十首
之一：
无形无象与，造化造神仙。
有是无非道，当空对实全。
之二：
通灵通日月，一粒一金丹。
地角穷经处，天涯入圣难。
之三：
红尘四十年，举子三千天。
八卦乾坤易，双仪向背全。
之四：
乾坤万象中，日月一西东。

两半阴阳见，三清草木空。

之五：

死死生生是，金金石石非。

长生长不得，一世一仙归。

之六：

精中精子在，气里气丹田。

固本修神道，经年自作仙。

之七：

九九丹炉转，三三日月精。

阴阳和合气，本末凤凰生。

之八：

通灵九转丹，问道一龙滩。

暑暑寒寒地，云云雨雨端。

之九：

返本还元道，玄虚固本精。

丹田沉自守，意气已生英。

之十：

一凡红颜驻，三清独自归。

千丹仙不在，九转是还非。

之十一：

一盏醍醐灌，三清醒醉眠。

丹炉经白火，水涨渡江船。

之十二：

洗净心肝肺，清明耳目身。

修行方是道，日照步虚人。

之十三：

一本天机册，三清万劫人。

金浮金是水，木落木非津。

之十四：

越将龙兵气，佩符待甲缨。

生擒如六贼，活捉似三清。

之十五：

十寸丹炉炼，三千日月精。

年年由此见，劫劫已天平。

之十六：

六六炉中玉，三三鼎里花。

无根无本姓，有玉有丹霞。

之十七：

四六关头路，三千子弟兵。

平行人到此，自筑是仙城。

之十八：

九九长生殿，三三日月天。

清清行道道，水水有泉泉。

之十九：

千山求汞易，四海觅铅难。

道里金丹炼，清中玉佩安。

之二十：

无形无本见，有表有源闻。

玉室金关锁，真铅质汞分。

之二十一：

浮名浮利禄，实汞实铅丹。

两两成金玉，三三致久安。

之二十二：

无行无作业，有道有其为。

玉石丹炉炼，经纶鉴两仪。

之二十三：

男儿骑白马，小女牧马龟。

匠手无中有，丹炉玉石垂。

之二十四：

三清三世界，九转九还功。

返老还童道，长春永寿中。

之二十五：

欲结长生子，当收日月精。

男童男自许，小女小成情。

之二十六：

内室成身器，金丹作体精。

常修常炼制，有见有知英。

之二十七：

虎伏红铅炼，龙吟白汞丹。

昆山昆石玉，籍贯籍云端。

之二十八：

真阴方九鼎，瑞气已三元。

正正阳阳炼，丹丹玉玉轩。

之二十九：

水火均平乐，长生不老翁。

阴阳偏不得，妙诀是雌雄。

之三十：

九九中延寿，三三上得清。

千年成一粒，百岁已双英。

之三十一：

自炼丹田本，长生性命基。

龙腾随虎跃，静坐伴恩慈。

之三十二：

仙人天上客，玉石汞中融。

九凤云前舞，三清月下空。

之三十三：

相同相似处，有异有仙台。

万念成心欲，千情久不开。

之三十四：

水得天符下，山成日月中。

沧桑沧海见，以道以西东。

之三十五：

只饮蓬壶水，当餐日月精。

神人神戒外，道士道丹清。

之三十六：

灵珠浮本末，进溅炼精英。

已见功成就，逍遥日月明。

之三十七：

若要学长生，先知可固精。

机枢平昼夜，本末汇阴晴。

之三十八：

得失成名利，升迁进退禅。

三生凡界路，一世作神仙。

之三十九：

两两三三友，千千万万人。

山川山水路，日光日月新。

之四十：

本末无非在，阴阳有是明。

长生长石玉，道法道枯荣。

之四十一：

纳玉含丹静，吞精食气行。

功成功羽化，进士进仙名。

之四十二：

杳杳冥冥望，来来去去行。

人间多少路，世上暮朝生。

之四十三：

石玉经三界，丹功只一人。

延年延所欲，溢寿溢仙轮。

之四十四：

黑黑红红炼，熔熔液液生。

真金由火养，玉水可成精。

之四十五：

道士分仪易，仙家只一阳。

乾坤乾是半，日月日生光。

之四十六：

一凡人间乐，三清世上天。

飞龙飞九五，正地正阳坚。

之四十七：

贮积登仙录，收藏伏火砂。

长生长乐酒，一世一神华。

之四十八：

九鼎丹炉液，三清玉带乡。

钟离钟鼓继，八戒八仙扬。

之四十九：

元君元紫诏，命会命三清。

进士无才智，仙都有姓名。

之五十：

参真参信仰，一醉一神仙。

世世元元世，玄玄羽羽玄。

149. 七言六十三首

之一：

金丹一粒半长生，火炼千光九转成。

北海龟精南赤凤，三元八卦鬼神惊。

之二：

儒生已落换心丹，石玉炉前向日安。

世上从名从进士，人间自步上仙坛。

之三：

山山水水一真人，去去来来半济贫。

不老红颜神已在，仙生白羽客天津。

之四：

名名利利挂人间，死死生生列序班。

玉石丹砂炉里炼，经经道道过潼关。

之五：

不问长生不问天，无成老子未成田。

丹炉玉石金龙炼，白虎云烟一粒仙。

之六：

气度深藏大丈夫，人间一曲有时无。

回应弟子江湖路，借取明皇半念奴。

之七：

悬壶济世星辰路，但入精英一故乡。

大马长春重旧业，南洋赤帝再银行。

之八：

灵芝石壁向阳生，虎骨经山对地盟。

已见人参峰岭色，神仙止步问平生。

之九：

字尽书穷见举怜，吟诗作赋易桑田。

等闲倒尽三壶酒，半见烟霞一宇天。

之十：

不问人间有玉皇，神仙世外作沧桑。

玄门弟子元虚着，玉女金童别故乡。

之十一：

有做仙家一姓名，钟离教化半人生。

山中白鹤常相伴，月下婵娟弄玉鸣。

之十二：

一笑时人问自家，千岩古木半开花。

焦桐正好长三尺，月下方弹你我他。

之十三：

坎坎离离一卦悬，丹丹石石半炉烟。

铅铅汞汞成仙界，只在人心不在天。

之十四：

调和六一自同仙，弟子三千各独怜。

不入官衙官本位，玄元路上悟玄田。

之十五：

公卿不贵作仙游，弟子方成过日舟。

只有长生人不得，三清不尽上清留。

之十六：

玉女瑶台玉女花，仙人獬豸上清涯。

无须海内千年酒，已上昆仑近月花。

之十七：

意守丹田一气生，平心不二半分明。

瑶池社会仙相聚，俱是无名作有名。

之十八：

道士修真半玉清，崔公入乐一仙成。

人间不是神仙久，汞汞铅铅不可行。

之十九：

不是尘中不染尘，神仙月下有清真。

人间愿望蓬莱岛，海外瑶台处处春。

之二十：

不以龙门问紫微，吟诗白鹿闭柴扉。

玄元自得玄虚步，只度人间不是归。

之二十一：

黄芽白雪一仙家，甲子乾坤半世华。

不纪精灵心独到，何言石玉炼丹花。

之二十二：

耳目双闭骨更轻，姿身玉态步三清。

神仙是是非仙子，俗子非非是一生。

之二十三：

不忆轩辕海上行，龙精水怪夜中生。

人生似梦神仙度，自得因因果果成。

之二十四：

姓姓名名已早成，功功业业自枯荣。

求成未得何求败，别路神仙以道荣。

之二十五：

华阳处处一芝田，市井喧喧半旧年。

弄玉秦楼秦穆子，神仙引凤凤凰仙。

之二十六：

天生不尽自然心，暮暮朝朝是古今。

日日年年修日日，诗成十万首知音。

之二十七：

玉阙宫中拜老君，玄都月下南天去。

朝元已始无终止，不学长生学咒文。

之二十八：

潜通造化一玄村，玉户金宫半牡门。

北帝南宸观内外，天关阙道自晨昏。

之二十九：

半是尘人半是仙，三清上下一清天。

方知此是生生道，事事人人物物传。

之三十：

造化人间一字传，潜通道理半坤乾。

云天白虎游三岛，碧海青龙过百川。

之三十一：

仁人未达世人心，子弟难承作古今。

道上玄元玄所见，琴中不止七弦音。

之三十二：

蓬莱岛上西王母，弄玉琴中北凤凰。

若以蟠桃千载会，秦楼曲尽穆公肠。

之三十三：

四大皆空几子闲，三清日月已红颜。

知君有道来山上，不是无名寄世间。

之三十四：

断绝风华隔世情，蓬莱别姓自成名。

无须彼此成牵挂，已得长生不是荣。

之三十五：

一曲明皇半念奴，情高意寡一皇都。

守寻渭水周公问，不钓鱼龙作丈夫。

之三十六：

不在人间不在天，方成异域已成仙。

乾坤一半分男女，世界三千弟子边。

之三十七：

不作神仙不炼丹，无言老子道家安。

潼关只以黄牛度，苦果寒心自戒坛。

之三十八：

万首诗词万日多，三生七十半生何。

仙经已读三千卷，古法曾持十二科。

之三十九：

琴琴剑剑过华阳，道道玄玄作豫章。

石石岩岩由雨露，松松柏柏自苍苍。

之四十：

一道方成一道空，千炉玉石万炉穷。

三清立志三清路，自着金莲造化功。

之四十一：

似水如云七尺身，玄虚似实百秋春。

壶中有乐应知济，月下琴弦木叶邻。

之四十二：

闲骑白鹿问山洲，闷驾青牛向古丘。

似此人间名利尽，如来自在去来修。

之四十三：

青龙已落紫微华，白玉宫中玉石花。

九鼎黄芽栖瑞凤，三清洞口上清家。

之四十四：

年年岁岁一秋春，暮暮朝朝半木邻。

去去来来何日月，披星戴月作麒麟。

之四十五：

书生落第自嗟差，不向人间不问家。

本志谁求名与利，龙门渡口是官衙。

之四十六：

日作红炉月作舟，云淹玉石火淹寒。

成仙过海钟离汉，一树蟠桃不问官。

之四十七：

神仙日月玉炉红，万里遥台一路风。

杳杳云云浮不定，来来去去似行空。

之四十八：

不尽人间不自平，南天世外北天生。

神仙已是玄虚客，老子三清日月明。

之四十九：

雨雨年年雪雪风，来来去去异同同。

炉炉玉石丹丹炼，俗俗仙仙各始终。

之五十：

炼石成丹是炼心，玄元始觉悟琴音。

声声不尽人间路，短短年华寸寸萌。

之五十一：

金钱土地铁牛耕，日月山川玉兔行。

若以心平玄道论，群山草木自枯荣。

之五十二：

不是凡流不是贤，经纶世界作神仙。

无无有有成今古，近近遥遥玉宇天。

之五十三：

不问神仙不得成，汗漫日月别汗漫。

瑶池殿上参王母，玉兔宫中问月寒。

之五十四：

刘刘阮阮半神仙，不入天门半入天。

不可回身观世界，桃源洞口有云烟。

之五十五：

一读仙经和九篇，三清道士壹千天。

丹炉炼取人心力，不似陈王洛水边。

之五十六：

姓姓家家别一天，胡胡汉汉界三边。

名名利利终非道，富富贫贫非是天。

之五十七：

万卷仙经一寸心，千年石玉炼知今。

明天昨日何应问，自在逍遥不可寻。

之五十八：

战罢蚩尤久不安，三皇五帝上云端。

轩辕世代横行后，直隐深岩久觅难。

之五十九：

已是参同九界天，蟠桃已熟一千年。

时为伴侣吟诗句，再赴蓬莱会八仙。

之六十：

自作儒生怒不一，丹炉玉石请红缨。

经书自付天门过，匣剑时磨待斩鲸。

之六十一：

九鼎融炉一味砂，三清日色半岩花。

青莲道士神仙客，日月星辰入我家。

之六十二：

龟蛇向背一神来，虎豹阴晴半木摧。

炼火乾坤应自度，人间日月任轮回。

之六十三：

日月盈亏一药王，山川草木半兴亡。

乾坤反复龙收雾，教化人间顾暖凉。

150. 仙游

序：

真人行巴陵市，太守怒其不避，使案吏具其罪，真人日须酒醒耳，顷忽失之，但留诗曰。

诗：

一别蓬莱海上游，三清太守莫官求。

抬头北斗应开口，剑挂南天四十州。

151. 仙乐侑席

玉石炉中已半边，金丹铸就一方圆。

人间世上三千劫，海上神仙五百年。

152. 题桐柏山黄先生庵门

一有玄门一道田，三清静室半清莲。

寒泉玉石同炉炼，汞汞铅铅任自然。

四象五行行海岳，千波万滚滚方圆。

蓬莱有路君同去，返朴归真过陌阡。

153. 五言十六首

之一：

不免长生欲，何求四象梅。

青莲青处处，一道一回回。

玉女香阶下，金童健步来。

龙吟龙土地，虎啸虎天台。

之二：

姹女住南方，身边产太阳。

蟾官烹玉液，守护炼琼浆。

足尽神仙饵，三杯百世长。

千年应一现，万寿自无疆。

之三：

世界黄芽理，乾坤日月天。

炉中生白汞，鼎上越红烟。

一粒仙丹子，千般万寿田。

蟠桃应景树，五百再生年。

之四：
黄芽生宇宙，冶煆作炉砂。
水火阴阳炼，仙丹玉石花。
龟蛇壶里遭，龙虎鼎中华。
物外心中志，当然你我他。

之五：
一路长生愿，三清顿悟生。
仙丹仙火炼，玉石玉心萌。
白日冲天照，香炉烈火明。
何知何易变，象爻象怀成。

之六：
姹女住瑶台，仙花满地开。
黄芽由此见，玉蕊自然来。
风舞龙郑客，龟蛇日月杯。
人心明道理，世界万千回。

之七：
古往今来子，奇光异域天。
相同相似见，一境一神仙。
俱是人间出，何当见陌阡。
生当生本末，作以作修千。

之八：
已解长生理，乾坤日月村。
阴阳相互易，父母继儿孙。
本末由情至，修行可至尊。
龙吟同虎啸，隔世共慈恩。

之九：
妙药灵丹在，神仙俗子村。
飞翔飞羽翼，落足落心根。
共处同行处，龙吟虎啸痕。
三生三异域，一步一乾坤。

之十：
姹女住离宫，身边有火风。
丹炉随日月，鼎物着雌雄。
水水鱼鱼炼，金金玉玉同。
仙人仙有道，世悟世无空。

之十一：
易得乾坤殳，行来日月宗。
天生天白虎，地魄地青龙。
若以阴阳界，何当草木容。
雌雄雌牝母，九界九神封。

之十二：
金丹金所在，玉石玉经风。
炼火微微白，炉堂渐渐红。
三才曾七返，四象已九工。
一凡客仙气，千年日月功。

之十三：
人人千岁愿，个个半长生。
汉武知王母，秦皇望海城。
丹炉丹取本，玉石玉成荣。
易理阴阳界，相分相合成。

之十四：
本本元元在，仙仙俗俗同。
阳中阴所合，世上界无空。
汞作轻金属，铅成液雾风。
经纶经已易，草木草人功。

之十五：
一易三清净，千炉万火英。
知天知本末，不道不长生。
莫以神仙误，当然庶子行。
人由人见起，玉宇玉人盟。

之十六：
妙妙应重妙，玄玄不再玄。
三清三界养，九派九心田。
日月东西去，乾坤易道悬。
他时功德满，直入大罗天。

154. 绝句三十二首

之一：
捉得金晶本，日月阴阳身。
世界乾坤在，长生不老人。

之二：
阳中阴已在，水里火重生。
但望瑶台道，合时日月明。

之三：
姹女灵源守，元君隐约容。
黄童黄玉帝，白虎白青龙。

之四：
七寸丹田道，三清日月明。
千年千易物，万岁万苍生。

之五：
九鼎神丹器，三清入紫微。

龙吟龙虎斗，事愿事无违。

之六：
仙人仙自己，炼石炼心由。
日月非丹问，功夫不到头。

之七：
醒醉由天地，精神可去来。
丹炉丹已在，自得自仙回。

之八：
不负三光照，无放九转炉。
修行修所欲，养本养源余。

之九：
千头千万绪，一念一瀛洲。
莫向仙人问，当然俗人求。

之十：
间道阴阳短，经天日月长。
云中云有水，月下月无量。

之十一：
修身修本末，学道学阴阳。
自以乾坤易，当然日月乡。

之十二：
妙道通微处，玄机向背明。
神仙神自得，本末本先生。

之十三：
一道千年木，三清万日成。
黄芽黄日月，白鹤白云英。

之十四：
金童金玉石，有道有还无。
女子非天地，男儿是丈夫。

之十五：
乘龙先跨凤，炼剑冶神封。
阙北三宫水，终南第一峰。

之十六：
岳麓苍梧色，君山北越苏。
湘灵斑竹泪，不过洞庭湖。

之十七：
一道乾坤术，三清日月琴。
从山由水路，坐地向天吟。

之十八：
天龙天羽落，地虎地云生。
日以三千载，神当一半明。

之十九：
道士莲峰下，神翁玉宇中。
南天门里客，北海八仙风。
之二十：
玉宇乾坤界，阴阳日月封。
无仙无草木，有剑有蛟龙。
之二十一：
已见苍梧水，湘琴鼓瑟情。
娥皇娥所寄，一曲一女英。
之二十二：
拍打葫芦舞，弯腰向地鸣。
乾坤分两半，日月足三清。
之二十三：
地地天天界，生生世世人。
神仙神是主，客舍客家邻。
之二十四：
谷谷川川水，千千万万人。
神仙神不误，一子一心真。
之二十五：
农夫营五亩，酒客问三泉。
道士神仙悟，王侯不种田。
之二十六：
不可求人去，何须问易来。
阴阳分两半，日月合时开。
之二十七：
幽人幽事少，道士道行多。
不以闲时静，当然渡水河。
之二十八：
先生先自得，举剑举长歌。
若以人间志，和平静帛戈。
之二十九：
春秋由五霸，越女付三吴。
隐逸明三界，高吟过五湖。
之三十：
仗剑当关立，行书向玉门。
沙鸣沙万里，大漠大黄昏。
之三十一：
先生先自在，后语后无邻。
问道求仙路，男儿是苦身。
之三十二：
无仙无日月，有道有精神。

草木乾坤俱，阴阳彼此人。

155. 徽宗齐会
高谈阔论若无人，日月草木一水津。
古往今来神道策，春秋战国纵横秦。

156. 七夕三首
之一：
元丰吕惠卿，七夕单州行。
仗剑惊三尺，仙人过一平。
之二：
四海蓬莱岛，三清日月邻。
精神霜雪在，道法去来秦。
之三：
本未天台阁，笙歌玉石多。
丹炉神水在，七夕望天河。

157. 赠李德成
五等侯门外，三清古刹中。
千年千雅颂，一世一天风。

158. 牧童
牧笛三春曲，风沉一半声。
黄昏先日暮，小犊已和平。

159. 潭州鹤会
剑法飞天去，潭州鹤会缘。
风云风不尽，雨露雨苍烟。

160. 绍兴道会
高名高瞩目，道会道人行。
斗笠凭空挂，无沉自举营。

161. 赠曹先生
鹤落龙飞去，箫声弄玉情。
秦楼秦不在，凤羽凤毛惊。

162. 海上相逢赵同
水为南宫炼，阴阳北阙生。
夫妻相合处，日用共则明。

163. 题凤翔府天庆观
一道三千日，逢年八百秋。
飞天飞玉顶，洞口洞人修。

164. 剑画此诗于襄阳雪中
一剑岷山头，三清自可留。
千花千片雨，一树一春秋。

165. 洞庭湖君山颂
水雾三湘尽，云霄一月开。
君山君子树，岳麓洞庭梅。

166. 寄姜国军兄
十里皇城一白魁，周公九鼎半红梅。
阳春白雪烧羊肉，炒元丹酒百杯。

167. 泰州北山观留诗
石石池池水，清清净净心。
留诗留石玉，问道问时音。

168. 题永康酒楼
一酒千年饮，三清五百杯。
人生人醒醉，月影月徘徊。

169. 赠滕宗谅
华州华道子，岳麓岳阳城。
立世三清纵，当空一剑横。

170. 赠江州太平观道士
自得薛高士，当然问道时。
知吾贪大酒，绝句不长诗。

171. 赠陈处士
处士清霄路，兴亡日月城。
龙门金榜姓，玉界有仙名。

172. 哭陈先生
六洞真人府，千年不死生。
仙家仙早去，治道治身名。

173. 化江南简寂观道士侯用晦磨剑
欲尽锋芒试，挥光断玉霄。
江南江北岸，一剑一平桥。

174. 回山人
序：
熙宁元年八月十九日过湖州东林沈

山用石榴皮写绝句于壁自号回山人。

诗：

回山人一壁，以酒饮三清。

不向东邻问，藏书六郡情。

175. 大云寺茶诗

已有旗枪志，浮沉水雾珍。

清明清谷雨，碧玉碧螺春。

176. 别诗二首

之一：

道士丹炉子，神仙不姓名。

心心从九脉，步步近三清。

之二：

咫尺神仙客，天涯道士情。

因人因烦恼，别路别枯荣。

177. 赠罗浮道士

甲子人间误，罗浮道士修。

同流同草木，共饮共壶流。

178. 宿州天庆观殿门留赠符离道士

驾鹤知行鹤，符离道士离。

朝元朝自己，叶落叶无期。

179. 题黄鹤楼石照

汉口飞黄鹤，知音夏水流。

沧洲鹦鹉在，一曲一琴留。

180. 答僧儿

两足三千里，千年一半尘。

僧儿僧自在，积德积人身。

彼此非常道，东西是近邻。

181. 与潭州智度寺慧觉诗

之一：

智度禅师觉，潭州慧悟留。

湘江湘水岸，岳麓岳阳楼。

一钵无余食，孤衣老衲裘。

人生知一足，历世自春秋。

之二：

达者知心见，行人问道寻。

源泉因本末，日月可浮沉。

182. 参黄龙机悟后呈偈

瓢囊求乞讨，弃却问知音。

一见黄龙后，三生错用心。

183. 题僧房绝句

朝前已举进，进士无名。

神仙不在，异域成英。

184. 赐齐州李希遇诗

不饮混沌酒，无贪不义财。

因因应自报，祸祸巧奸来。

185. 六言

足见山山水水，心怀去去来来。

人心朝朝暮暮，草叶闭闭开开。

事事成成败败，人人处处回回。

君君臣臣子子，道道守守台台。

186. 明胎息

子子孙孙世，男男女女盟。

阴阳分一半，合二作三清。

密室行真迹，津津液液生。

逍遥成彼此，道德逐玄明。

187. 警世

二八佳人体，三清欲望无。

酥身河界忘，仗剑玉皇都。

188. 通道

一道玄元始，三清自古通。

神仙神领悟，别界别童翁。

189. 为贾师雄发明古铁镜

尘中磨铁镜，面上映光明。

洞里天云满，川前一束英。

190. 题全州道士蒋晖壁

道士全州壁，金丹露水滢。

天机天秀子，姹女姹儿男。

191. 谒石守道

石玉难分璞，金银已断情。

银章朱绂挂，守一养颜行。

192. 题广陵伎屏二首

之一：

越女西施舞，吴宫木渶英。

春秋成五霸，日月作三清。

之二：

花开花落去，日下日浮来。

女女男男事，情情意意开。

193. 题东都伎馆壁

一曲千姿舞，三清半洞笙。

同音同乐酒，共月共风情。

194. 进士

序：

崔中举进士游，岳阳遇真人录沁园春词，诘其姓名，荐之李守排户而入唯见留诗于壁。

诗：

无须推举士，已见沁园春。

尺寸由人取，方圆不二钧。

195. 题诗紫极宫

宫门谁出入，道法再玄元。

不二神仙路，经三鹤鹿轩。

196. 闲题

孤云孤野鹤，独坐独行身。

不问神仙在，谁知吕洞宾。

197. 山隐

水水山山隐，泉泉野野耕。

房高身作尺，屋阔步量成。

五亩经耕种，三秋自主荣。

198. 绝句

之一：

积养丹田气，行身日月精。

长生如此术，万寿不须成。

之二：

万水千山路，四海五湖舟。

道士经纶步，神仙日月修。

之三：

为僧为慧觉，以道以三清。

共度人间苦，同行日月明。

199. 劝世

不可秋毫犯，无须日月倾。

如来如所见，老子老玄明。

200. 头坯歌

坯坯砖砖烧，棱棱角角明。

秦秦传汉汉，瓦瓦作楹楹。

本来红尘土，炉窑着战城。

千年成旧迹，万里御兵情。

造化人间易，经纶世上生。

禅房留佛祖，洞口有仙精。

正念空门静，临川见谷平。

知天知地厚，一道一虚荣。

201. 赠刘方处士

紫府丹炉大丈夫，高瞻远瞩笑江湖。

刘方自以留芳见，白石烟霞白石无。

世在兴亡今古见，春秋战国帝王图。

玄关咫尺流光去，志士仁人向玉壶。

202. 寄白龙洞刘道人

金沉玉定半丹乡，转世留唐一客肠。

百岁方成三万日，千年未了一沧桑。

春花已发秋霜继，暮落黄昏又朝阳。

老子潼关留道德，玄洲草木沃洲香。

寒寒暑暑天机与，彼此时人误度量。

日月东西应不老，冠官进退久低昂。

人生逝水神仙路，野药经心百草尝。

六道轮回知佛祖，三清白石炼炉黄。

203. 赠乔二郎

水火夫妻石玉生，金铅白汞两光明。

烟霞处处晶晶结，冶炼真真矿矿成。

一半阴和一半，三清日月始三清。

沉浮不尽沉浮尽，只见长生不见程。

204. 鄂渚悟道歌

一梦邻公道术声，三清万物已上清。

丹砂结处金炉水，玉质玄元隔世情。

水夜灯明传不晚，天机地理对枯荣。

阴阳互补夫妻故，日月相承道德缨。

205. 又记

道术幽幽四海行，邻家夜夜一三清。

丹田白石炉中冶，咫尺神仙向月成。

色色空空空色色，玄玄一一一明明。

真真不假真真继，步步蓬莱步步英。

206. 秘诀歌

去去来来去去来，朝朝暮暮暮朝回。

真真假假真假假，性性情情处处媒。

姹女成精成日月，黄芽作秀秀云堆。

人人一一相交大，雁雁湘湘青海催。

207. 勉牛生夏侯生

第一龙门二秀才，思三世上半六台。

玄虚步步天机许，老子潜龙入海来。

208. 题四明金鹅寺壁

青童姹女四明山，道士玄机一世颜。

一望空空天自在，三清处处玉门关。

209. 谷神歌

炉中姹女已生娇，牝底婴儿竟自招。

水母金翁成甲子，瑶台道路在云霄。

210. 修身诀

莫以修身不可行，当然养性立心明。

神仙未了长生愿，水火辛夷冶炼成。

211. 长短句

升官多得意，落魄作神仙。

野水荒山林木旷。长生百草药当年。

灵芝岩上色，枸杞映红泉。

市市街街寻不住，人人岁岁不争钱。

212. 直指大丹歌

丹炉鼎鼎一灵泉，玉液泓泓半紫烟。

白虎离离惊日月，青龙坎坎着红莲。

213. 入定

闭目天机守一圆，藏真玉觉界三千。

思凝静气问天枢，不是严滩是钓船。

214. 初九

从来大道自朝天，已入三清第一缘。

自古人间从日月，机关算尽守方圆。

215. 玄用

昆仑日月半交加，草木乾坤一世家。

镜里风云已盈满，白雪冬梅腊月花。

216. 神效

自得天机一自然，阴阳造化半神仙。

丹炉姹女青童现，已是丹心造化天。

217. 沐浴

水在云中沐浴烟，仙丹鼎里暮朝悬。

青龙白虎黄芽，白雪红梅一半田。

218. 延寿

玄关启户半平生，子午方成日月精。

只见长生祝寿年，神仙只向玉人英。

219. 瑞鼎

都从会合半分家，玉石分离一汇家。

铅铅融融汞汞，丹田一寸一神华。

220. 活得

半在阴阳一五行，青龙白虎半神英。

丹丹石玉炉炉，道道玄玄步虚清。

221. 灿烂

四象分明八卦周，三清岁月两仪修。

男男女女阴阳配，半是乾坤半是求。

222. 炼质

石鼎炉中炼古今，红岸石上有龙吟。

阴阴配配阳阳，貌似童颜骨似金。

223. 神异

阴阳不断易秋春，日月经纶玉石尘。

水水玄元火火，脱胎换骨始成真。

224. 知路

一路方成一路新，三清日月半炉尘。

丹丹炼元元，造化红莲着净身。

225. 朝帝

功成九转守一行，玉帝千年向三清。
姹女青童际会，夫妻牝母作精英。

226. 方契理

人生举世自相依，北雁南飞不是归。
寒北江南处处妍，年年岁岁两回飞。

227. 自无忧

初从学道炼丹炉，守一方圆半步虚。
暮期日朝朝暮暮，今今古古帝王书。

228. 作甚物

一物倾人逐利名，三清入道作精英。
神神自是仙仙，客客玄元主上行。

229. 疾瞥地

三清万劫一仙人，九转千石半火津。
石玉青龙白虎，轮回已定是经纶。

230. 常自在

乾坤草木各高低，石在东方玉在西。
自得常如自在，夫妻世界是夫妻。

231. 口占

闭目玄真意境开，开炉石玉已融瑰。
非神亦是非仙去，有欲何须不欲回。

232. 敲爻歌

静是无为动是非，纵横顺逆始终违。
天机不解玄元在，酒色花光总不归。
女女男男成世界，夫夫妇妇作心扉。
千千自以坤坤配，虎虎龙龙日日晖。
四象常生分八封，三清守一两仪微。
灵根莫欲蓬莱本，铅汞毒龙独弃成。
咫尺方成丹药炼，人间百草已芳菲。
阴阳羽化兴天地，日月经天雁一飞。
剥尽纯金纯自在，黄芽寸短寸生玑。

神仙俱是凡人界，性命全休独自依。
万劫尘灰分煎熬，千年经纶合时机。
山川谷壑溪流去，法驾应明玉帝畿。

233. 参三诀

道非道，玄是玄。
生非命，性是天。
本非本，未是渊。
老非老，年是年。
石非玉，鼎是田。
清非俗，道是仙。

234. 百字碑

阴阳对合一乾坤，世代夫妻半子孙。
死死生生由天地，玄玄道道是慈恩。

235. 句

不道神仙客，玄元主仆人。

第十二函　第七册

---

1. 孙思邈

太白孙思邈，隋唐自隐山。
阴阳通百药，博士达天关。

2. 四言诗

取石之精，融金弃朵。
分分合合，易易更更。
妇妇夫夫，男男女女。
朝朝暮暮，止止行行。
坎坎离离，铅铅汞汞。
身身体体，液液晶晶。
——阳阳，阴阴九九。
乾坤互道，老少长生。

3. 叶法善

太素松阳客，高宗法善名。
中环中守道，百岁百三清。

4. 留诗三首

之一：
昔在舜耕山，今来秘篆班。
神仙神自在，雁去雁门关。
之二：
已见人间路，还依太上家。
玄元玄自古，一道一天涯。
之三：
经玄经日月，学道学神仙。
日日圆圆见，月月缺缺悬。

5. 如来

心经心世界，守一守方圆。
护法从韦驮，无求向背天。

6. 张果

中条张果老，武曌复明皇。
赐号通玄子，还山却舆郎。

7. 题登真洞

已隐归真洞，先生礼致宫。
青光朝紫録，再去向时空。

8. 许宣平

结草城阳隐，花瓢卖药行。
求钱求挂杖，太白太人名。

9. 负薪行

当医天下药，自力负薪行。
日上行钱书，黄昏沽酒荣。

10. 庵壁题诗

山居山百载，独步独千年。
石室华阳洞，清明甲子泉。

11. 见李白诗又吟

太白青莲子，吟诗约我仙。
黄精余不食，羽化自归田。

12. 成真人

自以开元末，金天庙主寻。
成真人已至，得去互相音。
幸蜀明皇忆，斯人已至深。
谁思谁不解，一木一成林。

13. 题壁

明皇明北主，蜀路蜀南行。
燕燕无为处，胡胡史史倾。

14. 朱子真

南山一子真，玉女半邻人。
一丸当庭赐，三清向道春。

15. 对赵颖歌

赵颖南山下，真人待酒歌。
神仙多少客，醒醉去来多。

16. 申欢

开元天宝继，主录耳黄粱。
鄙俗难分辨，朱轮盖顶扬。
重回重世界，再造再归乡。
道道仙仙易，思思念念长。

17. 兜玄国怀归诗

耳里兜玄国，黄粱梦呓乡。
居当居是界，忆旧忆非忙。
是我当非我，由身由口香。
回归回自己，一切一如常。

18. 李遐周

道木开元盛，明皇预北成。
玄都观里客，幸蜀史安行。

19. 题壁

燕燕人皆尽，胡胡客主惊。
逢山逢幸蜀，不退不行兵。

20. 遗简诗

生生灭灭，实实虚虚。
身身体体，火火居居。
元元气气，末末初初。
仙仙俗俗，卷卷舒舒。

21. 栾清

二客江南遇，浑之道术成。
青莲当二叶，浊酒吐三生。

22. 遇莲叶二客诗

泛虚当一叶，第二浩然声。
吐尽人生脏，仙公我自行。

23. 附莲叶二客诗

莲生莲叶水，一酒一穿身。
洗净心肝肺，重新已是神。

24. 言志

韩愈韩侄子，外域外方寻。
米米山山木，仙仙客客音。
朱砂朱宝鼎，玉调玉弦琴。
一丸三清界，千年半木荫。

25. 答从叔愈

俗俗仙仙界，名名利利河。
飞升天外去，不见旧山多。

26. 题院诗

河中永乐县，道上自元玄。
百药仙丹寄，三清一别天。

27. 裴航

赠樊夫人诗

裴航应捣药，鄂渚向云英。

况以划桥遇，灵丹再着情。
天仙天在汉，姹女姹舟平。
若得同心结，重归进士声。

28. 附樊夫人答裴航二首

之一：
一饮琼浆百感生，玄霜捣尽见云英。
蓝桥便是神仙窟，何必崎岖上玉清。
之二：
已入蓝桥驿，重思鄂渚情。
相倾相悦句，未了未方明。
以女求仙似，成儿姊妹兄。
无昏知捣药，有秀是云英。

29. 钟离权

授诀公人老，钟离上玉清。
华阳玄甫道，自以去仙行。

30. 题长安酒市壁三绝句

之一：
皇都多不见，项系玉葫芦。
酒里三清界，人中一丈夫。
之二：
得道高僧见，蓬莱渡海城。
相从相自去，不得不仙名。
之三：
不可胡涂世，无须贯顶尘。
闲来重数指，望尽几仙人。

31. 赠吕洞宾

你有英灵骨，吾知世道仙。
玄元玄学度，易爻易经干。
已过含元殿，何成进士贤。
知君知六甲，一步一千年。

32. 马湘

杭州一自然，竹杖半成仙。
隔墓应明白，重生上日天。

33. 登杭州秦望山

杭州三望处，太乙九重天。
历数人心易，秦皇二世迁。
乾坤同草木，日月共山川。

初分何世界，再合几方圆。

34. 题龙兴观壁，朱含真四首

之一：

行成方外路，共是上清人。

俱以龙兴壁，同修白日邻。

朱含真子教，至此一符邻。

之二：

昨日曾同酒，今天石共床。

明晨仙别去，隔世叙炎凉。

之三：

相离相别去，共水共云天。

隔世再求见，无邻已是仙。

之四：

娇娥娇玉色，浊酒浊云泉。

醉醒应无去，仙丹已有缘。

35. 题壁

金鸟金石玉，火木火花枝。

汞汞铅铅木，来来去去时。

36. 上盐城令述德诗

蕙蕙兰兰色，家家族族香。

盐城盐碱土，百姓百声张。

37. 谢令学道诗

不必媒梯荐，长生是自修。

行心行不止，一道一前头。

38. 别令辞

已去张辞别，张辞复再来。

玄机玄所易，有道有传媒。

39. 赠吴生

已避黄巢乱，河东已得仙。

宜州宜紫府，对室对吴宣。

40. 李真

丈人山诗

春寒春不冻，水暖水温柔。

丈丈人人慰，衣衣帽帽留。

41. 殷七七

七七天祥道，三三不测游。

花开周宝镇，自得杜鹃酬。

42. 醉歌

一醉半成仙，三清九瑞莲。

琴声琴远近，水滴水成川。

43. 阳春曲

七七阳春曲，千千异木成。

吴姬墙上舞，一半耳边情。

44. 寄杜光庭

试问公卿客，朝埠滴漏天。

松风和露水，美酒作神仙。

45. 上升歌

登仙驿玉皇，俯首万千乡。

异草奇花隙，玄洲可纳凉。

46. 答常学士

学者儒风在，长生道士真。

修心修不得，自在自秋春。

47. 渔父引二首

之一：

竿头系住鱼，不必再垂钩。

市上无须买，心中有九州。

之二：

鱼兄鱼弟问，酒醉酒糊涂。

不必长生去，回头日月流。

48. 察考取状答

花开花落酒，一醉一神仙。

不以长生事，当然是自然。

49. 答高安宰

道道仙仙问，铅铅汞汞中。

玄元玄所易，色在色其空。

50. 赠僧昭莹

东西南北路，佛道客儒家。

只以心中计，当然你我他。

51. 寄袁州陈智周

羽化其身易，成仙造化形。

玄都玄所见，再会再心灵。

52. 垄穴遗诗

蝉鸣蝉翼蜕，造化造新身。

莫以棺中见，黄泉别路真。

53. 大言诗

一线长江小，三清玉宇田。

天高应半步，入地可千川。

54. 句

俯仰星河岸，乾坤耳目边。

55. 望江南词咏鼓

江南词怂鼓，腹里始音量。

不见心肝肺，空腔有曲肠。

56. 题茶陵县门

一道茶陵草，三清有履行。

茫然何不就，鼓漏不闻声。

57. 题酒楼壁

先生死后一年多，再见夫妻不过河。

唱遍江南词句好，空余旧墓有荆柯。

58. 题游帷观真君殿后

一世夫妻度，三清石玉炉。

宜春宜乞食，死后死生余。

有望江南曲，无知共不居。

玄元玄变化，有教有诗书。

59. 留题阁皂观

鹤舞东林寺，龙吟阁皂观。

如来如所见，道士道玄丹。

造化由心炼，经纶世界安。

三清三草木，一佛一天坛。

60. 湖南闯斋吟

元君元不识，一道一仙人。

世上谁相请，云中自目频。

来则来不具，去已去其真。

莫以仙神误，高天日月邻。

61. 游溧阳霞泉寺限白字

雁塔东林寺，玄元道士观。
三清三界度，一世一心丹。

62. 幽栖观

仙翁仙道士，白发白云歌。
已有长生木，无须早木柯。

63. 题茅山观

自有长生殿，玄宗月下仙。
茅山茅道士，一木一云天。

64. 题扇

一扇凉风起，三清酒液来。
身前身后事，已去已无回。

65. 上徐舍人铉

月在楼台上，花开草木中。
尘埃尘不定，道士道风空。

66. 句

玄元玄永久，道得道长生。

67. 麻吟

草后三清界，花前一醉乡。
王母应不怪，人间作酒狂。

68. 题南岳招仙观壁上

夺利争名去，攀龙附凤行。
人生人不觉，以道以仙明。

69. 武陵春色

三清春色好，十二酒家楼。
铁制葫芦在，升仙石玉休。

70. 赠酒店崔氏

一饮崔家酒，千年已倒流。
天高天地厚，是有是无头。

71. 哭陆先生

洞口云深处，玄元紫府苏。
先生先已去，不必武陵图。

72. 市中狂吟

不第何须第，三清未了清。
玄元元所始，一道一新生。

73. 岛

有欲栖山岛，无眠玉洞寒，
金炉金石炼，一凤一凰丹。

74. 大丹诗四首

之一：

独存混沌后，孤身四象前。
乾坤乾一半，日月日三千。

之二：

常人常不及，异木异神仙。
造化难无在，玄元冶炼烟。

之三：

洞口丹炉在，云中紫府寻。
华池神水色，百首聚神钦。

之四：

玄元玄鼎器，冶炼冶铅金。
玉汞非阳物，灵丹是太阴。

75. 自吟

秦皇秦海拜，水本水仙桥。
九鼎难成器，三清路不遥。

76. 蓝采和

破履残冠顶，衣衫褴褛行。
狂非狂是去，拍板拍贫名。

77. 踏歌

踏踏歌歌一采和，春春夏夏半年多。
红红绿绿分不尽，暮暮朝朝见水荷。

78. 同沈恭子游虎丘寺有作

姑苏一虎丘，六渎五湖舟。
道士山川度，生公石点头。

79. 游春台诗四首

之一：

春台春海上，玉亘玉真君。
孔雀庭前舞，玄元白鹤群。

之二：

玉魄嫦娥曲，东方桂影来。
幽求随素女，海阔向天开。

之三：

新罗王子去，海上一天台。
不是幽求问，乾坤别处开。

之四：

素女步虚歌，仙台玉几何。
清光清万里，一海一天科。

80. 醉吟

之一：

土布衣衫旧，长安酒市歌。
春光阳熙好，落叶肃秋柯。
一醉三年尽，千杯十载多。
人间人不见，一步一虚和。

之二：

暮暮朝朝见，形形色色分。
知修知是水，已度已非云。

81. 嫁女诗

王母汉武一玄宗，玉女巢由半问龙。
凤凤凰凰应此嫁，秦楼尚在穆公封。
君君子子人间尽，代代朝朝世上踪。
少室嵩山应继续，书生道士步虚逢。

82. 穆公把酒请王母歌

弄玉凤求凰，秦楼饮五觞。
王母王把酒，宴乐宴瑶堂。

83. 王母持杯穆天子歌

王母王浆液，穆子穆公微。
不负瑶池悔，骅骝已不归。

84. 穆天子重歌

八马汗漫步，三清日月虚。
王母王意重，穆子穆情余。

85. 王母酬穆天子歌

一曲笙歌落，千杯玉女酬。
征轮征不止，一步一虚求。

86. 酒至汉武帝王母又歌

天骄天子女，下界下春秋。

不尽仙桃力，浮尘落陇头。

87. 汉帝上王母酒歌

余年余四海，步度步三清。

已得长生药，神仙不要名。

88. 汉帝招丁令城歌

无终无始日，有色有时空。

记取长生鹿，温泉翠羽宫。

89. 王母召华静能为明皇歌

已有长生殿，王母淑玉封。

华清华女侍，一水一芙蓉。

90. 黄龙祝辞

仙郎仙乐曲，玉女玉封神。

凤凤凰凰翼，凡凡俗俗春。

91. 刘纲催妆诗

玉质花颜色，仙姿淑态妍。

云鬟云似雨，顾目顾婵娟。

92. 茅盈催妆诗

岁岁虚虚试，珠珠佩佩声。

皇宫皇玉帐，去女去光荣。

93. 巢父催妆诗

修身修不隐，道士道方成。

嫁女催妆去，谁知父母情。

94. 芙蓉古丈夫　毛女

隔世多奇异，归山自以生。

江湖重出界，日月各同荣。

夫夫秦役久，女女亦宫英。

求生求道术，度世度仙名。

95. 古丈夫

秦朝古丈夫，隔世再称都。

只饮长安酒，同时话有无。

96. 毛女

陪葬求生路，深山不问都。

长安毛女酒，共是一秦奴。

97. 授炙谷子歌二首

之一：

坎坎离离易，天天地地经。

乾坤应日月，草木可仙灵。

之二：

牝牡阴阳道，乾坤日月明。

医医同病病，药药共生生。

98. 李泌庭黑石诗

是是非非是，玄玄道道玄。

神仙神所在，易一易方圆。

99. 戏吟

一水到扬州，三清别不求。

江南杨柳岸，已见运河流。

100. 黄冠野天

授马氏女诗

黄冠一野天，七十半虚无。

授以黄精术，丹砂玉女奴。

101. 罗中酒阁道人

之一：歌

酒阁仙丹在，神人醒醉无。

癫狂非是是，步上步虚壶。

之二：吟

长沙不下船，岳麓洞庭边。

晋帝隋唐过，书生七百年。

102. 示边洞元

共论玄元术，相逢荨岭边。

师傅当剑法，不可见无缘。

103. 示胡二郎歌

仙乡仙咫尺，一念一天涯。

异域新天地，同人共别家。

104. 贻白永年诗

玄虚玄所见，一杖一神泉。

已去重来路，樵夫白永年。

105. 留诗

山川无永久，日月有长春。

不得丹砂术，秦皇汉武邻。

106. 木客

酒尽玉壶倾，鄱阳水色明。

匡庐匡日月，木客木秦瀛。

107. 西山吟

卖药仙人草，行身沽酒音。

尘环尘不尽，紫府紫云深。

108. 东洛货丹

一步升天去，千年忘故来。

人间人已尽，一日一生回。

109. 天关回到世吟

对地朝天问，神仙俗客玄。

天关天学地，一步一成仙。

110. 送青城丈人酒

青城一丈人，洞府半秋春。

觉后千年尽，书中不同秦。

111. 送王懿昌酒

一酒三分醉，千年半故乡。

青龙和白虎，玉液共琼浆。

112. 送太乙真君酒

太乙真君酒，金华玉液香。

峨眉山下觉，剑阁驿中昂。

113. 送紫微处士酒

北斗南宸路，玄元处士堂。

无须知醒醉，一度一仙乡。

114. 题法云寺双桧

一寺双双桧，三清独独门。

方圆方为地，不二不乾坤。

115. 隋堤词

大业江都水，龙舟莫逐流。

苏杭杨柳岸，日月去来留。

116. 画地吟

一片丹青大，三清道士田。
沧桑曾几度，草木已成仙。

117. 货丹吟

独步三山路，孤身一世清。
神仙神九窍，不食不长生。

118. 灵响词

入静三关炼，二百是初成。
终生三百日，定命响灵明。

119. 度世古玄歌

合二成为一，阴阳始作终。
乾坤纯不界，互入可仙融。

120. 鬻丹砂醉吟

经玄经道易，守一守丹田。
石玉成铅汞，仙人四象前。

121. 龟市告别

妙药灵丹在，玄元静定台。
三山归去路，一世不徘徊。

122. 摘紫芝

几处有真仙，何人不种田。
灵芝灵洞府，意气意生玄。

123. 玉女舞霓裳

露水经花色，霓裳化羽衣。
仙人仙自得，玉女玉相稀。

124. 玩月诗

剑阁栖岩下，东皇遣使前。
仙人同酒醉，石室共桑田。
太乙元君在，婵娟已约莲。
经玄经玉宇，问道问方圆。

125. 栖岩

太乙元君静，东皇石室来。
龙桥龙水岸，水玉水盘开。

126. 青城丈人词　东皇命玉女歌之送元君

月满瑶阶水，箫声玉女歌。
东皇东太乙，不过丈人河。

127. 东皇

颢气瀛洲满，霓虹石室东。
皇天皇造化，玉女玉舟空。

128. 元君

石架天桥路，云楼玉女风。
仙家居已静，二百日无终。

129. 陈复休

七子贞元举，三身道术中。
陈仓陈预后，已实已成空。

130. 句

之一：
华君华日月，道亦道阴阳。
之二：
空庭空日月，守一守方圆。
之三：
竹竹篱篱边，茅茅水上风。
之四：
松杉空待月，道德实成风。

131. 张云容

云容侍贵妃，赐死百年稀。
后遇交精气，重开玉女扉。
金陵垂紫气，穴侧有仙归。
老椟薛照活，天师已久违。

132. 凤台歌送薛昭云容酒

义气薛昭尉，兰昌夜遁宫。
云容由法葬，穴侧已成空。
美女三姿色，仙媛一世中。
凤台刘兰翘，共合嫁婚衷。

133. 兰翘歌送薛昭云容酒

百载重欢合，三生两始终。
元和平陆尉，嫁酒已英风。
法葬天师语，交精可再逢。

因山人又现，再会兰昌宫。

134. 云容和

薛生来旧律，闭目兰昌宫。
已是金陵尉，重回世界中。

135. 薛昭和

兰昌宫里遇，落魄尉中情。
若以金陵误，云英已再生。

136. 崔少玄

汾州山女嫁卢陲，遇见元君是紫霄。
左侍云中回艳首，曾为共妇百年桥。

137. 留别卢陲

隔世云中见，扶桑世上游。
曾为夫妇礼，太上玉皇留。
小女今君嫁，华君可记由。
当年当所欲，已去已回忧。

138. 戚逍遥

已见沧桑易，无闻日月流。
逍遥道所遁，一室一千秋。

139. 锦城春望

细雨净春城，和风熙锦明。
如丝如碧柳，似水似云生。

140. 理笙

紧柱张弦瑟，调琴理凤笙。
春情无止境，目定远山明。

141. 游福感寺答少年

少小少年非，心狂心不归。
春来春水岸，柳叶柳垂扉。

142. 答玄士

问玄元玄士，一道一花行。
杜宇朝天唱，巴山白帝城。

143. 眉娘

眉娘眉七尺，善绣善三清。
顺宪唐宗度，逍遥太上英。

144. 和卓英英锦城春望

芊芊花草色，处处柳杨明。

茧茧蚕蚕束，丝丝带带成。

145. 和卓英英理笙

太白真仙曲，逍遥玉女情。

丹霄凤凤语，子晋自闻声。

146. 附太白山玄士画地歌

玄元太白仙，几度易桑田。

但以丹青见，山河作谷川。

147. 答张郁歌

白鹤回翔望，黄云自卷舒。

长生长误解，岁月岁多余。

洛水同波踏，仙人共帝居。

148. 附张郁洛川沿步吟

明皇一燕人，信步洛川津。

翠幄临花岸，仙姬步约春。

149. 题玉壶赠元柳二子

来从一叶舟，云已半仙留。

岛上三清客，人间已两秋。

同行以此界，各自共瀛洲。

二子承壶见，瑶台五百州。

150. 杨敬真

世世人人搅，男男女女和。

云台云雨界，一嫁一天多。

151. 马信真

云台去水净，五女五仙成。

一劫三清俯，千年一夜萌。

152. 徐湛真

鹤鹤云台见，清清上下宫。

逍遥尘世外，道法玄元中。

153. 郭修真

一上蓬莱路，三清已智明。

瀛洲瀛日本，海食海长生。

154. 夏守真二首

之一：

共作云台侣，同行五女仙。

红尘红日静，弃日弃年前。

之二：

五女同仙坐，元和共道歌。

仙家仙一夜，度定度三河。

155. 仙诗五首

之一：

道启真心觉，元和始度仙。

云台云教化，步曲步虚田。

之二：

万朵莲花水，千年日月宫。

仙人仙别界，俗世俗家空。

之三：

一隐十三年，千山一半天。

兰芝成气势，卖药作人田。

之四：

羽客化金丹，书生上杏坛。

仙童调玉柱，玉女弄弦弹。

之五：

石室烟霞坐，香尘对雪花。

精思精摄念，瑞境瑞仙家。

156. 赠封陟

谪向瑶池别，求婚向孝廉。

重回重七日，不解是仙瞻。

157. 再赠

弄玉凤求凰，刘刚作陟郎。

窥朝应仔细，别道可玄香。

158. 留别

目目萧郎顾，情情误断肠。

贞瑞真陟向，一女一仙乡。

159. 题寺廊柱

之一：

白鹤冲天去，青衣有笑余。

慈恩慈塔院，有女有云居。

水水荷荷见，仙仙客客书。

之二：

草草花花色，仙仙子子明。

题诗留壁上，北斗开口情。

160. 后土夫人

已见熏风殿，群仙到世间。

韦郎贪酒色，不可不多眠。

161. 王母

四海成尘易，千年汉帝游。

周公周穆见，一日一春秋。

162. 麻姑

莫以沧桑问，当然日月迁。

思仙思所道，以易以千年。

163. 上元夫人

阔别皇家墓，王妃自作仙。

年华如七日，却被旧情牵。

164. 弄玉

秦楼秦已尽，弄玉弄箫鸣。

女女儿儿穆，凤凰凤凤情。

165. 太真

蓬莱眠已醉，玉殿可长生。

幸蜀华清误，芙蓉出水行。

166. 赠郭翰二首

之一：

阔阔银河汉，星星一半明。

私情私已许，一夜一身情。

之二：

独步云间顾，私心不可生。

佳期情已定，夜夜自吞声。

167. 附郭翰酬织女

人间天上隔，一作两相思。

处处应关切，回回预再期。

168. 书任生案

三十嵩山女，千年岁月多。

求男求偶日，一月一嫦娥。

169. 临去书赠

仙情仙自有，一女一嫦娥。
桂影常相隐，私情已过河。

170. 与赵旭叩柱歌

青童天上女，上帝罚私情。
自许君心去，开花结子盟。

171. 题壁

南枝暖，北枝寒。
玉女红颜色，青童白雪丹。

172. 歌

钟陵顶，下松陵。
世上人间女，私情子女承。

173. 临水绝句

涉水登山去，玄元静定成。
临终由二鹤，不恋故人名。

174. 赠华人游人二首

之一：
华山有药笛，采撷入云霄。
正美真毛女，仙姿暮暮朝。
之二：
松枝折不尽，草叶着衣裙。
不问秦宫事，山花汉洞君。

175. 在紫霄夫人席上作

训子西河上，成仙作世人。
凡间凡已去，万载十秋春。

176. 答孙玄照

乾坤分两半，八封两仪成。
水上鸳鸯戏，笼中独自鸣。

177. 附孙玄照琴中歌赠王仙仙

相如相弄凤，一帐一听音。
已见文君影，琴弦作古今。

178. 临刑赋

圣主兴亡故，江山日月浮。
何当知社稷，不得入仙都。

179. 妙女别遥见诗

天门间事泄，小女玉皇姝。
贬谪三千载，长空一日孤。

180. 宴柳毅诗

泾龙娶女洞庭龙，未得夫妻斥辱宗。
向以儒生求柳毅，钱塘叔侄力重逢。
人间以此留龙女，有井思量自水从。
一路传书东海外，姑苏习苑见芙蓉。

181. 铸镜歌

老人扬州铸镜成，龙盘隐若向背明。
天干地旱应时雨，吐雾兴云以护情。

182. 冥吏

示韦泛禄命　禄阳曲后杨子县
前杨复后杨，七日不归乡。
有友生生死，冥灵吏不量。

183. 赠僧

长怀天下志，卓立不求名。
不免英雄气，莲花坐上英。

184. 赠人

平生才不足，立世信心余。
大故成君子，方平气势居。

185. 郑锋宅神诗二首

之一：
浦口潮头近，莲花水尾摇。
空来空自去，一半一云霄。
之二：
岸上晴云雨，舟中水露风。
莲花荷叶玉，日月有神功。

186. 与郑德璘奇遇诗

轻舟轻夜泊，水府水仁君。
夏口长沙路，年年日日曛。
璘心韦女寄，不得洞庭分。
女殃经神复，希周助雨云。

187. 崔希周秀才拾芙蓉诗

湘潭郑德璘，一尉省家亲。
路遇长沙叟，冰壶美女邻。
舟船情所寄，夜月已怀春。
不忍知韦去，芙蓉一笺身。

188. 郑德璘投韦氏诗

垂钓垂月色，向水向船邻。
有意居情久，明珠乞遇春。

189. 德璘吊韦女诗二首

之一：
岁岁长沙叟，舟舟女女邻。
芙蓉诗所笺，别遇秀才中。
之二：
鲛人垂泪处，氏女已沉沦。
且以浮萍见，何人不忆身。

190. 水府君题韦氏中上

芙蓉诗未了，水府洞庭人。
老叟龙王洒，珍情共德璘。

191. 笑巫诗

巫人巫所祝，乞雨乞云行。
影影形形似，声声语语明。

192. 霅溪夜宴诗

六渎淞江水，三吴一太湖。
长江连一带，入海逐千夫。

193. 诸神令丽玉唱公无渡河歌

公无渡浊河，水号竞风波。
不见中流砥，江源万里多。

194. 命曹娥唱怨江波三叠

曹娥江上唱，大禹问慈恩。
浪浪波波叠，母母父父村。

195. 太湖神歌

东西山上木，一水五湖边。
已见鼋头渚，姑苏两岸船。

196. 淞江神歌

水府临沧海，鱼龙远拓田。
江湖应日月，点滴有方圆。

197. 雪溪神歌

姑苏千里水，越国万流分。
六渎连同里，吴兴柳使君。

198. 湘江神歌

湘江斑竹泪，岳麓橘洲乡。
鼓瑟湘灵曲，苍梧舜迹量。

199. 范相国献境会夜宴诗

一水千波浪，三潮九叠扬。
连天连地见，逐日逐年长。

200. 徐处士衍献境会夜宴诗并简范相国

世界两仪分，乾坤水陆群。
人人知不尽，处处要思君。

201. 屈大夫歌

记取汨罗水，年年五日扬。
潇湘连沅水，一片洞庭樯。
玉豆珍羞去，江流渍石光。
三闾三楚尾，自古自牵强。

202. 申屠先生献境会夜宴诗

渎渎川川水，湖湖泊泊乡。
鱼龙鱼自在，甲蟹甲龟妆。
不得江流止，无须咫尺扬。
灵宗灵水府，祖类祖家粮。

203. 鸥夷君歌

龙灵一鸥夷，水府半生栖。
陆地三分少，移心一海低。
藏蛟鲸剑戟，卧底玉流酏。
万物皆丰富，千年尽看齐。

204. 辅国将军

妖魔鬼怪多，辅国英雄戈。
户籍生稀少，翁公不渡河。

205. 太白山神

神仙五百年，太白帝王迁。
故去生灵在，真龙不在天。

206. 月夜吟

漢水夏阳县，神灵古庙前。
悠悠明月夜，启步绿袍仙。

207. 答郑生歌

湘中蛟女色，洛下郑生居。
数载潇潇雨，情波曲曲余。

208. 风光词

淑淑华华就，书书玉玉邻。
潇湘临楚鄂，萼蕙逐黄春。
渚渚波波闪，风风渺渺津。
君情君自取，女悦女芳彬。

209. 附郑生诗

多情多洛水，一意一湘云。

210. 感怀诗

三光三独树，一界一人心。
水府龙王庙，生生殁殁深。

211. 寄张无颇二首

之一：

已送明玙渚，重知善易花。
天涯应百药，只救女儿家。

之二：

燕语春深少，明花草木多。
香泥香水岸，度水度情河。

212. 崔渥题湘妃庙

同心同德寄，治水治人情。
但以娥皇问，移情向女英。

213. 渥感会湘席上作

千年千渎水，九派九巍山。
若以湘灵故，斑斑竹泪湾。

214. 湘妃赋

鼓瑟湘灵寄，垂情竹泪斑。
苍梧寻不到，蒲口玉门关。

215. 西施同赋二首

之一：

国破家亡见，男儿女子行。
吴吴同越越，败败亦成成。

之二：

一鸟关关唱，三春处处行。
西施娃馆舞，不待范蠡情。

216. 桃源仙子同赋

桃花流水色，五柳弃琴弦。
汉汉秦秦问，儿儿女女天。

217. 洞庭龙女同赋

泾阳平野尽，牧女带龙书。
柳毅投龙井，姑苏济世余。

218. 尤启中题二妃庙

苍梧苍泊水，二女二妃叹。
若以情千总，湘江竹万竿。

219. 启中湘妃席上

三湘千竹泪，二女九巍寻。
鼓瑟湘灵在，行吟自古今。

220. 又湘妃诗四首

之一：

目断苍梧野，湘灵鼓瑟情。
人心三水色，竹泪九巍生。

之二：

鼓瑟娥皇曲，女英问暗香。
三湘三竹泪，九派九回肠。

之三：

雨雨云云夜，潇潇洒洒江。
苍梧苍水治，一国一家邦。

之四：

月落平湖底，云归沅水旁。
苍梧归舜子，已作二妃乡。

221. 何光远伤春吟

檐前檐上燕，语后语中亲。
落落飞飞去，儿儿女女邻。

222. 龙女赠光远
春莺春自语，一夜一思天。
独独孤孤问，夫夫妇妇泉。

223. 光远答龙女
日月合时明，阴晴草木荣。
相思相互问，一夜一千情。

224. 催妆二首
之一：
潭中明月色，地上间婵娟。
不见寒宫影，催妆嫁女仙。
之二：
已上蓬莱路，还闻世俗人。
琼花琼水岸，一望一遥邻。

225. 龙女留别光远
当时寤寐求，负妾虚心留。
月在潭中照，深深浅浅羞。

226. 寄紫盖阳居士
待待郎郎见，云云雨雨求。
孤孤寻独独，养养复修修。

227. 赠谢府君
独木成林慢，孤身独步寻。
春风明月夜，不减俗人心。

228. 冢上答太宗
君心比我心，太上太宗今。
不可征辽纪，唐家有祖荫。

229. 遗画工诗
去去来来见，生生死死闻。
人人成鬼怪，合合亦分分。

230. 夜吟
一世人成鬼，三生异短长。
吟诗留旧日，不是故时乡。

231. 媿谢诗
我学邯郸步，河湄作鬼魂。
由君投食物，白骨两乾坤。

232. 掷裴武公诗
开元初感世，鬼怪复神仙。
体道无源养，安民异界全。

233. 死后诗
死后知何处，人人鬼鬼分。
灵魂灵已去，道是道非闻。

234. 洋州馆夜吟
窦裕洋州馆，吟诗负旧身。
形亡魂在此，作鬼也安民。

235. 献元载
城东未了城西巷，一介书生一鬼吟。
柳絮随风飞不尽，中书束手被人擒。

236. 虎丘小石壁鬼二首
之一：
大历朝官李道昌，闻诗鬼壁虎丘旁。
皇家只管明明界，异域阴阴处处亡。
之二：
神仙谁可学，不死不忧伤。
若以灵魂界，冥路鬼怪乡。

237. 祭后见石上诗
幽明幽异界，夜国夜家乡。
岁岁年年近，翁翁老老亡。

238. 咏浮云
暮暮朝朝度，生生死死从。
虚虚成道道，界界异容容。

239. 呈李续
知吾寻李续，遇害向胡盟。
国国家家见，臣臣鬼鬼名。

240. 和崔侍郎
生生死死两茫茫，去去来来半故乡。
感友西蕃明祭器，君心异界共炎凉。

241. 赠窦丞
冥冥一路长，去去半思乡。
共坐衙台案，分批日月光。

242. 叙幽冤
一夜瓜州女，三生受辱亡。
君今来此处，异界报恩尝。

243. 过台城感旧
六代山川旧，兴亡六百年。
冥冥重叙旧，诗诗共一篇。

244. 襄阳旅殡举人
同行同不解，共鬼共方明。
两界知音辨，三生一道成。
襄阳城外殡，有路轮回行。
醒醉重回度，无须问再生。

245. 踏歌
处处魂灵在，幽幽鬼怪行。
人人知世界，暗暗作冥城。

246. 题少陵别墅
萧微一少陵，别墅半不应。
是得齐休死，题诗俱后薨。

247. 梦张垂赠诗
下第张垂卒，枝江令省躬。
题诗留梦呓，共去度冥宫。

248. 商山三丈夫
五百年中月，千仙十六明。
当然无界限，不可不光荣。

249. 天明联句
山花明寂寂，野草细柔柔。
隔界分清浊，同城不共酬。

250. 赠张珽
同区同异域，共洒共阴晴。
路路无形见，幽幽有界名。

251. 西轩诗
北国南朝六代亡，西轩四坐一炎凉。
年年岁岁相思处，鬼鬼神神两故乡。

252. 降巫诗
巫神巫鬼怪，一曲一阴阳。

隔界分时见，无须忆故乡。

253. 赠雷殿直

殿直衡阳石恪房，题诗顺治以官扬。
疑神弄鬼成全祝，别事阴阳两岸乡。

254. 吟

已做钱塘水，重回六合乡。
无心沙际鬼，有意久苏杭。

255. 再吟

勿问吾名姓，千年已半缘。
重修重苦度，再世再神仙。

256. 献高骈

人生人一世，我寄我三生。
异界同修练，相侵不可行。

257. 九华山白衣（吟）

白首九华山，神仙半鬼颜。
同应同异界，共出共人间。

258. 田达诚借宅鬼（诗）

与我一灵通，人间半不同。
生生成死死，实实复空空。

259. 秋夜吟

长安秋夜鬼，落叶肃风声。
异域同冷气，孤身共苦情。

260. 题窗上诗

原来一界人，本末半秋春。
别域诗书读，今来共隔秦。

261. 柱上诗

巴陵鬼怪多，世界有干戈。
死死生生隔，人人事事河。

262. 留别安凤

黄泉留一路，别去再三郎。
妾凤归心处，长安再作娘。

263. 附，安凤赠别徐侃

相居相合别，异界异倾肠。

泪泪离离别，心心意意长。

264. 述怀

商山客死一书生，月夜僧房半蜡明。
寺寺灯灯无影迹，经经史史论时英。

265. 续郑郊吟

墓外三竿竹，云中一客邻。
（郊）千年千梦里，一夜一周秦（冢人）。

266. 题壁二首

之一：

一梦三生毕，千程两地乡。
生时生一界，死后死方长（朱）。

之二：

异界分天地，黄泉画别方。
一死一生断，九转九回肠（紫人）。

267. 血书诗

入木三分血，离情一死伤。
彦思从此别，礼乐共炎凉。

268. 马植

马植黔南去，劳劳孔雀飞。
陶钧长尾问，竹笛弄玉归。

269. 题芭蕉叶上

芭蕉诗叶上，已逝校书郎。
学好文章竟，门前半足乡。
如今寒食日，切向望爷娘。

270. 官坡馆联句

月月床头白，衣衣锦绣红。
明明成一日，夜夜后三宫。

271. 亡后见形诗

王由师子国，旧事忆金陵。
自以南唐尽，钟山已不应。

272. 庞德公二首

之一：

同鹿门少年马绍隆冥游诗
故国千年尽，襄阳一岘碑。
荆门常啸问，碧水泪垂悲。

之二：

宋玉巫山赋，相如作楚辞。
辽东才子第，塞北牧人诗。

273. 贻常夷诗

隔世留人在，当今已不名。
梁齐陈宋晋，俱数自家营。

274. 空馆夜歌二首

之一：

夷陵一女郎，曲尾半声扬。
不尽梁陈舞，婆提向国王。

之二：

卫女邯郸步，秦娥弄玉箫。
红妆歌舞曲，顾盼似梁朝。

275. 赠夫诗三首

之一：

五子为君继，三生已别行。
无非无是辱，有报有家情。

之二：

莫以前妻子，摧残后妇横。
当知当体恤，不可不疼生。

之三：

黄泉黄路近，五子五情成。
若以夫妻别，贤良继善行。

276. 答夫诗二首

之一：

夜半重来叙，三更独自行。
因夫因妇合，不忍不情生。

之二：

别界思心重，重归夜下情。
相思想念切，一路一夫盟。

277. 附唐昖悼妻诗

之一：

别去成离异，归官作叹声。
夫妻情再致，以夜作新情。

之二：

记取华堂语，重来枕上猜。
夫妻夫妇结，一结一心开。

278. 赠妻诗

一世夫妻路，三生日月分。
朝朝还暮暮，独独复群群。
本本源源客，来来去去君。

279. 赠姊

已以声名嫂妹称，混妻死后约相承。
修行修不止，性命性终营。
小女神灵回故里，重温旧日好心情。

280. 赠夫二首

之一：

未得长相守，深情姊妹家。
如今如已去，一嫂一枝花。

之二：

黄泉黄道远，一女一心肠。
姊妹如相问，恩恩爱爱尝。

281. 寄嫂

相知相识重，共妇共妻床。
合得人心在，分时独自伤。

282. 与独孤穆宴会八首

之一：

隋时旧将和，夜宿青衣来。
二女淮南此，重相故土回。
天明三尺土，再得灵魂开。
带去洛阳葬，三人以合媒。

之二：

江都隋已尽，陪鬼葬无回。
共是前朝遗，君今立世来。
淮南应不久，只向洛阳催。
且以青衣约，同婚共宿台。

之三：

临淄县主女，侍御共隋亡。
莫以广陵客，乡心向洛阳。
吾当隋将后，携子共回乡。
玉树宗周寂，归根汴水梁。

之四：

难言隋将令，不作广陵尘。
代代朝朝易，人人事事珍。

之五：

金闺无主久，汴水净扬州。
已见隋唐易，乡心带子求。

之六：

一夜平阳梦，三生会主冥。
隋时同父代，共约是新灵。

之七：

共是前朝故第情，如今带遗洛阳盈。
隋朝已尽人朋在，地府同心再姓名。

之八：

彼此淮南各一方，同知遗别广陵芳。
知情晓意从君约，共向长安向洛阳。

283. 李助为章武赋

别路无长短，居心有柳杨。
春来春所欲，一夜一炎凉。

284. 与李章武赠答诗

章武华州子肠肠，相倾两悦作郎娘。
千丝万缕情难断，不在黄泉夜半床。
章武鸳鸯绮所寄，王家玉指环空香。
相思不尽夫妻望，两岸重逢作柳杨。

285. 与曾季衡冥会

两两真情会，孤孤各异天。
真衡冥异会，共枕不婚眠。
若以人前露，庭魂已不全。
移情分袂别，独事此邙泉。

286. 赠段何

独步经何径，孤身对岁年。
冥冥应有约，一字我当贤。
寂寂相思处，幽幽互叙田。
当分当合谊，界短界长缘。

287. 湖城厅吟

湖城厅女子，寄色寄情人。
不止年移近，无形有免身。

288. 谢王轩

妾自吴宫返，红颜素面回。
终生情不动，本日向君开。

289. 王轩题西施石诗

吴宫吴已尽，越女越应回。
已在西施石，王轩进士台。

290. 附轩诗

佳人千载去，寂寞一西施。
不语斜阳外，相思故不知。

291. 西施诗

素女无人识，唐家进士来。
风花风雪月，馆舞馆娃开。

292. 附轩诗

定国夫差计，安帮借美人。
吴王吴守主，范别范蠡春。

293. 西施诗

夫差夫子气，越女越吴音。
范计经商贾，姑苏草木深。

294. 与萧旷冥会诗

洛浦神仙女，陈王一半心。
知音知不断，别鹤别师琴。
隔岸听萧旷，千年任古今。

295. 甄后留别萧旷

玉箸朱弦异，凝思魏帝宫。
陈王相许悦，洛水翠微空。

296. 龙王织绡女诗

萧郎尽酒壶，别鹤曲神都。
师旷知音许，消泉似泪珠。

297. 萧旷答诗

吐艳红兰色，仙桃独自开。
群芳群弄玉，独旷独徘徊。

298. 五原夜吟

女子穷荒殁，三年独未依。
由君沙碛别，故土奉天归。

299. 张丽华赋

进士唐颜浚，隋亡后主陈。
江都同陪葬，日月共香尘。

300. 孔贵嫔赋

仙人仙界去，日在日灵霄。
宝阁排云殿，琼花五彩苗。

301. 幼芳赋

青衣一幼芳，引浚半华堂。
记取南朝女，还魂北国乡。

302. 浚诗

人情人不止，有女有乾坤。
易性无源象，归根反朴恩。

303. 驿楼诵诗

婵娟上驿楼，不可约佳期。
未了吟诗句，余情尽可知。

304. 赠杨蕴中

杨蕴中进士，入狱罪成都。
夜见薛涛女，幽魂死此辜。

305. 葬后见形诗

孟昶青城旅，张妃共太华。
魂应归此处，是以见形娃。

306. 谢李若冲

形同李若冲，道士再相逢。
只以青城会，冥冥有此踪。

307. 幽恨诗

自古闻凶宅，幽灵小女来。
求情求转世，一夜一重催。

308. 和检诗

小雨蒙蒙细，轻云淡淡移。
亡姬亡自伴，下第下相思。

309. 附检悼亡姬诗

但向云姬问，相思自涌泉。
嫦娥明月色，后羿独无眠。

310. 梦后自题

梦后重孤独，生前不可颜。
经心经月夜，再度再人间。

311. 与夫同咏诗

夫行夫不在，妾殁妾无明。
寄此同心路，金陵作故城。

312. 检诗

月照凋零草，云行雨后情。
同心同月夜，共枕共诗盟。

313. 京昭仪宝仙

不可逢人话，京昭仪宝仙。
如今如独往，不可不孤眠。

314. 张夫人华国

不记人间恨，何须故国歌。
如今成界域，未度故先河。

315. 景才人舜英

无因无果路，反朴反归行。
妾以心相许，君仁月下盟。

316. 随君此去出泉台

恩情不了晓光催，出入人间作景来。
只得鸳鸯明月宿，黄泉未去向春台。

317. 与谢翱赠答诗

进士长安寓，佳人月下来。
同君同一醉，莫问莫千回。
小女多风貌，非人少客媒。
新丰新旧忆，共语共泉台。

318. 翱诗

一会阳台上，三更玉漏催。
佳人佳女色，月下月徘徊。

319. 佳人

一半相思路，三生久不开。
无期无所待，一夜一君来。

320. 翱

不必惊天地，何闻鼓乐开。
佳人佳自在，一世一情媒。

321. 佳人

已遇佳人寄，香尘自在通。

居心知素女，向月不须红。

322. 魏朋妻

素不诗词赋，辞官送月回。
南昌居住久，刺史久徘徊。
女以孤坟寄，朋心化楚才。
辞呈夫妇句，不日共泉台。

323. 题明月堂二首

之一：

明堂明月色，一女一心肠。
去处谁知去，回头是故乡。

之二：

已去西山里，孤居月色中。
松林松有语，不见不无风。

324. 故台城伎

故伎台城女，吴神乐部歌。
公今公不渡，一望一阳河。

325. 金陵词

金陵金紫气，玉女玉姬身。
两岸秦淮色，三吴处处春。

326. 示宋善威

月落三更早，星来一夜明。
幽幽多不问，处处有人情。

327. 无名鬼二首

之一：

处处无名鬼，幽幽有去来。
居心居所臆，有道有情媒。

之二：

不望灵霄殿，仙神久聚天。
人生人死处，一路一黄泉。

328. 句

之一：

相逢相不见，一界一阴阳。

之二：

簿命由生死，多情任去来。

329. 无名鬼

有界非新界，无名是故名。

330. 浑家门客联句

一怪由心怪，三鸣作故虫。
苍蝇苍客句，至愈至天公。
以仓成交往，相依久不空。

331. 长须国驸马咏妻

驸马长须国，虾王付险求。
龙宫龙自小，水怪水中游。
向此由知彼，人成客作舟。

332. 原陵老翁吟

原陵盘石上，隐约白眉中。
以士惊书案，当孤对月空。
文书应自窃，不可入丘宫。
未以僧相约，还形毙命终。

333. 严舍质诗（虎）

舍质仙人易，居山虎豹行。
当为当狩猎，手下手留情。
只以欢情至，无伤兽族生。

334. 李微诗

进士一微宗，狂风半虎射。
横眉言御史，以怪致殊容。

335. 维扬空庄四怪联句

衣冠成旧业，故杵作新荣。
灯台
夜路寻光照，灯台远近明。
水桶
清泉流再满，水桶无波生。
破铛
破破铛铛储，朝朝暮暮情。

336. 柳藏经二绝句

之一：
水岸柳藏经，诗词岸渚汀。
吟中吟不止，月下月生灵。
之二：
不谓三才贵，当官九品名。

春春杨柳色，处处去来荣。

337. 太白山魔诳道士

入洞妖魔舞，丹炉自互倾。
仙人曾驾鹤，去后道家惊。

338. 金缶魅诗

一叶金声继，千鸣磬石灵。
三秋当缶魅，七夕示常形。

339. 东阳夜怪诗

谁家扫雪一庭前，短袄长袍半玉边。
不见浮珍堆处处，丹炉熬煎药全全。
长川日晚群诗客，谷涧当风旷自然。
仗月思仙思后羿，荒村不语有僧田。

340. 田四郎求婚联句

江陵叔弁子兴娘，十七黄花见四郎。
父不同媒应误事，天人自在下联房。

341. 黑驹别卢传素诗

一驹已成名，三生共作英。
人间求至友，别去作离情。

342. 笔精诗三首

之一：
直立知蒙恬，锋芒向地全。
由心从大小，自得可方圆。
之二：
学问秋毫界，诗书以此传。
须知王逸少，自价过千年。
之三：
万里通音讯，千年作八行。
龙蛇如互舞，草木似炎凉。

343. 二斑与宁茵赋诗四首

之一：
以虎和牛作二斑，宁茵进士夜三闲。
吟诗作赋文章客，草木南山共去还。
之二：（宁茵）
晓饮南山水，天机一啸豪。
无须知虎尾，有道试牛刀。

之三：
扬扬山上步，处处自称王。
一啸山林吼，三生不故乡。
之四：
苦苦辛辛力，耘耘伏伏庄。
家家依所志，处处共田粮。

344. 白田獭魅别村女诗二首

之一：
患魅村民女，淮中老獭来。
容情三子堕，巨体入湖面。
之二：
潮来潮去水，女色女徘徊。
老獭乘虚入，情怀久易开。

345. 铁魏

日日炎炎照，风风火火时。
家人观落第，国柄八行诗。

346. 破笛

一曲半声问，三春草正青。
舒情舒六孔，向背向心灵。

347. 秃帚

为身毛羽净，不可见灰尘。
一一纵横字，天天市井新。

348. 孟氏

夫商妾自游，秀才待春秋。
窃窃含情许，悠悠不白头。

349. 孟氏答秀子

秀子谁家怪，心中独自羞。
同情同互与，不已不心留。

350. 秀子答孟氏

三身三世界，一怪一春秋。
已是知今日，夫来我到头。

351. 胡志忠题户

夜宿山馆户，惊闻二怪声。
怀情应伺物，恃勇误枯荣。
黑白斑儿犬，无生有死更。

人生人不怪，一物一身明。

352. 高侍郎诗

高冠一侍郎，墓草半含香，
以魅怀情女，人间有暖凉。
清歌清一曲，古木古人肠。
自以狐仙惑，无须断故肠。

353. 吕氏宅妖誓师词

五百年前战，如今一宅堂。
成妖成月夜，再现再风光。

354. 赋君山

三湘三水色，一岳一江流。
已见君山叶，无闻楚国舟。

355. 赋南岳庙

之一：
一跃峰峦木，三声半断肠。
江流江逝水，寺庙寺方扬。
之二：
罗浮南海外，北国半家乡。
举臂连天地，呼声逐日长。

356. 东柯院妖谑杜令三首

之一：
东柯僧院里，有怪在天中。
道士循经逐，吟诗杜令空。
之二：
不共蒿兰伍，何言草木虚。
南朝应已去，北国故人居。
之三：
非儿非是女，不止不行僧。
昔日高山上，今天大小乘。

357. 嵩山小儿吟

嵩山嵩寺院，小鹿小儿身。
易性微明事，修观法本邻。

358. 鱼腹丹书

九去龙门水，三寻入太湖。
无成天地怪，只献老渔夫。

359. 鱼身字

三生三渡海，一世一江湖。
已见楼兰尽，何须入帝都。

360. 马作人语

三生三反朴，一路一前行。
老矣知千里，同翁问故程。

361. 孙长史女与焦封赠答

名垂孙长史，夜会问焦封。
引以由青女，幽言遣丈容。
夫妻分异处，各自不同踪。
若以猩猩事，当群一再逢。

362. 石瓮寺灯魅诗

开元天宝代，道鬼怪生成。
寺灯明皇勒，分明百岁生。

363. 洛下女郎歌

洛下女郎歌，群芳逐碧萝。
男儿应一醉，百草共厮磨。
怪怪仙仙共，神神鬼鬼多。
开元天宝世，顺化守微科。

364. 袁长官女诗

开元高力士，赐女放猿情。
百岁方成色，千年一夜盟。

365. 真符女与申屠澄赠和诗

草舍真符女，屠澄求偶成。
同床生二子，共处一家情。
别日忽惊惧，归途故宿倾。
寻求知虎疋，此去不回鸣。

366. 夭桃诗

本是良家女，夭桃造化精。
从君从日月，逐犬逐生平。
若以狐仙致，何须不动情。

367. 青衣春条诗

一只春条器，青衣换女荣。
文章文化石，下笔下芳情。

368. 明器婢诗

久向人间欲，长形世上来。
千今于化怪，不可不知回。

369. 妙香词二首

之一：
狐仙狐妙色，处女处香姿。
只以迷人见，无非入世窥。
之二：
地地天天异，人人怪怪同。
狐仙狐女色，一洞一仙宫。

370. 庐山女赠朱朴　鲤鱼

一水方塘色，千鱼尺寸游。
成精成世欲，有怪有情留。

371. 青萝帐女赠穆郎　榕树

独木成林女，青萝作帐郎。
方圆方丈界，玉带玉牵娘。

372. 褰帐

褰帐经儿女，人情着暮朝。
婵娟留色素，日月上云霄。
百岁成精见，千年作本苗。

373. 题碧花笺

锦水薛涛笺，书情寄意诗。
鸳鸯怜独影，独女旧思迟。

374. 白蘋洲碧衣女子诗

藕隐玲珑玉，荷藏翡翠身。
分云分雾色，合一合洲梁。

375. 新林驿女吟示欧阳训

飞虫飞已怪，落户落成章。
自以腰身小，情姿比翼长。

376. 击盘歌送欧阳训酒

化作神魂女，青衣侍者身。
人间人所欲，世上世倾春。

377. 白衣女子木叶上诗

木叶诗方定，桃花洞口开。

萧郎知夜曲，白女月宫来。

378. 席上歌

洞府留郎在，春情自主开。
山花山不语，有女有情来。

379. 凤凰台怪和歌四首

之一：
一夜方成梦，三生未了私。
无明无暗处，有怪有心知。
之二：
世上情心久，人间客别肠。
双双无对对，柳柳有杨杨。
之三：
妇妇夫夫见，男男女女闻。
君君成子子，雨雨自云云。
之四：
梦梦情情切，孤孤独独身。
情情多日上，雪雪向春春。

380. 梦丹书

初为皇太子，有悖禄山宦。
叛逆云乎下，终成幸蜀难。

381. 梦黄衣童子歌

黄衣童子梦，幸陕驾成回。
五德胡呼记，潼关自主来。

382. 梦扬州乐伎和诗

一曲婵娟半不妆，千姿百态一温凉。
风流似旧三年叙，隔世徐娘已断肠。

383. 梦中美人歌

长安少女一春阳，梦里佳娥半凤乡。
世上难成美女色，人间不足玉娟娘。

384. 梦中诗

天津桥上道，季武梦中诗。
入洛先生战，功勋不毙司。

385. 葬西施挽歌

吴王宫里凤，越国女儿肠。
五霸西施主，千年玉树伤。

耶溪江水岸，木渎不还乡。
莫以姑苏故，金钗委地黄。

386. 秦梦

秦楼箫凤曲，弄玉翠微宫。
梦呓三生短，荒陵一穆公。

387. 挽公主

春风公主曲，弄玉凤求凰。
月是秦楼月，郎非穆子郎。

388. 别穆公

日暮东风晚，秦楼一曲扬。
求凰求所去，一凤一公伤。

389. 题宫门

一梦入宫门，千年问夕昏。
秦楼留弄玉，旷野穆公村。

390. 梦中诗

绿水无千客，青山有四邻。
荒原多卜筑，寂寞少今人。

391. 梦中辞

守道修关梦，齐身顺化行。
玄符玄所入，一病一枯荣。

392. 梦为吴泰伯作胜儿歌

三吴泰伯胜儿歌，汉女皇州不渡河。
顶波姑苏鱼米草，周王已静莫干戈。
凉州已断胡尘落，只陪沙鸣海市多。
切切弦弦丝束束，玄宗只作念奴娥。

393. 梦崔皑妻诗

莫以真留妾，琴弦父母诗，
容华容所立，一岁一妻离。

394. 梦白衣妇人歌词

斩绛同妇女，南唐固子坡。
菩提菩萨曲，白女旧情歌。

395. 梦舜抚琴歌

舜庙留声在，琴歌自古弦。
南风熏百草，九派逐二泉。

日月径天续，诗词作国传。

396. 梦康仙示诗

莫易康仙庙，无心上远山。
人间人买药，世上世医还。

397. 梦中歌

三生三驿路，一道一诗歌。
梦里同相见，人中共域多。

398. 梦中歌

梦里妻方至，人中有戏闻。
投壶惊所散，互角怨夫君。

399. 梦王尚书口授吟

应闻高大宅，不学画眉妆。
口授吟今古，夫妻不上堂。

400. 歌

人非人草木，病是病由然。
壹壹经身体，千千本未田。

401. 陈季卿

不第青龙寺，僧归侍壁瀛。
逢舟回故里，父子共妻情。
一路曾江汉，三光自日明。
应非应是梦，妇道妇人盟。

402. 题禅窟兰若

莲华一主峰，五岳半行踪。
一叶行舟去，三山二水容。

403. 题潼关

舟行舟不止，半路半潼关。
再向江亭晚，黄河已九湾。

404. 江亭晚望题书斋

十载离家路，三湘自在游。
江亭江逝水，有日有维舟。

405. 别妻

别别离离复，夫夫妻妻留。
当年当已去，此日此随舟。

406. 别兄弟

影影形形逐，兄兄弟弟情。

今今还去去，苦苦亦声声。

407. 僧以一叶舟　随去又随来

是梦非然梦，真情亦旧情。

人生人一叶，历世历千情。

408. 紫须之伴有丹砂

南唐太子校书郎，不解丹砂误豫章。

409. 梦中和句

故国路遥归去来，春风天远望不尽（玠）。

山深古木常年绿，滴水慈恩日月桥。

410. 梦中语

辞春不及秋，昆脚与皆头（杜牧）。

夏水知塘色，冬梅向九州（长春）。

411. 梦中诗

昔作树头花，今为冢中骨（胥偃）。

莫误先生比，当然道路差（长春）。

412. 梦中语

田头有鹿迹，由尾逐日觅。

当妻崇范去，百聘不成媒。

413. 张孜

天知我忆上其才，使向人间梦回见。

李白当涂捞月亮，诗仙醒醉向吾来。

第十二函　第八册

1. 嘲苏世长

名长世短，口正行斜。

忠贞于郑，忘国无家。

2. 戏题画

一幅江河水，无声日月留。

3. 嘲萧瑀射

一箭风吹缓，三弓日落迟。

东西原不见，左右本无私

4. 与欧阳询互嘲

无忌：六臂成山字，三头作土丘。

江河流不尽，逐日逝猿猴。

询：向背连天地，头颅逐后前。

浑浑全不解，切切独团团。

5. 为温仆射嘲竹

叶叶风风响，枝枝节节长。

空心空不得，一寸一文章。

6. 又嘲屏墙

高低高不就，阻挡阻书生。

左右三千子，东西一半明。

7. 嘲崔左丞

山佳直曲钓，左右半王侯。

上下全无相，观观察察愁。

8. 嘲高士廉木履

高贤高土履，足下足生天。

莫以青云误，当然五品田。

9. 裴玄智

书化度藏院壁

自是阿罗汉，藏经已满楼。

游僧全不读，未了自然休。

10. 窦昉

嘲许子儒

书香国子监，十里半儒贤。

舜舜无经子，悬悬有玉鞭。

11. 与赵神德互嘲

上望无云影，中行有日天。

文章常不见，逝水作源泉。

12. 与讲师互谑

桃园桃不子，苦李苦满枝。

百草无成药，三光日月迟。

13. 咏善兴寺佛殿灾

如来如去见，道亦道非名。

殿灾红生火，经心正信台。

14. 叙可笑事

武后张元一，郎中可笑声。

当胡仁杰着，姓李易周名。

15. 嘲武懿宗

短箭长弓射，临军不用刀。

骑猪成快马，一鼓作英豪。

16. 又嘲

幽州汾水近，李广已先遥。

不误三军路，长安一日消。

17. 咏静乐县主　懿宗妹　懿宗短小

小小桃花运，扬扬短足高。

罗帏罗锦帽，大以大哥豪。

18. 嘲格辅元
御史龙门宿，天窗盗来。
斯文全在此，有辱莫求财。

19. 始平谐诗
平明平一线，夕照夕千层。
骡马无分晓，禅房有夜僧。

20. 咏傅岩监祠
小大祠规异，方圆左右同。
阴晴阴不雨，上下上无空。

21. 嘲崔生
一醉三更早，千呼万唤行。
书生书夜戒，束缚束无名。

22. 又嘲杨文欢
自做长安令，常闻醒醉公。
人生人不得，武戒武陵空。

23. 嘲李叔慎贺兰僧伽杜善贤
长安长令止，黑马黑人弓。
一色天津路，千官白入宫。

24. 嘲父
当朝当理厚，陆父陆家翁。
转战行天地，三言五寸功。

25. 回波词
已是则天俦，无为有欲明。
贪财贪恋色，一世一人生。

26. 乞金鱼词
赐紫金鱼跃，中丞日用行。
云中云已定，步上步非名。

27. 又赐宴自歌
已是鸳鸯步，无言玉漏明。
何须何点点，一举一倾城。

28. 咏痴
痴人痴梦久，选士选长空。
造屋榆儿造，工书不是工。

29. 歇后
一见三思过，千闻半不成。
无非无是处，有损有文明。

30. 送司功入京
司功司一路，大小大三明。
半在皇城路，千官驿道行。

31. 岭南归后献诗
升迁升降去，岭北岭南行。
泊守金吾路，何言一世成。

32. 初到沧洲呈州官
新官三把火，旧吏半枯荣。
落叶秋风早，春花白雪萌。

33. 秋日述怀
秋霜成白雪，腊月作冰寒。
二九谁出手，三冬百草残。

34. 喜雨
祈天祈地殿，喜雨喜巫言。
不是人间怨，潜龙未本源。

35. 皇太子夏日赐宴诗
浩浩轻霜白，幽幽月色空。
婵娟皆在此，六院满三宫。

36. 哭李峤诗
去处神仙地，修身五百年。
衣冠君子在，一半不闻天。

37. 咏尹字
全身全是半，府尹府行秦。
问祖行三道，知伊少一人。

38. 咏王主敬
三边兵部外，九陌户官中。
只有螳螂问，黄蝉一雀空。

39. 嘲邵景萧嵩
相从相辅政，一对一临朝，
似异如同立，同修其色桥。

40. 李修烈
序：

　　咏毁天枢，则天集铜五十余万斤，铁百三十余斤，于定鼎门内铸天枢记革命之功，开元中毁。

诗：
天枢天武李，一世一周唐，
有火无灰烬，承前启后章。

41. 与李全交诗
御史非常任，参军是易行。
全交全收职，有去有来名。

42. 嘲刘文树
洛水刘文树，安西善口才。
蝗皇明不见，一将一军摧。

43. 尚书省门吟
身名天官府，散第尚书门。
俱是儒家学，无非不子孙。

44. 上马当山神
藏刀金履绣，不取大王钱。
赤鲤舟中落，方知意下牵。

45. 窃李义府诗
瓮瓮君君申，衙衙酷酷刑。
诗曲诗已窃，洛水洛城丁。

46. 答朝士
三生千路迹，七十半朝堂。
已见长安邑，何闻镜水乡。

47. 和知章诗
吴儿吴越女，镜鲤镜湖虾。
但以姑苏水，知章只饮茶。

48. 续茅山秀才吟
驻马山阿上，行云雨露中。
茅山茅草地，秀草秀才风。

49. 樱桃子诗
一半樱桃树，黄黄赤赤颜。

怀王怀所至，子谓子门关。

50. 讥元载诗

白着阴晴暗，官员肃削明。
江淮淮水渎，以醉以天成。

51. 嘲赵谦光

谦光谦日落，遂涉遂官荣，
逐步凭阶跃，群星退月明。

52. 答贺遂涉　户部员外

锦帐空人立，金炉玉石融。
无经员外任，有职可司功。

53. 上浙东孟尚书

将帅无文名，书生有志行。
临军临阵见，一鼓一知生。

54. 嘲柳州柳子厚

朝官天水岸，子厚柳江边。
柳柳杨杨似，垂垂荡荡悬。

55. 嘲黔南观察南卓

南中南太守，北上北云田。
醒醉阴晴故，枯荣一寸泉。

56. 戏简朱坛诗

经年无识子，戏简朱坛诗。
日月无今古，经纶不可知。

57. 戏颜郎官骑猎诗

狐仙狐女色，月色月神宫。
化作三更墓，人精一世空。

58. 嘲张祜

白在东都客，元前洛下名。
张冠张李载，一纸半文明。

59. 嘲伎

声声风雅颂，曲曲女儿情。
艳艳鲜鲜色，来来去去生。

60. 嘲李端端

不语不知行，无诗无字句。
且以端端见，无须女女盟。

61. 咏春云娘

云娘奇瘦令，士啸众歌词。
醉醉皆无有，功名尽是非。

62. 嘲伎

一曲当愁嫁，千声对玉坤。
天空天自在，夕照夕黄昏。

63. 嘲游使君　有客不饮酒

不饮夔门酒，看花白帝茶。
如今如夕比，一女一天涯。

64. 嘲李玚题名

渭水泰山远，天官地保明。
题词题所以，不可不书名。

65. 闻鹿鸣互谑

不可闻鸣鹿，兄兄弟弟声。
儒家儒子谓，有斧有樵情。

66. 及第后寄李绅

及第龙门子，中标上苑官，
南山南草木，北阙北昆滩。

67. 答章孝标

玉石丹炉炼，阴阳向背生。
终南山上草，北阙水中明。

68. 戏柳棠

文章能及第，不饮巨鱼膛。
社会应知会，中堂尚一堂。

69. 答杨尚书

三生三向贵，一食一鱼香。
造化鲲鹏物，丞相尚府堂。

70. 又忤杨尚书

垂鱼三丈水，忤逆尚书郎。
莫以为人许，当然十寸香。

71. 嘲郭凝素

绝句王轩句，西施已现身。
耶溪流不尽，郭素惜东颦。

72. 纪中表试案

新糊中表示，旧作上龙门。
白纸黄金贵，秋毫不泛恩。

73. 醉题广州使院

百姓饥荒后，千生日月前。
贪残太守虎，神仙道士田。

74. 拟权龙褒体赠鄠县李令及寄朝右

琴音三叠曲，李令一知县。
手指弹贫富，心天一寸悬。

75. 题沧浪峡榜

东西分峡路，上下合流长。
利利名史浪，扬扬抑抑沧。

76. 戏妻族语不正

有果原真有，无秦已晋秦。
当然云雨下，总道是天因。

77. 婢仆诗二首

之一：
一第千秋锁，三生半路门。
杯盘全造就，米菜半慈恩。
之二：
春梅秋菊色，下午上朝茶。
一半文章客，三千弟子差。

78. 嘲郑傪伎

三朝三过客，一曲一新人。
去者非常去，春情不是春。

79. 嘲赵璘二首

之一：
一路通南北，东西草木低。
山深山直木，陋巷陋人栖。
之二：
夫妻春自丑，子女子孙情。
以此何言美，苍天厚土萌。

80. 口号
飞刀三尺雪，淑女一心扉。

81. 嘲归仁绍龟诗
平生不出头，落日十三州。
不可归仁处，风流向水休。

82. 咏螃蟹呈浙西从事
自幼一横行，中秋半不生。
巴人巴解问，一蟹一诗名。

83. 题中书壁
同相同壁立，窃讪窃时名。
棒喝知禅尽，玄虚问道荣。

84. 庐州郡人
百里贫穷客，三生守郡人。
黄巢黄已满，不负不州秦。

85. 戏答成汭
不可僧先试，黄茅瘴气狂。
君今君自保，一衲一衣裳。

86. 醉中谑浙江廉使
有意天台远，无心六合低。
西子北归去，镜水浙江西。

87. 戏题盱眙邵明府壁
明公明府壁，竹叶竹林声。
煮鹤烧鹅见，弹琴弄月明。

88. 题大梁临汴驿
伎女天天曲，侯门日日开。
文才文武见，汴水汴梁来。

89. 题仙娥驿
道士仙娥驿，玄元四象舟。
三清三女子，两界两仪修。

90. 嘲染家
只染春秋色，非非是是麻。
原原应本本，你你我他他。

91. 黎瓘
赠漳州崔使君乡饮毓韵诗
漳州一使君，醉饮半杯云。
醉醒从乡里，牛羊各自分。

92. 示伎榜子
一伎千姿主，三歌五柳杨。
军中书记子，不敢恼儿郎。

93. 又留别同院
有逊文才误，明皇幕府扬。
当年当伎女，两目两无妨。

94. 桂州席上赠胡予女
酷旱湘江水，泉滋岳麓山。
千姿多耳目，百态少红颜。

95. 戏答朝士
一代文章客，三朝世间人。
知音知自己，问世问秋春。
不向民间去，高居物象频。

96. 嘲僧惟恭
荆门荆逝水，古寺古僧云。
醒醉非禅觉，诗词是储君。

97. 题酒户修孔庙状
酒户修儒庙，高官孔府偏。
生钱生教化，弟子弟兄禅。

98. 孔庙口号
国国兴亡见，家家子女云。
儒生儒所事，一介一斯文。

99. 答妻
雁雀同生翼，高低共自飞。
当时当上下，可去可无归。

100. 题僧院
一鸟居禅院，三鸣似古钟。
游僧游已尽，一寺一无踪。

101. 咏垂丝蜘蛛嘲云辨僧
棒咏求禅觉，游行问水山。
蜘蛛丝有限，古刹路无还。

102. 自嘲绝句
取水郎中吕，寻山五岳山。
长安长路短，一世一无还。

103. 哭亡将诗
射尽幽州箭，兵穷敕勒川。
英雄英战死，自立自当然。
不以兴亡论，人生日月田。

104. 咏王给事
相偕相短小，有目有先观。
若以人群晨，朝天自在难。

105. 咏金刚
吐气扬眉见，张牙舞爪形。
金刚金泥水，一世一心灵。

106. 咏伛背子
大小高低异，阴阳向背同。
人生人一字，日色日西东。

107. 咏安仁宰捣蒜
宰令殊求好，膏脂百姓愁。
通县齐捣蒜，赤子不须忧。

108. 五门街望有题
一望五门楼，千官半九州。
朝朝生百子，世世帝王州。

109. 谢郎中惠茶
顶碧浑身刺，披毛带角茶。
人生如此水，世路似新芽。

110. 咏虾蟆
后后前前身，蹲蹲坐坐同。
皇天皇道日，一跃一身弓。

111. 住名山日陈情上府主高太保
府主陈情府，侯王述目侯。
三山三不语，一水一空流。

112. 咏刺猬

长刺浑身是，图圆守一非。
无情无奈见，有足有须归。

113. 谒贵公子不礼书格子屏风

格格栅栅直，毫毫墨墨端。
空窗空主见，实木实风寒。

114. 咏月

当涂当水见，太白太诗魂。
十六圆圆色，三秋处处坤。

115. 咏狗蛋

卧卧蹲蹲在，平平直直行。
突然声一吼，守夜过三更。

116. 咏罂粟子

三光三世界，一子一春秋。
你处何无我，吾中自有头。
云南罂粟子，缅甸帝王洲。

117. 咏蟹

足足三秋痒，身身八脚横。
行行无正路，止止有难平。

118. 示女诗

三朝三胜败，一女一江山。
武武文文继，红红白白颜。

119. 寄女

未美篇章志，徒求寄女肠。
衡阳南去雁，朔北半家乡。

120. 讽刘炎索贿诗

洞口桃源外，人心世界中。
无官无贿赂，有富有贫穷。

121. 被案自悔诗

太守如狼虎，公卿似狼豺。
江山应日月，草木共天台。

122. 与王仙客互嘲

四笔王仙客，洽洽五画甘。
耕田耕自力，道士道家涂。

123. 题濠州高塘馆

有雨高塘馆，行云峡口边。
襄王神女在，宋玉楚辞篇。

124. 题敬爱诗后

御史高唐馆，和风峡口闻。
官船官渡去，荐枕荐风云。

125. 答日休皮字诗

诗中一日休，世上十三州。
草木知天地，乾坤易象由。

126. 谑池亳二州宾佐兼寄宣武军掌书记李书

中丞韦释子，少府杜如来。
俱是池亳客，无言日月开。

127. 戏酬张鲁封

叔子卿相亚，齐齐鲁鲁风。
桑门桑似旧，柳巷柳人穷。

128. 即事

日日苍蝇在，蚊虫夜夜鸣。
人生人不易，世利世营营。

129. 嘲周颛

十载龙门客，三生日月高。
尤名尤物老，不第不英豪。

130. 和座客

龙门龙摆尾，渭水渭波涛。
酒后花枝笑，人前七尺高。

131. 答或人

司门员外送，黑齿将军迎。
社稷江山误，乾坤日月明。

132. 嘲崔䢼

同朝同第共，一日一䢼珠。
两两花花见，孤孤处处无。

133. 句

二十九人及第，五十七目观花。

134. 岭南诗句

独木成林树，孤身作士绅。

135. 谐诗逸句

雾是山巾素，云非水浪花。

136. 题洞庭湖

三湘三水色，一岳一巴陵。

137. 与罗隐互谑

三杯三世界（云）。
一酒一乾坤（隐）。

138. 引自落便宜句

窗下何时明月落，房中几度古僧闻。

139. 嘲廪丘令丞

知丞挥手共，尉令起身同。

140. 题汉祖庙

汉祖鸿沟外，秦城一火中。

141. 自催妆诗

催妆催不得，一女一姑娘。

142. 戏为举子对句

犬吠三更妇，猿嗥四象夫。

143. 答弟妇歇后语

望甲当先第，观尘未及消。
官高官所欲，女大女生遥。

144. 与释惠江互谑

惠录琵琶脚，觿粟紫霄头。

145. 与李荣互谑

身长三尺半，嘴大一空山。

146. 广州三樵歌

奉敕三樵客，随侯一道长。
回头回不语，一李一朱张。

147. 三御史咏

三台三御史，一福一轩昂，
殿上韦虚坐，监监察察乡。

148. 台中里行咏

御史台中里，监官察上前。
皇城皇土地，任正任家田。

149. 讥裴休

禅林多子女，道术少春秋。
赵氏孤儿问，师翁不易留。

150. 嘲四相

确收宣宗过，曹杨贿赂钱。
徐岩商秉故，七寸只无贤。

151. 放榜诗

进士多贫士，人和一太和。
皇家应立地，水草有丰萝。

152. 改魏扶诗

叶落无荫籍，空门有贡云。
年年辛苦读，处处去来分。

153. 嘲举子骑驴

举子骑驴试，龙门不误儒。
身高肥体魄，弃选郑昌图。

154. 嘲崔垂休

一字垂休迹，三分小润身。
金陵曾入木，伎女已成人。

155. 嘲主司崔澹

主主司司厌，黄巢比武王。
知非知不是，向背向炎凉。

156. 嘲士戏谷

寺寺僧僧古，经经卷卷深。
孤身孤进士，独木独成林。

157. 题房鲁题名后

丹成炉府弃，字破寺家墙。
道道儒儒壁，诗诗画画藏。

158. 洛阳人嘲跋异

当风吴道子，带带百群芳。
赫赫则天窟，煌煌以佛墙。

159. 又嘲

跋异丹青画，长安草木生。
先生先不得，后得后声名。

160. 蜀选人嘲韩昭 蜀王衍

国戚皇亲子，韩昭吏部郎，
同王同衍继，一帝一家乡。

161. 嘲伛偻人

低头低首见，一步一家量。
共雨同云受，当心积虑常。

162. 曲中唱语

小伎三千子，中臣一半良。
人间人自语，世上世炎凉。

163. 改唱

小伎三千曲，男儿五百肠。
人间人所在，一唱一家觞。

164. 街中又唱

女女儿儿曲，官官伎伎歌。
街中流落处，月下渡公河。

165. 吹火诗

妇妇夫夫活，邻邻里里生。
家家吹火处，杖杖弄方明。

166. 刘黑闼解嘲人语

骆驼骆氏姓，水鸟水波多。
两两荒沙漠，行行独自过。

167. 村人学解嘲人语

逝水流时少，源泉聚汇多。
经沙经石岸，浊土浊清波。

168. 嘲刘师庄

大府朝天远，金吾御地宫。
刘师刘不在，一壁一官郎。

169. 嘲郑熏

主主司司误，头头脑脑空。
秋天秋叶落，一谷一川风。

170. 嘲蒋蟠金丹

丹砂投授令，玉萃作官衙。

171. 注苗张二进士题名

双双前进士，独独后题名。

172. 袁州人谑彭伉

骑驴听报喜，及第及坑中。

173. 洛中人语

原来师德苑，此作德师楼。

174. 嘲毛炳彭会

炳氏三杯酒，彭生两片茶。

175. 右威卫嘲语

三更听右卫，一半核书郎。

176. 南唐伶人献先生词

曲曲歌歌献，声声泪泪流。

177. 闽伶官戏主延政语

台中君子步，市上草鸡忧。

178. 言志

腰缠三万贯，足踏半扬州。

179. 题洛阳县壁

官官府府，吏吏衙衙。
阳阳洛洛，国国家家。

180. 题书卷后语

始始终终始，终终始始终。

181. 题李阳冰玉箸篆词

冰清冰玉着，一篆一身名。
百岁千年见，三生半不成。

182. 判误书纸背

背背原原是，观观察察非。
人人分正反，水水畔依依。

183. 又判争猫儿状

猫儿分黑白，一半不争功。
捕鼠多辛苦，粮仓不可穷。

184. 断僧通状

八戒三清状，千规万矩城。
东西南北去，早晚去来行。

185. 韩滉

判僧云宴五，聚财喧诤语
天堂难到达，地狱易开门。
正法何曾易，空门不子孙。

186. 皇甫大夫

判道士黄山隐

道士无名道士颜，黄山有隐向恐人。
因财起异因财异，法术全偏法术闲。

187. 碾驴鞍判

黔驴今一计，道术古三清。
共在天街上，同时不可行。

188. 批州符

秧开五叶，茧束三眠。
忙忙迫迫，地地天天。

189. 判部民许主簿牒

打草无休，惊蛇有止。

190. 戏为冥吏判

黄泉百里，一任三时。

191. 自状

张翱寓止，一笑淮阴。
陈璠刺史，古古今今。

192. 刺左右膊诗

周身周刺血，一体一深纹。
已是男儿误，无非是不分。

193. 刺左臂膊诗

纹身致苦尘，刺血效西羁。
如今非自己，似此是他人。

194. 刺左右臂句

阎罗惊右臂，左怕一京官。

195. 廉州人歌

百姓廉州姓，民情性吏情。
同心同爱老，赤子赤和平。

196. 沧洲百姓歌

沧洲沧浪水，百姓百家歌。
汴水苏杭去，田园日月多。

197. 薛将军歌

九姓薛仁贵，三弓定黑山。
辽东应不远，自立汉家关。

198. 郓州人歌

刺史田仁会，君心善政心。
天公天降雨，解旱解田林。

199. 雒县舆人诵

令宰张知古，县绥虚固名。
除前行后治，不向舆人萌。

200. 黄獐歌

黄獐歌一唱，反逆有契丹。
孝杰麻仁节，民民已互残。

201. 桑条歌

桑条韦氏碧，岁日作春荣。
指指垂垂见，蚕蚕茧茧萌。

202. 景龙中嘲宰相歌

多门多守户，久雨久无晴。

203. 选人歌

吏部侍郎郎，诗书入故乡。
诠衡无史集，选数不文章。

204. 鲁城民歌

刺史沧洲宰，更梁水稻禾。
民心民不解，怨气怨何多。

205. 王法曹歌

一杖三秋肃，千军百战兴。
曹曹谁试法，吏吏已贫僧。

206. 得体歌

韦坚天宝代，太守陕州城。
转运吴江渎，隋炀已早行。
长安浐渭岸，汴水运河清。

207. 得宝歌

得宝开元末，弘农白石容。
天数天宝立，自此半玄宗。

208. 崔成甫翻得歌

白石玄宗白，弘农野宝弘。
扬州扬汴水，大殿大雄声。

209. 袁仁敬歌

暴卒袁仁敬，开元大理卿。
天元天始肃，地保地公惊。
正正公公去，名名姓姓成。

210. 京兆二尹歌

寺寺僧僧问，先先后后应。
长安说兆尹，弟弟兄兄承。

211. 黄州左公歌

左镇称公左，黄州刺史黄。
无离乡背井，有不弃沧桑。

212. 又歌 肃宗分巫天下去

吾乡巫鬼怪，蛊惑妨人心。
分行天下去，俱被左公擒。

213. 舒州人歌

郑谷舒州守，蝗虫界外行。
丰年丰已得，美矣美斯名。

214. 建州歌

三年一建州，半使二丰收。
处处牛羊满，家家囤米留。

215. 吴人歌

判判长洲判，公公正正公。

216. 汴州人歌

隋炀隋字去，汴水汴州流。
六渎三吴水，唐家十万舟。

217. 建昌民歌

无官无日月，有父有良田。

218. 巴州薛刺史

巴州薛刺史，百里自安民。
夜不关门睡，丰田日日春。

219. 高苑令歌

死守皇粮库，开他赈济民。
官生官死处，一治一经纶。

220. 九龙帐歌

闽国闽王情，一帐九龙生。
纳后金婢女，临朝有凤鸣。

221. 伪署鸳鸯树歌

女作鸳鸯树，王宫孟昶文。
应情应合葬，立世立文昌。

222. 曲江游人歌

春江春不尽，一水一红颜。

223. 蜥蜴求雨歌

雨雨求求雨，囚囚蜥蜴囚。
巴山云里水，白帝四川洲。

224. 挽歌

体魄当然天地界，魂灵未委在何方。

225. 唐受命记

江南杨柳岸，渭北李桃花。

226. 劝进疏引记

三知天日月，十八子沧桑。

227. 符凤引记

唐虞周武正，日月李当空。

228. 安禄山古记

一曲胡旋舞，三军羯鼓闻。

229. 普满题潞州佛舍

渭渭泾泾水，清清浊浊流。

230. 南省北街人吟

登科三月末，及第五州闻。

231. 卢求榜谶

细雨春风起，龙头凤尾摇。

232. 清僧示赵宗儒

梨花非杏李，白雪是冬春。

233. 又示段文昌

无非桃李度，已是杏花开。

234. 城五凤楼中歌

天津桥畔水，渭邑市中花。

235. 延和阁诗

延和高阁上，太乙不相闻。
闭户书声止，开门拜将军。

236. 唐旧识　二月二日定国号

千年千古带，二月二金床。

237. 越中狂生题旗亭

一草重生字，三光日日成。
公侯木易晚，越浙柳杨生。

238. 清泰三年歌

三年三岁月，甲子甲军年。

239. 蜀王氏记文

王当王建女，李祜李逢昌。

240. 黄万祐题蜀宫壁

岁月天天易，年华处处玄。

241. 孟蜀丐者语

知祥知号号，孟蜀孟登登。

242. 孟蜀桃符诗

新年纳余庆，嘉节号长春（孟昶）。
圣诞长春日，桃符孟昶诗（古今诗）。

243. 上蓝和尚晋汉二代谶

二代三朝世，梁唐晋汉周。

244. 又遗钟传偈

古古今今易，钟钟鼓鼓传。

245. 又报王审知十字记

只怕钱流去，无求有运来。

246. 钱处士李氏记

三千年寺语，十八子江淮。

247. 孙咸题庐山神庙诗

玄宫真至上，易道贾从贫。
浦口秦淮水，天兵洗要津。

248. 南唐江州风坠诗

独战生无去，孤城死不降。
南唐南后主，一水一长江。

249. 杭州还乡和尚唱

寂寂珲乡子，悠悠问故乡。
名名归寺寺，姓姓向杭杭。

250. 福州记

五工泉州使，三潮百浪扬。
来时来水没，去便去回肠。

251. 黄涅盘记

南朝南十六，五代五三千。

252. 陈智广记

之一：
牛呼牛气状，犬吠犬声扬。
之二：
泉州泉海水，井底井相连。

253. 僧缄示王处厚

百日为程序，三年作帝王。

254. 任叟书授刘生

一斧樵夫主，三生直木形。

255. 昌明里中记

足足昌明里，人人道道中。

256. 皮日休造黄巢记

二十一田分，三头屈果。
无名无姓氏，有本有源分。

257. 宋善威诗

月满三官宴，人穷一税生。
千家千户子，一姓一无名。

258. 田承嗣诳李宝臣伪记

燕燕胡胡客，安安史史官。
人生人不得，士子士田丹。

259. 上元初嵩山石记

明皇明木子，受命受则天。
百岁应三易，千官可万贤。

260. 上阳铜器篆

长长宜子继，上上自阳宫。

261. 永安渠石名

百载曾为市，三生作寺英。
朝堂名御史，剃度法成名。

262. 漳泉分地神篆

自古分州界，如今合不成。
漳泉多少水，海浪总难平。

263. 含元殿丹石隐语

一火含元殿，三宫木子坛。
仙丹仙客炼，石隐石胡安。

264. 长安空宅铭篆

宅宅应人住，空空可寄孤。

265. 莆田石记

鬼怪神仙去，人生石敢当。

266. 符离树穴中石篆

古道符离树，元和栲栳名。

267. 淮西池濠石铭

裴公裴度晋，一战一淮西。
胜胜征元济，平平灭战题。

268. 罗池石刻

柳子厚罗池，龙城守御时。
书缘书白石，一世一夫知。

269. 道者遗记

无源虚用度，有体道安民。
易性韬光象，玄元自养身。
归根归显德，厌耻灰灰尘。
圣德微明显，修观配制仁。

270. 王璠石铭

玉玉瑕瑕记，山山石石铭。

271. 玄元观栋桁记

玄元玄所辨，道法道其真。
水水山山隔，人人世世邻。

272. 天台观石简记

海海天天共，台台水水同。
观时观日月，渡见渡西东。

273. 成才罗城北门石记

古古今今石，民民吏吏情。
官官留足迹，事事记平生。

274. 青羊宫砖记

青羊宫失火，入地一红光。
入石三分阔，中元半石梁。

275. 铜雀台玉板篆

曹公曹父子，建邺建安文。
木子三分后，隋炀一柳云。

276. 显德道宫石记

知难知病改，后已后玄元。
制惑居微末，虚心自本源。

277. 南唐升元殿基下石记

石记升元殿，金陵犬子名。
南唐降宋主，碧玉自邻荣。

278. 马殷浚城石碣篆

牛羊牛马力，一世一生平。

279. 王霸仙坛砖刻

已见三皇水，无闻二乍间。
消亡消海岸，逐浪逐潮山。

280. 刘人石字

人山人一字，石垒石三刘。

281. 南汉罗浮古剑篆文

汉主新王殿，罗浮古剑文。
南朝南北见，百载百纷纭。

282. 司马承祯含象鉴文

天天地地，象象仪仪。
南南北北，鉴鉴司司。

283. 景镇剑文

无冬有夏，见海知洋。

284. 高丽镜文

水水维维水，梁梁宋宋梁。
高明高丽镜，上下上维扬。

285. 京西市放生池墓铭　太平公主买渎赎水族

水族放生池，京西墓石基。
太平公主立，市着以龟辞。

286. 古墓十地词

此后一千年，清流半石泉。
相逢相互问，侍御侍青田。

287. 卫先生墓铭

先生先不见，后继后梁闻。

288. 隐者瘗男铭

真神真知玉，李泌李寻仙。
七岁师当隐，三生一寸田。

289. 乌氏葬碑

知阳知晦日，问道问玄元。

290. 岩腹棺铭

五百年中志，三千弟子名。

291. 古棺石铭

一石当年立，三生上下平。
乾坤乾不在，日月日阴晴。

292. 涟水古冢骈文

扬州杨柳岸，汴水汴涟流。

293. 广陵古冢石刻

寒宫寒玉桂，日箭日西东。
狭狭宽宽处，魂魂魄魄空。

294. 王承检掘得墓铭

来来去去，死死生生。
邻邻里里，暗暗明明。
年年岁岁，朽朽荣荣。
思思臆臆，易易更更。

295. 马希振葬地碣

绝世无生，魂灵有铭。

296. 二贺诗

学问贺德基，文彬贺德仁。

297. 四王语

不学四王贪，当知三界函。

298. 时人为屈突语

屈突隋时正，唐家屈突全。

299. 杨刺史语

朝朝千刺史，代代一忠良。

300. 万年人语

不可万年人，何尝四象分。

301. 赞皇人语

皇兄有弟，御弟无兄。

302. 零点

三生经老少，一夜两年轮。
二九由冬至，千金已立春。
童翁知父母，独自对红尘。
冷冷寒寒月，人人望望邻。

303. 高宗时语

日月当空照，唐周李武明。

304. 时人为李义甫语

义甫分成败，儿孙四族凶。

305. 洛州语

前朝贾洛州，后代以张谋。

306. 江淮问语

贾贾商商富，官官吏吏明。

307. 河北语

河南河北水，暴敛暴征徒。

308. 李昭德为王弘义语

足见苍鹰吏，何言御史官。

309. 京洛语

仪衣因党好，郝许恶人声。

310. 台中语

不伏侯知一，难为已见三。

311. 史人语

一杖侯知一，三鞭尹笔千。

312. 选人语

名门钱上好，无钱刘下好，张前土吏下好。

313. 韦氏语

兄兄弟弟，去相来相。

314. 益州人吏语

录事天通笔，威风杖吏呼。

315. 天中语

司刑司有死，酷吏酷无生。

316. 时人为邹昉语

驸马萧伫子，骆驼邹昉儿。
非失非道德，是涉是钱知。

317. 题张昌仪门语

昌宗昌武道，易悦易之。

两者相兼贝，三心二意成。

318. 时人号李知远语

桃中有子，李下无蹊。

319. 又号李义语

桃中无子，李下有蹊。

320. 窦仆射语

前为韦氏婿，后作太平郎。

321. 时人为崔无诐语

儿先卫尉，女后中宗。

322. 神龙中语

三思三不尽，一后一周天。

323. 斜封官语

姚元宋璟，刺史斜封。

324. 李处郁语

孙俭燕北，处郁泾南。

325. 景云初语

前装有马，后李当卢。

326. 先天时京中语

姜师心度地，傅孝眼观天。

327. 时人号王丘崔沔语

丘山岌岌，沔水淙淙。

328. 吏部过关语

阎麟一口，光庭半手。

329. 郐公厨语

人知饭菜，厨解郐公。

330. 四俊语

开元天宝世，四俊俱忠臣。

331. 八友语

正人正八友，直笔直臣良。

332. 罗吉口号

明皇林甫李，钳吉御罗纲。

333. 里闾诅语

明皇三豹酷，赤白一黑黄。

334. 陕州语

里政知卢夐（陕州刺史），
明皇一侍郎（兵部侍郎）。

335. 真源邑语

真源豪吏在，调令下车忙。

336. 代宗朝京师语

元玄元载事，一手一分钱。

337. 称二王语

朝相王缙冶，画里右丞诗。

338. 戏谏司语

谏议朝中左右，皇家拾遗枯荣。

339. 裴度语

儒书儒是质，道术道非成。

340. 魏博语

魏府牙车将，军中子弟兵。

341. 宝历宫中

浙女孤飞燕，宫轻凤舞凰。

342. 京师人号牛杨语

子子孙孙止，牛牛李李行。

343. 又号牛李

僧孺宗闽宰，故吏继门生。

344. 荆南语

荆南游帅路，旱雨段文昌。

345. 郑仁表自语

文章高下至，至上御文章。

346. 湖苏二郡语

一岸湖州水，三吴六渎乡。
姑苏姑碧玉，小女小桥旁。

347. 广明初都人语

黄巢黄不定，黑豆黑人狂。

348. 吏部旧语

王朝王序列，吏部吏官名。

349. 省中语

中书门下省，制书秘书郎。
视以平章事，躬身侍帝王。

350. 谏院台省语

三台同二省，九陌共双仪。
左右分程序，文文武武司。

351. 郎吏语

一步尚书郎，兵司门比常。
屯田都水膳，简事省无良。

352. 御使台语

人行人止谏，事短事长端。

353. 京兆府尹语

三台三慢步，两尹两县行。

354. 翰林谏议语

翰林坡谏议，岁满给事中。
后继舍人列，难成一道公。

355. 举子语

七月槐花蜜，三秋举子名。

356. 明经进士语

一世明经，三生进士。

357. 杂帖语

杂杂知常衮，时时鲍昉帖。

358. 闽人语

欧阳曾独步，及第藻蕴名。

359. 举场语

牛牛李李名，子子官官误。

360. 大中后进士

中朝未独学，进士已成群。

361. 大中时语

宣宗宣帝子，秉政秉朝梁。

362. 选举人语

无钱无选举，有势有悬梁。

363. 科目举人语

举举王王客，科科目目人。

364. 戏杜审权语

座主私心重，门生利欲狂。

365. 崔沆发榜时人语

座主门生是一家。

366. 唐末五代人语

及第无须读，诗书有德行。

367. 号沈宋语

苏苏（武）李李（陵），
宋（之问）宋沈（佺期）沈。

368. 号钱郎语

钱钱起起，宋宋沉沉。

369. 潘何诗赋语

三年吟古镜，一赋过潇湘。

370. 魏薛草书

前朝一魏征，后子半狂书。

371. 薛稷书语

书天书地畅，一字一江流。

372. 时人为刘毕语

郎中石竹松，庶子雨云龙。

373. 时人为杨惠之语

僧繇神笔画，一带已吴风。

374. 道杰语

道杰岩栖寺，人流并晋州。

375. 马周疏引俚语

穷无学俭，富有亡奢。

376. 杜甫引俚语

天高一丈，地厚千层。

377. 孙光宪言引古语

乘船涉水，步路观山。

378. 杜重威引俚语

遇贼求生，逢官退行。

379. 建安语

龙门一半，弟子三千。

380. 江陵语

一水江陵，三湘岳麓。

381. 汾晋间语

汾汾晋晋，亦亦州州。
千金不问，万户春秋。

382. 秦中儿童语

渭水潼关，黄河一弯。

383. 沧洲语

沧洲沧水岸，一见一仙家。
携带金莲草，还成玉带花。

384. 段成式酉阳杂俎引古语

三光三自日，九陌九田家。

385. 佛书引语

如来如云问，一世一观音。

386. 全唐诗　谚谜

中宗引谚
长长冬至日。

387. 贾言忠引谚

无媒一道回。

388. 李别引谚别张文灌

十里长街，终须一别。

389. 路励行引谚

为官一日，缓带三朝。

390. 郝南容引谚

三村九里，五寨千鸡。

391. 员庄谚

苏杭柳帛，汴水钱塘。
千庄北枕，白鹿天堂。

392. 妻师德引谚

无卒主，有卒客。

393. 宋守敬引谚

守敬龙门谨，守清勿搅休。

394. 雒谷谚

白草无深洞，黄泉有去流。

395. 三门谚

溺水三门下，漕泾一底中。

396. 张果引谚

明皇一玉真，果老半降身。

397. 哥舒翰引谚

明皇高力士，节度使中僚。
莫以听安史，歌舒一舒消。

398. 代宗引谚

阿翁阿母嫁，郭暧郭夫妻。
已娶升平女，皇家一品低。

399. 鬼门关谚

一路鬼门关，三生去不还。

400. 河北谚

山东一葛条，燕北半山樵。

401. 李振引谚

三年始主，百岁终身。

402. 王彦章引谚

人亡见，豹死留皮。

403. 孙光宪北梦言引谚

姑姑舅舅，本本根根。

404. 谚

鸣蝉鸣向远，退翼退时声。
已进登枝顶，摇摇自不平。

405. 宁茵事谚

因因果果平，乌乌禾禾争。

406. 鸬鹚谚

没顶鸬鹚水，伸张俯仰鱼。

407. 盐铁谚

扬州盐铁市，蜀国逊分流。

408. 冯翊谚

苦水羊肥饮，沙尘洛水浆。

409. 丹徒谚

吴门多奉养，入土石丹徒。

410. 湖州里谚

五代皆兵战，湖州百姓平。

411. 益阳谚

长沙三百里，一望半益阳。

412. 昭潭谚

昭潭潜穴水，有底洞庭流。

413. 江右四郡谚

筠袁赣古前，脑后讼人先。

414. 徐闻谚

徐离徐不语，一令一春秋。

415. 陇西谚

三牛九犊草，一马十群羊。

416. 荆棺峡谚

荆棺九子在，一女葬鱼梁。

417. 南中谚

南中妇女多，截发卖成娥。
直得秋收日，仓仓满米禾。

418. 事狐神谚

无狐无魅力，百姓百家恩。
共住同生活，神仙助子孙。

419. 李哲家怪引谚

笔怪秋毫见，蒙恬直木名。

420. 俗谚

白日荒唐梦，三更鬼怪停。
人生人有魄，一世一生灵。

421. 李白名许云封谜　薯是外孙

木子何人李，云封许莫言。
真吾儿外子，谢宝见泉源。

422. 许氏碑阴谜

难为言午许，磢毕数王母。

423. 大明寺壁语

一寺千人殿，三梁四柱城。
阴晴分是水，日月合则明。

424. 曹著与客谜

当然江左岸，五代寺言梁。

425. 客题青龙寺门

九九青龙寺，三三日月斜。
风云成日月，石玉作流沙。

426. 陶谷题南唐官舍壁

南唐官舍辟，北魏客人家。
后主梁陈帝，前朝二月花。

427. 谢小娥梦盗姓名

自是江湖客，原来不读书。

428. 牛口谣

三军一将，草料方成。

429. 高昌童谣

高昌兵马久，日月石沙长。
不必惊回首，飞鸿不故乡。

430. 咸亨后谣

阿婆（则天）阿女（太平公主）武，
一李（明皇）一斯文（仁杰）。

431. 调露初京城民谣

侧人人，人一一。

432. 嵩岳童谣

封腰封史见，突厥叶蕃来。

433. 李敬玄谣

李敬中书令，先军后帅遥。
回头回得快，御道御官消。

434. 杨柳谣

隋炀杨柳树，汴水运河流。

435. 裴炎谣

一片火，两睡火，绯衣小儿当殿坐。
莫起兵，已起兵，中书令下一京城。

436. 武明曌

序：

　　武后长寿元年民间谣　逆则天取，顺则天亡。

诗：
官官相逆合，士士互生成。
武武周周主，唐唐李李名。

437. 续谣

进士难成博士成，日月当空日月生。

438. 天枢谣

张公张酒醉（易之），
李代李桃乡（武承嗣）。

439. 武后时童谣

一日石榴裙，三秦半李君。

440. 神龙后乌鹊巢谣

山南乌鹊少，塞北鸟巢多。
镰刀应凿孔，斧子不施柯。

441. 吏部谣

子后崔湜令，君前日独明。
三人三不得，一士一无行。

442. 黄犊子谣

黄河黄犊子，一牧一胡天。

443. 安乐寺童谣

洺州安乐寺，安乐公主宫。

444. 鲤鱼儿谣

毛衣三尺厚，圣善寺边栖。

445. 羊头山谣

羊头山，潞州颜。
明皇在此自当天。

446. 金桥童谣

明皇执节过金桥，潞州自此不临朝。

447. 天宝中京兆谣

人心京兆尹，李砚米粮丰。

448. 天宝初语

黄裙杨二女，假髻贵妃娘。

449. 杨氏谣

无儿胡节度，有女作宫妃。

450. 神鸡童谣

生儿胡识字，养女斗鸡王。

451. 燕燕谣

燕燕胡安史，胡胡节度昌。

452. 幽州谣

山山群鹿逐，处处帝王行。

453. 两京童谣

李李胡胡士，安安史史官。

454. 两头朱童谣　朱泚兵败六月亡

朱为朱泚去，六月六兴亡。

455. 打麦谣

打麦三三日，元元一一衡。
三三是六月，三亡武元衡。

456. 张权舆作裴度伪谣

非衣非小子，一度一天枢。

457. 马仆射谣

功成功业满，宝物宝无留。

458. 咸通七年童谣

草草严霜复，花花鸟筑巢。

459. 咸通十四年成都谣

午马巳蛇羊，居中豆麦粮。
十二属性蛇马羊也。

460. 乾符六年童谣

无霜无草木，有将有天兵。
一战荒原野，三生已半生。

461. 僖宗时谣

曹州天下友（王仙芝），
查穴有黄金（黄巢）。

462. 黄巢军中谣

逢儒逢不乱，入闽入王城。

463. 中和初童谣

翁家翁土下（黄巢死于翁家），
虎谷虎狼中（黄巢败于虎谷）。

464. 山阴老人伪谣

重重草草性（董），日以日头生（昌），
欲识谁人是，无则顶顶名。

465. 胡楚宾谣

文如天下水，土若地中苗。

466. 后唐军士谣

死死生生战，家家户户钱。

467. 周显德中齐州谣

阳春雨，二月花，四季耕耘一世家。

468. 天佑中江南童谣

徐温徐子李，海鲤海升名。

469. 真人谣

真人弘冀子，谷口是元宗。

470. 李后主童谣

先人先后主，一女一周唐。

471. 秦人竹猫谣

处处猫猫竹，时时笋笋新。
肥肥应已备，味味可知人。

472. 蜀人谣　蜀主建

健健无无建，兴兴有有兴。

473. 秦城芭蕉谣

芭蕉藏窟里，一窟尘秦城。

474. 蜀童谣

王兄王建子，养子弼归唐。

475. 蜀中扫地和尚

横横撇捺见，一一是人天。

476. 福州谣

泉州刺史一王潮，马马来来去去遥。

477. 闽人谣

暮暮朝朝水，洋洋海海潮。
征征还战战，苦苦复消消。

478. 广州童谣

羊头羊尾见，镇海镇洋闻。

479. 桂管童谣

桂管长虫见，湖南一李勋。

480. 湖南童谣

柳柳槐槐替，沙沙水水来。

481. 长沙童谣

荨荨崇崇马，兄兄弟弟王。
求吴求所束，一水一三湘。

482. 湘中童谣

马去吴来占，湘中楚下从。

483. 长沙童谣

长沙长五马，楚主楚三羊。

484. 丹阳语

钱来钱汴水，汴水运河流。

485. 辽述律后遥

青牛青女嫁，述律述辽王。

486. 招手令二首

之一：
松根指节，虎掌坤膺。
峰峰洛腕，指指应应。
之二：
万万千千许，三三二二成。
方圆分上下，醒醉逐阴晴。

487. 龙朔中酒令

子母相夫去，唐周逐日来。

488. 沈亚之

伐木丁丁鸟，樵夫处处鸣。
山中山后响，谷下谷前声。

489. 令狐楚　顾非熊

令下如狐楚，君呼似非熊。
千杯应不止，万盏可称雄。

490. 张祜

维扬主镇令孤绚，以水扬帆一浪高。
不系江船张祜岸，汪洋是海饮波涛。

491. 庐友

奴掌三杯半掌奴，胡中十姓一中胡。
白里生红红里白，吴头楚尾楚头吴。

492. 沈询

莫打南来雁，从他北去飞。
本来知目的，似是向乡归。

493. 姚岩杰

不饮三杯敬，相交两世长。
渔舟渔水岸，只米只钱粮。
一水千年酒，双仪四象乡。
当雄当志气，有诺有豪扬。

494. 裴勋父子

醒醉阴晴问，裴勋父子从。
由来由老小，自幼自殊容。

495. 方干李主簿改令

方干方丈酒，主簿主人生。
醒醉分三界，枯荣守一成。

496. 高骈薛涛

川流川有酒，斗尽斗无量。

497. 南唐烈主酒令

雪雪纷纷白起，过街处处齐丘。
令令融融岁岁，萧何日日鸿沟。

498. 吴越王与陶谷酒令

钱塘四十州，九鼎一千流。
酒酒杯杯尾，吴吴越越头。

499. 城阳公主十谥　太宗女与夫同终

二火同荣始，三生共食终。

500. 冯存澄为明皇占　临淄王伐韦成明皇

道士明皇占，开关铸印天。

501. 钱之微卜卖天津桥　玄宗道术天宝终

点点头头土，虚虚步步空。

502. 王山人为李卫公按冥

甲子加年四，人臣位极三。

503. 钟传客占历日包橘

太岁当头坐，神仙石敢当。
其中其一物，互克互相扬。

504. 马重绩占随卦繇辞

北北南南木，朝朝暮暮阳。
仪仪分四象，卦卦合三光。

505. 方龟精为钱元懿卜词

太乙天河近，金华宝贝遥。
龟精龟懿卜，六十六年消。

506. 叶简占失牛　盗果为丘甲所为

牛牛知故里，马马记前途。
十干头兵下，卜易叶简修。

507. 又射覆橘子

姑苏同里水，橘子洞庭山。
太太湖湖岸，舟舟渎渎湾。

508. 射覆巾子

苏州苏乞子，以误以君邻。
不足三三两，因何号一斤。

509. 射覆二鸡子

雌雄应一半，打破始知明。
若以混沌见，当分啄壳生。

510. 天冲星占

天街天抱极，北斗北开封。

511. 占月语

上下弓弦易，东西左右求。

512. 占雨

乾星乾湿土，隔日隔云成。

513. 西东

朝观西水岸，暮见向东云。
陆以高低见，天空日月分。

514. 占四时甲子雨

处处庚辛雨，时时甲子云。
南洋南海岸，北极北天分。

515. 占年

白雪三冬白，丰年一岁丰。

516. 树稼谚

见树宁王叹，寒霜带雪来。

517. 相书语

相夫相四目，守宝守三生。

518. 葬书语

入土为安处，棺材子弟村。

519. 两仪

朱朱雀雀和，子子孙孙荣。

520. 阴阳书语

向背阴阳见，乾坤日月分。

521. 本草采萍时日歌

人心人地主，本草本天精。
水水山山主，朝朝暮暮情。

522. 和剂方补骨脂凡方诗

补骨脂留粤，袖农本草无。
人生人自得，一地一方苏。

523. 李廷珪藏墨诀

玉玉鸟鸟玦，寒寒暑暑藏。
临梅临傲骨，避暑避炎霜。

524. 唐末五代人

王戎简要一楷清，吕望非熊半孔明。
不镇关西王导正，丁宽晋北谢安荆。
王询短簿田横感，武仲休衡博望行。
墨子攻城攻守策，萧之补阙李陵鸣。
庄周贾谊知神鬼，岘尾羊公有泪声。
月下萧何韩信逐，人前定律自枯荣。
高门庶女儒宗继，卫瓘袁盎却坐平。
季布周侯曾一诺，荆轲易水筑音情。
枚乘七发风云涌，尺牍罗含日月英。
有辙陈仓曾暗度，三吴一越半争句。
杜预兴兵千百万，和和战战范蠡惊。
张汤巧笔知儿女，马隐王修杜阮缨。
鲊史前韩前后记，忠贞项上项强赢。
苏秦六国张仪一，纵纵横横自分营。
破釜沉舟三鼓尽，田单以火制牛黥。

孙康聚读群萤亮，举案齐眉孟女迎。
造字先生仓颉立，杨修后志大中行。
桓温议鼎囊边智，玉石滕公买卖成。
杜杜康康曹酒色，三三国国久无衡。
冯煖露冕当能见，郭贺逢萌隶篆呈。
有女班超班固舆，无中自有自无倾。
王充闹市董卓月，貂蝉吕布晋人萌。

婆姨米脂绥城汉，李广阴山一将兵。
龚遂兴农颜叔烛，悬梁刺股绿珠菁。
文君不误相如误，叩角温舒赵一坪。
蔡氏经纶成造纸，蒙恬制笔国家更。
弹冠谁带绶王贡，庞统当知落凤琼。
洞口桃源刘阮去，虞延祖约武陵耕。
颜回陋巷知书理，子路前行一路萦。

许许由由曾隐逸，留来四皓汉宫京。
樵渔不得观天下，寺院钟钟鼓鼓呈。
天空若以天空见，海水相容海水泓。
广阔无边无土木，三分陆地七分瀛。
人间以此人间富，只令龙王向世耕。
日月东西千世界，沧桑正道有纵横。

第十二函 第九册

1. 宗调九德之歌辞

皇皇祖祖，国国家家。
昭昭德德，米米麻麻。
斯斯远远，夕夕霞霞。
红红火火，鼓鼓笳笳。
夷夷夏夏，汉汉华华，
歌歌曲曲，苑苑葩葩。
天天地地，子子娃娃。
闱闱帐帐，玉玉纱纱。

2. 陈叔达

太庙祼地歌辞

歌思祼地，太庙升歌。
滋生子女，护佑田禾。
仪仪济济，泰泰和和。
心心仰仰，稻稻荷荷。

3. 阶前石行

节节阶前竹，心心向上空。
从从密里影，傲傲月中风。

4. 九月九日

九日黄冠菊，茱萸不纳霜。
房檐应插满，屋脊只重阳。

5. 泰和九月九日应制

重阳经社稷，九日可归仓。
四季中原粟，三秋见米粮。

6. 奉和守岁应制

经年经日夜，守岁守年成。
白雪梅花色，高门玉烛明。
闻香倾上液，灯竹洪京城。

7. 凌晨

日白含红带，霞光早向西。
山高先得色，水暗已成溪。
鹊绕花枝落，莺栖玉树啼。
天光曾一瞬，世界已三低。

8. 登北固山

瓜洲北固山，丹徒李典湾。
长安长不见，渭水渭潼关。

9. 陪群公登箕山赋得群字

隐逸许由群，樵渔四皓分。
江流江水继，一世一辛君。

10. 人日兼立春小园宴

湿气初朝上，阳光已自新。
长烟长水色，百草百家邻。
屋角临流角，初津露岁津。

11. 和黄门舅十五夜作

闻君阡陌路，管笛去来声。
笑语黄门舅，初心子母情。

12. 登绵州富乐山别李道士荣

玉阙昆山远，墀宫富乐泉。
玄虚玄步履，道法道千年。

13. 九城寻山水

水水山山雨，川川谷谷风。
流泉流雾露，一曲一声空。

14. 邙山古意

三生应不久，海水易桑田。
伫见飞来鹤，沉吟不学仙。

15. 凤阁枯朽

托根清禁地，颇觉自非林，
物缘情率尔，为咏见古今。
凤阁南厅国，苍槐细柳心。
成龙成虎日，古叶古枝吟。
历历年华老，经经岁月深。
春秋春已始，老有老知音。

16. 和九月九日登慈恩寺浮图应制

重阳重九日，宝偈宝浮图。
佛祖慈恩寺，皇心净宇枢。

17. 秋夜巫山

夜雨巫山贵，浮云白帝家。
夔门应不锁，蜀水楚流花。

18. 晦日与卢舍人同诣补阙城南林园

正月芳华始，梅花白雪情。
香风香傲骨，百草百花生。

19. 赠刘蓝田

象自蓝田玉，卢从一路君。
耕耘经日月，友好可风云。
寓物真情在，春秋白日曛。

20. 羽山

羽羽山山见，林林木木生。
良村良直立，密叶密风情。

21. 清明日青龙寺

秀月上方多，清明谷雨柯。
青龙行四野，远近沐山河。

22. 游马耳山

初闻马耳山，举步太清颜。
水色精化路，天光草木班。
乾坤天地界，日月暮朝还。
且以阴阳付，瑶英俯仰间。

23. 赵载同游焦湖夜归作

月落焦湖水，峰连白木船。
清波清自在，一曲一流泉。
气象分千万，云天合半边。
江山成傲史，草木作神仙。

24. 龙偿观金箓建醮

岩岩凌紫气，洞洞有神仙。
石玉丹炉篆，龙兴建醮泉。

25. 山中松

根侵三石磊，叶着一针尖。
白雪寒中立，青云日上谦。

26. 庭前晚花开

玉树西王母，鲜花一夜开。
三千云雨日，一半月天台。

27. 汉州王大录事宅作

南溪容老病，北垞客修林。
读尽千家史，谁闻一寸心。

28. 田家作

巢由应自力，四皓不耕田。
麦陇春先色，荒原翠羽川。
山僧山水阔，谷雨谷荷莲。
白雪峰明远，稔康岁月烟。

29. 寄刘方平

三年磨一剑，十载已千明。
弃置成天地，耕耘可自生。
人间人所志，世上世其荣。
不以身姿短，高天一语行。

30. 和中丞奉使承恩还终南旧居

奉使中丞路，终南旧隐居。
香风花草木，雨露水泉疏。
菊令陶色色，苔藓谢守余。
严公严不钓，弄玉弄箫书。

31. 送令狐明作

不道巴山远，何言蜀道难。
荒林藏积雪，独步上云端。

32. 同韩给事观毕给事画松石

给事寒林给事松，枝枝叶叶已成龙。
根根石石侵无止，雪雪云云有色容。
少屋山僧山已与，罗浮道士道芙蓉。
相宜自古无宜处，水在高山水不封。

33. 送从侄栖闲律师

逢春期故里，及夏问空林。
出世东山久，归家共古今。

34. 舟中送李观

一别依依久，三生处处游。
相思相忆晚，一水一离舟。

35. 勒移橘栽

江南橘，江北枳，
水土异，阴阳同。
承恩承日月，对地对天工。

36. 晚斋登王六东阁

日夕登楼望，江流向暮收。
晴空晴远近，逝水逝归舟。

37. 曲龙山歌

五岳三山色，千流百转华。
仙人仙独步，石镜石洞华。
曲曲龙龙丈，荷荷藕藕花。
金枝金玉叶，浪里浪淘沙。

38. 玉石

子得玲珑玉，君从石室花。
层城层不尽，水叠水帘斜。
汉帝西王母，蟠桃过海涯。
群仙应毕至，百会可去遮。

39. 柳宜城鹊巢歌

之一：
宜城一鹊巢，早晚半鸣茅。
不以穷贫语，炎凉向背抛。
之二：
柳柳杨杨树，房房屋屋巢。
儿儿生女女，草草复茅茅。

40. 道该上人院石竹花歌

石竹房前后，香花屋暮朝。
红梁红欲紫，白浅白云飘。
简叶繁瓜瓣，含珠带露娇。
垂垂垂菱菱，色色是瑶瑶。

41. 九日

九日茱萸草，三秋木叶霜，
黄花黄结子，百草百色凉。

42. 青阳馆望九子山
岩峣苍翠色，直木九重旗。
武帝南游住，秦皇北去祈。
县门前后见，九子水山机。

43. 青出蓝
白色红蓝配，三元合出青。
同冰同水质，共地共天庭。
百物宜相许，千年可互灵。
非非因是是，渭渭有泾泾。

44. 皇帝移晦日为中和节
皇心成节制，晦日作中和。
淑气嘉明许，春风度岁波。
经时草相盛，历象易新科。

45. 送刘南史往杭州拜觐别驾叔
别驾杭州叔，当然岁月天。
飘零兄弟路，老少去来舳。
富贵由天命，功大可自全。
清杨勤学悟，万里却烽烟。

46. 和汴州令狐相公白菊
春园春欲尽，别见别花丛。
只向三秋早，无霜一雪翁。
云光云母扇，碧竹碧深宫。
独树千成帜，群芳四面红。

47. 赠陈判官求子花语
观音求子处，素水是灵生。
柳下多云雨，桃中有叶萌。

48. 同诸公过福先寺律院宣上人房
律坐先生讲，高僧古寺坛。
千灯千佛语，一步一云端。

49. 城西别元九
两两三三别，元元九九歌。
孤行孤岁月，独去独如何。

50. 陈家紫藤花下赠周判官
藤花无次第，有雨有云开。
万朵同时色，周官放火来。

51. 游小洞庭
湖山小洞庭，竹石向云青。
远近芰荷气，芳芬带露灵。

52. 伤蔡处士
箧里琅玕遗，书中字句迁。
泉门泉自远，日色日经天。
陇树含烟在，皇城志可全。

53. 奉使过石门瀑布
序：
先生先奉使，瀑布石门前。
已见留题处，诗文作不贤。
诗：
绝壁悬泉落，倾流白雪花。
潭深潭积汇，世语世风华。
挂练霓虹色，飞去玉带斜。
灵奇灵闪电，净沐净支纱。

54. 秋夕宿石门馆
月漾山林影，河流涧石风。
猿啼惊宿馆，梦臆自心空。

55. 庐山瀑布
织女机杼断，匡庐瀑布悬。
云风云落下，雨急雨遮天。
造化工夫浅，梅花白雪川。
澄流飞不住，玉带万丝泉。

56. 林书记蔷薇
柳下蔷薇色，云中锦缎红。
西施初展面，阮瑀扩香笼。
莫向吴王问，姑苏碧玉崇。
琉璃藏不住，紫玉馆娃宫。

57. 答友人新栽松
叶叶枝枝一小松，形形色色半半天龙。
班班驳驳鳞鳞节，小小青青大大宗。

58. 金银花二首
之一：
金银花上露，永巷月中香。
日日含阳气，星星纳夜凉。

之二：
自得春秋岁，无言日月头。
清幽清自在，永巷永王侯。

59. 秋日登山
一笔书知友，三秋木叶留。
深林深永久，直木直王侯。

60. 山居雨斋即事
山居山隔世，雨细雨斋楼。
夕照由云隙，黄昏问白头。
牛羊牛有语，鸟雀鸟春秋。
豆豆瓜瓜绪，桑桑柘柘洲。

61. 自京师将赴黔南
百里荆州半，黔南路四千。
京师京使史，一世一官员。

62. 中秋夜洞庭圆月
月向洞庭圆，银盘十五悬。
珍珠珍水下，一色一难全。
远远君山影，遥遥沅水船。
风流多不语，后羿问婵娟。

63. 濉阳行
濉阳烽火暗，夜宿驿征寒。
十载收天意，三生逐敌官。
殊勋殊自战，蓄壮蓄青丹。
早晚英雄见，田园可久安。

64. 六叹
不上蓬莱岛，玄元道士天。
僧人僧佛祖，采石采珠莲。
燕筑金台见，秦坑孔壁传。
函关游不得，望得五陵烟。

65. 古今诗
关东关北望，汴水汴南流。
一世隋炀问，三生五十州。
天堂杨柳岸，六渎越吴舟。
造化江湖改，殷勤字白头。

421

66. 却归巴陵途中走笔寄唐知言

夏口巴陵望，知音橘子洲。
军中监察李，楚下问吴头。
暮角鸣鸣起，江舟去去流。
儒字儒子弟，一战一春秋。

67. 山中五无奈何五首

之一：
直木亭亭立，浮云处处行。
纷纷飘落叶，寂寂自无声。
之二：
涧水喧喧去，川流处处洲。
高低朝下去，点滴逝中休。
之三：
以世知天意，经兵部小郎。
儒书儒造化，老子老心肠。
之四：
白雪梅花月，春风腊岁冰。
时从时序令，有战有应征。
之五：
世外桃源路，云中有汉秦。
江山成社稷，日月作秋春。

68. 江南杂题

百叶幽鲜食，三吴碧玉桃。
青蛙鸣饱腹，白雀斗轻毛。

69. 赋得福州白竹扇子，探得轻字

白竹精工扇，丝丝孔孔明。
摇摇风已动，寸寸向衣轻。

70. 润州杨别驾宅送蒋侍御收兵归扬州

收兵收战事，解甲解归田。
三年征已断，一路问桑泉。

71. 观泗州李常侍打球

四界三边战，扬扬抑抑钩。
争先争后退，自屈自回头。
紧紧球球控，驱驱放放流。
冲门冲一掷，举手举千筹。

72. 闲居

闲居闲不定，散步散心余。
坐上观棋谱，诗中读古书。

73. 渡吴江

一步姑苏路，三吴水月乡。
文园诗侣客，岸柳太湖梁。

74. 元日观朝

观朝元日旭，望漏禁声闻。
岁末年方始，梅花已报文。

75. 六月

火在朱轮日，云沉水气消。
无闻杨柳客，已过灞陵桥。

76. 樊川寒食

清明寒食客，逝水浪淘沙。
古柏临风立，青松秀小芽。

77. 芍药

芍药红蕾绽，桃桃李李从。
成蹊成日色，故色故春封。

78. 晚步

野步悠悠慢，山光处处秋。
蝉声鸣古木，逝水自常流。

79. 村晚闲步

缓缓行行止，闲步步步游。
南飞南雁去，北国北边洲。

80. 冬日题兴善寺崔律师院孤松

孤松兴善寺，静影远公名。
白雪青林色，朝天对地荣。

81. 题新栽小松

小小松松立，青青色色明。
枝枝相似力，叶叶互如生。
石石盘根结，山山节节荣。
柯柯应自举，世世有清名。

82. 栽松

栽松栽立志，上路上人生。

翠翠青青色，柯柯叶叶萌。
朝天朝地势，向背向根荣。

83. 十日菊，古今诗

重阳方出色，十日对炎凉。
老子何畏雪，篱边对白霜。

84. 赴南巴留别苏台知己

苏台知己别，岭上有猿啼。
岁没三湘水，情移一海西。

85. 红蔷薇

翠羽经蕾紫，蔷薇带刺红。
殷殷成造化，处处显天工。
谢豹声催麦，生公佛祖风。
香熏香世界，一色一行空。

86. 晓歌

玉树星河转，金乌海上升。
舒霞天下锦，日照百香凝。

87. 春草歌

草草春春早，黄黄绿绿生。
柔柔匍满地，弱弱纳阴晴。
色色情情在，茵茵片片萌。

88. 古松歌

山中山上下，寺外寺林森。
甲甲鳞鳞比，根根石石深。
春风春雨色，夏雨夏云荫。
白雪秋冬见，同心鹿鹤禽。

89. 蒲中斋后晚望

河边河水去，岸渚岸滩洲。
日落红霞满，船留古渡头。

90. 龙门八韵

水过龙门阔，烟流自纵横。
天云天已落，夏禹夏功名。
宇宙洪荒见，黄河日月明。
华夷华土地，逝水逝风荣。
向海波涛涌，翻腾草木惊。
壶倾壶口瀑，一放一游鲸。

万里源头远，千年九曲瀛。
龙蛇龙逐鹿，虎跃虎声鸣。

91. 新雪

细细和和落，纷纷絮絮繁。
天公天所赐，土地土冰垣。
顶顶冠冠戴，枝枝叶叶翻。
年华年瑞丽，岁度岁三元。

92. 送判官赴京

海角情思近，天涯万里遥。
庭花由自落，夜烛对长宵。
柏署应成事，柴扉可寂寥。
青云凭步去，达理渡人桥。

93. 溪东岑望天都山

天都山一望，石径步三仙。
木直千林碧，峰高百里川。
东岑溪曲曲，不及子安边。
闭隔生琼液，开光见先贤。

94. 夜行次东关逢魏扶东归

东归一路过中条，塞外三生塞内消。
夜次天关天不语，黄河雨雾雨萧萧。

95. 南游湘汉寄友人

南游南不尽，北望北思情。
楚水三湘至，东吴一尾明。

96. 送刘山人归洞庭

步步孤云里，行行独径中。
虫声秋已急，隐逸洞庭东。

97. 早发

光明犹太早，黑暗尚藏东。
故步星河外，行人道路中。

98. 题惠山

洞里多蝙蝠，山中少夏蝉。
黄昏应未晚，独步望长天。

99. 雨中看山榴落花

急雨三更过，山榴半落花。
应因应果，一籽一桑麻。

100. 寄友人乞菊栽

不可寻潘岳，陶潜有数株。
重阳重九日，一色一三吴。

101. 江边柳

绿绿江边柳，杨杨汴水州。
楼船隋已去，富甲运河舟。

102. 鹅儿

已是鹅儿女，禾田自在鸣。
兼葭连水岸，引颈互依生。

103. 酬友人春暮寄枳花茶

白雪初融尽，东风问枳花。
如云如雾露，野老野人家。

104. 醉归

序：

郢自街西醉归，马鞭坠失，崔员外起，秘书知其阙用皆许见遗，俄顷之间二信俱至，短长坚重价不相饶，辄抒短章仰酬珍锡。

诗：

不必马鞭催，长程老骥回。
真僚兰省坐，白雪赋春梅。

105. 即目

爱雪经冬尽，怀人觉夜长。
时吟时句久，即目即天光。

106. 鯀

序：

罗敷东馆亭下流泉云至前山拥咽经岁移时掬弄惆怅成章。

诗：

一水无疏凿，三年有曲泉。
罗敷今不在，大禹已经怜。

107. 白樱树

一树白樱桃，三春玉雪涛。
花开花结子，叶碧叶娇袍。

108. 过南城县麻姑山三首

之一：

仙人曾羽化，此处似瑶台。
虎伏形难尽，龙吟势回。

之二：

似此神仙梦，无从羽化来。
星冠无计正，世界有心催。

之三：

自在红尘外，清风向日开。
婵娟明月色，白雪素红梅。

109. 和友人题僧院蔷薇花三首

之一：

带刺入禅家，争光向露遮。
金樽金玉酒，石鼎石泉茶。
沸沸杯杯水，扬扬抑抑花。
沉浮方展正，上下始奇葩。

之二：

芳心芳刺手，一树一丛台。
少女偷香去，巫娥采色来。
憚房憚石磬，水月水天开。
瑟瑟同齐物，悠悠共独裁。

之三：

簇簇蔷薇色，春春夏夏同。
当然当自主，不紫向深红。

110. 春晚泊船江村

江村古渡头，夜泊月轻舟。
小女渔歌唱，声声逝水流。

111. 柳

细雨迟迟柳，珍珠露露丝。
圆方圆已满，欲滴欲倾时。

112. 莲花

人间只作一青莲，李白吟诗半酒仙。
出水芙蓉常带水，嫦娥本性是婵娟。

113. 残莲花二首

之一：

荷莲多子女，一孔一风华。
金谷马嵬见，蓬蓬勃勃花。

之二：

若以青莲志，兼葭李白吟。

华清云已见，力士故人心。

114. 惜莲花

一水莲花色，三光日月悬。

年年重复见，处处可朝天。

115. 岳阳云梦亭看莲花

半是莲花半是蓬，三湘水色两湘红。

芙蓉出水芙蓉色，岳麓山前岳麓宫。

116. 忆乡

篱边满菊花，院里一人家。

井在东门外，葡萄架下瓜。

西关农子女，父母弟兄娃。

一水江桥下，千流五女霞。

117. 题山驿新桐花

驿外桐花雨，山中古道云。

香浮香已落，色紫色红群。

118. 山路木芙蓉

一木芙蓉树，千红玉色花。

心中含子女，日上似人家。

119. 新柳

丝丝柔性态，拂拂向风回。

静静垂垂处，荫荫署署台。

120. 临川见新柳

临春临柳色，一川一水温。

先先后后暖，黄黄绿绿林。

121. 南阳见柳

处处先春色，年年早夏荫。

隋炀柳柳岸，日月运河金。

122. 别君山

一水君山岸，三湘楚带吴。

夫差修六渎，子胥问江都。

123. 宿寿安山阴馆闻泉

夜宿山阴馆，听泉石竹台。

淙淙流不尽，滴滴过川裁。

水水云云逸，烟烟雨雨开。

人生人不语，一曲一徘徊。

124. 共佳人守岁

佳人佳守岁，一夜一闻神。

对对联联语，长春孟昶邻。

南唐南后主，北国北诗人。

十万三千首，千年一古臻。

125. 樱桃花

万绿千红主，三花两叶扶。

樱桃枝上色，粒粒作珍珠。

126. 夜看樱桃花

千枝谁胜力，万叶已香降。

结子无成半，芳花月独双。

127. 咏白莲二首

之一：

红颜红水影，白玉白莲花。

若以心中色，当然是一家。

之二：

夫差多下问，玉立满莲塘。

木渎芙蓉水，西施作素妆。

128. 赤门堰白莲花

白玉莲花白，黄丝柱蕊黄。

分心分辨色，一寸一殊香。

129. 丙午岁旦

元元末末分，岁岁年年界。

春天春已始，腊月腊除闻。

130. 丁巳元日

丁巳三元日，华夷一立春。

红灯联孟昶，白雪以梅邻。

御道延英气，关中待晓秦。

匡扶天下子，爆竹作良臣。

131. 光启三年人日逢鹿

浮兵浮世乱，一鹿一逢人。

佛祖知相望，梅花已报春。

132. 浙上重阳

重阳收获后，北望浙江前。

战乱终难静，荒芜一半田。

133. 九九

序：

乙巳岁恩春秋四十九辞疾拜章将免左掖重阳重登上方。

诗：

重阳步上方，左掖半寒凉。

是是非非去，官官吏吏霜。

134. 重阳同居

八度重阳过，三生半故乡。

兵荒兵未静，日立日寒凉。

135. 旅中重阳

中途逢九月，旅道又重阳。

一片黄花色，三生别故乡。

136. 南至日

求仙长短路，报国暮朝门。

吉卦明心界，当家好子孙。

137. 五月九日

玉石难分定，金银易作钱。

枯槎浮不定，细水可成泉。

138. 庚子腊月五日

夹道延朝路，皇城故第京。

梅花初独傲，白雪覆霜明。

139. 中元夜看月

一月中元满，三光作玉明。

寒宫寒未了，一影一相倾。

140. 木兰

叶叶无萌发，花花月色明。

枝枝繁简处，岁岁早枯荣。

141. 玉蕊

玉蕊清香聚，丛兰共树旁。

高低分色晓，草木共春妆。

142. 莲

莲莲莲结子，碧叶碧花红。
色色含珠玉，亭亭立立空。

143. 望岳时贼据华夏

一路风尘隔，三朝日月分。
兵荒多马乱，夕照暮残云。
有报知天子，无情不问君。
忠臣华夏在，立志树功勋。

144. 片石

片石三天竺，僧山一沃洲。
如来如所见，一友一心头。

145. 柳

有意疑张绪，多情向莫愁。
悠悠垂不定，处处自风流。

146. 垂柳

神仙刘阮问，汴水帛隋炀。
以此人间见，垂垂碧碧张。
江南江两岸，世态世炎凉。
雪雪衣冠厚，春春只向阳。

147. 紫薇花

紫紫薇薇色，丛丛簇簇花。
高高扬首见，翠翠宓妃家。
缓缓芳香与，明明处处遮。
天机神女在，玉帝佩嘉华。

148. 望中条

中条王屋始，永济雪花山。
大禹黄河渡，三门峡口还。
虞乡西望去，百里北潼关。
鹳雀楼前问，声声向水湾。

149. 蒙谷山

三山从五岳，一谷向麻姑。
鹤语无虚实，天光有太湖。
齐心开九转，玉液满千壶。
醒醉应成止，术道以书儒。

150. 菊

白雪金英色，严霜玉叶黄。
山头临石立，阙下短倚墙。
伴侣寒宫外，龙山半故乡。
年华秋草木，岁月作参商。

151. 山中

未及陶弘景，何言吕尚邻。
山中山草木，月下月秋春。
爱水图书买，登山竹履亲。
清泉清石上，一径一云津。

152. 避难

次韵和卢前辈避难寺居看牡丹，六鱼韵

和前三读学，乱后半僧居。
静里闲难尽，风云不可书。

153. 春宫怨

不见婵娟读，年华玉臂舒。
芙蓉初出水，净洁已无余。
越国西施女，吴门弄月虚。
胡姬胡展翼，赵燕赵飞初。

154. 晨兴

日早天街冷，初光半古城。
楼边楼向背，半暗半明生。
鼓断钟声继，红霞白日惊。
黄花黄岁月，九日九延英。

155. 江上吟晓

晓日三山谷，轻舟一叶横。
渔翁相约处，只有直钩情。

156. 过商山

一夜商山雨，三宫四皓云。
猿鸣猿不止，阁道阁高闻。

157. 泛镜湖

三春鲜竹笋，八月脍莼鲈。
一镜湖明水，千仙对玉壶。

158. 太湖石

石石太湖中，虚虚孔孔隆。
风波风浪洗，一水一无穷。
若以人间立，殊闻四顾空。
玄元玄所透，自得自朦胧。

159. 依韵和韩公题庭中太湖石二首，十二侵韵

之一：
虚无当孔壁，实石自空心。
莫以风吹透，当闻玉有音。
之二：
水府经年岁，庭堂证古今。
空空应实实，浅浅孔深深。

160. 书陶潜醉石

醉石同天下，陶潜共古今。
琴弦皆可弃，五柳是知音。

161. 看天王院牡丹

七色天王院，三光玉牡丹。
花蕾花吐艳，叶碧叶云端。
墨紫绒金子，玲珑豆绿团。
王妃公主色，白凤着金冠。

162. 芍药

芍药初春宠，含苞带露寒。
东风应雨细，只与牡丹冠。

163. 独芙蓉

一亩方塘镜，千荷碧叶明。
芙蓉含露立，独纳玉枝荣。

164. 冯氏书斋小松二首

孤根由远岳，玉树可当天。
叶叶枝枝见，龙鳞毕节田。

165. 社日春居

鹅湖山下稻，社日醉中扉。
细雨春风散，禾苗一寸肥。

166. 八月十六夜月

十六国国月，三秋处处凉。
深蟾深桂影，一夜一诗章。

167. 冬除夜书情

白雪红梅覆，年初岁末分。
星稀星满宇，月没月无闻。

168. 观新岁朝贺

鹭鹭墀墀漏，鸳鸳列列行。
龙銮龙驾见，玉案玉光荣。

169. 中秋月

六夏千川水，三秋九十天。
重阳重菊色，列宿列微年。

170. 寄方干

桐庐江水阔，越国步方干。
日对晴光树，僧临八戒坛。
如今谁大隐，过道向汗漫。
四顾当空照，回头是牡丹。

171. 宿山寺

溪山溪不尽，古寺古钟声。
处处关吾事，心心梦不成。

172. 冬日登江楼

水水因寒落，山山对雪青。
云留云卷叶，日没日生灵。

173. 寄李处士

僧人僧自重，寺老寺多灵。
塔见移来影，钟声过去形。

174. 客中立春

玉烛长春节，明星爆竹声。
梅香和白雪，子夜岁年行。
腊尽心回次，新晨建寅成。
乡人乡不见，独步独思情。

175. 送郑谷归宜春

郑谷宜春去，无名故国来。
高歌高不尽，一曲一徘徊。

176. 送曾德迈归宁宜春

宜春宜古寺，佛祖佛禅台。
老待莱衣衲，蓝关路上来。

177. 山泉

剑阁悬泉落，天台挂水开。
山深山石隙，一去一无回。

178. 松

柏柏松松树，青青郁郁灵。
成林成势力，带意带风听。

179. 再游紫阳洞重题山松

叶叶枝枝造化功，针针节节向天空。
仙仙洞洞萧骚力，桧桧垂成委地穷。

180. 湘江晓望

湘江晓望半云烟，岳麓晴峦五老泉。
已过匡庐三叠水，孤帆仍要一风牵。

181. 早行

山峰还挂月，陌上未逢人。
四顾前程路，三生驿社邻。
诗章终不止，自慰度迷津。

182. 游嵩山

野草无尘日月迁，山僧自力种桑田。
焦桐独具嵩山里，一见樵人半是仙。

183. 九华望庐山

庐山万叠九华荣，一水千年五老名。
丹霄不尽东林寺，青云处处是归程。

184. 道旁松

郁郁青青共，枝枝叶叶同。
山高山有水，路外路边风。
不在红尘里，常闻一品中。
人生人似此，表里表如雄。

185. 月中桂

桂影重重上下弦，嫦娥月月有方圆。
宽宽狭狭藏何处，暗暗明明十五全。

186. 湖上望庐山

鄱阳一半是庐山，转岭三千直木颜。
记取东林龙虎涧，崔嵬不许一人还。

187. 题梅岭泉

横空出世一江船，树职梅花半水仙。
洞府标形标岁岁，参差百卉表鲜妍。
阳春白雪东风问，洛竹吴桃越女迁。
暖谷莺啼莺不落，清明造化造桑田。
汲井深深井上，溪流远远烟泉。
茗茶独品寒前叶，碧玉心中有早鲜。
云峰雾岭生龙井，虎跑钱塘一水莲。
造化人间人所在，黎遮庶济共婵娟。

188. 庐山瀑布

庐山瀑布水云烟，半入鄱阳半在天。
万丈千岩千雨落，深潭豹跃豹图泉。

189. 牡丹

春从三月尽，艳已牡丹园。
百卉相依衬，群芳竟自妍。
天生开异态，独色独情怜。
不避男儿目，心中已种田。

190. 主人司空后庭牡丹

物象真英气，天机造化春。
东风含细雨，润泽百花新。
旭日东升色，黄昏白雪邻。
羞容羞软玉，贵阁贵荷珍。

191. 看牡丹二首

之一：

闻香闻不止，举步举奇来。
艳色惊人见，秋华待世开。

之二：

古色天香玉，桃花白雪台。
红荷红鲁像，紫羽紫云裁。

192. 题未开牡丹

待绽成蕾结，含苞欲放开。
王妃公主守，翠幕洛阳回。

193. 主人司空见和未开牡丹辄却奉和

绝代芳名一牡丹，含苞独放半波澜。
常香主客司空见，贻笑千金散去难。

194. 又题牡丹上主人司空

紫觉灵芝十步香，千金玉碎半花光。
红红白白分层次，态态姿姿处处藏。

195. 牡丹落后有作

色色空空见，花花叶叶观。
朝霞朝旭满，暮照暮云端。
岁岁朱轮顾，天天紧束宽。
明年明不止，再度再皇冠。

196. 柳絮咏

一絮飘飘一子扬，三春处处半衷肠。
轻轻落落荒芜处，叶叶芽芽五日长。

197. 甘露寺紫薇花

闻香甘露寺，见色紫薇花。
不向金山问，秦淮北固涯。
启步无影响，尘封有石沙。

198. 芳草

处处应相见，萋萋绿色新。
南朝南古迹，一石一碑邻。
苒苒孤孤秀，柔柔碧碧茵。
春来春早见，岁月岁多亲。

199. 春苔

春苔春雨细，晦日晦霉荫。
足下常呈水，行中见古今。

200. 老松

斑斑驳驳老龙麟，节节枝枝古寺邻。
向背山中山石屹，阴阳岁下数年轮。

201. 柳十一首

之一：
陌上先高绿，阡中有草茵。
春寒春渐暖，有絮有儿孙。
之二：
闻风闻雨日，有拂有垂条。
摆摆听歌曲，纤纤学舞腰。
之三：
飘飘扬白雪，絮絮子成心。
不是生苗绿，还如老树妊。

之四：
无花多白絮，有子少留根。
色色春光绿，隋堤问子孙。
之五：
条条初展绿，处处已先春。
灞水寒犹在，长安折柳人。
之六：
风流风不尽，有拂有垂荫。
最是秋蝉问，登高向远吟。
之七：
柳柳杨杨树，人人处处寻。
隋炀留一水，不惜帛千金。
之八：
早早纤纤绿，迟迟细细身。
条条垂大地，路路共秋春。
之九：
不取桃花色，春莺借柳啼。
东风先换黄，渐绿渐高夜工。
之十：
不误江边水，还亲道路旁。
行人舟足迹，处处陪衷肠。
之十一：
拂拂依依见，条条叶叶闻。
风流由摆弄，不舍断肠君。

202. 看桑

不可误桑麻，农夫一半家。
蚕蚕茧茧见，子实向秋华。

203. 刘禹锡

仙都山留题

仙都山上客，已见白云深。
不受红尘搅，兴高八句吟。

204. 晚斋望岳麓

湘江明岳麓，夕照洞庭湖。
本是神仙路，原来客楚吴。

205. 石笋

岩生岩洞府，石乳石开花。
道士神仙羽，僧人普度车。

206. 伤雨后牡丹

束束初蕾放，风风雨雨来。
幽幽花瓣落，岁岁不重开。

207. 送人红花栽

芭蕉红胜火，叶扇碧生根。
造化江南物，长安塞北魂。

208. 晓望

晓望东方旭，阳光逐地生。
高山先自得，逝水已同明。

209. 山中早起

晓日含珠露，初心自带机。
宸扆天道望，晴空隐少微。

210. 晚步

陌巷贫儒步，颜回故步行。
东西观日月，进退有前程。

211. 秋日江东晚行

一望迢迢路，三生处处行。
官从官所道，士可士忠诚。
举步成民愿，居心日月明。
经纶经再造，一诺一纵横。

212. 题陶渊明醉石

陶公彭泽令，醉石露寒空。
素志乾坤外，深谋日月中。

213. 长安新柳

九陌云初润，三光日早生。
东风先入野，柳色暗中明。

214. 雪晴

白雪和阳照，红梅郁郁香。
晴光强刺目，瑞气满村乡。

215. 上安禄山

大雪盈三尺，中军入洛关。
乾坤寒世界，瑞气正人间。

216. 储潭庙

水水潭潭储，池池液液深。

龙蛟藏洞府，渚蕙树浮荫。

泽畔清明色，山光已陪浔。

田间多灌溉，恐教子巫吟。

217. 口号一

序：

　　腊月中与韦户曹游发生洞徘徊之际见双白蝙蝠三飞洞门时多异之同为口号。

诗：

翠羽灵山洞，三重蝙蝠飞。

玄虚玄道见，一度一回归。

白白成双对，毛毛翼翼微。

何然何所问，有是有其非。

218. 口号二

序：

　　腊月中游发生洞徘徊之际见双白蝙蝠三飞洞门时多异之同为口号。

诗：

二翼千毛羽，三飞一洞门。

精灵精蝙蝠，有护有慈恩。

219. 蜀中经蛮后寄陶雍

凤阙三年望，龙冠一夜思。

朝中朝外路，本上本前司。

此去知民愿，为官对地诗。

220. 冲佑观

混沌自本，大始天尊。

无形有态，造化乾坤。

蒸民有限，八极五蕴。

天涯海角，子女儿孙。

生生命命，养养豚豚。

开疆拓土，母母恩恩。

山山水水，石石昆昆。

家家国国，晓晓昏昏。

元元老子，佛佛生根。

儒儒子弟，户户门门。

观观佑佑，启启魂魂。

应由此寄，寨寨村村。

221. 彻云涧

一涧川流水，千波溅石声。

浮云由此起，白雪总难平。

222. 秋气尚高凉

秋高秋气凉，一木一层霜。

皓皓山林白，明明一日光。

223. 五言赠诸法师

紫气东来客，朱门驾鹤行。

玄虚玄步法，一道一光荣。

224. 恒岳晨望有怀

乾坤分八卦，四象二仪均。

五岳经南北，三光待日轮。

飞泉飞雨雾，古木古河津。

岭岭峰峰色，川川石石春。

225. 偶寓西蜀摩诃池

清池珍木郁，静立水芙蓉。

影影从天色，莲莲以佛封。

226. 饮后献时相

心期心所系，有饮有成思。

不以遥遥路，当然处处诗。

227. 失题

故国亲朋远，前程进退遥。

终生终又始，一事一天桥。

228. 题惠聚寺

惠聚寺中僧，昆山大小乘。

鬼神其盛状，人心一盏灯。

229. 平望赠蚊

神仙平望木，济使向贫民。

丈量良田亩，分康四面人。

230. 武康碧落观

仙观仙不在，遗迹遗多余。

记取民间事，瑶台不读书。

231. 白云寺

寺在白云边，人心古刹禅。

浮云浮卷去，定物定因缘。

232. 罗浮山

罗浮山上客，古寺老僧邻。

不问长生药，谁为不死人。

233. 牡丹

佳人头上饰，美女彩衣裙。

落入花丛里，青天白日曛。

姮娥丛自立，五色已缤纷。

234. 藓花

群芳群不在，一色一青云。

水水津津渍，藓藓碧碧裙。

235. 新栽松

百岁不成林，三年有独荫。

寒霜风雪色，古道寺观心。

236. 柳

隋炀三帛少，送别一枝多。

且向苏杭望，天堂万里波。

237. 仙岩四瀑布即事

绝境悬泉落，仙岩瀑布垂。

樵苏冠冕色，万贯玉珠危。

旦暮流虹扩，中天百态姿。

澄潭潮起落，推幕挂空帷。

238. 奉和郎中游仙岩四瀑布

瑞气天潭响，飞泉落下灵。

风云瀑布，雨雪作丹青。

四水千波挂，三光半隐形。

龙盘龙石玉，虎跃虎丁宁。

239. 奉和郎中游仙岩四瀑布

日守嘉州使，巡游落九州。

居高拥虎节，漯泻博龙湫。

五岳灵光气，千波一水流。

群龙无首下，独虎十三丘。

240. 奉和郎中游仙岩四瀑布

飞流飞直下，大禹大生忧。

百水临潭溅，千波一白头。

云根云雨雾，石底石龙湫。
俯仰何其势，汹汹涌涌流。

241. 晚眺

落照应无限，黄昏有远情。
经天经地色，晚眺晚高明。

242. 山下泉

可致清川远，难量造物工。
涓涓流不止，逝逝自无穷。

243. 永嘉经谢公石门山作

洞壑掩门涧，泉溪逐石风。
垂垂千丈瀑，雾雾一川空。
谢守常惊惧，陶公已谷穷。
弦声弦已弃，柳断柳琴逢。

244. 芳草

春来芳草地，雨去唤群英。
早以茵茵见，黄昏处处荣。

245. 任阆中下乡检田登艾萧山北望

观农观井邑，问世问桑田。
国国家家事，阡阡陌陌贤。

246. 府尹王侍郎准制拜岳因状嵩高灵胜寄呈

顺泽雄雄冶，天枢密密行。
三台三视秩，九鼎九红缨。
殚竭终跻览，崎穷始作荣。
苍茫苍卒事，万状万人更。
诸刹龙潭水，群峰共上清。
心临禅六祖，目睹佛图澄。
勉促玄黄气，勤辛日月耕。
川流川逝水，积润积浔明。

247. 早春陪敕使麻先生祭岳

道化经文物，隋炀玉帛川。
麻姑年岁问，几度海桑田。
白鹤三清殿，青牛一半玄。
山泉流世上，紫府作神仙。

248. 奉和郎中赴仙岩瀑布

民安三载冶，瀑布一仙岸。
白石飞泉挂，丹青玉水嵌。
郎中郎所逸，士许士贤凡。
百丈悬流落，云烟一叶帆。

249. 过商山

不过商山路，何言四皓情。
樵渔非是隐，指点帝王城。
紫阁烟霞客，深宫未了名。

250. 过西塞山

江空平野尽，草渚逐沧洲。
汉口飞鸿过，荆门逝水舟。
依依观止处，落落已深秋。
夕照衔西寒，黄昏问白头。

251. 中秋月

三湘一洞庭，八月半秋汀。
竹泪斑斑落，苍梧处处灵。

252. 僧院泉

石石泉泉语，轻轻细细言。
僧门僧不锁，月照月荒垣。
已是如来见，观音是本源。

253. 题僧院泉

石重经流少，泉轻入耳多。
清溪清水雾，簇竹簇烟萝。

254. 岳上作

石石青苔见，蝉蝉白草鸣。
山高山岳林，入日入云情。
直木穿天望，荒塘秀水横。

255. 望西山

西山衣积翠，北岭挂禅房。
不向嵩丘望，匡庐一炷香。

256. 题虎掊泉

一自清声在，千僧净钵流。
东林听虎涧，老衲付禅休。

257. 松

盘根依石立，向背自迎风。
桧桧槐槐密，天天地地空。

258. 岳阳对柳

丝丝云梦雨，荡荡洞庭风。
柳柳杨杨色，朝朝暮暮逢。

259. 归山吟

别别逢逢客，分分散散云。
归山吟不尽，隐约作孤君。

260. 游依帝山二首

之一：

不解巢由乐，当知四皓情。
深宫天子继，禹夏几分明。

之二：

山间何独秀，水上寄光荣。
静影当难静，明华逝水明。

261. 翰林院望终南山

之一：

夜影翰林院，书儒客士居。
终南山上望，草木月中虚。

之二：

南山南不止，北阙北无疆。
月照翰林院，心平不短长。

262. 秋日彭蠡湖中观庐山

直木匡庐万木开，丛峰峻岭五峰开。
东林不远西林寺，虎涧龙流石涧台。

263. 秋日望依帝山

木木林林茂，山山水水青。
相依相互见，一帝一秋灵。

264. 蔷薇花

小杏偷情色，蔷薇不过墙。
凌晨和露采，束束纳奇香。

265. 柳

记取纤纤细，无闻处处香。
逢春先自立，护岸运河长。

第十二函　第十册

1. 好时光

宝髻梅花宫样，莲出水，碧红妆。

何顾取芙蓉结子，婷婷玉立扬。

一珠一叶，只聚合，作情郎。

暮暮朝朝处，不负好时光。

2. 巫山一段云二首

之一：

渺渺飘飘雨，朝朝暮暮云。

楚王神女女儿裙，一月一心君。

十二峰前水，三千日月分。

巫山峡口雾氛氲，九度九斯文。

之二：

十丈梨园路，千年帝业台。

王侯争霸久难裁，一曲一心开。

文武男男女女，战战和和界界。

今今古古去无来，书生弟子回。

3. 菩萨蛮

之一：

（唐《杜阳杂编》云：大中初，女蛮国入贡。危髻金冠，缨络被体，号菩萨蛮队，当时唱优遂制。《菩萨蛮》曲，文士亦往往声其词。）

箫声弄玉秦楼殿，来来去去双飞燕。

渭水自清流，潼关入九州。

深宫田亩甸，陌上雨云见。

安得有英谋，弘文大内筹。

之二：

云云雨雨钱塘雾，泾泾渭渭长安路。

自以问秦皇，隋炀多柳杨。

终南山上暮，北阙苑中步。

社稷古今量，人间仓米粮。

4. 一叶落

一叶落，秋风鹤，别根别树别相约。

独楼月影寒，人间多离索。

多离索，莫莫还当莫。

5. 如梦令

昨夜深宫圆缺，晓色不明风雪。

静静凤栖巢，叹自叹人间杰。

人杰人杰，自作自长亭别。

（《词谱》曰，此词全押仄韵，宋元人无填者，平（一）仄（｜）当从之。）

6. 歌头

神女巫峡阳台梦，雨云暮朝襄王凤。

水山山水总关情。不留离别送。

瞿塘流白帝，关守夔门入瓮。

度人间十二峰前，紫紫阳阳洞。

雨云中，暮朝朝暮，春春夏夏，秋冬梅雪度。李桃红，梨花素。秦皇问，汉武瑶台，长情长路。古今行，人生如故。知泛暖炎凉。蚕桑倾。

农夫田，帝王赋。临水照，永水日粮仓米，问鸳鹭。未央宫，洛东都，泾渭雾。北阙苑水终南山上树。惜惜付光阴，如流水，乾坤有阴晴，去来祚。东风许，雪霜注，黄河流，日月经天步步。好时光，已见开元天宝，华清池汤。曲梨园，台上易，史无数。

7. 浣溪沙

一半风尘一半红，三千弟子二千弓。

边家不定久无功。

但使君王君帝业，良田万亩几田丰，杯杯酒酒在深宫。

8. 推破浣溪沙　一名仙花子二首

之一：

玉碎香消一心田，南朝北国半婵娟。

缺缺圆圆月弦易，向人年。

兔兔蟾蟾多桂影，寒寒暖暖少方圆。

后羿嫦娥天地界，各思怜。

之二：

雪月风花半不休，人情冷暖一心头。

不尽红尘是非外，十三州。

泰伯江南江北望，姑苏草木五湖舟。

记取隋炀杨柳岸，不巢由。

9. 渔父一名渔歌子二首

之一：

洞庭山在一太湖。

一半姑苏一半吴，江湖三分二江湖。

同里岸，虎丘儒。

两山不在洞庭湖。

之二：

半在江湖一在吴，隋炀汴水两江都。

联六汶，浙江苏，天堂八月脍莼鲈。

10. 忆江南四首

之一：

多少曲，一水一江南。

日熙风和云雨色，三吴处处养春茧。

小女小儿男。

之二：

多少夜，多少夜难眠。

作主当家天下事，人情不胜一方圆。

不得不源泉。

之三：

江南好，尽是问花人。

白红梅春已至，桃桃李李杏梨邻。

一路一天津。

之四：

江南忆，一水洞庭山。

柳毅传书龙女信，青龙直向白龙湾。

有海有天颜。

11. 捣练子

序：

　　一名深院月　考正白香词谱："后主此词盖咏捣练者也，故名。"

诗：

之一：

寒砧捣，练衣平。断断人声续续鸣。

有有无无非是处，世间天下只人情。

之二：

长去去，短行行。一半心肠一半情。

捣练情随情所动，江南塞北久无平。

12. 谱曰

箫声弄玉秦楼，穆公愁。

凤凤凰凰谁去，度春秋。

情切切，离离别，已无休。

自此人间应断，独国忧。

13. 相见欢

无言独上秦楼，月如钩。

社稷河山如是，自春秋。

一杯酒，千杨柳，见沉浮。

暮暮朝朝来去，大江流。

14. 长相思二首

之一：

一水山，又水山，

水水山山一半颜。来来去去闲。

玉门关，一雁门关，

九曲黄河十八湾。衡阳青海还。

之二：

雨也多，云也多。

水在汨罗唱九歌，长沙贾谊何。

日上波，月上波，水在波。

万里长江万里河，人生日月梭。

15. 浣溪沙二首

之一：

已向夫差作馆娃，西施不再浣溪沙。

太湖未了范蠡花。

木渎天平山上客，三吴未尽浙江涯。

春秋五霸主谁家。

之二：

一路方平半路归，三生俯仰十心扉。

千年格律万家晖。

诗诗词词花草色，江山社日老人媒。

衡阳青海雁重飞。

16. 采桑子二首

之一：

江楼不似江流水，岁岁春秋。

岁岁春秋，逝水无平逝水流。

寒宫不锁寒宫月，未了春秋。

未了春秋。半载嫦娥半载愁。

之二：

嫦娥不在嫦娥梦，已入心头。

已入心头，一夜长天一叶舟。

黄花独立红英后，日月交流。

日月交流，社稷江山举国忧。

17. 菩萨蛮四首

之一：

深宫处处深宫雾，花花草草朝朝暮。

月下落飞凫，明皇由念奴。

华清池上渡，未了崔嵬故。

幸蜀已知胡，长情如有无。

之二：

蓬莱院落天仙女，情姿幔舞轻轻语。

亦步亦相趋，金陵金越吴。

皇家王不御，世界无思虑。

不得半江苏，何倾菩萨奴。

之三：

花花草草莺莺语，声声曲曲歌歌女。

闪闪一珍珠，胜如三界无。

金陵金不固，紫禁方知误。

日月在江湖，河山谁丈夫。

之四：

人生已是条条路，王侯不可江山去。

普度有浮屠，人间应丈夫。

男儿当不误，女子无相妒。

不忘有江都，运河通越吴。

18. 清平乐二首

之一：

霜霜雪雪，草草花花绝。

已见宫灯明又灭，月月圆圆缺。

歌歌舞舞又重阳，长生殿里衷肠。

只要朝朝暮暮，人间处处炎凉。

之二：喜迁莺

天似水，水如天，一渡一澄莲。

玉荷出水成仙，月色作婵娟。

一寒光，千玉影，天下半方圆。

陌阡处处问前川，天下好桑田。

19. 阮郎归

春风已始半人间，群芳处处颜。

暮来朝去雁门关。年年一字还。

荒大漠响沙山。黄河九曲弯。

飞飞落落任千般，胡姬菩萨蛮。

20. 锦堂春

云云雨雨声，夜难平。

草草花花无定，见枯荣。

人有性，水自净。

易阴晴，别是一番滋味，以心萌。

21. 应天长　十二体，令词始于韦庄。

运河两岸隋炀柳，玉帛三吴千万酒。

江都市，汴水首。汉武秦皇应可否。

向钱塘，知老叟。江左天堂江右。

已见苏杭富有，不止人人口。

22. 望远行　谱曰

别别离离处处行，心上自伤情。

谢家王导有殊荣。歌女石头城。

秦水岸，凤凰宫。

献之明月由衷。小舟摇曳不空空。

云雨去来各西东，渡口上船后。

处处是香风。

23. 浪淘沙二首

之一：

万里一天山，地上人间。

今今古古玉门关。

梦里谁知皆是客，醒醉无还。

不直直弯弯，直直弯弯。

平生已是五千般。

不斩楼兰应不去，醒醉无还。

之二：

万里浪淘沙，十载人家。

寒冬未尽有梅花。

不向辽阳寻雁落，一字天涯。

水水一江华，水水江华。

云云雨雨有桑麻。

落落飞飞人作雁，一字天涯。

24. 木兰花

序：

　　唐教坊曲名，韦庄为正，宋人木兰花实为玉楼春。

诗：

水近玉楼先得月，云里雨中人不歇。

天下路，去来越。有道是南山北阙。

夕照远山低处波，峰上岭中持月勃。

应无不限有阴晴，来去去来知子曰。

25. 虞美人二首

之一：

花红草绿春秋陌，水远天长泽。

汨罗不尽九州歌。贾谊长沙不渡汉家河。

楼船只易隋炀帛。只作天堂客。

人间不可误干戈，自古难为难作一先科。

之二：

今今古古人间雀，东东高高阁。

秦皇汉武有先河。富甲天堂治宰几何多。

民生只以沧桑作。独得隋炀诺。

开封汴水逐斯磨，一路苏杭吴越满莲荷。

26. 一斛珠

暮朝朝暮，相思天下朝朝路。

来来去去声声炉。曲曲诗诗苦苦心心赋。

之一：

飞燕不飞藏不住，宫宫处处情情误。

月明团扇昭昭阳付。

止止行行，雨雨云云雾雾。

之二：

我是江萍久已黄，君当王帝作明皇。

江河万里归东海，天下归心在故乡。

27. 临江仙

草暗花明春已去，莺鸣细柳东西。

声声只得有高低。

江山天下望，九陌子规啼。

别巷人间南北问，皇家鲁鲁齐齐。

东韦紫气是虹霓。

农田粮比比，社会已黄黎。

28. 蝶恋花

一半是愁愁乐乐，一半相思，一半伤心若。

意意心心应诺诺。自由自在人间雀。

李李桃桃天下落，暗自成蹊，结子平生爵。

果果因因果约，情情只在人人错。

29. 破阵子　古今诗

七十年来日月，三千弟子山河。

北国江南天下路，贾谊汨罗问九歌。

书生书几何？老去南洋赤道，常来北雪苏俄。

十万诗词工格律，向作人间不少多，平翁公渡河。

30. 蜀主王衍　醉妆词

这人酒，那人酒，不是诗人首。

那人酒，这人酒，醒醉诗人口。

31. 甘州曲

序：

　　唐教坊曲名。天宝间乐曲，以地名之。《历代诗余》：蜀主王衍奉其太后，太妃祷青城山，宫人皆衣云霞之衣，后主自制"甘州曲"令宫人唱之，其辞哀怨闻者凄惨。衍意本为神仙而在凡尘耳，后降中原，宫伎多流落人间，始验其语。

词：

一青城，三界外，一枯荣。是仙非是精英。

不束地天情。莫许惜，天下母声明。

32. 木兰花

玉骨冰肌立，风来水榭轻。

人窥明月水，有影半无情。

逐岁知华短，流年自去行。

33. 回波乐

之一：

回波乐回波荣，男儿舞女儿情。

侍宴会笙歌令，琴琴瑟瑟声声。

之二：

佺期去佺期来，回波尔尔徘徊。

岭外岭云云岭，南南粤粤梅梅。

之三：

平生路平生台，平生处处相催。

暮暮复外朝朝，乘乘胜胜归来。

34. 舞马词六首

之一：

一马当先起舞，千军鼓噪重来。

龙媒蹀躞统领，凤庚朝宗不催。

之二：

龙媒日上羲和，白马云中九歌。

凤语朝凰宗鸟，一掷千金过河。

之三：

倾诚万寿无疆，舞马千军有章。

掷抛抛天舆，争争弃弃明皇。

之四：

帝帝王王舆舆，相相将将车车。

臣臣殿殿墀漏，场场球球抑扬。

之五：

圣圣贤贤已得，开开宝宝元元。

争球夺土分领，掠地封疆帝王。

之六：

白马图图出洛，天公共事春秋。

南南北北分界，去去来来一球。

35. 踏舞歌词

之一：

采女江萍水，珍珠一斛量。

芙蓉应出水，一刺一明皇。

汤水玉真娘，闽色女儿乡。

之二：

有女登仙阁，仙姬上玉堂。

珠光珠宝气，有曲有低昂。

百态千姿舞，三生一故肠。

36.桂殿秋（又名步虚词）五首

之一：

玄道德，步虚行。汉殿秦宫吹玉笙。

曲尽却从三清路，客客仙仙共月明。

之二：

河汉女，白玉颜。去去人间仙客还。

处处香风应无散，步步虚虚一一环。

之三：清平调

云中雾里一华清，水色天光半素英。

玉树临风脱白羽，芙蓉独立自身明。

之四：

白雪红梅腊月晴，春云夏雨玉莲荣。

秋蝉羽化啼声住，不可冬眠有瑟鸣。

之五：

华清水里有温情，曲舞歌中见独荣。

若是沉香亭北见，瑶台玉液百杯倾。

37.连理枝二首

之一：

白雪红梅半，素素颜颜断。

被被衣衣，层层落落，冰凝银冠。

叶叶枝枝结，满云烟，白红连理焕。

之二：

白雪层层殿，步步虚虚见。

处处清清，连连理理，依东风面。

不忍半车去，莫藏娇，赵家飞燕倩。

38.菩萨蛮

楼船汴水隋炀断，苏杭一路天堂岸。

陌陌又阡阡，钱塘丰岁年。

兴兴叹叹叹，处处闻秦汉。

不以运河船，长亭长所田。

39.忆秦娥

箫声去，秦娥不在秦楼处。

秦楼处，公公穆穆夕阳残絮。

闻闻凤凤凰凰语，仙人弄玉声声虑。

声声虑，天天地地，父心如女。

40.清平乐五首

之一：

虚虚步步，道道玄玄路。

太白青莲回不顾，醒醒神仙不数。

诗诗日日书书，知章一见相如。

解下金龟换酒，人生彼此当初。

之二：

人生如故，世上条条路。

一诺青莲青自度，太白朝朝暮暮。

诗词自古当儒，文章已是书奴。

仄仄平平格律，声声韵韵吴吴。

之三：

来来去去，雪雪春春絮。

柳柳杨杨天下与，落落飞飞不语。

回回忆忆当初，飞飞落落多余。

子子因因果果，城城市市无居。

之四：

波波浪浪，荡荡涛涛漾。

浊浊清清泾泾望，海海天天不量。

人生柳柳杨杨，仪仪貌貌堂堂。

日月诗词格律，修辞豫豫章章。

之五：

书书剑剑，抑抑扬扬敛。

一入人生三界占，只以苍生所念。

桑田陌陌阡阡，情情意意绵绵。

国国忧忧见见，良良抽抽贤贤。

41.元结　欸乃曲五首

之一：

千水千山云雨平，风平风静载船行。

流流阔阔不中意，白帝巫山朝楚城。

之二：

欸乃声中船正行，三湘朝暮有人情。

苍梧竹泪洞庭水，一水吴江千里明。

之三：

三月行舟三更天，千年川水一千年。

船船不止去来见，日日江流朝暮悬。

之四：

舟向君山欸乃歌，无分朝暮过江河。

风平浪静曲中意，努力齐心朝暮多。

之五：

千里山林云雨烟，三吴江水有丰田。

邻舟只见不呼吏，济渭村关不系船。

42.渔父五首

之一：

十里姑苏一太湖，三春日色洞庭坞。

桃李色，向江都，天堂一半是东吴。

之二：

不是江东大丈夫，小桥流水半姑苏。

同里岸，虎丘儒，夫差未见范蠡湖。

之三：

十里苏州一玉壶，春秋五霸剑池奴。

尝胆液，卧新隅，常常碧玉是东吴。

之四：

八月莼鲈蟹甲鲜，三秋水月五湖船。

寻碧玉，问桥弦，牛郎织女自耕田。

之五：

半水东吴半水船，小桥流水小桥绿。

知碧玉，见婵娟。云云雨雨是神仙。

43.章台柳

章台柳，离人手。总是依依也是酒。

长条拂拂青青在，处处惊心已白首。

44.韦应物三首

三台

之一：

一夜过三更，三生一半情。

月明明月冷，朝暮暮朝行。

之二：

岁岁年年岁岁，花花草草花花。

落落开开落落，人人处处家家。

之三：

一日三台旧酒，平生蔡蔡邕邕。

乐府知音玉律，曹操故步封封。

45.调笑令

之一：

河汉，河汉，雨雨云云岸岸。

离离别别思难，暮暮朝朝不断。

来雁，来雁，青海衡阳一半。

之二：

三半，三半，总计还成一半。

男男女女成双，女女儿儿国邦。

千面，千面，别别离离见见。

46. 王建四首

三台

之一：

春草年年绿绿，李桃岁岁红红。

天子千秋万岁，未央国富民丰。

之二：

杨柳隋炀两岸，汴流六合钱塘。

云雨苏杭一路，运河已是天堂。

之三：

千里三春日月，一花百草英明。

山水东风处处，有云无雨阴晴。

之四：

年年花落花开，岁岁人去人来。

朝行暮行处处，一行一日三台。

47. 咏乐

曹公铜雀草台，建邺漳水常开。

观金虎冰井来，百年旧事徘徊。

48. 调笑令

之一：

团扇，团扇，长阳宫里无面。

有颜无玉迁迁，金屋藏娇半年。

飞燕，飞燕，天上云云片片。

之二：

飞燕，飞燕，掌上君王面面。

昭阳宫里三年，天子羊车管弦。

宫殿，宫殿，墙角弯弯路断。

之三：

儿女，儿女，来去去来如语。

暮朝朝暮年年，人小情多玉莲。

何处，何处，春草春花楚楚。

之四：

杨柳，杨柳，万人酒千人口。

楼船天下苏杭，天下天堂米粮。

君首，君首，留下英名不朽。

49. 调笑令

调笑，调笑，曲曲好声声妙。

美人多似情情，回首千姿明明。

年少，年少，萝草缠绕绕绕。

50. 纥那曲二首

之一：

情郎纥那声，曲尽竹枝萌。

有约苍山下，相思洱海生。

之二：

踏踏竿竿跳，歌歌曲曲中。

情人情在手，有约有心衷。

51. 忆江南二首

之一：

江南忆，汴水到苏杭。

六渎三吴同里富。

隋炀一路作天堂。

处处小桥乡。

之二：

江南忆，一忆一牵肠。

拙政园中吴越水，龟蒙再造日休堂，

日月共诗章。

52. 潇湘神二首

之一：

斑竹枝，斑竹枝，竹泪点点满相思。

冶水过苍梧去去，娥皇无尽女英知。

之二：

斑竹枝，斑竹枝，九嶷鼓瑟舜心知。

有水有山湘两岸，无风无雨以神司。

53. 抛球乐二首

之一：

天下一圆球，朝堂半九州。

后前前后逐，胜负有无求。

风光世上流。

之二：

开展一花枝，招摇日月迟。

雨云雨后，久忆久相思。

但有抛球约，取他代我时。

54. 花非花

花非花，露是露。

雨里来，云中去。

来如一梦多相许，去似三春少觅处。

55. 忆江南三首

之一：

江南好，水月半天堂。

汴水东流杨柳岸，苏杭一半作天堂。

能不忆隋炀。

之二：

江南忆，最忆是苏杭。

拾得寒山钟鼓继，楼船已去问隋炀，八月一钱塘。

之三：

江南问，自古向秦皇。

已筑长城分内外，何如汴水到钱塘，已是一天堂。

56. 如梦令三首

之一：

不是一杯清酒，却是一杯清酒。

历历是人生，处处是非难否。

难否，难否，有是有非九九。

之二：

十里长亭应早，一路向荣花草。

一半有阴晴，一半暮朝难老。

难老，难老，日月当空难老。

之三：

白帝瞿塘云雨，神女襄王如补。

一意半高唐，此去有心无主。

无主，无主，已是去来今古。

57. 长相思二首

之一：

汴水忧，一心忧，好好头颅草木洲，隋炀楼外楼。

之二：

一短亭，一长亭，一路风云一路青。

花花草草灵。

之三：

行半程，止半程，跬步向前总是明。

阴晴持久荣。

58. 谪仙怨

草木繁荣水雨，山川日月高低。
野涧平芜远近，长亭道路东西。
万里千山独月，三生一事香泥。
你爱梅花傲雪，吾知四季萋萋。

59. 广谪仙怨

之一：
一笛明皇忆九龄，三秦骆谷太妃听。
胡儿反目成仇史，录谱司徒作曲丁。
幸蜀成都多日雨，关门不守见丹青。
长卿撰句成诗怨，只在长生殿上铭。
之二：
胡尘一路明皇，反叛长安洛阳。
玉笛秦川回荡，九龄力士思扬。
潼关不守中堂，节度无须豫章。
骆谷芙蓉天落，长生殿上回肠。

60. 康骈　广谪仙怨

长安渭水秦川，节度胡旋殿前。
力士杨家独见，君王幸蜀云天。
长卿骆谷如烟，驻步马嵬弃莲。
日月应当社稷，江山不是婵娟。

61. 八六子

古人心，暮朝朝暮，成败成败浮沉。草
木见雨雨云云，天下山河社稷，乾坤一
阴阳。
和和战和和战，不是英雄谁是知音。瑟
瑟琴琴，半红尘，儿儿女女子子，子孙
孙子，互相相互，年岁，继继承承继继，
何时不谓重临？几柔情，春花雪霜如今。

62. 忆江南

江南水，水月在苏杭。
柳柳杨杨柳柳岸，钱塘六合一天堂。
处处米粮仓。

63. 闲中好

之一：
闲中好，尽日风云少。

树上云外云，风中鸟飞鸟。
之二：
闲中好，朝暮暮朝消。
碧玉姑苏岸，吴姬寻小桥。
之三：
闲中好
闲中好，书剑一逍遥。
读学诗词句，平生今古桥。

64. 闲中好别体七首

之一：
闲中好，唐教坊曲名，始自温庭筠，
十一体
夏口寻鹦鹉，秦楼问凤凰。
今古古今长，不如重嫁与，作鸳鸯。
之二：
万里江河水，千年逝水湍。
泾渭满波澜。一生三界里百花残。
之三：
一世相思路，三生跬步程。
来去去来行，暮朝朝暮见，是枯荣。
之四：
去去来来问，朝朝暮暮寻。
天下一人心，不如知古古，作今今。
之五：
两目流波女，千姿百态娘。
偷眼暗想望，不如从织女，作牛郎。
之六：
汉帝藏金屋，姑苏有小桥。
朝暮五湖潮，问君知碧玉，莫逍遥。
之七：
已在乾坤上，何谓日月中。
天下作英雄，不亡重启步，自由衷。

65. 荷叶杯三首

之一：
不道是难相见，曾见，月明寒。
暮朝朝暮在宫殿。肠断，半香残。
之二：
点点露珠如面，如面，一青丹。
去来来去未央殿，呜咽，泪漫漫。

之三：
楚女自如飞燕，情恋，半金冠。
一生天下两三见，难见，旧时欢。

66. 忆江南二首

之一：
千重恨，万念俱天涯。
已是深宫深几许，相思不尽不人家。
未见一窗纱。
之二：
情不断，逝水一昆山。
逝水方明方逝水，春芳日上日红颜。
独守玉门关。

67. 蕃女恕二首

之一：
雪梅梅雪分两面，已见飞燕。
去年檐，今岁院，画梁相见。
雁飞人字雁门关，一天还。
之二：
古今征战谁不见，似别如见。
净干戈，沉羽扇，碛南沙面。
响沙沙响一千年，几方圆。

68. 诉衷情二首

之一：
衣锦绣，睡芙蓉，水水荷荷，月明潇湘
春满容。
雨云云雨有无踪，杏桃花净净，色重重。
之二：
凭草木，见阴晴。岁岁年年，雁飞人字
南北行。衡阳青海万千程。故乡何处是，
有无声。

69. 思帝乡

忧忧国事一心头，步步十三州。书生处
处先后，俯仰帝王侯。天下路，去来求，
有沉浮。此生谁料，彼事忧忧，事事忧忧。

70. 酒泉子四首

之一：
细雨早春风晚，花色守，草光寒，客衣单。

云卷卷，遥遥远远，水山山水观。三盏两杯清酒，见青丹。

之二：

汉使去年年叹，天下路，去荒川，作云烟。沙漠纵横难断，雁来人去怜。先笛一声千唤，见方圆。

之三：

一路去阳关断，谁万里，一沙鸣，一枯荣。天下见楼兰半。九州何所行，经大漠重霄汉，再扬程。

之四：

梅花，李桃梨木斜。二月雨云多少，满天涯。红面子心度度，一春三月华。碧玉小桥儿女，是人家。

71. 玉蝴蝶四首

之一：

杨叶柳条，杨柳柳杨多少。问隋炀，知夕照，运河桥。五湖六合几人啸，帝王空下诏，好头颅，留一眺，望河潮。

之二：

明月似舟，明月去来时候，缺圆弦，婵娟守，有沉浮。桂宫寒兔两相就，几何空北斗，七星开，三玉漏，一春秋。

之三：

楚女不归，潘鬓素沈腰曲，一婵娟，三淑玉，女儿扉。有时无是云边东，裙上金缕逐。已重重，还独独，又微微。

之四：

罗带已肥，思里万千春水。月明时，桃色美，杏花微。李梨云里群芳唯。心上金日葵，步幽幽，情垒垒，自无归。

72. 玉三首

之一：

重阳重九家，秋叶对黄花。

万里半天涯，千年一目斜。农桑成社稷，天下帝王差。尧舜禹风华，越吴多馆娃。

之二：

藏娇藏女，扫叶昭阳无许。舞难余，团扇处处弃，轻轻望帝居。雪肌冰玉色，飞燕掌中舒。不以羊车见，班姬书。

之三：

微娇微婉，近近羞羞远远。鬓如蝉，身似芙蓉水，窈窕米脂莲。见亭亭玉立，池上已成仙。月里嫦娥问，是婵娟。

73. 归同遥二首

之一：

情薄，有道三清天下鹤。步虚宫里罗雀，一元三界诺。老子向潼关阁，是非非是若。有无无有错错，有修何寞寞。

之二：

江岸，汴水隋炀杨柳见。雨云云雨都恋，作为天下宴。引汴水楼船遗，国家家国传。运河南北花县，运河天下变。

74. 菩萨蛮十八首

之一：

人间几多沧又要煎，平生几度阴晴雨。记取一江都，隋炀三界奴。知今今古古，叹有无无有主。只见运河吴，苏杭天下苏。

之二：

楼船一去苏杭路，隋炀几度天堂故。已是好头颅，自然苏浙吴。经分分付付，古古今今步。记取一江都，人间多少儒。

之三：

楼船已向淮扬去，苏杭四面桥边女。柳岸帛东吴，杨花金鹧鸪。江南江北语。贾贾商商处，富土岁莼鲈，周庄同里湖。

之四：

梅花一片香云海，隋炀柳色江南改。汴水到江都，贾商经五湖。江山谁主宰，日月当然在。只有好头颅，运河来去吴。

之五：

天堂一半苏杭路，隋炀一半人间误。帛柳易江都，去来商贾吴。古今今古度，暮暮朝朝付。一个好头颅，长城征战途。

之六：

诗人格律千杯酒，知章李白三生友。政治政来求，人心人九州。秦皇征战否，汉武长城守。世界有沉浮，不知儿女愁。

之七：

佳人美女皇家有，千姿百态纤纤手。玉脂半无羞，帝王香有楼。三宫多母后，六院藏娇久。汉武汉千尤，隋炀隋九州。

之八：

江湖一半黄天荡，姑苏一半渔船网。十八女儿郎，三生鱼米乡。人间多俯仰，寺上由方丈。汴水运河长，江南多柳杨。

之九：

人间自古应开放，新修再造当同享。汴水一隋炀，千年新帝王。江湖明月朗，日月重方向。处处问钱塘，女儿垂柳杨。

之十：

江都已是琼香海，姑苏一半梅花彩。汴水到杭州，钱塘花满头。春莺杨柳愈，夏雨荷花待。六合太湖游，千芳朝暮舟。

之十一：

寒山寺外枫桥柳，渔歌互答婵娟酒。月在洞庭山，太湖倾玉颜。莼鲈经老手，美食姑苏口。举望胥门关，何须寻楚还。

之十二：

天天水气天天雨，阴阴柳岸阴阴雾。

六渎向姑苏，百流平五湖。

隋炀修汴渡，不以长城误。

汴水向江都，天堂知越吴。

之十三：

梨花不尽桃花路，杭州柳浪春莺赋。

六合半东吴，五湖三界苏。

钱塘天下数，记取隋炀度。

八月脍莼鲈，九秋倾玉壶。

之十四：

江南柳色江南雨，钱塘水月钱塘暮。

汴水北江都，杭州西子湖。

隋炀天下路，古古今今误。

已见共江苏，天堂同浙吴。

之十五：

江南处处春风畔，苏杭日日天堂岸。

水月有清泉，去来无小船。

商人商贾唤，佳女佳人冠。

凤语凤凰前，龙吟龙女传。

之十六：

姑苏月色东西岸，龙宫柳颜传书黉。

一水洞庭山，五湖西子颜。

情情儿女断，意意乾坤半。

不远宵门关，无须常熟还。

之十七：

春秋五霸春秋断，东吴水月东吴畔。

已见洞庭山，何言西子颜。

夫差夫子乱，勾践勾吴冠。

一步一天关，三生三界还。

之十八：

春江只识东风面，皇家帝女皇家院。

天下一楼船，人间三界天。

江都修水汴，古古今今传。

以此作方圆，江南朝暮田。

75. 清平乐三首

之一：

朝朝暮暮，去去来来处。

有有无无无有故，独独孤孤步步。

隋炀汴水东吴，钱塘西子姑苏。

一半天堂一半，殊途已是殊途。

之二：

杨杨柳柳，暮暮朝朝友。

万里千年千万酒，古古今今在否。

沉沉自是浮浮，春秋继续春秋。

谁见长城白骨，天堂汴水南流。

之三：

穷穷富富，古古今今就。

万里长城南北守，白骨年年左右。

皇朝岁月王侯，江山社稷沉浮。

只有隋炀汴水，天堂冠盖神州。

76. 更漏子六首

之一：

柳丝黄，杨叶小。朝暮去来春鸟。吴夜夜，
越宵宵。

雨云云雨桥。天已晓，地还晓，雨雨云
云渺渺。香漠漠，水潮潮，一波一浪遥。

之二：

一思思，三想想。星暗月明晴朗。灯向向，
夜长长。有心无寸肠。求古寺，问方丈，
十易求许俯仰。寻草木，梦黄粱。问君
几度香。

之三：

一思想，千乱乱，左顾右寻暗叹。天早晚，
水波澜，女儿心意单。心一半，意三半，
暮暮朝朝都关。

之四：

碧螺春，红玉手，二月采芽知否？云荡荡，
露悠悠，洞庭山下舟。同里叟，洞庭酒，
半在姑苏杨柳。初忸忸，又羞羞，带情
怯怯留。

之五：

一波波，三浪浪，寄寄情情相望。心处处，
意长长，有云无水乡。无方向，有方向，
乞巧鸳鸯有样。花草木，小姑娘，以心
以肚量。

之六：

问阡阡，寻陌陌，柳柳杨杨帛帛。吴汴水，
越江河，暮朝朝暮歌。知泰伯，太湖泽，
都是人生过客。争日月，净干戈，问君

草木多。

77. 河渎神三首

之一：

天下已多祠，庙前祈雨求司，楚吴山水
尾头知，舟去云来雨时。春有杜鹃啼水济，
夏多莲子门第。秋叶去来无势，雪冬冬
雪佳丽。

之二：

天上有神司，地中和露逢时。
东风化雨雨云知。阡陌桑田宜时。春夏
夏秋冬日志，雪梅梅雪寺侍。人后人前
旗帜，百花千草如致。

之三：

天下美人知，雨云云雨来时。
暮朝朝暮鸟飞迟，留下想思不知。春去
春来啼鸟次，雪梅梅雪同事。床上月中
巫使，梦中如织如记。

78. 河传三首

之一：

杨柳，杨柳，因水因岸一半春秋。杜鹃
啼尽一江楼。江楼一江流。苏杭不尽倾
杯酒，经白首，玉女红双手。几回相约
越吴舟，吴舟，越舟人不休。

之二：

杨柳，杨柳，天下天上，岸岸洲洲。运
河河运过扬州，苏州又杭州。耶溪浣水
西施手，娃馆酒，不以夫差友。去来吴
越太湖舟，渔舟，客舟，商贾舟。

之三：

杨柳，杨柳，山水云雨，细细修修，玉
姬吴女曲声幽，羞羞，怯登楼。西施一
半红酥手，朋未友，碧玉华壶酒。
几时相问几时尤，吴尤，越尤，儿女尤。

79. 木兰花，春晚曲，作古诗

来来往往一长道，暮暮朝朝半草草。
岁岁年年天下去，情情意意已春早。
娇娇滴滴花无扫，扭扭怩怩树上鸟。
雪雪梅梅分不定，红红白白镜中老。

80. 皇甫松六首

之一：竹枝

芙蓉带水（竹枝）一鹧鸪（女儿），莲
花结子（竹枝）半江苏（女儿）。

之二：

花花草草一人家，儿儿女女半桂花。

之三：

云云雨雨一巫山，神神女女半人间。

之四：

巫巫峡峡一高唐，云云雨雨半半新娘。

之五：

风风水水一人间，花花月月半门关。

之六：

春来桃花小小杏，杜鹃蜀国幽幽映。

81. 摘得新

之一：

二月花，三春已半斜，

杜鹃开落见，一山涯。

瞿塘峡水巫巴渡，楚人家。

之二：

白雪花，红梅作馆娃。

越吴西子色，浣溪纱。

平生难尽千百度，太湖洼。

82. 采莲子三首

之一：

玉立芙蓉采女迟，小姑羞自碧荷低。

有情织女牛郎望，沐浴方成小鸟啼。

之二：

菡苕香莲结子莲，小姑心里已空空。

不如碧玉清流水，脱下衣裙却不风。

之三：

天下一声潮，空中半小桥。

半小桥，女儿藏不迭，香露楚姬腰。

忸忸怩怩色色，羞羞答答娇娇。

83. 抛球乐

私绣花球小，金丝玉带长。

玉带长，几回多意愿，多少女儿香。

上马须驰骋，私情不可藏。

84. 忆江南二首

之一：

江南忆，最忆是枇杷。

五月洞庭山上色，菊花一片碧人家。

夕照太湖沙。

之二：

江南好，二月共梅花。

一半姑苏香雪海，五湖碧玉小桥家。

水月一舟斜。

85. 天仙子二首

之一：

沙水水沙相互断，月湖湖月风云岸。

东西水上洞庭山，天两半，地三半。

十二峰前分一半。

之二：

云雨洞庭山上断，姑苏同里吴江岸。

刘郎碧玉小桥畔，天一半，地一半，雨
雨云云各一半。

86. 忆回纥三首

之一：

一片太湖水，三吴浒墅关。

湖州分一点，无锡四层颜。

同里龙王庙，姑苏碧玉湾。

虎丘孙子问，钟鼓自寒山。

之二：

碧玉姑苏女，楼兰战士心。

女儿男一半，琴瑟已知音。

天下南朝去，金陵北古今。

女儿儿女泪，来去是情深。

之三：酒泉子

柳柳杨杨，雨雨云云船上。

五湖波，千层浪，忆隋炀。

运河汴水净商鞅，长城无俯仰。一山河，
千万丈，半天堂。

87. 生查子

生生事事难，处处人人好。

不可不心宽，只是人身老。

来来去去单，暮暮朝朝草。

步步向前观，路路三元道。

88. 浣溪纱二首

之一：

木渎夫差向馆娃，西施已别浣溪纱。

江东六合范蠡家。

五霸春秋吴越去，姑苏一半雪梅花，

月明只向会稽赊。

之二：

一首新诗半佛心，三生古道九儒荫。

寒天明月是知音。

自以如来如去觉，夫榕直木自成林。

前朝后代着如今。

89. 浣溪纱

一月天平二月花，三吴六渎半船家。

五湖不尽洞庭娃。

碧玉洞庭山上采，立春已见有新芽，

已知陆羽品新茶。

90. 算子慢

寒山拾得，钟鼓小桥，处处去人人召。

佛祖如来，有道是观音庙。半云霄，日
日当阳照。有信念，人心仰俯，诚诚恳
恳光耀。远远三千载，近近十三州，有
无多少。地厚天高，处处居心眺眺。可
无言，可有凭情烧。纵使得，离离别别，
独孤寒宫笑。

91. 诉衷情

平生万里十三州，日月自春秋。

风情也有朝暮，也有大江流。

三界外，一沉浮，半无休。此生留取，

格律诗词，帝主王侯。

92. 天仙子　五首

之一：

西塞山前花草数，处处心思来去步。

看花不语草萋萋，千百度，一云雨，宋
玉高唐神女赋。

之二：

雪白梅红来去路，莺啼杨柳朝暮树。

云云雨雨重重，姑苏露，小桥雾，十二
峰前谁步。

之三：

白帝夔门三峡踞，巫山瞿塘知神女。

高塘云雨楚王情，人去去，夜嘘嘘。

暮暮朝朝多少语。

之四：

踏草青青半雨清，看花语语一言轻。

无吾有水合心生，腰似柳，眼流明，态

态姿姿宋玉情。

之五：

羽似衣裳玉似身，芙蓉秋水半云邻。

桂宫玉树已经春，应结子，作经纶，谁

道人生满红尘。

93. 江城子四首

之一：

双双峰后一红娘，有香房，无刘郎。月

明月暗，星斗共思量。天下婵娟谁不忘，

留不住，守空床。

之二：

意意情情久思量，女儿香，独花藏，暮

朝朝暮，水月水千章。寄影随波流不尽，

雨处处，云茫茫。

之三：

宋玉巫山云雨，三峡水，一瞿塘，半高唐。

朝暮襄王神女，巴山楚水乡。不尽猿啼

来去，朝暮量。

之四：

半是人间朝暮，来短短，去长长，尽炎凉。

何以巫山云雨，阳台神女乡。只是高唐

相度，桃李姜。

94. 定西蕃二首

之一：

桃李花，杏梨枝已斜。

十八年中红酒，女儿家。

且以身心嫁与，共天涯。

北国江南色，作桑麻。

之二：

花似花，一枝朝暮斜。

桃杏李梨生子，以秋华。

雨雨云云岁岁，是人家。

纵是无情日，久无遮。

95. 思帝乡二首

之一：

桃李杏花春乱，柳如烟，八水芳岸。曲

曲声声歌不断。

古今今古挥翰，红绿绿红春明过半，无半，

珍重后，一声唤。

之二：

山水水山不断，渭泾流，一路春岸。九

曲黄河应不断。

千里问君，天半。行止止行何啸叹，弹冠。

千重意，一霄汉。

96. 酒泉子二首

之一：

柳柳条条，都似儿儿女女。

杜鹃花，山色着，九江潮。

东林寺外西林语，究竟知何处？一鄱阳，

三吴去，楚人遥。

之二：

夜夜难消，月月弦弦守守，有狭宽无似旧，

永遥遥。

嫦娥后羿几时候，独立谁左右。一长空，

三界就，女儿桥。

97. 女冠子二首

之一：

回身含笑，杏杏桃桃窈窕。

发云潮，明玉双波水。千姿万态消。

成仙亿不得，风月几逍遥。不远红尘伴，

柳杨条。

之二：

分明有语，半似高唐神女。

一山居，三峡瞿塘水，高唐楚国余。

无心求宋玉，不读上清书。只作寒宫色，

不仙虚。

98. 浣溪纱五首

之一：

草草花花本来年，朝朝暮暮一婵娟。

瑶台草木半成仙。

去去来来天下路，行行止止步中迁。

人间岁月海桑田。

之二：

无力春风到酒泉，女儿半上挂秋千。

摇摇欲上作神仙。

已是飘飘天上去，衣飞带落半长天。

红红白白雪梅妍。

之三：

两处香波一玉壶，隋炀细柳半江都。

三吴碧玉百家奴。

日见楼船千万柳，天堂汴水运河苏，

钱塘六合脍莼鲈。

之四：

半在天堂半玉壶，楼船柳帛到江都。

隋炀汴水过东吴。

二月琼花琼似锦，三春草木草扶苏。

人间自得凤凰奴。

之五：

咫尺天涯一佛开，人间跬步半天台。

平生不可自徘徊。

可以观音观自己，心经日月是如来。

寒冬白雪继红梅。

99. 归国遥三首

之一：

凤凰曲，独自穆公何弄玉。

心上有明空烛，秦楼谁拘束。

三峡岸，巴山蜀，问神神女续。自古女

儿归属，一花千草绿。

之二：

稻粱菽，社稷古今胡草牧。

谁记取藏娇屋，中原天下逐。

驱步战长城戮，李陵成败扑。

只晓得西天竺，古今当日煜。

之三：

几时候，满地落花多锦绣。

天女已经香袖，晴虹明宇宙。

江左去程江右，问花花不守，岁岁是同

归就，来年还照旧。

100. 菩萨蛮四首

之一：

红尘不断红尘路，前程有步前程度。

自古一书儒，经心三界苏。

如今天下数，不以人间故。

汴水过江都，长城何有无。

之二：

今今古古天天好，来来去去人间老。

不语不逍遥，知舟知小桥。

江南江北道，天花天光草。

处处有云霄，人人无玉箫。

之三：

江南草木丛丛绿，江南小女生生玉。

白雪已多余，红梅当傲居。

平生明月烛，立世前行续。

步步似当初，幽幽如古书。

之四：

江南碧玉江南女，江南碧玉江南语。

曲曲问相如，幽幽今古余。

春秋何所去，水月云烟处。

且向小桥居，洞庭山上舒。

101. 更漏子

千万程，今古事，拾得井寒山寺。

朝暮是，小心迟，去来来去时。

烟雨望，春夏次。

临水月风花姿。

回首处，几无知，有郎无女迟。

102. 谒金门

千年已去千年路，人生不尽人生度。

立世一书儒，明皇留念奴。

群芳谁自妒，独草难分付。

万里是前途，黄河清浊趋。

103. 清平乐六首

之一：

望洋兴叹，海底何人断。

已足人间都不算，不是相同有瀚。

耕耘水下居延，寻寻觅觅新田。

世上新源陆本，重开再造方圆。

之二：

阡阡陌陌，俱是人间脉。

草木江河云雨泽，回首来都是客。

三千里路山河，一生岁月嫦娥。

日日家家国国，当今世界当歌。

之三：

今天一路，隔是如何路。

去去来来都是路，处处朝朝暮暮。

江湖一半江湖，姑苏一半姑苏。

柳柳杨杨汴水，天堂一半东吴。

之四：

新瓶旧酒，友友朋朋叟。

已见运河吴越口，两岸杨杨柳柳。

南南北北商舟，贫贫富富交流。

不是江湖不是，春秋岁月春秋。

之五：

春归处处，处处行行路。

柳柳杨杨杨柳雨，不止朝朝暮暮。

姑苏民是姑苏，东吴再造东吴。

六渎隋炀汴水，楼船一半江都。

之六：

朝朝暮暮，去去来来路。

汴水南流南北渡，已是云云雨雨。

江湖不是江湖，江湖自是江湖。

已造天堂两岸，隋炀好好头颅。

104. 喜迁莺二首

之一：

钟声声，鼓声声。

朝暮五更鸣。

寺僧僧寺佛家情，来去已清清。

香缕香，禅语磬，身姓定心经凭。

如来自在去来生，处处见光明。

之二：

来明明，去明明。

朝暮暮朝行。

大罗天上月英英，春蜀杜鹃鸣。

三峡云，三峡镜，三峡有无情性。

瞿塘百里楚吴倾，一水一纵横。

105. 应天长

之一：

枸杞杨柳蝉不语，秋叶叶秋何所许？

一高唐，一神女。杜宇声声朝暮楚。

去飞飞，来与与，空有苍天相叙。

不是情情侣侣，去来来又去。

之二：

柳杨秋和秋玉宇，天下秋华秋作主。

一霜垂，千叶舞，谷谷山山金凤舞。

竖横横，横竖竖，空玉树黄金缕。

最是风风雨雨，人间人落羽。

106. 荷叶杯二首

之一：

水月里何时计，佳丽。千万谢娘姿，以言相许已多迟。

有意有情期。不得得风花逝，门第。从此隔云持。如今非是共同思，相见更无时。

之二：

绝代佳人难得，倾国，牛女望天河。情情因此唱离歌。

天下共嫦娥。谁道晓风弦月，宫没。同异异同磨。如今应是蜀音多，霜打一残荷。

107. 河传三首

之一：

入楚，神女，巫山，涂泅。

已是当初，朝朝暮暮，天下是帝王居。

月多余。巴山官渡嘉陵去，长江疏。只见风云遽。香尘难尽，宋玉不是相如。

之二：

早晚，近远，情情婉婉。俗俗仙仙，红颜处女，杨柳碧玉桥边。作婵娟。运河两岸修堤堰，隋炀苑，一望江都返。楼船已去，留下日月江田。

之三：

细语，神女，巫山蜀楚。雨雨云云，朝朝暮暮，猿啼草木无今。一天君。去来来去何人许，高唐与。不见绪，阳光。风花雪月，香香色色芬。

108. 怨王孙

寺寺鼓鼓，钟钟甫甫。

拾得寒山，心经自主。

方丈谁判王孙。一慈恩。

禅房寺里风云雨，僧为伍，不把黄金缕。

此情此意，已是本本根根，向晨昏。

109. 木兰花

一步一行行止处，千水万山山石路。

经坎坷，历风云，不望长亭何所许。

独待暮朝谁可语，断袂割袍无汉楚。

前程不尽去来思，黄粱一梦天不与。

110. 小重山

四海天下十三州，千河东去一千秋。

望江楼上望江流。

吴越问，一水万家舟。来去见春秋，古

今年年，彼此沉浮，史书上帝王侯，

皆去也，大禹夏殷周。

111. 望远行

别别离离处处情，杨柳柳杨萌。谢家儿

女女儿行，折绿灞桥盟。人不去，路难平，

短亭长望鸣鸣，玉门关外玉相倾。东渡

泾渭有枯荣。此去问君处，一梦一红英。

112. 忆江南二首

之一：

江南燕，筑穴屋檐梁，水水泥泥巢木叶，

呢喃哺乳小儿忙，处处有衷肠。

之二：

鸳鸯鸟，一宿小池塘。

对对双又交颈睡，游游止止水中央，胜

似薄情郎。

113. 西溪子二首

之一：

蜀女无私无怨，情在万千千万。

画师前前，人不断，不叹不。

人向单于可汗。过阴山，作婵娟。

之二：

春春夏夏寄波澜，年年半半作汗漫。

叶叶风风秋自继，霜霜路路步邯郸。

冬冬雪雪一年寒。

114. 江城子（七十六岁翁）

回头一望大江东，日红红，水蒙蒙。

远去南洋，近在一机中，已是人生天下

路，由自主，作英雄。马来西亚一天空，

已由衷，可精工。

再下巴新（巴布亚新几内亚），故国作

雕虫。十万诗词成日月，千万里，一诗翁。

115. 谱曰　古今诗，马来西亚，巴布亚新几内亚国家顾问五首

序：

不可望洋叹，千万里，一江山，半

天关。人向海洋呼唤，世间天下攀，人

有索有断，海洋间。

116. 谱曰：

轻轻细语，别离离儿女，人生谁伴侣。

你倾倾我倾，向天许，独步学邯郸，北

京书院煮。

之一：

求仙去也，小小娘娘是惹。

一天阶，半阮刘神梦，人间世上偕。有情

无意处，斜挂半金钗。只是瑶台远，过人街。

之二：

天堂醉酒，汴水杨杨柳柳。

十三州，天下楼船去，江东六渎舟。神

仙应处处，五百载春秋。汉帝瑶台误，

八仙楼。

之三：

形形影影，独独孤孤省省。

一心情，半是相思慽，年年岁岁行。别时

离岸柳，逢路又思程。事事人人误，有枯荣。

之四：

藏娇含悄，碧翠羽红窈窕。

凤凰箫，弄玉秦楼曲，三吴一小桥。羊车

来去见，雾里半云霄，扫叶昭阳客，几昭昭。

之五：

花色草香，多世界，多思想。

一周旋，三界仰。半隋唐，有云无雨自炎凉。

名进士题金榜，选翰林，舒慨慷，梦黄粱。

117. 菩萨蛮十一首

之一：

东方日色西方早，西方夕照东方了。

西向自遥遥，三明应袅。

朝来朝是晓，暮去黄昏蓼。

日月共云霄，阴晴同绵绵。

之二：

江南水色江南柳，东吴子弟东吴酒。

一岁一春秋，千年千载舟。

天堂同是友，汴水江河首。

处处一江楼，悠悠三界流。

之三：

隋炀不尽隋炀柳，楼船已去楼船酒。

汴水向南流，运河偕北舟。

江山应是否，社稷谁非否。

俱是共春秋，何言同九州。

之四：

巫山云里巫山雨，高唐宋玉高唐女。

一谷一君赋，三江三峡渡。

夔门多少雾，白帝阴晴数。

直向楚王居，何言情有余。

之五：

巫云十二峰前雨，高唐一半神仙女。

已是帝王居，无信来去如。

襄王应是度，宋玉当诗赋。

自古一情初，如今千万书。

之六：

巴山夜雨巴山女，猿啼一谷猿啼语。

此水向东吴，嘉陵江上呼。

头头天下楚，尾尾阴晴与。

千里下姑苏，百年寻古都。

之七：

夔门不锁瞿塘峡，巫山十二峰前插。

神女向人家，襄王寻夜花。

嘉陵江上洽，白帝城中甲。

此水向天涯，径流知女娲。

之八：

江山处处江山雨，人间处处人间女。

一世一当初，三生三不如。

前行前一路，千万千诗书。

以客以诗余，凭情凭实虚。

之九：更漏子

门已关，明月影。竹叶竹枝交颈。庭静静，院清清。隔墙风水声。有古琴，无瑟省，情处处，幽幽冷。门第外，女英情，以心斑竹生。

之十：

听鼓声，闻漏滴，月影向东西觅，庭院里，自高低，落花无鸟栖。雾重重，云袅袅，灯向背幽幽寂。谁曲曲，又啼啼，夜深深夜妻。

之十一：

江北思，江北忆，月色在辽东翼。经少小，历先师，学生知两仪。五女山，长白域，形八卦，桓仁织。人七十，学无迟，去来来去诗。

118. 感皇恩二首

之一：

望阡阡陌陌，来去人间客。柳杨杨柳歌，运河波。水水天堂水水，感恩多，感恩多，见得苏杭，米粮粮米科。

之二：

运河云雨泽，南北通州帛。柳杨杨柳多，好江河。已见长城内外，一干戈，一干戈，去去来来，岁年年岁磨。

119. 应天长，古今诗词二首

之一：

一亭长短人上路，千里前程来去步。一平生，三界度。七十六年诗不误。一天天，年数数，日日耕耘词句。不尽朝朝暮暮，此生当故故。

之二：

影长人短谁相遇，朝暮去来都是路。雨成云，云作雨，再下南洋南北步。去天涯，回不顾，当见海洋分付。浅浅深深相互，人间千百度。

120. 木兰花，古今诗词

独问海洋寻一路，水里人生同命渡。

贫大陆，富龙宫，世上民间重分付。坐看太空谁可住，不惜万金都是误。邻邻里里共同球，相补互尝谁可悟。

121. 毛文锡

进士文枢殿，翰林蜀事臣。

司徒词百首，密使一文津。

122. 谱曰

下五湖黄天荡，同里吴江方向。有春光，无波浪，是花样。吴语吴姬玉帐。半隋炀，半天堂。

123. 八卦县

不在桓仁老，辽东日月潮。

去来天下问，朝暮步云霄。

124. 诉衷情四首

之一：

桃花流水有心情，步步自纵横。人间日日朝暮，世上有阴晴。三界路，五湖平，一人生。去来来去，事事枯荣，事事由衷。

之二：

丁香豆蔻女儿花，十八女儿家。春来处处儿女，海誓到天涯。冬日雪，雪梅芽，入窗纱，有情无语，一夜咨嗟，一夜咨嗟。

之三：

长相忆，短相忆，相忆无消息。谁见草萋萋，有雨多无力。风花雪月匿，角落虫唧唧，牛郎织女河，天下何心得。

之四：

多相问，少相问，相问无离分。应是寄相思，只以心心近。诗词平仄韵，日月和谐闻。情情逐流水，好好生生运。

125. 酒泉子

渭水波澜，何必向黄河断。

有东流，无自岸，历冬寒。

子规声里由来叹，自以潼关霄汉。过中原，天下滩，向云端。

126. 纱窗恨

新春燕子应来断，筑巢怜，垒泥哺乳声声唤，望桑田。

有情见，处处儿女，谁知晓，岁岁年年。日月阴晴，几迁迁。

127. 恋情深三首

之一：

来来去去飞难断，自经年。北南南南时时算，共桑田。人前后，屋屋檐下，飞来燕，户户相怜。处处同天，共婵娟。

之二：

已见秦楼何不问，穆公难近。凤凰弄玉凤凰音，满春心。谁知儿女只相寻，独木已成林，竟独朝天去，恋情深。

之三：

女女儿儿都是雁，北南相盼。潇湘青海去来还，似人间。春来飞去玉门关，秋去岳阳山。岁岁去来何见，恋河湾。

128. 浣溪纱

七夕年年一客家，三生处处半梅花。人间远近问天涯。

织女牛郎河两岸，银河不见浣溪纱。天云不必种桑麻。

129. 摊破浣溪纱

一线银河一线天，千年织女织千年。

牛郎只望不耕田，在牛边。

不在天庭天不许，无情一月一清弦，偷偷下界作婵娟，半家船。

130. 赞浦子

暮暮朝朝雨，朝朝暮暮云。

白帝千衣带，高唐五彩裙。

宋玉襄王作赋，巴山草木芳芬。

水水知神女，情情锦帐熏。

131. 巫山一段云二首

之一：

雨雨巫山峡，云云白帝城。
夔门不锁水清清。神女玉家英。十二峰
前木，三千弟子明。朝朝暮暮蜀人情，
宋玉以诗鸣。

之二：

水水瞿塘峡，山山白帝家。
杜鹃两岸杜鹃花，神女一枝花。宋玉襄
王赋，高唐日色斜。朝朝暮暮一江涯，
西子浣溪纱。

132. 柳含烟二首

之一：

隋炀柳，水流芳。只向江南一路，人间
楼船作苏杭，一天堂。两岸长堤多幻想，
能使英雄俯仰。只如汴水入钱塘，好君王。

之二：

杨含柳，柳含烟。汴水苏杭雨雾，去来
年年有商船，一长天。六合钱塘南北岸，
南北通州不断。吴门同里越金边，是婵娟。

133. 汉

儒修误项令，凍语国方圆。
直木林成木，为臣作董宣。

134. 柳含烟二首

之一：

河桥柳，雨云烟。水水山山雾雾，洞庭
山前太湖船，满青莲。碧玉姑苏常客岸，
来去吴门不断，柳杨杨柳在村前，小桥边。

之二：

姑苏雨，柳含烟。十里云中处处，叶枝
珍珠作流泉，自涓涓。汴水天堂都是岸，
欸乃声声不断。运河流水日天边，作婵娟。

135. 更漏子

雨沉沉，云走走，朝暮姑苏知否？同里客，
碧螺春，一年枝叶新。小桥村，含烟柳，
行心，千杯酒，须不醉，运河津，天堂
多少人。

136. 喜迁莺

笼纳雨，柳含烟。朝暮运河船。五湖湖
水四湖边。同里虎丘前。两洞庭，人家雁，
北北南南岑间。有时飞——慢慢，都是
人间盼。

137. 应天长

姑苏云里姑苏雨，处处洞庭山下雾。
东西两岸吴门路，同里运河天下顾。
寒山寒不误，留下钟声如故。
如故当然如故，天下一朝暮。

138. 月宫春

月宫春里玉花开，神仙几度回。
寒光寒色满天台，三冬白雪梅。
桂影蟾形相照顾，嫦娥后羿已分限。
留下人间遗憾，女儿儿女猜。

139. 虞美人二首

之一：

独花孤月何时了，往事知多少？夕阳落
尽雨潇潇。江湖暗尽涨波潮，梦难消。
玉人未作金陵鸟。已是东方晓。人生不
尽一情遥，思前想后见春桥，几昭昭。

之二：

独来孤去何时少，进退应难晓。穆公弄
玉凤凰箫。阿公不要渡河桥，答生几度
几天骄，志难消。成成败败何时了，帝
帝王王了。钱塘八月一天潮。盐官海上
一云霄，路遥遥。

140. 临江仙三首

之一：

处处苍梧斑竹泪，湘灵鼓瑟潇湘。二妃
已断九嶷肠。娥皇倾细雨，末了女英香。
志在江流江水侧，朱弦处处清商，黄陵
庙里寄情长。三湘天下水，一海到南洋。

之二：临江仙

人间处处半身名，一生一枯荣。千章来
去六国，纵纵横横。一秦天下张苏问，
谁言道李斯情。
二世江山由赵构，朝堂指马臣惊。二千年，

三百帝，九鼎已相倾。

之三：

海棠碧玉，色色从从。
露露似雨，云雾溶溶，珍珠欲滴半相逢。
有人惊起，暮鼓晨钟。
功成草草，白虎青龙。

141. 甘州遍二首

之一：

甘州遍，来去九州头。阳关百里朝暮，
丝路不曾休。过西域，问道唱甘州。玉
门楼，晴天远望，不尽是春秋。

之二：

甘州遍，西去问瓜洲。共风流，江南草木，
楼兰日月。风花雪月共春秋。舞胡女，
曲丝绸，眉眉目目传递。衣短不知羞。
美人见，揭调是甘州。醉无休，如如此此，
日日自无忧。

142. 渔父

白芷滩头一钓翁，无钩水上半鱼穷。
观不见，视无空。醉醉舟平问月弓。

143. 天仙子二首

之一：

问道无回不定期，看花有语自寻思。
桃桃李李一蹀时，吴语细，楚腰肢。
不在高唐宋玉迟。

之二：

红白梅花红白酒，吴女无心吴女友。
和和气气一苏州。香雪海，一春秋，应
问人生何不休。

144. 江城子，六体四首

之一：

洞房初入女儿香，一兰房，半牛郎。
白红红白，红白向梅妆。
自此人生成彼此，留得下，去难当。

之二：

半开书房半关门。
一王孙，半慈恩。
暮朝朝暮，朝暮暮朝村。

有意有情儿女约，无日月，有心根。

之三：

百里姑苏一太湖，半东吴，两江都。

不远金陵，已逝六朝儒。

空有西施娃馆月，夫差已去，一荒塘。

月月灯灯，独独上空床。

空向姑苏台上问，西施不在，是吴王。

之四：

有约无期草木生，半天明，一阴晴。

山山年年，尽是去来情。

空有书生书自己，形形影影，望江城。

145. 何满子

之一：

已是十三年纪，含情惯得人娇。

人似梨花桃李侧，有枝无叶天朝。

怯望兰桥南北，穆公楼凤凰箫。

之二：

记得巫山云雨，瞿塘三峡裹王。

宋玉高台朝暮，依依神女留芳。

楚楚熏香处处，秦秦晋晋姜姜。

146. 望梅花二首

之一：

冬雪梅花初唤，白白红红难断。

引起群芳孤独叹，暖暖寒寒参半。

天下四时知汗漫，先入江南河畔。

之二：

天下阳关大道，风云日月高。

孤灯明月望，胡马一葡萄。

147. 薄命女

应所渡，刘阮成仙仙不劝。

只以长生献。一献长生年岁，再献人身

康健。三献如同天上宪，岁岁千千万。

148. 春光好二首

之一：

神思得，一明皇，羯鼓情肠。

二月里催花发，好春光。万岁作天公曲，

玄宗已是君王，桃李相知先开放，满庭堂。

之二：

群芳色，百花香。玉笛君王，羯鼓起催

春色，一庭堂。草木向玄宗敬，儿儿女

女情肠，留下人间今古忆，是明皇。

149. 采桑子二首

之一：

初离蜀道心乱乱，天上人间，关闭宫闲，

再忆春春闻蜀山。

之二：

家亡国破应去去，宫女迁迁。如蜀如年，

去路时时听杜鹃。

150. 菩萨蛮

梅梅雪雪争春路，桃桃李李群芳树。

一月暮东吴，三光朝五湖。

姑苏多少雨，俱是阴晴故。

不远见江都，楼船倾玉壶。

151. 喜迁莺

芳草碧，暖云烟。湖岸喜莺迁。不啼杨

柳已成仙，飞入柳杨田。水一边，云半

岸，语语声声相参半。是春非夏互相啼，

无可轻轻叹。

152. 山花子

柳浪闻莺一曲啼，山花子色半云萋。

刘郎已去萧娘问，玉环低。

夏至春分凉雨季，秋来落叶霜冬西，莫

以人情争日月，与心齐。

153. 临江仙三首

之一：

曲至商音一曲肠，琴弦玉腕半生香。

倾倾伏伏情多少，萧娘。

舞舞千姿百态妆，声声不尽是衷肠。

纤纤未语先回首，刘郎。

之二：

杜鹃山下嘉陵水，蜀云楚雨微微。

暮朝朝暮去无归。

暮朝朝暮伴云飞。

宋玉神女应不问，雪肌云鬓晖晖。

含情藏自一心扉，峡流官渡作香帏。

之三：

是云非雨巫山峡，杜鹃蜀国花花。

四川三谷一人家，水行朝暮到天涯。

白帝嘉陵江逝水，去来来去年华。

人人事事自无邪，江流千古浪淘沙。

154. 小重山　古今诗

一路来去过沧洲，三生朝暮问江流。

前程如果若沉浮。

山海外，自著自春秋。

家国国家忧。

有思无想，事事王侯。

马来万里白头求，天下去，步步国家酬。

155. 泰香两岐二首

之一：

自以天下十三州，巴新（巴布亚新几内亚）

天下帝王侯。

风风雨雨着荒流。

经赤道，束手愿归投。

原始作风流。

木成森林，处处沧洲。

黑男黑女黑人留。

皆乐业，鼓腹着情畴。

之二：

天下多阡陌，东汉纪农帛。

守渔阳，张堪伯，新麦桑泽。

作君为政江山客，国家方策。

枝叶分分脉，穗穗修修麦。

理连枝，民有积，百姓无相隔。儿儿女

女和平魄，碧松苍柏。

156. 牛希僧生查子二首

之一：

春风春草生，山水山花性。

年岁有枯荣，日月无纵横。

碧玉英红情，朝暮光天竟。

小女踏情缨，步步怜心盟。

之二：

村边春水桥，溪岸云烟渺。

儿女自逍遥，两自心心晓。

语不多，情未少。回首幽幽纱纱，记取绿裙条，夜夜听啼鸟。

157. 中兴乐二首

之一：

春秋两度北南飞，谁知故国心扉。乡土淡淡岁路微微。衡阳青海是归，应非归。山河处处，去来来去，夕照朝晖。

之二：

当安一字北南飞，春秋草木寒晖。天下人人，地上相依。

家乡无有所违，何非非。江山草木，暮朝朝暮，处处心扉。

158. 雁　何处是故乡

年年两度飞，处处一人归。

衡阳青海岸，故土是何非。

159. 酒泉子

秋月婵娟，一色一香天下。

半弦弦半半无圆，挂寒天。

留玉影，待空年。来去来去难断，夜深人静枕边悬，共同眠。

160. 谒金门　古今诗

朝朝暮，经得岁年长路。步步辛辛步，去来来去数。终日诗词格律云，雨云云雨，十万平生成世趣，莫言回首顾。

161. 临江仙七首

之一：

白帝夔门十二峰，瑶姬宋玉殊容。襄王雾里雨云浓。弄珠神女，含笑自无踪。

朝暮暮朝情处处，罗裙香气重重。有因无果水芙蓉。空留朝暮，只供作情封。

之二：

逝水瞿塘蜀水津，巴山白帝秋春。高唐宋玉楚王珍。一应神女，微笑自相邻。

神已暗移蝉鬓落，罗衣无止香尘。细腰波水作婚姻，空空三峡，自此作情人。

之三：

一峡巫山半水潮，瑶姬楚国云霄。秦楼弄玉凤凰箫。女儿儿女，微笑自含娇。

情在水流天下去，香藏裙带细腰。

古今古古有逍遥。相思相忆，一岁一天遥。

之四：

玉带裙香逝水滨，巴山夜雨相匀。高唐一梦女儿身，已知袖女微笑自含春。千载古今曾独步，高唐云雨相邻。

暮朝朝暮岂无因。空留三峡，解佩杜鹃人。

之五：临江仙

不向黄陵庙上闻，巴山夜雨纷纷。夔门不锁禹玉分。但留神女，朝暮自晴云。

斑竹泪流天下水，湘灵无限思君。只因三峡有天闻，天天云雨，处处有氤氲。

之六：

三峡江流一谷深，高唐两岸知音。襄王宋玉侍人心。凤凰神女，神女自弹琴。

公不渡河天下望，婵娟暮暮相寻。上弦难挂下弦沉。寒宫空也，苦苦不相临。

之七：

庙宇巴山沿渡河，巫溪白帝晴波。襄王宋玉楚辞多。暮朝云雨，留下作情歌。

袖女悄然含笑至。瑶姬天娇娥。有心如水且鸣珂。相寻相寄，不问不公婆。

162. 薛昭蕴　相见欢

阴晴日月西东，女儿红。草木江南江北，有情衷。

水云命，临妆镜，思无穷。夜雨潇潇魄断，没寒寒。

163. 醉公子二首

之一：

草草花花闭，花花草草开。

谁人骑白马，不省下身来。

之二：

绿绿红红酒，红红绿绿杯。

胡姬胡上马，玉女玉天台。

164. 女冠子二首

之一：

求仙求纱，忘却身心窈窕。

梦云霄，寒女瑶池水，轻身碧玉桥。雪肌铜镜里，琪树影心潮。只与嫦娥伴，不逍遥。

之二：

人间寒暖，日日长长短短。

望长天，春夏秋冬去，朝朝暮暮烟。雪梅梅雪色，玉影玉孤眠，只与嫦娥伴，不求仙。

165. 浣溪沙八首

之一：

渡口船头已不扬，船公舵屋望渔乡。

家中碧玉小红娘。

早去人前人水岸，花花草草草花香，人间日月自炎凉。

之二：

日日滩头日日船，家家户里有婵娟。

明明月色女儿眠。

水水山山天下水，云云雨雨世中怜。来来去去作乾坤。

之三：

七尺舱房七尺船，婵娟一夜半婵娟。

三更自去五更怜。

已是寒宫寒玉树，无眠辗转自无眠，当然枕上不当然。

之四：

一水波涛一水沙，三心两意半无家。

桃红柳绿一梨花。

二月春风春雨下，千呼万唤百年华，无言日色到天涯。

之五：

一路松江五湖，运河水运河奴，江都草木半江都。

二月梅花香雪海，姑苏碧玉淑姑苏，小娇流水小桥吴。

之六：

一半莲花一半塘，隋炀帛柳是隋杨，千年水色作天堂。

自好头颅知自好，长城未了战争长，江南处处女儿乡。

之七：

一子人间一丈夫，春秋五霸范蠡奴，商商贾贾过江湖。

莫以夫差勾践问，姑苏碧玉作姑苏。东吴自古一东吴。

之八：

越女西施浣溪沙，天平山上美人花。

金莲步步作吴娃。

五霸春秋业已尽，剑池干将不人家。

如今日月太湖斜。

166. 谒金门

三宫叹，一半相思霄汉，一半衷肠情已断。

人生多少半。

夜夜梦停柳岸，风月水花乱。

不见羊车羊已去，原来飞燕唤。

167. 喜迁莺三首

之一：

春光好，喜迁莺，已去半啼声。李桃深处有新情，处处杏花荣。九陌红，千花倩，百草一林相映。水天天水已英明，留下细溪鸣。

之二：

姑苏水，小桥流，六溇五湖舟。越吴吴越一春秋，碧玉一心求。九陌新，三吴柳，诸子百家回首。虎丘孙子剑池休，以此望江楼。

之三：

清明雨，雨云烟。采女养春蚕。五湖云水五湖船。露露小荷尖。用直圆，品山苑。只道是萧郎远。水山山水一源泉，不在洞庭边。

168. 小重山二首

之一：

春到姑苏春草明，洞庭山上露，五湖荣。东风和煦有莺鸣。同里岸，吴越运河营。来去梦难成，东西山上宿，半风情。手摇香扇带香缨，相思忆，朝暮小荷生。

之二：

秋到姑苏秋月明，运河船碧玉，太湖英。船娘来去凤凰声。天下水，天下有精英。天下一枯荣，隋炀杨柳岸，也人生。洞庭山下绕花行，吴儿女，朝暮女儿情。

169. 离别难

一路上问青莲，风云际会高天。

不应春草乱，向前无可叹。

半风风雨雨，半心田。

杨柳岸，隋炀畔，天堂来去运河船。

留法漫，知音难，三界断，平生只是当然。

事事人人半。事事人人半，半天下，半云烟。无有半，千声唤，天堂朝暮是神仙。

170. 顾况九首

荷叶杯

之一：

春在柳杨阡陌，阡陌，都是去来歌。

所闻无见向汨罗，谁九歌，楚九歌。

之二：

今古事都非客，是客。天下一松柏，有无无有半阡陌。

公渡河，子渡河。

之三：

杨柳柳杨阡陌，九脉。天下半山河，去来天下一先科，非可磨，是可磨。

之四：

无有有无魂魄，过客。生死死生河，古今今古一蹉跎，沙一莎，水一莎。

之五：

宁古塔中云落，寂寞。天下渡江河，这边知彼问嫦娥，生几何，死几何。

之六：

生死死生无见，不见。谁晓得何元。去来来去是非言，江有源，水有源。

之七：

多少去来牵挂，八卦。天下两仪车，有因无果自回家。

无是字，有是字。

之八：

天下有人人路，步步。天下好头颅。

运河南下富东吴。

无是无，有是无。

之九：

梅雪已成红白，红白。香色岁年多。

月明明月一嫦娥。

弦几何，暗几何。

171. 甘州子五首

之一：

渭泾西自近甘州，千百里，是清流。

骆驼分付作沙舟。

荒漠见古楼。

丘处处，无见帝王楼。

之二：

国家家国世人忧，农子弟，帝王侯。

姓名名姓九州头。

分土列疆酋。

山水前，天下作春秋。

之三：

洛阳西去一甘州，西域路，客丝绸，国家商队骆驼舟，文化始交流。今古来，隋制一春秋。

之四：

古今今古一隋炀，修汴水，倡经商，国都千里贾家乡。

骡马市扬长，来去来，千里改经商。

之五：

洛阳西去酒垆香，蛮汉女，老婆娘，越丝吴帛久名扬。

姬女带香囊。从此知，丝路始方长。

172. 遐方怨

修汴水，建楼船，古古今今见。来来去去年。越吴已自好桑田，会稽同里湖烟。杨柳岸，满青莲，只向天堂去，苏杭岁月宣。洛阳西去半商天，帛丝绸缎好神仙。

173. 诉衷情二首

之一：

隋炀一水两通州，改道路丝绸。中华此去西域，不尽骆驼舟。天下客，重交流。易无休。国家家国，再造方圆，再着春秋。

之二：

千秋不尽已千秋，汴水北南流。天堂路南北，一带两通州。商处处，客幽幽，洛阳灵敏，向西西域，处处丝绸，处处交游。

174. 杨柳枝，顾琼体

霜霜明月月，寂寂水迢迢。
只见寒云影，无言上小桥。
姑苏多碧玉，汴水运河潮。
语语侬侬问，情情意意遥。

175. 白居易三体，七言绝句

人间自古是苏杭，吴越如今杨柳乡。
碧玉多情多碧玉，小桥三步小桥梁。

176. 醉公子二首

之一：

千里风云断，千里荷莲半。
一水洞庭山，三吴浒胥关。
碧玉情何唤，碧玉情桥岸。
明月照前川，婵娟已上船。

之二：

吴越天堂岸，吴越风流岸。
自古运河船，如今碧玉船。
暮暮朝朝见，去去来来面。
明月胥门关，销魂自不还。

177. 酒泉子七首

之一：

文在杏坛，谁尽望洋兴叹。
少年行，杨柳岸，草花寒。
几回丝路几回难，几回风雨面。
忆隋炀，西域见，过长安。

之二：

张掖酒泉，西去楼兰人断。
已年年，云水岸，石沙川。
去来难尽古今颜，再闻商贾面。
忆隋炀，千万变，玉门关。

之三：

丝路又宣，今古隋炀难断。
下扬州，天下乱，运河船。
洛阳商贾自方圆，去来来去路，有丝绸，
无战箭，见云天。

之四：

无止不休，西域葡萄红酒。
汉秦疆，胡女手，玉门楼。
古今今古路当修。运河多少柳，一隋炀，

丝路首，帝王州。

之五：

西去客商，西去年年开放。
古隋炀，今已敞，运河长。
几回回忆是天堂，太湖来去想，雨茫茫，
云莽莽，越吴乡。

之六：

千古九州，来去阳关当酒。
一天山，三万口，去何留。
洛阳西去满商舟，敢居天下首。向河山，
知可否，任沉浮。

之七：

千古帝王，千古江山何想，女儿花，七
所享，以娇藏。
满宫妃女已荒唐，有情何处去，见隋炀，
留一路，作天堂。

178. 浣溪纱八首

之一：

一处隋炀一路华，三秦弱女九秦花。
深宫百嫔不知娃。
帝帝王王多少妾，羊车忘尽浣溪纱。
三宫六院帝王家。

之二：

二月西施作馆娃，耶溪水净浣溪纱。
夫差六渎满梨花。
自此姑苏歌舞曲，三吴有路范蠡车，太
湖影映太湖花。

之三：

自古苏州一太湖，隋炀汴水半江都，东
风草木已扶苏。
碧玉荷莲回夕照，黄昏采女玉东吴，含
羞不露水中姑。

之四：

一曲阳关半谢娘，三吴月下一荷香。
姑苏碧玉小桥旁，已是秦淮杨柳岸。
千姿玉树百家藏，人间有女在苏杭。

之五：

谷雨云烟草木新，洞庭山上洞庭茵。
太湖采女采茶娘，三月姑苏香雪海。
春分碧玉碧螺春，江南一半有情人。

之六：

锡惠扶苏浒墅关，姑苏一半洞庭山。
东西两岸太湖湾，五霸夫差勾践间。
西施别去范蠡颜，平生几处去来还。

之七：

万里江河万里洼，东流不尽浪淘沙。
人生不可误人家，自以隋炀杨柳岸。
何言丝路帝王花，商经已是你吾他。

之八：

半入姑苏一入吴，楼船汴水下江都。
江南税赋自江湖，若以隋炀丝路雨。
阊门白茧织绸奴，婵娟碧玉月明壶。

179. 更漏子

春有花，秋去雁。
一人字，衡阳盼。
表海涧，过湘田，水秋芦苇天。
云雨事，山水岸，寒暖暖寒无叹。
霜淡淡，雨烟烟，来年飞不断。

180. 应天长

记取隋炀杨柳路，当以天堂天下度。
长城外，丝绸路，万里客商西域募。
战和千年误，塞外江南如故。
汉汉秦秦不许，缺云还缺雨。

181. 渔歌子

一江南，山水岸，柳杨杨柳都无断。
一年年，一畔畔，岁岁花花草草冠。
一江南，朝暮篆，莲花湖上明霄汉。
小桥边，碧玉唤，云雨云烟不散。

182. 河传三首

之一：

红杏，红杏，相辉相映。
已见东风，出墙墙外自红红。
情衷独情衷。隋炀汴水劳歌影，柳杨净，
楚女吴姬领。
江南江北已多情，多情，神仙是玉英。

之二：

柳杨神女，借花凭絮，来来去去。凤凰
楼上不语，自楚，东吴千里茹。隋炀汴

447

水劳歌御，天堂誉，云雨无千虑。
一姑苏，三界儒书奴，江湖水月图。

之三：

水路，丝路，南南北北，暮朝朝暮。运河花草满东吴，玉壶小桥天下途。丝绸之路千年度，长城妒，此意向谁许。问鹧鸪，向姑苏，五湖知丈夫。

183. 木兰花四首

之一：

日向二妃寻大舜，竹泪苍梧朝木槿。
男儿无尽少年心，来去去来求上进。
湘水二妃常鼓瑟，只见九嶷疏导浚。
万年天下水横横，且以高低低处顺。

之二：

月色玉楼春促促，万里黄河折曲曲。
浊清清浊向东流，年岁岁年春草绿。
源地当然清自许，两岸土黄黄水续。
孟母求子择邻居，恳恳勤勤知秉烛。

之三：

不尽暮朝千里目，不尽阴晴三界竹。
石榴花落子红红。何处管弦谁断读。
年老已知花落去，少小不闻牛马牧。
积红堆绿作江山，日月风云由海陆。

之四：

不到玉楼春不约，雪雪梅梅多少诺。
白红红白觉来时，儿女女儿情不落。
朝暮暮朝常相向，枕上梦中应互托。
少年年少有心思，岁岁花开听喜鹊。

184. 虞美人十首

之一：

霸王一路一英雄，只到未央宫。三军楚项独弯弓，鸿门垓下断云风，几成功。
虞姬帐下腰身曲，舞剑婷婷玉，去来去一衣红，此时一刎过江东，记长空。

之二：

一呼百应半江东，只诺未央宫。鸿沟楚汉不成功。封王垓下未弯弓，误成功。
鸟驱万里秦王令，立马谁赢政。帐中歌舞剑殷红，此离是别一雄风，沛刘公。

之三：

霸王今古一英雄，横马半江东。灭秦应取未央宫，大呼一火漫天空，自由衷。
去来来去是精英，败败是成成。沛公人下帝王盟，汉家自此有无情，楚歌声。

之四：

沛县亭长见风云，成败已由君，一人天下一人闻。以霸举足以王分。作功勋，
玉姬虞已半知音，帐下舞红襟，古今今古帝王寻，江东弟子著名钦，误人心。

之五：

李桃花下一年春，云雨雨云频。暮朝朝暮半红尘，草花一半五湖人，女儿身。
雪梅梅雪有东邻，处处见经纶。有无无有是天津，有花七彩不均匀，自应新。

之六：

暮朝朝暮有花香，来去去来扬。绿红红绿小姑娘，一心一蕊一衣芬，嫁时妆。
水云云水碧荷塘。玉立玉人光。雨烟烟雨有情肠，月明月暗风求凰，见鸳鸯。

之七：

汴水隋炀杨柳岸，暮朝朝暮河山，去来来去一人间。北南南北山水色，五湖湾。
六渎泗淮吴越见，苏杭儿女红颜。古今今古几时还。楼船无在，花雪月，胥门关。

之八：

汴水隋炀杨柳岸，倚楼闲望婵娟，有知无战好桑田。泗秦淮浦同里驿，满江船。
柳帛换时谁晓得，如今因果昭然。女儿儿女好云烟。长城留得残白骨，月空弦。

之九：

汴水苏杭杨柳性，女儿儿女多情。暮朝朝暮水乡明。云悬天下谁约定，玉人行。
月隐月明欢笑处，渔舟赢得平生。五湖湖上自纵横，楼船留下，今古是，曲歌声。

之十：

汴水苏杭杨柳唱，越吴吴越天堂。碧荷荷碧满清香，小舟舟小，明月里，入斜塘。
碧玉小桥流水岸，如今儿女时光，欲情还止是鸳鸯。风平人静，相忆取，好隋炀。

185. 临江仙

一情明月下，有约有心扉。人悄悄，水微微。未了思轻语。自余不离归。横塘岸，荣渚草，独依依。已来还去，云雨霏霏。
几多心事，不把思怅。二妃湘灵见，斑竹如晖，金闺里，多雨泪，是还非。

186. 女冠子

雨云云雨，江南处处雾雾。浓荫如故，姑苏碧玉，新花老子，千年烟树。洞庭山上木，五月枇杷。百珍谁数，酸梅止喝，燕燕低飞，朝朝暮暮。约佳期，神女瑶姬赋。楚襄王，三峡一情高唐度。
雨云云雨，白帝巫山梦，瞿塘如灵敏。五湖湖水荡，有知杨柳岸，晓风残月，暑气分付。岁年今古，白莲荷碧，骄阳和照。

187. 思越人

一姑苏千百里，洞庭山太湖舟。
五霸春秋今已去，云烟云久风流。
绮罗当付天堂酒，隋炀帛运河柳。
商贾吴姬天下首，琴声碧玉知否。

188. 虞美人

姑苏日日天堂雨，处处江南雾。红颜碧玉满东吴，白雪梅花何必下江都。如今已是人间路，草木无朝暮。儿儿女女半书儒，古古今今应谢运河苏。

189. 临江仙二首

之一：

国国家家天下事，今今古古英雄。春来处处百花红。三吴三碧玉，运水运河中。
自是人间人自在，儿儿女女由衷。风花雪月已无穷。天堂杨柳岸，日月各西东。

之二：

一去天堂天下路，江南一半姑苏。姑苏碧玉过江都，琼花琼世界。小女小桥古负。
自以楼船杨柳岸，隋炀有好头颅。长城白骨女儿孤，如何相比拟，日月运河图。

190. 魏承班 诉衷情

诉衷情，古今诗

平生彼此许衷情，一半作精英。精英不是今古，处处有精英。人事事，历名名，作纵横。柳杨杨柳，水也枯荣，山也枯荣。

191. 生查子四首

之一：

先先后后一平生，处处有阴晴。专家历历蛇口，著作世人惊。中南海，北京城，不声名。格诗词律，十万成城，十万方成。

之二：

人间记取一衷肠，老已下南洋。曾经德语翻译，也译日俄章。中国使，法西方，作天梁。全国地铁，一半苏州，一半天堂。

之三：生查子

南洋（马来西亚）五载下马新（巴布亚新几内亚），顾问国家邻。天涯万水遥远，四季不秋春。年夏夏，黑人人，海粼粼。去来来去，半在阴晴，半在经纶。

之四：

南洋一路泛波潮，日月海天消。童翁几度朝暮，独自去迢迢。夫妇别，女儿寥，独云霄。有来无去，半向天涯，半向芭蕉。

192. 绍水三首

之一：

十八女儿红，百岁黄滕酒。
不思不解情，向背当知否。
已见凤求凰，无问纤纤手。
时记楚腰条，和垂小杨柳。

之二：

处处独无依，故故柴扉启。
不闻不问身，已是天香体。
雨落雨云浮，烟谷山川底。
天下已迷迷，无言女儿礼。

之三：

妇妇半夫夫，暮暮朝朝女。
一生一世儒，白帝巫山雨。
十一二峰前，三峡瞿塘雾。
无可问高唐，猿啼楚官渡。

193. 菩萨蛮三首

之一：

吴门不锁姑苏路，天堂一半云烟雾。
五霸一东吴，洞庭山太湖。
西施娃馆女，已是夫差误。
不可范蠡儒，经商勾践奴。

之二：

苏州不尽干将路，夫差未去吴门雨。
汴水一江都，虎丘孙子孤。
朝朝还暮暮，去去来来故。
已见运河途，天堂多玉壶。

之三：

人间不向苏杭去，乾坤不误天堂女。
世语不多余，沙鸣荒漠舒。
平生长短路，立志阴晴步。
不是帝王居，当然非是书。

194. 渔歌子

之一：

西塞山前白鹭飞，桃花流水鳜鱼肥。
杨柳岸，雨云扉。
儿儿女女一心归。

之二：

开闭常常一木扉，云云无尽雨霏霏。
杨柳岸，女儿归，情情意意是还非。

195. 满宫花二首

之一：

意沉沉，情缈缈，月夜后思多少。
草花处处不归巢，只独见鸳鸯鸟。
离去多，相见杳，何处暮朝无了。
蜀山巴雨杜鹃啼，三峡一流江晓。

之二：

雨中云，云里雨，汴水运河神女。
越吴一路一天堂，碧玉小桥无语。
何处来，何处去，都是那隋炀虑。
越吴三月子规啼，朝暮暮朝云雨。

196. 谒金门三首

之一：

天寒食，客在清明时节。已是梅花天下雪，丁香儿女结。月色圆圆缺缺，朝暮暮朝明灭。不得人间多少别，倾心无可泄。

之二：

天山雪，雁向衡阳飞绝。一字人形天上咽，秋冬春又别。几处家乡才子，青海是衡阳结。已是年年南北折，家乡家偈。

之三：

由心历，暮暮朝朝寻觅。不是人间来去寂，明皇闻玉笛。月照长生殿壁，云雨不同娇滴。水上芙蓉身白皙，华清明夜幂。

197. 木兰花三首

之一：

水平平，波细细，碧玉姑苏同里第。
儿女臆，小桥堤，运河杨柳如何丽。
江南处处云雨济，止止行行多少艺。
江村朝暮自相思，淑声素气云烟霁。

之二：玉楼春

贴水双飞来去燕，有雨有风都进院。
雕梁巢里互相言，且竺日晴芳水甸。
已是多情无掩面，白晰红颜留方便。
莫观栋上已无声，只顾衷情深入恋。

之三：

寂寂中庭飞去燕，寞寞镜前红粉面。
春思孤立到黄昏，夕照落霞明水甸。
欲问还停行止见，处处留情多少恋。
有波有浪有云烟，忆取良宵同梦传。

198. 黄钟乐三首

之一：

斜塘烟雨草萋萋，同里江村朝暮，碧玉小桥低。
来去去来情不尽，婵娟明月各东西。
相约吴门云水齐，心在姑苏花畔，颜色好辛荑。
应是春来君可见，一舟当靠运河堤。

之二：

芙蓉色，女儿香，婵娟已上床。月明光，素素行行，独自好思量，碧玉心中多少事，前日约，小桥旁。

之三：

云雨来来去去，巴山处处阴晴。

暮暮朝朝三峡，水山山水生情。
宋玉高唐应赋，瑶姬醉解群缨。
官渡楚流无止，蜀江神女芳明。
每忆良宵不语，一波三折相倾。
已是衷肠儿女，人间自有纵横。

199. 醉公子

去来风雨润，暮朝花草吝。
碧玉已知春，芳心月满身。
梅妆眉画鬓，异香无谨慎。
相约逐红尘，同行明水邻。

200. 女冠子

无情无意，细雨残红所至。
忆时迟，留下空床帐，来来去去时。暮
朝朝暮约，明月月明知。不可求仙也，
久相思。

201. 菩萨蛮三首

之一：

人情自古人情断，风云已是风云乱。
汴水去来船，越吴沧海田。
隋炀杨柳岸，六合天堂冠。碧玉一婵娟，
小桥三界船。

之二：

姑苏一半杭州半，天堂日月阴晴算。
已在太湖边，又还西子船。
江都杨柳岸，六合风云断。处处雨云烟，
运河啼杜鹃。

之三：

黄昏夕照黄昏后，无声有约无声手。
一叶半沉浮，五湖千雨舟。
多情已知否，直饮三杯酒。睡去有王侯，
醒来情九州。

202. 杏园芳

朝朝暮暮情情，花花草草明明。
含羞步步总关盟，玉荣荣。
来来去去香香散，邻邻隔隔成城。
随时随地总相倾，女儿惊。

203. 清平乐二首

之一：

春春处处，柳柳杨杨絮。
露露烟烟归汉楚，水水烟烟不语。
清清步步虚虚，情情日日余余。
雨雨幽幽落落，云云卷卷舒舒。

之二：

求求索索，落落飞飞雀。
去去来来都是跃，暮暮朝朝拼搏。
江湖总是江河，流波总是流波。
日月东西日月，蹉跎自有蹉跎。

204. 满宫花

雨幽幽，云缈缈，日见去来飞鸟。草花
处处有阴晴。只暮暮朝朝晓。离别多，
相见少，知醒醉何时了？一江春水子规
啼，荷叶又尖还小。

205. 临江仙二首

之一：

处处莲花天下色，红红碧叶横塘。
香香已是伴萧娘。
牛来牛去见，一路一刘郎。
楚楚腰身千百态，芙蓉已俱衷肠。
亭亭自立自芳芳。
寻情寻不和，问水问蓬房。

之二：

直直荷花多碧叶，芙蓉出水莲塘。
红红瓣瓣自沉香。
蓬房蓬孔穴，一粒一衷肠。
曳曳珍珠留不住，圆圆玉碎银光。
萧娘以此会刘郎。
腰身天下色，子女结天堂。

206. 枝棹子

之一：

梅子雪，丁香结。
一月当空天下别。
何不见，未圆明灭。
何须得，只使人悲切切。
有情有意无时说，云前雨后胸中热。
偏是处，少年豪杰。

回首顾，且以留红留所悦。

之二：

桃李树，杏花树，都已知朝朝暮暮。
神女是，雨云无数。
高唐见，宋玉瞿塘三峡赋。
楚王不在瑶姬素，梅花白雪胸前顾。
何去去，已难分付，应已见，白白红红
留不住。

207. 秋袒月

三秋佳节，一重阳，千菊色，茱萸霜雪。
岭上云烟山下，月弦圆缺。西风叶，寻
根去，此时难缓。求本，道是故乡已别。
黄昏夕照，望残阳，天下路，未休无歇，
有去来来求索，已优平抽。步前前，流
曲曲，江河切切。自向东，今古古今豪杰。

208. 金浮图

江南有杨杨柳柳，碧玉苏杭。女儿纤手。
半红梅，半雪胸前守。楚楚纤腰，小小
半开金口。悄悄步轻轻走。云云雨雨，
云雨应知否。藏娇后，姑娘自首。满脸
桃花，独身求友。女儿心上有情无守。
贪恋欢娱，只以江湖丝藕。
应会不离左右。同舟不劝，且饮千杯酒。

209. 定西蕃

汴水岸隋堤柳，人似玉。
运河舟，女儿羞。回首是纤纤手，太湖
湖水鸥。飞上洞庭山否，女儿愁。

210. 何满子二首

之一：

成曲临刑满子，从头已是人声。
不得风光如面，是非难断阴晴。
莫以平生歌曲，文华未了心名。
云后雨前来去，暮前朝后前行。
万里天涯公子路，国家家国红缨。
不免兴亡生死，邪邪正正相倾。

之二：

生死常常际会，平生处处身情。
已似文宗肠断，却如何满无声。

一曲笙簧相镒，才人已俱宫英。
曾是雨前云后，又云前雨后晴。
天若有情天亦老，去来来去相盟。
不再人间情味，幽幽一叹长鸣。

211. 女冠子二首

之一：

江南花草，水月云烟好好。
太湖潮，杨柳姑苏岸，轻纱挂玉霄。虎丘
余五霸，同里退思桥。寄语青娥女，八仙遥。

之二：

阳关三叠，大漠沙鸣落叶。
一秋风，千里霜寒石，长天玉宇空。月
明尘已断，西域故人公。早以瑶台问，
几仙翁。

212. 酒泉子二首

之一：

陌陌阡阡，春夏夏秋风月。
暮朝处处花红，雨云风。
殷殷桃李子无空，指望取收因果。运河
不载老诗翁，柳杨中。

之二：

紫气东来，镜里鬓环初改。
画梅妆，描七彩，一花开。
似情如意由天待，敖不兰堂春主宰。
心自在，不徘徊。

213. 浣溪纱七首

之一：

汴水姑苏满雨烟，东风碧玉采桑前。
春莺问月挂西川。
一线生机生晓色，黎明已上北山先，差
差答答作婵娟。

之二：

碧玉胸前两玉珠，云烟露水一流苏。
楼船不在故江都。
白帛隋炀杨柳易，含娇细女有情无，闺
心一半在东吴。

之三：

一半东风一半娘，春香处处覆春香。
衷肠一曲又衷肠。

远近姑苏芳雪海，黄粱梦里再黄粱。
红妆日暮日红妆。

之四：

碧玉轻轻过小桥，江潮慢慢逐江潮。
消消涨涨复消消。
自古姑苏杨柳岸，摇摇步步见摇摇。
娇娇秀色复娇娇。

之五：

木渎天平一馆娃，花花越女作花花。
纱纱舞展薄纱纱。
记取夫差勾践霸，葩葩不尽又葩葩。
人家不成不人家。

之六：

半在云边半在河，波波水水色波波。
哥哥小小是哥哥。
两岸斜塘斜两岸，鹅鹅有意逐鹅鹅，荷
荷叶下纳荷荷。

之七：

九叠阳关九叠肠，吴娘月下一吴娘。
香香碧玉付香香。
只是含情含不住，思量不尽不思量，家
乡水色好家乡。

214. 后庭花三首

之一：

相思不尽相思断，去来何叹？红红白白
梅花，慢慢轻轻唤。有无无有群芳乱，
粉妆登冠。暮朝朝暮先先，已开初心灿。

之二：

歆歆舞舞含芳面，往来如恋。
琴琴曲曲弦弦，瑟瑟声声春。
落梅红杏纷纷见，一双飞燕。
几何朝暮心情，见飞天寻茜。

之三：

云阳玉树深宫院，汉家媛情。
陈情是后庭花。后主如何面。
落花花落花还见，只红层殿。
有声无语心情，后庭何飞燕。

215. 菩萨蛮三首

之一：

梨花不断梅花面，还来白雪还来见。
已是半春天，已香三界前。
层层红院殿，片片随飞燕。
处处满山川，人人从自然。

之二：

山花已作山花雨，风云只是风云雾。
百里问姑苏，十年知太湖。
人生朝暮路，日月乾坤步。
五霸一东吴，千年三玉壶。

之三：

隋炀一度隋炀路，天堂半立天堂树。
汴水过姑苏，虎丘驱太湖。
长城和战度，白骨阴晴故。
纨绮子弟龙图，千年谁税吴。

216. 清平乐

春归去路，夏雨重重雾。
玉树后庭花处处，只是朝朝暮暮。
书儒已得书儒，匈奴不是匈奴。
处处英雄处处，东吴日月东吴。

217. 更漏子二首

之一：

北云云，南雨雨。今古古今如古。山处处，
水芜芜，去来来去孤。知仰俯，问钟鼓，
草木江湖如数。天普度，日扶苏，一吴
一玉壶。

之二：

一心心，千语语，无到有时何与。情绪
绪意如如。已红还绿扶。寻水渚，问神女，
已在高唐相许。倾叙叙，梦余余，已知
处处初。

218. 南歌子二首

之一：

岁岁年年去，朝朝暮暮来。
人生自古不徘徊，日月雨云天下百花开。
意意情情水，心心舍舍台。当初一步已
成媒，草木阴晴世上一人催。

之二：

世上娇娇女，人间力力男。

丝丝束束一春蚕，茧茧白丝来自采桑岚。

绵绵绸绸缎，杨杨柳柳淦。江南已是一江南，半是天堂半是一天坛。

219. 木兰花

一心扉，三界平，一世人知三拂柳。

垂不定，细无声，白雪入春春是首。

有斜斜，无口口，枝叶连根根有守。

情暗暗，意幽幽，月下相思天下酒。

220. 小重山

四海天下女神仙，嫦娥今日作婵娟。

高楼歌舞学开莲。明月色，束手自难眠。

云雨自前川，雨云风流以，各以方圆。

已行不止是秋千。心不定，水上一游船。

221. 临江仙二首

之一：

岁岁年年一水仙，南齐天子宠婵娟。

风流云雨女儿船。纤纤细细腰断，朝暮比娇妍。

每是朝秦还暮楚，已春又夏红莲。

如今时世已如烟，几何儿女，何去处，非是女儿怜。

之二：

柳浪闻莺一两声，平湖秋月一船明。

西子西子久人情。啼啼住住行止，当去不当鸣。

每是情情心不定，不多不少余紫。

如非如是已如盟，水山山水，天海誓，出入共枯荣。

222. 渔父　李珣三首

（水接三体渔父钓，只求鱼，蕙兰丛里帝王居，水月已多余。）

之一：

渔父钓，严滩岸，鱼蟹有时难断。

有无多少酒千杯，俯仰里谁如何算。

之二：

只见飞鸥点水涛，随流日色逐风骚。

倾白酒，问蓬蒿，严滩处处挂衣袍。

之三：

云黯黯，雨凄凄，浣溪西子望东西。

吴越越吴谁白晰。

夫差觅，勾践东邻尝胆激。

223. 南乡子十六首

之一：

吴碧玉，采莲船，夕阳斜照素娇妍。

神女水仙霞彩艳，双波念，当以婷婷云雨僭。

之二：

一豆蔻，半花开，女儿情里不相猜。

红酒十年连里外，宽衣带，云雨声声知达赖。

之三：

西子雨，范蠡云，越吴吴越五湖分。

朝暮暮朝红木槿。

江湖信，斑竹湘灵寻大舜。

之四：

寻碧玉，小桥边，半边云雨半边船。

荷叶水花天下叹，经春浦，听罢猿声啼汉漫。

之五：

云带雨，浪由风。岸边滩水照长空。

花草在天天在梦，迷三弄，西去阳关何不同。

之六：

天下水，一江湖，半边云雨半东吴。

西去玉门西去路，谁分付，唯有阳关沙石度。

之七：

千岛水，一钱塘，富春江上半天堂。

杨柳岸边同里望，朝天浪，天子隋炀可俯仰。

之八：

同里岸，虎丘泉，越南吴北运河船。

尝胆剑池天下鉴，吴江淹，谁见鹧鸪鸣晚忏。

之九：

千杏雨，百梨花，越儿吴女好人家。

桃李成蹊谁上下，春中夏，云里红莲应不嫁。

之十：

云雨散，挂罗衣，水荷荷水两相依。

红粉白莲天有意，无须避，西照黄昏应幼稚。

之十一：

情不少，意多余，独行孤断帝王居。

寻问问寻谁不语，神仙女，何以阴晴云上雨。

之十二：

无白鹭，有沙鸥，雨云云雨一轻舟。

行止止行情不究。

罗衣袖，无意双峰多显漏。

之十三：

长短袖，白红裙，有情多意自纷纷。

无力始终云雨沁，鸳鸯枕，谁已轻轻心不禁。

之十四：

红豆蔻，紫玫瑰，谢娘家在越王台。

红白白红梅雪采，春春爱，当见鸳鸯何不在。

之十五：

杨柳岸，水池塘，小船明月玉莲香。

波浪浪波随夜涨，黄天荡，留下姑苏三两伉。

之十六：

天淡淡，月弦弦，缺圆圆缺问婵娟。

朝暮暮朝云雨岸，阴晴半，烟树烟云烟不断。

224. 西溪子二首

之一：

宋玉襄王神女，三峡蜀门分楚。

见高唐，云自语，雨自语。

官渡巴山去处，下东吴，过东吴。

之二：

白帝夔门朝暮，官渡水，瞿塘雾。问瑶姬，云有雨，云有雨。云雨巫山自付，一相如，一相如。

225. 女冠子二首

之一：

三清有路，百岁当然一步。

一丹炉，天上瑶池水，玄虚是玉壶。道修天下度，人济卜书儒。寄语嫦娥伴，在仙都。

之二：

含羞含笑，绿叶红花窈窕。

女儿桥，人在秦楼上，人间弄玉箫。凤求凰自去，春水泛情潮。独自求仙也，好苗条。

226. 中兴乐

洞庭百里半三湘，君山外一衡阳。雁来青海，何处家乡。年年来去故衷肠，是秋郎。

岁年两度，遥遥远远，也是春娘。飞时人字一排行，以心演易天章。纵横天下，日月三光。友邻相问鸳鸯。寄情肠。不辜前约，同盟同许，桃李无疆。

227. 酒泉子四首

之一：

明月婵娟，只在女儿床上。半依无靠夜沉沉，柳荫深。

胸露露，满思心，如此谢娘无梦。卓家谁作一知音，作弦琴。

之二：

明月寒宫，桂子落婵娟影。去来来去夜沉沉，半无心。非后羿，是春霖。回想只当残梦，上弦弯尽下弦岑，有无寻。

之三：

明月空空，桂树下嫦娥隐。夜来更去色清清，不含荣。

何处处，有萌萌，留取下弦当梦。夜深还到枕边来，共徘徊。

之四：

明月当空，万里照千年梦。落花穿竹影重重，有无踪。

孤玉树，独清宫。刘郎谢娘相约。暮朝朝暮可弯弓，自由衷。

228. 浣溪纱四首

之一：

夏日炎炎短薄妆，<u>丝丝</u>秀发久思量，荷荷叶下望牛郎。

已把衣裙陈草岸，含羞不住入清塘，心中怯怯有荒张。

之二：

步步幽幽见海棠，时时果易青黄。儿儿女女有余香。

雪色肌肤藏不住，红颜媚目巧梳妆，萧娘已见是刘郎。

之三：

十八年中有始终，三千日上女儿红。江南不尽柳杨情。

日日春云春雨色，时时水月水书生，回回首首是私盟。

之四：

一半人生一半春，红尘一半不红尘，人间自是去来人。

十二峰前三峡水，巫山白帝作西邻，高唐不尽雨云频。

229. 巫山一段云二首

之一：

二月梅花雪，三春雨露烟。九流三峡去来船。十二晚峰前。

已见高唐赋，瑶姬向杜鹃。朝朝暮暮大江边，一度一神仙。

之二：

雨落巫山上，云沉白帝中。一流朝暮向吴宫，此去自西东。

宋玉襄王赋，瑶姬水月红。瞿塘不尽雨云风，彼此可由衷。

230. 菩萨蛮三首

之一：

朝朝暮暮行路，来来去去人人故。同里过三吴，运河连五湖。

长城应不主，汴水知何度。日月满江苏，舒适越富都。

之二：

行行止止行行路，山山谷谷山山树，日月一天书，岁年三界度。

巴山天下雨，楚水巫云付，不以帝王居，只须多少余。

之三：

江流处处江流岸，风华日日风华断。水逝有波澜，日升天下观。

乾坤都是半，日月时时算。步去数汗漫，步来弹自冠。

231. 渔歌子　七体古今诗

之一：

同里江村一号家，秋月菇鲉蟹脚斜。

相脍酒，醉芦花。昆山巴解试渔虾。

之二：

淞江蟹舍半成仙，巴解江虫火上眠。

尝第一，事千年。只上云中不系船。

之三：

一江湖，三界路。春云夏雨，夏秋无数，冬白雪，腊梅树。独立日寒已住。

半梨花一云一雨，阙里深宫当已许。唤群芳不相妒，自在人间不负。

之四：

九嶷山，斑竹泪，湘灵鼓瑟，二妃同类。天下路，洞庭瑞。治水只应立志。

别娥皇，女英精萃，觅觅寻寻从不泊。一苍梧，一淮泗，只以江山不忌。

之五：

春日垂垂柳柳条，朝暮情情不消。啼莺来去半云霄，雨丝云卷女儿娇。

羞态里，又吹箫，已下秦楼问潮。同声同曲凤凰桥，雪花风月已心遥。

之六：

春雨迟迟绿柳桥，云密烟浓不消。心心无语已含娇。一丝牵挂一条条。

一线问，汉天遥。半在瑶台寂寥。无休无止问渔樵，不辜风月裙腰。

之七：

水去何处，瑶姬神女，杨柳东吴，楼船有虑，吴越汴水江苏，天堂在五湖。

劳劳务务歌歌故，隋炀路，暮暮朝朝雨。

想长城南北，去来来去奴，久思胡。

232. 河传

夕暮，回顾。迢迢云雾天地相舒，朝云暮雨，天下路运河疏。人生一部书，隋炀自以好头颅，江山误，太得江山误，祖龙秦王问，李斯赵高亡，望苏杭。

233. 虞美人二首

之一：

春莺报晓朝阳照，柳柳杨杨眺。姑苏碧玉小桥寥，半三天堂同里运河潮。

微微语微微笑，不问新花娇。婵娟有色不招摇，十八年中来去半云霄。

之二：

夏口知音汉水滨，琴台自古秋春。钟期只向伯牙邻，丈人夫子，微笑曲歌频。

三叠一重应自静，高山流水无生。古今今古岂何因，空劳来去，以此断其人。

234. 临江仙

白雪梅花已半春，杨杨柳柳黄匀。

啼莺不止已伤神。运河船女含笑顾腰身。

衣解带宽蝉蝉鬓动。

心巾红短风尘，石榴裙下岂无因。何藏纤手解佩送何人？

235. 定风波五首

之一：

志在丹炉玉石烟，三清天下步虚年。

一路水山行不断兴叹，春风处处有云天。

南岳北河泾渭问，成仙今古有方圆。

不见馆娃歌舞女，相如月明明月共婵娟。

之二：

产在、逍遥不在渔，丹炉心里有玄虚。

一路向天高不语。

神女春秋十易帝王居。求道不求云几许，登临方得不多余。玉石已从天地如，无处，有时当有是，源初。

之三：

处处行人处处途，江湖吴越运河苏，一

路水船商不断，依岸，春潮碧玉满江都。

南寺北僧钟鼓继，峨嵋山上道家儒。

玉石不分丹净炭，融灿，八仙天下一仙奴。

之四：

雁过秋空问未央，楼船天下不隋炀。

已见运河流不断，吴岸。

姑苏有女学观妆。

南去北来飞一路，回文多少有衷肠。

只以道玄一半，长唤，岁年青海到衡阳。

之五：

玉石丹炉玉石无，儒家夫子道家姑。

佛祖教心经不断，禅岸，钟声磬语各扶苏。

刘阮一棋三百载，成仙无路自相趋。

五百载中三界换。

云馆，古今今古计天枢。

236. 南歌子

独坐清灯影，孤身夜月明。

女儿儿女梦难成，观寺寺观都有自无声。

237. 渔父二首

之一：

自却红尘上钓船，严滩水渚下流年。

无牵挂，有长天，一水当中有月仙。

之二：

只钓鲈鱼不钓名，吴莼久脍越莼生。

经八月，味方成，半在姑苏半在情。

238. 巫山一段云二首

之一：

已见回文久，天河织女边。

织机无纵有横连，万水有源泉。

暮暮朝朝化，云云雨雨船。

高唐宋玉楚江边，一梦作神仙。

之二：

白帝千般雨，巫山一段云。

暮朝朝暮两无分。十二夜峰裙。

月照高唐梦，江流杜宇闻。

云云雨雨暮朝勤，两岸久芳芬。

239. 春光好九首

之一：

冬天短，夏天长，一风光。

四季两仪成八卦，问南洋。

旱旱云云雨雨，繁繁茂茂香香。

来去人间同日月，共家乡。

之二：

云如雨，雨如烟，露如泉。

马国（马来西亚）巴新（巴布亚新几内亚）

南赤道，几经年。老去南南北北，浓浓淡淡人前。华族诗词黄里白，共婵娟。

之三：

三天下，一南洋，两家王。

我是顾臣名部长，国芳香。

马马巴巴路，园区自成圆方。

谁把长春称主席，是黄粱。

之四：

天云雨，日风光，共圆方。

不以国家分远近，过南洋，大马巴新日照，光垂直直皇皇。谁把金银铜铁问，火山乡。

之五：

飞机上，近阳光，过南洋。

世界一名鱼已霸，咩金枪。

左右东西海水，丛林草木原荒。谁把黄金藏地下，火山扬。

之六：

经香港过南洋，度沧桑。

只带新加坡上路，筑围墙。工业园区独立，家国国圆方。

当把人间分隔界，再开张。

之七：

初蛇口，又苏州，十三州。

工业园区无有建，作风流。

再过南洋两国，诗词顾问春秋。

马国巴新都是客，不王侯。

之八：

丛林雨，日垂光，是骄阳。

地上无形无影见，不方长。

处处原原始始，刘郎裸体萧娘。

如昆丝丝都已挂，野酋庄。

之九：

肥肥女，好儿郎，巧梳妆。

小辫丝丝千缕美，散余芳。

自是人间彼此，花偎草冠姑娘。

谁把金枝穿鼻孔，不续藏。

240. 西江月二首

之一：

月上江楼不语，重重波浪全无。

梅花白雪一姑苏，云中有隙如女。

已见冰花自如，几知红粉相扶。

只留记取运河吴，古古今今何去。

之二：

处处朝朝暮暮，人人今古京都。

通州一水到姑苏，来去风风雨雨。

碧玉桥边不妒，洞庭山下江湖。

有风有浪有前途，只以前行之路。

241. 赤枣子二首

之一：

夜悄悄，月弦弦，寒宫何处隐婵娟。

春雨欲来回雪面，含情不语望心边。

之二：

雪海色，玉神仙，梅花香尽杏花天。

归得踏青春正懒，无遮自顾独胸前。

242. 女冠子二首

之一：

无裙无袖只有胸衣独守。树如舟，蝉静荒塘水，回阳半和秋。雪肌明夏影，玉树映西楼。寄语青春伴，已含羞。

之二：

秋云秋雨最是朝朝暮暮。忆当初，来去纤纤手。阴晴只读书，暖寒分界处，方得问相如，不以嫦娥伴，梦江都。

243. 更漏子二首

之一：

运河边，杨柳岸，汴水泗淮参半。独不是，问楼船，好头颜不宣。一断千年断，晓得不，都难断。谁叵耐，见方圆，怎生重岁年。

之二：

水天堂，杨柳岸，不卑不亢小桥江东乱。独自问醉垂鞭，运河河上船。一半，三吴断。小子女都称冠。天下去，已千年，怎知方是圆。

244. 木兰花四首

之一：

白雪冬梅二月花，运河天下半人家。

谁见柳杨杨柳峡，当甲。北南通州好年华。

独凭春水游小鸭，小鸭，应暖无待渡寒洼。

天上阮郎相接洽，如洽，无须邻里挂窗纱。

之二：木兰花

月上小楼春已暮，谁问女儿夫婿路，消息去，怯逢人，不止不休窗外雨。

晓见落花红满步，非是卷云非是雾。

儿儿女女只相思，来去去去何不顾。

之三：

萧娘何以潘郎顾，雨雨云云分别误，后庭花开学梅妆，学步楚腰如玉树。

临风左右轻心妒，闻月寒宫依旧故。

圆圆缺缺复圆圆，天下相思应此处。

之四：

暮朝朝，朝暮暮，碧玉桥边都是雾。

通汴水，运河吴，柳杨杨柳隋炀路。

千年好景江南雨，曲渚苏杭相互顾。

楼船何止下江都，女儿十二桥中步。

245. 清平乐

朝朝暮暮，岁岁年年路。

日日春秋何不住，草草花花如付。

天堂一半东吴，隋炀一半江都。

已是天堂不误，长城内外如胡。

246. 菩萨蛮四首

之一：

东边夕照西边雨，有晴道是无晴暮。

汴水过江都，运河流向吴。

临风观玉树，待事千年数。

有水有沉浮，无知有丈夫。

之二：

何时不问何时候，当然只要当然就。

日月任风流，草花凭九州。

江东由左右，白首分先后。

汴水有沉浮，运河无所求。

之三：

隋炀帛取隋炀柳，天堂汴水天堂酒。

两岸运河流，一吴三界兽。

青莲荷碧玉，白女红酥手。

只有老苏州，脍鲈莼菜秋。

之四：

丝绸薄薄丝绸绣，层层两面层层透。

自古帝王侯，而今流九州。

山川同宇宙，白雪红梅厚，

一点一江鸥，五湖三界舟。

247. 浣溪纱三首

之一：

二月西施二月花，耶溪水色浣溪纱。

夫差木渎水人家。

六合钱塘吴越路，天堂一半女儿华，

春秋五霸五湖娃。

之二：

自有股商世代花，佳人都在帝王家。

三宫六院百妃华。

莫以楼船情色论，秦皇诸国女儿遮，

谁知又见范蠡赊。

之三：

本是西施本是娃，红花白雪更红花。

人家彼此作人家。

莫以江山分社稷，何须事业作天涯，

民间不得不桑麻。

248. 三字令

春不尽，日无迟，杜鹃枝。

荷碧玉，小诗诗，欲尖尖，还簇簇，一心知。

杨柳岸，凤凰绶，各佳期。香杳杳，小湄湄。

月微微，花潋潋，惹思思。

249. 南乡子八首

之一：

水水舟舟，春秋处处是春秋。

两岸人家云雨后，黄滕酒，态态姿姿君见否、

之二:

一见含羞，船边水影岸边舟。

引引牵牵隋细柳，纤纤手，有约心心相互否?

之三:

木槿花开，朝朝暮暮互相猜。

隐在藏舟宽束带，凭天籁，杜宇鸳鸯都在外。

之四:

半入人家，梅花半在木兰花。

一片芳香初入夏，东风嫁，玉女着着藏树下。

之五:

已见红莲，轻轻已近岸边船。

只见衣裙藏不衍，芙蓉面，采女荷中何不见。

之六:

色色巫山，芙蓉出水半红颜。

暮暮朝朝云雨见，藏娇面，约约盟盟情可恋。

之七:

豆蔻花开，云云雨雨在阳台。

暮暮朝朝非是客，鲛绡帛，见已纤纤酥手白。

之八:

翡翠鸡鹍，沙汀足迹渚花灵。

不见巫山神女影，凭心省，去去来来知蜀郢。

250. 献衷心

一见花颜色，含笑春风。云雨水，月波丰。

小小江舟在，渔火红红。三五曲，传远近，望星空。情尽尽，意难通。

隔船相顾寄由衷。夜尽天明白，无止无穷。

知木槿，朝旭白，入深宫。

251. 贺明朝二首

之一:

谁知水上芙蓉见，莲香满院。含娇含欲，露珠如玉，似流还蛮。

荷花知此，莲房结子，不胜汀甸。有依

无靠，直天垂地，步虚人面。

之二:

春来脚角尖尖见，斜塘云燕。青莲青叶，欲开还闭，独身成片。

云环云鬓，如云似雨，自开娇面。以红当碧，似花成叶，每逢留传。

252. 江城子

二水三山一月明，半江城。石头城。

六代南朝，百寺百钟声。

留下姑苏台上问，如斯逝古，太无情。

253. 凤楼春

簇簇一花丛，香满殷红。老诗翁，暮朝相见半书中。唐不尽，语西东。七十五年何不止，日日一生同。自由衷，千万无穷。一则归一，雁飞人字，文章无止精工。严格律韵，词赋今古望苍空，颂声还雅，家国之风。

254. 区阳彬　生查子

瑶姬神女情，宋玉巫山娉。不见楚襄王，晓月谁相迎。

暮朝云雨性，逝水高唐镜。巫峡一阳台，惊起何相盟。

255. 虞美人二首

之一:

春风已过江南岸，雁字飞无断。人人一一列长天，两度衡阳青海两前川。今今古古家庭见，百岁平生院。无眠望月自无眠，背井离乡离别自心怜。

之二:

思乡一半思乡叹，别去书生唤。婵娟只是一婵娟，故土生平都是北南天。来来去去何时断，父母分离散。平生一步隔黄泉，再想重思回首已如烟。

256. 临江仙，二首

之一:

雨细花红露水轻，云舒薄润方明。鸳鸯对沐两相倾。左来还右，含意复含情。

莲藕有丝丝不断，芙蓉连水红缨。一蓬多子已初成。荷塘明月，处处递身盟。

之二:

十二峰中一荒塘，袖女在，有襄王。千回柳，万回杨。朝暮见巫峡，日月在高唐。

两岸巴山宋玉章，来去有余香。云云雨雨作红妆，思量后，还是再思量。

257. 浣溪纱

半见春秋半见人，嫦娥一半隐弦身。寒宫以色访东邻。

寂寞流苏流冷绣，神仙不可入红尘。刘公阮子自相亲。

258. 八拍蛮，唐七绝平仄起二体

之一:

行行止止亦行行，暮暮朝朝处处情。

雪雪梅梅红白白，荣荣辱辱始荣荣。

之二:

自自然然五寸田，山山水水一方圆。

花花草草成今古，色色空空作地天。

259. 河传

春雨，春雨，烟雨，慢慢徐徐。润滋滋润自舒舒。舒舒。已当初。朝朝暮暮朝朝暮，都是雾。碧玉天堂路。去来来去一知书，雨云天下苏。

260. 谒金门

云中路，汴水江都朝暮。只见隋炀杨柳树，楼船天下误。

女女皇家数数，宫殿浅深如故。不必扬州依此妒，人间皆一步。

261. 定风波

朝暮交河一日风，来去楼兰半月空。荣辱萧何韩信令，非命只由四皓定深宫。项羽垓下分界，楚汉鸿沟见沛公。霸王虞姬回首别，当是，剑垂歌尽血儿红。

262. 孙光宪　竹枝十九首

之一：

芙蓉初水（竹枝）半荷花（女儿），小女无人（竹枝）不顾他（女儿）。池水黄昏（竹枝）方暖切（女儿），欲藏还露还（竹枝）未回家（女儿）。

之二：

荷花绽展（竹枝）碧莲蓬（女儿），有子新生（竹枝）半孔空（女儿）。如女云丝(竹枝)黄欲乱(女儿)，不垂朝宇(竹枝)有深宫（女儿）。

之三：浣溪纱

汴水三吴半女乡，苏州十里一斜塘。
楼船不记中隋炀。
一念天堂杨柳岸，荷花处处惹人香。
刘郎去有萧娘。

之四：

半在盘门半虎丘，姑苏一望洞庭楼。
灵岩宝履剑池秋。
五霸云泉风壑水，天平石笏问江流。
红枫满地老苏州。

之五：

只见开元寺里钟，寒山拾得不留踪。
枫桥夜泊两青松。
八百人心罗汉在，三千岁月佛家容。
西方戒律落来峰。

之六：

宝带桥中步步行，吴家十里越家城。
相思普济客胡名。
雾泊枫舟兴隆寺，金狮石庙太湖明。
江村一号逐前程。

之七：

北寺云岩夕照灵，寒山夜月竹青青。
梅花水雨满汀汀。
一望灵岩多宝塔，三生立佛读心经。
空空色色自宁宁。

之八：

水水天天一色红，舟舟渡渡五湖中。
渔歌夜月半春空。
一网三竿垂静影，蓑衣遁甲老诗翁。
由心不语已由衷。

之九：

拙政留园共圃情，狮林怡曲退思名。
湖山石玉网师城。
富甲天堂同里岸，沧沧浪浪几波平。
听枫启藕雪梅明。

之十：

晓雾蒙蒙水月情，云烟渺渺去来望，船停两岸一家横。
尾尾头头分不定，摇摇荡荡酒杯平。
谁分对足醉时鸣。

之十一：

水巷船通半本家，烟烟雨雨一云花。
灯灯火火女儿他。
夜雪枫桥枫叶色，香香素素玉壶斜。
西施夕照浣溪纱。

之十二：

二月黄花二月黄，三春杏李五湖香。
枇杷树上半低昂。
已在洞庭山上望，姑苏一片好风光，江南处处作天堂。

之十三：

只向三吴向杏坛，苏州一曲半评弹。
幽幽落落几青丹。
八月莼鲈鸡头米，秋霜薄薄小桥冠。
花灯刺绣好云端。

之十四：

步迹姑苏醉半回，花光一片紫云堆。
东风已去再年回。
二月西山香雪海，三春宝带玉烟催。
群春自是谢冬梅。

之十五：

不见轩辕学养蚕，开元一度紫金庵。
龙宫柳毅好儿男。
小小蓬莱成笔架，姑苏学子自虚函。
知书达理有深潭。

之十六：

拙政芙蓉水榭前，香洲倚玉笠亭眠。
鸳鸯三十六宫船。
若墅堂中浮翠阁，涵青水色见山泉。
柳江雨雾满嘉园。

之十七：

碧玉梅香白雪身，红颜粉面小桥春。
腰肢细细满天伦。
万种风情风不止，千姿百态以情邻。
何言暮楚是朝秦。

之十八：

似雨如烟一小船，三吴碧玉五湖边。
梧桐滴露是珠泉。
杏李桃花分不定，枇杷草霉已酸甜。
姑苏品味作天仙。

之十九：

一女幽幽半部人，三吴处处两家春。
姑苏碧玉小心邻。
欲语无言波已动，阴晴有度作红尘。
丰腴体态楚腰身。

263. 河传三首

之一：

战争天下，去来无己，楼船水。上辽东，下江南始，行行何止止。如花似玉三千女，多云雨。秦晋巴山主。向江都，知越吴，姑苏，谁知六国奴。

之二：

暮朝朝暮，去来来去，途途路路，似烟如雾云雨，玉树。
江流应不住。瞿塘峡水阳台付，襄王误，神女巴山度。一殊途，半五湖，嫦娥倾玉壶。

之三：

朝暮，朝暮，朝朝暮暮，雨云云雨，神女襄王不误，有情多少付。去来来去谁来去，何人语，宋玉何知楚。
身已孤，心已孤，情孤，杜鹃春水孤。

264. 寄刘登顺兄

北大师兄北大情，中庸治道一中明。
天天地地天天地，暮暮朝朝自古行。

265. 寄远志敏兄二首

之一：

一路方圆一路名，千文已化万书盟。
中华志敏诗词赋，自古相如已初成。

之二：

江风来去自生波，何不知公渡河。

雨中间云各少多，无歌。蜀山巴水过。

白帝瞿塘天地泽，天地泽，天下同阡陌。

一莲荷，千织梭，嫦娥，此情应几何？

266.菩萨蛮五首

之一：

三千女子三千付，秦皇六国秦皇误。

有色不知书，国倾皆是奴。

深宫多不顾，饿死当知故。汴水下江苏，

柳杨多少余。

之二：

隋炀汴水隋炀路，江都自是江都雾。

富里已三吴，水波清五湖。

杨柳杨柳树，帛帛绢绢互。已见玉姑苏，

又闻倾玉壶。

之三：

江南自得江南柳，隋炀已制隋炀酒。

俱是帝王侯，几何修石头。

人间皆是友，世是相逢首。逝水尽沉浮，

百年思白头。

之四：

姑苏柳碧姑苏草，隋炀帛贵隋炀早。

七步女儿桥，五湖波浪潮。

江都人不老，处处琼花好。十八女儿娇，

酒红应未消。

之五：

花冠织得江南榭，群芳已送萧娘嫁。

只见阮郎家，扣船停水洼。

红莲经六夏，结子成蓬罢。日月在天涯，

雨云天下遮。

267.河渎神二首

之一：

渎水草芊芊，二妃斑竹青莲。九嶷山下

一长天。鼓瑟湘灵雨烟。

门内庙中多少客，苍梧云雨前川，相忆

隔岸生死，已留天下流年。

之二：

河岸是前川，庙中香火如年。楚山吴水

洞庭烟。斑竹湘灵杜鹃。

何处女英曾相见，娥皇流泪如面。留下

九嶷芳甸，百花芳草飞燕。

268.虞美人二首

之一：

桃花已作桃花雨，不尽春归路。江东子

弟一东吴，项羽虞姬垓下沛公呼。

英雄不尽英雄误，可是江山故。谁言楚

汉过江都，未及隋炀杨柳满江苏。

之二：

相思不尽相思寄，最是春秋季。花开独

自守孤时，落叶寒床云十都难司。

行行泪泪行行泪，女女儿儿泊。相思究

竟是相思，寂寂寥寥天地几何期。

269.后庭花二首

之一：

景阳宫里新飞燕，后庭花面。云舒云卷

金銮殿。玉叶深院。

有心无意望，何情遗，落下香香片。花

花草草都开遍，碧萝相牵。

之二：

石头城外江东岸，雨云都乱，轻风吹起

琼花断，半作云冠。

运河流水去，佳人见。白白红红半。梨

花杏李桃花畔，后庭花叹。

270.生查子七首

之一：

碧玉运河前，汴水流芒甸。花草雨云间，

日暖都如面。

纤纤细手玉人田，已以神魂见。

狂煞玉郎鞭，至此音容恋。

之二：

日暖百花开，碧玉垂阳岸。芳草运河边，

水渚青青泮。

香尘一半是藏娇。处处轻轻唤。

谁问去来间，俱是萧娘叹。

之三：

一月一嫦娥，碧玉三春陌。云雨草青青，

日暖梨花白。

儿儿女女入红尘，约约幽幽客。

郎自约萧娘，咫尺何期获。

之四：

一日入春愁，两只红酥手。杨柳运河水，

女女儿儿酒。

楼船已去有苏杭，隐约隋炀口。

儿女儿女心，碧玉刘郎友。

之五：

水暖草花明，碧玉腰如柳。蓝袖白蓝青，

步步三春酒。

东边日出照西边，暮暮朝朝走。

儿女儿女情，岁岁年年口。

之六：

半醉却红妆，织女牛郎晓。床上久空空，

细细腰腰嬲。

三春熙日满红尘，不见花多少，

何以意相遥，只是情难了。

之七：

有日约佳期，暮色还儿女。萤火去来回，

宿鸟轻轻语。

虫虫唧唧是何情，已见如身许。

明月隙中留，白白红颜侣。

271.临江仙，古今诗二首

之一：

已去长程无远近，无非有是难平。人生

人不止，一路一声鸣。缈缈相思相记忆，

人间处处心萌。离思别念总关情。孤鸾

孤自顾，独马独阴晴。

之二：

夜半婵娟玉影深，空床久见人心。

鸳鸯伴侣不知音。

别离离别，孤独独孤禽。

唯有运河流逝水，江南如此筝琴。

一生三界岂无今，空临空色，不似古人寻。

272.酒泉子三首

之一：

岁始岁终，正是梅花白雪。一层层，三

彻彻，半河河。

色空空色，天无绝。来去千百别，草木荣，

杨柳折，唱离歌。

之二：

一世一行，已是三生故客。一阡阡，三陌陌，几山河？

几时空对长亭隔，不留千万迹，跬步中，知一积，丈人多。

之三：

暮雨夕云，又是寻寻觅觅。

一蓑衣，千寂寂，是相离，不如空是三湘历。二妃情白晰，鼓瑟时，眉敛嫡，有无期。

273. 清平乐二首

之一：

衷肠不叹，未了人间唤。节节枝枝生不断，一半还须一半。

年年岁岁年年，船船水水船船。不可相离不弃，如来地地天天。

之二：

朝朝暮暮，处处人间雨，已是巫山云所许，自高唐作主。

春来夏去莲容，亭亭玉立芙蓉。只见荷塘月色，霜枫一半秋冬。

274. 更漏子六首

之一：

漏中情，天下远。不可去来相返。明月色，玉人前，此生相互怜。

交语共婵娟，一双比目蒂莲。同绣枕，卧貂蝉，云云雨雨天。

之二：

漏声稀，门未启。只惜五更身体。花上月，枕前栖，此生多少齐。三界外，五湖西，异同不见高低。同北北，共西西，钟钟鼓鼓霓。

之三：

问晨钟，听暮鼓，漏断似龙如虎。明月下，作书奴，只留情独孤。千万里，一姑苏，去来拾得东吴。知古寺，问京都，枫桥叶有无。

之四：

大江流，东入海，日月下谁应宰。春不尽，夏无休，一秋冬可留。时已易，人心求，运河已沧洲。千万里，一王侯，长城几度修。

之五：

问更声，听玉漏，日日着何时候。两千字，一天休。此生家国忧。书未止，志难酬，古今处处诗獃。超十万，九州头，平生马马牛牛。

之六：

岁年中，天日守。刻刻记分分就。春是是，夏由由，以秋冬更筹。超进士，状元头，古今比比王侯。文字里，作辞叟，诗词四十州。

275. 女冠子，古今诗二首

之一：

含辛茹苦，日日天天十赋。一诗奴，书写三千字，终生不弃儒。

月明灯影里，人澹客情孤。有语神仙寄，误江都。

之二：

平生如数，日日朝朝暮暮，只诗书，三界春秋路，人间一丈夫。

老翁逾七十，词令共身孤。玉树嫦娥影，在殊途。

276. 风流子

来去人生朝暮，南北东西路路。三界水，五湖舟，格律诗词如数。朝暮，朝暮，日日无休无住。

277. 定西蕃三首

之一：

人以诗词当路，当北向南自顾。逾七十，晚生平。唯此分分付付。分付，分付，古古今今分付。

之二：

桃尽明灯残烬，今古问，去来时。暮朝知。朝暮诗词如数，重吟格律司，也有人间云雨，寄相思。

之三：

生自辽东桓仁，由祖父，闯关东。落飞鸿。五女山前父母，农家子女衷。弟弟兄兄和妹，共长空。

278. 何满子

不是问他知己，含羞未得情消。桃李分芳鹦鹉舌，玉颜满面红潮。自顾双波无定，一波三折纤腰。

279. 玉蝴蝶

花已展，草纤长。满园春未香，玉蝶一两飞扬。无心采蜜尝。悠悠望，牵牵仰，停止不飞翔。红蕊枝头芳，似乎同玉娘。

280. 八拍蛮，光宪咏越八拍之蛮歌，单调字句平韵

越女浣纱溪水香，馆娃何去范蠡肠。以此西施知日月，夫差归以五湖乡。

281. 谒金门

香雪游，五湖千百舟。独立东西山上，望风流。

女以春风嫁与，半含羞。不弃多情子，在心头。

282. 上行杯二首

之一：

步步人生来去，长远问，止止行行。南亚辽东千万里，如舟似水。南来洋，交趾瓯。似己，如己，诗历枯荣。

之二：

老去巴新南亚，从远道，历尽艰辛。朝暮欣欣红木槿，滋滋润润。玉珠流，云雨阵。

一阵，三阵，无语秋春。

283. 谒金门六首

之一：

行不得，行得也应空色。自是人间平又仄，诗情情默默。

经别离，经相忆，情是老来如织。已缺一鸳鸯半匿，生生还不息。

之二：思越人

馆娃宫，吴越女，夫差天下春红。

不见西施歌舞去，何人何去空空。

古今成败谁兴胜，浣溪雨住花径。

勾践剑池多少馨，春秋五霸谁证。

之三：浣溪纱

红夕照，越娃吴馆春花。古古今今西子在，

何人何是人家。

五湖吴越春秋霸，运河处处天下，勾践

夫差行不止，儿儿女女如嫁。

之四：望梅花

一枝梅雪与人平，独傲立，红白相映。

已作宫妆儿女情。

香尽性无更，应唤群芳月正明，春来共

枯荣。

之五：渔歌子

水茫茫，波泱泱，五湖不远黄天荡。

云渺渺，雾洋洋，森森金波苍茫。

蕙芷洲，思孟昶，入春节气青春亨。

经汴水，过淞江，尽在姑苏方丈。

之六：

运河流，同里浦，雨烟水月姑苏府。

今日日，古年年，处处人人和煦。

是胥门，知项羽，几声宿雁湖边主。

云寂寂，雨雾雾，不尽寒山钟鼓。

284. 定风波（十五体）

远远行人一落晖，遥遥云影半微微。

一路水流吴蜀尾，芦苇。南来落雁五湖飞。

南去北来行几许，姑苏同里虎丘扉。不

见馆娃吴越女，烟雨，剑池勾践有何机。

285. 南歌子（十一体二首）

之一：

一半青楼女，三生粉面人。风流处处好

腰身。白雪月波双立，展红尘。只想云

神女，还怜雨雨勾。挺胸回顾莫频频，

媚目梅花孤立，已相邻。

之二：

不是青楼女，还情少小心。凝凝不语向

知音。不作天下孤木，作弦琴。

两两波波目，三三木木林。去来留下九

州琛，纵纵横横如此，古为今。

286. 应天长（十二体）

三千云雨隋炀柳，十八名儿红玉手。

苏杭一夜叁杯酒。天下运河同里叟。

年年知九九，渔火今宵何守？相问轻轻

知否：莲子结知否。

287. 遐方怨

情处处，意长长，女儿心中事，衣裙久

散香。去来自是一衷肠，玉娘明月对刘郎。

波白皙，水云妆。宝带桥边望，同携共

步昂，任人猜妒不提防，到头留下是思量。

288. 浣溪纱九首

之一：

半雨姑苏一玉壶，楼船汴水下江都。

开封御液满东吴。

十二桥中明月夜，长城向背几匈奴。

今今古古是江苏。

之二：

碧玉姑苏一叶舟，楼船不见半船楼。

隋炀已以运河留。

自古深宫多美女，皇家未了故情幽。

藏娇始是帝王侯。

之三：

自得隋炀一帝王，秦皇女子半倾肠。

收宫六国女儿香。

古往今来云雨故，当然不可不思量。

何须以此论隋炀。

之四：

汴水江南满柳杨，天涯海角见天堂。

隋唐两代二炎凉。

税赋苏杭苏浙雨，人间八月半钱塘。

何人能不忆隋炀。

之五：

不忆隋炀一帝王，何言渭水半秦皇。

黄河之水不天堂。

已去楼船楼不在，杨杨柳柳水天光。

千年莫语祖龙乡。

之六：

莫以秦皇二世王，潼关渭水入河湟。

东营一路几多长。

只向长城南北望，儿儿女女误衷肠。

家家国国是边梁。

之七：

已见隋炀格律文，劳歌水调运河云。

朝堂取仕状元君。

自此人间知进士，无须孝德举廉分.

书生正道立功勋。

之八：

一路丝绸一路春，长安一路洛阳尘。

商家至至免秋春。

以此招商西域外，重收异界共天津。

人间始已再经纶。

之九：

一代君王二事成，千年故业半留名。

天堂毕竟是精英。

汉武秦皇何帝子，人间日月自枯荣。

黄河九曲到东营。

289. 临江仙

烟消云散江湖色，姑苏一半春明。落梅

香雪见风情，白红红白，儿女系红缨。

曾记洞庭湖水岸，湘灵鼓瑟妃英。东西

贞上洞庭琼，草繁花简，芳冷自枯荣。

290. 女冠子

烟花含露，翠羽丹霞似雾。一东吴，三

玉姑苏水，江湖大丈夫。

运河观前路，同里半书儒。只是嫦娥问，

半仙途。

291. 河传三首

之一：

渺莽云雨，惆怅暮朝，似烟如雾。水流

三峡，千里一路，楚巴官渡顾。去来已

是瞿塘赋，心如数，神女何处步？寄情

寻意如故，独思多少误。

之二：

处处云雨，来去去来，暮朝朝暮。逝夫

如水，千里一路，蜀巴无限雾。楚王宋

玉高唐赋，经王祚，相见何处故。问瑶
姬有无数，水花多少露。

之三：

吴雨小桥，春去夏来天已晚。
旧庭深，新燕小，老还巢。

292. 浣溪纱

致小江，丁酉末

蟹粉鲈纯八月塘，南来汴水一吴乡。
谁言不晓半天堂。

记取年糕年岁月，人间自在自苏杭，
杨杨柳柳忆隋炀。

293. 酒泉子

阡陌雨云，如雨似云天下润。一江南，
半水信，是氤氲。

女儿儿女自无分。天下燕来春早闻。
旧时巢，新草问，夜纟纟。

294. 生查子

愁别离，喜观见，相见如相面。何以雪
梅颜，白白红红倩。

主意疏，相久恋，花落深庭院。只惜玉
肌肤，留下情方便。

295. 思越人

馆娃台，西子色，剑池泉水吴门。翠黛
空留孙子教，谁女误入军门。

虎丘成石生公舍，点头礼佛音信。勾践
夫差天下慎，春秋五霸英峻。

296. 满宫花

云里云，云里雨，宋玉楚王神女。
暮朝三峡一瑶姬，巴蜀国巫山侣。

娇艳高唐香雪许。
只在瞿塘相叙，风情惘怅天人明，官渡
何人知予。

297. 柳枝

江南岸，柳枝，江北岸，柳枝。
半在隋炀天下时。帛千丝，柳枝。一首诗，
柳枝。一新词，柳枝。如此天堂百草迟，
百花知，柳枝。

298. 南歌子三首

之一：

柳柳杨杨色，杨杨柳柳风。一春三夏百
花红。梅雪李桃云雨，有无中。

之二：

去去来来水，朝朝暮暮流。越吴吴越一
春秋。今古古今何以，问江楼。

之三：

北北南南问，君君子子求。草花风月
十三州。春去夏来秋岁，四时流。

299. 江城子三首

之一：

浣花溪上见卿卿，已留西子明。馆娃情，
越吴吴越，儿女女儿盟。好得问她，朝
暮雨，何笑道，有阴晴。

之二：

五湖舟上女儿工，运河运河中，水蒙蒙，
雨云云雨。朝暮暮朝风。不语不言，行
得么，低首见，色无空。

之三：

去来来去自轻轻，暮朝朝暮情。雾中行，
古今今古，儿女有阴晴。如问好闻"知
道么？"和笑道："只多情。"

300. 河渎神

古树一寒鸦，玉庭三雪梅花。影孤形独
映南纱，竹木深深互遮。

河上水中求保佑，神仙如此还家。应乞
有心当愿，有来无往非他。

301. 蝴蝶儿

胡蝶儿，百花时，有因无果柱头知。采
心不可迟。当以群芳里，双双对对斯。
常常和粉作胭脂，惹来将翅垂。

302. 如梦令

不必是凤求凤，已自是群成从。彼此见
风情，自古有黄粱梦。如梦，如梦，子
子楚君君瓮。

303. 三台令三首

之一：

空色空色，半入空门不惑。不惑，柳暗
花明默默，三台仄平，平仄，平仄，半
在诗情门侧。

之二：

明月明月，半照吴吴越越。吴越，女女
儿儿歇歇。门门日情，情日，情日，意
是何人所悸。

之三：

桥上桥上，水水舟舟放荡。放荡，时时
处处想想。不道丈量，量丈，量丈，俯
俯当然仰仰。

304. 归国谣三首

之一：

处处，春来草碧柳杨絮。神女，天下飞
飞去。如今若别长亭里，须折柳，两日
重生似有语。

之二：

柳柳，长亭内外两杯酒。执手，不肯含
情走。留心小叶生成后，应知否，万万
钟情几回首。

之三：

路路，来来去去多云雾。停步，已见何
朝暮。声声玉笛吹杨柳，关山度，荣荣
辱辱何如故。

305. 长相思

花满枝，叶满枝，春来夜雨自无迟，简
简繁繁时。别离去，庭月窥，长长去去
只相思。

306. 相见欢三首

之一：

晓色已见昭华，满窗纱。欲起还休，一
朵睡莲花。是归时，情待知，如今如此见，
共人家。

之二：

衣贴波清雨水舟，小心云里自无忧。
举头低首情相顾，千点千珠付逝流。
谁唱江南曲，声声自遥已见羞。

之三：

归去歌声万水红，只留舟上半朦胧。

雨云云雨阴晴见，神女瑶姬水月风。

来去多回首，人在谁家玉笛中。

307. 炀帝

半向江湖半柳杨，南通始自北通商。

头颅好见是隋炀。

一制隋唐隋未久，三吴汴水曲声长。

苏杭已是半天堂。

308. 抛球乐四首

之一：

梅雪成层一点红，笛中杨柳半由衷。

阳关三叠无须尽，三弄梅花上下风。

何是相思曲，离别天涯咫尺中。

之二：

明月清清叶有声，古今楼上自多情。

不偷神药求仙去，天下婵娟俯仰成。

应是心心见，身在弦中上下萌。

之三：

西子天平曲舞声，洞庭山下五湖明。

范蠡吴越推舟去，商贾如今久无平。

谁寄梁州曲，杨柳江南水月情。

之四：

剑池夫差半玉宫，虎丘勾践一云风。

越吴吴越多儿女，男大当婚女大红。

无以阳关叠，三弄梅花有曲中。

309. 点绛唇

绿绿红红，桃源秦汉人间洞。见凰求凤，

天下孤身梦。

色色空空，只有关情瓮。关情瓮，请君

留仲。留仲无须送。

310. 酒泉子四首

之一：

天上飞鸿，明月嫦娥常不定。弦上明，

弦下暗，去来空。

少年多少志无穷，相思无端无止，前行程。

天下路，有无空。

之二：

高望飞鸿，天下书生多少志。来去回，

荣辱见，有无穷。

止行行止不由衷。朝天朝云朝雨，惊回头，

杨柳岸，女儿红。

之三：

留下空空，玉寒宫。东西高低来去，阶

前行，同桂子，共雕虫。

之四：

深院空帏，明月风轻惊宿燕。闻杜鹃，

先后落，去来飞。

不知分付未相依。年青青年无止，行前行，

行后止，只由衷。

311. 采桑子十三首

之一：

庭中明月婵娟色，后羿嫦娥，谁是嫦娥，

天下人情处处多。

圆圆缺缺弦弦见，谁是先科。谁是先科，

地上人间隐隐波。

之二：

嫦娥留下人间色，一半阴晴。留下相情，

今古寒宫一下明。

来来去去常圆缺，缺了还圆。朝暮弦生。

尤是春秋挂不盈。

之三：

昭阳殿里人难去，一半天香，留下衷肠。

团扇何甘问柳杨，藏娇不可移金屋，羊

步由羊，梨李桃姜。不是萧娘不是郎。

之四：

人生何以人生路，地上人生，天下人生。

谁见人生处处行。

年年岁岁天天数，诗也人生，词也人生，

格律方圆格律城。

之五：

书生成就书翁老，读遍人生，行遍人生。

三字重重一字横，天天一一人人见，年

岁相盟。

年岁相盟，日月经纶数夜行。

之六：

排天人字排天一，雁雁留鸣，天上留鸣。

无大人人一字横。

人生自一知天下，由一知明，由一知行，

二二三三九一成。

之七：

婵娟都是寒宫女，不见牛郎，何以萧娘。

唯有春花处处香。

箫声弄玉秦楼上，知凤求凰。知凤求凰，

一曲千情是凤凰。

之八：

夕阳西下黄昏后，月在轻舟，人在轻舟。

渔火幽幽曳水楼。

刘郎一曲江湖岸，朝暮无休。朝暮无休，

暗里藏娇小女羞。

之九：

刘郎留下萧娘后，月约洲头，孤影轻舟。

何去芳丛处处幽。

鸳鸯已睡流萤去，来去无由。来去无由，

不避嫦娥不避羞。

之十：

清明寒食阴晴雨，碧玉螺春，烟雾螺春。

蚕女怀中一半新。

芽芽采采千千万，云也东邻，云也西邻，

处处茶香处处人。

之十一：

羊车羊路羊羊望，一在东方，三在西方。

分别无声久未央。

昭阳殿外秋风里，无是梅香。无是梅香，

一叶飘飘有柳杨。

之十二：

无思无想无思想，一是衷肠，千是衷肠，

唯有知音处处藏。

其时绿叶红花处，知也心芳，音也心芳，

自度深情自度量。

之十三：

黄昏相约长长影，草也情情，花也情情，

天下人心处处生。

西施一半西湖水，风也轻轻，云也轻轻，

柳巷深深鸟不鸣。

312. 菩萨蛮八首

之一：

云云雾雾霏霏雨，烟烟露露舟舟渡。
碧玉小桥姑，江湖杨柳苏。

钱塘江上女，处处轻轻语。六合运河衢，
三吴听念奴。

之二：

波波点点舟舟女，云云雨雨幽幽许。
去去一香居，依依心事余。

三三从不拒，两两相如侣。有意有情书，
无声无主卢。

之三：

朝朝暮暮情情致，来来去去时时寄。
不作一香迟，唯闻三界诗。

江南多雨季，豆蔻应知识。月下月千姿，
人前人色司。

荣荣辱辱行行路，成成败败情情误。
一路一江湖，千情千玉壶。

花前明月付，雨后沉云主。有女有姑苏，
无男无丈夫。

之四：

天天地地花花草，来来去去人人老。
雨落雨天桥，潮波潮浪消。

东流吴越岛，咫尺天涯好。楚楚绮罗娇，
轻轻听玉箫。

之五：

遥遥近近回回望，潮潮汐汐波波涨。
处处野花香，时时杨柳长。

舟舟江上想，雨雨云中浪。细女细腰娘，
纤姿纤薄妆。

之六：

扬扬落落塘塘雨，洲洲渚渚倾倾汝。
有约有相如，无须无独居。

云沉云白苎，草碧草红苣。自主以情余，
当然心似初。

之七：

弦弦月月弦弦半，寒寒玉玉寒寒腕。
及及杜鹃前，幽幽天地川。

情情人不断，意意花娃馆。处处望婵娟，
心心听雨泉。

之八：

春春夏夏莲莲雨，珠珠点点重重雾，
碧玉满三吴，帆平全五湖。

舟舟江口渡，女女溪边暮。意意约姑苏，
情情多念奴。

313. 谒金门二首

之一：

听喜鹊，知道去来相约。白苎春衫杨柳弱，
平生君子诺。

轻别离，多求索，天下暮朝拼搏。三十六
宫应不却，声声鸣绰绰。

之二：

听喜鹊，朝暮去来求索。自是人间多少略，
欣欣知已诺。

无近遥，无停泊，风雨小舟河洛。步步
止行由所诺，人间飞一鹤。

314. 清平乐三首

之一：

桃李春半，结子江南岸。长草落花都不算，
水满五湖塘畔。

小莲尖角分冠，青荷初散波澜。应直未
弯朝上，又高又展如丹。

之二：

去来观望，触目何方向。已见红莲红水漾，
见了如此花匠。

玉莲蓬碧芳香，有丝心上黄黄。珠水珠
光珠玉，色颜色素塘塘。

之三：

未收поч放，水水芙蓉畅。结子作蓬花正浪。
末子一心狂。碧莲红艳荷船，采莲差女
身边。无叶有情还沐，夕照露了婵娟。

315. 更漏子三首

之一：

雨潇潇，云纱纱，儿女事谁知晓。何所望，
自云霄，雁飞南北遥。

花边草，花边草，草草花花正好。一叶叶，
一桥桥，风风月月潮。

之二：

解语花，问羞草，风月风流风好。思不尽，
想难消，夜长生夜潮。

梧桐影，临金井，不道心心未省。一叶叶，
半声声，情情已到明。

之三：

玉香长，红烛短，谁问五湖娃馆。吴女色，
越儿怜。娘娘腔里圆。

三更伴，三春暖，枕上留香不散。一地地，
一天天，云云雨雨前。

316. 喜迁莺二首

之一：

两春莺，三杜宇，云雨两三声。草花花
草半阴晴，天下有枯荣。

暮还行，朝已定，宿木已知清净。飞飞
来去自多情，庭树有新盟。

之二：

有花花，还草草，身下自绵绵。举头天
地一方圆，江上去来船。

见篷帆，知去返，好梦在何时远。长空
长在一长天，昂首问婵娟。

317. 阮郎归二首

之一：

春风不定一秋千，流苏半上天。女儿心
在阮郎边，墙低隔避前。

腰细细，手纤纤。
冰肌白晰怜。任君观望尽娇妍，天空玉
女船。

之二：

江南杨柳阮郎归，桃源宿雁飞。去来来
去几年稀，朝朝暮暮依。

天一字，地人机。排空两度旗。衡阳青
海是心扉，潇湘别二妃。

318. 贺朝圣

吴吴越越轻言语，男儿如女。娘娘腔里，
太湖湖水，运河河渚。

云环斜入，春心不已，只求行侣。以娇
含笑，有情无意，转羞心许。

319. 应天长

石头下桃花映，云雨凤凰三两性。
临妆镜，芳心靓，梨李杏开花结盟。

已眠人不醒，朝暮是风云定。鼓鼓钟钟磬磬，春情带意听。

320. 醉花间

梅雪入春春自早，红颜寒素好。
高树鹊还巢，人在关山道。
江南生细草，塞上荒沙昊。百花群已宝，
来来去去已平生。
向长亭，人已老。

321. 芳草渡

僧寺寺僧今古院，如来天下见。
天下有观音，明月禅房殿。
山峰山谷燕，去去来来遍。
菩提知是善。空空色色一心经，鼓钟声，
都是面。

322. 普度

百里荷塘半柳杨，千年记取一隋炀。
劳歌水调久低昂，天堂富甲运河乡。
普度头颅天下好，苏杭自在女儿肠。

323. 二世二首

之一：

万里长城一漠荒，千年共轨半秦皇。
文攻武取作无疆，坑灰已冷祖龙乡。
六国春秋征战去，阴山敕勒几牛羊。

之二：

听风叶，见霜州。
江流水，去来舟。
江山天下帝王侯。
人百岁，家日月，国春秋。
白翁首，千万酒，古古今今柳柳。
山林木，月云钩。
谁知否，朝暮否，是无休。

324. 南乡子二首

之一：

细雨湿秋衣，黄菊茱萸不可依。霜降雪
飞人寂寂，成绩。
一半相思听玉笛。

之二：

秋日一心秋，天下江山半九流。一日去
来来去问，神州。
苏武胡羊子女留。不见李陵侯，未得飞
将解国忧。一箭燕山曾射虎，沉浮。酒
酒泉泉已白头。

325. 舞春风（一体，延巳字句平）

书生才罢一精英，赋诗日月半枯荣。
古今社稷山河重，桃李芬芳花木轻。
燕燕莺莺常常不冗，飞飞落落自声鸣。
本源已得似泉涌，去去来来云雨耕。

326. 虞美人二首

之一：

凤凰凰凤秦楼凤，素玉经三弄。箫声冷
落女儿空。凤凤凰凰何在，穆公衷。
巢边燕子低飞众，无言空房梦。不知明
月不相逢，儿女身边同见，是无宗。

之二：

春花秋月何时了，往事知多少？去来日
日自消消，已见高山流水，一江潮。
朝朝暮暮今犹晓，只可凭飞鸟。
止行行上凤凰箫，以秦谣。

327. 临江仙六首

是非无有人间罢，青春意水仙花。去来
来去浪沙沙。雪梅梅雪后，四处已风华。
暮朝朝暮南洋谢，三千界一天涯。时时
云雨不须遮。却无分季黑，圆缺有人家。

328. 蝶恋花六首

之一：

暮暮朝朝天下路，去去来来，雨雨云云雾。
水水山山都不误，成成败败无停步。
止止行行相互顾。后后先先，仄仄平平故。
渚渚洲洲应可渡，年年岁岁谁分付。

之二：

雨雨云云云里雨，寺寺僧僧，处处闻钟鼓。
地地天天天下土，人人事事人难主。
古古今今人似羽，落落飞飞，叶叶枝枝树。
本本源源经目睹，江河草木应常组。

之三：

渭渭泾泾泾渭岸，凤凤凰凰，草草花花翰。
岁岁年年年不断，今今古古因时算。
昨昨明明都一半。去去来来，有有无无看。
只以当前当汗漫，生生息息何分散。

之四：

阮阮刘刘刘阮道，俗俗仙仙，约约依依好。
隐隐孤孤独花草，生生世世黄粱早。
应应物物华华老。悟悟迟迟，事事人人造。
始始终终始终保，刘郎不逐萧娘嫂。

之五：

帝帝王王天下晓，古古今今，水水山山扰。
野野荒荒不应了，成成败败兴亡昭。
荣荣辱辱经纶少，利利名名，落落飞飞鸟。
断断谋谋大还小，行行止止归来标。

之六：

步步行行今白首，格律诗词，日日年年手。
写写书书可知否？平生十万人间柳。
天天处处耕耘守，春夏秋冬，雨雨云云友。
北北南南一杯酒，刘郎不问萧娘口。

329. 寿山曲

花前月下行止，梅雪群芳女英。
吴越古今如此，江南风水阴晴。
思思想想前后，汉汉秦秦石城。
杨柳运河两岸，天堂百里枯荣。
帝王玉石徐福，万寿无疆是名。

330. 思越人

红叶黄花南北路，千里一朝暮。雨云云
雨客，高唐神女，何处以心度。
渭泾不尽人间步，日日有诗句。字字到
此情，此情深处，生生一分付。

331. 上行杯

草草花花朝暮，三载道，运命姑苏。南
北东西千万路，无须数数。一农夫，中
等誉，利誉，名誉，如在如去。

332. 薄命女

春日酒，绿蚁三杯歌一遍。
再拜陈三面，一面郎君方便，二面郎君

贪恋，三面郎君梁上燕，岁岁同巢见。

333. 金错刀二首（双调字，上下各字句平韵）

之一：

千里路，一江苏，秦皇刘项半东吴。
鸿沟画界分南北，天下原来不定都。
军帐酒，舞虞姬，声声剑剑断流苏。
但以子弟乌江去，身外江山有是无。

之二：

日暖暖，水寒寒，江流无止知源泉。
柳条未绿初芽短，黄叶扁扁自在天。
星朗朗，月弦弦。江南处处佳人船。
太平山上吴娃馆，不及人间误少年。

334. 忆江南二首

之一：

岁岁春来楼上燕，是暖是寒，野花芳甸。
五湖湖色女儿船，玉莲离水已尖尖。
人经风月常无叹，雨雨云云，一梦初霄汗。
平生天下一青丹，空余步到邯郸。

之二：

岁岁花开花落去，以色作尘，化成神女。
去来来已当初。暮朝朝暮问相如。
瞿塘三峡高唐路，雨雨云云，只见襄王顾。
瑶姬风月到东吴，无余碧玉满姑苏。

335. 木兰花

瞿塘三峡阳台雾，宋玉襄王神女路。
雨云云雨见瑶姬，只记得朝朝暮暮。
巴山水去经官渡，天下人间流水付。
夔门不锁是云云，留下相思是雨雨。

336. 临江仙

步步长亭离去，生生无止前行。千言万语一途程。写诗词格律，古今一人成。
二万诗无止，耕耘何辍枯荣。古今今古一身名。人孤人去去，天下自盟盟。

337. 河传

雨云云雾，姑苏碧玉，江村朝暮。茫茫渺渺，露水滴悄悄注，珠光生白煦。

小桥两岸谁分付，群芳妒，莫以风流误。
俱是少年时节，千金何故，相邻相悦度。

338. 抛球乐二首

之一：

知饮意难平，时来待不惊。
及抛何不定，酒里有风情。
以此抛球令，一杯君子明。

之二：

何是少年头，春春夏夏秋。
及冬梅雪色，逝水自东流。
幸有抛球乐，令来名五侯。

339. 木兰花

如来如去心经路，普度群生皆普度。
色空空色五蕴中，一切能除天下步。
明明灭灭明明悟，有有无无非是故。
菩提意识萨埵行，噶得观音般若谕。

340. 生查子

春莺处处啼，素女佳佳丽。
草木各东西，日月明门第。
幽幽步步低，意意情情系。
莫以草萋萋，未了心心计。

341. 木兰花二首

之一：

人生来去三杯酒，草木春秋朝暮朽。
一当云雨是风流，二是达成生存柳。
三生自古行行走，明日今天知昨否。
当前必是事临头，留下前程有俯首。

之二：

人间多少晴阴雨，世上风流来去苦。
一日三度入禅房，谢女问晨钟暮鼓。
东林鹤羽西林圃，留下相思千万缕。
心生净土嚼寒冰，终是前往无所取。

342. 菩萨蛮

平生不已平生暮，无言是是非非路。
一步下江都，半生天下赋。
姑苏多细雨，自以多云故。碧玉满三吴，小桥连五湖。

343. 无名氏　一片子

柳絮杨花落，莺啼碧玉歌。
雪梅桃李色，儿女渡江河。

344. 塞姑

塞口梅花白雪，葡草卢龙不绝。
来去三年读书，只作三生豪杰。

345. 醉公子

知是刘郎酒，非是萧娘口。
醒醉是深情，人生都作友。
何必握君手，不肯却杨柳。
只短罗衣寸，君子可知否。

346. 菩萨蛮

杨杨柳柳杨杨柳，行行走走行行走。
上下运河舟，去来南北楼。
诗翁当白首，汴水天堂酒。两岸一春秋，
五湖三界友。

347. 贺圣朝

行行止止行行客，阡阡陌陌，阴晴云雨，
野园花草，露滋霖泽。
冰肌香肤，流苏未已，左邻无隔。有琴
无语，以波明目，任羞移帛。

348. 虞美人

帐中舞剑虞姬断，天下人间乱。鸿沟一界不分天，只向秦皇由为未央烟。
乌鸦不去江东岸，霸主昂身叹。刘邦项羽各方圆，莫以鸿门垓下筵。

349. 后庭宴

千里故乡，百年荣辱，暮朝朝暮诗词续。
柳杨杨柳问隋炀，长城南北秦皇督。
今今古古今今，文字以灯和烛。
楚辞吴水，三载荷塘玉。
只以足尖尖，一莲红下绿。

350. 撷芳词

云荡荡，雨蒙蒙，翠翠花花已红红。
春衫短，玉手空，青莲折取处处香风。
问凤凰，朝凤凤。千声百鸟自弄。薄羽长，

情颜众，谢女三鸣，相如一梦。

351. 鱼游春水二首

之一：

秦楼箫声止，燕子重来寻旧垒。江南寒去，还冷杜鹃藏蕊。细草方含绿绿茵，柳絮杨花沉浮比，莺啭上林，鱼游新水。

曲曲歌歌十里，色色映春梅桃李。佳人琴瑟湘灵，苍梧妹姊。女英何向娥皇问，咫尺人前谁相似，云云雨雨，九巅非是。

之二：杨贵妃 阿那曲

罗裙已推香不已，芙蓉欲立临波水。珠珠露露几何分，雨雨云云歌舞里。

352. 闽后陈氏 乐游曲二首

之一：

莲蓬丝落丰未丰，采莲湖女红又红，羞自己，望西东，偏是荷花一路空。

之二：

西湖西子何去舟，浣纱溪上娃馆留。歌细细，舞悠悠，吴越相邻远近修。

353. 柳氏 杨柳枝

一柳枝，千秋节。杨花落尽多离别。灞水桥头多少折，缺缺圆圆情切切。

354. 王丽真女郎 字字双

苍梧二妃斑竹斑，泪水三湘山外山。夕阳青海飞雁关，一河曲曲弯又弯。

355. 菩萨蛮

湘灵竹泪秋萧索，娥皇鼓瑟梧桐落，一曲女英歌，万家多少和。

何人知你我，只道夫妻左。彼此共江河，去来同雨螺。

356. 句

云烟故国潇潇雨，日月新春处处田。

357. 吕岩 梧桐影

明月明，冷风冷。深夜故人情复情，灯灯烛烛影还影。

358. 忆江南十二首

之一：

江南岸，已是一天堂。朝暮运河流去水，郡亭夕照半斜阳。谁可忆隋炀。

之二：

隋炀忆，最忆是长城。嘉峪关前荒大漠，运河水上大船行，天下一殊荣。

之三：

江南忆，最忆是苏杭。吴越五湖同里富，隋炀不是一秦皇，天下见天堂。

之四：

淮南法，石玉是阴丹。三百岁年天下望，运河汴水满波澜。天下在云端。

之五：

生阳木，白露住坤乾。玄对两仪成八卦，上清四象玉云边，丹以一源泉。

之六：

炎黄帝，始教太清归。午马未羊应寅卯，步虚象节鹤云飞，仙客一心扉。

之七：

乾坤半，对立两仪分。男女地天成世界，阴阳八封易风云，黄帝以玄熏。

之八：

长生木，玉石是仙丹。彭祖得之千岁久，上清月下一云端，当以孝（老子）人冠。

之九：

仙丹诀，三五合玄图。二八采天琼玉炼，两仪四象自扶苏，颜貌似红姝。

之十：

修身者，最是一丹田。经络周身天地合，东西日月注源泉，初九以龙渊。

之十一：

还丹诀，九九一方圆。

来去去来都是木，暮朝朝暮合坤乾，千载可成仙。

之十二：

长生药，不必问神仙。由是上清多雨露，五行四象九宫田，明了作云天。

359. 浣溪纱 读史

八百江东子弟兵，三千弟子作书生。山则武勇斗身名。

水以容含文化教，隋炀水调作枯荣，秦皇石垒筑长城。

360. 西江月

世上杨柳柳柳，仙中日日春秋。玄元步步自无休。已入三清九守。

自得红颜白首，江流不问江楼。人间莫以作沉浮，岁岁年年老母。

361. 沁园春

来去还丹，七成迁返，一见虎龙。石玉丹炉中，交媾水火，天然融断，有影潜踪。处处玄机，微微妙迹，老子不须潜渊开封。纵横是是，不以花香满，出水芙蓉。

朝朝暮暮重重，只见汞银金波玉彤。已恩蓬莱岛，清清浊浊，风风火火，鼓鼓钟钟。

是非非，无无有有，天下人间各共烽。骚人见，把仙郎盗取，不可相逢。

362. 长短句

一世朋友友，三生处处沧洲。江湖渺渺去来舟，子丑乾坤走走。自以丹田见否，身身练练修修。平生未必帝王侯，不饮千杯薄酒。

363. 满庭芳二首

之一：

春水春冰，有云经无，日月岁年。已是金银池，千度加百，红颜红火，拨动轻烟。一半融炉，三千玉石，已见得瑶池同八仙。三清客，上下人间路，月里婵娟。粗茶淡饭天天。记取苦辛多少可怜。莫许风流计，当然不问，贫贫富富，谷谷川川。无视相思，沉吟静处，经海升天共玉莲。何归处，有心天下路，自得方圆。

之二：

如此平生，累时经日，岁月数年。七十三年间，朝暮许是，诗词书案。字句经贤。梦臆成篇。空空色色当眠。记取运河杨柳客船。有人未情举，隋炀帛柳，秦皇垒石，未了方圆。谁道长城，天堂水调，无止无休咫尺田。风骚客，以文翁十万，诗诗春田。

364. 卜算子

老子道玄玄，上上清清日免。一寸修行一尺天，束束春蚕茧。水水一源泉，物物三思践。万万丝丝万万牵，处延平生演。

365. 步蟾宫

乾坤三界经子序，仪两对，不如天语。陌阡社稷风云雨，都不见，黄芽举。虎虎龙龙交媾许，金石融，不须禾黍。有人问道是神仙？只说道：先生姓吕。

366. 满庭芳

风月姑苏，运河吴越，五湖杨柳光天。地低山远，云雨几重烟。同里唯亭碧玉，小桥岸，花草无边。观音久，寒山拾得，一叶一江船。年年，听社燕，南南北北，巢下由田。四皓国思身处，韩信君前。成败萧何月下，忆垓下，霸主方圆鸿门外，刘邦项羽，天下未央悬。

367. 醉江月

颠颠倒倒，坎坎离离，平分对立两仪司。虎虎龙龙媾媾，水火仙丹在垂垂。造化当应石玉，乾坤日月相知。顺逆天机自已疑，不误男儿碧玉时。江上夜夜，流流支支。无渠有道半居奇。

侧侧中中去去，曲曲弯弯池池。细水何须问道，清清浊浊移移。岸岸中中上下姿，未了穷图已相思。俗俗仙仙客客，关关守守如斯。

368. 水龙吟二首

之一：

一心咫尺天涯路，三界人生不误。宇空地厚，清清朝暮。元元虚渡，且听神仙语，莫左右，不消半顾。守丹田，换了都归此步。自玄玄，何如故。事事仙仙俗俗，见如来，观音普度。分明老子，中华分付，本源相互，此个悠悠理，不容易，等闲云雨。知神机，自以蓬莱如数。谁回首，朝天去。

之二：

二月江南，李桃如雾。五湖洞庭山，风向云雨。花草茵茵满朝暮，步步到姑苏，枫桥枫波，香雪如数。拾得寒山，钟声似故。寺中玉琼瑶，僧道不误。俱是空门静处，粒粒数。明珠，三清依旧，回首何路？

369. 浪淘沙

一路一神仙，半壁云天。千日月九前川。五百道士罗汗问，几度方圆。步步自当然，水水莲莲。朝朝暮暮有婵娟。暑暑寒寒多少望，几度方圆。

370. 苏幕遮

一生平，千道路。石玉修行，已见炉雾。岁岁年年都不顾。去去来来，俱是人间度。既前行，应步步。老子玄关，日月都分付。已去三清原始处，咫尺心心已见天涯鹜。

371. 雨中花

三百年中一路，此道此生何顾。留取丹田随普度，自在何朝暮。一粒九成丹已许，弃世定本如悟。今古有谁知，神仙不能莫以呼风雨。

372. 促拍满路花

千炉熔石玉，九转一丹砂。已成银汞气，半升华。浮生何问，尽意过人家。想去瑶台路，咫尺天涯。八仙王母云遮。有无无有，波浪淘沙。惜秦皇汉武，误摩挲。红尘人海，唱它"满路花"。世界重新图，已见黄芽，又多朋友新娃。

373. 六幺令

神与仙，道与仙，石玉熔炉九在。灵砂上下幺。此云天，彼云天。是非缘，异域迁。

374. 汉宫春

已在山中，去来红日色，朝暮长歌。春秋落飞燕子，衔水翻波。无情石玉，问谁知，九转金河。炉里是龙龙虎虎，烟华几何何。红日自东西去，白雪应水露。上下斯磨。丹霞彩色不散，风流白首，逍遥津，不是干戈。应又似，人间尚武，三清三界嫦娥。

375. 减字木兰花

花花苒苒，岭上梅香红染染。不问神仙，自是先去已在天。荷荷上中下，老子生平常眈眈。半有天寒，半有风流草木滩。

376. 忆江南

江南忆，最忆运河舟。两岸风光高五尺，船舱一望女儿差。不见阮郎头。

377. 全唐诗逸

扶桑日立有唐行，感备华诗见逸声。沧海之珠三卷辅，新安太宰尚雅名。儒书儒典殊荣句，道子三清秘筭萦。使学长安千载籍，功云作雨各纵横。

378. 全唐诗逸卷上

日本上毛河世宁纂辑
男三核校

五万唐诗国学荣，三千弟子久传情。

隋炀水调忆长城，劳歌始作音韵律。
杨杨柳柳性相平，唐隋已制古今声。

379. 送日本使

日本高僧胜宝宁，藤原遣使过唐城。
晁衡向导清河访，羲远途遥涨海情。

380. 赐新罗王

四象经纶玉帛殊，三光岁月典黄图。
江河日月新罗客，礼尚衣冠牧厚刍。

381. 句

国学当文化，儒家作豫章。

382. 采莲

莲花处处水波明，采女羞羞暮日晴。
只待游人皆散去，芙蓉出水独风情。

383. 句

曙色由天晓，红霞四海遥。
中华中国色，玉宇玉云霄。

384. 旅次王屋过韩氏别业

别业春烟早，桑田细雨迟。
樵渔应是客，日月普天知。

385. 上侍御士兄

社稷分尧制，江河自禹成。
贤人先自举，利器势久行。
可御时严宪，行为日方明。

386. 上同州使君伯

自古贤孤立，如今国学行。

387. 留别

桑林坡下水，雨露宛城西。
楚水阴云重，吴山暮日低。

388. 赠李侍御

侍御孤云志，沉浮苦节行。
龙颜无远近，尚剑以书明。

389. 又

一色重阳菊，千山去雁飞。

三秋当远望，九月不须归。

390. 送别

春江春水逝，草碧草花荣。
雨雨云云济，杨杨柳柳明。

391. 题故人别业

别业桑麻影，阴晴草木芬。
三春花已落，一月自寻君。

392. 奉和白舍人游镜湖夜归

风平一镜湖，水净半东吴。
羌笛三重叠，婵娟半玉壶。

393. 句

之一：
婵娟天下望，桂树任宫寒。

之二：
岐王三劝酒，细雨一秋庭。

之三：
夏晚归心池塘月，飞萤去路有无程。

之四：
千霜黄菊叶，一雨牡丹花。

之五：
江村江水阔，渡口渡舟平。

之六：
江山同社稷，日月共农桑。
汴水隋炀柳，河堤到苏杭。

之七：
东风迎马首，北路问春花。
蜀水巴山雨，铜梁楚客家。

之八：
楼船一运河，贾谊半汨罗。
若以隋炀问，何须唱九歌。

之九：
汴水由来杨柳岸，钱塘始自富春江。

之十：
六合钱塘岸，三吴汴水流。

之十一：
三吴同里富，一路运河舟。

之十二：
小杏逾墙色，桃花不闭门。

之十三：
时荒一夜台，逝水半无回。

之十四：
上苑三更明月色，深宫一夜满春花。

之十五：
鸟树含梅雨，蝉鸣问麦秋。

之十六：
莫以归无伴，嫦娥问有明。

之十七：
杨花风弄雪，柳叶绿先黄。

之十八：
一伎情无止，三声曲有终。

之十九：
万里传佳句，千言送别诗。

之二十：
千桃王母树，一胜上阳宫。

之二十一：
北国空川日，南朝六合僧。

之二十二：
亭亭玉立芙蓉水，碧碧花开叶叶蓬。

之二十三：
雪雪初冬白，梅梅岁末红。

之二十四：
岭影屏风分水色，云光隔壁合阴晴。

之二十五：
一路胥门深，三吴半楚荫。

之二十六：
拾得三声鼓，寒山半夜钟。

之二十七：
一月墙边传不语，三吴水上运河舟。

之二十八：
一寺千山雨，三吴万水云。

之二十九：
罗衫暗动春香色，眉目双波曲舞情。

之三十：
风云风不动，水逝水常流。

之三十一：
一雨泉声乱，千云草簇烟。

之三十二：
龙门上去三千里，及第风光五百人。

之三十三：

带月寻萤影，知文问豫章。

之三十四：

阮籍闻风影，严光问水滩。

之三十五：

姑苏台上月，汴水雨中花。

之三十六：

因风因竹影，遇水遇嫦娥。

之三十七：

中弦未满分仪色，只将诗思挂月边。

之三十八：

荷塘月色芙蓉立，采女温情沐浴归。

之三十九：

水间江流远，沙明日月生。

之四十：

海角天涯知佛国，风花雪月忆兰亭。

之四十一：

终南山上雪，太液水中云。

之四十二：

杜甫何须寻李白，知章以酒换金龟。

之四十三：

楚寺依依榭，公台夜夜琴。

之四十四：

夜月潮声近，停舟隔日遥。

之四十五：

雪满九重城，梅香一色生。

之四十六：

已下天公界，纷纷玉色空。

之四十七：

雁字飞南北，何居是故乡。

之四十八：

草草花花寻不尽，山山水水入心来。

之四十九：

江风推楚浪，落日滞君山。

之五十：

慈恩施八戒，寺语上方台。

之五十一：

主客张员外，人情弟子中。

之五十二：

龙鳞松节老，虎穴柏皮新。

之五十三：

猿啼天下雨，雁落北南居。

之五十四：

湖州员外杜，一水五湖吴。

之五十五：

有寺皆留步，无心尽向前。

之五十六：

工书儒是友，子弟士非天。

之五十七：

轻舟花月里，碧荷水天中。

之五十八：

台州一寺僧，大小两乘灯。

之五十九：

人心人所在，道路道其寻。

之六十：

高丽人及贡，事艺理淮南。
桂笔耕耘日，佳文远近男。

之六十一：

古古今今句，来来去去人。

之六十二：

千行紫柏柳，万里高丽人。

之六十三：

泾流泾易浊，渭水渭难清。

之六十四：

一雁飞人字，三声落苇滩。

之六十五：

新罗新宪德，汉客汉家唐。

之六十六：

烟云藏宿鸟，草木暗流萤。

之六十七：

果实秋风叶，心虚月曲江。

之六十八：

松门松自语，贝叶贝心经。

之六十九：

三清三世界，一叶一春秋。

之七十：

弯弓天上挂，直剑夜中行。

之七十一：

血月红裙色，嫦娥隐约明。

之七十二：

霜林水隐堂前叶，月夜山居鸟不来。

之七十三：

钟声僧不语，鼓语寺方鸣。

之七十四：

碧涧泉流水，青萝老丈心。

之七十五：

洞口观秦汉，桃源问越吴。

之七十六：

弦弦音不尽，指指意方长。

之七十七：

莺啼莺细语，鹭待鹭低昂。

之七十八：

日色阴晴两岸人，桃花不语一枝春。

之七十九：

辽阳非是客，蓟北去来人。

之八十：

叶落寻根叶，松声似雨声。

之八十一：

山深山木叶，水浅水波纹。

之八十二：

东亭洪洞县，日树雨云烟。

之八十三：

沙明飞鸟落，水暗洞庭开。

之八十四：

青松只见千年鹤，白雪还寻二月梅。

之八十五：

千门寒食客，一火问书生。

之八十六：

七夕牛郎问，三更织女来。

之八十七：

古木年年老，风光日日新。

之八十八：

年年岁岁春芳至，去去来来日月开。

之八十九：

洞里生天地，云中乳石花。

之九十：

三春桃李树，六夏流萤书。

之九十一：

一叶三知落，千声半不回。

之九十二：

逝水惊云梦，来云赤壁情。

之九十三：

云随三咫尺，鸟问满床书。

469

之九十四：

萧萧索索青松老，落落飞飞白鹤邻。

之九十五：

渭水黄河入，长安日月边。

之九十六：

一夜春风晚，三光草木新。

之九十七：

雨细清明日，人思父母情。

之九十八：

亭空郑士林，水净老人心。

之九十九：

长安登望远，渭水见泾流。

之一百：

寒光寒凛凛，苦势苦炎炎。

之一百零一：

人心人所欲，道路道其行。

之一百零二：

陌陌阡阡柳，朝朝暮暮杨。

之一百零三：

石磊云云云，泉流草草草。

之一百零四：

日落难明知草露，秋风不动水流波。

之一百零五：

春寒鸭已暖，水润柳先知。

之一百零六：

竹泪苍梧见，湘灵鼓瑟闻。

之一百零七：

逝水行波千里路，金风吹叶一琴声。

之一百零八：

一镜分明晚，三更玉影生。

之一百零九：

静女临铜镜，婵娟向宇空。

之一百一十：

白雪纷纷落，梅梅处处开。

之一百一十一：

赤壁千流水，东吴万木烟。

之一百一十二：

轮回轮不止，塔影塔无行。

之一百一十三：

三春日色经身暖，一树桃花不向人。

之一百一十四：

黄宣新诏令，白首旧书名。

之一百一十五：

弟弟兄兄血，夫夫妇妇情。

之一百一十六：

海上生明月，云中问水寒。

之一百一十七：

绿蚁知君鉴，红尘向玉珍。

之一百一十八：

人归村野晚，鸟宿草巢深。

之一百一十九：

垂杨寒食醉，落日已清明。

之一百二十：

花明三界水，柳暗五湖春。

之一百二十一：

汉水知音在，琴台久不声。

之一百二十二：

拓跋轻云去，襄王细雨来。

之一百二十三：

山人山竹密，水色水云疏。

之一百二十四：

水月平湖色，荷花渚岸香。

之一百二十五：

太乙山人路，瑶池草木香。

之一百二十六：

汴水东归去，苏杭北路开。

之一百二十七：

奉奉酬酬知君路，诗诗友友共生程。

之一百二十八：

西风惊雨叶，北国雁归湘。

之一百二十九：

三吴千里目，两翼五湖鸥。

之一百三十：

身前中夜色，醉后上官媛。

之一百三十一：

无声处处云和雨，有语轻轻日月明。

之一百三十二：

有月明孤寺，无尘照上人。

之一百三十三：

只有残花在，何须落叶闻。

之一百三十四：

千年川石水，万里浪淘沙。

之一百三十五：

今年三月润，隔岁一生花。

之一百三十六：

秦淮前殿酒，玉树后庭花。

之一百三十七：

合浦珍相似，昆吾剑互如。

之一百三十八：

华清宫里水，力士苦荠人。

之一百三十九：

三吴云起落，六合雨阴晴。

之一百四十：

春风离汉苑，落地到吴关。

之一百四十一：

三湘半竹影，一水九江湾。

之一百四十二：

江山人不尽，日月宇行空。

之一百四十三：

玉磬浮槎寺，寒钟远近鸣。

之一百四十四：

灵山灵隐寺，咫尺咫来峰。

之一百四十五：

泾州李判官，渭水一波澜。

之一百四十六：

394. 水楼

雁落吴江一水楼，山衔落日五湖舟。

莼鲈八月老苏州。

潋潋波波浮影动，芙蓉出没半含羞。

云云雨雨见风流。

395. 过浔阳

已满金杯金菊酒，重阳九月九江楼。

396. 鲍溶

之一：

径草春光黄绿浅，庭花日照浅红深。

之二：

野寺寻僧僧寄月，清泉一路一声情。

397. 送张孝廉归吴

勤勤恳恳一高科，塞北江南半奈何。

晓得春官春许诺，姑苏父老问黄河。

398. 夜笛词

月上西楼玉笛声，琴中北厢晋秦盟。
相如只作文君客，扇舞昭阳无扇情。

399. 题碧山寺塔

轮回经古墓，寺塔入峰云。
石磬禅房月，高僧六道分。

400. 玩月遇云

一月当空半遇云，无端挂住下弦荤。
纷纷搅搅难遮住，暗暗明明已可分。

401. 入洞庭望岳阳

三湘一色洞庭湖，半在君山半在吴。
水雨何须南大膳，云光只在岳阳芜。

402. 过友人故居

帛柳隋炀易，劳歌水调成。
江山由此制，始得状元名。
烟云何雾雨，别业有阴晴。

403. 日本上毛河世宁纂辑池桐孙校

少少诗词句句多，扶桑岁月几公河。
先科未了知东土，已见隋唐一曲歌。

404. 蓬州野望

三巴三峡水，一蜀一高唐。
八阵从军事，千年任楚王。
鸿沟垓下问，项羽望秦皇。
汉水明黄鹤，长安灭未央。

405. 赠日本僧空海离合诗

平生万里来，历世一天台。
海岸扶桑水，蓬莱日立回。

406. 赠释空海歌

释子空灵性，扶桑渡海歌。
昆尼夫子望，草圣帝王多。

407. 因使日本原谒鉴真和尚既灭度不觐尊颜嗟面而述怀

尊颜一上方，海国半邻乡。
佛土多慈善，高僧有鹤翔。
轮回由此始，白塔鉴真藏。

408. 罢官后即归旧居

归乡一罢官，父母半心安。
养子天涯去，何如膝下欢。

409. 丁酉腊月十五血月

九点依依未入眠，但圆圆缺缺缺圆。
寒宫殷殷半如弦，全全隐隐又全全。
腊月圆缺圆十五，嫦娥血色血天边。
婵娟一夜一婵娟。

410. 血月

血月云花一线弦，婵娟十五半天边。
冬中腊尾共前川，已见时分时见易。
圆圆缺缺复圆圆，年年此此几年年。

411. 兖州留献李员外

心思只在劳书卷，手笔耕耘日月中。
以此平生行不尽，前途只在只云风。

412. 金可纪

石破天惊泉似雨，风光水色蕙如云。

413. 寻幽居不遇

幽居洞口雨云深，乳水轻言向古今。
一鸟关关仙不在，三清处处客人心。

414. 春日

莺来啼不尽，雁去玉门开。
北北南南问，人心一天台。

415. 看花

雪里云中一片花，红昂碧守半山洼。
香浓色满层层见，燕舞莺歌处处华。

416. 春夜宿云际寺

春来云际寺，雨润上方门。
磬隔尘中语，钟开月下村。

417. 听琴

弦中流水去，指下玉人来。
不以知音问，当知日月开。

418. 赏春

梅花香雪海，小叶碧螺春。
远取泉心水，清茗品玉身。

419. 句

之一：
岸影荷香人不少，江明月色笛声多。
之二：
日舍常开天子路，书房不锁白云闲。

420. 下田衡校

日本无名氏，中华有豫章。
民间民已寄，所载所佳良。

421. 海阳泉

还寻三百寺，不厌一万泉。
九曲黄河远，峰高白首天。
云浮云日日，月缺月圆圆。
石磊长城界，商家汴水船。

422. 望乡

水石湖山本，乾坤草木根。
琅琊台上望，父母小儿孙。
叶落归林远，风吹过五蕴。
年年来去见，处处有黄昏。

423. 望远亭

劳登望远亭，俯仰向丹青。
俱是江山客，当然物象丁。
苍梧君治水，鼓瑟有湘灵。

424. 石上阁

石上方圆阁，云中日月亭。
悬泉流不止，积水作洲汀。
日久成潭渚，天长作渭泾。
飞梁飞雨下，彩照彩虹停。

425. 同前

群峰多少谷，百壑暮朝云。

石阁黄昏照，衣裳雨雾芬。
林泉明日色，瀑布逐鸥群。
物象山中似，风流月下闻。

426. 海阳湖

泉流泉水注，涨落海阳湖。
细细倾倾入，霏霏有有无。
清源清草木，石隙石山苏。
莫以鱼龙数，当然物象图。

427. 同前

源泉源水细，石隙石云生。
久久长长见，林林木木荣。
山门山是岸，寺鼓寺钟声。
岁岁年年继，人人事事成。

428. 盘石

盘山盘石路，绕水绕林泉。
不论山高许，当知水积涓。
海阳湖上色，洞口玉中仙。

429. 同前

上下山中路，阴晴石下川。
乾坤多少物，日月去来年。
积积方知水，流流可见泉。
阳澄深似海，海水似阳田。

430. 湖下垴

云沉多雨露，积水有长流。
海海阳阳色，苍苍茫茫洲。

431. 同前

出出流流曲，湖湖水水溪。
山峰山向谷，傍注傍泉低。

432. 夕阳洞

源泉源水细，石碎石溪流。
细细涓涓见，云云雾雾湫。
邻家邻不在，客户客难休。
夕夕阳阳洞，仙仙主主留。

433. 游海门峡

已到罗浮岸，应闻醉八仙。

桃花天竺近，玉女采云泉。

434. 句

之一：
碧玉桥边芳草短，秋千月下落花多。
之二：
十二峰前三峡雨，三千日上一巴云。
之三：
不问吴门色，婵娟水调情。

435. 原

莽莽茫茫望，原原野野川。
山山连水水，陌陌绪阡阡。

436. 河

曲曲弯弯水，荒荒熟熟田。
农家农子弟，一粒一因缘。

437. 橄

三朝三杰萃，一橄一精英。
举案齐眉见，巢由舜禹名。
鸿沟刘项界，二世未央石。
李广知苏武，秦仪始纵横。

438. 戈

铁马金戈战，长城磊石营。
英雄南北问，小女运河情。

439. 箫

秦楼公穆女，弄玉凤求凰。
养马秦川草，何人忆女肠。

440. 素

水水天津净，纤纤细女腰。
阳关杨柳曲，玉凤凤凰桥。
鼓瑟湘灵在，苍梧竹泪遥。
斑斑千百载，郁郁二妃潮。

441. 全唐诗逸跋

子继先生志，唐诗 补成。
人间人不止，世上世无盈。
韵韵音音举，平平仄仄英。
求全求所尽，问道问余生。

442. 鹧鸪天，一带一路一园一银行 中国，条条大路到北京

骡马先成大会行，隋炀水调运河明。
长安一路通西域，四海招商共富情。
三万里，五洲盟。和平互处自枯荣。
中华世界中华界，世界中华世界城。

443. 俄罗斯

二战苏联十六盟，东西世界半和平。
全民使制农庄设，共产同酬马列明。
公社化，有精英。人民布尔什维生。
联邦已去邦联继，一带方兴一路行。

444. 美国

自主联邦一自由，邦联政府半开头。
白宫塑像留林肯，北北南南五十州。
经历史，着春秋。庄园总统国家酬。
罗斯福策修高速，二百年中一界优。

445. 英国

一次工商世界鸣，欧州自此一钟声。
天机自以知蒸汽，浪里风潮事不平。
英法美，一华缕，和战战再和情。
联联合合成盟友，正道人间作弟兄。

446. 法国

塞纳河边铁塔城，巴黎总统二战情。
戴高乐将欧盟议，世界和平世界荣。
人类事，莫相倾，东西共处亚洲明。
中华自主中华事，地铁邦交地铁行。

447. 联合国

纽约联盟世界情，五邦理事主和平。
齐声共勉无须战，德意当须易日名。
长日月，久输赢。人间信息手机生。
当今已过三潮浪，正道依然是富荣。

448. 丝绸之路，唐

一路方成一带成，东西南北共同行。
环球八万三千里，百国繁华万国荣。
原始社，现今城。高楼已入半空明。
丝绸骡马长安市，也是隋炀也是营。

449. 茶马古道，宋

白马辛勤贝叶成，千船结带共阴晴。
郑和已下东南亚，六去南洋一路明。
西域外，茧蚕荣。新茶二月已初生。
唐家陆羽留天地，普洱云南远近盟。

450. 成吉思汗，元

路路西行路路桥，东西合璧共云霄。
南南北北皆成带，世界华人世界雕。
千万里，一天骄。山河处处不知遥。
同邻日月同邻道，共事和平共是昭。

451. 郑和下南洋，明

一日中天一月弦，皇家马六甲中船。
明朝郑和由朱棣，国学中华世界贤。
人万里，业千年。幽州自古好源泉。
基隆城上椰来亚，福建南洋粤海田。

452. 中华红走入世界，世界走入中华

白雪红梅二月花，东风上苑五州华。
群芳自作人间色，傲影孤芳一品葩。
催海角，过天涯。中华国学一中华。
人贤佛道儒书教，远近联盟百姓家。

苟日新，日日新，又日新

——《诗词盛典》系列丛书后记

余七十九岁，跟随共和国七十年，二万五千五百五十天，著作诗词盛典 I II III 格律诗词共十三万五千首，青文贤之例，著格律诗词。今得付梓，首先要感谢中国书籍出版社有限公司，感谢王平社长、刘向鸿总编和刘娜、吴化强、刘畅、初仁责任编辑。

吕长春生于 1942 年 2 月 3 日（农历）原辽东省桓仁县桓仁镇天后村，祖父吕洪尊与吕刘氏自山东胶州闯关东。父吕传德，母丛润花，兄吕长录，吕长清，弟吕长义，吕长茂，妹吕燕滨，祖上历代为农，乡间行医修桥铺路，自立门户。

祖父教我行善，父亲教我种田，每亩高粱六千颗，一万八千籽，一粒一粒种，一颗一颗收，这就是大自然的足迹和力量，日日新。

1949 年春解放入小学，私塾先生作了老师，问道"你会数数吗？""12345678910""1+1"等于几？"2"再加 1 等于几？"3"好"一生二，二生三，三生无限"。"你会背唐诗吗"？"床前明月光，疑是地上霜。举头望明月，低头思故乡。"这是李白之"静夜思"。我知李白，但不知"静夜思"这一天，我写了人生第一首诗。（见诗词盛典 I 第十五卷古今诗之学生篇），由是从零开始，追随唐诗宋词的丰碑，步入中华国粹之史册。

学生伊始，桓仁镇西关小学，桓仁中学初中、高中、1967 年北京钢铁学院大学毕业，继当工人、作翻译、忝列专家。

1978 年全国科技大会凭专著《热宽带轧计算机系统》被选入中华人民共和国冶金部计算机中心工作，受中国科学院数学所，联合国教科文组织和英国皇家计算中心培训，译有《计算机信息系统》《多学科协作的系统工程方法论》等书。每日 2000 字草清稿，昼夜不误。

1980 年任香港招商局蛇口工业区专家组长，潘琪部长领我们访问英国马克思墓，他说："李太白说低头思故乡，我们在这里低头，这里是无产阶级的故乡。我们从无而来，到无而去。"教人深省。我作："床前一月光，地上半层霜。俯首寻踪迹，扬言对故乡。"

人的足迹，人，第一步，左一步右一步，步步向前；第一事，成一事，事事向成。向前、向成是人类优秀的品性，日臻完美之品性。

1982–1999 年，先后供职国务院经济研究中心，国务院农村能源办，国务院编制局，全国地铁办并任中法外交使节，任副处长，正处长，副司长，主任等职，参与起草政府工作报告，提出设立国家决策系统执行系统信息反馈和控制系统。步及千余县，二百余市和六十八国。我曾站在赫鲁晓夫只有黑白两色的大理石塑像前，这位政治家没有中间，立场只有黑与白。我曾站在格林威治天文台东西两半球分界线上想到何为东，何为西，由之想到一带一路；想到地球是圆的，又由之想到建设人类共同体。1999 年苏州工业园区以正司正厅长职退休。任马来西亚和巴布亚新几内亚国家顾问。

1999.6.28–2020.6.28，其间 7665 天，日日沉浸格律诗词。遂有诗词盛典Ⅰ——由古今诗佩文韵韵工格律化，著吕长春格律诗词六万八千首；后著诗词盛典Ⅱ——读写格律康熙御制全唐诗五万首；再著诗词盛典Ⅲ——读写唐圭璋全宋词一万七千余首。

上下之中，进退之中，向背之中，天地之中，阴阳之中，零一之中，成败之中，一集之中，有无之中，是非之中，中中之中，中在那里，诗词盛典，有所求也。

　　此生从小学第一课"人"而始，人加一是大，大加一是天，天地方圆。日日步步而行，时时事事而为，跟随共和国 70 年，25550 天平均每日 5-6 首诗词。

　　人生的路，跟随唐诗宋词的路，跟随文化丰碑的路，跟随人类历史的路，一天天，一步步，十三万五千首。我非诗人，却成诗人，中华民族是诗词的国度，是格律方圆的国度，跟随共和国循此一生。难也，不难，而难，可载入中华史册。

　　诗词盛典格律诗词十三万五千首，一千万字，万里长城有一千七百万砖，相当于半座万里长城。一步一步地走入，一首一首地著写，不到长城非好汉。

　　李白，唐第一诗人，九百余首古今诗，李太白全集九十八万字；康熙御制全唐诗四万八千九百余首古今诗，全唐二千二百余诗人，全唐诗四百万字。杜甫一千一百七十首，白居易两千七百四十首，李商隐五百三十六首，杜牧五百一十四首，孟浩然三百二十一首，刘禹锡七百三十二首，王昌龄二百一十首，李贺二百三十八首。唐诗之足迹，唐诗之丰碑，人类之史册，我跟随前人走来。

　　苏东坡，宋第一词人，四百余首词。苏轼词全集五十万字，秦观五百六十四首、辛弃疾八百一十六首、陆游九千三百六十二首、欧阳修一千一百八十八首、晏殊三百八十二首、周邦彦二百五十四首、柳永二百九十一首、范仲淹三百一十三首、宋词之豪放、婉约、清气俱在其中，我仰慕前贤，词中留下词的历程。

　　唐圭璋全宋词一万六到一万八千首。"词律辞典"载："总 9032 首。1242 调，3412 体，50 大曲，910 别名词，总 3773 首。"（全宋词未计入之漏掉 210 调）全宋一千三百余词人。

　　荷马，世界第一诗人，伊利亚特全诗一万五千六百九十三行，三十九万五千字，奥德赛全诗一万二千一百调一十行，总计二万七千八百六十三行。三十万五千字，以体量计，世界第二大诗人莎士比亚、第三诗人歌德、第四诗人泰戈尔、第五诗人普希金。

　　吕长春诗词盛典十三万五千首诗词，不计长句，以八句律诗为八行计约一百

476

零八万行。诗之不可比，诗人与诗人可比，数量与质量，数量之中有质量，质量之中又数量，才是旷世之作。

人类的里程就是文化的沉积，文化的沉积就是人类的里程，诗词就是人类的里程碑。

"盘铭"曰："苟日新，日日新，又日新"。

吕长春

二〇二〇年六月二十八日